Doris Lessing · Das goldene Notizbuch

Doris Lessing
Das goldene Notizbuch

Roman

Aus dem Englischen
von Iris Wagner

S. Fischer / Goverts

6. Auflage der Sonderausgabe
© 1962 by Doris Lessing
Deutsche Ausgabe:
© S. Fischer Verlag GmbH, Frankfurt am Main 1978
Die Originalausgabe erschien unter dem Titel
›The Golden Notebook‹ bei Michael Joseph Ltd., London
Umschlagentwurf: Rambow, Lienemeyer, van de Sand
Umschlagfoto: Peter Lessing
Satz und Druck: Georg Wagner, Nördlingen
Einband: G. Lachenmaier, Reutlingen
Printed in Germany 1982
ISBN 3-10-043903-1

Inhalt

Vorwort   7

Ungebundene Frauen 1   23
Das schwarze Notizbuch   75
Das rote Notizbuch   162
Das gelbe Notizbuch   176
Das blaue Notizbuch   228

Ungebundene Frauen 2   251
Das schwarze Notizbuch   279
Das rote Notizbuch   292
Das gelbe Notizbuch   301
Das blaue Notizbuch   323

Ungebundene Frauen 3   359
Das schwarze Notizbuch   399
Das rote Notizbuch   430
Das gelbe Notizbuch   433
Das blaue Notizbuch   449

Ungebundene Frauen 4   485
Das schwarze Notizbuch   505
Das rote Notizbuch   506
Das gelbe Notizbuch   511
Das blaue Notizbuch   521

Das goldene Notizbuch   583

Ungebundene Frauen 5   615

Vorwort

Die Form dieses Romans sieht folgendermaßen aus:

Es gibt ein Skelett oder einen Rahmen, genannt *Ungebundene Frauen*, der einen konventionellen kurzen Roman darstellt, etwa 60 000 Wörter lang, und der für sich allein stehen könnte. Aber er ist in fünf Abschnitte geteilt und durch die jeweiligen Stadien der vier Notizbücher, schwarz, rot, gelb und blau, unterbrochen. Die Notizbücher werden von Anna Wulf, einer Hauptfigur von *Ungebundene Frauen*, geführt. Sie führt vier und nicht eines, weil sie, wie sie erkennt, die Dinge voneinander getrennt halten muß, aus Furcht vor dem Chaos, vor Formlosigkeit – vor dem Zusammenbruch. Zwänge, innere und äußere, setzen den Notizbüchern ein Ende; ein dicker schwarzer Strich ist quer über die Seite von allen vieren gezogen. Aber nun, da ihnen ein Ende gesetzt ist, kann aus ihren Fragmenten etwas Neues entstehen, *Das goldene Notizbuch.*

Die ganzen Notizbücher hindurch haben Leute diskutiert, theoretisiert, dogmatisiert, etikettiert, eingeteilt – manchmal in so allgemeinen und für die Zeit repräsentativen Stimmen, daß sie anonym sind, daß man ihnen Namen geben könnte wie die aus den alten Moralitäten-Stücken, Herr Dogma und Herr Ich-bin-frei-weil-ich-nirgends-hingehöre, Fräulein Ich-muß-Liebe-und-Glück-haben und Frau Ich-muß-in-allem-was-ich-tue-gut-sein, Herr Wo-ist-eine-richtige-Frau? und Fräulein Wo-ist-ein-richtiger-Mann?, Herr Ich-bin-verrückt-weil-sie-sagen-ich-bin-es und Fräulein Leben-durch-alles-Ausprobieren, Herr Ich-mache-Revolution-also-bin-ich und Herr und Frau Wenn-wir-sehr-gut-mit-diesem-kleinen-Problem-zurechtkommen-dann-können-wir-vielleicht-vergessen-daß-wir-es-nicht-wagen-einen-Blick-auf-die-großen-zu-werfen. Aber sie haben sich auch gegenseitig widergespiegelt, sind Aspekte voneinander gewesen, haben jeder des anderen Gedanken und Verhalten ins Leben gerufen – *sind* jeder der andere, bilden Ganzheiten. Im zentralen, dem *goldenen Notizbuch*, sind die Dinge zusammengekommen, die Unterteilungen zusammengebrochen, dort herrscht Formlosigkeit, die in Zersplitterung endet – Triumph des zweiten Themas, welches das der ›Einheit‹ ist. Anna und Saul Green, der Amerikaner, ›brechen zusammen‹. Sie sind wahnsinnig, irre, verrückt – was man will. Sie ›brechen zusammen‹ ineinander, in andere Leute, durchbrechen die falschen Muster, die sie aus ihrer Vergangenheit gemacht haben; die Muster und Formeln, die sie aufgestellt haben, um sich selbst und sich gegenseitig zu stützen, lösen sich auf. Sie hören die Gedanken des anderen, erkennen einander in sich selbst. Saul Green, der Anna gegenüber neidisch und destruktiv war, unterstützt sie nun, berät sie, gibt ihr das Thema für ihr nächstes Buch, *Ungebundene Frauen* – ein ironischer Titel –, das anfängt: »Die beiden Frauen waren allein in der Londoner Wohnung.« Und Anna, die bis zum Wahnsinn eifersüchtig auf Saul war, besitzergreifend und fordernd, gibt Saul das schöne, neue Notizbuch, *Das goldene Notizbuch*, das sie ihm zuvor verweigert hatte, gibt ihm das Thema für sein nächstes Buch und schreibt den ersten Satz hinein: »Auf einem karstigen Berghang in Algerien betrachtete ein Soldat das Mondlicht, das auf seinem Gewehr glänzte.« Im zentralen, dem goldenen Notizbuch, das von ihnen beiden geschrieben ist, kann man nicht mehr unterscheiden zwischen dem, was Saul, und dem, was Anna ist, auch nicht zwischen ihnen und den anderen Menschen im Buch.

Über das Thema ›Zusammenbruch‹ – daß es manchmal, wenn Leute ›zusammenklappen‹, ein Weg der Selbstheilung ist, ein Weg des innersten Selbst, falsche Dichotomien und Einteilungen abzustoßen – ist natürlich seitdem von anderen ebenso wie von mir geschrieben worden. Aber in diesem Buch habe ich, abgesehen von den paar Kurzgeschichten, zum erstenmal darüber geschrieben. Hier ist es noch weniger bearbeitet, dichter an der Erfahrung dran, noch ehe Erfahrung sich zu Gedanken und Mustern geformt hat – wertvoller vielleicht, weil es roheres Material ist.

Aber niemand hat dieses Zentralthema auch nur wahrgenommen, weil das Buch sogleich von freundlichen wie von feindlichen Rezensenten, als eines, das vom Geschlechterkampf handle, verharmlost oder von Frauen als nützliche Waffe im Geschlechterkampf beansprucht wurde.

Ich befand mich seitdem ständig in einer schiefen Position, denn das letzte, was ich wollte, war, den Frauen die Unterstützung zu verweigern.

Um das Thema ›Woman's Liberation‹ hinter mich zu bringen – natürlich unterstütze ich sie, weil die Frauen, wie sie das in vielen Ländern energisch und kompetent zum Ausdruck bringen, Bürger zweiter Klasse sind. Man kann sagen, daß sie Erfolg haben, und wenn auch nur bis zu dem Grade, daß man sie ernsthaft anhört. Alle möglichen Leute, die früher feindselig oder gleichgültig waren, sagen jetzt: »Ich unterstütze ihre Ziele, aber ich kann ihre schrillen Stimmen und ihr greuliches und unhöfliches Benehmen nicht leiden.« Dies ist ein unvermeidliches und leicht erkennbares Stadium in jeder revolutionären Bewegung: Reformer müssen damit rechnen, daß sie von denen abgelehnt werden, die nur allzu froh sind, zu genießen, was sie erreicht haben. Dennoch glaube ich nicht, daß die Frauenbewegung viel ändern wird – nicht, weil etwas mit ihren Zielen nicht stimmt, sondern weil es jetzt schon klar ist, daß die ganze Welt durch die Umwälzung, die wir jetzt erleben, in ein neues Muster geschüttelt wird: Möglicherweise werden die Ziele der Frauenbewegung zu dem Zeitpunkt, an dem wir ›durch‹ sind, falls wir überhaupt durchkommen, sehr geringfügig und altmodisch aussehen.

Aber dieser Roman war keine Posaune für Woman's Liberation. In ihm sind viele weibliche Gefühle der Aggression, der Feindseligkeit, des Grolls beschrieben. Er hat sie publik gemacht. Offenbar kam das, was viele Frauen dachten, fühlten, erfuhren, als große Überraschung heraus. Sofort wurde eine Menge von uralten Waffen gezückt, in der Hauptsache, wie üblich, zum Thema ›Sie ist unweiblich‹, ›Sie ist eine Männerhasserin‹. Dieser spezielle Reflex scheint unausrottbar zu sein. Männer – und auch viele Frauen – haben behauptet, die Suffragetten seien entweiblicht, maskulin, brutalisiert gewesen. Ich habe nie einen Bericht über irgendeine Gesellschaft gelesen, wo die Frauen mehr verlangten, als ihnen die Natur zuteilt, der nicht gleichzeitig diese Reaktion seitens der Männer – und einiger Frauen – verzeichnet. Viele Frauen waren verärgert über *Das goldene Notizbuch*. Was Frauen in ihren Küchen murrend und sich beklagend und klatschend zu anderen Frauen sagen, oder was sie in ihrem Masochismus äußern, ist oft das letzte, was sie laut sagen würden – ein Mann könnte ja zufällig mithören. Frauen sind nun einmal die Feiglinge, die sie sind, weil sie so lange Zeit halbe Sklaven waren. Die Zahl der Frauen, die bereit sind, einzustehen für das, was sie wirklich denken, fühlen, erfahren mit einem Mann, den sie lieben, ist noch klein. Die meisten Frauen rennen immer noch wie kleine Hunde, nach denen man Steine wirft, wenn ein Mann sagt: Du bist unweiblich, aggressiv, du kastrierst mich. Meine Überzeugung ist, daß eine Frau, die einen Mann heiratet oder überhaupt in irgendeiner Weise ernst nimmt, der diese Drohung anwendet, verdient, was sie bekommt. Denn ein solcher Mann ist ein Schikaneur, weiß nicht das geringste über die Welt, in der er lebt, oder über ihre Geschichte – Männer und Frauen haben in der Vergangenheit unendlich viele Rollen übernommen und tun es auch heute, in verschiedenen Gesellschaften. Also ist er unwissend oder hat Angst, nicht mithalten zu können – ein Feigling . . . Ich schreibe all diese Bemerkungen in dem Gefühl, als schriebe ich einen Brief in die ferne Vergangenheit: Ich bin so sicher, daß alles, was wir jetzt für selbstverständlich halten, im nächsten Jahrzehnt vollkommen hinweggefegt werden wird.

(Weshalb also Romane schreiben? In der Tat, weshalb? Ich nehme an, wir müssen weiterleben, *als ob* . . .)

Einige Bücher werden nicht in der richtigen Weise gelesen, weil sie eine Stufe der Meinungsbildung übersprungen haben, eine Kristallisation von Information in der Gesellschaft voraussetzen, die noch nicht stattgefunden hat. Dieses Buch wurde geschrieben, als ob die Verhaltensweisen, die durch die Frauenbewegung entstanden, bereits existierten. Es erschien das erstemal vor zehn Jahren, 1962. Wenn es jetzt zum erstenmal erscheinen würde, so würde man es vielleicht lesen und nicht nur darauf reagieren: Die Dinge haben sich sehr schnell verändert. Gewisse Heucheleien sind verschwunden. Zum Beispiel wurden vor zehn oder sogar fünf Jahren – es war in sexueller Hinsicht eine rebellische Zeit – Romane und Theaterstücke in Hülle und Fülle von Männern geschrieben – besonders in Amerika, aber auch in diesem Land –, in denen wütende Kritik an Frauen geübt wurde. Sie wurden als Tyrannen und Betrügerinnen porträtiert, insbesonders als Unterminierende und Räuberinnen der Lebenskraft. Doch diese Haltung männlicher Schriftsteller wurde für selbstverständlich gehalten, wurde als solide philosophische Grundlage akzeptiert, als völlig normal, gewißlich nicht als weiberfeindlich, aggressiv oder neurotisch. Das geht natürlich immer noch weiter – aber es ist besser geworden, das läßt sich nicht bezweifeln.

Ich war so in das Schreiben dieses Buches vertieft, daß ich überhaupt nicht daran dachte, wie es aufgenommen werden würde. Ich war nicht nur so davon in Anspruch genommen, weil es schwer zu schreiben war – den Entwurf davon im Kopf behaltend, schrieb ich es hintereinander weg von Anfang bis Ende, und das war schwierig –, sondern um dessentwillen, was ich beim Schreiben lernte. Vielleicht preßt eben die Tatsache, daß man sich eine straffe Struktur gibt, sich limitiert, dort, wo man es am wenigsten erwartet hätte, neue Substanz heraus. Alle möglichen Ideen und Erfahrungen, die ich nicht als die meinigen erkannte, tauchten beim Schreiben auf. Die eigentliche Zeit des Schreibens damals, und nicht nur die Erfahrungen, die ins Schreiben eingegangen sind, war wirklich traumatisch: sie hat mich verändert. Als ich aus diesem Kristallisationsprozeß auftauchte, das Manuskript Verlegern und Freunden aushändigte, erfuhr ich, daß ich einen Traktat über den Geschlechterkampf geschrieben hatte, und entdeckte rasch, daß nichts, was ich einwendete, diese Beurteilung ändern konnte.

Und dennoch sagt das Wesentliche des Buches, sein Aufbau, alles darin, implizit und explizit, daß wir die Dinge nicht auseinanderdividieren dürfen, nicht in Fächer aufteilen dürfen.

»Gebunden. Frei. Gut. Schlecht. Ja. Nein. Kapitalismus. Sozialismus. Sex. Liebe . . .«, sagt Anna in *Ungebundene Frauen* und legt damit ein Thema fest – ruft es aus, kündigt es mit Pauken und Trompeten an . . . zumindest stellte ich mir das so vor. Ebenso wie ich glaubte, daß in einem Buch mit dem Titel *Das goldene Notizbuch* der innere Abschnitt mit dem Titel ›Das goldene Notizbuch‹ als ein zentraler Punkt angesehen werden könnte, der das Gewicht des Ganzen trägt, der eine Aussage macht.

Aber nein.

Andere Themen gingen in das Schreiben dieses Buches ein. Es war eine entscheidende Zeit für mich: Gedanken und Themen, die ich jahrelang im Kopf hatte, kamen zusammen.

Eines davon war, daß es nicht möglich war, einen Roman zu finden, der das intellektuelle und moralische Klima von vor hundert Jahren, in der Mitte des letzten Jahrhunderts, in England beschreibt, so wie Tolstoi es für Rußland und Stendhal für Frankreich geleistet hatten. (An diesem Punkt wäre es nötig, die üblichen Einwände zu machen.) *Rot und Schwarz* und *Lucien Leuwen* zu lesen heißt, das damalige Frankreich zu kennen, als hätte man dort gelebt, *Anna Karenina* zu lesen heißt, das damalige Rußland zu kennen. Aber ein wirklich brauchbarer viktorianischer Roman ist nie geschrieben worden. Hardy teilt uns mit, wie es war, arm zu sein, eine Phantasie zu haben, die weit über die Möglichkeiten einer sehr engstirnigen Zeit hinausging, wie es war, ein Opfer zu sein. Innerhalb ihrer Grenzen ist George Eliot gut. Aber ich glaube, der Tribut, den sie dafür zahlte, eine viktorianische Frau zu sein, war der, daß gezeigt werden mußte, daß sie eine anständige Frau war, selbst wenn sie der Heuchelei der Zeit nicht zustimmte – es gibt eine ganze Menge, was sie nicht versteht, weil sie moralisch ist. Meredith, der so erstaunlich unterschätzte Schriftsteller, kommt dem vielleicht am nächsten. Trollope versuchte sich an dem Thema, aber sein Blickfeld war zu eng. Es gibt nicht einen Roman, in dem die Lebendigkeit und der Konflikt der damals wirkenden Ideen so zum Ausdruck kommen wie in einer guten Biographie von William Morris.

Natürlich setzte dieser Versuch meinerseits voraus, daß der Filter, durch den eine Frau das Leben betrachtet, dieselbe Gültigkeit hat wie der, mit dem ein Mann es betrachtet . . . Dieses Problem beiseite schiebend, oder vielmehr, es nicht einmal in Betracht ziehend, beschloß ich, um das ideologische ›Klima‹ unserer Jahrhunderthälfte zu vermitteln, müsse der Schauplatz unter die Marxisten und Sozialisten verlegt werden, denn gerade innerhalb der verschiedenen Kapitel des Sozialismus haben die großen Auseinandersetzungen unserer Zeit stattgefunden. Die Bewegungen, die Kriege, die Revolutionen wurden von ihren Teilnehmern als Bewegungen der verschiedenen Ausprägungen des Sozialismus oder Marxismus betrachtet, voranschreitend, eingedämmt oder auf dem Rückzug. (Ich glaube, wir sollten zumindest die Möglichkeit einräumen, daß Leute, die auf unsere Zeit zurückblicken, sie vielleicht ganz und gar nicht so sehen wie wir – so wie wir rückblickend die Englische, die Französische oder selbst die Russische Revolution anders sehen als diejenigen, die damals lebten.) Aber der ›Marxismus‹ mit seinen verschiedenen Ablegern hat überall und so schnell und kraftvoll Ideen zum Gären gebracht, daß er, einst ›gegen den Strich‹, heute bereits absorbiert und zum alltäglichen Gedankengut geworden ist. Ideen, die vor dreißig oder vierzig Jahren auf die äußerste Linke beschränkt waren, hatten sich vor zwanzig Jahren bei der Linken im allgemeinen durchgesetzt und haben in den letzten zehn Jahren die Gemeinplätze konventionellen gesellschaftlichen Denkens von Rechts bis Links geliefert. Etwas, was so gründlich absorbiert ist, ist als Kraft am Ende – aber er war beherrschend und mußte in einem Roman von der Art, wie ich ihn zu schreiben versuchte, zentral sein.

Ein weiterer Gedanke, mit dem ich lange gespielt hatte, war, daß die Hauptfigur irgendein ›Künstler‹, aber mit einem ›Block‹, sein sollte. Das kam daher, weil das Thema ›Künstler‹ in der Kunst einige Zeit dominierte – der Maler, Schriftsteller, Musiker als Vorbild. Jeder bedeutende Schriftsteller hat es benutzt, und die meisten mittelmäßigen auch. Jene Archetypen, der Künstler und sein Reversbild, der Geschäftsmann, haben sich in unserer Kultur breitgemacht, der eine dargestellt als unsensibler Klotz, der andere als Schöpfer, als wahrer Ausbund an Sensibilität und Leiden, von einem maßlosen Egoismus, den man ihm seiner Produkte wegen vergeben muß – ebenso wie man dem Geschäftsmann seiner Produkte wegen vergeben muß. Wir gewöhnen uns an das, was wir haben, und vergessen, daß der Künstler-als-Vorbild ein verhältnismäßig neues Thema ist. Die Helden von vor hundert Jahren waren nicht oft Künstler. Sie waren Soldaten und Erbauer von Weltreichen und Forscher und Geistliche und Politiker – Pech für die Frauen, denen es bis damals gerade erst gelungen war, Florence Nightingale zu werden. Nur überspannte Typen und Exzentriker wollten Künstler werden und hatten darum zu kämpfen. Ich suchte nach einer Möglichkeit, dieses Thema unserer Zeit, ›der Künstler‹, ›der Schriftsteller‹, bearbeiten zu können, und kam zu dem Schluß, es müsse entwickelt werden, indem diesem Geschöpf ein ›Block‹ verpaßt wird und die Gründe für diesen Block diskutiert werden. Diese müßten mit der Disparität in Verbindung gebracht werden, die zwischen den überwältigenden Problemen von Krieg, Hunger, Armut und dem winzigen Individuum herrscht, das versucht hat, sie widerzuspiegeln. – Was aber untragbar war, was wirklich nicht länger ertragen werden konnte, war dieses monströs isolierte, monströs narzißtische, auf ein Piedestal erhobene Vorbild. Es scheint, daß die jungen Leute das auf ihre eigene Weise erkannt haben und es geändert haben, indem sie eine eigene Kultur schufen, in der Hunderte und Tausende von Leuten Filme machen, beim Drehen von Filmen assistieren, alle möglichen Zeitungen produzieren, Musik machen, Bilder malen, Bücher schreiben, fotografieren. Die haben jene isolierte, schöpferische, sensible Gestalt abgeschafft – indem sie sie hunderttausendfach kopiert haben. Eine Entwicklung hat ein Extrem, ihren Abschluß erreicht, und deshalb wird es eine Reaktion geben, wie das immer geschieht.

Das Thema ›Künstler‹ mußte mit einem anderen verknüpft werden, dem der ›Subjektivität‹. Als ich anfing zu schreiben, waren die Schriftsteller dem Diktat, nicht ›subjektiv‹ zu sein, unterworfen. Dieses Diktat war innerhalb der kommunistischen Bewegung entstanden, als eine Ausprägung der gesellschaftsbezogenen Literaturkritik, die im Rußland des neunzehnten Jahrhunderts von einer Gruppe beachtlicher Talente, deren bekanntestes Belinsky war, entwickelt wurde, welche die Künste und besonders die Literatur im Kampf gegen Zarismus und Unterdrückung einsetzte. Diese Tendenz hat sich rasch überall ausgebreitet und in den fünfziger Jahren, derart verspätet, in diesem Lande in dem Thema des ›Engagements‹ ein Echo gefunden. Sie ist in kommunistischen Ländern noch heute wirksam. »Du denkst nur an deinen blöden Privatkram, während Rom brennt«, pflegte das auf der Ebene des alltäglichen Lebens zu heißen – und es war schwer, dagegen anzugehen, wenn es von den Nächsten und Liebsten kam, und von Leuten, die all das taten, was man am meisten respektierte: wie zum Beispiel zu versuchen, die Rassenvorurteile in Südafrika zu bekämpfen. Trotzdem wurden Romane, Geschichten, Kunst aller Art in der ganzen Zeit immer persönlicher. Im blauen Notizbuch zitiert Anna etwas aus einem Vortrag, den sie gehalten hat: »›Die Kunst des Mittelalters war Gemeineigentum, sie war nicht individuell; sie erwuchs aus einem Gruppenbewußtsein, war ohne die treibende schmerzhafte Individualität der Kunst der bürgerlichen Ära. Und eines Tages werden wir den treibenden Egoismus der individuellen Kunst hinter uns lassen. Wir werden zu einer Kunst zurückkehren, die nicht die Gespaltenheit des Menschen und die Absonderung von seinen Kameraden zum Ausdruck bringt, sondern seine Verantwortlichkeit für seine Kameraden und seine Brüderlichkeit. Die Kunst des Westens wird mehr und mehr zu einem Aufschrei der Qual von Seelen, die von ihrem Schmerz berichten. Schmerz wird unsere tiefste Wirklichkeit . . .‹ Ich habe irgend so etwas gesagt. Vor etwa drei Monaten, mitten in diesem Vortrag fing ich an zu stammeln und konnte ihn nicht beenden . . .«

Der Grund für Annas Stammeln lag darin, daß sie etwas umging. Wenn einmal ein Druck oder eine Strömung eingesetzt hat, so gibt es keinen Weg darum herum: Es gab keine Möglichkeit, *nicht* stark subjektiv zu sein: es war, wenn man so will, die Aufgabe des Schriftstellers in jener Zeit. Man konnte das nicht ignorieren: man konnte kein Buch über den Bau einer Brücke oder eines Dammes schreiben, ohne die Einstellung und die Gefühle der Leute, die den Bau ausführten, darzustellen. (Sie meinen, dies sei eine Überzeichnung? – Keineswegs. Dies *entweder/oder* steht in diesem Augenblick im Zentrum der Literaturkritik in kommunistischen Ländern.) Schließlich begriff ich, daß der Weg über oder durch dies Dilemma, das Unbehagen beim Schreiben über ›unbedeutende persönliche Probleme‹, die Erkenntnis war, daß nichts in dem Sinne persönlich ist, daß es ausschließlich das Eigene ist. Wenn man über sich selbst schreibt, schreibt man über andere, da unsere Probleme, Qualen, Freuden, Gefühle – und die eigenen außergewöhnlichen und bemerkenswerten Ideen – nicht allein die eigenen sein können. Die Weise, mit dem Problem der Subjektivität fertig zu werden, jener schockierenden Angelegenheit, daß man sich mit dem winzigen Individuum befaßt, das zugleich die Beute einer solchen Explosion entsetzlicher und wundervoller Möglichkeiten ist, besteht darin, es als einen Mikrokosmos zu betrachten und auf diesem Wege das Persönliche, das Subjektive zu durchbrechen, das Persönliche allgemein zu machen, wie es das Leben tatsächlich stets tut, indem es eine private Erfahrung – oder was man dafür hält, wenn man, noch ein Kind, denkt: »*Ich* verliebe mich«, »*Ich* verspüre dieses oder jenes Gefühl oder denke diesen oder jenen Gedanken« – in etwas viel Größeres verwandelt: Erwachsen werden ist schließlich nur das Verstehen, daß die eigene einzigartige und unglaubliche Erfahrung das ist, was alle erfahren.

Eine andere Vorstellung war die, daß das Buch, wenn es nur die richtige Form bekäme, seinen eigenen Kommentar über den traditionellen Roman abgeben würde: Die Diskussion über den Roman ist im Gange, seit der Roman entstanden ist, und ist nicht, wie man nach der Lektüre zeitgenössischer Akademiker meinen könnte, etwas Neues. Den kurzen Roman *Ungebundene Frauen* als Zusammenfassung und Konzentrat dieser ganzen Materialmasse zu unterbreiten hieß, etwas über den konventionellen Roman zu sagen, war eine andere Weise, die Unzufriedenheit eines Schriftstellers zu beschreiben, wenn etwas beendet ist: »Wie wenig von der Wahrheit ist mir zu sagen gelungen, wie wenig von der ganzen Komplexität habe ich gepackt; wie kann dies kleine, ordentliche Ding wahr sein, wenn alles, was ich erlebt habe, so rauh und offenkundig formlos und gestaltlos war.«

Aber mein Hauptziel war, ein Buch zu gestalten, das seinen eigenen Kommentar abgeben würde, eine wortlose Aussage: es sollte durch die Art, wie es gestaltet war, sprechen.

Wie ich schon sagte, ist dies nicht bemerkt worden.

Ein Grund dafür ist, daß das Buch eher in der europäischen Tradition des Romans steht als in der englischen. Oder besser, der englischen Tradition, wie sie im Moment verstanden wird. Schließlich gehören zum englischen Roman auch *Clarissa* und *Tristram Shandy, The Tragic Comedians* – und Joseph Conrad.

Aber es besteht kein Zweifel, daß der Versuch, einen Ideenroman zu schreiben, bedeutet, sich selbst zu behindern: Die Engstirnigkeit unserer Kultur ist gewaltig. Beispielsweise verlassen Jahrzehnt für Jahrzehnt kluge junge Männer und Frauen ihre Universitäten und sind imstande, stolz zu sagen: »Natürlich weiß ich nichts über deutsche Literatur.« Das ist Mode. Die Viktorianer wußten alles über deutsche Literatur, konnten aber mit gutem Gewissen sagen, nicht viel über die französische zu wissen.

Im übrigen – es ist kein Zufall, daß ich intelligente Kritik von Leuten bekommen habe, die Marxisten waren oder gewesen sind. Sie haben erkannt, was ich versuchte. Das liegt daran, daß der Marxismus die Dinge als ein Ganzes und in Beziehung zueinander betrachtet – oder es zumindest versucht; aber seine Grenzen stehen im Augenblick nicht zur Debatte. Jemand, der vom Marxismus beeinflußt ist, hält es für selbstverständlich, daß ein Ereignis in Sibirien sich auf eins in Botswana auswirken wird. Ich halte es für möglich, daß der Marxismus, außerhalb der offiziellen Religionen, in unserer Zeit der erste Versuch war, ein umfassendes Bewußtsein, eine weltumspannende Ethik zu schaffen. Er scheiterte, konnte nicht verhindern, daß er sich wie alle anderen Religionen in immer kleinere Kirchen, Sekten und Bekenntnisse teilte und unterteilte. Aber er war ein Versuch.

Diese Sache – verstehen zu wollen, was ich versucht habe – bringt mich auf die Kritiker und in die Gefahr, ein Gähnen zu verursachen. Dieser traurige Hickhack zwischen Schriftstellern und Kritikern, Dramatikern und Kritikern – das Publikum hat sich so daran gewöhnt, daß es, wie über streitende Kinder, denkt: »Ach ja, die lieben Kleinen, da geht's wieder los.« Oder: »Ihr Schriftsteller bekommt so viel Lob, und wenn nicht Lob, zumindest so viel Aufmerksamkeit – warum seid ihr also derart ausdauernd gekränkt?« Und das Publikum hat ganz recht. Aus Gründen, auf die ich hier nicht eingehen möchte, haben frühe und wertvolle Erfahrungen in meinem Schriftstellerdasein mir einen Sinn für Perspektive im Hinblick auf Kritiker und Rezensenten gegeben; aber über diesem Roman, *Das goldene Notizbuch*, habe ich ihn verloren: ich fand die Kritik größtenteils zu albern, um wahr zu sein. Als ich das Gleichgewicht wiedergewann, verstand ich das Problem. Es besteht darin, daß Schriftsteller in den Kritikern ein *alter ego* suchen, jenes andere, intelligentere Selbst als man selbst, das verstanden hat, was man zu erreichen sucht, und das einen nur danach beurteilt, ob man sein Ziel erreicht hat oder nicht. Ich bin bisher niemals einem Schriftsteller begegnet, der nicht, endlich mit jenem seltenen Wesen, einem wirklichen Kritiker, konfrontiert, seine ganze Paranoia verliert und dankbar lauscht – er hat gefunden, was er zu brauchen meint. Aber was er, der Schriftsteller, verlangt, ist unmöglich. Warum sollte er auf jenes außergewöhnliche Wesen, den idealen Kritiker, hoffen (den es gelegentlich gibt), warum sollte da jemand sein, der versteht, was er zu machen versucht? Schließlich gibt es nur einen, der diesen besonderen Kokon spinnt, nur einen, dessen Sache es ist, ihn zu spinnen.

Es ist Rezensenten und Kritikern nicht möglich, das zu geben, was sie behaupten, geben zu können – und wonach sich Schriftsteller so lächerlich und kindisch sehnen.

Das liegt daran, daß Kritiker dazu nicht ausgebildet sind; ihre Ausbildung führt in die entgegengesetzte Richtung.

Sie beginnt, wenn das Kind, erst fünf oder sechs Jahre alt, in die Schule

15

kommt. Sie beginnt mit Zensuren, Belohnungen, ›Plätzen‹, ›Leistungsstufen‹, Rangabzeichen – und vielerorts noch Prügeln. Diese Pferderennen-Mentalität, dieses Gewinner-und-Verlierer-Denken, führt zu »Schriftsteller X ist, ist nicht, ist Schriftsteller Y um ein paar Längen voraus. Schriftsteller Y ist zurückgefallen. In seinem letzten Buch hat Schriftsteller Z sich als besser erwiesen als Schriftsteller A.« Von Anfang an wird das Kind darauf getrimmt, in dieser Weise zu denken: immer in Kategorien des Vergleichs, des Erfolges und des Versagens. Es ist ein Auslesesystem: Die Schwächeren verlieren den Mut und fallen aus; ein System, das dazu bestimmt ist, ein paar Gewinner hervorzubringen, die ständig miteinander konkurrieren. Meine Überzeugung ist – obwohl hier nicht der Ort ist, sie darzustellen –, daß die Begabungen, die jedes Kind ungeachtet seines offiziellen ›IQ.‹ hat, es sein ganzes Leben hindurch begleiten könnten, um es und jeden anderen zu bereichern, würden diese Begabungen nicht als Pluspunkte beim großen Erfolgswettlauf betrachtet.

Das andere, was von Anfang an gelehrt wird, ist, seinem eigenen Urteil zu mißtrauen. Kindern wird Unterwerfung unter Autoritäten beigebracht, wie man anderer Leute Meinungen und Beschlüsse ergründet und wie man zitiert und sich fügt.

Was die politische Sphäre angeht, so wird das Kind gelehrt, daß es frei sei, ein Demokrat mit freiem Willen und einem freien Geist, daß es in einem freien Lande lebe und seine eigenen Entscheidungen treffe. Gleichzeitig ist es ein Gefangener der Annahmen und Dogmen seiner Zeit, die es nicht in Frage stellt, weil ihm nie gesagt wurde, daß es sie gibt. Zu dem Zeitpunkt, zu dem ein Jugendlicher das Alter erreicht hat, in dem er zwischen Kunst und Wissenschaft wählen muß (wir halten es immer noch für selbstverständlich, daß eine Wahl unvermeidlich ist), wählt er häufig die Kunst, weil er fühlt, daß es hier Menschlichkeit, Freiheit, Wahl gibt. Er weiß nicht, daß er bereits von einem System geformt ist: er weiß nicht, daß die Wahl selbst das Resultat einer falschen, im Herzen unserer Kultur verwurzelten Dichotomie ist. Diejenigen, die das spüren und sich nicht weiterer Formung unterwerfen wollen, haben die Neigung auszusteigen, in einem halb unbewußten, instinktiven Versuch, eine Arbeit zu finden, bei der sie nicht gegen ihren Willen aufgespalten werden. Bei all unseren Institutionen, von der Polizei bis zur Akademie, von der Medizin bis zur Politik, achten wir wenig auf die Leute, die gehen – auf jenen Eliminierungsprozeß, der die ganze Zeit weiterläuft und sehr früh jene ausschließt, die wahrscheinlich originell und erneuernd sind, während er die zurückläßt, die von einer Sache angelockt werden, weil sie ihr schon gleichen. Ein junger Polizist quittiert den Dienst und sagt, er möge nicht, was er zu tun habe. Eine junge Lehrerin gibt das Unterrichten auf, weil ihr Idealismus eine Abfuhr bekommen hat. Dieser Gesellschaftsmechanismus läuft fast unbemerkt – trotzdem vermag er wie kein anderer unsere Institutionen starr und lastend zu erhalten.

Diese Kinder, die Jahre in dem Dressursystem verbracht haben, werden Kritiker und Rezensenten und können nicht geben, wonach der Autor, der Künstler so töricht sucht – nach einem phantasievollen und originellen Urteil. Was sie tun können und was sie ausgezeichnet tun, ist, dem Autor zu sagen, wie das Buch oder Theaterstück mit gängigen Empfindungs- oder Denkschemata – dem Meinungsklima – übereinstimmt. Sie sind wie Lackmuspapier. Sie sind Windmesser – unschätzbar. Sie sind die empfindlichsten Barometer der öffentlichen Meinung. Man kann hier rascher als sonstwo Stimmungs- und Meinungswechsel sehen, mit Ausnahme des politischen Bereichs – eben weil dies Leute sind, deren ganze Erziehung genau das war – nämlich außerhalb ihrer selbst nach ihren Meinungen zu suchen, sich Autoritäten, ›anerkannten Meinungen‹ anzupassen, eine wundervoll dekuvrierende Phrase.

Es mag sein, daß es keine andere Möglichkeit gibt, Leute zu erziehen. Vielleicht, aber ich glaube es nicht. In der Zwischenzeit wäre es eine Hilfe, die Dinge wenigstens richtig zu beschreiben, sie bei ihren richtigen Namen zu nennen. Was im Idealfalle jedem Kind wiederholt während seines oder ihres gesamten Schullebens gesagt werden sollte, ist etwa folgendes:

»Du befindest dich im Prozeß der Indoktrinierung. Wir haben bisher noch kein Ausbildungssystem entwickelt, das kein Indoktrinationssystem ist. Es tut uns leid, aber dies ist das Beste, was wir tun können. Was man dich hier lehrt, ist ein Amalgam aus landläufigem Vorurteil und den Spitzenleistungen dieser speziellen Kultur. Der kleinste Blick in die Geschichte wird dir zeigen, wie unbeständig dies sein muß. Du wirst von Leuten unterrichtet, die in der Lage waren, sich einem Denksystem anzupassen, das von ihren Vorgängern entworfen wurde. Es ist ein sich selbst perpetuierendes System. Diejenigen von euch, die widerstandsfähiger und individueller sind als andere, werden ermutigt werden, es aufzugeben und Wege zu finden, um sich selbst zu bilden – ihr eigenes Urteil zu bilden. Diejenigen, die bleiben, müssen immerwährend im Gedächtnis behalten, daß sie geprägt und geformt werden, um den engstirnigen und spezifischen Bedürfnissen dieser spezifischen Gesellschaft zu entsprechen.«

Wie jeder andere Schriftsteller bekomme ich ständig Briefe von jungen Leuten, die in verschiedenen Ländern – aber besonders in den Vereinigten Staaten – Examensarbeiten und Aufsätze über meine Bücher schreiben. Sie alle sagen: »Bitte schicken Sie mir ein Verzeichnis der Artikel über ihr Werk, der Kritiker, die über Sie geschrieben haben, der Autoritäten.« Sie fragen auch nach tausend Einzelheiten, die völlig irrelevant sind, die aber als wichtig zu betrachten sie gelehrt wurden und die schließlich ein Dossier ergeben wie das eines Einwanderungsbüros.

Diese Anfragen beantworte ich wie folgt: »Lieber Student. Du bist verrückt. Warum Monate und Jahre damit zubringen, Tausende von Wörtern über ein einziges Buch oder selbst einen einzigen Schriftsteller zu schreiben, wenn es Hunderte von Büchern gibt, die darauf warten, gelesen zu werden. Du begreifst nicht, daß Du das Opfer eines schädlichen Systems bist. Und wenn Du Dir mein Werk als Thema ausgesucht hast und wenn Du eine Examensarbeit schreiben mußt – und glaub mir, ich bin sehr dankbar, daß das, was ich geschrieben habe, von Dir für brauchbar befunden wurde –, warum liest Du dann nicht, was ich geschrieben habe, und wirst Dir klar über das, was Du denkst, und prüfst es anhand Deines eigenen Lebens, Deiner eigenen Erfahrung. Kümmere Dich nicht um Professor Schwarz und Weiß.«

»Liebe Schriftstellerin« – antworten sie. »Ich muß aber wissen, was die Autoritäten sagen, weil mir mein Professor keine Zensuren geben wird, wenn ich sie nicht zitiere.«

Dies ist ein internationales System, vollkommen identisch vom Ural bis Jugoslawien, von Minnesota bis Manchester.

Der Punkt ist, daß wir alle so daran gewöhnt sind, daß wir nicht mehr sehen, wie schlecht es ist.

Ich bin nicht daran gewöhnt, weil ich von der Schule abging, als ich vierzehn war. Es gab eine Zeit, in der ich es bedauerte und glaubte, ich hätte etwas Wertvolles versäumt. Jetzt bin ich dankbar, daß ich glücklich davongekommen bin. Nach der Veröffentlichung vom *Goldenen Notizbuch* machte ich es mir zur Aufgabe, etwas über die Literaturmaschinerie herauszufinden, den Prozeß zu untersuchen, der einen Kritiker oder Rezensenten hervorbringt. Ich habe mir unzählige Examensarbeiten angesehen – und traute meinen Augen nicht; saß in Seminaren für Literaturunterricht – und traute meinen Ohren nicht.

Sie könnten sagen: Das ist eine übertriebene Reaktion, und Sie haben kein Recht dazu, weil Sie nie Teil des Systems waren. Aber ich meine, es ist keineswegs übertrieben, und die Reaktion von jemandem, der außerhalb steht, ist einfach deswegen wertvoll, weil sie frisch ist und nicht befangen aus Treue zu einer bestimmten Ausbildung.

Aber nach dieser Untersuchung hatte ich keine Schwierigkeiten, mir meine eigenen Fragen zu beantworten: Warum sind sie so engstirnig, so persönlich, so kleinlich? Warum atomisieren und schmälern sie immer, warum sind sie so vom Detail fasziniert und nicht am Ganzen interessiert? Warum besteht ihre Definition des Wortes *Kritiker* immer darin, Fehler zu finden? Warum sehen sie Schriftsteller immer nur im Widerstreit miteinander statt als gegenseitige Ergänzung ... einfach, weil sie darauf gedrillt sind, so zu denken. Jene kostbare Person, die versteht, was man macht, worauf man abzielt, und die einem Rat und echte Kritik geben kann, ist fast immer jemand, der völlig außerhalb der Literaturmaschinerie, ja sogar außerhalb des Universitätssystems steht; es kann ein Student sein, der gerade anfängt und die Literatur noch liebt, oder vielleicht eine nachdenkliche Person, die viel liest und dabei ihrem eigenen Instinkt folgt.

Ich sage diesen Studenten, die ein, zwei Jahre damit zugebracht haben, Abschlußarbeiten über ein einziges Buch zu schreiben: »Es gibt nur eine Art, Bücher zu lesen, nämlich die, in Bibliotheken und Buchhandlungen zu stöbern, Bücher mitzunehmen, die einen interessieren, und nur die zu lesen und sie wegzulegen, wenn sie einen langweilen, oder die Längen zu überspringen – und niemals, niemals etwas zu lesen, weil man glaubt, man müßte, oder weil es zu einer Richtung oder Bewegung gehört. Denk daran, daß das Buch, das dich langweilt, wenn du zwanzig oder dreißig bist, eine Offenbarung sein kann, wenn du vierzig oder fünfzig bist – und umgekehrt. Lies kein Buch, wenn nicht die Zeit dafür gekommen ist. Denk daran, daß auf alle Bücher, die uns im Druck vorliegen, ebenso viele kommen, die niemals in den Druck gekommen sind, niemals geschrieben wurden – selbst jetzt, in diesem Zeitalter der zwanghaften Berufung auf das geschriebene Wort, werden Geschichte und sogar Sozialkunde mit Hilfe von Erzählungen gelehrt, und die Leute, die darauf abgerichtet sind, nur in den Kategorien dessen zu denken, was geschrieben ist – und leider können fast sämtliche Produkte unseres Erziehungssystems nichts weiter als das –, sehen das nicht, was vor ihren Augen liegt. Die wirkliche Geschichte Afrikas zum Beispiel befindet sich noch in der Obhut schwarzer Märchenerzähler und Zauberer, schwarzer Historiker und Medizinmänner: es ist eine verbale Geschichte, die noch in sicherem Gewahrsam vor dem weißen Mann und seinen Plünderungen gehalten wird. Wenn du deinen Geist offenhältst, wirst du überall die Wahrheit in Wörtern finden, die *nicht* niedergeschrieben sind. Also laß niemals die gedruckte Seite Herr über dich werden. Vor allem solltest du wissen, daß die Tatsache, daß du ein oder zwei Jahre über einem Buch oder einem Autor verbringen mußt, bedeutet, daß du schlecht unterrichtet worden bist – man hätte dich lehren sollen, auf deine eigene Weise von einer Neigung zur nächsten zu lesen, du solltest lernen, deinem eigenen intuitiven Gespür im Hinblick auf das, was du brauchst, zu folgen: Das ist es, was du hättest entwickeln sollen, nicht die Art, wie man andere Leute zitiert.«

Aber leider ist es fast immer zu spät.

Eine Zeitlang sah es so aus, als ob die jüngsten Studentenrevolten die Verhältnisse ändern könnten, als ob ihre Unduldsamkeit gegenüber dem toten Zeug, das man sie lehrt, stark genug sein könnte, etwas Frischeres und Sinnvolleres an dessen Stelle zu setzen. Aber die Revolte scheint vorbei zu sein. Traurig. Während der bewegten Zeit in den Vereinigten Staaten bekam ich Briefe mit Berichten darüber, wie ganze Seminare ihre Kompendien zurückgewiesen und ihre eigene Bücherauswahl mit ins Seminar gebracht hatten, jene Bücher, die sie als relevant für ihr Leben ansahen. Die Seminare waren emotional, manchmal leidenschaftlich, zornig, aufregend, lebenssprühend. Natürlich nur bei Lehrern, die gleichgesinnt waren und bereit, gemeinsam mit den Studenten gegen die Autoritäten Widerstand zu leisten – bereit, die Folgen auf sich zu nehmen. Es gibt Lehrer, die wissen, daß die Weise, in der sie lehren müssen, falsch und langweilig ist – glücklicherweise gibt es noch genügend, die mit etwas Glück das, was falsch ist, über den Haufen werfen, selbst wenn die Studenten den Schwung verloren haben.

Inzwischen gibt es ein Land, wo . . .

. . . vor dreißig oder vierzig Jahren ein Kritiker eine private Liste von Schriftstellern und Dichtern anfertigte, die, wie er persönlich glaubte, das darstellen, was in der Literatur von Wert war; alle anderen ließ er aus. Diese Liste verteidigte er des langen und breiten gedruckt, denn ›Die Liste‹ wurde auf der Stelle Gegenstand zahlreicher Debatten. Millionen von Wörtern, dafür, dagegen, wurden geschrieben – Schulen und Sekten, dafür und dagegen, ins Leben gerufen. Der Streit dauert, nach so vielen Jahren, immer noch an . . . niemand findet diesen Zustand traurig oder lächerlich . . .

. . . wo es kritische Bücher von immenser Komplexität und Bildung gibt, die sich, wenn auch häufig aus zweiter oder dritter Hand, mit Originalwerken befassen – mit Romanen, Theaterstücken, Erzählungen. Die Leute, die diese Bücher schreiben, bilden, über die ganze Welt verteilt, eine akademische Schicht – sie sind ein internationales Phänomen, die Crème der literarischen Gelehrtenwelt. Sie verbringen ihr Leben damit, zu kritisieren und ihre Kritiken wechselseitig zu kritisieren. Sie zumindest erachten diese Tätigkeit für wichtiger als die originale Tätigkeit. Es ist für Literaturstudenten möglich, mehr Zeit mit dem Lesen von Literaturkritik und Kritik der Literaturkritik zu verbringen als mit dem Lesen von Lyrik, Romanen, Biographien, Erzählungen. Viele Leute finden diesen Zustand ganz normal und nicht traurig und lächerlich . . .

. . . wo ich vor kurzem einen Aufsatz über Antonius und Cleopatra von einem Jungen gelesen habe, der beinahe die besten Noten bekommen hätte. Dieser Aufsatz war voller Originalität und Erregung über das Stück, jenem Gefühl, das jeder wirkliche Literaturunterricht zu wecken sucht. Der Aufsatz wurde vom Lehrer mit folgendem Kommentar zurückgegeben: Ich kann diesen Aufsatz nicht zensieren, du hast keine der Autoritäten zitiert. Wenige Lehrer würden dies traurig und lächerlich finden . . .

. . . wo Leute, die sich für gebildet halten und die in der Tat gewöhnlichen, nicht-lesenden Leuten überlegen sind, die kultivierter sind, zu einem Schriftsteller kommen und ihm oder ihr dazu gratulieren, daß er oder sie irgendwo eine gute Besprechung bekommen hat – es aber nicht für notwendig halten, das fragliche Buch auch zu lesen oder jemals darüber nachzudenken, daß das, woran sie interessiert sind, der Erfolg ist ...

... wo, wenn ein Buch über ein bestimmtes Thema, sagen wir, Sterngukkerei, herauskommt, auf der Stelle ein Dutzend Colleges, Gesellschaften, Fernsehprogramme dem Verfasser schreiben und ihn bitten, zu kommen und über Sternguckerei zu reden. Das letzte, was ihnen in den Sinn kommt, ist, das Buch zu lesen. Dies Verhalten findet man ganz normal und überhaupt nicht lächerlich ...

... wo ein junger Mann oder eine junge Frau, Rezensent oder Kritiker, der/die vom Werk eines Schriftstellers nicht mehr gelesen hat als das Buch, das vor ihm/ihr liegt, über den fraglichen Autor – der möglicherweise fünfzehn Bücher geschrieben hat und seit zwanzig oder dreißig Jahren schreibt – gönnerhaft, oder als sei er/sie von der ganzen Angelegenheit eher gelangweilt, oder als überlege er/sie, welche Note er/sie einem Aufsatz geben solle, schreibt und dem besagten Autor Instruktionen darüber erteilt, was er als nächstes schreiben solle und wie. Niemand findet das absurd, und gewiß nicht die junge Person, Kritiker oder Rezensent, die man jahrelang gelehrt hatte, jeden gönnerhaft zu behandeln und zu katalogisieren, von Shakespeare abwärts.

... wo ein Professor der Archäologie über einen südamerikanischen Stamm, der ein hochentwickeltes Wissen über Pflanzen, Medizin und psychologische Methoden hat, schreibt: »Das Erstaunliche ist, daß diese Leute keine Schriftsprache haben ...« Und niemand findet ihn absurd.

... wo anläßlich einer Hundertjahrfeier für Shelley in derselben Woche und in drei verschiedenen Literaturzeitschriften drei junge Männer, die in unseren völlig gleichen Universitäten eine völlig gleiche Ausbildung erhalten haben, kritische Arbeiten über Shelley veröffentlichen können, in denen sie ihn mit dem schwächstmöglichen Lob, und das in völlig gleichem Ton, verreißen, als täten sie Shelley einen großen Gefallen damit, ihn überhaupt zu erwähnen – und niemand scheint darin ein Anzeichen dafür zu sehen, daß mit unserem Literatursystem etwas ernsthaft nicht in Ordnung ist.

Schließlich und endlich ... ist dieser Roman für seine Verfasserin immer noch eine höchst lehrreiche Erfahrung. Ein Beispiel. Zehn Jahre, nachdem ich ihn geschrieben habe, kann ich in einer Woche drei Briefe darüber von drei intelligenten, gebildeten, betroffenen Leuten bekommen, die sich die Mühe gemacht haben, sich hinzusetzen und mir zu schreiben. Einer ist vielleicht in Johannesburg, einer in San Francisco, einer in Budapest. Und hier sitze ich, in London, lese sie, alle auf einmal oder nacheinander – wie immer den Verfassern dankbar und erfreut darüber, daß das, was ich geschrieben habe, anregen, aufklären – oder sogar verärgern konnte. Ein Brief handelt nur vom Geschlechterkampf, von der Unmenschlichkeit der Männer den Frauen gegenüber und der Unmenschlichkeit der Frauen den Männern gegenüber, und der Verfasser hat Seite um Seite über nichts anderes geschrieben, weil sie – aber nicht immer eine ›sie‹ – in dem Buch nichts anderes erblicken kann.

Der zweite handelt von Politik, stammt vielleicht von einem alten Roten, wie ich es selbst bin, und er oder sie schreibt viele Seiten über Politik und erwähnt nie irgendein anderes Thema.

Diese beiden Briefe bekam ich, als das Buch gewissermaßen noch jung war, am häufigsten.

Der dritte, einst seltene, aber jetzt die anderen einholende Brief ist von einem Mann oder einer Frau geschrieben, die darin nichts anderes sehen als das Thema der Geisteskrankheit.

Es ist aber dasselbe Buch.

Natürlich werfen diese Vorfälle wieder die Frage auf, was die Leute sehen, wenn sie ein Buch lesen, und warum einer nur ein Muster sieht und von den anderen gar nichts und wie seltsam es ist, daß man als Autor ein so klares Bild von einem Buch hat, während es von den Lesern so unterschiedlich gesehen wird.

Aus diesen Gedanken ging eine neue Schlußfolgerung hervor: Daß es nämlich kindisch von einem Schriftsteller ist, zu wollen, daß die Leser sehen, was er sieht, daß sie die Form und die Aussage eines Romans so verstehen, wie er sie versteht – wenn er dies will, bedeutet das, daß er den wesentlichsten Punkt nicht verstanden hat. Daß nämlich das Buch *nur* dann lebendig und kraftvoll und befruchtend ist, fähig, Gedanken und Diskussion zu fördern, wenn sein Entwurf, seine Form und seine Intention nicht verstanden werden, denn der Moment, in dem Form und Entwurf und Intention verstanden sind, ist auch der Moment, in dem nichts weiter herauszuholen ist.

Wenn das Muster eines Buches und die Form seines inneren Lebens für den Leser so offenkundig ist wie für den Autor – dann ist es vielleicht Zeit, das Buch wegzuwerfen, als eines, dessen Tage vorbei sind, und mit etwas Neuem zu beginnen.

Doris Lessing

Juni 1971

Ungebundene Frauen

I

Anna trifft ihre Freundin Molly
im Sommer 1957 nach einer Trennung . . .

Die beiden Frauen waren allein in der Londoner Wohnung.

»Soweit ich sehe«, sagte Anna, als ihre Freundin vom Telefon im Flur zurückkkam, »soweit ich sehen kann, ist alles am Zusammenklappen.«

Molly war eine Frau, die viel telefonierte. Als es klingelte, hatte sie gerade gefragt: »Also, was gibt's für Klatsch?« Jetzt sagte sie: »Das war Richard, er kommt rüber. Anscheinend ist das sein einziger freier Moment heute für den nächsten Monat. Jedenfalls behauptet er das.«

»Ich werde nicht gehen«, sagte Anna.

»Nein, du bleibst genau da, wo du bist.«

Molly überlegte, wie sie eigentlich aussah – sie trug Hosen und einen Pullover, beides abgetragen. »Er muß mich halt nehmen, wie ich bin«, schloß sie und setzte sich ans Fenster. »Er wollte nicht sagen, worum es geht – wieder eine Krise mit Marion, nehme ich an.«

»Hat er dir nicht geschrieben?« fragte Anna vorsichtig.

»Beide, er und Marion, haben mir geschrieben – so richtige *Bonhomie-* Briefe. Komisch, nicht?«

Dieses *komisch, nicht?* war der charakteristische Ton für die vertrauten Unterhaltungen, die sie als Klatsch bezeichneten. Aber nachdem Molly diesen Ton angeschlagen hatte, schweifte sie ab: »Es hat jetzt keinen Sinn zu reden, weil er gleich rüberkommt.«

»Er wird wahrscheinlich gehen, wenn er mich hier sieht«, sagte Anna heiter, aber leicht aggressiv. Molly warf ihr einen interessierten Blick zu und sagte: »Aber warum denn?«

Daß Anna und Richard sich nicht mochten, war eine bekannte Tatsache; und früher war Anna immer gegangen, wenn Richard erwartet wurde. Jetzt sagte Molly: »Eigentlich glaube ich, daß er dich ganz gern hat. Im Grunde seines Herzens. Ausschlaggebend aber ist, daß er aus Prinzip dazu verpflichtet ist, mich zu mögen – er ist so verrückt, daß er einen Menschen entweder nur gern haben oder verabscheuen kann, das heißt, der ganze Abscheu, den er für mich hegt, wird auf dich abgewälzt, was er aber nie zugeben würde.«

»Freut mich«, sagte Anna. »Aber weißt du was? Während du weg warst, habe ich entdeckt, daß wir beide für eine Menge Leute praktisch austauschbar sind.«

»Das hast du *jetzt erst* kapiert?« sagte Molly, triumphierend wie immer, wenn Anna Fakten zur Sprache brachte, die – was sie selber anbelangte – offenkundig waren.

In dieser Beziehung war früh Bilanz gezogen worden: Molly war insgesamt weltkluger als Anna, die wiederum eine überlegene Begabung besaß. Anna hatte ihre eigenen, sehr persönlichen Ansichten. Nun lächelte sie und gab damit zu, daß sie sehr langsam gewesen war.

»Komisch – wo wir in jeder Beziehung doch so verschieden sind«, sagte Molly. »Ich nehme an, weil wir beide dieselbe Art Leben leben – nicht heiraten und so weiter. Das ist alles, was sie sehen.«

»Ungebundene Frauen«, sagte Anna ungezwungen. Mit einem für Molly neuen Zorn, der ihr einen weiteren raschen, prüfenden Blick von ihrer Freundin eintrug, fügte sie hinzu: »Sie definieren uns immer noch im Hinblick auf Männerbeziehungen, sogar die besten von ihnen.«

»*Wir* tun's doch auch, oder etwa nicht?« sagte Molly ziemlich scharf. »Ich gebe zu, es ist furchtbar schwierig, es nicht zu tun«, verbesserte sie sich hastig wegen des überraschten Blicks, den Anna ihr jetzt zuwarf. Eine kleine Pause entstand, während der sich die Frauen nicht ansahen, sondern überlegten, daß ein Jahr des Getrenntseins eine lange Zeit war, sogar für eine alte Freundschaft.

Molly sagte schließlich seufzend: »Ungebunden. Weißt du, als ich fort war, habe ich über uns nachgedacht, und ich bin zu dem Schluß gekommen, daß wir ein völlig neuer Frauentyp sind. Bestimmt, wir müssen so etwas sein.«

»Es gibt nichts Neues unter der Sonne«, sagte Anna mit dem Versuch eines deutschen Akzents. Molly wiederholte entrüstet – sie sprach ein halbes Dutzend Sprachen gut: »Es gibt nichts Neues unter der Sonne«, mit der perfekten Wiedergabe der Stimme einer schlauen alten Frau mit deutschem Akzent.

Anna schnitt eine Grimasse, die ihr Versagen eingestand. Sie konnte keine Sprachen lernen und war ihrer selbst zu bewußt, um jemals jemand anderes zu werden: Einen Augenblick lang hatte Molly ausgesehen wie Mother Sugar, sonst Mrs. Marks, zu der sie beide in die Psychoanalyse gegangen waren. Die Vorbehalte, die sie beide angesichts des feierlichen und schmerzhaften Rituals empfunden hatten, wurden durch den Kosenamen ›Mother Sugar‹ ausgedrückt, der mit der Zeit viel mehr bezeichnete als eine Person, nämlich eine ganz bestimmte Lebensanschauung – traditionell, verwurzelt, konservativ –, trotz ihrer skandalösen Vertrautheit mit allem Amoralischen. *Trotz* – so hatten Anna und Molly es bisher empfunden, wenn sie das Ritual diskutierten; seit kurzem hatte Anna mehr und mehr das Gefühl, daß es *wegen* dieser Vertrautheit war; und sie freute sich schon auf die Diskussion mit ihrer Freundin, speziell über diesen Punkt.

Aber da sagte Molly rasch, indem sie, wie schon oft in der Vergangenheit, auf die leiseste Andeutung einer Kritik Annas an Mother Sugar reagierte: »Ganz egal, sie war großartig, und ich war in einer viel zu schlechten Verfassung, um Kritik üben zu können.«

»Mother Sugar sagte immer: ›Du bist Elektra‹, oder ›Du bist Antigone‹, und damit hatte es sich für sie«, sagte Anna.

»Na ja, nicht ganz«, äußerte Molly. Sie empfand es als Sakrileg, wenn Anna so über die schmerzhaften Sondierungsstunden, die sie beide verbracht hatten, sprach.

»Doch«, sagte Anna, die unerwarteterweise darauf bestand, so daß Molly das dritte Mal neugierig zu ihr hinschaute. »Doch. Ich sage ja nicht, daß sie mir nicht alles erdenkliche Gute getan hat. Ich bin sicher, daß ich ohne sie niemals mit allem fertig geworden wäre, mit dem ich fertig werden mußte. Aber trotzdem . . . Ich erinnere mich ganz deutlich an einen Nachmittag – an das große Zimmer und die diskreten Wandlampen und den Buddha und die Bilder und die Statuen.«

»Ja, und?« sagte Molly, jetzt sehr kritisch.

Angesichts dieser unausgesprochenen, aber deutlichen Entschlossenheit, das nicht zu diskutieren, sagte Anna: »Ich habe über das alles die letzten paar Monate nachgedacht . . . Ich würde doch gern mit dir darüber sprechen. Schließlich haben wir beide dasselbe durchgemacht und mit derselben Person . . .«

»Ja, und?«

Anna gab nicht nach: »Ich erinnere mich noch deutlich an den Nachmittag, an dem ich wußte, daß ich niemals zurückkommen würde. Es war wegen der ganzen verfluchten Kunst in der Wohnung.«

Molly zog scharf die Luft ein. Sie sagte rasch: »Ich weiß nicht, was du meinst.« Als Anna nicht antwortete, sagte sie vorwurfsvoll: »Und hast du irgend etwas geschrieben, seit ich weg war?«

»Nein.«

»Ich sage dir immer wieder«, sagte Molly mit schriller Stimme, »ich vergebe es dir nie, wenn du so ein Talent wegwirfst. Ich meine es ernst. Ich habe es getan, und ich kann nicht einfach daneben stehen und zusehen – ich habe mit Malen und Tanzen und Schauspielern und Kritzeln herumgemurkst, und jetzt . . . du bist so begabt, Anna. *Warum?* Ich verstehe es einfach nicht.«

»Wie kann ich dir jemals erklären, warum, wenn du immer so bitter und vorwurfsvoll bist?«

Molly hatte Tränen in den Augen, die sie mit dem schmerzlichsten Vorwurf auf ihre Freundin heftete. Mühsam brachte sie hervor: »Im Grunde meines Herzens habe ich immer gedacht, na ja, ich werde mal heiraten, also macht es nichts, daß ich alle Talente, mit denen ich geboren bin, vergeude. Bis vor kurzem habe ich sogar davon geträumt, mehr Kinder zu haben – ja, ich weiß, es ist idiotisch, aber es stimmt. Und jetzt bin ich vierzig, und Tommy ist erwachsen. Aber wenn du nicht schreibst, bloß weil du daran denkst zu heiraten . . .«

»Aber wir beide möchten heiraten«, sagte Anna humorvoll und drückte damit ihren Vorbehalt gegen dieses Gespräch aus; sie hatte bekümmert eingesehen, daß sie schließlich doch nicht in der Lage sein würde, bestimmte Themen mit Molly zu diskutieren.

Molly lächelte trocken, warf ihrer Freundin einen scharfen, bitteren Blick zu und sagte: »In Ordnung, aber es wird dir später leid tun.«

»*Leid tun*«, sagte Anna, überrascht lachend. »Molly, woher kommt das bloß, daß du nie glaubst, andere Leute könnten dieselbe Unfähigkeit haben wie du?«

»Du hast ziemlich viel Glück, daß du ein Talent hast, und nicht vier.«

»Vielleicht stand mein eines Talent aber unter genausoviel Druck wie deine vier?«

»Ich kann in dieser Stimmung nicht mit dir reden. Soll ich dir Tee machen, während wir auf Richard warten?«

»Ich hätte lieber Bier oder so was.« Sie setzte herausfordernd hinzu: »Ich habe es mal für sehr wahrscheinlich gehalten, daß ich später mit dem Trinken anfangen würde.«

Im Ton der älteren Schwester, den Anna herausgefordert hatte, sagte Molly: »Darüber solltest du keine Scherze machen, Anna. Nicht, wenn du siehst, was es den Leuten antut – schau dir doch Marion an. Ich würde gern wissen, ob sie getrunken hat, während ich weg war?«

»Das kann ich dir sagen. Sie hat – ja, sie hat mich ein paarmal besucht.«

»Sie hat *dich* besucht?«

»Darauf wollte ich hinaus, als ich sagte, du und ich, wir sind offenbar austauschbar.«

Molly tendierte dazu, besitzergreifend zu sein – ganz wie Anna es vorausgeahnt hatte, war sie leicht verstimmt, als sie sagte: »Ich nehme an, gleich wirst du sagen, daß Richard dich auch besucht hat?« Anna nickte; und Molly sagte lebhaft: »Ich hole uns Bier.« Sie kam mit zwei hohen, kältebeschlagenen Gläsern zurück und sagte: »Also, am besten erzählst du mir schnell alles, bevor Richard kommt, ja?«

Richard war Mollys Mann; oder war vielmehr ihr Mann gewesen. Molly war das Produkt von etwas, was sie in einer Anspielung als eine jener ›Zwanzigjährigen-Ehen‹ bezeichnete. Ihr Vater und ihre Mutter hatten, wenn auch nur kurz, in den Intellektuellen- und Bohèmekreisen geglänzt, die sich um die großen Sterne wie Huxley, Lawrence, Joyce etc. gedreht hatten. Ihre Kindheit war katastrophal gewesen, da diese Ehe nur ein paar Monate dauerte. Sie hatte im Alter von achtzehn Jahren den Sohn eines Freundes ihres Vaters geheiratet. Sie wußte jetzt, daß sie aus einem Bedürfnis nach Sicherheit und gesellschaftlicher Geltung geheiratet hatte. Der Junge Tommy war ein Produkt dieser Ehe. Richard war mit zwanzig schon auf dem Wege gewesen, der solide Geschäftsmann zu werden, als der er sich seitdem erwiesen hatte: Und Molly und er hatten ihre Unvereinbarkeit nicht länger als ein Jahr ertragen. Er hatte dann Marion geheiratet, und in dieser Ehe gab es drei Jungen. Tommy war bei Molly geblieben. Richard und sie wurden, sobald die Scheidungsgeschichte vorbei war, wieder Freunde. Später wurde Marion ihre Freundin. Das war also die Situation, auf die Molly oft mit den Worten »Komisch, nicht?« anspielte.

»Richard hat mich wegen Tommy aufgesucht«, sagte Anna.

»Was? Warum?«

»Ach – idiotisch! Er fragte mich, ob ich meine, daß es gut für Tommy ist, wenn er so viel Zeit mit Brüten verbringt. Ich sagte, ich finde Brüten für jeden gut, wenn er damit denken meint; und daß es sowieso nicht unsere Aufgabe ist, uns einzumischen, weil Tommy zwanzig ist und erwachsen.«

»Es ist nicht gut für ihn«, sagte Molly.

»Er fragte mich, ob ich meine, daß es gut für Tommy wäre, irgend so eine Reise nach Deutschland zu machen – eine Geschäftsreise, mit ihm. Ich habe gesagt, er soll Tommy fragen, nicht mich. Natürlich hat Tommy nein gesagt.«

»Natürlich. Es tut mir leid, daß Tommy nicht mitgefahren ist.«

»Doch der wirkliche Grund, weshalb er zu mir kam, war, glaube ich, Marion. Marion hatte mich aber gerade besucht und hatte sozusagen den älteren Anspruch. Also hätte ich mit ihm überhaupt nicht über Marion geredet. Ich glaube, es ist wahrscheinlich, daß er jetzt kommt, um mit dir über Marion zu sprechen.«

Molly ließ Anna nicht aus den Augen. »Wie oft ist Richard gekommen?«

»Etwa fünf- oder sechsmal.«

Nach kurzem Schweigen ließ Molly ihrem Zorn freien Lauf: »Komisch, er scheint von mir fast zu erwarten, daß ich Marion kontrolliere. Warum ich? Oder du? Weißt du, vielleicht solltest du doch besser gehen. Es wird schwierig werden, wenn es alle möglichen Komplikationen gegeben hat, während ich dem Ganzen den Rücken gekehrt hatte.«

Anna sagte entschlossen: »Nein, Molly. Ich habe Richard nicht gebeten, mich zu besuchen. Ich habe Marion nicht gebeten, mich zu besuchen. Schließlich ist es nicht deine Schuld oder meine, daß wir für die Leute anscheinend beide dieselbe Rolle spielen. Ich habe gesagt, was du gesagt haben würdest – wenigstens glaube ich das.«

In Annas Worten lag ein Unterton von drolligem, ja kindlichem Bitten. Aber das war beabsichtigt. Molly, die ältere Schwester, lächelte und sagte:

»Also gut.« Sie fuhr fort, Anna genau zu beobachten; und Anna bemühte sich sorgfältig, sich den Anschein zu geben, als bemerke sie es nicht. Sie wollte Molly jetzt nicht erzählen, was zwischen ihr und Richard vorgefallen war; nicht bevor sie ihr nicht die ganze Geschichte des unglücklichen letzten Jahres erzählen konnte.

»Trinkt Marion stark?«

»Ja, ich glaube.«

»Und sie hat dir alles darüber erzählt?«

»Ja, bis in alle Einzelheiten. Und was komisch ist, ich schwöre dir, sie sprach mit mir, als ob ich du wäre – versprach sich sogar, nannte mich Molly, und so weiter.«

»Also, ich *weiß* nicht«, sagte Molly. »Wer hätte das gedacht? Du und ich, wir sind so verschieden wie Tag und Nacht.«

»Vielleicht nicht ganz so verschieden«, sagte Anna trocken; aber Molly lachte ungläubig.

Sie war eine ziemlich große und starkknochige Frau, aber sie sah schlank, sogar knabenhaft aus. Das lag an ihrem Haar, das wild und goldsträhnig war und jungenhaft geschnitten; und an der Art, sich zu kleiden, wofür sie von Natur aus sehr begabt war. Sie hatte Spaß an den verschiedenen Verkleidungen, die sie tragen konnte: einmal war sie ein burschikoses Mädchen in engen Hosen und Pullovern, dann wieder eine Sirene mit geschminkten grünen Augen und hervortretenden Backenknochen, in einem Kleid, das ihre vollen Brüste zur Geltung brachte.

Dies war eins der Privatspiele, die sie mit dem Leben spielte und um die Anna sie beneidete; in Augenblicken der Selbstkritik jedoch sagte sie Anna, sie schäme sich, daß sie die verschiedenen Rollen so sehr genoß: »Es ist so, als wäre ich wirklich anders – verstehst du? Ich fühle mich sogar wie eine andere Person. Darin steckt eine gewisse Bosheit – der Mann, von dem ich dir letzte Woche erzählt habe, weißt du – der hat mich das erstemal in meinem schlampigen alten Pullover gesehen, und dann bin ich ins Restaurant gesegelt, eine *femme fatale* ist nichts dagegen, und er wußte nicht, wie er mit mir umgehen sollte, er hat den ganzen Abend kein Wort herausgebracht, und ich habe es genossen. Na, Anna?«

»Aber du hast es genossen«, sagte Anna dann lachend.

Anna war klein, dünn, dunkel, zerbrechlich, mit stets wachsamen Augen und einer lockeren Frisur. Sie war im großen und ganzen mit sich zufrieden, aber sie war immer gleich. Sie beneidete Molly um ihre Fähigkeit, ihre Stimmungswechsel nach außen zu kehren. Anna trug gepflegte, feine Kleidung, die zum Förmlichen, vielleicht sogar ein bißchen zum Sonderbaren tendierte; sie vertraute darauf, daß ihre zarten, weißen Hände und ihr kleines, spitzes, weißes Gesicht Eindruck machten. Aber sie war schüchtern, unfähig, sich durchzusetzen, und wurde ihrer eigenen Überzeugung nach leicht übersehen.

Wenn die zwei Frauen zusammen ausgingen, dann hielt sich Anna absichtlich im Hintergrund und stellte sich auf die dramatische Molly ein. Wenn sie allein waren, war es eher so, daß sie die Führung übernahm. Aber dies galt in keiner Weise für den Anfang ihrer Freundschaft. Molly, die sprunghaft, offen und taktlos war, hatte Anna unverhohlen bevormundet. Langsam lernte Anna für sich selbst einzutreten, womit Mother Sugars Dienste eine ganze Menge zu tun hatten, sogar jetzt noch gab es Augenblicke, in denen sie Molly eigentlich widersprechen sollte und es nicht tat. Sie gestand sich selbst ein, daß sie ein Feigling war; immer würde sie lieber nachgeben, statt Streitereien und Szenen zu erleben. Ein Streit würde Anna auf Tage hinaus niederstrekken, während Molly dabei erst aufblühte. Sie würde in einen Tränenschwall ausbrechen, unverzeihliche Dinge ₅sagen und das Ganze einen halben Tag später vergessen haben, während die geschwächte Anna in ihrer Wohnung wieder zu sich kam.

Daß sie beide ›labil‹ und ›wurzellos‹ waren, Wörter, die aus Mother Sugars Ära datierten, gaben beide offen zu. Aber Anna hatte seit kurzem gelernt, diese Wörter in einer anderen Weise zu verwenden, nicht als Bezeichnung für etwas, das einem nachgesehen werden muß, sondern als Flaggen oder Banner für eine Haltung, die auf eine neue Philosophie deuteten. Sie hatte sich an Phantasien delektiert, etwa der, daß sie zu Molly sagte: Wir hatten die falsche Haltung der ganzen Sache gegenüber, und das ist Mother Sugars Schuld – was ist denn schon diese vielgepriesene Sicherheit und Ausgeglichenheit? Was ist falsch daran, wenn man in einer Welt, die sich so rasch wandelt wie die unsere, emotional von der Hand in den Mund lebt?

Aber jetzt, als sie mit Molly dasaß und redete, wie sie es so viele hundert Male zuvor getan hatten, sagte Anna zu sich: Warum habe ich immer dieses schreckliche Bedürfnis, andere Leute dazu zu bringen, die Dinge so zu sehen, wie ich sie sehe? Das ist wirklich kindisch. Worauf es hinausläuft, ist, daß ich Angst habe, mit dem, was ich fühle, allein zu sein.

Das Zimmer, in dem sie saßen, lag im ersten Stock, mit dem Ausblick auf eine enge Seitenstraße; die Fenster hatten Blumenkästen und bemalte Fensterläden, und das Trottoir zierten drei sich sonnende Katzen, ein Pekinese und der Milchwagen, der war spät dran, weil Sonntag war. Der Milchmann hatte aufgerollte weiße Hemdsärmel; und sein Sohn, ein sechzehnjähriger Junge, ließ die glänzenden weißen Flaschen aus einem Drahtkorb auf die Türstufen gleiten. Als sie unter ihrem Fenster ankamen, guckte der Mann hoch und nickte. Molly sagte: »Gestern kam er auf einen Kaffee rein. Voller Triumph. Sein Sohn hat ein Stipendium bekommen, und Mr. Gates wollte, daß ich es erfahre. Ich kam darauf, bevor er's mir erzählen konnte, und sagte zu ihm: ›Mein Sohn hat so viele Privilegien und eine so gute Erziehung gehabt, und schauen Sie ihn sich jetzt an, er weiß nicht, was er mit sich anfangen soll. Und für Ihren Sohn wurde kein Pfennig ausgegeben, und doch hat er ein gutes Stipendium bekommen.‹ ›Das stimmt‹, sagte er, ›so geht das.‹ Dann dachte ich, also, ich will verdammt sein, wenn ich hier sitze und das so hinnehme, deshalb sagte ich zu ihm: ›Mr. Gates, Ihr Sohn gehört ab jetzt zum Mittelstand, zu solchen Leuten, wie wir es sind. Sie werden nicht mehr dieselbe Sprache sprechen. Sie wissen das, nicht?‹ ›Das ist der Lauf der Welt‹, sagte er. ›Das ist überhaupt nicht der Lauf der Welt, das ist der Lauf dieses verdammten klassenbeherrschten Landes‹, sagte ich. Er ist einer von den verfluchten Arbeiterklassen-Tories, dieser Mr. Gates, und er sagte: ›Das ist der Lauf der Welt, Miss Jacobs, Sie sagen, Ihr Sohn weiß seinen Weg nicht? Das ist traurig.‹ Und fort ging er auf seine Milchrunde, und ich ging nach oben, und da saß Tommy auf seinem Bett, saß einfach da. Wahrscheinlich sitzt er jetzt auch da, wenn er zu Hause ist. Schau dir den Gatesjungen an, der ist aus einem Guß, der bemüht sich um das, was er will. Aber Tommy – alles, was er in den drei Tagen, seitdem ich zurück bin, getan hat, ist auf dem Bett sitzen und nachdenken.«

»Oh, Molly, mach dir nicht so viel Sorgen. Er wird schon werden.« Sie lehnten über dem Fenstersims und beobachteten Mr. Gates und seinen Sohn. Ein kleiner, lebhafter, kräftiger Mann; und sein Sohn war groß, kräftig und gutaussehend. Die Frauen sahen zu, wie der Junge mit einem leeren Korb zurückkam, dann einen gefüllten hinten aus dem Wagen herausschwenkte und mit einem Lächeln und Nicken die Anweisungen seines Vaters entgegennahm. *Dort* war vollkommenes Verstehen; und die zwei Frauen, die beide Kinder ohne Männer aufzogen, tauschten ein grimassierendes, neidvolles Lächeln aus.

»Es ist doch so«, sagte Anna, »keine von uns beiden war bereit, bloß zu heiraten, damit unsere Kinder Väter bekommen. Also müssen wir jetzt die Konsequenzen tragen. Falls es welche gibt. Warum sollte es welche geben?«

»Für dich ist das alles bestens«, sagte Molly sauer; »du machst dir nie über irgend etwas Sorgen, du läßt die Dinge einfach laufen.«

Anna riß sich zusammen – wollte fast nicht antworten und sagte dann mit einiger Mühe: »Ich bin nicht einverstanden damit. Wir versuchen doch, gemäß unseren Vorstellungen zu leben. Wir haben es immer abgelehnt, nach festen Regeln zu leben; warum sollen wir dann anfangen, uns Sorgen zu machen, weil die Welt uns nicht behandelt, wie es der Regel entspricht? Darauf läuft es doch hinaus.«

»Da haben wir's«, sagte Molly kampfeslustig, »ich bin aber kein theoretischer Typ. Du machst das immer so – wenn du mit etwas konfrontiert wirst, fängst du an, Theorien aufzustellen. Ich bin einfach besorgt wegen Tommy.«

Jetzt konnte Anna nicht antworten: der Tonfall ihrer Freundin war zu drastisch. Sie fing wieder an, die Straße zu beobachten. Mr. Gates und sein Junge bogen um die Ecke und verschwanden, den roten Milchwagen hinter sich herziehend. Am entgegengesetzten Ende der Straße gab es etwas interessantes Neues: einen Mann, der einen Handwagen schob. »Frische Landerdbeeren«, rief er. »Heute morgen frisch gepflückt, morgens gepflückte Landerdbeeren . . .«

Molly warf Anna einen Blick zu, die grinsend wie ein kleines Mädchen nickte. (Sie war sich auf unangenehme Weise bewußt, daß dieses Klein-Mädchen-Lächeln Mollys Kritik an ihr beschwichtigen sollte.) »Ich hole welche, auch für Richard«, sagte Molly und lief aus dem Zimmer, wobei sie ihre Handtasche von einem Stuhl auflas.

Anna lehnte weiter auf der Fensterbank, in einem warmen Fleck Sonnenlicht, und beobachtete Molly, die bereits in eine energische Unterhaltung mit dem Erdbeerverkäufer verwickelt war. Molly lachte und gestikulierte, und der Mann schüttelte unzufrieden den Kopf, während er die schweren roten Früchte auf seine Waage schüttete.

»Sie haben doch keine Unkosten«, hörte Anna, »weshalb sollen wir dann genau dasselbe bezahlen wie im Laden?«

»Die verkaufen keine Erdbeeren im Laden, die morgens frisch gepflückt sind, Miss, nicht solche.«

»Ach, kommen Sie«, sagte Molly, als sie mit ihrer weißen Schüssel voller roter Früchte verschwand.

»Haie seid ihr, nichts als Haie!«

Der Erdbeermann, ein junger, magerer, geknechteter Bursche, blickte mit brummigem Gesicht zum Fenster hoch, wo Molly sich bereits wieder niedergelassen hatte. Als er die beiden Frauen zusammen sah, sagte er, während er an seiner glänzenden Waage herumfingerte: »Unkosten – was verstehen Sie schon davon?«

»Dann kommen Sie herauf und trinken mit uns Kaffee und erklären sie es uns«, sagte Molly, und ihr Gesicht leuchtete vor Herausforderung.

Darauf senkte er sein Gesicht und sagte zum Straßenpflaster: »Manche Leute müssen arbeiten und andere nicht.«

»Ach, kommen Sie«, sagte Molly, »seien Sie nicht so ein Trauerkloß. Kommen Sie herauf und essen Sie ein paar von Ihren Erdbeeren. Auf meine Kosten.«

Er wußte nicht, wie er das verstehen sollte. Er stand da, stirnrunzelnd, das junge Gesicht voller Zweifel unter einem überlangen Schwall von fettigem, blondlichen Haar. »Ich bin nicht so einer, wenn Sie das gedacht haben«, bemerkte er schließlich, mit abgewandtem Gesicht.

»Um so schlimmer für Sie«, sagte Molly, verließ das Fenster und lachte

Anna auf eine Weise zu, die zu erkennen gab, daß sie sich für völlig unschuldig hielt.

Anna lehnte sich hinaus, vergewisserte sich durch einen Blick auf die störrischen, beleidigten Schultern des Mannes, daß sie sich nicht getäuscht hatte, und sagte mit leiser Stimme: »Du hast ihn verletzt.«

»Ach, zum Teufel«, sagte Molly achselzuckend. »So ist es, wenn man wieder nach England zurückkommt – alle so verschlossen, so schnell beleidigt, ich könnte jedesmal einen Anfall kriegen und schreien und kreischen, wenn ich diesen eisigkalten Boden betrete. Ich fühle mich wie eingesperrt, sobald ich nur unsere geheiligte Luft atme.«

»Trotzdem«, sagte Anna, »denkt er, daß du über ihn gelacht hast.«

Eine neue Kundin war inzwischen aus dem gegenüberliegenden Haus geschlüpft; eine Frau in legerer Sonntagskleidung – Hosen, loses Hemd, gelber Schal um den Kopf. Der Erdbeermann bediente sie unverbindlich. Bevor er die Griffe anhob, um den Wagen weiterzuschieben, schaute er wieder zum Fenster hoch, und als er nur Anna sah, die ihr kleines spitzes Kinn in ihren Unterarm vergraben hatte und ihre Augen lächelnd auf ihn gerichtet hatte, sagte er mit widerstrebender Gutmütigkeit: »Unkosten, das sagt sie . . .«, und schnaubte leicht vor Abscheu. Er hatte ihnen vergeben.

Hinter den Hügeln sanftroter, in der Sonne leuchtender Früchte schob er weiter die Straße hinauf und rief: »Morgenfrische Erdbeeren. Heute morgen gepflückt!« Dann wurde seine Stimme vom Verkehrslärm der großen Straße verschluckt, die ein paar hundert Meter weiter weg war.

Anna drehte sich um und sah, wie Molly vollgefüllte Erdbeerschalen, überhäuft mit Sahne, aufs Fensterbrett stellte. »Richard kriegt doch keine, das wäre die reine Verschwendung«, sagte Molly, »er ist sowieso nicht fähig, irgend etwas zu genießen. Noch ein Bier?«

»Zu Erdbeeren Wein selbstverständlich«, sagte Anna gierig, bewegte den Löffel zwischen den Früchten herum und spürte ihren weichen, gleitenden Widerstand und die Geschmeidigkeit der Sahne unter der kratzenden Zuckerkruste. Molly füllte behend Gläser mit Wein und stellte sie auf das weiße Fensterbrett. Das Sonnenlicht brach sich auf dem weißen Sims neben jedem Glas, in zitternden Rauten von blutrotem und gelbem Licht, und die beiden Frauen saßen im Sonnenlicht, seufzten vor Vergnügen, streckten ihre Beine in die spärliche Wärme und schauten auf die Farben der Früchte in den glänzenden Schalen und auf den roten Wein.

Aber da läutete die Glocke an der Tür, und beide rückten sich unwillkürlich zurecht. Molly lehnte sich wieder aus dem Fenster und rief: »Paß auf deinen Kopf auf!« und warf den Haustürschlüssel, den sie in ein altes Tuch eingewickelt hatte, hinunter.

Sie beobachteten, wie Richard sich bückte, um den Schlüssel aufzuheben, ohne einen Blick nach oben zu werfen, obwohl er wissen mußte, daß zumindest Molly da war. »Er haßt das«, sagte sie. »Komisch, nicht? Nach all den Jahren? Und das demonstriert er mir, indem er so tut, als wäre nichts gewesen.«

Richard kam ins Zimmer. Er war ein Mann mittleren Alters, der aber jünger aussah, weil er wohlgebräunt war nach Frühsommerferien in Italien. Er trug ein enges, gelbes Sporthemd und neue, helle Hosen: Jeden Sonntag, ob Sommer oder Winter, trug Richard Portmain Kleider, an denen man ihn als Sportsmann erkennen konnte. Er war Mitglied verschiedener angemessener Golf- und Tennisclubs, aber er spielte nie, es sei denn aus Geschäftsgründen. Er hatte seit Jahren ein Ferienhaus auf dem Lande; schickte aber seine Familie allein hin, außer wenn es zweckdienlich war, Geschäftsfreunde übers Wochenende einzuladen. Er war bis in die letzte Faser Stadtmensch. Er verbrachte seine Wochenenden damit, von einem Club, einer Kneipe, einer Bar zur nächsten zu wandern. Er war ein etwas kurzer, dunkler, kompakter Mann, fast fleischig. Sein rundes Gesicht, das attraktiv war, wenn er lächelte, war eigensinnig bis hin zur Verdrießlichkeit, wenn er nicht lächelte. Seine ganze massive Person – mit vorgestrecktem Kopf und starren Augen – machte den Eindruck von störrischer Entschlossenheit. Er reichte Molly jetzt ungeduldig den Schlüssel, der lose in ihren hellroten Schal gestopft war. Sie nahm ihn und sagte, indem sie den weichen Stoff durch ihre kräftigen weißen Finger gleiten ließ: »Unterwegs zu einem gesunden Tag auf dem Lande, Richard?«

Da er sich gegen eine derartige Stichelei gewappnet hatte, lächelte er jetzt und schaute angestrengt in das blendende Sonnenlicht, das auf dem weißen Fenster lag. Als er Anna erkannte, runzelte er unwillkürlich die Stirn, nickte steif, setzte sich hastig auf die gegenüberliegende Seite und sagte: »Ich wußte nicht, daß du Besuch hast, Molly.«

»Anna ist kein Besuch«, sagte Molly.

Sie wartete absichtlich, bis Richard voll genießen konnte, was er da sah: Zwei Frauen, die lässig im Sonnenschein saßen, die Köpfe ihm wohlwollend fragend zugeneigt. Dann erst fragte sie: »Wein, Richard? Bier? Kaffee? Oder vielleicht eine gute Tasse Tee?«

»Falls du einen Scotch im Haus hast, hätte ich nichts dagegen.«

»Neben dir«, sagte Molly.

Aber nachdem er erstmal einen seiner Meinung nach eindeutig männlichen Wunsch geäußert hatte, rührte er sich nicht mehr vom Fleck. »Ich bin gekommen, um über Tommy zu reden.« Er warf Anna einen Blick zu, die gerade den Rest ihrer Erdbeeren aufleckte.

»Aber, wie ich höre, hast du das alles schon mit Anna besprochen, das heißt, wir können das jetzt alle drei besprechen.«

35

»Also hat Anna dir erzählt . . .«

»Nichts hat sie erzählt«, sagte Molly. »Wir hatten bisher keine Gelegenheit, uns zu sehen.«

»Demnach unterbreche ich euren ersten Seelenaustausch«, sagte Richard mit einer echten Bemühung um joviale Toleranz. Was er sagte, klang trotzdem schwülstig, und als Reaktion darauf machten beide Frauen ein amüsant unbehagliches Gesicht.

Richard stand abrupt auf.

»Gehst du schon?« fragte Molly.

»Ich werde Tommy rufen.« Er hatte schon seine Lungen gefüllt, um den unvermeidlichen Schrei auszustoßen, den sie beide erwarteten, als Molly ihn unterbrach: »Richard, schrei nicht nach ihm. Er ist kein kleiner Junge mehr. Außerdem glaube ich nicht, daß er zu Hause ist.«

»Natürlich ist er zu Hause.«

»Wieso weißt du das?«

»Weil er oben aus dem Fenster guckt. Ich bin überrascht, daß du nicht einmal weißt, ob dein Sohn zu Hause ist oder nicht.«

»Warum? Ich schnüffle ihm nicht nach.«

»Das ist ja alles ganz schön, aber wohin hat dich das gebracht?«

Die beiden blickten sich jetzt ernst und mit offener Feindseligkeit an. Als Antwort auf sein: Wohin hat dich das gebracht? sagte Molly: »Ich will nicht mit dir darüber streiten, wie man ihn hätte aufziehen sollen. Laß uns warten, bis deine drei groß geworden sind, bevor wir die Punkte zählen.«

»Ich bin nicht hergekommen, um über meine drei zu reden.«

»Warum nicht? Wir haben hundertmal über sie geredet. Und ich nehme an, dasselbe hast du mit Anna getan.«

Es trat nun eine Pause ein, in der beide ihre Wut bändigten, überrascht und erschrocken darüber, daß sie schon wieder so stark war. Die Geschichte dieses Paares ist wie folgt: Sie waren sich 1935 begegnet. Molly war damals stark engagiert im Kampf für ein republikanisches Spanien. Richard ebenso. (Aber: Wer war das damals nicht? pflegte Molly zu bemerken, wenn er davon bei den entsprechenden Gelegenheiten als von einer bedauerlichen Entgleisung in politischen Exotismus sprach.) Die Portmains, eine reiche Familie, die das voreilig als Beweis für dauerhafte kommunistische Neigungen nahmen, hatten ihm das Taschengeld gestrichen. (Molly stellte das so dar: Meine Güte, sie haben ihn ohne einen Pfennig sitzenlassen! Natürlich war Richard entzückt. Sie hatten ihn zuvor nie ernstgenommen. Aus diesem Grunde verschaffte er sich sofort einen Parteiausweis.) Richard, dessen einzige Begabung das Geldverdienen war, was er jedoch noch nicht herausgefunden hatte, wurde von Molly zwei Jahre lang ausgehalten, während er sich darauf vorbereitete, Schriftsteller zu werden. (Molly; natürlich erst Jahre später:

Kannst du dir irgendwas Banaleres vorstellen? Natürlich muß Richard in allem und jedem gewöhnlich sein. Jeder, aber auch wirklich jeder, hatte vor, ein großer Schriftsteller zu werden! Kennst du das wirklich tödliche Skelett im kommunistischen Schrank – die wirklich schreckliche Wahrheit? Von den ganzen alten Parteihaudegen – Leute, weißt du, bei denen du dir nicht vorstellen würdest, daß sie jahraus, jahrein irgendwas anderes im Kopf hatten als die Partei, hat jeder das berühmte alte Manuskript oder das Bündel Gedichte irgendwo verstaut. Jeder wollte der Gorki oder Majakowski unserer Zeit werden. Ist das nicht fürchterlich? Ist das nicht pathetisch? Alles gescheiterte Künstler. Ich bin sicher, es ist bezeichnend für etwas, wenn ich nur wüßte, für *was.*) Molly hielt Richard noch monatelang aus, nachdem sie ihn verlassen hatte, aus einer Art Verachtung. Sein Abscheu vor Linkspolitik, der ganz plötzlich einsetzte, fiel zeitlich mit seiner Feststellung zusammen, daß Molly unmoralisch und schlampig war und zur Bohème gehörte. Zum Glück für sie hatte er aber damals schon eine Liaison mit irgendeinem Mädchen angeknüpft. Sie war zwar von kurzer Dauer, aber bekannt genug, um ihn daran zu hindern, sich von Molly scheiden zu lassen und die Vormundschaft für Tommy zu erlangen, womit er gedroht hatte. Daraufhin wurde er wieder in den Schoß der Portmain-Familie aufgenommen und nahm an, was Molly mit liebenswürdiger Verachtung als ›einen Job in der City‹ bezeichnete. Sie hatte bis heute keine Vorstellung davon, was für ein mächtiger Mann Richard durch seine Entscheidung, eine Position zu erben, geworden war. Richard heiratete dann Marion, ein sehr junges, herzliches, angenehmes, ruhiges Mädchen, die Tochter einer mäßig distinguierten Familie. Sie hatten drei Söhne.

Molly, die so vielseitig begabt war, tanzte inzwischen ein bißchen – obwohl sie wirklich nicht die Figur für eine Ballerina hatte; trat in einer Gesangs- und Tanznummer in einer Revue auf – fand das schließlich zu frivol; nahm Zeichenstunden, gab sie auf, als der Krieg ausbrach, und arbeitete als Journalistin; gab den Journalismus auf, um für eines der kulturellen Bollwerke der Kommunistischen Partei zu arbeiten; ging aus demselben Grund, wie alle, die so waren wie sie – sie konnte die tödliche Langeweile nicht ertragen; wurde eine mittelmäßige Schauspielerin und hatte sich, nach viel Unglück, mit der Tatsache abgefunden, daß sie im wesentlichen eine Dilettantin war. Die Quelle ihrer Selbstachtung war, daß sie – wie sie es ausdrückte – nicht aufgegeben hatte, sich nicht an einen sicheren Ort verkrochen hatte. In eine sichere Ehe.

Die geheime Quelle ihres Unbehagens war Tommy, dessentwegen sie einen jahrelangen Kampf mit Richard ausgefochten hatte. Der mißbilligte es besonders, daß sie für ein Jahr weggegangen war und den Jungen in ihrem Haus gelassen hatte, wo er für sich selbst sorgen mußte.

Jetzt sagte er beleidigt: »Ich habe Tommy in dem letzten Jahr, als du ihn alleingelassen hast, ziemlich oft gesehen.«

Sie unterbrach ihn: »Ich habe dir doch schon x-mal erklärt, oder es zumindest versucht, daß ich alles genau durchdacht hatte und zu dem Entschluß gekommen war, daß es gut für ihn ist, allein zu bleiben. Warum redest du immer so, als wäre er noch ein Kind? Er war über neunzehn, und ich habe ihn in einem gemütlichen Haus mit Geld zurückgelassen und alles war wohlorganisiert.«

»Warum gibst du nicht zu, daß es dir ein Riesenvergnügen gemacht hat, eine Spritztour durch ganz Europa zu machen, ohne Tommy am Hals zu haben?«

»Natürlich hat mir's Spaß gemacht, warum auch nicht?«

Richard lachte laut und unangenehm, und Molly sagte ungeduldig: »Du lieber Gott, natürlich war ich froh darüber, zum erstenmal frei zu sein, seitdem ich ein Kind hatte. Warum nicht? Und was ist mit dir? – du hast Marion, die gute kleine Frau, mit Händen und Füßen an die Jungen gebunden, während du tust, was dir gefällt – und da ist noch was. Ich versuche es dir dauernd zu erklären, du hörst nie zu. Ich möchte nicht, daß er wie einer von diesen verdammten mutterfixierten Engländern aufwächst. Ich wollte, daß er sich von mir freimacht. Ja, lach nicht, aber das hat nicht gut getan – wir beide zusammen in diesem Haus. Immer so nah beieinander und immer im Bilde, was der andere gerade tut.«

Richard schnitt vor Ärger eine Grimasse und sagte: »Ja, ich kenne deine armseligen Theorien zu diesem Punkt.«

Worauf Anna einfiel: »Nicht nur Molly – alle Frauen, die ich kenne – ich meine, die richtigen Frauen, machen sich Sorgen darum, daß ihre Söhne so aufwachsen könnten, daß sie . . . und sie haben wirklich allen Grund zur Sorge.«

Daraufhin blickte Richard Anna feindselig an; und Molly beboachtete die beiden scharf. »Daß sie *was*, Anna?«

»Daß sie«, sagte Anna absichtlich liebenswürdig, »nur ein bißchen unglücklich sind über ihr Sexualleben? Oder würdest du sagen, das ist zu drastisch, hmmmm?«

Richard errötete – es war ein dunkles, häßliches Rot –, wandte sich jetzt wieder Molly zu und sagte: »Also gut, ich behaupte ja nicht, daß du absichtlich etwas getan hast, was du nicht hättest tun sollen.«

»Danke.«

»Aber was zum Teufel stimmt mit dem Jungen nicht? Er hat kein einziges ordentliches Examen gemacht, er wollte nicht nach Oxford, und jetzt sitzt er herum, brütet und . . .«

Anna und Molly lachten auf bei dem Wort ›brütet‹.

»Der Junge macht mir Sorgen«, sagte Richard. »Er macht mir wirklich Sorgen.«

»Er macht mir auch Sorgen«, sagte Molly vernünftig. »Und darüber wollen wir doch reden, nicht wahr?«

»Ich biete ihm dauernd etwas. Ich lade ihn zu allen möglichen Gelegenheiten ein, wo er Leute treffen kann, die gut für ihn wären.«

Molly lachte wieder.

»In Ordnung, lach nur und spotte. Aber so wie die Dinge stehen, können wir es uns nicht leisten zu lachen.«

»Als du sagtest, daß sie gut für ihn wären, dachte ich emotional gut. Ich vergesse immer wieder, was für ein hochtrabender kleiner Snob du bist.«

»Worte beißen nicht«, sagte Richard, mit unerwarteter Würde. »Beschimpf mich ruhig, wenn du magst. Du hast auf die eine Weise gelebt, ich auf eine andere. Alles was ich sage, ist, daß ich in der Lage bin, dem Jungen – alles anzubieten, wozu er Lust hat. Aber er hat einfach kein Interesse daran. Wenn er mit deiner Gruppe etwas Konstruktives tun würde, dann wäre das sicher was anderes.«

»Du tust immer so, als würde ich versuchen, Tommy gegen dich aufzubringen.«

»Natürlich tust du das.«

»Wenn du meinst, daß ich immer gesagt habe, was ich von deiner Art zu leben, von deinen Wertvorstellungen, deinem Erfolgsstreben und derartigen Dingen halte, dann hast du recht. Warum sollte man auch von mir erwarten, daß ich über alles, woran ich glaube, den Mund halte? Aber ich habe immer gesagt, da ist dein Vater, du mußt diese Welt kennenlernen, schließlich existiert sie.«

»Großartig gesagt.«

»Molly hat ihn immer gedrängt, dich häufiger zu sehen«, sagte Anna. »Ich weiß, daß sie das getan hat. Und ich genauso.«

Richard nickte ungeduldig und deutete damit an, daß das, was sie *sagten*, unwichtig war.

»Du bist so dumm, was Kinder angeht, Richard. Sie lassen sich nicht gerne entzweiteilen«, sagte Molly. »Schau dir doch die Leute an, die er bei mir kennengelernt hat – alles Künstler, Schriftsteller, Schauspieler und so weiter.«

»Und Politiker. Vergiß die Genossen nicht.«

»Gut, warum nicht? Er wächst heran und erfährt etwas über die Welt, in der er lebt, das ist mehr, als du von deinen Kindern behaupten kannst – Eton und Oxford, das ist alles, was die drei auf den Weg bekommen. Tommy weiß alles mögliche. Er wird die Welt nicht so sehen, wie man sie aus dem kleinen Fischteich der Oberschicht sieht.«

Anna sagte: »Ihr werdet zu rein gar nichts kommen, wenn ihr so weiter-

macht.« Sie klang ärgerlich; sie versuchte es mit einem Scherz wiedergutzu-
machen: »Ihr hättet niemals heiraten sollen, aber ihr habt es getan, zumindest
hättet ihr kein Kind in die Welt setzen sollen, aber auch das habt ihr getan –.«
Ihre Stimme klang wieder ärgerlich, und wieder milderte sie ihre Worte ab
und sagte: »Merkt ihr, daß ihr beiden jahrelang immer dasselbe gesagt habt?
Warum akzeptiert ihr nicht, daß ihr in keiner Sache übereinstimmt, und laßt
es bleiben?«

»Wie können wir's bleiben lassen, schließlich ist da noch Tommy –«, sagte
Richard gereizt, sehr laut.

»Mußt du so brüllen?« fragte Anna. »Woher weißt du, daß er nicht jedes
Wort gehört hat? Vermutlich ist das der Grund dafür, daß mit ihm was nicht
in Ordnung ist. Er muß sich ja richtig als Zankapfel fühlen.«

Molly ging prompt zur Tür, öffnete sie und horchte. »Unsinn, ich kann ihn
oben tippen hören.« Sie kam zurück und sagte: »Anna, du ödest mich an,
wenn du englisch und verkniffen wirst.«

»Ich hasse laute Stimmen.«

»Ich bin Jüdin und mag laute Stimmen.«

Richard litt wieder sichtbar. »Ja – und du nennst dich Miss Jacobs. Miss.
Im Interesse deines Rechts auf Unabhängigkeit und auf deine Identität – was
immer *das* bedeuten mag. Aber Tommy hat eine Miss Jacobs zur Mutter.«

»Es ist nicht die Miss, gegen die du Einwände hast«, sagte Molly fröhlich,
»es ist das Jacobs. Ja, das ist es. Du warst immer schon antisemitisch.«

»Ach, zum Teufel damit«, sagte Richard ungeduldig.

»Erzähl mir, wie viele Juden du zu deinen persönlichen Freunden zählst.«

»Wenn's nach dir geht, habe ich keine persönlichen Freunde, dann habe ich
nur Geschäftsfreunde.«

»Außer deinen Freundinnen natürlich. Ich habe mit Interesse bemerkt, daß
drei von deinen Frauen nach mir Jüdinnen waren.«

»Um Himmels willen«, sagte Anna. »Ich gehe nach Hause.« Und sie stand
tatsächlich vom Fenstersims auf. Molly lachte, stand auf und drückte sie
wieder auf ihren Sitz. »Du mußt bleiben. Mach den Vorsitzenden, offenkundig brauchen wir einen.«

»Sehr gut«, sagte Anna bestimmt. »Das tue ich. Also hört auf, euch zu
zanken. Worum geht es denn überhaupt? Tatsache ist doch, daß wir alle einer
Meinung sind und daß wir alle denselben Rat geben, oder nicht?«

»Tun wir das?« sagte Richard.

»Ja. Molly meint, du solltest Tommy einen Job bei einem von deinen
Dingern anbieten.« Wie Molly sprach Anna automatisch verächtlich, wenn
von Richards Welt die Rede war, und er grinste erbittert.

»Einem von meinen Dingern? Und du bist einverstanden, Molly?«

»Wenn du mir Gelegenheit geben würdest, mich zu äußern – ja.«

»Da haben wir's«, sagte Anna. »Nicht mal Gründe für eine Auseinander-setzung.«

Richard schenkte sich jetzt einen Whisky ein und sah nachsichtig-heiter drein; Molly wartete, ebenfalls nachsichtig-heiter.

»Also ist alles geregelt?« sagte Richard.

»Offensichtlich nicht«, sagte Anna. »Weil Tommy erst zustimmen muß.«

»Also sind wir wieder da, wo wir angefangen haben. Molly, darf ich wissen, weshalb du nichts dagegen hast, daß dein kostbarer Sohn mit dem schnöden Mammon in Berührung kommt?«

»Weil ich ihn so aufgezogen habe, daß – er ist ein guter Mensch. Er ist in Ordnung.«

»Also kann er von mir nicht korrumpiert werden?« Richard sprach mit verhaltener Wut und lächelte dabei. »Und darf ich dich fragen, woher du die außerordentliche Gewißheit über deine Wertvorstellungen hernimmst – sie haben in den letzten zwei Jahren doch einen ziemlichen Knacks gekriegt, oder?«

Die beiden Frauen wechselten Blicke, die besagten: Das mußte ja kommen, laß es uns bloß hinter uns bringen.

»Es ist dir wohl noch nicht in den Sinn gekommen, daß die wirkliche Schwierigkeit mit Tommy die ist, daß er sein halbes Leben lang von Kommu-nisten oder sogenannten Kommunisten umgeben war – die meisten Leute, die er kannte, waren auf die eine oder andere Weise damit verbunden. Und jetzt verlassen sie alle die Partei oder haben sie bereits verlassen – meinst du nicht, daß das irgendeine Auswirkung gehabt haben könnte?«

»Offensichtlich«, sagte Molly.

»Offensichtlich«, sagte Richard gereizt grinsend. »Einfach so – aber welch ein Preis für deine kostbaren Werte – die Eckpfeiler von Tommys Erziehung waren doch Schönheit und Freiheit des glorreichen sowjetischen Vater-landes.«

»Ich diskutiere keine Politik mit dir, Richard.«

»Nein«, sagte Anna, »natürlich solltest du nicht über Politik diskutieren.«

»Warum nicht? Wenn es relevant ist?«

»Weil du nicht wirklich darüber diskutierst«, sagte Molly. »Du benutzt einfach Slogans aus den Zeitungen.«

»Darf ich es mal so ausdrücken? Vor zwei Jahren seid ihr beide, Anna und du, zu Meetings gelaufen und habt alles, was in Sicht kam, organisiert . . .«

»Ich bestimmt nicht«, sagte Anna.

»Weich nicht aus. Molly sicher. Und was jetzt? Rußland ist in Ungnade gefallen, und um welchen Preis für die Genossen jetzt? Die meisten von ihnen haben Nervenzusammenbrüche oder verdienen eine Menge Geld, soweit mir bekannt ist.«

41

»Ausschlaggebend ist«, sagte Anna, »daß der Sozialismus in diesem Lande in einer Flaute steckt . . .«

»Und überall sonst.«

»Gut. Wenn du behauptest, daß es eine von Tommys Schwierigkeiten ist, daß er als Sozialist erzogen wurde und daß es keine einfache Zeit ist, um Sozialist zu sein, dann stimmen wir natürlich zu.«

»Der pluralis majestatis. Das sozialistische Wir. Oder einfach das Wir von Anna und Molly?«

»Das sozialistische – zum Zwecke dieser Auseinandersetzung«, sagte Anna.

»Und trotzdem habt ihr in den letzten zwei Jahren eine Kehrtwendung gemacht.«

»Nein, haben wir nicht. Das ist eine Frage der Lebensanschauung.«

»Ihr wollt mich glauben machen, daß eure Lebensanschauung, die, soweit ich feststellen kann, eine Art Anarchie ist, sozialistisch ist?«

Anna blickte flüchtig zu Molly; Molly schüttelte ganz sachte den Kopf, aber Richard sah es und sagte: »Also nicht vor den Kindern, soll das heißen. Was mich erstaunt, ist eure phantastische Arroganz. Woher nimmst du die, Molly? Was bist du schon? Im Augenblick hast du eine Rolle in einem Meisterwerk, das sich *Der geflügelte Cupido* nennt.«

»Wir Durchschnittsschauspielerinnen pflegen uns unsere Stücke nicht auszusuchen. Im übrigen habe ich ein Jahr herumgebummelt, nichts verdient und bin pleite.«

»Also kommt deine Selbstsicherheit vom Herumbummeln? Von deiner Arbeit kommt sie bestimmt nicht.«

»Halt«, sagte Anna. »Ich bin der Vorsitzende – diese Diskussion ist abgeschlossen. Wir reden über Tommy.«

Molly ignorierte Anna und ging zum Angriff über. »Was du über mich sagst, mag richtig sein oder auch nicht. Aber woher nimmst *du* deine Arroganz? Ich möchte nicht, daß Tommy Geschäftsmann wird. Du bist kaum eine Reklame fürs Leben. Geschäftsmann kann doch jeder werden, das hast du mir oft und oft gesagt. Komm, hör auf damit, Richard, wie oft hast du mich besucht und hast da gesessen und gesagt, wie leer und dumm dein Leben ist.«

Anna machte eine rasche, warnende Bewegung, und Molly sagte achselzuckend: »In Ordnung, ich bin nicht taktvoll. Warum sollte ich auch? Richard sagt, mit meinem Leben sei nicht allzuviel los, na gut, ich stimme ihm zu, aber was ist mit seinem? Deine arme Marion wird wie eine Hausfrau oder eine Gastgeberin behandelt, nie aber wie ein menschliches Wesen. Deine Jungen werden durch die Mühle der Oberschicht gedreht, bloß weil du es willst – sie haben gar keine Wahl. Deine dummen kleinen Affären. Warum sollte mich das beeindrucken?«

»Ich sehe, ihr habt doch über mich geredet«, sagte Richard und warf Anna einen Blick zu, der offen feindselig war.

»Nein, haben wir nicht«, sagte Anna. »Jedenfalls nichts, was wir nicht schon seit Jahren besprochen haben. Wir reden über Tommy. Er hat mich besucht, und ich habe ihm gesagt, er soll dich besuchen, Richard, und mal sehen, ob er nicht irgendeine Gutachtertätigkeit machen könnte, nichts Geschäftliches – wenn es rein geschäftlich ist, ist es stupide –, sondern etwas Konstruktives, wie die Vereinten Nationen oder die Unesco. Er könnte durch dich reinkommen, nicht wahr?«

»Ja, er könnte.«

»Was hat er gesagt, Anna?« fragte Molly.

»Er hat gesagt, er will in Ruhe gelassen werden, um nachzudenken. Und warum nicht? Er ist zwanzig. Warum soll er nicht nachdenken und mit dem Leben experimentieren, wenn es das ist, was er möchte? Warum sollen wir ihn hetzen?«

»Die Schwierigkeit mit Tommy ist, daß er nie gehetzt worden ist«, sagte Richard.

»Danke«, sagte Molly.

»Ihm fehlte die Lenkung. Molly hat ihn einfach allein gelassen, als wäre er ein Erwachsener – immer. Kannst du mir sagen, was das für einen Sinn für ein Kind hat – auf der einen Seite Freiheit, Du-mußt-selber-wissen-was-du-willst, Ich-werde-keinerlei-Druck-auf-dich-ausüben; und auf der anderen Seite die Genossen, Disziplin, Selbstaufopferung und Vor-der-Autorität-Kotau-machen . . .«

»Was du zu tun hast, ist folgendes«, sagte Molly. »Finde einen Platz bei einem von deinen Dingern, bei dem es nicht nur um Aktienschieben oder Promoting oder Geldmachen geht. Sieh zu, ob du etwas Konstruktives finden kannst. Dann zeig es Tommy und laß ihn entscheiden.«

Richard, das Gesicht rot vor Zorn über seinem zu gelben, zu engen Hemd, hielt ein Glas Whisky zwischen beiden Händen, drehte und drehte es und starrte hinein. »Danke«, sagte er schließlich, »das werde ich.« Seine Worte zeugten von solch einem unerschütterlichen Vertrauen auf die Qualität dessen, was er seinem Sohn anzubieten hatte, daß Anna und Molly sich abermals mit gehobenen Augenbrauen ansahen und einander dadurch zu verstehen gaben, daß die ganze Unterhaltung umsonst war, wie üblich. Richard fing diesen Blick auf und sagte: »Ihr beide seid so außergewöhnlich naiv.«

»Wenn's ums Geschäft geht?« sagte Molly mit ihrem lauten lustigen Lachen.

»Wenn's ums große Geschäft geht«, sagte Anna ruhig, amüsiert. Sie hatte während ihrer Unterhaltungen mit Richard mit Erstaunen herausgefunden,

wie weit seine Macht reichte. Das hatte für sie nicht zur Folge, daß sich sein
Image in ihren Augen vergrößerte; nein, es schien eher so, als würde er vor
dem Hintergrund von internationalem Kapital schrumpfen. Und sie hatte
Molly nur um so mehr geliebt wegen ihres totalen Mangels an Respekt vor
diesem Mann, der ihr Ehemann gewesen war und der tatsächlich einer der
Finanzgewaltigen des Landes war.

»Ohhh«, stöhnte Molly ungeduldig.

»Das ganz große Geschäft«, sagte Anna lachend und versuchte Molly zum
Widerspruch zu reizen, aber die Schauspielerin tat es mit einem Achselzuk-
ken ab, mit ihrem charakteristischen starken Achselzucken, und spreizte ihre
weißen Hände von sich weg, die Handflächen nach oben, bis sie auf ihren
Knien zur Ruhe kamen.

»Ich werde sie später damit beeindrucken«, sagte Anna zu Richard. »Oder
es zumindest versuchen.«

»Was soll das alles?« fragte Molly.

»Es hat keinen Sinn«, sagte Richard sarkastisch, grollend, beleidigt. »Weißt
du, daß sie mich in all diesen Jahren nicht ein einziges Mal danach gefragt
hat?«

»Du hast Tommys Schulgeld bezahlt, das ist alles, was ich von dir gewollt
habe.«

»Du hast Richard jahrelang allen gegenüber als eine Art – eine Art
Kleinunternehmer dargestellt, wie einen emporgekommenen Lebensmittelhändler«, sagte Anna. »Und es stellt sich heraus, daß er immer schon
Industriemagnat war. Aber wirklich. Ein hohes Tier. Einer von den Leuten,
die wir hassen müssen – aus Prinzip«, setzte Anna lachend hinzu.

»Wirklich?« sagte Molly interessiert und betrachtete ihren früheren Ehemann voll milder Überraschung – überrascht, daß dieser gewöhnliche und
– was ihre Person betraf – nicht sehr intelligente Mann überhaupt etwas sein
konnte.

Anna verstand den Blick – es war das, was sie auch fühlte – und lachte.

»Guter Gott«, sagte Richard, »mit euch beiden zu reden ist, als redete man
mit ein paar Wilden.«

»Warum?« sagte Molly. »Möchtest du, daß wir beeindruckt sind? Du bist
ja nicht einmal ein Selfmademan. Du hast es einfach geerbt.«

»Was tut das? Letztlich kommt es nur auf die Sache an. Es mag ein
schlechtes System sein, darüber will ich im Moment nicht streiten – abgesehen davon, daß ich das mit euch beiden gar nicht könnte, ihr seid so
unwissend wie die Affen, was Wirtschaft anbelangt – aber es ist nun mal das
System, das dieses Land in Gang hält.«

»Natürlich«, sagte Molly. Ihre Hände lagen immer noch mit den Handflächen nach oben auf den Knien. Sie legte sie jetzt im Schoß zusammen und

ahmte dabei unbewußt die Geste eines Kindes nach, das auf seine Lektion wartet.

»Aber warum soll man es verachten?« Richard, der offenkundig beabsichtigt hatte weiterzumachen, hielt inne und blickte auf diese demütig-spöttischen Hände.

»Oh, Jesus!« sagte er und gab auf.

»Das tun wir doch nicht. Es ist zu – anonym –, um es zu verachten. Wir verachten . . .« Molly ließ das Wort *dich* aus und veränderte plötzlich die ruhig-impertinente Haltung ihrer Hände, als hätte man sie bei einem Fauxpas erwischt. Sie steckte sie rasch hinter sich, damit man sie nicht sehen konnte. Anna, die den Vorgang beobachtete, dachte amüsiert: Wenn ich Molly sagen würde, du hast Richard beim Reden einfach dadurch gestoppt, daß du dich mit deinen Händen über ihn lustig gemacht hast, so würde sie nicht wissen, was ich meine. Wie wunderbar, wenn man so was kann, was für ein Glück sie hat . . .

»Ja, ich weiß, ihr verachtet mich, aber warum? Du bist eine Schauspielerin mit mäßigem Erfolg, und Anna hat einmal ein Buch geschrieben, das ist aber auch alles.«

Mollys Hände kamen instinktiv wieder nach vorn und berührten sich nachlässig mit den Fingern auf Mollys Knien, als sie sagte: »Was für ein Langweiler du bist, Richard.«

Richard sah sie an und runzelte die Stirn.

»Das hat nichts damit zu tun«, sagte Molly.

»In der Tat.«

»Das kommt daher, weil wir nicht nachgegeben haben«, sagte Molly ernst.

»Wobei?«

»Wenn du es nicht weißt, können wir es dir nicht sagen.«

Richard war kurz davor, aufzuspringen und zu explodieren – Anna konnte sehen, wie sich seine Oberschenkelmuskeln anspannten und zitterten. Um einen Tumult zu verhindern, sagte sie rasch, in der Hoffnung, seine Geschosse auf sich zu lenken: »Das ist es ja, du redest und redest, aber du bist meilenweit von der Wirklichkeit entfernt, du verstehst nie etwas.«

Sie hatte Erfolg. Richard drehte sich mit seinem Körper zu ihr und beugte sich vor, so daß sie plötzlich mit seinen warmen, glatten, braunen, leicht goldbehaarten Armen, seinem entblößten braunen Hals und seinem bräunlich-roten erhitzten Gesicht konfrontiert war. Mit einem unbewußten Ausdruck des Abscheus zuckte sie leicht zurück, als er sagte: »Nun, Anna, ich hatte die Ehre, dich besser kennenzulernen – du weißt zwar, was du willst und wie du denken oder handeln mußt, aber glaub nicht, daß mich das beeindruckt hätte.«

Anna, die sich bewußt war, daß sie errötete, hielt seinem Blick nur mit

Mühe stand und sagte absichtlich gedehnt: »Sag doch gleich, daß du das nicht ertragen kannst – daß ich nämlich tatsächlich weiß, was ich will, daß ich immer bereit war zu experimentieren, daß ich mir nie vormache, das Zweitrangige wäre mehr als zweitrangig, und daß ich weiß, wann ich ablehnen muß. Hmmm?«

Molly, die rasch von einem zum anderen sah, stieß ihren Atem aus, rief etwas mit ihren Händen aus, indem sie sie emphatisch auf ihre Knie fallen ließ, und nickte unbewußt – teils, weil sich ihr Verdacht bestätigt hatte, teils, weil sie Annas Grobheit billigte. Sie sagte: »He, was soll das?«, und sagte es so langsam und arrogant, daß Richard sich von Anna weg- und ihr zuwandte. »Wenn du uns wieder wegen unserer Lebensweise angreifst, kann ich nur sagen: Je weniger du sagst, desto besser – so wie es um dein Privatleben bestellt ist.«

»Ich wahre die Form«, sagte Richard mit einer solchen Bereitschaft, sich dem zu fügen, was sie von ihm erwarteten, daß sie beide im selben Augenblick in schallendes Gelächter ausbrachen.

»Ja, Liebling, wir wissen, daß du das tust«, sagte Molly. »Wie geht's Marion? Das würde ich liebend gern wissen.«

Zum drittenmal sagte Richard: »Ich sehe, ihr habt über mich geredet«, und Anna sagte: »Ich habe Molly erzählt, daß du mich besucht hast. Ich habe ihr etwas gesagt, was ich dir nicht gesagt habe – daß Marion mich besucht hat.«

»Also, laß hören«, sagte Molly.

»Wirklich«, sagte Anna, als sei Richard nicht anwesend, »Richard macht sich Sorgen, weil Marion für ihn ein so großes Problem ist.«

»Das ist nichts Neues«, sagte Molly im selben Ton.

Richard saß still und sah die beiden Frauen abwechselnd an. Sie warteten; bereit, vom Thema abzugehen, ihn gehen zu lassen oder seine Rechtfertigung anzuhören. Aber er sagte nichts. Er schien fasziniert von dem Anblick dieser beiden, die ihm unverhohlen feindselig gegenüberstanden, lachend vereint in ihrer Verachtung. Er nickte sogar, als wollte er sagen: Gut, macht weiter so.

Molly sagte: »Wie wir alle wissen, hat Richard unter seinem Stande geheiratet – oh, natürlich nicht gesellschaftlich, er hat sich gehütet, das zu tun, aber, Zitat, sie ist eine nette, ganz gewöhnliche Frau, Zitatende. Ein Glück, daß es in ihrem weitverzweigten Familienstammbaum jede Menge Lords und Ladies gibt, die zweifellos recht nützlich sind für die Briefköpfe von Gesellschaften.«

An diesem Punkt stieß Anna ein prustendes Gelächter aus – die Lords und Ladies waren völlig irrelevant für die Gelder, die Richard in den Händen hatte. Aber Molly ignorierte die Unterbrechung und fuhr fort: »Selbstverständlich sind fast alle Männer, die man kennt, mit netten, gewöhnlichen, langweiligen Frauen verheiratet. Zu traurig für sie. Zufälligerweise ist Marion eine gute Person, überhaupt nicht dumm, aber sie ist seit fünfzehn Jahren mit einem Mann verheiratet, der ihr das Gefühl gibt, dumm zu sein . . .«

»Was würden sie nur tun, diese Männer, ohne ihre dummen Frauen«, seufzte Anna.

»Ich kann es mir einfach nicht vorstellen. Wenn ich richtig deprimiert sein möchte, dann denke ich an all die brillanten Männer meiner Bekanntschaft, die mit ihren dummen Frauen verheiratet sind. Genug, um einem das Herz zu brechen, wirklich. Da haben wir also die dumme, ganz gewöhnliche Marion. Natürlich war Richard ihr nur so lange treu, wie es die meisten Männer sind – bis sie wegen ihres ersten Kindes in die Entbindungsklinik ging.«

»Warum mußt du so weit ausholen?« rief Richard unwillkürlich, als handle es sich hier um eine ernsthafte Unterhaltung, und wieder bekamen die Frauen Lachanfälle.

Molly machte der Sache ein Ende und sagte ernst, aber ungeduldig: »Verdammt noch mal, Richard, warum redest du wie ein Idiot? Du tust nichts anderes, als dich selbst zu bemitleiden, weil Marion deine Achillesferse ist, und da fragst du noch, warum ich so weit aushole?« Sie fuhr ihn an, todernst und anklagend: »Als Marion in die Entbindungsklinik ging.«

»Das ist dreizehn Jahre her«, sagte Richard gekränkt.

»Du kamst schnurstracks zu mir rüber. Du warst offenbar der Meinung, ich würde mit dir ins Bett fallen, du warst sogar gekränkt in deiner Mannesehre, weil ich es nicht tat. Erinnerst du dich? Nun wissen wir *alleinstehenden Frauen* aber, daß in dem Augenblick, in dem die Frauen unserer Freunde in die Entbindungsklinik gehen, der liebe Tom, der liebe Dick und der liebe Harry schnurstracks rüberkommen, weil sie mit der Freundin ihrer Frau schlafen wollen. Gott weiß warum, es ist eine faszinierende psychologische Tatsache unter vielen, aber es ist eine. Ich hatte keine Freundin, also weiß ich nicht, zu wem du gegangen bist . . .«

»Wie willst du wissen, daß ich überhaupt zu jemandem gegangen bin?«

»Weil Marion es weiß. Zu schade, wie diese Dinge sich rumsprechen. Seitdem hattest du eine ganze Reihe von Mädchen, und Marion ist über alle im Bilde, weil du es nicht lassen kannst, ihr deine Sünden zu beichten. Du hättest nicht viel Spaß dran, wenn du das nicht tätest, nicht?«

Richard machte eine Bewegung, als wollte er aufstehen und gehen – und abermals sah Anna, wie sich die Muskeln seiner Oberschenkel spannten und entspannten. Aber er überlegte es sich anders und blieb still sitzen. Ein seltsames kleines Lächeln umspielte seine Lippen. Er sah aus wie ein Mann, der entschlossen ist, unter Peitschenhieben zu lächeln.

»Inzwischen zog Marion drei Kinder auf. Sie war sehr unglücklich. Von Zeit zu Zeit hast du die Bemerkung fallen lassen, daß es nicht so schlecht wäre, wenn sie sich selber einen Liebhaber zulegte – um die Geschichte ein bißchen auszugleichen. Du hast ihr sogar angedeutet, daß sie eine typische Mittelstandsfrau ist, so ermüdend konventionell . . .« Molly machte an diesem Punkt eine Pause und grinste Richard an. »Du bist wirklich ein aufgeblasener kleiner Heuchler«, sagte sie mit einer fast freundlichen Stimme. Freundlich, mit einer gewissen Verachtung. Und wieder bewegte Richard sich unruhig in seinem Sessel und sagte, wie hypnotisiert: »Mach weiter.« Dann, als er bemerkte, daß das ziemlich fordernd klang, hastig: »Es interessiert mich, zu hören, wie du das Ganze siehst.«

»Du bist doch nicht etwa überrascht?« sagte Molly. »Ich kann mich nicht erinnern, daß ich jemals verheimlicht hätte, was ich über deine Art, Marion zu behandeln, denke. Mit Ausnahme des ersten Jahres hast du sie vernachlässigt. Als die Kinder klein waren, hat sie dich nie zu sehen gekriegt. Außer wenn sie deine Geschäftsfreunde bewirten, schicke Dinnerpartys geben und den ganzen anderen Blödsinn mitmachen mußte. Für sie selber blieb nichts. Dann fing ein Mann an, sich für sie zu interessieren, und sie war naiv genug, zu glauben, es würde dir nichts ausmachen – schließlich hattest du oft genug gesagt, warum schaffst du dir nicht selber einen Liebhaber an, wenn sie sich über deine Mädchen beklagte. Sie hatte also eine Affäre, und die ganze Hölle brach los. Du konntest es nicht ertragen und fingst an zu drohen. Dann wollte er sie heiraten *und* die drei Kinder nehmen, ja, so sehr liebte er sie. Aber nein. Plötzlich wurdest du höchst moralisch und wütetest herum wie ein alttestamentarischer Prophet.«

»Er war zu jung für sie, es hätte nicht gehalten.«

»Du meinst, sie wäre vielleicht mit ihm unglücklich geworden? Du hattest Angst, daß sie unglücklich wird?« sagte Molly und lachte verächtlich. »Nein, deine Eitelkeit war verletzt. Du bemühtest dich wirklich hart, um sie wieder in dich verliebt zu machen, es gab nur noch Eifersuchtsszenen und Liebe und Küsse bis zu dem Moment, in dem sie endgültig mit ihm brach. Und in dem Augenblick, in dem du sie sicher hattest, verlorst du dein Interesse und kehrtest zurück zu den Sekretärinnen auf dem Luxusdivan in deinem schönen Büro, in dem die großen Geschäfte gemacht werden. Und du glaubst, daß dir Unrecht geschieht, wenn Marion unglücklich ist und Szenen macht und mehr trinkt, als ihr gut tut. Besser gesagt, mehr als es für die Frau eines Mannes in deiner Position gut ist. Na, Anna, irgendwas Neues, seit ich vor einem Jahr weggegangen bin?«

Richard sagte ärgerlich: »Du brauchst nicht gleich ein Melodrama draus zu machen.« Jetzt, wo Anna eingriff und es nicht länger ein Kampf zwischen ihm und seiner früheren Frau war, war er wütend.

»Richard kam zu mir, um mich zu fragen, ob es gerechtfertigt sei, Marion in irgendein Heim zu schicken. Weil sie einen so schlechten Einfluß auf die Kinder hat.«

Molly zog die Luft ein. »Das hast du doch *nicht getan,* Richard?«

»Nein. Aber ich verstehe nicht, weshalb das so schrecklich sein soll. Sie hat damals schwer getrunken, und das ist schlecht für die Jungen. Paul – er ist jetzt dreizehn – hat sie eines Nachts, als er aufstand, um Wasser zu trinken, auf dem Fußboden gefunden, betrunken.«

»Du hast wirklich daran gedacht, sie wegzuschicken?« Mollys Stimme war ganz ausdruckslos, ja leer geworden vor Verachtung.

»Schon gut, Molly, schon gut. Aber was würdest du tun? Du brauchst dir keine Sorgen zu machen, dein Aufpasser hier war genauso schockiert wie du. Anna hat's fertiggebracht, mir dieselben Schuldgefühle einzujagen wie du, die du das so gerne tust.« Er wußte nicht, sollte er lachen oder bekümmert sein. »Glaub mir, wenn ich von dir weggehe, frage ich mich jedesmal, ob ich wirklich eine so totale Mißbilligung verdiene? Du übertreibst so, Molly. Du sprichst von mir, als wäre ich eine Art Blaubart. Ich habe ein paar unwichtige Affären gehabt. So wie die meisten Männer, die ich kenne, die längere Zeit verheiratet gewesen sind. Ihre Frauen fangen nicht an zu trinken.«

»Vielleicht wäre es besser gewesen, wenn du dir wirklich eine dumme und unsensible Frau ausgesucht hättest?« schlug Molly vor. »Oder vielleicht hättest du sie nicht immer wissen lassen sollen, was du tust? Idiotisch! Sie ist tausendmal besser als du.«

»Das versteht sich von selbst«, sagte Richard. »Du hältst es immer für selbstverständlich, daß Frauen besser sind als Männer. Aber das hilft mir nicht weiter. Hör mal, Molly, Marion vertraut dir. Bitte besuch sie, sobald du kannst, und rede mit ihr.«

»Und was soll ich sagen?«

»Weiß ich nicht. Ist mir egal. Irgendwas. Schimpf über mich, wenn du magst, aber sieh zu, ob du sie vom Trinken abbringen kannst.«

Molly seufzte theatralisch, saß da und betrachtete ihn einen halb mitleidigen, halb verächtlichen Ausdruck um den Mund.

»Also, ich weiß wirklich nicht«, sagte sie schließlich. »Das ist alles sehr komisch. Warum tust du nicht irgendwas, Richard? Warum versuchst du nicht, ihr wenigstens das Gefühl zu geben, daß du sie magst? Fährst mit ihr in Urlaub oder irgend so was?«

»Ich habe sie mit nach Italien genommen.« Obwohl das nicht in seiner Absicht lag, hörte man seiner Stimme noch den Groll über diese Zumutung an.

»*Richard*«, sagten beide Frauen gleichzeitig.

»Sie hat kein Vergnügen an meiner Gesellschaft«, sagte Richard. »Sie hat mich die ganze Zeit beobachtet – ich seh' sie noch, wie sie mich die ganze Zeit beobachtet, ob ich irgendeiner Frau einen Blick zuwerfe, und darauf wartet, daß ich den Hals in die Schlinge lege. Ich kann das nicht ausstehen.«

»Hat sie getrunken, als ihr im Urlaub wart?«

»Nein, aber . . .«

»Na, da hast du's«, sagte Molly und spreizte ihre leuchtendweißen Hände, die sagten: Was gibt es da noch zu sagen?

»Schau mal, Molly, sie hat nicht getrunken, weil es eine Art Wettbewerb war, verstehst du das nicht? Ein Handel – ich trinke nicht, wenn du nicht nach den Mädchen schaust. Es hat mich fast auf die Palme gebracht. Schließlich haben wir Männer gewisse praktische Probleme – ich bin sicher, ihr beiden emanzipierten weiblichen Wesen werdet damit spielend fertig, aber ich bringe es nicht mit einer Frau, die mich wie ein Gefängniswärter beobachtet . . . mit Marion nach einem der wundervollen Feriennachmittage ins Bett zu gehen war wie ein Na-nun-zeig-mal-was-du-kannst-Wettkampf. Kurz, ich konnte bei Marion keinen hochkriegen. Ist das deutlich genug für euch? Und wir sind seit einer Woche zurück. Bisher ist alles in Ordnung mit ihr. Ich bin jeden Abend zu Hause gewesen wie ein pflichtbewußter Ehemann, und wir sitzen da und sind höflich zueinander. Sie hütet sich, mich zu fragen, was ich getan habe oder wen ich gesehen habe. Und ich hüte mich, den Pegel in der Whiskyflasche zu beobachten. Aber wenn sie nicht im Zimmer ist, schau ich die Flasche an und kann hören, wie's in ihrem Hirn tickt: *Er muß mit einer anderen Frau zusammengewesen sein, weil er mich nicht will.* Das ist die Hölle, das ist wirklich die Hölle. Also gut«, rief er und beugte sich vor, verzweifelt vor Aufrichtigkeit, »also gut, Molly. Man kann sich's nicht immer aussuchen. Ihr meckert über die Ehe, und vielleicht habt ihr recht. Wahrscheinlich habt ihr recht. Bisher habe ich noch keine Ehe gesehen, die auch nur annähernd das war, wofür man sie hält. In Ordnung. Ihr haltet euch da fein heraus. Es ist eine verfluchte Einrichtung, das gebe ich zu. Aber ich stecke mitten drin, und ihr predigt immer schön vom sicheren Port aus.«

Anna, die völlig ungerührt war, blickte zu Molly. Molly hob ihre Augenbrauen und seufzte.

»Und was jetzt?« sagte Richard freundlich.

»Wir denken an die Sicherheit des Ports«, sagte Anna, genauso freundlich.

»Das ist doch nicht dein Ernst«, sagte Molly. »Hast du irgendeine Vorstellung davon, auf welche Weise Frauen wie wir gestraft werden?«

»Davon versteh' ich nichts«, sagte Richard, »außerdem ist das, ehrlich gesagt, eure eigene Beerdigung, was kümmert mich das also? Ich versteh' nur was von einem gewissen Problem, das ihr nicht habt – einem rein physischen. Wie bekommt man eine Erektion bei einer Frau, mit der man an die fünfzehn Jahre verheiratet ist?«

Er sagte das mit kameradschaftlicher Geste, so als biete er seine letzte Karte an, wenn alle Einsätze gemacht sind.

Anna bemerkte nach einer Pause: »Vielleicht wäre es weniger problematisch, wenn du dich von Anfang an dran gewöhnt hättest?«

Und Molly schaltete sich ein: »Physisch, sagst du? Physisch? Das ist doch emotional. Du hast in deiner Ehe schon bald angefangen, in der Gegend herumzuschlafen, weil du ein emotionales Problem hattest, das hat mit physisch nichts zu tun.«

»Nein? Für Frauen ist das einfach.«

»Nein, es ist nicht einfach für Frauen. Aber wenigstens sind wir so klug, Wörter wie ›physisch‹ und ›emotional‹ nicht so zu verwenden, als gäbe es keinen Zusammenhang zwischen ihnen.«

Richard warf sich in seinen Sessel zurück und lachte. »In Ordnung«, sagte er schließlich. »Ich bin im Unrecht. Natürlich. Ich hätte es wissen sollen. Aber ich möchte euch beide etwas fragen – glaubt ihr wirklich, das ist alles meine Schuld? In euren Augen bin ich der Schuft. Aber warum eigentlich?«

»Du hättest sie lieben sollen«, sagte Anna schlicht. »Ja«, sagte Molly.

»Großer Gott«, sagte Richard verwirrt. »Großer Gott. Also ich gebe auf. Nach allem, was ich gesagt habe – und das war weiß Gott nicht leicht . . .« Das kam fast drohend heraus, und er wurde rot, als beide Frauen erneut in Lachsalven ausbrachen. »Nein, es ist nicht leicht, mit Frauen offen über Sex zu reden.«

»Ich kann mir nicht vorstellen, warum nicht – was du erzählst, ist ja schwerlich als große Offenbarung zu bezeichnen«, sagte Molly.

»Du bist so ein . . . aufgeblasener Hornochse«, sagte Anna. »Du verkündest den ganzen Mist, als wär's die letzte Offenbarung aus dem Munde eines Orakels. Ich wette, du redest über Sex, wenn du mit einer Mieze allein bist. Weshalb legst du dann diese Herrenclub-Platte auf, bloß weil wir zu zweit sind?«

Molly sagte rasch: »Wir haben immer noch nicht über Tommy entschieden.«

Draußen vor der Tür war eine Bewegung, die Anna und Molly hörten, aber Richard nicht. Er sagte: »Gut, Anna, ich verneige mich vor deiner Zungenfertigkeit. Da ist nichts mehr zu sagen. Gut. Jetzt möchte ich, daß ihr beiden überlegenen Frauen etwas arrangiert. Ich möchte, daß Tommy zu mir und Marion kommt und bei uns lebt. Wenn er sich dazu herabläßt. Oder mag er Marion nicht?«

Molly dämpfte ihre Stimme und sagte mit dem Blick auf die Tür: »Du brauchst dir keine Sorgen zu machen. Wenn Marion mich besuchen kommt, reden Tommy und sie stundenlang miteinander.«

Dann war noch ein Geräusch zu hören, wie ein Husten, oder so, als ob etwas angestoßen würde. Die drei saßen schweigend da, als sich die Tür öffnete und Tommy hereinkam.

Es war nicht möglich zu erraten, ob Tommy etwas gehört hatte oder nicht. Vorsichtig begrüßte er seinen Vater zuerst mit: »Hallo, Vater«, und nickte dann Anna zu, wobei er die Augen gesenkt hielt, weil er Angst hatte, sie würde mit einem Zeichen darauf anspielen, daß er sich bei ihrem letzten Treffen ihrer mitfühlenden Wißbegier aufgeschlossen hatte. Zuletzt bot er seiner Mutter ein freundliches, aber ironisches Lächeln dar. Dann wandte er ihnen den Rücken zu, um sich ein paar Erdbeeren zu Gemüte zu führen, die in der weißen Schüssel zurückgeblieben waren, und fragte, wobei sein Rücken ihnen immer noch zugekehrt war: »Und *wie geht* es Marion?«

Also hatte er doch alles gehört. Anna dachte, daß sie ihn für fähig hielt, vor der Tür zu stehen, um zu horchen. Ja, sie konnte sich vorstellen, wie er mit genau demselben gleichgültigen, ironischen Lächeln lauschte, mit dem er seine Mutter begrüßt hatte.

Richard, der aus der Fassung gebracht war, antwortete nicht, und Tommy insistierte: »Wie geht es Marion?«

»Gut«, sagte Richard herzlich. »Wirklich sehr gut.«

»Das ist schön. Als ich mich nämlich gestern zu einer Tasse Kaffee mit ihr traf, schien es ihr ziemlich schlecht zu gehen.«

Molly hob eilends die Brauen und sah zu Richard hin, Anna machte eine kleine Grimasse, und Richard warf beiden einen wütenden Blick zu, der besagte, daß die ganze Situation ihre Schuld sei.

Tommy, der weiterhin ihren Blicken auswich und mit jeder Linie seines Körpers zu verstehen gab, daß sie seine Einsicht in ihre Lage und die Unerbittlichkeit seines Urteils über sie unterschätzten, setzte sich und aß langsam Erdbeeren. Er sah aus wie sein Vater. Das heißt, er war ein gedrungener, rundlicher Junge, dunkel wie sein Vater und ohne eine Spur von Mollys Schwung und Lebhaftigkeit. Aber anders als Richard, dessen hartnäckiger Starrsinn unverhüllt in seinen dunklen Augen glühte und in jeder ungeduldigen, wirkungsvollen Geste offen zu Tage lag, sah Tommy zugeknöpft aus – ein Gefangener seiner eigenen Natur. Er hatte an diesem Morgen eine rote Trainingsbluse und weite Blue jeans an, hätte jedoch in einem nüchternen Geschäftsanzug besser ausgesehen. Jede Bewegung, die er machte, jedes Wort, das er sagte, lief wie in Zeitlupe ab. Molly hatte sich früher, natürlich im Scherz, oft beklagt, daß er sich so anhörte, als hätte er einen Eid geschworen, vor jedem Satz bis zehn zu zählen. Und eines Sommers, als er sich einen Bart hatte wachsen lassen, hatte sie sich im Scherz beklagt, daß er so aussähe, als hätte er den flotten Bart auf sein Gesicht geklebt. Sie hörte nicht auf mit diesen lauten, scherzhaften Klagen, bis Tommy eines Tages bemerkte: »Ja, ich weiß, du hättest es lieber, wenn ich so aussehen würde wie du – attraktiv. Aber ich habe eben Pech, ich habe deinen Charakter, und es hätte doch umgekehrt sein sollen – es wäre doch sicher

besser gewesen, wenn ich dein Aussehen und den Charakter meines Vaters
– seine Durchsetzungskraft zumindest, bekommen hätte?« Er arbeitete hartnäckig daran weiter, wie immer, wenn er versuchte, sie dazu zu bewegen, eine
Sache einzusehen, bei der sie absichtlich schwer von Begriff war. Molly hatte
sich ein paar Tage darüber aufgeregt, hatte sogar Anna angerufen: »Ist es
nicht schrecklich, Anna? Wer hätte das geglaubt? Da geht dir jahrelang etwas
im Kopf herum, und du kommst damit zu Rande, und dann rücken sie
plötzlich mit etwas heraus, und du entdeckst, daß sie dasselbe gedacht haben
wie du!«

»Aber du wärst doch sicher nicht begeistert, wenn er wie Richard wäre?«

»Nein, aber er hat recht mit der Durchsetzungskraft. Und wie er damit
herausrückte – ein Pech, daß ich deinen Charakter habe, sagte er.«

Tommy aß seine Erdbeeren, bis keine mehr übrig war, Beere für Beere. Er
redete nicht, und sie redeten auch nicht. Sie saßen da und sahen ihm zu, wie er
aß, als hätte er ihnen befohlen, das zu tun. Er aß sorgsam. Sein Mund bewegte
sich beim Essen genauso wie beim Sprechen, jedes Wort einzeln, jede Beere
einzeln und im Ganzen. Und er runzelte ernst die Stirn, seine weichen
dunklen Brauen zusammengezogen wie die eines kleinen Jungen über seinen
Schulaufgaben. Seine Lippen vollführten sogar kleine einleitende Bewegungen vor jedem Bissen, wie die eines Alten. Oder wie die eines Blinden, dachte
Anna, als sie die Bewegung erkannte; einmal hatte sie einem Blinden im Zug
gegenüber gesessen. So war sein Mund gewesen: ziemlich rund und kontrolliert, ein weiches, selbstversunkenes Schmollen. Und so waren seine Augen
gewesen: den Augen Tommys vergleichbar, die stets so aussahen, als seien sie
nach innen gewandt, selbst wenn er jemanden direkt anschaute. Obwohl er
natürlich blind war. Anna verspürte eine kleine aufsteigende Hysterie, wie
damals, als sie dem Blinden gegenüber gesessen hatte und die blicklosen
Augen betrachtet hatte, die von Introspektion getrübt zu sein schienen. Und
sie wußte, daß Richard und Molly dasselbe fühlten; sie runzelten die Stirn
und machten unruhige, nervöse Bewegungen. Er schüchtert uns alle ein,
dachte Anna verärgert; er schüchtert uns schrecklich ein. Und wieder stellte
sie sich vor, wie er draußen horchend vor der Tür gestanden hatte, wahrscheinlich lange Zeit; sie war jetzt ungerechterweise überzeugt davon und
voller Abneigung gegen den Jungen, weil er sie dazu brachte, dazusitzen und
zu warten, nur zu seinem Vergnügen.

Anna zwang sich gerade, etwas zu sagen, um das Schweigen zu brechen,
das wie ein Bann über allen lag, weil Tommy es so befohlen hatte, als dieser
seinen Teller absetzte, den Löffel säuberlich darüber legte und ruhig sagte:
»Ihr drei habt wieder über mich geredet.«

»Natürlich nicht«, sagte Richard herzlich und überzeugend.

»Natürlich«, sagte Molly.

Tommy gönnte ihnen ein tolerantes Lächeln und sagte: »Du bist wegen eines Jobs in einer Gesellschaft von dir gekommen. Ich hab' es mir auf deinen Vorschlag hin überlegt, aber ich glaube, ich werde ablehnen, wenn du nichts dagegen hast.«

»Oh, Tommy«, sagte Molly verzweifelt.

»Du bist inkonsequent, Mutter«, sagte Tommy und schaute in ihre Richtung, ohne sie anzublicken. Das war typisch für ihn: er richtete den Blick auf jemanden, behielt aber sein scheinbar nach innen gerichtetes Starren bei. Er sah bedrückt, fast dumm aus vor lauter Anstrengung, es allen recht zu machen. »Du weißt ja, daß es nicht bloß um den Job geht. Viel problematischer ist, daß ich dann so leben müßte wie diese Leute.« Richard verlagerte seine Beine und stieß einen explosiven Atemzug aus, aber Tommy fuhr fort: »Das soll keine Kritik sein, Vater.«

»Wenn das keine Kritik ist, was dann?« sagte Richard ärgerlich lachend.

»Keine Kritik, nur ein Werturteil«, sagte Molly triumphierend.

»Ach, zum *Teufel*«, sagte Richard.

Tommy ignorierte sie und richtete seine Aufmerksamkeit weiterhin auf den Teil des Zimmers, in dem seine Mutter saß.

»Ob zu meinem Nutzen oder nicht, jedenfalls hast du mich im Glauben an bestimmte Dinge großgezogen, und jetzt sagst du, ich könnte ebensogut hingehen und einen Job bei Portmain annehmen. Wieso?«

»Du meinst«, sagte Molly, bitter vor Selbstvorwürfen, »warum ich dir nicht etwas Besseres anbiete?«

»Vielleicht gibt es nichts Besseres. Das ist nicht deine Schuld – das will ich damit nicht sagen.« Dies wurde mit so sanfter, tödlicher Endgültigkeit gesagt, daß Molly offen und laut seufzte, mit den Schultern zuckte und ihre Hände spreizte.

»Ich hätte nichts dagegen, zu deinen Leuten zu gehören, das ist es nicht. Ich bin jetzt schon seit Jahren dabei und habe deinen Freunden genau zugehört. Ihr scheint alle dermaßen in der Bredouille zu stecken, oder bildet euch das zumindest ein, auch wenn es gar nicht der Fall ist«, sagte er, runzelte die Brauen und überlegte vor jedem Satz gründlich, was er sagen wollte. »Mir ist es ja egal, aber für euch ist es ein Unglück, daß ihr euch nicht an einem bestimmten Punkt gesagt habt: Ich will die und die Person werden. Ich meine, daß es für euch beide, Anna und dich, einen bestimmten Moment gegeben haben muß, in dem ihr überrascht festgestellt habt: Ach, so ein Mensch bin ich also.«

Anna und Molly lächelten erst sich an, dann ihn und bestätigten damit, daß es wahr war.

»Gut«, sagte Richard munter. »Das hätten wir. Wenn du nicht wie Anna und Molly sein willst, dann gibt es eine Alternative.«

»Nein«, sagte Tommy. »Ich habe mich nicht deutlich genug ausgedrückt, wenn du das sagen kannst. Nein.«

»Aber du mußt etwas tun«, rief Molly, ohne jeden Humor, im Gegenteil, sie klang scharf und ängstlich.

»Nein, ich muß nicht«, sagte Tommy, als wäre das selbstverständlich.

»Aber du hast gerade gesagt, daß du nicht so sein möchtest wie wir«, sagte Molly.

»Nicht, daß ich nicht so sein möchte, aber ich glaube, ich könnte es nicht.« Nun wandte er sich seinem Vater zu, um ihm die Sache geduldig auseinanderzusetzen. »Mit Mutter und Anna ist es doch so: Man sagt nicht, Anna Wulf, die Schriftstellerin, oder Molly Jacobs, die Schauspielerin – es sei denn, man kennt sie nicht. Sie sind nicht – sie sind nicht das, was sie *tun*; aber wenn ich anfange, bei dir zu arbeiten, dann werde ich sein, was ich tue. Verstehst du das nicht?« – »Offen gestanden, nein.«

»Was ich meine, ist, ich wäre lieber . . .«, er verheddert sich und schwieg einen Augenblick lang, preßte seine Lippen zusammen und runzelte die Stirn. »Ich habe darüber nachgedacht, weil ich wußte, daß ich euch das erklären muß.« Er sagte das geduldig, ganz darauf vorbereitet, den ungerechten Forderungen seiner Eltern entgegenzutreten. »Leute wie Anna und Molly und die ganze Gruppe, die sind nicht bloß eines, sondern mehreres zugleich. Und du weißt, daß sie sich ändern könnten und etwas anderes sein könnten. Ich meine nicht, daß sich ihr Charakter ändern würde, aber sie sind nicht in eine Schablone gepreßt. Wenn irgendwo auf der Welt etwas passieren würde, wenn es eine Veränderung geben würde, eine Revolution zum Beispiel . . .« Er wartete einen Augenblick geduldig, bis Richard die Luft, die er beim Wort ›Revolution‹ gereizt mit einem scharfen Laut eingezogen hatte, wieder ausgestoßen hatte, und fuhr fort: ». . . dann wären sie etwas anderes, wenn sie müßten. Aber du wirst nie anders sein, Vater. Du wirst immer so leben müssen, wie du jetzt lebst. Und so will ich nicht werden«, schloß er, zog eine Schnute und beendete damit seine Argumentation.

»Du wirst sehr unglücklich werden«, stöhnte Molly.

»Das ist was anderes«, sagte Tommy. »Als wir das letztemal alles besprochen haben, hast du am Schluß auch gesagt: Du wirst sehr unglücklich werden. Als ob einem nichts Schlimmeres passieren könnte. Apropos Unglücklichsein, ich würde weder dich noch Anna glücklich nennen, aber ihr seid zumindest viel glücklicher als mein Vater. Ganz zu schweigen von Marion«, fügte er sanft, als direkte Anklage gegen seinen Vater, hinzu.

Richard sagte hitzig: »Warum hörst du dir die Geschichte nicht auch aus meiner Perspektive an?«

Tommy ignorierte das und fuhr fort: »Ich weiß, ich muß lächerlich klingen. Bevor ich anfing, wußte ich schon, daß ich naiv klingen würde.«

»Natürlich bist du naiv«, sagte Richard.

»Du bist nicht naiv«, sagte Anna.

»Als ich das letztemal mit dir geredet hatte, Anna, kam ich nach Hause und dachte, Anna muß ja denken, daß ich schrecklich naiv bin.«

»Nein, das dachte ich nicht. Das ist nicht der Punkt. Was du offensichtlich nicht verstehst, ist, daß wir uns wünschen, daß du es besser machst als wir.«

»Warum denn?«

»Möglich, daß wir uns auch noch ändern und besser werden«, sagte Anna mit Hochachtung vor der Jugend. Da sie die Beschwörung in ihrer eigenen Stimme hörte, lachte sie und sagte: »Lieber Gott, Tommy, merkst du nicht, daß du uns das Gefühl gibst, verurteilt zu sein?«

Zum erstenmal zeigte Tommy einen Anflug von Humor. Er schaute sie voll an, erst sie, dann seine Mutter, und lächelte: »Ihr vergeßt, daß ich mein ganzes Leben lang zugehört habe, wie ihr euch unterhalten habt. Ich weiß über euch Bescheid, glaubst du nicht? Ich finde, daß ihr manchmal ziemlich kindisch seid, aber das ist mir immer noch lieber als . . .« Er sah seinen Vater nicht an, ließ es auch dann bleiben.

»Ein Jammer, daß du mir nie eine Chance gegeben hast zu reden«, sagte Richard, nicht ohne sich dabei selbst zu bemitleiden; und Tommy reagierte mit einem raschen widerborstigen Rückzug. Er sagte zu Anna und Molly: »Ich möchte lieber eine Niete sein wie ihr, statt Erfolg zu haben. Aber ich sage nicht, daß ich mich für das Nietesein entscheide. Ich glaube, man entscheidet sich nicht fürs Versagen, nicht wahr? Ich weiß nicht, was ich will, aber ich weiß, was ich nicht will.«

»Erlaube mir ein paar praktische Fragen«, sagte Richard, während Molly und Anna eine Grimasse zogen bei dem Wort ›Versagen‹, das von dem Jungen in dem Sinn benutzt wurde, in dem sie es auch benutzt hätten. Trotzdem hatte keine von ihnen es selber in den Mund genommen – zumindest nicht so treffend und endgültig.

»Wovon wirst du leben?« sagte Richard.

Molly war ärgerlich. Sie wollte nicht, daß Tommy aus der ruhigen Phase der Kontemplation, die sie ihm bot, herausgerissen würde durch das Feuer von Richards Spott.

Aber Tommy sagte: »Wenn es Mutter nichts ausmacht, dann hätte ich nichts dagegen, eine Weile von ihr zu leben. Schließlich gebe ich kaum etwas aus. Wenn ich Geld verdienen muß, kann ich immer noch Lehrer werden.«

»Ein Leben, das in festen Bahnen verläuft – nicht so riskant wie das Leben, das ich dir anbiete«, sagte Richard.

Tommy war verlegen. »Ich glaube nicht, daß du wirklich verstehst, was ich sagen möchte. Vielleicht habe ich mich nicht richtig ausgedrückt.«

»Du wirst so eine Art Kneipenhocker werden«, sagte Richard.

»Nein. Das glaube ich nicht. Das sagst du nur, weil du bloß Leute magst, die eine Menge Geld haben.«

Da waren die drei Erwachsenen still. Molly und Anna, weil sie sich darauf verlassen konnten, daß der Junge für sich selbst einstehen konnte; Richard, weil er fürchtete, seinem Zorn freien Lauf zu lassen. Nach einiger Zeit bemerkte Tommy: »Vielleicht könnte ich den Versuch machen, Schriftsteller zu werden.«

Richard stöhnte auf. Molly sagte nichts, was sie einige Mühe kostete. Aber Anna rief aus: »Tommy – nach all den guten Ratschlägen, die ich dir gegeben habe.«

Liebevoll, aber halsstarrig entgegnete er: »Du vergißt, Anna, daß ich nicht so komplizierte Ideen über das Schreiben habe wie du.«

»Was für komplizierte Ideen?« fragte Molly scharf.

Tommy sagte zu Anna: »Ich habe über alles, was du gesagt hast, nachgedacht.«

»Was alles?« fragte Molly.

Anna sagte: »Tommy, es ist beängstigend, wenn man dich näher kennt. Man sagt etwas, und du nimmst gleich alles so ernst.«

»Aber du hast es doch ernst gemeint?«

Anna unterdrückte einen Impuls, die Sache mit einem Scherz abzutun, und sagte: »Ja, ich habe es ernst gemeint.«

»Ich wußte das. Deshalb habe ich über das, was du gesagt hast, nachgedacht. Es lag eine gewisse Arroganz darin.«

»Arroganz?«

»Ja, ich glaube schon. Du hast bei meinen beiden Besuchen darüber gesprochen, und wenn ich die einzelnen Äußerungen zusammenfüge, klingt es wie Arroganz für mich. Wie eine Art Verachtung.«

Die beiden anderen, Molly und Richard, setzten sich zurück, lächelten, zündeten sich eine Zigarette an und wechselten Blicke, da sie ausgeschlossen waren.

Anna aber, die sich an die Aufrichtigkeit des Appells dieses Jungen an sie erinnerte, hatte beschlossen, sogar ihre alte Freundin Molly über Bord zu werfen, zumindest für den Augenblick:

»Wenn es wie Verachtung klang, dann muß ich annehmen, daß ich es richtig erklärt habe.«

»Das bedeutet, daß du kein Vertrauen zu den Leuten hast. Ich glaube, du hast Angst.«

»Wovor?« fragte Anna. Sie fühlte sich bloßgestellt, besonders vor Richard, und ihre Kehle war trocken und tat weh.

»Vor der Einsamkeit. Ja, ich weiß, das klingt komisch, weil du dich ja entschieden hast, lieber allein zu sein, als bloß zu heiraten, um nicht allein zu sein. Aber ich meine etwas anderes. Du hast Angst davor zu schreiben, was du über das Leben denkst, weil du dich dann in einer ungeschützten Position befinden könntest, du könntest dich selber bloßstellen, du könntest allein sein.«

»Ach«, sagte Anna trübe. »Glaubst du das?«

»Ja. Und wenn du dich nicht fürchtest, dann ist es Verachtung. Als wir über Politik geredet haben, hast du gesagt, als Kommunistin hättest du eine Sache gelernt – daß es nichts Schlimmeres gibt, als daß politische Führer nicht die Wahrheit sagen. Du hast gesagt, eine einzige kleine Lüge kann sich zu einem Sumpf von Lügen ausweiten und alles vergiften – erinnerst du dich? Du hast lange über Politik geredet . . . Und dann sind da ganze Bücher, die du nur für dich selbst geschrieben hast, die niemand zu Gesicht kriegt. Du hast gesagt, du glaubst, daß es in der ganzen Welt Leute gibt, die bloß für die Schublade schreiben – sogar in Ländern, in denen es nicht gefährlich ist, die Wahrheit zu sagen. Erinnerst du dich, Anna? Das zum Beispiel nenne ich Verachtung.« Er hatte beim Sprechen einen ernsten, dunklen, selbstprüfenden starren Blick auf sie gerichtet, ohne sie direkt anzuschauen. Jetzt sah er ihr errötetes betroffenes Gesicht, erschrak, fing sich aber wieder und sagte zögernd: »Anna, du hast doch wirklich gemeint, was du gesagt hast, nicht wahr?«

»Ja.«

»Dann hast du doch sicher nicht von mir erwartet, daß ich mir über das, was du gesagt hast, keine Gedanken mache?«

Anna schloß einen Augenblick lang die Augen und lächelte mühsam. »Ich nehme an, ich habe unterschätzt – wie ernst du mich nehmen würdest.«

»Das ist dasselbe. Wie mit dem Schreiben. Warum sollte ich dich nicht ernstnehmen?«

»Ich wußte gar nicht, daß Anna zur Zeit überhaupt schreibt«, sagte Molly, entschlossen eingreifend.

»Ich schreibe nicht«, sagte Anna rasch.

»Da haben wir's«, sagte Tommy. »Warum sagst du das?«

»Ich erinnere mich, dir gesagt zu haben, daß ich damals schrecklich unter dem Gefühl des Abscheus und der Vergeblichkeit gelitten habe. Vielleicht möchte ich diese Emotionen nicht verbreiten.«

»Wenn Anna dir Abscheu vor der literarischen Laufbahn eingeflößt hat«, sagte Richard lachend, »dann werde ich diesmal nicht mit ihr streiten.«

Das waren dermaßen falsche Töne, daß Tommy einfach darüber hinwegging, indem er seine Verlegenheit höflich verbarg und unvermittelt weitersprach: »Wenn du Abscheu fühlst, dann fühlst du eben Abscheu. Warum gibst du das nicht zu? Wichtig für mich ist, daß du über Verantwortlichkeit geredet hast. Genau das ist es, was ich auch fühle – die Leute übernehmen

58

keine Verantwortung füreinander. Du hast gesagt, die Sozialisten haben aufgehört, eine moralische Kraft zu sein, zumindest im Augenblick, weil sie keine moralische Verantwortung übernehmen. Außer für einige wenige Leute. Das hast du doch gesagt, nicht wahr? Aber du schreibst und schreibst, ganze Notizbücher voll, und sagst darin, was du über das Leben denkst, aber du schließt sie ein, und das ist nicht sehr verantwortungsbewußt.«

»Viele Leute würden sagen, daß es nicht sehr verantwortungsbewußt ist, Abscheu zu verbreiten. Oder Anarchie. Oder ein Gefühl der Verwirrung.« Anna sagte dies halb lachend, halb klagend und bekümmert und versuchte, ihn dazu zu bewegen, sich auf ihren Ton einzulassen.

Und er reagierte sofort, indem er sich verschloß, sich zurücklehnte und ihr zeigte, daß sie ihn im Stich gelassen hatte. Wie alle anderen – das gab seine leidende, widerspenstige Pose zu verstehen – mußte sie ihn einfach enttäuschen. Er zog sich in sich selbst zurück und sagte: »Jedenfalls bin ich herunter gekommen, um folgendes zu sagen: Ich würde gern weiter ein paar Monate gar nichts tun. Schließlich kostet das viel weniger, als wenn ich auf die Universität gehen würde, wie ihr das gewünscht habt.«

»Es geht nicht ums Geld«, sagte Molly.

»Du wirst sehen, daß es doch ums Geld geht«, sagte Richard. »Wenn du deine Meinung änderst, ruf mich an.«

»Ich werde dich auf jeden Fall anrufen«, sagte Tommy und erwies seinem Vater seine Schuldigkeit.

»Danke«, sagte Richard kurz und bitter. Er stand einen Augenblick da und grinste die beiden Frauen ärgerlich an. »Ich werde an einem der nächsten Tage vorbeikommen, Molly.«

»Jederzeit«, sagte Molly, honigsüß.

Er nickte Anna kalt zu, legte kurz die Hand auf die Schulter seines Sohnes, der darauf nicht reagierte, und ging hinaus. Sofort stand Tommy auf und sagte: »Ich gehe in mein Zimmer hinauf.« Er ging hinaus, den Kopf vorgestreckt, eine Hand fingerte am Türknopf herum. Die Tür öffnete sich gerade weit genug, um ihn in seiner ganzen Breite durchzulassen: er schien sich förmlich aus dem Zimmer hinauszuquetschen; und sie hörten seine regelmäßigen, dumpfen Fußtritte auf der Treppe.

»*Also*«, sagte Molly.

»Also«, sagte Anna, die darauf vorbereitet war, angegriffen zu werden.

»Mir scheint, daß hier eine Menge los war, während ich weg war.«

»Und mir scheint, daß ich Tommy Dinge gesagt habe, die ich nicht hätte sagen sollen.«

»Noch nicht genug.«

Anna sagte, nachdem sie sich einen Ruck gegeben hatte: »Ja, ich weiß, du möchtest, daß ich über künstlerische Probleme und so weiter rede. Aber damit ist es für mich nicht getan . . .« Molly wartete und sah skeptisch, sogar bitter aus. »Wenn ich das Ganze vom Standpunkt eines künstlerischen Problems aus betrachten würde, dann wäre es einfach, nicht wahr? Dann hätten wir ja immer intelligent über den modernen Roman daherreden können.« Annas Stimme war voller Gereiztheit, und sie versuchte sie mit einem Lächeln abzumildern.

»Was steht denn in diesen Tagebüchern?«

»Es sind keine Tagebücher.«

»Nenn sie, wie du willst.«

»Chaos, das steht drin.«

Anna saß da und beobachtete, wie Mollys dicke weiße Finger sich umeinanderwanden und dann fest verschränkten. Die Hände sagten: Warum verletzt du mich so? – aber wenn du darauf bestehst, dann will ich es ertragen.

»Wenn du einen Roman geschrieben hast, dann verstehe ich nicht, warum du nicht noch einen schreiben solltest«, sagte Molly, und Anna fing an zu lachen, sie konnte nicht anders, während sich die Augen ihrer Freundin plötzlich mit Tränen füllten.

»Ich habe nicht über dich gelacht.«

»Du verstehst mich einfach nicht«, sagte Molly und schluckte entschlossen die Tränen hinunter. »Die Vorstellung, daß du etwas produzieren würdest, hat mir immer so viel bedeutet, wenn ich schon selber nicht produziere.«

Fast hätte Anna bockig gesagt: ›Aber ich bin keine Verlängerung von dir‹, sie wußte aber, daß das etwas war, was sie zu ihrer Mutter gesagt haben könnte, unterdrückte es also. Anna konnte sich nur sehr wenig an ihre Mutter erinnern; sie war früh gestorben; aber in solchen Augenblicken wie jetzt war sie in der Lage, sich das Bild von einer Frau zu machen, die stark und dominierend war, gegen die Anna zu kämpfen gehabt hätte.

»Du wirst so wütend bei gewissen Themen, daß ich nicht weiß, wie ich anfangen soll«, sagte Anna.

»Ja, ich bin wütend. Ich bin wütend. Ich bin wütend über alle Leute, die ich kenne, die sich selbst vergeuden. Das bist nicht nur du. Das sind eine Menge Leute.«

»Während du weg warst, ist etwas passiert, das mich interessierte. Erinnerst du dich an Basil Ryan – den Maler, meine ich.«

»Natürlich. Ich habe ihn gekannt.«

»Er veröffentlichte eine Erklärung in der Zeitung, und zwar sagte er, er würde nie wieder malen. Er sagte, Kunst ist irrelevant, weil die Welt so chaotisch ist.« Schweigen trat ein, bis Anna eindringlich fragte: »Hat das überhaupt keine Bedeutung für dich?«

»Nein. Und schon gar nicht, wenn es von dir kommt. Schließlich bist du nicht irgendwer, der belanglose Romane über Gefühle schreibt. Du schreibst über das, was real ist.«

Anna mußte fast schon wieder lachen und sagte dann ernst: »Merkst du, wieviel von dem, was wir sagen, nur Echo ist? Die Bemerkung, die du gerade gemacht hast, ist ein Echo der Kritik an der Kommunistischen Partei – noch dazu aus der Zeit, in der sie am schlimmsten war. Gott weiß, was das bedeutet, ich weiß es nicht. Ich habe es nie gewußt. Wenn der Marxismus überhaupt etwas bedeutet, dann bedeutet er, daß ein belangloser Roman über Gefühle widerspiegeln sollte, was ›real‹ ist, da Gefühle eine Funktion und ein Produkt der Gesellschaft sind . . .« Sie hielt inne, als sie Mollys Gesichtsausdruck sah. »Mach doch nicht so ein Gesicht, Molly. Du wolltest doch, daß ich darüber rede, also tue ich es. Und da ist noch etwas. Faszinierend, wenn es nicht so deprimierend wäre. Da sind wir nun, 1957, viel Wasser den Berg hinuntergeflossen, etc. Und plötzlich taucht in England ein Phänomen in der Kunst auf – das ich weiß Gott nicht vorhersehen konnte –, es gibt einen ganzen Haufen Leute, die nie irgend etwas mit der Partei zu tun gehabt haben, die plötzlich aufstehen und, als wären sie gerade selber drauf gekommen, herausposaunen, daß belanglose Romane und Theaterstücke über Gefühle nicht die Realität widerspiegeln. Die Realität, es wird dich überraschen, das zu hören, ist die Wirtschaft, sind die Maschinengewehre, die Leute niedermähen, welche sich der neuen Ordnung widersetzen.«

»Ich finde das unfair von dir. Nur weil ich mich nicht ausdrücken kann«, sagte Molly rasch.

»Jedenfalls habe ich nur einen Roman geschrieben.«

»Ja, und was wirst du tun, wenn dieses Buch nichts mehr einbringt? Du hast Glück damit gehabt, aber irgendwann hört das auf.«

Anna blieb nur mit Mühe ruhig. Was Molly gesagt hatte, war die reine Bosheit; sie meinte: Ich bin froh, daß du denselben Zwängen ausgesetzt sein wirst wie wir. Anna dachte, ich wünschte, ich wäre nicht so bewußt geworden, jede kleine Nuance fällt mir auf. Früher hätte ich das nicht bemerkt: jetzt erscheint mir jede Unterhaltung, jede Begegnung mit einem Menschen wie das Überqueren eines Minenfeldes; und warum kann ich es nicht hinnehmen, daß einem in manchen Augenblicken die engsten Freunde ein Messer hineinrammen, tief zwischen die Rippen?

Fast hätte sie trocken gesagt: ›Du wirst froh sein zu hören, daß das Geld nur noch hereintröpfelt und daß ich bald einen Job annehmen muß.‹ Aber sie sagte heiter, indem sie Molly wörtlich nahm: »Ja, ich glaube, ich werde sehr bald mit dem Geld knapp sein, das heißt, ich muß eine Arbeit annehmen.«

»Und du hast überhaupt nichts getan, während ich weg war.«

»Oh doch, ich habe kompliziert gelebt, und das zur Genüge.« Molly sah wieder skeptisch aus, also gab Anna auf. Sie sagte gutmütig, leichthin,

61

klagend: »Es war ein schlimmes Jahr. Vor allem hätte ich fast eine Affäre mit Richard gehabt.«

»So sieht es aus. Wenn man allein schon an Richard denkt – das muß wirklich ein schlimmes Jahr für dich gewesen sein.«

»Weißt du, da oben, da geht's erstaunlich anarchisch zu. Du würdest dich wundern – warum hast du nie mit Richard über seine Arbeit geredet, das ist so seltsam.«

»Du willst sagen, du hast dich für ihn interessiert, weil er so reich ist?«

»Oh, *Molly*. Gewiß nicht. Nein. Ich sagte dir doch, alles bricht zusammen. Dieser Clan da oben, der glaubt an gar nichts. Die erinnern mich an die Weißen in Zentralafrika – die hatten einen Standardsatz: ›Natürlich werden uns die Schwarzen in fünfzig Jahren ins Meer treiben.‹ Fröhlich sagten sie das. Mit anderen Worten: ›Wir wissen, daß es falsch ist, was wir tun.‹ Aber es hat sich erwiesen, daß es sehr viel schneller geht, das dauert keine fünfzig Jahre.« »Aber nun zu Richard.«

»Also, er hat mich zu einem todschicken Abendessen ausgeführt. Es gab einen Anlaß. Er hatte gerade einen maßgeblichen Anteil an allen Aluminiumtöpfen oder Topfschrubbern oder Flugzeugpropellern in Europa aufgekauft – irgend so was. Da waren vier Wirtschaftsbonzen und vier Miezen. Ich war eine der Miezen. Ich saß da und sah mir diese Gesichter am Tisch an, großer Gott, es war beängstigend. Ich bin in meine primitivste kommunistische Phase zurückgefallen – du weißt schon, die, in der man denkt, alles, was man zu tun hat, ist, die Schweinehunde zu erschießen – das heißt, bevor man lernt, daß ihre Gegenspieler genauso verantwortungslos sind. Ich habe mir diese Gesichter angesehen, ich habe einfach dagesessen und mir diese Gesichter angesehen.«

»Das haben wir schon immer gesagt«, sagte Molly. »Was ist also neu daran?«

»Es hat mir alles wieder deutlich vor Augen geführt. Und dann die Art, wie sie ihre Frauen behandeln – alles natürlich ganz unbewußt. Mein Gott, wir haben vielleicht Augenblicke, in denen uns unsere Art zu leben nicht gefällt, aber wie gut sind wir doch dran, unsere Leute sind wenigstens halbzivilisiert.«

»Jetzt zu Richard.«

»Ach ja. Gut. Es war nicht wichtig. Er war nur eine Panne. Immerhin hat er mich in seinem neuen Jaguar nach Hause gebracht. Ich hab' ihm Kaffee gemacht. Er war zu allem bereit. Ich saß da und dachte: Na ja, er ist auch nicht schlechter als andere Trottel, mit denen ich geschlafen habe.«

»Anna, was ist in dich gefahren?«

»Hast du nie diese scheußliche moralische Erschöpfung in dir gefühlt, dir nie gesagt, was zum Teufel macht das schon?«

»Es ist die Art, wie du redest. Die ist neu.«

»Allerdings. Ich habe mir überlegt – wenn wir schon das Leben führen, das man ein freies Leben nennt, ein Leben wie die Männer, warum sollen wir dann nicht dieselbe Sprache sprechen?«

»Weil wir nicht genauso sind. Das ist es.«

Anna lachte. »Männer. Frauen. Gebunden. Frei. Gut. Schlecht. Ja. Nein. Kapitalismus. Sozialismus. Sex. Liebe . . .«

»Anna, was ist mit Richard passiert?«

»Nichts. Du machst zu viel daraus. Ich saß da und trank Kaffee, schaute in sein dummes Gesicht und dachte nur: Wäre ich ein Mann, würde ich ins Bett gehen. Höchstwahrscheinlich einfach deshalb, weil ich ihn dumm fand – ihn als Frau, meine ich. Und dann war ich so gelangweilt, so gelangweilt, so gelangweilt. Er spürte meine Langeweile und beschloß, mich zurückzugewinnen. Also stand er auf und sagte: Ich glaube, ich sollte besser nach Hause fahren, in die Plane Avenue 16 – oder so ähnlich. Und erwartete, daß ich sagen würde: Oh, nein, ich kann es nicht ertragen, daß du gehst. Du weißt schon, der arme verheiratete Mann, gefesselt an Frau und Kinderchen. So machen sie es alle. Bitte, bedaure mich, ich muß nach Hause in die Plane Avenue 16, in das langweilige, arbeitssparende Haus am Stadtrand. Er sagte es einmal. Er sagte es dreimal – gerade so, als lebte er dort gar nicht, wäre nicht mit ihr verheiratet, als hätte es nichts mit ihm zu tun. Das kleine Haus in der Plane Avenue 16 und die gnädige Frau.«

»Um genau zu sein, ein großes Herrenhaus mit zwei Dienstmädchen und drei Autos in Richmond.«

»Du mußt zugeben, er hat was von Villenvorort an sich. Komisch. Aber das haben sie alle – ich meine, die großen Bonzen hatten das alle. Man konnte ganz deutlich die arbeitssparenden Geräte sehen, und die Kinderchen in ihren Schlafanzügen, wie sie herunterkommen und Pappi den Gute-Nacht-Kuß geben. Ekelhafte, selbstgefällige Schweine, durch die Bank.«

»Du redest wie eine Hure«, sagte Molly; machte dann ein schuldbewußtes Gesicht und lächelte, weil sie überrascht war, daß sie das Wort gebraucht hatte.

»Komischerweise ist es mir nur mittels größter Willensanstrengung möglich, mich nicht so zu fühlen. Sie strengen sich ungeheuer an, einen dazu zu bringen, daß man sich als Hure fühlt – unbewußt natürlich, und deshalb gelingt's ihnen auch jedesmal. Naja. Ich sagte: Gute Nacht, Richard, ich bin so schläfrig, und vielen Dank, daß du mir dieses ganze Highlife gezeigt hast. Er stand da und überlegte, ob er zum viertenmal sagen sollte: Oh je, ich muß zu meiner öden Frau nach Hause. Er wunderte sich, weshalb diese phantasielose Frau Anna ihm gegenüber so teilnahmslos war. Dann konnte ich sehen, wie er dachte, wie kann es anders sein, sie ist halt nur eine Intellektuelle, wie

schade, daß ich nicht eins von meinen Mädchen mitgenommen habe. Also
wartete ich – wartete auf den Augenblick, in dem sie es einem heimzahlen
müssen. Prompt kam es: Anna, du solltest mehr auf dich achten, du siehst
zehn Jahre älter aus als nötig, glaub mir, du bist kurz davor, welk zu werden.
Da sagte ich: Aber Richard, hätte ich zu dir gesagt, ja, komm ins Bett, dann
hättest du genau in diesem Augenblick gesagt, wie schön ich bin. Sicher liegt
die Wahrheit irgendwo in der Mitte? . . .«

Molly drückte ein Kissen an die Brust, umarmte es und lachte.

»Und da sagte er: Aber Anna, als du mich auf einen Kaffee eingeladen hast,
hättest du wissen müssen, was das bedeutet. Ich bin ein sehr männlicher
Mann, und entweder habe ich ein Verhältnis mit einer Frau oder ich habe
keins. Da hatte ich genug von ihm und sagte: Ach, verschwinde, Richard, du
bist ein gräßlicher Langweiler . . . Jetzt wirst du begreifen, daß es heute
notgedrungen – wie heißt das Wort, das ich suche? *Spannungen* zwischen mir
und Richard gegeben hat.«

Molly hörte auf zu lachen und sagte: »Trotzdem, du und Richard, ihr müßt
verrückt gewesen sein.«

»Ja«, sagte Anna völlig ernst. »Ja, Molly, ich glaube, ich war nicht weit
davon entfernt.«

Aber in diesem Augenblick stand Molly auf und sagte rasch: »Ich werde
jetzt Mittagessen machen.« Der Blick, den sie Anna zuwarf, war schuldbewußt und reumütig. Anna stand auch auf und sagte: »Dann komme ich einen
Augenblick mit in die Küche.«

»Du kannst mir den Klatsch erzählen.«

»Ohhh«, sagte Anna gähnend und sehr beiläufig. »Wo ich gerade drüber
nachdenke, was ich dir Neues erzählen kann? Alles ist so, wie es war.
Haargenau so.«

»Auch nach einem Jahr? Der Zwanzigste Parteitag. Ungarn. Suez. Und das
natürliche Weiterschreiten des menschlichen Herzens von einer Sache zur
nächsten? Trotzdem keine Veränderung?«

Die kleine Küche war weiß, vollgepfropft mit Ordnung, schimmernd vom
Glanz der aufgereihten farbigen Tassen, Teller und Schüsseln; und von den
Dampftropfen, die auf Wänden und Decke kondensierten. Die Fenster waren
beschlagen. Der Ofen schien zu schwellen und zu hüpfen von der Energie
seiner inwendigen Hitze. Molly riß das Fenster auf, und ein heißer Duft
gebratenen Fleisches schoß hinaus über feuchte Dächer und schmutzige
Hinterhöfe, als ein wartender Ball Sonnenlicht genau über das Fensterbrett
sprang und sich auf dem Boden zusammenrollte.

»England«, sagte Molly. »England. Das Zurückkommen war diesmal
schlimmer als sonst. Ich habe schon auf dem Schiff gemerkt, wie mich die
Kraft verließ. Ich bin gestern in die Läden gegangen und habe mir die netten,

anständigen Gesichter angesehen, so freundlich und so anständig und so verdammt langweilig.« Sie starrte kurz aus dem Fenster und wandte ihm dann entschlossen den Rücken.

»Ich glaube, wir sollten uns mit der Tatsache abfinden, daß wir und alle Leute, die wir kennen, wahrscheinlich unser Leben lang über England meckern werden. Aber wir leben nun mal hier, ob uns das paßt oder nicht.«

»Ich fahre bald wieder weg. Ich würde schon morgen fahren, wenn Tommy nicht wäre. Gestern war ich in der Stadt auf einer Theaterprobe. Alle Männer in der Inszenierung sind schwul, bis auf einen, und der ist sechzehn. Was soll ich also noch hier? Als ich weg war, war alles ganz natürlich. Die Männer behandeln einen wie eine Frau, man fühlt sich wohl, ich habe nie an mein Alter gedacht, ich habe nie über Sex nachgedacht. Ich hatte ein paar nette, lustige Affären, nichts war quälend, alles unbeschwert. Aber sobald du deinen Fuß auf diesen Boden setzt, mußt du den Gürtel enger schnallen und daran denken: Jetzt sei vorsichtig, diese Männer sind Engländer. Abgesehen von den wenigen Ausnahmen. Und du wirst ganz und gar gehemmt und verklemmt. Wie kann ein Land, das so voll ist von verkorksten Leuten, zu irgend etwas taugen?«

»Du wirst dich in ein oder zwei Wochen daran gewöhnt haben.«

»Ich möchte mich nicht daran gewöhnen. Ich kann jetzt schon fühlen, wie die Resignation in mir hochkriecht. Und dann dieses Haus. Es müßte neu gestrichen werden. Ich habe einfach keine Lust, damit anzufangen – mit dem Pinseln und Gardinenaufhängen. Weshalb ist alles hier so schwer? In Europa ist es nicht so. Man schläft nachts ein paar Stunden und ist glücklich. Hier schläft man und strengt sich an . . .«

»Ja, ja«, sagte Anna lachend. »Ich bin sicher, wir halten uns gegenseitig seit Jahren dieselben Reden. Jedesmal wenn wir von irgend woher zurückkommen.«

Das Haus zitterte, als ein Zug, nahe unter der Erde, vorbeifuhr. »Und du mußt etwas mit dieser Decke machen«, sagte Anna und guckte nach oben. Das Haus, das gegen Kriegsende von einer Bombe aufgerissen worden war, hatte jahrelang leer gestanden, und alle Räume waren Wind und Regen ausgesetzt gewesen. Es war wieder zusammengeflickt worden. Wenn die Züge vorbeikamen, konnte man hören, wie es hinter sauberen Farboberflächen herunterrieselte. Quer durch die Decke lief ein Riß.

»Verdammt noch mal«, sagte Molly. »Ich halt's nicht mehr aus. Aber ich fürchte, ich muß. Woher kommt das bloß, daß nur in diesem Land alle scheinbar gute Miene zum bösen Spiel machen, daß jeder tapfer seine Last trägt.« Tränen trübten ihre Augen, sie blinzelte sie fort und wandte sich wieder ihrem Ofen zu.

»Weil dies das Land ist, das wir kennen. In den anderen Ländern denken wir nicht darüber nach.«

»Das stimmt nicht ganz, und das weißt du. Rück lieber schnell mit den Neuigkeiten heraus. Ich werde in einer Minute das Mittagessen auftragen.« Jetzt war es Molly, die eine Atmosphäre des Alleinseins, des Mißverstandenseins ausstrahlte. Ihre Hände machten Anna Vorwürfe, pathetisch und stoisch. Anna wiederum dachte: Wenn ich mich jetzt auf eine Was-stimmt-bloß-nicht-mit-den-Männern-Sitzung einlasse, dann gehe ich nicht nach Hause, dann bleibe ich zum Mittagessen und noch den ganzen Nachmittag, und Molly und ich werden uns vertraut fühlen, alle Barrieren sind weg. Und wenn wir auseinandergehen, kommt plötzlich Verstimmung auf, Erbitterung – weil trotz allem unsere wahre Loyalität immer nur den Männern gilt und nicht den Frauen . . . Beinahe hätte Anna sich gesetzt, bereit, unterzutauchen. Aber sie tat es nicht. Sie dachte: Ich möchte das alles hinter mir haben, Schluß mit den Männer-contra-Frauen-Geschichten, Schluß mit den Klagen, den Vorwürfen, der Verräterei. Außerdem ist das unehrlich. Wir haben eine bestimmte Lebensweise gewählt, im Bewußtsein ihrer Folgen, und wenn wir sie damals nicht gekannt haben, dann kennen wir sie heute, wozu also jammern und klagen . . . und überhaupt, wenn ich mich nicht vorsehe, dann werden Molly und ich auf das Niveau einer Art Zwillings-Altjüngferlichkeit herabsinken, wo wir herumsitzen und sagen: Erinnerst du dich, wie dieser Mann, wie-heißt-er-doch-gleich, diese gefühllose Bemerkung machte, das muß 1947 gewesen sein . . .

»Also, heraus damit«, sagte Molly sehr lebhaft zu Anna, die jetzt einige Zeitlang schweigend dagestanden hatte.

»Ja. Du möchtest doch sicher nichts über die Genossen hören, nehme ich an?«

»In Frankreich und Italien reden die Intellektuellen Tag und Nacht über den Zwanzigsten Parteitag und Ungarn – welche Perspektiven und Lektionen sich daraus ergeben und aus welchen Fehlern man lernen muß.«

»Wenn das so ist, lasse ich das aus, da es hier genauso ist. Obwohl die Leute Gott sei Dank allmählich die Nase voll davon haben.«

»Gut.«

»Aber ich glaube, ich muß trotzdem drei Genossen erwähnen – nur so nebenbei«, setzte Anna hastig hinzu, als Molly ein Gesicht schnitt. »Drei tadellose Söhne der Arbeiterklasse, Gewerkschaftsfunktionäre.«

»Wer?«

»Tom Winters, Len Colhoun, Bob Fowler.«

»Ich kenne sie natürlich«, sagte Molly rasch. Sie kannte immer alle, oder hatte sie zumindest gekannt. »Also?«

»Gerade vor dem Parteitag, als diese ganze Unruhe in unseren Kreisen herrschte, wegen des Komplotts und Jugoslawien etc., da traf ich zufällig mit ihnen zusammen. Es ging dabei um das, was sie natürlich ›kulturelle Angelegenheiten‹ nennen. Herablassend. Damals habe ich zusammen mit noch so ein paar Verrückten viel Zeit damit verbracht, innerhalb der Partei zu kämpfen – ein naiver Haufen waren wir, wir versuchten, die Leute davon zu überzeugen, daß es viel besser sei zuzugeben, daß die Sache in Rußland stinkt, statt es abzuleugnen. Na ja. Plötzlich kriegte ich Briefe von allen dreien – unabhängig voneinander natürlich, keiner von ihnen wußte, daß die anderen geschrieben hatten. Sehr streng waren sie. Alle Gerüchte, in denen verbreitet wurde, daß sich da in Moskau irgendwelche dreckigen Sachen abspielten oder sich abgespielt hatten, oder daß Väterchen Stalin je etwas Unrechtes getan hatte, wären von Feinden der Arbeiterklasse verbreitet worden.«

Molly lachte, aber aus Höflichkeit; dieser Nerv war zu oft getroffen worden.

»Aber ich erzähl' dir das aus einem anderen Grund. Das Entscheidende war, daß diese Briefe austauschbar waren. Abgesehen von der Handschrift natürlich.«

»Eine ganze Menge zum Absehen.«

»Zu meinem eigenen Vergnügen habe ich alle drei Briefe abgetippt – in voller Länge, und habe sie nebeneinander gelegt. In Phraseologie, Stil, Ton waren sie identisch. Man konnte unmöglich sagen, dieser Brief kommt von Tom oder der von Len.«

Molly sagte beleidigt: »Geht es dabei um das Notizbuch oder was immer du sonst für ein Geheimnis mit Tommy hast?«

»Nein. Darum, etwas herauszufinden. Aber ich bin noch nicht fertig.«

»Na gut, ich will dich nicht drängen.«

»Dann kam der Parteitag, und fast zur selben Zeit bekam ich noch drei Briefe. Alle hysterisch, voller Selbstvorwürfe, Schuldbewußtsein und Selbsterniedrigung.«

»Du hast sie wieder abgetippt?«

»Ja. Und sie nebeneinander gelegt. Sie hätten von derselben Person geschrieben sein können. *Begreifst du nicht?*«

»Nein. Was willst du damit beweisen?«

»Da muß einem doch der Gedanke kommen – was für eine Schablone bin ich? Von welchem anonymen Ganzen bin ich ein Teil?«

»So? Mir nicht.« Molly sagte damit: Wenn du dich dazu entschieden hast, aus dir eine Null zu machen, bitte, aber kleb das Etikett nicht mir auf.

Enttäuscht, weil sie sich am meisten darauf gefreut hatte, gerade über diese Entdeckung und die Ideen, die sich daraus entwickelt hatten, mit Molly zu sprechen, sagte Anna rasch: »Ach, schon gut. Es ist mir interessant vorgekommen. Und das ist auch schon fast alles – es hat dann eine Periode gegeben, die man als Periode der Verwirrung beschreiben könnte, und ein paar Leute haben die Partei verlassen. Oder besser gesagt, *alle,* auf die es ankam, haben die Partei verlassen – was bedeutet, diejenigen, deren Zeit, psychologisch gesehen, vorbei war. Dann plötzlich, noch in derselben Woche – und das ist es, was so ungewöhnlich ist, Molly . . .« Gegen ihren Willen appellierte Anna wieder an Molly – »in derselben Woche bekam ich noch drei Briefe. Von Zweifel gereinigt, streng und voller Entschlußkraft. Es war die Woche nach Ungarn. Mit anderen Worten, die Peitsche hatte geknallt, und die Zauderer gingen bei Fuß. Diese drei Briefe waren auch wieder identisch – ich rede natürlich nicht von den einzelnen Wörtern«, sagte Anna ungeduldig, da Molly absichtlich skeptisch blickte. »Ich meine den Stil, die Sätze, die Art, wie die Wörter miteinander verknüpft waren. Als wären die anderen Briefe, die hysterischen, selbsterniedrigenden Briefe, niemals geschrieben worden. Ich bin tatsächlich sicher, daß Tom, Len und Bob die Erinnerung daran, daß sie sie je geschrieben haben, verdrängt haben.«

»Aber du hast sie aufbewahrt?«

»Ich werde sie schon nicht vor Gericht verwenden, falls du das meinst.«

Molly stand da, trocknete langsam Gläser mit einem rosa-malvenfarbig gestreiften Handtuch und hielt jedes gegen das Licht, bevor sie es absetzte. »Also, ich hab' das alles so satt, ich glaube nicht, daß ich mich je wieder damit herumplagen möchte.«

»Aber, Molly, das können wir nicht tun, wirklich. Wir waren Kommunistinnen oder Fast-Kommunistinnen, oder wie du es sonst nennen willst, Jahre um Jahre. Wir können nicht plötzlich sagen: Ich langweile mich.«

»Das Komische ist, ich langweile mich tatsächlich. Ja, ich weiß, es ist merkwürdig. Vor zwei oder drei Jahren habe ich mich schuldig gefühlt, wenn ich nicht meine ganze Freizeit damit verbracht habe, dies oder jenes zu organisieren. Jetzt fühle ich mich überhaupt nicht schuldig, wenn ich einfach meine Arbeit mache und die restliche Zeit herumfaulenze. Es liegt mir nichts mehr daran, Anna. Einfach gar nichts mehr.«

»Das ist keine Frage des Schuldgefühls. Es geht darum herauszufinden, was das alles bedeutet.«

Molly antwortete nicht, also fuhr Anna schnell fort: »Würdest du gern etwas über die Kolonie hören?«

Die Kolonie war die Bezeichnung, die sie einer Gruppe von Amerikanern gegeben hatten, die alle aus politischen Gründen in London lebten.

»Oh Gott, nein. Die hängen mir auch zum Halse heraus. Nein, ich wüßte gern, was mit Nelson passiert ist, ich mag ihn.«

»Er schreibt das amerikanische Meisterwerk. Er hat seine Frau verlassen. Weil sie neurotisch war. Hat sich ein Mädchen zugelegt. Ein sehr nettes. Kam zu dem Schluß, daß sie neurotisch ist. Ist zu seiner Frau zurückgegangen.

Kam zu dem Schluß, daß sie neurotisch ist. Verließ sie. Hat sich ein anderes Mädchen zugelegt, das bis jetzt noch nicht neurotisch geworden ist.«

»Und die anderen?«

»Auf die eine oder andere Weise dito, dito, dito.«

»Gut, die lassen wir aus. Ich habe die amerikanische Kolonie in Rom kennengelernt. Verdammt elender Haufen.«

»Ja. Wen sonst?«

»Deinen Freund Mr. Mathlong – du weißt schon, den Afrikaner?«

»Natürlich weiß ich. Augenblicklich ist er im Gefängnis, daraus schließe ich, daß er nächstes Jahr um diese Zeit Premierminister sein wird.«

Molly lachte.

»Und da ist dein Freund de Silva.«

»Er *war* mein Freund«, sagte Molly und lachte wieder, widersetzte sich jedoch Annas Ton, der bereits kritisch war.

»Die weiteren Fakten sind so: Er ging mit seiner Frau zurück nach Ceylon – du erinnerst dich, sie wollte nicht gehen. Er schrieb mir, weil er dir geschrieben hatte und keine Antwort bekommen hatte. Er schrieb, Ceylon sei wunderbar und voller Poesie und daß seine Frau noch ein Kind erwarte.«

»Aber sie wollte nicht noch ein Kind.«

Plötzlich mußten Anna und Molly gemeinsam lachen; plötzlich waren sie harmonisch.

»Dann schrieb er, um mitzuteilen, daß er London und die kulturellen Freiheiten dort vermisse.«

»Dann, nehme ich an, können wir ihn jeden Moment erwarten.«

»Er ist bereits zurückgekommen. Vor ein paar Monaten. Er hat offensichtlich seine Frau verlassen. Sie sei viel zu gut für ihn, sagte er und weinte Krokodilstränen, aber nicht allzu dicke, denn schließlich sitzt sie mit zwei Kindern in Ceylon fest und hat kein Geld; das heißt, er ist in Sicherheit.«

»Hast du ihn getroffen?«

»Ja.« Aber Anna sah sich nicht in der Lage, Molly zu erzählen, was passiert war. Was würde das bringen? Das würde genauso enden, wie sie sich geschworen hatte, daß es nicht enden sollte, daß sie nämlich den Nachmittag mit dem trockenen, bitteren Dialog hinbringen würden, der ihnen so leicht fiel.

»Und wie steht's mit dir, Anna?«

Und nun, zum erstenmal, hatte Molly in einer Weise gefragt, auf die Anna antworten konnte, und sie sagte sofort:

»Michael hat mich besucht. Ungefähr vor einem Monat.« Sie hatte fünf Jahre lang mit Michael gelebt. Diese Beziehung war vor drei Jahren kaputtgegangen, gegen ihren Willen.

»Wie war's?«

»Oh, in manchem so, als wäre nichts passiert.«

»Das ist doch nicht verwunderlich, wo ihr euch beide so gut kennt.«

»Aber er war zu mir – wie soll ich's nennen? Wie zu einer lieben alten Freundin, weißt du. Er überließ mir die Wahl des Lokals und fuhr mich hin. Er erzählte von einem Kollegen. Er fragte: Erinnerst du dich an Dick? Seltsam, daß er sich nicht erinnern konnte, ob ich mich an Dick erinnere, obwohl wir ihn damals so oft getroffen haben – findest du nicht? Dick hat einen Job in Ghana bekommen, sagte er, er hat seine Frau mitgenommen. Seine Geliebte wollte auch mitkommen. Sehr kompliziert mit diesen Gelieb-ten, sagte Michael, und dann lachte er. Ganz offen, auf die muntere Tour. Gerade das tat so weh. Dann sah er verlegen aus, weil er sich daran erinnerte, daß ich seine Geliebte gewesen war, und wurde rot und schuldbewußt.«

Molly sagte nichts. Sie beobachtete Anna scharf.

»Das ist alles, denke ich.«

»Ein Haufen Schweine«, sagte Molly heiter und schlug absichtlich einen Ton an, der Anna zum Lachen bringen sollte.

»Molly«, sagte Anna gequält, bittend.

»Was? Es hilft doch nichts, weiter darüber zu reden, oder?«

»Ich habe nachgedacht. Weißt du, möglicherweise haben wir einen Fehler gemacht.«

»Was? Nur einen?«

Aber Anna lachte nicht. »Nein. Ich meine es ernst. Wir beide haben uns vorgenommen, stark zu sein – nein, hör zu, ich meine es ernst. Eine Ehe geht in die Brüche, gut, sagen wir, unsere Ehe war ein Fehlschlag, zu dumm. Ein Mann läßt uns sausen – zu dumm, sagen wir, das ist nicht wichtig. Wir ziehen Kinder auf ohne Männer – nichts weiter dran, sagen wir, wir können damit fertig werden. Wir verbringen Jahre in der Kommunistischen Partei, und dann sagen wir, na gut, wir haben einen Fehler gemacht, zu dumm.«

»Was willst du damit sagen«, fragte Molly sehr vorsichtig und in großer Distanz zu Anna.

»Glaubst du nicht, daß es zumindest möglich wäre, einfach möglich, daß uns etwas so Schlimmes passieren kann, daß wir niemals drüber hinwegkom-men? Wenn ich ganz ehrlich bin, glaube ich nicht, daß ich wirklich über die Sache mit Michael hinweggekommen bin. Aber, was man von mir erwartet, ist, daß ich sage, na gut, er hat mich sitzenlassen – was sind schon fünf Jahre, auf, weiter geht's.«

»Aber das muß sein, das ›Auf, weiter geht's‹.«

»Warum können wir alle niemals zugeben, daß wir versagt haben? Nie-mals. Es wäre besser für uns, wenn wir das täten. Und das betrifft nicht nur die Liebe und die Männer. Warum können wir zum Beispiel nicht so sprechen: Wir gehören zu den Menschen, die zufällig in eine gewisse historische Situation gestellt wurden, in der sie – aber nur in der Phantasie, und das ist der Punkt – einen so gewaltigen Anteil hatten am großen Traum, daß sie jetzt zugeben müssen, daß der große Traum zerronnen ist und die Wahrheit woanders liegt – und daß sie nie mehr von Nutzen sein werden. Schließlich, Molly, wäre das doch kein großer Verlust, wenn ein paar Leute, ein paar Leute eines gewissen Typs, zugeben, daß sie Pech gehabt haben, daß sie erledigt sind. Oder? Es ist fast arrogant, wenn man dazu nicht fähig ist.«

»Oh, Anna! Und all das nur wegen Michael. Wahrscheinlich taucht er irgendwann wieder auf, und ihr fangt da wieder an, wo ihr aufgehört habt. Und wenn er das nicht tut, worüber beschwerst du dich dann? Du hast das Schreiben.«

»Du lieber Himmel«, sagte Anna sanft. »Du lieber Himmel.« Dann, nach einem Augenblick, zwang sie sich wieder zu dem harmlosen Tonfall: »Ja, es ist alles sehr komisch . . . na, ich muß nach Hause stürzen.«

»Hast du nicht gesagt, daß Janet bei einer Freundin wohnt?«

»Ja, aber ich habe noch eine Menge zu erledigen.«

Sie küßten sich schnell. Daß sie nicht in der Lage gewesen waren, sich entgegenzukommen, wurde durch einen kleinen, zärtlichen, sogar amüsierten Händedruck mitgeteilt. Anna trat auf die Straße hinaus, um nach Hause zu gehen. Sie wohnte ein paar Minuten zu Fuß entfernt, in Earls Court. Bevor sie in die Straße einbog, in der sie wohnte, schaltete sie automatisch den Blick ab. Sie wohnte weder in der Straße noch in dem Gebäude, sondern in der Wohnung; und sie ließ den Blick erst dann wieder in ihre Augen zurückkehren, wenn die Haustür hinter ihr geschlossen war.

Die Zimmer lagen in zwei Etagen ganz oben im Haus, fünf große Räume, zwei unten und drei oben. Michael hatte Anna vor vier Jahren dazu überredet, in ihre eigene Wohnung zu ziehen. Es sei schlecht für sie, hatte er gesagt, in Mollys Haus zu leben, immer unter den Fittichen der großen Schwester. Als sie sich darüber beklagte, daß sie es sich nicht leisten könne, hatte er ihr vorgeschlagen, ein Zimmer zu vermieten. Sie war umgezogen in der Vorstellung, er würde dieses Leben mit ihr teilen; aber er hatte sie kurz darauf verlassen. Sie lebte noch eine Zeitlang nach dem Schema, das er für sie entworfen hatte. Zwei Studenten wohnten in dem einen großen Zimmer, ihre Tochter in dem anderen, und ihr eigenes Schlafzimmer und ihr Wohnzimmer hatte sie für zwei eingerichtet – für sich und Michael. Einer der Studenten ging, aber sie machte sich nicht die Mühe, einen neuen zu finden. Eine heftige Abneigung gegen ihr Schlafzimmer überkam sie, da es für Michael und sie gemeinsam geplant gewesen war, und sie zog nach unten in das Wohnzimmer, wo sie schlief und sich mit ihren Notizbüchern befaßte. Oben wohnte immer noch der Student, ein junger Mann aus Wales. Manchmal dachte Anna, daß es so aussehen könnte, als wohne sie mit einem jungen Mann zusammen; aber er war homosexuell, und es gab keinerlei Spannung in dem Arrangement. Sie sahen sich kaum. Solange Janet ein paar Blocks weiter weg in der Schule war, widmete sich Anna ihrem eigenen Leben; und wenn Janet zu Hause war, widmete sie sich ihr. Eine alte Frau kam einmal die Woche, um die Wohnung sauber zu machen. Von Zeit zu Zeit tröpfelte etwas Geld von ihrem Roman *Frontiers of War* herein. Das Buch war ein Bestseller gewesen, der immer noch gerade soviel einbrachte, daß sie davon leben konnte. Die Wohnung war hübsch, weiß gestrichen, mit hellen Fußböden. Die Balustraden und Geländer der Treppen bildeten ein weißes Muster gegen die rote Tapete.

Dies war der Rahmen, in dem sich Annas Leben abspielte. Aber nur wenn sie allein war in dem großen Zimmer, war sie sie selbst. Es war ein rechteckiges Zimmer mit einer Nische, in der ein schmales Bett stand. Um das Bett herum Stapel von Büchern, Zeitungen und ein Telefon. An der Außenwand drei hohe Fenster. An einem Ende des Zimmers, nahe dem Kamin, stand ein Schreibtisch mit einer Schreibmaschine, an der sie ihre Briefe schrieb und manchmal, aber nicht häufig, auch Buchbesprechungen und Artikel. Am anderen Ende ein langer, schwarzgestrichener Zeichentisch. In einer Schublade lagen die vier Notizbücher. Die Fläche dieses Tisches wurde immer leer gehalten. Wände und Decken des Zimmers waren weiß, leicht angeschmuddelt von der schwärzlichen Londoner Luft. Der Fußboden war schwarz gestrichen. Auf dem Bett lag eine schwarze Überdecke. Die langen Vorhänge waren mattrot.

Anna ging jetzt langsam von einem der drei Fenster zum nächsten und inspizierte den dünnen, farblosen Sonnenschein, dem es nicht gelang, bis hinunter zu scheinen auf den Boden des schmalen, gepflasterten Spalts zwischen den hohen viktorianischen Häusern. Sie zog die Gardinen vor die Fenster und horchte mit Genuß auf den vertrauten gleitenden Laut der Gardinenrollen in den tiefen Schienen und auf das sanfte Raschel, Raschel, Raschel der schweren Seide, die sich aneinanderrieb und in Falten legte. Sie knipste das Licht über dem Zeichentisch an, das glänzende Schwarz leuchtete auf, und ein Rotschimmer von den nahen Vorhängen spiegelte sich darin. Sie breitete die vier Notizbücher aus, eines nach dem anderen, dicht nebeneinander.

Sie benutzte für diese Beschäftigung einen alten Klavierhocker. Jetzt drehte sie ihn hoch, fast auf Tischhöhe, setzte sich darauf und blickte auf die vier Notizbücher hinunter wie eine Generalin, die auf dem Gipfel eines Berges steht und beobachtet, wie ihre Truppen unten im Tal aufmarschieren.

Die Notizbücher

Die vier Notizbücher waren identisch, etwa fünfundvierzig Zentimeter breit, mit glänzendem Einband, der die Struktur von billiger Moiré-Seide hatte. Aber man konnte sie auseinanderhalten, weil sie verschiedene Farben hatten – schwarz, rot, gelb und blau. Wenn sie alle aufgeschlagen waren und man die vier ersten Seiten sehen konnte, so hatte man nicht den Eindruck, als ob sich unmittelbar daraus ein System ergeben hätte. Auf den ersten und zweiten Seiten standen lückenhafte Kritzeleien und halbe Sätze. Dann tauchte ein Titel auf – so als hätte sich Anna fast automatisch in vier Teile geteilt und dann diese Teile dem Charakter des Geschriebenen entsprechend benannt. Und genau das war geschehen. Das erste Buch, das schwarze Notizbuch, begann mit Gekritzel, verstreuten musikalischen Zeichen, Violinschlüsseln, die sich zum £-Zeichen verschoben und wieder zurück; dann ein kompliziertes Muster von ineinandergreifenden Kreisen, dann Wörter:

schwarz
    dunkel, es ist so dunkel
        es ist dunkel
            es ist so etwas wie Dunkelheit hier

[Und dann in einer veränderten, aufgeschreckten Schrift:]

Jedesmal, wenn ich mich zum Schreiben niedersetze und meiner Phantasie freien Lauf lasse, die Wörter, Es ist so dunkel, oder etwas, das mit Dunkelheit zu tun hat. Entsetzen. Das Entsetzen vor dieser Stadt. Angst, allein zu sein. Eins nur hält mich davon ab, aufzuspringen und zu schreien oder zum Telefon zu laufen, um jemanden anzurufen, das ist, mich bewußt zurückzuversetzen in jenes heiße Licht . . . weiße Licht, lichtgeschlossene Augen, das rote Licht heiß auf den Augäpfeln. Die rauhe pulsierende Hitze eines Granitblocks. Meine Handfläche darauf ausgestreckt, sich über die Flechten bewegend. Die Maserung der Flechten. Klein wie winzige Tierohren, eine warme, rauhe Seide unter meiner Handfläche, hartnäckig an den Poren meiner Haut zerrend. Und heiß. Der Geruch der Sonne auf heißem Fels. Trocken und heiß, und die Seide aus Staub auf meiner Wange, nach Sonne riechend, die Sonne. Briefe von der Agentin über den Roman. Jedesmal, wenn einer von ihnen ankommt, möchte ich lachen – das Gelächter des Abscheus. Übles Gelächter, Gelächter der Hilflosigkeit, Selbstbestrafung. Unwirkliche Briefe, wenn ich an einen Abhang heißen, porigen Granits denke, meine Wangen am heißen Fels, das rote Licht auf meinen Augenlidern. Mittagessen mit der Agentin. Unwirklich – der Roman wird mehr und mehr zu einem Geschöpf, das ein Eigenleben führt. *Frontiers of War* hat jetzt nichts mehr mit mir zu tun, ist das Eigentum anderer Leute. Agentin sagt, es sollte verfilmt werden. Sagte nein. Sie war geduldig – ihr Job, geduldig zu sein.

[Hier war ein Datum hingekritzelt – 1951]

(1952) Hab' mit einem Filmmann zu Mittag gegessen. Diskutierten Besetzung für *Frontiers*. So unglaublich, wollte lachen. Ich sagte, nein. Sah mich dazu überredet. Stand schnell auf und brach ab, erwischte mich sogar dabei, die Wörter *Frontiers of War* draußen über einem Kino zu sehen. Obwohl er es natürlich *Verbotene Liebe* nennen wollte.

(1953) Verbrachte den ganzen Morgen damit zu versuchen, mich zurückzuerinnern, wie ich unter den Bäumen in dem Vlei in der Nähe von Mashopi sitze. Ging nicht.

[Hier tauchte der Titel oder die Überschrift des Notizbuches auf:]

Das Dunkle

[Die Seiten waren in der Mitte senkrecht durch einen sauberen schwarzen Strich unterteilt, und die Unterteilungen waren betitelt:]

Quelle   *Geld*

[Unter dem linken Wort waren Satzfragmente, erinnerte Szenen, Briefe von Freunden in Zentralafrika, die angeklebt waren. Auf der anderen Seite ein Verzeichnis von Geschäftsabschlüssen, die mit *Frontiers of War* zu tun hatten, Gelder aus Übersetzungen etc., Berichte über Geschäftsbesprechungen und so weiter.

Nach einigen Seiten hörten die Eintragungen auf der linken Seite auf. Über drei Jahre hinweg enthielt das schwarze Notizbuch nur geschäftliche und praktische Eintragungen, die die Erinnerungen an das sinnlich konkrete Afrika absorbiert zu haben schienen. Die Eintragungen auf der linken Seite fingen da wieder an, wo auf der gegenüberliegenden Seite ein maschinegeschriebenes manifestartiges Blatt angeklebt war, eine Inhaltsangabe von

Frontiers of War, jetzt in *Verbotene Liebe* umbenannt, von Anna voller Ironie geschrieben und von der Synopsis-Abteilung im Büro ihres Agenten gutgeheißen:]

Der junge fesche Peter Carey, dessen brillante Studentenlaufbahn in Oxford vom Zweiten Weltkrieg unterbrochen wurde, ist mit der himmelblau uniformierten R.A.F.-Jugend in Zentralafrika stationiert, um zum Piloten ausgebildet zu werden. Der idealistische, leicht entflammbare junge Peter ist entsetzt über die aggressive, rassenfanatische Kleinstadtgesellschaft, die er dort vorfindet, und schließt sich der linken Schickeria an, die seinen arglosen Jugendradikalismus mißbraucht. Die Woche über zetern diese Leute über das Unrecht, das den Schwarzen angetan wird; an den Wochenenden leben sie in Saus und Braus – in einem luxuriösen, außerhalb der Stadt gelegenen Hotel, das von einer John-Bull-Gastwirtstype namens Boothby und seiner reizenden Frau geführt wird, deren hübsche Teenager-Tochter sich in Peter verliebt. Er ermutigt sie mit der ganzen Gedankenlosigkeit der Jugend; während Mrs. Boothby, die von ihrem trunksüchtigen, geldgierigen Mann vernachlässigt wird, von einer mächtigen, aber geheimen Leidenschaft für den gutaussehenden Jüngling gepackt wird. Angewidert von den Wochenendorgien der Linken nimmt Peter heimlich Kontakt zu den einheimischen afrikanischen Agitatoren auf, deren Anführer der Koch im Hotel ist. Er verliebt sich in die junge Frau des Kochs, die von ihrem politikbesessenen Gatten vernachlässigt wird, doch diese Liebe verstößt gegen die Tabus und Sitten der weißen Siedlergesellschaft. Mistress Boothby überrascht sie bei einem romantischen Rendezvous und informiert in ihrer Eifersuchtsraserei die Behörden des örtlichen R.A.F.-Lagers, die ihr versprechen, daß Peter aus der Kolonie versetzt wird. Sie erzählt es ihrer Tochter, in der unbewußten Absicht, das unberührte junge Mädchen, das Peter ihr vorgezogen hat, zu demütigen, dieses erkrankt, weil ihr Stolz, der Stolz eines weißen Mädchens, verletzt ist, und in einer Szene, in der die Mutter, außer sich, schreit: »Du hast ihn nicht einmal gereizt. Er hat dir das dreckige schwarze Mädchen vorgezogen«, kündigt sie an, sie werde das Haus verlassen. Der Koch, von Mrs. Boothby über die Treulosigkeit seiner jungen Frau informiert, wirft sie hinaus und sagt ihr, sie solle zu ihrer Familie zurückkehren. Aber statt dessen begibt sich das trotzig-stolze Mädchen in die nächstgelegene Stadt, um als Straßenmädchen den bequemeren Weg zu wählen. Gebrochenen Herzens, seine Illusionen in Fetzen, verbringt Peter seine letzte Nacht betrunken in der Kolonie und begegnet in einer schäbigen Spelunke unerwartet seiner schwarzen Liebe. Ihre letzte gemeinsame Nacht verbringen sie, eng umschlungen, an dem einzigen Ort, wo Schwarz und Weiß sich treffen dürfen, im Bordell an den trüben Wassern des Flusses der Stadt. Ihre unschuldige und reine Liebe, von den grausamen, unmenschlichen Gesetzen dieses Landes und der Eifersucht der Korrupten zerbrochen, wird keine Zukunft erleben. Bewegt sprechen sie davon, sich in England zu treffen, wenn der Krieg vorüber ist, doch wissen beide, daß dies eine tapfere Lüge ist. Am nächsten Morgen verabschiedet sich Peter von der Gruppe der ›Progressiven‹, in den ernsten jungen Augen seine ganze Verachtung für sie. Inzwischen lauert seine schwarze Geliebte in einer Gruppe ihrer eigenen Leute am anderen Ende des Bahnsteigs. Als der Zug hinausdampft, winkt sie; er sieht sie nicht; in seinen Augen spiegelt sich bereits der Gedanke an den Tod, der ihn – das große Fliegeras! – erwartet, und sie kehrt am Arm eines anderen Mannes zu den Straßen der dunklen Stadt zurück, frech lachend, um ihre traurige Erniedrigung zu verbergen.

[Auf der Gegenseite war folgendes geschrieben:]

Dem Mann von der Synopsis-Abteilung gefiel das; fing an zu diskutieren, wie man die Geschichte für die Geldgeber ›weniger anstößig‹ machen könnte – die Heldin soll keine treulose Frau sein, was sie unsympathisch macht, sondern die Tochter des Kochs. Ich sagte, ich hätte das als Parodie geschrieben, worüber er lachen mußte, nachdem er sich einen Augenblick geärgert hatte. Ich beobachtete, wie sein Gesicht die Maske plumper, gutmütiger Toleranz aufsetzte, die in dieser Zeit die Maske der Korruption ist (zum Beispiel sah Genosse X ganz genauso aus, als er zum Mord an drei britischen Kommunisten in Stalins Gefängnissen sagte: Wir haben die menschliche Natur ja nie genug einkalkuliert). Dann sagte er: »Miss Wulf, Sie müssen eines lernen: Wenn Sie mit dem Teufel essen, muß der Löffel nicht nur lang sein, sondern auch aus Asbest – es ist eine wirklich gute Inhaltsangabe, und in der Sprache geschrieben, die diese Leute verstehen.« Als ich nicht nachgab, blieb er ruhig und fragte, ach so tolerant, unermüdlich lächelnd, ob ich nicht auch der Meinung sei, daß trotz aller Mängel der Industrie gute Filme gemacht würden. »Und sogar Filme mit einer richtigen, progressiven Botschaft, nicht wahr, Miss Wulf?« Er war entzückt, daß er eine Redewendung gefunden hatte, die mich garantiert einnehmen würde, und zeigte es auch; sein Blick war gleichzeitig selbstgefällig und voll zynischer Grausamkeit. Ich kam nach Hause, mit einem Ekelgefühl, das so viel stärker war als sonst, daß ich mich hinsetzte und mich zwang, den Roman zum erstenmal, seit er veröffentlicht wurde, zu lesen. Als sei er von jemand anderem geschrieben worden. Wenn man mich gebeten hätte, ihn 1951, als er erschien, zu rezensieren, so hätte ich folgendes schreiben müssen:
»Ein Erstlingsroman, der von echtem, wenn auch nicht bedeutendem Talent zeugt. Das Ungewohnte an seiner Szenerie, einer Station im rhodesischen Veld, in der das Milieu der wurzellosen, geldgierigen weißen Siedler

kontrastiert mit dem der schwermütigen enteigneten Afrikaner; und das Ungewohnte an seiner Geschichte, der Liebesaffäre zwischen einem jungen, vom Krieg in die Kolonie verschlagenen Engländer und einer halbprimitiven Schwarzen, verschleiert die Tatsache, daß dies ein keineswegs originelles, dürftig entwickeltes Thema ist. Die Einfachheit von Anna Wulfs Stil ist ihre Stärke; aber es ist noch zu früh, um zu sagen, ob dies die bewußte Einfachheit künstlerischer Mäßigung ist oder die oft trügerische Formschärfe, die manchmal zufällig dadurch erreicht wird, daß die Form eines Romans von einer starken Emotion diktiert wird.«

Nach 1954 aber:

»Die Schwemme von Romanen mit einer afrikanischen Szenerie hält an. *Frontiers of War* ist geschickt erzählt, mit einer beachtlichen Einfühlung in die eher melodramatischen sexuellen Beziehungen. Es gibt zweifellos sehr wenig Neues über den Schwarz-Weiß-Konflikt zu sagen. Durch Rassenschranken bedingter Haß und Grausamkeit sind in unserer Prosa bestens dokumentiert worden. Die interessanteste Frage, die durch diesen neuen Bericht von den Rassengrenzen aufgeworfen wird, ist die: Wenn es so ist, daß die Unterdrückung und die Spannungen im weißbesiedelten Afrika in ihrer gegenwärtigen Form mehr oder weniger bereits seit Jahrzehnten bestanden haben, warum haben sie dann erst in den späten Vierziger- und Fünfzigerjahren explosionsartig zu einer künstlerischen Form gefunden? Wüßten wir die Antwort, so wüßten wir mehr über die Beziehung zwischen der Gesellschaft und der künstlerischen Begabung, die sie hervorbringt, mehr über die Beziehung zwischen der Kunst und der Spannung, aus der sie sich nährt. Anna Wulfs Roman entsprang einer kaum mehr denn mitfühlenden Empörung gegen Ungerechtigkeit: ehrenwert, aber heute nicht mehr genug . . .«

In den drei Monaten, in denen ich Rezensionen schrieb und zehn oder mehr Bücher pro Woche las, machte ich eine Entdeckung: daß das Interesse, mit dem ich diese Bücher las, nichts mit dem zu tun hatte, was ich fühlte, wenn ich – sagen wir mal –Thomas Mann las, den letzten Schriftsteller im alten Sinne, der den Roman für philosophische Aussagen über das Leben benutzte. Wesentlich ist, daß sich die Funktion des Romans zu verändern scheint; er ist ein Vorposten des Journalismus geworden; wir lesen Romane, weil wir uns über Bereiche des Lebens informieren wollen, die wir nicht kennen – Nigeria, Südafrika, die amerikanische Armee, ein Bergwerksdorf, Cliquen in Chelsea etc. Wir lesen, *um herauszufinden, was los ist.* Unter fünfhundert oder tausend Romanen ist höchstens einer, der die Qualität hat, durch die ein Roman erst zum Roman wird – die Qualität der Philosophie. Ich merkte, daß ich mit *derselben Art von Neugierde*, mit der ich die meisten

Romane las, einen Reportageband las. Die meisten Romane sind, wenn sie überhaupt Erfolg haben, insofern originell, als sie über die Existenz eines Gesellschaftsbereichs oder eines Personentyps berichten, der bis dahin noch nicht ins allgemeine literarische Bewußtsein gedrungen war. Der Roman ist eine Funktion der zersplitterten Gesellschaft, des zersplitterten Bewußtseins geworden. Die Menschen sind so gespalten, sie werden immer gespaltener, *und innerhalb ihrer selbst nochmal aufgespalten,* ein Spiegelbild der Welt, daß sie, ohne es zu wissen, verzweifelt nach Informationen über andere Gruppen innerhalb ihres eigenen Landes greifen, von den Gruppen in anderen Ländern erst gar nicht zu reden. Es ist ein blindes Herauslangen nach der eigenen Ganzheit, und der Tatsachenroman fungiert als Hilfsmittel dabei. Innerhalb dieses Landes, innerhalb Englands, hat der Mittelstand keine Kenntnis vom Leben der Arbeiter und umgekehrt; Berichte, Artikel und Romane werden über die Klassenschranken hinweg verkauft, werden gelesen, als gälte es, wilde Stämme zu erforschen. Die Fischer in Schottland waren eine ganz andere Spezies als die Bergarbeiter, bei denen ich in Yorkshire lebte; und beide kommen wiederum aus einer ganz anderen Welt als dem Wohnbezirk am Rande von London.

Dennoch bin ich unfähig, den für mich einzig interessanten Roman zu schreiben: ein Buch, das von einer intellektuellen oder moralischen Leidenschaft durchdrungen ist, die stark genug ist, um Ordnung zu schaffen, um eine neue Art der Lebensbetrachtung zu schaffen. Der Grund dafür ist, daß ich zu zersplittert bin. Ich habe beschlossen, nie wieder einen Roman zu schreiben. Ich habe fünfzig ›Sujets‹, über die ich schreiben könnte; und mit der nötigen Kompetenz. Eines läßt sich jedenfalls mit Sicherheit vorhersagen – es werden auch weiterhin kompetente und informative Romane aus den Verlagen herausströmen. Von allen Qualitäten, die man besitzen muß, um überhaupt schreiben zu können, habe ich nur eine, die unwichtigste, und das ist Neugierde. Die Neugierde des Journalisten. Ich leide Qualen der Unzufriedenheit und Unvollständigkeit wegen meiner Unfähigkeit, diejenigen Lebensbereiche zu betreten, aus denen Lebensweise, Erziehung, Geschlecht, Politik und Klasse mich aussperren. Das ist die Krankheit, an der die besten Leute dieser Zeit leiden; manche können den Druck ertragen; andere brechen darunter zusammen; das ist eine neue Sensibilität, ein nahezu unbewußter Versuch, der sich auf neues imaginatives Erfassen richtet. Aber verhängnisvoll für die Kunst. Als ich das Mother Sugar sagte, antwortete sie mit dem bewußten kleinen Nicken der Befriedigung, das die Leute für solche tönenden Wahrheiten parat haben, daß der Künstler aus Unfähigkeit zu leben schreibt. Ich erinnere mich an die Übelkeit, die in mir hochkam, als sie das sagte; noch jetzt, während ich das niederschreibe, spüre ich das Widerstreben des Ekels: weil die Sache mit der Kunst und dem Künstler so herabgekommen ist, Tummelplatz eines jeden wirrköpfigen Kunstliebhabers, daß alle, die eine wirkliche Verbindung zur Kunst haben, beim Anblick des kleinen befriedigten Nickens, des selbstgefälligen Lächelns hundert Meilen weit rennen möchten. Und wenn eine Wahrheit so gründlich erforscht worden ist wie diese – die immerhin den Stoff für die Kunst dieses Jahrhunderts geliefert hat – und ein solches Riesenklischee geworden ist, dann fängt man an, sich zu fragen, ist das so unwiderruflich wahr? Und man fängt an, über die Phrasen ›Lebensunfähigkeit‹, ›der Künstler‹ etc. nachzudenken, läßt sie in seinem Kopf widerhallen und schwächer werden und kämpft gegen das Ekelgefühl und die Schalheit an, so wie ich versucht habe, dagegen anzukämpfen, an dem Tag, als ich vor Mother Sugar saß. Aber sonderbar, wie dieser alte Kram so frisch und gebieterisch über die Lippen der Psychoanalyse kam. Mother Sugar, die eine äußerst kultivierte Frau ist, eine kunstdurchtränkte Europäerin, gab in ihrer Eigenschaft als Medizinmann Platitüden von sich, deren sie sich geschämt hätte, wäre sie mit Freunden zusammmen gewesen und nicht im Sprechzimmer. Eine Ebene fürs Leben, eine andere für die Couch. Ich konnte es nicht ertragen; letztlich war es das, was ich nicht ertragen konnte. Weil das bedeutet, eine bestimmte moralische Ebene fürs Leben und eine andere für die Kranken. Ich weiß sehr wohl, von welcher Ebene in meinem Ich dieser Roman, *Frontiers of War,* stammt. Ich wußte es schon, als ich ihn schrieb. Ich haßte sie damals, und ich hasse sie jetzt. Gerade, weil dieser Bereich in mir selber so mächtig geworden war, daß er drohte, alles andere zu verschlingen, machte ich mich auf zum Medizinmann, meine Seele in den Händen. Doch selbst die Heilkundige lächelte selbstgefällig, als das Wort ›Kunst‹ auftauchte; dieses geheiligte Tier, der Künstler, rechtfertigt alles, alles, was er tut, ist gerechtfertigt. Das selbstgefällige Lächeln, das tolerante Nicken beschränkt sich nicht einmal auf die kunstsinnigen Heilkundigen oder die Professoren; man findet es bei den Geldwechslern, den kleinen Presseschakalen, dem Feind. Wenn ein Filmmogul einen Künstler kaufen möchte (der wahre Grund dafür, daß er das originale Talent und den Funken der Kreativität aufspürt, ist, daß er unbewußt wünscht, ihn zu zerstören, um sich selbst zu rechtfertigen, indem er das einzig Wahre zerstört), dann nennt er das Opfer einen Künstler. Du bist ein Künstler, natürlich . . . und meistens grinst das Opfer und schluckt seinen Ekel hinunter.

Der wahre Grund dafür, daß sich jetzt so viele Künstler auf Politik, ›Engagement‹ und so weiter stürzen, ist, daß sie sich auf jedes Gebiet stürzen, ganz egal welches, wenn es sie nur vor dem Gift des vom Feind gebrauchten Wortes ›Künstler‹ schützt.

Ich erinnere mich sehr deutlich an den Augenblick, in dem dieser Roman geboren wurde. An den heftigen Pulsschlag; danach, als mir klar war, daß ich schreiben wollte, machte ich mich daran herauszufinden, was ich schreiben wollte. Der ›Gegenstand‹ war fast nebensächlich. Gerade er interessiert mich heute brennend – warum habe ich nicht einen Bericht über das geschrieben, was wirklich passiert ist, anstatt eine ›Geschichte‹ zu gestalten, die nichts mit dem Material zu tun hatte, aus dem sie sich speiste? Natürlich wäre der direkte, einfache, formlose Bericht kein ›Roman‹ gewesen, wäre nicht veröffentlicht worden, aber ich war wirklich nicht interessiert daran, ›Schriftstellerin zu sein‹, nicht einmal daran, Geld zu verdienen. Ich rede nicht von dem Spiel, das Schriftsteller mit sich selbst spielen, wenn sie schreiben, dem psychologischen Spiel – der Transposition eines realen Ereignisses in ein Literaturereignis, eines Menschen in eine Kunstfigur, der Psychologie einer realen Beziehung in eine fiktive, abbildhafte Beziehung. Ich frage mich einfach: Warum überhaupt eine Geschichte – was nicht heißt, daß das eine schlechte Geschichte war oder eine unwahre, oder daß sie irgend etwas verfälscht hat. Aber warum nicht einfach die Wahrheit?

Mir wird schlecht, wenn ich die parodistische Zusammenfassung lese oder die Briefe von der Filmgesellschaft; dennoch weiß ich, das, was die Filmgesellschaft so gereizt hat, aus diesem Roman einen Film zu machen, ist genau das, was ihn als Roman erfolgreich gemacht hat. Es ist ein Roman ›über‹ ein Rassenproblem. Ich habe darin nichts gesagt, was nicht wahr war. Aber die Emotion, der er entsprungen ist, war etwas Erschreckendes; das war die ungesunde, fiebrige, gesetzwidrige Erregung der Kriegszeit, eine verlogene Nostalgie, eine Sehnsucht nach Zügellosigkeit, nach Freiheit, nach dem Dschungel, nach Formlosigkeit. Sie ist mir noch so deutlich, daß ich den Roman jetzt nicht lesen kann, ohne mich zu schämen, so als wäre ich nackt auf der Straße. Trotzdem scheint das niemand sonst zu bemerken. Kein einziger von den Rezensenten hat es bemerkt. Kein einziger von meinen kultivierten literarischen Freunden hat es bemerkt. Es ist ein unmoralischer Roman, weil diese schreckliche, verlogene Nostalgie jeden Satz erhellt. Und ich weiß, daß ich in mir vorsätzlich dieselbe Emotion hochpeitschen müßte, um einen neuen zu schreiben, um die fünfzig Berichte über die Gesellschaft zu schreiben, zu denen ich das Material habe. Und eben diese Emotion würde Romane aus den fünfzig Büchern machen und keine Reportagen.

Wenn ich zurückdenke an die Zeit im Mashopi-Hotel, an die Wochenenden mit der Gruppe, dann muß ich erst etwas in mir abschalten; jetzt beim Schreiben muß ich das abschalten, oder es würde von neuem ›eine Geschichte‹ herauskommen, ein Roman, aber nicht die Wahrheit. Es ist, als erinnere man sich an eine besonders intensive Liebesaffäre oder an eine sexuelle Obsession. Und sonderbar: Sobald sich die Sehnsucht, die Erregung vertieft, bilden sich ›Geschichten‹ und vermehren sich wie Zellen unter einem Mikroskop. Doch zugleich ist diese Sehnsucht so mächtig, daß ich nur das schreiben kann, ein paar Sätze auf einmal. Nichts ist mächtiger als dieser Nihilismus;

die zornige Bereitschaft, alles über Bord zu werfen, die Bereitwilligkeit, die Sehnsucht, Teil der Auflösung zu werden. Mit der stärkste Grund dafür, weshalb es immer wieder Kriege gibt, ist diese Emotion, und die Leute, die *Frontiers of War* gelesen haben, hatten in sich diese Emotion genährt, auch wenn sie sich dessen nicht bewußt waren. Deshalb schäme ich mich, und deshalb fühle ich mich dauernd so, als hätte ich ein Verbrechen begangen.

Die Gruppe setzte sich aus zufällig zusammengewürfelten Leuten zusammen, die wußten, daß sie sich nicht wiedersehen würden, sobald diese Phase des Krieges vorbei war. Sie wußten, daß sie nichts gemeinsam hatten, und gaben das mit äußerster Offenheit zu.

Was für Leidenschaften, Überzeugungen und entsetzliche Zwänge der Krieg auch immer in anderen Teilen dieser Welt schuf, charakteristisch für die Art, wie wir ihn erlebten, war eine zwiespältige Empfindung. Auf der Stelle war klar, daß für uns der Krieg eine prächtige Sache werden würde. Das war nichts Kompliziertes, was erst von Experten erklärt werden mußte. Materieller Wohlstand begünstigte Zentral- und Südafrika spürbar; plötzlich hatten alle viel mehr Geld, sogar die Afrikaner, und das in einem Wirtschaftssystem, das darauf beruhte, daß sie nur das Minimum bekamen, um am Leben zu bleiben und arbeiten zu können. Außerdem gab es keinen ernsthaften Mangel an Waren, die man für das Geld kaufen konnte. Nicht ernsthaft genug jedenfalls, um dem Lebensgenuß im Wege zu stehen. Einheimische Fabrikanten fingen an herzustellen, was vorher importiert wurde, und bewiesen damit auf andere Weise, daß der Krieg zwei Gesichter hatte. Die Wirtschaft war so immobil und schlampig, weil sie auf den ineffizientesten und rückständigsten Arbeitskräften basierte, daß sie eine Art Stoß von außen nötig hatte. Der Krieg war so ein Stoß.

Es gab noch einen Grund für Zynismus – denn die Leute fingen an, zynisch zu werden, als sie es leid waren, beschämt zu sein, wie sie es am Anfang waren. Dieser Krieg wurde uns als Kreuzzug gegen die bösen Lehren Hitlers, gegen Radikalismus etc. dargestellt, doch wurde diese ganze riesige Landmasse, ein Gebiet, das etwa halb so groß war wie ganz Afrika, genau nach den Grundsätzen von Hitlers Postulat geführt, daß einige Menschen aufgrund ihrer Rasse besser sind als andere. Auf dem ganzen Kontinent amüsierten sich die Afrikaner, höhnten über den Anblick ihrer weißen Herren, die einen Kreuzzug unternahmen, um den rassistischen Teufel zu bekämpfen – jedenfalls die Afrikaner, die überhaupt irgendeine Ausbildung hatten. Sie genossen den Anblick ihrer weißen Baases, die so wild darauf waren, auszurücken und an jeder verfügbaren Frontstellung gegen eine Überzeugung zu kämpfen, zu deren Verteidigung auf ihrem eigenen Boden sie alle ihr Leben hingeben würden. Den ganzen Krieg hindurch waren die Korrespondentenspalten der Zeitungen vollgepfropft mit Argumenten darüber, ob es ungefährlich sei, irgendeinem afrikanischen Soldaten auch nur eine Knallbüchse in die Hand zu geben, da er sie wahrscheinlich gegen seinen weißen Herrn richten oder diese nützliche Kenntnis später anwenden werde. Ganz richtig kam man zu dem Schluß, daß es nicht ungefährlich sei.

Dies waren zwei gute Gründe, weshalb der Krieg für uns von Anfang an seine erfreulichen ironischen Aspekte hatte.

(Ich verfalle wieder in den falschen Ton – dabei hasse ich diesen Ton, und doch war das die Sprache, die wir alle monatelang und jahrelang gesprochen haben und die uns allen, dessen bin ich mir sicher, sehr geschadet hat. Das war Selbstbestrafung, Unter-Verschlußhalten des Gefühls, Unfähigkeit oder Weigerung, widersprüchliche Dinge zusammenzufügen, damit sie ein Ganzes bilden, so daß man darin leben kann, egal, wie entsetzlich das ist. Die Weigerung bedeutet, daß man weder verändern noch zerstören kann; die Weigerung bedeutet letzten Endes entweder Tod oder Verarmung des Individuums.)

Ich werde versuchen, nur die Fakten aufzuschreiben. Für die breite Bevölkerung hatte der Krieg zwei Phasen. Eine, in der die Dinge schlecht standen und eine Niederlage möglich war; diese Phase endete schließlich bei Stalingrad. Die zweite Phase bestand einfach darin, durchzuhalten bis zum Sieg.

Für uns, und mit ›uns‹ meine ich die Linken und die mit den Linken verbündeten Liberalen, hatte der Krieg drei Phasen. Die erste war die, in der Rußland den Krieg nicht wahrhaben wollte. Das bremste die Loyalität von uns allen – von den fünfzig oder hundert Leuten, deren emotionale Triebfeder der Glaube an die Sowjetunion war. Diese Periode endete, als Hitler Rußland angriff. Im selben Moment brachen die Energien los.

Die Leute sind zu gefühlsbetont, wenn es um den Kommunismus, oder besser gesagt, um ihre eigenen kommunistischen Parteien geht, als daß sie über ein Phänomen reflektieren können, das eines Tages Gegenstand für Soziologen sein wird. Ich meine die gesellschaftlichen Aktivitäten, die sich, direkt oder indirekt, aus der Existenz einer kommunistischen Partei ergeben. Leute oder Gruppen von Leuten, die sie nicht einmal kennen, sind inspiriert oder animiert worden, haben neuen Lebensantrieb erhalten infolge der kommunistischen Partei, und das gilt für alle Länder, in denen es eine kommunistische Partei gegeben hat, mag sie auch noch so winzig gewesen sein. Allein in unserer kleinen Stadt sind, ein Jahr nachdem Rußland in den Krieg eingetreten war und die Linke sich deshalb erholt hatte (abgesehen von den direkten Parteiaktivitäten, von denen ich hier nicht spreche), folgende Initiativen entstanden: ein kleines Orchester, Lesezirkel, zwei Theatergruppen, eine Filmgesellschaft, eine Laienorganisation zur Überprüfung der Lebensbedingungen der afrikanischen Stadtkinder, die, als sie publik geworden war, das weiße Gewissen wachrief und der Anfang eines längst überfälligen Schuldbewußtseins wurde, und ein halbes Dutzend Diskussionsgruppen über afrikanische Probleme. Zum erstenmal seit ihrem Bestehen gab es in dieser Stadt so etwas wie ein kulturelles Leben. Hunderte von Menschen, die die Kommunisten nur als eine Gruppe von Leuten kannten, die man hassen muß, kamen in den Genuß davon. Natürlich mißbilligten die Kommunisten selber, die damals kräftemäßig und dogmatisch ein Optimum erreicht hatten, einen Gutteil dieser Phänomene. Trotzdem hatten die Kommunisten dazu angeregt, denn ein hingebungsvoller Glaube an die Menschheit zieht Kreise.

Für uns (und dies gilt für alle Städte landauf und landab in unserem Teil Afrikas) begann damals eine Periode intensiver Aktivität. Diese Phase, eine Phase triumphierender Zuversicht, endete irgendwann im Jahre 1944, weit vor Kriegsende. Der Wandel beruhte nicht auf einem äußeren Ereignis, wie etwa einem ›Kurswechsel‹ in der ›Linie‹ der Sowjetunion; er war intern, und rückblickend wird mir klar, daß sein Anfang in etwa zusammenfiel mit dem Tag der Gründung der ›kommunistischen‹ Gruppe. Natürlich gingen die ganzen Diskussionsclubs, Gruppen etc. ein, als der Kalte Krieg anfing und jegliches Interesse an China und der Sowjetunion verdächtig wurde, anstatt schick zu sein. (Die rein kulturellen Organisationen wie Orchester, Theatergruppen und so weiter machten weiter.) Aber als die ›linke‹ oder ›progressive‹ oder ›kommunistische‹ Überzeugung – welches Wort auch immer zutreffen mag – aus dieser Distanz ist das ohnehin schwer zu sagen – in unserer Stadt den Höhepunkt erreicht hatte, verfiel die Kerngruppe der Leute, die sie initiiert hatte, bereits in Trägheit oder Verwirrung oder arbeitete höchstens noch aus Pflichtgefühl. Damals verstand das natürlich keiner; aber es war unvermeidlich. Heute weiß man, daß der Struktur einer kommunistischen Partei oder Gruppe ein abspaltendes Prinzip inhärent ist. Überall da, wo eine kommunistische Partei existiert und vielleicht sogar blüht, tut sie das aufgrund dieses Prozesses, bei dem sich Einzelne oder ganze Gruppen lossagen; nicht wegen persönlicher Verdienste oder Fehler, sondern je nachdem, wie sie mit der inneren Dynamik der Partei zu einem gegebenen Zeitpunkt in Einklang stehen. In unserer kleinen amateurhaften und in der Tat drolligen Gruppe passierte nichts, was nicht auch damals, zu Beginn des Jahrhunderts, am Anfang des organisierten Kommunismus, bei der Iskra-Gruppe in London passiert war. Hätten wir irgend etwas über die Geschichte unserer eigenen Bewegung gewußt, wären uns der Zynismus, die Frustration, die Verwirrung erspart geblieben – aber darum geht es mir jetzt nicht. In unserem Fall machte die innere Logik des ›Zentralismus‹ den Auflösungsprozeß unumgänglich, weil wir überhaupt keine Verbindung zu irgendeiner bestehenden afrikanischen Bewegung hatten – das war noch vor der Entstehung jeglicher nationalistischen Bewegung, noch vor jeder Art von Gewerk-schaft. Es gab damals ein paar Afrikaner, die, direkt vor der Nase der Polizei, heimlich zusammentrafen, aber die trauten uns nicht, weil wir weiß waren. Ein paar kamen, um uns in technischen Fragen um Rat zu bitten, aber wir wußten nie, was sie wirklich im Sinn hatten. Die Situation war die, daß eine Gruppe äußerst militanter weißer politischer Einzelgänger, die mit alles über die Organisation von revolutionären Bewegungen wußten, in einem Vakuum operierten, denn die schwarzen Massen hatten noch nicht angefangen, sich zu rühren, und das sollte auch noch ein paar weitere Jahre so bleiben. Das galt auch für die Kommunistische Partei in Südafrika. Die Kämpfe, Konflikte und Streitigkeiten innerhalb unserer Gruppe, die uns zum Wachstum hätten antreiben können, wären wir nicht ein wurzelloser Fremdkörper gewesen, zerrieben uns sehr schnell. Innerhalb eines Jahres war unsere Gruppe aufge-spalten, ausgestattet mit Untergruppen, Verrätern und einem loyalen harten Kern, dessen Besetzung, mit Ausnahme von ein oder zwei Männern, ständig wechselte. Weil wir den Prozeß nicht verstanden, schwächte er unsere ganze emotionale Energie. Obwohl ich weiß, daß der Prozeß der Selbstzerstörung fast gleichzeitig mit der Entstehung begann, kann ich den Moment nicht genau bestimmen, in dem unser Gesprächston und unser Verhalten sich änderten. Wir arbeiteten hart wie zuvor, aber begleitet von einem sich stetig vertiefenden Zynismus. Und unsere Witze, außerhalb der offiziellen Ver-sammlungen, waren konträr zu dem, was wir sagten und woran wir zu glauben meinten. Aus eben dieser Periode meines Lebens weiß ich, daß man aufpassen muß, was die Leute für Witze machen. Ein leichter boshafter Ton, eine zynische Schärfe können sich innerhalb von zehn Jahren zu einem Krebsgeschwür entwickelt haben, das eine ganze Persönlichkeit zerstört hat. Ich habe das oft beobachtet, auch an vielen anderen Orten, nicht nur in politischen oder kommunistischen Organisationen.

Die Gruppe, über die ich schreiben möchte, wurde eine ›Gruppe‹ nach einem entsetzlichen Kampf in der ›Partei‹. (Ich muß sie in Anführungszei-chen setzen, weil sie niemals offiziell gegründet wurde. Sie war eher so etwas wie eine emotionale Einheit.) Sie spaltete sich in zwei Teile, und zwar wegen einer Lappalie – die Sache war so unwichtig, daß ich mich nicht einmal daran erinnern kann, was es war, sondern nur an das entsetzte Staunen von uns allen angesichts der Tatsache, daß eine unbedeutende Organisationsfrage so viel Haß und Bitterkeit verursachen konnte. Die beiden Gruppen kamen überein, weiterhin zusammenzuarbeiten – soviel Vernunft war uns gerade noch geblieben; aber wir betrieben verschiedenartige Politik. Heute könnte ich darüber lachen, aus einer Art Verzweiflung – es war alles so irrelevant. Die Wahrheit war, daß die Gruppe einer Gruppe von Exilierten glich, mit derselben fieberhaften Erbitterung über Lappalien wie diese. Ja, das waren wir, alle zwanzig – Menschen im Exil; weil unsere Ideen der Entwicklung des Landes so weit voraus waren. Doch, jetzt erinnere ich mich, der Streit ging darum, daß die Hälfte der Organisation sich darüber beschwerte, daß gewisse Mitglieder nicht ›im Lande verwurzelt seien‹. Wegen solcher Prinzipien spalteten wir uns.

Und nun zu unserer kleinen Untergruppe. Da waren drei Männer von den Luftwaffencamps, die sich schon in Oxford kennengelernt hatten – Paul, Jimmy und Ted. Dann George Hounslow, der beim Straßenbau arbeitete. Dann Willi Rodde, der Flüchtling aus Deutschland. Ich selbst. Und zuletzt Maryrose, die tatsächlich im Land geboren war. Ich war die merkwürdige Figur in dieser Gruppe, weil ich die einzige war, die frei war. Frei in dem Sinne, daß ich zunächst freiwillig in die Kolonie gekommen war und sie verlassen konnte, wann ich wollte. Und warum bin ich nicht gegangen? Ich haßte den Ort, ich haßte ihn schon seit 1939, als ich dahingekommen war, um zu heiraten und die Frau eines Tabakpflanzers zu werden. Ich hatte Steven das Jahr davor in London kennengelernt, als er auf Urlaub war. Am Tag nach meiner Ankunft auf der Pflanzung wußte ich, daß ich Steven zwar gern mochte, aber niemals dieses Leben ertragen konnte. Aber statt nach London zurückzukehren, ging ich in die Stadt und wurde Sekretärin. Jahrelang scheint mein Leben aus Tätigkeiten bestanden zu haben, die vorläufig, vorübergehend, halbherzig anfingen und die dann an mir haften blieben. Zum Beispiel wurde ich ›Kommunistin‹, weil die Linken die einzigen Leute in der Stadt mit einer gewissen moralischen Kraft waren, die einzigen, die es für selbstverständlich hielten, daß die Rassenschranke eine Ungeheuerlichkeit war. Und doch waren immer zwei Personen in mir, die ›Kommunistin‹ und Anna, und Anna hielt die ganze Zeit Gericht über die Kommunistin. Und umgekehrt. Eine Art Lethargie, nehme ich an. Ich wußte, daß Krieg kommen und daß es schwer sein würde, eine Schiffspassage nach Hause zu bekommen, trotzdem blieb ich. Ich habe mein Leben nicht genossen, Vergnügungen machten mir keinen Spaß, aber ich ging zu Dämmerschoppenpartys und Tanzveranstaltungen, und ich spielte Tennis und lag in der Sonne. Mir kommt das alles so weit weg vor, daß ich mich selber gar nicht mehr *spüren* kann, wie ich irgend etwas davon mache. Ich kann mich nicht daran ›erinnern‹, wie es war, Mr. Campbells Sekretärin zu sein oder jeden Abend tanzen zu gehen, etc. Das hat jemand anderes erlebt, nicht ich. Dafür kann ich mich sehen, aber selbst das erwies sich als ungenau, als ich eines Tages ein altes Foto fand, auf dem ein kleines, dünnes, zerbrechliches Schwarz-weiß-Mädchen war, fast puppenhaft. Ich war natürlich viel aufgeklärter als die Mädchen der Kolonie; aber sehr viel unerfahrener – in einer Kolonie haben die Leute weit mehr Raum dafür zu tun, was ihnen beliebt. Mädchen können dort Dinge tun, um die ich in England hätte kämpfen müssen. Meine Aufklärung war literarisch und gesellschaftlich. Verglichen mit Maryrose, war ich trotz all ihrer sichtbaren Zerbrechlichkeit und Verletzlichkeit ein Baby. Das Foto zeigt mich auf den Clubstufen stehend, einen Tennisschläger in der Hand. Ich sehe amüsiert und kritisch aus; das Gesicht ist klein und scharf. Nie habe ich mir jene bewundernswerte Kolonieeigenschaft erwerben können – die gute Laune. (Ich weiß nicht, warum sie bewundernswert ist. Trotzdem gefällt sie mir.) Aber ich kann mich nicht an das erinnern, was in mir vorging, außer daß ich mir jeden Tag wieder vorsagte, selbst als der Krieg schon begonnen hatte, daß ich meine Schiffspassage nach Hause buchen müsse. Etwa um die Zeit lernte ich Willi Rodde kennen und wurde in die Politik verwickelt. Nicht zum erstenmal. Ich war natürlich zu jung gewesen, um mich für Spanien zu engagieren, aber meine Freunde waren es; daher waren Kommunismus und die Linke nichts Neues für mich. Ich mochte Willi nicht. Er mochte mich nicht. Trotzdem fingen wir an zusammenzuleben, soweit das in einer Kleinstadt, in der jeder weiß, was man tut, möglich ist. Wir hatten Zimmer im selben Hotel und aßen gemeinsam. Wir waren fast drei Jahre zusammen. Trotzdem mochten wir uns nicht und verstanden uns nicht. Es machte uns nicht einmal Spaß, miteinander zu schlafen. Natürlich war ich damals unerfahren, da ich nur mit Steven, und auch das nur kurze Zeit, geschlafen hatte. Dennoch wußten Willi und ich damals schon, daß wir nicht zusammenpaßten. Da ich seitdem etwas über Sex gelernt habe, weiß ich, daß das Wort ›nicht zusammenpassen‹ etwas sehr Reales bedeutet. Das bedeutet nicht, daß man nicht verliebt ist oder keine Sympathie hat oder nicht geduldig ist oder unwissend. Zwei Leute, die mit anderen im Bett vollkommen glücklich sind, können sexuell nicht zusammenpassen, so als wären allein schon die chemischen Strukturen ihrer Körper feind. Willi und ich verstanden das so gut, daß zwar nicht unsere Eitelkeit verletzt wurde, aber unsere Gefühle. Wenn auch nur in diesem einen Punkt. Wir hatten eine Art Mitleid füreinander; wir litten beide unablässig unter einem Gefühl trauriger Hilflosigkeit, weil wir unfähig waren, uns in dieser Hinsicht gegenseitig glücklich zu machen. Nichts hielt uns davon ab, andere Partner zu suchen. Wir taten es nicht. Daß ich es nicht tat, ist nicht erstaunlich, weil ich diese Eigenschaft besitze, die ich Lethargie oder Neugierde nenne. Sie läßt mich selbst dann noch an einer Situation festhalten, wenn ich sie längst hätte aufgeben sollen. Schwachheit? Bevor ich dieses Wort hinschrieb, hätte ich niemals geglaubt, daß es auf mich zutreffen könnte. Aber ich nehme an, es trifft zu. Willi dagegen war nicht schwach. Im Gegenteil, er war die unbarmherzigste Person, die ich je gekannt habe.

Nachdem ich das geschrieben habe, bin ich bestürzt. Was will ich damit sagen? Er war zu großer Güte fähig. Und jetzt erinnere ich mich auch, daß ich damals schon entdeckt hatte, daß ich, egal welches Adjektiv ich auf Willi anwandte, stets auch das entgegengesetzte nehmen konnte. Ja. Ich habe in meinen alten Papieren nachgesehen. Ich finde eine Liste, überschrieben *Willi:*

unbarmherzig	gütig
kalt	warmherzig
sentimental	realistisch

Und so weiter, die Seite herunter; und darunter hatte ich geschrieben: »Durch den Prozeß des Niederschreibens dieser Wörter über Willi habe ich entdeckt, daß ich nichts über ihn weiß. Über jemanden, den man versteht, braucht man keine Liste von Wörtern aufzustellen.«

Was ich wirklich entdeckt hatte, obwohl ich das damals nicht wußte, war, daß alle diese Wörter bedeutungslos sind, wenn man irgendeine Persönlichkeit beschreibt. Um jemanden zu beschreiben, sagt man: »Willi, der steif am Kopfende des Tisches saß, funkelte mit seinen runden Brillengläsern die Leute, die ihn beobachteten, an und sagte formell, aber mit schroffem, ungeschicktem Humor:« – oder dergleichen. Aber der springende Punkt ist, und das ist der Punkt, der mich unablässig verfolgt (wie seltsam, daß sich diese Obsession schon vor so langer Zeit in hilflosen Listen gegensätzlicher Wörter manifestieren sollte, ohne daß ich wußte, wozu sich das entwickeln würde): sobald ich sage, daß Wörter wie gut/schlecht, stark/schwach irrelevant sind, bekenne ich mich zur Amoralität; ich bekenne mich in dem Moment dazu, in dem ich anfange, ›eine Geschichte‹, ›einen Roman‹ zu schreiben, weil mir das einfach gleichgültig ist. Mir kommt es nur darauf an, Leute wie Willi und Maryrose so zu beschreiben, daß der Leser ihre Realität spüren kann. Und nachdem ich zwanzig Jahre in und mit der Linken gelebt habe, was bedeutet, daß ich mich zwanzig Jahre lang mit der Frage der Moral in der Kunst herumgeschlagen habe, ist das alles, was mir übrig bleibt. Was ich also sagen will, ist in der Tat, daß die menschliche Persönlichkeit, diese einzigartige Flamme, mir so heilig ist, daß alles andere unwichtig wird. Ist es das, was ich sagen will? Und wenn ja, was bedeutet das?

Aber um auf Willi zurückzukommen. Er war der emotionale Mittelpunkt unserer Untergruppe und war vor der Spaltung der Mittelpunkt der großen Gruppe gewesen – ein anderer, Willi ähnlicher, starker Mann leitete jetzt die andere Untergruppe. Willi war Mittelpunkt aufgrund seiner absoluten Gewißheit, recht zu haben. Er war ein Meister der Dialektik; konnte sehr scharfsinnig und intelligent beim Diagnostizieren eines gesellschaftlichen Problems sein, konnte, sogar im nächsten Satz schon, von dogmatischer Stupidität sein. Im Laufe der Zeit wurde er geistig immer schwerfälliger. Das Seltsame war aber, daß die Leute, Leute, die viel scharfsinniger waren als er, selbst dann, als sie wußten, daß er Unsinn redete, weiter um ihn kreisten. Als wir längst das Stadium erreicht hatten, in dem wir über ihn, über irgendein monströses Beispiel seiner logischen Spiegelfechterei lachen konnten, hörten wir nicht auf, um ihn zu kreisen und von ihm abhängig zu sein. Es ist erschreckend, aber wahr.

Am Anfang, als er sich uns aufdrängte und wir ihn akzeptierten, erzählte er uns beispielsweise, daß er im Untergrund gegen Hitler gekämpft habe. Irgendeine phantastische Geschichte, daß er angeblich drei SS-Leute getötet und heimlich begraben und dann von der Front nach England geflüchtet sei. Selbstverständlich glaubten wir sie. Warum auch nicht? Selbst dann noch, als Sam Kettner, der ihn seit Jahren kannte, von Johannesburg gekommen war und uns erzählt hatte, daß Willi in Deutschland nie mehr gewesen war als ein Liberaler, sich niemals einer Widerstandsgruppe gegen Hitler angeschlossen und Deutschland erst verlassen hatte, als sein Jahrgang in die Armee eingezogen werden sollte, änderte sich nichts an unserem Glauben. Vielleicht, weil wir ihn dessen für fähig hielten? Ja, ich bin sicher, daß er das war. Kurz, weil ein Mann genausoviel wert ist wie seine Phantasien?

Aber ich will nicht Willis Geschichte schreiben – sie war recht gewöhnlich für die damalige Zeit. Er war ein Flüchtling aus dem hochentwickelten Europa, der für die Dauer des Krieges auf ein totes Gleis geraten war. Seinen Charakter, den möchte ich beschreiben – wenn ich kann. Also, das Bemerkenswerteste an ihm war, daß er sich hinsetzte und sich ausrechnete, was ihm in den nächsten zehn Jahren denkbarerweise alles passieren konnte, um dann Pläne im Voraus zu machen. Nichts finden die meisten Leute unverständlicher, als daß ein Mann kontinuierlich plant, um für alle Eventualitäten, die fünf Jahre später auftreten können, gewappnet zu sein. Das Wort, das man dafür gebraucht, ist Opportunismus. Aber nur sehr wenige Leute sind echte Opportunisten. Dazu gehört nicht nur geistige Klarheit über sich selbst, was einigermaßen verbreitet ist, sondern auch hartnäckige und treibende Energie, was selten ist. Zum Beispiel trank Willi jeden Sonnabend morgen die fünf Kriegsjahre hindurch Bier (das er haßte) mit einem C.I.D.-Mann (den er verachtete), weil er sich ausgerechnet hatte, daß eben jener Mann zu dem Zeitpunkt, an dem Willi ihn brauchte, wahrscheinlich ein höherer Beamter sein würde. Und er hatte recht, denn bei Kriegsende war es dieser Mann, der seine Beziehungen spielen ließ, um Willis Einbürgerung durchzusetzen, lange bevor irgendein anderer Flüchtling sie bekam. Deswegen stand es Willi ein paar Jahre vor den anderen frei, die Kolonie zu verlassen. Wie sich herausstellte, beschloß er, nicht in England zu leben, sondern nach Berlin zurückzukehren; hätte er aber England gewählt, so hätte er die britische Staatsangehörigkeit gebraucht – und so weiter. Typisch für alles, was er tat, war das sorgfältig kalkulierte Planen. Daß das aber so extrem war, hielt niemand bei ihm für möglich. Wir dachten zum Beispiel, daß er den C.I.D.-Mann wirklich mochte, sich aber schämte zuzugeben, daß er einen ›Klassenfeind‹

mochte. Und wenn Willi zu sagen pflegte: »Der wird mir noch mal nützlich sein«, lachten wir liebevoll darüber wie über eine Schwäche, die ihn etwas menschlicher machte.

Denn natürlich hielten wir ihn für unmenschlich. Er spielte die Rolle des Kommissars, des intellektuellen kommunistischen Führers. Trotzdem kenne ich keinen, der den Mittelstand stärker verkörpert hätte als Willi. Ich meine damit, daß er in jeder Hinsicht durchdrungen war von Ordnung, Korrektheit und Erhaltung des Bestehenden. Ich erinnere mich, wie Jimmy über ihn lachte und sagte, wenn er am Mittwoch an der Spitze einer erfolgreichen Revolution steht, dann hat er spätestens am Donnerstag ein Ministerium für Konventionelle Moral eingerichtet. Worauf Willi sagte, er sei Sozialist und kein Anarchist.

Er hatte keine Sympathie für die emotional Schwachen oder Geschädigten oder für die Versager. Er verachtete Leute, die es zuließen, daß ihr Leben von privaten Gefühlen in Unordnung gebracht wurde. Was nicht heißt, daß er nicht in der Lage war, ganze Nächte damit zuzubringen, jemandem, der in Schwierigkeiten war, gute Ratschläge zu erteilen; aber diese Ratschläge hinterließen den Leidenden meist im Gefühl der eigenen Unzulänglichkeit und Wertlosigkeit.

Willi hatte die denkbar konventionellste Gehobene-Mittelstand-Erziehung genossen. Berlin in den späten Zwanziger- und Dreißigerjahren; eine Atmosphäre, die er als dekadent bezeichnete, an der er aber sehr stark teilgehabt hatte; das übliche bißchen Homosexualität im Alter von dreizehn; vom Hausmädchen verführt, als er vierzehn war; dann Partys, schnelle Wagen, Chansonetten; ein sentimentaler Versuch, eine Prostituierte zu bessern, über den er jetzt sentimental-zynisch redete; eine aristokratische Verachtung für Hitler und immer viel Geld.

Er war immer tadellos gekleidet – sogar in dieser Kolonie, und als er nur ein paar Pfund die Woche verdiente; elegant in einem Anzug, den ein indischer Schneider für zehn Schillinge genäht hatte. Er war mittelgroß, hager, etwas gebückt; hatte eine vollkommen glatte, glänzend-schwarze Haarkappe, die rasch zurückwich; eine hohe bleiche Stirn, extrem kalte grünliche Augen, die normalerweise unsichtbar waren hinter einer den Blick unverwandt konzentrierenden Brille, und eine vorspringende und autoritäre Nase. Er hörte geduldig zu, wenn andere Leute redeten, wobei seine Brillengläser funkelten, nahm dann die Brille ab und entblößte seine Augen, die durch die Umstellung zunächst schwach waren und blinzelten, sich dann aber plötzlich verengten und kritisch wurden, und sprach mit einer arroganten Schlichtheit, die allen den Atem nahm. Das war Willi Rodde, der Berufsrevolutionär, der später (nachdem es ihm nicht gelungen war, den gutbezahlten Job in einer Londoner Firma zu bekommen, auf den er gerechnet hatte) nach

Ostdeutschland ging (wozu er in seiner üblichen brutalen Offenheit bemerkte: Man hat mir gesagt, die leben sehr gut da, mit Autos und Chauffeuren) und ein Beamter mit ziemlich viel Einfluß wurde. Ich bin sicher, daß er ein ungewöhnlich tüchtiger Beamter ist. Und ich bin sicher, daß er, wenn möglich, menschlich ist. Aber ich erinnere mich, wie er in Mashopi war; ich erinnere mich an uns alle in Mashopi – denn heute erscheinen mir die Jahre, in denen wir politische Wesen waren und nächtelang miteinander diskutiert und gearbeitet haben, weit weniger aufschlußreich für das, was wir in Mashopi waren. Obwohl das natürlich nur, wie ich bereits sagte, deswegen stimmt, weil wir uns politisch in einem Vakuum befanden, ohne eine Möglichkeit, uns in politischer Verantwortlichkeit zum Ausdruck zu bringen.

Das einzige, was die drei Männer aus dem Camp miteinander verband, war ihre Uniform, obwohl sie in Oxford Freunde gewesen waren. Sie gaben zu, daß das Ende des Krieges das Ende ihrer Vertrautheit sein würde. Manchmal gaben sie sogar ihren Mangel an wirklicher gegenseitiger Zuneigung zu, in dem leichten, harten, selbstironischen Tonfall, der für uns alle so typisch war in dieser Phase – für uns alle, das heißt, mit Ausnahme von Willi, dessen Konzession an den Ton oder Stil jener Zeit darin bestand, andere gewähren zu lassen. Das war seine Art, an der Anarchie zu partizipieren. In Oxford waren diese drei Homosexuelle gewesen. Indem ich das Wort niederschreibe und es mir anschaue, wird mir seine Macht zur Beunruhigung deutlich. Wenn ich mich an die drei erinnere, wie sie waren, an ihre Charaktere, dann ist da kein Schock oder Moment der Beunruhigung. Aber bei dem geschriebenen Wort *homosexuell* – da muß ich gegen Abneigung und Beunruhigung ankämpfen. Seltsam. Ich bestimme das Wort näher, indem ich sage, daß sie schon achtzehn Monate später Witze machten über ›unsere homosexuelle Phase‹ und sich selbst abstoßend fanden, weil sie etwas getan hatten, nur weil es schick war. Sie waren in einer lockeren Gruppe von etwa zwanzig Studenten gewesen, alle vage links, vage literarisch und alle mit allen liiert, in allen möglichen sexuellen Kombinationen. Und wieder wird es, so ausgedrückt, zu emphatisch. Noch war nicht lange Krieg; sie warteten auf ihre Einberufung; rückblickend wird klar, daß sie absichtlich, als eine Art Protest gegen die Gesellschaft, eine Stimmung der Unverantwortlichkeit heraufbeschworen, und Sex gehörte dazu.

Am beeindruckendsten von den dreien war Paul Blackenhurst, doch nur wegen seines Charmes. Er war der junge Mann, den ich in *Frontiers of War* für die Figur des ›galanten jungen Piloten‹ voller Enthusiasmus und Idealismus benutzt habe. In Wirklichkeit war er ohne jeden Enthusiasmus, aber er wirkte so, weil er ein lebhaftes Verständnis hatte für jegliche moralische oder gesellschaftliche Anomalie. Seine eigentliche Kälte wurde verdeckt durch Charme und eine gewisse Grazie, die in allem lag, was er tat. Er war ein großer, gutgebauter junger Mann, massiv, doch lebhaft und behende in seinen Bewegungen. Sein Gesicht war rund, seine Augen sehr rund und sehr blau, seine Haut außergewöhnlich weiß und klar, aber leicht sommersprossig auf dem Rücken einer hinreißenden Nase. Er hatte einen weichen, dicken Haarschopf, der ihm dauernd über die Stirn fiel. Im Sonnenlicht war er von einem intensiven hellen Gold, im Schatten von einem warmen Goldbraun. Die sehr klar gezeichneten Augenbrauen waren von derselben sanften, schimmernden Helligkeit. Er begegnete allen, die er kennenlernte, mit einem intensiv ernsten, höflich fragenden, entschieden ehrerbietigen, hellblau strahlenden Blick und beugte sich sogar leicht vornüber in seinem Versuch, ernsthafte Aufgeschlossenheit zu bekunden. Seine Stimme war, bei der ersten Begegnung, ein leises, charmantes, ehrerbietiges Murmeln. Es gab kaum einen, der dem Charme dieses reizvollen jungen Mannes, der (natürlich gegen seinen Willen) so vom Pathos dieser Uniform erfüllt war, nicht erlegen wäre. Die meisten Leute brauchten lange, bis sie merkten, daß er sie zum Narren hielt. Ich habe gesehen, wie Frauen und sogar Männer, als ihnen die Bedeutung einer seiner entsetzlich ruhigen, manierierten Äußerungen aufging, durch den Schock buchstäblich kreidebleich wurden; und ihn ungläubig anstarrten, fassungslos, daß so eine aufrichtige Offenheit sich mit so einer vorsätzlichen Unhöflichkeit verbinden konnte. Er glich in der Tat Willi sehr, aber nur in punkto Arroganz. Es war die typische Oberschicht-Arroganz. Er war Engländer, gehobener Mittelstand, äußerst intelligent. Seine Eltern gehörten zum Landadel, Sir soundso. Er besaß jene absolute Sicherheit von Nerven und Körper, die die Erziehung in einer gutsituierten konventionellen Familie ohne alle Geldsorgen mit sich bringt. Die ›Familie‹ – natürlich redete er spöttisch darüber, erstreckte sich über alle höheren Bereiche der englischen Gesellschaft. Er pflegte in seiner manierierten Sprechweise zu sagen: »Vor zehn Jahren hätte ich behauptet, England gehört mir, und ich weiß, was ich sage! Aber der Krieg wird das alles natürlich abschaffen, nicht wahr?« Und sein Lächeln bekundete, daß er keineswegs daran glaubte und hoffte, wir wären zu intelligent, um es zu glauben. Es war abgemacht, daß er nach Kriegsende in die City gehen sollte. Auch darüber redete er spöttisch. »Wenn ich mich gut verheirate«, sagte er oft, wobei nur die Spitzen seines hübschen Mundes Belustigung zeigten, »werde ich Industriekapitän. Ich habe die Intelligenz, die Bildung und den Hintergrund dazu – mir fehlt nur das Geld. Wenn ich mich nicht gut verheirate, dann werde ich Leutnant – macht natürlich viel mehr Spaß, auf Befehl zu handeln, und man hat viel weniger Verantwortung.« Trotzdem wußten wir alle, daß er mindestens Oberst werden würde. Aber das Erstaunliche ist, daß diese Art Gerede auch dann weiterging, als die ›kommunistische‹ Gruppe am meisten von sich überzeugt war. Eine Persönlichkeit für den Sitzungsraum; eine andere für das Café danach. Das ist nicht so frivol, wie es klingt; denn wäre Paul in eine politische Bewegung hineingeraten, in der man seine Fähigkeiten hätte gebrauchen können, dann wäre er dabei geblieben; so wie Willi zum kommunistischen Verwalter wurde, nachdem er seinen schicken Industrieberaterposten (zu dem er geboren war) nicht bekommen hatte. Nein, im Nachhinein sehe ich, daß die Anomalien und Zynismen jener Zeit nur Spiegelungen dessen waren, was möglich war.

Unterdessen machte er Witze über ›das System‹. Er glaubte natürlich nicht daran, seine Spötteleien waren echt. Aber in seiner Eigenschaft als künftiger Leutnant richtete er seinen hellblauen, starren Blick auf Willi und sagte in seiner manierierten Sprechweise: »Verbringe ich meine Zeit nicht auf nützliche Weise? Indem ich die Genossen beobachte? Werde ich nicht einen Riesenvorsprung vor meinen Rivalen, den anderen Leutnants haben? Ja, ich werde den Feind verstehen. Vielleicht auch dich, lieber Willi. Ja.« Worauf ihm Willi ein kleines, widerwillig anerkennendes Lächeln schenkte. Einmal sagte er sogar: »Dir geht's gut, du hast doch wenigstens etwas, das dich bei deiner Rückkehr erwartet. Ich bin ein Flüchtling.«

Sie waren gern zusammen. Obwohl Paul eher gestorben wäre, als daß er (in seiner Rolle als zukünftiger Industrievorstand) zugegeben hätte, daß er sich ernsthaft für irgend etwas interessierte, war er wegen seines intellektuellen Vergnügens am Paradoxen von Geschichte fasziniert – das heißt, von dem, was er für Geschichte hielt. Und Willi teilte diese Leidenschaft – für Geschichte, nicht für das Paradoxe ... Ich erinnere mich, wie er zu Paul sagte: »Nur ein echter Dilettant kann die Geschichte als eine Kette von unwahrscheinlichen Ereignissen sehen«, und Paul antwortete: »Aber mein lieber Willi, ich gehöre zu einer aussterbenden Klasse, und du solltest der erste sein, der mir zugesteht, daß ich mir keine andere Haltung leisten kann.« Paul, der in der Offiziersmesse mit Männern zusammengesperrt war, die er für Trottel hielt, vermißte ernsthafte Konversation, obwohl er das natürlich nie zugegeben hätte; und ich darf wohl sagen, daß der Grund, weshalb er sich uns anschloß, in erster Linie darin bestand, daß wir es ihm anboten. Ein weiterer Grund war, daß er in mich verliebt war. Aber damals waren wir alle, wenn auch zu verschiedenen Zeiten, ineinander verliebt. Es war, wie Paul zu erklären pflegte, »obligatorisch für die Zeit, in der wir leben, in so viele Leute wie möglich verliebt zu sein«. Er sagte das nicht, weil er glaubte, er würde getötet werden. Er glaubte nicht einen Moment daran, daß er getötet werden würde. Er hatte seine Chancen mathematisch berechnet; sie waren jetzt viel besser als zuvor, während der Schlacht um England. Er würde Bomber fliegen, das war weniger gefährlich als Kampfflugzeuge. Und daneben hatte irgendein Onkel, der mit den älteren Dienstgraden der Air Force in Verbindung stand, Erkundigungen eingezogen und beschlossen (oder vielleicht arrangiert), daß Paul nicht in England, sondern in Indien stationiert werden sollte, wo die Verluste vergleichsweise gering waren. Ich glaube, daß Paul wirklich ein Mann ›ohne Nerven‹ war. Mit anderen Worten, seine Nerven, die seit seiner Geburt durch Sicherheit wohlgepolstert waren, waren es nicht gewohnt, Todesbotschaften zu signalisieren. Sie erzählten mir – die Männer, die mit ihm flogen –, daß er immer kühl, zuversichtlich und genau war, der geborene Pilot.

Hierin unterschied er sich von Jimmy McGrath, ebenfalls ein guter Pilot, der Höllenangst litt. Jedesmal, wenn er geflogen war, kam er danach ins Hotel und sagte, er sei nervlich krank. Er gab zu, daß er vor Angst nächtelang nicht geschlafen hatte, und vertraute mir düster an, eine Vorahnung sage ihm, daß er morgen getötet werden würde. Und tags darauf rief er mich aus dem Camp an, um mir mitzuteilen, daß seine Vorahnung gerechtfertigt gewesen sei, er habe »fast eine Bruchlandung mit seiner Mühle gemacht«, und es sei reines Glück gewesen, daß er nicht tot sei. Sein Training war für ihn eine beständige Qual.

Dennoch flog Jimmy Bomber, und offenbar sehr gut, über Deutschland, die ganze letzte Phase des Krieges hindurch, als wir die deutschen Städte systematisch in Trümmer legten. Er flog ein Jahr lang ununterbrochen, und er überlebte.

Paul wurde getötet, an seinem letzten Tag in der Kolonie. Er war nach Indien versetzt worden, also hatte sein Onkel recht gehabt. Seinen letzten Abend verbrachte er mit uns auf einer Party. Meistens hatte er das Trinken unter Kontrolle, auch wenn er so tat, als würde er mit uns anderen maßlos saufen. An jenem Abend betrank er sich bis zur Bewußtlosigkeit und mußte im Hotel von Jimmy und Willi gebadet und dann zu Bett gebracht werden. Bei Sonnenaufgang ging er ins Lager zurück, um sich von seinen Freunden dort zu verabschieden. Er stand, wie mir Jimmy später erzählte, auf der Landepiste, noch halb bewußtlos vom Alkohol, die aufgehende Sonne in den Augen – obwohl er sich natürlich, da er Paul war, nicht anmerken ließ, in welchem Zustand er war. Ein Flugzeug setzte zur Landung an und stoppte nur wenige Meter von ihm entfernt. Paul wandte sich um, die Augen geblendet vom Sonnenaufgang, und marschierte geradewegs in den Propeller hinein, der ein fast unsichtbarer Lichtschimmer gewesen sein muß. Seine Beine wurden direkt unter dem Schritt abgeschnitten, er war sofort tot.

Jimmy war auch aus dem Mittelstand; aber dem schottischen, nicht dem englischen. Es war nichts Schottisches an ihm, außer wenn er betrunken war und sentimental in uralten englischen Greueltaten wie Glencoe schwelgte. Er sprach ein hochkultiviertes, geschraubtes, manieriertes Oxford-Englisch. Ist dieser Akzent in England schon schwer genug zu ertragen, in einer Kolonie wirkt er vollends lächerlich. Jimmy wußte das und betonte ihn absichtlich, um die Leute zu ärgern, die er nicht mochte. Uns gegenüber, die er mochte, entschuldigte er sich. »Ich weiß doch«, sagte er, »daß das albern ist, aber diese kostspielige Sprechweise wird mir nach dem Krieg meine Brötchen bringen.« Und auf diese Weise weigerte sich Jimmy genau wie Paul – zumindest auf einer Ebene seiner Persönlichkeit –, an die Zukunft des Sozialismus zu glauben, zu dem er sich bekannte. Seine Familie war weniger beeindruckend als die von Paul. Das heißt, er gehörte einem Zweig der Familie an, der am Absterben war. Sein Vater war ein unbefriedigend pensionierter indischer Colonel – unbefriedigend, wie Jimmy betonte, weil er »nicht das Wahre ist. Er mag Inder und interessiert sich für Menschlichkeit und Buddhismus – ich *bitte* euch!« Er trank sich zu Tode, wie Jimmy sagte; aber ich glaube, daß das einfach eine Arabeske war, die das Bild abrunden sollte; denn andererseits zeigte er uns auch Gedichte, die der alte Herr geschrieben hatte; insgeheim war er wahrscheinlich sehr stolz auf ihn. Er war das einzige Kind, geboren, als seine Mutter, die er anbetete, schon über vierzig war. Jimmy war – auf den ersten Blick – körperlich derselbe Typ wie Paul. Aus hundert Metern Entfernung waren sie als Abkömmlinge desselben menschlichen Stammes erkennbar, kaum auseinanderzuhalten. Aber aus der Nähe unterstrich ihre Ähnlichkeit nur ihre totale Verschiedenheit. Jimmy war schwer, fast klotzig; er bewegte sich schwerfällig; seine Hände waren groß, aber dicklich wie die eines Kindes. Seinen Zügen, die vom selben gemeißelt-klaren Weiß waren wie die von Paul, mit denselben blauen Augen, fehlte es an Grazie, und sein Blick war rührend und voll kindlicher Bitte, man solle ihn mögen. Seine Haare waren bleich und glanzlos und fielen in fettigen Strähnen herunter. Sein Gesicht war, wie er zu seinem eigenen Vergnügen zu betonen pflegte, ein dekadentes Gesicht. Es war übervoll, überreif, fast schlaff. Er war nicht ehrgeizig und wollte am liebsten Geschichtsprofessor an irgendeiner Universität werden, was er dann auch geworden ist. Im Unterschied zu den anderen war er wirklich homosexuell, obwohl er sich wünschte, es nicht zu sein. Er war in Paul verliebt, den er verachtete und den er irritierte. Viel später heiratete er eine Frau, die fünfzehn Jahre älter war. Letztes Jahr schrieb er mir einen Brief, in dem er diese Ehe beschrieb – es war offensichtlich, daß er ihn geschrieben hatte, als er betrunken war, er hatte ihn sozusagen an die Vergangenheit geschickt. Sie hatten ein paar Wochen miteinander geschlafen, wobei es ihr wenig und ihm gar kein Vergnügen machte – »obwohl ich mir große Mühe gegeben habe, das schwöre ich dir!« Dann wurde sie schwanger, und aus war's mit dem Sex. Kurz, eine nicht ungewöhnliche englische Ehe. Seine Frau scheint keinerlei Verdacht zu hegen, daß er kein normaler Mann ist. Er ist ziemlich abhängig von ihr, und ich vermute, daß er Selbstmord begehen oder zu trinken anfangen wird, wenn sie stirbt.

Ted Brown war der originellste. Ein Junge aus einer großen Arbeiterfami-

lie, der sein ganzes Leben lang Stipendien bekommen hatte, zuletzt für
Oxford. Er war der einzige echte Sozialist von den dreien – ich meine,
Sozialist seinem Instinkt, seiner Natur nach. Willi beschwerte sich dauernd,
daß Ted sich benähme, »als lebte er in einer vollerblühten kommunistischen
Gesellschaft, oder als wäre er in einem verdammten Kibbuz großgeworden«.
Ted schaute ihn dann aufrichtig verwirrt an: er konnte nicht verstehen,
weshalb das eine Kritik sein sollte. Dann zuckte er mit den Achseln und
vergaß Willi lieber in irgendeiner neuen Begeisterung. Er war ein lebhafter,
zarter, schlanker, schwarzschopfiger, haselnußäugiger, energischer junger
Mann, stets ohne Geld – er verschenkte es; seine Kleidung sah schlimm aus
– er hatte keine Zeit dafür oder verschenkte sie; er hatte keine Zeit für sich
selber, denn die verschenkte er an jedermann. Er hatte eine Leidenschaft für
Musik, auf dem Gebiet hatte er sich eine ganze Menge beigebracht, für
Literatur und für seine Mitmenschen. Diese betrachtete er, genauso wie sich
selbst, als Opfer einer gigantischen und fast kosmischen Verschwörung mit
dem Ziel, sie um ihre wahre Natur zu bringen, die natürlich schön, edel und
gut war. Manchmal sagte er, er wäre lieber homosexuell. Er spielte damit auf
die Tatsache an, daß er eine ganze Reihe von Protegés hatte. In Wahrheit
konnte er es einfach nicht ertragen, daß andere junge Männer seiner Klasse
nicht dieselben Vergünstigungen gehabt hatten wie er. Er suchte sich irgendeinen aufgeweckten Mechaniker aus dem Camp heraus; oder bei der öffentlichen Versammlung in der Stadt irgendeinen Jugendlichen, der den Eindruck
machte, als sei er aus wirklichem Interesse da und nicht, weil er nichts
Besseres zu tun hatte, bemächtigte sich seiner, veranlaßte ihn zum Lesen,
unterrichtete ihn in Musik, erklärte ihm, daß das Leben ein großartiges
Abenteuer sei, und kam zu uns mit dem Ausruf: »Wenn man einen Schmetterling unter einem Stein findet, dann muß man ihn retten.« Er kam dauernd
mit irgendeinem ungebildeten, verwirrten jungen Mann ins Hotel gestürzt
und verlangte, wir sollten ihn gemeinsam ›einsteigen lassen‹. Wir taten es
immer. In den zwei Jahren, die er in der Kolonie war, rettete Ted ein
Dutzend Schmetterlinge, die sich alle über ihn amüsierten und einen zärtlichen Respekt vor ihm hatten. Er war kollektiv in sie verliebt. Er änderte ihr
Leben. Nach dem Krieg blieb er mit ihnen in Verbindung, ließ sie studieren
und schickte sie in die Labour Party – damals war er kein Kommunist mehr;
und sorgte dafür, daß sie, wie er es ausdrückte, keinen Winterschlaf hielten.
Er heiratete, sehr romantisch und gegen allen möglichen Widerstand, ein
deutsches Mädchen, hat heute drei Kinder und unterrichtet Englisch in einer
Schule für zurückgebliebene Kinder. Er war ein fähiger Pilot, aber es war
typisch für ihn, daß er sich absichtlich in den Abschlußtests durchfallen ließ,
weil er da gerade mit der Seele eines jungen Ochsen aus Manchester rang, der
es ablehnte, musikalisch zu sein, und darauf beharrte, Fußball der Literatur

vorzuziehen. Ted erklärte uns, es sei wichtiger, ein menschliches Wesen aus der Dunkelheit zu erretten, als noch einen Piloten zum Kriegsaufwand beizusteuern, Faschismus hin, Faschismus her. Also blieb er auf der Erde, wurde nach England zurückgeschickt und diente in den Kohlengruben, eine Erfahrung, die seine Lungen für immer in Mitleidenschaft zog. Ironischerweise war dieser junge Mann, für den er das tat, sein einziger Versager.

Nachdem er aus der Kohlengrube als untauglich entlassen worden war, landete er schließlich als Erzieher in Deutschland. Seine deutsche Frau ist sehr gut für ihn, weil sie praktisch und tüchtig ist und eine gute Krankenschwester obendrein. Ted braucht jemanden, der auf ihn aufpaßt. Er beklagt sich bitter darüber, daß der Zustand seiner Lungen ihn dazu zwingt, ›Winterschlaf zu halten‹.

Sogar Ted war von der herrschenden Stimmung erfaßt. Er konnte die Streitereien und die Bitterkeit innerhalb der Parteigruppe nicht ertragen, und als es zur Spaltung kam, gab ihm das den Rest. »Ich bin offenbar kein Kommunist«, sagte er düster und voller Bitterkeit zu Willi, »denn diese ganze Haarspalterei kommt mir blödsinnig vor.« »Nein, du bist offenbar keiner«, antwortete Willi, »ich habe mich schon immer gefragt, wie lange du brauchen würdest, um das einzusehen.« Vor allem war Ted darüber beunruhigt, daß ihn die Logik der voraufgegangenen Polemiken in die Untergruppe geführt hatte, die von Willi geleitet wurde. Er hielt den Führer der anderen Gruppe, einen Unteroffizier vom Luftwaffencamp und alten Marxisten, zwar für ›einen vertrockneten Bürokraten‹, aber als Mensch zog er ihn Willi vor. Trotzdem war er an Willi gebunden . . . das bringt mich auf etwas, worüber ich vorher nicht nachgedacht habe. Ich schreibe dauernd das Wort ›Gruppe‹. Das ist eine Ansammlung von Leuten. Das ist etwas, was man mit kollektiver Verbundenheit assoziiert – und das stimmt, wir trafen uns monatelang Tag für Tag, für mehrere Stunden. Aber wenn ich zurückblicke – zurückblicke, um mich an das zu erinnern, was tatsächlich geschehen ist, dann stimmt das überhaupt nicht. Zum Beispiel glaube ich nicht, daß Ted und Willi jemals wirklich miteinander geredet haben – sie hackten gelegentlich aufeinander herum. Nein, es gab eine Gelegenheit, bei der sie Kontakt aufnahmen, und das war bei einem erregten Streit, auf der Veranda des Hotels in Mashopi. Ich kann mich nicht mehr daran erinnern, worum der Streit ging, nur noch daran, wie Ted brüllte: »Du bist der Typ Mann, der fünfzig Leute vor dem Frühstück erschießt und danach sechs Gänge ißt. Nein, du würdest jemand anderen beauftragen, sie zu erschießen, das würdest du tun.« Und Willi darauf: »Allerdings, wenn's nötig wäre, würde ich . . .« Und so weiter, eine Stunde und länger, und all das, während die Ochsenkarren im weißen Staub des Sandvelds vorüberrollten, während die Züge auf dem Weg vom Indischen

Ozean zur Hauptstadt vorbeirumpelten und die Farmer in ihren Khakianzügen in der Bar soffen und Gruppen arbeitsuchender Schwarzer unter dem Jacarandabaum herumlungerten, Stunde um Stunde, geduldig auf den Augenblick wartend, an dem Mr. Boothby, der große Boß, Zeit haben würde, zu kommen und sich mit ihnen zu besprechen.

Und die anderen? Paul und Willi, die über Geschichte diskutierten – endlos. Jimmy im Streit mit Paul – meistens über Geschichte; was Jimmy aber wieder und wieder sagte, war, daß Paul frivol, kalt, herzlos sei. Paul und Ted hatten keinen Kontakt miteinander, sie stritten nicht einmal. Was mich betrifft, so spielte ich die Rolle der ›Freundin des Leiters‹ – eine Art Zement, in der Tat eine uralte Rolle. Hätte auch nur eine meiner Beziehungen zu diesen Leuten Tiefe gehabt, wäre ich natürlich sprengend und nicht versöhnend gewesen. Und da war Maryrose, die unerreichbare Schönheit. Was war also diese Gruppe? Was hielt sie zusammen? Ich glaube, es war die unversöhnliche gegenseitige Abneigung und Faszination von Paul und Willi. So ähnlich sie sich waren, so verschieden sollte ihr zukünftiges Leben werden.

Ja. Willi mit seinem gutturalen, überkorrekten Englisch und Paul mit seiner erlesenen, kühlen Aussprache – die beiden Stimmen, Stunde für Stunde, nachts, im Gainsborough-Hotel. Das ist meine deutlichste Erinnerung an die Gruppe aus der Zeit, bevor wir nach Mashopi gingen und alles sich änderte.

Das Gainsborough-Hotel war in Wirklichkeit eine Pension; ein Ort, wo Leute für längere Zeit lebten. Die Pensionen in der Stadt waren meist umgebaute Privathäuser, die sicher komfortabler waren, aber ungemütlich vornehm. Ich hatte in einem dieser Häuser eine Woche lang gelebt und war dann ausgezogen: Der Kontrast zwischen dem rohen Kolonialismus der Stadt und der Steifheit der Pension voller englischer Mittelständler, die wirkten, als hätten sie England nie verlassen, war mehr, als ich ertragen konnte. Das Gainsborough-Hotel war neu erbaut, ein großes, klapperndes, häßliches Gebäude, voll von Flüchtlingen, Angestellten, Sekretärinnen und Ehepaaren, die kein Haus oder keine Wohnung finden konnten; die Stadt war rammelvoll wegen des Krieges, und die Mieten schnellten in die Höhe.

Es war typisch für Willi, daß er noch nicht eine Woche im Hotel war und schon spezielle Privilegien hatte; und das obwohl er Deutscher war, genau genommen ein feindlicher Ausländer. Andere deutsche Flüchtlinge gaben vor, Österreicher zu sein, oder hielten sich abseits, Willi dagegen hatte sich im Hotelmeldebuch als Dr. Wilhelm Karl Gottlieb Rodde, Ex-Berlin, 1939, eingetragen. Einfach so. Mrs. James, die das Hotel führte, hatte Ehrfurcht vor ihm. Er hatte dafür gesorgt, daß ihr zu Ohren kam, seine Mutter sei Gräfin. Sie war es tatsächlich. Sie glaubte, er sei Arzt, weil er sich nicht die Mühe gemacht hatte, sie darüber aufzuklären, was das Wort ›Doktor‹ in Europa bedeutete. »Nicht meine Schuld, daß sie dumm ist«, sagte er, wenn wir ihn deswegen kritisierten. Er gab ihr unentgeltlich Rechtsauskünfte, begönnerte sie, war grob, wenn er nicht bekam, was er wollte, kurz, er ließ sie, wie er selbst sagte, hinter sich herlaufen, »wie einen verängstigten kleinen Hund«. Sie war die Witwe eines Bergmannes, der bei einem Felssturz auf dem Rand umgekommen war; eine Frau von fünfzig, beleibt, gequält, schwitzend und inkompetent. Sie fütterte uns mit Stews, Kürbis und Kartoffeln. Ihre afrikanischen Diener betrogen sie. Sie machte so lange Verluste, bis Willi ihr beibrachte, wie sie das Haus zu führen hatte, was er am Ende der ersten Woche, in der er da war, tat, ohne darum gebeten worden zu sein. Nach seinen Unterweisungen verdiente sie eine Menge – sie war eine reiche Frau, als Willi das Hotel verließ: ihr Geld hatte sie in Grundstücke investiert, die Willi ihr herausgesucht hatte und die in der ganzen Stadt verstreut lagen.

Ich hatte das Zimmer neben Willi. Wir aßen am selben Tisch. Unsere Freunde kamen Tag und Nacht hereingeschneit. Für uns wurde das riesige, häßliche Speisezimmer, das um acht endgültig zumachte (Abendessen von sieben bis acht), sogar noch nach Mitternacht geöffnet. Wir machten uns selber Tee in der Küche, höchstens daß Mrs. James in ihrem Morgenrock mal herunterkam und uns mit versöhnlichem Lächeln bat, leiser zu sprechen. Es verstieß gegen die Vorschriften, nach neun Uhr abends Besuch auf dem Zimmer zu haben; trotzdem hielten wir mehrere Nächte in der Woche bis vier oder fünf Uhr morgens Studienkurse in unseren Zimmern ab. Wir machten, was wir wollten, während Mrs. James reich wurde, und Willi sagte ihr, daß sie eine alberne Gans sei, ohne jeden Geschäftssinn.

Sie antwortete dann: »Ja, Mr. Rodde«, kicherte und saß schüchtern auf seinem Bett, um eine Zigarette zu rauchen. Wie ein Schulmädchen. Ich erinnere mich, wie Paul sagte: »Glaubst du wirklich, es ist richtig für einen Sozialisten, daß er eine alte Frau zum Narren hält, um zu bekommen, was er will?« »Sie verdient eine Menge Geld durch mich.« »Ich habe von Sex gesprochen«, sagte Paul, und Willi sagte: »Ich weiß nicht, was du meinst.« Er wußte es wirklich nicht. Männer sind sich der Tatsache, daß sie ihr Geschlecht auf diese Weise einsetzen, viel weniger bewußt als Frauen; sie sind viel unehrlicher.

Das Gainsborough war für uns also eine Erweiterung des Links-Clubs und der Parteigruppe – und, für uns, verbunden mit harter Arbeit.

Das erste Mal fuhren wir zum Mashopi-Hotel auf einen Impuls hin. Paul war es, der uns dorthin brachte. Er war irgendwo in dem Gebiet geflogen; das Flugzeug konnte wegen eines plötzlichen Sturms nicht aufsteigen; zusammen mit seinem Ausbilder fuhr er im Auto zurück, wobei sie im Mashopi-Hotel zum Mittagessen haltmachten. Er kam in dieser Nacht in gehobener Stimmung ins Gainsborough, um seine gute Laune mit uns zu teilen. »Ihr werdet's nicht glauben – runtergeknallt mitten im Busch, ganz umgeben von Kopjes und Wilden und landesüblichen Exotica, das Mashopi-Hotel, eine Bar mit Wurfpfeilen und einem shove-halfpenny-Brett, Steak und Kidney-Pie, serviert bei Thermometerstand neunzig, und als Krönung des Ganzen Mr. und Mrs. Boothby – der reine Abklatsch der Gatsbys – erinnert ihr euch? Das Paar, das die Kneipe in Aylesbury hatte? Die Boothbys könnten ebensogut nie einen Fuß aus England gesetzt haben. Ich möchte schwören, daß er Ex-Oberfeldwebel ist. Kann nichts anderes sein.«

»Dann ist sie ein Ex-Barmädchen«, sagte Jimmy, »und sie haben eine hübsche Tochter, die sie verheiraten wollen. Erinnerst du dich, Paul, wie das arme Mädel in Aylesbury ihre Augen nicht mehr von dir loskriegte?«

»Klar, daß ihr alten Kolonialisten diese exquisite Diskrepanz nicht zu schätzen wißt«, sagte Ted. Solchen Scherzen zuliebe mußten Willi und ich stets als Kolonialisten herhalten.

»Ex-Oberfeldwebel, die ebensogut nie einen Fuß aus England gesetzt haben könnten, leiten hierzulande die Hälfte aller Hotels und Bars«, sagte ich. »Das hättet ihr feststellen können, wenn ihr es jemals fertiggebracht hättet, euch vom Gainsborough loszureißen.«

Solcher Scherze wegen verachteten Ted, Jimmy und Paul die Kolonie so sehr, daß sie so taten, als wüßten sie nichts darüber. Selbstverständlich waren sie außerordentlich gut informiert.

Es war gegen sieben Uhr abends, und das Abendessen im Gainsborough stand unmittelbar bevor. Gebratener Kürbis, geschmortes Rindfleisch, Kompott.

»Gehen wir und schauen wir uns die Sache mal an«, sagte Ted. »Jetzt gleich. Wir können was trinken und sind immer noch rechtzeitig zurück, um den Bus zum Camp zu erwischen.« Er machte den Vorschlag mit seiner üblichen Begeisterung; als ob das Mashopi-Hotel mit Sicherheit die schönste Erfahrung unseres Lebens werden würde.

Wir schauten zu Willi. An dem Abend war eine Versammlung, die vom Links-Club veranstaltet wurde, der zu dieser Zeit auf seinem Höhepunkt stand. Wir wurden dort alle erwartet. Nie hatten wir diese Pflicht vernachlässigt, nicht ein einziges Mal. Aber Willi stimmte zu, beiläufig, als wäre das nichts Besonderes: »Ich wüßte nicht, was dagegen spricht. Mrs. James' Kürbis kann heute abend mal jemand anderes essen.«

Willi hatte ein billiges Auto aus fünfter Hand. Wir stiegen ein, alle fünf, und fuhren nach Mashopi hinunter, das etwa sechzig Meilen entfernt war. Ich erinnere mich: die Nacht war klar, aber schwül – die Sterne dicht und niedrig, mit dem bedrohlichen Glanz herannahenden Ungewitters. Wir fuhren entlang zwischen Kopjes aus aufgetürmten Granitfelsen, die charakteristisch waren für diesen Teil des Landes. Die Felsen waren geladen von Hitze und

Elektrizität, so daß Stöße heißer Luft wie weiche Fäuste unsere Gesichter berührten, als wir an den Kopjes vorbeifuhren.

Wir erreichten das Mashopi-Hotel gegen acht Uhr dreißig. Die Bar war hell erleuchtet und vollgepfropft mit Farmern aus der Gegend. Es war ein kleiner, heller Raum, der glänzte, so waren das Holz und der schwarze Zementboden poliert. Wie Paul gesagt hatte, gab es dort eine vielbenutzte Zielscheibe für Wurfpfeile und ein shove-halfpenny-Brett. Und hinter der Bar stand Mrs. Boothby, sechs Fuß groß, stattlich, mit vorgewölbtem Bauch, der Rücken senkrecht wie eine Wand, das schwere, von einem Netz alkohol-geschwollener Adern durchzogene Gesicht beherrscht von kühlen, schlauen, hervorstehenden Augen. Er erinnerte sich an Paul vom Mittag her und erkundigte sich, wie weit die Reparaturen am Flugzeug waren. Es war nicht beschädigt worden; aber Paul fing an mit einer langen Geschichte, wie ein Flügel vom Blitz getroffen und er mit dem Fallschirm, seinen Ausbilder unterm Arm, in den Baumwipfeln gelandet war – das Ganze so offenkundig erstunken und erlogen, daß Mr. Boothby vom ersten Wort an verlegen aussah. Dennoch erzählte Paul die Geschichte mit einem so ernsten, verhalte-nen Charme, und die Schlußworte: »Suche niemals das Warum – flieg und stirb, und beides stumm«, bei denen er sich eine scheintapfere Träne abwisch-te, waren dermaßen ergreifend, daß Mr. Boothby einen kleinen, zögernden Lachgrunzer von sich gab und einen Drink vorschlug. Paul hatte erwartet, daß der Drink auf Kosten des Hauses ging – als Belohnung für den Helden sozusagen; aber Mr. Boothby streckte seine Hand nach dem Geld aus, mit einem langen, verkniffenen Starrblick, als wollte er sagen: ›Ich weiß, daß es kein Scherz ist, aber du hättest mich zum Narren gehalten, wenn du gekonnt hättest.‹ Paul bezahlte gutwillig und fuhr mit der Unterhaltung fort. Er kam einige Minuten später strahlend zu uns herüber, um uns mitzuteilen, daß Mr. Boothby Feldwebel in der B.S.A.-Polizeitruppe gewesen war; daß er seine Frau bei einem Urlaub in England geheiratet hatte und daß sie in einer Kneipe hinter der Theke gearbeitet hatte; daß sie eine achtzehnjährige Tochter hatten und daß sie dieses Hotel seit elf Jahren führten. »Und noch dazu großartig, wenn ich so sagen darf«, hatten wir Paul sagen hören. »Ich habe mein Mittagessen heute sehr genossen.«

»Aber es ist neun Uhr«, sagte Paul, »die Küche macht gerade zu, und mein Gastgeber hat uns nicht angeboten, uns zu verpflegen. Also habe ich versagt. Wir werden hungern. Vergebt mir meinen Fehler.«

»Mal sehen, was ich tun kann«, sagte Willi. Er ging zu Mr. Boothby hinüber, bestellte einen Whisky, und binnen fünf Minuten hatte er erreicht, daß der Speiseraum geöffnet wurde, extra für uns. Ich weiß nicht, wie er es gemacht hat. Zunächst einmal war er eine derart bizarre Erscheinung in dieser Bar, in der sonst nur sonnenverbrannte, khakigekleidete Farmer mit ihren schlampigen Frauen waren, daß sich die Augen aller immer wieder auf ihn gerichtet hatten, seitdem er hereingekommen war. Er trug einen eleganten Anzug aus cremefarbener Shantungseide, sein Haar glänzte schwarz unter dem grellen Licht, und sein Gesicht war bleich und weltmännisch. In seinem so unmißverständlich deutschen, überkorrekten Englisch sagte er, daß er und seine Freunde den ganzen Weg von der Stadt angereist seien, um das Mashopi-Essen zu probieren, von dem sie soviel gehört hatten, und daß er sicher sei, Mr. Boothby würde ihn nicht enttäuschen. Er sprach mit genau derselben arroganten versteckten Grausamkeit wie Paul, als er die Geschichte über den Fallschirmabsprung erzählt hatte, und Mr. Boothby stand schweigend da und starrte Willi kalt an, während seine Hände unbeweglich auf dem Tresen lagen. Dann nahm Willi ruhig seine Brieftasche heraus und zog eine Pfundnote hervor. Ich nehme nicht an, daß irgend jemand seit Jahren gewagt hatte, Mr. Boothby ein Trinkgeld zu geben. Mr. Boothby antwortete nicht sofort. Er wandte langsam und mit Bedacht den Kopf, und seine Augen fielen noch viel stärker auf, als er sie zusammenkniff und nur noch die finanziellen Möglichkeiten von Paul, Ted und Jimmy anpeilte, die mit großen Bierseideln in der Hand dastanden. Dann bemerkte er: »Ich will sehen, was meine Frau tun kann«, und verließ die Bar. Willis Pfundnote ließ er auf dem Tresen zurück. Das sollte heißen, Willi sollte sie zurücknehmen; er ließ sie aber liegen und kam zu uns herüber. »Kein Problem«, verkündete er.

Paul hatte bereits die Aufmerksamkeit der Tochter eines Farmers auf sich gelenkt. Sie war etwa sechzehn, hübsch, plump und trug ein geblümtes Musselinrüschenkleid. Paul stand vor ihr, seinen Bierseidel hoch erhoben in einer Hand und sagte mit seiner hellen, angenehmen Stimme: »Seit ich diese Bar betreten habe, wollte ich Ihnen dauernd schon sagen, daß ich ein Kleid wie das Ihre nicht mehr gesehen habe, seit ich vor drei Jahren in Ascot war.« Das Mädchen war hypnotisiert von ihm. Sie errötete. Ich glaube, im nächsten Augenblick hätte sie verstanden, daß er unverschämt war. Aber da legte Willi seine Hand auf Pauls Arm und sagte: »Komm. Das kann alles bis später warten.«

Wir gingen auf die Veranda hinaus. Auf der anderen Seite der Straße standen Gummibäume, deren Blätter im Mondlicht glänzten. Ein Zug stand auf den Gleisen und ließ zischend Dampf und Wasser ab. Ted sagte leise und leidenschaftlich: »Paul, du bist der beste Beweis dafür, daß man die ganze Oberschicht abknallen muß, um euch Scheißkerle loszuwerden.« Ich stimmte ihm auf der Stelle zu. Das war keineswegs das erstemal, daß so etwas passierte. Etwa eine Woche zuvor hatte Pauls Arroganz Ted derart wütend gemacht, daß er weiß und krank im Gesicht, auf und davon war und gesagt hatte, er würde nie wieder mit Paul reden. »Willi auch – ihr seid beide vom selben Schlag.« Es hatte mich und Maryrose Stunden der Überredung gekostet, Ted zur Herde zurückzubringen. Doch jetzt sagte Paul unbekümmert: »Sie hat nie etwas von Ascot gehört, und wenn sie es herausfindet, wird sie geschmeichelt sein«, und alles, was Ted nach einer langen Pause sagte, war: »Nein, das wird sie nicht. Das wird sie nicht.« Dann Schweigen, während wir die sanft wogenden Silberblätter betrachteten, und dann: »Ach zum Teufel. Ihr werdet's nie kapieren, so lange ihr lebt, keiner von euch. Und mir ist es egal.« Das *mir ist es egal* kam in einem Ton heraus, den ich nie an Ted gehört hatte, fast frivol. Und er lachte. Nie hatte ich ihn so lachen hören. Ich fühlte mich schlecht, ratlos – weil Ted und ich in diesem Kampf immer Verbündete gewesen waren. Jetzt war ich allein.

Der Haupttrakt des Hotels stand direkt an der Hauptstraße und bestand aus der Bar und dem Speisezimmer, hinter dem die Küche lag. Entlang der Vorderfront lief eine Veranda, die von Holzsäulen getragen wurde, an denen Pflanzen emporwuchsen. Wir saßen schweigend auf den Bänken, gähnten, waren plötzlich erschöpft und sehr hungrig. Bald darauf ließ uns Mrs. Boothby, die aus ihrem eigenen Haus von ihrem Mann herüberbeordert worden war, in das Speisezimmer und schloß die Tür gleich wieder, damit keine Reisenden hineinkämen und zu essen verlangten. Diese Straße war eine der Hauptstraßen der Kolonie, Tag und Nacht befahren. Mrs. Boothby war eine große, füllige Frau, sehr gewöhnlich, mit einem stark geröteten Gesicht und gekräuseltem farblosen Haar. Sie trug ein enges Korsett, der Hintern wölbte sich abrupt vor, und ihr Busen vorne war hoch wie ein Gesims. Sie war liebenswürdig, freundlich, ängstlich darauf bedacht, entgegenkommend zu sein, doch würdig. Sie entschuldigte sich, daß sie kein vollständiges Abendessen servieren könne, da wir so spät seien, aber sie würde ihr Bestes tun. Dann überließ sie uns mit einem Nicken und einem Gute Nacht dem Kellner, der mürrisch war, weil er nach seiner eigentlichen Arbeitszeit noch so lange festgehalten wurde. Wir aßen Platten mit gutem, dicken Roastbeef, Röstkartoffeln, Karotten. Und danach Apfelkuchen mit Sahne und den Käse aus der Gegend. Es war ein sorgfältig gekochtes, englisches Wirtshausessen. Ganz still war's in dem großen Speiseraum. Die Tische glänzten vor lauter Bereitschaft für das morgige Frühstück. Vor Fenstern und Türen hing schweres geblümtes Leinen. Wieder und wieder leuchtete das Leinen im Scheinwerferlicht vorüberfahrender Autos auf, das Muster verlosch, und um so greller glühte das Rot und Blau der Blumen hervor, wenn das blendende Licht darüber hinweggefegt war, die Straße hinauf, zur Stadt. Wir waren alle schläfrig und nicht sehr gesprächig. Nach einer Weile fühlte ich mich besser, weil Ted, nachdem Paul und Willi wie üblich den Kellner wie einen Diener behandelt, ihn herumkommandiert und Forderungen gestellt hatten, plötzlich zu sich kam und anfing, mit dem Mann zu reden wie mit einem menschlichen Wesen – sogar mit noch größerer Wärme als gewöhnlich.

Daraus schloß ich, daß er sich über diesen Augenblick auf der Veranda schämte. Während Ted ihn nach seiner Familie, seiner Arbeit, seinem Leben fragte und über sich selbst Auskunft gab, aßen Paul und Willi einfach, wie immer bei solchen Anlässen. Sie hatten vor langer Zeit klargestellt, wie sie dazu standen. »Bildest du dir etwa ein, Ted, daß du den Sozialismus voranbringst, wenn du zu Dienern freundlich bist?« »Ja«, hatte Ted gesagt. »Dann kann ich dir nicht helfen«, hatte Willi achselzuckend gesagt, womit er sagen wollte, daß es für ihn keine Hoffnung gäbe. Jimmy verlangte mehr zu trinken. Er war immer betrunken; er wurde schneller betrunken als irgend jemand, den ich kenne. Kurz darauf kam Mr. Boothby herein und sagte, daß es unser gutes Recht als Reisende wäre, Alkohol zu trinken – wobei er klarmachte, weshalb uns vor allem erlaubt worden war, so spät noch zu essen. Aber statt der harten Drinks, die er von uns bestellt haben wollte, fragten wir nach Wein, und er brachte uns eisgekühlten weißen Kapwein. Es war sehr guter Wein; eigentlich wollten wir den unverdünnten Kapbrandy nicht trinken, den Mr. Boothby uns brachte, aber schließlich tranken wir ihn doch, und dann noch mehr Wein. Und dann kündigte Willi an, daß wir alle am nächsten Wochenende herauskommen würden und ob Mr. Boothby Zimmer für uns herrichten könne. Mr. Boothby sagte, das sei überhaupt kein Problem – und präsentierte uns eine Rechnung, die so hoch war, daß wir nur mit Mühe das Geld dafür zusammenbrachten.

Willi hatte keinen von uns gefragt, ob er Zeit hätte, das Wochenende in Mashopi zu verbringen, aber wir fanden das eine gute Idee. Wir fuhren zurück durch das Mondlicht, das jetzt kühl war. Der Nebel lag kalt und weiß in den Tälern, es war sehr spät, und wir waren alle ziemlich betrunken. Jimmy war bewußtlos. Als wir in der Stadt ankamen, war es für die drei Männer zu spät, um noch zum Camp zu kommen; also nahmen sie mein Zimmer im Gainsborough und ich ging zu Willi. Bei solchen Gelegenheiten standen sie sehr früh auf, gegen vier, liefen bis zum Rand der kleinen Stadt und warteten auf ein Auto, das sie mit hinaus zum Camp nehmen würde, wo sie alle gegen sechs mit dem Fliegen anfangen mußten, bei Sonnenaufgang.

Und so fuhren wir am nächsten Wochenende alle nach Mashopi. Willi und ich. Maryrose. Ted, Paul und Jimmy. Es war Freitag abend, spät, weil wir eine Parteidiskussion über ›die Linie‹ hatten. Wie üblich hatte es sich darum gedreht, wie man die afrikanischen Massen zu militanten Aktionen bringen sollte. Es war eine erbitterte Diskussion gewesen, wegen der offiziellen Spaltung – die uns aber nicht daran hinderte, uns an diesem Abend als Einheit zu betrachten. Etwa zwanzig Leute waren da, und es endete so, daß wir uns alle einig waren, daß die bestehende ›Linie‹ zwar ›korrekt‹ war – daß wir aber trotzdem nicht weiterkamen.

Als wir mit unseren Koffern und Reisetaschen ins Auto stiegen, waren wir alle schweigsam. Wir schwiegen noch, als wir durch die Vororte fuhren. Dann fing der Streit über ›die Linie‹ wieder an – zwischen Paul und Willi. Sie sagten nichts, was nicht auch lang und breit auf der Versammlung erörtert worden wäre. Trotzdem hörten wir alle zu, in der Hoffnung auf irgendeine neue Idee, die uns aus dem Wirrwarr, in dem wir steckten, herausführen würde. ›Die Linie‹ war einfach und bewundernswert. In einer Gesellschaft ohne Rassengleichheit wie dieser war es eindeutig die Pflicht der Sozialisten, den Rassismus zu bekämpfen. Deswegen mußte ›der Weg nach vorn‹ durch einen Zusammenschluß von weißen und schwarzen Vorkämpfern angetreten werden. Wer war dazu bestimmt, die weiße Vorhut zu sein? Die Gewerkschaften natürlich. Und wer die schwarze Vorhut? Die schwarzen Gewerkschaften selbstverständlich. Zu diesem Zeitpunkt gab es keine schwarzen Gewerkschaften, da sie illegal waren und die schwarzen Massen noch nicht reif waren für illegale Aktion. Und die weißen Gewerkschaften, eifersüchtig auf ihre Privilegien bedacht, standen den Afrikanern feindlicher gegenüber als die übrige weiße Bevölkerung. Das heißt, unser Bild von dem, was geschehen sollte, wirklich geschehen mußte, weil es oberstes Prinzip war, daß das Proletariat auf dem Weg in die Freiheit die Führung haben sollte, spiegelte sich in der Wirklichkeit nirgendwo wider.

Doch das oberste Prinzip war viel zu geheiligt, um in Frage gestellt zu werden. Schwarzer Nationalismus war in unseren Kreisen (und das galt für die Kommunistische Partei Südafrikas genauso) eine Rechtsabweichung, die bekämpft werden mußte. Gegründet auf die vernünftigsten humanistischen Ideen, erfüllte uns das oberste Prinzip mit höchst befriedigenden moralischen Gefühlen.

Ich merke, daß ich bereits wieder in den zynischen Ton der Selbstbezichtigung verfalle. Doch wie tröstlich ist dieser Ton, wie ein warmer Umschlag auf eine Wunde. Denn eine Wunde ist es – ich kann mich, wie tausend andere, nicht ohne einen schrecklichen trockenen Schmerz an unsere Zeit in oder im Umkreis der ›Partei‹ erinnern. Doch dieser Schmerz gleicht dem gefährlichen Schmerz der Nostalgie, er ist ihr erster Vetter und ebenso tödlich. Ich mache hier weiter, wenn ich wieder aufrichtig schreiben kann, nicht in diesem Ton.

Ich erinnere mich, wie Maryrose den Streit mit der Bemerkung: »Das habe ich vorhin von euch auch schon alles gehört«, beendete. Da war Schluß. Sie machte das oft so, sie hatte eine gewisse Begabung, uns alle zum Schweigen zu bringen. Trotzdem wurde sie von den Männern gönnerhaft behandelt, sie hielten sie nicht für fähig, politisch zu denken. Das lag daran, daß sie den Jargon nicht benutzen konnte oder wollte. Aber sie begriff schnell, worum es ging, und konnte das in einfachen Worten ausdrücken. Es gibt einen Verstandestypus, und dazu gehört Willi, der fremde Ideen nur dann annehmen kann, wenn sie in seiner eigenen Terminologie ausgedrückt sind.

Soeben sagte sie: »Irgendwo muß da was nicht stimmen, sonst würden wir nicht so ewiglang darüber diskutieren.« Voller Selbstvertrauen war das gesprochen. Als die Männer aber nicht antworteten und sie merkte, daß sie ihr gegenüber tolerant waren, wurde sie verlegen und sagte bittend: »Ich drücke mich nicht richtig aus, aber ihr versteht schon, was ich meine . . .« Weil sie so gebeten hatte, hatten die Männer wieder Oberwasser. Willi sagte wohlwollend: »Natürlich drückst du dich richtig aus. Jemand, der so schön ist wie du, kann sich gar nicht falsch ausdrücken.«

Sie saß neben mir und wandte sich mir in der Dunkelheit des Autos zu, um mich anzulächeln. Wir lächelten uns oft auf diese Weise an. »Ich schlafe jetzt«, sagte sie, legte ihren Kopf auf meine Schulter und schlief ein wie eine kleine Katze.

Wir waren alle sehr müde. Ich glaube nicht, daß Leute, die nie einer linken Bewegung angehört haben, verstehen können, wie hart die dezidierten Sozialisten arbeiten; tagaus, tagein, jahraus, jahrein. Schließlich mußten wir alle nebenbei unseren Lebensunterhalt verdienen, und die Männer im Camp, die Männer zumindest, die wirklich ausgebildet wurden, standen unter dauerndem nervlichen Streß. Jeden Abend organisierten wir Versammlungen, Diskussionsgruppen, Debatten. Wir lasen alle sehr viel. Daß wir bis fünf Uhr morgens auf waren, war fast die Regel. Und obendrein kurierten wir alle noch Seelen. Ted vertrat auf extreme Weise eine Einstellung, die wir alle hatten, daß wir uns nämlich verantwortlich fühlten für jeden, der Probleme hatte. Und Teil unserer Pflicht war es, jedem Menschen, in dem noch ein Funken Leben steckte, klarzumachen, daß das Leben ein großartiges Abenteuer ist. Rückblickend würde ich sagen, daß dieses private Bekehrertum der einzig effiziente Bereich unserer scheußlich harten Arbeit war. Ich glaube nicht, daß einer von denen, die wir aufgenommen hatten, den reinen Überschwang unserer Überzeugtheit und der Herrlichkeit des Lebens vergessen wird, denn wenn wir sie schon nicht vom Temperament her hatten, so hatten wir sie aus Prinzip. Alle möglichen Ereignisse fallen mir wieder ein – zum Beispiel, wie Willi nach ein paar Tagen der Überlegung, was er für eine Frau tun könne, die unglücklich war, weil ihr Mann ihr untreu war, beschloß, ihr den ›Goldenen Zweig‹ zu geben, denn »wenn man persönlich unglücklich ist, dann gibt es keine bessere Methode, als sich eine historische Übersicht über die Angelegenheit zu verschaffen«. Sie gab das Buch unter Entschuldigungen zurück und sagte, es ginge über ihren Horizont, außerdem sei sie ohnehin fest entschlossen, ihren Mann zu verlassen, weil sie erkannt habe, daß er ihr mehr Kummer mache, als er wert sei. Aber sie schrieb Willi, als sie unsere Stadt verlassen hatte, regelmäßig höfliche, rührende, dankbare Briefe. Ich erinnere mich noch an die fürchterlichen Worte: »Ich werde niemals vergessen, daß Sie so freundlich waren, sich für mich zu interessieren.« (Damals jedoch haben sie mich nicht getroffen.)

Auf diese Weise hatten wir uns mehr als zwei Jahre verausgabt – ich glaube, wir waren alle leicht verrückt aus purer Erschöpfung.

Ted begann zu singen, um sich wach zu halten; und mit einem völlig anderen Ton, als er ihn in der Diskussion mit Willi gehabt hatte, fing Paul mit einer absonderlichen Phantasie darüber an, was in einer imaginären weißbesiedelten Kolonie alles passieren würde, wenn die Afrikaner revoltierten. (Das war fast ein Jahrzehnt vor Kenia und den Mau Mau.) Paul beschrieb folgendes: »Zweieinhalb Mann« (Willi protestierte gegen die Bezugnahme auf Dostojewski, den er für einen reaktionären Schriftsteller hielt) arbeiten zwanzig Jahre lang daran, die ansässigen Wilden zu einer Einsicht in ihre Stellung als Vorhut zu bringen. Da plötzlich mobilisiert ein halbgebildeter Demagoge, der sechs Monate an der London School of Economics studiert hat, über Nacht die Massen mit dem Schlagwort: »Weiße raus«. Die zweieinhalb Mann, verantwortungsbewußte Politiker, sind schockiert darüber, aber es ist zu spät – der Demagoge behauptet, sie arbeiteten für die Weißen. Die Weißen, in Panik, stecken den Demagogen und die zweieinhalb Mann aufgrund irgendeiner erfundenen Anschuldigung ins Gefängnis; und führerlos zurückgeblieben, flüchten die Schwarzen in den Dschungel und in die Kopjes und werden Guerillakämpfer. »Wenn die schwarzen Regimenter allmählich von den weißen Regimentern besiegt werden und Dutzende von netten, hochgebildeten Jungs mit sauberer Gesinnung wie wir von England hergeschafft werden, um Law and Order aufrecht zu erhalten, verfallen sie allmählich wieder der schwarzen Magie und den Medizinmännern. Dieses ungezogene, unchristliche Benehmen entfremdet die Leute mit der richtigen Gesinnung gründlichst der schwarzen Sache, und die netten, sauberen Jungs wie wir verdreschen die Afrikaner in einem Sturm moralischer Entrüstung, foltern sie und hängen sie. Law and Order siegen. Die Weißen lassen die zweieinhalb Mann aus dem Gefängnis, hängen aber den Demagogen. Ein Minimum an demokratischen Rechten für die schwarze Bevölkerung wird bekanntgegeben, aber die zweieinhalb Mann etc., etc., etc.«

Keiner von uns sagte etwas zu dieser Phantasterei. Sie lag unseren Prognosen so fern. Überdies waren wir schockiert über Pauls Ton. (Natürlich ist mir heute klar, daß das frustrierter Idealismus war – jetzt, wo ich das Wort im Zusammenhang mit Paul schreibe, überrascht es mich. Es ist das erste Mal, daß ich ihn dazu für fähig halte.) Er fuhr fort: »Es gibt eine andere Möglichkeit. Nehmt an, daß die schwarzen Armeen gewinnen. Dann kann ein intelligenter nationalistischer Führer nur eines tun, und zwar das Nationalgefühl stärken und Industrie aufbauen. Ist es uns je in den Sinn gekommen, Genossen, daß wir als Progressive die Pflicht haben werden, nationalistische Staaten zu unterstützen, deren Aufgabe es sein wird, diese ganze kapitalistische, inegalitäre Ethik zu entwickeln, die wir so hassen? Jemals? Ich sehe das nämlich, ja, ich kann das in meiner Kristallkugel sehen – wir werden das alles unterstützen müssen. Ja, bestimmt, denn es wird keine Alternative geben.«

»Du brauchst einen Drink«, bemerkte Willi an diesem Punkt.

Die Bars in den Hotels an der Straße waren um diese Zeit alle geschlossen, also blieb Paul nichts anderes übrig, als einzuschlafen. Maryrose schlief. Jimmy schlief. Ted auf dem Vordersitz neben Willi blieb wach und pfiff irgendeine Arie. Wenn er Musikfetzen pfiff oder sang, war das immer ein Zeichen von Mißbilligung – trotzdem glaube ich nicht, daß er Paul zugehört hatte.

Ich erinnere mich, daß ich viel später einmal den Gedanken hatte, daß wir in all den Jahren endloser analytischer Diskussionen nur ein einziges Mal irgendwie der Wahrheit (die ja noch so fern war) nahegekommen sind, und das war, als Paul seine zornige Parodie losließ.

Als wir das Hotel erreichten, war es völlig dunkel. Ein schläfriger Diener wartete auf der Veranda, um uns zu unseren Zimmern zu bringen. Der Schlafzimmertrakt stand ein paar hundert Meter vom Speisesaal – und Bartrakt entfernt an einem Abhang auf der Rückseite. Er hatte zwanzig Zimmer unter einem Dach, die Rückwand an Rückwand gebaut waren. Veranden auf beiden Seiten, für je zehn Zimmer eine Veranda. Die Zimmer waren kühl und angenehm, obwohl sie keinen Durchzug hatten. Es gab elektrische Ventilatoren und riesige Fenster. Man hatte uns vier Zimmer angewiesen. Jimmy bezog eins mit Ted, ich eins mit Willi; Maryrose und Paul hatten jeder ein Zimmer für sich. Dieses provisorische Arrangement wurde später zur festen Einrichtung; das heißt, da die Boothbys nie etwas sagten, hatten Willi und ich im Mashopi-Hotel immer ein gemeinsames Zimmer. Wir wachten alle erst lang nach dem Frühstück auf. Die Bar war geöffnet, und wir tranken ein wenig, meist schweigend, und aßen zu Mittag, fast schweigend, und machten von Zeit zu Zeit eine Bemerkung darüber, wie komisch es war, daß wir uns so müde fühlten. Das Mittagessen im Hotel war stets ausgezeichnet. Unmengen von kaltem Fleisch und alles an Salat und Früchten, was man sich denken konnte. Wir gingen alle wieder schlafen. Die Sonne ging schon unter, als Willi und ich aufwachten und die anderen wecken mußten. Und eine halbe Stunde, nachdem das Abendessen vorbei war, lagen wir wieder im Bett. Der nächste Tag, ein Sonntag, war fast genauso schlimm. In Wirklichkeit war das erste Wochenende das angenehmste von allen. Wir befanden uns alle in dem gelassenen Zustand äußerster Übermüdung. Wir tranken kaum etwas, und Mr. Boothby war enttäuscht von uns. Willi war besonders schweigsam. Ich glaube, an diesem Wochenende beschloß er, sich aus der Politik zurückzuziehen und sich, so weit er konnte, dem Studium zu widmen. Und Paul war ungeheuchelt natürlich und umgänglich mit allen, besonders mit Mrs. Boothby, die eine Schwäche für ihn entwickelt hatte.

Am Sonntag fuhren wir sehr spät in die Stadt zurück, weil wir keine Lust hatten, das Mashopi-Hotel zu verlassen. Wir saßen auf der Veranda und tranken Bier, bevor wir abfuhren, das Hotel dunkel hinter uns. Das Mondlicht war so stark, daß wir jedes Körnchen des weißen Sandes, der von den Rädern der Ochsenkarren über den Asphalt geschleudert worden war, einzeln glitzern sehen konnten. Die schwer herabhängenden spitzen Blätter der Gummibäume glänzten wie kleine Speere. Ich erinnere mich, wie Ted sagte: »Schaut euch bloß an, wie wir hier sitzen und kein Wort sagen. Ein gefährlicher Ort, Mashopi. Wir werden Wochenende für Wochenende hierherkommen und bei Bier und Mondlicht und gutem Essen Winterschlaf halten. Wohin soll das führen, frage ich euch?«

Einen Monat lang kamen wir nicht wieder zurück. Wir hatten alle begriffen, wie müde wir waren, und ich glaube, wir hatten Angst vor dem, was passieren könnte, wenn die angespannte Müdigkeit zerreißen würde. Es war ein Monat mit harter Arbeit. Paul, Jimmy und Ted beendeten ihre Ausbildung und flogen jeden Tag. Das Wetter war gut. Es gab eine Menge periphere politische Aktivitäten wie Vorträge, Studiengruppen und Inspektionsarbeit. Aber die Partei traf sich nur einmal. Die andere Untergruppe hatte fünf Mitglieder verloren. Interessant ist, daß wir bei dem einzigen Anlaß, bei dem wir uns alle trafen, fast bis zum Morgen erbittert kämpften; den ganzen übrigen Monat trafen wir uns privat, und zwar freundschaftlich, um Einzelheiten der peripheren Arbeit, für die wir verantwortlich waren, zu besprechen. Inzwischen traf sich unsere Gruppe weiter im Gainsborough. Wir machten Witze über das Mashopi-Hotel und seinen unheilvollen, entspannenden Einfluß. Wir benutzten es als Symbol für Luxus, Dekadenz und Charakterschwäche. Unsere Freunde, die nicht dagewesen waren, aber wußten, daß es ein gewöhnliches Hotel an der Straße war, sagten, wir seien verrückt. Einen Monat nach unserem Besuch hatten wir ein langes Wochenende, von Donnerstag abend bis zum nächsten Mittwoch – in der Kolonie nahm man Feiertage ernst; und wir stellten eine Gruppe zusammen, mit der wir wieder hinfahren wollten. Sie bestand aus den sechs ursprünglichen Teilnehmern und Teds neuem Protegé, Stanley Lett aus Manchester, um dessentwillen er sich später als Pilot selber durchfallen ließ. Und Johnnie, einem Jazzpianisten, Stanleys Freund. Außerdem verabredeten wir mit George Hounslow, daß er uns dort treffen sollte. Wir fuhren per Auto und per Bahn hin, und von dem Moment an, als Donnerstag abend die Bar schloß, war es klar, daß dieses Wochenende sich sehr vom letzten unterscheiden würde.

Das Hotel war voll wegen des langen Wochenendes. Mrs. Boothby hatte einen Anbau mit einem Dutzend Extrazimmern geöffnet. Zwei große Tanzabende sollten stattfinden, ein öffentlicher und ein privater, das heißt, es herrschte bereits die lustvolle Atmosphäre eines aus den Fugen geratenen Alltags. Als sich unsere Gesellschaft sehr spät zum Abendessen setzte, schmückte ein Kellner die Ecken des Speisezimmers mit buntem Papier und Lichtergirlanden; und wir bekamen einen besonderen Eispudding aufgetischt, den es am nächsten Abend geben sollte. Ein Bote von Mrs. Boothby kam, um zu fragen, ob es den ›Luftwaffenjungs‹ etwas ausmachen würde, ihr zu helfen, morgen den großen Saal zu schmücken. Der Abgesandte war June Boothby, und es war ganz klar, daß sie aus Neugier gekommen war, um die betreffenden Jungen zu sehen, vielleicht weil ihre Mutter von ihnen erzählt hatte. Ebenfalls klar war, daß sie nicht beeindruckt war. Die meisten Koloniemädchen warfen einen einzigen Blick auf die Jungs aus England und ließen sie für immer als weibisch, widerlich und weichlich fallen. June war so ein Mädchen. An jenem Abend blieb sie gerade lange genug, um die Botschaft auszurichten und sich Pauls überhöfliches Entzücken anzuhören, mit dem er ›im Namen der Luftwaffe‹ die freundliche Einladung ihrer Mutter annahm. Sie ging sofort wieder hinaus. Paul und Willi rissen ein paar Witze über die heiratsfähige Tochter, im Ton ihrer Spöttelei über »Mr. und Mrs. Boothby, der Gastwirt und seine Frau«. Das restliche Wochenende und die folgenden Wochenenden ignorierten sie sie. Sie hielten sie offenbar für derart reizlos, daß sie sich aus einem Gefühl des Mitleids, vielleicht sogar aus einem Gefühl der Ritterlichkeit – obwohl es im allgemeinen bei diesen Männern wenig Anzeichen für so ein Gefühl gab – des Kommentars enthielten. Sie war ein großes, schwer gebautes Mädchen, mit umfangreichen, roten, plumpen Armen und Beinen. Ihr Gesicht war rot wie das ihrer Mutter; um das volle, derbgeschnittene Gesicht kräuselte sich dasselbe farblose Haar. Sie hatte nicht einen charmanten Zug, nicht eine charmante Eigenschaft. Aber sie platzte förmlich vor trotzig lauernder Energie, weil sie in einem Stadium war, das so viele junge Mädchen durchmachen – dem Stadium sexueller Besessenheit, die wie eine Art Trance sein kann. Als ich fünfzehn Jahre alt war und mit meinem Vater noch in der Bakerstreet wohnte, war ich auch ein paar Monate in diesem Stadium, so daß ich jetzt nicht durch diese Gegend gehen kann, ohne mich halb belustigt, halb verlegen an einen emotionalen Zustand zu erinnern, der so stark war, daß er die Macht hatte, sich Straßenpflaster, Häuser und Schaufensterscheiben einzuverleiben. Interessant an June war folgendes: Eigentlich hätte die Natur es so einrichten sollen, daß die Männer, denen sie begegnete, hätten wissen müssen, worunter sie litt. Mitnichten. Am ersten Abend wechselten Maryrose und ich Blicke und hätten fast laut herausgelacht vor lauter Wiedererkennen und mitleidsvoller Belustigung. Wir taten es nicht, weil wir zugleich begriffen, daß das, was für uns so offensichtlich war, für die Männer keineswegs offensichtlich war, und weil wir June vor dem Gelächter schützen wollten. Alle Frauen am Ort waren sich über sie im klaren. Ich erinnere mich noch deutlich an einen bestimmten Morgen: Ich saß mit Mrs. Lattimore, der hübschen Rothaarigen, die mit dem jungen Stanley Lett flirtete, auf der Veranda, als June auftauchte. Sie streifte ziellos unter den Gummibäumen an den Bahngleisen umher wie eine Schlafwandlerin. Machte ein paar Schritte, starrte über das Tal zu den hohen blauen Bergen, hob ihre Hände zum Haar, so daß man jede Linie ihres Körpers, der sich stramm unter dem hellroten Baumwollkleid abzeichnete, sehen konnte und die dunklen Schweißflecken unter ihren Achselhöhlen – ließ dann die Arme fallen und ballte die Fäuste. Stand dann reglos da, ging weiter, hielt inne, schien zu träumen, stieß mit der Spitze ihrer hochhackigen, weißen Sandaletten nach den verkohlten Holzstücken, und so weiter, langsam, bis sie hinter den sonnen-glitzernden Gummibäumen verschwand. Mrs. Lattimore stieß einen tiefen Seufzer aus, lachte ihr weiches, nachsichtiges Lachen und sagte: »Mein Gott, nicht für eine Million möchte ich wieder ein Mädchen sein. Das alles nochmal durchmachen – nicht für eine Million Millionen.« Und Maryrose und ich stimmten ihr zu. Obwohl jedes Auftauchen dieses Mädchens uns so stark in Verlegenheit brachte, merkten die Männer nichts, und wir hüteten uns, sie zu verraten. Es gibt eine weibliche Ritterlichkeit, von Frau zu Frau, die genauso stark ist wie jede andere Art von Loyalität. Vielleicht lag es auch daran, daß wir uns nicht die Phantasiearmut unserer Männer klarmachen wollten.

June hielt sich meist auf der Veranda des Boothbyhauses auf, das ein paar hundert Meter von der einen Seite des Hotels entfernt war. Es war auf drei Meter hohen Fundamenten errichtet, hoch über den Ameisen. Die Veranda war tief und kühl, weißgestrichen, voller Kletterpflanzen und Blumen. Sie war außerordentlich hell und hübsch, und hier lag June Stunde für Stunde auf einem alten cretonnebezogenen Sofa, lauschte den Klängen des tragbaren Grammophons und formte innerlich den Mann, dem es gestattet sein würde, sie aus ihrem Schlafwandlerzustand zu erlösen. Ein paar Wochen später war das Bild stark genug, den Mann leibhaftig erstehen zu lassen. Maryrose und ich saßen auf der Hotelveranda, als ein Laster auf seinem Weg nach Osten hielt und ein großer Tölpel von einem jungen Mann mit massiven, roten Beinen und sonnenerhitzten Armen, die den Umfang von Ochsenschenkeln hatten, herauskletterte. June kam den Kiespfad vom Haus ihres Vaters heruntergeschlichen und stieß mit ihren spitzen Sandaletten nach dem Kies. Ein Kiesel sprang vor seine Füße, als er auf dem Weg zur Bar war. Er blieb stehen und starrte sie an. Dann, immer wieder mit leerem, fast hypnotisierten Blick über die Schulter zurückschauend, betrat er die Bar. June folgte. Mr. Boothby servierte Jimmy und Paul gerade Gintonics und redete über England. Er nahm keine Notiz von seiner Tochter, die sich in die Ecke setzte, sich in Pose warf und verträumt an Maryrose und mir vorbei in den heißen morgendlichen Staub und Glanz schaute. Der junge Mann nahm sein Bier und setzte sich auf die Bank, etwa einen Meter von ihr entfernt. Eine halbe Stunde später, als er in seinen Laster zurückkletterte, war June bei ihm. Maryrose und ich brachen im selben Augenblick in hilfloses Gelächter aus und hörten erst damit auf, als Paul und Jimmy ihre Köpfe aus der Bar streckten, um herauszufinden, um welchen Witz es ging. Einen Monat später waren June und der Junge offiziell verlobt, und erst dann merkten alle, daß sie ein ruhiges, angenehmes und vernünftiges Mädchen war. Der Ausdruck lethargischer Benommenheit war ganz von ihr gewichen. Erst dann wurde uns klar, wie irritiert Mrs. Boothby über den Zustand ihrer Tochter gewesen war. Etwas Überfröhliches, Übererleichtertes lag in der Art, wie sie ihre Hilfe im Hotel annahm, sich wieder mit ihr anfreundete, Pläne für die Hochzeit besprach. Es war fast so, als hätte sie sich schuldig gefühlt, weil sie so gereizt gewesen war. Vielleicht war diese lange Gereiztheit mit daran schuld, daß sie später die Nerven verlor und sich so ungerecht verhielt.

Kurz nachdem June uns an jenem ersten Abend verlassen hatte, kam Mrs. Boothby herein. Willi bat sie, sich zu uns zu setzen. Paul beeilte sich, sie auch seinerseits aufzufordern. Beide sprachen mit ihr in einer Weise, die uns übertrieben und verletzend höflich erschien. Dabei war Paul letztesmal, an dem Wochenende, an dem wir alle so müde waren, mit ihr so einfach und ohne Arroganz gewesen, hatte mit ihr über seinen Vater und seine Mutter, über ›Zuhause‹ geredet. Obwohl sein England und ihr England natürlich zwei ganz verschiedene Länder waren.

Einer unserer Scherze war, daß Mrs. Boothby eine Schwäche für Paul habe. Keiner von uns glaubte es wirklich; hätten wir es geglaubt, so hätten wir nicht darüber gescherzt – jedenfalls hoffe ich das. Denn in diesem frühen Stadium mochten wir sie sehr. Mrs. Boothby war natürlich fasziniert von Paul ... Nichtsdestoweniger war sie auch von Willi fasziniert. Hinter einer Fassade von vornehm-kühlen Manieren waren beide grob und arrogant – das gefiel ihr, ganz im Gegensatz zu uns, die wir diese Eigenschaften besonders haßten.

Von Willi lernte ich, wie viele Frauen es gern haben, fertiggemacht zu werden. Es war erniedrigend, und ich habe immer dagegen angekämpft, es als wahr zu akzeptieren. Aber ich habe es immer und wieder erlebt. Wenn da eine Frau war, die wir übrigen schwierig fanden, die wir bei Laune zu halten versuchten, der wir Zugeständnisse machten, sagte Willi: »Ihr habt einfach keine Ahnung, die braucht nur eine ordentliche Tracht Prügel.« (›Eine ordentliche Tracht Prügel‹ war eine Kolonialredensart, die die Weißen gewöhnlich folgendermaßen gebrauchten: »Dieser Kaffer braucht nur eine ordentliche Tracht Prügel« – aber Willi hatte sie sich zum Allgemeingebrauch angeeignet.) Ich erinnere mich an Maryroses Mutter, eine herrschsüchtige, neurotische Frau, die allen Lebenssaft aus dem Mädchen herausgesogen hatte, eine Frau von ungefähr fünfzig, zäh und flattrig wie eine alte Henne. Maryrose zuliebe waren wir höflich, nahmen sie freundlich in Empfang, wenn sie hinter ihrer Tochter her ins Gainsborough hereingewuselt kam. Wenn sie da war, versank Maryrose in einen Zustand teilnahmsloser Gereiztheit, nervöser Erschöpfung. Sie wußte, daß sie eigentlich gegen ihre Mutter ankämpfen sollte, hatte aber nicht die moralische Kraft dazu. Diese Frau, bei der wir darauf vorbereitet waren, von ihr gelangweilt zu werden, ihr nachzugeben, heilte Willi mit ein paar Worten. Sie war eines Abends ins Gainsborough gekommen und fand uns alle ins Gespräch vertieft im verlassenen Eßzimmer. Sie sagte laut: »Also da seid ihr alle wieder mal. Ihr gehört ins Bett.« Und sie war gerade dabei, sich zu uns zu setzen, als Willi, ohne die Stimme zu heben, aber mit dem bewußten Funkeln seiner Brillengläser, zu ihr sagte: »Mrs. Fowler.« »Ja, Willi? Sind Sie das schon wieder?« »Mrs. Fowler, warum kommen Sie hierher, jagen Maryrose nach und machen sich zu einer derartigen Landplage?« Sie schnappte nach Luft, wurde rot, blieb aber neben dem Stuhl stehen, auf den sie sich gerade hatte setzen wollen, und starrte ihn an. »Jawohl«, sagte Willi ruhig. »Sie sind eine alte Landplage. Sie können sich setzen, wenn Sie wollen, Sie müssen aber still sein und dürfen keinen Unsinn reden.« Maryrose wurde kreidebleich vor Angst und litt Qualen wegen ihrer Mutter. Mrs. Fowler stieß nach einem Augenblick des Schweigens ein kurzes nervöses Lachen aus, setzte sich und verhielt sich völlig still. Und danach benahm sie sich, wenn sie ins Gainsborough kam, Willi gegenüber immer wie ein gutererzogenes kleines Mädchen in Gegenwart ihres tyrannischen Vaters. Aber Mrs. Fowler und die Frau, die das Gainsborough besaß, waren keineswegs die einzigen.

Jetzt war es Mrs. Boothby, die alles andere war als eine Tyrannin, die einen Tyrannen sucht, der stärker ist als sie. Und sie war nicht so taktlos, sich aufzudrängen. Trotzdem kam sie wieder und wieder, verlangte nach mehr, sogar dann, als sie längst mit ihren Nerven, wenn schon nicht mit ihrer Intelligenz – sie war keine intelligente Frau –, verstanden haben mußte, daß sie kujoniert wurde. Sie erlag nicht der aufgeregten Genugtuung, daß man ihr ›eine Tracht Prügel verabreicht‹ hatte wie Mrs. Fowler, oder wurde schüchtern und mädchenhaft wie Mrs. James im Gainsborough; sie hörte ruhig zu und gab Widerrede, ließ sich sozusagen auf die vordergründige Bedeutung des Gespräches ein und ignorierte die latente Unverschämtheit, und auf diese Weise gelang es ihr manchmal, Willi und Paul so zu beschämen, daß sie zur Höflichkeit zurückfanden. Aber für sich, dessen bin ich sicher, muß sie manchmal die Fäuste ballend, aufgewallt sein und gemurmelt haben: »Ja, ich würde sie gern schlagen. Ich hätte ihn schlagen sollen, als er das sagte.«

An jenem Abend fing Paul gleich mit einem seiner Lieblingsspiele an – er parodierte die Kolonialklischees so lange, bis schließlich auch der betreffende

Kolonialist merken mußte, daß man sich über ihn oder sie lustig machte. Und Willi machte mit.

»Ihr Koch ist natürlich schon seit Jahren bei Ihnen – möchten Sie eine Zigarette?«

»Danke, mein Lieber, aber ich rauche nicht. Ja, er ist ein guter Junge, das muß ich schon sagen, er war immer sehr treu.«

»Er gehört also fast zur Familie, würde ich denken?«

»Ja, in meinen Augen schon. Und ich bin sicher, daß er uns sehr gern hat. Wir haben ihn immer gerecht behandelt.«

»Vielleicht nicht so sehr als Freund denn als Kind?« (Das war Willi.) »Es sind ja bloß große Kinder.«

»Ja, das stimmt. Rechte Kinder sind's, wenn man sie wirklich versteht. Sie wollen so behandelt werden, wie man ein Kind behandelt – hart, aber gerecht. Mr. Boothby und ich glauben daran, daß man die Schwarzen gerecht behandeln muß. Das ist nur recht und billig.«

»Aber auf der anderen Seite dürfen Sie sich von ihnen nicht ausnutzen lassen«, sagte Paul. »Denn wenn Sie das tun, dann verlieren sie allen Respekt vor Ihnen.«

»Ich bin froh, daß Sie das sagen, Paul, die meisten von euch englischen Jungs phantasieren sich alles mögliche über die Kaffern zurecht. Aber das stimmt. Sie müssen wissen, daß es eine Grenze gibt, die sie nie überschreiten dürfen.« Und so weiter und so weiter und so weiter.

Erst als Paul sagte – der in seiner Lieblingspose dasaß – den Bierkrug erhoben, seine blauen Augen gewinnend auf ihre geheftet: »Außerdem liegen natürlich Jahrhunderte der Evolution zwischen ihnen und uns, in Wirklichkeit sind sie nichts als Paviane«, errötete sie und blickte weg. ›Paviane‹ war ein Wort, das schon zu grob war für die Kolonie, obwohl es vor nur fünf Jahren akzeptabel gewesen war, selbst in den Zeitungsleitartikeln. (Genauso, wie das Wort *kaffirs* wiederum in zehn Jahren zu grob sein würde.) Mrs. Boothby wollte nicht glauben, daß ein »gebildeter junger Mann von einem der besten Colleges in England« das Wort ›Paviane‹ in den Mund nehmen würde. Doch als sie Paul wieder ansah, das ehrliche rote Gesicht für eine Kränkung präpariert, da saß er da mit seinem Engelslächeln, das noch genauso gewinnend aufmerksam war wie vor einem Monat, als er unbestreitbar nichts weiter gewesen war als ein ziemlich heimwehkranker Junge, der froh war, ein bißchen bemuttert zu werden. Sie seufzte abrupt, stand auf und sagte höflich: »Und nun werden Sie mich entschuldigen, ich muß los und dem Alten das Abendessen machen. Mr. Boothby hat gern einen späten Imbiß – er kommt nie zum Essen, wenn er den ganzen Abend in der Bar bedient.« Sie wünschte uns Gute Nacht und unterzog zuerst Willi, dann Paul einer langen, ziemlich gekränkten, ernsten Prüfung. Sie ging. Paul warf den

Kopf zurück, lachte und sagte: »Sie sind unglaublich, sie sind phantastisch, sie sind einfach nicht wahr.«

»Neandertaler«, sagte Willi lachend. ›Neandertaler‹ war sein Wort für die Weißen der Kolonie. Maryrose sagte ruhig: »Ich finde das nicht witzig, Paul. Du hältst die Leute bloß zum Narren.«

»Liebe Maryrose. Liebe schöne Maryrose«, sagte Paul in sein Bier glucksend.

Maryrose war schön. Sie war ein winziges schlankes Mädchen mit Wogen honigfarbenen Haars und großen braunen Augen. Ihr Bild war in Kapland auf den Titelseiten der Zeitschriften erschienen, und sie war eine Zeitlang Mannequin gewesen. Sie war völlig frei von Eitelkeit. Sie lächelte geduldig und insistierte auf ihre langsame, gutmütige Weise: »Doch, Paul. Schließlich bin ich hier aufgewachsen. Ich verstehe Mrs. Boothby. Ich war auch so, bis mir Leute wie du erklärt haben, daß ich Unrecht habe. Du änderst sie nicht dadurch, daß du dich über sie lustig machst. Du verletzt sie einfach nur.«

Paul gab erneut sein tiefes Glucksen von sich und sagte beharrlich: »Maryrose, Maryrose, du bist auch zu gut, um wahr zu sein.«

Doch später an diesem Abend gelang es ihr, ihn zu beschämen.

George Hounslow, ein Straßenarbeiter, lebte etwa hundert Meilen entlang der Bahnlinie in einer Kleinstadt mit seiner Frau, drei Kindern und den vier alten Eltern. Er sollte um Mitternacht in seinem Laster ankommen. Er hatte den Wunsch geäußert, die Abende des Wochenendes gemeinsam mit uns zu verbringen. Tagsüber ging er seiner Arbeit an der Hauptstraße nach. Wir verließen das Speisezimmer und gingen hinaus, um uns unter die Gummibaumgruppe nahe der Eisenbahnlinie zu setzen und auf George zu warten. Unter den Bäumen standen ein roher Holztisch und einige Holzbänke. Mr. Boothby schickte uns ein Dutzend Flaschen mit eisgekühltem Kapweißwein heraus. Wir waren inzwischen alle leicht betrunken. Das Hotel lag im Dunkeln. Bald darauf gingen auch die Lichter im Haus der Boothbys aus. Unsere einzige Lichtquelle waren das schwache Licht vom Stationsgebäude und ein schwacher Lichtschimmer vom Schlafzimmertrakt, der einige Hundert Meter entfernt auf einer Anhöhe lag. So wie wir jetzt unter den Gummibäumen saßen, mit dem kalten Mondlicht über uns, das durch die Zweige rieselte, und dem Nachtwind, der den Staub zu unseren Füßen aufwirbelte und niedersinken ließ, hätten wir mitten im Veld sein können. Das Hotel wurde von der wilden Landschaft aus granitfelsigen Kopjes, Bäumen und Mondlicht förmlich aufgesogen. Meilen entfernt überquerte die Hauptstraße einen Hügel – ein schwacher, fahler Lichtschimmer zwischen Dämmen schwarzer Bäume. Der trockene, ölige Geruch der Gummibäume, der trockene, aufreizende Geruch des Staubs, der kühle Geruch des Weines trugen zu unserer Trunkenheit bei.

Jimmy schlief ein, sank gegen Paul, der seinen Arm um ihn gelegt hatte. Ich schlief halb, an Willis Schulter gelehnt. Stanley Lett und Johnnie, der Pianist, saßen Seite an Seite und betrachteten uns mit liebenswürdiger Neugier. Sie machten keinen Hehl daraus, weder jetzt noch irgendwann sonst, daß nicht sie, sondern wir nur geduldet waren, und dies mit der deutlich formulierten Begründung, daß sie aus der Arbeiterklasse waren und Arbeiterklasse bleiben würden, aber nichts dagegen hatten, infolge der glücklichen Kriegswirren aus erster Hand das Verhalten einer Gruppe von Intellektuellen zu beobachten. Es war Stanley, der dieses Wort gebrauchte, und er weigerte sich, es wegzulassen. Johnnie, der Pianist, sagte nie etwas, Für Wörter hatte er keine Verwendung. Er saß immer neben Stanley und verbündete sich schweigend mit ihm.

Ted hatte damals schon angefangen zu leiden, wegen Stanley, dem »Schmetterling unter einem Stein«, der es ablehnte, sich als rettungsbedürftig zu betrachten. Um sich zu trösten, setzte er sich neben Maryrose und legte seinen Arm um sie. Maryrose lächelte gutmütig und blieb in seiner Armbeuge, doch so, als ob sie weit weg wäre von ihm und jedem anderen Mann. Sehr viele sozusagen professionell schöne Mädchen haben die Gabe, zu gestatten, daß man sie berührt, küßt, hält, als sei dies eine Gebühr, die man an die Vorsehung zu entrichten habe dafür, daß sie schön geboren wurden. Sie haben so ein tolerantes Lächeln, das das Sich-in-die-Gewalt-von-Männern-Begeben begleitet wie ein Gähnen oder ein geduldiger Seufzer. Aber in Maryroses Fall hatte es mehr auf sich.

»Maryrose«, sagte Ted freimütig und schaute auf ihren schimmernden kleinen Kopf hinunter, der an seiner Schulter ruhte, »warum liebst du keinen von uns, warum läßt du nicht zu, daß einer von uns dich liebt?«

Maryrose lächelte nur, und selbst in diesem gebrochenen, zweig- und blattgetüpfelten Licht waren ihre braunen Augen riesengroß und schimmerten sanft.

»Maryrose hat ein gebrochenes Herz«, bemerkte Willi irgendwo über meinem Kopf.

»Gebrochene Herzen gehören in altmodische Romane«, sagte Paul. »Sie passen nicht in die Zeit, in der wir leben.«

»Im Gegenteil«, sagte Ted. »Es gibt heute mehr gebrochene Herzen denn je, gerade wegen der Zeit, in der wir leben. Wirklich, ich bin sicher, daß alle Herzen, denen wir begegnen werden, so zerbrochen und zerschlagen und zerrissen sind, daß sie nur noch ein Haufen Narbengewebe sind.«

Maryrose lächelte schüchtern, aber dankbar zu Ted hinauf und sagte ernst: »Ja, natürlich ist das wahr.«

Maryrose hatte einen Bruder gehabt, den sie innigst liebte. Sie waren sich sehr ähnlich gewesen, mehr noch, sie hatten die zärtlichste Bindung aneinander, weil sie sich gegenseitig gegen ihre unmögliche, tyrannische, lästige

Mutter stützen mußten. Dieser Bruder war im Jahr davor in Nordafrika getötet worden. Es war passiert, als Maryrose in Kapland war und als Mannequin arbeitete. Sie war wegen ihres guten Aussehens bei den jungen Männern natürlich sehr gefragt. Einer davon sah aus wie ihr Bruder. Wir hatten ein Foto von ihm gesehen – ein schlanker, aggressiver junger Mann mit einem blonden Schnurrbart. Sie verliebte sich auf der Stelle in ihn. Ich erinnere mich noch an den Schock, den wir bekamen, als sie mit der für sie charakteristischen absoluten Aufrichtigkeit, mit der sie uns schon oft erschreckt hatte, sagte: »Ich weiß ja, daß ich mich nur in ihn verliebt habe, weil er aussah wie mein Bruder. Aber was ist da falsch dran?« Stets fragte sie oder konstatierte: »Was ist da falsch dran?«, und uns fiel nie eine Antwort ein. Aber der junge Mann war nur dem Aussehen nach wie ihr Bruder. Er wollte sie nicht heiraten, obwohl er glücklich darüber war, mit Maryrose ein Verhältnis zu haben.

»Das kann ja stimmen«, sagte Willi, »trotzdem ist es sehr albern. Weißt du, was mit dir passieren wird, Maryrose, wenn du nicht aufpaßt? Du wirst einen Kult aus diesem Freund machen, und je länger du das tust, desto unglücklicher wirst du. Du wirst dich von allen netten Jungen, die du heiraten könntest, fernhalten, und am Ende wirst du irgend jemanden heiraten, nur um zu heiraten, und du wirst so eine unzufriedene Matrone werden, wie wir sie überall um uns herum sehen können.«

Nebenbei gesagt, ist das genau das, was mit Maryrose passierte. Noch ein paar Jahre lang war sie entzückend schön, ließ es zu, daß man ihr den Hof machte, während sie ihr süßes Lächeln beibehielt, das wie ein Gähnen war, und saß geduldig in der Umarmung dieses oder jenes Mannes; und schließlich heiratete sie sehr plötzlich einen Mann mittleren Alters, der schon drei Kinder hatte. Sie liebte ihn nicht. Ihr Herz war abgestorben, als ihr Bruder von einem Panzer zermalmt worden war.

»Was soll ich also deiner Meinung nach tun?« fragte sie mit ihrer furchtbaren Liebenswürdigkeit Willi über einen Fleck Mondlicht hinweg.

»Du solltest mit einem von uns ins Bett gehen. So bald wie möglich. Es gibt keine bessere Kur gegen eine sinnlose Leidenschaft«, sagte Willi mit dem brutal gutmütigen Ton, in den er verfiel, wenn er in seiner Rolle als weltkluger Berliner redete. Ted zog eine Grimasse und nahm seinen Arm zurück, wodurch er klarmachte, daß er nicht bereit war, sich mit solchem Zynismus zu verbünden, und daß, ginge er mit Maryrose ins Bett, es aus dem lautersten romantischen Gefühl geschähe. Selbstverständlich, warum sonst.

»Trotzdem«, äußerte Maryrose, »ich weiß nicht, was das soll. Ich höre doch nicht auf, an meinen Bruder zu denken.«

»Ich habe nie jemanden gekannt, der so völlig offen über Inzest geredet hat«, sagte Paul. Das war scherzhaft gemeint, aber Maryrose antwortete todernst: »Ja, ich weiß, daß das Inzest war. Aber es ist komisch, ich habe damals nie an Inzest dabei gedacht. Verstehst du, mein Bruder und ich, wir liebten uns.«

Wir waren wieder schockiert. Ich fühlte, wie Willis Schulter steif wurde, und ich erinnere mich, wie ich dachte, daß er eben noch der dekadente Europäer gewesen war; aber die Vorstellung, daß Maryrose mit ihrem Bruder geschlafen hatte, warf ihn zurück auf seine wahre Natur, und die war puritanisch.

Es herrschte Schweigen, dann bemerkte Maryrose: »Ja, ich kann verstehen, warum ihr schockiert seid. Ich denke jetzt oft darüber nach. Wir haben doch keinem weh getan, oder? Deshalb begreife ich nicht, was falsch dran war.«

Wieder Schweigen. Dann preschte Paul vor, unbekümmert: »Wenn es für dich keinen Unterschied macht, warum gehst du dann nicht mit mir ins Bett, Maryrose? Wie kannst du's wissen, vielleicht wirst du geheilt?«

Paul saß immer noch aufrecht da, das baumelnde, kindliche Gewicht Jimmys gegen sich gelehnt. Er stützte Jimmy geduldig, ebenso wie Maryrose Ted gestattet hatte, seinen Arm um sie zu legen. Paul und Maryrose spielten dieselbe Rolle in der Gruppe, diesseits und jenseits der Geschlechtsschranke.

Maryrose sagte ruhig: »Wenn nicht einmal mein Freund in Kapland mich meinen Bruder wirklich vergessen machen konnte, wie willst du das dann?«

Paul sagte: »Was hält dich eigentlich davon ab, diesen Freier zu heiraten?«

Maryrose sagte: »Er kommt aus einer guten Kap-Familie, und seine Eltern wollen nicht, daß er mich heiratet, weil ich nicht gut genug bin.«

Paul ließ sein tiefes, anziehendes Glucksen hören. Ich behaupte nicht, daß er dieses Glucksen kultivierte, aber er wußte mit Sicherheit, daß es zu seinen Reizen gehörte. »Eine gute Familie«, sagte er höhnisch. »Eine gute Familie aus der Kapkolonie. Köstlich, wirklich köstlich.«

Das war nicht so snobistisch, wie es klingt. Pauls Snobismus drückte sich indirekt aus, in Witzen oder in Wortspielen. Augenblicklich frönte er seiner beherrschenden Leidenschaft, dem Genuß am Mißverhältnis. Es steht mir nicht zu, ihn zu kritisieren, denn der eigentliche Grund dafür, daß ich viel länger in der Kolonie geblieben bin als nötig, war, daß solche Orte zu dieser Art Vergnügen Gelegenheit bieten. Paul wollte uns alle dazu verführen, uns genauso zu amüsieren, wie er es getan hatte, als er entdeckt hatte, daß Mr. und Mrs. Boothby, John und Mary Bull persönlich, das Mashopi-Hotel führten.

Aber Maryrose sagte ruhig: »Das muß dir ja komisch vorkommen, weil du an gute Familien in England gewöhnt bist, und ich kann mir vorstellen, daß so eine Familie etwas anderes ist als eine gute Familie in Kapland. Aber für mich läuft es doch auf dasselbe hinaus, oder?«

Paul behielt unverändert seinen komischen Gesichtsausdruck bei, der sein aufkommendes Unbehagen verbarg. Wie um zu beweisen, daß ihr Angriff gegen ihn ungerecht sei, bewegte er sich, in der Bemühung, seine Fähigkeit zur Zärtlichkeit zu zeigen, instinktiv, so daß Jimmys Kopf in eine bequemere Stellung an seiner Schulter rutschte.

»Wenn ich mit dir schlafen würde, Paul«, stellte Maryrose fest, »dann würde ich dich vermutlich liebgewinnen. Aber du bist ganz genauso wie er – wie mein Freund in Kapland. Du würdest mich nie heiraten, ich wäre nicht gut genug. Du hast kein Herz.«

Willi lachte schroff. Ted sagte: »Das schafft dich, Paul.« Paul sagte nichts. Als er einen Augenblick zuvor gegen Jimmy gestoßen war, war der Körper des jungen Mannes weggerutscht, so daß Paul jetzt aufrecht sitzen und seinen Kopf und seine Schultern auf den Knien stützten mußte. Paul wiegte Jimmy wie ein Baby; und den Rest des Abends beobachtete er Maryrose mit einem ruhigen, reuevollen Lächeln. Er sprach nur noch freundschaftlich mit ihr und versuchte, sie aus ihrer Verachtung für ihn herauszulocken. Aber vergebens.

Gegen Mitternacht verschluckten die blendenden Scheinwerfer eines Lastwagens das Mondlicht, schwenkten über die Hauptstraße und kamen in einem leeren Sandfleck neben den Bahngleisen zum Stillstand. Es war ein großer, mit Werkzeug beladener Laster; ein kleiner Wohnwagen war an ihn angehängt. Dieser Wohnwagen war George Hounslows Zuhause, wenn er die Arbeit an der Straße überwachte. George sprang vom Führersitz herunter und kam zu uns. Er wurde mit einem vollen Glas Wein begrüßt, das Ted ihm entgegenstreckte, leerte es im Stehen und sagte zwischen großen Schlucken: »Besoffene Säufer, Trottel, verblödete Saukerle, hocken hier und saufen.« Kühl und scharf roch der Wein, als Ted aus einer neuen Flasche das Glas wieder füllte. Er schwappte über und zischte auf den Staub. Der Staub roch schwer und süß, als hätte es geregnet.

George kam zu mir, um mich zu küssen. »Wie schön du bist, Anna, wie schön – aber ich kann dich nicht haben wegen diesem verdammten Willi.« Dann verdrängte er Ted, um Maryrose auf ihre abgewandte Wange zu küssen, und sagte: »So viele schöne Frauen gibt es auf der Welt, und wir haben nur zwei, da könnt' ich gleich weinen.« Die Männer lachten, und Maryrose lächelte zu mir herüber. Ich lächelte zurück. Ihr Lächeln war plötzlich schmerzlich, und da merkte ich, daß meines es auch war. Dann sah sie verlegen aus, weil sie sich verraten hatte, und wir blickten beide rasch weg, weg von dem Augenblick der Ungeschütztheit. Ich glaube, daß weder sie noch ich den Wunsch hatten, den Schmerz, den wir fühlten, zu analysieren. Jetzt beugte George sich vor, in der Hand ein volles Glas Weißwein, und sagte: »Schweinehunde und Genossen, hört auf, euch rumzulümmeln, jetzt ist der Moment gekommen, wo ihr mir erzählen müßt, was es Neues gibt.«

Wir rührten uns, wurden belebt, vergaßen unsere Schläfrigkeit. Wir hörten zu, während Willi George über die politische Lage in der Stadt informierte. George war ein äußerst ernsthafter Mann. Und er hatte eine große Hochachtung vor Willi – wegen Willis Verstand. Er war von seiner eigenen Dummheit überzeugt. Er war von seiner allgemeinen Unzulänglichkeit und Häßlichkeit überzeugt, war es wohl immer gewesen.

In Wirklichkeit sah er ziemlich gut aus, jedenfalls gefiel er den Frauen, selbst wenn sie sich dessen nicht bewußt waren. Mrs. Lattimer zum Beispiel, der hübsche Rotschopf, rief häufig aus, wie abstoßend sie ihn fände, konnte aber niemals die Augen von ihm wenden. Er war ziemlich groß, sah aber kleiner aus wegen seiner breiten Schultern, die er vornübergebeugt hielt. Sein Körper verjüngte sich rasch von den breiten Schultern hüftabwärts. Er hatte die Haltung eines Bullen, seine ganzen Bewegungen waren sperrig und abrupt vor lauter unterdrückter, zum Ausdruck drängender Kraft, die er widerwillig zügelte. Das lag an seinem schwierigen Familienleben. Zu Hause hatte er viele Jahre lang geduldig, aufopfernd und diszipliniert sein müssen. Von Natur aus, würde ich sagen, war er nichts von alledem. Vielleicht war das der Grund für sein Bedürfnis, sich herunterzumachen, für seinen Mangel an Selbstvertrauen. Er war ein Mann, der sehr viel mehr Bedeutung hätte erlangen können, hätte sein Leben ihm dazu Raum gegeben. Ich glaube, er wußte das; und weil er sich insgeheim schuldig fühlte, daß seine Familienverhältnisse ihn frustrierten, war seine Selbstverleumdung vielleicht eine Art Selbstbestrafung? Ich weiß es nicht . . . mag sein, daß er sich auf diese Weise für seine beständige Untreue seiner Frau gegenüber bestrafte. Man muß sehr viel älter sein, als ich es damals war, um Georges Beziehung zu seiner Frau zu verstehen. Er hatte ein ungestümes, ergebenes Mitgefühl mit ihr, das Mitgefühl eines Opfers für ein anderes.

Er war einer der liebenswertesten Leute, die ich je kennengelernt habe. Jedenfalls einer der komischsten. Spontan und unwiderstehlich komisch. Ich habe erlebt, wie er einen Raum voller Leute zwischen Barschluß und Sonnenaufgang pausenlos zum Lachen brachte. Wir lagen auf den Betten und auf dem Fußboden herum und lachten, bis wir nicht mehr konnten. Erinnerte man sich am nächsten Tag an die Witze, so waren sie nicht einmal besonders komisch. Trotzdem lachten wir uns krank – das mag an seinem Gesicht gelegen haben, das hübsch war, aber konventionell hübsch, nahezu langweilig in seiner Regelmäßigkeit, so daß man erwartete, er würde auch konventionell reden; in der Hauptsache aber lag es wohl an seiner überlangen, schmalen Oberlippe, die seinem Gesicht einen hölzernen und fast dummen, starrsinnigen Ausdruck verlieh. Und heraus kam dann der traurige, selbstbezichtigende, unwiderstehliche Redestrom. Er beobachtete, wie wir uns kugelten vor Lachen, lachte jedoch selber nie mit seinen Opfern, sondern schaute mit echtem Staunen zu, als sagte er sich: Wenn ich all diese klugen Leute dermaßen zum Lachen bringe, bin ich wohl doch nicht so hoffnungslos, wie ich dachte.

Er war um die Vierzig. Das heißt, zwölf Jahre älter als Willi, der der älteste von uns war. Wir hätten nie daran gedacht, aber er konnte es nicht vergessen. Er war ein Mann, der gebannt die Jahre vorübergleiten sah, als wären es Juwelen, die einzeln durch seine Finger ins Meer schlüpften. Das lag an seinem Hang zu Frauen. Seine andere Leidenschaft war die Politik. Eine seiner Bürden, und nicht die geringste, war, daß er von Eltern aufgezogen worden war, die geradewegs mitten aus der alten sozialistischen Tradition in England – einem Neunzehnte-Jahrhundert-Sozialismus – gekommen waren; rationalistisch, praktisch und vor allem religiös antireligiös. Mit so einer Erziehung mußte ihm das Leben mit den Leuten in der Kolonie natürlich doppelt schwerfallen. Er war ein isolierter, einsamer Mann, der in einer winzigen, rückständigen, isolierten Stadt lebte. Wir, die wir so viel jünger waren als er, waren seine ersten wirklichen Freunde seit Jahren. Wir alle liebten ihn. Aber ich glaube nicht einen Moment lang, daß er es wußte oder sich gestattet haben würde, es zu wissen. Seine Demut war zu stark. Besonders seine Demut Willi gegenüber. Ich erinnere mich, wie ich, erbittert über die Art, wie er dasaß und von Kopf bis Fuß Hochachtung vor Willi ausdrückte, während Willi diese oder jene Vorschrift machte, einmal sagte: »Mein Gott, George, du bist so ein netter Mann, ich kann nicht ertragen, zu sehen, wie du einem Mann wie Willi die Stiefel leckst.«

»Wenn ich Willis Verstand hätte«, antwortete er, und es war typisch für ihn, daß er nicht fragte, wie ich dazu kam, eine solche Bemerkung über einen Mann zu machen, mit dem ich schließlich zusammenlebte – »wenn ich seinen Verstand hätte, dann wäre ich der glücklichste Mann der Welt.« Und dann wurde seine Oberlippe schmal und er höhnte: »Was meinst du mit *nett*? Ich bin ein Schweinehund, das weißt du. Ich erzähle dir die Geschichten, die ich mache, und dann sagst du, ich bin nett.« Er spielte auf das an, was er Willi und mir, aber niemandem sonst, über seine Beziehungen zu Frauen erzählt hatte.

Ich habe seitdem oft darüber nachgedacht. Ich meine, über das Wort ›nett‹. Vielleicht meine ich ›gut‹. Natürlich bedeuten diese Wörter nichts, wenn man anfängt, darüber nachzudenken. Ein guter Mann, sagt man; eine gute Frau; ein netter Mann, eine nette Frau. Natürlich nur im Gespräch, das sind keine Wörter, die man in einem Roman benutzen würde. Ich würde mich hüten, sie zu benutzen.

Trotzdem, wenn ich diese Gruppe beschreibe, will ich simpel, ohne weitere Analyse, sagen können, daß George ein guter Mensch war und Willi nicht. Daß Maryrose und Jimmy und Ted und Johnnie, der Pianist, gute Menschen waren und Paul und Stanley Lett nicht. Außerdem möchte ich wetten, daß zehn x-beliebige Leute von der Straße auf der Stelle dieser Klassifizierung zugestimmt hätten, hätte man sie mit ihnen bekanntgemacht oder sie eingeladen, diese Nacht unter den Eukalyptusbäumen in ihrer Gesellschaft zu verbringen. Diese Leute hätten gewußt, was ich meine, wenn ich das Wort *gut*, einfach so wie jetzt, benutzt hätte.

Während ich darüber nachdenke, und ich habe viel darüber nachgedacht, entdecke ich, daß ich unversehens auf ein anderes Problem gestoßen bin, das mich nicht losläßt. Ich meine natürlich die Frage der ›Persönlichkeit‹. Dabei ist es uns weiß Gott nie vergönnt zu vergessen, daß es keine ›Persönlichkeit‹ mehr gibt. Das ist das Thema der Hälfte aller Romane, das Thema der Soziologen und all der anderen -ologen. Man hat uns so oft gesagt, daß die menschliche Persönlichkeit unter dem Druck unseres ganzen Wissens in Nichts zerfallen ist, daß ich es sogar geglaubt habe. Aber wenn ich zurückblicke zu der Gruppe unter den Bäumen und sie in meiner Erinnerung wiedererschaffe, dann weiß ich plötzlich, daß das Unsinn ist. Angenommen, ich würde jetzt, nach so vielen Jahren, Maryrose wieder begegnen, so würde sie eine Geste machen oder ihren Blick in einer bestimmten Weise wenden, und schon wäre sie da, Maryrose unzerstörbar. Oder angenommen, sie würde ›zusammenbrechen‹ oder verrückt werden. Dann würde sie in ihre Bestandteile zusammenbrechen, und Geste, Bewegung der Augen würden bleiben, selbst wenn das, was sie irgendwie miteinander verbunden hat, verschwunden wäre. Daher wird für mich dieses Gerede, dieses ganze anti-humanistische Bangemachen über die Verdunstung der Persönlichkeit an dem Punkt bedeutungslos, an dem ich genug emotionale Energie in mir selbst produziere, um in meiner Erinnerung irgendein menschliches Wesen, das ich gekannt habe, zu erschaffen. Ich setze mich hin und erinnere mich an den Geruch des Staubes und an das Mondlicht und sehe Ted George ein Glas Wein reichen und George überdankbar auf die Geste reagieren. Oder ich sehe, wie in einem Zeitlupenfilm, Maryrose den Kopf wenden, mit ihrem erschreckend geduldigen Lächeln ... Ich habe das Wort ›Film‹ geschrieben. Ja. Die Augenblicke, an die ich mich erinnere, alle haben sie die absolute Gewißheit eines Lächelns, eines Blicks, einer Geste in einem Gemälde oder einem Film. Sage ich damit also, daß die Gewißheit, an die ich mich klammere, zu den visuellen Künsten gehört und nicht zum Roman, überhaupt nicht zum Roman, in dem nur noch Auflösung und Zusammenbruch zur Sprache kommen? Was treibt einen Romanschriftsteller dazu, sich an die Erinnerung, an ein Lächeln oder an einen Blick zu klammern, wo er doch genau weiß, wie komplex die Vorgänge sind, die sich dahinter verbergen? Wenn ich das nicht täte, wäre ich nicht fähig, auch nur ein Wort zu Papier zu bringen; genauso wie ich mich vor dem Verrücktwerden in dieser kalten nördlichen Stadt immer dadurch bewahrt habe, daß ich künstlich die Erinnerung an das heiße Sonnenlicht auf meiner Haut in mir hervorgerufen habe.

Und so werde ich noch einmal schreiben, daß George ein guter Mann war. Und daß ich es nicht ertragen konnte mitanzusehen, wie er sich in einen linkischen Schuljungen verwandelte, wenn er Willi zuhörte ... an jenem Abend hörte er sich die Fakten über die Problematik der Linksgruppen in der Stadt demütig und mit einem Nicken an. Das sollte heißen, er würde für sich im stillen nochmal ausführlich darüber nachdenken – weil er natürlich zu dumm war, sich über irgend etwas ohne stundenlanges Nachdenken klarzuwerden, mochten wir anderen auch so schlau sein, daß wir das nicht nötig hatten.

Wir waren alle der Ansicht, daß Willi bei seiner Analyse anmaßend gewesen war; er hatte geredet, als säße er im Komitee, hatte nichts vermittelt von unserer neuen Besorgnis, von dem neuen Ton des Zweifels und des Spotts.

Und Paul entschloß sich nun, gegen Willi, George auf seine Weise die Wahrheit zu sagen. Er fing einen Dialog mit Ted an. Ich erinnere mich, wie ich Ted beobachtete und mich fragte, ob er auf die lockere, launenhafte Herausforderung eingehen würde. Ted zögerte, sah verlegen aus, machte aber mit. Das was er sagte, war aber so übertrieben und wild, weil es gegen seine Natur und seine tiefsten Überzeugungen war, daß er uns damit noch mehr auf die Nerven ging als Paul mit seiner Rede.

Paul hatte damit angefangen, eine Komiteeversammlung mit »zweieinhalb Mann« zu beschreiben, die die Geschicke des afrikanischen Kontinents lenkten, »natürlich ohne jede Verbindung zu den Afrikanern selbst«. (Das war einwandfrei Verrat – vor Außenseitern wie Stanley Lett und Johnnie, dem Pianisten, zuzugeben, daß wir irgendwelche Zweifel an unseren Überzeugungen hegten. George blickte das Paar skeptisch an, daß sie sich uns angeschlossen haben mußten, weil wir sonst niemals so unverantwortlich sein würden, und lächelte erfreut, weil wir zwei neue Mitglieder hatten.) Und nun beschrieb Paul, wie die zweieinhalb Männer, die sich in Mashopi befinden, sich daranmachen, »Mashopi zu einer korrekten Aktionslinie zu führen«.

»Ich würde sagen, daß das Hotel ein geeigneter Ort wäre, um anzufangen, nicht Ted?«

»Gleich neben der Bar, Paul, mit allem modernen Komfort.« (Ted war kein großer Trinker, und George sah ihn mißbilligend, verwirrt an, als er redete.)

»Das Problem ist, daß es nicht gerade ein Zentrum des entstehenden Industrieproletariats ist. Aber dasselbe könnte man natürlich auch vom ganzen Land behaupten. Vielleicht sollten wir uns endlich dazu entschließen?«

»Sehr wahr, Paul. Aber auf der anderen Seite gibt es in dem Gebiet massenhaft rückständige, halbverhungerte Landarbeiter.«

»Die nur eine leitende Hand vom besagten Proletariat brauchen – wenn es das bloß gäbe.«

»Ich hab's. Ich kenne fünf verdammt arme Schwarze, die hier an der Bahnlinie arbeiten, ganz in Lumpen und Elend. Wenn das kein Proletariat ist –«

»Demnach ist alles, was wir zu tun haben, sie zu einem richtigen Verständnis ihrer Klassenlage zu bringen, und schon haben wir das ganze Gebiet in einem revolutionären Aufruhr. Bevor wir noch ›Linkskommunismus‹, ›kindischer Tumult‹ und so weiter sagen können.«

George sah Willi an und wartete auf Protest.

An dem Morgen hatte Willi aber zu mir gesagt, daß er seine ganze Zeit dem Studium widmen werde und keine Zeit mehr habe für »all diese Playboys und Mädchen, die nach Ehemännern Ausschau halten«. So leicht ließ er die Leute fallen, die er ernst genug genommen hatte, um jahrelang mit ihnen zu arbeiten.

George fühlte sich jetzt äußerst unbehaglich; er hatte gespürt, daß unserer Überzeugung inzwischen das Mark fehlte, und das bedeutete, daß seine Einsamkeit um so größer wurde. Nun sprach er über Paul und Ted hinweg mit Johnnie, dem Pianisten.

»Die reden einen ziemlichen Stuß, nicht wahr, Kamerad?«

Johnnie nickte bejahend – nicht zu den Worten, ich glaube, er hörte selten auf Worte, er spürte nur, ob Leute freundlich zu ihm waren oder nicht.

»Wie heißt du? Ich glaube, wir sind uns noch nicht über den Weg gelaufen, oder?«

»Johnnie.«

»Du bist aus den Midlands?«

»Manchester.«

»Ihr beide seid Mitglieder?«

Johnnie schüttelte den Kopf; Georges Unterkiefer sackte langsam herunter, dann strich er sich mit der Hand rasch über die Augen und saß zusammengesunken schweigend da. Währenddessen blieben Johnnie und Stanley dicht beisammen und beobachteten alles. Sie tranken Bier. Da sprang George in einem plötzlichen, verzweifelten Versuch, die Barrieren zu durchbrechen, auf, hob eine Weinflasche und sagte zu Stanley: »Nicht viel übrig, aber nehmt euch.«

»Mach mir nichts draus«, sagte Stanley. »Für uns Bier.« Und er klopfte auf seine Taschen und vorn auf seine Uniform, wo nach allen Richtungen Bierflaschen herausragten. Stanleys großes Genie bestand darin, unerschöpfliche Biervorräte für Johnnie und sich zu ›organisieren‹. Selbst wenn die Kolonie ausgetrocknet war, was von Zeit zu Zeit der Fall war, tauchte Stanley jedesmal mit Kisten von dem Zeug auf, die er in geheimen Vorratslagern in der ganzen Stadt verstaut hatte und die er mit Gewinn verkaufte, solange die Dürreperiode anhielt.

»Du hast recht«, sagte George. »Aber wir armen Kolonialisten haben unsere Mägen auf das Kapspülwasser eingerichtet, seit wir entwöhnt sind.« George liebte Wein. Aber nicht einmal dieses Maß an Zugeständnis konnte das Paar erweichen. »Findet ihr nicht, den beiden müßte der Hintern versohlt werden?« fragte George und zeigte auf Ted und Paul (Paul lächelte; Ted sah beschämt aus).

»Mach mir selber aus dem ganzen Zeug nichts«, sagte Stanley. Zuerst dachte George, er beziehe sich noch auf den Wein; als er erkannte, daß die Politik gemeint war, warf er Willi einen fragenden Blick zu, um sich zu orientieren. Aber Willi hatte seinen Kopf in die Schultern versenkt und summte vor sich hin. Ich wußte, daß er Heimweh hatte. Willi hatte kein musikalisches Gehör, konnte nicht singen, aber wenn er sich an Berlin erinnerte, dann summte er unmelodisch wieder und wieder eine Melodie aus Brechts *Dreigroschenoper* vor sich hin:

Und der *Haifisch*,
Der hat *Zähne*,
Und die *trägt* er
im Gesicht . . .

Jahre später wurde dieses Lied ein Schlager. Aber zuerst hatte ich es in Mashopi gehört, von Willi. Ich erinnere mich noch an die jähe Empfindung des ›An-einem-anderen-Ort-Seins‹, die über mich kam, als ich in London den Schlager nach der Melodie von Willis traurigem, nostalgischen Summen hörte. Wie er uns erzählte, war das »ein Lied, das wir als Kinder oft gesungen haben, von einem Mann namens Brecht, ich wüßte gern, was aus ihm geworden ist, er war mal sehr gut«!

»Was ist los, Kameraden?« fragte George nach einem langen, unbehaglichen Schweigen.

»Ich würde sagen, daß eine gewisse Demoralisierung eingesetzt hat«, sagte Paul vorsichtig.

»Oh, *nein*«, sagte Ted, hielt sich dann aber zurück und saß stirnrunzelnd da. Dann sprang er auf und sagte: »Ich gehe zu Bett.«

»Wir gehen alle zu Bett«, sagte Paul. »Also warte eine Minute.«

»Ich will in mein Bett. Ich bin richtig müde«, sagte Johnnie. Das war die längste Aussage, die wir bisher von ihm zu hören gekriegt hatten. Er stand unsicher auf, stützte sich mit einer Hand auf Stanleys Schulter. Es zeigte sich, daß er nachgedacht hatte und nun die Notwendigkeit für irgendeine Art Statement gekommen sah. »Es ist so«, sagte er zu George. »Ich bin mit ins Hotel gekommen, weil ich einer von Stanleys Kumpeln bin. Er sagte, da gibt's ein Klavier und Samstag abend ein bißchen Tanz. Aber ich interessier' mich nicht für Politik. Du bist George Hounslow. Ich hab' von dir gehört. Freut mich, dich kennenzulernen.« Er streckte seine Hand aus, und George schüttelte sie herzlich.

Stanley und Johnnie wanderten ins Mondlicht hinaus, zum Schlafzimmertrakt, und Ted stand auf und sagte: »Ich gehe auch, und ich werde nie wieder hierher zurückkommen.«

»Ach, sei nicht so dramatisch«, sagte Paul kalt. Die plötzliche Kälte überraschte Ted, er starrte uns der Reihe nach unsicher, gekränkt und verlegen an. Aber er setzte sich wieder.

»Was zum Teufel haben die beiden Burschen bei uns zu suchen?« fragte George rauh. Es war die Rauheit des Unglücklichseins. »Nette Burschen, bestimmt, aber warum reden wir vor ihnen über unsere Probleme?«

Willi reagierte immer noch nicht. Das dünne, kummervolle Summen ging weiter, dicht über meinem Ohr: »Und der *Haifisch*, der hat *Zähne* . . .«

Paul sagte bedächtig und nonchalant zu Ted: »Ich glaube, wir haben die Klassenlage in Mashopi nicht richtig beurteilt. Wir haben die eigentliche Schlüsselfigur übersehen. Sie ist hier, direkt vor unserer Nase, die ganze Zeit schon – Mrs. Boothbys Koch.«

»Was zum Teufel soll das heißen? Der Koch?« fragte George – unverhältnismäßig grob. Er stand auf, aggressiv und verletzt, und ließ den Wein so lange in seinem Glas kreisen, bis er in den Staub platschte. Wir glaubten alle, der Grund für seine Angriffslust läge allein in der Überraschung über unsere Stimmung. Wir hatten ihn ein paar Wochen lang nicht gesehen. Ich glaube, wir konnten alle die Tiefe des Wandels in uns ermessen, weil wir uns zum erstenmal, sozusagen in unseren eigenen Augen, als die gespiegelt sahen, die wir noch vor kurzer Zeit gewesen waren. Und weil wir uns schuldig fühlten, ärgerten wir uns über George – ärgerten uns genug über ihn, um ihn verletzen zu wollen. Ich erinnere mich sehr deutlich, wie ich Georges ehrliches zorniges Gesicht anschaute und zu mir selber sagte: Guter Gott! Ich glaube, er ist häßlich – ich glaube, er ist lächerlich, das habe ich früher nie gemerkt. Und dann begriff ich, weshalb ich diese Empfindung hatte. Aber den wahren Grund für Georges Reaktion auf Pauls Erwähnung des Kochs verstanden wir natürlich erst später.

»Wer sonst als der Koch«, sagte Paul gemächlich, angespornt von dem neuen Wunsch, George zu provozieren und zu verletzen. »Er kann lesen. Er kann schreiben. Er hat eigene Anschauungen – Mrs. Boothby beklagt sich darüber. Ergo – er ist ein Intellektueller. Natürlich wird man ihn später erschießen müssen, wenn eigene Anschauungen ein Hindernis werden, aber dann wird er seinen Zweck erfüllt haben. Außerdem werden wir mit ihm erschossen.«

Ich erinnere mich, wie George lange und verwirrt zu Willi blickte. Wie er

Ted prüfte, der seinen Kopf zurückgelegt und das Kinn zu den Zweigen erhoben hatte, als inspiziere er die Sterne, die durch die Blätter funkelten. Wie er zuletzt besorgt auf Jimmy starrte, der immer noch ein dumpfer Leichnam in Pauls Armen war.

Ted sagte rasch: »Ich hab' genug. Wir werden dich zu deinem Wohnwagen begleiten, George, und dich verlassen.« Es war eine Geste der Versöhnung und Freundschaft, aber George sagte scharf: »Nein.« Weil er so reagierte, stand Paul sofort auf, drängte Jimmy weg, der auf der Bank zusammenklappte, und sagte mit kühler Beharrlichkeit: »Natürlich bringen wir dich zu Bett.«

»Nein«, sagte George wieder. Es klang erschrocken. Dann, als er hörte, wie das klang, änderte er den Ton. »Ihr albernen Kerle. Ihr besoffenen Säufer, ihr werdet alle über die Schienen fallen.«

»Ich sagte«, bemerkte Paul beiläufig, »daß wir mitkommen und dich ins Bett stecken.« Er schwankte, als er stand, fing sich aber wieder. Paul konnte, genau wie Willi, stark trinken, ohne daß man ihm viel ansah. Aber jetzt war er betrunken.

»Nein«, sagte George. »Ich sagte nein. Hast du mich nicht gehört?«

Da kam Jimmy zu sich, taumelte von der Bank hoch und hakte sich bei Paul ein, um gerade zu stehen. Die beiden jungen Männer schwankten einen Augenblick und stürmten dann in Richtung Bahnschienen und Georges Wohnwagen los.

»Kommt zurück«, brüllte George. »Idioten. Betrunkene Esel. Trottel.« Sie waren jetzt schon ziemlich weit weg und balancierten auf unsicheren Beinen. Die Schatten ihrer langgezogenen Beine durchschnitten scharf und schwarz den glitzernden Sand, fast bis dahin, wo George stand. Sie sahen aus wie kleine Marionetten, die mit ruckartigen Bewegungen lange, schwarze Leitern hinunterkletterten. George glotzte, runzelte die Stirn, fluchte dann kräftig und lief hinter ihnen her. Inzwischen schnitten wir anderen tolerante Grimassen, von der Art: Was ist los mit George? George holte die beiden ein, packte sie bei den Schultern und wirbelte sie zu sich herum. Jimmy fiel hin. Er rutschte aus auf den losen Schottersteinen, die entlang den Bahngleisen aufgeschüttet waren. Paul blieb aufrecht stehen, steif vor Anstrengung, die Balance zu halten. George lag unten im Dreck bei Jimmy und versuchte, ihn wieder hochzukriegen, versuchte, den schweren Körper in seinem dicken, filzartigen Uniformfutteral hochzuhieven. »Du blöder Hund«, sagte er mit rauher Sanftheit zu dem betrunkenen Jungen. »Ich hab' dir doch gesagt, du sollst zurückkommen. Oder nicht?« Während er versuchte, ihn mit dem sanftesten Mitgefühl hochzuheben, schüttelte er ihn fast vor Erbitterung, obwohl er sich sehr zusammennahm. Aber bis dahin waren wir anderen längst hingerannt und standen auf den Gleisen. Jimmy lag mit geschlossenen Augen auf dem Rücken. Er hatte sich die Stirn am Kies aufgeschnitten, und das Blut strömte schwarz über sein weißes Gesicht. Es sah aus, als schliefe er. Sein strähniges Haar hatte es diesmal zu einer gewissen Grazie gebracht, es lag in einer vollen, federnden Welle über seiner Stirn. Die einzelnen Haare glänzten.

»Verfluchte Scheiße«, sagte George voller Verzweiflung.

»Warum machst du bloß so einen Wirbel?« sagte Ted. »Wir wollten dich doch nur zu deinem Wohnwagen bringen.«

Willi räusperte sich. Ein kratzender, ziemlich uneleganter Laut. Er räusperte sich häufig. Nicht aus Nervosität, sondern weil er damit eine taktvolle Warnung oder eine Feststellung wie: Ich weiß etwas, was ihr nicht wißt, ausdrücken wollte. Diesmal hatte das Räuspern die zweite Bedeutung. Der Grund, weshalb George niemanden bei seinem Wohnwagen haben wollte, war also, daß eine Frau drin war. Da Willi niemals ein vertrauliches Geständnis verraten hätte, nicht einmal indirekt, wenn er nüchtern war, bedeutete das, daß er betrunken war. Um seine Indiskretion zu verbergen, flüsterte ich Maryrose zu: »Wir vergessen dauernd, daß George älter ist als wir, wir müssen ihm wie ein Haufen Kinder vorkommen.« Ich sprach laut genug, damit die anderen es hören konnten. Und George hörte es und lächelte mir schief über die Schulter zu. Aber wir brachten Jimmy immer noch nicht zum Aufstehen. Da standen wir alle und guckten auf ihn runter. Es war lange nach Mitternacht, die Hitze war aus dem Boden gewichen, und der Mond stand niedrig über den Bergen hinter uns. Ich erinnere mich, daß ich mich fragte, wie Jimmy, der uns stets reizlos und kläglich vorgekommen war, als er bei Sinnen war, es diesmal, als er betrunken auf dem schmutzigen Kies lag, geschafft hatte, gleichzeitig würdig und rührend auszusehen, mit seiner schwarzen Wunde auf der Stirn. Und ich fragte mich, wer die Frau sein konnte – welche der zähen Farmersfrauen, heiratsfähigen Töchter oder Hotelgäste, mit denen wir an dem Abend in der Bar getrunken hatten, wohl zu Georges Wohnwagen hinuntergeschlichen war und versucht hatte, sich in dem wasserhellen Mondlicht unsichtbar zu machen. Ich erinnere mich, daß ich sie beneidete. Ich erinnere mich, daß ich George gerade in dem Augenblick mit einer schneidenden, schmerzhaften Liebe liebte und mich über meine eigene Blödheit ärgerte. Denn ich hatte ihn oft genug abgewiesen. In dieser Phase meines Lebens ließ ich, aus Gründen, die ich erst später verstand, keine Männer an mich heran, die mich wirklich wollten.

Schließlich gelang es uns, Jimmy auf die Beine zu bringen. Dazu waren wir alle vonnöten, mit Ziehen und Zerren. Und wir schleppten und schoben ihn zwischen den Gummibäumen entlang, und dann den langen Weg zwischen den Blumenbeeten zum Hotelzimmer hinauf. Dort fiel er sofort in Schlaf und schlief weiter, während wir seinen Schnitt behandelten. Der war tief und voller Kies. Es dauerte lange, bis die Blutung zum Stillstand kam. Paul sagte, er würde aufbleiben und neben Jimmy wachen, »obwohl ich mich hasse in der blöden Florence-Nightingale-Rolle«. Kaum hatte er sich aber hingesetzt, als er auch schon einschlief, und am Ende war es Maryrose, die aufblieb und bis zum Morgen bei beiden Wache hielt. Ted ging auf sein Zimmer mit einem kurzen, beinahe ärgerlichen Gute Nacht. (Am nächsten Morgen hatte sich seine Stimmung total gewandelt, er war jetzt zynisch und selbstironisch. Monatelang schwankte er heftig zwischen schuldbewußtem Ernst und zunehmend bitterem Zynismus. Später einmal sagte er, daß er sich über diese Zeit in seinem Leben am meisten schäme.) Willi, George und ich standen auf den Stufen im matter werdenden Mondlicht. »Danke«, sagte George, schaute erst mir hart und nah ins Gesicht, dann Willi, zögerte dann und sagte nicht, was er gerade hatte sagen wollen. Statt dessen machte er den barschen Scherz: »Irgendwann kriegt ihr's zurück.« Und stolzierte davon, zum Lastwagen an den Bahngleisen, und Willi murmelte: »Er sieht aus wie ein Mann, der heimlich zu seinem Liebchen geht.« Er war wieder in seiner weltmännischen Rolle, sprach maniert, mit einem wissenden Lächeln. Aber ich beneidete die unbekannte Frau zu sehr, um zu reagieren, und wir gingen schweigend schlafen. Wahrscheinlich hätten wir bis Mittag geschlafen, wenn wir nicht von den drei Luftwaffenmännern geweckt worden wären, die unsere Tabletts brachten. Jimmy hatte einen Verband um den Kopf und sah krank aus. Ted war entfesselt und unwahrscheinlich lustig, und Paul verkündete strahlend: »Wir haben schon angefangen, den Koch zu unterminieren, er hat uns erlaubt, dein Frühstück zu machen, Anna, Liebling, und als notwendiges Übel auch noch Willis Frühstück.« Er ließ das Tablett mit wichtigtuerischer Miene vor mich hingleiten. »Der Koch arbeitet gerade an den herrlichen Sachen für heute abend. Schmeckt euch das, was wir euch gebracht haben?«

Sie hatten genug zu essen für uns alle gebracht, und wir schwelgten in Papaya und Avocados und Eiern mit Schinken und heißem frischen Brot und Kaffee. Die Fenster standen offen, das Sonnenlicht draußen war heiß, und der Wind, der ins Zimmer kam, war warm und roch nach Blumen. Paul und Ted saßen auf meinem Bett, und wir flirteten; Jimmy saß auf Willis Bett und war demütig, weil er die Nacht zuvor betrunken gewesen war. Aber es war schon spät, die Bar war auf, und wir zogen uns bald an und gingen zusammen durch die Blumenbeete, die das Sonnenlicht mit dem trockenen, würzigduftenden Geruch verwelkender und überhitzter Blumenblätter erfüllten, hinunter. Die Hotelveranden waren voller Leute, die tranken, die Bar war voll, und das Fest hatte angefangen, wie Paul, seinen Bierkrug schwenkend, verkündete.

Aber Willi hatte sich zurückgezogen. Vor allem billigte er solche Bohèmegewohnheiten wie kollektive Schlafzimmerfrühstücke nicht. »Wenn wir verheiratet wären«, beschwerte er sich, »wäre das vielleicht etwas anderes.« Ich lachte ihn aus, und er sagte: »Ja. Lach nur. Die alten Sitten hatten schon ihren

Sinn. Sie hielten die Leute aus Schwierigkeiten heraus.« Er war verärgert, weil ich lachte, und sagte, eine Frau in meiner Lage hätte ein besonders würdiges Benehmen nötig. »Was für eine Lage?« – Ich war plötzlich ungeheuer wütend, weil ich mich eingesperrt fühlte, ein Gefühl, das Frauen in solchen Augenblicken bekommen. »Ja, Anna, für Männer ist die Lage ganz anders als für Frauen. So war es schon immer, und so wird es wahrscheinlich immer bleiben.« »War es schon immer?« – fragte ich und forderte ihn auf, sich an seine eigene Geschichte zu erinnern. – »Solange es eine Rolle spielt.« »Für dich eine Rolle spielt – nicht für mich.« Diesen Streit hatten wir schon früher gehabt; wir kannten beide die Phrasen in- und auswendig, die wir voraussichtlich benutzen würden – von der Schwäche der Frauen, dem Besitzsinn der Männer, den Frauen in der Antike, etc., etc., etc., *ad nauseam.* Wir wußten, daß unsere Charaktere so grundverschieden waren, daß mit Worten bei uns beiden nichts zu ändern war – die Wahrheit ist, daß wir uns die ganze Zeit über gegenseitig in unseren tiefsten Gefühlen und Instinkten verletzten. Also nickte mir der zukünftige Berufsrevolutionär steif zu und ließ sich auf der Hotelveranda mit seinen russischen Grammatiken nieder. Aber lange sollte es ihm nicht vergönnt sein, in Ruhe zu lernen, denn schon stolzierte George zwischen den Gummibäumen einher, todernst dreinblickend.

Paul kam mir mit den Worten: »Anna, komm und schau dir die herrlichen Sachen in der Küche an«, entgegen. Er legte seinen Arm um mich, ich wußte, daß Willi es, wie beabsichtigt, gesehen hatte, und wir gingen die Gänge mit den Steinböden entlang zur Küche. Sie war groß und niedrig und lag auf der Rückseite des Hotels. Die Tische waren mit Essen beladen und mit Netzen gegen die Fliegen verhängt. Mrs. Boothby war dort mit dem Koch und fragte sich offenkundig, wie sie überhaupt dazu gekommen war, uns als Gäste so zu bevorzugen, daß wir nach Belieben in der Küche ein- und ausgehen konnten. Paul begrüßte sofort den Koch und erkundigte sich nach seiner Familie. Mrs. Boothby mochte das natürlich nicht; das war auch der Grund, weshalb Paul es überhaupt machte. Beide, der Koch und seine weiße Arbeitgeberin, reagierten in derselben Weise auf Paul – wachsam, verwirrt, leicht mißtrauisch. Denn der Koch war verunsichert. Daß fünf Jahre lang Hunderte und Tausende von Luftwaffenmännern in der Kolonie lebten, hatte nicht zuletzt dazu geführt, daß eine Reihe von Afrikanern begriffen hatte, daß es, unter anderem, möglich war – daß ein Weißer einen Schwarzen als menschliches Wesen behandeln konnte. Mrs. Boothbys Koch kannte den familiären Ton der feudalen Beziehungen; er kannte die nackte Brutalität der neueren unpersönlichen Beziehungen. Jetzt aber sprach er mit Paul über seine Kinder von gleich zu gleich. Er zögerte leicht vor jeder Bemerkung, zögerte, weil er ungeübt war, aber seine natürliche Würde, die meist ignoriert wurde, machte es ihm nach kurzer Zeit möglich, sich wie jemand zu verhalten, der mit einem

Gleichgestellten spricht. Mrs. Boothby hörte einige Minuten lang zu, und schnitt ihnen dann das Wort ab, indem sie sagte: »Wenn Sie wirklich behilflich sein wollen, Paul, dann können Sie und Anna in den großen Saal gehen und ein bißchen dekorieren.« Sie sprach in einem Tonfall, der Paul sagen sollte, sie habe verstanden, daß er sich den Abend zuvor über sie lustig gemacht hatte. »Gewiß«, sagte Paul. »Mit Vergnügen.« Aber er bestand darauf, sein Gespräch mit dem Koch noch eine Weile fortzusetzen. Dieser war ein ungewöhnlich gutaussehender Mann – stark, gutgebaut, mittleren Alters, mit lebhaftem Gesicht und lebendigen Augen; dagegen waren die meisten Afrikaner in diesem Teil der Kolonie infolge von Unterernährung und Krankheit ein trauriger Anblick. Er lebte hinter dem Boothby-Haus in einer kleinen Hütte mit seiner Frau und fünf Kindern. Das war natürlich gegen das Gesetz, was vorschrieb, daß Schwarze nicht auf dem Boden der Weißen leben sollen. Die Hütte war reichlich schäbig, aber zwanzigmal besser als die übliche afrikanische Hütte. Drumherum Blumen und Gemüse und Hühner und Perlhühner. Ich könnte mir vorstellen, daß er mit seinem Dienst im Mashopi-Hotel sehr zufrieden war.

Als Paul und ich die Küche verließen, grüßte er uns auf traditionelle Weise: »Morgen, Nkos. Morgen, Nkosikaas« – das heißt: Guten Morgen, Häuptling und Häuptlingsfrau.

»Jesus«, sagte Paul gereizt und zornig, als wir aus der Küche heraus waren. Und dann, im sonderbar kühlen Ton seiner Selbsterhaltung: »Es ist schon komisch, daß ich mich überhaupt drum kümmere. Schließlich hat es Gott gefallen, mich an einen Platz im Leben zu stellen, der so eindeutig meinem Geschmack und meinen Gaben entspricht, was geht's mich also an? Aber trotzdem . . .«

Den warmen und wohlriechenden Staub unter den Füßen, gingen wir durch das heiße Sonnenlicht, zum großen Saal hinauf. Er hatte seinen Arm wieder um mich gelegt, und jetzt gefiel es mir aus anderen Gründen – nicht weil Willi uns beobachtete. Ich erinnere mich, wie ich den vertrauten Druck seines Armes in meinem Rücken fühlte und dachte, daß bei Leuten, die in einer Gruppe leben so wie wir, solche rasch aufflackernden Neigungen in Sekunden aufflackern und verlöschen können und Zärtlichkeit, unerfüllte Neugier und einen leicht verzerrten und nicht unangenehmen Verlustschmerz zurücklassen; und ich dachte, daß es vielleicht vor allem der sanfte Schmerz unerfüllter Möglichkeiten war, der uns band. Unter dem großen Yacarandabaum, der neben dem großen Saal stand, da, wo Willi uns nicht mehr sehen konnte, drehte Paul mich zu sich herum und lächelte zu mir herunter, und der süße Schmerz schoß wieder und wieder durch mich hindurch. »Anna«, sagte, nein, psalmodierte er, »Anna, schöne Anna, absurde Anna, verrückte Anna, unser Trost in dieser Wildnis, Anna von den nachgiebig amüsierten schwarzen Augen.« Wir lächelten uns an, während die Sonne durch das dichte, grüne Spitzengewebe des Baumes mit scharfen, goldenen Nadeln auf uns niederstach. Was er damals sagte, war eine Art Offenbarung für mich. Ständig verwirrt, unzufrieden, unglücklich, von Unzulänglichkeit gequält, vom Wunsch nach einer unerreichbaren Zukunft getrieben, war die durch ›nachgiebig amüsierte Augen‹ beschriebene Anna noch Jahre von mir entfernt. Ich glaube nicht, daß ich Menschen damals wirklich gesehen habe, außer als Anhängsel meiner Bedürfnisse. Erst jetzt, rückblickend, verstehe ich sie, zu jener Zeit aber lebte ich in einem blendend leuchtenden Dunst, der sich meinen wechselnden Sehnsüchten entsprechend verschob und flackerte. Natürlich ist das nur eine Beschreibung des Jungseins. Dabei war es Paul, der als einziger von uns ›amüsierte Augen‹ hatte, und als wir Hand in Hand in den großen Saal gingen, sah ich ihn an und fragte mich, ob es möglich sei, daß ein so gelassener junger Mann vielleicht ebenso unglücklich und gequält sein konnte wie ich; und wenn es wahr sein sollte, daß auch ich ›amüsierte Augen‹ hatte – was, um Himmels willen, konnte er damit meinen? Ich fiel ganz unvermittelt in eine heftige, gereizte Depression, was mir damals sehr häufig und von einer Sekunde auf die andere passierte, und ich ließ Paul stehen und ging allein in eine Fensternische.

Ich glaube, in meinem ganzen Leben habe ich nie wieder einen so schönen Saal gesehen. Die Boothbys hatten ihn gebaut, weil es an dieser Station keinen öffentlichen Saal gab und weil sie deshalb zu Tanzveranstaltungen und politischen Versammlungen immer ihr Speisezimmer ausräumen mußten. Aber sie hatten ihn aus Gutmütigkeit gebaut, als Geschenk für den Bezirk, nicht, um dran zu verdienen.

Der Saal war ebenso lang wie breit, sah aber aus wie ein Wohnzimmer, mit Wänden aus polierten roten Ziegeln und einem dunkelroten Zementboden. Die Säulen – acht große Säulen stützten das tiefe strohgedeckte Dach – waren aus unpolierten orange-rötlichen Ziegeln. Die Kamine an beiden Enden waren so geräumig, daß man gut und gern einen Ochsen drin hätte rösten können. Das Holz der Dachsparren war aus Weißdorn und strömte einen leicht bitteren Geruch aus; sein Aroma änderte sich ständig, je nachdem, ob die Luft trocken oder feucht war. An einem Ende stand ein Flügel auf einem kleinen Podest und am anderen eine Musiktruhe mit einem Stapel Schallplatten. Auf jeder Seite ein Dutzend Fenster; durch die eine Front blickte man auf die aufgetürmten Granitfelsen hinter der Bahnstation, durch die andere meilenweit über das Land bis zu den blauen Bergen.

Johnnie spielte am hinteren Ende Klavier, neben sich Stanley Lett und Ted. Er hatte sie beide vergessen. Seine Schultern und Füße klopften und zuckten im Jazzrhythmus, sein ziemlich aufgedunsenes weißes Gesicht war ausdruckslos, während er zu den Bergen hinüberstarrte. Stanley machte es nichts aus, daß Johnnie ihm gegenüber gleichgültig war: Johnnie war seine Essensmarke, seine Einladung auf Partys, auf denen Johnnie spielte, sein Amüsierpaß. Er machte keinen Hehl daraus, weshalb er mit Johnnie zusammen war – von allen kleinen Gaunern war er der aufrichtigste. Als Gegenleistung sorgte er dafür, daß Johnnie reichlich ›organisierte‹ Zigaretten, Bier und Mädchen hatte, alles umsonst. Ich sagte, er war ein Gauner, aber das ist natürlich Unsinn. Er war ein Mann, der von Anfang an verstanden hatte, daß es zwei Arten von Gesetz gibt, eines für die Reichen und eines für die Armen. Das blieb für mich ein rein theoretisches Wissen, bis ich in London in einer Arbeitergegend wohnte. Da verstand ich Stanley Lett. Er hatte die tiefste instinktive Verachtung dem Gesetz gegenüber; kurz Verachtung, dem Staate gegenüber, über den wir so viel redeten. Ich nehme an, das war der Grund, weshalb Ted so von ihm gefesselt war. Er pflegte zu sagen: »Aber er ist so intelligent!« – woraus zu folgern war, daß er in die Sache eingespannt werden könnte, würde seine Intelligenz nur richtig genutzt. Und ich nehme an, Ted hatte nicht so unrecht. Unter den Gewerkschaftsfunktionären gibt es einen Typ, der so ist wie Stanley: zäh, beherrscht, tüchtig, skrupellos. Ich habe Stanley nie seine schlaue Selbstbeherrschung verlieren sehen, die er als Waffe benutzte, um alles, was er kriegen konnte, herauszuholen aus einer Welt, die so eingerichtet war, daß die anderen den Profit hatten, was er für selbstverständlich hielt. Er machte einem Angst. Mir jedenfalls machte er Angst, mit seiner großen, massigen Gestalt, den harten, klaren Zügen und den analytischen, kalten grauen Augen. Und weshalb tolerierte er den eifrigen, idealistischen Ted? Nicht deshalb, weil er etwas aus ihm herausholen konnte, glaube ich. Er war aufrichtig gerührt, daß Ted, ›ein Junge mit Stipendien‹, noch an seiner Klasse interessiert war. Gleichzeitig hielt er ihn für verrückt. Er sagte: »Schau, Kumpel, du hast Glück gehabt, du hast mehr Verstand abgekriegt als die meisten von uns. Nutz deine Chancen und lungere nicht herum. Die Arbeiter scheren sich einen Dreck um die anderen, die denken bloß an sich selbst. Du weißt, daß das stimmt. Ich weiß, daß das stimmt.« »Aber, Stan«, redete ihm Ted ins Gewissen, mit blitzenden Augen, das schwarze Haar in wildem Aufruhr auf dem ganzen Kopf: »Stan, wenn sich genügend Leute von uns um die anderen kümmern würden, könnten wir alles ändern – begreifst du nicht?« Stanley las sogar die Bücher, die Ted ihm gab, brachte sie ihm wieder und sagte: »Ich hab' nichts dagegen. Viel Glück, das ist alles, was ich sagen kann.«

An diesem Morgen hatte Stanley den Deckel des Flügels mit Bierkrügen vollgestellt. In einer Ecke stand eine Kiste, vollgestopft mit Flaschen. Die Luft um den Flügel war dick verraucht, hie und da brach sich leuchtend ein Sonnenstrahl in den Schwaden. Die drei Männer waren in einem Nebel sonnendurchbrochenen Rauches abgeschnitten von dem übrigen Raum.

Johnnie spielte und spielte und spielte, völlig selbstvergessen. Stanley trank und rauchte und hielt ein Auge auf die hereinkommenden Mädchen, von denen vielleicht eines für ihn oder für Johnnie in Frage kam. Und Ted sehnte sich abwechselnd nach der politischen Seele Stanleys und der musikalischen Seele Johnnies. Wie ich schon sagte, war Ted Autodidakt in Musik, konnte aber nicht spielen. Er summte Themen von Prokofjew, Mozart, Bach, das Gesicht gemartert von hilflosem Verlangen, und zwang Johnnie, sie zu spielen. Johnnie spielte alles nach Gehör, er spielte die Melodien so, wie Ted sie summte, während seine linke Hand ungeduldig dicht über den Tasten schwebte. In dem Augenblick, in dem der hypnotische Zwang von Teds Konzentration nachließ, brach die linke Hand in Synkopen aus, und dann jagten beide Hände in wilder Jazzraserei dahin, während Ted lächelte, nickte und versuchte, reumütig amüsiert Stanleys Blick aufzufangen. Aber Stanleys Anwortlächeln kam nur aus Kameradschaftlichkeit, er war überhaupt nicht musikalisch.

Die drei blieben den ganzen Tag am Flügel.

Etwa ein Dutzend Leute waren jetzt im Saal, aber der war so groß, daß er leer wirkte. Maryrose und Jimmy hängten Papiergirlanden an den dunklen Dachsparren auf, sie standen auf Stühlen und wurden von etwa zwölf Mann Luftwaffe assistiert, die mit dem Zug aus der Stadt gekommen waren, weil sie gehört hatten, daß Stanley und Johnnie da waren. June Boothby saß auf einem Fensterbrett und betrachtete alles durch die Brille ihres privaten Traums. Wenn sie aufgefordert wurde, bei der Arbeit zu helfen, schüttelte sie langsam den Kopf, drehte ihn zum Fenster und starrte zu den Bergen. Paul stand eine Weile bei der arbeitenden Gruppe und kam dann zu mir herüber auf das Fensterbrett, nachdem er sich etwas von Stanleys Bier organisiert hatte.

»Ist das nicht ein trauriger Anblick, liebe Anna?« sagte Paul und deutete auf die Gruppe junger Männer um Maryrose. »Da sind diese Kerle mit ihren Sexfrustrationen, und da ist sie, schön wie der Tag, und hat nur ihren toten Bruder im Kopf. Und da ist Jimmy, Schulter an Schulter mit ihr, und hat nur mich im Kopf. Hin und wieder frage ich mich, ob ich mit ihm ins Bett gehen soll? Es würde ihn so glücklich machen. Aber im Grunde – ich komme zögernd zu dem Schluß – bin ich nicht nur kein Homosexueller, ich war auch nie einer. Denn nach wem sehne ich mich, ausgestreckt auf meinem einsamen Kissen? Sehne ich mich etwa nach Ted? Oder sogar nach Jimmy? Oder nach irgendwelchen galanten jungen Helden, von denen ich beständig umgeben bin? Mitnichten. Ich sehne mich nach Maryrose. Und ich sehne mich nach dir. Besser nicht nach beiden auf einmal, natürlich.«

George Hounslow kam in den Saal und ging geradewegs zu Maryrose hinüber. Sie stand immer noch auf dem Stuhl, gestützt von ihren Galanen. Sie wichen nach allen Seiten auseinander, als er herankam. Plötzlich geschah etwas Erschreckendes. Georges Annäherung an Frauen hatte etwas Ungeschicktes, Überdemütiges, das ging so weit, daß er stotterte. (Aber dieses Stottern klang immer, als täte er es mit Absicht.) Seine tiefliegenden braunen Augen waren dann mit einer fast tyrannischen Entschlossenheit auf die Frauen geheftet. Und dennoch wirkte sein Benehmen demütig, um Verzeihung bittend. Die Frauen wurden unruhig oder ärgerlich oder lachten nervös. Natürlich war er ein sinnlicher Mann. Ich meine, ein wirklich sinnlicher Mann, nicht einer, der wie so viele aus diesem oder jenem Grunde diese Rolle spielt. Er war ein Mann, der Frauen wirklich dringend brauchte. Ich sage das, weil es nicht mehr viele Männer gibt, die so sind. Ich meine die zivilisierten Männer, die zärtlichen, nicht sexuellen Männer unserer Zivilisation. George brauchte eine Frau, die sich ihm unterwarf, er brauchte eine Frau, die physisch in seinem Bann stand. Männer können Frauen nicht mehr in dieser Weise beherrschen, ohne sich schuldig zu fühlen. Oder nur sehr wenige. Wenn George eine Frau anschaute, stellte er sie sich vor, wie sie sein würde, wenn er sie bis zur Bewußtlosigkeit gevögelt hätte. Und er fürchtete, man könnte das in seinen Augen lesen. Damals verstand ich das nicht, ich verstand nicht, weshalb ich so verwirrt wurde, wenn er mich ansah. Aber seitdem habe ich ein paar Männer kennengelernt, die alle dieselbe ungeschickte Unterwürfigkeit hatten, denselben versteckten, arroganten Machtanspruch.

George stand jetzt unter Maryrose, die ihre Arme erhoben hatte. Ihr glänzendes Haar fiel auf ihre Schultern herab, und sie trug ein ärmelloses, gelbes Kleid. Ihre Arme und Beine waren von ebenmäßigem Goldbraun. Die Luftwaffenmänner waren nahezu betäubt von ihr. Und George sah einen Augenblick lang genauso betäubt und starr aus. George sagte etwas. Sie ließ ihre Arme fallen, stieg langsam vom Stuhl und stand nun vor ihm, schaute zu ihm auf. Er sagte noch etwas. Ich erinnere mich an sein Gesicht – das Kinn aggressiv vorgeschoben, die Augen starr auf sie geheftet, mit einem dumm erniedrigten Ausdruck. Maryrose hob ihre Faust und schmetterte sie ihm ins Gesicht. So fest sie konnte – sein Kopf flog ruckartig zurück, er taumelte sogar einen Schritt. Dann, ohne ihn anzusehen, kletterte sie zurück auf ihren Stuhl und hängte weiter Girlanden auf. Jimmy lächelte George zu, in brennender Verlegenheit, als wäre er für den Schlag verantwortlich. George kam zu uns herüber, und schon war er wieder der willige Clown, und Maryroses Verehrer waren zurückgekehrt in ihre Posen hilfloser Anbetung.

»Alle Achtung«, sagte Paul. »Ich bin sehr beeindruckt. Wenn Maryrose mir einen solchen Schlag versetzt hätte, wäre ich wohl sonst wo.«

Aber Georges Augen standen voller Tränen. »Ich bin ein Idiot«, sagte er. »Ein Trottel. Ich wüßte nicht, warum ein schönes Mädchen wie Maryrose mir überhaupt einen Blick gönnen sollte.«

»Ja, warum?« sagte Paul.

»Ich glaube, meine Nase blutet«, sagte George, um einen Vorwand zu haben, sich zu schneuzen. Dann lächelte er. »Ich bin rundherum in Schwierigkeiten«, sagte er. »Und dieser Bastard Willi ist zu beschäftigt mit seinem verdammten Russisch, um sich dafür zu interessieren.«

»Wir sind alle in Schwierigkeiten«, sagte Paul. Er strahlte ein ruhiges physisches Wohlbehagen aus, und George sagte: »Ich hasse junge Männer von Zwanzig. In was für Schwierigkeiten kannst du schon stecken?«

»In schrecklichen«, sagte Paul. »Erstens, ich bin zwanzig. Das heißt, ich bin sehr nervös und Frauen gegenüber gehemmt. Zweitens, ich bin zwanzig. Ich habe das ganze Leben vor mir, und diese Aussicht stößt mich offengestanden häufig ab. Drittens, ich bin zwanzig, und ich bin in Anna verliebt, und mir bricht das Herz.«

George warf mir einen raschen Blick zu, um zu sehen, ob das stimmte, und ich zuckte mit den Achseln. George trank in einem Zug einen vollen Bierkrug aus und sagte: »Jedenfalls habe ich kein Recht, mich darum zu scheren, ob irgendwer in irgendwen verliebt ist. Ich bin ein Saukerl und ein Bastard. Das wäre ja noch zu ertragen, aber ich bin auch praktizierender Sozialist. Und ich bin ein Schwein. Wie kann ein Schwein ein Sozialist sein, das möchte ich mal wissen?« Er scherzte, aber seine Augen waren wieder voller Tränen und sein Körper war zusammengepreßt und angespannt vor Jammer.

Mit seinem unnachahmlich indolenten Charme wandte sich Paul zu George und ließ seine großen blauen Augen auf ihm ruhen. Ich konnte richtig hören, wie er dachte: Oh Gott, ein echtes Problem, ich möchte lieber nichts darüber hören ... Er ließ sich auf den Boden gleiten, schenkte mir das wärmste und zärtlichste Lächeln und sagte: »Anna-Liebling, ich liebe dich mehr als mein Leben, aber ich werde Maryrose helfen.« Seine Augen sagten: Werd diesen trübseligen Idioten los, und ich komme zurück. George bemerkte kaum, daß er ging.

»Anna«, sagte George. »Anna, ich weiß nicht, was ich tun soll.« Instinktiv hatte ich denselben Gedanken wie Paul: Ich möchte nicht in irgendwelche echten Schwierigkeiten hineingezogen werden. Ich wünschte, ich wäre bei der Gruppe gewesen, die Girlanden aufhängte, denn jetzt, wo Paul sich angeschlossen hatte, waren alle plötzlich heiter. Sie fingen an zu tanzen. Paul und Maryrose, sogar June Boothby, denn es gab mehr Männer als Mädchen und die Leute strömten vom Hotel heraus, angezogen von der Tanzmusik.

»Laß uns hinausgehen«, sagte George. »Soviel Jugend und Ausgelassenheit. Das deprimiert mich unsäglich. Außerdem redet dein Mann nur mit mir, wenn du auch dabei bist. Ich will mit ihm sprechen, ich brauche ihn.«

»Danke«, sagte ich ohne viel Entgegenkommen. Aber ich ging mit ihm zur Hotelveranda, die sich schnell leerte, weil ihre Bewohner in den Tanzsaal

137

eilten. Willi legte seine Grammatik geduldig nieder und sagte: »Es ist wohl zu viel verlangt, in Frieden arbeiten zu dürfen.«

Da saßen wir, alle drei, die Beine in der Sonne ausgestreckt, den übrigen Körper im Schatten. Das Bier in unseren hohen Gläsern war hell und golden, mit Sonnenflitter drin. Dann fing George an zu reden. Was er sagte, war sehr ernst, aber er sprach so selbstironisch und witzelnd, daß das Ganze einen scheußlichen und enervierenden Eindruck machte, und währenddessen kam das rhythmische Schlagen der Musik vom Tanzsaal herüber, und ich wollte dort sein.

Dies waren die Fakten. Ich sagte schon, daß sein Familienleben schwierig war. Es war unerträglich. Er hatte eine Frau und zwei Söhne und eine Tochter. Er ernährte die Eltern seiner Frau und seine eigenen Eltern. Ich bin in dem kleinen Haus gewesen. Der Besuch allein war schon unerträglich. Das junge Paar, oder vielmehr das Paar mittleren Alters, das die anderen ernährte, wurde von den vier alten Leuten und den drei Kindern aus jedem wirklichen Zusammenleben herausgezwängt. Seine Frau arbeitete den ganzen Tag hart und er ebenso. Die vier Alten waren unterschiedlich invalide und brauchten spezielle Pflege, Diäten und so weiter. Im Wohnzimmer spielten die vier abends endlos Karten mit viel Gekeif und ältlichem Genörgel; sie spielten stundenlang, mitten im Raum, und die Kinder machten ihre Schulaufgaben, wo noch Platz war, und George und seine Frau gingen früh zu Bett, meistens einfach aus Erschöpfung, abgesehen von der Tatsache, daß ihr Schlafzimmer der einzige Ort war, an dem sie ihr bißchen Privatleben leben konnten. Das war sein Zuhause. Und dann war George die halbe Woche fort auf den Straßen und arbeitete manchmal hundert Meilen weit weg auf der anderen Seite des Landes. Er liebte seine Frau, und sie liebte ihn, aber er fühlte sich ständig schuldig, denn allein schon diesen Haushalt zu führen, wäre harte Arbeit für jede Frau gewesen, ganz zu schweigen davon, daß sie auch noch als Sekretärin arbeiten mußte. Seit Jahren hatten sie keinen Urlaub gemacht, lebten ständig in Geldknappheit, und es gab elende Streitereien wegen Sixpences und Schillingen.

Währenddessen hatte George seine Affären. Und besonders gern hatte er schwarze Frauen. Vor ungefähr fünf Jahren war er eine Nacht in Mashopi gewesen und hatte sich gleich leidenschaftlich für die Frau von Boothbys Koch interessiert. Diese Frau war seine Geliebte geworden. »Wenn man dies Wort hier verwenden kann«, sagte Willi, aber George beharrte darauf und sagte ohne jeden Sinn für Humor: »Warum nicht? Selbstverständlich hat sie Anspruch auf das richtige Wort, wenn man gegen die Rassenschranke ist, das ist eine Frage des Respekts sozusagen.«

George kam oft durch Mashopi. Letztes Jahr hatte er eine Gruppe von Kindern gesehen, von denen eines heller als die andern war und aussah wie

George. Er hatte die Frau gefragt, und sie hatte gesagt, ja, sie glaube, es sei sein Kind. Sie machte kein Problem daraus.

»Ja, und«, sagte Willi, »wo liegt die Schwierigkeit?«

Ich erinnere mich an Georges Blick, der voll nackter, jammervoller Ungläubigkeit war. »Aber Willi – du dämlicher Kerl, das ist mein Kind, ich bin schuld daran, daß es in dem Slum dahinten lebt.«

»Ja, und?« fragte Willi wieder.

»Ich bin Sozialist«, sagte George. »Und soweit es in diesem Höllenloch möglich ist, kämpfe ich gegen die Rassentrennung. Stimmt's? Ich stehe auf Podesten und halte Reden – und sage, sehr taktvoll natürlich, daß die Rassentrennung nicht im Interesse aller Betroffenen ist und daß der liebe Jesus, sanft und fromm, das nicht gutgeheißen hätte, denn zu sagen, daß sie unmenschlich und stinkend unmoralisch ist und die Weißen dafür bis in alle Ewigkeit verdammt werden, kann mich meinen Job kosten. Und jetzt beabsichtige ich, mich ganz genauso zu benehmen wie jeder stinkende weiße Trunkenbold, der mit einer schwarzen Frau schläft und die Quote in der Kolonie mit einem weiteren Mischling erhöht.

»Sie hat dich nicht darum gebeten, irgendwas zu unternehmen«, sagte Willi.

»Aber darum geht es doch nicht«, George ließ sein Gesicht in seine flachen Hände sinken, und ich sah die Nässe zwischen seinen Finger hervorkriechen. »Es frißt mich auf«, sagte er. »Ich habe letztes Jahr davon erfahren, und es macht mich wahnsinnig.«

»Was dem Ganzen nicht sehr förderlich sein wird«, sagte Willi, und George ließ jäh die Hände fallen, zeigte sein tränenverschmiertes Gesicht und sah ihn an.

»Anna?« flehte George und sah mich an. Ich befand mich in einem außergewöhnlichen Gefühlstumult. Zunächst einmal war ich eifersüchtig auf die Frau. Letzte Nacht hatte ich gewünscht, ich wäre sie, aber das war ein unpersönliches Gefühl gewesen. Jetzt wußte ich, wer es war, und ich entdeckte mit Erstaunen, daß ich George haßte und ihn verurteilte – genauso wie ich mich gestern abend über ihn geärgert hatte, als er der Anlaß für mein Schuldgefühl gewesen war. Und dann, schlimmer noch, entdeckte ich verblüfft, daß ich mich über die Tatsache ärgerte, daß die Frau schwarz war. Ich hatte mich frei von solchen Gefühlen gewähnt, aber anscheinend war ich es nicht, und ich war beschämt und zornig – über mich selbst und über George. Aber es war mehr als das. Da ich so jung war, dreiundzwanzig oder vierundzwanzig, hatte ich, wie so viele ›emanzipierte‹ Mädchen, schreckliche Angst davor, durch Häuslichkeit eingefangen und gezähmt zu werden. Georges Haus, in dem er und seine Frau gefangen waren, ohne Hoffnung auf Befreiung, außer durch den Tod der vier alten Leute, war für mich der

Inbegriff des Grauens. Es beängstigte mich so, daß ich sogar Alpträume davon hatte. Und trotzdem: Dieser Mann, George, der Gefangene, der Mann, der jene unglückliche Frau, seine Ehefrau, in einen Käfig gesteckt hatte, verkörperte für mich auch, das wußte ich, eine mächtige Sexualität, vor der ich innerlich floh, der ich mich dann aber unausweichlich zuwandte. Ich wußte instinktiv, wenn ich mit George ins Bett ginge, würde ich eine Sexualität kennenlernen, mit der ich bisher noch nirgends in Berührung gekommen war. Obwohl Prinzipien und Gefühle in mir heftig im Widerstreit lagen, mochte ich ihn immer noch, ja liebte ihn ganz einfach als menschliches Wesen. Ich saß da auf der Veranda, war eine Weile unfähig zu sprechen und wußte, daß mein Gesicht rot geworden war und meine Hände zitterten. Und ich horchte auf die Musik und den Gesang aus dem großen Saal auf dem Hügel, und ich hatte das Gefühl, als schließe George mich durch den Druck seines Unglücks von etwas aus, was unglaublich angenehm und herrlich war. Damals verbrachte ich scheint's mein halbes Leben in dem Glauben, ich wäre ausgeschlossen von diesem Schönen; und dennoch wußte ich, daß das Unsinn war – daß Maryrose mich zum Beispiel beneidete, weil sie glaubte, Willi und ich hätten alles, was sie sich wünschte – sie glaubte, wir wären zwei Leute, die sich liebten.

Willi hatte mich beobachtet, und nun sagte er: »Anna ist schockiert, weil die Frau schwarz ist.«

»Das gehört auch dazu«, sagte ich. »Trotzdem bin ich überrascht, daß ich so empfinde.«

»Ich bin überrascht, daß du es zugibst«, sagte Willi kalt, und seine Brille funkelte.

»Und ich bin überrascht, daß du es nicht tust«, sagte George zu Willi. »Hör doch auf. Du bist so ein verdammter Heuchler.« Und Willi hob seine Grammatiken hoch und legte sie auf seinen Knien zurecht.

»Was ist die Alternative, hast du einen intelligenten Vorschlag?« fragte Willi. »Sag's mir nicht. Weil du George bist, glaubst du, es wäre deine Pflicht, das Kind in dein Haus zu nehmen. Das bedeutet, daß die vier alten Leute bis in ihr Grab schockiert sein werden, abgesehen von der Tatsache, daß niemand je wieder mit ihnen sprechen wird. Die drei Kinder werden von der Schule verbannt. Deine Frau wird ihre Arbeit verlieren. Du wirst deine Arbeit verlieren. Neun Leute werden ruiniert sein. Und was soll das deinem Sohn nützen, George? Glaubst du das wirklich?«

»Und damit soll die Sache erledigt sein?« fragte ich.

»Ja«, sagte Willi, und der Ausdruck auf seinem Gesicht war, wie immer in solchen Augenblicken, starrsinnig und geduldig, und sein Mund war hart.

»Ich könnte ein Schulbeispiel daraus machen«, sagte George.

»Ein Schulbeispiel wofür?«

»Für diese ganze verdammte Heuchelei.«

»Warum mir gegenüber dieses Wort – du hast mich gerade einen Heuchler genannt.« George machte ein demütiges Gesicht, und Willi sagte: »Wer würde den Preis für deine edle Geste bezahlen? Du hast acht Leute, die von dir abhängig sind.«

»Meine Frau ist nicht abhängig von mir. Ich bin abhängig von ihr. Das heißt, emotional. Glaubst du, ich weiß das nicht?«

»Soll ich die Fakten nochmal aufzählen?« fragte Willi übergeduldig und warf einen Blick auf seine Lehrbücher. Uns beiden, George und mir, war klar, daß er sich, weil er Heuchler genannt worden war, jetzt auf keinen Fall besänftigen lassen würde, trotzdem fuhr George fort: »Willi, gibt es denn da gar nichts? Es kann doch nicht einfach damit erledigt sein, einfach so?«

»Möchtest du, daß ich sage, es ist unfair oder unmoralisch, oder sonst was Hilfreiches?«

»Ja«, sagte George nach einer Pause und ließ das Kinn auf die Brust sinken. »Ja, ich nehme an, genau das ist es, was ich möchte. Es kommt noch schlimmer, wenn du glaubst, ich hätte aufgehört, mit ihr zu schlafen, dann irrst du dich. Es könnte jeden Tag noch einen kleinen Hounslow in der Boothbyküche geben. Natürlich passe ich jetzt mehr auf als bisher.«

»Das ist deine Sache«, sagte Willi.

»Du bist ein unmenschliches Schwein«, sagte George nach einer Pause.

»Danke«, sagte Willi. »Aber da läßt sich nun mal nichts machen, nicht wahr? Du stimmst mir doch zu, oder?«

»Der Junge wird da aufwachsen zwischen den Kürbissen und Hühnern und Landarbeiter oder ein lahmärschiger Schreiber werden, und meine drei anderen werden es bis zur Universität schaffen und herauskommen aus diesem verdammten Land, und wenn ich mich totschuften muß, um das zu bezahlen.«

»Worum geht's dir also letztlich?« sagte Willi. »Um dein Blut? Dein geheiligtes Sperma oder um was sonst?«

George und ich waren schockiert. Willi sah es, sein Gesicht spannte sich und blieb zornig, als George sagte: »Nein, um die Verantwortung. Um die Kluft, die zwischen dem liegt, was ich glaube, und dem, was ich tue.«

Willi zuckte die Achseln, und wir schwiegen. Die schwere Mittagsstille wurde zerrissen vom Klang der Melodien, die Johnnie in die Tasten hämmerte.

George sah wieder zu mir, und ich sammelte meine Kräfte für den Kampf gegen Willi. Heute muß ich darüber lachen – daß ich es automatisch vorzog, in literarischen Begriffen zu argumentieren, genauso wie er automatisch in politischen antwortete. Aber damals kam uns das nicht ungewöhnlich vor. Und auch George, der nickend dasaß, als ich redete, fand nichts ungewöhnlich daran.

141

»Schau mal«, sagte ich. »Im neunzehnten Jahrhundert war die Literatur voll davon. Das war eine Art moralischer Prüfstein. Wie die Auferstehung zum Beispiel. Aber du zuckst heute nur mit den Achseln und findest es läppisch?«

»Ich habe nicht gemerkt, daß ich mit den Achseln gezuckt habe«, sagte Willi. »Stimmt es etwa nicht, daß das moralische Dilemma einer Gesellschaft sich nicht länger um die Tatsache eines unehelichen Kindes kristallisiert?«

»Nein«, sagte ich.

»Nein, es stimmt nicht«, sagte George sehr heftig.

»Würdet ihr wirklich sagen, daß das Problem der Afrikaner in diesem Land in dem weißen Kuckuck des Boothby-Kochs gipfelt?«

»Wie hübsch du dich ausdrückst«, sagte George ärgerlich. (Trotzdem hörte er nicht auf, Willi demütig um Rat zu fragen, ihn zu verehren und ihm noch Jahre, nachdem er die Kolonie verlassen hatte, selbsterniedrigende Briefe zu schreiben.) Nun starrte er ins Sonnenlicht, blinzelte Tränen fort und sagte: »Ich hol' mir noch was zu trinken.« Er ging fort zur Bar.

Willi hob sein Lehrbuch und sagte, ohne mich anzuschauen: »Ja, ich weiß. Aber ich bin von deinen vorwurfsvollen Augen nicht beeindruckt. Du würdest ihm doch denselben Rat geben, nicht? Voller Ohs und Ahs, aber denselben Rat.«

»Das bedeutet also, daß wir längst abgestumpft und gleichgültig sind, weil wir es sonst nicht ertragen würden, daß alles so schrecklich ist.«

»Darf ich vorschlagen, daß du bei bestimmten Grundprinzipien bleibst – wie z. B. abschaffen, was falsch ist, ändern, was falsch ist? Anstatt herumzusitzen und zu flennen?« »Und inzwischen?«

»Inzwischen werde ich lernen und du wirst weggehen und George sich an deiner Schulter ausweinen lassen und Mitleid mit ihm haben, wodurch absolut gar nichts erreicht wird.«

Ich verließ ihn und ging langsam zurück zum großen Raum. George lehnte an der Wand, ein Glas in der Hand, die Augen geschlossen. Eigentlich hätte ich zu ihm gehen sollen, aber ich tat es nicht. Ich ging in den großen Saal. Maryrose saß allein an einem Fenster, und ich gesellte mich zu ihr. Sie hatte geweint.

Ich sagte: »Dies scheint für alle ein Tag zum Weinen zu sein.«

»Nicht für dich«, sagte Maryrose. Das hieß, daß ich mit Willi zu glücklich sei, um weinen zu müssen, also setzte ich mich neben sie und fragte: »Was ist los?«

»Ich habe hier gesessen und zugeschaut, wie sie tanzen, und angefangen nachzudenken. Vor ein paar Monaten noch haben wir geglaubt, daß sich die Welt ändern würde und alles schön werden würde, und jetzt wissen wir, daß es nicht so sein wird.«

»Wissen wir das?« fragte ich, irgendwie entsetzt.

»Warum sollte sich was ändern?« fragte sie schlicht. Mir fehlte die moralische Energie, um dagegen anzugehen, und nach einer Pause sagte sie: »Was
wollte George von dir? Ich nehme an, er hat gesagt, ich sei zickig, weil ich ihn
geschlagen habe?«

»Kannst du dir vorstellen, daß George von irgendwem sagt, er sei zickig,
weil er ihn geschlagen hat? Warum hast du's also getan?«

»Darüber habe ich auch geweint. Der wirkliche Grund, weshalb ich ihn
geschlagen habe, war natürlich, daß ich wußte, so einer wie George könnte
mich meinen Bruder vergessen machen.«

»Vielleicht solltest du es so einen wie George mal versuchen lassen?«

»Ja, vielleicht«, erwiderte sie. Sie lächelte mir ein kleines, altkluges Lächeln
zu, das so deutlich sagte: Was für ein Baby du bist!– daß ich ärgerlich wurde:
»Aber wenn du etwas schon weißt, warum unternimmst du dann nichts?«

Wieder das kleine Lächeln, und sie sagte: »Niemand wird mich je lieben,
wie mich mein Bruder geliebt hat. Er liebte mich wirklich. George würde mit
mir schlafen. Das wäre doch nicht dasselbe, oder? Was ist falsch dran, wenn
man sich sagt: Ich habe das Beste schon gehabt und werde es nie wieder
kriegen – anstatt einfach Sex zu machen. Was ist falsch dran?«

»Wenn du fragst, was ist falsch dran, einfach so, dann weiß ich nie, was ich
antworten soll, sogar, wenn ich weiß, daß etwas falsch ist.«

»Was denn?« Sie klang wirklich neugierig, und ich erwiderte, sogar noch
ärgerlicher: »Du versuchst es einfach nicht, du versuchst es einfach nicht. Du
gibst einfach auf.«

»Bei dir ist ja alles in bester Ordnung«, sagte sie und meinte wieder Willi,
und jetzt konnte ich nichts sagen. Jetzt war ich an der Reihe mit dem Weinen,
und sie sah es und sagte, im Bewußtsein ihrer unendlichen Überlegenheit im
Leiden: »Weine nicht, Anna, es gibt nie einen Grund dafür. Ich geh' mich für
das Essen waschen.« Und sie ging davon. Alle jungen Männer sangen jetzt,
wobei sie rund um den Flügel standen. Also verließ ich auch den Saal und
ging dorthin, wo ich George hatte lehnen sehen. Ich mußte durch Brennesseln und Eichengebüsch kriechen, weil er weiter zur Rückseite herumgegan-
gen war; da stand er und starrte durch eine Gruppe von Papayabäumen zu
der kleinen Hütte, in der der Koch mit seiner Frau und seinen Kindern lebte.
Ein paar braune Kinder hockten zwischen den Hühnern im Staub.

Ich bemerkte, daß Georges sehr geschmeidiger Arm zitterte, als er versuchte, sich eine Zigarette anzuzünden. Es gelang ihm nicht, und er warf sie
unangezündet weg und sagte ruhig: »Nein, mein Bastard ist nicht dabei.«

Ein Gong ertönte unten im Hotel zum Mittagessen.

»Wir sollten besser hineingehen«, sagte ich.

»Bleib eine Minute hier mit mir.« Er legte seinen Arm, der so heiß war, daß
ich es durch mein Kleid brennen fühlte, auf meine Schulter. Der Gong hörte

auf, seine langen metallischen Klangwellen auszusenden, und drinnen hörte das Klavier auf. Schweigen. Eine Taube gurrte vom Jacarandabaum. George legte seine Hand auf meine Brust und sagte: »Anna, ich könnte jetzt mit dir ins Bett gehen – und dann mit Marie, das ist mein schwarzes Mädchen, und dann heute nacht zu meiner Frau zurückgehen und sie nehmen, und ich würde mit euch allen dreien glücklich sein. Verstehst du das, Anna?«

»Nein«, sagte ich zornig. Und dennoch ließ es mich seine Hand auf meiner Brust verstehen.

»Verstehst du's wirklich nicht?« sagte er ironisch. »Nein?«

»Nein«, beharrte ich, log im Namen aller Frauen und dachte an seine Frau, die mir das Gefühl gab, in einen Käfig gesperrt zu sein.

Er schloß die Augen. Seine schwarzen Wimpern bildeten winzige Regenbogen, als sie auf seinen braunen Wangen zitterten. Er sagte, ohne seine Augen zu öffnen: »Manchmal sehe ich mich selbst von außen. George Hounslow, geachteter Bürger, exzentrisch natürlich wegen seines Sozialismus, aber das wird aufgewogen durch seine Hingabe an die alten Eltern und seine reizende Frau und die drei Kinder. Und neben mir kann ich einen mordsmäßigen Riesengorilla sehen, der grinsend seine Arme schwingt. Ich kann den Gorilla so deutlich sehen, daß ich überrascht bin, daß kein anderer ihn sieht.« Er ließ seine Hand von meiner Brust fallen, so daß ich wieder imstande war, ruhig zu atmen, und ich sagte: »Willi hat recht. Du kannst nichts daran ändern, also mußt du aufhören, dich zu quälen.« Seine Augen waren immer noch geschlossen. Ich hatte das eigentlich gar nicht sagen wollen, aber als er seine Augen aufriß und zurückschrak, merkte ich, daß es irgendeine Art Telepathie gewesen sein mußte. Ich sagte: »Und du kannst nicht Selbstmord machen.«

»Warum nicht?« fragte er neugierig.

»Aus demselben Grund, aus dem du das Kind nicht in dein Haus nehmen kannst. Du hast für neun Leute zu sorgen.«

»Anna, ich habe mich gefragt, ob ich das Kind in mein Haus nehmen würde, wenn ich – sagen wir mal, nur für zwei Leute zu sorgen hätte?«

Ich wußte nicht, was ich sagen sollte. Kurz darauf legte er seinen Arm um mich und führte mich durch das Eichengestrüpp und die Brennesseln und sagte: »Komm mit mir zum Hotel hinunter und halt dich vom Gorilla fern.« Jetzt war ich natürlich auf perverse Art wütend, daß ich den Gorilla abgelehnt hatte und die Rolle der sexlosen Schwester hatte, und beim Mittagessen setzte ich mich neben Paul und nicht neben George. Nach dem Essen schliefen wir alle lange und fingen früh an zu trinken. Obwohl die Tanzveranstaltung an dem Abend nicht öffentlich war, sondern für ›die vereinigten Farmer von Mashopi und Distrikt‹, war zu dem Zeitpunkt, als die Farmer mit ihren Frauen in ihren dicken Autos ankamen, der Saal schon voll

144

mit tanzenden Paaren. Wir alle, und noch ein Haufen Luftwaffenleute aus der Stadt, und, da Johnnie an diesem Abend spielte, auch der reguläre Pianist, der nicht ein Zehntel so gut war wie Johnnie, waren bereitwilligst zur Bar rübergegangen. Der Zeremonienmeister des Abends gab dem Ganzen etwas gesellschaftlichen Schliff, indem er eine hastige und nicht sehr aufrichtige Rede hielt, in der er die Jungs in Blau willkommen hieß. Und wir tanzten, bis Johnnie müde wurde, was gegen fünf Uhr morgens geschah. Danach standen wir in Gruppen unter einem klaren, kalten, sternbereiften Himmel herum, und der Mond warf scharfe, schwarze Schatten. Wir hielten uns alle mit den Armen umschlungen und sangen. Der Duft der Blumen war rein und kühl in der belebenden Nachtluft, und sie standen frisch und stark. Paul war bei mir, wir hatten den ganzen Abend lang zusammen getanzt. Willi war mit Maryrose zusammen – er hatte mit ihr getanzt. Und Jimmy, der sehr betrunken war, stolperte allein herum. Er hatte sich irgendwie wieder geschnitten und blutete aus einer kleinen Wunde über den Augen. Das war das Ende unseres ersten vollen Tages, alle übrigen liefen nach demselben Schema ab. Beim großen ›allgemeinen‹ Tanz am nächsten Abend waren dieselben Leute, Boothbys Bar verdiente gut, Boothbys Koch war überarbeitet, und seine Frau hatte vermutlich ein Tête-à-tête mit George. Der sich schmerzlich, fruchtlos um Maryrose bemühte.

An diesem zweiten Abend fing Stanley Lett mit seinen Aufmerksamkeiten für Mrs. Lattimore, den Rotschopf, an, die in einer Katastrophe endeten, wollte ich sagen. Aber das Wort ist lächerlich. Denn was an der damaligen Zeit so schmerzlich ist, ist ja gerade, daß nichts katastrophal war. Alles war falsch, häßlich, unglücklich und von Zynismus gefärbt, aber nichts war tragisch, es gab keine Vorkommnisse, die einen Zustand oder einen Menschen ändern konnten. Von Zeit zu Zeit flammte der Gefühlsblitz auf und erhellte eine Landschaft privaten Elends, und dann – tanzten wir weiter. Stanley Letts Affäre mit Mrs. Lattimore führte zu einem Ereignis, das es, wie ich annehme, ein dutzendmal in ihrer Ehe gegeben haben mußte. Zu mehr nicht.

Sie war eine Frau von etwa fünfundvierzig, ziemlich mollig, mit den allerfeinsten Händen und schlanken Beinen. Sie hatte eine zarte, weiße Haut und riesige, sanfte, immergrünblaue Augen, die verschwommenen, zärtlichen, kurzsichtigen, fast purpurblauen Augen, die das Leben durch einen Tränenschleier sehen. Aber in ihrem Fall konnte es ebensogut der Alkohol sein. Ihr Mann war ein großer, übellauniger Geschäftsmannstyp, ein brutaler Gewohnheitstrinker. Er fing an zu trinken, wenn die Bar aufmachte, und trank den ganzen Tag lang, wobei er ständig mürrischer wurde. Während sie Trinken sanft und seufzend und traurig machte. Ich habe ihn nie, nicht ein einziges Mal, etwas zu ihr sagen hören, das nicht brutal war. Sie schien es nicht zu bemerken oder hatte aufgehört, sich etwas daraus zu machen. Sie hatten keine Kinder, aber sie und ihr Hund waren unzertrennlich; es war ein wunderschöner roter Setter in der Farbe ihrer Haare, mit Augen, die genauso sehnsüchtig und traurig waren wie ihre. Sie saßen zusammen auf der Veranda, die rothaarige Frau und ihr flaumiger, roter Hund, und nahmen Huldigungen und Nachschub an Getränken von den anderen Gästen in Empfang. Die drei kamen jedes Wochenende ins Hotel. Also, Stanley Lett war fasziniert von ihr. Sie ist nicht arrogant, sagte er. Sie ist von der besten Sorte, sagte er. An jenem zweiten Tanzabend machte ihr Stanley den Hof, während ihr Mann in der Bar trank, bis sie zumachte, schwankend am Flügel stand, bis ihm Stanley einen letzten Drink einschenkte, der ihn endgültig zur Strecke brachte, ins Bett taumelte und seine tanzende Frau zurückließ. Es hatte den Anschein, daß es ihm egal war, was sie tat. Sie verbrachte ihre Zeit mit uns oder mit Stanley, der für Johnnie eine Frau auf einer zwei Meilen entfernten Farm ›organisiert‹ hatte, deren Mann im Krieg war. Die vier verlebten, wie sie immer wieder kundtaten, eine herrliche, angenehme Zeit. Wir tanzten im großen Saal, und Johnnie spielte, während die Farmersfrau, eine üppige, rotwangige Blondine aus Johannesburg, neben ihm saß. Ted hatte vorübergehend den Kampf um Stanleys Seele aufgegeben. Wie er selbst sagte, hatte sich der Sex für ihn als zu stark erwiesen. Das ganze lange Wochenende – es dauerte fast eine Woche, tranken und tanzten wir, den Klang von Johnnies Klavier ununterbrochen im Ohr.

Und als wir wieder in der Stadt waren, wußten wir, daß unsere Feiertage uns nicht besonders gut getan hatten, genau wie Paul es gesagt hatte. Nur einer hatte so was wie Selbstdisziplin aufrecht erhalten, und das war Willi, der täglich mehrere Stunden seine Grammatiken studiert hatte. Obwohl selbst er ein wenig überwältigt worden war – von Maryrose. Es war abgemacht worden, daß wir alle wieder nach Mashopi fahren würden. Wir fuhren, glaube ich, zwei Wochenenden später. Diesmal war es anders als an den normalen Feiertagen – das Hotel war leer bis auf uns, die Lattimores mit ihrem Hund und die Boothbys. Wir wurden von den Boothbys mit großer Höflichkeit begrüßt. Es war klar, daß man über uns geredet hatte, daß unser besitzergreifender Umgang mit dem Hotel sehr mißbilligt wurde, daß man uns aber nicht vertreiben wollte, weil wir so viel Geld ausgaben. Ich weiß nicht mehr viel von diesem Wochenende oder von den vier oder fünf Wochenenden, die darauf folgten – im Abstand von ein paar Wochen. Wir fuhren nicht jedes Wochenende hin.

Es muß etwa sechs oder acht Monate nach unserem ersten Besuch gewesen sein, als es zur Krise kam, wenn man das eine Krise nennen kann. Es war das letzte Mal, daß wir nach Mashopi fuhren. Die Besetzung war die gleiche: George und Willi und Maryrose und ich; Ted, Paul und Jimmy, Stanley Lett und Johnnie gehörten jetzt zu einer anderen Gruppe, zu der von Mrs. Lattimore, ihrem Hund und der Farmersfrau. Manchmal schloß Ted sich ihnen an und saß schweigend da, sehr weit außerhalb, um kurz darauf zu uns zurückzukommen, wo er ebenso schweigend dasaß und in sich hineinlächelte. Das Lächeln war neu an ihm, gezwungen, bitter und selbstzerstörerisch. Wir saßen unter dem Gummibaum und hörten Mrs. Lattimores träge, melodische Stimme von der Veranda tönen: »Stan-boy, holst du mir einen Drink? Wie steht's mit 'ner Zigarette für mich, Stan-boy? Sohn, komm her und rede mit mir.« Und er nannte sie Mrs. Lattimore, aber manchmal, wenn er sich vergaß, Myra, worauf sie ihre schwarzen irischen Wimpern auf ihn herabsenkte. Er war etwa zweiundzwanzig oder dreiundzwanzig; zwischen ihnen lagen zwanzig Jahre, und beide genossen es sehr, öffentlich die Mutter-und-Sohn-Rolle zu spielen, obwohl die Sexualität zwischen ihnen so stark war, daß wir uns jedesmal ängstlich umguckten, wenn Mrs. Lattimore in die Nähe kam.

Wenn ich an diese Wochenenden zurückdenke, kommen sie mir vor wie Perlen auf einer Kette, zwei große glitzernde am Anfang, dann eine Reihe von kleinen unbedeutenden, dann wieder eine leuchtende am Ende. Das liegt nur an der Trägheit des Gedächtnisses, denn sobald ich anfange, über das letzte Wochenende nachzudenken, wird mir klar, daß es während der dazwischenliegenden Wochenenden Ereignisse gegeben haben mußte, die dazu hinführten. Aber ich kann mich nicht daran erinnern, es ist wie weggeblasen. Und ich gerate in Wut bei dem Versuch, mich zu erinnern – es ist, als ringe man mit einem hartnäckigen anderen Selbst, das auf seiner Art von Abgeschiedenheit besteht. Trotzdem, es ist alles da, in meinem Hirn, wenn ich nur herankommen könnte. Ich bin entsetzt, wie wenig ich wahrgenommen habe, während ich innerhalb meines subjektiven schillernden Nebels lebte. Woher will ich wissen, daß das, woran ich mich ›erinnere‹, das war, was wichtig war? Woran ich mich erinnere, wurde ausgewählt von einer Anna von vor zwanzig Jahren. Ich weiß nicht, was die Anna von heute auswählen würde. Denn die Erfahrung mit Mother Sugar und die Experimente mit den Notizbüchern haben meine Objektivität in einem Maße geschärft, daß – aber diese Art der Beobachtung gehört zum blauen Notizbuch, nicht zu diesem. Auch wenn es jetzt so scheint, als hätte sich dies letztes Wochenende in allen möglichen Dramen entladen, ohne jede Vorwarnung, ist das natürlich nicht möglich.

Beispielsweise mußte sich die Freundschaft von Paul mit Jackson ziemlich weit entwickelt haben, um Mrs. Boothby derart zu provozieren, wie das der Fall war. Ich kann mich noch an den Augenblick erinnern, in dem sie Paul endgültig aus der Küche warf – es muß an dem Wochenende vor dem letzten gewesen sein. Paul und ich waren in der Küche und redeten mit Jackson. Mrs. Boothby kam herein und sagte: »Sie wissen, daß es gegen die Vorschriften ist, daß Hotelgäste in die Küche kommen.« Ich erinnere mich ganz deutlich an das Schockgefühl, das ich dabei hatte, ich fand es unfair, wie Kinder, wenn Erwachsene despotisch sind. Das bedeutet also, daß wir die ganze Zeit, ohne jeden Protest von ihr in der Küche ein- und ausgegangen sein müssen. Paul bestrafte sie, indem er sie beim Wort nahm. Er wartete am Hinterausgang der Küche, bis es für Jackson Zeit war, nach dem Mittagessen fortzugehen, und ging dann ostentativ mit ihm zu dem Drahtzaun hinüber, der Jacksons Hütte umgrenzte, und beim Reden legte er die Hand auf den Arm und die Schulter des Mannes. Diese Berührung zwischen schwarzem und weißem Fleisch war Absicht, jeder Weiße, der zufällig zuschaute, sollte provoziert werden. Der Küche näherten wir uns nicht wieder. Wir waren in einer außerordentlich kindischen Stimmung, kicherten und redeten über Mrs. Boothby wie Kinder über eine Schulvorsteherin. Heute erscheint es mir sonderbar, daß wir imstande waren, derart kindisch zu sein, und es uns egal war, daß wir sie verletzten. Sie war zum ›Neandertaler‹ geworden, weil sie etwas gegen Pauls Freundschaft mit Jackson einzuwenden hatte. Dennoch wußten wir sehr wohl, daß es keinen einzigen Weißen in der Kolonie gab, der nichts dagegen einzuwenden gehabt hätte, und waren sonst, in unserer politischen Rolle, dazu fähig, jedem Weißen mit unendlicher Geduld und unendlichem Verständnis auseinanderzusetzen, daß seine rassistische Haltung unmenschlich war.

An noch etwas erinnere ich mich – an eine Diskussion zwischen Ted und Stanley Lett über Mrs. Lattimore. Ted sagte, Mr. Lattimore fange an, eifersüchtig zu werden, und das mit gutem Grund. Stanley darauf gutmütig spöttisch: Mr. Lattimore behandele seine Frau wie Dreck und bekäme, was er verdiente. Aber sein Spott galt in Wirklichkeit Ted, der war der Eifersüchtige, und zwar auf Stanley. Stanley war es gleichgültig, daß Ted verletzt war. Warum auch nicht? Wenn einer auf einer Ebene umworben wird und eine andere damit gemeint ist, dann nimmt er es immer übel. Immer. Natürlich war Ted in erster Linie hinter dem ›Schmetterling unter dem Stein‹ her, und seine Liebesgefühle hielt er gut im Zaum. Aber sie waren nun mal da, und es geschah Ted recht, wenn er mehr als einmal erleben mußte, wie Stanley sein schmallippiges, wissendes Lächeln lächelte, seine kalten Augen zusammenzog und sagte: »Gib's auf, Kumpel. Du weißt, das ist nicht mein Bier.« Und trotzdem bot ihm Ted immer wieder ein Buch an, oder einen Abend zum Musikhören. Stanley war Ted gegenüber inzwischen unverhohlen verächtlich. Und Ted ließ es zu, statt ihm zu sagen, daß er sich zur Hölle scheren solle. Ted war einer der gewissenhaftesten Leute, die ich je kennengelernt habe, trotzdem ging er mit Stanley auf ›Organisierungsexpeditionen‹, um Bier zu beschaffen oder Essen zu klauen. Hinterher erzählte er uns, er sei nur mitgegangen, um eine Gelegenheit zu bekommen, Stanley zu erklären, daß dies »wie er mit der Zeit schon selber einsehen werde«, nicht die rechte Art zu leben sei. Aber dann warf er uns einen raschen beschämten Blick zu, wandte sein Gesicht ab und lächelte sein neues bitteres Lächeln voller Haß auf sich selbst.

Und dann war da die Geschichte mit Georges Sohn. Die ganze Gruppe wußte davon. Doch George war von Natur aus ein diskreter Mann, und ich bin sicher, daß er in dem ganzen Jahr, in dem er sich selbst quälte, niemandem gegenüber etwas erwähnt hatte. Weder Willi noch ich hatten es irgendwem erzählt. Trotzdem wußten wir es alle. Ich nehme an, daß George eines Nachts, als wir halbbetrunken waren, irgendeine Anspielung gemacht hatte, die er für unverständlich hielt. Bald witzelten wir darüber in derselben Weise, wie wir jetzt verzweifelt-witzelnde Anspielungen auf die politische Situation im Lande machten. Ich erinnere mich, wie George uns eines Abends so zum Lachen brachte, daß wir nicht mehr konnten. Er malte sich folgendes aus: Eines Tages kommt sein Sohn zu seinem Haus und bittet um eine Stellung als Hausboy. Er, George, erkennt ihn nicht, aber irgendeine mystische Verbindung etc. zieht ihn zu dem armen Kind hin. Er bekommt Arbeit in der Küche, und seine natürliche Sensibilität und angeborene Intelligenz, »natürlich alles von mir geerbt«, machen ihn bald dem ganzen Haushalt lieb und wert. Im Handumdrehen lernt er, die Karten aufzuheben, die die vier alten Leute am Kartentisch fallen lassen, und entwickelte eine zärtliche, anspruchslose Freundschaft zu den drei Kindern – »seinen Halbgeschwistern«. Beim Tennis, zum Beispiel, erweist er ihnen unschätzbare Dienste als Balljunge. Endlich wird seine geduldige Dienstbarkeit belohnt. Eines Tages geht es George plötzlich auf, in dem Augenblick, als der Junge ihm seine Schuhe reicht, »natürlich sehr gut geputzt«. »Baas, kann ich sonst noch etwas für Sie tun?« »Mein Sohn!« »Vater. Endlich!« Und so weiter und so weiter.

In der Nacht sahen wir George allein unter den Bäumen sitzen, den Kopf in den Händen, bewegungslos, ein verzweifelter massiger Schatten zwischen den bewegten Schatten der glitzernden, speerartigen Blätter. Wir gingen hinunter und setzten uns zu ihm, aber keiner wußte ein Wort zu sagen.

An diesem letzten Wochenende sollte wieder eine große Tanzerei stattfinden. Wir kamen im Laufe des Freitags zu verschiedenen Zeiten mit dem Auto und dem Zug an und trafen uns im großen Saal. Als Willi und ich ankamen, saß Johnnie schon am Klavier, seine üppige, rotwangige Blondine neben sich; Stanley tanzte mit Mrs. Lattimore, und George redete mit Maryrose. Willi ging schnurstracks hin und vertrieb George, und Paul kam her, um mich zu beschlagnahmen. Unsere Beziehung hatte sich nicht geändert, sie war liebevoll, halbspöttisch und voller Verheißung. Außenstehende Beobachter mögen wohl gedacht haben, und haben es wahrscheinlich auch, daß Willi und Maryrose zusammengehörten und Paul und ich. Obwohl sie zeitweilig hätten denken können: George und ich und Paul und Maryrose. Daß diese schwärmerischen Halbwüchsigen-Beziehungen überhaupt möglich waren, lag an meiner Beziehung zu Willi, die, wie gesagt, beinahe asexuell war. Wenn es im Zentrum einer Gruppe ein Paar mit einer wirklichen starken sexuellen Bindung gibt, dann wirkt das wie ein Katalysator für die anderen und zerstört in der Tat häufig die gesamte Gruppe. Ich habe seitdem viele solche Gruppen kennengelernt, politische und unpolitische, und immer kann man die Beziehung des zentralen Paares (weil es immer ein zentrales Paar gibt) nach den Beziehungen der Paare darum herum beurteilen.

An jenem Freitag gab es gleich in der ersten Stunde nach unserer Ankunft Stunk. June Boothby kam in den großen Saal und bat Paul und mich, in die Hotelküche zu kommen und ihr mit dem Abendessen zu helfen, da Jackson mit dem Partyessen für morgen beschäftigt war. June war inzwischen mit ihrem jungen Mann verlobt und war aus ihrer Trance erlöst. Paul und ich gingen mit ihr. Jackson mixte gerade Früchte und Sahne für einen Eispudding, und Paul fing sofort an, mit ihm zu reden. Sie sprachen über England, für Jackson ein so ferner und magischer Ort, daß er sich mit Begeisterung die simpelsten Details anhören konnte, das U-Bahnsystem zum Beispiel oder die Busse oder das Parlament. June und ich standen beisammen und machten Salate für das Hotelabendessen. Sie war begierig darauf, frei zu sein für ihren jungen Mann, der jeden Augenblick erwartet wurde. Mrs. Boothby kam herein, sah Paul und Jackson und sagte: »Habe ich Ihnen nicht gesagt, daß ich Sie nicht in der Küche haben möchte?«

»Oh, Mama«, sagte June unwillig. »Ich habe sie darum gebeten. Warum stellst du nicht noch einen Koch ein, es ist einfach zuviel Arbeit für Jackson.«

»Jackson hat die Arbeit fünfzehn Jahre lang gemacht, und bis jetzt hat es nie Scherereien gegeben.«

»Ach, Mama, es gibt ja keine Scherereien. Aber seit dem Krieg, seitdem die ganzen Luftwaffenjungs hier hocken, gibt's mehr Arbeit. Ich hab' gar nichts dagegen, auszuhelfen, und Paul und Anna auch nicht.«

»Du wirst tun, was ich dir sage, June«, sagte ihre Mutter.

»Oh, Mama«, maulte June ärgerlich, aber immer noch gutmütig. Sie schnitt mir eine Kümmere-dich-nicht-drum-Grimasse. Mrs. Boothby erwischte sie dabei und sagte: »Du gehst zu weit, mein Mädchen. Seit wann erteilst du Befehle in der Küche?«

June verlor die Geduld und verließ auf der Stelle den Raum.

Mrs. Boothby blickte schweratmend, verzweifelt auf Paul, ihr reizloses, stets gerötetes Gesicht sogar noch röter als sonst. Hätte Paul irgendeine freundliche Bemerkung gemacht, überhaupt irgend etwas getan, um sie zu beschwichtigen, wäre sie sofort wieder in ihre Gutmütigkeit zurückgefallen. Aber er verhielt sich wie beim letztenmal, nickte mir zu mitzukommen, ging seelenruhig zur Hintertür hinaus und sagte zu Jackson: »Ich sehe Sie später, wenn Sie mit der Arbeit fertig sind. Wenn Sie überhaupt je mit der Arbeit fertig werden.« Ich sagte zu Mrs. Boothby: »Wir wären nicht gekommen, wenn June uns nicht gebeten hätte.« Aber sie interessierte sich nicht für beschwörende Worte von mir und antwortete nicht. Also ging ich zum Saal zurück und tanzte mit Paul.

Die ganze Zeit hatten wir darüber gewitzelt, daß Mrs. Boothby in Paul verliebt sei. Vielleicht war sie es auch, ein bißchen. Aber sie war eine sehr einfache Frau, die hart arbeitete. Sehr hart arbeitete, seit dem Krieg, und das Hotel, bei dem Reisende früher nur zum Übernachten angehalten hatten, war zu einem Wochenendausflugsort geworden. Es muß eine Überforderung für sie gewesen sein. Und dann war da June, die sich in den letzten paar Wochen von einer schmollenden Halbwüchsigen in eine junge Frau mit Zukunft verwandelt hatte. Rückblickend glaube ich, daß Junes Heirat der wahre Grund für das Unglück ihrer Mutter war. June muß ihr einziges emotionales Ventil gewesen sein. Mr. Boothby stand immer hinter der Theke, er gehörte zu den Trinkern, mit denen es sich am schwersten leben läßt. Quartalsäufer sind nichts im Vergleich zu den Männern, die ›ihren Drink gut vertragen‹ – die jeden Tag, jede Woche, jahraus, jahrein, ihre Ladung Alkohol vertragen. Diese Gewohnheitstrinker sind besonders schlimm für ihre Frauen. Mrs. Boothby hatte June verloren, die dreihundert Meilen entfernt leben würde. Das war gar nichts, keine Entfernung für die Kolonie, aber sie hatte sie trotz alledem verloren. Und vielleicht hatte die Rastlosigkeit der Kriegszeit sie angesteckt. Als eine Frau, die sich vor Jahren damit abgefunden haben mußte, überhaupt keine Frau zu sein, hatte sie nun seit Wochen zugesehen, wie Mrs. Lattimore, die im selben Alter war wie sie, von Stanley Lett umworben wurde. Vielleicht hatte sie geheime Träume im Hinblick auf Paul. Ich weiß es nicht. Im Nachhinein sehe ich Mrs. Boothby als einsame tragische Figur. Aber damals dachte ich nicht so. Ich sah sie als ›Neandertaler‹. Oh Gott, es tut weh, an die Leute zu denken, zu denen man grausam war. Und sie wäre mit so wenig glücklich zu machen gewesen – es hätte schon genügt, wenn wir sie manchmal zum Drink eingeladen hätten oder mit ihr geredet hätten. Aber wir waren in unsere Gruppe eingeschlossen, und wir machten blöde Witze und lachten über sie. Ich kann mich an ihr Gesicht erinnern, als Paul und ich die Küche verließen. Sie starrte Paul nach – verletzt, verwirrt; ihre Augen schienen rasend vor Nichtverstehen. Und an ihre schrille hohe Stimme, als sie zu Jackson sagte: »Du wirst sehr unverschämt, Jackson. Warum wirst du so unverschämt?«

Es war abgemacht, daß Jackson jeden Nachmittag von drei bis fünf freihaben sollte. Aber wie ein guter Diener der Feudalzeit verzichtete er auf sein Recht, wenn es zu viel Arbeit gab. An diesem Nachmittag sahen wir ihn erst gegen fünf die Küche verlassen und langsam auf sein Haus zugehen. Paul sagte: »Anna, Liebe, ich würde dich nicht so sehr lieben, wenn ich Jackson nicht noch mehr liebte. Und mittlerweile ist es eine Frage des Prinzips . . .« Und er verließ mich und ging hinunter, um Jackson zu treffen. Die beiden standen miteinander redend am Zaun, und Mrs. Boothby beobachtete sie aus ihrem Küchenfenster. George war zu mir gekommen, als Paul gegangen war. George schaute zu Jackson und sagte: »Der Vater meines Kindes.«

»Oh, hör auf«, sagte ich, »das nützt überhaupt nichts.«

»Ist dir klar, Anna, was das für eine Farce ist? Ich kann dem Kind nicht einmal etwas von meinem Geld geben. Ist dir klar, was das für eine maßlos beschissene Groteske ist? – Jackson verdient fünf Pfund im Monat. Zugegeben, gebeugt von der Kinderlast und senil, wie ich bin, sind fünf Pfund im Monat eine Menge für mich – aber wenn ich Marie fünf Pfund geben würde, bloß damit sie dem armen Kind anständige Kleidung besorgt, wäre das sehr viel Geld für sie . . . sie hat mir gesagt, Essen für die Jacksonfamilie kostet zehn Schilling die Woche. Sie leben von Kürbis und Mais und Küchenresten.«

»Hat Jackson nicht mal einen Verdacht?«

»Marie glaubt nein. Ich habe sie gefragt. Weißt du, was sie sagte?: ›Er ist ein guter Ehemann‹, sagte sie. ›Er ist freundlich zu mir und zu meinen Kindern‹ . . . weißt du, Anna, in meinem ganzen Leben habe ich mich nicht so als Schweinehund gefühlt wie da.«

»Du schläfst immer noch mit ihr?«

»Ja. Anna, ich liebe diese Frau, ich liebe diese Frau so sehr, daß . . .«

Nach einer Weile sahen wir Mrs. Boothby aus der Küche kommen und auf Paul und Jackson zugehen. Jackson ging in seine Hütte, und Mrs. Boothby, starr vor einsamem Zorn, ging zu ihrem Haus. Paul kam herein zu uns und erzählte uns, daß sie zu Jackson gesagt hatte: »Ich gebe dir nicht frei, damit du mit Weißen, die es besser wissen sollten, unverschämte Reden führen kannst.« Paul war viel zu wütend, um frivol zu sein. Er sagte: »Mein Gott, Anna, mein Gott. Mein Gott.« Dann, während er sich langsam erholte, schwenkte er mich wieder im Tanz und sagte: »Was mich wirklich interessiert, ist, daß manche Leute, wie du zum Beispiel, ernsthaft glauben, daß man die Welt verändern kann.«

Wir verbrachten den Abend tanzend und trinkend. Wir gingen alle sehr spät zu Bett. Wütend aufeinander gingen Willi und ich zu Bett. Er war wütend, weil George ihm wieder sein Herz ausgeschüttet hatte und weil George ihn langweilte. Er sagte zu mir: »Du und Paul, ihr scheint euch ja glänzend zu verstehen.« Das hätte er die ganzen letzten sechs Monate hindurch sagen können. Ich antwortete: »Dasselbe könnte ich von Maryrose und dir behaupten.« Wir lagen schon in unseren beiden Einzelbetten, die weit voneinander entfernt, einander gegenüberstanden. Er hatte irgendein Buch über die Entwicklung des frühen deutschen Sozialismus in der Hand. Da lag er nun, seine geballte Intelligenz hinter den funkelnden Brillengläsern, und überlegte, ob es sich lohnte zu streiten. Ich glaube, er kam zu dem Schluß, das würde nur auf unseren üblichen Streit über George hinauslaufen . . . ›Weinerliche Sentimentalität‹ contra ›dogmatische Bürokratie‹. Vielleicht – denn er war ein Mann, der unglaublich wenig Ahnung von seinen Motiven hatte – glaubte er auch, er wäre empört über meine Beziehung zu Paul. Vielleicht war er es wirklich. Damals herausgefordert, konterte ich: »Maryrose.« Heute herausgefordert, würde ich sagen, daß jede Frau in ihrem Innersten glaubt, daß sie, wenn ihr Mann sie nicht befriedigt, das Recht hat, zu einem anderen zu gehen. Dies ist ihr erster und stärkster Gedanke, egal, wie sie ihn später aus Mitleid oder Eigeninteresse abmildern mag. Aber Willi und ich waren nicht wegen Sex zusammen. Weswegen dann? Ich schreibe dies und denke. Welche kämpferische Qualität müssen unsere Auseinandersetzungen besessen haben, wenn ich sogar heute noch instinktiv und aus reiner Gewohnheit mit den Kategorien richtig und falsch argumentiere. Dumm. So was ist immer dumm.

Wir stritten uns nicht in jener Nacht. Kurz darauf fing er mit seinem einsamen Summen an: Und der Haifisch, der hat Zähne . . ., nahm sein Buch und las, und ich schlief ein.

Am nächsten Tag herrschte prickelnde Gereiztheit im Hotel. June Boothby war mit ihrem Verlobten zu einer Tanzveranstaltung gegangen und war erst frühmorgens zurückgekommen. Mr. Boothby hatte seine Tochter angebrüllt, als sie heimkam, und Mrs. Boothby hatte geweint. Der Krach mit Jackson war inzwischen zum Personal vorgedrungen. Die Kellner waren beim Mittagessen unfreundlich zu uns. Jackson machte sich um drei Uhr aus dem Staub, dem Buchstaben des Gesetzes folgend, und überließ es Mrs. Boothby, das Essen für die Tanzveranstaltung herzurichten, und June half ihrer Mutter nicht, weil diese tags zuvor so mit ihr geredet hatte. Und wir taten es auch nicht. Wir hörten June schreien: »Wenn du nicht so geizig wärst, dann würdest du noch einen Hilfskoch nehmen, statt dich selber wegen fünf Pfund im Monat zur Märtyrerin zu machen.« Mrs. Boothby hatte rote Augen, und wieder hatte ihr Gesicht den Ausdruck wahnwitzigen, zerrütteten Gefühls. Sie lief protestierend hinter June her. Denn sie war natürlich nicht geizig. Fünf Pfund waren gar nichts für die Boothbys; und ich nehme an, der Grund, weshalb sie keinen Extrakoch nahm, war der, daß es ihr nichts ausmachte, doppelt so hart zu arbeiten, und daß sie glaubte, es gäbe keinen Grund, weshalb Jackson das nicht auch tun sollte.

Sie ging zu ihrem Haus, um sich hinzulegen. Stanley Lett hielt sich mit Mrs. Lattimore auf der Veranda auf. Alle Hotelgäste bekamen von einem

Kellner um vier Uhr Tee serviert, aber Mrs. Lattimore hatte Kopfschmerzen und wollte schwarzen Kaffee. Ich nehme an, daß es irgendwelchen Ärger mit ihrem Mann gegeben haben mußte. Wir hatten uns daran gewöhnt, sein Entgegenkommen für so selbstverständlich zu halten, daß wir erst später daran dachten. Stanley Lett ging in die Küche, um den Kellner zu bitten, Kaffee zu machen, aber der Kaffee war eingeschlossen und Jackson, das vertrauenswürdige Familienfaktotum, hatte die Schlüssel zum Vorratsschrank. Stanley Lett ging zu Jacksons Hütte, um die Schlüssel auszuleihen. Ich glaube nicht, daß es ihm in den Sinn kam, daß dies unter den gegebenen Umständen taktlos war. Er ›organisierte‹ einfach, wie es seine Natur war, Nachschub. Jackson, der Stanley mochte, weil er die R.A.F. mit menschlicher Behandlung assoziierte, kam von seiner Hütte runter, um den Schrank zu öffnen und Mrs. Lattimore schwarzen Kaffee zu kochen. Mrs. Boothby mußte all das von ihrem Schlafzimmerfenster aus beobachtet haben, denn jetzt kam sie herunter und sagte Jackson, wenn er so was nochmal täte, dann würde sie ihn an die Luft setzen. Stanley versuchte sie zu beschwichtigen, aber es hatte keinen Sinn, sie war wie eine Besessene, und ihr Mann mußte sie wegführen, damit sie sich wieder hinlegte.

George kam zu Willi und mir und sagte: »Ist euch klar, was passiert, wenn Jackson an die Luft gesetzt wird? Die ganze Familie ist erledigt.«

»Du meinst, du bist erledigt«, sagte Willi.

»Nein, du alberner Kerl, diesmal denke ich an sie. Dies ist ihr Zuhause. Jackson würde niemals eine neue Stelle finden, bei der er seine Familie bei sich haben könnte. Er müßte irgendwo einen Job annehmen, und seine Familie müßte nach Nyassaland zurückgehen.«

»Sehr wahrscheinlich«, sagte Willi. »Sie wären dann in derselben Situation wie die anderen Schwarzen, statt zu der Minderheit von einem halben Prozent zu gehören – wenn es überhaupt so viel ist.«

Kurz darauf öffnete die Bar, und George ging fort, um etwas zu trinken. Er hatte Jimmy bei sich. Ich glaube, ich habe das Wichtigste von allem vergessen – wie Jimmy Mrs. Boothby aus der Fassung brachte. Das war am Wochenende zuvor passiert. Jimmy hatte in Mrs. Boothbys Gegenwart seine Arme um Paul gelegt und ihn geküßt. Er war betrunken. Mrs. Boothby, eine unaufgeklärte Frau, war fürchterlich schockiert. Ich versuchte, ihr zu erklären, daß die Konventionen und Vorstellungen der Männer in der Kolonie nicht mit denjenigen Englands vergleichbar seien, aber sie konnte Jimmy danach nicht mehr ohne Abscheu ansehen. Sie hatte sich nicht daran gestoßen, daß er regelmäßig betrunken und unrasiert war und wirklich wüst aussah mit seinen zwei halbverheilten Narben zwischen den gelben Bartstoppeln und daß er in einer nicht zugeknöpften, kragenlosen Uniform herumschlurfte. Das war in Ordnung; das gehörte sich für echte Männer: zu trinken, sich nicht zu rasieren und nicht auf ihr Aussehen zu achten. Sie war sogar ziemlich mütterlich und freundlich zu ihm gewesen. Aber das Wort ›homosexuell‹ machte ihn für sie unmöglich. »Ich nehme an, er ist das, was man einen Homosexuellen nennt«, sagte sie und benutzte das Wort, als wäre es genauso verseucht wie er.

Jimmy und George betranken sich also in der Bar, und als die Tanzerei anfing, waren sie bereits rührselig und zärtlich. Der große Saal war voll, als sie hereinkamen. Jimmy und George tanzten zusammen, George parodierte das Ganze, aber Jimmy sah kindlich und glücklich aus. Einmal die Runde im Saal – aber das war genug. Schon war Mrs. Boothby zur Stelle, die in ihrem schwarzen Satinkleid wie ein Seehund aussah, das Gesicht flammend vor Verzweiflung. Sie steuerte auf das Paar zu und sagte, so ein abstoßendes Benehmen könnten sie sich vielleicht sonstwo erlauben, aber nicht bei ihr. Außer ihr hatte keiner den Vorfall bemerkt, und George sagte ihr, sie solle keine alberne Ziege sein, und fing an, mit June Boothby zu tanzen. Jimmy stand mit offenem Mund da, hilflos, ganz wie ein kleiner Junge, der eine gelangt gekriegt hat und nicht weiß, wofür. Dann wanderte er allein in die Nacht hinaus.

Paul und ich tanzten. Willi und Maryrose tanzten. Stanley und Mrs. Lattimore tanzten. Mr. Lattimore war in der Bar, und George verließ uns immer wieder, um seinem Wohnwagen einen Besuch abzustatten.

Wir waren lauter und mokanter denn je. Ich glaube, wir wußten alle, daß es unser letztes Wochenende war. Obwohl noch kein Beschluß gefaßt worden war, nicht wiederzukommen; so wie beim erstenmal kein formeller Beschluß gefaßt worden war, herzukommen. Alle hatten ein undefinierbares Gefühl von Verlust; vor allem sollten Paul und Jimmy bald auf ihre Posten versetzt werden.

Es war fast Mitternacht, als Paul bemerkte, daß Jimmy seit langem verschwunden war. Wir suchten ihn in der Menschenmenge im Saal, aber niemand hatte ihn gesehen. Dann gingen Paul und ich auf die Suche und trafen George an der Tür. Die Nacht draußen war feucht und bewölkt. In diesem Teil des Landes kommt es häufig zu einer zwei oder drei Tage anhaltenden Unterbrechung in dem sonst klaren Wetter, das für uns selbstverständlich war, und dann weht sanft ein ganz feiner Sprühregen oder Nebel, wie der dünne, sanfte Regen Irlands. So war es auch jetzt, Gruppen und Paare standen herum, um sich abzukühlen, aber es war zu dunkel, um ihre Gesichter zu sehen, und wir wanderten zwischen ihnen umher und versuchten Jimmy an seiner Gestalt zu erkennen. Die Bar war schon geschlossen, und er war weder auf der Hotelveranda noch im Speisezimmer. Wir fingen an, uns Sorgen zu machen, denn mehr als einmal hatten wir ihm, der hoffnungslos betrunken war, aus einem Blumenbeet oder unter den

Gummibäumen aufhelfen müssen. Wir durchsuchten die Schlafzimmer. Wir durchsuchten langsam den Garten, stolperten über Büsche und Pflanzen und fanden ihn nicht. Wir standen auf der Rückseite des Hotel-Hauptgebäudes und fragten uns, wo wir als nächstes suchen sollten, als ein paar Schritte von uns entfernt, die Lichter in der Küche angingen. Jackson kam in die Küche, langsam, allein. Er wußte nicht, daß er beobachtet wurde. Ich hatte ihn nie anders als höflich und auf der Hut gesehen; jetzt aber war er zornig und besorgt zugleich – ich weiß noch, wie ich mir das Gesicht anschaute und dachte, daß ich es nie wirklich gesehen hatte. Sein Ausdruck veränderte sich – er betrachtete etwas auf dem Boden. Wir eilten nach vorn, um zu sehen, was es war, und da lag Jimmy schlafend oder betrunken oder beides auf einmal, auf dem Küchenboden. Jackson bückte sich, um ihn aufzuheben, und als er das tat, kam Mrs. Boothby hinter Jackson herein. Jimmy erwachte, sah Jackson, hob seine Arme wie ein gerade aufgewachtes Kind und legte sie um Jacksons Hals. Der Schwarze sagte: »Baas Jimmy, Baas Jimmy, Sie müssen zu Bett gehen. Sie dürfen hier nicht bleiben.« Und Jimmy sagte: »Du liebst mich, Jackson, nicht wahr, du liebst mich, keiner von den anderen liebt mich.«

Mrs. Boothby war derartig schockiert, daß sie sich gegen die Wand fallen ließ und ihr Gesicht sich grau verfärbte. Aber da waren wir schon in der Küche, hoben Jimmy auf und lösten seinen Klammergriff um Jacksons Hals.

Mrs. Boothby sagte: »Jackson, du gehst morgen.«

Jackson sagte: »Missus, was habe ich denn getan?«

Mrs. Boothby sagte: »Verschwinde. Hau ab. Verschwinde samt deiner dreckigen Familie. Gleich morgen, oder ich schick' dir die Polizei auf den Hals.«

Jackson sah uns an, seine Augenbrauen zogen sich zusammen und glätteten sich wieder, Falten schmerzlichen Nichtbegreifenwollens zogen seine Gesichtshaut auseinander und wieder zusammen, so daß sein Gesicht sich zusammenzupressen und wieder zu lockern schien.

Natürlich hatte er überhaupt keine Ahnung, weshalb Mrs. Boothby so aufgebracht war.

Er sagte langsam: »Missus, ich habe fünfzehn Jahre für Sie gearbeitet.«

George sagte: »Ich werde mit ihr reden, Jackson.« George hatte nie zuvor ein direktes Wort an Jackson gerichtet. Er fühlte sich ihm gegenüber zu schuldig.

Da wandte Jackson langsam seine Augen zu George und blinzelte wie jemand, der einen Schlag bekommen hat. Und George blieb still und wartete. Dann sagte Jackson: »*Sie* wollen nicht, daß wir gehen, Baas?«

Ich weiß nicht, wieviel das wirklich bedeutete. Vielleicht hatte Jackson über seine Frau die ganze Zeit Bescheid gewußt. Jedenfalls klang es damals so. George schloß einen Augenblick lang die Augen, stammelte dann irgend etwas heraus, das so wirr klang, als käme es von einem Idioten. Dann stolperte er aus der Küche.

Halb trugen, halb schoben wir Jimmy aus der Küche und sagten: »Gute Nacht, Jackson, danke, daß Sie versucht haben, Baas Jimmy zu helfen.« Aber er antwortete nicht.

Paul und ich brachten Jimmy zu Bett. Als wir vom Schlafzimmertrakt durch die feuchte Finsternis herunterkamen, hörten wir ein Dutzend Schritte entfernt George mit Willi reden. Willi sagte: »Ganz recht.« Und »Offenbar.« Und: »Sehr wahrscheinlich.« Und: George wurde immer heftiger und unzusammenhängender.

Paul sagte mit leiser Stimme: »Oh, mein Gott, Anna, komm jetzt mit mir.«

»Ich kann nicht«, sagte ich.

»Kann sein, daß ich das Land jetzt von einem Tag auf den andern verlassen muß. Ich sehe dich vielleicht nie wieder.«

»Du weißt, ich kann nicht.«

Ohne zu antworten, ging er fort in die Dunkelheit, und ich wollte gerade hinter ihm herlaufen, als Willi auftauchte. Wir waren in der Nähe unseres Schlafzimmers, und wir gingen hinein. Willi sagte: »Das ist das beste, was passieren konnte. Jackson und Familie gehen, und George wird wieder zu sich kommen.«

»Das bedeutet mit ziemlicher Gewißheit, daß die Familie auseinandergerissen wird. Jackson wird seine Familie nicht mehr bei sich haben.«

Willi sagte: »Typisch für dich. Jackson kann von Glück reden, daß er seine Familie überhaupt hatte. Die meisten von ihnen können das gar nicht. Und nun wird es ihm gehen wie den anderen. Das ist alles. Hast du etwa geweint und geklagt um all die anderen, die ohne ihre Familien sind?«

»Nein, ich habe politische Maßnahmen unterstützt, die der ganzen verfluchten Angelegenheit ein Ende machen sollten.«

»Ganz recht. Und sehr richtig.«

»Aber zufällig kenne ich Jackson und seine Familie. Manchmal kann ich nicht glauben, daß du meinst, was du sagst.«

»Natürlich kannst du das nicht. Sentimentale können an nichts anderes glauben als an ihre eigenen Gefühle.«

»George nützt das gar nichts. Denn Georges Tragödie ist nicht Marie, sondern George. Wenn sie geht, wird es eine andere sein.«

»Es könnte ihm eine Lehre sein«, sagte Willi, und sein Gesicht war häßlich, als er das sagte.

Ich ließ Willi im Schlafzimmer zurück und ging auf die Veranda hinaus. Der Nebel war dünner geworden, vom halbdunklen Himmel kam ein schwaches, diffuses, kaltes Licht. Paul stand ein paar Schritte entfernt und schaute mich an. Und plötzlich stiegen Rausch und Zorn und Jammer in mir auf wie eine explodierende Bombe, und mir war alles gleichgültig, ich wollte nur noch zu Paul. Ich rannte zu ihm hinunter, und er nahm meine Hand, und wortlos rannten wir beide, rannten, ohne zu wissen, wohin und weshalb. Wir rannten die Hauptstraße nach Osten entlang, gleitend und stolpernd auf nassem, pfützenbedecktem Asphalt, bogen ab in einen holprigen Graspfad, der irgendwohin führte, aber wohin – wußten wir nicht. Wir rannten auf ihm entlang, durch sandige Pfützen, die wir nicht sahen, durch den schwachen Nebel, der wieder gesunken war. Dunkle, nasse Bäume tauchten drohend zu beiden Seiten auf, entfernten sich wieder, und wir rannten weiter. Uns ging der Atem aus, und wir stolperten vom Pfad ab ins Veld, das mit niedrigem, unsichtbaren, blättrigen Gewächs bedeckt war. Ein paar Schritte noch rannten wir und fielen dann Seite an Seite umschlungen ins feuchte Gewächs, während der Regen langsam herabfiel, niedrige dunkle Wolken über den Himmel jagten und der Mond im Kampf mit der Finsternis hell hervortrat und wieder verschwand, so daß wir aufs neue im Finstern waren. Wir fingen heftig zu zittern an, lachten, und unsere Zähne schlugen aufeinander. Ich trug ein dünnes Crêpekleid und sonst nichts. Paul zog seine Uniformjacke aus, legte sie mir um, und wir legten uns wieder hin. Nur unsere Körper waren heiß, alles andere war naß und kalt. Paul, der selbst jetzt nichts von seiner üblichen Gelassenheit eingebüßt hatte, bemerkte: »Ich habe so etwas noch nie getan, Anna – Liebling. Ist es nicht klug von mir, eine erfahrene Frau wie dich auszusuchen?« Was mich wieder zum Lachen brachte. Keiner von uns war im mindesten klug, wir waren viel zu glücklich. Stunden später wurde es über uns hell, der entfernte Klang von Johnnies Piano im Hotel hörte auf, und als wir hinaufblickten, sahen wir, daß die Wolken sich verzogen hatten und die Sterne am Himmel standen. Wir standen auf, versuchten, uns zu erinnern, woher der Klang des Klaviers gekommen war, und gingen in die Richtung, in der wir das Hotel vermuteten. Wir stolperten durch Gebüsch und Gras, unsere heißen Hände ineinander verkrallt, und die Tränen und das Naß des Grases rannen uns die Gesichter herunter. Wir konnten das Hotel nicht finden: Der Wind mußte die Tanzmusik in eine andere Richtung geweht haben. In der Dunkelheit krabbelten und kletterten wir und fanden uns schließlich oben auf einem der kleinen Kopjes. Meilenweit umher eine vollkommen schweigende Finsternis unter dem grauen Glitzern der Sterne. Wir saßen umschlungen auf einem nassen Granitvorsprung und warteten darauf, daß es hell wurde. Wir waren so naß und kalt und müde, daß wir nicht sprachen. Wir saßen Wange an kalter Wange und warteten.

Niemals in meinem ganzen Leben war ich so verzweifelt und wild und schmerzhaft glücklich wie damals. Es war so stark, daß ich es kaum fassen konnte. Ich erinnere mich, wie ich mir sagte: Das ist es, das ist Glücklichsein, und zugleich bestürzt war, weil es aus so viel Häßlichkeit und Leid entstanden war. Und die ganze Zeit liefen an unseren aneinandergepreßten, kalten Gesichtern die heißen Tränen herunter.

Lange Zeit später stieg in die Dunkelheit vor uns ein rotes Leuchten auf und die Landschaft wich zurück vor ihm, schweigend, grau, herrlich. Das Hotel, das aus dieser Höhe fremd aussah, tauchte eine halbe Meile entfernt auf, aber nicht dort, wo wir es erwartet hatten. Es war völlig dunkel, nirgends ein Licht. Und nun konnten wir sehen, daß der Fels, auf dem wir saßen, am Eingang einer kleinen Höhle lag. Die flache Felswand an ihrer Rückseite war mit Malereien von Buschmännern bedeckt, die, wenngleich stark beschädigt, selbst in diesem schwachen Licht noch kräftig und leuchtend waren. In diesem Teil des Landes gab es überall solche Malereien, aber die meisten von ihnen waren zerstört, weil weiße Tölpel, die ihren Wert nicht kannten, mit Steinen nach ihnen warfen. Paul blickte auf die kleinen, farbigen Gestalten von Männern und Tieren, die alle zersprungen und zerkratzt waren, und sagte: »Ein passender Kommentar zu allem, liebe Anna, obwohl es mir in meinem gegenwärtigen Zustand schwer fiele, die richtigen Worte zu finden, um zu erklären, weshalb.« Er küßte mich zum letztenmal, und wir kletterten langsam hinunter durch das Gewirr von durchnäßtem Gras und Blättern. Mein Crêpekleid war in der Nässe eingelaufen und reichte mir kaum mehr ans Knie, und das brachte uns zum Lachen, weil ich nur winzige Schritte drin machen konnte. Wir gingen sehr langsam den Pfad zum Hotel entlang, dann zum Schlafzimmertrakt hinauf, und da saß auf der Veranda Mrs. Lattimore und weinte. Die Tür zum Schlafzimmer hinter ihr war halb geöffnet, und Mr. Lattimore saß auf dem Boden neben der Tür. Er war noch betrunken und sagte mit einer methodischen, sorgfältigen, betrunkenen Stimme: »Du Hure. Du häßliche Hure. Du unfruchtbare Nutte.« Das war offenkundig früher auch schon vorgekommen. Sie hob ihr zerstörtes Gesicht zu uns empor, zerrte mit beiden Händen an ihrem wundervollen roten Haar, und die Tränen tropften ihr vom Kinn. Ihr Hund kauerte, leise jaulend, neben ihr, den Kopf in ihrem Schoß, und der rote, buschige Schwanz wedelte reumütig auf dem Boden hin und her. Mr. Lattimore nahm überhaupt keine Notiz von uns. Seine roten, häßlichen Augen waren auf seine Frau geheftet: »Du träge, unfruchtbare Hure. Du Straßendirne. Du dreckiges Flittchen.« Paul verließ mich, und ich ging ins Schlafzimmer. Es war dunkel und stickig.

Willi sagte: »Wo warst du?«

Ich sagte: »Du weißt, wo.«

»Komm her.«

Ich ging zu ihm hinüber, und er packte mich am Handgelenk und zog mich zu sich hinunter. Ich erinnere mich, wie ich dalag und ihn haßte und mich fragte, warum er mich nur ein einziges Mal, soweit ich mich erinnern konnte, einigermaßen überzeugend geliebt hatte, nämlich da, als er wußte, daß ich gerade mit einem anderen geschlafen hatte.

Dieser Vorfall war das Ende zwischen Willi und mir. Wir haben ihn uns nie vergeben. Wir haben ihn nie wieder erwähnt, aber er war immer gegenwärtig. Und auf diese Weise wurde eine ›sexlose‹ Beziehung schließlich durch Sex beendet.

Am nächsten Tag war Sonntag, und wir versammelten uns kurz vor dem Mittagessen unter den Bäumen bei den Bahnschienen. George hatte dort allein gesessen. Er sah alt, traurig und erledigt aus. Jackson hatte seine Frau und seine Kinder genommen und war in der Nacht verschwunden; sie gingen jetzt nordwärts nach Nyassaland. Die Hütte oder Bude, die einst so lebendig war, war über Nacht leer und herrenlos geworden. Sie sah aus wie eine zusammengebrochene kleine Behausung, wie sie da verlassen hinter den Papayabäumen stand. Doch hatte Jackson es zu eilig gehabt, um seine Hühner mitzunehmen. Da waren noch ein paar Perlhühner und große rote Legehennen, eine Handvoll zäher, kleiner Vögel, Kaffernhühner genannt, und ein wundervoller, junger Hahn mit glänzendem, braunschwarzen Gefieder und schwarzen, in der Sonne schillernden Schwanzfedern, der mit seinen weißen, jungen Klauen im Sand scharrte und laut krähte. »Das bin ich«, sagte George zu mir, schaute den Hahn an und versuchte, mit diesem Witz sein Leben zu retten.

Zum Mittagessen wieder im Hotel, kam Mrs. Boothby, um sich bei Jimmy zu entschuldigen. Sie war gehetzt und nervös, und ihre Augen waren rot. Wenn sie ihn auch nicht ohne Abscheu anschauen konnte, so meinte sie es doch aufrichtig. Jimmy nahm die Entschuldigung mit begieriger Dankbarkeit entgegen. Er erinnerte sich nicht daran, was in der Nacht zuvor passiert war, und wir erzählten es ihm nie.

Er war der Meinung, sie entschuldige sich wegen des Vorfalls auf der Tanzfläche mit George.

Paul sagte: »Und was ist mit Jackson?«

Sie sagte: »Den bin ich Gott sei Dank los.« Sie sagte das in einem angestrengten, schwankenden Tonfall, der einen ungläubigen, verwunderten Klang hatte. Offensichtlich fragte sie sich, was in aller Welt passiert sein konnte, daß sie so mir nichts, dir nichts den getreuen Familiendiener, der fünfzehn Jahre gedient hatte, entlassen hatte. »Es gibt genug andere, die froh sind, seinen Job zu bekommen«, sagte sie.

Wir beschlossen, an diesem Nachmittag das Hotel zu verlassen, und wir kehrten nie mehr zurück. Ein paar Tage später wurde Paul getötet, und Jimmy verließ uns, um seine Bomber über Deutschland zu fliegen. Ted vermasselte sich kurz darauf absichtlich die Pilotenprüfung, und Stanley Lett sagte ihm, er sei ein Narr. Johnnie, der Pianist, spielte weiterhin auf Partys und blieb unser stummer, interessierter, gleichmütiger Freund.

George forschte mit Hilfe der einheimischen Kommissare nach Jacksons Verbleib. Der hatte seine Familie nach Nyassaland gebracht, sie dort gelassen und war jetzt Koch in einem Privathaushalt in der Stadt. Manchmal schickte George der Familie Geld, in der Hoffnung, sie würden glauben, es käme von den Boothbys, die, wie er behauptete, sicher von Reue geplagt wurden. Aber warum sollten sie? Soweit es sie selber betraf, war nichts passiert, worüber sie sich hätten schämen müssen.

Und das war das Ende.

Das war das Material zu *Frontiers of War*. Natürlich haben die beiden Geschichten nichts miteinander gemein. Ich erinnere mich sehr deutlich an den Moment, in dem ich wußte, daß ich sie schreiben würde. Ich stand auf der Treppe zum Schlafzimmertrakt des Mashopi-Hotels, um mich herum kaltes, hartes, glitzerndes Mondlicht. Drunten, jenseits der Eukalyptusbäume, war auf den Bahnschienen ein Güterzug angekommen und stand zischend und weiße Dampfwolken ausstoßend, da. In der Nähe des Zuges stand Georges geparkter Laster, und dahinter der Wohnwagen, ein braungemaltes, kastenförmiges Etwas, das wie eine zerbrechliche Verpackungskiste aussah. In diesem Augenblick war George mit Marie im Wohnwagen – ich hatte sie hinunterschleichen und hineinklettern sehen. Die feuchten, kühlenden Blumenbeete rochen intensiv nach Wachstum. Vom Tanzsaal herüber kam das Getrommel von Johnnies Klavier. Hinter mir konnte ich die Stimmen von Paul und Jimmy hören, die mit Willi redeten, und Pauls jähes junges Lachen. Ich war erfüllt von einem so gefährlichen und köstlichen Rausch, das ich direkt von den Stufen in die Luft steigen und auf der Stärke meiner eigenen Trunkenheit in die Sterne hätte klettern können. Dieser Rausch war, wie ich damals schon wußte, ein Rausch der Sorglosigkeit angesichts der unbegrenzten Möglichkeit, der Gefahr und des Todes, den wir alle wünschten, füreinander und für uns selbst, er war der geheime, häßliche, furchterregende Pulsschlag des Krieges.

[Ein Datum, einige Monate später.]

Ich habe das heute durchgelesen, zum erstenmal, seitdem ich es geschrieben habe. Es ist voller Sehnsucht, jedes Wort ist damit geladen, obwohl ich zu der Zeit, als ich es schrieb, glaubte, ich sei ›objektiv‹. Sehnsucht wonach? Ich weiß es nicht. Denn lieber würde ich sterben, als das noch einmal durchleben zu müssen. Und die ›Anna‹ jener Zeit ist wie ein Feind oder wie ein alter Freund, den man allzugut gekannt hat und nicht mehr sehen möchte.

[Das zweite Notizbuch, das rote, war ohne jede Unschlüssigkeit begonnen worden. Quer über der ersten Seite stand, zweimal unterstrichen: Die Kommunistische Partei Englands, und darunter das Datum, 3. Januar, 1950.]

Letzte Woche kam Molly um Mitternacht zu mir, um mir mitzuteilen, daß unter den Parteimitgliedern ein Formular im Umlauf war, auf dem Fragen nach der Geschichte der Mitgliedschaft gestellt wurden, und daß es darin einen Abschnitt gab, in dem sie gebeten wurden, ihre ›Zweifel und Verwirrungen‹ im einzelnen darzulegen. Molly sagte, sie habe angefangen, darüber zu schreiben, in der Erwartung, ein paar Sätze zu schreiben, und habe plötzlich gemerkt, daß sie dabei war, ›eine ganze Dissertation‹ zu schreiben. Sie schien fassungslos über sich. »Was will ich denn – einen Beichtvater vielleicht? Aber da ich es nun mal geschrieben habe, werde ich es auch einschicken.« Ich sagte ihr, sie sei verrückt. Ich sagte: »Angenommen, die Kommunistische Partei Englands kommt irgendwann an die Macht, dann wird das Dokument in den Akten sein, und wenn sie einen Beweisgrund dafür haben wollen, dich aufzuhängen, dann haben sie ihn – tausendfach.« Sie schenkte mir ihr kleines, fast säuerliches Lächeln – das Lächeln, das sie immer dann aufsetzt, wenn ich dergleichen sage. Molly ist keine unschuldige Kommunistin. Sie sagte: »Du bist sehr zynisch.« Ich sagte: »Du weißt, daß das wahr ist. Oder wahr sein könnte.« Sie sagte: »Wenn du so denkst, warum redest du dann davon, daß du der Partei beitreten willst?« Ich erwiderte: »Und warum bleibst du drin, wenn du auch so denkst?« Sie lächelte wieder, diesmal ironisch, die Säuerlichkeit war verschwunden. Nickte. Saß eine Weile da, dachte nach und rauchte. »Es ist alles sehr komisch, Anna, nicht wahr?« Und am Morgen sagte sie: »Ich habe deinen Rat angenommen, ich hab's zerrissen.«

Am selben Tag bekam ich einen Telefonanruf von Genosse John, der sagte, daß er gehört habe, ich würde mich der Partei anschließen, und daß ›Genosse Bill‹ – Kulturverantwortlicher – gerne mit mir sprechen würde. »Natürlich mußt du ihn nicht treffen, wenn dir nicht danach ist«, sagte John hastig, »aber er sagte, es würde ihn interessieren, den ersten Intellektuellen kennenzulernen, der seit Beginn des Kalten Krieges bereit ist, in die Partei einzutreten.« Der Zynismus dieser Worte gefiel mir, und ich sagte, ich wäre bereit, Genosse Bill zu treffen. Und das, obwohl ich in Wirklichkeit noch nicht endgültig beschlossen hatte beizutreten. Ein Grund dafür ist, daß ich es hasse, mich irgendeiner Sache anzuschließen, die mir verachtenswert erscheint. Der zweite ist, daß meine Einstellung dem Kommunismus gegenüber so ist, daß ich nicht in der Lage sein werde, irgendeinem Genossen, den ich kenne, irgend etwas zu sagen, was ich für wahr halte, und der ist sicherlich entscheidend. Offenbar aber auch wieder nicht, denn ungeachtet der Tatsache, daß ich mir seit Monaten sage, ich könne unmöglich einer Organisation beitreten, die mir unaufrichtig erscheint, habe ich mich wieder und wieder ertappt, wie ich drauf und dran war, mich zu entschließen, ihr beizutreten. Und immer in den gleichen Momenten. Nämlich dann, wenn ich aus irgendeinem Grunde Schriftsteller, Verleger etc. – die literarische Welt, treffe. Das ist eine so zimperliche, altjüngferliche Welt; so klassengebunden; oder, wenn es die kommerzielle Seite betrifft, so aufdringlich, daß jeder Kontakt mit ihr mich auf den Gedanken bringt, in die Partei einzutreten. Oder dann, wenn ich Molly gerade davonstürzen sehe, um etwas zu organisieren, voller Lebendigkeit und Enthusiasmus, oder wenn ich die Treppe heraufkomme, und Stimmen aus der Küche höre – dann gehe ich hinein. Die freundschaftliche Atmosphäre, die unter Leuten herrscht, die für ein gemeinsames Ziel arbeiten. Aber das reicht nicht. Ich werde morgen Genosse Bill sehen und ihm mitteilen, daß ich meinem Wesen nach ›eine Sympathisantin‹ bin und lieber draußenbleibe.

Der nächste Tag.

Unterredung in der King Street, ein Ameisenbau von kleinen Büros hinter einer eisenverkleideten Glasfassade. Hatte das Gebäude zuvor nie richtig wahrgenommen, obwohl ich oft genug daran vorbeigegangen bin. Der Anblick von Glas und Eisen weckte zwei Empfindungen in mir – Angst, die Welt der Gewalt. Und Beschützenwollen – die Notwendigkeit, eine Organisation zu beschützen, nach der die Leute mit Steinen schmeißen. Ich ging die engen Treppen hinauf und dachte an die erste Empfindung: Wie viele Leute haben sich der englischen KP angeschlossen, weil es in England schwierig ist, die Realitäten von Macht und Gewalt vor Augen zu haben; repräsentiert die KP für sie also die Realität der nackten Gewalt, die in England selbst bemäntelt wird? Genosse Bill entpuppte sich als ganz junger Mann, jüdisch, bebrillt, intelligent, Arbeiterklasse. Seine Haltung mir gegenüber lebhaft und wachsam, seine Stimme kühl, lebhaft, mit einem Anflug von Verachtung. Es interessierte mich, daß ich angesichts der Verachtung, die er spüren ließ, ohne daß ihm das bewußt war, ein aufsteigendes Bedürfnis fühlte, mich zu entschuldigen, fast ein Bedürfnis zu stottern. Unterredung äußerst effizient; ihm war gesagt worden, ich sei bereit einzutreten, und obgleich ich nur hingegangen war, um ihm mitzuteilen, daß ich das nicht sei, ertappte ich mich plötzlich beim Jasagen. Ich hatte das Gefühl (wahrscheinlich wegen seiner verächtlichen Haltung), na ja, er hat ja recht, sie kommen mit ihrer Sache voran, und ich sitze da mit meinem Gewissen und zaudere. (Obwohl ich natürlich keineswegs überzeugt bin, daß er recht hat.) Bevor ich ging, sagte er, völlig unerwartet: »Ich nehme an, in fünf Jahren werden Sie in der kapitalistischen Presse Artikel schreiben, in denen Sie uns als Ungeheuer darstellen, genauso wie alle übrigen.« Natürlich meinte er mit ›alle übrigen‹

163

– alle übrigen Intellektuellen. Denn es gibt einen Mythos in der Partei, daß es nur die Intellektuellen sind, die kommen und gehen, während in Wahrheit die Fluktuation in allen Klassen und Gruppen gleich stark ist. Ich war wütend. Ich war auch gekränkt, und deshalb wehrlos. Ich sagte zu ihm: »Ein Glück, daß ich ein alter Hase bin. Wäre ich ein blutiger Anfänger, dann wäre ich von Ihrem Verhalten möglicherweise desillusioniert.« Er warf mir einen langen, kühlen, schlauen Blick zu, der sagte: Wenn Sie nicht ein alter Hase wären, hätte ich diese Bemerkung selbstverständlich nicht gemacht. Dies gefiel mir einerseits – sozusagen wieder im alten Stall zu sein, bereits wieder ein Anrecht zu haben auf die geschliffene Ironie und die Komplizenschaft der Eingeweihten – andererseits erschöpfte es mich plötzlich. Da ich so lange aus dieser Umgebung heraus war, hatte ich natürlich die angespannte, defensive, sarkastische Atmosphäre der inneren Kreise vergessen. Aber in den Momenten, in denen ich eintreten wollte, war ich mir vollkommen klar über die Natur der inneren Kreise. Alle Kommunisten, die ich kenne – das heißt, diejenigen mit einiger Intelligenz, haben dieselbe Meinung in bezug auf ›die Zentrale‹ – daß die Partei nämlich belastet ist mit einer Gruppe toter Bürokraten, von denen sie geleitet wird, und daß die wirkliche Arbeit trotz der Zentrale geleistet wird. Genosse Johns Kommentar, als ich ihm zum erstenmal sagte, ich würde vielleicht eintreten, war: »Du bist verrückt. Sie hassen und verachten Schriftsteller, die der Partei beitreten. Sie respektieren nur diejenigen, die es nicht tun.« ›Sie‹, das ist die Zentrale. Natürlich war das ein Scherz, aber ein ziemlich typischer. Willst du wissen, was los ist im Untergrund, lies die Abendzeitung. Angriff auf die Sowjetunion. Was sie über die Sowjetunion sagten, schien mir nur zu wahr zu sein, aber der Ton – maliziös, hämisch, triumphierend, machte mich krank, und ich war froh, daß ich der Partei beigetreten war. Kam nach Hause und hoffte Molly vorzufinden. Sie war fort, und ich verbrachte einige verzagte Stunden, in denen ich mich fragte, warum ich eingetreten war. Sie kam, ich erzählte es ihr und sagte: »Das ist komisch – ich bin hingegangen, um zu sagen, daß ich nicht eintrete, aber ich habe es trotzdem getan.« Sie lächelte ihr kleines säuerliches Lächeln (dieses Lächeln ist einzig der Politik vorbehalten, gilt niemals etwas anderem, es gibt nichts Saures in ihrem Wesen, und sagte: »Ich bin auch gegen meinen Willen eingetreten.« Sie hatte niemals eine Anspielung darauf gemacht, war immer eine derartige Loyalistin gewesen, daß ich überrascht ausgesehen haben muß. Sie sagte: »Wo du jetzt mal drin bist, erzähl' ich's dir.« Und meinte damit, daß man einem Außenseiter gegenüber nicht die Wahrheit sagen konnte. »Ich habe so lange mit Parteikreisen zu tun gehabt, daß . . .« Aber selbst jetzt konnte sie nicht geradeheraus sagen, »daß ich zu viel wußte, um eintreten zu wollen«. Sie lächelte, machte vielmehr statt dessen eine Grimasse. »Ich habe am Anfang in der Friedensbewegung mitgearbeitet, weil ich daran glaubte. Alle übrigen waren Mitglieder. Eines Tages fragte mich diese Ziege Ellen, weshalb ich kein Mitglied sei. Ich ging leicht darüber hinweg – ein Fehler, sie war wütend. Ein paar Tage später erzählte sie mir, es ginge ein Gerücht, ich sei eine Agentin, weil ich kein Mitglied war. Ich nehme an, sie selbst hatte das Gerücht in Umlauf gesetzt. Völlig absurd, denn wenn ich Agentin gewesen wäre, wäre ich natürlich eingetreten – aber ich war so aus der Fassung, daß ich hinging und auf der gepunkteten Linie unterschrieb . . .«

Sie saß da, rauchte und sah unglücklich aus. Dann sagte sie wieder: »Alles sehr komisch, nicht?« Und ging zu Bett.

5. Febr. 1950.

Es ist so, wie ich vorhergesehen habe, die einzige Diskussion über Politik, in der ich sage, was ich denke, findet mit Leuten statt, die in der Partei waren und jetzt ausgetreten sind. Ihre Haltung mir gegenüber offen, tolerant – halten es für eine leichte Verirrung, daß ich eingetreten bin.

19. August 1951

Habe mit John zu Mittag gegessen, das erstemal, seit ich in die Partei eingetreten bin. Fing an zu reden, wie mit meinen Ex-Parteifreunden, offene Beurteilung dessen, was in der Sowjetunion vor sich geht. John verteidigte automatisch die Sowjetunion, sehr aufreizend. Heute abend dagegen mit Joyce gegessen. New Statesman-Kreise, sie fing an, die Sowjetunion anzugreifen. Brachte auf der Stelle selber die Automatische-Verteidigung-der-Sowjetunion-Nummer, die ich an anderen Leuten nicht ausstehen kann. Sie machte weiter; ich machte weiter. Was sie betraf, so sah sie sich einer Kommunistin gegenüber, also fing sie mit gewissen Klischees an. Ich antwortete mit Klischees. Versuchte zweimal, die Sache abzubrechen, auf einer anderen Ebene anzufangen, ging nicht – die Atmosphäre war geladen mit Feindseligkeit. Heute abend kam Michael vorbei, ich erzählte ihm von diesem Vorfall mit Joyce. Sagte, daß wir uns, obwohl sie eine alte Freundin ist, wahrscheinlich nicht wiedersehen würden. Obwohl ich meine Geisteshaltung in keiner Hinsicht geändert hatte, machte mich die Tatsache, daß ich Parteimitglied geworden war, in ihren Augen zu einer Verkörperung von etwas, demgegenüber sie gewisse Einstellungen haben mußte. Und ich reagierte gleicherweise. Michael sagte: »Was hast du denn erwartet?« Er sprach in seiner Rolle als osteuropäischer Exilierter, Ex-Revolutionär, gestählt von wirklicher politischer Erfahrung, mit mir, die ich in der Rolle des ›politischen Unschuldslammes‹ war. Und ich antwortete in dieser Rolle, indem ich alle möglichen liberalen Nichtigkeiten vorbrachte. Faszinierend – die Rollen, die wir spielen, die Art, wie wir die Rollen spielen.

15. Sept. 1951

Der Fall Jack Briggs. Journalist bei der *Times*. Verließ sie bei Ausbruch des Krieges. Zu der Zeit unpolitisch. Arbeitete während des Krieges für Britischen Geheimdienst. Wurde in dieser Zeit von Kommunisten, die er kennenlernte, beeinflußt, bewegte sich langsam, aber sicher nach links. Lehnte nach dem Krieg mehrere hochbezahlte Stellen an konservativen Zeitungen ab, arbeitete für geringes Gehalt bei linkem Blatt. Genauer gesagt – linksorientiertem; denn als er einen Artikel über China schreiben wollte, brachte ihn Rex, jene Säule der Linken, in eine solche Lage, daß er zurücktreten mußte. Kein Geld. Zu diesem Zeitpunkt, als man ihn in der Zeitungswelt als Kommunisten und daher als nicht einstellbar betrachtet, taucht sein Name im Ungarnprozeß auf, als britischer Agent, der konspiriert, um den Kommunismus zu stürzen. Traf ihn zufällig, er war hoffnungslos deprimiert – eine Flüsterkampagne in der Partei und in parteinahen Kreisen, daß er ›ein kapitalistischer Spion‹ sei und gewesen sei. Von seinen Freunden mit Mißtrauen behandelt. Ein Treffen der Schriftsteller-Gruppe. Wir diskutierten die Sache, beschlossen, uns an Bill zu wenden, um dieser widerwärtigen Kampagne ein Ende zu machen. John und ich suchten Bill auf, sagten, es sei offenkundig unwahr, daß Jack Briggs Agent sein könne, verlangten, er solle etwas tun. Bill umgänglich, liebenswürdig. Sagte, er würde ›Erkundigungen einholen‹, uns Bescheid geben. Wir ließen ihm die ›Erkundigungen‹ durchgehen; wußten, daß dies eine Diskussion weiter oben in der Partei bedeutete. Kein Wort von Bill. Wochen vergingen. Übliche Technik der Parteibeamten – die Dinge laufen lassen, wenn's schwierig wird. Wir suchten Bill wieder auf. Äußerst umgänglich. Sagte, er könne nichts tun. Warum nicht? »Also, was diesen Fall betrifft, da könnte es Zweifel geben . . .« John und ich wütend, fragten Will, ob er persönlich glaube, es sei möglich, daß Jack jemals Agent habe sein können. Bill zögerte, fing mit einer langen, offenkundig unaufrichtigen Rationalisierung darüber an, daß jeder Agent sein könne, »einschließlich meiner Person«. Mit strahlendem, freundlichen Lächeln. John und ich gingen, deprimiert, zornig – und zwar über uns selber. Wir bestanden darauf, Jack Briggs persönlich aufzusuchen, und darauf, daß das auch andere tun, aber die Gerüchte und der gehässige Klatsch gehen weiter. Jack Briggs in akuter Depression und auch völlig isoliert, von rechts und von links. Wie um die Ironie des Ganzen zu unterstreichen, fing die seriöse Presse drei Monate nach seinem Krach mit Rex über den China-Artikel, der, wie Rex sagte, »im Tonfall kommunistisch« war, an, Artikel im selben Tonfall zu veröffentlichen, woraufhin Rex, der unerschrockene Mann, den Augenblick für gekommen hielt, einen Artikel über China zu veröffentlichen. Er forderte Jack Briggs auf, ihn zu schreiben. Jack, trübsinnig und bitter gestimmt, lehnte ab.

Diese Geschichte ist, mit mehr oder weniger melodramatischen Variatio-

nen, die Geschichte des kommunistischen oder den Kommunisten naheste-
henden Intellektuellen in dieser Zeit.

3. Jan. 1952
Ich schreibe sehr wenig in dieses Notizbuch. Warum? Ich merke, daß alles,
was ich schreibe, Kritik an der Partei ist. Trotzdem bin ich noch drin. Molly
auch.

* * *

Drei von Michaels Freunden gestern in Prag gehängt. Er brachte den Abend
im Gespräch mit mir – nein, mit sich selber, zu. Er erklärte zunächst, weshalb
es unmöglich sei, daß diese Männer Verräter am Kommunismus sein könnten. Dann erklärte er mit großer politischer Subtilität, weshalb es unmöglich
sei, daß die Partei unschuldige Leute fälschlich bezichtigen und hängen
würde; und daß diese drei sich vielleicht selber, ohne es zu beabsichtigen, in
eine ›objektiv‹ anti-revolutionäre Position gebracht hätten. Er redete und
redete und redete, bis ich schließlich sagte, laß uns zu Bett gehen. Die ganze
Nacht weinte er im Schlaf. Ich schreckte immer wieder hoch und hörte ihn
wimmern, und die Tränen durchnäßten sein Kissen. Am Morgen erzählte ich
ihm, daß er geweint hatte. Er war wütend – auf sich. Als er zur Arbeit ging,
sah er aus wie ein alter Mann, sein Gesicht war durchfurcht und grau, und er
nickte mir abwesend zu – er war weit weg, eingeschlossen in seine traurige
Selbstbefragung. Inzwischen helfe ich bei einer Petition für die Rosenbergs.
Unmöglich, Leute dazu zu kriegen, sie zu unterzeichnen, mit Ausnahme von
Partei- und parteinahen Intellektuellen. (Nicht wie in Frankreich. Die Atmosphäre in diesem Land hat sich in den letzten zwei oder drei Jahren
dramatisch gewandelt, ist angespannt, mißtrauisch, angstvoll. Es gehört nicht
mehr viel dazu, um es ganz aus dem Gleichgewicht zu bringen und in unsere
Version des McCarthyismus zu stürzen.) Ich werde gefragt, sogar von Leuten
in der Partei, von den ›reputierlichen‹ Intellektuellen ganz zu schweigen,
warum ich für die Rosenbergs petitioniere, aber nicht für die fälschlich
angeklagten Leute in Prag? Ich finde es unmöglich, rational zu antworten,
außer, daß irgend jemand eine Eingabe für die Rosenbergs organisieren muß.
Ich habe alles satt – mich selbst und die Leute, die nicht für die Rosenbergs
unterschreiben wollen. Ich scheine in einer Atmosphäre mißtrauischen Wi-
derwillens zu leben. Molly fing heute abend an zu weinen, aus heiterem
Himmel – sie saß auf meinem Bett und plauderte über ihren Tag, dann fing sie
an zu weinen. Still, hilflos. Es erinnerte mich an etwas, mir fiel nicht ein, an
was, aber natürlich war es Maryrose, der plötzlich die Tränen hinunterliefen,
als sie in dem großen Saal in Mashopi saß und sagte: »Wir haben geglaubt,
daß alles schön werden würde, und jetzt wissen wir, daß es nicht so sein

167

wird.« Molly weinte genauso. Zeitungen auf meinem ganzen Fußboden verstreut, über die Rosenbergs, über die Lage in Osteuropa.

* * *

Die Rosenbergs auf dem elektrischen Stuhl hingerichtet. Fühlte mich die ganze Nacht krank. Heute morgen wachte ich auf und fragte mich: Warum fühle ich mich so wegen der Rosenbergs und nur hilflos und deprimiert wegen der fälschlichen Anklagen in kommunistischen Ländern? Die Antwort ist ironisch. Ich fühle mich verantwortlich für das, was im Westen passiert, aber überhaupt nicht für das, was da drüben passiert. Und trotzdem bin ich in der Partei. Ich sagte so etwas Ähnliches zu Molly, und die antwortete kurz und bündig (sie ist mitten in einer harten Organisationstätigkeit): »In Ordnung, ich weiß, aber ich bin beschäftigt.«

* * *

Koestler. Etwas, was er sagte, geht mir nicht aus dem Sinn – daß jeder Kommunist im Westen, der nach einem gewissen Zeitpunkt in der Partei geblieben ist, das auf der Basis eines Privatmythos tat. So etwas Ähnliches. Also frage ich mich, was ist mein Privatmythos? Daß es, obgleich die meisten Kritiken an der Sowjetunion berechtigt sind, dort eine Gruppe von Leuten geben muß, die die Gelegenheit abwarten, den gegenwärtigen Prozeß in wirklichen Sozialismus zurückzuverwandeln. Ich hatte das bisher nicht so klar formuliert. Natürlich gibt es kein Parteimitglied, dem ich das sagen könnte, obwohl das die Art von Diskussion ist, die ich mit Ex-Parteileuten führe. Obwohl alle Parteileute, die ich kenne, ähnlich nicht mitteilbare Privatmythen haben, die alle ganz verschieden sind? Ich fragte Molly. Sie fuhr mich an: »Wozu liest du dieses Schwein Koestler?« Diese Bemerkung lag so fernab von ihrem üblichen Redeniveau, politisch oder sonstwie, daß ich überrascht war und versuchte, mit ihr zu diskutieren. Aber sie ist sehr beschäftigt. Wenn sie an einer Organisationsarbeit ist (sie macht eine große Ausstellung über Kunst aus Osteuropa), dann ist sie zu sehr vertieft, um interessiert zu sein. Sie ist dann in einer gänzlich anderen Rolle. Heute kam mir in den Sinn, daß ich, wenn ich mit Molly über Politik rede, nie weiß, welche Person antworten wird – die trockene, weise, ironische, politische Frau oder die Parteifanatikerin, die buchstäblich völlig verrückt klingt. Und ich habe selbst diese beiden Persönlichkeiten. Traf zum Beispiel Redakteur Rex auf der Straße. Das war letzte Woche. Nachdem die Begrüßungsfloskeln ausgetauscht waren, sah ich, wie er einen boshaften kritischen Blick bekam, und wußte, daß jetzt eine gehässige Bemerkung über die Partei fällig war. Und ich wußte, wenn er eine machte, würde ich sie verteidigen. Daß er gleich etwas Gehässiges und ich etwas Dummes sagen würde, war mir unerträglich.

Also entschuldigte ich mich und ließ ihn stehen. Es ist wirklich ein Problem, was man aber nicht realisiert, wenn man der Partei beitritt, daß man bald außer Kommunisten oder Leuten, die Kommunisten gewesen sind, niemanden mehr trifft, der ohne diese gräßliche dilettantische Gehässigkeit reden kann. Man wird isoliert. Deswegen werde ich natürlich aus der Partei austreten.

* * *

Ich sehe, daß ich gestern geschrieben habe, ich würde aus der Partei austreten. Ich frage mich, wann und aus welchem Anlaß?

* * *

Habe mit John zu Abend gegessen. Wir stimmen selten überein – immer am Rande politischer Meinungsverschiedenheit. Am Ende des Essens sagte er: »Wir verlassen die Partei deshalb nicht, weil wir es nicht ertragen können, unserem Ideal von einer besseren Welt Auf Wiedersehen zu sagen.« Platt genug. Und interessant, weil das impliziert, daß er glaubt und daß auch ich glauben soll, nur die Kommunistische Partei könne die Welt verbessern. Dennoch glaubt keiner von uns etwas Derartiges. Vor allem aber traf mich diese Bemerkung, weil sie allem, was er zuvor gesagt hatte, widersprach. (Ich hatte argumentiert, daß die Prager Affäre offensichtlich ein abgekartetes Spiel sei, und er sagte, obwohl die Partei ›Fehler‹ mache, sei sie unfähig, so vorsätzlich zynisch zu sein.) Ich kam nach Hause und dachte, daß irgendwo in meinem Hinterkopf, als ich der Partei beitrat, ein Bedürfnis nach Ganzheit, nach einem Ende der gespaltenen, zerteilten, unbefriedigenden Lebensweise von uns allen gewesen sein muß. Trotzdem hat der Parteieintritt die Gespaltenheit verstärkt – nicht die Tatsache, einer Organisation anzugehören, bei der jede Doktrin, jedenfalls auf dem Papier, den Ideen der Gesellschaft widerspricht, in der wir leben; sondern etwas viel Tieferes. Oder jedenfalls etwas, das schwerer zu verstehen ist. Ich versuchte, darüber nachzudenken, mein Hirn trieb immer wieder ins Leere, ich wurde verwirrt und erschöpft. Michael kam sehr spät. Ich erzählte ihm, über welches Problem ich nachgedacht hatte. Schließlich ist er ein Medizinmann, ein Seelenheiler. Er schaute mich an, sehr nüchtern und ironisch, und bemerkte: »Meine liebe Anna, von der menschlichen Seele, die in einer Küche sitzt oder meinetwegen auch in einem Doppelbett, was schon reichlich kompliziert ist, verstehen wir nur das Allerwenigste. Trotzdem sitzt du da und machst dir Sorgen, weil du nicht aus der menschlichen Seele inmitten einer Weltrevolution schlau werden kannst?« Also ließ ich es sein, und ich war froh darüber, aber nichtsdestoweniger fühlte ich mich schuldig, weil ich so froh war, nicht mehr darüber nachdenken zu müssen.

* * *

Ich machte einen Berlinbesuch mit Michael. Er auf der Suche nach alten Freunden, versprengt vom Krieg, die überall sein konnten. »Tot, nehme ich an«, sagte er in seinem neuen Tonfall, der eintönig ist aus Entschlossenheit, nichts zu fühlen. Stammt vom Prager Prozeß, diese Stimme. Ost-Berlin, entsetzlicher Ort, trostlos, grau, in Trümmern, vor allem aber die Atmosphäre, der Mangel an Freiheit wie ein unsichtbares Gift, das sich beständig überall hin verbreitet. Der bezeichnendste Vorfall folgender: Michael traf zufällig ein paar Freunde, die er aus der Zeit vor dem Krieg kannte. Sie grüßten ihn mit solcher Feindseligkeit – daß Michael, der vorgeeilt war, um ihre Aufmerksamkeit auf sich zu ziehen, in sich zusammenschrumpfte. Das lag daran, daß sie wußten, daß er mit den gehängten Männern in Prag, zumindest mit dreien von ihnen, befreundet gewesen war. Sie waren Verräter, also bedeutete das, daß auch er ein Verräter war. Er versuchte, sehr ruhig und höflich mit ihnen zu reden. Sie waren wie eine Gruppe von Hunden oder anderen Tieren, die sich, Köpfe nach außen, aneinanderpressen, um sich gegen die Angst zu schützen. So etwas an Angst und Haß habe ich noch nie erlebt. Eine von ihnen, eine Frau mit zornflammenden Augen, sagte: »Was tust du denn, *Genosse,* daß du dir so einen kostspieligen Anzug leisten kannst?« Michaels Kleidung war immer von der Stange, er gibt für Kleidung kein Geld aus. Er sagte: »Aber Irene, das ist der billigste Anzug, den ich in London kaufen konnte.« Im Handumdrehen verschloß sich ihr Gesicht vor Argwohn, sie warf ihren Begleitern einen Blick zu, dann eine Art Triumph. Und sagte: »Warum kommst du hierher und verbreitest dieses kapitalistische Gift? Wir wissen, daß ihr in Lumpen herumlauft und daß es keine Konsumgüter gibt.« Michael war zunächst fassungslos, dann sagte er, noch ironisch, sogar Lenin habe mit der Möglichkeit gerechnet, daß eine neu errichtete kommunistische Gesellschaft unter einer Knappheit an Konsumgütern leiden könnte. Während England, das, »wie du meiner Meinung nach weißt, Irene«, eine sehr solide kapitalistische Gesellschaft ist, ziemlich gut mit Konsumgütern versorgt ist. Sie schnitt eine Grimasse der Wut oder des Hasses. Dann drehte sie sich auf dem Absatz um und marschierte davon, und ihre Begleiter mit ihr. Alles, was Michael sagte, war: »Das war einmal eine intelligente Frau.« Später machte er Witze darüber, die müde und deprimiert klangen. Er sagte zum Beispiel: »Stell dir vor, Anna, daß all diese heroischen Kommunisten gestorben sind, um eine Gesellschaft zu schaffen, in der Genossin Irene mich anspucken kann, weil ich einen etwas besseren Anzug trage als ihr Mann.«

* * *

Heute ist Stalin gestorben. Molly und ich saßen fassungslos in der Küche. Ich sagte immer wieder: »Wir sind inkonsequent, wir sollten froh sein. Wir haben seit Monaten gesagt, er müßte tot sein.« Sie sagte: »Ich weiß nicht, Anna, vielleicht hat er nie etwas von den schrecklichen Dingen gewußt, die passiert sind.« Dann lachte sie und sagte: »In Wirklichkeit sind wir fassungslos, weil wir halb tot sind vor Angst. Dann schon lieber die bekannten Übel.« »Schlimmer kann es gar nicht werden.« »Warum nicht? Wir befinden uns anscheinend alle in dem Glauben, daß es besser wird. Woher nehmen wir diesen Glauben? Manchmal denke ich, daß wir uns in eine neue Eiszeit von Tyrannei und Terror hineinbewegen. Wer soll diesen Prozeß aufhalten – wir?« Als Michael später kam, erzählte ich ihm, was Molly gesagt hatte – über Stalins Nichtwissen; weil ich dachte, wie merkwürdig es ist, daß wir alle dieses Bedürfnis nach dem großen Mann haben und ihn immer und immer wieder erschaffen, trotz aller Beweise. Michael sah müde und verbissen aus. Zu meiner Überraschung sagte er: »Es könnte doch wahr sein, oder nicht? Das ist es ja gerade – alles kann überall wahr sein, es gibt überhaupt keine Möglichkeit, die Wahrheit über irgend etwas herauszufinden. Alles ist möglich – alles ist so verrückt, daß einfach alles möglich ist.«

Sein Gesicht sah zerfallen und gerötet aus, als er das sagte. Seine Stimme war tonlos, wie jetzt immer. Später sagte er: »Wir sind froh, daß er tot ist. Aber als ich jung und politisch aktiv war, war er für mich ein großer Mann. Er war für uns alle ein großer Mann.« Dann versuchte er zu lachen und sagte: »Schließlich ist das an sich ja nichts Falsches, wenn man möchte, daß es einen großen Mann in der Welt gibt.« Dann legte er mit einer neuen Geste seine Hand über die Augen, schirmte die Augen ab, als ob ihn das Licht schmerzte. Er sagte: »Ich habe Kopfweh, laß uns zu Bett gehen, ja?« Im Bett liebten wir uns nicht, wir lagen ruhig nebeneinander, ohne zu sprechen. Er weinte im Schlaf, ich mußte ihn aus einem Alptraum wecken.

* * *

Nachwahl. Nord-London. Kandidaten – Konservative, Labour, Kommunisten. Ein Labour-Sitz, aber mit geschrumpfter Mehrheit von der vorangegangenen Wahl. Wie üblich lange Diskussionen in KP-Kreisen, ob es richtig ist, die Labour-Wählerschaft zu spalten. Ich war bei mehreren dabei. Diese Diskussionen haben ein Grundmuster. Nein, wir wollen die Wählerschaft nicht spalten; es ist wichtiger, einen Vertreter der Labour-Partei hineinzubekommen statt einen Tory. Andererseits, wenn wir an die KP-Politik glauben, dann müssen wir versuchen, unseren Kandidaten hineinzubekommen. Aber wir wissen, daß keine Aussicht darauf besteht, einen KP-Kandidaten hineinzubekommen. Diese ausweglose Lage bleibt bestehen, bis ein Emissär von der Zentrale kommt und sagt, daß es falsch ist, die KP als eine Art Anheizgruppe zu betrachten, das sei reiner Defätismus, wir hätten die Wahl durchzukämpfen, als wären wir überzeugt davon, daß wir sie gewinnen würden.

(Aber wir wissen, daß wir sie nicht gewinnen.) Die Kampfrede des Mannes von der Zentrale regt zwar alle dazu an, hart zu arbeiten, löst aber nicht das Grunddilemma. Bei allen drei Gelegenheiten, bei denen ich diesen Vorgang miterlebte, wurden Zweifel und Konfusionen von – *einem Witz* gelöst. Oh ja, von eminenter politischer Bedeutung, dieser Witz. Den machte der Mann von der Zentrale selber: »Es ist in Ordnung, Genossen, wir werden unsern Einsatz verlieren, wir werden nicht genug Stimmen gewinnen, um die Labourwählerschaft zu spalten.« Erleichtertes Gelächter allerseits, und die Versammlung löst sich auf. Dieser Witz, der im totalen Widerspruch zur gesamten offiziellen Politik steht, drückt in der Tat das aus, was alle denken. Ich habe drei Nachmittage an der Wahlkampagne mitgearbeitet. Hauptquartier der Kampagne im Haus eines Genossen, der in dem Gebiet wohnt; Kampagne organisiert vom allgegenwärtigen Bill, der im Wahlbezirk wohnt. Etwa ein Dutzend Hausfrauen, die nachmittags frei sind und als Wahlhelferinnen arbeiten – die Männer kommen abends. Jeder kannte jeden, die Atmosphäre von Leuten, die für ein gemeinsames Ziel zusammenarbeiten, finde ich wundervoll. Bill, ein glänzender Organisator, arbeitete alles bis zum letzten Detail aus. Teestunden und Diskussion darüber, wie es hier lief, bevor wir zur Wahlkampagne auszogen. Dies ist ein Arbeiterbezirk. »Starke Unterstützung für die Partei hier in der Gegend«, sagte eine Frau stolz. Habe zwei Dutzend Karten mit den Namen von Wählern erhalten, die schon besucht worden sind, mit dem Vermerk ›unschlüssig‹. Meine Aufgabe, sie noch einmal zu besuchen und dazu zu überreden, für die KP zu stimmen. Als ich das Wahlkampfhauptquartier verlasse, Diskussion über die richtige Art, sich für die Wahlwerbung zu kleiden – die meisten Frauen sind viel besser gekleidet als die Frauen der Gegend. »Ich finde nicht, daß es richtig ist, sich anders anzuziehen als sonst«, sagte eine Frau, »das ist eine Art Mogelei.« »Ja, aber wenn du zu schick an der Tür auftauchst, gehen sie in die Defensive.« Genosse Bill sagt lachend und gutmütig – dieselbe energische Gutmütigkeit wie Molly, wenn sie mit Kleinarbeit überhäuft ist: »Es kommt nur auf das Resultat an.« Die beiden Frauen tadeln ihn, finden ihn unehrlich. »Wir müssen in allem, was wir tun, ehrlich sein, sonst trauen sie uns nicht.« Die Namen, die ich bekommen habe, sind Namen von Leuten, die weit verstreut in einem großen Arbeiterviertel wohnen. Eine sehr häßliche Gegend mit kleinen, ärmlichen Reihenhäusern. Ein Hauptbahnhof, eine halbe Meile entfernt, verbreitet rundherum dicken Rauch. Schwärzliche Wolken, tiefhängend und dick, und der Rauch steigt zu ihnen auf, um sich mit ihnen zu vermengen. Das erste Haus hat eine rissige, verblichene Tür. Mrs. C., in einem ausgeleierten Wollkleid und Schürze, eine verbrauchte Frau. Sie hat zwei kleine Jungen, gutgekleidet und gepflegt. Ich sage, ich komme von der KP; sie nickt. Ich sage: »Ich höre, Sie sind sich noch unschlüssig, ob Sie für uns

stimmen wollen?« Sie sagt: »Ich habe nichts gegen Sie.« Sie ist nicht feindselig, sondern höflich. Sie sagt: »Die Dame, die letzte Woche da war, hat ein
Buch dagelassen.« (Eine Broschüre.) Schließlich sagt sie: »Aber wir haben
immer für Labour gestimmt, meine Liebe.« Ich mache auf der Karte bei
Labour ein Zeichen, streiche das ›unschlüssig‹ durch und gehe weiter. Der
nächste, ein Zypriote. Dieses Haus sogar noch ärmlicher. Ein sorgenvoll
aussehender junger Mann, ein hübsches dunkles Mädchen, ein neugeborenes
Baby. Kaum irgendwelche Möbel. Neu in England. Es stellt sich heraus, daß
es bei dem ›unschlüssig‹ um die Frage geht, ob sie überhaupt wahlberechtigt
sind. Ich erkläre ihnen, daß sie es sind. Beide sehr freundlich, möchten aber,
daß ich gehe. Das Baby schreit, eine gedrückte, gequälte Atmosphäre. Der
Mann sagt, er habe nichts gegen die Kommunisten, aber er möge die Russen
nicht. Ich habe das Gefühl, daß sie sich nicht die Mühe machen werden zu
wählen, aber ich lasse ›unschlüssig‹ auf der Karte stehen und gehe weiter zum
nächsten. Ein guterhaltenes Haus mit einer Gruppe von Halbstarken davor.
Bewundernde Pfiffe und freundliche Spötteleien, als ich ankomme. Ich störe
die Hausfrau, die schwanger ist und sich hingelegt hatte. Bevor sie mich
einläßt, sagt sie klagend zu ihrem Sohn, er hätte doch versprochen, für sie
einkaufen zu gehen. Er sagt, er würde später gehen: ein hübscher, kräftiger,
gutgekleideter Junge von etwa sechzehn – alle Kinder in dem Gebiet gutgekleidet, selbst wenn ihre Eltern es nicht sind. »Was wollen Sie?« fragt sie
mich. »Ich bin von der KP« – und ich erkläre. Sie sagt: »Ja, Sie waren schon
mal da.« Höflich, aber gleichgültig. Am Schluß einer Debatte, in deren
Verlauf es schwierig ist, sie überhaupt zu irgendeiner Zustimmung oder
Ablehnung zu bewegen, sagt sie, ihr Mann habe immer Labour gewählt und
sie täte, was ihr Mann sagt. Als ich gehe, schreit sie ihren Sohn an, aber der
verkrümelt sich grinsend mit ein paar Freunden. Sie brüllt ihm nach. Dennoch hat diese Szene etwas Gutmütiges an sich: Sie erwartet nicht wirklich
von ihm, daß er für sie einkaufen geht, schnauzt ihn aber aus Prinzip an, und
er erwartet, daß sie ihn anschnauzt und daß sie sich im Grunde nichts daraus
macht. Beim nächsten Haus bietet mir die Frau sofort und übereifrig eine
Tasse Tee an, sie hat Wahlen gern, »dauernd kommen Leute auf einen kleinen
Schwatz herein«. Kurz, sie ist einsam. Sie redet und redet über ihre persönlichen Probleme in einem schleppenden, teilnahmslosen, sorgenvollen Tonfall.
(Von allen Häusern, die ich besucht habe, war dies das einzige, das mir nach
wirklichem Kummer, nach wirklichem Leid aussah.) Sie sagte, sie habe drei
kleine Kinder, langweile sich, wolle wieder arbeiten gehen, ihr Mann ließe sie
nicht. Sie redete und redete und redete, zwanghaft, ich war fast drei Stunden
da, konnte nicht gehen. Als ich schließlich fragte, ob sie für die KP stimmen
würde, sagte sie: »Ja, wenn Sie möchten, meine Liebe« – was sie meiner
Überzeugung nach allen Wahlhelfern gesagt hatte. Sie fügte hinzu, daß ihr

173

Mann immer Labour wähle. Ich änderte das ›unschlüssig‹ in Labour um und ging weiter. Gegen zehn Uhr abends war ich zurück, hatte alle Karten bis auf drei in Labour umgeändert und händigte sie Genosse Bill aus. Ich sagte: »Wir haben ein paar ganz schön optimistische Wahlhelfer.« Er blätterte die Karten durch, ohne Kommentar, steckte sie in ihre Kästen zurück und sagte dann laut, als Ansporn für die anderen Wahlhelfer, die gerade hereinkamen: »Wir haben starke Unterstützung für unsere Politik, wir kriegen unseren Kandidaten schon noch hinein.« Insgesamt machte ich drei Nachmittage lang Besuche, die anderen beiden nicht bei ›Unschlüssigen‹, sondern bei Leuten, die zum erstenmal besucht wurden. Fand zwei KP-Wähler, beide Parteimitglieder, alle übrigen Labour-Wähler. Fünf einsame Frauen, von denen jede für sich in aller Stille verrückt wird, trotz Ehemann und Kindern, oder eher deshalb. Eine Eigenschaft hatten sie alle: Zweifel an sich selbst. Ein Schuldgefühl, weil sie nicht glücklich waren. Die Formulierung, die sie alle gebrauchten: »Mit mir muß irgend etwas nicht stimmen.« Wieder im Hauptquartier der Kampagne, erwähnte ich diese Frauen der Frau gegenüber, die am Nachmittag Dienst tat. Sie sagte: »Ja, wo ich auch immer Besuche mache, kriege ich das Hosenflattern. Dieses Land ist voll von Frauen, die ganz im Alleingang verrückt werden.« Eine Pause, daraufhin, mit einem Anflug von Aggressivität, der Kehrseite des Selbstzweifels, des Schuldgefühls, das die Frauen, mit denen ich geredet hatte, gezeigt hatten: »Na ja, ich war genauso, bis ich in die Partei eingetreten bin und mein Leben einen Sinn bekommen hat.« Ich habe darüber nachgedacht – in Wahrheit interessieren mich diese Frauen viel mehr als die ganze Wahlkampagne. Wahltag: Labour drin, geringe Mehrheit. Kommunistischer Kandidat verliert den Einsatz. *Witz.* (Im Hauptquartier Spaßmacher Genosse Bill.) »Hätten wir noch zweitausend Stimmen mehr gekriegt, hätte die Labour-Mehrheit auf Messers Schneide gestanden. Wo viel Schatten ist, ist auch viel Licht.«

* * *

Jean Barker. Frau eines mittleren Parteibeamten. Vierunddreißig Jahre alt. Klein, dunkel, rundlich. Ziemlich häßlich. Ehemann bevormundet sie. Sie hat einen permanent gezwungenen, fragend-freundlichen Ausdruck. Kommt vorbei, um Parteibeiträge einzukassieren. Eine geborene Schwätzerin, hört nie auf zu schwatzen. Die interessanteste Art von Schwätzer, die es gibt, sie weiß erst, was sie sagt, wenn es ihr über die Lippen kommt, so daß sie ständig errötet, sich selbst abrupt unterbricht, erklärt, was sie damit gemeint hat, oder nervös lacht. Oder sie hält mit einem verwirrten Stirnrunzeln mitten im Satz inne, als wollte sie sagen: »Das habe ich doch bestimmt nicht gemeint?« Auf die Weise wirkt sie wie jemand, der zuhört, während sie spricht. Sagt, sie habe einen Roman angefangen, habe aber nicht die Zeit, ihn zu Ende zu schreiben. Ich habe bisher noch nirgends ein Parteimitglied kennengelernt, das nicht mindestens einen Roman, ein paar Kurzgeschichten oder ein Theaterstück geschrieben oder halbgeschrieben hat oder zu schreiben plant. Ich finde das ein außergewöhnliches Faktum, obwohl ich es nicht verstehe. Wegen ihres unaufhörlichen Redeflusses, der die Leute schockiert oder zum Lachen bringt, bekommt sie allmählich die Persönlichkeit eines Clowns oder professionellen Humoristen. Sie hat überhaupt keinen Sinn für Humor. Aber wenn sie sich irgendeine verblüffende Bemerkung machen hört, weiß sie aus Erfahrung, daß die Leute gleich lachen werden oder fassungslos sind, deshalb lacht sie schnell selber, verwirrt und nervös, und haspelt weiter. Sie hat drei Kinder. Sie und ihr Mann haben große Pläne für sie, scheuchen sie durch die Schule, damit sie ein Stipendium bekommen. Die Kinder sorgfältig nach ›Parteilinie‹ erzogen, russische Verhältnisse etc. Fremden gegenüber haben sie den defensiven, verschlossenen Blick von Menschen, die sich in der Minderheit wissen. Kommunisten gegenüber versuchen sie mit ihrem Partei-Know-how anzugeben, während der stolze Blick ihrer Eltern auf ihnen ruht.

Jean leitet eine Kantine. Viele Stunden pro Tag. Hält ihre Wohnung und ihre Kinder und sich selbst tadellos in Ordnung. Sekretärin der Partei-Ortsgruppe. Ist mit sich selbst unzufrieden. »Ich leiste nicht genug, ich meine, die Parteiarbeit reicht mir nicht, habe es langsam satt – immer nur Schreibarbeit wie im Büro, bedeutet mir gar nichts.« Lacht nervös. »George« (ihr Mann) »sagt, das ist die falsche Einstellung, aber ich sehe nicht ein, weshalb ich mich immer krummlegen soll. Ich glaube, die irren sich oft genug, nicht wahr?« Lacht. »Ich habe beschlossen, zur Abwechslung mal was Sinnvolles zu tun.« Lacht. »Ich meine, etwas anderes. Inzwischen reden sogar die Genossen an der Spitze von Sektierertum, nicht wahr?... Und die müssen doch *am ehesten* wissen, was sie sagen...« Lacht. »Obwohl das keineswegs der Fall zu sein scheint... wie auch immer, ich habe beschlossen, zur Abwechslung mal was Nützliches zu tun.« Lacht. »Ich meine, etwas anderes. Also unterrichte ich jetzt Samstag nachmittag eine Klasse mit zurückgebliebenen Kindern. Ich war nämlich Lehrerin, weißt du. Ich gebe ihnen Nachhilfe. Nein, keine Parteikinder, ganz gewöhnliche Kinder.« Lacht. »Fünfzehn sind es. George sagt, es wäre sinnvoller, wenn ich Parteimitglieder heranziehen würde, aber ich wollte etwas wirklich Nützliches tun...« Und so weiter. Die Kommunistische Partei setzt sich weitgehend aus Leuten zusammen, die nicht wirklich politisch sind, dafür aber eine starke Tendenz zum Dienen haben. Und dann sind da noch die Einsamen, die Partei ist ihre Familie. So wie der Dichter Paul, der sich letzte Woche betrank und sagte, er habe die Partei satt, sie widere ihn an – aber er ist 1935 eingetreten, und wenn er austreten würde, dann würde er aus ›seinem ganzen Leben‹ austreten.

[Das gelbe Notizbuch sah aus wie das Manuskript zu einem Roman, denn es nannte sich *Der Schatten der Dritten.* Es fing so an wie ein Roman:]

Julias Stimme tönte laut die Treppe hinauf: »Ella, gehst du nicht zu der Party? Gehst du jetzt ins Bad? Wenn nicht, dann gehe ich.« Ella antwortete nicht. Sie saß auf dem Bett ihres Sohnes und wartete darauf, daß er einschlief. Außerdem hatte sie beschlossen, nicht zu der Party zu gehen, und wollte sich nicht mit Julia streiten. Kurz darauf machte sie eine vorsichtige Bewegung vom Bett fort, aber sofort öffneten sich Michaels Augen, und er sagte: »Was für Party? Gehst du hin?« »Nein«, sagte sie, »schlaf jetzt.« Seine Augen schlossen sich, die Wimpern zitterten und lagen still. Selbst im Schlaf noch wirkte er sehr groß, ein stämmiger, kräftiger Vierjähriger. In dem gedämpften Licht glänzte alles golden. Das sandfarbene Haar, die Wimpern, selbst der winzige Flaum auf seinem nackten Unterarm. Seine Haut war gebräunt und schimmerte leicht vom Sommer. Ella machte leise das Licht aus – wartete; ging zur Tür – wartete; schlüpfte hinaus – wartete. Kein Laut. Julia kam rasch die Treppe herauf und fragte mit ihrer ausgelassenen, spontanen Stimme: »Also, gehst du?« »Schhhh, Michael ist gerade eingeschlafen.« Julia dämpfte ihre Stimme und sagte: »Geh jetzt baden. Ich möchte mich in Ruhe in der Wanne aalen, wenn du weg bist.« »Aber ich habe doch gesagt, daß ich nicht gehe«, sagte Ella, leicht gereizt.

»Warum nicht?« erwiderte Julia und ging in das große Zimmer der Wohnung, die zwei Zimmer und eine Küche hatte. Alle Räume waren ziemlich klein und hatten niedrige Decken, da sie direkt unterm Dach lagen. Das Haus gehörte Julia, und Ella wohnte mit ihrem Sohn Michael in diesen drei Räumen. Im großen Zimmer war ein Bett in einer Nische, Bücher, ein paar Drucke. Es war hell und licht, ziemlich gewöhnlich, nein, anonym. Ella hatte nicht versucht, ihm ihren eigenen Geschmack aufzuzwingen. Irgendeine Hemmung hielt sie davon ab: Dies war Julias Haus, waren Julias Möbel; die Zeit, ihren eigenen Geschmack zu realisieren, war noch nicht gekommen. Das hatte sie irgendwie im Gefühl. Trotzdem genoß sie es, hier zu leben, und hatte keine Pläne für einen Umzug. Ella lief Julia hinterher und sagte: »Ich habe gar keine Lust.« »Du hast doch nie Lust«, sagte Julia. Sie hockte in einem Lehnstuhl, der ein paar Nummern zu groß war für das Zimmer, und rauchte. Julia war prall, untersetzt, vital, energisch, jüdisch. Sie war Schauspielerin. Sie hatte sich nie damit wichtig gemacht, daß sie Schauspielerin war. Sie spielte kleine Rollen, kompetent. Sie beklagte sich, daß für sie immer nur zwei Rollen in Frage kamen: Arbeiterfrau komisch und Arbeiterfrau pathetisch. Sie fing an, fürs Fernsehen zu arbeiten. Sie war zutiefst unzufrieden mit sich selbst.

Als sie sagte: »Du hast doch nie Lust«, klagte sie damit zunächst Ella, aber auch sich selbst an. Sie hatte immer Lust auszugehen, nie konnte sie eine Einladung ablehnen. Selbst wenn sie ihre Rolle verachtete, das Stück haßte und sich wünschte, sie hätte nichts damit zu tun, genoß sie, was sie ›ihre Persönlichkeit zur Schau tragen‹ nannte. Sie liebte Proben, Theaterbetrieb, Small-talk und Bosheit.

Ella arbeitete für eine Frauenzeitschrift. Sie hatte drei Jahre lang über Kleidung und Kosmetik Artikel von der Sorte Wie-kriege-und-halte-ich-einen-Mann geschrieben und haßte die Arbeit. Sie taugte nicht dafür. Sie wäre längst vor die Tür gesetzt worden, wäre sie nicht eine Freundin der Chefredakteurin gewesen. Seit kurzem hatte sie eine Aufgabe übernommen, die ihr viel mehr Spaß machte. Die Zeitschrift hatte eine medizinische Kolumne eingeführt, die von einem Arzt geschrieben wurde. Jede Woche trafen mehrere hundert Leserbriefe ein, die Hälfte davon hatte aber mit Medizin gar nichts zu tun, sie waren derart persönlich, daß sie privat beantwortet werden mußten. Ella bearbeitete diese Briefe. Außerdem hatte sie ein halbes Dutzend Kurzgeschichten geschrieben, die sie selbst satirisch als ›sensibel und weiblich‹ bezeichnete und über die Julia und sie sagten, solche Geschichten fänden sie am gräßlichsten. Und sie hatte einen Roman angefangen. Kurz, auf den ersten Blick gab es keinen Grund für Julia, Ella zu beneiden.

Die Party heute abend fand im Hause des Arztes statt, für den Ella arbeitete. Weit draußen in Nord-London. Ella war träge. Es bedeutete für sie jedesmal von neuem eine Anstrengung, sich in Bewegung zu setzen. Und wäre Julia nicht hinaufgekommen, dann wäre sie zu Bett gegangen und hätte gelesen.

»Du sagst«, sagte Julia, »daß du wieder heiraten möchtest, aber wie willst du heiraten, wenn du nie wohin gehst?«

»Das ist es ja, was ich nicht ausstehen kann«, sagte Ella mit plötzlicher Energie. »Ich bin wieder auf dem Markt, also muß ich auf Partys gehen.«

»Es hat keinen Sinn, so zu denken – so läuft's doch, oder etwa nicht?«

»Ich nehm's an.«

Ella wünschte, Julia würde gehen, saß auf der Kante des Bettes (augenblicklich ein Diwan, der mit weichem, grünen, grobgewebten Stoff bedeckt war) und rauchte mit ihr. Sie glaubte, sie würde verbergen, was sie fühlte, in Wirklichkeit aber runzelte sie die Stirn und war nervös. »Schließlich«, sagte Julia, »bist du überhaupt nur noch mit diesen Snobs aus deinem Büro zusammen.« Sie fügte hinzu: »Außerdem war dein Entschluß letzte Woche endgültig.«

Ella lachte plötzlich, und nach einem Augenblick lachte Julia mit, und gleich herrschte wieder freundschaftliche Atmosphäre.

Julias letzte Bemerkung hatte einen vertrauten Ton getroffen. Sie betrachteten sich beide als völlig normale, um nicht zu sagen, konventionelle Frauen.

177

Das heißt, Frauen mit konventionellen Gefühlsreaktionen. Daß ihr Leben allem Anschein nach nicht in den üblichen Bahnen verlief, lag, wie sie glaubten und unter Umständen sogar sagen würden, daran, daß sie niemals Männern begegneten, die in der Lage waren zu verstehen, wer sie wirklich waren. Wie die Dinge standen, wurden sie von Frauen mit einer Mischung von Neid und Feindseligkeit angesehen und von Männern mit Gefühlen, die – wie sie klagten – deprimierend banal waren. Ihre Freunde betrachteten sie als Frauen, welche die herkömmliche Moral ausdrücklich verachteten. Hätte Ella gesagt, daß sie während der ganzen Zeit, in der sie auf die Scheidung wartete, sorgfältig darauf geachtet hatte, ihre eigenen Reaktionen den Männern gegenüber, die Interesse für sie zeigten, einzuschränken (d. h., sie schränkten sich schon von selber ein), dann hätte ihr niemand geglaubt, außer Julia. Ella war jetzt frei. Ihr Mann hatte am selben Tag, an dem die Scheidung vollzogen war, wieder geheiratet. Ella war das gleichgültig. Es war eine traurige Ehe gewesen, sicher nicht schlimmer als viele andere; aber Ella hätte sich als Verräter an ihrem eigenen Selbst gefühlt, wäre sie in einer Kompromißehe geblieben. Für Außenstehende sah die Geschichte so aus, daß Ellas Mann sie wegen einer anderen verlassen hatte. Sie ärgerte sich über das Mitleid, das sie aus diesem Grunde erntete, tat aber nichts, um die Sache richtigzustellen, das ließ ihr Stolz nicht zu, der vielschichtig und kompliziert war. Und außerdem, war es nicht egal, was andere Leute dachten?

Sie hatte das Kind, ihre Selbstachtung, eine Zukunft. Sie konnte sich diese Zukunft nicht ohne Mann vorstellen. Deshalb, und natürlich auch, weil sie einsah, daß Julia mit Recht so praktisch dachte, sollte sie auf Partys gehen und Einladungen annehmen. Statt dessen schlief sie zuviel und war deprimiert.

»Und außerdem muß ich mich mit Dr. West streiten, wenn ich gehe, und das ist nicht gut.« Ella spielte darauf an, daß Dr. West ihrer Meinung nach seine Ratschläge nicht aus mangelnder Gewissenhaftigkeit, sondern aus Mangel an Phantasie beschränkte. Jede Anfrage, die er nicht durch einen Hinweis auf die richtigen Krankenhäuser, die richtigen Medikamente und Behandlungen beantworten konnte, gab er an Ella weiter.

»Ich weiß, sie sind einfach gräßlich.« Mit *sie* meinte Julia die Welt der Beamten, der Bürokraten, der Büromenschen schlechthin. *Sie* waren für Julia per definitionem Mittelstand – Julia war Kommunistin, obwohl sie nie in die Partei eingetreten war, außerdem gehörten ihre Eltern zur Arbeiterklasse.

»Schau dir das bloß an«, sagte Ella aufgeregt und zog ein gefaltetes blaues Blatt Papier aus ihrer Handtasche. Es war ein Brief, auf billigem Papier, und darauf stand: »Lieber Dr. Allsop. Ich habe das Gefühl, ich muß Ihnen in meiner Verzweiflung schreiben. Ich bekomme meinen Rheumatismus im Nacken und im Kopf. Sie beraten andere Leidende in ihrer Kolumne freundlich. Bitte raten Sie auch mir. Mein Rheumatismus fing an, als mein Mann am 9. März 1950 um 3 Uhr nachmittags im Krankenhaus verstarb. Jetzt bekomme ich Angst, weil ich in meiner Wohnung allein bin und nicht weiß, was passiert, wenn mein Rheumatismus mich überall befällt und ich mich nicht bewegen kann, um Hilfe zu holen. In der Hoffnung auf ein paar freundliche Zeilen. Ihre sehr ergebene (Mrs.) Dorothy Brown.«

»Was hat er gesagt?«

»Er sagte, er sei engagiert worden, um eine medizinische Kolumne zu schreiben, nicht um eine Poliklinik für Neurotiker zu leiten.«

»Ich kann ihn richtig hören«, sagte Julia, die Dr. West ein einziges Mal getroffen und ihn sofort als Feind erkannt hatte.

»Es gibt unzählige Menschen im ganzen Land, die in ihrem Elend vor sich hinschmoren, und keiner schert sich drum.«

»Keiner schert sich auch nur einen Deut drum«, sagte Julia. Sie drückte ihre Zigarette aus – ihren Kampf darum, Ella auf die Party zu schaffen, hatte sie offensichtlich aufgegeben – und sagte: »Ich geh' jetzt baden.« Und ging mit fröhlichem Geklapper singend die Treppe hinunter.

Ella rührte sich vorerst nicht von der Stelle. Sie dachte: »Wenn ich gehe, muß ich mir was zum Anziehen bügeln.« Fast wäre sie schon aufgestanden, um ihre Kleider zu inspizieren, da runzelte sie plötzlich die Stirn und dachte: »Wenn ich überlege, was ich anziehen soll, dann bedeutet das vielleicht, daß ich wirklich gehen will? Komisch. Vielleicht will ich tatsächlich gehen. So mache ich's immer, erst sage ich, nein, ich will nicht, und dann ändere ich meine Meinung. Vermutlich ist es aber so, daß ich in meinem Innern schon längst einen Beschluß gefaßt habe. Aber welchen? Denn in Wirklichkeit ändere ich meine Meinung gar nicht, ich ertappe mich plötzlich dabei, wie ich etwas tue, von dem ich zuerst gesagt habe, ich würde es nicht tun. Ja, so ist's. Und jetzt habe ich überhaupt keine Ahnung mehr, was ich eigentlich wollte.«

Ein paar Minuten später konzentrierte sie sich auf ihren Roman, der halb fertig war. Thema dieses Buches war ein Selbstmord. Der Tod eines jungen Mannes, der nicht weiß, daß er Selbstmord begehen wird, bis zum Augenblick seines Todes; da erst begreift er, daß er ihn schon seit Monaten vorbereitet hatte, und zwar bis in alle Details. Hauptakzent des Romans soll auf dem Kontrast zwischen der Oberfläche seines Lebens liegen, die geordnet und geplant, wenn auch ohne langfristiges Ziel ist – und einem darunterliegenden Motiv, das einzig dazu dient, auf den Selbstmord hinzuweisen, zum Selbstmord hinzuführen. Seine Zukunftspläne sind alle verschwommen und phantastisch, stehen im Kontrast zur strengen Realitätsnähe seines gegenwärtigen Lebens. Die Unterströmung von Verzweiflung, von Wahnsinn und Unlogik soll in den Wunschphantasien über eine ferne Zukunft münden, beziehungsweise aus ihnen hergeleitet werden. Die eigentliche Kontinuität des Romans soll also in diesem zunächst kaum wahrnehmbaren Untergrund von Verzweiflung liegen, im Anwachsen der unbewußten Absicht, Selbstmord zu begehen. Der Augenblick des Todes soll identisch sein mit der Enthüllung der wahren Kontinuität seines Lebens – einer Kontinuität der Realitätsferne, nicht der Ordnung, Disziplin, Realitätsnähe, des gesunden Menschenverstandes. Im Augenblick seines Todes soll verständlich werden, daß das Bindeglied zwischen dem dunklen Todesdrang und dem Tod selbst die wilden, verrückten Phantasien über ein schönes Leben gewesen sind; und daß gesunder Menschenverstand und Ordnung nicht (wie es zu einem früheren Zeitpunkt der Geschichte den Anschein hatte) Zeichen von Gesundheit, sondern Zeichen von Wahnsinn waren.

Die Idee zu diesem Roman war Ella in einem Moment gekommen, in dem sie sich wieder einmal dabei ertappt hatte, wie sie sich ankleidete, um mit Leuten essen zu gehen, nachdem sie sich vorgenommen hatte, nicht auszugehen. Ziemlich überrascht über ihren Gedanken sagte sie sich: Genauso würde ich Selbstmord machen. Wenn ich gerade dabei bin, aus einem offenen Fenster zu springen oder das Gas in einem kleinen, abgedichteten Zimmer aufzudrehen, würde ich mir ganz kalt, mit dem Gefühl, plötzlich etwas zu verstehen, was ich schon lange hätte verstehen sollen, sagen: Großer Gott! Das ist es also, was ich vorhatte. Die ganze Zeit schon! Ich möchte bloß wissen, wie viele Leute genau auf dieselbe Weise Selbstmord begehen? Man stellt sich das immer als eine verzweifelte Stimmung oder einen Krisenmoment vor. Trotzdem passiert es bei vielen bestimmt einfach so – sie merken plötzlich, daß sie ihre Papiere ordnen, Abschiedsbriefe schreiben, sogar ihre Freunde anrufen, heiter und freundlich, ja nahezu neugierig . . . sie registrieren, wie sie Zeitungen unter die Tür, in die Fensterrahmen stopfen, ganz ruhig und gekonnt, und ziemlich sachlich zu sich selber sagen: Schau an, schau an! Wie überaus interessant. Wie merkwürdig, daß ich nicht schon vorher kapiert habe, worauf das alles hinausläuft!

Ella fand diesen Roman schwierig. Nicht aus technischen Gründen. Im Gegenteil, sie konnte sich den jungen Mann sehr deutlich vorstellen. Sie wußte, wie er lebte, was seine Gewohnheiten waren. Es war so, als stünde die Geschichte schon irgendwo in ihrem Innern geschrieben und sie brauchte sie bloß abzuschreiben. Ihr Problem war, daß sie sich darüber schämte. Sie hatte Julia nichts davon erzählt. Sie wußte, ihre Freundin würde so etwas sagen wie: »Ist das nicht ein sehr negatives Thema?« Oder: »Das hilft uns auf unserem Weg nicht voran . . .« Oder sonst irgendein Urteil aus dem gängigen kommunistischen Arsenal. Ella lachte Julia dann wegen dieser Phrasen aus, trotzdem schien sie ihr auf dem Grunde ihres Herzens zuzustimmen, denn sie wußte auch nicht, was es jemandem nützen sollte, einen derartigen Roman zu lesen. Und doch schrieb sie ihn. Nicht nur, daß sie über das Thema überrascht und beschämt war, sie hatte manchmal sogar Angst davor. Sie hatte sogar gedacht: Vielleicht habe ich insgeheim den Beschluß gefaßt, Selbstmord zu machen, und weiß nichts davon? (Trotzdem glaubte sie nicht, daß das stimmte.) Und sie fuhr fort, den Roman zu schreiben, und suchte dafür Entschuldigungen wie: Es besteht ja keine Notwendigkeit, ihn zu veröffentlichen, ich schreibe ihn einfach für mich selbst. Und wenn sie mit Freunden darüber redete, scherzte sie: »Ich kenne nur noch Leute, die einen Roman schreiben.« Was mehr oder weniger zutraf. Tatsächlich faßte sie ihre Arbeit als eine Art privaten Zeitvertreib auf, vergleichbar mit der Leidenschaft anderer für Süßigkeiten, für die Einsamkeit oder dafür, Szenen mit einem unsichtbaren Alter ego auszuagieren oder Unterhaltungen mit dem eigenen Spiegelbild zu führen.

Nachdem Ella ein Kleid aus dem Schrank geholt und das Bügelbrett aufgestellt hatte, sagte sie: Also gehe ich doch noch zu der Party? Ich möchte bloß wissen, wann ich das beschlossen habe. Während sie das Kleid bügelte, fuhr sie fort, über ihren Roman nachzudenken, vielmehr etwas von dem, was in der Dunkelheit wartend bereitlag, ans Licht zu bringen. Sie hatte das Kleid schon angezogen und betrachtete sich in dem langen Spiegel, als sie den jungen Mann endgültig sich selbst überließ und sich auf das konzentrierte, was sie tat. Sie war mit ihrem Aussehen unzufrieden. Sie hatte das Kleid nie sehr gemocht. Sie hatte eine Menge Kleider im Schrank, mochte aber keins davon besonders. Und ebenso war es mit ihrem Gesicht, mit ihrem Haar. Ihr Haar saß nicht richtig, niemals. Und trotzdem hatte sie von Natur aus alles, um sich wirklich attraktiv zu machen. Sie war klein und schmalknochig. Die Züge ihres kleinen spitzen Gesichts waren wohlgeformt. Julia sagte immer wieder: »Wenn du dich richtig zurechtmachen würdest, dann würdest du aussehen wie eins von diesen pikanten französischen Mädchen, die immer so sexy sind, du bist der Typ.« Trotzdem schaffte Ella es nie. Heute abend zum Beispiel trug sie ein schlichtes, schwarzes Wollkleid, das aussah, als müßte es ›immer so sexy‹ sein, aber es war's nicht. Zumindest nicht an Ella. Das Haar hatte sie zurückgebunden. Sie sah blaß aus, fast streng.

»Die Leute, die ich da treffe, sind mir egal«, dachte sie und wandte sich vom Spiegel ab. »Also ist es auch egal, wie ich aussehe. Ich würde mir mehr Mühe geben für eine Party, zu der ich wirklich gern hinginge.«

Ihr Sohn schlief. Sie rief Julia vor der Badezimmertür zu: »Ich gehe doch.« Worauf Julia mit einem stillvergnügten, triumphierenden Glucksen antwortete: »Ich hab's mir gedacht.« »Ich bleibe nicht lange.« Worauf Julia nicht direkt antwortete. Sie sagte: »Ich werde meine Schlafzimmertür für Michael offenlassen. Gute Nacht.«

Zu Dr. Wests Haus zu kommen, bedeutete eine halbe Stunde Untergrundbahn mit einmal Umsteigen, dann eine kurze Busfahrt. Daß es Ella immer widerstrebte, sich aus Julias Haus herauszuschleppen, lag unter anderem daran, daß die Stadt sie ängstigte. Sich Meile um Meile unter der Last der Häßlichkeit Londons in seinen gesichtslosen vorstädtischen Einöden voran-kämpfen zu müssen, machte sie zornig; dann ebbte der Zorn ab und ließ Furcht zurück. Als sie an der Bushaltestelle auf den Bus wartete, überlegte sie es sich anders und beschloß zu laufen, um sich für ihre Feigheit zu strafen. Sie wollte die Meile bis zu dem Haus laufen und dem, was sie haßte, die Stirn bieten. Vor ihr her kroch die endlose Straße mit den grauen, armseligen kleinen Häusern. Vom dunstigen Himmel herab senkte sich das graue Licht des Spätsommerabends. Meilenweit, wohin man auch schaute, diese Häßlich-keit, diese Schäbigkeit. Dies war London – endlose Straßen mit solchen Häusern. Die volle Wucht dieser Erkenntnis war schon rein physisch schwer auszuhalten, denn – wo war die Kraft, die die Häßlichkeit fortschieben konnte? Und in jeder Straße, dachte sie, Leute wie die Frau, deren Brief in ihrer Handtasche war. Diese Straßen wurden beherrscht von Furcht und Ignoranz, und Ignoranz und Gemeinheit hatten sie gebaut. Dies war die Stadt, in der sie lebte, und sie war ein Teil von ihr und verantwortlich für sie . . . Ella ging rasch allein die Straße entlang, während sie ihre Absätze hinter sich klappern hörte. Sie betrachtete die Vorhänge vor den Fenstern. An diesem Ende der Straße wohnten Arbeiter, man konnte es an den Vorhängen aus Spitze und geblümtem Stoff sehen. Das waren die Leute, die die schreck-lichen, nicht beantwortbaren Briefe schrieben, mit denen sie fertigwerden mußte. Auf einmal war alles völlig verändert, weil die Vorhänge vor den Fenstern anders waren – Pfauenblau schimmerte hervor. Es war das Haus eines Malers. Er war in das schäbige Haus gezogen und hatte es wunderschön hergerichtet. Und andere Leute aus freien Berufen waren ihm gefolgt. Hier lebte eine kleine Gruppe von Menschen, die anders waren als die Menschen in der Gegend. Sie konnten mit den Leuten weiter unten in der Straße nicht kommunizieren, die wiederum diese Häuser nicht betreten konnten, wahr-scheinlich auch gar nicht wollten. Hier stand das Haus von Dr. West. – Er kannte den zuerst Zugezogenen, den Maler, und hatte das Haus schräg gegenüber gekauft. Er hatte gesagt: »Gerade noch rechtzeitig, die Preise steigen schon.« Der Garten war ungepflegt. Er war ein vielbeschäftigter Arzt mit drei Kindern, und seine Frau half ihm in der Praxis. Keine Zeit für Gärten. (Die Gärten weiter unten in der Straße waren fast alle gut gepflegt gewesen.) Aus dieser Welt, dachte Ella, kamen keine Briefe zu den Orakeln der Frauenzeitschriften. Die Tür öffnete sich, das lebhafte, freundliche Ge-sicht von Mrs. West kam zum Vorschein. Sie sagte: »Da sind Sie ja endlich«, und nahm Ellas Mantel. Der Flur war hübsch und sauber und praktisch – die Welt von Mrs. West. Sie sagte: »Mein Mann hat mir erzählt, daß sie wieder eine Reiberei mit ihm über seine Verrücktenecke hatten. Es ist schön von

Ihnen, daß Sie sich mit diesen Leuten so viel Mühe geben.« »Das ist meine Aufgabe«, sagte Ella. »Ich werde dafür bezahlt.« Mrs. West lächelte, mit freundlicher Toleranz. Sie mochte Ella nicht. Nicht etwa, weil sie mit ihrem Mann zusammenarbeitete – nein, das wäre eine viel zu ungehobelte Emotion für Mrs. West gewesen. Ella hatte Mrs. Wests Abneigung nie verstanden, bis sie sich eines Tages des Ausdrucks ›Ihr Karrieremädchen‹ bedient hatte. Es war ein genauso mißtönender Ausdruck wie ›Verrücktenecke‹ und ›diese Leute‹, so daß Ella unfähig gewesen war, darauf zu antworten. Und nun hatte Mrs. West sich vorgenommen, Ella zu verstehen zu geben, daß ihr Mann seine Arbeit mit ihr besprach, und damit ihre Rechte als Ehefrau zur Geltung gebracht. In der Vergangenheit hatte Ella sich gesagt: Aber sie ist trotz allem eine nette Frau. Jetzt dachte sie ärgerlich: Sie ist keine nette Frau. Diese Leute sind alle gefühllos und widerlich mit ihren desinfizierenden Phrasen, *Verrücktenecke* und *Karrieremädchen*. Ich mag sie nicht, und ich werde nicht so tun, als ob ich sie mag . . . Sie folgte Mrs. West ins Wohnzimmer, wo sie bekannte Gesichter sah. Die Frau zum Beispiel, für die sie bei der Zeitschrift arbeitete. Sie war mittleren Alters, tüchtig, gutgekleidet, mit glänzendem, gelocktem grauen Haar. Sie war eine berufstätige Frau, ihre äußere Erscheinung gehörte zu ihren Berufspflichten, anders als Mrs. West, die etwa genauso alt und auch angenehm anzusehen, aber mitnichten tüchtig war. Ihr Name war Patricia Brent, und der Name gehörte ebenfalls zu ihren Berufspflichten – Mrs. Patricia Brent, Chefredakteurin. Ella setzte sich neben Patricia, die sagte: »Dr. West hat uns erzählt, daß Sie sich mit ihm wegen der Briefe gestritten haben.« Ella blickte rasch umher und sah erwartungsvoll lächelnde Gesichter. Der Vorfall war als Partykost aufgetischt worden, und von ihr wurde erwartet, ein bißchen mitzuspielen und dann zu gestatten, daß die Sache fallengelassen wurde. Aber es durfte keine wirkliche Diskussion oder Unstimmigkeit geben. Ella sagte lächelnd: »Streit wäre zuviel gesagt.« Und in dem besorgten, klagend-humorvollen Ton, den man von ihr erwartete, setzte sie hinzu: »Es ist eben schrecklich deprimierend, daß man für diese Leute nichts tun kann.« Ihr fiel auf, daß sie den Ausdruck ›diese Leute‹ gebraucht hatte, und war verärgert und niedergeschlagen. Ich hätte nicht kommen sollen, dachte sie. Diese Leute (und diesmal meinte sie die Wests und das, was sie repräsentierten) tolerieren einen nur, wenn man so ist wie sie.

»Aber das sage ich ja gerade«, verkündete Dr. West lebhaft. Er war ein durch und durch lebhafter, tüchtiger Mann. Er fügte, Ella neckend, hinzu: »Es sei denn, das ganze System wird geändert. Unsere Ella ist Revolutionärin, ohne es zu wissen.« »Ich könnte mir vorstellen«, sagte Ella, »daß wir alle das System geändert haben möchten.« Aber das war der völlig falsche Ton. Dr. West runzelte unwillkürlich die Stirn, lächelte dann. »Aber natürlich möchten wir das«, sagte er. »Und je schneller, desto besser.« Die Wests stimmten für die Labour-Partei. Daß Dr. West Labour wählte, war für Patricia Brent, die die Tories wählte, Grund zum Stolzsein. Auf diese Weise war ihre Toleranz erwiesen. Ella hatte keine politischen Grundsätze, aber sie war auch wichtig für Patricia, und zwar aus dem paradoxen Grund, daß Ella keinen Hehl aus ihrer Verachtung für die Zeitschrift machte. Sie arbeitete in demselben Büro wie Patricia. Dieses Büro und alle anderen, die mit der Zeitschrift verbunden waren, hatten dieselbe Atmosphäre, eine Atmosphäre, die typisch für diese Zeitschrift war – zurückhaltend, frauchenhaft, snobistisch. Und alle Frauen, die dort arbeiteten, schienen unwillkürlich denselben Ton anzunehmen, sogar Patricia selbst, die überhaupt nicht so war. Denn Patricia war freundlich, herzlich, direkt, voller kämpferischer Selbstachtung. Dennoch sagte sie im Büro Sachen, die gar nicht ihre Art waren, und Ella, die für sich selbst fürchtete, kritisierte sie deswegen. Außerdem hielt sie ihr vor, daß sie sich, obschon sie beide in der Situation waren, sich ihren Lebensunterhalt verdienen zu müssen, noch längst nichts über ihre Arbeit vorzulügen brauchten. Sie hatte erwartet, ja sogar halb gewünscht, Patricia würde ihr sagen, sie sollte gehen. Statt dessen wurde sie zu einem teuren Mittagessen eingeladen, bei dem Patricia sich verteidigte. Es stellte sich heraus, daß für sie diese Arbeit eine Niederlage war. Sie war Moderedakteurin an einer großen eleganten Frauenzeitschrift gewesen, war aber offensichtlich den Anforderungen nicht gewachsen. Es war eine Zeitschrift mit einem modisch-kulturellen Anstrich, für die eine Redakteurin mit einer Nase für alles, was in der Kunst vorn dran war, gebraucht wurde. Patricia hatte kein Gespür für kulturelle Trends, was in Ellas Augen nur zu ihren Gunsten sprach, der Besitzer dieser speziellen Gruppe von Frauenzeitschriften jedoch hatte Patricia zu *Women at Home* abgeschoben. Mit diesem Magazin sollten Arbeiterfrauen angesprochen werden, nicht einmal der leiseste Anspruch auf kulturellen Ton wurde dort erhoben. Patricia war für die Arbeit genau die richtige, und das war es, was sie insgeheim bekümmerte. Schmachtend hatte sie die Atmosphäre der anderen Zeitschrift genossen, die Zusammenarbeit mit modischen Autoren und Künstlern. Sie war Tochter einer Gutsbesitzersfamilie, reich, aber spießbürgerlich; in ihrer Kindheit war sie von Dienstboten umsorgt worden, und diesen frühen Kontakt mit den ›unteren Schichten‹ – wie sie es nannte – erwähnte sie innerhalb des Büros nur sehr dezent; außerhalb dagegen ohne Hemmung. Sie hatte ihm ihr scharfsinniges, direktes Verständnis für das, was ihren Leserinnen aufgetischt werden mußte, zu verdanken.

Weit davon entfernt, sie vor die Tür zu setzen, hatte sie für Ella denselben sehnsüchtigen Respekt entwickelt, den sie für die elegante Zeitschrift gehegt hatte, die sie hatte aufgeben müssen. Ab und zu rieb sie es ihr unter die Nase, daß ein ›Intellektueller‹ für sie arbeitete – ein Mann, dessen Geschichten in den ›Intellektuellenzeitschriften‹ veröffentlicht worden waren.

Und sie hatte ein weitaus wärmeres, menschlicheres Verständnis für die Briefe, die ins Büro kamen, als Dr. West.

Sie stellte sich jetzt hinter Ella, indem sie sagte: »Ich finde, Ella hat recht. Jedesmal, wenn ich einen Blick auf ihre wöchentliche Dosis an Jammer werfe, weiß ich nicht, wie sie es überhaupt schafft. Es deprimiert mich dermaßen, daß ich nicht mal mehr essen kann. Und wenn mein Appetit flöten geht, dann ist die Lage wirklich ernst, das können Sie mir glauben.«

Jetzt lachten alle, und Ella lächelte Patricia dankbar zu. Die nickte, als wollte sie sagen: »Schon gut, wir wollten dich nicht kritisieren.«

Jetzt fing die Unterhaltung wieder an, und Ella war frei und konnte sich im Zimmer umsehen. Das Wohnzimmer war groß. Eine Wand war herausgerissen. In den anderen kleinen Häusern in der Straße, die alle identisch waren, dienten zwei winzige Erdgeschoßräume als Küche – vollgepfropft mit Leuten, die darin wohnten – und zugleich als gute Stube für den Besuch. Aus diesen beiden Räumen hatten die Wests einen einzigen gemacht, der sich über das ganze Erdgeschoß erstreckte, und eine Treppe führte nach oben zu den Schlafzimmern. Er war hell und leuchtete in vielen Farben. Scharf kontrastierende Blöcke in Dunkelgrün, Hellrosa und Gelb. Mrs. West hatte keinen Geschmack, und das Zimmer war dem nicht entronnen. In fünf Jahren, dachte Ella, werden die Häuser unten an der Straße auch Wände in kräftig leuchtenden Farben haben und Vorhänge und Kissen, die Ton-in-Ton gehalten sind. Wir drängen ihnen diese Stilrichtung auf – in *Women at Home* zum Beispiel. Und dieses Zimmer wird dann – wie sein? So, wie es demnächst Mode ist, nehme ich an . . . aber ich sollte etwas geselliger sein, schließlich ist das eine Party . . .

Als sie sich wieder umschaute, stellte sie fest, daß das keine Party war, sondern eine Ansammlung von Leuten, die da waren, weil die Wests sich gesagt hatten: »Zeit, daß wir mal wieder ein paar Leute zu uns bitten«, und die gekommen waren, weil sie sich sagten: »Fürchte, wir müssen mal wieder zu den Wests rüber.«

Wäre ich bloß nicht gekommen, dachte Ella, und dann dieser ganze lange Heimweg. An diesem Punkt stand ein Mann ihr gegenüber auf und setzte sich neben sie. Das erste, was sie wahrnahm, war das Gesicht eines mageren jungen Mannes und ein wissendes, nervös kritisches Lächeln, das, als er sprach und sich vorstellte (sein Name war Paul Tanner, und er war Arzt), hin und wieder von einer Anmut war, als lächelte er gegen seinen Willen oder unbewußt. Sie bemerkte, daß sie dankbar war für diese Momente von Wärme und zurücklächelte, deshalb sah sie sich ihn genauer an. Natürlich hatte sie sich geirrt, er war keineswegs so jung, wie sie gedacht hatte. Sein eher zottiges schwarzes Haar wurde dünn am Scheitel, und seine schneeweiße, leicht sommersprossige Haut hatte tiefe Falten um die Augen. Die waren blau, tief, ziemlich schön; Augen, die kämpferisch und ernst waren, mit einem Schimmer von Unsicherheit darin. Ein übernervöses Gesicht, entschied sie und sah, daß sein Körper beim Sprechen angespannt war. Er war ein guter Redner, beobachtete sich selber aber genau dabei. Sie reagierte jetzt ablehnend auf seine Gehemmtheit, während sie eben noch auf die unbewußte Wärme seines Lächelns eingegangen war.

Das waren die ersten Reaktionen auf den Mann, den sie später so lieben sollte. Später beschwerte er sich oft halb bitter, halb humorvoll: »Am Anfang hast du mich überhaupt nicht geliebt. Du hättest mich auf den ersten Blick lieben sollen. Ach wenn nur einmal in meinem Leben eine Frau mir einen Blick zuwerfen und sich in mich verlieben würde, aber das tun sie nie.« Noch später spann er das Thema fort, jetzt bewußt humorvoll, wegen der emotionalen Sprache: »Das Gesicht ist die Seele. Wie kann ein Mann einer Frau trauen, die sich erst in ihn verliebt, nachdem sie miteinander geschlafen haben. Du hast *mich* überhaupt nicht geliebt.« Und er brach in ein bitter scherzhaftes Lachen aus, während Ella rief: »Wie kannst du Miteinander-Schlafen von allem anderen trennen? Das hat doch keinen Sinn.«

Sie entzog ihm ihre Aufmerksamkeit. Sie wurde gewahr, daß er anfing, unruhig zu werden, und daß er es wußte. Zugleich, daß es ihm etwas ausmachte: Er war von ihr angezogen. Er war nur zu sehr darauf bedacht, sie festzuhalten; sie spürte, daß hinter all dem ein Stolz lag, ein sexueller Stolz, der verletzt wäre, wenn sie nicht reagierte, und das ließ in ihr ein plötzliches Verlangen nach Flucht aufkommen. Dieser ganze Gefühlskomplex, der viel zu plötzlich und zu heftig war, um angenehm zu sein, ließ Ella an ihren Ehemann George denken. Sie hatte George nahezu aus Erschöpfung geheiratet, nachdem er sie ein Jahr lang heftig umworben hatte. Sie hatte gewußt, daß sie ihn nicht hätte heiraten sollen. Trotzdem tat sie es; sie war nicht willensstark genug, um mit ihm zu brechen. Kurz nach der Heirat war sie von ihm sexuell abgestoßen, eine Reaktion, die sie einfach nicht kontrollieren oder verbergen konnte. Das verdoppelte sein Verlangen nach ihr, was ihre Abneigung um so größer machte – selbst aus ihrem Widerwillen schien er noch eine gewisse Erregung oder Befriedigung zu ziehen. Sie befanden sich offenkundig in einer hoffnungslosen psychologischen Sackgasse. Dann hatte er, um sie herauszufordern, mit einer anderen Frau geschlafen und ihr davon erzählt. Zu spät hatte sie den Mut gefunden, mit ihm zu brechen, der ihr vorher gefehlt hatte: Sie berief sich, unehrlich vor Verzweiflung, darauf, daß er ihr gegenüber die Treue gebrochen hatte. Das war nicht ihr Moralkodex, und die Tatsache, daß sie konventionelle Argumente benutzte und, weil sie ein Feigling war, endlos wiederholte, daß er ihr untreu geworden war, flößte ihr Selbstverachtung ein. Die letzten Wochen mit George waren ein Alptraum der Selbstverachtung und Hysterie, bis sie schließlich sein Haus verließ, um dem ein Ende zu setzen, um zwischen sich und dem Mann, der sie erstickte, gefangen hielt, ihr offenkundig ihren Willen nahm, Distanz zu schaffen. Er heiratete dann die Frau, die er benutzt hatte, um Ella zurückzuholen. Sehr zu Ellas Erleichterung.

Sie hatte die Angewohnheit, sich endlos mit Vorwürfen über ihr Verhalten während dieser Ehe zu quälen, wenn sie deprimiert war. Sie machte viele spitzfindige psychologische Bemerkungen darüber; verleumdete sich selbst und ihn; fühlte sich kaputt und befleckt von der ganzen Erfahrung, schlimmer noch, befürchtete insgeheim, daß sie durch irgendeinen Defekt, den sie hatte, zu einer unvermeidlichen Wiederholung der Erfahrung mit einem anderen Mann verdammt sein könnte.

Schon nach kurzer Zeit des Zusammenlebens mit Paul Tanner sagte sie mit der größten Schlichtheit: »Natürlich habe ich George nie geliebt.« Als wäre nichts weiter dazu zu sagen. Und soweit es sie betraf, war auch weiter nichts dazu zu sagen. Außerdem beunruhigte es sie keineswegs, daß Sätze wie: »Natürlich habe ich George nie geliebt«, und der Folgesatz: »Ich liebe Paul«, wohl kaum dazu angetan waren, die ganzen komplizierten psychischen Abläufe adäquat zu beschreiben.

Inzwischen versuchte sie unruhig, von ihm wegzukommen, und fühlte sich in der Falle gefangen – nicht durch ihn, sondern durch die Möglichkeit, daß ihre Vergangenheit in ihm wieder auferstehen könnte.

Er sagte: »Was war das für ein Fall, an dem sich Ihr Streit mit Dr. West entzündet hat?« Ganz offensichtlich versuchte er, sie festzunageln. Sie antwortete: »Oh, Sie sind ja auch Arzt, da sind das natürlich alles Fälle.« Schrill und aggressiv hatte das geklungen, und nun rang sie sich ein Lächeln ab und sagte: »Es tut mir leid. Aber ich glaube, die Arbeit regt mich mehr auf, als das normal ist.« »Ich weiß«, sagte er. Dr. West hätte nie gesagt: »Ich weiß«, und auf der Stelle erwärmte sich Ella für ihn. Die Frostigkeit ihres Verhaltens, die ihr nicht bewußt war, die sie nie ablegen konnte, außer bei Leuten, die sie gut kannte, schmolz sofort. Sie angelte in ihrer Handtasche nach dem Brief und sah ihn spöttisch über die Unordnung lächeln, die sie dabei zu Tage förderte. Lächelnd nahm er den Brief. Mit dem ungeöffneten Brief in der Hand saß er da und sah sie anerkennend an, so als heiße er sie willkommen, ihr wirkliches Selbst, das sich ihm nun geöffnet hatte. Dann las er den Brief und saß wieder da, diesmal mit dem geöffneten Brief. »Was hätte der arme West da tun sollen? Wollten Sie, daß er Salben verschreibt?« »Nein, nein, natürlich nicht.« Wahrscheinlich plagt sie ihren eigenen Arzt dreimal die Woche seit« – er sah im Brief nach – »dem 9. März 1950. Der arme Mann hat ihr sicher alle Salben verschrieben, die ihm eingefallen sind.« »Ja, ich weiß«, sagte sie. »Ich muß ihn morgen beantworten. Und etwa hundert weitere.« Sie streckte die Hand nach dem Brief aus. »Was werden Sie ihr raten?« »Was kann ich ihr schon raten? Es gibt Tausende und Abertausende, möglicherweise Millionen von solchen Frauen.« Das Wort ›Millionen‹ klang kindlich, sie sah ihn angespannt an und versuchte, ihm ihre Vision einer schwarzen Last von Ignoranz und Jammer zu vermitteln. Er reichte ihr den Brief und sagte: »Aber was werden Sie ihr tatsächlich raten?« »Nichts von dem, was ich ihr raten kann, kann sie wirklich brauchen. Denn was sie eigentlich wollte, war, daß Dr. Allsop persönlich zu ihr niedersteigt und sie rettet wie ein Ritter auf weißem Roß.« »Natürlich.« »Das ist ja mein Problem. Ich kann doch nicht sagen: Liebe Mrs. Brown, Sie haben keinen Rheumatismus, Sie sind einsam und vernachlässigt, Sie erfinden Symptome, um der Welt zu zeigen, daß Sie ein Recht darauf haben, daß jemand Ihnen Aufmerksamkeit schenkt. Oder?« »Alles können Sie sagen, taktvoll. Möglicherweise weiß sie es selbst. Sie können ihr sagen, sie soll sich bemühen, Leute kennenzulernen, und sich irgendeiner Organisation oder dergleichen anschließen.« »Ich finde das arrogant, wenn ich ihr sage, was sie tun soll.« »Sie hat um Hilfe gebeten, also wäre es arrogant, es nicht zu tun.« »Irgendeine Organisation, sagen Sie! Aber das ist nicht das, was sie braucht. Sie braucht nicht irgend etwas Unpersönliches. Sie war jahrelang verheiratet, und jetzt fühlt sie sich, als wäre ihr die eine Hälfte weggerissen.«

Bei diesen Worten betrachtete er sie einige Augenblicke lang ernst, und sie wußte nicht, was er dachte. Schließlich sagte er: »Na gut, ich nehme an, Sie haben recht. Aber Sie können ihr vorschlagen, daß sie sich an eine Heiratsvermittlung wendet.« Er lachte über den Abscheu, der sich auf ihrem Gesicht malte, und fuhr fort:

»Ja, ich verstehe, aber Sie würden sich wundern, wie viele gute Ehen ich selber durch Heiratsvermittlung gestiftet habe.«

»Sie klingen wie – eine Art psychiatrischer Sozialarbeiter«, sagte sie, und sobald die Worte heraus waren, wußte sie, was die Antwort sein würde. Dr. West, der vernünftige praktische Arzt, der kein ›Trara‹ vertragen konnte, hatte Witze über seinen Kollegen, ›den Medizinmann‹, gemacht, zu dem er Patienten mit ernsthaften seelischen Störungen schickte. Dies war also der ›Medizinmann‹.

Paul Tanner sagte widerstrebend: »Das bin ich in gewissem Sinne.« Sie wußte, daß das Widerstreben daher kam, daß er von ihr nicht die obligate Reaktion wünschte. Wie diese Reaktion war, konnte sie sich lebhaft vorstellen, weil sie gemerkt hatte, wie eine Welle der Erleichterung und des Interesses, eines leicht beklommenen Interesses, sie überflutet hatte, weil er der Medizinmann war, der alles mögliche Wissen über sie besaß. Sie sagte rasch: »Glauben Sie nicht, daß ich Ihnen gleich von meinen Problemen erzähle.« Nach einer Pause, während der er, wie sie wußte, nach Worten suchte, die sie davon abhalten sollten, sagte er: »Ich gebe nie Ratschläge auf Partys.«

»Außer der Witwe Brown«, sagte sie.

Er lächelte und bemerkte: »Sie gehören zum Mittelstand, nicht wahr?« Das war eindeutig ein Urteil. Ella war verletzt. »Der Herkunft nach«, sagte sie. Er sagte: »Ich bin aus der Arbeiterklasse, also weiß ich vielleicht etwas mehr über die Witwe Brown als Sie.«

An diesem Punkt kam Patricia Brent herüber und ›entführte‹ ihn, weil er mit ein paar Mitarbeitern von ihr reden sollte. Ella wurde klar, daß sie sich den Luxus gegönnt hatten, sich wie ein Paar zu benehmen auf einer Party, die nicht für Paare gemeint war. Patricia wollte ihnen mit ihrem Verhalten zeigen, daß sie die Aufmerksamkeit auf sich gelenkt hatten. Ella war ziemlich verärgert darüber. Paul wollte nicht gehen. Er warf ihr einen eindringlichen, bittenden, doch zugleich harten Blick zu. Ja, dachte Ella, einen harten Blick, wie ein befehlendes Nicken, daß sie bleiben sollte, wo sie war, bis er sich wieder freimachen konnte. Und es trieb sie wieder fort von ihm.

Es war Zeit, nach Hause zu gehen. Sie war nur eine Stunde bei den Wests gewesen, aber sie wollte weg. Paul Tanner saß jetzt zwischen Patricia und einer jungen Frau. Ella konnte nicht hören, was gesprochen wurde, aber dem halb offen, halb verstohlen interessierten Ausdruck der beiden Frauen konnte sie entnehmen, daß sie indirekt oder direkt über Dr. Tanners Beruf redeten und daß das Gespräch nur die beiden befeuerte, während er ein höfliches, aber steifes Lächeln beibehielt. Er wird die nächsten Stunden nicht von ihnen loskommen, dachte Ella; und sie stand auf und entschuldigte sich bei Mrs. West, die ärgerlich war, daß sie so früh ging. Sie nickte Dr. West zu, den sie morgen über einem Stapel Briefe wiedertreffen würde, und lächelte Paul an.

Bei der Nachricht, daß sie gehen wollte, öffneten sich im Nu seine blauen Augen, knallblau und aufs äußerste überrascht. Sie ging in den Flur, um ihren Mantel anzuziehen, da kam er hastig hinter ihr her und bot ihr an, sie nach Hause zu bringen. Sein Benehmen war jetzt unfreundlich, beinah grob, weil er nicht zu so einer öffentlichen Verfolgung hatte gezwungen werden wollen. Ella sagte: »Es liegt vermutlich nicht auf Ihrem Weg.« Er fragte: »Wo wohnen Sie?«, und als sie es ihm gesagt hatte, meinte er bestimmt, es liege überhaupt nicht abseits von seinem Wege. Er hatte einen kleinen englischen Wagen. Er fuhr ihn schnell und gut. Das London der Autobesitzer und Taxibenutzer ist eine völlig andere Stadt als das London der U-Bahn- und Busbenutzer. Ella dachte, daß die Meilen von grauem Elend, durch die sie eben gereist war, nun zu einer nebligen und leuchtenden Stadt geworden waren, lichterblühend; und daß dieses Elend keine Macht mehr hatte, sie zu ängstigen. Inzwischen schoß Paul Tanner ihr scharfe fragende Blicke zu und stellte kurze praktische Fragen nach ihrem Leben. Sie erzählte ihm, in der Absicht, seine Klassifizierungswut herauszufordern, daß sie während des ganzen Krieges in einer Kantine für Fabrikarbeiterinnen serviert und im selben Wohnheim wie die Frauen gewohnt hatte. Daß sie sich nach dem

Krieg eine Tuberkulose zugezogen hatte, allerdings keine schwere, und sechs Monate auf dem Rücken liegend in einem Sanatorium verbracht hatte. Daß dies das Erlebnis war, das ihr Leben und sie selbst tiefgreifender verändert hatte als die Kriegsjahre mit den Fabrikarbeiterinnen. Und daß ihre Mutter gestorben war, als sie noch sehr jung war, und ihr Vater, ein schweigsamer, verbissener Mann, ehemaliger Armeeoffizier aus Indien, sie erzogen hatte. »Wenn man das Erziehen nennen kann. Ich war mir selbst überlassen, und ich bin heute dankbar dafür«, sagte sie lachend. Sie sei kurz und unglücklich verheiratet gewesen. Zu all diesen Informationsbrocken nickte Paul Tanner; und Ella sah ihn hinter einem Schreibtisch sitzen und zu den Antworten eines Patienten nicken, den er befragt hatte. »Man sagt, Sie schreiben Romane«, äußerte er, als er den Wagen vor Julias Haus zum Stehen brachte. »Ich schreibe keine Romane«, sagte sie verärgert wie über einen Eingriff in ihre Privatsphäre und stieg sofort aus dem Auto. Er stieg rasch auf seiner Seite aus und erreichte gleichzeitig mit ihr die Tür. Sie zögerten. Aber sie wollte hineingehen, wollte weg von seiner zielstrebigen Verfolgung. Er sagte brüsk: »Wollen Sie morgen nachmittag mit mir einen Ausflug machen?« Und warf, als hätte er sich nachträglich etwas überlegt, einen hastigen Blick auf den dick bewölkten Himmel und sagte: »Es sieht ganz nach schönem Wetter aus.« Darüber mußte sie lachen, und aus dem guten Gefühl heraus, das das Lachen in ihr hervorgerufen hatte, sagte sie ja. Sein Gesicht strahlte vor Erleichterung – mehr noch, vor Triumph. Er hat eine Art Sieg errungen, dachte sie ziemlich entmutigt. Dann, nach einem erneuten Zögern, schüttelte er ihr die Hand, nickte, ging zu seinem Wagen und sagte, er würde sie um zwei Uhr abholen. Sie ging hinein, den dunklen Flur entlang, die dunkle Treppe hinauf, durch das schweigende Haus. Unter Julias Tür kam Licht heraus. Schließlich war es noch sehr früh. Sie rief: »Ich bin zurück, Julia«, und Julia sagte mit ihrer vollen, klaren Stimme: »Komm herein und erzähl.« Julia hatte ein großes, gemütliches Schlafzimmer. Auf aufgetürmten Kissen lag sie in einem riesigen Doppelbett und las. Sie hatte einen Pyjama an, die Ärmel bis zum Ellbogen aufgerollt. Sie sah freundlich, gewitzt und sehr neugierig aus. »Also, wie war's?« »Langweilig«, sagte Ella, diese Kritik galt Julia, weil sie sie gezwungen hatte hinzugehen – durch ihre unsichtbare Willensstärke. »Ich bin von einem Psychiater nach Hause gebracht worden«, fügte sie hinzu und benutzte absichtlich dieses Wort, um auf Julias Gesicht den Ausdruck auftauchen zu sehen, der sich, wie sie wußte, auf ihrem eigenen gezeigt und den sie auf den Gesichtern Patricias und der jungen Frau gesehen hatte. Als sie ihn entdeckte, fühlte sie sich beschämt, und es tat ihr leid, daß sie das gesagt hatte – als hätte sie absichtlich eine aggressive Handlung gegen Julia begangen. Was ich auch habe, dachte sie. »Ich glaube nicht, daß ich ihn mag«, sagte sie ergänzend, ins Kindliche zurückfallend, und spielte mit den Parfümflaschen auf Julias

Toilettentisch. Sie rieb sich Parfüm in die Haut an ihren Handgelenken und beobachtete Julias Gesicht im Spiegel, das jetzt wieder skeptisch, geduldig und klug war. Sie dachte: Sicher, Julia ist eine Art Mutterfigur, aber muß ich mich deshalb die ganze Zeit nach ihr richten? – Außerdem fühle ich mich Julia gegenüber meistens mütterlich, ich habe ein Bedürfnis, sie zu schützen, obwohl ich nicht weiß, wovor. »Warum magst du ihn nicht?« fragte Julia. Das war ernst, und Ella hätte ernsthaft darüber nachdenken müssen. Statt dessen sagte sie: »Danke, daß du dich um Michael gekümmert hast«, und ging nach oben zu Bett, wobei sie Julia ein kleines, entschuldigendes Lächeln zuwarf, als sie ging.

Am nächsten Tag schien die Sonne auf London herab, und die Bäume auf den Straßen wirkten nicht mehr wie ein Stück Gebäude oder Straßenpflaster, sondern wie eine Erweiterung von Feld und Gras und Land. Ellas Unentschlossenheit über den Ausflug am Nachmittag schlug in Freude um, als sie sich Sonnenschein auf Gras vorstellte; und ihr plötzlicher Stimmungsaufschwung sagte ihr, daß sie in der letzten Zeit deprimierter gewesen sein mußte, als ihr das selber bewußt war. Sie ertappte sich beim Singen, als sie das Mittagessen für das Kind kochte, und sie sang, weil sie sich an Pauls Stimme erinnerte. Gestern war ihr die Stimme Pauls nicht aufgefallen, aber jetzt hatte sie sie plötzlich im Ohr – eine warme Stimme, ein bißchen rauh, da, wo die Ecken und Kanten eines Dialekts zurückgeblieben waren. (Sie dachte eher akustisch an ihn als visuell.) Und sie horchte, nicht auf die Worte, die er gebraucht hatte, sondern auf den Tonfall, in dem sie jetzt Zartheit, Ironie und Mitleid unterscheiden konnte.

Julia nahm Michael am Nachmittag mit, um Freunde zu besuchen, und ging gleich nach dem Mittagessen, weil der kleine Junge nicht merken sollte, daß seine Mutter ohne ihn einen Ausflug machte. »Im Grunde siehst du aus, als wärst du sehr zufrieden mit dir«, sagte Julia. Ella: »Schließlich bin ich monatelang nicht aus London rausgekommen. Im übrigen stinkt mir die Sache, so ganz ohne Mann.« »Wem stinkt das nicht?« gab Julia zurück. »Aber ich glaube nicht, daß ein x-beliebiger Mann besser ist als gar keiner.« Und nachdem sie diesen kleinen Pfeil abgeschossen hatte, machte sie sich gutgelaunt mit dem Kind auf den Weg.

Paul kam zu spät, und der Art, wie er sich entschuldigte, nahezu mechanisch, entnahm sie, daß er ein Mann war, der oft zu spät kam, und zwar von Natur aus und nicht nur, weil er ein vielbeschäftigter Arzt war, der stark unter Druck stand. Im ganzen war sie froh, daß er zu spät kam. Ein Blick auf sein Gesicht, das wieder von nervöser Gereiztheit umwölkt war, und sie erinnerte sich daran, daß sie ihn gestern abend nicht gemocht hatte. Im übrigen bedeutete sein Zuspätkommen, daß er sich nicht wirklich etwas aus ihr machte, und das lockerte eine kleine, panikartige Spannung, die sich auf

George bezog und nichts mit Paul zu tun hatte. (Sie wußte das selber.) Aber sobald sie im Auto waren und aus London hinausfuhren, merkte sie, daß er ihr wieder kurze nervöse Blicke zusandte; sie spürte seine Entschlossenheit. Aber gleichzeitig redete er, und sie hörte seiner Stimme zu, die in jeder Hinsicht so angenehm war, wie sie sie in Erinnerung hatte. Sie hörte zu und schaute aus dem Fenster und lachte. Er erzählte ihr, wie es kam, daß er sich verspätet hatte. Irgendein Mißverständnis zwischen ihm und dem Team von Ärzten, mit denen er an der Klinik arbeitete. »Keiner hat ein lautes Wort gesagt, aber die Angehörigen des gehobenen Mittelstandes kommunizieren ja in unhörbaren Pieptönen miteinander, wie die Fledermäuse. Das bringt Leute aus meinem Milieu in eine schrecklich ungünstige Situation.« »Sind Sie da der einzige Arzt aus der Arbeiterklasse?« »Nein, nicht in der ganzen Klinik, nur in der Abteilung. Und sie lassen es einen nie vergessen. Sie sind sich dessen nicht einmal bewußt.« Dies war gutgelaunt, humorvoll gesagt. Aber auch bitter. Doch die Bitterkeit entsprang einer alten Gewohnheit und war ohne Schärfe.

An diesem Nachmittag ging das Reden leicht, so als ob sich die Barriere zwischen ihnen über Nacht stillschweigend aufgelöst hätte. Sie ließen die sich häßlich dahinziehenden Ränder Londons hinter sich, Sonnenlicht umgab sie, und Ellas Stimmung stieg so jäh, daß sie sich berauscht fühlte. Im übrigen wußte sie, daß dieser Mann ihr Liebhaber werden würde, der Genuß, den seine Stimme ihr bereitete, sagte es ihr, und sie war von heimlicher Freude erfüllt. Seine Blicke lächelten jetzt, fast nachsichtig, und genauso wie Julia bemerkte er: »Sie sehen so aus, als wären Sie sehr zufrieden mit sich.« »Ja, weil ich aus London rauskomme.« »Sie hassen London so sehr?« »Oh nein, ich mag es, ich meine, ich mag die Art, wie ich da lebe. Aber ich hasse – das.« Und sie zeigte aus dem Fenster. Die Hecken und Bäume waren wieder von einem kleinen Dorf verschluckt worden. Nichts war hier vom alten England übrig, alles neu und häßlich. Sie fuhren durch die Hauptgeschäftsstraße, und die Namen an den Läden waren dieselben wie die, an denen sie immer wieder, den ganzen Weg aus London heraus, vorbeigefahren waren.

»Warum?«

»Das ist doch klar, es ist so häßlich.« Er sah ihr neugierig ins Gesicht. Nach einer Weile bemerkte er: »Darin leben Menschen.« Sie zuckte die Achseln. »Hassen Sie die auch?« Ella war aufgebracht: Es kam ihr in den Sinn, daß über Jahre hinweg alle Leute, denen sie voraussichtlich begegnet wäre, ohne Erklärung verstanden hätten, weshalb sie ›das‹ haßte; und sie zu fragen, ob sie ›sie auch haßte‹, und dabei ganz gewöhnliche Leute zu meinen, war unangebracht. Trotzdem sagte sie, nachdem sie darüber nachgedacht hatte, trotzig: »In gewisser Weise ja. Ich hasse das, womit sie sich abfinden. Das müßte weggefegt werden – alles.« Und sie machte eine weitausholende, hinwegfegende Handbewegung und schob das große, dunkle, lastende London und die tausend häßlichen Städte und die Myriaden kleiner, beengter Leben in England beiseite.

»Aber das wird nicht kommen«, sagte er mit einer leichten, lächelnden Hartnäckigkeit. »Es wird so weiter gehen – und es wird noch mehr Ladenketten und Fernsehantennen und ehrbare Bürger geben. Das glauben Sie doch auch, nicht wahr?«

»Natürlich. Aber Sie akzeptieren das einfach. Warum nehmen sie es alles als gegeben hin?«

»Es liegt an der Zeit, in der wir leben. Die Verhältnisse sind besser als früher.«

»Besser!« rief sie unwillkürlich aus, nahm sich aber zurück. Denn sie begriff, daß sie gegen das Wort *besser* eine persönliche Vision setzte, die von ihrem Krankenhausaufenthalt her datierte, eine Vision einer dunklen, unpersönlichen, zerstörerischen Kraft, die an den Wurzeln des Lebens am Werke war und sich in Krieg und Grausamkeit und Gewalt ausdrückte. Was nichts mit dem zu tun hatte, worüber sie diskutierten.

»Sie meinen«, sagte sie, »besser im Sinne von ›keine Arbeitslosigkeit‹ und ›keiner muß hungern‹?«

»Seltsamerweise ja, das meine ich.« Er sagte das in einer Weise, die eine Barriere zwischen ihnen errichtete – er kam aus der Arbeiterschaft und sie nicht, und er gehörte zu den Eingeweihten. Also schwieg sie still, bis er seine Behauptung wieder aufgriff: »Die Verhältnisse sind viel besser, viel viel besser. Wie können Sie das nicht sehen? Ich erinnere mich noch . . .« Und er hielt inne – diesmal nicht, weil er (wie Ella sich ausdrückte) sie ›fertigmachen‹ wollte mit seinem überlegenen Wissen, sondern weil das, woran er sich erinnerte, so schmerzlich war.

Also versuchte sie es wieder: »Ich kann nicht verstehen, wie irgend jemand ohne Haß mitanschauen kann, was mit diesem Land geschieht. Auf der Oberfläche ist alles tadellos – alles ruhig und zahm und vorstädtisch. Aber darunter ist es ekelhaft. Voller Haß und Neid und einsamer Leute.«

»So ist alles, überall. Das trifft auf jeden Ort zu, der einen gewissen Lebensstandard erreicht hat.«

»Das macht es nicht besser.«

»Immer noch besser als eine gewisse Furcht.«

»Sie meinen wirkliche Armut. Und Sie meinen natürlich, daß ich nicht das notwendige Rüstzeug habe, um das alles zu verstehen.«

Jetzt warf er ihr einen raschen Blick zu, überrascht über ihre Hartnäckigkeit – und, wie Ella spürte, aus einem gewissen Respekt davor. In diesem Blick war keine Spur von männlichem Abtaxieren der sexuellen Möglichkeiten einer Frau, und sie fühlte sich ungezwungener.

»Sie hätten also gerne, daß ein gigantischer Bulldozer alles einreißt, ganz England niederwalzt?« »Ja.«

»Und nur ein paar Kathedralen und alte Gebäude und ein oder zwei hübsche Dörfer übrigläßt?« »Ja.« »Und dann würden Sie die Leute in schöne neue Städte zurückbringen, eine jede der Traum eines Architekten, und ihnen befehlen, sie zu mögen oder es bleiben zu lassen.« »Ja.« »Vielleicht hätten Sie auch gern ein fröhliches Altengland, mit Bier, Kegelspiel und Mädchen in langen, selbstgewebten Gewändern?«

Sie sagte ärgerlich: »Natürlich nicht! Ich hasse diesen ganzen William-Morris-Kitsch. Aber Sie sind nicht ehrlich. Sehen Sie sich an – ich bin sicher, daß Sie Ihre meiste Energie allein damit verbraucht haben, die Klassenschranke zu überwinden. Es kann überhaupt keine Verbindung zwischen Ihrem jetzigen Leben und dem Ihrer Eltern geben. Sie müssen ein Fremder für sie sein. Sie müssen in zwei Hälften gespalten sein. Genauso ist dieses Land. Sie wissen, daß es so ist. Ich hasse es, ich hasse all das. Ich hasse ein Land, das so gespalten ist – ich wußte überhaupt nichts davon, bis der Krieg kam und bis ich mit diesen Frauen zusammenlebte.«

»*Also doch*«, sagte er schließlich, »die hatten gestern abend recht, Sie sind doch eine Revolutionärin.«

»Nein, das bin ich nicht. Mit diesen Wörtern kann ich gar nichts anfangen. Ich bin überhaupt nicht an Politik interessiert.«

Worauf er lachte, aber mit einer Herzlichkeit sagte, die sie bewegte: »Wenn Sie freie Hand hätten, das neue Jerusalem zu bauen, dann wäre das, als töte man eine Pflanze, indem man sie plötzlich in den falschen Boden versetzt. In allem, was geschieht, gibt es eine Kontinuität, eine Art unsichtbare Logik. Sie würden den Lebensgeist der Leute töten, wenn Sie Ihren Willen durchsetzen würden.«

»Eine Kontinuität muß nicht unbedingt richtig sein, bloß weil sie eine Kontinuität ist.«

»Doch, Ella, sie ist es. Sie ist es. Glauben Sie mir.«

Das war so persönlich, daß sie nun ihrerseits ihn überrascht anschaute und beschloß, zu schweigen. Er sagt damit, dachte sie, daß die Spaltung in ihm so schmerzhaft ist, daß er sich manchmal fragt, ob er sich das wert war . . . und sie wandte sich ab und schaute wieder aus dem Fenster. Sie fuhren durch ein weiteres Dorf. Es war besser als das letzte: der alte Kern war noch da, mit verwitterten, festverwurzelten Häusern, die warm im Sonnenschein lagen. Aber um den Kern herum häßliche neue Häuser und am Marktplatz sogar ein Woolworth, das von den anderen nicht zu unterscheiden war, und eine nachgemachte Tudorgastwirtschaft. Eine Reihe solcher Dörfer, eins nach dem anderen, lag auf ihrem Weg. Ella sagte: »Fahren wir doch von den Dörfern weg, irgendwohin, wo überhaupt nichts ist.«

Diesmal war der Blick, den sie auffing, aber erst danach verstand, unverhohlen überrascht. Eine Zeitlang sagte er nichts, aber als eine schmale Straße auftauchte, die sich unter hohen, sonnenbeschienenen Bäumen dahinwand, bog er ein. Er fragte: »Wo lebt Ihr Vater?«

»Oh«, sagte sie, »ich weiß, worauf Sie hinauswollen. Nein, er ist überhaupt nicht so.«

»Wie denn, ich habe doch nichts gesagt?«

»Nein, aber Sie implizieren es die ganze Zeit. Er ist ein ehemaliger Offizier aus der Indienarmee. Aber er ist nicht wie die Karikatur eines Offiziers. Er wurde untauglich für die Armee und war eine Zeitlang in der Verwaltung. Aber so ist er auch nicht.«

»Wie ist er dann?«

Sie lachte. In dem Lachen lag Zärtlichkeit, die spontan und echt war, und Bitterkeit, von der sie nichts gewußt hatte. Als er aus Indien wegging, kaufte er sich ein altes Haus. Es steht in Cornwall. Es ist klein und einsam. Und sehr hübsch. Eben alt – Sie wissen ja, was ich meine. Er ist ein einsamer Mann, war es immer. Er liest viel. Er weiß eine Menge über Philosophie und Religion – Buddha zum Beispiel.«

»Mag er Sie?«

»Ob er mich *mag*?« Die Frage überraschte Ella. Nicht ein einziges Mal hatte sie sich gefragt, ob ihr Vater sie mochte. Blitzartig überkam sie diese Erkenntnis, sie wandte sich Paul zu und lachte: »Was für eine Frage. Aber Sie wissen, daß ich das nicht weiß?« Und dann, mit schwacher Stimme: »Nein, jetzt wo ich darüber nachdenke, was ich bisher nie getan habe, glaube ich nicht, daß er mich mag, nicht wirklich.«

»Natürlich tut er das«, sagte Paul übereilig und bedauerte eindeutig, daß er die Frage gestellt hatte.

»Da gibt es kein ›natürlich‹.« Ella saß schweigend da und dachte nach. Sie wußte, daß Pauls Blicke schuldbewußt und voller Zuneigung waren, und sie mochte ihn sehr wegen seiner Besorgnis um sie.

Sie versuchte zu erklären: »Wenn ich übers Wochenende nach Hause fahre, dann freut er sich, mich zu sehen – sichtlich. Trotzdem beklagt er sich nie, daß ich nicht öfter komme. Aber wenn ich da bin, läuft alles genauso wie immer. Er hat seine Routine. Eine alte Frau versorgt das Haus. Die Mahlzeiten sind dementsprechend. Er hat ein paar Sachen zu essen da, die er immer ißt, wie Roastbeef und Steaks und Eier. Er trinkt einen Gin vor dem Mittagessen und zwei oder drei Whisky nach dem Abendessen. Er macht jeden Morgen nach dem Frühstück einen langen Spaziergang. Nachmittags arbeitet er im Garten. Er liest bis spät in die Nacht hinein. Wenn ich da bin, geht alles seinen gewohnten Gang. Er redet nicht – nicht mal mit mir.« Sie lachte wieder. »Wie Sie schon sagten – ich bin nicht auf derselben Wellenlänge. Er hat einen sehr guten Freund, einen Colonel, sie sehen beide gleich aus, beide hager und ledern mit buschigen Augenbrauen, und sie kommunizieren in hohen, unhörbaren Pieptönen. Manchmal sitzen sie sich stundenlang gegenüber und sagen überhaupt kein Wort, trinken einfach Whisky oder machen kurze Anspielungen auf Indien. Und wenn mein Vater allein ist, kommuniziert er, glaube ich, mit Gott oder Buddha oder irgendwem. Aber nicht mit mir. Wenn ich etwas sage, sieht er gewöhnlich verlegen aus oder redet von etwas anderem.« Ella verfiel in Schweigen und dachte, daß dies die längste Rede war, die sie ihm bisher gehalten hatte, und daß das sehr merkwürdig war – da sie selten von ihrem Vater sprach oder auch nur an ihn dachte. Paul griff das Thema nicht auf, sondern fragte statt dessen abrupt: »Wie wär's damit?« Der holprige Weg endete an einem kleinen, von Hecken umgebenen Feld. »Ja«, sagte Ella. »Heute morgen habe ich gehofft, daß Sie mich zu genauso einem kleinen Feld bringen würden.« Sie stieg rasch aus dem Auto, sich eben noch seines erstaunten Blickes bewußt; aber daran erinnerte sie sich erst später, als sie ihre Erinnerung durchforschte, um herauszufinden, was er an dem Tag von ihr gehalten hatte.

Sie wanderte eine Zeitlang durchs hohe Gras, ließ es durch die Finger gleiten, roch daran und ließ die Sonne auf ihr Gesicht fallen. Als sie zu ihm zurückschlenderte, hatte er eine Decke auf dem Gras ausgebreitet und saß wartend darauf. Sein wartender Ausdruck zerstörte die Ungezwungenheit, die die kleine Freiheit des sonnenerleuchteten Feldes in ihr geweckt hatte, und versetzte sie in Spannung. Als sie sich hinwarf, dachte sie, er ist auf etwas aus, lieber Gott, will er mich so bald schon lieben? Oh nein, das tut er nicht, noch nicht. Dennoch legte sie sich dicht neben ihn und war glücklich und bereit, den Dingen ihren Lauf zu lassen.

Später – aber nicht sehr viel später, sagte er häufig, um sie aufzuziehen, daß sie ihn dorthin gelockt habe, weil sie ihn dazu bringen wollte, mit ihr zu schlafen; daß sie es geplant habe. Und jedesmal war sie wild empört und wurde dann eisig, wenn er weiter darauf beharrte. Und dann vergaß sie es. Und dann kam er darauf zurück, und weil sie wußte, daß es für ihn wichtig war, hinterließ der kleine wiederkehrende Zank einen giftigen Fleck, der sich ausbreitete. Es stimmte nicht. Im Auto hatte sie gewußt, daß er ihr Liebhaber werden würde, wegen seines Tonfalls, der ihr Vertrauen einflößte. Aber irgendwann einmal, egal wann, hatte sie das Gefühl, er würde den richtigen Zeitpunkt schon wissen. Und wenn der richtige Zeitpunkt eben an dem ersten Nachmittag, den sie allein verbrachten, gekommen war, dann mußte das richtig sein. »Und was glaubst du, hätte ich getan, wenn du nicht mit mir geschlafen hättest?« fragte sie später neugierig und feindselig. »Du wärst schlecht gelaunt gewesen«, sagte er lachend, aber mit einem merkwürdig bedauernden Unterton. Und dieses Bedauern, das echt war, zog sie zu ihm hin, als wären sie Leidensgenossen, die unter irgendeiner Grausamkeit des Lebens litten, gegen die keiner von ihnen etwas tun konnte.

»Aber du hast alles arrangiert«, sagte sie. »Du hast zu dem Zweck sogar eine Decke mitgebracht. Ich nehme an, du hast immer eine Decke auf deine nachmittäglichen Spritztouren im Auto mitgenommen, für alle Fälle.«

»Aber natürlich, es geht ja nichts über eine schöne warme Decke im Gras.«

Darüber lachte sie. Und noch später, als sie sich schon lange kannten, dachte sie mit einem Frösteln: Ich nehme an, daß er auch andere Frauen zu dem Feld gebracht hat, vielleicht war das Ganze bloß eine Routineangelegenheit für ihn.

Doch damals war sie vollkommen glücklich. Das lastende Gewicht der Stadt war von ihr genommen, und der Geruch des Grases und der Sonne war · köstlich. Dann sah sie sein halb ironisches Lächeln und setzte sich auf, in der Defensive. Er fing an, bewußt ironisch über ihren Ehemann zu reden. Sie erzählte ihm, was er wissen wollte, kurz, denn sie hatte ihm die Fakten schon am Abend unterbreitet. Und dann erzählte sie ihm, ebenfalls kurz, von dem Kind; aber diesmal war sie flüchtig, weil sie sich schuldig fühlte, daß sie hier draußen in der Sonne war, und weil Michael an der Fahrt und dem warmen Feld Freude gehabt hätte.

Sie begriff, daß Paul etwas über seine Frau gesagt hatte. Es dauerte ein bißchen, bis es in ihr Bewußtsein drang. Er sagte auch, daß er zwei Kinder hatte. Sie war geschockt, ließ sich jedoch ihr augenblickliches Zutrauen nicht dadurch stören. Die Art, wie er von seiner Frau sprach, hastig und fast gereizt, sagte Ella, daß er sie nicht liebte. Sie benutzte bereits das Wort ›Liebe‹, mit einer Naivität, die ihrer sonstigen Art, Beziehungen zu analysieren, ziemlich fremd war. Sie stellte sich sogar vor, er müsse sich von seiner Frau getrennt haben, wenn er so beiläufig von ihr sprechen konnte.

Er schlief mit ihr. Ella dachte: »Er hat recht, das ist der richtige Augenblick, hier, wo es schön ist.« An ihrem Körper klebten noch zu viele Erinnerungen an ihren Mann, als daß sie hätte entspannt sein können. Doch bald gab sie sich hin, voller Zutrauen, denn ihre Körper verstanden sich. (Erst später sollte sie eine Wendung wie ›unsere Körper verstanden sich‹ gebrauchen. Damals dachte sie noch: *Wir* verstehen uns.) Einmal, als sie ihre Augen öffnete, sah sie sein Gesicht, und es hatte einen harten, fast häßlichen Ausdruck. Und sie schloß die Augen, um ihn nicht zu sehen, und war glücklich, während sie miteinander schliefen. Danach sah sie sein abgewandtes Gesicht und wieder den harten Ausdruck. Instinktiv rückte sie von ihm fort, aber seine Hand auf ihrem Bauch hielt sie zurück. Halb ernst, halb neckend sagte er: »Du bist viel zu dünn.« Sie lachte, ohne verletzt zu sein, denn die Art, wie seine Hand auf ihrem Körper lag, sagte ihr, daß sie ihm gefiel, so wie sie war. Und sie gefiel sich selber nackt. Ihr Körper war zerbrechlich und leicht, mit scharfen Konturen an den Schultern und Knien, aber ihre Brüste und ihr Bauch schimmerten weiß, und ihre kleinen Füße waren zart und weiß. Oft hatte sie sich gewünscht, anders zu sein, hatte sich danach gesehnt, größer, voller, runder, ›fraulicher‹ zu sein, aber die Weise, in der er sie mit der Hand berührte, machte diese Wünsche zunichte, und sie war glücklich. Er ließ den sanften Druck seiner Hand kurz auf ihrem verletzlichen Bauch ruhen, zog sie dann plötzlich zurück und begann, sich anzuziehen. Sie fühlte sich verlassen und fing ebenfalls an, sich anzuziehen. Sie war plötzlich den Tränen nahe und wußte nicht warum, ihr Körper erschien ihr wieder zu dünn und zu leicht. Er fragte: »Wie lange ist es her, seit du mit einem Mann geschlafen hast?«

Sie war verwirrt, verwundert: Meint er George? Aber der zählt doch nicht, ich habe ihn nicht geliebt. Ich haßte ihn, wenn er mich berührte. »Ich weiß nicht«, sagte sie, und erst im Sprechen wurde ihr klar, daß er glaubte, sie habe aus Hunger nach Sex mit ihm geschlafen. Ihr Gesicht begann zu brennen, sie stand rasch von der Decke auf, wobei sie ihr Gesicht abwandte, und dann sagte sie in einem Ton, der ihr selber häßlich vorkam: »Seit der letzten Woche nicht mehr. Ich habe einen Mann auf einer Party aufgegabelt und mit nach Hause genommen.« Sie suchte in ihrer Erinnerung verzweifelt nach Worten, die die Mädchen im Krieg in der Kantine gebraucht hatten. Sie fand sie und sagte: »Er war gar nicht ohne.« Sie stieg ins Auto und knallte die Tür zu. Er warf die Decke hinten ins Auto, stieg hastig ein und fing mit den Wendemanövern an, um es aus dem Feld herauszubringen.

»Du läßt das also zur Gewohnheit werden?« fragte er. Seine Stimme war nüchtern, sachlich. Sie dachte: Eben noch hat er aus Eigeninteresse gefragt, als Mann – und jetzt fragt er, wie ›ein Mann hinterm Schreibtisch‹. Ihr einziger Gedanke war, die Heimfahrt möge schnell vorbeigehen, damit sie bei sich zu Hause in Ruhe weinen konnte. Das Miteinanderschlafen war nun in ihrer Vorstellung mit Erinnerungen an ihren Mann verbunden, mit dem Zurückschrecken ihres Körpers vor George, weil sie geistig vor diesem neuen Mann zurückschreckte.

»Also läßt du es zur Gewohnheit werden?« fragte er wieder.

»Was denn?« Sie lachte. »Oh, ich verstehe.« Und sie schaute ihn ungläubig an, als wäre er verrückt. Im Moment kam er ihr leicht verrückt vor, sein Gesicht war verkrampft vor lauter Verdacht. Er war jetzt keineswegs mehr der ›Mann hinterm Schreibtisch‹, sondern ein ihr feindlicher Mann. Jetzt war sie empört über ihn, lachte zornig und sagte: »Du bist leider doch sehr dumm.«

Sie sprachen nicht mehr, bis sie die Hauptstraße erreicht und sich dem Verkehrsstrom angeschlossen hatten, der auf dem Weg zur Stadt zurück mehr und mehr erstarrte. Dann sagte er in einem neuen Tonfall, umgänglich, als Friedensangebot: »Letztlich steht es mir nicht zu, dich zu kritisieren. Mein Liebesleben läßt sich schwerlich als vorbildlich bezeichnen.«

»Ich hoffe, du fandest mich eine zufriedenstellende Abwechslung.«

Er sah verwirrt aus. Er kam ihr dumm vor, weil er nicht kapierte. Sie konnte sehen, wie er sich innerlich Sätze zurechtlegte, die er dann wieder verwarf. Deshalb gab sie ihm keine Gelegenheit zu sprechen. Sie hatte das Gefühl, als wären ihr Schläge versetzt worden, absichtlich, einer nach dem andern, Schläge, die auf eine Stelle dicht unter ihren Brüsten abgezielt waren. Sie keuchte fast vor Schmerz, so weh taten diese Schläge. Ihre Lippen zitterten, aber sie wäre eher gestorben, als daß sie vor ihm geweint hätte. Sie wandte ihr Gesicht zur Seite und betrachtete die Landschaft, über die jetzt Schatten und Kälte fielen, und fing an, selber zu reden. Sie konnte, wenn sie sich darauf einstellte, hart, boshaft, amüsant sein. Sie unterhielt ihn mit weltläufigem Gewäsch über das Zeitschriftenbüro, Patricia Brents Amouren, etc., während sie ihn dafür verachtete, daß er dieses Konterfei ihrer Person akzeptierte. Sie redete und redete, und er schwieg; und als sie Julias Haus erreichten, stieg sie schnell aus dem Auto und war unter der Tür, bevor er ihr folgen konnte. Sie stocherte mit dem Schlüssel im Schloß herum. Da kam er hinter ihr her und sagte: »Wollte nicht deine Freundin Julia deinen Sohn heute abend ins Bett bringen? Wir könnten doch ins Theater gehen. Nein, lieber in einen Film, es ist Sonntag.« Sie schnappte hörbar nach Luft vor Überraschung: »Ich glaube nicht, daß wir uns nochmal sehen, das erwartest du doch sicher nicht von mir?«

Er packte mit beiden Händen von hinten ihre Schultern und sagte: »Aber warum denn nicht? Du magst mich, es hat doch keinen Sinn, daß du mir vormachst, daß du mich nicht magst.« Darauf konnte Ella nicht antworten, das war nicht ihre Sprache. Und sie konnte sich jetzt nicht mehr daran erinnern, wie glücklich sie mit ihm auf dem Feld gewesen war. Sie sagte: »Wir werden uns nicht wiedersehen.«

»Warum nicht?«

Wütend entwand sie ihm ihre Schultern, steckte den Schlüssel ins Schloß, drehte ihn um und sagte: »Ich habe seit langem mit niemandem mehr geschlafen. Vor zwei Jahren hatte ich eine Liaison mit einem Mann, die eine Woche gedauert hat. Eine herrliche Liebesaffäre. Seitdem nichts mehr . . .« Sie sah ihn zusammenzucken und freute sich, weil sie ihn verletzt hatte und weil sie gelogen hatte, denn es war keine herrliche Affäre gewesen. Dann aber sagte sie die Wahrheit, klagte ihn mit jeder Faser ihres Fleisches an und sagte: »Ein Amerikaner. Seinetwegen habe ich mich nie elend gefühlt, nicht ein einziges Mal. Im Bett war er eine Niete – so heißt das doch bestimmt in deinem Jargon, hab' ich recht? Aber er hat mich nicht verachtet.«

»Warum erzählst du mir das?«

»Weil du so dumm bist«, sagte sie, heiter und verächtlich. Und sie fühlte eine heftige, bittere Heiterkeit in sich aufsteigen, zerstörerisch für ihn und sich selber. »Du sprichst von meinem Mann. Was hat er damit zu tun? Ich habe überhaupt nie mit ihm geschlafen . . .« Er lachte ungläubig und bitter, aber sie fuhr fort: »Ich habe das Schlafen mit ihm gehaßt. Das zählte gar nicht. Und du fragst mich, wie lange es her ist, daß ich mit einem anderen Mann geschlafen habe? Natürlich, alles ist ja so einfach. Du bist Psychiater, sagst du, Seelendoktor, und du kapierst nicht einmal die allereinfachsten Vorgänge in einem Menschen.«

Nach diesen Worten ging sie in Julias Haus, schloß die Tür zu, lehnte ihr Gesicht an die Wand und fing an zu weinen. Ihrem Gefühl nach wußte sie, daß das Haus noch leer war. Die Haustürglocke schellte, fast in ihrem Ohr: es war Paul, der versuchte, sie dazu zu bringen, die Tür zu öffnen. Aber sie ließ den Klang der Glocke hinter sich und ging langsam durch das dunkle Treppenhaus hinauf zu der hellen kleinen Wohnung ganz oben und weinte.

Da läutete das Telefon. Sie wußte, daß es Paul war, in der Telefonzelle auf der gegenüberliegenden Straßenseite. Sie ließ es läuten, weil sie weinte. Es hörte auf und fing wieder an. Sie betrachtete die kompakten, unpersönlichen Linien des Apparates und haßte ihn; dann schluckte sie ihre Tränen herunter, festigte ihre Stimme und nahm ab. Es war Julia. Julia sagte, daß sie zum Abendessen bei ihren Freunden bleiben wollte; sie würde das Kind später mit nach Hause nehmen und ins Bett bringen, und falls Ella ausgehen wollte, so sollte sie das ruhig tun. »Was ist los mit dir?« Julias Stimme tönte voll und ruhig wie gewöhnlich über zwei Meilen Straße hinweg. »Ich weine.« »Das höre ich, aber warum denn bloß?« »Ach, die verfluchten Männer, ich hasse sie – alle.« »Ja, wenn es so aussieht, dann gehst du besser ins Kino, das wird dich aufheitern.« Auf der Stelle fühlte Ella sich besser, der Vorfall hatte weniger Gewicht, und sie lachte.

Als das Telefon eine halbe Stunde später läutete, nahm sie ab und dachte nicht mehr an Paul dabei. Aber es war Paul. Er hatte in seinem Auto gewartet, um wieder anzurufen. Er wollte mit ihr reden. »Ich weiß nicht, was das bringen soll«, sagte Ella, und es hörte sich kühl und heiter an. Dann sagte er, und es hörte sich heiter und spöttisch an: »Komm mit ins Kino, dann brauchen wir nicht zu reden.« Also ging sie. Es fiel ihr leicht, ihn zu treffen. Das kam daher, weil sie sich gesagt hatte, sie würde nicht wieder mit ihm schlafen. Es war alles vorbei. Sie ging mit ihm aus, weil es ihr melodramatisch erschienen wäre, es nicht zu tun. Und weil seine Stimme am Telefon nichts mit der Härte seines Gesichtes über ihr auf dem Feld zu tun hatte. Und weil sie jetzt zu der Beziehung zurückkehren würden, die sie gehabt hatten, als sie im Auto von London wegfuhren. Für sie war die Tatsache, daß er sie auf dem

Feld gehabt hatte, einfach ausgelöscht, so wie er sich dazu verhalten hatte. Es war nicht passiert – wenn er so darüber denken konnte!

Später sagte er: »Als ich dich anrief, nachdem du hineingestürzt warst – kamst du gleich, du wolltest nur ein bißchen überredet werden.« Und er lachte. Sie haßte den Ausdruck dieses Lachens. In solchen Momenten setzte er ein reuevolles, bewußt reuevolles Wüstlingslächeln auf, spielte die Rolle eines Wüstlings, damit er über sich lachen konnte. Dennoch konnte er beides sein, fühlte Ella, denn seine Klage war echt. Und deswegen lächelte sie in solchen Momenten zunächst auch; und wechselte dann rasch das Thema. Es kam ihr vor, als wäre er in solchen Augenblicken ein ganz anderer Mensch. Sie war überzeugt, daß er im Grunde nicht so war. Nicht nur, daß sein Verhalten dann auf einem Niveau lag, das mit der Einfachheit und Gelöstheit ihres Beisammenseins nichts zu tun hatte, es war Verrat daran, ein so starker Verrat, daß sie keine andere Möglichkeit hatte, als es zu ignorieren. Sonst hätte sie mit ihm brechen müssen.

Sie gingen nicht ins Kino, sondern in ein Café. Wieder erzählte er Geschichten über seine Arbeit an der Klinik. Er hatte zwei Posten an zwei verschiedenen Kliniken. An der einen war er beratender Psychiater. An der anderen verrichtete er eine Reorganisationstätigkeit. Er drückte das so aus: »Ich versuche, eine Schlangengrube in etwas Zivilisierteres zu verwandeln. Und gegen wen muß ich kämpfen? Gegen die Öffentlichkeit etwa? Keineswegs. Ich kämpfe gegen die altmodischen Ärzte . . .« Seine Geschichten hatten zwei Themen. Eines davon war die leere Aufgeblasenheit auf der mittleren Ebene des medizinischen Establishments. Ella merkte, daß er seine ganzen Kriterien aus dem simpelsten Klassenstandpunkt bezog; in dem, was er sagte, schwang unausgesprochen mit, daß Dummheit und Phantasiemangel Charakteristika des Mittelstandes waren und daß seine progressive und befreiende Einstellung daher rührte, daß er aus der Arbeiterklasse kam. Genauso argumentierte Julia; und Ella selber kritisierte auf diese Weise Dr. West, und trotzdem ertappte sie sich mehrmals dabei, daß sie sich schwarz ärgerte, wenn er so redete, als gälte die Kritik ihrer Person; wenn das passierte, griff sie auf ihre Erinnerungen an die Jahre in der Kantine zurück und dachte, daß sie, hätte sie diese Erfahrung nicht gemacht, jetzt nicht in der Lage wäre, die Oberklasse dieses Landes von unten, durch die Augen der Fabrikmädchen, zu sehen, so wie man bizarre Fische durch den Glasboden eines Aquariums betrachtet. Pauls zweites Thema war die Kehrseite des ersten, und wenn er es berührte, verwandelte sich dabei sein ganzes Wesen. Erzählte er seine kritischen Geschichten, dann war er erfüllt von einer genußvollen boshaften Ironie. Sprach er aber von seinen Patienten, dann war er ernst. Seine Patienten waren für ihn das, was für sie die ›Mrs. Browns‹ waren – sie sprachen beide von ihren Schutzbefohlenen bereits unter diesem

Sammelnamen. Mit außerordentlich feinfühliger Güte sprach er von ihnen, und mit zornigem Mitleid. Der Zorn galt ihrer Hilflosigkeit.

Sie hatte ihn jetzt so gerne, daß es ihr so vorkam, als hätte es die Episode auf dem Feld nie gegeben. Er brachte sie nach Hause und verfolgte sie, noch immer redend, bis in den Hausflur hinein. Sie gingen die Treppe hinauf, und Ella dachte: Ich nehme an, wir werden einen Kaffee trinken, und dann wird er gehen. Sie war aufrichtig überzeugt davon. Und dennoch dachte sie, als er wieder mit ihr schlief: Ja, es ist richtig so, wir waren uns ja den ganzen Abend so nahe. Als er sich danach beschwerte: »Selbstverständlich hast du gewußt, daß ich wieder mit dir schlafen würde«, antwortete sie: »Selbstverständlich nicht. Und wenn du es nicht getan hättest, dann hätte es auch nichts gemacht.« Worauf er entweder erwiderte: »Was für eine Heuchlerin!« Oder: »Dann hast du kein Recht darauf, dir deiner Motive so wenig bewußt zu sein.«

Das Zusammensein mit Paul Tanner in jener Nacht war eine so tiefe Erfahrung für Ella, wie sie sie noch nie mit einem Mann gemacht hatte, so verschieden von allem, was sie gekannt hatte, daß alles Vergangene unwesentlich wurde. Dieses Gefühl war so unwiderruflich, daß Ella, als Paul gegen Morgen fragte: »Wie denkt Julia eigentlich über solche Geschichten?«, nur vage antwortete: »Was für Geschichten?«

»Die von letzter Woche zum Beispiel. Du hast gesagt, du hättest einen Mann von einer Party mit nach Hause gebracht.«

»Du bist verrückt«, sagte sie, sorglos lachend. Sie lagen im Dunkeln. Sie drehte ihren Kopf zur Seite, um sein Gesicht zu sehen; die dunkle Linie der Wange zeichnete sich gegen das Licht vom Fenster ab; es war etwas Entferntes und Einsames daran, und sie dachte: Er ist in derselben Stimmung wie das letztemal. Aber diesmal störte es sie nicht, denn die schlichte, warme Berührung seines Oberschenkels an ihrem machte die Entferntheit seines Gesichtes unwesentlich.

»Aber was sagt Julia?«

»Worüber?«

»Was wird sie am Morgen sagen?«

»Warum soll sie überhaupt etwas sagen?«

»Ich verstehe«, sagte er kurz; und stand auf und fügte hinzu: »Ich muß nach Hause gehen und mich rasieren und ein sauberes Hemd holen.«

In jener Woche kam er jeden Abend zu ihr, spät, wenn Michael schon schlief. Und er ging jeden Morgen, früh, um ›ein sauberes Hemd zu holen‹.

Ella war vollkommen glücklich. Sie trieb auf einer sanften Strömung des Nichtmehrdenkens dahin. Als Paul eine Bemerkung über seine ›negative Persönlichkeit‹ machte, war sie sich ihrer Gefühle so sicher, daß sie antwortete: »Du bist so dumm. Ich habe dir doch gesagt, du kapierst wirklich gar nichts.« (Das Wort ›negativ‹ kam von Julia, sie hatte, nach einem Blick auf Paul auf der Treppe gesagt: »Irgendwas Bitteres und Negatives ist in dem Gesicht.‹) Sie dachte, daß er sie bald heiraten würde. Vielleicht auch nicht bald. Es würde zum richtigen Zeitpunkt sein, und er würde schon wissen, wann der war. Seine Ehe konnte überhaupt keine Ehe sein, wenn er Nacht für Nacht bei ihr bleiben konnte und in der Dämmerung nach Hause ging ›wegen eines sauberen Hemdes‹.

Am folgenden Sonntag, eine Woche nach ihrem ersten Ausflug aufs Land, nahm Julia den kleinen Jungen wieder zu Freunden mit, und diesmal fuhr Paul mit Ella nach Kew. Sie lagen im Gras hinter einer schützenden Rhododendronhecke, über ihnen Bäume, auf ihnen herabrieselndes Sonnenlicht. Sie hielten sich bei den Händen. »Siehst du«, sagte Paul mit seiner kleinen Wüstlingsgrimasse, »wir sind schon wie ein altes Ehepaar – wir wissen, daß wir uns heute nacht im Bett lieben werden, also halten wir jetzt nur Händchen.«

»Aber was macht das denn?« fragte Ella amüsiert.

Er hatte sich über sie gebeugt und sah ihr ins Gesicht. Sie lächelte zu ihm auf. Sie wußte, daß er sie liebte. Sie hatte vollkommenes Vertrauen zu ihm. »Was das macht?« fragte er in einer Art humorvoller Verzweiflung. »Es ist entsetzlich. Hier sind wir, du und ich . . .« *Wie* sie waren, spiegelte sich in seinem Gesicht und seinen Augen, die warm auf ihrem Gesicht ruhten – »und sehen genauso aus, als ob wir verheiratet wären.« Ella fühlte, wie sie kalt wurde. Sie dachte nach. Ich kann mir nicht vorstellen, daß er diesen Satz als Warnung eines Mannes an eine Frau gesagt hat. So geschmacklos kann er doch wohl nicht sein? Sie sah seine alte Bitterkeit auf seinem Gesicht und dachte: Nein, das ist er Gott sei Dank nicht, er führt irgendein Selbstgespräch weiter. Und das Licht in ihr war wieder angezündet. Sie sagte: »Aber du bist doch überhaupt nicht verheiratet. Du kannst das nicht Verheiratetsein nennen. Du siehst sie nie.«

»Wir haben geheiratet, als wir beide zwanzig waren. Es sollte ein Gesetz dagegen geben«, sagte er mit demselben verzweifelten Humor und küßte sie. Und, mit dem Mund auf ihrer Kehle: »Es ist sehr weise von dir, daß du nicht heiratest, Ella. Sei vernünftig und bleib so.«

Ella lächelte. Sie dachte: Also habe ich mich doch getäuscht. Genau das will er damit sagen: Mehr kannst du von mir nicht erwarten. Sie fühlte sich ganz und gar zurückgewiesen. Sie lag immer noch da, seine Hände auf ihren Armen, konnte ihre Wärme durch ihren ganzen Körper spüren, und seine warmen und von Liebe erfüllten Augen waren dicht über den ihren. Er lächelte.

Das Schlafen mit ihm in dieser Nacht war eine rein mechanische Angelegenheit, sie absolvierte die erforderlichen Reaktionen. Es war ganz anders als in den anderen Nächten. Er schien nichts zu bemerken; und hinterher lagen sie wie gewöhnlich beieinander, eng umschlungen. Sie war niedergeschlagen und voller Entsetzen.

Tags darauf hatte sie ein Gespräch mit Julia, die sich die ganze Zeit über Pauls Bleiben in den Nächten ausgeschwiegen hatte. »Er ist verheiratet«, sagte sie. »Er ist seit dreizehn Jahren verheiratet. Das ist eine Ehe, in der es nicht mehr drauf ankommt, ob er nachts nach Hause kommt. Zwei Kinder.« Julia zog eine unverbindliche Grimasse und wartete ab. »Also – ich bin mir überhaupt nicht sicher . . . und außerdem ist da ja Michael.«

»Wie steht er zu Michael?«

»Er hat ihn nur ein einziges Mal gesehen, einen kurzen Moment, er kommt sehr spät – du weißt das ja. Und wenn Michael aufwacht, ist er schon fort. Um sich zu Hause ein sauberes Hemd zu holen.« Da lachte Julia, und Ella lachte mit ihr.

»Sie muß eine außergewöhnliche Frau sein«, sagte Julia. »Redet er über sie?«

»Er hat erzählt, daß sie jung geheiratet haben. Und dann ging er in den Krieg, und als er zurückkam, fühlte er sich ihr gegenüber als ein Fremder. Soweit ich im Bilde bin, hat er seither immer nur kurze Affären gehabt.«

»Das klingt nicht allzugut«, sagte Julia. »Was empfindest du für ihn?« In dem Augenblick fühlte Ella nichts als eine kalte, verletzte Verzweiflung. Sie konnte um alles in der Welt nicht ihr gemeinsames Glück und das, was sie seinen Zynismus nannte, miteinander in Einklang bringen. Sie befand sich in einer Art Panik. Julia horchte sie geschickt aus. »Als ich ihn das erstemal sah, dachte ich, er hat so ein angespanntes, unglückliches Gesicht.« »Er ist überhaupt nicht unglücklich«, sagte Ella rasch. Dann, als sie bemerkte, daß sie ihn instinktiv, blind und bar jeder Vernunft verteidigte, mußte sie über sich selber lachen und sagte: »Ich glaube doch, ja, er hat so was Bitteres an sich. Aber er hat seine Arbeit, und er liebt sie. Er rast von Klinik zu Klinik und erzählt die herrlichsten Geschichten darüber. Du solltest mal hören, wie er über seine Patienten redet – er kümmert sich wirklich um sie. Und dann mit mir, nachts – er scheint überhaupt keinen Schlaf zu brauchen.« Ella errötete, als sie merkte, daß sie prahlte. »Doch, wirklich«, sagte sie, als sie sah, daß Julia lächelte. »Und dann saust er morgens, nachdem er so gut wie gar nicht geschlafen hat, davon, holt sich zu Hause ein Hemd aus dem Schrank und plaudert vermutlich mit seiner Frau ein bißchen. Energie. Energie haben bedeutet Nicht-unglücklich-Sein. Oder gar bitter, falls es darauf hinausläuft. Das schließt sich gegenseitig aus.«

»Na schön«, sagte Julia. »In dem Falle solltest du besser abwarten und sehen, was passiert, nicht wahr?«

In dieser Nacht war Paul gelöst und sehr zärtlich. Als wollte er sich entschuldigen, dachte Ella. Ihr Schmerz schmolz dahin. Am Morgen war ihr Glück wiederhergestellt. Er sagte, als er sich anzog: »Ich kann dich heute abend nicht besuchen, Ella.« Sie sagte ohne Furcht: »Gut, in Ordnung.« Aber er fuhr lachend fort: »Schließlich muß ich hin und wieder meine Kinder sehen.« Es klang, als werfe er ihr vor, sie habe ihn absichtlich von ihnen ferngehalten. »Ich habe dich nicht davon abgehalten«, sagte Ella. »Oh, doch, du hast, du hast«, psalmodierte er. Lachend küßte er sie leicht auf die Stirn. »So hat er seine anderen Frauen geküßt«, dachte sie, »wenn er sie endgültig verließ. Genauso. Er hat sich nichts aus ihnen gemacht, und er hat gelacht und sie auf die Stirn geküßt.« Und plötzlich hatte sie ein Bild vor Augen, das sie erstaunt anstarrte. Sie sah ihn Geld auf ein Kaminsims legen. Dabei gehörte er nicht zu den Männern – das wußte sie genau –, die eine Frau bezahlen würden. Trotzdem konnte sie ihn deutlich Geld auf ein Kaminsims legen sehen. Ja. Es sprach irgendwie aus seiner Haltung. Ihr, Ella, gegenüber. Aber was hat das mit all den Stunden zu tun, die wir zusammen waren, in denen jeder Blick und jede Bewegung mir sagte, daß er mich liebt? (Denn die Tatsache, daß Paul ihr immer wieder gesagt hatte, er liebe sie, bedeutete nichts, oder hätte vielmehr nichts bedeutet, wäre das nicht von der Art, wie er sie berührte, und der Wärme seiner Stimme bestätigt worden.) Und nun, als er ging, bemerkte er mit einer kleinen, bitteren Grimasse: »Das heißt also, du bist heute abend frei, Ella.«

»Was meinst du mit ›frei‹?« »Oh . . . für deine anderen Freunde, du hast sie doch vernachlässigt, oder nicht?«

Sie ging ins Büro, nachdem sie das Kind im Kindergarten gelassen hatte, und hatte das Gefühl, als sei Kälte in ihre Knochen, in ihre Wirbelsäule eingedrungen. Sie zitterte leicht. Dabei war es ein warmer Tag. Ein paar Tage lang hatte sie sich nicht bei Patricia gemeldet, sie war zu sehr in ihr Glück versunken gewesen. Nun kam sie der älteren Frau mühelos wieder näher. Patricia war elf Jahre lang verheiratet gewesen; und ihr Mann hatte sie wegen einer jüngeren Frau verlassen. Männern gegenüber war sie von einem galanten, gutmütigen, spöttischen Zynismus. Das ging Ella auf die Nerven; es war ihr etwas Fremdes. Patricia war Mitte Fünfzig, lebte allein und hatte eine erwachsene Tochter. Sie war, wie Ella wußte, eine couragierte Frau. Aber Ella hütete sich davor, allzu genau über Patricia nachzudenken; sich mit ihr zu identifizieren, selbst auf dem Wege der Sympathie, bedeutete für sie, irgendeine Möglichkeit für sich selber abzuschneiden. Zumindest glaubte sie das. Heute machte Patricia irgendeine trockene Bemerkung über einen männlichen Kollegen, der sich gerade von seiner Frau trennte, und Ella fuhr sie an. Später kam sie ins Zimmer zurück und entschuldigte sich, denn Patricia war verletzt. Ella fühlte sich der älteren Frau gegenüber immer im Nachteil. Ihr lag nicht soviel an Patricia wie Patricia ihres Wissens nach an ihr. Sie wußte, sie war für Patricia irgendeine Art Symbol, vielleicht ein Symbol ihrer eigenen Jugend? (Aber Ella dachte nicht darüber nach, das war zu gefährlich.) Heute bestand sie darauf, bei Patricia zu bleiben, zu reden und Scherze zu machen, und sah mit Bestürzung Tränen in den Augen ihrer Arbeitgeberin. Sie sah, überdeutlich, eine plumpe, freundliche, kluge Frau mittleren Alters mit uniformartigen Kleidern aus den Modejournalen, und einen prächtigen Wust getönter, grauwerdender Locken; und ihre Augen – hart für ihre Arbeit und weich für Ella. Während sie bei Patricia war, wurde sie von dem Herausgeber einer Literaturzeitschrift angerufen, bei der sie eine Geschichte veröffentlicht hatte. Er fragte, ob sie zum Mittagessen frei sei. Sie sagte ja und horchte in ihrem Geiste auf das Wort *frei*. In den letzten zehn Tagen hatte sie sich nicht frei, sondern losgetrennt gefühlt, so als treibe sie auf dem Willen eines anderen dahin – auf dem Willen Pauls. Dieser Herausgeber hatte mit Ella schlafen wollen, und Ella hatte ihn abgewiesen. Nun dachte sie, daß sie höchstwahrscheinlich mit ihm schlafen würde. Warum auch nicht? Was machte das schon? Dieser Herausgeber war ein intelligenter, attraktiver Mann, aber die Vorstellung, von ihm berührt zu werden, stieß sie ab. Er hatte nicht einen Funken jener instinktiven Wärme und Zuneigung für eine Frau, die sie bei Paul gespürt hatte. Und gerade deswegen würde sie mit ihm schlafen; sie konnte sich jetzt unmöglich von einem Mann berühren lassen, den sie anziehend fand. Aber es hatte den Anschein, daß Paul das eine wie das andere gleichgültig war; er machte Witze über den »Mann, den sie von der Party mit nach Hause genommen hatte«, fast schien es, als habe er sie deswegen gern. Also bitte; also bitte – wenn er das brauchte, ihr war's egal. Und sie ging zum Mittagessen, sorgfältig geschminkt, voller Trotz und Ekel über die ganze Welt.

Das Mittagessen war wie üblich – teuer; und sie mochte gutes Essen. Er war amüsant; und sie mochte seine Unterhaltung. Sie hatte mühelos wieder zu ihrem üblichen intellektuellen Ton zurückgefunden, beobachtete ihn und dachte, es sei undenkbar, daß sie mit ihm schlafen könne. Aber warum eigentlich nicht? Sie mochte ihn doch, oder? Also was dann? Und Liebe? Liebe war eine Fata Morgana und das Eigentum der Frauenzeitschriften; man konnte sicherlich nicht das Wort ›Liebe‹ in Zusammenhang mit einem Mann gebrauchen, dem es gleichgültig war, ob man mit anderen Männern schlief oder nicht. »Aber wenn ich mit diesem Mann schlafen will, muß ich so langsam was dafür tun.« Sie wußte nicht, was; sie hatte ihn so oft abgewiesen, daß er die Abweisung als gegeben hinnahm. Als das Essen vorüber war und sie auf der Straße standen, war Ella plötzlich erleichtert: Was für ein Unsinn, natürlich würde sie nicht mit ihm schlafen, sie würde jetzt ins Büro zurückgehen, und damit Schluß. Dann sah sie ein paar Prostituierte in einem Hauseingang, und sie erinnerte sich an ihr Bild von Paul an diesem Morgen; und als der Herausgeber sagte: »Ella, ich wünsche mir so sehr, daß . . .«, unterbrach sie ihn mit einem Lächeln und sagte: »Dann bringen Sie mich nach Hause. Nein, in Ihre Wohnung, nicht in meine.« Denn sie hätte es jetzt nicht ertragen, einen anderen Mann als Paul in ihrem Bett zu haben. Dieser Mann war verheiratet, er brachte sie deshalb in seine Junggesellenwohnung. Er hatte ein Haus auf dem Land, ließ mit Bedacht Frau und Kinder dort und benutzte diese Wohnung für seine Abenteuer. Die ganze Zeit, während sie nackt in seinen Armen lag, dachte Ella an Paul. »Er muß verrückt sein. Was habe ich mit einem Verrückten zu schaffen? Stellt er sich wirklich vor, ich könnte mit einem anderen Mann schlafen, solange ich mit ihm zusammen bin? Das kann er doch unmöglich glauben.« Unterdessen war sie so nett, wie sie nur konnte, zu diesem intelligenten Gefährten ihrer intellektuellen Mittagessen. Er hatte Schwierigkeiten, und Ella wußte, daß das daher kam, daß sie ihn nicht wirklich wollte, es war also ihre Schuld, obwohl er es sich selber zuschrieb. Sie gab sich Mühe, ihm zu gefallen, weil sie fand, daß es keinen Grund dafür gab, daß er sich mies fühlen sollte, bloß weil sie das Verbrechen beging, mit einem Mann zu schlafen, der ihr keinen roten Heller wert war . . . und als alles vorbei war, strich sie das Ganze einfach aus ihrem Leben. Es war ohne jede Bedeutung gewesen. Trotzdem war sie danach verletzlich, den Tränen nahe und völlig verzweifelt. Sie sehnte sich in Wirklichkeit nach Paul. Der rief sie am nächsten Tag an, um ihr mitzuteilen, daß er auch an dem Abend nicht kommen konnte. Und nun war Ellas Bedürfnis nach Paul so groß, daß sie sich einredete, es mache ihr nicht das geringste aus. Natürlich, er mußte arbeiten oder zu seinen Kindern nach Hause gehen.

Am nächsten Abend trafen sie sich beide voller Abwehr. Ein paar Minuten später war diese Abwehr ganz verschwunden, und sie blieben wieder zusammen. Irgendwann in der Nacht sagte er: »Merkwürdig, es stimmt also wirklich – wenn man eine Frau liebt, dann bedeutet es einem überhaupt nichts, mit einer anderen Frau zu schlafen.« In dem Moment hörte sie das nicht – irgendwo in ihr hatte ein Mechanismus zu arbeiten begonnen, der sie daran hinderte, ihn zu hören, wenn er Bemerkungen machte, die sie unglücklich machen konnten. Aber sie hörte es am nächsten Tag, plötzlich erinnerte sie sich wieder an diese Wörter, und sie hörte ihnen zu. Das hieß also, daß er es in diesen zwei Nächten mit einer anderen probiert hatte und daß er dieselbe Erfahrung gemacht hatte wie sie. Da war sie wieder voller Vertrauen, voller Glauben an ihn. Dann begann er, sie darüber auszufragen, was sie in den letzten zwei Tagen gemacht hatte. Sie sagte, sie habe mit einem Herausgeber zu Mittag gegessen, der eine ihrer Geschichten veröffentlicht hatte. »Ich habe eine Geschichte von dir gelesen. Sie war ziemlich gut.« Er brachte das so gequält hervor, als wäre es ihm lieber, die Geschichte wäre schlecht gewesen. »Weshalb soll sie denn nicht gut sein?« fragte sie. »Ich nehme an, das war

dein Mann George?« »Teilweise, nicht ganz.« »Und dieser Herausgeber?«
Einen Augenblick lang überlegte sie, ob sie sagen sollte: »Ich habe dieselbe
Erfahrung gemacht wie du.« Dann dachte sie: Wenn er fähig ist, sich von
Dingen aus der Fassung bringen zu lassen, die nie passiert sind, was wird er
erst sagen, wenn ich ihm erzähle, daß ich mit dem Mann geschlafen habe?
Obwohl ich's nicht getan habe, das hat nichts gegolten, es war überhaupt
nicht dasselbe.

Nach diesem Gespräch stand für Ella fest, daß ihr ›Zusammensein‹ (sie
gebrauchte nie das Wort ›Affäre‹) von dem Moment an begann – als sie beide
ihre Reaktion auf andere getestet und gemerkt hatten, daß das, was sie
füreinander empfanden, andere Menschen für sie bedeutungslos machte. Nur
dieses einzige Mal sollte sie Paul untreu sein, obwohl sie nicht das Gefühl
hatte, daß es von Belang war. Dennoch war sie unglücklich, daß sie es getan
hatte, weil es eine Art Kristallisationspunkt all seiner späteren Beschuldigun-
gen gegen sie wurde. Nach dieser Nacht kam er fast jede Nacht zu ihr, und
wenn er nicht kommen konnte, wußte sie, daß es nicht daran lag, daß er nicht
wollte. Er kam spät – wegen seiner Arbeit und wegen des Kindes. Er half ihr
bei ihren ›Mrs. Brown‹-Briefen, und es war ein großes Vergnügen für sie, sich
gemeinsam mit ihm etwas zu diesen Leuten einfallen zu lassen, denen sie auf
diese Weise manchmal helfen konnte.

Sie dachte überhaupt nicht an seine Frau. Zumindest am Anfang nicht.

Am Anfang war ihre einzige Sorge Michael. Der kleine Junge hatte seinen
Vater, der jetzt wieder verheiratet war und in Amerika lebte, geliebt. Es war
natürlich, daß das Kind sich voller Zuneigung dem neuen Mann zuwandte.
Aber Paul erstarrte jedesmal, wenn Michael die Arme um ihn legte oder wenn
er zur Begrüßung freudig auf ihn losstürzte. Ella beobachtete, wie er sich
instinktiv versteifte, verlegen lachte und wie dann sein Hirn (das Hirn des
Seelenarztes, der erwägt, wie man am besten mit der Situation fertig wird) zu
arbeiten begann. Er löste sanft Michaels Arme und redete freundlich mit ihm,
als wäre er ein Erwachsener. Und Michael ging darauf ein. Es verletzte Ella
zu sehen, wie der kleine Junge, zurückgewiesen in seiner Liebe zu einem
Mann, sich bemühte, erwachsen und ernsthaft zu sein, und ernsthafte Fragen
beantwortete. Die Spontaneität der Zuneigung war ihm abgeschnitten worden. Ihr gegenüber war er auch weiterhin zärtlich und entgegenkommend,
wenn sie sich berührten oder miteinander sprachen, aber auf Paul, auf die
Männerwelt, reagierte er verantwortungsbewußt, ruhig und nachdenklich.
Manchmal geriet Ella ein bißchen in Panik: Ich schade Michael, er wird
darunter leiden. Er wird nie wieder natürlich und spontan auf einen Mann
reagieren. Und dann dachte sie: Aber ich bin nicht wirklich davon überzeugt.
Es muß gut für ihn sein, daß ich glücklich bin, es muß gut für ihn sein, daß ich
endlich eine richtige Frau bin. Daher machte Ella sich nicht lange Sorgen, ihr

Instinkt sagte ihr, daß sie das nicht brauchte. Sie gab sich Pauls Liebe hin und dachte nicht nach. Jedesmal, wenn sie den Versuch machte, diese Beziehung von außen zu betrachten, so wie andere Leute sie sehen mußten, wurde sie ängstlich und zynisch. Also tat sie es nicht mehr. Sie lebte von einem Tag auf den anderen und dachte nicht an die Zukunft.

* * *

Fünf Jahre.

Wenn ich diesen Roman schreiben würde, dann bliebe das Hauptthema oder -motiv zunächst verborgen und würde erst langsam Raum gewinnen. Das Motiv ist Pauls Frau – die Dritte im Bunde. Zuerst denkt Ella nicht über sie nach. Dann muß sie eine bewußte Anstrengung machen, um nicht über sie nachzudenken. Und zwar dann, wenn sie merkt, daß sie dieser unbekannten Frau gegenüber verächtlich ist: sie triumphiert über sie, freut sich, daß sie ihr Paul weggenommen hat. Als Ella sich das erstemal dieser Emotion bewußt wird, ist sie so bestürzt und beschämt, daß sie sie rasch begräbt. Dennoch wächst der Schatten der Dritten wieder, und es wird für Ella unmöglich, nicht nachzudenken. Sie denkt sehr viel über die unsichtbare Frau nach, zu der Paul zurückkehrt (zu der er immer zurückkehren wird), aber jetzt nicht aus Triumph, sondern aus Neid. Sie beneidet sie. Sie baut in ihrem Geiste langsam und unwillkürlich das Bild einer heiteren, ruhigen, eifersuchtslosen, neidlosen, anspruchslosen Frau auf – reich an Glücksmöglichkeiten, die in ihr selber liegen, selbstgenügsam, jedoch stets bereit, Glück zu geben, wenn es verlangt wird. Ella kommt der Gedanke (aber viel später, etwa drei Jahre danach), daß sie da ein bemerkenswertes Bild entwickelt hat, da es keinerlei Entsprechung zu dem hat, was Paul über seine Frau sagt. Woher kommt also das Bild? Langsam begreift Ella, daß sie selber gern so wäre, daß diese vorgestellte Frau in ihrem eigenen Schatten alles ist, was sie nicht ist. Denn inzwischen kennt sie ihre totale Abhängigkeit von Paul und fürchtet sich davor. Jede Faser ihres Wesens ist mit ihm verwoben, sie kann sich nicht mehr vorstellen, ohne ihn zu leben. Die bloße Vorstellung, ohne ihn zu sein, flößt ihr schwarze kalte Furcht ein, die sie nicht losläßt; also denkt sie nicht daran. Und sie klammert sich, wie sie erkennt, an dieses Bild der anderen Frau, der Dritten, um mit Hilfe des Bildes Sicherheit oder Schutz für sich selber zu gewinnen.

Das zweite Motiv ist in Wirklichkeit ein Teil des ersten, obwohl das erst am Ende des Romans zu Tage treten würde – es ist Pauls Eifersucht. Seine Eifersucht wächst, wächst im Rhythmus seines langsamen Rückzuges. Er bezichtigt sie halb lachend, halb ernst des Beischlafs mit anderen Männern. In einem Café wirft er ihr vor, einem Mann schöne Augen gemacht zu haben, den sie nicht einmal bemerkt hat. Zunächst lacht sie ihn aus. Später wird sie bitter, unterdrückt aber diese Bitterkeit dauernd, weil sie zu gefährlich ist. Dann, als sie allmählich das Bild, das sie sich von der anderen heiteren etc. Frau geschaffen hat, versteht, wundert sie sich über Pauls Eifersucht und beginnt, darüber nachzudenken – nicht aus Bitterkeit, sondern um zu verstehen –, was sie wirklich bedeutet. Sie kommt auf den Gedanken, daß Pauls Schatten, seine andere Hälfte, ein sich selbst hassender, freier, flüchtiger, herzloser Wüstling ist. (Dies ist die Rolle, die er manchmal, voller Selbstironie, mit ihr spielt.) Das bedeutet also, daß der Wüstling in ihm dadurch, daß er mit Ella in eine ernsthafte Beziehung getreten ist, verbannt, beiseite geschoben ist und nun als zeitweilig unbenutzte Reserve-Persönlichkeit bereitsteht und darauf wartet zurückzukommen. Und Ella sieht nun, Seite an Seite mit der weisen, heiteren, ruhigen Frau, diesen Schatten, die Gestalt dieses zwangshaften, sich selbst hassenden Schürzenjägers. Diese beiden Gestalten, die im Widerspruch stehen zur wahren Ella, zum wahren Paul, gehen dicht nebeneinander her und halten mit ihnen Schritt. Und es kommt ein Moment (direkt am Ende des Romans, an seinem Kulminationspunkt), wo Ella denkt: »Pauls Schattenfigur, der Mann, den er überall sieht, sogar in einem Mann, den ich nicht einmal bemerkt habe, das ist dieser fast operettenhafte Wüstling. Das heißt also, daß Paul sich bei mir seines ›positiven‹ Selbsts bedient (Julias Ausdruck). Bei mir ist er gut. Aber ich habe als Schatten eine gute, erwachsene, starke und anspruchslose Frau. Was bedeutet, daß ich mich bei ihm meines ›negativen‹ Selbsts bediene. Also ist diese Bitterkeit, die ich in mir gegen ihn wachsen fühle, ein Hohn auf die Wahrheit. In Wirklichkeit ist er in dieser Beziehung besser als ich, diese unsichtbaren Gestalten, die uns die ganze Zeit begleiten, beweisen es.«

Nebenmotive. Ihr Roman. Er fragt, was sie schreibt, und sie erzählt es ihm. Widerstrebend, denn seine Stimme ist immer voller Mißtrauen, wenn er ihr Schreiben erwähnt.

Sie sagt: »Es ist ein Roman über Selbstmord.«

»Und was weißt du über Selbstmord?«

»Nichts, ich schreibe einfach darüber.« (Julia gegenüber macht sie bittere Scherze über Jane Austen, die ihre Romane unter dem Löschpapier versteckt, wenn Leute ins Zimmer kommen; sie zitiert Stendhals Ausspruch, daß jede schreibende Frau unter fünfzig unter einem Pseudonym schreiben sollte.)

Während der nächsten paar Tage erzählt er ihr Geschichten über Patienten von ihm, die selbstmordgefährdet sind. Sie braucht lange, um zu begreifen, daß er das tut, weil er glaubt, sie sei zu naiv und zu unwissend, um über Selbstmord zu schreiben. (Und sie stimmt ihm sogar zu.) Er belehrt sie. Sie fängt an, ihre Arbeit vor ihm zu verstecken. Sie sagt, ihr liege nichts daran, ›Schriftstellerin zu sein, sie möchte einfach das Buch schreiben, um zu sehen, was passiert‹. Das versteht er offenbar nicht, und bald fängt er an, sich zu beschweren, sie benutze seine Berufskenntnis, um sich Fakten für den Roman zu beschaffen.

Das Motiv Julia. Paul hat eine Abneigung gegen Ellas Beziehung zu Julia. Er sieht sie als einen Pakt gegen sich und reißt professionelle Witze über die lesbischen Aspekte dieser Freundschaft. Worauf Ella fragt, ob seine Männerfreundschaften demnach homosexuell seien? Er wirft ihr vor, daß sie keinen Sinn für Humor habe. Ellas erste, instinktive Reaktion ist, Julia Paul zu opfern; aber später wandelt sich ihre Beziehung, sie wird Paul gegenüber kritisch. Die Unterhaltungen der beiden Frauen sind aufgeklärt, voller kritischer Erkenntnis, implizit kritisch Männern gegenüber. Dennoch hat Ella nicht das Gefühl, das sei Verrat an Paul, denn diese Unterhaltungen kommen aus einer anderen Welt; die Welt aufgeklärter Erkenntnis hat nichts mit ihrem Gefühl für Paul zu tun.

Das Motiv der Mutterliebe Ellas zu Michael. Sie kämpft ständig darum, Paul so weit zu bringen, daß er dem Kind ein Vater ist, und ständig versagt sie. Und Paul sagt: »Du wirst noch froh darüber sein, du wirst sehen, daß ich recht hatte.« Was nur heißen kann: Wenn ich dich verlassen habe, wirst du froh sein, daß ich keine engen Bindungen zu deinem Sohn geknüpft habe. Und so entschließt Ella sich, es nicht zu hören.

Das Motiv der Berufseinstellung von Paul. In dem Punkt ist er gespalten. Er nimmt seine Arbeit für seine Patienten ernst, macht sich aber über den Jargon, den er spricht, lustig. Er erzählt eine Geschichte über einen Patienten, einfühlsam und klug, und gebraucht dabei die Sprache der Literatur und des Gefühls. Dann betrachtet er dieselbe Anekdote vom psychoanalytischen Standpunkt aus und gibt ihr damit eine andere Dimension. Und dann, fünf Minuten später, macht er sich äußerst intelligent und ironisch über die Begriffe lustig, die er gerade eben als Maßstab benutzt hat, um die literarischen Normen, die emotionalen Wahrheiten kritisch zu beurteilen. Und in jedem Moment, in jeder Persönlichkeit – ob als Literat, Psychoanalytiker oder als Mann, der allen Gedankensystemen mißtraut, die sich als endgültig betrachten – ist er ernst und erwartet von Ella, daß sie ihn in dem Moment voll akzeptiert; und er verübelt es ihr, wenn sie versucht, diese Persönlichkeiten in ihm miteinander zu verbinden.

Ihr gemeinsames Leben füllt sich mit Ausdrücken und Symbolen. ›Mrs. Brown‹ bedeutet seine Patienten und ihre Frauen, die um Hilfe bitten.

›Deine literarischen Mittagessen‹ ist sein Ausdruck für ihre Seitensprünge, den er manchmal humorvoll, manchmal ernst gebraucht.

›Deine Abhandlung über Selbstmord.‹ Ihr Roman, seine Einstellung dazu.

Und noch ein Ausdruck, der immer wichtiger wird, obwohl sie, als er ihn das erstemal gebraucht, sich nicht darüber im klaren ist, welche Dimensionen die dahinterstehende Überzeugung hat. »Wir sind beide Felsenwälzer.«

Dies ist sein Ausdruck für das, was er als sein eigenes Versagen betrachtet. Sein Ehrgeiz, ein kreativer Wissenschaftler zu werden, hatte ihm die Kraft gegeben, sich aus seinem armen Milieu herauszukämpfen, Stipendien zu gewinnen und die höchsten medizinischen Grade zu erwerben. Aber inzwischen weiß er, daß er niemals dieser erträumte originelle Wissenschaftler sein wird. Ein Grund für seine Schwäche ist gerade in seiner besten Eigenschaft zu suchen – seinem beständigen, unermüdlichen Mitleid mit den Armen, Unwissenden und Kranken. Immer, wenn er vor die Alternative Bibliothek oder Laboratorium gestellt war, hat er keines von beiden, hat er die Schwachen gewählt. Er wird nie mehr Entdecker oder Wegbereiter sein. Er ist ein Mann geworden, der gegen seinen reaktionären Chefarzt aus dem Mittelstand ankämpft, der geschlossene Abteilungen und Patienten in Zwangsjacken haben möchte. »Ella, wir beide sind Versager. Wir bringen unser Leben damit zu, Leute, die ein kleines bißchen dümmer sind als wir, dazu zu bewegen, Wahrheiten zu akzeptieren, die die großen Männer immer schon gewußt haben. Sie wußten seit Jahrtausenden, daß eine kranke Person noch kränker wird, wenn man sie in Einzelhaft einschließt. Sie wußten seit Jahrtausenden, daß ein armer Mann, der Angst vor seinem Hauswirt und der Polizei hat, ein Sklave ist. Sie haben es gewußt. Wir wissen es. Aber weiß es die breite Masse des aufgeklärten britischen Volkes? Nein. Es ist unsere Aufgabe, Ella, deine und meine, es ihnen zu sagen. Denn die großen Männer sind zu groß, um damit behelligt zu werden. Sie sind bereits dabei zu entdecken, wie man die Venus besiedeln und den Mond bewässern kann. Das sind die wichtigen Aufgaben unserer Zeit. Du und ich, wir sind die Felsenwälzer. Unser ganzes Leben lang werden wir unsere ganze Energie, unsere ganze Begabung darauf verwenden, einen großen Felsbrocken einen Berg hinaufzuwälzen. Der Felsbrocken ist die Wahrheit, welche die großen Männer instinktiv wissen, und der Berg ist die Dummheit der Menschheit. Wir wälzen den Felsbrocken. Manchmal wünsche ich, ich wäre gestorben, bevor ich die Stellung bekam, die ich so gerne haben wollte – ich hatte mir etwas Schöpferisches darunter vorgestellt. Und wie verbringe ich meine Zeit? Indem ich Dr. Shackerley, einem furchtsamen kleinen Mann aus Birmingham, der seine Frau schikaniert, weil er nicht weiß, wie er eine Frau lieben soll, sage, daß er die Türen seiner Klinik öffnen muß, daß er nicht arme kranke Leute in einer Zelle, die mit kapitoniertem, weißen Leder ausgeschlagen ist, im Dunkeln eingeschlossen halten darf und daß Zwangsjacken idiotisch sind. So bringe ich meine Tage zu. Ich behandle die Krankheit, die von einer Gesellschaft verursacht worden ist, die so dumm ist, daß . . . Und du, Ella. Du rätst den Arbeiterfrauen, die gerade so gut sind wie ihre Herren und Meister, sie sollen sich in Kleidung und Ausstattung nach der Mode richten, die von Geschäftsleuten propagiert wird, die den Geltungsdrang der Leute zum Geldscheffeln ausnutzen. Du rätst armen Frauen, die die Sklaven von jedermanns Dummheit sind, sie sollen unter Menschen gehen und sich einem sozialen Verein anschließen oder ein gesundes Hobby betreiben, damit sie nicht mehr dran denken müssen, daß sie ungeliebt sind. Und wenn das gesunde Hobby nicht funktioniert – und wie sollte es das –, enden sie in meiner ambulanten Behandlung . . . Ich wünschte, ich wäre gestorben, Ella, ich wünschte, ich wäre gestorben. Nein, natürlich verstehst du das nicht, ich kann deinem Gesicht ansehen, daß du das nicht verstehst . . .«

Wieder Tod. Tod, der aus ihrem Roman in ihr Leben gekommen ist. Und dennoch Tod in der Form von Energie, denn dieser Mann arbeitet wie ein Wahnsinniger, getrieben von einem wütenden, zornigen Mitleid; dieser Mann, der sagt, er wünschte, er wäre tot, ruht nie aus von seiner Arbeit für die Hilflosen.

*   *   *

Es ist, als wäre dieser Roman bereits geschrieben und ich würde ihn lesen. Jetzt, wo ich ihn im ganzen sehe, sehe ich ein weiteres Thema, dessen ich mir nicht bewußt war, als ich damit anfing. Das Thema ist ›Naivität‹. Von dem Augenblick an, in dem Ella Paul begegnet und ihn liebt, von dem Moment an, in dem sie das Wort ›Liebe‹ gebraucht, vollzieht sich die Geburt der Naivität.

Wenn ich heute auf meine Beziehung zu Michael zurückblicke (ich habe den Namen meines realen Liebhabers für Ellas fiktiven Sohn verwendet, mit jenem kleinen, übereifrigen Lächeln, mit dem ein Patient seinem Analytiker Beweismaterial anbietet, auf das er gewartet hat, von dem der Patient aber überzeugt ist, daß es unwichtig sei), dann sehe ich vor allem meine Naivität. Jede intelligente Person hätte das Ende dieser Affäre von Anfang an vorhersehen können. Und trotzdem habe ich, Anna, mich, wie Ella bei Paul, geweigert, es zu sehen. Paul hat Ella, die naive Ella, ins Leben gerufen. Er hat in ihr die wissende, zweifelnde, aufgeklärte Ella zerstört und mit ihrem bereitwilligen Einverständnis wieder und wieder ihre Intelligenz eingeschläfert, bis sie dunkel dahintrieb auf ihrer Liebe zu ihm, auf ihrer Naivität, die ein anderes Wort ist für spontanen schöpferischen Glauben. Und als sein eigener Selbstzweifel diese liebende Frau zerstörte und sie wieder zu denken begann, kämpfte sie darum, zur Naivität zurückzukehren.

Wenn ich mich jetzt zu einem Mann hingezogen fühle, kann ich die Tiefe einer möglichen Beziehung zu ihm an dem Maße ermessen, in dem die naive Anna in mir wiedererschaffen ist.

Manchmal, wenn ich, Anna, zurückblicke, möchte ich laut herauslachen. Es ist das bestürzte, neidische Lachen des Wissens über die Unschuld. Ich wäre jetzt zu einem solchen Vertrauen unfähig. Ich, Anna, würde niemals eine Affäre mit Paul anfangen. Oder mit Michael. Und wenn ich eine anfangen würde, dann in dem Bewußtsein, daß es nicht mehr ist; dann würde ich genau wissen, was passiert; ich würde eine absichtlich unfruchtbare, begrenzte Beziehung beginnen.

Was Ella im Verlauf der fünf Jahre verlor, war die Kraft, produktiv zu sein durch Naivität.

* * *

Das Ende der Affäre. Obwohl das nicht das Wort war, das Ella damals gebrauchte. Sie gebrauchte es später, voller Bitterkeit.

Ella begreift in dem Augenblick, daß Paul sich von ihr zurückzieht, als sie merkt, daß er ihr nicht mehr bei den Briefen hilft. Er sagt: »Was hat das für einen Sinn? Ich habe den ganzen Tag in der Klinik mit Witwe Brown zu tun. Ich kann überhaupt nichts ausrichten, nicht wirklich jedenfalls. Ich helfe hier und da mal einer. Letztlich nützen die Felsenwälzer überhaupt nichts. Wir bilden uns ein, daß wir es tun. Psychiatrie und Wohlfahrtsarbeit, das heißt, warme Umschläge auf unnötiges Elend legen.«

»Aber Paul, du weißt doch, daß du ihnen hilfst.«

»Ich denke dauernd, daß wir alle veraltet sind. Was für ein Arzt ist denn das, der seine Patienten als Symptome einer Weltkrankheit betrachtet?«

»Wenn es wahr wäre, daß du dich wirklich so fühlst, dann würdest du nicht so hart arbeiten.«

Er zögerte, dann versetzte er ihr diesen Hieb: »Aber Ella, du bist meine Geliebte, nicht meine Frau. Warum verlangst du von mir, daß ich den ganzen Ernst des Lebens mit dir teile?«

Ella war zornig. »Jede Nacht liegst du in meinem Bett und erzählst mir alles. Ich bin deine Frau.« Als sie das sagte, wußte sie, daß damit das Ende besiegelt war. Sie kam sich furchtbar feige vor, daß sie es nicht vorher gesagt hatte. Er reagierte mit einem kurzen gekränkten Lachen, einer Geste des Rückzugs.

* * *

Ella beendet ihren Roman, und er wird zur Veröffentlichung angenommen. Sie weiß, daß es ein ziemlich guter Roman ist, nichts Aufregendes. Wenn sie ihn zu rezensieren hätte, dann würde sie sagen, es sei ein kleiner, aufrichtiger Roman. Paul liest ihn und reagiert mit gezieltem Sarkasmus.

Er sagt: »Na, da können wir Männer uns ja gleich aus dem Leben zurückziehen.«

Sie ist erschrocken und fragt: »Was meinst du?« Trotzdem muß sie über die dramatische Weise, in der er sich selbst parodiert, lachen.

Da läßt er seine Selbstparodie fallen und sagt mit großem Ernst: »Meine liebe Ella, weißt du nicht, was die große Revolution unserer Zeit ist? Die Russische Revolution, die Chinesische Revolution – das ist alles gar nichts. Die wirkliche Revolution ist die der Frauen gegen die Männer.«

»Aber Paul, das sagt mir überhaupt nichts.«

»Ich habe letzte Woche einen Film gesehen. Ich bin allein hineingegangen, ich habe dich nicht mitgenommen, das war ein Film für einen Mann allein.«

»Was für ein Film?«

»Wußtest du, daß eine Frau jetzt ohne einen Mann Kinder haben kann?«

»Aber wozu denn, um Himmels willen?«

»Man kann zum Beispiel Eis in die Eierstöcke einer Frau einführen. Sie kann ein Kind bekommen. Männer sind für die Menschheit nicht mehr nötig.«

Sofort lacht Ella zuversichtlich: »Aber welche Frau, die bei Sinnen ist, möchte statt eines Mannes lieber Eis in ihre Eierstöcke eingeführt haben?«

Paul lacht auch. »Trotzdem, Ella, und Scherz beiseite – es ist ein Zeichen der Zeit.«

Worauf Ella ausruft: »Mein Gott, Paul, wenn du mich irgendwann während der letzten fünf Jahre gebeten hättest, ein Kind zu bekommen, dann wäre ich so glücklich gewesen.«

Wieder die instinktive, erschrockene Geste des Rückzugs. Dann die absichtlich vorsichtige Antwort, lachend: »Ella, es geht um das Prinzip. Männer sind nicht mehr notwendig.«

»Ach, Prinzipien«, sagt Ella lachend. »Du bist verrückt. Das habe ich schon immer gesagt.«

Worauf er nüchtern sagt: »Na ja, vielleicht hast du recht. Du bist sehr vernünftig, Ella. Du warst es immer. Du sagst, ich bin verrückt. Ich weiß es. Ich werde immer verrückter. Manchmal wundere ich mich, weshalb sie nicht mich einschließen statt meiner Patienten. Und du wirst immer vernünftiger. Das ist deine Stärke. Du wirst dir noch Eis in die Eierstöcke einführen lassen.«

Worauf sie schreit – so tief verletzt, daß es ihr egal ist, wie ihre Worte für ihn klingen: »Du *bist* verrückt. Ich sage dir, ich würde eher sterben, als auf diese Weise ein Kind zu kriegen. Weißt du nicht, daß ich mir die ganze Zeit, seit ich dich kenne, gewünscht habe, ein Kind von dir zu haben? Seit ich dich kenne, war alles so schön, daß . . .« Sie sieht seinem Gesicht an, daß er instinktiv ablehnt, was sie gerade gesagt hat. »Na gut, in Ordnung. Aber angenommen, du erweist dich schließlich deswegen als überflüssig – weil du überhaupt kein Vertrauen in das hast, was du bist . . .« Sein Gesicht ist jetzt bestürzt und traurig, aber sie ist in vollem Gange und kümmert sich nicht darum. »Du hast eine einfache Sache niemals verstanden – sie ist so einfach und gewöhnlich, daß ich nicht weiß, weshalb du sie nicht kapierst. Mit dir war alles beglückend und einfach und voller Freude, und du redest über Frauen, die Eis auf ihre Eierstöcke tun. Eis, Eierstöcke. Was soll das? Na gut, wenn ihr abtreten wollt von der Erde, dann tut das, mir ist es gleichgültig.«

Worauf er seine Arme ausbreitet und ruft: »Ella, Ella! Komm her.« Sie geht zu ihm, er hält sie fest, doch einen Augenblick später zieht er sie auf: »Aber du siehst, ich hatte recht – wenn es erst einmal soweit gekommen ist, dann gibst du offen zu, du würdest uns alle über den Rand der Erde stoßen und lachen.«

* * *

Sex. Die Schwierigkeit, über Sex zu schreiben, besteht für Frauen darin, daß Sex am besten ist, wenn er nicht durchdacht, nicht analysiert wird. Frauen ziehen es bewußt vor, nicht über Sex-Techniken nachzudenken. Sie werden gereizt, wenn Männer technisch reden, und zwar aus Selbsterhaltung: sie wollen sich die spontane Emotion, die für ihre Befriedigung wesentlich ist, erhalten.

Sex ist für Frauen im wesentlichen emotional. Wie oft ist das schon geschrieben worden? Und dennoch gibt es immer einen Moment, sogar mit dem einfühlsamsten und intelligentesten Mann, in dem eine Frau ihn über einen Abgrund hinweg betrachtet: Er hat sie nicht verstanden; sie fühlt sich plötzlich allein; beeilt sich, diesen Moment zu vergessen, weil sie, wenn sie es nicht tut, nachdenken müßte. Julia, ich selbst und Bob in der Küche sitzend und schwatzend. Bob erzählt eine Geschichte über das Zerbrechen einer Ehe. Er sagt: »Das Problem war der Sex. Armer Hund, er hatte einen Schwanz von der Größe einer Nadel.« Julia: »Ich dachte immer, sie liebte ihn nicht.« Bob, der glaubt, sie habe nicht zugehört: »Nein, es hat ihn immer halb totgequält, daß er nur so einen kleinen hat.« Julia: »Aber sie hat ihn nie geliebt, das konnte man doch auf den ersten Blick sehen.« Bob, jetzt ein bißchen ungeduldig: »Arme Irre – es ist nicht ihre Schuld, die Natur war von Anfang an dagegen.« Julia: »Natürlich ist das ihre Schuld. Sie hätte ihn nicht heiraten sollen, wenn sie ihn nicht liebte.« Bob, gereizt wegen ihrer Dummheit, fängt mit einer langen technischen Erklärung an, während sie mich ansieht, seufzt, lächelt und die Achseln zuckt. Ein paar Minuten später, als er immer darauf herumreitet, schneidet sie ihm mit einem übellaunigen Witz kurz das Wort ab, will ihn nicht fortfahren lassen.

Was mich, Anna, betrifft, so war es eine bemerkenswerte Tatsache, daß ich, bevor ich mich hinsetzte, um darüber zu schreiben, niemals analysiert habe, wie das mit dem Sex zwischen mir und Michael war.

Dennoch gab es in den fünf Jahren eine deutlich erkennbare Entwicklung, die sich in meiner Erinnerung wie eine gebogene Linie auf einer graphischen Darstellung zeigt.

Als Ella anfangs, während der ersten paar Monate, mit Paul schlief, wurde die Tatsache, daß sie ihn liebte und daß es ihr möglich war, dieses Wort zu gebrauchen, dadurch besiegelt, daß sie sofort einen Orgasmus erlebte. Das heißt, einen vaginalen Orgasmus. Und sie hätte ihn nicht erleben können, wenn sie ihn nicht geliebt hätte. Das ist der Orgasmus, der hervorgerufen wird vom Verlangen des Mannes nach einer Frau, und von seinem Vertrauen auf dieses Verlangen.

Im Lauf der Zeit fing er an, mechanische Mittel zu gebrauchen. (Ich prüfe das Wort ›mechanisch‹ – ein Mann würde es nicht benutzen.) Paul begann, sich darauf zu verlassen, sie äußerlich zu manipulieren, das heißt, Ella einen klitoralen Orgasmus zu verschaffen. Sehr aufregend. Trotzdem war da immer ein Teil von ihr, der das ablehnte. Weil sie spürte, daß die Tatsache, daß er das wollte, ein Ausdruck seines instinktiven Wunsches war, sich nicht an sie zu binden. Sie spürte, daß er, ohne es zu wissen oder sich dessen bewußt zu sein (obwohl er sich dessen vielleicht bewußt war), Angst hatte vor dem Gefühl. Ein vaginaler Orgasmus ist Gefühl und nichts anderes, er wird erlebt als Gefühl und ausgedrückt in Empfindungen, die von Gefühl ununterscheidbar sind. Der vaginale Orgasmus ist ein Sich-Auflösen in einem unbestimmten dunklen, allgemeinen Empfinden, so als würde man in einem warmen Strudel herumgewirbelt. Es gibt verschiedene Arten von klitoralem Orgasmus, und sie sind stärker (das ist das männliche Wort) als der vaginale Orgasmus. Es mag unzählige Erregungen, Empfindungen etc. geben, aber es gibt nur einen wirklichen weiblichen Orgasmus – nämlich dann, wenn ein Mann mit seinem ganzen Verlangen und Begehren eine Frau nimmt und ihr volles Eingehen darauf wünscht. Alles andere ist Ersatz und Betrug, und die unerfahrenste Frau spürt dies instinktiv. Ella hatte vor Paul nie einen klitoralen Orgasmus erlebt, sie sagte ihm das, und er war entzückt. »Wenigstens in einer Hinsicht bist du noch Jungfrau, Ella.« Aber als sie ihm sagte, sie habe vor ihm niemals das, was sie beharrlich ›einen wirklichen Orgasmus‹ nannte, in einer solchen Tiefe erlebt, runzelte er unwillkürlich die Stirn und bemerkte: »Weißt du, daß es bedeutende Physiologen gibt, die behaupten, die Frauen hätten keine physische Voraussetzung für einen vaginalen Orgasmus?« »Dann wissen sie nicht allzuviel, nicht wahr?« Und so kam es, daß nach und nach bei ihren Umarmungen die Betonung weniger auf dem wirklichen Orgasmus als auf dem klitoralen Orgasmus lag, und es kam ein Punkt, an dem Ella bemerkte (und sie weigerte sich prompt, darüber nachzudenken), daß sie keinen wirklichen Orgasmus mehr hatte. Das war unmittelbar vor dem Ende. Bevor Paul sie verließ. Kurz, sie wußte gefühlsmäßig, wie die Wahrheit aussah, als ihr Verstand es nicht zugeben wollte.

Paul erzählte ihr ebenfalls kurz vor dem Ende etwas, das sie (weil es ihm im Bett lieber war, daß sie einen klitoralen Orgasmus hatte) einfach mit einem Achselzucken als ein weiteres Symptom für die gespaltene Persönlichkeit dieses Mannes abtat – und weil der Ton der Geschichte, seine Art, sie zu erzählen, dem widersprach, was sie in Wirklichkeit mit ihm erlebte.

»Heute ist in der Klinik etwas passiert, das dich amüsiert hätte«, sagte er. Sie saßen im dunklen Auto vor Julias Haus. Sie glitt hinüber, um ihm nahe zu sein, und er legte seinen Arm um sie. Sie konnte fühlen, wie sein Körper vor Lachen bebte. »Wie du weißt, werden in unserer erlauchten Klinik alle vierzehn Tage Vorlesungen zum Nutzen des Mitarbeiterstabes abgehalten. Gestern wurde angekündigt, daß Professor Bloodrot uns einen Vortrag über den Orgasmus des weiblichen Schwans halten würde.« Ella rückte instinktiv ab, er zog sie wieder an sich und sagte: »Ich wußte, daß du das tun würdest. Sitz still und hör zu. Der Saal war voll – das brauche ich dir nicht zu sagen. Der Professor erhob sich zu seiner vollen Länge von einsneunzig wie ein gekrümmter Zollstock, sein kleiner, weißer Bart wackelte, und er sagte, er habe schlüssig nachgewiesen, daß weibliche Schwäne keinen Orgasmus haben. Er würde diese nützliche wissenschaftliche Entdeckung als Grundlage für eine kurze Diskussion über die Natur des weiblichen Orgasmus im allgemeinen verwenden.« Ella lachte. »Ja, ich wußte, daß du genau an diesem Punkt lachen würdest. Aber ich bin noch nicht fertig. Es war nicht zu übersehen, daß in dem Moment eine Unruhe im Saal entstand. Leute standen auf und gingen. Der verehrungswürdige Professor sagte ärgerlich, er vertraue darauf, daß niemand dieses Thema anstößig finden würde. Schließlich würde doch Forschung über Sexualität – deutlich unterschieden vom Aberglauben über Sex – an allen Kliniken dieser Art in der ganzen Welt betrieben. Aber trotzdem gingen Leute. Wer ging? Alle Frauen. Es waren etwa fünfzig Männer und etwa fünfzehn Frauen im Saal. Und alle Ärztinnen waren aufgestanden und hinausgegangen, wie auf Befehl. Unser Professor war sehr verstimmt. Er streckte seinen kleinen Bart vor und sagte, er sei überrascht, daß seine Kolleginnen, für die er einen solchen Respekt hege, einer derartigen Prüderie fähig seien. Aber es hatte keinen Zweck, es war keine einzige Frau mehr in Sicht. Woraufhin unser Professor sich räusperte und verkündete, er würde mit seinem Vortrag fortfahren, trotz der bedauerlichen Haltung der Ärztinnen. Er sagte, er sei aufgrund seiner Forschungen über die Natur des weiblichen Schwans zu der Überzeugung gelangt, daß es keine physiologische Basis für einen vaginalen Orgasmus der Frauen gäbe . . . nein, rück nicht weg, Ella. Wirklich, weibliche Handlungen sind doch außergewöhnlich voraussagbar. Also – ich saß neben Dr. Penworthy, Vater von fünf Kindern, und er flüsterte mir zu, es sei sehr seltsam – die Frau des Professors, eine Dame mit ausgeprägtem Sinn für Öffentlichkeit, die gewöhnlich bei den kleinen Schwätzchen ihres Gatten anwesend sei, an diesem Tag sei sie nicht gekommen. Da beging ich einen Akt der Untreue an meinem Geschlecht. Ich folgte den Frauen aus dem Saal. Sie waren alle verschwunden. Sehr seltsam, keine einzige Frau in Sicht. Aber schließlich fand ich meine alte Freundin Stephanie, die in der Kantine Kaffee trank. Ich setzte mich neben sie. Sie hielt mich deutlich auf Distanz. Ich frage: ›Stephanie, warum habt ihr alle den entscheidenden Vortrag unseres großen Professors über

Sex verlassen?‹ Sie lächelte mir sehr feindselig und zuckersüß zu und sagte:
›Mein lieber Paul, Frauen, die auch nur einen Funken von Vernunft haben, sind
nach all diesen Jahrhunderten klug genug, Männern, die anfangen, ihnen zu
erzählen, was sie von Sex halten, nicht ins Wort zu fallen.‹ Es kostete mich eine
halbe Stunde harter Arbeit und drei Tassen Kaffee, um meine Freundin Stephanie dahin zu bringen, daß sie mich wieder mag.« Er lachte wieder und hielt sie in
seinem Arm. Dann schaute er ihr ins Gesicht und sagte: »Sei du nicht auch noch
böse mit mir, nur weil ich demselben Geschlecht angehöre wie der Professor
– genau das habe ich Stephanie auch gesagt.« Ellas Ärger verschwand, und sie
lachte mit ihm. Sie dachte: Heute abend kommt er mit mir rauf. Während er bis
vor kurzem fast jede Nacht mit ihr verbracht hatte, ging er nun an zwei oder drei
Abenden in der Woche nach Hause. Er sagte, offenkundig aufs Geratewohl:
»Ella, du bist die am wenigsten eifersüchtige Frau, die ich je kennengelernt
habe.« Ella fröstelte plötzlich, dann bekam sie Panik, und dann arbeiteten
schnell ihre Schutzmechanismen: Sie hörte einfach nicht, was er gesagt hatte,
und fragte: »Kommst du mit mir hinauf?« Er sagte: »Eigentlich hatte ich vor, es
nicht zu tun. Aber wenn ich es wirklich vorgehabt hätte, dann würde ich wohl
kaum hier sitzen, oder?« Sie gingen Hand in Hand nach oben. Er bemerkte: »Ich
möchte wissen, wie ihr miteinander auskommen würdet – Stephanie und du?«
Sie fand, daß sein Blick merkwürdig war, »so als teste er etwas«. Und wieder die
kleine Panik, während sie dachte, er redet zur Zeit sehr viel über Stephanie, ich
möchte bloß wissen, ob . . . Dann hörte sie auf, klar zu denken, und sagte: »Ich
habe etwas zum Essen da, wenn du magst.«

Sie aßen, und er sah zu ihr hinüber und sagte: »Und obendrein bist du eine
so gute Köchin. Was soll ich nur mit dir machen, Ella?«

»Das, was du jetzt machst«, sagte sie.

Er betrachtete sie mit einem Ausdruck des verzweifelten, verzweifelnden
Humors, den sie jetzt sehr häufig an ihm sah. »Und es ist mir nicht gelungen,
dich im geringsten zu ändern. Nicht einmal deine Kleidung oder die Art, wie
du dich frisierst.«

Dies war ein immer wiederkehrender Kampf zwischen ihnen. Er probierte
mit ihren Haaren verschiedene Frisuren aus, raffte den Stoff ihres Kleides, bis
es eine andere Linie hatte, und sagte: »Ella, warum bestehst du darauf, wie
eine ziemlich strenge Schulmeisterin auszusehen? Du bist doch weiß Gott
nicht im mindesten so.« Er brachte ihr eine tiefausgeschnittene Bluse oder
zeigte ihr ein Kleid in einem Schaufenster und fragte: »Warum kaufst du
nicht so ein Kleid?«

Aber Ella trug ihr schwarzes Haar weiterhin zurückgebunden und lehnte
die aufregenden Kleider ab, die er liebte. Insgeheim dachte sie: Er beschwert
sich jetzt, daß ich nicht mit ihm zufrieden bin und einen anderen Mann haben
möchte. Was würde er denken, wenn ich anfinge, aufreizende Kleidung zu

tragen? Wenn ich mich sehr auffällig zurechtmachen würde, dann könnte er es nicht ertragen.

Es ist schlimm genug, wie es ist.

Einmal sagte sie lachend zu ihm: »Paul, du hast mir diese rote Bluse gekauft. Sie ist so geschnitten, daß man meinen Brustansatz sehen kann. Aber als ich sie anhatte, bist du ins Zimmer gekommen, direkt auf mich zugegangen und hast sie zugeknöpft – instinktiv.«

An diesem Abend trat er an sie heran, band ihr Haar los und ließ es locker herabfallen. Er kam ganz nahe mit seinem Gesicht und starrte sie an, runzelte die Stirn, zupfte Strähnen über ihrer Stirn zurecht und befestigte das Haar in ihrem Nacken. Sie ließ ihn gewähren, blieb still unter der Wärme seiner Hände und lächelte ihn an. Plötzlich dachte sie: Er vergleicht mich mit jemandem, er sieht mich überhaupt nicht. Sie entzog sich ihm rasch, und er sagte: »Ella, du könntest eine wahrhaft schöne Frau sein, wenn du es dir gestatten würdest.«

Sie sagte: »Das heißt also, daß du mich nicht schön findest?«

Halb stöhnend, halb lachend zog er sie aufs Bett hinunter. »Offenbar nicht«, sagte er. »Dann eben nicht«, sagte sie lächelnd und selbstsicher.

Damals, in jener Nacht, erwähnte er fast beiläufig, ihm sei eine Stellung in Nigeria angeboten worden, und er dächte daran, dorthin zu gehen. Ella hörte, was er sagte, aber nicht mit vollem Bewußtsein; sie akzeptierte den improvisierten Charakter, den er der Situation gab. Dann erkannte sie, daß sich ein Abgrund des Schreckens in ihrem Bauch geöffnet hatte, daß etwas Endgültiges geschah. Trotzdem hielt sie stur an folgendem Gedanken fest: Gut, das ist die Lösung. Ich kann mit ihm gehen. Hier hält mich nichts mehr. Michael kann dort in irgendeine Schule gehen. Ich wüßte nicht, was mich hier noch halten sollte.

Das stimmte. In der Dunkelheit in Pauls Armen liegend, dachte sie, daß diese Arme langsam, die Jahre hindurch, alle anderen ausgeschlossen hatten. Sie ging sehr wenig aus, weil es ihr keinen Spaß machte, allein auszugehen, und weil sie sich sehr früh schon damit abgefunden hatte, daß zusammen in Gesellschaft auszugehen mehr Schwierigkeiten einbrachte, als es wert war. Entweder war Paul eifersüchtig, oder er sagte, er fühle sich als Fremdkörper unter ihren literarischen Freunden. Worauf Ella zu sagen pflegte: »Das sind keine Freunde, das sind Bekannte.« Sie hatte zu keinem eine wirklich starke Beziehung, außer zu ihrem Sohn, zu Paul und zu Julia. Julia würde bleiben, das war eine Freundschaft fürs Leben. Deshalb sagte sie jetzt: »Ich kann doch mitkommen, oder?« Er zögerte und sagte lachend: »Aber du möchtest doch sicher nicht dein ganzes aufregendes literarisches Treiben in London aufgeben?« Sie sagte ihm, er sei ziemlich verrückt, und fing an, Reisepläne zu machen.

Einmal ging sie mit ihm zu seinem Haus. Seine Frau und seine Kinder waren in die Ferien weggefahren. Es war nach einem Film, den sie eben zusammen gesehen hatten, er hatte gesagt, er wolle sich ein sauberes Hemd holen. Er hielt mit seinem Auto vor einem kleinen Reihenhaus in einem Vorort draußen im Norden von Shepherd's Bush. Kinderspielzeug lag verlassen herum in einem kleinen, ordentlichen Garten.

»Ich habe Muriel schon x-mal gesagt«, sagte er gereizt, »daß die Kinder ihre Sachen nicht so herumliegen lassen können.«

Da kapierte sie endlich, daß dies sein Zuhause war.

»Also, komm einen Moment herein«, sagte er. Sie wollte nicht hineingehen, trotzdem folgte sie ihm. Im Flur eine konventionell geblümte Tapete, ein dunkles Büfett und ein hübscher Läufer. Aus irgendeinem Grunde tröstete Ella dieser Läufer. Das Wohnzimmer hatte einen ganz anderen Stil: es hatte drei verschiedene Tapeten und nicht zusammenpassende Vorhänge und Kissen. Offenkundig war es gerade neugemacht worden, denn es hatte noch die Steifheit eines Ausstellungsraumes. Es war deprimierend, und Ella folgte Paul auf seiner Suche nach dem sauberen Hemd in die Küche – diesmal war das Hemd eine medizinische Zeitschrift, die er brauchte. Die Küche war der Raum des Hauses, der offensichtlich am meisten benutzt wurde, und war schäbig. Aber eine Wand war mit roter Tapete beklebt. Es sah aus, als sollte auch dieser Raum verändert werden. Auf dem Küchentisch stapelten sich Dutzende von *Women at Home*-Heften. Ella hatte das Gefühl, als hätte man ihr einen Schlag versetzt; sagte sich aber, daß sie ja schließlich für dieses scheußliche, snobistische Magazin arbeitete und daß sie kein Recht hatte, Leute zu verhöhnen, die es lasen. Sie sagte sich, daß sie niemanden kannte, der mit Leib und Seele von seiner Arbeit beansprucht wurde; alle schienen widerstrebend, voller Zynismus oder mit zwiespältigen Gefühlen zu arbeiten, also war sie nicht schlimmer als alle anderen. Aber es hatte keinen Zweck; in einer Ecke der Küche stand ein kleiner Fernsehapparat, und sie stellte sich vor, wie die Frau hier Abend für Abend saß, *Women at Home* las oder ins Fernsehen guckte und auf die Kinder oben horchte. Paul sah, wie sie da stand, die Magazine durchblätterte und den Raum besichtigte, und sagte mit seinem üblichen erbarmungslosen Humor: »Das ist ihr Haus, Ella. Damit sie tun und lassen kann, was sie will. Das ist wohl das mindeste, was ich für sie tun kann.«

»Ja, das ist das mindeste.« »Allerdings. Es muß oben sein«, und Paul ging aus der Küche und stieg die Treppe hinauf, wobei er über die Schulter sagte: »Kommst du dann rauf?« Sie fragte sich: Zeigt er mir sein Zuhause, um mir etwas zu demonstrieren? Weil er mir etwas sagen will? Weiß er nicht, daß ich es hasse, hier zu sein?

Aber wieder folgte sie ihm gehorsam hinauf ins Schlafzimmer. Dieses

Zimmer war wieder anders und offenbar seit langem vollkommen unverändert geblieben. Zwischen zwei Einzelbetten stand ein ordentlicher, kleiner Tisch und darauf ein großes, gerahmtes Foto von Paul. Die Farben des Zimmers waren Grün, Orange und Schwarz, mit sehr vielen unruhigen Zebrastreifen – die ›Jazz-Ära‹ in der Wohnungseinrichtung, fünfundzwanzig Jahre nach dem Anbruch dieser Ära. Paul hatte seine Zeitschrift gefunden, die auf dem Nachttisch lag, und war bereit, wieder zu gehen. Ella sagte: »An einem der nächsten Tage werde ich von Dr. West einen Brief ausgehändigt bekommen. ›Lieber Dr. Allsop. Bitte sagen Sie mir, was ich tun soll. In der letzten Zeit kann ich nachts nicht mehr schlafen. Ich habe heiße Milch getrunken, bevor ich zu Bett ging, und versucht, mich geistig zu entspannen, aber das hilft nicht. Bitte raten Sie mir, Muriel Tanner. P. S. Ich habe vergessen zu erwähnen, daß mein Mann mich früh, gegen sechs Uhr aufweckt, wenn er vom Nachtdienst in der Klinik heimkommt. Manchmal kommt er die ganze Woche nicht nach Hause. Ich werde allmählich niedergeschlagen. Das geht jetzt seit fünf Jahren so.‹«

Paul hörte mit ernstem, traurigen Gesicht zu. »Es ist für dich kein Geheimnis gewesen«, sagte er schließlich, »daß ich auf mich als Ehemann nicht gerade stolz bin.«

»Um Himmels willen, warum machst du dem dann nicht ein Ende?«

»Was!« rief er, schon wieder halb lachend und in seiner alten Rolle als Wüstling, »die arme Frau mit zwei Kindern verlassen?«

»Sie könnte einen Mann finden, der sich um sie kümmert. Erzähl mir bloß nicht, es würde dir etwas ausmachen, wenn sie es täte. Die Vorstellung, daß sie so lebt, ist dir doch sicher nicht angenehm?«

Er antwortete ernst: »Ich habe dir gesagt, daß sie eine sehr einfache Frau ist. Du nimmst immer an, andere Leute seien wie du. Nein, sie sind's nicht. Sie sieht gerne fern, liest gerne *Women at Home* und klebt gerne Tapetenstücke an die Wände. Und sie ist eine gute Mutter.«

»Und es macht ihr nichts aus, keinen Mann zu haben?«

»Nach allem, was ich weiß, hat sie einen, ich habe mich nie erkundigt«, sagte er und lachte wieder.

»Na ja, ich weiß nicht!« sagte Ella völlig mutlos und folgte ihm wieder nach unten. Sie verließ dankbar das unharmonische kleine Haus, als entkäme sie einer Falle; und sie schaute die Straße hinunter und dachte, daß sie wahrscheinlich alle so waren, zerstückelt, nicht eins von ihnen ein Ganzes, das ein ganzes Leben, ein ganzes menschliches Wesen widerspiegelte; oder, in dem Fall, eine ganze Familie. »Was dich stört«, sagte Paul, als sie davonfuhren, »ist die Vorstellung, daß Muriel vielleicht glücklich ist, so zu leben.«

»Wie kann sie das sein?«

»Ich habe sie vor einiger Zeit gefragt, ob sie mich gern verlassen würde. Sie könnte zu ihren Eltern zurückgehen, wenn sie wollte. Sie sagte nein. Nebenbei wäre sie verloren ohne mich.«

»Lieber Gott!« sagte Ella abgestoßen und angstvoll.

»Es stimmt, ich bin eine Art Vater, sie ist völlig abhängig von mir.«

»Aber sie sieht dich doch nie.«

»Eins bin ich – ich bin tüchtig«, sagte er kurz. »Wenn ich nach Hause gehe, erledige ich alles. Die Gasöfen und die Stromrechnung, ich finde heraus, wo man einen billigen Teppich kaufen kann und was man wegen des Kindergartens tun soll. Alles.« Als sie nicht antwortete, fuhr er hartnäckig fort: »Ich habe dir schon früher gesagt, daß du ein Snob bist, Ella. Du kannst die Tatsache nicht ertragen, daß sie möglicherweise gerne so lebt.«

»Nein, ich kann es nicht. Und ich glaube es nicht. Keine Frau der Welt möchte ohne Liebe leben.«

»Du bist so eine Perfektionistin. Du bist eine Absolutistin. Du mißt alles an einer Art Ideal, das es in deinem Kopf gibt, und wenn es an deine schönen Begriffe nicht heranreicht, dann verurteilst du es sofort. Oder du machst dir vor, es sei schön, selbst wenn es das nicht ist.«

Ella dachte: Er meint uns; und schon fuhr Paul fort: »Zum Beispiel – Muriel könnte ebensogut von dir sagen: Warum, um alles in der Welt, findet sie sich damit ab, die Geliebte meines Mannes zu sein, was für eine Sicherheit hat sie dabei? Außerdem ist das nicht achtbar.«

»Oh, Sicherheit!«

»Ganz recht. Du sagst verächtlich: Oh, Sicherheit! Achtbarkeit! Aber Muriel würde das nicht sagen. Für sie ist das sehr wichtig. Für die meisten Leute ist das sehr wichtig.«

Ella fiel auf, daß er zornig und sogar verletzt klang. Es fiel ihr auf, daß er sich mit seiner Frau identifizierte (obwohl seine ganzen Neigungen, wenn er mit ihr, Ella, zusammen war, anders waren), und sie fragte sich, ob Sicherheit und Achtbarkeit vielleicht auch für ihn wichtig waren?

Sie schwieg und dachte: Wenn er wirklich gern so lebt oder es zumindest braucht, dann würde das erklären, weshalb er immer unzufrieden mit mir ist. Die Kehrseite der nüchternen, achtbaren kleinen Frau ist die intelligente, heitere, aufreizende Geliebte. Vielleicht hätte er es wirklich gern, wenn ich ihm untreu wäre und nuttige Kleider tragen würde. Aber ich tu's nicht. So bin ich eben, und wenn er's nicht mag, dann soll er's eben bleiben lassen.«

Später am Abend sagte er lachend, aber aggressiv: »Es würde dir gut tun, Ella, wenn du wie andere Frauen wärst.«

»Was meinst du damit?«

»Zu Hause warten, die Ehefrau sein und versuchen, deinen Mann trotz der anderen Frauen zu halten. Statt einen Liebhaber zu deinen Füßen zu haben.«

»Liegst du mir zu Füßen«, fragte sie ironisch. »Aber warum betrachtest du die Ehe als eine Art Kampf? Ich betrachte sie nicht als eine Schlacht!«

»Du nicht!« sagte er, seinerseits ironisch. Und nach einer Pause: »Du hast gerade einen Roman über Selbstmord geschrieben.«

»Was hat das damit zu tun?«

»Dieses ganze intelligente Verständnis . . .« Er unterbrach sich, saß da und sah sie bekümmert und kritisch und – mißbilligend an, dachte Ella. Sie waren oben in ihrem kleinen Zimmer hoch unter dem Dach, das Kind schlief nebenan, die Überreste der Mahlzeit, die sie gekocht hatte, lagen auf dem niedrigen Tisch zwischen ihnen, wie schon tausend Male zuvor. Er drehte ein Glas Wein zwischen den Fingern und sagte voller Schmerz: »Ich weiß nicht, wie ich ohne dich durch die letzten Monate gekommen wäre.« »Was ist in den letzten Monaten Besonderes passiert?« »Nichts. Das ist es ja. Es geht alles immer so weiter. Na ja, in Nigeria werde ich keine alten Wunden zupflastern, die Verletzungen eines räudigen Löwen. Ja, genau das ist meine Arbeit – Salbe auf die Wunden eines alten Tieres streichen, das nicht mehr die Lebenskraft hat, sich selbst zu heilen. Wenigstens in Afrika werde ich für etwas Neues, Wachsendes arbeiten.«

Er ging ganz plötzlich und unerwartet nach Nigeria. Unerwartet zumindest für Ella. Immer noch sprachen sie wie von etwas Zukünftigem davon, als er kam, um zu sagen, daß er am nächsten Tag abreisen werde. Solange er die Bedingungen dort noch nicht kannte, konnten sie natürlich nur vage Pläne für das Dazukommen von Ella machen. Sie brachte ihn an den Flughafen, und es war, als würden sie sich in ein paar Wochen wiedersehen. Aber nachdem er ihr den Abschiedskuß gegeben hatte, wandte er sich mit einem kleinen, bitteren Nicken und einem verzerrten Lächeln, einer Art schmerzhafter Grimasse seines ganzen Körpers ab, und plötzlich fühlte Ella, wie ihr die Tränen übers Gesicht liefen, und ihr war bis in jeden Nerv hinein kalt vor Verlust. Noch Tage danach konnte sie nicht mit dem Weinen aufhören, sich nicht der Kälte erwehren, die sie beständig zittern ließ. Sie schrieb Briefe und machte Pläne, aber von innen her senkte sich langsam ein Schatten auf sie herab. Einmal schrieb er und teilte mit, es sei unmöglich, jetzt schon endgültig zu sagen, wie sie und Michael zu ihm nachkommen könnten; und dann war Schweigen.

Eines Nachmittags arbeitete sie mit Dr. West an einem Stapel der üblichen Briefe, und er bemerkte: »Ich habe gestern einen Brief von Paul Tanner bekommen.«

»So?« Soweit ihr bekannt war, wußte Dr. West nichts von ihrer Beziehung zu Paul.

»Klingt, als gefiele es ihm da draußen, ich nehme also an, daß er seine Familie nachkommen läßt.« Er heftete sorgfältig ein paar Briefe für seinen eigenen Stapel zusammen und fuhr dann fort: »Ganz gut, daß er gegangen ist, nehme ich an. Kurz vor seiner Abreise erzählte er mir, daß er sich in eine Geschichte mit einem ziemlich flatterhaften Ding eingelassen hatte. Ernsthaft eingelassen, wie es klang. Was er über sie sagte, klang mir nicht sehr gut.«

Ella zwang sich, normal zu atmen, beobachtete Dr. West prüfend und kam zu dem Schluß, daß dies einfach beiläufiger Klatsch über einen gemeinsamen Freund war und nicht darauf abgezielt war, sie zu verletzen. Sie nahm einen Brief, den er ihr gereicht hatte. Er fing mit folgenden Worten an: »Lieber Dr. Allsop, ich schreibe Ihnen wegen meines kleinen Jungen, der schlafwandelt . . .« Sie sagte: »Das fällt doch sicher in Ihren Zuständigkeitsbereich, Dr. West?«, denn ihr freundschaftlicher Kampf war die ganzen Jahre hindurch, in denen sie zusammengearbeitet hatten, unverändert weitergegangen. »Nein, Ella, das tut er nicht. Wenn ein Kind schlafwandelt, dann haben meine Medikamente keinen Sinn, und Sie wären die erste, die mich dafür tadeln würde, wenn ich welche verschreiben würde. Teilen Sie der Frau mit, sie soll in die Klinik gehen, und legen Sie ihr taktvoll nahe, daß es ihre Schuld ist und nicht die des Kindes. Na, ich muß Ihnen ja nicht erklären, was Sie zu schreiben haben.« Er nahm einen anderen Brief und sagte: »Ich sagte Tanner, er soll sich so lange als möglich von England fernhalten. Solche Geschichten lassen sich nicht immer leicht abbrechen. Die junge Dame plagte ihn, er solle sie heiraten. Eine nicht-mehr-ganz-junge-Dame in Wirklichkeit. Das war der Ärger. Ich nehme an, sie ist des lustigen Lebens müde geworden und wollte sich häuslich niederlassen.«

Ella zwang sich, nicht über diese Unterhaltung nachzudenken, bis sie mit der Aufteilung der Briefe mit Dr. West fertig war. Also gut, ich war naiv, entschied sie zuletzt. Ich nehme an, er hatte ein Verhältnis mit Stephanie, die an der Klinik war. Zumindest hat er außer Stephanie nie jemanden erwähnt, er redete ständig von ihr. Aber er hat sie nie als ›flatterhaftes Ding‹ bezeichnet. Nein, das ist die Sprache der Wests, die benutzen so idiotische Ausdrücke wie ›flatterhaftes Ding‹ und ›des lustigen Lebens müde werden‹ – wie schrecklich gewöhnlich diese ehrbaren Mittelstandsleute doch sind.

Inzwischen war sie zutiefst deprimiert; und der Schatten, gegen den sie angekämpft hatte, seit Paul fortgegangen war, verschlang sie völlig. Sie dachte an Pauls Frau: Das mußte sie auch so empfunden haben, dies Gefühl der totalen Zurückweisung, als Paul das Interesse an ihr verlor. Nun zumindest hatte sie, Ella, den Vorteil gehabt, zu dumm zu sein, um zu bemerken, daß Paul ein Verhältnis mit Stephanie hatte. Aber vielleicht hatte Muriel es auch vorgezogen, dumm zu sein – hatte es vorgezogen zu glauben, daß Paul so viele Nächte in der Klinik verbrachte?

Ella hatte einen Traum, der unangenehm und beunruhigend war. Sie war in dem scheußlichen, kleinen Haus mit den kleinen Zimmern, die alle verschieden waren. Sie war Pauls Frau, und nur unter großer Willensanstrengung konnte sie verhindern, daß das Haus auseinanderfiel und in alle Richtungen davonflog, weil die Zimmer so gegensätzlich waren. Sie beschloß, sie müsse das ganze Haus neu einrichten, und zwar in einem Stil, in ihrem. Aber kaum hängte sie andere Gardinen auf oder strich ein Zimmer neu an, so wurde wieder Muriels Zimmer daraus. Ella war wie ein Gespenst in diesem Hause, und sie begriff, daß es irgendwie zusammenhalten würde, solange Muriels Geist in ihm war, und daß es gerade deswegen zusammenhielt, weil jeder Raum einer anderen Epoche, einem anderen Geist angehörte. Ella sah sich in der Küche stehen, die Hand auf dem *Women at Home*-Stapel; sie war ein ›aufreizendes Ding‹ (sie konnte hören, wie jemand diese Wörter sagte, es war Dr. West) in einem engen, bunten Rock und einem knallengen Pullover, und ihr Haar war modisch geschnitten. Und Ella wußte auf einmal, daß Muriel doch nicht da war, sie war zu Paul nach Nigeria gegangen, und Ella wartete im Haus auf die Rückkehr von Paul.

Als Ella nach diesem Traum aufwachte, weinte sie. Zum erstenmal kam ihr in den Sinn, daß die Frau, von der Paul sich trennen mußte, die Frau, um derentwillen er nach Nigeria gegangen war, weil er sich um jeden Preis von ihr trennen mußte – sie selbst war. Sie war das flatterhafte Ding.

Ihr wurde auch klar, daß Dr. West mit Absicht davon gesprochen hatte, vielleicht wegen eines Satzes in Pauls Brief an ihn; es war eine Warnung an Ella aus der ehrbaren Welt von Dr. West, zum Schutze eines ihrer Mitglieder.

Seltsamerweise genügte der Schock, zumindest für eine Weile, um die Macht der depressiven Stimmung zu brechen, die sie nun seit Monaten in ihren dunklen Klauen gehalten hatte. Die Depression schlug um in bitteren, zornigen Trotz. Sie erzählte Julia, Paul habe ›sie sitzenlassen‹, sie sei eine Närrin gewesen, das nicht vorauszusehen (und Julias Schweigen sagte, daß sie ganz und gar Ellas Meinung war). Sie sagte, daß sie nicht die Absicht habe, herumzusitzen und darüber zu flennen.

Ohne zu wissen, daß sie das unbewußt beabsichtigt hatte, ging sie aus und kaufte sich neue Kleider. Es waren nicht die ›aufreizenden‹ Kleidungsstücke, die Paul ihr aufgedrängt hatte, aber sie waren anders als alles, was sie vorher getragen hatte, und sie paßten zu ihrer neuen Persönlichkeit. Sie war jetzt ziemlich hart, ungezwungen und gleichgültig – zumindest glaubte sie das. Sie ließ sich die Haare so schneiden, daß sie weich und herausfordernd um ihr kleines spitzes Gesicht lagen. Und sie beschloß, aus Julias Haus auszuziehen. Es war das Haus, in dem sie mit Paul gelebt hatte, und sie konnte es nicht länger ertragen.

Sehr kühl, klar und tüchtig suchte sie sich eine neue Wohnung und zog dort ein. Es war eine große Wohnung, viel zu groß für sie und das Kind. Erst als sie eingezogen war, wurde ihr klar, daß das, was sie zuviel hatte an Raum, für einen Mann bestimmt war. Für Paul in Wirklichkeit; sie lebte immer noch so, als würde er zu ihr zurückkommen.

Dann hörte sie ganz zufällig, daß Paul Urlaub hatte, nach England zurückgekehrt war und schon seit zwei Wochen wieder da war. Am Abend des Tages, an dem sie diese Nachricht gehört hatte, ertappte sie sich dabei, wie sie schick gekleidet, sorgfältig geschminkt und frisiert, am Fenster stand, auf die Straße hinuntersah und auf ihn wartete. Sie wartete bis lange nach Mitternacht und dachte dabei: Seine Arbeit an der Klinik kann ihn leicht so lange aufhalten, ich darf nicht früh ins Bett gehen, weil er dann sieht, daß die Lichter aus sind, und aus Furcht, mich zu wecken, nicht heraufkommt.

Sie stand dort Nacht für Nacht. Sie konnte sich dort stehen sehen und sagte zu sich: Das ist Wahnsinn. So ist Wahnsinnigsein. Wahnsinnig sein heißt unfähig sein, dich davon abzuhalten, etwas zu tun, von dem du weißt, daß es irrational ist. Denn du weißt, Paul wird nicht kommen. Und dennoch fuhr sie fort, sich zurechtzumachen und stundenlang wartend jede Nacht am Fenster zu stehen. Und als sie da stand und sich selbst zuschaute, konnte sie verstehen, wie dieser Wahnsinn mit dem Wahnsinn verknüpft war, der sie damals daran gehindert hatte, das unausweichliche Ende der Affäre zu sehen, die Naivität zu sehen, die sie so glücklich gemacht hatte. Ja, dummer Glaube, Naivität und Vertrauen hatten, ganz logisch, dazu geführt, daß sie nun am Fenster stand und auf einen Mann wartete, von dem sie ganz genau wußte, daß er niemals mehr zu ihr zurückkommen würde.

Nach einigen Wochen hörte sie von Dr. West, scheinbar beiläufig, wenn auch mit einer versteckten, triumphierenden Bosheit, daß Paul wieder nach Nigeria zurückgegangen war. »Seine Frau wollte nicht mitkommen«, sagte Dr. West. »Sie möchte nicht entwurzelt werden. Offenbar vollkommen glücklich, da, wo sie ist.«

* * *

Das Schwierige an dieser Geschichte ist, daß sie im Sinne einer Analyse der Gesetze geschrieben ist, die zur Auflösung der Beziehung zwischen Paul und Ella geführt haben. Ich sehe keine andere Möglichkeit, sie zu schreiben. Sobald man etwas durchlebt hat, fällt es in einen Raster. Und der Raster einer Affäre, selbst einer, die fünf Jahre gedauert hat und so eng war wie eine Ehe, bildet sich, wenn man weiß, was zu ihrem Ende geführt hat. Deshalb ist all dieses unwahr. Während man etwas durchlebt, denkt man überhaupt nicht so.

Angenommen, ich würde sie so schreiben: zwei volle Tage, mit allen Einzelheiten, einer am Anfang der Affäre und einer am Ende? Nein, denn ich würde immer noch instinktiv die Faktoren isolieren und betonen, die die Affäre zerstört haben. Das ist es, was dem Ganzen seine Gestalt geben würde.

Sonst wäre es das bloße Chaos, denn diese beiden, zeitlich viele Monate auseinanderliegenden Tage wären nicht überschattet, sie wären eindimensionale Berichte über ein einfaches, gedankenloses Glück. Vielleicht würden ein paar mißtönende Momente auftauchen – in Wahrheit Widerspiegelungen des nahenden Endes, zu der Zeit aber nicht so wahrgenommen – Momente, die verschlungen werden vom Glück.

Literatur ist Analyse nach dem Ereignis.

Das formale Prinzip jenes anderen Bruchstücks, der Geschichte von Mashopi, ist die Nostalgie. In der Geschichte über Paul und Ella gibt es keine Nostalgie; so etwas wie Schmerz hat ihre Form geprägt.

Um eine Frau zu zeigen, die einen Mann liebt, sollte man zeigen, wie sie ein Essen für ihn kocht oder eine Flasche Wein zu dem Essen öffnet, während sie darauf wartet, daß es an der Tür klingelt. Oder wie sie morgens vor ihm aufwacht, um zu beobachten, wie sich sein Gesicht aus der Ruhe des Schlafes in ein Begrüßungslächeln verwandelt. Ja. Und das tausendmal. Aber das ist keine Literatur. Vielleicht besser als Film. Die sinnliche Eigenschaft des Lebens ist, daß man es lebt, und nicht die Analyse danach oder die Momente der Zwietracht oder Vorahnung. Eine Einstellung in einem Film: Ella, die langsam eine Orange schält und Paul gelbe Fruchtspalten reicht, die er, eine nach der anderen, gedankenvoll, stirnrunzelnd nimmt: Er denkt an etwas anderes.

[Das blaue Notizbuch fing mit einem Satz an:]

»Tommy schien seine Mutter anzuklagen.«

[Dann hatte Anna geschrieben:]

Nach der Szene, die es zwischen Tommy und Molly gegeben hatte, ging ich nach oben und fing sofort an, eine Kurzgeschichte daraus zu machen. Mir fiel ein, daß dieses Tun – alles in Fiktion verwandeln – eine Ausflucht sein muß. Warum nicht einfach aufschreiben, was heute zwischen Molly und ihrem Sohn vorgefallen ist? Warum schreibe ich nie einfach das auf, was passiert? Warum führe ich kein Tagebuch? Es liegt auf der Hand – meine Manie, alles in Fiktion umzuwandeln, ist einfach ein Mittel, etwas vor mir selbst zu verbergen. Heute war es besonders deutlich: saß da und hörte Molly und Tommy im Kriegszustand zu, war sehr beunruhigt davon; kam dann direkt nach oben und fing an, eine Geschichte zu schreiben, ohne es überhaupt geplant zu haben. Ich werde ein Tagebuch führen.

7. Januar 1950

Tommy ist diese Woche siebzehn geworden. Molly hat ihn nie gedrängt, sich wegen seiner Zukunft zu entscheiden. Tatsächlich hat sie ihm kürzlich gesagt, er solle aufhören, sich Sorgen zu machen, und für ein paar Wochen nach Frankreich gehen, ›um seinen Horizont zu erweitern‹. (Dieser Ausdruck ärgerte ihn.) Heute kam er in die Küche mit dem Vorsatz, sich zu streiten – wir beide, Molly und ich, wußten es, sobald er hereinmarschiert kam. Er war seit einiger Zeit Molly gegenüber feindlich eingestellt. Das fing an mit seinem ersten Besuch im Haus seines Vaters. (Damals wurde uns nicht klar, wie stark der Besuch ihn beeindruckt hatte.) Genau damals fing er an, seine Mutter zu kritisieren, warf ihr vor, sie sei Kommunistin und ›Bohemienne‹. Molly lachte nur darüber und sagte, daß es amüsant sei, Landhäuser voller Landadel und Geld zu besuchen, daß er aber verdammtes Glück habe, nicht so ein Leben führen zu müssen. Er machte ein paar Wochen später einen zweiten Besuch und kehrte überhöflich und voller Feindseligkeit zu seiner Mutter zurück. An diesem Punkt griff ich ein: erzählte ihm, wozu Molly zu stolz war, erzählte die Geschichte von Molly und seinem Vater – von der Art, wie er sie finanziell unter Druck gesetzt hatte, um sie dazu zu bringen, zu ihm zurückzukommen, dann von seinen Drohungen, ihren Arbeitgebern zu sagen, daß sie Kommunistin sei etc., damit sie ihre Anstellung verlieren würde – die ganze lange häßliche Geschichte. Tommy glaubte mir zuerst nicht; niemand kann ein ganzes Wochenende lang charmanter sein als Richard, das kann ich mir vorstellen. Dann glaubte er mir, aber es half nichts. Molly schlug vor, er solle den Sommer im Haus seines Vaters verbringen, damit (wie sie es mir gegenüber ausdrückte) der Glanz Zeit habe, sich abzunutzen. Er ging hin. Sechs Wochen lang. Landhaus. Reizende konventionelle Frau. Drei entzückende kleine Mädchen. Richard an Wochenenden zu Hause, Geschäftsbesuch mitbringend etc. Der dortige Landadel. Mollys Rezept wirkte wie ein Zaubermittel. Tommy verkündete »Wochenenden waren lang genug«. Sie war hocherfreut. Aber zu früh. Der heutige Streit wie eine Szene aus einem Theaterstück. Er kam, mit der Scheinbegründung, er müsse sich wegen seines Wehrdienstes entscheiden: Er erwartete ganz offensichtlich, daß Molly sagen würde, er solle ihn aus Gewissensgründen verweigern. Molly hätte es natürlich gern, daß er das täte; sagte aber, das sei seine Entscheidung. Er fing an, Gründe dafür anzuführen, weshalb er seinen Wehrdienst ableisten müsse. Das wurde zu einem Angriff gegen ihre Lebensweise, ihre politischen Ansichten, ihre Freunde – gegen alles, was sie ist. Da saßen sie nun zu beiden Seiten des Küchentisches, Tommys düsteres, widerspenstiges, vorspringendes Gesicht auf sie gerichtet, sie ganz locker und entspannt, ihre halbe Aufmerksamkeit dem Mittagessen auf dem Herd zugewandt, und ständig wegen irgendwelcher Parteiangelegenheiten zum Telefon stürzend – er geduldig, zornig wartend während jedes Anrufes, bis sie wieder da war. Und am Ende des langen Kampfes hatte er sich selbst in eine Entscheidung hineingeredet – er wollte den Wehrdienst aus Gewissensgründen verweigern; jetzt war sein Angriff gegen sie mit dieser Stellungnahme verbunden – Militarismus der Sowjetunion etc. Als er nach oben ging und, quasi als natürliche Schlußfolgerung des Vorangegangenen, verkündete, daß er beabsichtige, sehr jung zu heiraten und eine große Familie zu gründen, ließ Molly sich vor Erschöpfung gehen und fing an zu weinen. Ich ging nach oben, um Janet ihr Mittagessen zu machen. Verstört. Weil Molly und Richard mich an Janets Vater denken ließen. Das war, was mich betrifft, eine höchst neurotische, dumme Verwicklung, ohne Bedeutung. Auch wenn ich Formulierungen wie: ›Der Vater meines Kindes‹ noch so oft wiederhole, denke ich nicht anders darüber. Eines Tages wird Janet sagen: »Meine Mutter war ein Jahr lang mit meinem Vater verheiratet, dann ließen sie sich scheiden.« Und wenn sie älter ist und ich ihr die Wahrheit gesagt habe: »Meine Mutter hat drei Jahre mit meinem Vater zusammengelebt; dann beschlossen sie, ein Kind zu haben, und heirateten, damit ich nicht unehelich werde, und dann ließen sie sich scheiden.« Aber diese Worte werden keine Verbindung mit dem haben, was ich als wahr empfinde. Immer wenn ich an Max denke, werde ich von Hilflosigkeit überwältigt. Ich erinnere mich daran, daß mich das Gefühl der Hilflosigkeit vorher dazu veranlaßt hatte, über ihn zu schreiben. (Willi im schwarzen Notizbuch.) Aber in dem Augenblick, als das Kind geboren wurde, schien die alberne leere Ehe annulliert zu sein. Ich erinnere mich, daß ich, als ich Janet zum erstenmal sah, dachte: Nun ja, was bedeutet das schon, Liebe, Ehe, Glück etc. Hier ist dieses großartige Baby. Aber Janet wird es nicht verstehen. Tommy versteht es nicht. Wenn Tommy das fühlen könnte, würde er aufhören, Molly abzulehnen, weil sie seinen Vater verlassen hat. Offensichtlich erinnere ich mich daran, daß ich ein Tagebuch anfing, bevor Janet geboren wurde. Ich werde danach suchen. Ja, hier ist die Eintragung, an die ich mich undeutlich erinnert habe.

9. Oktober 1946
Letzte Nacht kam ich von der Arbeit zurück in das schreckliche Hotelzimmer. Max lag schweigend auf dem Bett. Ich setzte mich auf den Diwan. Er kam zu mir, legte seinen Kopf in meinen Schoß und seine Arme um meine Taille. Ich konnte seine Verzweiflung spüren. Er sagte: »Anna, wir haben uns nichts zu sagen, warum nicht?« »Weil wir uns nicht ähnlich sind.« »Was bedeutet das – sich ähnlich sein?« fragte er und gab seiner Stimme automatisch eine ironische Färbung, sprach in einem gewollt schützenden, ironisch-schleppenden Tonfall. Ich fühlte mich niedergedrückt und dachte, vielleicht bedeutet das gar nichts, aber ich hielt entschlossen an der Zukunft fest und

sagte: »Es bedeutet doch sicher etwas, wenn man sich ähnlich ist, oder nicht?« Sagte dann: »Komm ins Bett.« Im Bett legte er seine Hand auf meine Brust, aber ich hatte einen Widerwillen gegen Sex und sagte: »Was soll's, wir taugen doch nicht füreinander, und das war doch schon immer so.« Also schliefen wir ein. Gegen Morgen liebte sich das junge Ehepaar im Zimmer nebenan. Die Wände in dem Hotel waren so dünn, daß wir alles hören konnten. Ihnen zuzuhören machte mich unglücklich; nie war ich so unglücklich. Max wachte auf und sagte: »Was ist los?« Ich sagte: »Du siehst, es ist möglich, daß man glücklich ist, und wir sollten beide daran festhalten.« Es war sehr heiß. Die Sonne ging auf, und das Pärchen im Nebenzimmer lachte. An der Wand war ein blasser, warmer, rosa Lichtfleck von der Sonne. Max lag neben mir, und sein Körper war heiß und unglücklich. Die Vögel sangen sehr laut, dann wurde die Sonne zu heiß und ließ sie verstummen. Ganz plötzlich. Im Moment noch hatten sie einen schrillen, lebhaften, mißtönenden Lärm gemacht, dann war Schweigen. Das Paar redete und lachte, das Baby wachte auf und fing an zu schreien. Max sagte: »Vielleicht sollten wir ein Kind haben?« Ich sagte: »Du meinst, ein Kind würde uns zusammenbringen?« Ich sagte das gereizt und haßte mich, weil ich es gesagt hatte; aber seine Sentimentalität hatte mich gereizt. Mit hartnäckiger Miene wiederholte er: »Wir sollten ein Kind haben.« Dann dachte ich plötzlich: Warum eigentlich nicht? Wir können die Kolonie noch monatelang nicht verlassen. Wir haben nicht das Geld dazu. Laß uns ein Kind haben – ich lebe immer so, als würde sich irgendwann in der Zukunft etwas Wundervolles herauskristallisieren. Sorgen wir dafür, daß jetzt etwas geschieht . . . also wandte ich mich ihm zu, und wir liebten uns. Das war der Morgen, an dem Janet empfangen wurde. Wir heirateten in der folgenden Woche auf dem Standesamt. Ein Jahr später trennten wir uns. Dieser Mann hat mich nie bewegt, er ist mir nie nahe gekommen. Aber da ist Janet . . . Ich glaube, ich werde zu einem Psychoanalytiker gehen.

10. Januar 1950

Suchte heute Mrs. Marks auf. Nach den Präliminarien sagte sie: »Warum sind Sie hier?« Ich sagte: »Weil ich Erlebnisse hatte, die mich eigentlich hätten berühren müssen, aber sie haben es nicht getan.« Sie wartete auf mehr, also sagte ich: »Der Sohn meiner Freundin Molly zum Beispiel – letzte Woche entschloß er sich, Wehrdienstverweigerer aus Gewissensgründen zu werden, aber er hätte sich ebensogut entschließen können, es nicht zu werden. Das ist etwas, das ich in mir wiedererkenne.« »Was?« »Ich beobachte Leute – sie entschließen sich, dieses oder jenes zu werden. Aber es kommt mir vor, als sei das eine Art Tanz – sie könnten ebensogut das Gegenteil tun, mit der gleichen Überzeugung.« Sie zögerte, fragte dann: »Sie haben einen

Roman geschrieben?« »Ja.« »Schreiben Sie einen neuen?« »Nein, ich werde niemals einen neuen schreiben.« Sie nickte. Ich kannte dieses Nicken schon, und ich sagte: »Ich bin nicht hier, weil ich unter einer Schreibhemmung leide.« Sie nickte wieder, und ich sagte: »Sie müssen das glauben, wenn . . .« Dieses Zögern war peinlich und voller Aggression, und ich sagte mit einem Lächeln, von dem ich wußte, daß es aggressiv war: ». . . wenn wir Erfolg haben wollen.« Sie lächelte trocken. Dann: »Warum wollen Sie kein neues Buch schreiben?« »Weil ich nicht mehr an die Kunst glaube.« »Sie glauben also nicht an die Kunst?« – Sie sprach die Wörter getrennt aus, hielt sie mir zu Überprüfung unter die Nase. »Nein.« »So.«

14. Januar 1950

Ich träume eine Menge. Der Traum: Ich bin in einem Konzertsaal. Ein puppenhaftes Publikum in Abendkleidung. Ein Flügel. Ich selbst sitze am Flügel, absurderweise in einem Edwardianischen Satinkleid und Queen Mary-Perlenstehkragen. Ich bin unfähig, auch nur eine Note zu spielen. Das Publikum wartet. Der Traum ist stilisiert wie eine Szene in einem Theaterstück oder eine alte Illustration. Ich erzähle Mrs. Marks diesen Traum, und sie fragt: »Wovon handelt er?« »Von Gefühlskälte.« Und sie lächelt ihr kleines weises Lächeln, das unsere Sitzungen wie ein Taktstock leitet. Traum: Kriegszeit in Zentralafrika. Ein schäbiger Tanzsaal. Alle betrunken und eng tanzend, wegen Sex. Ich warte neben dem Tanzsaal. Ein glatter, puppenhafter Mann nähert sich mir. Ich erkenne Max. (Aber er bezieht eine gewisse literarische Qualität aus dem, was ich im Notizbuch über Willi schrieb.) Ich laufe in seine Arme, puppenhaft; erstarre, kann mich nicht bewegen. Wieder hat der Traum einen grotesken Charakter. Er ist wie eine Karikatur. Mrs. Marks fragt: »Worum geht es in diesem Traum?« »Um dasselbe, Gefühlskälte. Ich war bei Max frigide.« »Sie haben also Angst davor, frigide zu sein?« »Nein, denn er war der einzige Mann, bei dem ich frigide war.« Sie nickt. Plötzlich fange ich an, mir Sorgen zu machen: Werde ich wieder frigide sein?

19. Januar 1950

An diesem Morgen war ich in meinem Zimmer unter dem Dach. Durch die Wand hörte ich ein Baby weinen. Ich mußte an jenes Hotelzimmer in Afrika denken, in dem das Baby uns morgens durch sein Geschrei geweckt hatte. Es wurde dann gefüttert und fing an, zu glucksen und glückliche Geräusche zu machen, während seine Eltern sich liebten. Janet spielte auf dem Fußboden mit ihren Bauklötzen. Gestern abend hatte Michael mich gebeten, mit ihm eine Spazierfahrt zu machen. Ich sagte, ich könnte nicht, weil Molly vorhätte auszugehen und weil ich Janet nicht alleinlassen könnte. Er sagte ironisch:

»Natürlich, immer erst die Mutterpflichten und dann erst die Liebhaber.«
Die kalte Ironie, mit der er das sagte, machte mich ärgerlich auf ihn. An
diesem Morgen fühlte ich mich eingeschlossen von dem Wiederholungscha-
rakter der Situation – das schreiende Baby nebenan und meine Feindseligkeit
gegen Michael. (Die mich an meine Feindseligkeit Max gegenüber erinnert.)
Dann ein Gefühl der Unwirklichkeit – konnte mich nicht erinnern, wo ich
war – hier in London oder dort in Afrika, in jenem anderen Haus, in dem das
Baby durch die Wand schrie. Janet guckte vom Boden hoch und sagte:
»Komm und spiel mit mir, Mammi.« Ich konnte mich nicht bewegen. Ich riß
mich nach einer Weile gewaltsam aus dem Stuhl hoch und setzte mich auf den
Fußboden neben das kleine Mädchen. Ich sah sie an und dachte: Das ist mein
Kind, mein Fleisch und Blut. Aber ich konnte es nicht fühlen. Sie sagte
wieder: »Spiel mit mir, Mammi.« Ich rückte ein paar Holzklötzchen zusammen für ein Haus, aber wie eine Maschine – indem ich mich zu jeder
einzelnen Bewegung zwang. Ich konnte mich auf dem Boden sitzen sehen,
sah das Bild einer ›jungen Mutter, die mit ihrem kleinen Mädchen spielt‹. Wie
eine Filmeinstellung oder ein Foto. Ich erzählte Mrs. Marks davon, und sie
sagte: »So?« Ich sagte: »Genau wie die Träume, nur auf einmal im wirklichen
Leben.« Sie wartete, und ich sagte: »Das lag an meiner Feindseligkeit Michael
gegenüber – das hat alles erstarren lassen.« »Sie schlafen mit ihm?« »Ja.« Sie
wartete, und ich sagte lächelnd: »Nein, ich bin nicht frigide.« Sie nickte. Ein
abwartendes Nicken. Ich wußte nicht, was sie von mir erwartete. Sie half mir
auf die Sprünge: »Ihr kleines Mädchen bat Sie, zu kommen und mit ihm zu
spielen?« Ich begriff nicht. Sie sagte: »Zu spielen. Zu kommen und mit ihm
zu spielen. Sie konnten nicht spielen.« Dann, als ich begriff, wurde ich
wütend. In den letzten paar Tagen hat sie mich immer wieder, äußerst
geschickt, zu demselben Punkt gebracht; und jedesmal bin ich wütend
geworden; und immer wird meine Wut als Abwehr gegen die Wahrheit
interpretiert. Ich sagte: »Nein, in dem Traum ging es nicht um die Kunst.
Ganz bestimmt nicht.« Und in dem Versuch zu scherzen: »Wer hat den
Traum geträumt – Sie oder ich?« Aber sie lachte nicht über den Scherz:
»Meine Liebe, Sie haben das Buch geschrieben, Sie sind eine Künstlerin.« Sie
sagte das Wort ›Künstlerin‹ mit einem freundlichen, verstehenden, ehrerbietigen Lächeln. »Mrs. Marks, Sie müssen mir glauben: Es läßt mich kalt, wenn
ich nie wieder ein Wort schreibe.« »Es läßt Sie kalt«, sagte sie mit der
Absicht, mich hinter dem *läßt mich kalt* mein Wort ›Gefühlskälte‹ hören zu
lassen. »Ja«, insistierte ich, »es läßt mich kalt.« »Meine Liebe, ich bin
Psychotherapeutin geworden, weil ich einst selber glaubte, Künstlerin zu
sein. Ich behandele sehr viele Künstler. Wie viele Leute haben da gesessen,
wo Sie jetzt sitzen, weil sie tief in ihrem Innern blockiert waren, unfähig,
weiter zu schaffen.« »Aber ich gehöre nicht zu ihnen.« »Beschreiben Sie sich

selbst.« »Wie?« »Beschreiben Sie sich, als würden Sie jemand anderen beschreiben.« »Anna Wulf ist eine kleine, dunkle, dünne, spitze Frau. Überkritisch und in der Defensive. Sie ist dreiunddreißig Jahre alt. Sie war ein Jahr lang mit einem Mann verheiratet, der sie kalt ließ, und sie hat eine kleine Tochter. Sie ist Kommunistin.« Sie lächelte. Ich sagte: »Unbrauchbar?« »Versuchen Sie es noch einmal: Vor allem, Anna Wulf hat einen Roman geschrieben, der von den Kritikern gelobt wurde, und sie hat ihre Sache so gut gemacht, daß sie tatsächlich immer noch von dem Geld lebt, das er eingebracht hat.« Ich war voller Feindseligkeit: »Nun gut: Anna Wulf sitzt auf einem Stuhl einem Seelendoktor gegenüber. Sie ist da, weil nichts in ihr tiefe Empfindungen wecken kann. Sie ist erstarrt. Sie hat sehr viele Freunde und Bekannte. Die Leute sehen sie gern. Aber es gibt nur eine einzige Person auf der Welt, an der ihr etwas liegt, und das ist ihre Tochter Janet.« »Warum ist sie erstarrt?« »Sie hat Angst.« »Wovor?« »Vor dem Tod.« Sie nickte, und ich durchkreuzte das Spiel und sagte: »Nein, nicht vor meinem Tod. Solange ich mich erinnern kann, ist, wie mir scheint, Tod und Zerstörung das einzig Wahre auf der Welt, ich glaube, das ist stärker als das Leben.« »Weshalb sind Sie Kommunistin?« »Zumindest glauben sie doch an etwas.« »Warum sagen Sie *sie*, wenn Sie Mitglied der Kommunistischen Partei sind?« »Wenn ich *wir* sagen könnte, und zwar mit Überzeugung, dann wäre ich doch nicht hier, nicht wahr?« »Also liegt Ihnen nicht wirklich an Ihren Genossen?« »Ich komme mit allen gut aus, wenn Sie das meinen.« »Nein, das meine ich nicht.« »Ich sagte Ihnen schon, die einzige Person, an der mir wirklich etwas liegt, ist tatsächlich meine Tochter. Und das ist Egoismus.« »Ihnen liegt nichts an Ihrer Freundin Molly?« »Ich habe sie gern.« »Und Ihnen liegt nichts an Ihrem Mann, Michael?« »Angenommen, er ließe mich morgen fallen, wie lange würde ich daran denken – daß ich gern mit ihm schlafe?« »Sie kennen ihn wie lange – drei Wochen? Warum sollte er Sie fallenlassen?« Mir fiel keine Antwort ein. In Wirklichkeit war ich überrascht, daß ich das alles überhaupt gesagt hatte. Unsere Zeit war um. Ich sagte Auf Wiedersehen, und als ich hinausging, sagte Sie: »Meine Liebe, vergessen Sie nicht, der Künstler hat ein heiliges, ihm anvertrautes Gut.« Ich konnte nicht umhin zu lachen. »Warum lachen Sie?« »Kommt es Ihnen nicht komisch vor – die Kunst ist ein heiliger, majestätischer C-Dur-Akkord?« »Wir sehen uns übermorgen, wie üblich, meine Liebe.«

31. Januar 1950

Ich habe heute viele, viele Träume zu Mrs. Marks mitgebracht – alle innerhalb der letzten drei Tage geträumt. Sie hatten alle etwas von gefälschter Kunst, Karikatur, Illustration oder Parodie an sich. Alle Träume waren in wundervoll frischen, lebhaften Farben, die mir großes Vergnügen bereiteten.

Sie sagte: »Sie träumen eine Menge.« Ich sagte: »Sobald ich meine Augen schließe.« Sie: »Und worum geht es in all diesen Träumen?« Ich lächele, bevor sie es kann; worauf sie mich streng ansieht, bereit, entschlossen vorzugehen. Aber ich sage: »Ich möchte Sie etwas fragen. Die Hälfte dieser Träume waren Alpträume, ich hatte schreckliche Angst und schwitzte beim Aufwachen. Und trotzdem genoß ich jede Minute. Ich träume gern. Ich freue mich auf das Schlafen, weil ich dann träume. Ich wache nachts auf, immer und immer wieder, und bin begeistert, wenn ich weiß, was ich geträumt habe. Morgens fühle ich mich so glücklich, als hätte ich im Schlaf Städte gebaut. Verstehen Sie? Aber gestern traf ich eine Frau, die zehn Jahre lang in der Psychoanalyse war – eine Amerikanerin natürlich.« Hier lächelte Mrs. Marks. »Die Frau erzählte mir mit einer Art strahlend sterilisiertem Lächeln, ihre Träume seien für sie wichtiger als ihr Leben, wirklicher für sie als alles, was tagsüber mit ihrem Kind und ihrem Mann geschieht.« Mrs. Marks lächelte. »Ja, ich weiß, was Sie sagen wollen. Es stimmt – sie erzählte mir, daß sie früher geglaubt hatte, sie sei Schriftstellerin. Nun habe ich aber nirgendwo einen, gleichgültig welcher Klasse, Farbe oder Überzeugung, getroffen, der sich nicht irgendwann für einen Schriftsteller, Maler, Tänzer oder sonstwas gehalten hat. Und das ist wahrscheinlich eine interessantere Tatsache als alles andere, was wir in diesem Raum diskutiert haben – schließlich wäre vor hundert Jahren kaum jemand auf die Idee gekommen, daß er Künstler ist. Die Menschen damals waren zufrieden mit dem Stand, in den sie zu versetzen es Gott gefallen hatte. *Aber* – ist nicht irgend etwas verkehrt an der Tatsache, daß mein Schlaf befriedigender, aufregender, genußreicher ist als alles, was mir im Wachen zustößt? Ich möchte nicht wie diese amerikanische Frau werden.« Schweigen, wieder ihr dirigierendes Lächeln. »Ja, ich weiß, Sie wollen mir sagen, daß meine ganze Kreativität in meine Träume geht.« »Und stimmt das nicht?« »Mrs. Marks, ich möchte Sie fragen, ob wir meine Träume eine Zeitlang ignorieren können.« Sie sagt trocken: »Sie kommen zu mir, einer Therapeutin, und fragen, ob wir Ihre Träume ignorieren können?« »Ist es nicht zumindest möglich, daß mein so genußvolles Träumen eine Flucht vor dem Gefühl ist?« Sie sitzt ruhig und nachdenklich da. Oh, sie ist eine höchst intelligente, weise alte Frau. Sie macht eine kleine Geste, mit der sie mir bedeutet, daß ich ruhig sein soll, während sie darüber nachdenkt, ob das vernünftig ist oder nicht. Und in der Zwischenzeit schaue ich mir das Zimmer an, in dem wir sitzen. Es ist hoch, lang, verdunkelt, beruhigend. Überall Blumen. Die Wände sind mit Reproduktionen von Meisterwerken bedeckt, und Plastiken stehen im Raum. Fast wie in einer Kunstgalerie. Es ist ein geweihter Raum. Ich fühle mich darin so wohl wie in einer Kunstgalerie. Hauptsächlich deswegen, weil es zwischen meinem Leben und diesem Zimmer keinerlei Übereinstimmung gibt – mein Leben war immer ungeformt, unfertig, roh, vorläufig; und so war auch das Leben der Leute, die ich gut kenne. Mir kam, als ich dieses Zimmer betrachtete, der Gedanke, daß die ungeformte, unfertige Art meines Lebens genau das war, was daran wertvoll war, und daß ich daran festhalten sollte. Sie tauchte aus ihrer kurzen Meditation auf und sagte: »Schön, meine Liebe. Wir werden eine Weile Ihre Träume beiseitelassen, und Sie werden mir ihre Tagträume bringen.«

An dem Tag, an dem ich die letzte Eintragung machte, hörte ich auf zu träumen, als hätte jemand einen Zauberstab geschwungen.« Irgendwelche Träume?« fragt sie beiläufig, um herauszufinden, ob ich bereit sei, mein absurdes Ausweichen vor ihr aufzugeben. Wir besprechen die Nuancen meines Gefühls für Michael. Wir sind die meiste Zeit glücklich miteinander, dann plötzlich habe ich Haßgefühle und Widerwillen gegen ihn. Aber immer aus denselben Gründen: wenn er einen Witz über die Tatsache macht, daß ich ein Buch geschrieben habe, sich darüber lustig macht, daß ich ›eine Autorin‹ bin; wenn er ironische Bemerkungen über Janet macht, darüber, daß mir mein Muttersein über die Liebe zu ihm geht; und wenn er mich warnend darauf hinweist, daß er nicht beabsichtigt, mich zu heiraten. Seitdem er gesagt hat, er liebe mich und ich sei das Wichtigste in seinem Leben, stößt er dauernd diese Warnung aus. Ich werde verletzt und wütend. Ich sagte wütend zu ihm: »Das ist eine Warnung, die man nur einmal zu geben braucht«, und dann zog er mich wegen meiner schlechten Laune auf. In jener Nacht war ich zum erstenmal frigide. Als ich es Mrs. Marks erzählte, sagte sie: »Ich habe einmal eine Frau drei Jahre lang wegen Frigidität behandelt. Sie lebte mit einem Mann zusammen, den sie liebte. Aber sie hatte in den ganzen drei Jahren nicht ein einziges Mal einen Orgasmus. An dem Tag, an dem sie heirateten, hatte sie zum erstenmal einen Orgasmus.« Nachdem sie mir das erzählt hatte, nickte sie emphatisch, als wollte sie sagen: Da haben Sie's! Ich lachte und sagte: »Mrs. Marks, ist Ihnen klar, was für eine Säule der Reaktion Sie sind?« Sie sagte lächelnd: »Was bedeutet dieser Ausdruck, meine Liebe?« »Er bedeutet eine ganze Menge für mich«, sagte ich. »Und dennoch sind Sie in der Nacht, nachdem Ihr Mann Ihnen gesagt hat, er würde Sie nicht heiraten, frigide?« »Aber er hat es doch bei anderen Gelegenheiten auch gesagt, oder jedenfalls durchblicken lassen, und ich war nicht frigide.« Ich war mir meiner Unehrlichkeit bewußt, also gab ich zu: »Es stimmt, meine Reaktion im Bett hängt davon ab, in welchem Maß er mich akzeptiert.« »Natürlich, denn Sie sind eine richtige Frau.« Sie gebraucht dieses Wort ›eine Frau‹, ›eine richtige Frau‹ genauso wie das Wort ›Künstler‹, ›ein wahrer Künstler‹. Als Absolutum. Als sie sagte, Sie sind eine richtige Frau, fing ich hilflos an zu lachen, und nach einer Weile lachte auch sie. Dann sagte sie, weshalb lachen Sie, und ich sagte es ihr. Sie war im Begriff, die Gelegenheit zu nutzen, um das Wort ›Kunst‹ ins Spiel zu bringen – keine von uns hat es erwähnt, seitdem ich aufgehört habe zu träumen. Aber statt dessen sagte sie: »Warum erwähnen Sie mir gegenüber nie Ihre politischen Ansichten?«

Ich dachte darüber nach und sagte: »Was die KP betrifft – da falle ich von einem Extrem ins andere, mal fürchte und hasse ich sie, mal klammere ich mich verzweifelt an sie. Aus dem Bedürfnis, sie zu schützen und mich um sie zu kümmern – verstehen Sie das?« Sie nickte, also fuhr ich fort: »Und Janet – einerseits lehne ich ihr Vorhandensein heftig ab, weil sie mich daran hindert, so viele Dinge zu tun, die ich tun möchte, und andererseits liebe ich sie. Und Molly. Ich kann sie in der einen Stunde wegen ihrer Herrschsucht und Gönnerhaftigkeit hassen und in der nächsten lieben. Und Michael – da ist es genauso. Demnach können wir uns wohl auf eine meiner Beziehungen beschränken und uns dabei mit meiner Gesamtpersönlichkeit befassen?« Hier lächelte sie trocken. »Sehr gut«, sagte sie, »beschränken wir uns auf Michael.«

15. März 1950

Ich war bei Mrs. Marks und sagte ihr, daß sich, obwohl ich mit Michael glücklicher bin als je zuvor, etwas ereignet hat, was ich nicht verstehe. Daß ich nämlich gelöst und glücklich in seinen Armen einschlafe und morgens voller Haß und Ablehnung aufwache. Worauf sie sagte: »Vielleicht ist es an der Zeit, daß Sie wieder mit dem Träumen anfangen, meine Liebe?« Ich lachte, und sie wartete, bis ich wieder aufhörte zu lachen, deshalb sagte ich, Sie gewinnen immer. Letzte Nacht habe ich wieder angefangen zu träumen. Als hätte man mir befohlen zu träumen.

27. März 1950

Ich weine im Schlaf. Alles, woran ich mich erinnern kann, wenn ich aufwache, ist, daß ich geweint habe. Als ich das Mrs. Marks erzählte, sagte sie: »Die Tränen, die wir im Schlaf vergießen, sind die einzig echten Tränen, die wir im Leben vergießen. Die Tränen im Wachleben sind Selbstmitleid.« Ich sagte: »Das ist sehr poetisch, aber ich kann nicht glauben, daß Sie das wirklich meinen.« »Und warum nicht?« »Weil mir das Lust bereitet, wenn ich beim Schlafengehen weiß, daß ich weinen werde.« Sie lächelt; ich warte darauf, daß sie mir hilft – aber diesmal tut sie es nicht. »Sie wollen doch nicht andeuten«, sage ich ironisch, »daß ich eine Masochistin bin?« Sie nickt: natürlich. »Die Lust am Schmerz«, sage ich und stoße in ihr Horn. Sie nickt. Ich sage: »Mrs. Marks, dieser traurige nostalgische Schmerz, der mich zum Weinen bringt, das ist genau das Gefühl, das mich dazu getrieben hat, dieses verdammte Buch zu schreiben.« Sie setzt sich auf, kerzengerade, schockiert. Weil ich ein Buch, die Kunst, jene edle Tätigkeit als verdammt bezeichnen konnte. Ich sage: »Alles, was Sie getan haben, ist, mich Schritt für Schritt zum

237

subjektiven Wissen dessen zu bringen, was ich vorher sowieso schon wußte: Daß die Wurzel dieses Buches vergiftet war.« Sie sagt: »Alle Selbsterkenntnis besteht darin, daß man in immer tieferen Schichten weiß, was man schon vorher wußte.« Ich sage: »Aber das reicht nicht.« Sie nickt und denkt nach. Ich weiß, jetzt kommt etwas, aber ich weiß nicht, was. Dann sagt sie: »Führen Sie Tagebuch?« »Hin und wieder.« »Schreiben Sie auf, was hier vor sich geht?« »Manchmal.« Sie nickt. Und ich weiß, worüber sie sich Gedanken macht. Daß der Prozeß des Tagebuch-Schreibens der Beginn dessen ist, was sie für Auftauen, für die Lösung der ›Blockierung‹ hält, die mich am Schreiben hindert. Ich war so verärgert, so voller Widerwillen, daß ich überhaupt nichts sagen konnte. Ich hatte das Gefühl, als ob sie mich durch die Erwähnung des Tagebuches, dadurch, daß sie es zu einem Teil ihres Verfahrens machte, seiner beraubte.

[An diesem Punkt hörte das Tagebuch als persönliches Dokument auf. Es ging weiter in Form von sorgfältig eingeklebten und datierten Zeitungsausschnitten.]

März 50
    Der Stilist nennt dies den ›H-Bomben-Stil‹ und erklärt, das ›H‹ stünde für Wasserstoffperoxyd, das fürs Färben verwandt wird. Das Haar wird so frisiert, daß es wie bei einer Bombenexplosion vom Nacken aus in Wellen aufsteigt. *Daily Telegraph*

13. Juli 50
    Es gab heute Beifallsrufe im Kongreß, als Mr. Lloyd Bentsen, Demokrat, darauf drängte, Präsident Truman möge den Nordkoreanern sagen, sie sollten innerhalb einer Woche den Rückzug antreten, oder ihre Städte würden mit Atombomben bombardiert. *Express*

29. Juli 50
    Englands Beschluß, 100 Millionen £ mehr für die Verteidigung auszugeben, bedeutet, wie Mr. Atlee klargemacht hat, daß die erhoffte Verbesserung des Lebensstandards und der sozialen Institutionen aufgeschoben werden muß. *New Statesman*

3. August 50
    Amerika muß rasche Fortschritte mit der H-Bombe erzielen, die, wie erwartet wird, hundertmal stärker ist als die Atombombe. *Express*

5. August 50

Ausgehend von den Schlußfolgerungen aus den Lehren von Hiroshima und Nagasaki hinsichtlich der Reichweite von Explosion, Hitzeblitz, Strahlung etc., nimmt man an, daß eine Atombombe 50 000 Leute in einem besiedelten britischen Gebiet töten könnte. Läßt man die Wasserstoffbombe beiseite, ist es sicher gefährlich, anzunehmen, daß . . . *New Statesman*

24. November 50

MACARTHUR SETZT 100 000 MANN IN EINER OFFENSIVE EIN, UM DEN KOREAKRIEG ZU BEENDEN. *Express*

9. Dezember 50

KOREA FRIEDENSGESPRÄCHE ANGEBOTEN, ABER ALLIIERTE WOLLEN KEINE VERSÖHNUNG. *Express*

16. Dezember 50

VEREINIGTE STAATEN ›IN ERNSTER GEFAHR‹. Heute Notruf. Präsident Truman teilte heute abend den Amerikanern mit, daß die Vereinigten Staaten in ›ernster Gefahr‹ seien, die von den Regierenden der Sowjetunion heraufbeschworen werde.

13. Januar 51

Truman setzte den Vereinigten Staaten gestern weitreichende Ziele. Verteidigungsbemühung, die allen Amerikanern Opfer abverlangt. *Express*

12. März 51

EISENHOWER ZUM EINSATZ VON A-BOMBEN. Ich würde sie sofort einsetzen, wenn ich der Ansicht wäre, sie würden dem Feind ausreichenden Schaden zufügen. *Express*

6. April 51

ATOMSPIONIN MUSS STERBEN. Ehemann ebenfalls auf den elektrischen Stuhl geschickt. Richter: Sie haben Korea verursacht.

2. Mai

KOREA: 371 TOTE, VERWUNDETE UND VERMISSTE.

9. Juni 51

Der Oberste Gerichtshof der Vereinigten Staaten hat die Verurteilung der elf Führer der Amerikanischen Kommunistischen Partei wegen Konspiration mit dem Zweck des Aufrufs zum gewaltsamen Sturz der Regierung bekräftigt. Die Urteile – fünf Jahre Gefängnis und private Geldstrafen von 10 000 Dollar – werden nun verschärft. *Statesman*

16. Juni 51
Sir: Die *Los Angeles Times* vom 2. Juni schreibt: »Man schätzt, daß in Korea etwa 2 Millionen Zivilisten, die meisten von ihnen Kinder, seit Beginn des Krieges getötet wurden oder an Erschöpfung starben. Mehr als zehn Millionen sind obdachlos und mittellos.« Dong Sung Kim, Sonderbevollmächtigter der Republik Korea, berichtete hier am 1. Juni: »In einer einzigen Nacht wurden 156 Dörfer verbrannt. Die Dörfer lagen auf der Route eines feindlichen Vormarsches. Also mußten die U.S.-Flugzeuge sie natürlich zerstören. Und alle alten Leute und Kinder, die noch dort waren, weil sie nicht in der Lage waren, die Evakuierungsbefehle zu beachten, wurden getötet.«
New Statesman

13. Juli 51
Waffenstillstandsgespräche behindert – weil die Roten sich weigern, 20 alliierte Reporter und Fotografen in Kaesong zuzulassen. *Express*

16. Juli
10 000 bei Ölland-Unruhen. Truppen setzen Tränengas ein. *Express*

28. Juli
Wiederaufrüstung hat bisher vom amerikanischen Volk keine Opfer gefordert. Im Gegenteil, der Konsum steigt noch. *New Statesman*

1. September 51
Die Technik des Schnellgefrierens von Keimzellen und ihrer unbegrenzten Lagerung könnte einen völligen Bedeutungswandel der Zeit herbeiführen. Gegenwärtig ist sie nur auf das männliche Sperma anwendbar, könnte jedoch auch auf das weibliche Ei angewandt werden. Ein 1951 lebender Mann und eine 2051 lebende Frau könnten 2251 ›gepaart‹ werden, um mit Hilfe eines pränatalen Brutapparates ein Kind zu erzeugen. *Statesman*

17. Oktober 51
MOSLEM – WELT IN FLAMMEN. Mehr Truppen für Suez.
Express

20. Oktober
ARMEE RIEGELT ÄGYPTEN AB. *Express*

16. November 51
12 790 alliierte Kriegsgefangene und 250 000 südkoreanische Zivilisten von Roten in Korea ermordet. *Express*

24. November 51
Innerhalb der Lebenszeit unserer Kinder kann damit gerechnet werden, daß die Weltbevölkerung die Zahl von 4000 Millionen erreicht. Wie werden wir das Wunder vollbringen, die 4000 Millionen zu ernähren? *Statesman*

24. November 51
Weder weiß man, wie viele Leute während der großen sowjetischen Säuberungen von 1937–39 hingerichtet, eingekerkert, in Arbeitslager geschickt oder während der monatelangen Verhöre gestorben sind, noch, ob eine Million oder zwanzig Millionen Leute heute in Rußland Zwangsarbeit leisten. *Statesman*

13. Dezember 51
RUSSLAND BAUT A-BOMBER. Schnellster der Welt. *Express*

1. Dezember 51
Die Vereinigten Staaten erleben den größten Boom in ihrer Geschichte. Obwohl allein die Rüstungsausgaben und die überseeische Wirtschaftshilfe größer sind als der gesamte Bundeshaushalt der Vorkriegszeit. *Statesman*

29. Dezember 51
Das war das erste Friedensjahr der britischen Geschichte: Wir hatten elf Divisionen in Übersee und wandten zehn Prozent unseres Nationaleinkommens für Rüstungszwecke auf. *Statesman*

29. Dezember 51
Es gibt Anzeichen dafür, daß McCarthy und seine Freunde in den Vereinigten Staaten schließlich zu weit gegangen sind. *Statesman*

12. Januar 1952
Als Präsident Truman der Welt Anfang 1950 mitteilte, die Vereinigten Staaten würden sich bemühen, den Bau der H-Bombe zu beschleunigen – die den Wissenschaftlern zufolge eine Explosionskraft haben soll, welche 1000mal größer ist als die der Hiroshima-Bombe oder die von zwanzig Millionen Tonnen T.N.T. – wies Albert Einstein ruhig darauf hin, daß »immer deutlicher das Gespenst allgemeiner Vernichtung auftaucht«. *Statesman*

1. März 1952

So wie im Mittelalter Hunderttausende von unschuldigen Menschen als Hexen verurteilt wurden, sind unzählige Kommunisten und russische Patrioten wegen erfundener konterrevolutionärer Aktivitäten den Säuberungen zum Opfer gefallen. Tatsächlich erreichten die Verhaftungen solch phantastische Ausmaße, gerade weil es nichts aufzudecken gab (mit Hilfe einer äußerst geschickten Methode errechnet Mr. Weissberg, daß zwischen 1936 und 1939 wahrscheinlich acht Millionen Unschuldige durch die Gefängnisse gingen).
Statesman

22. März 1952

Die Anschuldigung, die Vereinten Nationen würden in Korea bakteriologische Kriegsführung anwenden, kann nicht einfach mit dem Argument abgetan werden, daß das Wahnsinn wäre.
Statesman

15. April 52

Die kommunistische Regierung von Rumänien hat eine Massendeportation ›unproduktiver Leute‹ aus Bukarest angeordnet. Das sind 200 000, oder ein Fünftel der Stadt.
Express

28. Juni 52

Es ist unmöglich, die Zahl derjenigen Amerikaner zu ermitteln, denen die Pässe gesperrt oder verweigert wurden, doch bekannte Fälle zeigen, daß ein weiter Kreis von Personen unterschiedlicher Herkunft, Anschauung und politischer Überzeugung davon betroffen ist. Die Liste umfaßt ...
Statesman

5. Juli 52

Die Wirkung der amerikanischen Hexenjagd besteht hauptsächlich darin, daß eine neue Orthodoxie geschaffen wird, ein allgemeines Klima der Konformität, in dem Andersdenkende ihre Existenz aufs Spiel setzen.
Statesman

2. September 52

Der Innenminister sagte, von einer exakt abgeworfenen Atombombe werde zwar mit Sicherheit ernster Schaden verursacht, aber dieser Schaden werde manchmal heftig übertrieben. *Express*
Ich bin mir sehr wohl dessen bewußt, daß man eine Revolution nicht mit Rosenwasser durchführen kann; meine Frage war, ob es zur Niederschlagung

der Kriegsgefahr seitens Formosa nötig war, eineinhalb Millionen hinzurichten, oder ob ihre Entwaffnung nicht adäquater gewesen wäre. *Statesman*

13. Dezember 1952
JAPANER FORDERN WAFFEN. *Express*

13. Dezember
Abschnitt II der McCarran Akte befaßt sich vornehmlich mit der Errichtung sogenannter Internierungslager. Weit davon entfernt, die Schaffung solcher Lager *anzuordnen, bevollmächtigt* das Gesetz den Generalstaatsanwalt der USA, ». . . alle Personen, bezüglich derer berechtigter Grund besteht zu glauben, daß solche Personen sich möglicherweise auf Spionage- oder Sabotageakte einlassen werden oder möglicherweise mit anderen konspirieren werden, um sich auf besagte Akte einzulassen«, zu ergreifen und »in den Internierungslagern, die von ihm bestimmt werden können«, festzuhalten.

3. Oktober 52
UNSERE BOMBE GEHT LOS. Erste britische Atomwaffe explodierte erfolgreich. *Express*

11. Oktober 52
MAU MAU SCHLITZEN COLONEL AUF. *Express*

23. Oktober 52
ZÜCHTIGT SIE. Lord Goddard, Oberster Richter. *Express*

25. Oktober 52
Colonel Robert Scott, Einheitsführer des amerikanischen Luftstützpunktes in Fürstenfeldbruck: »Der Vorvertrag zwischen Amerika und Deutschland ist unterzeichnet. Ich hoffe inständig, daß Ihr Vaterland bald als selbständiges Mitglied der NATO-Streitkräfte dasteht . . . Ich erwarte mit Ihnen ungeduldig den Tag, an dem wir Schulter an Schulter als Freunde und Brüder dastehen werden, um der Drohung des Kommunismus Widerstand zu leisten. Ich hoffe und bete, daß bald der Augenblick kommen möge, in dem entweder ich oder ein anderer amerikanischer Befehlshaber diesen wunderbaren Luftstützpunkt mit dem Beginn von Deutschlands neuer Luftwaffe einem deutschen Gruppenkommandanten übergeben wird.«
Statesman

17. November 52
VEREINIGTE STAATEN ERPROBEN H-BOMBE. *Express*

1. November 52

Korea: Die Gesamtzahl der Opfer seit Beginn der Waffenstillstandsgespräche, einschließlich Zivilisten, nähert sich bald der Zahl der Gefangenen, deren Status das Haupthindernis für den Waffenstillstand geworden ist.
Statesman

7. November 52

Kenyas Regierung gab heute abend bekannt, daß als Kollektivbestrafung für die Ermordung von Commander Jack Meiklejohn am letzten Sonnabend 750 Männer und 2200 Frauen und Kinder aus ihren Wohnorten evakuiert wurden. *Express*

8. November

In den letzten Jahren war es Mode, die Kritiker des McCarthyismus als mißgestimmte ›Anti-Amerikaner‹ zu brandmarken.
Statesman

22. November 52

Es ist erst zwei Jahre her, seit Präsident Truman dem H-Bombenprogramm den Startbefehl erteilte. Sofort wurde eine Milliarden-Dollaranlage am Savannah River, South Carolina, zur Produktion von Tritium (Wasserstoffisotop mit der Massenzahl 3) in Bau genommen; gegen Ende von 1951 war die B-Bomben-Industrie zu einem Industrieunternehmen geworden, das nur mit U.S. Steel und General Motors vergleichbar ist.
Statesman

22. November 52

Der Startschuß zur gegenwärtigen Kampagne wurde – höchst passenderweise so abgefeuert, daß er mit dem hektischen Höhepunkt einer republikanischen Wahlkampagne zusammenfiel, die alles erdenkliche Kapital aus Alger Hiss' ›Verseuchung‹ des State Departments gezogen hatte. Alexander Wiley, der republikanische Senator aus Wisconsin, machte bekannt, daß er eine Untersuchung der ›ausgedehnten Infiltration‹ des U.N.-Sekretariats durch amerikanische Kommunisten verlangt hatte ... Dann begann der Senatsunterausschuß für innere Sicherheit in der neuen Kampagne damit, seine ersten zwölf Opfer, alles hohe Beamte, ins Kreuzverhör zu nehmen ... doch die Weigerung der zwölf Zeugen, über irgendwelche kommunistischen Verflechtungen auszusagen, bewahrte sie nicht vor ... Aber die hexenjagenden Senatoren waren eindeutig auf größere Fischzüge aus als auf die zwölf, gegen die das einzige erbrachte Beweismaterial für Subversion und Spionage ihr Schweigen war. *Statesman*

29. November 52
Der tschechische Sabotageprozeß ist, obwohl er nach dem üblichen Schema politischer Rechtsprechung in den Volksdemokratien abläuft, von ungewöhnlichem Interesse. Die Tschechoslowakei war vor allem der einzige Ostblock-Staat, der eine tiefverwurzelte demokratische Lebensweise mit uneingeschränkten bürgerlichen Rechten und einem unabhängigen Rechtswesen besessen hatte. *Statesman*

3. Dezember 52
DARTMOORMANN AUSGEPEITSCHT. Gangster bekommt 12 Hiebe mit der Neunschwänzigen. *Express*

17. Dezember 1952
11 KOMMUNISTENFÜHRER IN PRAG GEHÄNGT. Kapitalistische Spione, behauptet tschechische Regierung.

29. Dezember 1952
Eine neue 10 000 £-Atomfabrik soll Englands Atomwaffenproduktion verdoppeln. *Express*

13. Januar 53
SOWJETISCHER MORDKOMPLOTT-SCHOCK. Radio Moskau bezichtigte heute früh eine Gruppe terroristischer jüdischer Ärzte, sie habe versucht, russische Führer zu ermorden – einschließlich einiger sowjetischer Spitzenmilitärs und eines Atomwissenschaftlers. *Express*

6. März 1953
STALIN STIRBT. *Express*

23. März 1953
2500 MAU MAU-VERHAFTUNGEN. *Express*

23. März 1953
AMNESTIE IN RUSSLAND FÜR HÄFTLINGE. *Express*

1. April 1953
WAS KÖNNTE FRIEDE IN KOREA FÜR DICH BEDEUTEN? *Express*

7. Mai 1953
FRIEDENSHOFFNUNGEN IN KOREA WACHSEN. *Express*

8. Mai 1953
Amerika diskutiert mögliche Aktion der Vereinten Nationen, um ›kommunistische Aggression in Südost-Asien einzudämmen‹. Und es entsendet große Mengen an Flugzeugen, Panzern und Munition nach Indochina.
Express

13. Mai
GREUELTATEN IN ÄGYPTEN. *Express*

18. Juni 1953
NÄCHTLICHE BERLINSCHLACHT. 15 000 Ostberliner bekämpften in den dunklen Straßen heute in den frühen Morgenstunden eine Division russischer Panzer und Infanterie. *Express*

6. Juli
AUFSTAND IN RUMÄNIEN. *Express*

10. Juli 53
BERIA VERURTEILT UND ERSCHOSSEN. *Express*

27. Juli 1953
FEUEREINSTELLUNG IN KOREA. *Express*

7. August 1953
MASSENAUFRUHR VON KRIEGSGEFANGENEN. Massenaufruhr von 12 000 nordkoreanischen Kriegsgefangenen wurde von UN-Posten unter Einsatz von Tränengas und Handfeuerwaffen niedergeschlagen.
Express

20. August 1953
300 Tote bei Staatsstreich in Persien. *Express*

19. Februar 1954
England hat jetzt großen A-Bomben-Vorrat. *Express*

27. März 1954
2. H-BOMBEN-EXPLOSION VERSCHOBEN – Inseln noch zu heiß von Explosion N. 1. *Express*

30. März
2. H-BOMBE GEZÜNDET. *Express*

[Hier fingen die persönlichen Eintragungen wieder an.]

2. April 1954
Mir wurde heute klar, daß ich angefangen habe, mich von dem, was Mrs. Marks meine ›Erfahrung‹ mit ihr nennt, zurückzuziehen; und zwar wegen einer Sache, die sie gesagt hatte; sie muß es schon einige Zeit gewußt haben. Sie sagte: »Sie dürfen nicht vergessen, daß das Ende der Analyse nicht das Ende der Erfahrung selbst ist.« »Sie meinen, die Hefe treibt weiter?« Sie lächelte und nickte.

4. April 1954
Ich hatte wieder diesen schlimmen Traum – ich wurde vom anarchischen Prinzip bedroht, diesmal in Gestalt eines unmenschlichen Zwerges. Auch Mrs. Marks kam darin vor, sehr groß und mächtig; wie eine liebreiche Fee. Sie hörte sich den Traum bis zum Ende an und sagte: »Wenn Sie auf eigenen Füßen stehen und bedroht werden, dann müssen Sie die gute Fee zu Hilfe rufen.« »Also Sie«, sagte ich. »Nein, Sie, verkörpert in dem, was Sie aus mir gemacht haben.« Die Sache ist also vorüber. Es war, als hätte sie gesagt: Sie stehen jetzt auf Ihren eigenen Füßen. Denn sie sprach beiläufig, fast gleichgültig, wie jemand, der sich abwendet. Ich bewunderte ihre Fähigkeit, es so zu machen; es war, als reiche sie mir beim Abschied etwas – einen blühenden Zweig vielleicht oder einen Talisman gegen das Böse.

7. April 1954
Sie fragte mich, ob ich mir Aufzeichnungen über die ›Erfahrung‹ gemacht habe. Sie hat nie, nicht ein einziges Mal in den letzten drei Jahren, das Tagebuch erwähnt; also muß sie instinktiv gewußt haben, daß ich mir keine Aufzeichnungen gemacht hatte. Ich sagte: »Nein.« »Sie haben sich überhaupt nichts aufgeschrieben?« »Nein. Aber ich habe ein sehr gutes Gedächtnis.« Schweigen. »Also ist das Tagebuch, mit dem Sie angefangen hatten, leergeblieben?« »Nein. Ich habe Zeitungsausschnitte hineingeklebt.« »Was für Ausschnitte?« »Einfach Dinge, die mir auffielen – Ereignisse, die mir wichtig schienen.« Sie warf mir diesen sonderbaren Blick zu, der sagte: Nun, ich warte auf die Definition. Ich sagte: »Ich habe sie neulich flüchtig durchsehen: Was ich habe, ist eine Dokumentation über Krieg, Mord, Chaos, Elend.« »Und das halten Sie für die Wahrheit der letzten paar Jahre?« »Halten Sie das nicht für die Wahrheit?« Sie sah mich an – ironisch. Sie sagte ohne Worte, daß unsere ›Erfahrung‹ kreativ und fruchtbar war und daß ich unehrlich war in dem, was ich gesagt habe. Ich sagte: »Also gut; die Zeitungsausschnitte sollten allem die richtige Dimension geben. Ich habe drei Jahre und mehr damit zugebracht, mit meiner kostbaren Seele zu ringen und

unterdessen . . .« »Unterdessen was?« »Es ist einfach nur Glückssache, daß ich nicht gefoltert, ermordet, verhungert oder in einem Gefängnis gestorben bin.« Sie sah mich geduldig-ironisch an, und ich sagte: »Sie müssen doch zweifellos wissen, daß das, was hier in diesem Zimmer geschieht, einen nicht nur mit dem verbindet, was Sie Kreativität nennen. Es verbindet einen mit . . . ich weiß nicht, wie ich es nennen soll.« »Ich bin froh, daß Sie nicht das Wort ›Zerstörung‹ benutzen.« »In Ordnung, alles hat zwei Gesichter etc., aber trotzdem, immer, wenn irgendwo etwas Schreckliches passiert, träume ich davon, als sei ich persönlich betroffen.« »Sie haben wirklich diese ganzen schrecklichen Dinge aus den Zeitungen herausgeschnitten und in Ihr Tagebuch über diese Erfahrung geklebt – als Anweisung an Sie selbst, wie Sie zu träumen haben?« »Aber Mrs. Marks, was ist denn daran verkehrt?« Wir haben diesen toten Punkt so oft erreicht, und keine von uns beiden hat versucht, ihn zu überwinden. Sie saß da und lächelte trocken und geduldig. Ich saß ihr gegenüber und forderte sie heraus.

9. April 1954

Heute, als ich ging, sagte sie zu mir: »Also, meine Liebe, wann fangen Sie wieder an zu schreiben?« Ich hätte natürlich sagen können, daß ich die ganze Zeit über hin und wieder in den Notizbüchern herumgekritzelt habe, aber das war es nicht, was sie meinte. Ich sagte: »Sehr wahrscheinlich nie.« Sie machte eine ungeduldige, fast gereizte Geste; sie sah verärgert aus wie eine Hausfrau, der etwas schief gelaufen ist – die Geste war echt, war nicht so wie das Lächeln oder Nicken oder Kopfschütteln oder das ungeduldige Zungenschnalzen, das sie verwendet, um eine Sitzung zu dirigieren. »Warum können Sie das nicht verstehen?« fragte ich und wollte sie wirklich dazu bringen zu verstehen, »daß ich keine Zeitung in die Hand nehmen kann, ohne daß das, was darin steht, einen so überwältigend schrecklichen Eindruck auf mich macht, daß mir alles, was ich schreiben könnte, vollkommen sinnlos erscheint?« »Dann sollten Sie keine Zeitungen mehr lesen.« Ich lachte. Nach einer Weile lächelte sie mit mir.

15. April 1954

Ich hatte mehrere Träume, die alle damit zu tun hatten, daß Michael mich verläßt. Aus meinen Träumen wußte ich, daß er es bald tun würde; er wird es bald. Im Schlaf schaue ich diesen Trennungsszenen zu. Ohne Gefühl. Im Wachleben bin ich verzweifelt und schrecklich unglücklich; im Schlaf bin ich ungerührt. Mrs. Marks fragte mich heute: »Wenn ich Sie bitten würde, in einem Satz zu sagen, was Sie von mir gelernt haben, was würden Sie dann antworten?« »Daß Sie mich gelehrt haben, zu weinen«, sagte ich nicht ohne Trockenheit. Sie lächelte und akzeptierte die Trockenheit. »Ja und?« »Und

ich bin hundertmal verletzlicher, als ich es war.« »Ja und? Ist das alles?« »Sie
meinen, ich bin auch hundertmal stärker? Ich weiß es nicht. Ich weiß es
überhaupt nicht. Ich hoffe es.« »Aber ich weiß es«, sagte sie mit Nachdruck.
»Sie sind sehr viel stärker. Und Sie werden über diese Erfahrung schreiben.«
Ein rasches entschlossenes Nicken; dann sagte sie: »Sie werden sehen. In ein
paar Monaten, vielleicht in ein paar Jahren.« Ich zuckte die Achseln. Wir
vereinbarten ein Treffen für nächste Woche; es wird das letzte Treffen sein.

23. April
    Ich hatte einen Traum für mein letztes Treffen. Ich brachte ihn zu Mrs.
Marks. Ich träumte, daß ich eine Art Kästchen in meinen Händen hielt, und
in dem Kästchen war etwas sehr Wertvolles. Ich ging durch einen langen
Raum, der einer Kunstgalerie oder einem Vorlesungssaal ähnelte, voller toter
Bilder und Statuen. (Als ich das Wort ›tot‹ gebrauchte, lächelte Mrs. Marks
ironisch.) Am Ende des Saales, auf einer Art Podest, wartete eine kleine
Ansammlung von Leuten. Sie warteten darauf, daß ich ihnen das Kästchen
überreichen würde. Ich war unglaublich glücklich, daß ich ihnen endlich
diesen kostbaren Gegenstand geben konnte. Aber als ich ihn überreichte, sah
ich plötzlich, daß es alles Geschäftsleute, Makler oder so etwas, waren. Sie
öffneten das Kästchen nicht, sondern fingen an, mir große Geldsummen
auszuhändigen. Ich fing an zu weinen. Ich schrie: »Öffnet den Kasten, öffnet
den Kasten«, aber sie konnten oder wollten mich nicht hören. Plötzlich sah
ich, daß es alles Gestalten aus einem Film oder Theaterstück waren, das ich
geschrieben hatte, und ich schämte mich deswegen. Alles verwandelte sich in
eine Farce, flimmernd und grotesk, ich war eine Gestalt in meinem eigenen
Stück. Ich öffnete den Kasten und zwang sie, hineinzusehen. Aber statt eines
schönen Gegenstandes, den ich mir darin vorgestellt hatte, lag dort ein
Haufen von zertrümmerten, zerbrochenen Stücken. Nicht ein in Stücke
zerbrochenes Ganzes, sondern Teilchen und Stücke von überall her, aus der
ganzen Welt – ich erkannte einen Klumpen roter Erde, der, wie ich wußte,
aus Afrika kam, und dann ein Stückchen Metall von einem Gewehr aus
Indochina, und dann war alles entsetzlich, Fleischfetzen von Leuten, die im
Koreakrieg getötet worden waren, und ein kommunistisches Parteiabzeichen
von jemandem, der in einem sowjetischen Gefängnis gestorben war. Den
Haufen scheußlicher Bruchstücke anzuschauen war so schmerzhaft, daß ich
nicht mehr hinschauen konnte und den Kasten schloß. Aber die Geschäfts-
oder Geldleute hatten nichts bemerkt. Sie nahmen mir den Kasten ab und
öffneten ihn. Ich wandte mich ab, weil ich nichts mehr sehen wollte, aber sie
waren entzückt. Schließlich guckte ich hin und sah, daß etwas im Kasten war.
Es war ein kleines grünes Krokodil mit einer blinzelnden, sardonischen
Schnauze. Ich dachte, es sei die Nachbildung eines Krokodils aus Jade oder

Smaragd, aber dann sah ich, daß es lebendig war, denn riesige, erstarrte Tränen rollten ihm die Backen hinunter und verwandelten sich in Diamanten. Ich lachte laut auf, als ich sah, wie ich die Geschäftsleute getäuscht hatte, und wachte auf. Mrs. Marks hörte sich diesen Traum kommentarlos an, sie schien uninteressiert. Wir verabschiedeten uns voller Zuneigung, aber sie hat sich schon abgewandt, innerlich, wie ich. Sie sagte, ich solle »vorbeischauen und sie besuchen«, wenn ich sie brauchte. Ich dachte, wie kann ich Sie brauchen, wenn Sie mir doch Ihr Bild vermacht haben; ich weiß ganz genau, daß ich immer, wenn ich in Schwierigkeiten bin, von dieser großen mütterlichen Fee träumen werde. (Mrs. Marks ist eine sehr kleine, drahtige, energische Frau, dennoch war sie in meinen Träumen immer groß und mächtig.) Ich ging aus dem verdunkelten, feierlichen Zimmer, in dem ich so viele Stunden verbracht habe – mit einem Bein in der Realität, mit dem anderen in der Phantasie- und Traumwelt stehend –, aus dem Zimmer, das wie eine Weihestätte der Kunst war, und ich trat auf den kalten, häßlichen Bürgersteig. Ich sah mich in einem Schaufenster: eine kleine, ziemlich blasse, uninteressante, spitze Frau. Mein Gesicht hatte einen spöttischen Ausdruck, in dem ich das Grinsen des boshaften, kleinen grünen Krokodils in dem Kristallkästchen meines Traumes wiedererkannte.

Ungebundene Frauen

2

Zwei Besuche,
einige Telefonanrufe
und eine Tragödie

Das Telefon läutete, als Anna gerade auf Zehenspitzen aus dem Kinderzimmer schlich. Janet fuhr wieder hoch und sagte in einem überzeugten, nörgelnden Ton: »Das ist Molly, nehme ich an, und ihr werdet wieder stundenlang reden.« »Schhhh«, sagte Anna; und während sie zum Telefon ging, dachte sie: Für Kinder wie Janet ist der Stoff der Sicherheit nicht aus Großeltern, Cousins und Cousinen und einem festen Zuhause gewoben; sondern daraus, daß jeden Tag Freunde anrufen und gewisse Worte fallen.

»Janet schläft gerade ein, und sie läßt grüßen«, sagte sie laut ins Telefon; und Molly spielte ihre Rolle und antwortete: »Grüß Janet von mir und sag ihr, sie soll sofort einschlafen.«

»Molly sagt, du sollst sofort einschlafen, sie wünscht dir Gute Nacht«, rief Anna laut in den abgedunkelten Raum. Janet antwortete: »Wie kann ich denn einschlafen, wenn ihr beiden jetzt stundenlang redet?« Die Art des Schweigens aus Janets Zimmer sagte Anna jedoch, daß das Kind zufrieden einschlief; sie dämpfte ihre Stimme und sagte: »In Ordnung. Wie geht's dir?«

Molly sagte allzu beiläufig: »Anna, ist Tommy bei dir?«

»Nein, warum sollte er?«

»Oh, ich fragte mich nur . . . Wenn er wüßte, daß ich mir Sorgen mache, wäre er natürlich wütend.«

Den ganzen letzten Monat hatten Mollys tägliche Nachrichten aus dem einen halben Kilometer entfernten Haus nur einen Inhalt gehabt: Tommy. Tommy, der Stunde um Stunde in seinem Zimmer saß, allein – ohne sich zu bewegen, offenbar auch ohne nachzudenken.

Nun ließ Molly das Thema Sohn fallen und stattete Anna einen langen, humorvollen, nörgelnden Bericht über ihr Essen am Abend zuvor mit irgendeiner alten Flamme aus Amerika ab. Anna hörte zu, hörte den Unterton von Hysterie in der Stimme ihrer Freundin und wartete, bis sie schloß: »Na, jedenfalls habe ich mir den aufgeblasenen, ältlichen Durchschnittstypen angeschaut und mir gedacht, du bist auch nicht mehr, was du mal warst – und ich nehme an, er hat gedacht, wie schade, daß Molly sich so zu ihrem Nachteil verändert hat – aber warum kritisiere ich alle so? Ist denn nie einer gut genug für mich? Dabei ist es nicht einmal so, daß ich momentane Angebote mit irgendeiner schönen Erfahrung in der Vergangenheit vergleichen könnte, ich kann mich nicht einmal daran erinnern, daß ich wirklich je zufrieden war, ich habe nie gesagt: Ja, das ist es. Aber ich habe jahrelang ach so sehnsüchtig an Sam gedacht, ihn für den Besten von den ganzen Kerlen gehalten und mich sogar gefragt, wieso ich so blöde war, ihn abzuweisen, und heute habe ich mich erinnert, wie sehr er mich sogar damals schon geödet hat – was tust du, wenn Janet eingeschlafen ist? Gehst du weg?«

»Nein, ich bleibe zu Hause.«

»Ich muß zum Theater sausen. Ich komm' sowieso zu spät. Anna, würdest du Tommy in etwa einer Stunde hier anrufen – sag irgendeine Ausrede.«

»Worüber sorgst du dich?«

»Tommy ist heute nachmittag zu Richards Büro gegangen. Ja, ich weiß, man hätte mich umpusten können. Richard hatte mich angerufen und gesagt: Ich bestehe darauf, daß Tommy mich auf der Stelle aufsucht. Also sagte ich zu Tommy: Dein Vater besteht darauf, daß du ihn auf der Stelle aufsuchst. Tommy sagte: In Ordnung, Mutter, und stand auf und ging. Einfach so. Um mir einen Gefallen zu tun. Ich hatte das Gefühl, wenn ich gesagt hätte: Spring aus dem Fenster, dann wäre er gesprungen.«

»Hat Richard irgend etwas gesagt?«

»Er hat mich vor etwa drei Stunden angerufen, sehr sarkastisch und von oben herab, und gesagt, ich würde Tommy nicht verstehen. Ich sagte, ich sei froh, daß er es wenigstens täte. Er teilte mir mit, Tommy sei gerade gegangen. Aber er ist nicht nach Hause gekommen. Ich bin in Tommys Zimmer hinaufgegangen und habe gesehen, daß er ein halbes Dutzend Bücher über Psychologie aus der Bibliothek auf seinem Bett liegen hat. Er hat sie offensichtlich alle auf einmal gelesen . . . Ich muß mich beeilen, Anna, ich brauche eine halbe Stunde, um mich für diese Rolle zu schminken – wahnsinnig dämliches Stück, warum hab' ich bloß zugesagt? Na, gute Nacht.«

Zehn Minuten später stand Anna an ihrem Zeichentisch und bereitete sich darauf vor, an ihrem blauen Notizbuch zu arbeiten, als Molly wieder anrief. »Ich habe gerade einen Anruf von Marion bekommen. Du wirst es nicht für möglich halten! – Tommy ist hingefahren, um sie zu besuchen. Er muß den ersten Zug genommen haben, nachdem er Richards Büro verlassen hatte. Er ist zwanzig Minuten geblieben und dann wieder gegangen. Marion sagt, er war sehr still. Er ist eine Ewigkeit nicht dagewesen. Anna, findest du nicht, daß das komisch ist?« – »Er war sehr still?«

»Na ja, Marion war wieder betrunken. Natürlich war Richard wieder nicht gekommen. Er ist zur Zeit nie vor Mitternacht zu Hause – du weißt ja, das Mädchen in seinem Büro. Marion hat endlos darüber geredet. Vielleicht hat sie endlos darüber geredet, als Tommy da war. Sie hat von dir gesprochen – sie hat einen mächtigen Rochus auf dich. Also nehme ich an, daß Richard ihr gesagt haben muß, daß er was mit dir gehabt hat.«

»Hatten wir aber nicht.«

»Hast du ihn wiedergesehen?«

»Nein. Marion auch nicht.«

Die beiden Frauen standen schweigend an ihren jeweiligen Telefonen; wären sie im selben Zimmer gewesen, hätten sie spöttische Blicke oder ein schiefes Lächeln ausgetauscht. Plötzlich hörte Anna: »Ich habe entsetzliche Angst, Anna. Irgend etwas Schreckliches ist passiert, ich bin ganz sicher. Oh Gott, ich weiß nicht, was ich tun soll, und ich muß mich beeilen – ich muß jetzt ein Taxi nehmen. Auf Wiedersehn.«

Gewöhnlich zog sich Anna, sobald sie Schritte auf der Treppe hörte, aus dem Teil des großen Zimmers zurück, wo sie zu überflüssigen Begrüßungsfloskeln mit dem jungen Mann aus Wales gezwungen wäre. Diesmal paßte sie genau auf und unterdrückte gerade noch einen Ausruf der Erleichterung, als sich herausstellte, daß es Tommys Schritte waren. Sein Lächeln war voller Anerkennung für sie, ihr Zimmer, den Stift in ihrer Hand und das ausgebreitete Notizbuch – das war die Szene, die zu sehen er erwartet hatte. Aber nachdem er gelächelt hatte, wandten seine Augen sich wieder nach innen und sein Gesicht wurde feierlich. Anna hatte instinktiv nach dem Telefon gegriffen, hielt aber in der Bewegung inne und sagte sich, es wäre besser, sie würde eine Ausrede erfinden, um nach oben gehen und von dort aus telefonieren zu können. Aber Tommy sagte: »Ich nehme an, du denkst, du mußt meine Mutter anrufen?« »Ja. Sie hat mich gerade angerufen.« »Dann geh nach oben, wenn du möchtest, es macht mir nichts aus.« Das war freundlich, er wollte es ihr leicht machen. »Nein, ich rufe von hier aus an.« »Ich nehme an, sie hat in meinem Zimmer herumgeschnüffelt und ist außer sich wegen all dieser Bücher über Wahnsinn.«

Bei dem Wort ›Wahnsinn‹ spürte Anna, wie sich ihr Gesicht vor Schreck spannte; sah, daß Tommy es bemerkte; rief dann mit Nachdruck aus: »Tommy, setz dich. Ich muß mit dir reden. Aber erst muß ich Molly anrufen.« Tommy zeigte sich in keiner Weise überrascht angesichts ihrer plötzlichen Entschlossenheit.

Er setzte sich, nahm eine ordentliche Haltung an, Beine geschlossen, Arme vor sich auf der Seitenlehne, und beobachtete Anna beim Telefonieren. Aber Molly war schon fort. Anna saß auf ihrem Bett und runzelte die Stirn vor Ärger: Sie war allmählich überzeugt, daß Tommy es genoß, ihnen allen Angst einzujagen. Tommy bemerkte: »Anna, dein Bett sieht aus wie ein Sarg.« Anna sah sich selbst klein, bleich, ordentlich, in schwarzer Hose und schwarzem Hemd mit übergeschlagenen Beinen auf dem schmalen, schwarz-drapierten Bett hocken. »Dann sieht es eben aus wie ein Sarg«, sagte sie; aber sie stand vom Bett auf und setzte sich ihm gegenüber auf einen Stuhl. Er tastete jetzt mit seinen Augen langsam und gründlich Gegenstand für Gegenstand im Zimmer ab und gönnte Anna ganz genauso viel Aufmerksamkeit wie Stuhl, Büchern, Kamin und Bild.

»Ich höre, du hast deinen Vater besucht?«

»Ja.«

»Weshalb wollte er dich sehen?«

»Du wolltest gerade sagen: Falls es dir nichts ausmacht, möchte ich dich fragen –«, sagte er. Dann kicherte er. Das Kichern war neu – unangenehm, unkontrolliert und boshaft. Bei dem Klang spürte Anna eine Panikwelle in sich aufsteigen. Sie verspürte sogar ein Verlangen, selbst zu kichern. Sie beruhigte sich und dachte: Er ist noch keine fünf Minuten hier, und schon hat seine Hysterie mich angesteckt. Sei auf der Hut.

Sie sagte lächelnd: »Ich war im Begriff, es zu sagen, aber ich habe mich gebremst.«

»Was soll das? Ich weiß, daß ihr beide, du und meine Mutter, ständig über mich redet. Ihr macht euch Sorgen um mich.« Wieder war er auf ruhige, aber triumphierende Weise boshaft. Anna hatte nie Bosheit oder Haß mit Tommy in Verbindung gebracht; sie hatte das Gefühl, als wäre ein Fremder im Zimmer. Er sah sogar fremd aus, denn sein stumpfes, dunkles, eigensinniges Gesicht hatte sich zu einer Maske lächelnder Bosheit verzerrt: Er schaute mit geschlitzten, boshaften Augen zu ihr auf und lächelte.

»Was wollte dein Vater?«

»Er sagte, daß eines der Unternehmen, das von *seinem* Unternehmen kontrolliert wird, einen Damm in Ghana baut. Er fragte, ob ich gern hinfahren und einen Job annehmen würde, bei dem ich mich um die Schwarzen kümmern muß – Sozialarbeit.«

»Du hast nein gesagt?«

»Ich sagte, ich verstünde den Zweck des Ganzen nicht – in der Hauptsache ;eien diese Leute doch billige Arbeitskräfte für ihn. Selbst wenn es mir gelänge, sie ein bißchen gesünder zu machen und sie besser zu ernähren oder sogar Schulen für ihre Kinder einzurichten, dann wäre das doch überhaupt nicht zweckmäßig. Daraufhin sagte er, daß eine andere seiner Tochter-Gesellschaften eine technische Einrichtung in Nordkanada macht, und er hat mir dort eine Fürsorgearbeit angeboten.«

Er wartete und sah Anna an. Der boshafte Fremde war aus dem Zimmer verschwunden; Tommy war wieder er selbst, stirnrunzelnd, gedankenvoll, verwirrt. Er sagte unerwartet: »Weißt du, eigentlich ist er gar nicht dumm.«

»Ich glaube nicht, daß wir behauptet haben, er sei dumm.«

Tommy lächelte geduldig und sagte damit: Du bist unehrlich. Er sagte laut: »Als ich sagte, daß ich diese Jobs nicht will, fragte er mich, warum. Ich sagte es ihm, und er gab mir zur Antwort, an meiner Reaktion könne man den Einfluß der Kommunistischen Partei erkennen.«

Anna lachte: Was habe ich dir gesagt; und sagte: »Er meint damit deine Mutter und mich.«

Tommy wartete ab, bis sie gesagt hatte, was er von ihr erwartet hatte, und sagte dann: »Da hast du's. Das hat er gerade nicht gemeint. Kein Wunder, daß ihr euch alle gegenseitig für dumm haltet; ihr erwartet voneinander, daß ihr es seid. Wenn ich meinen Vater und meine Mutter zusammen sehe, erkenne ich sie nicht wieder, so dumm sind sie. Und du auch, wenn du mit Richard zusammen bist.«

»Also gut, was hat er dann gemeint?«

»Er sagte, meine Antwort auf seine Angebote sei das Resultat des wirklichen Einflusses der kommunistischen Parteien auf den Westen. Er sagte, alle, die in der KP waren oder es noch sind oder etwas mit ihr zu tun haben, seien größenwahnsinnig. Er sagte, wenn er Polizeichef wäre und versuchen würde, in irgendeinem Land die Kommunisten auszurotten, dann würde er nur eine Frage stellen: »Würden Sie in ein unterentwickeltes Land gehen und dort ein Krankenhaus mit fünfzig Betten auf dem Lande leiten? Alle Roten würden antworten: »Nein«, denn was hat es für einen Sinn, etwas für die Gesundheit von fünfzig Menschen zu tun, wenn die grundlegende Gesellschaftsstruktur unverändert bleibt?« Er beugte sich vor, trotzig herausfordernd, und beharrte: »Nun, Anna?« Sie lächelte und nickte: Es stimmt; aber das war nicht genug. Sie sagte: »Nein, das ist keineswegs dumm.«

»Nein.« Er lehnte sich erleichtert zurück. Aber nachdem er sozusagen seinen Vater vor Mollys und Annas Verachtung gerettet hatte, erwies er ihnen seine Schuldigkeit: »Aber ich sagte ihm, durch den Test würdest weder du ausgeschieden noch meine Mutter, weil ihr beide an dieses Krankenhaus gehen würdet, nicht wahr?« Es war wichtig für ihn, daß sie ja sagte; aber Anna blieb ehrlich, um ihrer selbst willen. »Ja, ich würde gehen, trotzdem hat er recht. Genauso würde ich auch denken.«

»Aber du würdest gehen?«

»Ja.«

»Ich frage mich, ob du wirklich gehen würdest? Weil ich glaube, daß ich es nicht tun würde. Ich meine, der Beweis dafür ist, daß ich keinen von diesen beiden Jobs annehme. Dabei bin ich nicht einmal Kommunist – ich habe einfach nur dich und meine Mutter und eure Freunde beobachtet, und das hat mich beeinflußt. Ich leide unter einer Willenslähmung.«

»Hat Richard das Wort ›Willenslähmung‹ gebraucht?« sagte Anna ungläubig.

»Nein. Aber er hat das gemeint. Ich habe den Ausdruck in einem der Bücher über Wahnsinn gefunden. Was er in Wirklichkeit sagte, war, daß die Wirkung der kommunistischen Länder auf Europa darin besteht, daß die Leute sich nicht aus der Ruhe bringen lassen. Weil alle sich an die Vorstellung gewöhnt haben, daß ganze Länder sich in nur etwa drei Jahren grundlegend verändern – so wie China oder Rußland. Und wenn sie keinen totalen Wandel in unmittelbarer Zukunft sehen können, dann lassen sie sich nicht aus der Ruhe bringen . . . glaubst du, daß das stimmt?«

»Teilweise. Es trifft für die Leute zu, die an den kommunistischen Mythos geglaubt haben.«

»Vor nicht allzu langer Zeit warst du Kommunistin, und jetzt gebrauchst du Wörter wie ›kommunistischer Mythos‹.«

»Manchmal habe ich den Eindruck, du tadelst mich und deine Mutter und alle übrigen von uns, weil wir keine Kommunisten mehr sind.«

Tommy senkte den Kopf und saß stirnrunzelnd da. »Ich erinnere mich an eine Zeit, da wart ihr ungeheuer aktiv, seid herumgerannt und habt alles mögliche gemacht. Das tut ihr jetzt nicht mehr.«

»Du willst sagen, jede Aktivität ist besser als keine?«

Er hob den Kopf und sagte scharf, anklagend: »Du weißt, was ich meine.«

»Natürlich weiß ich es.«

»Weißt du, was ich zu meinem Vater gesagt habe? Ich sagte, wenn ich dort hinginge, um seine verlogene Sozialarbeit zu machen, dann würde ich anfangen, unter den Arbeitern revolutionäre Gruppen zu gründen. Er war überhaupt nicht wütend. Er sagte, Revolutionen seien ein Hauptrisiko für Großunternehmen in dieser Zeit, und er würde dafür sorgen, daß eine Versicherung gegen die Revolution, die ich entfachen würde, abgeschlossen wird.«

Anna sagte nichts, und Tommy sagte: »Es war ein Scherz, verstehst du?«

»Ja, ich verstehe.«

»Aber ich sagte ihm, er solle sich meinetwegen keine schlaflosen Nächte machen. Ich würde keine Revolutionen organisieren. Zwanzig Jahre früher hätte ich das getan. Aber nicht heute. Weil wir heute wissen, was mit revolutionären Gruppen passiert – wir würden uns gegenseitig innerhalb von fünf Jahren ermorden.«

»Nicht unbedingt.«

Tommys Blick sagte: Du bist unaufrichtig. Er sagte: »Ich erinnere mich an eine Unterhaltung zwischen dir und meiner Mutter, es ist etwa zwei Jahre her. Du sagtest zu meiner Mutter, wenn wir das Pech gehabt hätten, Kommunistinnen in Rußland, Ungarn oder sonstwo zu sein, dann hätte eine von uns beiden sehr wahrscheinlich die andere als Verräterin erschossen. Das war auch ein Scherz.«

Anna sagte: »Tommy, deine Mutter und ich haben ein recht kompliziertes Leben geführt, wir haben eine Menge gemacht, du kannst von uns nicht erwarten, daß wir von jugendlichen Gewißheiten, Slogans und Kampfrufen erfüllt sind. Wir kommen beide ins reife Alter.« Anna hörte sich diese Bemerkungen mit einem gewissen grimmigen Erstaunen, ja sogar Widerwillen, machen. Sie sagte zu sich: Ich klinge wie ein müder, alter Liberaler. Sie beschloß jedoch, dazu zu stehen; schaute Tommy an und stellte fest, daß er sie sehr kritisch ansah. Er sagte: »Du meinst, daß ich in meinem Alter kein Recht dazu habe, reife Bemerkungen zu machen? Doch, Anna, ich fühle mich reif. Was hast du nun zu sagen?« Der boshafte Fremde war wieder da und saß vor ihr, die Augen voller Gehässigkeit.

Sie sagte rasch: »Tommy, sag mir eines; wie würdest du dein Gespräch mit deinem Vater zusammenfassen?«

Tommy seufzte und wurde wieder er selbst. »Immer wenn ich in sein Büro gehe, bin ich überrascht. Ich erinnere mich an das erste Mal – ich hatte ihn immer bei uns zu Hause gesehen, und ein- oder zweimal bei Marion. Ich hatte ihn immer sehr – gewöhnlich gefunden, weißt du? Alltäglich. Langweilig. So wie du und meine Mutter. Aber als ich ihn das erstemal in seinem Büro sah, war ich verwirrt – ich weiß, du wirst sagen, das ist die Macht, das viele Geld. Aber es war mehr als das. Er kam mir plötzlich nicht mehr gewöhnlich und zweitklassig vor.

Anna saß schweigend da und dachte: Worauf will er hinaus? Warum komme ich nicht dahinter?

Er sagte: »Oh, ich weiß, was du denkst, du denkst, Tommy ist selbst gewöhnlich und zweitklassig.«

Anna errötete: Sie hatte das in der Vergangenheit von Tommy gedacht. Er sah sie erröten und lächelte bösartig. Er sagte: »Gewöhnliche Leute sind nicht notwendigerweise dumm, Anna. Ich weiß ganz genau, was ich bin. Und eben deswegen bin ich verwirrt, wenn ich im Büro meines Vaters bin und sehe, wie er, eine Art Wirtschaftsboß, agiert. Weil ich das auch gut machen würde. Trotzdem könnte ich es niemals, weil ich es gespalten tun würde – wegen dir und Mutter. Der Unterschied zwischen meinem Vater und mir ist der, daß ich weiß, daß ich gewöhnlich bin, und daß er es nicht weiß. Ich weiß ganz gut, daß Leute wie ihr, du und Mutter, hundertmal besser seid als er – obwohl ihr solche Versager seid und so in der Tinte steckt. Aber ich bedaure, daß ich es weiß. Du darfst das meiner Mutter nicht sagen, aber ich bedaure, daß mein Vater mich nicht aufgezogen hat – wenn er es getan hätte, dann wäre ich sehr glücklich, in seine Fußstapfen treten zu können.«

Anna konnte nicht umhin, ihm einen scharfen Blick zuzuwerfen – sie hatte den Verdacht, daß er das nur gesagt hatte, damit sie es Molly auch wirklich weitersagen würde, weil er sie verletzen wollte. Aber er hatte wieder den geduldigen, ernsten, nach innen gerichteten, starren Blick seiner Introspektion. Anna fühlte trotzdem eine Welle der Hysterie in sich aufsteigen; und wußte, daß sie die seine widerspiegelte; und suchte verzweifelt nach Worten, die ihn zurückhalten konnten. Sie sah ihn seinen schweren Kopf um die Achse seines dicken, kurzen Halses drehen und zu ihren Notizbüchern blicken, die offen auf dem Zeichentisch lagen; und dachte: Lieber Gott, ich hoffe, er ist nicht hergekommen, um mit mir darüber zu reden? Über mich vielleicht? Sie sagte rasch: Ich glaube, du hältst deinen Vater für viel einfacher, als er ist. Ich glaube, daß er ziemlich gespalten ist: Er hat einmal gesagt, heutzutage ein großer Geschäftsmann zu sein, das ist, als wäre man ein Bürojunge in ziemlich hoher Position. Und du vergißt, daß er in den dreißiger Jahren eine kommunistische Phase hatte und eine Zeitlang sogar so etwas wie ein Bohemien war.«

»Und seine Erinnerung an diese Zeit hält er wach, indem er Verhältnisse mit seinen Sekretärinnen hat – das ist seine Art, sich weiszumachen, er sei nicht einfach ein gewöhnliches kleines Rädchen im Mittelstandsgetriebe.« Das kam schrill und rachsüchtig heraus, und Anna dachte: Also darüber will er mit mir reden. Sie war erleichtert.

Tommy sagte: »Nachdem ich heute nachmittag zu meinem Vater ins Büro gegangen war, bin ich rausgefahren, um Marion zu besuchen. Ich wollte sie einfach sehen. Gewöhnlich sehe ich sie nur bei uns zu Hause. Sie war betrunken, und diese Kinder da taten so, als merkten sie es nicht. Sie redete über meinen Vater und seine Sekretärin, und sie taten so, als wüßten sie nicht, wovon sie redete.« Nun wartete er darauf, daß sie etwas sagen würde, vorgebeugt, mit anklagend zusammengekniffenen Augen. Als sie still blieb, sagte er:

»Warum sagst du nicht, was du denkst? Ich weiß, du verachtest meinen Vater. Weil er kein guter Mann ist.«

Beim Wort ›gut‹ lachte Anna unwillkürlich und sah ihn die Stirn runzeln. Sie sagte: »Es tut mir leid, aber das ist kein Wort aus meinem Wortschatz.«

»Warum nicht? Das meinst du doch? Mein Vater hat Marion zugrundegerichtet, und er richtet diese Kinder zugrunde. Oder etwa nicht? Du wirst doch nicht sagen, es sei Marions Schuld?«

»Tommy, ich weiß nicht, was ich sagen soll – du kommst her, und ich weiß, du möchtest von mir, daß ich etwas Vernünftiges sage. Aber ich weiß einfach nicht . . .«

Tommys bleiches, schwitzendes Gesicht war todernst, und seine Augen leuchteten vor Aufrichtigkeit. Aber es lag noch etwas anderes in ihnen – ein Schimmer boshafter Befriedigung; er klagte sie an, ihm nicht helfen zu können; und war befriedigt, daß sie ihm nicht helfen konnte. Wieder drehte er den Kopf und schaute zu den Notizbüchern hin. Jetzt – dachte Anna; jetzt muß ich sagen, was er hören möchte. Aber bevor sie nachdenken konnte, war er aufgestanden und ging zu den Notizbüchern hinüber. Anna verkrampfte sich und saß still; daß jemand einen Blick in diese Notizbücher werfen würde, war ihr unerträglich, und dennoch spürte sie, daß Tommy ein Recht hatte, sie zu sehen: Aber sie hätte nicht erklären können, weshalb. Er stand mit dem Rücken zu ihr und sah auf die Notizbücher hinunter. Dann drehte er sich zu ihr und fragte: »Warum hast du vier Notizbücher?«

»Ich weiß nicht.«

»Du mußt es wissen.«

»Ich habe mir nie gesagt: Ich werde vier Notizbücher führen, es hat sich einfach so ergeben.«

»Warum nicht ein einziges Notizbuch?«

Sie überlegte eine Weile und sagte: »Vielleicht weil es so ein Mischmach wäre, so ein Durcheinander.«

»Warum darf es denn kein Durcheinander sein?«

Anna suchte nach den passenden Worten für ihn, als Janets Stimme von oben tönte: »Mammi?«

»Ja? Ich dachte, du schläfst.«

»Ich habe geschlafen. Ich habe Durst. Mit wem redest du?«

»Mit Tommy. Möchtest du, daß er hinaufkommt und dir Gute Nacht sagt?«

»Ja. Und ich möchte Wasser.«

Tommy wandte sich still um und ging hinaus; Anna hörte, wie er Wasser aus dem Küchenhahn laufen ließ und dann die Treppe hinaufstapfte. Inzwischen war sie in einem ungewöhnlichen Gefühlsaufruhr; so als sei jedes Teilchen und jede Zelle ihres Körpers von etwas Reizerregendem berührt worden. Tommys Anwesenheit in ihrem Zimmer und die Notwendigkeit, zu überlegen, was sie ihm entgegenhalten sollte, hatte sie mehr oder minder Anna, mehr oder minder sie selbst bleiben lassen. Aber jetzt erkannte sie sich kaum wieder. Sie hatte den Drang zu lachen, zu weinen, sogar zu schreien; sie hätte am liebsten einen Gegenstand kaputtgemacht, ihn gepackt und solange gerüttelt und geschüttelt, bis – dieser Gegenstand war natürlich Tommy. Sie sagte sich, daß sein Zustand sie angesteckt hatte; daß seine Emotionen in sie eindrangen; fragte sich, ob das, was in seinem Gesicht als Schimmer von Bosheit und Haß erschienen war, was in seiner Stimme kurz als schriller Klang oder Härte aufgetaucht war – ob das wohl die äußeren Zeichen eines so heftigen inneren Sturms waren; und merkte plötzlich, daß ihre Handflächen und Achselhöhlen kalt und feucht waren. Sie hatte Angst. All ihre verschiedenen und widerstreitenden Empfindungen liefen darauf hinaus: Sie hatte entsetzliche Angst. Es war doch wohl nicht möglich, daß sie sich physisch vor Tommy fürchtete? So fürchtete und ihn dennoch hinaufgeschickt hatte, damit er mit ihrem Kind reden würde? Aber nein, sie fürchtete sich nicht im geringsten Janets wegen. Sie konnte die beiden Stimmen oben in einem heiteren Dialog hören. Dann ein Lachen – Janets Lachen. Dann die langsamen, entschlossenen Schritte, und Tommy kam zurück. Er sagte sofort: »Was, glaubst du, möchte Janet mal werden, wenn sie groß ist?« Sein Gesicht war bleich und starrsinnig, aber nicht mehr; und Anna fühlte sich lockerer. Er stand neben dem Zeichentisch, hatte eine Hand daraufgelegt. Anna sagte: »Ich weiß es nicht. Sie ist erst elf.«

»Machst du dir keine Gedanken darüber?«

»Nein. Kinder ändern sich ständig. Woher soll ich wissen, was sie später möchte?«

Sein Mund verzog sich zu einem kritischen Lächeln, und sie sagte: »Was ist, habe ich wieder etwas Dummes gesagt?«

»Es ist die Art, in der du es sagst. Deine Haltung.«

»Tut mir leid.« Aber wider ihren Willen klang das gekränkt oder zumindest gereizt; und Tommy lächelte kurz und befriedigt. »Denkst du jemals über Janets Vater nach?«

Dieser Schock drang bis in Annas Zwerchfell; sie fühlte, wie es sich spannte. Sie sagte jedoch: »Nein, fast nie.« Er starrte sie an; und sie fuhr fort: »Du möchtest, daß ich sage, was ich wirklich fühle, nicht? Du hast dich gerade wie Mother Sugar angehört. Sie würde zu mir Sätze sagen wie: Er ist der Vater Ihres Kindes. Oder: Er war Ihr Ehemann. Aber das hat mir nichts bedeutet. Was bekümmert dich – daß deine Mutter sich nicht wirklich etwas aus Richard gemacht hat? Sie hatte sehr viel mehr mit Richard zu tun als ich jemals mit Max Wulf.« Er stand da, aufrecht, sehr bleich, und sein starrer Blick war ganz nach innen gerichtet; Anna war sich nicht sicher, ob er sie überhaupt sah. Es hatte jedoch den Anschein, als ob er zuhörte, also fuhr sie fort: »Ich verstehe, was das bedeutet: Ein Kind von dem Mann haben, den man liebt. Aber ich habe es erst verstanden, als ich einen Mann liebte. Ich wünschte mir ein Kind von Michael. Tatsache ist aber, daß ich ein Kind von einem Mann hatte, den ich nicht liebte . . .« Sie verstummte langsam und fragte sich, ob er zuhörte. Seine Augen waren auf einen entfernten Punkt an der Wand gerichtet. Er wandte seinen dunklen, abwesenden Starrblick zu ihr und sagte in einem matten, sarkastischen Ton, den sie nie von ihm gehört hatte: »Mach weiter, Anna. Es ist eine große Offenbarung für mich, eine erfahrene Person von ihren Gefühlen sprechen zu hören.« Seine Augen waren jedoch todernst, deshalb schluckte sie den Ärger hinunter, den sein Sarkasmus in ihr ausgelöst hatte, und fuhrt fort: »Ich glaube, es ist so. Es ist nichts Schreckliches – ich meine, es mag schrecklich sein, aber es ist nicht zerstörend, es verdirbt einen nicht – wenn man auf etwas verzichtet, das man möchte. Es ist nicht schlimm zu sagen: Meine Arbeit ist nicht das, was ich wirklich möchte, ich bin fähig, Größeres zu leisten. Oder: Ich bin jemand, der Liebe braucht, aber ich komme ohne sie aus. Schrecklich ist nur, sich vorzumachen, daß das Zweitklassige erstklassig ist. Sich vorzumachen, daß man keine Liebe braucht, wenn man sie doch braucht; daß man seine Arbeit mag, wenn man sehr wohl weiß, daß man zu Besserem fähig ist. Es wäre sehr schlimm, wenn ich aus Schuldgefühl oder sonstwas sagen würde: Ich habe Janets Vater geliebt, wenn ich ganz genau weiß, daß ich es nicht getan habe. Oder, was deine Mutter betrifft, zu sagen: Ich habe Richard geliebt. Oder ich mache eine Arbeit, die ich liebe . . .« Anna hielt inne. Tommy hatte genickt. Sie konnte nicht feststellen, ob ihm gefiel, was sie gesagt hatte; oder ob es ihm ein so selbstverständlicher Gedanke war, daß er nicht wollte, daß sie ihn aussprechen würde. Er wandte sich wieder den Notizbüchern zu und öffnete das blaugebundene. Anna sah, wie sich seine Schultern in sarkastischem Lachen hoben, das sie provozieren sollte.

»Nun?«

Er las laut: »März 1956. Janet ist plötzlich aggressiv und schwierig. Insgesamt eine schwierige Phase.«

»Und?«

»Ich erinnere mich, wie du einmal zu meiner Mutter gesagt hast: Wie geht's Tommy? Die Stimme meiner Mutter ist nicht gerade geeignet für Vertraulichkeiten. Sie sagte in einem dröhnenden Flüsterton: Ach, er ist in einer schwierigen Phase.«

»Vielleicht warst du es.«

»Eine Phase – es war an einem Abend, an dem du mit meiner Mutter in der Küche zu Abend gegessen hast. Ich lag im Bett und hörte euch lachen und reden. Ich kam die Treppe herunter, um mir ein Glas Wasser zu holen. Ich war damals gerade unglücklich, machte mir über alles Sorgen. Ich konnte meine Schularbeiten nicht machen und hatte nachts Angst. Natürlich war das Glas Wasser nur ein Vorwand. Ich wollte in der Küche sein – es lag an der Art, wie ihr beiden gelacht habt. Ich wollte diesem Lachen nahe sein. Ich wollte nicht, daß eine von euch weiß, daß ich Angst habe. Vor der Tür hörte ich dich sagen: Wie geht's Tommy?, und meine Mutter sagte: Er ist in einer schwierigen Phase.«

»Und dann?« Anna war in einem Erschöpfungstief: Sie dachte an Janet. Janet war aufgewacht und hatte um ein Glas Wasser gebeten. Wollte ihr Tommy damit bedeuten, daß Janet unglücklich sei?

»Das hat mich zunichte gemacht«, sagte Tommy finster. »Meine ganze Kindheit hindurch habe ich ständig etwas erreicht, das mir neu und wichtig erschien. Ich habe ständig Siege errungen. Auch in jener Nacht hatte ich einen Sieg errungen – ich war fähig, die dunklen Stufen herunterzukommen und so zu tun, als sei alles in Ordnung. Ich klammere mich an etwas, an eine Ahnung, wer ich wirklich bin. Dann sagt meine Mutter: nur eine Phase. Mit anderen Worten, was ich in dem Augenblick gerade fühlte, war nicht weiter wichtig, das hatte etwas mit Drüsen oder dergleichen zu tun, das würde vorbeigehen.«

Anna sagte nichts; sie machte sich Sorgen um Janet. Aber das Kind machte

263

einen offenen, fröhlichen Eindruck und war gut in der Schule, wachte nachts sehr selten auf und hatte niemals etwas von Angsthaben im Dunkeln gesagt.

Tommy sagte: »Ich vermute, du und meine Mutter, ihr habt auch jetzt gesagt, daß ich in einer schwierigen Phase bin?«

»Ich glaube nicht, daß wir das gesagt haben. Aber ich nehme an, wir haben es stillschweigend vorausgesetzt«, sagte Anna gezwungen.

»Was ich fühle, spielt wohl überhaupt keine Rolle? An welchem Punkt bin ich berechtigt, mir selbst zu sagen: Was ich jetzt fühle, ist gültig? Schließlich, Anna –« Hier wandte Tommy ihr sein Gesicht zu, »man kann nicht sein ganzes Leben lang Phasen haben. Es muß irgendwo ein Ziel geben.« Seine Augen sprühten vor Haß; und es kostete Anna einige Anstrengung, zu sagen: »Wenn du damit andeuten willst, daß ich ein Ziel erreicht habe und dich von einer höheren Warte aus beurteile, so irrst du dich.«

»Phasen«, beharrte er. »Stadien, Wachstumsschmerzen.«

»Aber ich glaube, so sehen Frauen – Menschen. Mit Sicherheit jedenfalls ihre eigenen Kinder. Zunächst einmal sind da immer die neun Monate, in denen man nicht weiß, ob das Baby ein Mädchen oder ein Junge wird. Manchmal frage ich mich, wie Janet wäre, wenn sie als Junge geboren wäre. *Verstehst* du nicht? Und dann machen Babys ein Stadium nach dem anderen durch, und dann sind sie Kinder. Wenn eine Frau ein Kind ansieht, dann sieht sie alles, was es gewesen ist, gleichzeitig. Wenn ich Janet ansehe, dann sehe ich sie manchmal als kleines Baby, und ich *fühle* sie in meinem Bauch, und ich sehe ihre verschiedenen Größen als kleines Mädchen – alles gleichzeitig.« Tommys Starrblick war vorwurfsvoll und sarkastisch, aber sie gab nicht nach: »So sehen Frauen die Dinge. Alles in einer Art unaufhörlich schöpferischem Strömen – ist es nicht natürlich, daß wir das tun?«

»Aber wir sind für euch überhaupt keine Individuen. Wir sind einfach vorläufige Formen von etwas, *Phasen*.« Und er lachte zornig. Anna dachte, daß dies das erstemal war, daß er wirklich gelacht hatte, und war ermutigt. Eine Weile schwiegen sie beide, während er halb von ihr abgewandt mit den Fingern auf ihrem Notizbuch spielte, und sie beobachtete ihn, versuchte sich zu beruhigen, versuchte tief zu atmen und gelassen und beherrscht zu bleiben. Aber ihre Handflächen waren immer noch feucht; immer wieder kam ihr der Gedanke: Es ist, als kämpfe ich gegen etwas, als kämpfe ich gegen einen unsichtbaren Feind. Sie konnte den Feind fast *sehen* – etwas Böses, dessen war sie sicher; eine nahezu greifbare Erscheinung von bösem Willen und Zerstörung, die zwischen ihr und Tommy stand und versuchte, sie beide zu zerstören.

Schließlich sagte sie: »Ich weiß, weshalb du hergekommen bist. Du bist gekommen, damit ich dir sage, wozu wir auf der Welt sind. Aber du weißt im voraus, was ich wahrscheinlich sagen werde, weil du mich so gut kennst. Das

bedeutet also, du bist im Wissen dessen, was ich sagen werde, hergekommen
– um etwas bestätigt zu bekommen.« Sie fügte leise, ohne es zu wollen,
hinzu: »Das ist es, weshalb ich mich so fürchte.« Es war eine flehentliche
Bitte; Tommy warf ihr einen raschen Blick zu; ein Eingeständnis, daß sie sich
zu Recht fürchtete.

Er sagte halsstarrig: »Du wirst mir sagen, daß ich mich in einem Monat
anders fühlen werde. Angenommen, ich tue es nicht? Also gut, sag mir, Anna
– wozu sind wir auf der Welt?« Nun wurde er von stummem, triumphierenden Gelächter geschüttelt. Er stand mit dem Rücken zu ihr.

»Wir sind so was wie moderne Stoiker«, sagte Anna. »Menschen wie wir,
meine ich.«

»Dazu rechnest du mich also auch? Danke, Anna.«

»Vielleicht ist deine Schwierigkeit, daß du zu viele Auswahlmöglichkeiten
hast.« Die Haltung seiner Schultern sagte ihr, daß er zuhörte, also fuhr sie
fort: »Durch deinen Vater hast du die Möglichkeit, in sechs verschiedene
Länder zu gehen und fast jede Art von Arbeit zu bekommen. Deine Mutter
und ich könnten dir ein Dutzend verschiedener Jobs am Theater oder im
Verlag besorgen. Oder du könntest etwa fünf Jahre mit angenehmer Bumme-
lei verbringen – deine Mutter oder ich würden für dich bezahlen, selbst wenn
dein Vater es nicht täte.«

»Hunderterlei tun, aber nur eines werden«, sagte er hartnäckig. »Aber
vielleicht fühle ich mich eines solchen Reichtums an Möglichkeiten nicht
würdig? Und vielleicht bin ich kein Stoiker, Anna – hast du Reggie Gates
kennengelernt?«

»Den Sohn vom Milchmann? Nein, aber deine Mutter hat mir von ihm
erzählt.«

»Natürlich hat sie das. Ich kann sie fast hören. Entscheidend für ihn ist
– ich bin sicher, daß sie das konstatiert hat –, daß er überhaupt keine Wahl
hat. Er hat ein Stipendium bekommen, und wenn er beim Examen versagt,
wird er sein Leben lang mit seinem Vater Milch austragen. Aber wenn er es
besteht, und er wird es bestehen, dann wird er zu uns, zum Mittelstand
gehören. Er hat nicht hundert Möglichkeiten. Er hat nur eine. Aber er weiß
wirklich, was er will. Er leidet nicht unter einer Willenslähmung.«

»Beneidest du Reggie Gates um seine Handikaps?«

»Ja. Und weißt du, er ist ein Tory. Er denkt, daß Leute, die sich über das
System beklagen, verrückt sind. Ich bin letzte Woche mit ihm zu einem
Fußballspiel gegangen. Ich wünschte, ich wäre er.« Jetzt lachte er wieder;
aber diesmal fröstelte Anna beim Klang des Lachens. Er fuhr fort: »Erinnerst
du dich an Tony?« »Ja«, sagte Anna und erinnerte sich an einen seiner
Schulfreunde, der alle dadurch überrascht hatte, daß er beschloß, den Wehrdienst aus Gewissensgründen zu verweigern. Er hatte zwei Jahre in einem

265

Kohlebergwerk gearbeitet, statt zur Armee zu gehen, und hatte damit seine angesehene Familie sehr verärgert.

»Tony ist vor drei Wochen Sozialist geworden.«

Anna lachte, aber Tommy sagte: »Lach nicht, das ist ganz wichtig. Erinnerst du dich daran, wie er Kriegsdienstverweigerer aus Gewissensgründen wurde? Er wollte bloß seine Eltern damit ärgern. Du weißt, daß das stimmt, Anna.«

»Ja, aber er hat bis zum Ende durchgehalten, nicht?«

»Ich kannte Tony sehr gut. Ich weiß, es war fast – eine Art Witz. Er hat mir sogar einmal gesagt, er sei nicht einmal sicher, daß das richtig war. Aber er wollte nicht zulassen, daß seine Eltern die Lacher auf ihrer Seite hätten – genau das hat er gesagt.«

»Trotzdem«, beharrte Anna, »es kann nicht so leicht gewesen sein – zwei Jahre so eine Arbeit zu machen. Und er hat durchgehalten.«

»Das ist nicht genug, Anna. Und genau so wurde er Sozialist. Kennst du diese Gruppe von neuen Sozialisten – hauptsächlich Oxfordtypen? Sie gründen gerade eine Zeitschrift, *The Left Review,* oder so etwas. Also, ich habe sie kennengelernt. Sie brüllen Slogans und benehmen sich wie ein Haufen . . .«

»Tommy, das ist blöd.«

»Nein, ist es nicht. Der einzige Grund, weshalb sie es tun, ist der, daß jetzt keiner in die Kommunistische Partei eintreten kann, es ist eine Art Ersatz. Sie reden in diesem gräßlichen Jargon – ich habe dich und meine Mutter über den Jargon lachen hören, weshalb ist es also in Ordnung, wenn sie ihn gebrauchen? Weil sie jung sind, wirst du wohl sagen, aber das reicht nicht. Und ich will dir mal was sagen. In fünf Jahren wird Tony einen feinen Job im National Coal Board oder etwas dergleichen haben. Vielleicht wird er auch Labour-Abgeordneter. Er wird Reden halten über links dies und sozialistisch jenes –« Tommy war wieder schrill geworden, er war außer Atem.

»Es könnte ebensogut sein, daß er eine sehr nützliche Arbeit tut«, sagte Anna.

»Er glaubt nicht wirklich daran. Es ist eine Attitüde. Und er hat eine Freundin – er wird sie heiraten. Eine Soziologin. Sie ist auch eine aus dem Haufen. Sie jagen herum, kleben Plakate und brüllen Slogans.«

»Das hört sich ja an, als ob du ihn beneidest?«

»Bevormunde mich nicht, Anna. Du bevormundest mich.«

»Ich wollte es nicht. Ich glaube nicht, daß ich es getan habe.«

»Doch, du tust es. Ich weiß genau, wenn du mit meiner Mutter über Tony reden würdest, dann würdest du etwas anderes sagen. Und wenn du das Mädchen sehen könntest – ich kann direkt hören, was du sagen würdest. Sie ist eine Art Mutterfigur. Warum bist du nicht ehrlich zu mir, Anna?« Diesen letzten Satz kreischte er ihr wirklich entgegen; sein Gesicht war verzerrt. Er funkelte sie an, wandte sich dann rasch ab, und als habe er diesen Zornesausbruch nötig gehabt, um sich Mut zu machen, fing er an, ihre Notizbücher zu untersuchen; sein Rücken in der Haltung widerspenstiger Opposition gegen die Möglichkeit, daß sie ihn daran hinderte.

Anna saß still, schrecklich ausgesetzt, und zwang sich, keine Bewegung zu machen. Sie litt, als sie daran dachte, wie intim das war, was sie da geschrieben hatte. Und er las und las, hartnäckig, fieberhaft, während sie einfach dasaß. Dann spürte sie, wie sie vor lauter Erschöpfung ganz benommen wurde, und dachte verschwommen: Na gut, was macht das schon? Wenn es das ist, was er braucht – ist es dann nicht egal, was ich fühle?

Einige Zeit später, vielleicht eine ganze Stunde, fragte er: »Warum schreibst du in verschiedenen Handschriften? Und setzt manches in Klammern? Mißt du einer Art von Gefühl Bedeutung zu und anderen nicht? Wie entscheidest du, was wichtig ist und was nicht?«

»Ich weiß es nicht.«

»Das solltest du aber. Du weißt, das du das solltest. Hier hast du eine Eintragung aus der Zeit, als du noch in unserem Haus lebtest. ›Ich stand da und schaute aus dem Fenster. Die Straße schien tief, tief unten zu sein. Plötzlich fühlte ich mich, als hätte ich mich aus dem Fenster geworfen. Ich konnte mich auf dem Pflaster liegen sehen. Dann war es, als stünde ich neben der Leiche auf dem Pflaster. Ich war zwei. Blut und Hirn waren überall verspritzt. Ich kniete nieder und fing an, das Blut und das Hirn aufzulecken.‹«

Er blickte sie anklagend an, und Anna schwieg. »Als du das geschrieben hattest, hast du dicke Klammern darumgesetzt. Und dann schriebst du: Ich bin zum Laden gegangen und habe eineinhalb Pfund Tomaten, ein halbes Pfund Käse, einen Topf Kirschmarmelade und ein Viertel Tee gekauft. Dann machte ich einen Tomatensalat und nahm Janet zu einem Spaziergang im Park mit.«

»Ja und?«

»Das war derselbe Tag. Warum hast du Klammern um das erste Stückchen gesetzt, über das mit dem ›Blut und Hirn auflecken‹ –?«

»Wir alle haben Wahnsinnseinfälle über ›tot auf dem Pflaster liegen‹, Kannibalismus, ›Selbstmord begehen‹ oder dergleichen.«

»Sie sind nicht wichtig?«

»Nein.«

»Aber die Tomaten und das Viertel Tee – die sind wichtig?«

»Ja.«

»Was bringt dich zu dem Schluß, daß Wahnsinn und Grausamkeit nicht ganz genauso stark sind wie – einfach – nur zu leben?«

267

»Es ist nicht bloß das. Ich klammere Wahnsinn und Grausamkeit nicht aus – es ist etwas anderes.«

»Was dann?« Er bestand auf einer Antwort, und Anna suchte aus der Tiefe ihrer Erschöpfung heraus nach einer.

»Es ist eine andere Art der Sensibilität. Verstehst du? An einem Tag, an dem ich etwas zu essen kaufe und es zubereite und mich um Janet kümmere und arbeite, da kommt mir ein Wahnsinnseinfall – und wenn ich ihn niederschreibe, sieht er dramatisch und furchtbar aus. Einfach, weil ich ihn niederschreibe. Aber die wirklichen Geschehnisse an dem Tag, das waren die alltäglichen Dinge.«

»Warum schreibst du das dann überhaupt auf? Hast du gemerkt, daß dieses ganze Notizbuch, das blaue, entweder aus Zeitungsausschnitten oder aus Stücken wie das Blut- und Hirnstück besteht, die alle eingeklammert oder durchgestrichen sind; und dann aus Eintragungen wie ›Tomaten oder Tee kaufen‹?«

»Das mag so sein. Das liegt daran, daß ich beständig versuche, die Wahrheit zu schreiben, und dann erkenne, daß das, was ich geschrieben habe, nicht wahr ist.«

»Vielleicht ist es doch wahr«, sagte er plötzlich, »vielleicht ist es das, und du kannst es nicht ertragen, also streichst du es durch.«

»Vielleicht.«

»Weshalb die vier Notizbücher? Was würde passieren, wenn du ein dickes Buch hättest, ohne diese ganzen Unterteilungen und Klammern und besonderen Schriften.«

»Ich habe es dir gesagt – Chaos.«

Er wandte sich ihr zu, um sie anzusehen. Er sagte mißmutig: »Du siehst wie ein ordentliches kleines Ding aus, und nun schau dir an, was du schreibst.«

Anna sagte: »Du hast eben wie deine Mutter geklungen: Genauso kritisiert sie mich – in diesem Tonfall.«

»Fertige mich nicht ab, Anna. Hast du Angst davor, chaotisch zu sein?«

Anna fühlte, wie sich ihr Magen in einer Art Furcht zusammenzog, und sagte nach einer Pause: »Ich nehme an, ich muß welche haben.«

»Dann ist es unehrlich. Schließlich hast du einen gewissen Standpunkt, nicht wahr? – Ja, das hast du – du verachtest Leute wie meinen Vater, die sich selbst beschränken. Aber du beschränkst dich auch. Aus demselben Grunde. Du hast Angst. Du bist verantwortungslos.«

Er fällte dieses abschließende Urteil, wobei der vorgestülpte, bedächtige Mund vor Befriedigung lächelte. Anna wurde klar, daß er gekommen war, um dies zu sagen. Dies war der Punkt, auf den sie den ganzen Abend lang hingearbeitet hatten. Er wollte weitermachen, aber in einem Erkenntnis-

268

blitz sagte sie: »Ich lasse oft meine Tür offen – warst du hier und hast diese Notizbücher gelesen?«

»Ja, war ich. Ich war gestern hier, aber ich sah dich die Straße heraufkommen, also ging ich hinaus, bevor du mich sehen konntest. Also, ich bin zu dem Schluß gekommen, daß du unaufrichtig bist, Anna. Du bist eine glückliche Person, aber . . .«

»Ich, glücklich?« sagte Anna spöttisch.

»Dann eben zufrieden. Ja, das bist du. Viel mehr als meine Mutter – oder sonst jemand, den ich kenne. Aber wenn man der Sache auf den Grund geht, dann ist alles Lüge. Du sitzt hier und schreibst und schreibst, aber niemand darf es sehen – das ist arrogant, ich habe dir das schon mal gesagt. Und du bist nicht einmal ehrlich genug, um dich sein zu lassen, was du bist – alles ist zerteilt und aufgespalten. Was soll es also, mich zu bevormunden und zu sagen: Du bist in einer schlechten Phase. Wenn du nicht in einer schlechten Phase bist, dann kommt das daher, weil du nicht in einer Phase sein kannst, du achtest darauf, daß du dich selbst in Fächer aufteilst. Wenn alles ein Chaos ist, dann ist es eben ein Chaos. Ich glaube nicht, daß es irgendwo ein ordnendes Prinzip gibt – du konstruierst dir bloß eines aus Feigheit. Und ich glaube, die Menschen sind überhaupt nicht gut, sie sind Kannibalen, und wenn man genauer hinschaut, dann sieht man, daß sich keiner um den anderen schert. Wenn es hoch kommt, dann sind die Leute gut zu einem einzigen anderen Menschen oder zu ihren Familien. Aber das ist Egoismus, das ist nicht Gutsein. Wir sind kein bißchen besser als die Tiere, wir tun nur so. Wir interessieren uns überhaupt nicht wirklich füreinander.« Nun kam er und setzte sich ihr gegenüber; scheinbar immer noch derselbe starrköpfige, sich langsam bewegende Junge, den sie kannte. Dann stieß er unvermutet ein heiteres, erschreckendes Kichern aus, und sie sah wieder das Aufblitzen der Bosheit.

Sie sagte: »Es gibt nichts, was ich dazu sagen könnte, nicht wahr?«

Er beugte sich vor und sagte: »Ich werde dir noch eine Chance geben, Anna.«

»*Was?*« sagte sie überrascht, fast bereit, zu lachen. Aber sein Gesicht war erschreckend, und sie sagte nach einer Pause: »Was meinst du?«

»Ich meine es ernst. Also sag. Du hast mal nach einer Philosophie gelebt – stimmt's?«

»Ich nehme es an.«

»Und nun sagst du, ›der kommunistische Mythos‹. Wonach lebst du also jetzt? Nein, gebrauch nicht Wörter wie ›Stoizismus‹, das ist sinnlos.«

»Ich denke etwa so – von Zeit zu Zeit, vielleicht einmal in jedem Jahrhundert, gibt es eine Art – Glaubensakt. Ein Glaubensbrunnen füllt sich, und es gibt in dem einen oder anderen Land eine riesige Woge nach vorn, und das ist eine Vorwärtsbewegung für die ganze Welt. Weil es ein Akt der Imagination ist – dessen, was für die ganze Welt möglich ist. In unserem Jahrhundert war es 1917 in Rußland. Und in China. Dann trocknet der Brunnen aus, weil, wie du sagst, die Grausamkeit und Häßlichkeit zu stark sind. Dann füllt sich der Brunnen langsam wieder. Und dann gibt es den nächsten schmerzhaften Ruck nach vorn.«

»Einen Ruck nach vorn?« sagte er.

»Ja.«

»Trotz allem, einen Ruck nach vorn?«

»Ja – weil der Wunschtraum jedesmal stärker wird. Wenn Leute sich etwas vorstellen können, dann wird auch die Zeit kommen, wo sie es vollbringen.«

»Sich was vorstellen können?«

»Was du gesagt hast – Güte. Freundlichkeit. Das Ende des Tierseins.«

»Und für uns jetzt, was bleibt da?«

»Den Traum am Leben zu erhalten. Weil es immer wieder Menschen geben wird, ohne – Willenslähmung«, schloß sie fest, mit einem energischen Nikken; und dachte, als sie das sagte, daß sie geklungen hatte wie Mother Sugar am Ende einer Sitzung: Man muß Glauben haben! Pauken und Trompeten. Es muß ein kleines schuldbewußtes Lächeln auf ihrem Gesicht gelegen haben – sie konnte es sogar dort fühlen, obwohl sie an das glaubte, was sie gesagt hatte –, denn Tommy nickte boshaft triumphierend. Das Telefon klingelte, und er sagte: »Das wird Mutter sein, um zu überprüfen, wie sich meine Phase entwickelt.«

Anna ging ans Telefon, sagte ja und nein, legte den Hörer auf und wandte sich Tommy zu.

»Nein, es war nicht deine Mutter, aber ich erwarte Besuch.«

»Dann muß ich gehen.« Er stand langsam auf, mit seiner charakteristischen Holzfällerlangsamkeit; und ließ auf seinem Gesicht den leeren, nach innen gerichteten Starrblick erscheinen, mit dem er hereingekommen war. Er sagte: »Danke, daß du mit mir geredet hast.« Er sagte damit: Danke, daß du mir bestätigt hast, was ich in dir zu finden erwartete.

Gleich nachdem er gegangen war, rief Anna Molly an, die gerade vom Theater nach Hause gekommen war. Sie sagte: »Tommy war hier, und er ist gerade gegangen. Er macht mir Angst. Da stimmt etwas ganz fürchterlich nicht, aber ich weiß nicht, was, und ich glaube nicht, daß ich das Richtige gesagt habe.«

»Was hat er gesagt?«

»Na ja, er sagt, alles sei ekelhaft.«

»Ist es ja auch«, sagte Molly laut und fröhlich. In den paar Stunden, seit sie zuletzt von ihrem Sohn gesprochen hatte, hatte sie die Rolle einer lustigen Wirtin gespielt – eine Rolle, die sie verachtete, in einem Stück, das sie verachtete –, aber sie war immer noch in ihrer Rolle. Und sie war mit ein paar Leuten aus dem Ensemble in der Kneipe gewesen und hatte es genossen. Sie war sehr weit von ihrer früheren Stimmung entfernt.

»Und Marion hat mich gerade aus der Telefonzelle unten angerufen. Sie ist mit dem letzten Zug gekommen, nur um mich zu sehen.«

»Du lieber Himmel – wozu denn das?« fragte Molly ärgerlich.

»Ich weiß es nicht. Sie ist betrunken. Ich erzähle es dir morgen früh. Molly . . .« Anna war voller Panik, als sie daran dachte, wie Tommy hinausgegangen war. »Molly, wir müssen etwas für Tommy tun, rasch. Ich bin sicher, wir müssen.«

»Ich werde mit ihm reden«, sagte Molly praktisch.

»Marion ist an der Tür. Ich muß sie hereinlassen. Gute Nacht.«

»Gute Nacht. Ich werde morgen früh über den Zustand von Tommys Geistesverfassung berichten. Ich nehme an, wir machen uns völlig umsonst Sorgen. Schließlich brauchst du bloß daran zu denken, wie gräßlich wir in dem Alter waren.« Anna hörte das laute, lustige Lachen ihrer Freundin, als der Hörer herunterklickte.

Anna drückte den Knopf, der den Schnapper der Haustür öffnete, und horchte auf die schwerfälligen Geräusche von Marions Treppenaufstieg. Sie konnte Marion, die das sicher verärgert haben würde, nicht helfen.

Marion lächelte, als sie hereinkam, fast so, wie Tommy gelächelt hatte: Es war ein auf das Eintreten vorbereitetes Lächeln, an den ganzen Raum gerichtet. Sie kam bei dem Stuhl an, auf dem Tommy gesessen hatte, und sackte schwer auf ihm zusammen. Sie war eine massige Frau – groß, mit üppigem, welken Fleisch. Ihr Gesicht war weich, oder vielmehr verschwommen, und ihr brauner starrer Blick war verschwommen und mißtrauisch zugleich. Als Mädchen war sie schlank, lebhaft und humorvoll gewesen. »Eine nußbraune Maid«, wie Richard sagte – einst zärtlich, jetzt feindselig.

Marion starrte umher, ihre Augen abwechselnd zusammenkneifend und wieder aufreißend. Ihr Lächeln war verschwunden. Es war klar, daß sie sehr betrunken war; und daß Anna versuchen mußte, sie ins Bett zu schaffen. Mittlerweile hatte sich Anna in den Stuhl ihr gegenüber gesetzt, wo sie leicht in den Brennpunkt gerückt werden konnte – in denselben Stuhl, in dem sie Tommy gegenübergesessen hatte.

Marion adjustierte ihren Kopf und ihre Augen, bis sie Anna scharf sehen konnte, und sagte mit Mühe: »Wie glücklich – du – bist, Anna. Ich finde – wirklich – du hast so ein Glück, leben zu können, leben zu können, wie du – möchtest. So ein schönes Zimmer. Und du – du – du bist frei. Tust, was du möchtest.«

»Marion, laß mich dich zu Bett bringen, wir können morgen früh reden.«

»Du glaubst, ich bin betrunken«, sagte Marion klar und aufgebracht.

»Ja, natürlich bist du das. Das macht nichts. Du solltest schlafen gehen.«

Anna war jetzt schrecklich müde, und ganz plötzlich war die Erschöpfung wie schwere Hände, die ihre Beine und Arme niederzogen. Sie saß matt in ihrem Stuhl und kämpfte gegen Wellen von Müdigkeit.

»Ich möcht'n Drink«, sagte Marion ungeduldig. »Ich möcht'n Drink. Ich möcht'n Drink.«

Anna raffte sich hoch, ging in die Küche nebenan, füllte ein Glas mit etwas schwachem Tee, der in ihrer Teekanne zurückgeblieben war, fügte etwa einen Teelöffel Whisky hinzu, und brachte es Marion.

Marion sagte: »Dankschön«, nahm einen Zug von der Mischung und nickte. Sie hielt das Glas sorgfältig, liebevoll, ihre Finger darum geklammert.

»Wie geht es Richard«, fragte sie als nächstes, bedächtig, ihr Gesicht verkniffen vor lauter Anstrengung, die Wörter herauszubekommen. Sie hatte diese Frage vorbereitet, bevor sie hereinkam. Anna übersetzte sie sozusagen in Marions Normalsprache und dachte: Lieber Gott, Marion ist eifersüchtig auf mich, darauf wäre ich nie gekommen.

Sie sagte trocken: »Aber Marion, das weißt du doch sicher besser als ich?«

Sie sah den trockenen Ton in dem trunkenen Raum zwischen sich und Marion verschwinden; sah Marions Hirn mißtrauisch am Sinn ihrer Worte arbeiten. Sie sagte langsam und laut: »Marion, es gibt keinen Grund, auf mich eifersüchtig zu sein. Falls Richard etwas gesagt haben sollte, dann ist es nicht die Wahrheit.«

»Ich bin nicht eifersüchtig auf dich«, sprudelte Marion zischend heraus. Das Wort ›eifersüchtig‹ hatte ihre Eifersucht neu belebt; für ein paar Sekunden war sie eine eifersüchtige Frau, ihr Gesicht war verzerrt, als sie im Zimmer nach Gegenständen umherspähte, die in ihren eifersüchtigen Phantasien eine Rolle gespielt hatten, wobei ihre Augen wieder und wieder zum Bett zurückkehrten.

»Es ist nicht wahr«, sagte Anna.

»Nicht – daß – daß es viel Unterschied macht«, sagte Marion mit schwerer Stimme und lachte in gewisser Weise gutmütig. »Warum nicht du, wenn es schon so viele sind? Wenigstens bist du keine Schmach.«

»Ich bin überhaupt nichts.«

Marion hob jetzt ihr Kinn und ließ sich die Tee- und Whiskymischung in drei großen Zügen die Kehle hinunterlaufen. »Ich brauchte das«, sagte sie feierlich und streckte das Glas hin, damit Anna es neu füllen konnte. Anna nahm das Glas nicht. Sie sagte: »Marion, ich bin froh, daß du zu mir gekommen bist, aber wirklich, du irrst dich.«

Marion blinzelte fürchterlich; und sagte mit betrunkener Schalkhaftigkeit: »Ich glaube, ich bin gekommen, weil ich neidisch bin. Du bist, was ich sein möchte – du bist frei, du hast Liebhaber, und du tust, was dir gefällt.«

»Ich bin nicht frei«, sagte Anna; hörte die Trockenheit in ihrem Ton und begriff, daß sie sie verscheuchen mußte. Sie sagte: »Marion, ich wäre gern verheiratet. Ich lebe nicht gern so.«

»Leicht gesagt. Du könntest heiraten, wenn du wolltest. Also, du mußt mich heute nacht hier schlafen lassen. Der letzte Zug ist weg. Und Richard ist zu geizig, um mir ein Taxi zu bezahlen. Richard ist schrecklich geizig. Ja, das ist er.« (Anna bemerkte, daß Marion viel weniger betrunken klang, wenn sie über ihren Mann schimpfte.) »Hättest du es für möglich gehalten, daß er so geizig sein kann? Er ist steinreich. Weißt du, daß wir zu dem einen Prozent der Leute gehören, die so reich sind wie – trotzdem prüft er meine Konten jeden Monat. Er prahlte damit, daß wir zu den Reichsten unter den Superreichen gehören, aber als ich ein Modellkleid kaufte, beschwerte er sich. Natürlich findet er heraus, wieviel ich für Alkohol ausgebe, wenn er meine Konten überprüft, aber es geht genauso ums Geld.«

»Warum gehst du nicht zu Bett?«

»Welches Bett? Wer ist oben?«

»Janet und mein Untermieter. Aber da ist noch ein Bett.«

Marions Augen hellten sich in freudigem Verdacht auf. Sie sagte: »Wie merkwürdig von dir, daß du einen Untermieter hast. Es ist ein Mann, was für eine ausgefallene Idee von dir.«

Wieder übersetzte Anna und hörte die Witze, die Richard und Marion vermutlich über sie machten, wenn Marion nüchtern war. Sie machten Witze über den männlichen Untermieter. Anna empfand plötzlich heftigen Abscheu – was jetzt viel seltener vorkam als früher – gegen Leute wie Marion und Richard. Sie dachte: Es mag eine Belastung sein, so zu leben, wie ich lebe, zumindest aber lebe ich nicht mit Leuten wie Marion und Richard, ich lebe nicht in der Welt, in der eine Frau keinen Untermieter haben kann, ohne daß böswillige Witze gemacht werden. »Was sagt Janet dazu, daß du hier mit einem Mann in deiner Wohnung lebst?«

»Marion, ich lebe hier nicht mit einem Mann. Ich habe eine große Wohnung, und ich habe ein Zimmer in der Wohnung vermietet. Er war die erste Person, die kam, um sich das Zimmer anzusehen, und er wollte es gleich haben. Oben gibt es ein kleines Zimmer, in dem niemand ist. Bitte, laß mich dich zu Bett bringen.«

»Ich hasse es, zu Bett zu gehen. Früher war das die glücklichste Zeit meines Lebens. Als ich jung verheiratet war. Das ist es, weshalb ich dich beneide. Kein Mann wird mich je wieder begehren. Das ist alles vorbei. Manchmal schläft Richard mit mir, aber er muß sich dazu zwingen. Männer sind doch dumm, nicht wahr, die denken, wir merken es nicht. Anna, hast du je mit einem Mann geschlafen, wenn du wußtest, er zwingt sich dazu?«

»Das war so, als ich verheiratet war.«

»Ja, aber du hast ihn verlassen. Gut für dich. Wußtest du, daß sich ein Mann in mich verliebt hatte – er wollte mich heiraten, und er sagte, er würde die Kinder auch nehmen. Richard tat so, als liebe er mich wieder. Alles, was er wollte, war, mich als Kindermädchen für die Kinder zu behalten. Das war alles. Wäre ich doch bloß abgehauen, als ich merkte, daß das alles war, was er wollte. Weißt du, daß Richard mich diesen Sommer mit in die Ferien genommen hat? Es war die ganze Zeit so. Wir gingen ins Bett, und dann zwang er sich, seine Pflicht zu erfüllen. Ich wußte, daß er die ganze Zeit an diese kleine Nutte dachte, die er im Büro hat.« Sie streckte das Glas Anna entgegen und sagte entschieden: »Mach's voll.« Anna ging nach nebenan, bereitete dieselbe Mischung aus Tee und Whisky und kam damit zurück. Marion trank, und ihre Stimme schraubte sich klagend und voller Selbstmitleid in die Höhe: »Was würdest du empfinden, Anna, wenn du wüßtest, daß dich nie wieder ein Mann lieben wird? Als wir in die Ferien fuhren, dachte ich, es würde anders sein. Ich weiß nicht, warum ich das dachte. Am ersten Abend gingen wir ins Hotelrestaurant, und da saß ein italienisches Mädchen am Nebentisch. Richard sah sie dauernd an, ich nehme an, er dachte, ich merke es nicht. Dann sagte er, ich solle früh ins Bett gehen. Er wollte das italienische Mädchen kriegen. Aber ich bin nicht früh ins Bett gegangen.« Sie stieß ein hohes, schluchzendes Quietschen der Befriedigung aus. »Oh nein, sagte ich, du bist nicht mit mir in Urlaub gefahren, um Nutten aufzugabeln.« Jetzt röteten sich ihre Augen von rachsüchtigen Tränen, und rauhe nasse, rote Flecke erschienen auf ihren vollen Wangen. »Er sagt zu mir: Du hast doch die Kinder, oder nicht? Warum soll ich mich für die Kinder interessieren, wenn du dich nicht für mich interessierst – das sage ich zu ihm. Aber er versteht das nicht. Warum sollte man sich für die Kinder eines Mannes interessieren, der einen nicht liebt? Stimmt das nicht, Anna? Na, stimmt das etwa nicht? Los, sag was, es stimmt doch, oder? Als er sagte, er wolle mich heiraten, sagte er, er liebe mich, und nicht, ich werde dir drei Kinder machen, und dann gehe ich weg zu den kleinen Nutten und laß dich mit den Kindern allein. Sag doch was, Anna. Für dich ist alles sehr gut, du lebst nur mit einem Kind und kannst tun und lassen, was du willst. Es ist leicht für dich, für Richard anziehend zu sein, wenn er nur hin und wieder auf eine schnelle Nummer vorbeikommt.«

Das Telefon läutete einmal und hörte dann auf.

»Das ist einer deiner Männer, nehme ich an«, sagte Marion. »Vielleicht Richard. Wenn er es ist, sag ihm, daß ich hier bin, sag ihm, daß ich einen Rochus auf ihn hab'. Sag ihm das.«

Das Telefon läutete wieder und läutete dann ununterbrochen.

Anna ging hin und dachte: Marion klingt fast wieder nüchtern. Sie sagte: »Hallo.« Sie hörte Molly schreien: »Anna, Tommy hat sich umgebracht, er hat sich erschossen.«

»Was?«

»Ja. Er kam nach Hause, unmittelbar nachdem du angerufen hattest. Er ging wortlos nach oben. Ich hörte einen Knall, aber ich dachte, er hätte seine Tür zugeknallt. Dann hörte ich ein Stöhnen, viel später. Da rief ich hinauf und er antwortete nicht, also dachte ich, ich hätte mir das nur eingebildet. Dann bekam ich aus irgendeinem Grunde Angst und ging hinaus, und da tropfte Blut die Treppe herunter. Ich wußte nicht, daß er einen Revolver hatte. Er ist nicht tot, aber er wird sterben, das schließe ich aus dem, was die Polizei sagt. Er wird sterben«, schrie sie.

»Ich komme zum Krankenhaus. Welches Krankenhaus?«

Eine Männerstimme sagte jetzt: »Lassen Sie mich jetzt mit ihr reden, Miss.« Dann am Telefon: »Wir bringen Ihre Freundin und ihren Sohn ins St. Marys Hospital. Ich glaube, Ihre Freundin hätte Sie gern bei sich.«

»Ich komme sofort.«

Anna drehte sich nach Marion um. Marions Kopf war heruntergesackt, ihr Kinn lag auf ihrer Brust. Anna zerrte und zog sie aus dem Stuhl, stolperte mit ihr zum Bett, rollte sie hinauf. Marion lag schlaff da, mit offenem Mund, ihr Gesicht naß von Speichel und von Tränen. Ihre Wangen brannten vom Alkohol. Anna häufte Decken über sie, machte die Öfen und die Lichter aus und rannte so, wie sie war, auf die Straße. Es war lange nach Mitternacht. Kein Mensch. Kein Taxi. Sie rannte halbschluchzend die Straße entlang, sah einen Polizisten und rannte auf ihn zu. »Ich muß ins Krankenhaus«, sagte sie und klammerte sich an ihn. Ein anderer Polizist tauchte um die Ecke auf. Der eine stützte sie, während der andere ein Taxi fand und mit ihr zum Krankenhaus fuhr. Tommy war nicht tot, aber man rechnete damit, daß er noch vor dem Morgen sterben würde.

Die Notizbücher

[Unter der Überschrift *Quelle* ging das schwarze Notizbuch auf der linken Seite leer weiter. Die rechte Seitenhälfte, unter der Überschrift *Geld,* war jedoch voll.]

Brief von Mr. Reginald Tarbrucke, Amalgamated Vision, an Miss Anna Wulf: Letzte Woche las ich – zufällig, muß ich gestehen! – ihr bezauberndes Buch, *Frontiers of War.* Ich war augenblicklich beeindruckt von seiner Frische und Aufrichtigkeit. Wir sind natürlich auf der Suche nach passenden Themen für Fernsehspiele. Ich würde das sehr gerne mit ihnen besprechen. Wären Sie einverstanden, wenn wir uns am nächsten Freitag um ein Uhr zum Drink treffen? – Kennen Sie den Black Bull in der Portland Street? Rufen Sie mich doch bitte an.

Brief von Anna Wulf an Reginald Tarbrucke: Besten Dank für Ihren Brief. Ich denke, ich sollte besser gleich sagen, daß es nur sehr wenige Stücke im Fernsehen gibt, die mich dazu ermutigen, für dieses Medium zu schreiben. Es tut mir sehr leid.

Brief von Reginald Tarbrucke an Anna Wulf: Haben Sie vielen Dank dafür, daß Sie so offen waren. Ich stimme Ihnen zu, das ist auch der Grund, weshalb ich Ihnen unverzüglich schrieb, als ich Ihr charmantes Buch *Frontiers of War* aus den Händen legte. Wir brauchen dringend frische, aufrichtige Stücke, die eine wirkliche Integrität besitzen. Wollen Sie mich am nächsten Freitag zum Mittagessen im Red Baron treffen? Das ist ein kleines, bescheidenes Lokal, aber man bekommt dort sehr gute Steaks.

Anna Wulf an Reginald Tarbrucke: Tausend Dank, aber mir war es ernst mit dem, was ich geschrieben habe. Wenn ich glaubte, daß *Frontiers of War* in einer für mich befriedigenden Art fürs Fernsehen bearbeitet werden könnte, hätte ich eine andere Einstellung dazu. Aber wie es im Moment steht – Mit freundlichem Gruß.

Reginald Tarbrucke an Anna Wulf: Wie bedauerlich, daß es nicht mehr Schriftsteller gibt, die die gleiche herrliche Integrität besitzen wie Sie! Ich verspreche Ihnen wirklich, daß ich Ihnen nicht geschrieben hätte, wenn wir nicht verzweifelt nach einem wirklichen kreativen Talent suchen würden. Fernsehen braucht das Echte! Bitte, essen Sie mit mir am nächsten Montag im

White Tower zu Mittag. Ich glaube, wir brauchen Zeit für ein wirklich langes, ruhiges Gespräch. Mit freundlichem Gruß Ihr.

Mittagessen mit Reginald Tarbrucke, Amalgamated Vision, im White Tower.

Rechnung 6 Pfund 15 Schilling 7 Dime.

Als ich mich zum Essen anzog, mußte ich daran denken, wie Molly das genießen würde – diese oder jene Rolle zu spielen. Beschloß, mich als ›Schriftstellernde Dame‹ zu verkleiden. Ich besitze einen viel zu langen Rock und eine schlechtsitzende Bluse; ich zog beides an, dazu einen Kunstgewerbe-Schmuck. Und lange Korallenohrringe. Sah nach der Rolle aus. Fühlte mich aber gräßlich unbehaglich – als steckte ich in der falschen Haut. Gereizt. Zwecklos, an Molly zu denken. Verwandelte mich im letzten Augenblick in mich selbst. Machte viel Mühe. Mr. Tarbrucke (nennen Sie mich Reggie) war überrascht: Er hatte die schriftstellernde Dame erwartet. Ein weichgesichtiger gutaussehender Engländer in mittleren Jahren. Nun, Miss Wulf – ich darf Sie doch Anna nennen –, was schreiben Sie zur Zeit? »Ich lebe von den Tantiemen von *Frontiers of War*.« Leicht schockierter Blick – mein Ton so, als wäre ich ausschließlich am Geld interessiert.

»Demnach muß er sehr erfolgreich gewesen sein?« »Fünfundzwanzig Sprachen«, sagte ich wegwerfend. Humorvolle Grimasse – Neid. Jetzt schalte ich um, mime die hingebungsvolle Künstlerin und sage: »Natürlich möchte ich den zweiten nicht überstürzen. Der zweite Roman ist ungeheuer wichtig, finden Sie nicht auch?« Er ist entzückt und erleichtert. »Wer von uns vollendet schon den ersten«, sagt er mit einem Seufzer. »Sie schreiben natürlich?« »Wie konnten Sie das nur erraten!« Wieder die nun schon automatische humorvolle Grimasse, das wunderliche Aufleuchten. »Ich habe einen halbfertigen Roman in der Schublade – aber dieser Beruf läßt einem nicht viel Zeit zum Schreiben.« Dieses Thema spinnt sich fort, durch Scampi und Hauptgang. Ich warte, bis die unvermeidlichen Worte kommen: »Natürlich kämpft und kämpft man, um etwas halbwegs Anständiges an Land zu ziehen. Die haben ja keine Ahnung, die Jungs an der Spitze.« (Wobei er nur eine halbe Sprosse von der Spitze weg ist.) »Nicht die Bohne. Stockdumm. Manchmal fragt man sich, wozu man das überhaupt macht?« Halva und türkischer Kaffee. Er zündet sich eine Zigarre an, kauft mir Zigaretten. Wir haben noch nicht meinen charmanten Roman erwähnt. »Sagen Sie, Reggie, haben Sie vor, das Team nach Zentralafrika zu schaffen, um *Frontiers of War* zu verfilmen?« Sein Gesicht gefriert eine Sekunde lang; macht dann auf Charme. »Ich bin froh, daß Sie mich das fragen, weil das natürlich das Problem ist.« »Die Landschaft spielt doch eine ziemlich große Rolle in dem Roman?« »Oh, eine wesentliche, da stimme ich vollkommen mit Ihnen überein. Wundervoll. Was für ein Gefühl für die Landschaft Sie haben.

Wirklich, ich konnte den Ort riechen, ganz wundervoll.« »Oder wollten Sie das Ganze im Studio machen?« »Ja, das ist natürlich entscheidend, und deshalb wollte ich auch mit Ihnen darüber reden. Sagen Sie, Anna, was würden Sie antworten, wenn Sie gefragt würden, was das Zentralthema ihres wunderbaren Buches ist? In einfachen Worten natürlich, denn Fernsehen ist im wesentlichen ein einfaches Medium.« »Es handelt, *schlicht gesagt,* von der Rassenschranke.« »Oh, da bin ich ja ganz Ihrer Meinung – eine schreckliche Angelegenheit. Natürlich habe ich selbst nie diese Erfahrung gemacht, aber als ich Ihr Buch las – entsetzlich! Aber ich frage mich, ob Sie mein Hauptanliegen verstehen – ich hoffe doch, Sie werden es. Es ist einfach unmöglich, *Frontiers of War* so, wie es geschrieben ist, in dem . . .« (seltsame Grimasse) ». . . magischen Kasten zu bringen. Man müßte eine einfachere Lösung dafür finden, ohne daß der wundervolle Kern zerstört wird. Also fragte ich mich, was Sie davon halten würden, wenn der Schauplatz nach England verlegt würde – nein, warten Sie. Ich glaube nicht, daß Sie etwas dagegen hätten, wenn ich Sie dazu brächte, zu sehen, was ich sehe – Fernsehen ist eine Frage des *Sehens,* nicht wahr? Kann man es *sehen?* Das ist die Hauptsache, und ich finde, daß einige unserer Schriftsteller dazu neigen, das zu vergessen. Nun lassen Sie mich Ihnen sagen, was ich sehe. Ein Schulungslager für die Luftwaffe im Krieg. In England war ich selbst in der Luftwaffe – nein, nicht einer den Jungs in Blau, ich war nur ein Federfuchser. Mag sein, daß mich deshalb Ihr Buch dermaßen gepackt hat. Sie haben die Atmosphäre so perfekt in den Griff bekommen . . .« »Welche Atmosphäre?« »Oh, meine Liebe, Sie sind so wunderbar, wirkliche Künstler sind wirklich wunderbar – fast immer wißt ihr nicht, was ihr geschrieben habt . . .« Ich sagte plötzlich, ohne es zu beabsichtigen: »Vielleicht wissen wir es doch und haben etwas dagegen.« Er runzelte die Stirn, beschloß, es zu ignorieren, und fuhr fort: »Diese herrliche Geradheit – die Hoffnungslosigkeit des Ganzen – die Aufregung – ich war niemals so lebendig, wie damals . . . Nun, was ich vorschlagen möchte, ist folgendes. Wir behalten den Kern Ihres Buches bei, weil er so wichtig ist, das finde ich auch. Der Luftwaffenstützpunkt. Ein junger Pilot. Er verliebt sich in ein einheimisches Mädchen aus dem Dorf. Seine Eltern sind dagegen – die Klassengeschichte, Sie wissen schon, leider gibt es das noch in diesem Lande. Die beiden Liebenden müssen sich trennen. Und am Ende haben wir diese großartige Szene am Bahnhof – er geht fort, und wir wissen, daß er umkommen wird. Nein, denken Sie darüber nach, nur einen Augenblick – was sagen Sie?«

»Sie möchten, daß ich eine eigenständige Drehbuchversion schreibe?«

»Ja und *nein.* Ihre Geschichte ist prinzipiell eine einfache Liebesgeschichte. Ja, das *ist* sie. Die Rassenangelegenheit ist wirklich – ja, ich weiß, sie ist furchtbar wichtig, ich habe genau wie Sie schon immer gefunden, daß das eine ganz und gar viehische Sache ist, aber Ihre Geschichte ist wirklich eine einfache rührende Liebesgeschichte. Es ist alles da, es *ist* – wie ein anderes *Brief Encounter*, ich hoffe wirklich, daß Sie das genauso klar sehen wie ich – Sie müssen daran denken, das TV ist einfach eine Frage des *Sehens*.« »Ganz klar, aber sicherlich kann man den Roman *Frontiers of War* wegschmeißen und von vorn anfangen?« »Nicht völlig, weil das Buch so berühmt und so herrlich ist, und ich würde gern den Titel beibehalten, weil die Grenze doch sicher nicht geografisch ist? Nicht im wesentlichen jedenfalls? Ich *sehe* es nicht so. Es ist Grenze der Erfahrung.« »Nun gut, vielleicht sollten Sie mir lieber einen Brief schreiben, in dem Sie Ihre Bedingungen für eine eigenständige Drehbuchversion fürs Fernsehen darlegen?« »Aber nicht *völlig* eigenständig, bitte.« (Sonderbares Zwinkern.) »Meinen Sie nicht, daß die Leute, die das Buch gelesen haben, erstaunt wären, es in eine Art *Brief Encounter mit Tragflügeln* verwandelt zu sehen?« (Sonderbare Grimasse.) »Nein, meine liebe Anna, die sind über nichts erstaunt, wie könnten sie das, bei dem magischen Kasten?« »Es war ein reizendes Mittagessen.« »Oh, meine liebe Anna, Sie haben so recht, natürlich haben Sie recht. Aber bei Ihrer Intelligenz werden Sie natürlich verstehen, daß wir es nicht in Zentralafrika machen könnten, die Jungs an der Spitze bewilligen uns einfach nicht Gelder dieser Größenordnung.« »Nein, natürlich nicht – aber ich denke, ich habe das in meinen Briefen angedeutet.« »Man *könnte* einen wundervollen Film draus machen. Sagen Sie, hätten Sie es gern, wenn ich das einem Freund von mir beim Film gegenüber erwähne?« »Das habe ich bereits alles durchgemacht.« »Oh, meine Liebe, ich kenne das, ich kenne das wirklich. Nun, alles, was wir tun können, ist weiterzuschuften, nehme ich an. Wenn ich manchmal abends nach Hause komme und auf meinen Schreibtisch gucke – ein Dutzend Bücher, die ich noch für eventuelle Storys lesen muß und hundert Drehbücher, und mein armer halbfertiger Roman in der Schublade, und seit Monaten keine Zeit, einen Blick hineinzuwerfen – dann tröste ich mich mit dem Gedanken, daß ich manchmal etwas Frisches und Authentisches an Land ziehe – bitte überlegen Sie sich meinen Vorschlag für *Frontiers of War*, ich glaube wirklich, daß es klappen würde.« Wir verlassen das Restaurant, zwei Kellner machen Bücklinge. Reginald bekommt seinen Mantel, läßt eine Münze mit einem kleinen, fast schon entschuldigenden Lächeln in die Hand des Mannes schlüpfen. Wir stehen auf dem Bürgersteig. Ich bin sehr unzufrieden mit mir: Warum tue ich das? Weil ich vom ersten Brief an, den ich von Amalgamated Vision bekam, genau wußte, was passieren würde; außer daß diese Leute immer noch einen Grad schlimmer sind, als man erwartet. Aber wenn ich es schon weiß, warum gebe ich mich dann trotzdem damit ab? Einfach, um die Bestätigung zu kriegen? Mein Ekel vor mir selber fängt an, sich in ein anderes Gefühl zu verwandeln, das ich sehr gut wiedererkenne

– eine Art leiser Hysterie. Ich weiß ziemlich genau, daß ich gleich etwas Falsches, Grobes, Anklagendes oder Selbstanklagendes sagen werde. Es gibt einen Moment, in dem ich weiß, ich kann mich noch bremsen, und wenn nicht, dann werde ich zum Reden getrieben und kann mich nicht mehr bremsen. Wir stehen auf dem Bürgersteig, und er möchte mich loswerden. Dann gehen wir zur U-Bahnstation Tottenham Court Road. Ich sage: »Reggie, wissen Sie, was ich wirklich gern mit *Frontiers of War* machen würde?« »Sagen Sie es mir doch, meine Liebe.« (Dennoch runzelt er unwillkürlich die Stirn.) »Ich würde gern eine Komödie daraus machen.« Er bleibt überrascht stehen. Geht weiter. »Eine Komödie?« Er wirft mir einen raschen Seitenblick zu, der die ganze Abneigung enthüllt, die er in Wirklichkeit für mich hegt. Dann sagt er: »Aber meine Liebe, es ist so wundervoll in seinem grandiosen Stil, die reine Tragödie. Ich kann mich nicht an eine einzige komische Szene erinnern.« »Erinnern Sie sich an die Erregung, von der Sie sprachen? An den Pulsschlag des Krieges?« »Natürlich, meine Liebe, nur zu gut.« »Ich stimme Ihnen zu, das ist es, wovon das Buch wirklich handelt.« Eine Pause. Das gutaussehende, charmante Gesicht spannt sich: Er sieht vorsichtig und wachsam aus. Meine Stimme ist hart, zornig und voller Abscheu. Abscheu vor mir selber. »Jetzt müssen Sie mir genau sagen, was Sie meinen.« Wir sind am Eingang der Untergrundbahn. Scharen von Leuten. Der Mann, der Zeitungen verkauft, hat kein Gesicht. Fast keine Nase, sein Mund ist ein Loch mit Kaninchenzähnen, und seine Augen sind in Narbengewebe eingesunken. »Gut, lassen Sie uns Ihre Geschichte nehmen«, sage ich. »Junger Flieger, galant, hübsch, unbekümmert. Einheimisches Mädchen, hübsche Tochter des ortsansässigen Wilderers. Kriegszeit. England. Schulungslager für Piloten. Gegenwart. Erinnern Sie sich an die Szene, die wir beide tausendmal im Film gesehen haben – die Flugzeuge starten nach Deutschland. Einstellung mit Pilotenmesse – Pinup-Girls an der Wand, eher hübsch als sexy, macht sich nicht gut anzudeuten, unsere Jungs hätten rohere Instinkte. Ein hübscher Junge liest Brief von Mutter. Sporttrophäe auf dem Sims.« Eine Pause. »Ja, meine Liebe, ich gebe Ihnen recht, wir machen den Film etwas zu oft.« »Die Flugzeuge setzen zum Landen an. Zwei von ihnen fehlen. Gruppen von Männern stehen herum, warten und beobachten den Himmel. Ein Muskel spannt sich in einer Kehle. Einstellung mit Pilotenschlafraum. Leeres Bett. Ein junger Mann kommt herein. Er sagt nichts. Er sitzt auf seinem Bett und blickt zum leeren Bett. Ein Muskel spannt sich in seiner Kehle. Dann geht er zum leeren Bett. Es liegt ein Teddybär auf dem Bett. Er nimmt den Teddybär. Ein Muskel spannt sich in seiner Kehle. Einstellung mit Flugzeug in Flammen. Schnitt auf jungen Mann, Teddybär im Arm, Fotos von einem hübschen Mädchen betrachtend – nein, kein Mädchen, besser eine Bulldogge. Schnitt zurück auf Flugzeug in Flammen und die Nationalhymne.« Schweigen. Der Zeitungsmann mit dem Kaninchengesicht ohne Nase ruft: »Krieg in Quemoy. Krieg in Quemoy.« Reggie kommt zu dem Schluß, er müsse sich irren, also lächelt er und sagt: »Aber meine liebe Anna, Sie haben das Wort *Komödie* gebraucht.« »Sie waren scharfsinnig genug zu sehen, worum es in dem Buch wirklich geht – um Todessehnsucht.« Er runzelt die Stirn, und diesmal bleibt das Stirnrunzeln haften. »Nun gut, ich schäme mich, und ich würde es gern wiedergutmachen – lassen Sie eine Komödie über sinnlosen Heroismus machen. Lassen Sie uns die verdammte Geschichte parodieren – fünfundzwanzig junge Männer, in der Blüte ihrer Jugend etc., die hinausziehen, um zu sterben, einen Haufen Strandgut in Form von Teddybären und Fußballtrophäen hinterlassend und eine Frau, die an einer Pforte steht, stoisch zum Himmel blickend, wo das nächste Flugzeuggeschwader auf seinem Weg nach Deutschland vorüberfliegt. Ein Muskel spannt sich in ihrer Kehle. Wie wär's damit?« Der Zeitungsmann ruft: »Krieg in Quemoy«, und plötzlich fühle ich mich, als stünde ich mitten in der Szene eines Stückes, das die Parodie auf etwas ist. Ich fange an zu lachen. Das Lachen ist hysterisch. Reggie sieht zu mir, stirnrunzelnd und voller Abneigung. Sein Mund, der zuvor beweglich war vor lauter Komplizenschaft und dem Verlangen, gemocht zu werden, ist jetzt scharf und ein bißchen bitter. Ich höre auf zu lachen, und plötzlich ist das getriebene Lachen und Reden fort, und ich bin wieder ziemlich vernünftig. Er sagt: »Anna, ich bin Ihrer Ansicht, aber ich muß meinen Job behalten. Das ist eine wunderbar komische Idee – aber das ist Film, nicht Fernsehen. Ja, ich sehe das richtig vor mir.« (Er findet langsam zurück zu seiner normalen Sprache, weil ich wieder normal bin.) »Es wäre natürlich barbarisch. Ich frage mich, ob die Leute das schlucken würden?« (Sein Mund hat sich erneut zu dem sonderbaren, charmanten Ausdruck verzogen. Er wirft mir einen Blick zu – er kann nicht verstehen, daß es zu so einem Augenblick reinsten Hasses zwischen uns gekommen ist. Ich kann es auch nicht.) »Vielleicht *würde* es gehen? Schließlich sind zehn Jahre seit Kriegsende vergangen – aber es ist einfach *nicht* Fernsehen. Das ist ein einfaches Medium. Und das Publikum – na, ich brauche Ihnen ja nicht zu sagen, daß das nicht das intelligenteste Publikum ist. Daran müssen wir denken.« Ich kaufe eine Zeitung mit der Schlagzeile: Krieg in Quemoy. Ich sage mitteilsam: »Dies wird wieder einer der Orte sein, über den wir nur etwas wissen, weil da Krieg ist.« »Meine Güte, ja, es ist doch zu schrecklich, wie schlecht wir alle informiert sind.« »Aber ich halte Sie hier auf, und Sie möchten doch sicher gern ins Büro zurück.« »Ja, in der Tat bin ich ziemlich spät dran – Auf Wiedersehen, Anna, es war ein großes Vergnügen, Sie kennenzulernen.« »Auf Wiedersehen, Reggie, und vielen Dank für das wunderbare Essen.« Zu Hause bekomme ich eine Depression, werde dann wütend und ekle mich vor mir selber. Der einzige Moment des Treffens, dessentwegen ich mich nicht schäme, ist der Augenblick, in dem ich hysterisch und dumm war. Ich darf auf diese Angebote von Fernsehen oder Film nicht mehr reagieren. Wozu auch? Alles was ich tue, ist mir zu sagen: Du hast recht, daß du nicht mehr schreibst. Es ist alles so erniedrigend und häßlich, daß du dich da unbedingt heraushalten mußt. Aber ich weiß das ohnehin, also wozu weiter darin herumbohren?

Brief von Mrs. Edwina Wright, Vertreterin der ›Blue Bird‹-Serie der Television One-Hours-Plays, USA. Liebe Miss Wulf: Wir suchen mit Adleraugen nach Stücken von dauerhaftem Interesse, die wir auf unserem Bildschirm bringen können, und ihr Roman *Frontiers of War,* auf den wir aufmerksam gemacht wurden, hat große Aufregung hervorgerufen. Ich schreibe Ihnen in der Hoffnung, daß wir an vielen, für uns beide vorteilhaften Projekten zusammenarbeiten werden. Ich werde auf meinem Weg nach Rom und Paris drei Tage in London Station machen und hoffe, Sie rufen mich in Black's Hotel an, damit wir uns auf einen Drink treffen können. Ich lege eine Broschüre bei, die wir als Anleitung für unsere Autoren zusammengestellt haben. Mit herzlichem Gruß.

Die Broschüre war gedruckt, neuneinhalb Seiten lang. Sie fing so an: »Im Laufe eines jeden Jahres gehen in unserem Büro Hunderte von Stücken ein. Viele von ihnen zeigen ein echtes Gespür für das Medium, werden jedoch aus Unkenntnis der grundlegenden Erfordernisse unseres Bedarfs unseren Ansprüchen nicht gerecht. Wir zeigen allwöchentlich ein Einstundenstück, etc., etc., etc.« Klausel (a) lautete: »Das Wesen der Blue Bird-Serie ist Vielfalt! Es gibt keine Beschränkungen hinsichtlich des Themas! Wir möchten Abenteuer, Liebesgeschichten, Reisegeschichten, Geschichten über exotische Erfahrungen, häusliches Leben, Familienleben, Eltern-Kind-Beziehungen, Phantasie, Komödie, Tragödie. Blue Bird sagt zu keinem Drehbuch *nein,* das sich aufrichtig und authentisch mit echter Erfahrung jedweder Art auseinandersetzt.« Klausel (y) lautete: »Blue Bird-Filme werden wöchentlich von neun Millionen Amerikanern aller Altersstufen gesehen. Blue Bird bringt Filme von lebendiger Wahrheit zu gewöhnlichen Männern, Frauen und Kindern. Blue Bird ist sich bewußt, daß es Vertrauen genießt und daß es eine Pflicht hat. Aus diesem Grunde müssen Blue Bird-Schriftsteller an ihre Verantwortung denken, die sie mit Blue Bird teilen: Blue Bird wird keine Drehbücher berücksichtigen, die von Religion, Rasse, Politik oder außerehelichem Sex handeln.

Wir würden uns freuen, von Ihnen zu hören, und können es kaum erwarten, auch *Ihr* Drehbuch zu lassen.«

Miss Anna Wulf an Mrs. Edwina Wright. Liebe Mrs. Wright: Danke für Ihren schmeichelhaften Brief. Ich entnehme jedoch Ihrer Anleitungsbroschüre an Ihre Schriftsteller, daß Sie keine Stücke mögen, die das Thema Rasse oder außerehelichen Sex berühren. *Frontiers of War* hat beides. Aus diesem Grunde habe ich den Eindruck, daß es nicht viel Sinn hat, wenn wir die Möglichkeit der Bearbeitung dieses Romans für Ihre Serie diskutieren. Mit freundlichem Gruß.

Mrs. Edwina Wirght an Miss Wulf: Ein Telegramm. Herzlichen Dank für prompten und verantwortungsbewußten Brief stop Bitte essen Sie morgen acht Uhr im Black's Hotel mit mir zu Abend stop Rückantwort bezahlt.

Abendessen mit Mrs. Wright im Black's Hotel. Rechnung: 11 Pfund 4 Schilling 6 Dime.

Edwina Wright, fünfundvierzig oder fünfzig; eine rundliche rosa-weiße Frau mit stahlgrauem, gelocktem, glänzenden Haar; glänzende blau-graue Lider; leuchtendrosa Lippen; leuchtende blaßroßa Nägel. Ein mattblaues Kostüm, sehr teuer. Eine teuere Frau. Zwanglos geschwätzige Freundlichkeit bei den Martinis. Sie hatte drei, ich zwei. Sie kippt ihre hinunter, sie braucht sie wirklich. Sie lenkt das Gespräch auf englische literarische Persönlichkeiten, um herauszufinden, welche ich persönlich kenne. Ich kenne kaum jemanden. Versucht, mich einzuordnen. Schließlich hat sie mich untergebracht – lächelt und sagt: »Einer meiner liebsten Freunde . . .« (sie erwähnt einen amerikanischen Schriftsteller) ». . . sagt mir immer, er hasse es, anderen Schriftstellern zu begegnen. Ich glaube, er wird eine sehr interessante Karriere machen.« Wir gehen in den Speisesaal. Warm, komfortabel, diskret. Als sie Platz genommen hat, blickt sie sich um, eine Sekunde lang nicht auf der Hut: Ihre faltig werdenden geschminkten Lider verengen sich, ihr rosa Mund ist leicht geöffnet – sie hält Ausschau nach jemandem oder nach etwas. Dann nimmt ihr Gesicht einen bedauernden, traurigen Ausdruck an, der jedoch echt sein muß, denn sie sagt, und meint das auch wirklich: »Ich liebe England. Ich komme furchtbar gern nach England. Ich erfinde Ausreden, um hierher geschickt zu werden.« Ich frage mich, ob dieses Hotel für sie England ist; aber dafür sieht sie zu klug und zu intelligent aus. Sie fragt mich, ob ich gern noch einen Martini hätte; ich will gerade ablehnen, sehe dann, daß sie einen möchte; ich sage ja. Ich spüre plötzlich eine nervöse Spannung in meinem Magen; dann begreife ich, daß es ihre Spannung ist, die sich mir mitteilt. Ich blicke in das beherrschte, defensive, hübsche Gesicht, und sie tut mir leid. Ich verstehe ihr Leben sehr gut. Sie bestellt das Essen – sie ist sehr bemüht, taktvoll. Es ist, wie mit einem Mann auszugehen. Dennoch ist sie keineswegs maskulin; das liegt daran, daß sie daran gewöhnt ist, Situationen wie diese zu meistern. Ich spüre, daß diese Rolle ihr eigentlich nicht liegt und was es sie kostet, sie zu spielen. Während wir auf die Melone warten, zündet sie sich eine Zigarette an. Sie sitzt da mit gesenkten Lidern, läßt die Zigarette baumeln und überprüft den Raum aufs neue. Blitzartig malt sich Erleichterung auf ihrem Gesicht, die sie aber augenblicklich kaschiert; dann nickt sie und lächelt einem Amerikaner zu, der hereingekommen ist, sich allein in eine

286

Ecke des Raumes setzt und Essen bestellt. Er winkt ihr zu, sie lächelt, während der Rauch sich an ihren Augen vorbei emporkräuselt. Sie wendet sich wieder mir zu und konzentriert sich mit einer Willensanstrengung auf mich. Sie kommt mir plötzlich viel älter vor. Ich mag sie sehr. Ich kann mir lebhaft vorstellen, wie sie später am Abend in ihrem Zimmer ist und etwas übertrieben Weibliches trägt. Ja, ich sehe geblümten Chiffon, oder so etwas ähnliches . . . wegen der Anstrengung, die es sie kostet, diese Rolle während ihres Arbeitstages spielen zu müssen. Sie wird sogar auf die Chiffonrüschen blicken und eine spöttische Bemerkung darüber machen. Aber sie wartet. Dann das diskrete Klopfen an der Tür. Sie öffnet mit einem Scherz. Sie sind beide bis dahin verschwommen und liebenswürdig vom Alkohol. Noch ein Drink. Dann die trockene und maßvolle Paarung. In New York werden sie sich auf einer Party treffen und ironische Bemerkungen machen. Sie ißt nun kritisch ihre Melone; sagt schließlich, daß das Essen in England mehr Geschmack hat. Sie spricht davon, daß sie beabsichtigt, ihre Arbeit aufzugeben und auf dem Lande zu leben, in New England, und einen Roman zu schreiben. (Ihr Mann wird nie erwähnt.) Mir wird klar, daß keine von uns den geringsten Wunsch hat, über *Frontiers of War* zu sprechen. Sie hat sich ihr Urteil über mich gebildet; sie ist weder einverstanden noch mißbilligend; sie hat die Chance ergriffen; das Essen ist ein Geschäftsverlust, aber so ist nun mal das Geschäft. Im nächsten Augenblick wird sie liebenswürdig, aber teilnahmslos über mein Buch reden. Wir trinken eine Flasche guten schweren Burgunder: Steak, Pilze, Sellerie. Wieder sagt sie, unser Essen schmecke besser, fügt aber hinzu, wir sollten lernen zu kochen. Ich bin nun vom Alkohol genauso gutmütig wie sie; aber am Grunde meines Magens wächst die Spannung – ihre Spannung beständig. Sie schaut immer wieder zu dem Amerikaner in der Ecke hinüber. Mir wird plötzlich klar, daß ich, wenn ich nicht vorsichtig bin, anfangen werde, mit derselben Hysterie zu reden, die mich vor einigen Wochen zu der Komödien-Parodie für Reginald Tarbrucke gebracht hat. Ich nehme mir vor aufzupassen; ich mag sie zu sehr. Und sie macht mir Angst. »Anna, Ihr Buch hat mir so gefallen.« »Das freut mich, danke.« »Bei uns gibt es ein echtes Interesse an Afrika, an afrikanischen Problemen.« Ich grinse und sage: »Aber es *gibt* eine Rassensache in diesem Buch.« Sie grinst, dankbar, weil ich es erwähnt habe, und sagt: »Aber das ist oft eine Frage des Grades. Gut, in Ihrem wundervollen Buch lassen Sie den jungen Flieger und das Negermädchen miteinander schlafen. Würden Sie sagen, daß das wichtig war? Würden Sie sagen, daß die Tatsache, daß die beiden es miteinander getrieben haben, lebenswichtig war für die Story?« »Nein, würde ich nicht.« Sie zögert. Ihre müden und außergewöhnlich klugen Augen zeigen einen Schimmer der Enttäuschung. Sie hatte gehofft, ich würde keinen Kompromiß eingehen; obwohl es ihr Job ist, dafür zu sorgen, daß ich es tue. Für sie ist, wie ich jetzt sehe, der Sex tatsächlich der Hauptpunkt der Geschichte. Ihr Verhalten wandelt sich kaum merklich: sie geht jetzt mit einem Autor um, der bereit ist, seine Integrität zu opfern, um eine Geschichte beim Fernsehen unterzukriegen. Ich sage: »Aber selbst wenn sie sich in der denkbar reinsten Weise liebten, wäre das doch ein Verstoß gegen Ihre Gesetze?« »Das hängt davon ab, wie man das behandelt.« Ich begreife, daß an diesem Punkt das Ganze ebensogut völlig fallengelassen werden könnte. Wegen meiner Einstellung? Nein; sie ist in Unruhe wegen des einsamen Amerikaners in der Ecke. Zweimal habe ich ihn zu ihr blicken sehen; ich glaube, ihre Unruhe ist gerechtfertigt. Er erwägt, ob er herüberkommen oder vielleicht allein irgendwohin gehen soll. Dennoch scheint er sie ziemlich gern zu haben. Der Kellner räumt ab. Sie ist froh, als ich sage, daß ich Kaffee möchte, aber nicht gesüßt; sie hat während ihrer Reise täglich zweimal Geschäftsessen absolviert und ist erleichtert, daß wir die Sache um einen Gang abkürzen. Sie wirft ihrem einsamen Landsmann, der noch keine Anstalten macht, sich in Bewegung zu setzen, noch einen Blick zu und beschließt, wieder an die Arbeit zu gehen. »Als ich überlegte, was wir aus Ihrem wirklich wundervollen Material machen könnten, kam mir in den Sinn, daß es ein herrliches Musical geben würde – man kann in einem Musical mit einer ernsten Botschaft durchkommen, mit der man in einer direkten Geschichte nicht durchkommt.« »Ein Musical, das in Zentralafrika spielt?« »Zum einen würde die Form des Musicals das Problem des szenischen Hintergrundes lösen. Ihr szenischer Hintergrund ist sehr gut, aber er eignet sich nicht fürs Fernsehen.« »Sie meinen stilisierte Bühnenbilder von afrikanischen Landschaften?« »Ja, so stelle ich mir's vor. Und eine sehr simple Geschichte. Junger englischer Flieger im Training in Zentralafrika. Das hübsche Negermädchen lernt er auf einer Party kennen. Er ist einsam. Sie ist freundlich zu ihm. Er lernt ihre Leute kennen.« »Aber in dieser Gegend könnte er unmöglich ein junges Negermädchen auf einer Party kennenlernen. Es sei denn, in einem politischen Kontext – eine kleine Minderheit politischer Leute versucht, die Rassenschranke zu durchbrechen. Sie hatten doch wohl kein politisches Musical im Sinn?« »Ach, das war mir nicht ganz klar . . . angenommen, er hatte auf der Straße einen Unfall, und sie hat ihm geholfen und ihn mit nach Hause genommen?« »Sie könnte ihn nicht mit nach Hause nehmen, ohne etwa ein Dutzend verschiedener Gesetze zu übertreten. Wenn sie ihn hineinschmuggeln würde, dann wäre das lebensgefährlich und mitnichten die richtige Atmosphäre für ein Musical.« »Man kann in einem Musical sehr ernst sein«, sagt sie zurechtweisend, jedoch nur der Form halber. »Wir könnten die einheimischen Lieder und Tänze verwenden. Die Musik aus Zentralafrika wäre für unsere Zuschauer ziemlich neu.« »In der Zeit, in der diese Geschichte spielt, hörten die Afrikaner Jazz aus Amerika.

Sie hatten noch nicht angefangen, ihre eigenen Formen zu entwickeln.« Nun sagt mir ihr Blick: Sie versuchen einfach nur, schwierig zu sein. Sie gibt das Musical auf und sagt: »Also gut, wenn wir die Rechte kaufen würden, in der Absicht, die reine Story zu bringen, dann müßte meiner Empfindung nach der Schauplatz geändert werden. Mein Vorschlag wäre ein Armeestützpunkt in England. Ein amerikanischer Stützpunkt. Ein amerikanischer G.I. liebt ein englisches Mädchen.« »Ein Neger-G.I.?« Sie zögert: »Das wäre problematisch. Denn schließlich ist dies im Grunde eine sehr einfache Liebesgeschichte. Ich bin eine sehr, sehr große Bewunderin des englischen Kriegsfilmes. Sie machen so großartige Kriegsfilme – so zurückhaltende. Sie haben so viel – Takt. Genau die Haltung, um die wir uns dabei auch bemühen sollten. Kriegsatmosphäre – die Schlacht-um-England-Atmosphäre, und dann eine einfache Liebesgeschichte, einer von unseren Jungs und eins von euren Mädchen.« »Aber wenn Sie aus ihm einen Neger-G.I. machen würden, dann könnten Sie doch die ganze Folklore-Musik aus Ihrem tiefen Süden verwenden?« »Ja. Aber verstehen Sie, das wäre für unsere Zuschauer nicht mehr neu.« »Jetzt verstehe ich«, sage ich. »Ein Chor amerikanischer Neger-G.I.s in einem englischen Dorf im Kriege, mit einem weiteren Chor frischer junger englischer Mädchen, die einheimische englische Volkstänze tanzen.« Ich grinse ihr zu. Sie runzelt die Stirn. Dann grinst sie. Dann begegnen sich unsere Augen, und sie gibt ein prustendes Gelächter von sich. Sie lacht noch einmal. Dann unterbricht sie sich und sitzt stirnrunzelnd da. Und als sei dieses subversive Gelächter nicht gewesen, atmet sie tief und fängt an: »Sie sind natürlich eine Künstlerin, eine sehr gute Künstlerin, es ist eine Ehre, Sie kennenlernen zu dürfen und mit Ihnen zu reden, und Sie haben einen tiefen und natürlichen Widerwillen dagegen, irgend etwas, das Sie geschrieben haben, verändert zu sehen. Aber Sie müssen mich dies eine sagen lassen, es ist ein Fehler, mit dem Fernsehen allzu ungeduldig zu sein. Es ist die Kunstform der Zukunft – so sehe ich es jedenfalls, und deswegen genieße ich den Vorzug, mit und für das Fernsehen arbeiten zu können.« Sie bricht ab: Der einsame Amerikaner schaut sich nach dem Kellner um – aber nein, er möchte bloß mehr Kaffee. Sie wendet ihre Aufmerksamkeit wieder mir zu und fährt fort: »Ein sehr, sehr großer Mann hat einmal gesagt, Kunst ist eine Sache der Geduld. Lassen Sie sich doch noch einmal durch den Kopf gehen, was wir besprochen haben, und schreiben Sie mir – oder vielleicht haben Sie Lust zu versuchen, uns ein Drehbuch über ein anderes Thema zu schreiben? Natürlich können wir einem Künstler, der keine Fernseherfahrung hat, keine Auftragsarbeit geben, aber wir würden uns freuen, Ihnen, soweit es in unseren Kräften steht, zu raten und zu helfen.« »Danke.« »Haben Sie vor, demnächst die Staaten zu besuchen? Ich wäre so glücklich, wenn Sie mich anrufen würden – wir könnten dann über all das diskutieren, was Ihnen eingefallen ist.« Ich zögere. Fast gelingt es mir, mich zu bremsen. Dann weiß ich, daß ich mich nicht bremsen kann. Ich sage: »Nichts würde ich lieber tun, als Ihr Land zu besuchen, aber leider würde man mich nicht hineinlassen, ich bin Kommunistin.« Ihre Augen springen mir ins Gesicht, aufgerissen, blau und erschrocken. Gleichzeitig macht sie eine unwillkürliche Bewegung – den Ansatz, den Stuhl zurückzustoßen und zu gehen. Ihr Atem geht rascher. Ich sehe jemanden, der Angst hat. Schon tut es mir leid, und ich schäme mich. Ich habe das aus einer Vielzahl von Gründen gesagt, der erste war kindisch: Ich wollte sie schockieren. Der zweite, ebenfalls kindisch, war mein Gefühl, ich müßte das sagen – wenn jemand später sagen würde: Natürlich sie ist Kommunistin, müßte diese Frau annehmen, ich hätte es ihr verheimlicht. Drittens wollte ich sehen, was passieren würde. Sie sitzt mir schnellatmend gegenüber, ihre Augen unsicher, ihre jetzt ziemlich verschmierten rosa Lippen geöffnet. Sie denkt: Nächstesmal muß ich aber aufpassen und Erkundigungen einziehen. Sie sieht sich gleichzeitig als Opfer – an jenem Morgen hatte ich einen Stapel Zeitungsausschnitte aus den Staaten über Dutzende von Leuten gelesen, die aus ihren Jobs hinausgeworfen, von antiamerikanischen Komitees einem strengen Kreuzverhör unterzogen wurden etc. Sie sagt atemlos: »Natürlich ist hier in England alles ganz anders, mir ist klar, daß . . .« Ihre Frau-von-Welt-Maske springt mittendurch, und sie platzt heraus: »Aber meine Liebe, nicht in tausend Jahren wäre ich auf die Idee gekommen, daß . . .« Dies bedeutet: Ich mag Sie so sehr, wie können Sie Kommunistin sein? Das macht mich plötzlich so wütend, die Borniertheit, die darin liegt, daß ich mir, wie immer unter diesen Umständen, sage: Lieber Kommunistin sein, und fast um jeden Preis, lieber damit in Verbindung stehen, als so von jeder Realität abgeschnitten sein, daß man eine dermaßen dumme Bemerkung machen kann. Wir sind jetzt plötzlich beide sehr wütend. Sie blickt weg von mir und gewinnt die Fassung wieder. Und ich denke an jene Nacht, die ich vor zwei Jahren mit dem russischen Schriftsteller im Gespräch verbrachte. Wir sprachen dieselbe Sprache – die kommunistische Sprache. Dennoch war unsere Erfahrung so unterschiedlich, daß jeder Satz, den wir sagten, für jeden von uns etwas anderes bedeutete. Ein Gefühl völliger Unwirklichkeit überkam mich, und schließlich übersetzte ich sehr spät nachts, oder vielmehr früh morgens, eine Sache, die ich gesagt hatte, aus dem gefahrlosen unwirklichen Jargon in etwas, das tatsächlich geschehen war – ich erzählte ihm von Jan, der in einem Gefängnis in Moskau gefoltert worden war. Dieselbe Reaktion wie eben: Seine Augen richteten sich erschrocken auf mein Gesicht, und er machte unwillkürlich eine Bewegung von mir weg, so als wollte er fliehen – ich hatte etwas gesagt, das ihn, hätte er es in seinem Land gesagt, ins Gefängnis gebracht hätte. Tatsache war, daß die Sprache unserer gemeinsamen Philosophie ein Mittel war, um die Wahrheit zu verbergen. Und die Wahrheit war, daß wir nichts miteinander gemein hatten als das Etikett ›Kommunist‹. Und jetzt mit dieser amerikanischen Frau – wir könnten die ganze Nacht lang die Sprache der Demokratie sprechen, dennoch würde sie verschiedene Erfahrungen beschreiben. Wir sitzen da, sie und ich, und denken daran, daß wir uns als Frauen mögen. Aber es gibt nichts zu sagen: Genau so wie damals, als das mit dem russischen Schriftsteller passiert war, nichts mehr zu sagen gewesen war. Schließlich sagt sie: »Ich bin fassungslos, meine Liebe. Ich kann es einfach nicht verstehen.« Es ist diesmal eine Anklage, und ich bin wieder wütend. Und sie fährt sogar fort und sagt: »Natürlich bewundere ich Ihre Aufrichtigkeit.« Dann denke ich: Wenn ich jetzt in Amerika wäre und von den Komitees gejagt würde, dann würde ich nicht an einem Hoteltisch sitzen und beiläufig sagen, ich sei Kommunistin. Also ist es unehrlich, wütend zu sein – trotzdem sage ich aus Wut trocken: »Vielleicht wäre es eine gute Idee, erst einmal Erkundigungen einzuziehen, bevor Sie Schriftsteller in diesem Land zum Essen einladen, denn es gibt ziemlich viele, die Sie in Verlegenheit bringen könnten.« Aber jetzt zeigt ihr Gesicht, daß sie sich sehr weit von mir entfernt hat: Sie ist mißtrauisch: ich bin in dem Schubfach ›Kommunist‹ eingeordnet, und deswegen lüge ich wahrscheinlich. Und ich erinnere mich an den Augenblick mit dem russischen Schriftsteller, in dem er die Wahl hatte, entweder zu widerlegen, was ich sagte, und es zu diskutieren, oder sich zu entziehen, was er tat, indem er einen ironischen, wissenden Gesichtsausdruck aufsetzte und sagte: »Es ist nicht das erstemal, daß ein Freund unseres Landes sich in einen Feind verwandelt hat.« Mit anderen Worten: Sie sind Pressionen des kapitalistischen Feindes unterlegen. Glücklicherweise taucht in diesem kritischen Augenblick der Amerikaner auf und stellt sich neben unseren Tisch. Ich frage mich, ob die Tatsache, daß sie aufrichtig und nicht aus Kalkül aufgehört hatte, auf ihn zu achten, den Ausschlag für sein Erscheinen gegeben hat. Ich bin traurig darüber, weil ich glaube, daß es wahr ist. »Nun, Jerry«, sagt sie, »ich habe mich schon gefragt, ob wir uns zufällig treffen würden, als ich hörte, Sie sind in London.« »Hi«, sagt er, »wie geht's, schön, Sie zu sehen.« Gutgekleidet, selbstbeherrscht, gutmütig. »Das ist Miss Wulf«, sagt sie, und es fällt ihr schwer, weil sie dabei das Gefühl hat: Ich stelle einen Freund einem Feind vor, ich müßte ihn irgendwie warnen. »Miss Wulf ist eine sehr, sehr bekannte Schriftstellerin«, sagt sie; ich sehe, daß die Wörter ›bekannte Schriftstellerin‹ ihre Nervosität etwas gemildert haben. Ich sage: »Sie entschuldigen doch, wenn ich Sie beide jetzt allein lasse? Ich muß nach Hause und mich um meine Tochter kümmern.« Sie ist offenkundig erleichtert. Wir verlassen alle drei den Speisesaal. Als ich Auf Wiedersehen sage und mich abwende, sehe ich, wie sie seinen Arm nimmt. Ich höre sie sagen: »Jerry, ich bin so froh, daß du hier bist, ich dachte schon, ich müßte mich auf einen einsamen Abend gefaßt machen.« Er sagt: »Meine liebe Eddy, wann hast du je einen einsamen Abend verbracht, es sei denn, du hast dich dazu entschlossen?« Ich sehe sie lächeln – trocken und dankbar. Was mich betrifft, so gehe ich nach Hause in dem Gedanken, daß trotz allem der Augenblick, in dem ich die angenehme Oberfläche unserer Bekanntschaft zerbrechen ließ, der einzig ehrliche Augenblick des Abends war. Dennoch fühle ich mich beschämt und unzufrieden und deprimiert, genau wie nach dem nächtlichen Gespräch mit dem Russen.

[Das rote Notizbuch.]

28. August 1954

Verbrachte letzten Abend damit, so viel wie möglich über Quemoy herauszufinden. Sehr wenig in meinen oder Mollys Bücherborden. Wir hatten beide Angst, daß dies vielleicht der Anfang eines neuen Krieges sei. Dann sagte Molly: »Wie oft haben wir das getan, hier gesessen und uns Sorgen gemacht, aber am Ende kommt kein großer Krieg.« Ich konnte sehen, daß ihr etwas anderes Sorgen machte. Schließlich sagte sie es mir: Sie war mit den Brüdern Forest eng befreundet gewesen. Als sie – mutmaßlich – in die Tschechoslowakei ›verschwanden‹, ging sie zur Zentrale, um Erkundigungen einzuziehen. Man gab ihr zu verstehen, sie brauche sich keine Sorgen um die Brüder zu machen, sie würden wichtige Arbeit für die Partei leisten. Gestern wurde verkündet, daß sie drei Jahre im Gefängnis gewesen und gerade entlassen worden waren. Sie ging gestern wieder zur Zentrale und fragte, ob man gewußt habe, daß die Brüder im Gefängnis waren. Es stellte sich heraus, daß es die ganze Zeit über bekannt gewesen war. Sie sagte zu mir: »Ich überlege mir, ob ich nicht aus der Partei austreten soll.« Ich sagte: »Warum nicht abwarten, ob sich die Lage bessert. Schließlich räumen sie immer noch auf, nach Stalins Tod.« Sie sagte: »Du hast letzte Woche gesagt, du würdest austreten. Auf jeden Fall habe ich Hal gesagt – ja, ich habe den großen Häuptling persönlich gesehen –, ich habe gesagt: ›Die ganzen Schurken sind doch tot, nicht wahr? Stalin und Beria etc., etc.? Warum macht ihr also weiter wie üblich?‹ Er antwortete nur, es ginge darum, der angegriffenen Sowjetunion beizustehen. Du weißt schon, das Übliche. Darauf ich: ›Was ist mit den Juden in der Sowjetunion?‹ Er behauptete, das sei eine kapitalistische Lüge. Ich sagte: ›Oh, Jesus, nicht schon wieder.‹ Jedenfalls erteilte er mir eine ach so freundliche und ruhige Lektion darüber, daß man nicht in Panik geraten dürfe. Plötzlich hatte ich das Gefühl, daß entweder ich verrückt sei oder alle anderen. Ich sagte zu ihm: ›Hör mal, eine Sache müßt ihr ziemlich schnell kapieren, oder ihr habt keinen mehr in eurer Partei – ihr müßt lernen, die Wahrheit zu sagen und mit dieser ganzen konspirativen Heimlichtuerei und Lügerei aufzuhören.‹ Er meinte, ich sei verständlicherweise so aufgebracht, weil meine Freunde im Knast gewesen waren. Plötzlich wurde mir deutlich, daß ich kurz davor war, mich zu rechtfertigen und defensiv zu sein, obwohl ich ganz genau wußte, daß ich Recht hatte und er Unrecht. Ist das nicht *komisch*, Anna? Daß ich in der nächsten Minute angefangen hätte, mich vor *ihm* zu rechtfertigen? Ich habe mich gerade eben noch zurückgehalten. Ich bin schnell gegangen. Ich kam nach Hause und ging nach oben, um mich hinzulegen, so außer Fassung war ich.« Michael kam spät. Ich erzählte ihm, was Molly gesagt hatte. Er sagte zu mir: »Du trittst also aus der Partei aus?« Es klang, als täte es ihm trotz allem leid, wenn ich es täte. Dann sagte er sehr trocken: »Ist dir eigentlich klar, Anna, daß ihr, Molly und du, wenn ihr davon redet, aus der Partei auszutreten, immer von der Vorstellung ausgeht, daß der Austritt euch geradewegs in einen Sumpf moralischer Verworfenheit führen würde. Tatsache ist aber, daß buchstäblich Millionen völlig vernünftiger menschlicher Wesen aus der Partei ausgetreten sind (wenn sie nicht vorher schon umgebracht wurden) und daß sie ausgetreten sind, weil sie Mord, Zynismus, Entsetzen, Verrat hinter sich lassen wollten.« Ich sagte: »Vielleicht geht es überhaupt nicht darum?« »Worum dann?« Ich sagte zu ihm: »Vor einer Minute hatte ich den Eindruck, daß es dir leid getan hätte, wenn ich gesagt hätte, ich würde aus der Partei austreten.« Er lachte und bestätigte es damit; dann schwieg er eine Zeitlang, und dann sagte er, wieder lachend: »Vielleicht bin ich mit dir zusammen, Anna, weil es so schön ist, mit jemandem zusammenzusein, der von Glauben erfüllt ist, auch wenn man selber keinen hat?« »Glauben!« sagte ich. »Dein ernster Enthusiasmus.« Ich sagte: »Ich hätte meine Einstellung zur Partei wohl kaum in diesen Worten beschrieben.« »Ganz egal, du bist jedenfalls drin, und das ist mehr, als man von –« Er grinste, und ich sagte: »Von dir sagen kann?« Er schien sehr unglücklich und saß ruhig und nachdenklich da. Schließlich sagte er: »Nun ja, wir haben es versucht. Wir haben es wirklich versucht. Es hat nicht geklappt, aber . . . laß uns zu Bett gehen, Anna.«

Ich hatte einen wunderbaren Traum. Ich träumte von einem riesigen, ausgebreiteten, schönen Gewebe. Es war unglaublich schön, über und über mit Bildern bestickt. Die Bilder waren Illustrationen der Menschheitsmythen, aber es waren nicht einfach Bilder, es waren die Mythen selbst, das weiche schimmernde Gewebe lebte. Es hatte viele raffinierte, phantastische Farbtöne, aber der Gesamteindruck der ganzen Gewebefläche war Rot, ein changierendes, glühendes Rot. In meinem Traum faßte ich diesen Stoff an, befühlte ihn und weinte vor Freude. Ich schaute wieder hin und entdeckte, daß die Konturen des Stoffes einer Karte der Sowjetunion glichen. Er fing an zu wachsen; breitete sich aus, lappte nach außen wie eine sanfte, schimmernde

See. Umfaßte jetzt die Länder um die Sowjetunion herum – Polen, Ungarn etc., aber an den Rändern war er durchsichtig und dünn. Ich weinte immer noch vor Freude. Auch vor Furcht. Und nun breitete sich der weiche rotschimmernde Schleier über China aus und verdichtete sich über China zu einem harten, schweren, geronnenen Klumpen von Scharlachrot. Ich stand jetzt irgendwo draußen im All und konnte mich dadurch im All halten, daß ich mit meinen Füßen gelegentlich eine nach unten tretende Bewegung in der Luft machte. Ich stand in einem blauen Spiralnebel, während sich der Globus drehte, rotschattiert, dort, wo die kommunistischen Länder waren, und buntgemustert im übrigen Teil der Welt. Afrika war schwarz, aber ein tiefes, leuchtendes, aufregendes Schwarz, wie eine Nacht, in der der Mond dicht unter dem Horizont steht und bald aufgehen wird. Nun fürchtete ich mich sehr und fühlte mich elend, so als überkäme mich ein Gefühl, das ich nicht wahrhaben wollte. Ich fühlte mich zu elend und zu schwindelig, um hinunterzuschauen und zu sehen, wie die Welt sich dreht. Dann, wie in einer Vision, sehe ich – daß die Zeit verschwunden ist, und die ganze Geschichte des Menschen, die lange Menschheitsgeschichte in dem gegenwärtig ist, was ich jetzt sehe. Es ist wie eine große, erhabene Hymne der Freude und des Triumphes, in der Schmerz nur ein kleiner, lebhafter Kontrapunkt ist. Und ich schaue und sehe, daß in die roten Flächen, die verschiedenen leuchtenden Farben der anderen Teile der Welt eingedrungen sind. Die Farben schmelzen und fließen ineinander, unbeschreiblich schön, und die Welt wird ein Ganzes, eine einzige schöne, schimmernde Farbe, doch eine Farbe, die ich noch nie im Leben gesehen habe. Dies ist der Augenblick eines schier unerträglichen Glücks, das Glück scheint anzuschwellen, und plötzlich zerspringt alles, explodiert – und um mich plötzlich Frieden und Schweigen. Unter mir Schweigen. Die sich langsam drehende Welt löste sich langsam auf, zerfiel und flog in Bruchstücken davon, durch den ganzen Weltraum, und überall um mich her trieben schwerelose Bruchstücke, stießen gegeneinander und trieben davon. Die Welt war verschwunden, und es herrschte Chaos. Ich war allein im Chaos. Und sehr klar sagte eine sanfte Stimme in mein Ohr: Jemand hat einen Faden aus dem Stoff gezogen, und er hat sich ganz aufgelöst. Ich wachte froh und begeistert auf. Ich wollte Michael gern wecken, um ihm alles zu erzählen, aber ich wußte natürlich, daß ich das Gefühl, das ich im Traum gehabt hatte, nicht in Worten beschreiben konnte. Fast auf der Stelle begann die Bedeutung des Traumes zu verblassen; ich sagte mir, die Bedeutung verschwindet, rasch, pack sie; dann dachte ich, ich weiß gar nicht, was die Bedeutung ist. Die Bedeutung war verschwunden, aber ich war unbeschreiblich glücklich. Und ich setzte mich in der Dunkelheit neben Michael auf, ganz für mich allein. Und legte mich wieder hin und schlang meine Arme um ihn, da drehte er sich um und legte im Schlaf sein Gesicht auf meine Brüste. Da dachte ich: Die Wahrheit ist, daß ich mir aus politischen Ansichten, Philosophie und allem übrigen einen Dreck mache, alles, was mich interessiert, ist, daß Michael sich im Dunkel umdreht und sein Gesicht auf meine Brüste legt. Dann ließ ich mich wieder vom Schlaf davontragen. Heute morgen konnte ich mich deutlich an den Traum und meine Empfindungen dabei erinnern. Besonders erinnerte ich mich an die Worte: Jemand hat einen Faden aus dem Stoff gezogen, und er hat sich ganz aufgelöst. Tagsüber ist der Traum dann geschrumpft und dahingeschwunden, so daß er nun klein und hell und bedeutungslos ist. Heute morgen, als Michael in meinen Armen aufwachte, öffnete er die Augen und lächelte mich an. Das warme Blau seiner Augen, als er mich anlächelte. Ich dachte: In meinem Leben ist so vieles verzerrt und schmerzhaft gewesen, daß ich es jetzt, wo das Glück mich ganz durchströmt, als würde ich von warmem, glitzerndblauen Wasser überflutet, nicht glauben kann. Ich sage mir: Ich bin Anna Wulf, dies bin ich, Anna, und ich bin glücklich.

[Hier waren ein paar bekritzelte Blätter, datiert 11. November 1952, hineingeklebt.]

Treffen der Schriftstellergruppe gestern abend. Fünf von uns wollten Stalins Äußerungen zur Linguistik diskutieren. Rex, Literaturkritiker, schlägt vor, diese Abhandlung Satz für Satz vorzunehmen. George, ›proletarischer Schriftsteller‹ aus den ›Dreißigern‹, sagt Pfeife rauchend und offenherzig: »Lieber Gott, müssen wir das? War nie ein theoretischer Typ.« Clive, Kommunist, Pamphletist und Journalist, sagt: »Ja, wir müssen sie ernsthaft diskutieren.« Dick, der sozialistisch-realistische Romanschriftsteller, sagt: »Wir sollten zumindest die Hauptpunkte in den Griff bekommen.« Also fängt Rex an. Er spricht von Stalin in dem einfachen respektvollen Ton, der uns seit Jahren vertraut ist. Ich denke: Wenn wir uns in einer Kneipe oder auf der Straße treffen würden, würden wir alle, die wir hier versammelt sind, einen ganz anderen Ton anschlagen – einen trockenen, schmerzlichen. Wir schweigen, während Rex eine kurze Einführungsrede hält. Dann erwähnt Dick, der gerade aus Rußland zurückgekommen ist (er ist ständig auf irgendeiner Reise in irgendein kommunistisches Land), eine Unterhaltung, die er in Moskau mit einem sowjetischen Schriftsteller über eine der barbarischeren Attacken Stalins gegen einen Philosophen geführt hatte: »Wir dürfen nicht vergessen, daß ihre Tradition der Polemik rauher und gewalttätiger ist als unsere.« Er hat den einfachen, offenherzigen, ich-bin-ein-guter-Kerl-Ton, den ich manchmal selber benutze: »Natürlich muß man daran denken, daß ihre Gesetzestradition ganz anders ist als die unsere«, etc. Ich fange an, mich jedesmal unbehaglich zu fühlen, wenn ich diesen Ton höre; vor ein paar

Tagen hörte ich mich ihn selber anschlagen und fing an zu stottern. Für gewöhnlich stottere ich nicht. Wir haben alle ein Exemplar der Abhandlung. Ich bin entmutigt, weil es mir unsinnig erscheint, aber bin philosophisch ungeschult (Rex dagegen ist es) und fürchte mich, dumme Bemerkungen zu machen. Aber es ist mehr als das. Ich bin in einem Zustand, der mir immer vertrauter wird: Wörter verlieren plötzlich ihre Bedeutung. Ich ertappe mich dabei, wie ich einem Satz, einem Ausdruck, einer Wortgruppe zuhöre, als wären sie aus einer fremden Sprache – die Kluft zwischen dem, was sie sagen sollen und was sie in Wirklichkeit sagen, scheint unüberbrückbar. Ich denke an die Romane über den Zusammenbruch der Sprache – Finnegans Wake zum Beispiel. Und an die vorwiegende Beschäftigung mit Semantik. Die Tatsache, daß Stalin sich überhaupt die Mühe macht, eine Abhandlung zu diesem Thema zu schreiben, ist einfach ein Zeichen für die allgemeine Unsicherheit über Sprache. Aber was für ein Recht habe ich, irgend etwas zu kritisieren, wenn mir Sätze aus dem schönsten Roman idiotisch erscheinen können? Nichtsdestoweniger erscheint mir diese Abhandlung plump, ich sage: »Vielleicht ist die Übersetzung schlecht.« Ich bin bestürzt, daß das so apologetisch klingt. (Ich weiß, wenn ich mit Rex allein wäre, dann wäre das nicht apologetisch.) In derselben Sekunde wird mir klar, daß ich das zum Ausdruck gebracht habe, was alle fühlen, daß die Abhandlung nämlich tatsächlich schlecht ist. Jahrelang haben wir über Abhandlungen, Artikel, Romane, Proklamationen aus Rußland gesagt: »Vermutlich ist die Übersetzung schlecht.« Und nun muß ich mit mir kämpfen, um sagen zu können: »Diese Abhandlung ist schlecht.« Ich bin erstaunt, wie stark mein Widerstand dagegen ist. (Ich frage mich, wie viele wohl zu solchen Zusammenkünften kommen, fest entschlossen, ihr Unbehagen, ihren Abscheu auszudrükken, und dann doch zum Schweigen gebracht werden, von diesem merkwürdigen Verbot, kaum hat die Sitzung angefangen?) Schließlich – mein Ton klingt eine Spur nach ›Klein-Mädchen‹-Ton, er hat eine charmante Note – sage ich: »Hört mal, ich habe nicht das Zeug, die Sache vom philosophischen Standpunkt aus zu beurteilen, aber dieser Satz hier ist zweifellos ein Schlüsselsatz, der Ausdruck: ›weder Überbau noch Basis‹ – ist bestimmt ganz aus dem marxistischen Kanon, ein völlig neuer Gedanke, oder er ist eine Ausflucht. Oder schlicht und einfach Arroganz.« (Ich bin erleichtert, daß mein Ton, als ich fortfahre, seinen entwaffnenden ›Charme‹ verliert und ernst, wenn auch übererregt wird.) Rex errötet, dreht die Abhandlung in seinen Händen und sagt: »Ja, ich muß zugeben, diesen Satz fand ich ziemlich . . .« Schweigen – dann sagt George freimütig derb: »Dieser ganze theoretische Kram ist mir einfach zu hoch.« Jetzt sehen wir alle befremdet aus – mit Ausnahme von George. Eine Menge Genossen haben jetzt diese laxe Haltung, eine Art bequemes Spießbürgertum. Sie ist aber inzwischen so zum Bestandteil von Georges Persönlichkeit geworden, daß er ganz zufrieden damit ist. Ich ertappe mich bei dem Gedanken: Na gut, das ist gerechtfertigt – er leistet so gute Arbeit für die Partei, und wenn es ihm auf diese Weise möglich ist, drin zu bleiben, dann ... Ohne wirklich zu beschließen, die Abhandlung nicht zu diskutieren, gehen wir darüber hinweg; und reden über allgemeine Angelegenheiten, über kommunistische Politik auf der Welt. Rußland, China, Frankreich, unser eigenes Land. Die ganze Zeit über denke ich: Und keiner von uns macht den Mund auf und sagt: Etwas ist grundlegend falsch; dabei läuft alles, was wir sagen, auf nichts anderes hinaus. Ich kann nicht aufhören, über das Phänomen nachzudenken, daß unsere Diskussionen auf einer völlig anderen Ebene liegen, wenn zwei von uns sich treffen, als wenn es drei sind. Zwei Leute, das heißt zwei Personen, die in einer kritischen Tradition stehen, reden über Politik, wie Menschen und nicht wie Kommunisten darüber reden würden. (Mit ›Menschen‹ im Unterschied zu ›Kommunisten‹ meine ich, daß sie von einem Außenseiter, der zuhört, abgesehen vom Jargon, nicht als Kommunisten erkannt werden würden. Kaum sind es mehr als zwei, herrscht ein völlig anderer Geist. Das gilt insbesondere für das, was über Stalin gesagt wird. Obwohl ich sehr wohl bereit bin, zu glauben, daß er ein Verrückter und ein Mörder ist (obwohl ich immer an das denke, was Michael sagt – daß dies nämlich eine Zeit ist, in der es unmöglich ist, die Wahrheit über irgend etwas zu wissen), höre ich es gern, wenn in diesem natürlichen, freundlichen, respektvollen Ton über ihn geredet wird. Es mag paradox klingen, aber wenn dieser Ton abgelegt werden würde, würde etwas sehr Wichtiges mit über Bord gehen, der Glaube nämlich an die Möglichkeiten der Demokratie, der Anständigkeit. Ein Traum wäre tot – zumindest für unsere Zeit.

Das Gespräch wurde planlos, ich erbot mich, Tee zu machen, alle waren froh, daß die Sitzung zu Ende ging. Ich machte Tee, und dann erinnerte ich mich an eine Geschichte, die mir letzte Woche zugeschickt worden war. Von einem Genossen, der irgendwo in der Nähe von Leeds lebt. Als ich sie zuerst las, glaubte ich, das sei eine Ironie-Übung. Dann hielt ich sie für eine sehr geschickte Parodie über eine gewisse Haltung, und zuletzt wurde mir klar, daß sie ernst gemeint war – das war in dem Moment, als ich mein Gedächtnis durchsuchte und gewisse eigene Phantasien herausklaubte. Was mir jedoch wichtig erschien, war, daß sie als Parodie, Ironie oder Ernst gelesen werden konnte. Mir scheint, daß diese Tatsache ein weiterer Ausdruck ist für die Zerstückelung von allem, für die schmerzhafte Auflösung von etwas, was meiner Ansicht nach zusammenhängt mit einem Prozeß, dem die Sprache unterworfen ist: der Ausdünnung der Sprache im Vergleich zur Dichte unserer Erfahrung. Wie auch immer, als ich den Tee gemacht hatte, sagte ich, ich wolle ihnen die Geschichte vorlesen.

[Hier sind mehrere Blätter von gewöhnlichem liniierten Schreibpapier einge-
klebt, herausgerissen aus einem blauen Schreibblock und mit einer sehr
ordentlichen sauberen Handschrift beschrieben.]

»Als Genosse Ted erfuhr, daß man ihn dazu ausersehen hatte, mit der
Lehrerdelegation in die Sowjetunion zu fahren, war er sehr stolz. Zuerst
konnte er es nicht glauben. Er fühlte sich einer solchen großen Ehre nicht
würdig. Aber er würde diese Chance, ins erste Arbeiterland der Welt zu
reisen, nicht versäumen! Schließlich kam der große Tag, und er versammelte
sich mit den anderen Genossen am Flughafen. Es waren drei Lehrer in der
Delegation, die keine Parteimitglieder waren, aber sie erwiesen sich gleichfalls
als feine Kerle! Ted fand den Flug über Europa hinweg hocherfreulich – seine
Aufregung stieg von Minute zu Minute, und als er sich schließlich in einem
sehr teuer ausgestatteten Hotelschlafzimmer in Moskau wiederfand, war er
vor Aufregung fast außer sich! Es war schon kurz vor Mitternacht, als die
Delegation ankam, also mußte die erste Erregung, endlich ein kommunistisches Land zu sehen, bis zum Morgen warten! Genosse Ted saß gerade an
dem großen Tisch – so groß, daß mindestens ein Dutzend Leute daran sitzen
konnten! –, der ihm im Schlafzimmer zur Verfügung stand, und schrieb
seinen Tagesbericht, da er entschlossen war, über jeden kostbaren Augenblick Buch zu führen – als es an der Tür klopfte. Er sagte: ›Herein bitte‹, in
der Erwartung, einen der Genossen aus der Delegation zu sehen, aber da
standen zwei junge Burschen, die Stoffmützen und Arbeiterstiefel trugen.
Einer von ihnen sagte: ›Genosse, komm bitte mit.‹ Sie hatten offene, einfache
Gesichter, und ich fragte nicht, wohin sie mich bringen würden. (Ich muß zu
meiner Schande gestehen, daß ich mich einen kurzen, füchterlichen Augenblick lang an all die Geschichten erinnerte, die wir in der kapitalistischen
Presse gelesen hatten – wir sind, ohne es zu wollen, alle von diesem Gift
infiziert!) Ich fuhr mit meinen beiden freundlichen Führern im Fahrstuhl
hinunter. Die Frau am Empfang lächelte mir zu und grüßte meine beiden
neuen Freunde. Ein schwarzes Auto wartete. Wir stiegen ein und saßen Seite
an Seite, ohne zu sprechen. Fast unmittelbar darauf waren die Türme des
Kreml vor uns. Es war also eine kurze Strecke gewesen. Wir fuhren durch die
großen Tore, und der Wagen hielt vor einer versteckten Seitentür. Meine
beiden Freunde stiegen aus dem Wagen und öffneten mir die Tür. Sie
lächelten: ›Komm mit, Genosse.‹ Wir gingen ein großartiges Marmortrep-
penhaus mit Kunstwerken zu beiden Seiten hinauf und bogen dann in einen
kleinen Seitenflur ab, der einfach und schlicht war. Wir standen vor einer
gewöhnlichen Tür, einer Tür wie jede andere. Einer meiner Führer klopfte.
Eine schroffe Stimme sagte: ›Herein.‹ Wieder lächelten mir die jungen
Burschen zu und nickten. Sie gingen Arm in Arm den Flur entlang davon.

Äußerst wagemutig betrat ich das Zimmer, aber irgendwie wußte ich schon, was ich zu sehen bekommen würde. Genosse Stalin saß hinter einem gewöhnlichen Schreibtisch, dem man ansah, daß er viel benutzt wurde, und rauchte in Hemdsärmeln eine Pfeife. ›Komm herein, Genosse, und setz dich‹, sagte er freundlich. Unbefangen setzte ich mich und blickte in das ehrliche, freundliche Gesicht mit den zwinkernden Augen. ›Danke, Genosse‹, sagte ich, ihm gegenübersitzend. Ein kurzes Schweigen trat ein, er lächelte und musterte mich. Dann sagte er: ›Genosse, du mußt mir verzeihen, daß ich dich so spät nachts störe . . .‹ ›Oh‹, unterbrach ich eifrig, ›die ganze Welt weiß doch, daß du ein Nachtarbeiter bist.‹ Er fuhr mit seiner rauhen Arbeiterhand über seine Stirn. Jetzt sah ich die Zeichen von Müdigkeit und Anspannung – für uns arbeitete er! Für die Welt! Ich war stolz und demütig. ›Ich habe dich so spät gestört, Genosse, weil ich deinen Rat brauche. Ich hörte, daß da eine Delegation von Lehrern aus deinem Land ist, da dachte ich, ich sollte die Gelegenheit ergreifen.‹ ›Ich bin zu jeder Auskunft bereit, Genosse Stalin . . .‹ ›Ich frage mich oft, ob ich im Hinblick auf unsere Politik in Europa, und insbesondere unsere Großbritannienpolitik, richtig beraten werde.‹ Ich schwieg still, aber ich war ungeheuer stolz – ja, dies ist ein wahrhaft großer Mann! Als wahrer kommunistischer Führer ist er bereit, sich sogar von ganz gewöhnlichen kleinen Parteimenschen wie mir beraten zu lassen. ›Ich wäre dir dankbar, Genosse, wenn du mir umreißen würdest, wie unsere Politik in Großbritannien sein müßte. Mir ist klar, daß sich eure Traditionen sehr von den unsrigen unterscheiden, und mir ist klar, daß unsere Politik diese Traditionen nicht berücksichtigt hat.‹ Nun war ich entspannt und fing an. Ich sagte ihm, daß ich oft das Gefühl hätte, daß es, was Großbritannien betrifft, in der Politik der Kommunistischen Partei der Sowjetunion viele Irrtümer und Fehler gäbe. Ich hätte das Gefühl, daß das an der Isolation läge, in die die Sowjetunion durch den Haß der kapitalistischen Mächte auf das aufblühende kommunistische Land getrieben würde. Genosse Stalin hörte zu, rauchte seine Pfeife und nickte des öfteren. Wenn ich zögerte, sagte er mehr als einmal: ›Bitte, fahr fort, Genosse, fürchte dich nicht, genau das zu sagen, was du denkst.‹ Und das tat ich. Ich redete etwa drei Stunden lang, ausgehend von einem kurzen analytischen Bericht der historischen Stellung der britischen KP. Einmal läutete er eine Glocke, und ein weiterer junger Genosse kam mit zwei Gläsern russischen Tees auf einem Tablett herein. Eines davon stellte er vor mich hin. Stalin trank schlückchenweise seinen Tee und nickte beim Zuhören. Ich umriß, was ich für die richtige England-Politik halten würde. Als ich geendet hatte, sagte er schlicht: ›Danke, Genosse. Ich sehe nun, daß ich sehr schlecht beraten worden bin.‹ Dann warf er einen Blick auf seine Uhr und sagte: ›Genosse, du mußt mich entschuldigen, aber ich habe noch viel zu arbeiten, bevor die Sonne aufgeht.‹ Ich stand auf. Er streckte mir die Hand hin. Ich schüttelte sie. ›Auf Wiedersehen, Genosse Stalin.‹ ›Auf Wiedersehen, mein guter Genosse aus England, und nochmals vielen Dank.‹ Wir lächelten uns wortlos an. Ich weiß, daß meine Augen feucht waren – ich werde stolz auf diese Tränen sein, solange ich lebe! Als ich ging, stopfte Stalin seine Pfeife nach, seine Augen bereits auf einen großen Stapel Papiere gerichtet, die seiner Durchsicht harrten. Ich ging hinaus. Das war der größte Augenblick meines Lebens. Die beiden jungen Genossen warteten auf mich. Wir tauschten ein Lächeln tiefen Verstehens. Unsere Augen waren feucht. Wir fuhren schweigend zum Hotel zurück. Nur einmal wurde gesprochen: ›Das ist ein großer Mann‹, sagte ich, und sie nickten. Im Hotel begleiteten sie mich zu meiner Zimmertür. Wortlos drückten sie mir die Hand. Dann kehrte ich zu meinem Tagebuch zurück. Nun hatte ich in der Tat etwas zu berichten! Und ich saß an meiner Arbeit, bis die Sonne aufging, und dachte an den größten Mann der Welt, der, kaum einen halben Kilometer entfernt, ebenfalls wach war und arbeitete, in seiner Obhut unser aller Schicksal!«

[Und nun wieder Annas Schrift:]

Als ich die Geschichte fertiggelesen hatte, sagte keiner etwas, bis George sagte: »Gutes, ehrliches Basiszeug.« Was alles heißen konnte. Dann sagte ich: »Ich erinnere mich daran, daß ich dieselbe Phantasie hatte, Wort für Wort, abgesehen davon, daß ich in meinem Fall auch noch die Europapolitik richtigstellte.« Plötzlich gab es ein lautes, unangenehmes Gelächter, und George sagte: »Ich dachte zuerst, das sei eine Parodie – gibt einem zu denken, nicht wahr?«

Clive sagte: »Ich erinnere mich, etwas gelesen zu haben, das aus dem Russischen übersetzt war – frühe dreißiger Jahre, glaube ich. Zwei junge Männer stehen auf dem Roten Platz, ihr Traktor ist zusammengebrochen, sie wissen nicht, warum er nicht mehr läuft. Plötzlich sehen sie eine vierschrötige Gestalt herankommen, die Pfeife raucht. ›Warum läuft er denn nicht mehr?‹ fragt er. ›Das ist unser Problem, Genosse, wir wissen nicht, was los ist.‹ ›Ihr wißt es also nicht, das ist schlimm!‹ Der vierschrötige Mann zeigt mit dem Pfeifenstiel auf irgendeinen Teil der Maschine: ›Habt ihr's *damit* schon versucht?‹ Die jungen Männer versuchen es, und der Traktor kommt dröhnend in Gang. Sie drehen sich um, um dem Fremden zu danken, der ihnen mit einem väterlichen Zwinkern in den Augen zusieht. Sie erkennen, daß es Stalin ist. Aber er hat sich schon abgewandt, die Hand zum Gruß erhoben, und geht weiter seinen einsamen Gang, über den Roten Platz zum Kreml hin.«

Wir lachen alle wieder, und George sagt: »Das waren noch Zeiten, da könnt ihr sagen, was ihr wollt. Also ich gehe nach Hause.«

Als wir uns trennten, war der Raum voller Feindseligkeit: Wir mochten uns gegenseitig nicht, und wir wußten es.

[Das gelbe Notizbuch ging weiter.]

DER SCHATTEN DER DRITTEN

Patricia Brent, die Chefredakteurin, schlug vor, Ella solle eine Woche in Paris verbringen. Und weil es Patricia war, war Ellas instinktive Regung, sofort abzulehnen. »Wir dürfen uns durch sie nicht unterkriegen lassen«, hatte sie gesagt, wobei ›sie‹ die Männer waren. Kurz, Patricia wollte Ella übereifrig im Club der verlassenen Frauen willkommen heißen; darin lag Freundlichkeit, aber auch eine persönliche Befriedigung. Ella sagte, sie meine, es sei eine Zeitverschwendung, nach Paris zu fahren. Der Vorwand war, daß sie mit dem Herausgeber eines vergleichbaren französischen Magazins sprechen müsse, um die Rechte für eine Fortsetzungsserie für England zu bekommen. Die Geschichte, sagte Ella, sei vielleicht das Richtige für die Hausfrauen von Vaugirard; aber sie sei nichts für die Frauen von Brixton. »Das sind kostenlose Ferien«, sagte Patricia säuerlich, weil sie wußte, daß Ella mehr ablehnte als nur eine Parisreise. Nach ein paar Tagen überlegte Ella es sich anders. Sie hatte sich daran erinnert, daß es jetzt über ein Jahr her war, seit Paul sie verlassen hatte, und daß alles, was sie tat, sagte oder fühlte, immer noch auf ihn bezogen war. Ihr Leben war um einen Mann herum geformt, der nicht zu ihr zurückkehren würde. Sie mußte sich freimachen. Dies war ein rein verstandesmäßiger Entschluß, der nicht von innen heraus kam. Sie war lustlos und matt. Es war, als wäre mit Paul nicht nur ihre ganze Fähigkeit, sich zu freuen, sondern auch ihr Wille dahingegangen. Sie sagte, sie würde nach Paris fahren, wie ein schlechter Patient, der letzten Endes einwilligt, seine Medizin zu nehmen, dem Doktor gegenüber aber darauf beharrt, daß es »mir natürlich überhaupt nichts nützen wird«.

Es war April, Paris wie immer bezaubernd; und Ella nahm ein Zimmer in dem bescheidenen Hotel auf dem Linken Ufer, in dem sie zuletzt vor zwei Jahren mit Paul gewohnt hatte. Sie richtete sich in dem Zimmer ein und ließ Platz für ihn. Erst als sie sah, was sie tat, kam ihr der Gedanke, daß es ganz verkehrt war, in diesem Hotel zu wohnen. Aber es schien ihr zu viel Mühe, es zu verlassen und ein anderes zu suchen. Es war noch früh am Abend. Unter ihren hohen Fenstern Paris, belebt von grünenden Bäumen und herumschlendernden Leuten. Es kostete Ella fast eine Stunde, sich aus dem Zimmer herauszubewegen und zum Essen in ein Restaurant zu gehen. Sie aß hastig, wobei sie sich ausgesetzt fühlte; und ging nach Hause, die Augen absichtlich auf irgend etwas gerichtet. Trotzdem grüßten zwei Männer sie freundlich, und beide Male erstarrte sie in nervösem Ärger und ging mit hastigen Schritten weiter. Sie kam in ihrem Zimmer an und verschloß die Tür wie gegen eine Gefahr. Dann setzte sie sich ans Fenster und dachte, wie angenehm das Alleine-Essen vor fünf Jahren gewesen wäre, wegen der Einsamkeit und der Möglichkeit einer Begegnung; und wie herrlich der Heimweg vom Restaurant allein. Sicher hätte sie mit dem einen oder dem anderen der beiden Männer eine Tasse Kaffee oder ein Glas Wein getrunken. Was war also mit ihr geschehen? Es stimmte, daß sie sich mit Paul dazu erzogen hatte, wegen seiner Eifersucht niemals, nicht einmal beiläufig, einen Mann anzusehen; sie war, mit ihm zusammen, wie ein behütetes Heimchen aus einem romanischen Land. Aber sie hatte sich eingebildet, daß das eine rein äußerliche Anpassung sei, mit dem Ziel, ihn vor selbstverursachtem Schmerz zu bewahren. Nun entdeckte sie, daß sich ihre gesamte Persönlichkeit gewandelt hatte.

Eine Zeitlang saß sie lustlos am Fenster, beobachtete die dunkelnde, aber blühende Stadt und sagte sich, sie sollte durch die Straßen gehen und sich zwingen, mit anderen Leuten zu reden; sie sollte sich aufgabeln lassen und ein bißchen flirten. Aber ihr war klar, daß sie unfähig war, die Hoteltreppe hinunterzugehen, ihren Schlüssel abzugeben und auf die Straßen zu gehen, so als hätte sie gerade eine Gefängnisstrafe von vier Jahren in Einzelhaft abgesessen und hätte dann den Befehl bekommen, sich normal zu benehmen. Sie ging zu Bett. Sie konnte nicht schlafen. Sie schläferte sich wie immer ein, indem sie an Paul dachte. Seitdem er sie verlassen hatte, war sie nie mehr fähig gewesen, einen vaginalen Orgasmus zu bekommen; dagegen war es ihr möglich, zu einem jähen, vehementen äußerlichen Orgasmus zu gelangen, wobei ihre Hand zu Pauls Hand wurde. Und während sie es tat, betrauerte sie den Verlust ihres wirklichen Selbst. Sie schlief ein, übererregt, nervös, erschöpft, betrogen. Daß sie Paul so benutzte, brachte ihr sein ›negatives Selbst‹, den Mann voller Selbstmißtrauen, nahe. Der wirkliche Mann zog sich weiter und weiter von ihr zurück. Es wurde schwierig für sie, sich an die Wärme seiner Augen, den Humor seiner Stimme zu erinnern. Sie schlief neben einem Gespenst der Niederlage; und das Gespenst trug, selbst wenn sie aus Gewohnheit kurz erwachte, um ihre Arme zu öffnen, damit er seinen Kopf auf ihre Brust oder sie ihren Kopf auf seine Schulter legen konnte, ein kleines, bitteres, selbstironisches Lächeln zur Schau. Aber im Traum, wenn sie schlief, war er in den verschiedenen Masken, die er wählte, stets wiederzuerkennen, weil sein Bild voller Wärme, voller ruhiger Männlichkeit war; erwachte sie, blieb ihr nichts zurück als quälende Schemen.

Am nächsten Morgen schlief sie zu lange, wie immer, wenn sie von ihrem Sohn fort war. Sie wachte mit dem Gedanken auf, daß Michael vor Stunden aufgestanden, sich angezogen und mit Julia gefrühstückt haben mußte; bald mußte er seine Mittagspause in der Schule haben. Dann sagte sie sich, daß sie nicht nach Paris gekommen war, um im Geiste die verschiedenen Abschnitte im Tageslauf ihres Sohnes zu verfolgen; sie erinnerte sich daran, daß draußen, unter einer unbeschwerten Sonne, Paris lag und auf sie wartete. Und es war Zeit für sie, sich für ihre Verabredung mit dem Herausgeber anzukleiden.

Die Büros von *Femme et Foyer* lagen auf der anderen Seite des Flusses, mitten in einem uralten Gebäude, das man dort betreten mußte, wo einst Kutschen und noch vor ihnen Soldatentrupps im Dienste von Privatpersonen sich unter einem edlen, in Stein gemeißelten Eingangstor hindurchgezwängt hatten. *Femme et Foyer* erstreckte sich über ein Dutzend nüchtern-moderne und kostspielige Räume in zerfallenden Mauern, die selbst jetzt noch nach Kirche, nach Feudalismus rochen. Ella, die erwartet wurde, wurde in Monsieur Bruns Büro geführt und von Monsieur Brun, einem großen, wohlgepflegten, ochsenähnlichen jungen Mann empfangen, der sie mit einem Exzeß an guten Manieren begrüßte, die aber dennoch nicht hinreichten, seinen Mangel an Interesse für Ella und den vorgeschlagenen Handel zu verbergen. Sie müsse unbedingt mit ihm ausgehen und einen Aperitif nehmen. Robert Brun kündigte einem halben Dutzend hübscher Sekretärinnen an, er würde, da er mit seiner Verlobten zu Mittag speise, nicht vor drei Uhr zurücksein, und bekam von den Damen viele beglückwünschende und verständnisvoll lächelnde Blicke geschenkt. Ella und Robert Brun gingen durch den ehrwürdigen Hof, tauchten aus dem uralten Torweg auf und machten sich auf den Weg zum Café. Unterdessen erkundigte sich Ella höflich nach seiner geplanten Heirat. Sie wurde in fließendem, korrekten Englisch informiert, daß seine Verlobte entsetzlich hübsch, intelligent und begabt sei. Er würde sie nächsten Monat heiraten, und sie seien nun damit beschäftigt, ihre Wohnung einzurichten. Elise (er sprach den Namen mit einem bereits geübten Besitzanspruch, ernst und förmlich aus) verhandelte gerade in dem Augenblick wegen eines gewissen Teppichs, auf den sie beide versessen waren. Sie, Ella, hätte die Ehre, sie persönlich kennenzulernen. Ella beeilte sich, ihm zu versichern, sie wäre entzückt, und gratulierte ihm nochmals. Inzwischen hatten sie das Fleckchen sonnenbeschirmten, tischewimmelnden Trottoirs erreicht, wo sie sich bewirten lassen wollten, hatten sich gesetzt und Pernods bestellt. Dies war der geeignete Augenblick fürs Geschäft. Ella war in einer ungünstigen Position. Sie wußte, daß Patricia Brent, diese unbezähmbar provinzielle Matrone, entzückt wäre, wenn sie mit den Rechten für die Fortsetzungsserie *Comment J'ai fui un Grand Amour* zurückkehren würde. Für sie bedeutete das Wort *französisch* so viel wie ein Gütezeichen: diskret, aber authentisch amorös, elegant, kultiviert. Für sie würde die Floskel: mit freundlicher Genehmigung der Pariser *Femme et Foyer*, genau dieselbe exklusive Würze ausströmen wie ein teures französisches Parfüm. Dennoch wußte Ella, daß Patricia ihr, wenn auch widerwillig, beipflichten würde, daß die Geschichte überhaupt nicht geeignet war, sobald sie sie wirklich gelesen hatte (in der Übersetzung – denn sie konnte kein Französisch). Ella konnte sich, falls sie sich dazu entscheiden sollte, als Beschützerin Patricias gegen ihre eigene Schwäche betrachten. Tatsächlich hatte Ella aber überhaupt nicht die Absicht, die Geschichte zu kaufen, hatte nie die geringste Absicht gehabt; und deswegen vergeudete sie die Zeit dieses unglaublich gutgenährten, gutgewaschenen und korrekten jungen Mannes. Sie müßte sich eigentlich deswegen schuldig fühlen; aber sie tat es nicht. Wenn sie ihn gemocht hätte, wäre sie zerknirscht gewesen: Wie die Dinge nun einmal lagen, betrachtete sie ihn als eine Spezies hochtrainierten Mittelstandstieres und war bereit, ihn zu benutzen: Sie war derart reduziert als unabhängiges Wesen, daß sie nicht imstande war, es zu genießen, in der Öffentlichkeit ohne den Schutz eines Mannes an einem Tisch zu sitzen, und dieser Mann hier tat es genauso gut wie irgendein anderer. Der Form halber fing sie an, Monsieur Brun zu erklären, wie die Geschichte für England bearbeitet werden müßte. Es ging um eine junge arme Waise, die um eine schöne Mutter trauerte, welche durch einen gefühllosen Ehemann ein frühes Grab gefunden hatte. Diese Waise war in einem Kloster von guten Schwestern aufgezogen worden. Trotz ihrer Frömmigkeit war sie im Alter von fünfzehn Jahren von dem herzlosen Gärtner verführt worden und war, unfähig, den unschuldigen Nonnen gegenüberzutreten, nach Paris geflohen, wo sie sich, schuldig, doch äußerst unschuldigen Herzens, an einen Mann nach dem anderen klammerte und von allen betrogen wurde. Schließlich, zwanzig Jahre alt, mit einem unehelichen Kind, das bei einer anderen Schar guter Schwestern in Pflege gegeben war, begegnete sie einem Bäckergehilfen, dessen Liebe sie sich nicht wert fühlte. Vor ihm, ihrer wahren Liebe, flüchtete sie sich, fast ununterbrochen schluchzend, in immer neue lieblose Umarmungen, trieb der Bäckergehilfe sie auf (aber erst nachdem genügend Worte gemacht wurden), verzieh ihr und versprach ihr ewige Liebe, Leidenschaft und Schutz. »Mon amour«, endete dieses Epos, »mon amour, als ich von dir fortlief, wußte ich nicht, daß ich vor meiner wahren Liebe floh.«

»Verstehen Sie«, sagte Ella, »das ist typisch französischer Geschmack, wir müßten das Ganze umschreiben.«

»Ja, wirklich? Wie meinen Sie das?« Die runden vorstehenden, dunkelbraunen Augen waren beleidigt. Ella unterdrückte eine taktlose Bemerkung – sie wollte gerade den Stil, diese Mischung aus Religiosität und Erotik, bemängeln – als ihr einfiel, daß Patricia Brent in genau derselben Weise erstarren würde, wenn jemand, Robert Brun zum Beispiel, gesagt hätte: »Das ist typisch englischer Geschmack.«

Robert Brun sagte: »Ich fand die Geschichte sehr traurig; sie ist psychologisch sehr genau.«

Ella bemerkte: »Die Geschichten, die für Frauenzeitschriften geschrieben werden, sind psychologisch immer genau. Die Frage ist aber, auf welchem Niveau sie genau sind?«

Sein Gesicht, seine runden Augen waren vorübergehend starr vor Ärger und Unverständnis. Dann sah Ella, wie er seine Augen abwandte und den Bürgersteig entlangwandern ließ: die Verlobte war überfällig. Er sagte: »Aus Mrs. Brents Brief habe ich geschlossen, daß sie sich entschieden hat, die Geschichte zu kaufen.« Ella sagte: »Wenn wir sie drucken würden, dann müßten wir sie umschreiben – ohne Klöster, ohne Nonnen, ohne Religion.« »Aber der Kernpunkt der Geschichte – da werden Sie mir doch sicher zustimmen? – ist das gute Herz des armen Mädchens. Im Grunde ist sie ein gutes Mädchen.« Er hatte begriffen, daß die Geschichte nicht gekauft werden würde; es war ihm ohnehin egal. Seine Augen konzentrierten sich jetzt auf ein schlankes, hübsches Mädchen, das am Ende des Bürgersteigs auftauchte; sie war vom Typ her Ella ziemlich ähnlich, hatte ein bleiches, kleines, spitzes Gesicht und weiches schwarzes Haar. Als das Mädchen herankam und Ella darauf wartete, daß er aufstehen und seine Verlobte begrüßen würde, dachte sie: Also ich könnte sein Typ sein, aber meiner ist er gewiß nicht. Aber im letzten Moment glitt sein Blick von ihr ab, und das Mädchen ging vorbei. Dann kehrte er zu seiner Inspektion des Bürgersteigendes zurück. Schau an, dachte Ella; *schau an* – und beobachtete, wie er detailliert, analytisch, sozusagen sinnlich eine Frau nach der anderen begutachtete, bis ihn die jeweilige Frau verärgert oder interessiert anschaute; worauf er seine Augen abschweifen ließ.

Schließlich tauchte eine Frau auf, die häßlich, aber attraktiv war; fahl, schwer gebaut, jedoch geschickt aufgemacht und sehr gut gekleidet. Es stellte sich heraus, daß das seine Verlobte war. Sie begrüßten sich mit der sanktionierten Freude eines Paares, dessen Verbindung allgemein bekannt ist. Aller Augen wandten sich, wie erwartet, dem glücklichen Paar zu, und die Leute lächelten. Dann wurde Ella vorgestellt. Nun ging die Unterhaltung in Französisch weiter. Es ging um den Teppich, der viel teurer war, als beide erwartet hatten. Aber er war gekauft. Robert Brun murrte und stieß Rufe aus; die zukünftige Madame Brun seufzte und flatterte mit den Wimpern über dunklen, schwarzumrandeten Augen und murmelte mit diskreter Herzensgüte, daß für ihn nichts zu gut sei. Ihre Hände berührten sich, und sie lächelten. Sein Lächeln war selbstgefällig; ihres zufrieden und eine Spur ängstlich. Noch bevor die Hände sich getrennt hatten, waren seine Augen aus Gewohnheit in einem raschen Blick zum Ende des Bürgersteigs entwischt, wo ein hübsches Mädchen auftauchte. Er runzelte die Stirn und nahm sich zusammen. Das

Lächeln seiner zukünftigen Ehefrau gefror eine Sekunde lang, als sie es bemerkte. Reizend lächelnd jedoch setzte sie sich kurz darauf in ihrem Stuhl zurück und sprach reizend mit Ella darüber, wie kompliziert es doch sei, in diesen schweren Zeiten eine Wohnung einzurichten. Ihre Blicke zu ihrem Verlobten erinnerten Ella an die einer Prostituierten, die sie eines Abends spät in der Untergrundbahn in London gesehen hatte; ganz genauso hatte diese Frau einen Mann mit kurzen, diskreten, reizenden Blicken liebkost und aufgefordert.

Ella steuerte Fakten über Inneneinrichtung in England bei, während sie dachte: Jetzt bin ich die überzählige Dritte bei einem verlobten Paar. Ich fühle mich isoliert und ausgeschlossen. Ich fühle mich wieder ausgesetzt. In einer Minute werden sie aufstehen und mich verlassen. Und ich werde mich noch ausgesetzter fühlen. *Was ist mit mir geschehen?* Und trotzdem wäre ich lieber tot, als in der Haut dieser Frau zu stecken, das ist die Wahrheit.

Die drei blieben noch zwanzig Minuten beieinander. Die Verlobte war weiterhin lebhaft, weiblich, schelmisch und liebkosend zu ihrem Gefangenen. Der Verlobte blieb wohlerzogen und besitzergreifend. Nur seine Augen verrieten ihn. Und sie, seine Gefangene, ließ ihn auch nicht für eine Sekunde außer acht – ihre Augen folgten den seinen und nahmen seine ernste, sorgfältige (wenn auch nun notwendigerweise verkürzte) Begutachtung der vorübergehenden Frauen zur Kenntnis.

Diese Situation war Ella herzzerreißend klar; und, wie sie glaubte, sicherlich allen, die das Paar auch nur fünf Minuten genau beobachteten. Sie waren schon allzu lange ein Liebespaar. Sie hatte Geld, und das war notwendig für ihn. Sie war verzweifelt, angstvoll in ihn verliebt. Er mochte sie gern und zerrte schon an den Fesseln. Der große, gutgepflegte Ochse fühlte sich sogar schon unbehaglich, bevor sich die Schlinge um seinen Hals zusammengezogen hatte. In zwei, drei Jahren würden sie Monsieur und Madame Brun sein, in einer gutmöblierten Wohnung (von ihrem Geld, versteht sich), mit einem kleinen Kind und vielleicht auch einem Kindermädchen; sie einschmeichelnd und fröhlich und immer noch angstvoll; und er höflich, gutmütig, aber manchmal schlechtgelaunt, wenn ihn die Anforderungen seines Heimes von den Vergnügungen mit seiner Geliebten abhielten.

Obwohl Ella sich über jede Phase dieser Ehe so im klaren war, als läge sie in der Vergangenheit und als hätte man ihr davon erzählt; obwohl sie aus Mißfallen an der ganzen Situation gereizt war, fürchtete sie den Augenblick, in dem das Paar sich erheben und sie alleinlassen würde. Und das taten sie, mit ihrer ganzen bewundernswerten französischen Höflichkeit; er mit glatter und gleichgültiger, sie mit ängstlicher Höflichkeit, und mit einem Auge auf ihn, das sagte: Sieh, wie gut ich mich deinen Geschäftsfreunden gegenüber benehme. Und Ella würde am Tisch zurückgelassen, in einer Stunde, wo man

306

normalerweise in Gesellschaft zu Mittag aß, und sie fühlte sich, als sei ihr die Haut abgezogen. Auf der Stelle schützte sie sich durch die Vorstellung, Paul käme und würde sich neben sie setzen, dorthin, wo Robert Brun gesessen hatte. Sie merkte, daß jetzt, wo sie allein war, zwei Männer sie abschätzten, ihre Chancen abschätzten. Im nächsten Augenblick würde einer von ihnen herüberkommen, und sie würde sich dann *wie ein zivilisierter Mensch benehmen*, einen oder zwei Drinks zu sich nehmen, die Begegnung genießen und gestärkt und von Pauls Gespenst befreit, zum Hotel zurückkehren. Sie saß mit dem Rücken zu einem Kübel mit grünen Pflanzen. Die Sonnenblende über ihr hüllte sie mit einem warmen, gelben Leuchten ein. Sie schloß die Augen und dachte: Wenn ich meine Augen öffne, werde ich vielleicht Paul sehen. (Es erschien plötzlich undenkbar, daß er nicht irgendwo in der Nähe war und darauf wartete, zu ihr zu kommen.) Sie dachte: Was hat das für eine Bedeutung gehabt, daß ich sagte, ich liebe Paul – wenn ich mich durch sein Fortgehen fühle wie eine Schlange, deren Haut von einem Vogel fortgepickt wurde? Ich hätte sagen sollen, mein Zusammensein mit Paul habe im wesentlichen bedeutet, daß ich ich selbst blieb, unabhängig und frei. Ich habe nichts von ihm verlangt, sicherlich nicht eine Heirat. Und dennoch bin ich jetzt zerbrochen. Also war alles Täuschung. In Wirklichkeit habe ich bei ihm Schutz gesucht. Ich war nicht besser als diese andere ängstliche Frau, seine Frau. Ich bin nicht besser als Elise, Roberts zukünftige Frau. Muriel Tanner hat Paul gehalten, indem sie niemals Fragen gestellt hat, sich selbst ausgelöscht hat. Elise kauft Robert. Aber ich gebrauche das Wort ›Liebe‹ und halte mich für frei, in Wahrheit aber . . . eine Stimme in ihrer Nähe fragte, ob der Platz noch frei sei, Ella öffnete die Augen und sah einen kleinen, lebhaften, munteren Franzosen, der sich gerade setzte. Sie fand, daß er angenehm aussah, und beschloß sitzenzubleiben; sie lächelte nervös, sagte, sie fühle sich schlecht und habe Kopfschmerzen, stand auf und ging in dem Bewußtsein, sich wie ein erschrockenes Schulmädchen benommen zu haben.

Und nun faßte sie einen Entschluß. Sie ging quer durch Paris zum Hotel zurück, packte, schickte Julia ein Telegramm, ein weiteres an Patricia, und nahm den Bus zum Flughafen. In der Neun-Uhr-Maschine war noch ein Platz frei. Sie hatte also drei Stunden Zeit. Sie aß entspannt im Flughafenrestaurant – fühlte sich wieder sie selbst; ein Reisender hat das Recht, allein zu sein. Aus beruflichen Gründen las sie ein halbes Dutzend französischer Frauenzeitschriften und kreuzte Berichte und Geschichten an, die für Patricia Brent in Frage kommen konnten. Sie war nicht ganz bei der Sache; und ertappte sich bei dem Gedanken: Das einzige, was mir in meinem Zustand noch helfen kann, ist Arbeit. Ich werde einen neuen Roman schreiben. Der Haken ist, daß es beim letzten nie den Punkt gegeben hat, an dem ich mir gesagt habe: Ich werde einen Roman schreiben. Ich entdeckte, daß ich einen

Roman schrieb. Also gut, ich muß mich in dieselbe geistige Verfassung bringen – eine Art offene Bereitschaft, ein passives Warten. Dann werde ich mir vielleicht eines Tages plötzlich bewußt, daß ich am Schreiben bin. Aber im Grunde interessiert mich der Roman nicht – der andere interessierte mich im Grunde auch nicht. Angenommen, Paul hätte zu mir gesagt: Ich heirate dich, wenn du mir versprichst, niemals mehr ein Wort zu schreiben? Mein Gott, ich hätte es getan! Ich wäre bereit gewesen, Paul zu kaufen, so wie sich eine Elise Robert Brun kauft. Aber das wäre ein doppelter Betrug gewesen, weil der Akt des Schreibens unwesentlich war – es war kein schöpferischer Akt, sondern ein Akt der Niederschrift. Die Geschichte war ja bereits geschrieben, mit unsichtbarer Tinte . . . na, vielleicht ist irgendwo in mir noch eine Geschichte mit unsichtbarer Tinte aufgeschrieben . . . aber was ist der Kern der Sache? Ich bin unglücklich, weil ich irgendeine Art von Unabhängigkeit, irgendeine Freiheit verloren habe; aber mein ›Freisein‹ hat nichts mit dem Schreiben eines Romans zu tun; es hat mit meiner Haltung einem Mann gegenüber zu tun, und die hat sich als Selbstbetrug erwiesen, weil ich zerbrochen bin. Die Wahrheit ist, daß mir mein Glück mit Paul wichtiger war als alles andere, und wohin hat mich das gebracht? Ich bin allein, voller Angst, allein zu sein, hilflos, renne weg aus einer aufregenden Stadt, weil ich nicht die innere Kraft habe, jemanden anzurufen, dabei kenne ich ein Dutzend Leute, die erfreut wären, wenn ich es täte – oder zumindest sehr wahrscheinlich erfreut wären.

Was schrecklich ist, ist, daß mir nach Abschluß jeder einzelnen Phase meines Lebens nicht mehr zurückbleibt als eine banale Binsenweisheit: in diesem Fall, daß die Gefühle der Frauen immer noch einer Gesellschaft angepaßt sind, die es nicht mehr gibt. Meine tiefen, meine wahren Gefühle haben mit meiner Beziehung zu einem Mann zu tun. Einem einzigen Mann . . . Aber so ein Leben lebe ich nicht, und ich kenne nur wenige Frauen, die es tun. Also ist das, was ich fühle, irrelevant und albern . . . Ich komme immer zu dem Schluß, daß meine wahren Gefühle töricht sind, ich muß mich gewissermaßen immer auslöschen. Es wäre besser, ich wäre ein Mann, würde mich mehr für meine Arbeit als für Menschen interessieren; es wäre besser, ich würde meine Arbeit an die erste Stelle setzen und die Männer nehmen, wie sie kommen, oder mir einen gewöhnlichen, bequemen Mann suchen, der mich ernährt – aber ich will es nicht, ich kann so nicht sein . . .

Der Lautsprecher rief die Flugnummer aus; und Ella ging mit den anderen über das Flugfeld und stieg ins Flugzeug. Sie setzte sich und stellte fest, daß eine Frau neben ihr saß und daß sie erleichtert war, daß es eine Frau war. Vor fünf Jahren hätte sie es bedauert. Das Flugzeug rollte vorwärts und ging auf Startgeschwindigkeit. Die Maschine vibrierte und wurde immer schneller; schien sich vor Anstrengung, in die Luft zu kommen, nach oben zu biegen und verlangsamte sich dann. Es stand dröhnend einige Minuten vergeblich da. Etwas stimmte nicht. Die Passagiere, in dem zitternden Metallbehälter eng zusammengepfercht, sahen sich verstohlen in die hellbeleuchteten Gesichter, um zu prüfen, ob sich ihre eigene Beunruhigung darin widerspiegelte; sahen ein, daß ihre eigenen Gesichter schützende Masken der Sorglosigkeit sein mußten; fielen privaten Ängsten anheim und warfen der Stewardeß, deren beiläufiger Gesichtsausdruck übertrieben zu sein schien, Blicke zu. Dreimal jagte das Flugzeug nach vorn, sammelte sich für den Aufstieg, verlangsamte und stand dröhnend da. Dann rollte es zurück zum Flughafengebäude, und die Passagiere wurden aufgefordert, auszusteigen und zu warten, bis die Mechaniker »einen kleinen Fehler in der Maschine behoben hätten«. Die ganze Schar zog zum Restaurant zurück, wo äußerlich höfliche, aber Ärger ausstrahlende Beamte ankündigten, daß ein Essen serviert werden würde. Anna saß gelangweilt und verärgert allein in einer Ecke. Nun war es eine schweigende Gesellschaft, die über ihr Glück nachdachte, daß der Maschinenschaden rechtzeitig entdeckt worden war. Sie aßen alle, um die Zeit auszufüllen, bestellten Drinks und schauten aus dem Fenster, dorthin, wo sich Mechaniker unter hellem Scheinwerferlicht um ihr Flugzeug scharten.

Ein bestimmtes Gefühl ließ Ella nicht los, und als sie es prüfte, zeigte sich, daß es Einsamkeit war. Als wäre zwischen ihr und den anderen Leuten ein Raum mit kalter Luft, ein emotionales Vakuum. Sie hatte das Gefühl von physischer Kälte, von physischer Isoliertheit. Sie dachte wieder an Paul: so intensiv, daß es ihr unvorstellbar schien, daß er nicht einfach durch eine Tür hereinkam und auf sie zuging. Sie spürte, wie die Kälte, die sie umgab, in dem mächtigen Glauben, daß er bald bei ihr sein würde, auftaute. Nur mit Mühe brach sie diese Phantasie ab: Sie dachte, von Panik erfüllt, wenn ich nicht damit aufhören kann, ist das Wahnsinn, dann werde ich nie wieder ich selbst werden, werde ich mich nie mehr erholen. Es gelang ihr, die Immanenz Pauls zu verbannen; sie fühlte den frostigen Raum um sich herum sich wieder öffnen, blätterte in Kälte und Isoliertheit die Stapel französischer Zeitschriften durch und dachte an überhaupt nichts. In ihrer Nähe saß ein Mann, in medizinische Zeitschriften vertieft, wie sie erkennen konnte. Auf den ersten Blick sah man, daß er Amerikaner war; klein, breit, kräftig; mit braunem, kurzgeschnittenem, glänzendem, fellartigen Haar. Er trank Kurfruchtsaft, ein Glas nach dem anderen, die Verspätung schien ihn nicht beunruhigt zu haben. Einmal trafen sich ihre Augen, nachdem beide das Flugzeug draußen inspiziert hatten, das von Mechanikern umwimmelt wurde, und er sagte mit einem lauten Lachen: »Wir werden hier die ganze Nacht festsitzen.« Er kehrte zu seinen medizinischen Veröffentlichungen zurück. Es war jetzt nach elf, und sie waren die einzige Gruppe, die noch im Gebäude wartete. Plötzlich brach unten ein schrecklicher Lärm aus, französische Rufe und

Geschrei drangen an ihr Ohr: Die Mechaniker hatten Meinungsverschieden-
heiten und stritten sich. Einer, der offenkundig die Leitung hatte, mahnte
oder beschwerte sich bei den anderen mit viel Armwedeln und Achselzucken.
Die anderen brüllten zuerst zurück und wurden dann mürrisch. Und dann
verkrümelte sich die Gruppe zum Hauptgebäude und ließ den einen allein
unter dem Flugzeug zurück. Der, als er allein war, zunächst kräftig fluchte,
dann ein letztes Mal heftig und zornig die Achseln zuckte und schließlich den
anderen in das Gebäude folgte. Der Amerikaner und Ella wechselten wieder
Blicke. Er sagte, offenkundig amüsiert: »Das gefällt mir aber gar nicht«,
während die Stimme aus dem Lautsprecher sie aufforderte, ihre Plätze
einzunehmen. Ella und er gingen zusammen. Sie bemerkte: »Vielleicht sollten
wir uns weigern zu gehen?« Er ließ schöne, sehr weiße Zähne sehen, und
seine jungenhaften blauen Augen strahlten vor Begeisterung, als er sagte: »Ich
habe morgen früh eine Verabredung.« Offenbar war die Verabredung so
wichtig, daß sie die Gefahr des Absturzes rechtfertigte. Die Gesellschaft, von
der die meisten die Szene mit den Mechanikern beobachtet haben mußten,
kletterte gehorsam auf ihre Sitze zurück, offenbar total absorbiert von der
Notwendigkeit, gute Miene zum bösen Spiel zu machen. Selbst die äußerlich
ruhigen Stewardessen zeigten Nervosität. Im hellerleuchteten Innern des
Flugzeuges befanden sich vierzig Leute, denen die Angst im Nacken saß und
die damit beschäftigt waren, es nicht zu zeigen. Alle, dachte Ella, das heißt,
alle bis auf den Amerikaner, der nun neben ihr saß und bereits wieder in seine
medizinischen Bücher vertieft war. Was Ella betrifft, so war sie in das
Flugzeug geklettert wie in einen Hinrichtungsraum; aber sie dachte dabei an
das Achselzucken des verantwortlichen Mechanikers – genauso war ihr
zumute. Als das Flugzeug zu vibrieren begann, dachte sie: Ich werde sehr
wahrscheinlich sterben, und ich bin froh darüber.
    Im ersten Moment war diese Entdeckung ein Schock, dann nicht mehr. Sie
hatte es die ganze Zeit gewußt: Ich bin so ungeheuer erschöpft, so unendlich,
so durch und durch müde, in jeder Faser meines Wesens, daß das Wissen, daß
ich das Leben nicht weiter erdulden muß, wie eine Erlösung ist. Wie
merkwürdig! Und alle hier, möglicherweise mit Ausnahme dieses aufgedreh-
ten jungen Mannes, haben schreckliche Angst, daß das Flugzeug abstürzt,
und trotzdem sind wir alle gehorsam hineingetrottet. Also fühlen wir vielleicht alle dasselbe? Ella warf einen neugierigen Blick auf die drei Leute auf
der anderen Seite des Ganges; sie waren bleich vor Angst, Schweiß glänzte
auf ihrer Stirn. Das Flugzeug sammelte sich wieder für den Satz in die Luft.
Es donnerte die Rollbahn hinunter und hob sich dann stark vibrierend mit
Mühe in die Luft, wie eine müde Person. In einer sehr flachen Kurve hob
es sich über die Dächer; in einer sehr flachen Kurve stieg es, mühevoll Höhe
gewinnend, auf. Der Amerikaner sagte mit einem Grinsen: »Na also, wir

310

haben es geschafft«, und fuhr fort zu lesen. Die Stewardeß, die mit strahlendem Lächeln steif dagestanden hatte, wurde wieder lebendig und ging nach hinten, um noch ein Essen zuzubereiten, und der Amerikaner sagte: »Der zum Tode Verurteilte wird nun ein herzhaftes Mahl essen.« Ella schloß die Augen. Sie dachte: Ich bin ziemlich überzeugt, daß wir abstürzen, zumindest aber haben wir eine gute Chance dafür. Und was wird mit Michael? Ich habe nicht einmal an ihn gedacht – na ja, Julia wird sich schon um ihn kümmern. Der Gedanke an Michael war einen Augenblick lang ein Anreiz zum Leben, dann dachte sie: Es ist traurig, wenn eine Mutter bei einem Flugzeugabsturz stirbt, aber es richtet keinen Schaden an. Nicht wie ein Selbstmord. Wie merkwürdig! – man sagt, ›einem Kind das Leben schenken‹, dabei schenkt ein Kind seinen Eltern das Leben, wenn die Eltern nur deshalb leben wollen, weil Selbstmord das Kind verletzen würde. Ich möchte wissen, wie viele Eltern allein deswegen weiterleben, weil sie beschlossen haben, ihre Kinder nicht zu verletzen, auch wenn sie selbst kein Interesse am Leben haben. (Sie wurde jetzt schläfrig.) Nun ja, auf diese Weise wird mir die Verantwortung abgenommen. Natürlich hätte ich mich weigern können, das Flugzeug zu besteigen – aber Michael wird niemals etwas von der Szene mit den Mechanikern erfahren. Es ist alles vorbei. Mir ist, als wäre ich mit einer lastenden Müdigkeit geboren worden, als hätte ich sie mein Leben lang getragen. Nur einmal habe ich keine schwere Last bergauf gewälzt, das war, als ich mit Paul zusammen war. Aber jetzt, Schluß mit Paul, Schluß mit der Liebe und Schluß mit mir – wie langweilig diese Gefühle sind, in denen wir befangen sind, von denen wir uns nicht befreien können, wie sehr wir auch wollen . . . Sie konnte die Maschine ungestüm vibrieren fühlen. Sie wird in der Luft zerplatzen, dachte sie, und ich werde nach unten, in die Dunkelheit, ins Meer fortwirbeln wie ein Blatt, ich werde schwerelos in das schwarze, kalte, alles verschlingende Meer hinunterwirbeln. Ella schlief ein, und als sie aufwachte, merkte sie, daß das Flugzeug stillstand und der Amerikaner sie schüttelte. Sie waren gelandet. Es war schon ein Uhr morgens; und als die ganze Gesellschaft endlich am Ziel abgesetzt war, ging es auf drei zu. Ella war benommen, kalt, schwer vor Müdigkeit. Der Amerikaner war noch immer neben ihr, noch immer fröhlich und tatkräftig, sein breites rosiges Gesicht leuchtete vor Gesundheit. Er lud sie ein, in seinem Taxi mitzufahren; es waren nicht genug Taxis da für alle.

»Ich dachte, es wäre aus mit uns«, sagte Ella und merkte, daß ihre Stimme ebenso fröhlich und sorglos klang wie seine.

»Ja. Es sah wirklich so aus.« Er lachte, sämtliche Zähne zeigend. »Als ich den Burschen da drüben die Achseln zucken sah – dachte ich, Junge! das wär's. Wo wohnen Sie?« Ella sagte es ihm und fügte hinzu: »Haben Sie eine Unterkunft?« »Ich werde mir ein Hotel suchen.« »Um diese Nachtzeit wird das nicht leicht sein. Ich würde Sie bitten, bei mir zu übernachten, aber ich habe nur zwei Zimmer, und mein Sohn schläft in dem einen.« »Das ist wirklich reizend von Ihnen, danke, aber ich mache mir keine Sorgen.« Und er tat es nicht. Es würde bald dämmern; er hatte kein Hotel, in dem er schlafen konnte; und er war genauso aufgedreht und frisch wie am frühen Abend. Er setzte sie ab und sagte, er wäre glücklich, wenn sie mit ihm zu Abend essen würde. Ella zögerte, willigte dann ein. Sie wollten sich dazu am folgenden Abend oder, besser gesagt, an diesem Abend treffen. Ella stieg die Treppe hinauf und dachte, daß der Amerikaner und sie sich nichts zu sagen haben würden und daß der Gedanke an den kommenden Abend sie jetzt schon enervierte. Sie fand ihren Sohn schlafend in seinem Zimmer, das wie die Höhle eines jungen Tieres war; es roch nach gesundem Schlaf. Sie zog die Decken über ihm zurecht, setzte sich eine Weile und betrachtete das rosige junge Gesicht, das schon sichtbar war im kriechenden, grauen Morgenlicht, und sah den weichen Schimmer seines buschigen, braunen Haares. Sie dachte: Dem Typ nach gleicht er dem Amerikaner – beide sind vierschrötig, groß und mit festem rosa Fleisch bepackt. Dennoch stößt der Amerikaner mich physisch ab; trotzdem, ich habe keinen Widerwillen gegen ihn, so wie gegen den prächtigen jungen Ochsen Robert Brun. Weshalb nicht? Ella ging zu Bett, und zum erstenmal seit vielen Nächten beschwor sie nicht die Erinnerung an Paul herauf. Sie dachte daran, daß vierzig Leute, die sich bereits aufgegeben und totgeglaubt hatten, im Bett lagen, lebendig, über die ganze Stadt verstreut.

Ihr Sohn weckte sie zwei Stunden später, strahlend vor Überraschung, daß sie da war. Da sie offiziell noch im Urlaub war, ging sie nicht ins Büro, sondern benachrichtigte Patricia telefonisch, daß die Serie nicht gekauft war und daß Paris sie nicht erlöst hatte. Julia probte für ein neues Stück. Ella verbrachte den Tag mit Saubermachen, Kochen, Aufräumen; und sie spielte mit dem Jungen, als er von der Schule nach Hause kam. Es war schon spät, als der Amerikaner, der, wie sich herausstellte, Cy Maitland hieß, anrief, um ihr zu sagen, er stünde zu ihrer Verfügung: Was sie gern tun würde? Theater? Oper? Ballett? Ella sagte, daß es dafür schon zu spät sei, und schlug ein Essen vor. Er war sofort erleichtert: »Um Ihnen die Wahrheit zu sagen, Shows sind nicht meine Sache, ich gehe nicht oft zu Shows. Nun sagen Sie mir, wo Sie gerne essen würden?« »Möchten Sie in ein besonderes Restaurant gehen? Oder dahin, wo man Steaks oder irgend so etwas bekommen kann?« Wieder war er erleichtert. »Das ist mir sehr recht – ich hab' einen ziemlich simplen Geschmack in punkto Essen.« Ella nannte ein gutes, solides Restaurant und legte das Kleid weg, das sie zunächst für den Abend gewählt hatte: Es gehörte zu den Kleidern, die sie aus allen möglichen Hemmungen heraus mit Paul niemals getragen hatte; und die sie seitdem trotzig trug. Sie zog jetzt Rock und Bluse an und schminkte sich so, daß sie eher gesund als interessant aussah. Michael saß, von Comics umgeben, im Bett. »Warum gehst du aus, wenn du gerade erst nach Hause gekommen bist?« Er sprach in einem absichtlich bekümmerten Tonfall. »Weil mir danach ist«, sagte sie und grinste, auf seinen Ton eingehend. Er lächelte bewußt, runzelte dann die Stirn und sagte mit gekränkter Stimme: »Das ist nicht fair.« »Aber du wirst in einer Stunde schlafen – hoffe ich jedenfalls.« »Liest Julia mir vor?« »Aber ich habe dir doch schon stundenlang vorgelesen. Außerdem mußt du morgen in die Schule, und du mußt schlafen.« »Ich glaube, wenn du gegangen bist, kann ich sie dazu überreden.« »Davon solltest du mir lieber nichts erzählen, weil ich sonst böse werde.« Er sah sie verschmitzt an, saß da, gedrungen, massiv, rotbäckig, seiner selbst und seiner Welt in diesem Hause sehr sicher. »Warum hast du nicht das Kleid angezogen, das du eigentlich tragen wolltest?« »Ich habe beschlossen, statt dessen dieses hier anzuziehen.« »Frauen«, sagte der Neunjährige hoheitsvoll, »Frauen und ihre Kleider.« »Also, gute Nacht«, sagte sie, drückte ihre Lippen einen Augenblick an seine weiche, warme Wange und schnupperte genußvoll den frischen Seifengeruch seiner Haare. Sie ging hinunter. Julia saß in der Wanne. Sie rief: »Ich gehe weg!«, und Julia rief zurück: »Komm lieber bald nach Hause, du hast letzte Nacht überhaupt nicht geschlafen.«

Im Restaurant wartete Cy Maitland schon auf sie. Er sah frisch und vital aus. Seine Augen waren nicht von Schläfrigkeit getrübt; und Ella sagte, als sie sich neben ihn in den Sitz gleiten ließ und sich plötzlich müde fühlte: »Sie sind wohl überhaupt nicht schläfrig?« Er sagte sofort triumphierend: »Ich schlafe nie mehr als drei oder vier Stunden die Nacht.« »Und warum nicht?« »Weil ich nie dahinkomme, wo ich hin möchte, wenn ich die Zeit mit Schlafen vergeude.« »Erzählen Sie mir von sich«, sagte Ella, »dann erzähle ich Ihnen von mir.« »Schön«, sagte er. »Schön. Um die Wahrheit zu sagen, Sie sind mir ein Rätsel. Sie werden also eine Menge erzählen müssen.« Doch nun waren ihnen die Kellner scheinbar zu Diensten, und Cy Maitland bestellte »das größte Steak, das Sie im Lokal haben« und Coca Cola, keine Kartoffeln, weil er sechs Kilo abnehmen mußte, und Tomatensauce. »Trinken Sie nie Alkohol?« »Nie, nur Fruchtsaft.« »Ich fürchte, Sie müssen mir Wein bestellen.« »Mit Vergnügen«, sagte er und gab dem Kellner den Auftrag, eine Flasche »vom Besten« zu bringen. Als die Kellner gegangen waren, sagte Cy Maitland genußvoll: »In Paris geben sich die Garçons große Mühe, einen wissen zu lassen, daß man ein Bauer ist; aber wie ich sehe, lassen sie es einen hier merken, ohne sich anzustrengen.« »Sind Sie denn ein Bauer?« »Gewiß, gewiß«, sagte er, wobei seine schönen Zähne blitzten. »Jetzt wird es aber Zeit für Ihre Lebensgeschichte.« Dieses Thema beschäftigte sie bis zum Ende der Mahlzeit – die, was Cy betraf, in zehn Minuten beendet war. Aber er wartete zuvorkommend auf sie und beantwortete ihre Fragen. Er war als armer Junge geboren worden. Aber er war auch mit Verstand geboren worden und hatte von ihm Gebrauch gemacht. Stipendien und Zuschüsse hatten ihn dahin gebracht, wohin er wollte – er war ein Hirnchirurg auf seinem Weg nach oben, gutverheiratet, mit fünf Kindern, einer Position und einer großen Zukunft, auch wenn er das selber sagte. »Und was heißt das, ›ein armer Junge‹, in Amerika?« »Mein Papa hat sein ganzes Leben lang Damenstrümpfe verkauft und tut es immer noch. Ich sage nicht, daß einer von uns je gehungert hat, aber es gibt nirgends Hirnchirurgen in unserer Familie, darauf können Sie Gift nehmen.« Seine Prahlerei war so einfach, so ungekünstelt, daß es wiederum keine Prahlerei war. Und seine Vitalität fing an, Ella anzustecken. Sie hatte vergessen, daß sie müde war. Als er sagte, daß sie jetzt an der Reihe sei, ihm von sich zu erzählen, schob sie das, was, wie ihr jetzt klar wurde, eine Feuerprobe sein würde, auf. Zum einen ging ihr auf, daß ihr Leben, soweit es sie betraf, nicht in einfachen, sukzessiven Aussagen beschrieben werden konnte: Meine Eltern waren so und so; ich habe an den und den Orten gelebt; ich mache die und die Arbeit. Und zum anderen begriff sie, daß sie von ihm angezogen war, und diese Entdeckung hatte sie aus der Fassung gebracht. Als er seine große, weiße Hand auf ihren Arm legte, fühlte sie, wie ihre Brüste sich hoben und brannten. Ihre Schenkel waren naß. Aber sie hatte nichts mit ihm gemeinsam. Sie konnte sich nicht erinnern, jemals ein einziges Mal in ihrem Leben, eine physische Reaktion auf einen Mann verspürt zu haben, der ihr nicht in irgendeiner Weise verwandt war. Sie hatte immer auf einen Blick, ein Lächeln, den Klang einer Stimme, ein Lachen reagiert. Für sie war dieser Mann ein gesunder Wilder; und die Entdeckung, daß sie wünschte, mit ihm ins Bett zu gehen, brachte sie durcheinander. Sie war gereizt und ärgerlich; sie erinnerte sich, daß sie sich genauso gefühlt hatte, wenn ihr Mann versuchte, sie durch physische Manipulation zu erregen, obwohl sie selber keine Lust hatte. Mit dem Resultat, daß sie frigide wurde. Sie dachte: Ich könnte leicht eine frigide Frau sein. Dann war sie betroffen von der Komik der Situation: Hier saß sie, weich vor Sehnsucht nach diesem Mann und machte sich Sorgen über eine hypothetische Frigidität. Sie lachte, und er fragte: »Warum lachen Sie?« Sie antwortete aufs Geratewohl, und er sagte gutmütig: »O.k., Sie finden auch, daß ich ein Bauer bin. Na gut, für mich ist das o.k. Jetzt habe ich einen Vorschlag. Ich muß etwa zwanzig Telefonate machen, und ich möchte sie von meinem Hotel aus machen. Kommen Sie mit mir, ich mache Ihnen einen Drink, und wenn ich mit den Anrufen fertig bin, können Sie mir von sich erzählen.« Ella erklärte sich einverstanden; dann fragte sie sich, ob er das wohl als Bereitwilligkeit ihrerseits auslegte, mit ihm ins Bett zu gehen? Wenn ja, so ließ er sich nichts anmerken. Es fiel ihr auf, daß sie bei den Männern, denen sie in ihrer Welt begegnet war, aufgrund eines Blicks, einer Geste oder der Atmosphäre deuten konnte, was sie fühlten oder dachten; so daß Wörter ihr über diese Männer nichts sagten, was sie nicht schon wußte. Aber bei diesem Mann wußte sie überhaupt nicht, woran sie war. Er war verheiratet; aber sie wußte nicht so, wie sie es zum Beispiel bei Robert Brun gewußt hätte, was für eine Einstellung er zur Untreue hatte. Da sie nichts über ihn wußte, folgte daraus, daß er nichts über sie wußte: Er wußte zum Beispiel nicht, daß ihre Brustwarzen brannten. Sie stimmte daher, und zwar beiläufig, zu, mit ihm zu seinem Hotel zu gehen.

Er hatte ein Wohnschlafzimmer und ein Bad in einem teuren Hotel. Die Räume waren im Inneren des Gebäudes, mit Klimaanlage, fensterlos, klaustrophobisch, sauber und anonym möbliert. Ella fühlte sich im Käfig; aber er schien sich ganz heimisch zu fühlen. Er versorgte sie mit einem Whisky, zog dann das Telefon zu sich heran und machte, wie er gesagt hatte, etwa zwanzig Anrufe, ein Prozeß, der eine halbe Stunde dauerte. Ella hörte zu und nahm zur Kenntnis, daß er morgen mindestens zehn Termine hatte, inklusive vier Besuche von berühmten Londoner Kliniken. Als er mit den Anrufen fertig war, fing er an, in dem kleinen Zimmer überschwenglich auf- und abzuschreiten. »Junge«, rief er aus, »Junge! Ich fühle mich großartig.« »Was würden Sie jetzt tun, wenn ich nicht hier wäre?« »Ich würde arbeiten.« Ein großer Stapel von medizinischen Zeitschriften lag auf seinem Nachttisch, und sie sagte: »Lesen?« »Ja. Es gibt eine Menge zu lesen, wenn man auf dem laufenden bleiben möchte.« »Lesen Sie jemals etwas, das nichts mit Ihrer Arbeit zu tun hat?« »Nein.« Er lachte und sagte: »Für Kultur ist meine Frau zuständig. Ich habe keine Zeit.« »Erzählen Sie mir von ihr.« Sofort brachte er ein Foto zum Vorschein. Sie war eine hübsche Blondine, mit einem Kindergesicht, umringt von fünf kleinen Kindern. »Junge! Ist sie nicht hübsch? Sie ist das schönste Mädchen in der ganzen Stadt!« »Ist das der Grund, weshalb Sie sie geheiratet haben?« »Ja, natürlich . . .« Er bemerkte ihren Tonfall, lachte mit ihr über sich und sagte kopfschüttelnd, als staune er über sich selbst: »Natürlich! Ich sagte mir, ich werde das hübscheste, tollste Mädchen in dieser Stadt heiraten, und das habe ich getan. Genau das habe ich getan.« »Und Sie sind glücklich?« »Sie ist ein großartiges Mädchen«, sagte er sofort, begeistert. »Sie ist prächtig, und ich habe fünf prächtige Jungen. Ich wünschte, ich hätte ein Mädchen, aber meine Jungen sind prächtig. Ich wünschte mir, ich hätte mehr Zeit für sie, aber wenn ich mit ihnen zusammen bin, dann fühle ich mich prächtig.«

Ella dachte: Wenn ich jetzt aufstehe und sage, ich muß gehen, dann würde er einverstanden sein, ohne Groll, gutmütig. Vielleicht werde ich ihn wiedersehen. Vielleicht auch nicht. Keinem von uns macht es etwas aus. Aber jetzt muß ich die Führung übernehmen, weil er nicht weiß, was er mit mir anfangen soll. Ich sollte gehen – aber warum eigentlich? Erst gestern bin ich zu dem Schluß gekommen, daß es lächerlich ist, wenn Frauen wie ich Gefühle haben, die nicht zu unserem Leben passen. Ein Mann, jetzt, in dieser Situation, *ein Mann, wie ich einer wäre, wenn ich als Mann geboren wäre,* würde zu Bett gehen und nicht mehr daran denken. Er sagte: »Ella, jetzt habe ich von mir erzählt, und Sie sind eine verdammt gute Zuhörerin, muß ich sagen, aber wissen Sie, ich weiß nicht das mindeste von Ihnen, nicht das mindeste.«

Jetzt, dachte Ella. Jetzt.

Aber sie suchte Zeit zu gewinnen: »Wissen Sie, daß es schon nach zwölf ist?«

»Nein? Schon? Zu schade. Ich gehe nie vor drei oder vier ins Bett, und ich stehe um sieben auf, seit jeher.«

Jetzt, dachte Ella. Es ist lächerlich, dachte sie, daß es so schwierig sein soll. Das zu sagen, was sie jetzt sagte, war gegen ihre tiefsten Instinkte, und sie war erstaunt, daß es, dem Anschein nach, so beiläufig und nur leicht atemlos herauskam: »Würden Sie gern mit mir ins Bett gehen?«

Er sah sie grinsend an. Er war nicht überrascht. Er war – interessiert. Ja, dachte Ella, er ist interessiert. Nun, gut für ihn; sie mochte ihn deshalb. Plötzlich warf er seinen breiten, gesunden Kopf zurück und brüllte: »Junge, oh Junge, ob ich gern würde? Yes, Sir, Ella, wenn Sie das nicht gesagt hätten, hätte ich nicht gewußt, wie ich es sagen soll.«

»Ich weiß«, sagte sie und lächelte ruhig. (Sie konnte dieses ruhige Lächeln fühlen und wunderte sich darüber.) Sie sagte ruhig: »Also, *Sir,* ich finde, Sie sollten mir die Sache jetzt etwas erleichtern.«

Er grinste. Er stand ihr gegenüber, auf der anderen Seite des Zimmers; und sie sah ihn, ganz Fleisch, ein Körper mit warmem, vollem, üppigen Fleisch. Sehr gut, also, so würde es sein. (An diesem Punkt löste Ella sich von Ella, sie stand beobachtend und staunend neben sich.)

Sie stand lächelnd auf und zog ohne Hast ihr Kleid aus. Er zog lächelnd das Jackett aus und streifte das Hemd ab.

Im Bett ein köstlicher Schock von warmem, straffen Fleisch. (Ella stand neben sich und dachte ironisch: Na so was!) Er drang fast augenblicklich in sie ein und kam nach ein paar Sekunden. Sie wollte ihn gerade trösten oder taktvoll sein, als er sich auf den Rücken rollte, die Arme in die Höhe warf und ausrief: »Junge. Oh Junge!« (An diesem Punkt wurde Ella sie selbst, eine Person, beide dachten wie eine).

Sie lag neben ihm, die physische Enttäuschung zurückhaltend, und lächelte.

»Junge!« sagte er befriedigt. »Das liebe ich. Keine Probleme mit dir.«

Sie überdachte langsam, ihre Arme um ihn gelegt, was er gesagt hatte.

316

Dann fing er an, offenbar aufs Geratewohl von seiner Frau zu reden. »Weißt du was? Wir gehen zwei, drei Abende die Woche in den Club tanzen. Das ist der beste Club der Stadt. All die Jungs schauen zu mir her und denken: Glücklicher Kerl! Sie ist das hübscheste Mädchen da, sogar heute noch nach fünf Kindern. Sie glauben, wir haben einen Mordsspaß miteinander. Junge, und manchmal denke ich: Angenommen, ich würde es ihnen sagen – daß wir fünf Kinder haben. Und wir haben es fünfmal gemacht, seit wir verheiratet sind. Na gut, ich übertreibe, aber das kommt ungefähr hin. Sie hat kein Interesse, obwohl sie so aussieht.«

»Woran liegt das?« fragte Ella ruhig.

»Frag ich mich auch. Bevor wir geheiratet haben, als wir Dates hatten, da war sie ziemlich heiß. Junge, wenn ich daran denke!«

»Wie lange habt ihr – Dates gehabt?«

»Drei Jahre. Dann haben wir uns verlobt. Vier Jahre waren wir verlobt.«

»Und ihr habt nie miteinander geschlafen?«

»Miteinander geschlafen – oh, ich verstehe. Nein, sie hätte mich nicht gelassen, und ich hätte es nicht von ihr gewollt. Alles, nur nicht das eine. Und sie war damals heiß, Junge, wenn ich daran denke! Und dann, in den Flitterwochen, vereiste sie. Und jetzt rühre ich sie nie an. Na gut, wenn wir manchmal besoffen sind, nach einer Party.« Er stieß sein jugendliches, energiegeladenes Lachen aus, warf seine starken, braunen Beine in die Luft und ließ sie herunterfallen. »Und wir gehen tanzen, sie ist toll aufgemacht, und alle Jungs starren sie an und beneiden mich, und ich denke: Wenn ihr wüßtet!«

»Macht es dir nichts aus?«

»Klar, natürlich macht es mir was aus. Aber ich werde mich niemandem aufdrängen. Eben das mag ich an dir – laß uns ins Bett gehen, sagst du, und es ist herrlich und unkompliziert. Ich mag dich.«

Sie lag lächelnd neben ihm. Sein großer, gesunder Körper pulsierte vor Wohlgefühl. Er sagte: »Warte ein bißchen, ich mach's nochmal. Außer Übung, nehme ich an.«

»Hast du andere Frauen?«

»Manchmal. Wenn ich die Möglichkeit habe. Ich jage ihnen nicht nach. Hab' nicht die Zeit.«

»Zu beschäftigt, um dahin zu kommen, wo du hin willst?«

»Stimmt.«

Er faßte mit der Hand nach unten und befühlte sich.

»Möchtest du nicht lieber, daß ich das tue?«

»Was? Macht es dir nichts aus?«

»Ob es mir was ausmacht?« fragte sie lächelnd, auf ihren Ellbogen gestützt, neben ihm liegend.

»Meine Frau würde mich nicht anrühren. Frauen mögen das nicht.« Er stieß wieder ein brüllendes Gelächter aus. »Dir macht es also nichts aus?«

Nach einem Augenblick veränderte sich sein Gesichtsausdruck; er sah erstaunt und sinnlich aus. »Herrgott«, sagte er. »Herrgott. Oh, Junge!«

Sie geilte ihn auf und nahm sich Zeit dabei; und sagte dann: »Und hab es diesmal nicht dermaßen eilig.«

Er runzelte nachdenklich die Stirn; Ella konnte sehen, wie er darüber nachdachte; nun, er war nicht dumm – aber sie wunderte sich über seine Frau, über die anderen Frauen, die er gehabt hatte. Er drang in sie ein; und Ella dachte: Das habe ich nie zuvor getan – ich *schenke Lust*. Merkwürdig; ich habe nie zuvor diesen Ausdruck gebraucht, geschweige denn daran gedacht. Mit Paul bin ich in Dunkelheit versunken und habe aufgehört zu denken. Hier ist das Wesentliche, daß ich bewußt, geschickt und taktvoll bin – daß ich Lust schenke. Es hat nichts mit dem zu tun, was ich mit Paul erlebt habe. Aber ich bin im Bett mit diesem Mann, und dies ist Intimität. Er bewegte sich in ihr, zu schnell, wenig feinfühlig. Wieder kam sie nicht, und er röhrte vor Wonne, küßte sie und brüllte: »Oh, Junge, Junge, Junge!«

Ella dachte: Mit Paul wäre ich in der Zeit gekommen – was stimmt also nicht? Mir zu sagen, ich liebe diesen Mann nicht, kann doch nicht ausreichen als Erklärung? Sie verstand plötzlich, daß sie mit diesem Mann niemals kommen würde. Sie dachte: Für Frauen wie mich ist Integrität nicht Keuschheit, nicht Treue, überhaupt keiner dieser alten Begriffe. Integrität ist der Orgasmus. Das ist etwas, worüber ich keinerlei Kontrolle habe. Ich könnte mit diesem Mann niemals einen Orgasmus haben, ich kann Lust schenken, doch das ist auch alles. Aber warum kann ich keinen haben? Will ich damit sagen, daß ich nur mit einem Mann kommen kann, den ich liebe? Zu was für einer Art Einöde verdamme ich mich da, wenn das wahr ist?

Er war außerordentlich zufrieden mit ihr, überschwenglich dankbar, strahlend vor Wohlbehagen. Und Ella war begeistert über sich selbst, froh, daß sie ihn so glücklich machen konnte.

Als sie sich angezogen hatte, um nach Hause zu gehen, und nach einem Taxi telefonierte, sagte er: »Ich frage mich, wie es wäre, mit einer Frau wie dir verheiratet zu sein – *Herrgott!*«

»Hat es dir gefallen?« fragte Ella ruhig.

»Es wäre – Mensch! eine Frau, mit der man reden kann und obendrein solchen Spaß auf der Matte haben kann – Mensch, ich kann es mir nicht einmal vorstellen!«

»Redest du nicht mit deiner Frau?«

»Sie ist ein prächtiges Mädchen«, sagte er nüchtern. »Ich hab' sie und die Kinder schrecklich gern.«

»Ist sie glücklich?«

318

Diese Frage überraschte ihn so, daß er sich auf seinen Ellbogen aufstützte, um darüber und über sie nachzudenken – er runzelte die Stirn vor lauter Ernst. Ella entdeckte, daß sie ihn ungeheuer mochte; sie saß angekleidet auf der Bettkante und hatte ihn gern. Er sagte, nachdem er darüber nachgedacht hatte: »Sie hat das beste Haus in der Stadt. Sie bekommt alles, aber auch alles, was sie verlangt für das Haus. Sie hat fünf Jungen – ich weiß, sie möchte ein Mädchen, aber vielleicht nächstesmal . . . Sie amüsiert sich – wir gehen ein- oder zweimal die Woche tanzen, und sie ist immer das schickste Mädchen, wohin wir auch gehen. Und sie hat mich – und ich sage dir, Ella, ich will nicht angeben, ich kann es an deinem Lächeln sehen, wenn ich es sage – sie hat einen Mann, der seine Sache ziemlich gut macht.«

Nun holte er das Foto seiner Frau von seinem Platz neben dem Bett herunter und sagte: »Sieht sie etwa wie eine unglückliche Frau aus?« Ella blickte auf das hübsche kleine Gesicht und sagte: »Nein, das tut sie nicht.« Sie fügte hinzu: »Eine Frau wie deine könnte ich ebensowenig verstehen, wie ich fliegen könnte.«

»Nein, wenn ich darüber nachdenke, glaube ich nicht, daß du das könntest.«

Das Taxi wartete; und Ella küßte ihn und ging, nachdem er gesagt hatte: »Ich rufe dich morgen an. Junge – ich möchte dich wiedersehen.«

Ella verbrachte den folgenden Abend mit ihm. Nicht weil sie sich ein Vergnügen davon versprach, sondern weil sie ihn mochte. Und außerdem hatte sie das Gefühl, daß er verletzt sein könnte, wenn sie es ablehnen würde, ihn zu treffen.

Sie aßen wieder zusammen, im selben Restaurant (»Unser Restaurant, Ella«, sagte er sentimental; wie er gesagt haben würde: »Unsere Melodie, Ella.«) Er sprach über seine Karriere. »Und wenn du alle Examen bestanden und alle Konferenzen besucht hast, was dann?«

»Dann versuche ich, Senator zu werden.«

»Warum nicht gleich Präsident?«

Er lachte, gutmütig wie immer, mit ihr über sich selbst. »Nein, nicht Präsident. Aber Senator – ja. Ich sage dir, Ella, achte auf meinen Namen. In fünfzehn Jahren werde ich eine Koryphäe sein. Habe ich bis jetzt nicht alles erreicht, was ich erreichen wollte? Also weiß ich auch, was ich in Zukunft erreichen werde. Senator Cy Maitland, Wyoming. Wollen wir wetten?«

»Ich schließe nie Wetten ab, bei denen ich weiß, daß ich verliere.«

Er reiste am nächsten Tag in die Staaten zurück. Er hatte ein Dutzend Ärzte auf seinem Gebiet interviewt, ein Dutzend Kliniken besichtigt, vier Konferenzen besucht. Er war fertig mit England.

»Ich würde gern nach Rußland gehen«, sagte er. »Aber ich kann nicht, nicht wie die Dinge im Augenblick stehen.«

»Du meinst McCarthy?«

»Du hast also von ihm gehört?«

»Nun, ja, wir haben von ihm gehört.«

»Diese Russen, die sind ziemlich auf der Höhe in meinem Fach, ich habe alles von ihnen gelesen und hätte nichts gegen eine Reise – aber nicht, wie die Dinge im Augenblick stehen.«

»Wenn du Senator bist, wie wird dann deine Einstellung zu McCarthy sein?«

»Meine Einstellung? Du machst dich wieder über mich lustig?«

»Überhaupt nicht.«

»Meine Einstellung – also, er hat recht, wir können nicht zulassen, daß die Roten die Macht ergreifen.«

Ella zögerte, sagte dann ruhig: »Die Frau, mit der ich in einem Haus wohne, ist Kommunistin.«

Sie merkte, wie er erstarrte; dann dachte er darüber nach; dann lockerte er sich wieder. Er sagte: »Ich weiß, daß bei euch hier alles anders ist. Ich verstehe nichts davon. Ich finde nichts dabei, dir das zu sagen.«

»Das macht nichts.«

»Nein. Kommst du mit mir ins Hotel?«

»Wenn du magst.«

»Wenn ich mag!«

Wieder schenkte sie Lust. Sie mochte ihn, und das war alles.

Sie redeten über seine Arbeit. Er war dabei, sich auf Leukotomie zu spezialisieren: »Junge, ich habe buchstäblich Hunderte von Gehirnen entzweigeschnitten!«

»Beunruhigt dich nicht, was du tust?«

»Warum sollte es das?«

»Aber du weißt, wenn du die Operation beendet hast, dann ist das endgültig, die Leute werden nie wieder, wie sie vorher waren.«

»Aber das ist doch der Zweck des Ganzen, die meisten von ihnen wollen nicht wieder wie vorher sein.« Dann fügte er mit der Fairneß, die ihn charakterisierte, hinzu: »Aber ich gebe zu, manchmal, wenn ich bedenke, daß ich Hunderte gemacht habe und daß es endgültig ist, dann beunruhigt es mich doch.«

»Die Russen wären überhaupt nicht mit dir einverstanden«, sagte Ella.

»Nein. Deswegen würde ich ja auch gern hinfahren. Ich möchte herausfinden, was sie statt dessen tun. Sag mir, wie kommt es, daß du über Leukotomie Bescheid weißt?«

»Ich hatte mal eine Affäre mit einem Psychiater. Er war auch Neurologe. Aber kein Hirnchirurg – er sagte mir, daß er nie Leukotomie empfiehlt – oder nur in den seltensten Fällen.«

Er sagte plötzlich: »Seit ich dir gesagt habe, daß ich Spezialist für diese Operation bin, hast du mich nicht mehr so gern.«

Sie sagte nach einer kleinen Pause: »Nein. Aber ich kann nichts dagegen machen.«

Dann lachte er und sagte: »Du sagst, ich hatte einmal eine Affäre, einfach so?«

Ella hatte gedacht, wenn sie für Paul den Ausdruck ›Ich hatte mal eine Affäre‹ benutzte, dann wäre das genau das Äquivalent für ›ein ziemlich flatterhaftes Ding‹ – oder was für Wörter er auch immer gebraucht haben mochte, die dasselbe bedeuteten. Sie ertappte sich dabei, wie sie unwillkürlich dachte: Gut! er hat gesagt, ich bin so! Na gut, ich bin so, und ich bin froh darüber.

Cy Maitland sagte: »Hast du ihn geliebt?«

Das Wort ›Liebe‹ war vorher zwischen ihnen nicht gefallen; er hatte es im Zusammenhang mit seiner Frau nicht gebraucht.

Sie sagte: »Sehr.«

»Du möchtest nicht heiraten?«

Sie sagte ruhig: »Jede Frau möchte heiraten.«

Er stieß ein prustendes Lachen aus; dann wandte er sich um und sah sie listig an. »Ich verstehe dich nicht, Ella, weißt du das? Ich verstehe dich überhaupt nicht. Aber ich habe begriffen, daß du eine ziemlich unabhängige Frau bist.«

»Ja, ich nehme an, das bin ich.«

Jetzt legte er seine Arme um sie und sagte: »Ella, du hast mich einiges gelehrt.«

»Das freut mich. Ich hoffe, es war angenehm.«

»Ja, das war es auch.«

»Gut.«

»Machst du dich über mich lustig?«

»Nur ein bißchen.«

»Das ist in Ordnung, mir macht es nichts. Weißt du, Ella, ich habe heute ein paar Leuten gegenüber deinen Namen erwähnt, und sie haben gesagt, du hast ein Buch geschrieben.«

»Jeder hat ein Buch geschrieben.«

»Wenn ich meiner Frau erzählen würde, ich hätte eine wirkliche Schriftstellerin kennengelernt, würde sie nie darüber hinwegkommen, sie ist verrückt nach Kultur und solchen Sachen.«

»Vielleicht solltest du es ihr besser nicht erzählen.«

»Und wenn ich nun dein Buch lese?«

»Aber du liest doch keine Bücher.«

»Ich kann lesen«, sagte er gutgelaunt. »Wovon handelt es?«

»Nun . . . laß mich sehen. Es ist voller Lebenserfahrung und Integrität und diesem und jenem.«

»Du nimmst es nicht ernst?«

»Natürlich nehme ich es ernst.«

»O.k. – o.k. Du gehst doch nicht schon?«

»Ich muß – mein Sohn wacht in etwa vier Stunden auf, und im Gegensatz zu dir brauche ich Schlaf.«

»O.k. Ich werde dich nicht vergessen, Ella. Ich frage mich, wie es wäre, mit dir verheiratet zu sein.«

»Ich habe das Gefühl, es würde dir nicht sehr gefallen.«

Sie zog sich an; er lag bequem im Bett und beobachtete sie mit einem gescheiten und nachdenklichen Ausdruck.

»Dann würde es mir eben nicht gefallen«, sagte er, lachte und reckte seine Arme. »Wahrscheinlich wäre das tatsächlich so.«

»Ja.« Sie trennten sich voller Zuneigung.

Sie fuhr mit einem Taxi nach Hause und schlich die Treppe hinauf, um Julia nicht zu stören. Aber unter Julias Tür war Licht, und sie rief: »Ella?«

»Ja. War Michael brav?«

»Kein Pieps von ihm. Wie war's?«

»Interessant«, sagte Ella vorsichtig.

»Interessant?«

Ella ging ins Schlafzimmer. Julia lag rauchend und lesend auf ihren Kissen. Sie musterte Ella nachdenklich. Ella sagte: »Es war ein sehr netter Mann.«

»Das ist gut.«

»Und ich werde am Morgen äußerst deprimiert sein. Tatsächlich, ich fühle es schon kommen.«

»Weil er in die Staaten zurückgeht?«

»Nein.«

»Du siehst fürchterlich aus. Was ist los, war er im Bett nicht gut?«

»Nicht besonders.«

»Na und«, sagte Julia tolerant. »Möchtest du eine Zigarette?«

»Nein. Ich gehe schlafen, bevor es mich erwischt.«

»Es hat dich schon erwischt. Warum gehst du mit einem Mann ins Bett, der dich nicht anzieht?«

»Ich habe nicht gesagt, daß er mich nicht angezogen hat. Das Fatale ist, daß es keinen Zweck hat, daß ich mit einem anderen als mit Paul ins Bett gehe.«

»Du wirst darüber hinwegkommen.«

»Ja, natürlich. Aber es dauert lange.«

»Du mußt durchhalten«, sagte Julia.

»Das will ich«, sagte Ella. Sie sagte Gute Nacht und ging nach oben in ihre Zimmer.

[Das blaue Notizbuch ging weiter.]

15. September 1954

Gestern abend sagte Michael (ich hatte ihn eine Woche nicht gesehen): »So, Anna, unsere große Liebesaffäre geht also zu Ende?« Charakteristisch für ihn, daß er das als Frage formuliert: Er beendet sie zwar, redet aber so, als wäre ich es. Ich sagte lächelnd, aber ohne es zu wollen, ironisch: »Demnach ist es zumindest eine große Liebesaffäre gewesen?« Dann er: »Ach, Anna, du erfindest Geschichten über das Leben und erzählst sie dir, und du weißt nicht, was wahr ist und was nicht.« »Also haben wir keine große Liebesaffäre gehabt?« Dies kam atemlos und bittend; obwohl ich es nicht beabsichtigt hatte. Bei seinen Worten überkam mich ein schreckliches Angst- und Kältegefühl, so als würde er meine Existenz leugnen. Er sagte auf sonderbare Weise: »Wenn du sagst: wir haben, dann haben wir. Und wenn du sagst: nein, haben wir nicht, dann haben wir nicht.« »Was du fühlst, zählt also nicht?« »Ich? Aber Anna, warum sollte ich zählen?« (Dies war bitter und spöttisch, aber liebevoll.) Danach kämpfte ich gegen ein Gefühl an, das mich nach so einem Wortwechsel immer ergreift: das Gefühl der Unwirklichkeit, als verdünne sich die Substanz meines Selbst und löse sich auf. Und dann dachte ich, wie paradox es war, daß ich, um meine Fassung wiederzugewinnen, genau von der Anna Gebrauch machen mußte, die Michael am meisten mißfällt; von der kritischen und denkenden Anna. Also gut; er sagt, ich erfinde Geschichten über unser Zusammenleben. Ich werde, so wahrheitsgetreu ich kann, jede einzelne Phase eines bestimmten Tages aufschreiben. Des morgigen Tages. Wenn morgen zu Ende geht, werde ich mich hinsetzen und schreiben.

17. September 1954

Ich konnte gestern abend nicht schreiben, weil ich so unglücklich war. Und jetzt frage ich mich natürlich, ob die Tatsache, daß ich mich entschlossen hatte, mir all das, was gestern passiert ist, ganz bewußt zu machen, den Ablauf des Tages verändert hat. Daß ich bloß, weil ich bewußt gelebt habe, einen besonderen Tag daraus gemacht habe? Wie auch immer, ich werde es aufschreiben und sehen, wie es aussieht. Ich bin früh morgens, gegen fünf, angespannt aufgewacht, weil ich glaubte, durch die Wand zu hören, wie Janet sich in ihrem Zimmer bewegt. Aber sie muß sich bewegt haben und wieder eingeschlafen sein. Ein grauer Wasserstrom auf der Fensterscheibe. Das Licht grau. Die Umrisse der Möbel riesig im Zwielicht. Michael und ich lagen mit dem Gesicht zum Fenster, ich hatte meine Arme unter seiner Pyjamajacke um ihn geschlungen, meine Knie in seine Kniekehlen gepreßt. Eine starke, heilende Wärme von ihm zu mir. Ich dachte: Sehr bald wird er jetzt nicht mehr kommen. Vielleicht weiß ich, wann es das letztemal ist, vielleicht auch nicht. Vielleicht ist dies schon das letztemal? Aber es schien mir unmöglich, die beiden Gedanken miteinander zu verbinden: Michael warm, schlafend, in meinen Armen; und zu wissen, daß er bald nicht mehr da sein würde. Ich ließ meine Hand nach oben gleiten, das Haar auf seiner Brust fühlte sich geschmeidig, aber rauh an. Bei der Berührung empfand ich eine intensive Freude. Er fuhr hoch, da er spürte, daß ich wach war, und sagte scharf: »Anna, was ist los?« Seine Stimme kam mitten aus einem Traum, sie war angstvoll und zornig. Er drehte sich auf den Rücken und schlief wieder ein. Ich betrachtete sein Gesicht, um den Widerschein des Traumes darauf zu sehen; es war finster und verschlossen. Einmal, als er abrupt und angstvoll aus einem Traum aufgewacht war, hatte er gesagt: »Meine liebe Anna, wenn du darauf bestehst, mit einem Mann zu schlafen, der die Geschichte Europas während der letzten zwanzig Jahre ist, dann darfst du dich nicht beklagen, wenn er unruhige Träume hat.« Das hatte verärgert geklungen: Die Verärgerung rührte daher, daß ich nicht Teil jener Geschichte war. Dennoch weiß ich, daß einer der Gründe, weshalb er mit mir zusammen ist, der ist, daß ich nicht Teil davon war, und daß etwas in mir nicht zerstört worden ist. An diesem Morgen blickte ich in das angespannte schlafende Gesicht und versuchte wieder, mir vorzustellen, als hätte ich es selbst erlebt, was das bedeutete: »Sieben Mitglieder meiner Familie, einschließlich meiner Mutter und meines Vaters, sind in den Gaskammern ermordet worden. Die meisten meiner engen Freunde sind tot: Kommunisten, ermordet von Kommunisten. Die Überlebenden sind größtenteils Flüchtlinge, leben in fremden Ländern. Ich werde den Rest meines Lebens in einem Land leben, das niemals wirklich meine Heimat sein wird.« Aber wie üblich gelang es mir nicht, mir das vorzustellen. Das Licht war dick und schwer wegen des Regens draußen. Sein Gesicht lockerte und entspannte sich. Es war nun breit, ruhig, zuversichtlich. Ruhige, fest geschlossene Lider und über ihnen fein gezeichnete glänzende Brauen. Ich konnte ihn als Kind sehen, furchtlos, keck, mit einem klaren, offenen, lebhaften Lächeln. Und ich konnte ihn alt sehen: er wird ein aufbrausender, intelligenter, energievoller alter Mann sein, eingeschlossen in seine bittere, intelligente Einsamkeit. Ich war von einem Gefühl erfüllt, wie man, wie Frauen es für Kinder hegen: ein Gefühl wilden Triumphes: daß aller kommenden Unbill und der Last des Todes zum Trotz dieses menschliche Wesen hier existiert, ein Wunder atmenden Fleisches. Ich unterstützte dieses Gefühl, stärkte es gegen das andere, das mir sagte, daß er mich bald verlassen würde. Er muß es in seinem Schlaf gefühlt haben, denn er bewegte sich und sagte: »Schlaf, Anna.« Er lächelte, mit geschlossenen Augen. Das Lächeln war stark und warm; aus einer anderen Welt als der, in der er sagt: Aber Anna, weshalb sollte ich zählen? Ich dachte: ›Unsinn, natürlich wird er mich nicht verlassen.‹ Ich legte mich neben ihn auf den Rücken. Ich bemühte mich, nicht einzuschlafen, denn sehr bald würde Janet aufwachen. Das Licht im Zimmer war wie dünnes, graues Wasser, das sich bewegte, weil der Regen draußen auf den Scheiben herabströmte. Die Scheiben zitterten leicht. In windigen Nächten schlagen und rütteln sie, und doch wache ich nicht auf. Aber wenn Janet sich im Bett umdreht, dann wache ich auf.

Es muß gegen sechs Uhr sein. Meine Knie spannen sich. Ich bemerke, daß das, was ich Mother Sugar gegenüber als ›die Hausfrauenkrankheit‹ zu bezeichnen pflegte, von mir Besitz ergriffen hat. Die Spannung in mir, die so stark ist, daß der Frieden mich schon verlassen hat, kommt daher, daß dieser Strom eingeschaltet ist: Ich-muß-Janet-anziehen-ihr-Frühstück-machen-sie-zur-Schule-schicken-Michaels-Frühstück-machen-nicht-vergessen-daß-der-Tee-alle-ist-etc.-etc. Mit dieser sinnlosen, aber offenbar unvermeidlichen Spannung fängt auch schon die Erbitterung an. Erbitterung worüber? Über eine Ungerechtigkeit. Daß ich so viel Zeit mit Kleinigkeiten zubringen soll. Die Erbitterung richtet sich hauptsächlich gegen Michael; obwohl ich mit meinem Verstand weiß, daß das nichts mit Michael zu tun hat. Und dennoch nehme ich es ihm übel, daß ihm diese tägliche Last von Sekretärinnen, Krankenschwestern, Frauen mit den verschiedensten Berufen, die ihn umsorgen, abgenommen wird. Ich versuche, mich zu entspannen, den Strom abzuschalten. Aber meine Glieder schmerzen, und ich muß mich umdrehen. Da ist wieder eine Bewegung hinter der Wand – Janet wacht auf. Gleichzeitig rührt sich Michael, und ich spüre an meinem Hintern, wie er eine Erektion bekommt. Die Erbitterung nimmt folgende Form an: natürlich muß er sich gerade diesen Moment aussuchen, in dem ich verkrampft bin und auf Janet horche. Aber der Ärger bezieht sich nicht auf ihn. Vor langer Zeit, im Laufe der Sitzungen mit Mother Sugar, habe ich gelernt, daß Ärger und Erbitterung unpersönlich sind. Dies ist die Krankheit der Frauen in unserer Zeit. Ich kann sie täglich in den Frauengesichtern, in ihren Stimmen oder in den Briefen, die ins Büro kommen, entdecken. Die Emotion der Frau: Erbitterung über Ungerechtigkeit, ein unpersönliches Gift. Die Unglücklichen, die nicht wissen, daß sie unpersönlich ist, richten sie gegen ihre Männer. Die Glücklichen wie ich – bekämpfen sie. Es ist ein ermüdender Kampf. Michael nimmt mich von hinten, halb im Schlaf, heftig und stumm. Er nimmt mich auf unpersönliche Weise, also reagiere ich nicht, wie ich es tue, wenn er Anna liebt. Ich bin nur halb bei der Sache, weil ich daran denke, daß ich, wenn ich draußen Janets weiche Füße höre, aufstehen und durchs Zimmer gehen muß, um sie am Hereinkommen zu hindern. Sie kommt nie vor sieben herein; das ist die Regel; ich erwarte nicht, daß sie hereinkommt; trotzdem muß ich auf der Hut sein. Während mich Michael packt und in mir ist, gehen die Geräusche nebenan weiter, und ich weiß, daß er sie auch hört und daß seine Lust zum

Teil darin besteht, mich zu nehmen, wenn es riskant ist. Ich weiß, daß Janet, das kleine Mädchen, die Achtjährige, für ihn teils die Frauen – andere Frauen, die er betrügt, um mit mir zu schlafen – und teils das Kind repräsentiert, das Wesen des Kindes, gegen das er seine eigenen Lebensrechte durchsetzt. Er spricht von seinen eigenen Kindern nie ohne ein kleines, halb zärtliches, halb aggressives Lachen – nennt sie seine Erben und seine Meuchelmörder. Meinem Kind, dort, jenseits der Wand, nur wenige Meter von uns entfernt, wird er nicht gestatten, ihn um seine Freiheit zu bringen. Als wir fertig sind, sagt er: »Und nun, Anna, wirst du mich sicher wegen Janet verlassen?« Er klingt wie ein Kind, das sich um eines jüngeren Bruders oder einer Schwester willen zurückgesetzt fühlt. Ich lache und küsse ihn; obwohl die Erbitterung plötzlich so stark ist, daß ich die Zähne zusammenbeißen muß. Ich bekomme sie, wie immer, dadurch in den Griff, daß ich denke: Wenn ich ein Mann wäre, dann wäre ich genauso. Selbstbeherrschung und -disziplin des Mutterseins fielen mir so schwer, daß ich mir nicht vormachen konnte, ich wäre als Mann, der nicht zur Selbstbeherrschung gezwungen ist, irgenwie anders gewesen. Und dennoch wütet in den wenigen Augenblicken, die es mich kostet, den Bademantel anzuziehen, um in Janets Zimmer zu gehen, die Erbitterung wie Gift in mir. Bevor ich in Janets Zimmer gehe, wasche ich mich rasch zwischen den Beinen, damit sie der Geruch von Sex nicht stört, auch wenn sie noch nicht weiß, was das ist. Ich mag den Geruch und hasse es, ihn so schnell wegzuwaschen; und die Tatsache, daß ich es muß, trägt noch zu meiner schlechten Laune bei. (Ich erinnere mich an meine Überlegung, daß die Tatsache, daß ich absichtlich alle meine Reaktionen beobachte, sie verschärft; normalerweise wären sie nicht so stark.) Doch als ich Janets Tür hinter mir schließe und sie in ihrem Bett sitzen sehe, das schwarze Haar wildzerzaust in Elfenlocken, das kleine bleiche Gesicht (meines) lächelnd, da verschwindet die Erbitterung unter der gewohnten Disziplin und wird fast im selben Moment zu Liebe. Es ist sechs Uhr dreißig, und das kleine Zimmer ist sehr kalt. Janets Fenster ist auch von grauer Nässe überströmt. Ich zünde den Gasofen an, während sie, von ihren grellbunten Comics umgeben, im Bett sitzt, mir zuschaut, ob ich auch alles wie üblich mache, und gleichzeitig liest. Vor lauter Liebe schrumpfe ich zu Janets Größe zusammen und werde Janet. Das riesige, gelbe Feuer wie ein großes Auge; das Fenster, riesengroß, durch das alles hereinkommen kann; ein graues und unheilverkündendes Licht, das auf die Sonne, einen Teufel oder einen Engel wartet, der den Regen fortschütteln wird. Dann mache ich mich zu Anna: Ich sehe Janet, ein kleines Kind in einem großen Bett. Ein Zug fährt vorbei, und die Wände beben leicht. Ich gehe zu ihr, um sie zu küssen, und rieche den guten Geruch von warmer Haut, von Haar und vom Stoff ihres schlafwarmen Pyjamas. Während ihr Zimmer warm wird, gehe ich in die Küche und mache ihr Frühstück

– Haferflocken, gebratene Eier und Tee, stelle das Ganze auf ein Tablett. Ich nehme das Tablett mit in ihr Zimmer, und sie frühstückt im Bett, während ich Tee trinke und rauche. Das Haus ist totenstill – Molly wird noch zwei oder drei Stunden schlafen. Tommy ist spät mit einem Mädchen nach Hause gekommen; sie werden auch noch schlafen. Durch die Wand schreit ein Baby. Das schreiende Baby gibt mir ein Gefühl der Kontinuität, der inneren Ruhe. So hat Janet früher auch geschrien. Es ist das zufriedene, halbschläfrige Schreien eines Babys, das gefüttert ist und im nächsten Augenblick schlafen wird. Janet sagt: »Warum haben wir nicht noch ein Baby?« Sie sagt das oft. Und ich sage: »Weil ich keinen Mann habe; man muß einen Mann haben, um ein Baby zu bekommen.« Sie stellt diese Frage teils, weil sie es gern hätte, daß ich ein Baby bekomme; teils, um hinsichtlich der Rolle von Michael beruhigt zu werden. Dann fragt sie: »Ist Michael hier?« »Ja, er ist hier und er schläft«, sage ich fest. Meine Festigkeit beruhigt sie; sie frühstückt weiter. Jetzt ist das Zimmer warm, und sie steigt in ihrem weißen Schlafanzug aus dem Bett und sieht zerbrechlich und verwundbar aus. Sie legt ihre Arme um meinen Hals, schaukelt daran vor und zurück und singt: Eia popeia. Ich schaukele sie und singe – hätschele sie, sie ist jetzt das Baby von nebenan, das Baby, das ich nicht haben werde. Dann, ganz plötzlich, läßt sie mich los, so daß ich mich hochschnellen fühle wie ein Baum, der von einem Gewicht heruntergebogen war. Sie zieht sich an, vor sich hinsummend, noch halb schläfrig, noch friedlich. Ich denke, daß sie den Frieden jahrelang bewahren wird, solange, bis sie unter Druck kommt und anfangen muß zu denken. Ich darf nicht vergessen, in einer halben Stunde die Kartoffeln aufzusetzen, und dann muß ich eine Liste für den Lebensmittelhändler schreiben, und dann muß ich daran denken, den Kragen an meinem Kleid auszuwechseln und dann . . . Ich möchte sie so gerne vor dem Druck bewahren, ihn hinausschieben; dann sage ich mir, daß ich sie vor nichts bewahren muß, dieses Bedürfnis ist in Wirklichkeit Anna, die Anna beschützen möchte. Sie zieht sich langsam, ein wenig schwatzend und summend, an; sie hat die trägen torkeligen Bewegungen einer Biene in der Sonne. Sie trägt einen kurzen, roten Faltenrock, einen dunkelblauen Pullover und dunkelblaue Kniestrümpfe. Ein hübsches kleines Mädchen. Janet. Anna. Das Baby nebenan schläft; vom Baby kommt eine zufriedene Stille. Alle schlafen, außer Janet und mir. Das gibt mir ein Gefühl von innigster Nähe und Abgeschlossenheit – ein Gefühl, das mit ihrer Geburt einsetzte und immer dann kam, wenn sie und ich zusammen wach waren, während die Stadt um uns schlief. Eine warme, träge, innige Fröhlichkeit. Sie erscheint mir so zerbrechlich, daß ich meine Hand ausstrecken möchte, um sie vor einem falschen Schritt oder einer achtlosen Bewegung zu bewahren; und zugleich so stark, daß sie unsterblich ist. Ich fühle dasselbe, was ich bei dem schlafenden Michael gefühlt habe, ein Bedürfnis, triumphierend herauszulachen, weil dieses wundervolle, gefährdete, unsterbliche, menschliche Wesen existiert, der Last des Todes zum Trotz.

Nun ist es fast acht Uhr, und ein neuer Druck setzt ein; dies ist der Tag, an dem Michael in die Klinik in Süd-London muß, also muß er um acht aufwachen, um pünktlich zu sein. Er hat es lieber, wenn Janet schon zur Schule gegangen ist, bevor er aufwacht. Und ich habe es lieber, weil es mich aufspaltet. Die beiden Persönlichkeiten – Janets Mutter und Michaels Geliebte – sind getrennt glücklicher. Es überfordert mich, beide zugleich zu sein. Es regnet nicht mehr. Ich wische den Schleier aus kondensiertem Atem und Nachtschweiß von der Fensterscheibe und sehe, daß es ein kühler, feuchter, aber klarer Tag ist. Janets Schule ist in der Nähe, ein kurzer Weg zu Fuß. Ich sage: »Du mußt deinen Regenmantel nehmen.« Augenblicklich erhebt sie Protest: »Nein, Mammi, ich hasse meinen Regenmantel, ich will meinen Dufflecoat.« Ich sage ruhig und bestimmt: »Nein. Deinen Regenmantel. Es hat die ganze Nacht geregnet.« »Woher weißt du das, wenn du geschlafen hast?« Diese triumphierende Heimzahlung versetzt sie in gute Laune. Sie wird nun ohne weiteres Getue den Regenmantel nehmen und ihre Gummistiefel anziehen. »Holst du mich heute nachmittag von der Schule ab?« »Ja, ich denke schon, aber wenn ich nicht da bin, dann komm her, Molly wird hier sein.« »Oder Tommy.« »Nein, Tommy nicht.« »Warum nicht?« »Tommy ist jetzt erwachsen, er hat eine Freundin.« Ich sage das absichtlich, denn sie hat Zeichen von Eifersucht auf Tommys Freundin gezeigt. Sie sagt ruhig: »Tommy wird mich immer am liebsten haben.« Und fügt hinzu: »Wenn du nicht da bist und mich abholst, gehe ich zum Spielen zu Barbara.« »Gut, wenn du das tust, komme ich dich um sechs abholen.« Sie saust die Treppe hinunter und macht dabei einen fürchterlichen Krach. Es klingt wie eine Lawine, die mitten durch das Haus hinunterdonnert. Ich habe Angst, daß Molly aufwacht. Ich stehe oben an der Treppe und horche, bis zehn Minuten später die Haustür zuknallt; und ich zwinge mich, jeden Gedanken an Janet auszuklammern, bis es wieder Zeit dafür ist. Ich gehe ins Schlafzimmer zurück. Michael ist ein dunkler Hügel unter den Bettüchern. Ich mache die Vorhänge ganz auf und küsse Michael wach. Er packt mich und sagt: »Komm wieder ins Bett.« Ich sage: »Es ist acht. Nach acht.« Er legt seine Hände auf meine Brüste. Meine Brustwarzen beginnen zu brennen, ich unterdrücke meine Reaktion auf ihn und sage: »Es ist acht Uhr.« »Oh Anna, du bist morgens immer so tüchtig und praktisch.« »Es ist nur gut so, daß ich so bin«, sage ich leichthin, aber ich kann den Ärger in meiner Stimme hören. »Wo ist Janet?« »Zur Schule gegangen.« Er läßt seine Hände von meinen Brüsten fallen, und nun bin ich – perverserweise – enttäuscht, weil wir uns nicht lieben werden. Auch erleichtert; denn wenn wir es täten, würde er zu spät kommen und wäre kurz angebunden zu mir. Und, natürlich, erbittert:

mein Kummer, meine Bürde und mein Kreuz. Die Erbitterung kommt daher, daß er gesagt hat: »Du bist immer so tüchtig und praktisch«, dabei hat er es doch gerade meiner Tüchtigkeit und meiner praktischen Art zu verdanken, daß er zwei Stunden länger im Bett liegen kann.

Er steht auf und wäscht und rasiert sich, und ich mache sein Frühstück. Wir frühstücken immer an einem niedrigen Tisch neben dem Bett, über das hastig die Decke gezogen wird. Jetzt trinken wir Kaffee, essen Obst und Toast; und schon ist er der Berufsmensch, perfekt gekleidet, kläräugig, ruhig. Er beobachtet mich. Ich weiß, er tut das, weil er mir etwas sagen will. Ist heute der Tag, an dem er mit mir brechen will? Mir fällt ein, daß dies der erste gemeinsame Morgen seit einer Woche ist. Ich möchte nicht daran denken, weil es unwahrscheinlich ist, daß Michael, der sich in seinem Zuhause eingeengt und unglücklich fühlt, in den letzten sechs Tagen bei seiner Frau war. Wo dann? Meine Empfindung ist nicht so sehr Eifersucht als ein dumpfer, schwerer Schmerz, der Schmerz des Verlustes. Aber ich lächle, reiche ihm den Toast, gebe ihm die Zeitungen. Er nimmt die Zeitungen, wirft einen Blick darauf und bemerkt: »Falls du dich zwei Nächte mit mir abfinden kannst – ich muß heute abend in der Klinik unten an der Straße sein und einen Vortrag halten.« Ich lächle; wir machen ein paar ironische Bemerkungen über die Jahre, in denen wir Nacht für Nacht beisammen waren. Dann gleitet er ab in Sentimentalität, parodiert sie jedoch gleichzeitig: »Anna, du siehst doch, wie es sich für dich abgenutzt hat.« Ich lächle wieder nur, weil es keinen Zweck hat, irgend etwas zu sagen, und dann sagt er, diesmal fröhlich, wobei er das Gehabe eines Wüstlings parodiert: »Du wirst mit jedem Tag praktischer. Jeder Mann von Verstand weiß: Wenn eine Frau anfängt, einen Mann so rundum tüchtig anzupacken, dann ist die Zeit gekommen auseinanderzugehen.« Plötzlich ist es für mich zu schmerzhaft, dieses Spiel weiterzuspielen, und ich sage: »Jedenfalls finde ich es herrlich, wenn du heute abend kommst. Möchtest du hier essen?« Er sagt: »Es ist unwahrscheinlich, daß ich es ablehne, mit dir zu essen, wo du doch eine derart gute Köchin bist, nicht wahr?« »Ich freue mich darauf«, sage ich.

Er sagt: »Wenn du dich schnell anziehst, kann ich dich bei deinem Büro vorbeifahren.« Ich zögere, weil ich denke: Wenn ich heute abend kochen muß, dann muß ich einkaufen, bevor ich zur Arbeit gehe. Er sagt rasch, weil ich zögere: »Aber wenn du es lieber nicht möchtest, gehe ich jetzt.« Er küßt mich; der Kuß ist eine Weiterführung all unserer bisherigen Liebe. Er sagt: »Wenn wir auch sonst nichts gemeinsam haben – wir haben Sex«, und löscht damit den Augenblick der Intimität aus, weil seine Worte das andere Thema weiterführen. Immer wenn er das sagt, und das tut er erst seit kurzem, spüre ich, wie es im Grunde meines Magens kalt wird; diese Worte sind die totale Zurückweisung meiner Person, jedenfalls empfinde ich es so; zwischen uns

ist dann eine große Entfernung. Über die Entfernung hinweg sage ich
ironisch: »Ist das alles, was wir gemeinsam haben?«, und er sagt: »*Alles?*
Meine liebe Anna, meine liebe Anna – aber ich muß gehen, sonst komme ich
zu spät.« Und er geht mit dem bitteren, wehmütigen Lächeln eines abgewiese-
nen Mannes.

Und nun muß ich mich beeilen. Ich wasche mich noch einmal und ziehe
mich an. Ich wähle ein schwarzweißes Wollkleid mit einem kleinen, weißen
Kragen, weil Michael es mag und weil ich vor heute abend möglicherweise
keine Zeit mehr zum Umziehen habe. Dann laufe ich hinunter zum Lebensmittelhändler und zum Metzger. Es macht mir großes Vergnügen, Lebensmittel für ein Essen mit Michael einzukaufen; das ist ein sinnliches Vergnügen wie der Akt des Kochens selbst. Ich stelle mir das Fleisch in seiner Hülle
aus Paniermehl und Ei vor; die in saurer Sahne und Zwiebeln leise vor sich
hinköchelnden Pilze; die klare, starke bernsteinfarbene Suppe. In meiner
Vorstellung vergegenwärtige ich mir das Essen, die Bewegungen, die ich
machen werde, wenn ich die Zutaten, die Hitze, die Konsistenz prüfe. Ich
bringe die Vorräte nach oben und lege sie auf den Tisch; dann erinnere ich
mich daran, daß das Kalbfleisch geklopft werden muß und daß ich es jetzt tun
muß, denn später wird der Lärm Janet wecken. Also klopfe ich das Kalbfleisch flach, wickle die feinen Fleischscheiben in Papier und lasse sie liegen.
Es ist jetzt neun Uhr. Ich habe nicht mehr viel Geld, d. h., ich muß mit dem
Bus fahren, nicht mit dem Taxi. Ich habe noch fünfzehn Minuten. Eilig fege
ich das Zimmer und mache das Bett, wobei ich das Laken wechsele, das von
der letzten Nacht befleckt ist. Als ich das befleckte Laken in den Wäschekorb
tue, entdecke ich einen Blutfleck. Es kann doch nicht sein, daß ich jetzt schon
meine Periode bekomme? Ich rechne hastig nach und stelle fest, ja, es ist
heute. Plötzlich bin ich müde und gereizt, weil das die üblichen Begleiter-
scheinungen meiner Periode sind. (Ich fragte mich, ob es nicht besser wäre,
mir einen anderen Tag als den heutigen auszusuchen, um meine ganzen
Empfindungen niederzuschreiben; dann beschloß ich weiterzumachen. Das
war nicht eingeplant; ich hatte die Periode vergessen. Ich kam zu dem Schluß,
daß die instinktive Scham und Zurückhaltung unehrlich sei: keine Empfindung für einen Schriftsteller.) Ich verstopfe meine Vagina mit einem Watte-
Tampon und bin schon fast unten, als mir einfällt, daß ich vergessen habe,
einen Vorrat an Tampons mitzunehmen. Ich habe mich verspätet. Ich lasse
Tampons in meine Handtasche rollen, verstecke sie unter einem Taschentuch
und fühle mich immer reizbarer. Gleichzeitig sage ich mir, daß ich mich nicht
annähernd so gereizt gefühlt hätte, wenn ich nicht bemerkt hätte, daß meine
Periode angefangen hat. Trotzdem muß ich mich jetzt zusammennehmen,
bevor ich zur Arbeit gehe, sonst kriege ich im Büro einen Anfall von
schlechter Laune. Schließlich könnte ich ebensogut ein Taxi nehmen – auf

diese Weise hätte ich noch zehn Minuten. Ich setze mich und versuche, mich in dem großen Sessel zu entspannen. Aber ich bin zu verkrampft. Ich suche nach einer Möglichkeit, die Spannung zu lösen. Auf dem Fensterbrett stehen ein halbes Dutzend Töpfe mit einer Kletterpflanze, einer grünlichgrauen, sich windenden Pflanze, deren Namen ich nicht kenne. Ich nehme die sechs Tontöpfe, tauche sie, einen nach dem anderen, in ein Wasserbecken und beobachte, wie die Luftblasen aufsteigen, als das Wasser einsickert und die Luft hochtreibt. Die Blätter glitzern vom Wasser. Die dunkle Erde riecht nach feuchtem Gewächs. Ich fühle mich besser. Ich stelle die Töpfe mit den Pflanzen auf das Fensterbrett zurück, wo sie Sonne bekommen, wenn sie mal scheint. Dann packe ich rasch meinen Mantel und laufe treppab, vorbei an der schläfrigen Molly in ihrem Hausmantel. »Weshalb hast du es so eilig?« fragt sie; und ich rufe zurück: »Ich bin spät dran«, und höre den Kontrast zwischen ihrer lauten, trägen, geruhsamen Stimme und meiner angespannten. Ich finde kein Taxi auf dem Weg zur Bushaltestelle, da kommt ein Bus, also steige ich ein, gerade in dem Moment, als der Regen herunterprasselt. Meine Strümpfe sind etwas bespritzt; ich darf nicht vergessen, sie heute abend zu wechseln; Michael hat ein Auge für diese Kleinigkeiten. Nun, im Bus sitzend, spüre ich das dumpfe Ziehen in meinem Unterleib. Überhaupt nicht schlimm. Gut, wenn dieser erste Schmerz leicht ist, dann wird in ein paar Tagen alles vorbei sein. Weshalb bin ich so undankbar, dabei leide ich im Vergleich mit anderen Frauen doch so wenig? Molly zum Beispiel stöhnt und klagt fünf oder sechs Tage lang und genießt ihre Leiden. Ich merke, daß meine Gedanken wieder in der Alltagstretmühle sind, ich überlege, was ich heute tun muß, diesmal in bezug aufs Büro. Gleichzeitig beunruhigt mich diese Sache, mein Vorhaben, mir alle Vorgänge bewußt zu machen, um sie nieder-zuschreiben – besonders im Zusammenhang mit meiner Periode. Für mich bedeutet die Tatsache, daß ich meine Periode habe, nicht mehr als das Eintreten eines regelmäßig wiederkehrenden Gefühlszustandes, der ohne besondere Wichtigkeit ist, aber ich weiß, daß das Wort ›Blut‹, kaum habe ich es hingeschrieben, dem Ganzen eine falsche Emphase geben wird – sogar in meinen Augen, wenn ich dazu komme, zu lesen, was ich geschrieben habe. Und so beginne ich, den Wert des Aufzeichnens der Vorgänge eines Tages anzuzweifeln, bevor ich überhaupt damit angefangen habe. Ich merke, daß ich dabei bin, über ein wesentliches Problem des literarischen Stils nachzu-denken: über den Takt. Wenn James Joyce zum Beispiel seinen Mann beim Defäkieren beschrieb, so war das ein Schock, schockierend. Aber es war seine Absicht, die Wörter ihrer schockierenden Kraft zu berauben. Und vor kurzem las ich in irgendeiner Besprechung, wie ein Mann sagte, er wäre von der Beschreibung einer defäkierenden Frau abgestoßen. Ich habe mich dar-über geärgert; denn er meinte natürlich, daß er es nicht zulassen wollte, daß dieses romantische Frauenbild weniger romantisch gemacht wird. Trotzdem hatte er recht. Mir wird klar, daß es im Grunde gar kein literarisches Problem ist. Wenn mir Molly zum Beispiel mit ihrem fröhlichen Lachen sagt: Der Fluch ist über mich gekommen, dann muß ich auf der Stelle Abscheu unterdrücken, obwohl wir beide Frauen sind; und ich fange an, an eventuelle schlechte Gerüche zu denken. Während ich über meine Reaktion auf Molly nachdenke, vergesse ich die Problematik des Aufrichtigseins beim Schreiben (was soviel heißt, wie über sich selbst aufrichtig zu sein), und ich fange an, mir Sorgen zu machen: Rieche ich? Es ist der einzige Geruch, von dem ich weiß, daß ich ihn nicht mag. Meine eigenen unmittelbaren Toilettengerüche machen mir nichts aus; ich mag den Geruch von Sex, von Schweiß, von Haut, von Haar. Aber den schwachen, undefinierbaren, hauptsächlich schalen Geruch von Menstruationsblut hasse ich, ich empfinde ihn als Zumutung. Es ist ein Geruch, den ich sogar für mich als fremd empfinde, als eine von außen auferlegte Bürde, die nichts mit mir zu tun hat. Dennoch muß ich zwei Tage mit dieser Sache, die von außen gekommen ist, fertigwerden – einem üblen Geruch, der von mir ausgeht. Mir wird deutlich, daß mir all diese Gedanken nicht in den Kopf gekommen wären, hätte ich mich nicht darauf eingestellt, bewußt zu sein. Eine Periode ist etwas, mit dem ich fertigwerde, ohne besonders daran zu denken, das heißt, ich denke mit dem Teil meines Bewußtseins daran, der sich mit Alltagsproblemen befaßt. Das ist derselbe Teil meines Bewußtseins, der sich mit dem Problem der täglichen Hygiene befaßt. Aber die Vorstellung, daß ich es niederschreiben muß, verändert das Gleichgewicht, zerstört die Wahrheit; also schalte ich die Gedanken an meine Periode aus; mache mir jedoch im Geiste ein Merkzeichen, daß ich, sobald ich ins Büro komme, in den Waschraum gehen muß, um mich zu vergewissern, daß kein Geruch da ist. Ich sollte wirklich das bevorstehende Zusammentreffen mit Genosse Butte überdenken. Ich nenne ihn ironisch Genosse; so wie er mich ironisch Genossin Anna nennt. Letzte Woche sagte ich, über irgend etwas wütend, zu ihm: »Genosse Butte, ist dir klar, daß du mich, wenn wir zufällig beide russische Kommunisten wären, vor Jahren erschossen hättest?« »Ja, Genossin Anna, das erscheint mir nur allzu wahrscheinlich.« (Dieser sonderbare Scherz ist charakteristisch für die Partei in dieser Phase.) Währenddessen saß Jack da und lächelte uns beiden hinter seinen runden Brillengläsern zu. Er genießt meine Auseinandersetzungen mit Genosse Butte. Als John Butte gegangen war, sagte Jack: »Da ist etwas, was du nicht bedacht hast; du hättest sehr wohl diejenige sein können, die den Befehl zur Erschießung John Buttes gab.« Diese Bemerkung kam meinem persönlichen Alptraum nahe, und um ihn zu vertreiben, witzelte ich: »Mein lieber Jack, das Wesen meiner Stellung besteht darin, daß in der Hauptsache ich diejenige bin, die erschossen wird – das ist – traditionellerweise – meine

Rolle.« »Sei dir nicht zu sicher. Wenn du John Butte in den dreißiger Jahren gekannt hättest, wärest du nicht so schnell bei der Hand, ihm die Rolle eines bürokratischen Henkers zu geben.« »Trotzdem, das ist nicht der Punkt.« »Der wäre?« »Stalin ist seit fast einem Jahr tot, und nichts hat sich geändert.« »Eine ganze Menge hat sich geändert.« »Sie lassen die Leute aus den Gefängnissen; aber nichts ist getan worden, um die Überzeugung zu ändern, die sie da hineingebracht hat.« »Sie erwägen, das Gesetz zu ändern.« »Auf diese Weise wird das Rechtssystem geändert und nicht der Geist, von dem ich rede.« Nach einem Augenblick nickte er. »Durchaus möglich, aber wir wissen es nicht.« Er musterte mich milde. Ich habe mich oft gefragt, ob diese Milde, diese Abgelöstheit, die uns solche Unterhaltungen ermöglicht, nicht Zeichen einer gebrochenen Persönlichkeit ist; der Ausverkauf, den die meisten Leute irgendwann einmal machen; oder ob das die Stärke der Selbstbeschränkung ist. Ich weiß es nicht. Ich weiß jedenfalls, daß Jack der einzige in der Partei ist, mit dem ich diese Art von Diskussion führen kann. Vor einigen Wochen sagte ich ihm, daß ich daran dächte, aus der Partei auszutreten, und er antwortete im Scherz: »Ich bin seit dreißig Jahren in der Partei, und manchmal glaube ich, daß von den Tausenden, die ich gekannt habe, John Butte und ich die einzigen sein werden, die drinbleiben.« »Ist das eine Kritik an der Partei oder an den Tausenden, die ausgetreten sind?« »Natürlich an den Tausenden, die gegangen sind«, sagte er lachend. Gestern sagte er: »Also gut, Anna, wenn du aus der Partei austreten willst, dann halte dich an die übliche monatliche Kündigung, du bist sehr nützlich, und ich werde Zeit brauchen, dich zu ersetzen.«

Heute muß ich über zwei Bücher berichten, die ich für John Butte gelesen habe. Es wird einen Kampf geben. Jack setzt mich als Waffe ein in dem Kampf, den er mit dem Parteigeist austrägt – dem Geist, den er nur zu bereitwillig als tot und trocken beschreibt. Angeblich leitet Jack diesen Verlag. In Wirklichkeit ist er eine Art Verwalter; über ihm, ihm von der ›Partei‹ übergeordnet, ist John Butte; und die endgültigen Entscheidungen über das, was veröffentlicht wird und was nicht, werden von der Parteizentrale getroffen. Jack ist ein ›guter Kommunist‹. Das heißt, er hat sich aufrichtig und ehrlich den falschen Stolz ausgetrieben, der ihm seinen Mangel an Unabhängigkeit zum Ärgernis machen könnte. Ihn verdrießt im Prinzip nicht die Tatsache, daß ein Unterausschuß unter der Leitung von John Butte in der Zentrale die Beschlüsse faßt, die er ausführen muß; im Gegenteil, er ist ganz und gar für diese Art von Zentralismus. Aber er ist der Meinung, daß die Politik der Zentrale falsch ist; und mehr noch, er kritisiert nicht eine Person oder eine Gruppe; er stellt ganz einfach fest, daß die Partei ›in dieser Epoche‹ in einer intellektuellen Sackgasse steckt und daß man überhaupt nichts tun kann, als abzuwarten, bis die Dinge sich ändern. In der Zwischenzeit ist er bereit, seinen Namen mit einer intellektuellen Haltung in Verbindung gebracht zu sehen, die er verachtet. Der Unterschied zwischen ihm und mir besteht darin, daß er die Partei unter dem zeitlichen Aspekt von Jahrzehnten und sogar Jahrhunderten betrachtet (ich ziehe ihn auf, indem ich sage: wie die katholische Kirche); während ich meine, daß der intellektuelle Zusammenbruch möglicherweise endgültig ist. Wir diskutieren das unaufhörlich, beim Mittagessen, und wenn die Arbeit im Büro unterbrochen ist. Manchmal ist John Butte da, hört zu, beteiligt sich sogar daran. Und das fasziniert und ärgert mich: Weil die Form, in der wir diskutieren, meilenweit vom öffentlichen ›Kurs‹ der Partei entfernt ist. Mehr noch, diese Art von Gespräch wäre in einem kommunistischen Land Verrat. Das eben ist es, was ich vermissen werde, wenn ich aus der Partei austrete – die Gesellschaft von Leuten, die immer in einer Atmosphäre gelebt haben, in der es als selbstverständlich gilt, daß das Zentrum ihres Lebens eine bestimmte Philosophie ist. Das ist auch der Grund, weshalb so viele Leute, die gern aus der Partei austreten würden oder meinen, sie sollten austreten, es nicht tun. Alle Gruppen, alle Intellektuellen, denen ich außerhalb der Partei begegnet bin, waren schlecht informiert, frivol und engstirnig im Vergleich mit gewissen Intellektuellen innerhalb der Partei. Und das Tragische ist, daß Menschen mit dieser intellektuellen Verantwortlichkeit, diesem großen Ernst, sich in einem Vakuum befinden: sie beziehen sich nicht auf England, nicht auf kommunistische Länder, so wie sie jetzt sind, sondern auf einen Geist, der im internationalen Kommunismus vor Jahren vorhanden war, bevor er von dem verzweifelten, irrwitzigen Kampfgeist ums Überleben abgetötet wurde, dem wir heute den Namen Stalinismus geben.

Als ich aus dem Bus steige, wird mir bewußt, daß mich die Gedanken an den bevorstehenden Kampf übermäßig erregt haben. Entscheidend für einen erfolgreichen Kampf mit Genosse Butte ist, daß man ruhig bleibt. Ich bin nicht ruhig; und außerdem schmerzt mein Unterleib. Und ich habe mich um eine halbe Stunde verspätet. Ich bemühe mich immer, pünktlich zu sein, die regulären Arbeitsstunden einzuhalten, weil ich nicht bezahlt werde und deswegen keine Sonderrechte haben möchte. (Michael scherzt: Du stehst in der großen britischen Tradition des Oberschicht-Dienstes an der Gemeinschaft, meine liebe Anna; du arbeitest ohne Bezahlung für die kommunistische Partei, genauso wie deine Großmutter für die hungernden Armen gearbeitet hätte. Solche Scherze mache ich selber; aber wenn Michael sie macht, verletzt es mich.) Ich gehe sofort in den Toilettenraum, eilig, weil ich mich verspätet habe, untersuche mich, wechsle den Tampon und schütte mir einen Krug mit warmem Wasser nach dem anderen zwischen die Beine, um den Modergeruch zu bekämpfen. Dann parfümiere ich meine Schenkel und Unterarme und präge mir ein, daß ich in ein oder zwei Stunden wieder herunterkommen muß; und ich gehe nach oben in Jacks Büro, vorbei an meinem eigenen. Jack ist da, mit John Butte. Jack sagt: »Du riechst wundervoll, Anna«, und sofort fühle ich mich gelassen und fähig, mit allem fertigzuwerden. Ich blicke zum knarrenden, grauen John Butte, einem ältlichen Mann, dessen Säfte alle ausgetrocknet sind, und erinnere mich daran, daß Jack mir gesagt hat, daß er in seiner Jugend, in den frühen dreißiger Jahren, heiter, brillant, geistreich war. Er war ein glänzender öffentlicher Redner; stand in Opposition zu der damaligen Parteibeamtenschaft; war im wesentlichen kritisch und respektlos. Und nachdem Jack mir das alles erzählt und dabei ziemlich verschmitzt meine Ungläubigkeit genossen hatte, reichte er mir ein Buch, das John Butte vor zwanzig Jahren geschrieben hatte – einen Roman über die Französische Revolution. Es war ein brillantes, lebhaftes, mutiges Buch. Und nun schaue ich ihn wieder an und denke unwillkürlich: Das wirkliche Verbrechen der Britischen Kommunistischen Partei ist, daß sie so viele wunderbare Leute entweder gebrochen oder in stinklangweilige pedantische Bürokraten verwandelt hat, die mit anderen Kommunisten in einer geschlossenen Gruppe leben und von allem abgeschnitten sind, was in ihrem eigenen Land vorgeht. Dann überraschen mich die Wörter, die ich gebrauche, und sie mißfallen mir: Das Wort ›Verbrechen‹ stammt aus dem kommunistischen Arsenal und ist bedeutungslos. Es ist damit so etwas wie ein gesellschaftlicher Prozeß verbunden, der Wörter wie ›Verbrechen‹ dumm macht. Als ich diesen Gedanken habe, fühle ich die Entstehung einer neuen Art des Denkens; und schwerfällig fahre ich fort zu denken: Die Kommunistische Partei existiert dadurch weiter, daß sie sich, wie jede andere Institution, ihre Kritiker einverleibt. Entweder absorbiert sie sie, oder sie zerstört sie. Ich denke: Ich habe Gesellschaft, Gesellschaften immer so organisiert gesehen: Eine herrschende Schicht oder Regierung, zu der andere Schichten in Opposition stehen; wobei die stärkere Schicht schließlich von der oppositionellen Schicht entweder verändert oder ersetzt wird. Aber so ist es überhaupt nicht: plötzlich sehe ich es anders. Nein, es gibt eine Gruppe von verhärteten, versteinerten Männern, zu der frische junge Revolutionäre, wie John Butte früher mal einer war, in Opposition stehen. Beide Kräfte bilden ein Ganzes, schaffen ein Gleichgewicht. Und dann erhebt sich gegen eine Gruppe von versteinerten, verhärteten Männern wie John Butte wiederum eine Gruppe von frischen, geistig lebhaften und kritischen Leuten. Aber der Kern des Abgestorbenen, des trockenen Denkens könnte ohne die lebhaften Triebe neuen, keimenden Lebens, das sich seinerseits wieder so rasch in totes, trockenes Holz verwandelt, nicht bestehen. Mit anderen Worten, ich, Genossin Anna – der ironische Ton von Genosse Buttes Stimme ängstigt mich jetzt, wenn ich daran denke – erhalte Genosse Butte am Leben, nähre ihn und werde im gegebenen Augenblick er werden. Und während ich denke, daß es kein Richtig, kein Falsch gibt, sondern bloß einen Prozeß, ein sich drehendes Rad, bekomme ich Angst, weil sich alles in mir gegen eine solche Lebenssicht aufbäumt, und ich befinde mich wieder in einem Alptraum, der mich, wie mir scheint, schon seit Jahren heimsucht, immer dann, wenn ich nicht auf der Hut bin. Der Alptraum nimmt verschiedene Formen an, kommt im Schlaf oder im Wachen und kann ganz einfach so beschrieben werden: Ein Mann mit verbundenen Augen, der mit dem Rücken an einer Ziegelmauer steht. Er ist fast zu Tode gefoltert worden. Ihm gegenüber sechs Männer mit ihren schußbereit erhobenen Gewehren, die von einem siebenten kommandiert werden, der seine Hand erhoben hat. Wenn er die Hand fallen läßt, werden die Schüsse ertönen und der Gefangene wird tot niederstürzen. Aber plötzlich etwas Unerwartetes – jedoch nicht völlig unerwartet, denn der siebente hat die ganze Zeit gehorcht, ob es geschieht. Mit einem Mal Geschrei und Kampflärm draußen auf der Straße. Die sechs Männer sehen fragend ihren Offizier, den siebenten, an. Der Offizier steht da und wartet ab, wie der Kampf draußen ausgehen wird. Da, ein Ruf: »Wir haben gewonnen!« Worauf der Offizier auf die Mauer zugeht, den gefesselten Mann losbindet und sich an seinen Platz stellt. Der bis eben Gefesselte fesselt nun den anderen. Einen Augenblick lang, und dies ist der Augenblick des Entsetzens in dem Alptraum, lächeln sie sich an: ein kurzes, bitteres, zustimmendes Lächeln. Sie sind Brüder in diesem Lächeln. Das Lächeln enthält eine fürchterliche Wahrheit, der ich entgehen möchte. Weil sie jede schöpferische Empfindung auslöscht. Der Offizier, der siebente, steht nun mit verbundenen Augen wartend mit dem Rücken zur Mauer. Der frühere Gefangene geht zum Exekutionskommando, das immer noch dasteht, die Waffen bereit. Er hebt die Hand, läßt sie dann fallen. Die Schüsse ertönen, und der Körper an der Mauer fällt zuckend. Die sechs Soldaten sind erschüttert, und ihnen ist übel; sie werden jetzt saufen gehen, um die Erinnerung an ihren Mord zu ertränken. Aber der Mann, der gefesselt war und nun frei ist, lächelt, als sie davonstolpern, ihn verfluchen und hassen, genauso wie sie den anderen, der jetzt tot ist, verflucht und gehaßt hätten. Und in dieses Mannes Lächeln, mit dem er die sechs unschuldigen Soldaten anlächelt, liegt eine furchtbare, verständnisvolle Ironie. Das ist der Alptraum. Inzwischen sitzt Genosse Butte wartend da. Wie immer lächelt er sein kleines, kritisch abwehrendes Lächeln, wie eine Grimasse. »Nun, Genossin Anna, werden wir die Erlaubnis bekommen, diese beiden Meisterwerke zu veröffentlichen?« Jack schneidet unwillkürlich eine Grimasse; und mir wird klar, daß er gerade, ebenso wie ich kapiert hat, daß diese beiden Bücher veröffentlicht werden: Der Entschluß ist bereits gefaßt. Jack hat sie beide gelesen und mit seiner charakteristischen Sanftmut bemerkt: »Sie sind nicht viel wert, könnten aber vermutlich schlimmer sein.« Ich sage: »Wenn du dich wirklich für das interessierst, was ich denke, dann solltest du eines von ihnen veröffentlichen. Wohlgemerkt, ich finde keines von beiden besonders gut.« »Selbstverständlich erwarte ich nicht, daß sie solche Höhen der kritischen Begeisterung erreichen wie dein Meisterwerk.« Was nicht heißt, daß er *Frontiers of War* nicht mochte; er hatte Jack gesagt, daß er es mochte. Mir gegenüber hat er es nie erwähnt. Jetzt deutet er an, daß es so einen Erfolg hatte, weil dahinter das stand, was er als ›das kapitalistische Verlagsgeschäft‹ bezeichnet. Natürlich stimme ich ihm zu; abgesehen davon, daß das Wort ›kapitalistisch‹ von anderen Wörtern, wie ›kommunistisch‹ oder ›Frauenzeitschrift‹ zum Beispiel, ersetzt werden könnte. Sein Ton ist nichts weiter als ein Element des Spiels, das wir spielen, des Ausagierens unserer Rollen. Ich bin eine ›erfolgreiche bürgerliche Schriftstellerin‹; er ›der Treuhänder der Reinheit von Arbeiterklassenwerten‹. (Genosse Butte kommt aus einer englischen Familie des gehobenen Mittelstands, aber das ist natürlich irrelevant.) Ich schlage vor: »Vielleicht sollten wir sie getrennt diskutieren?« Ich lege zwei Manuskriptpakete auf den Schreibtisch und schiebe ihm eines zu. Er nickt. Es nennt sich: ›Für Frieden und Glück‹, und ist von einem jungen Arbeiter geschrieben. Zumindest wird er von Genosse Butte so beschrieben. In Wirklichkeit ist er fast vierzig, war in den letzten zwanzig Jahren kommunistischer Parteibeamter, ist gelernter Maurer. Der Stil ist schlecht, die Geschichte ohne Leben, aber das Beängstigende an diesem Buch ist, daß es vollkommen von dem gegenwärtigen Mythos durchdrungen ist. Wenn der oft zitierte imaginäre Mann vom Mars (oder, in diesem Fall, ein russischer Mann) dieses Buch lesen sollte, so würde er den Eindruck bekommen, daß (a) in den englischen Städten finstere Armut, Arbeitslosigkeit, Brutalität, ein Dickenssches Elend herrscht; und daß (b) alle Arbeiter Englands Kommunisten sind, oder zumindest die Kommunistische Partei als ihren natürlichen Führer anerkennen. In keinem einzigen Punkt berührt dieser Roman die Realität. (Jack hatte ihn als kommunistisches ›Wolkenkukkucksheim‹ beschrieben.) Es ist jedoch eine sehr exakte Neuschöpfung der selbstbetrügerischen Mythen der Kommunistischen Partei in eben dieser Zeit; ich habe ihn in etwa fünfzig verschiedenen Versionen oder Gestaltungen während des letzten Jahres gelesen. Ich sage: »Du weißt ganz genau, daß das ein sehr schlechtes Buch ist.« Ein Ausdruck trockener Widerspenstigkeit breitet sich auf Genosse Buttes langem, knochigen Gesicht aus. Ich muß an den Roman denken, den er selbst vor zwanzig Jahren geschrieben hat, der so frisch und gut war, und ich wundere mich, daß dies derselbe Mann sein kann. Er antwortet: »Es ist kein Meisterwerk, das habe ich nicht behauptet, aber es ist ein gutes Buch, glaube ich.« Dies ist sozusagen der Auftakt zu dem, was der Erwartung nach folgt. Ich werde ihn herausfordern, und er wird dagegen sprechen. Am Ende läuft es auf dasselbe hinaus, denn der Beschluß ist bereits gefaßt. Das Buch wird veröffentlicht werden. Die Leute in der Partei, die überhaupt über ein gewisses Urteilsvermögen verfügen, werden wegen der sich ständig verschlechternden Wertmaßstäbe der Partei noch beschämter sein; der *Daily Worker* wird es loben: »Trotz seiner Fehler ein ehrlicher Roman über das Leben in der Partei«; so wie die ›bürgerlichen‹ Kritiker, die es zur Kenntnis nehmen, voller Verachtung sein werden. Alles wird, in der Tat, wie üblich sein. Plötzlich verliere ich mein Interesse. Ich sage: »Also gut, du wirst ihn veröffentlichen. Weiter gibt es darüber nichts zu sagen.« Ein überraschtes Schweigen tritt ein; die Genossen Jack und Butte wechseln sogar Blicke. Genosse Butte senkt die Augen. Er ist verärgert. Mir wird klar, daß meine Rolle oder Funktion darin besteht, zu widersprechen, die Rolle des Kritikers zu spielen, damit Genosse Butte die Illusion hat, er habe sich gegen Bildungskriterien durchgesetzt. In Wirklichkeit bin ich sein jugendliches Selbst, das ihm gegenübersitzt und das er zu bekämpfen hat. Ich schäme mich, daß ich diese so offenkundige Tatsache nie zuvor verstanden habe; und denke sogar – vielleicht wären die anderen Bücher nie veröffentlicht worden, wenn ich mich geweigert hätte, diese Rolle des unfreiwilligen Kritikers zu spielen? Jack sagt nach einer Weile milde: »Aber, Anna, das reicht nicht. Von dir wird erwartet, daß du zur Erbauung von Genosse Butte hier Kritik übst.« Ich sage: »Du weißt, daß das Buch schlecht ist. Genosse Butte weiß, daß es schlecht ist . . .« Genosse Butte hob seine verblaßten, faltenumringten Augen und starrte mich an, ». . . und ich weiß, daß es schlecht ist. Und wir alle wissen, daß es veröffentlicht wird.« John Butte sagt: »Genossin Anna, kannst du mir bitte in sechs oder vielleicht acht Worten – falls du soviel von deiner kostbaren Zeit erübrigen kannst – sagen, warum dies ein schlechtes Buch ist?« »Soweit ich sehen kann, hat der Autor seine Erinnerungen aus den Dreißiger Jahren unbeschädigt herübergerettet und sie auf das England von 1954 übertragen. Abgesehen davon scheint er unter dem Eindruck zu stehen, daß die große britische Arbeiterklasse der Kommunistischen Partei zu einer gewissen Treue verpflichtet ist.« Seine Augen sprühen vor Zorn. Er hebt plötzlich seine Faust und schmettert sie auf Jacks Schreibtisch. »Veröffentlichen, verdammt nochmal!« brüllt er. »Veröffentlichen, verdammt nochmal. Das sage ich.« Das ist so bizarr, daß ich lachen muß. Dann bemerke ich, wie sehr das erwartet wurde. Bei meinem Lachen und Jacks Lächeln scheint John Butte vor Zorn zusammenzuschrumpfen; er zieht sich hinter eine Barrikade nach der anderen in seine innere Festung zurück und starrt mit unbewegten, zornigen Augen aus ihr hervor. »Ich scheine dich zu amüsieren, Anna. Würdest du vielleicht so freundlich sein und mir erklären, weshalb?« Ich lache und schaue Jack an, der mir zunickt: Ja, erkläre es ihm. Ich schaue zurück zu John Butte, denke nach und sage: »In dem, was du gesagt hast, ist in komprimierter Form alles enthalten, was mit der Partei nicht stimmt. Es ist ein anschauliches Beispiel für die intellektuelle Verrottetheit der Partei, daß der Aufschrei des Humanismus im neunzehnten Jahrhundert, Mut kontra Überlegenheit, Wahrheit kontra Lüge, nun dazu benutzt werden soll, um die Veröffentlichung eines lausigen, verlogenen Buches durch eine kommunistische Firma zu verteidigen, die durch die Veröffentlichung überhaupt nichts riskiert, nicht einmal einen Ruf der Integrität.« Ich bin entsetzlich zornig. Dann erinnere ich mich daran, daß ich für diese Firma arbeite und keineswegs in der Position bin zu kritisieren; und daß Jack sie leitet und dieses Buch in der Tat veröffentlichen muß. Ich fürchte, daß ich Jack verletzt habe, und blicke zu ihm: Er schaut ruhig zurück, und dann nickt er, nur einmal, und lächelt. John Butte sieht das Nicken und das Lächeln. Jack wendet sich um, um Johns Zorn entgegenzutreten. Butte ist vor Zorn buchstäblich zusammengeschrumpft. Aber es ist ein selbstgerechter Zorn, er verteidigt das Gute und das Rechte und das Wahre. Später werden die beiden darüber reden, was geschehen ist; Jack wird meiner Meinung sein; das Buch wird veröffentlicht werden. »Und das andere Buch?« fragt Butte. Aber ich bin gelangweilt und ungeduldig. Ich denke, letztlich ist dies die Ebene, auf der die Partei beurteilt werden sollte. Auf der Ebene nämlich, auf der sie in Wirklichkeit Entscheidungen trifft, handelt, und nicht auf der der Gespräche, die ich mit Jack führe, welche die Partei überhaupt nicht berühren. Plötzlich entschließe ich mich, aus der Partei auszutreten. Ich finde es interessant, daß es dieser Augenblick ist und kein anderer. »Also«, sage ich liebenswürdig, »werden beide Bücher veröffentlicht werden, und das war eine sehr interessante Diskussion.« »Ja, danke, Genossin Anna, das war es tatsächlich«, sagt John Butte. Jack beobachtet mich; ich glaube, er weiß, daß ich meinen Beschluß gefaßt habe. Aber die Männer haben jetzt andere Dinge zu besprechen, die mich nicht betreffen, also verabschiede ich mich von John Butte und gehe in mein Zimmer nebenan. Jacks Sekretärin, Rose, teilt es sich mit mir. Wir mögen uns nicht und begrüßen uns kühl. Ich mache mich über den Stapel von Zeitschriften und Papieren auf meinem Schreibtisch her.

Ich lese Zeitschriften und Magazine, die in den kommunistischen Ländern in Englisch veröffentlicht werden: Rußland, China, DDR, etc., etc., und wenn darin eine Geschichte oder ein Artikel oder ein Roman ist, der ›für britische Verhältnisse‹ zutreffend ist, dann mache ich Jack, und damit auch John Butte, darauf aufmerksam. Sehr wenig ›trifft auf britische Bedingungen zu‹; gelegentlich mal ein Artikel oder eine Kurzgeschichte. Ich lese begierig dieses Material, genauso wie Jack und aus denselben Gründen: wir lesen zwischen und hinter den Zeilen, um Trends und Tendenzen auszumachen.

Aber – wie mir kürzlich bewußt wurde – es steckt mehr dahinter. Der Grund für meine faszinierte Versunkenheit ist etwas anderes. Das meiste ist platt, zahm, optimistisch und in einem merkwürdig heiteren Tonfall gehalten, selbst wenn es um Krieg und Leiden geht. Es ist alles aus dem Mythos entstanden. Aber diese schlechten, toten, banalen Schriften sind die Kehrseite meiner Medaille. Ich schäme mich über den psychologischen Impuls, der *Frontiers of War* hervorgebracht hat. Ich habe beschlossen, nie wieder zu schreiben, wenn das die Empfindung ist, aus der mein Schreiben sich nährt.

Während des letzten Jahres, als ich diese Geschichten, diese Romane las, in denen möglicherweise ein wahrer Abschnitt, ein Satz oder ein Ausdruck stand, wurde ich dazu gezwungen, anzuerkennen, daß das Aufleuchten echter Kunst aus einem tiefen, plötzlichen, starken, unverhüllten persönlichen Gefühl kommt. Nicht einmal in der Übersetzung kann man dieses Aufleuchten von echtem persönlichen Gefühl verkennen. Und ich lese dieses tote Zeug und bete, daß es nur einmal eine Kurzgeschichte, einen Roman, ja selbst einen Artikel geben möge, der ganz aus echtem persönlichen Gefühl heraus geschrieben ist.

So sieht das Paradox aus: Ich, Anna, verwerfe meine eigene ›kranke‹ Kunst; verwerfe aber ›gesunde‹ Kunst, wenn ich sie sehe.

Entscheidend ist, daß das, was ich jetzt schreibe, durch und durch unpersönlich ist. Daß es so banal ist, liegt an der Unpersönlichkeit. Es ist, als wäre ein neuer Anonymus des zwanzigsten Jahrhunderts am Werk.

Seit ich in der Partei bin, bestand meine ›Parteiarbeit‹ im wesentlichen darin, Vorträge über Kunst vor kleinen Gruppen zu halten. Das klingt denn etwa so: »Die Kunst des Mittelalters war Gemeineigentum, sie war nicht individuell; sie erwuchs aus einem Gruppenbewußtsein, war ohne die treibende schmerzhafte Individualität der Kunst in der bürgerlichen Ära. Und eines Tages werden wir den treibenden Egoismus individueller Kunst hinter uns lassen. Wir werden zu einer Kunst zurückkehren, die nicht die Gespaltenheit eines Menschen und die Absonderung von seinen Kameraden zum Ausdruck bringt, sondern seine Verantwortlichkeit für seine Kameraden, seine Brüderlichkeit. Die Kunst des Westens . . .«, um dieses nützliche Schlagwort zu gebrauchen, – »wird mehr und mehr zu einem Aufschrei der Qual von Seelen, die von ihrem Schmerz berichten. Schmerz wird unsere tiefste Wirklichkeit . . .« Ich habe irgend so etwas gesagt. Vor drei Monaten, mitten in dieser Vorlesung, fing ich an zu stammeln und konnte sie nicht beenden. Ich habe keine Vorlesungen mehr gehalten. Ich weiß, was das Stammeln bedeutet.

Mir ging auf, daß der Grund dafür, daß ich anfing, für Jack zu arbeiten, ohne zu wissen weshalb, der war, daß ich meine intensive private Auseinandersetzung mit Kunst, mit Literatur (und deswegen mit dem Leben) und mit meiner Weigerung, wieder zu schreiben, in einen Brennpunkt rücken wollte, in dem ich sie täglich aufs neue betrachten mußte.

Ich bespreche das mit Jack. Er hört zu und versteht mich. (Er versteht mich immer.) Er sagt: »Anna, der Kommunismus ist noch nicht vier Jahrzehnte alt. Die Kunst, die er bisher produziert hat, ist größtenteils schlecht. Aber was hindert dich daran zu glauben, daß das die ersten Schritte eines Kindes sind, das laufen lernt? Und im Laufe eines Jahrhunderts . . .« »Oder in fünf Jahrhunderten«, sage ich, um ihn aufzuziehen. »Im Laufe eines Jahrhunderts wird die neue Kunst vielleicht geboren werden. Warum nicht?« Und ich sage: »Ich weiß nicht, was ich denken soll. Allmählich bekomme ich Angst, daß ich Unsinn rede. Ist dir klar, daß alle Auseinandersetzungen, die wir führen, sich immer um das gleiche drehen – das individuelle Bewußtsein, die individuelle Sensibilität?« Er zieht mich auf und sagt: »Und wird nun das individuelle Bewußtsein deine lustvolle, für die Gemeinschaft bestimmte, selbstlose Kunst produzieren?« »Warum nicht? Vielleicht ist das individuelle Bewußtsein auch ein Kind, das laufen lernt?« Er nickt; das Nicken besagt: Das ist ja alles sehr interessant, aber laß uns mit unserer Arbeit weitermachen.

Das Lesen dieser Unmenge von toter Literatur ist nur ein kleiner Teil meiner Arbeit. Weil meine Arbeit, ohne daß irgend jemand es beabsichtigt oder erwartet hätte, etwas ganz anderes geworden ist. Und zwar ›Wohlfahrts-arbeit‹ – ein Witz, den Jack macht, den ich mache; und auch Michael: »Wie läuft deine Wohlfahrtsarbeit, Anna? Wieder ein paar Seelen in der letzten Zeit gerettet?«

Bevor ich mit der ›Wohlfahrtsarbeit‹ anfange, gehe ich hinunter in den Waschraum, richte mir das Gesicht her, wasche mich zwischen den Beinen und frage mich, ob der Entschluß, aus der Partei auszutreten, den ich gerade gefaßt habe, daher rührt, daß ich aufgrund der Entscheidung, alles über den heutigen Tag aufzuschreiben, klarer denke als gewöhnlich? Und wenn es so ist, wer ist diese Anna, die lesen wird, was ich schreibe? Wer ist dieses andere Ich, dessen Urteil ich fürchte; dessen Blick zumindest sich von meinem unterscheidet, solange ich nicht denke, registriere und bewußt bin. Vielleicht werde ich morgen, wenn das Auge jener anderen Anna auf mir ruht, beschließen, nicht aus der Partei auszutreten? Eines ist jedenfalls sicher, ich werde Jack vermissen – mit wem sonst könnte ich, und zwar vorbehaltlos, all diese Probleme besprechen? Mit Michael natürlich – aber der wird mich verlassen. Und außerdem ist das Gespräch mit ihm immer voller Bitterkeit. Was mich aber interessiert, ist folgendes: Michael ist der Exkommunist, der Verräter, die verlorene Seele; Jack der kommunistische Bürokrat. In gewisser Weise ist es Jack, der Michaels Genossen ermordet hat (aber ich dann auch, denn ich bin in der Partei). Es ist Jack, der Michael mit dem Etikett ›Verräter‹ versieht. Und es ist Michael, der Jack als ›Mörder‹ etikettiert. Und dennoch sind diese beiden Männer (würden sie sich begegnen, so würden sie aus Mißtrauen kein Wort wechseln) die beiden einzigen Männer, mit denen ich reden kann und die alles verstehen, was ich empfinde. Sie sind Teil derselben Erfahrung. Ich stehe im Waschraum und sprühe Parfüm auf meine Arme, um den Geruch des schalen Blutrinnsals zu bekämpfen; und plötzlich wird mir klar, daß das, was ich über Michael und Jack denke, der Alptraum über das Exekutionskommando und die Gefangenen, die die Plätze wechseln, ist. Ich fühle mich schwindlig und verwirrt, gehe nach oben in mein Büro und lege die großen Zeitschriftenstapel beiseite: *Voks, Soviet Literature, Peoples for Freedom Awake! China Reborn* etc., etc. (der Spiegel, in den ich über ein Jahr geblickt habe). Ich merke, daß ich die Sachen nicht wieder lesen kann. Ich kann es einfach nicht. Wie tot – ich selbst oder die Lektüre. Ich sehe nach, was für ›Wohlfahrtsarbeit‹ für heute anfällt. Als ich gerade soweit bin, kommt Jack herein, weil John Butte in die Zentrale zurückgegangen ist, und fragt: »Anna, willst du mit mir Tee trinken und Sandwiches essen?« Jack lebt vom offiziellen Parteigehalt, das acht Pfund die Woche beträgt; und seine Frau verdient etwa dasselbe als Lehrerin. Also muß er sparsam sein; und eine der Sparmaßnahmen besteht darin, nicht zum Mittagessen auszugehen. Ich sage, ja gern, begleite ihn in sein Büro, und wir reden. Nicht über die beiden Romane, weil darüber nichts weiter zu sagen ist: sie werden veröffentlicht, und wir fühlen uns, jeder auf seine Weise, beschämt. Jack hat einen Freund, der gerade aus der Sowjetunion mit geheimen Informationen über den dortigen Antisemitismus zurückgekommen ist. Und mit Gerüchten über Morde, Folterungen und alle Arten von Pressionen. Jack und ich prüfen jede einzelne Information: Ist das wahr? Klingt das wahr? Und wenn es wahr ist, was bedeutet es dann . . . Und ich denke zum hundertsten Mal, wie merk- würdig es ist, daß dieser Mann zur kommunistischen Bürokratie gehört und trotzdem ebensowenig wie ich oder sonst irgendein gewöhnlicher Kommu- nist weiß, was er glauben soll. Wir kommen, und nicht zum erstenmal, zu dem Schluß, daß Stalin klinisch verrückt gewesen sein muß. Wir sitzen da, trinken Tee, essen Sandwiches und spekulieren darüber, ob wir es, hätten wir während der letzten Jahre in der Sowjetunion gelebt, als unsere Pflicht betrachtet hätten, ihn zu ermorden. Jack sagt nein; Stalin ist so eng verbun- den mit seiner Erfahrung, seiner tiefsten Erfahrung, daß er, selbst wenn er wüßte, Stalin sei auf kriminelle Weise wahnsinnig, im entscheidenden Mo- ment nicht abdrücken könnte: er würde statt dessen den Revolver gegen sich selbst richten. Ich sage, ich könnte es auch nicht, weil »politischer Mord gegen meine Prinzipien verstößt«. Und so weiter und so weiter; und ich denke, wie entsetzlich dieses Gespräch ist und wie unehrlich. Wir sitzen im sicheren, bequemen, prosperierenden London, ohne daß unser Leben oder unsere Freiheit in irgendeiner Weise gefährdet wären. Und etwas geschieht, vor dem ich immer mehr Angst bekomme – die Wörter verlieren ihre Bedeutung. Ich kann Jack und mich reden hören – es scheint, als kämen die Wörter aus meinem Inneren heraus, von irgendeinem anonymen Ort –, aber sie bedeuten überhaupt nichts. Unablässig *sehe* ich vor meinen Augen Bilder von dem, worüber wir reden – Szenen von Tod, Folter, Kreuzverhör und so weiter; und die Wörter, die wir gebrauchen, haben nichts mit dem zu tun, was ich sehe. Sie klingen wie idiotisches Geplapper, wie verrücktes Gerede. Plötzlich sagt Jack: »Wirst du aus der Partei austreten, Anna?« Ich sage: »Ja.« Jack nickt. Es ist ein freundliches, nicht verurteilendes Nicken. Und sehr einsam. Plötzlich tut sich ein Abgrund zwischen uns auf – nicht des Vertrauens, denn wir vertrauen uns gegenseitig – aber der zukünftigen Erfahrung. Er wird bleiben, weil er so lange drin war, weil es sein Leben war, weil alle seine Freunde drin sind und drin bleiben werden. Und bald schon, wenn wir uns begegnen, werden wir Fremde sein. Und ich denke, was für ein guter Mann er ist. Er und die Männer, die so sind wie er; und wie sie von der Geschichte betrogen worden sind – als ich mich dieses melodramatischen Ausdrucks bediene, ist er nicht melodramatisch, er trifft zu. Wenn ich es ihm jetzt sagen würde, würde er wie immer einfach und freundlich nicken. Und wir würden uns ironisch verständnisvoll ansehen – einzig von Gottes Gnaden da, etc. (so wie die beiden Männer, die vor dem Exekutionskommando die Plätze wechseln).

Ich mustere ihn – er sitzt auf seinem Schreibtisch, mit einem halbaufgegessenen, trockenen, faden Sandwich in der Hand, und sieht trotz allem wie ein würdiger Professor aus – was er hätte werden können. Ziemlich jungenhaft, bebrillt, intellektuell bleich. Und anständig. Ja, das ist das richtige Wort – anständig. Und dennoch. Hinter ihm, ein Stück von ihm selbst, genauso wie von mir, die elende Geschichte voller Blut, Mord, Elend, Verrat, Lügen. Er sagt: »Anna, weinst du?« »Das wäre sehr leicht möglich«, sage ich. Er nickt und sagt: »Du mußt tun, was du meinst, tun zu müssen.« Dann lache ich, weil seine britische Erziehung aus ihm gesprochen hat, sein anständiges, nonkonformistisches Gewissen. Er weiß, weshalb ich lache, und er nickt und sagt: »Wir sind alle das Produkt unserer Erfahrung. Ich hatte das Pech, als ein bewußtes menschliches Wesen in die frühen dreißiger Jahre hineingeboren zu sein.« Plötzlich bin ich unerträglich unglücklich, und ich sage: »Jack, ich gehe wieder an die Arbeit«, und ich gehe in mein Büro zurück und lege meinen Kopf auf die Arme und danke Gott, daß die dämliche Sekretärin essen gegangen ist. Ich denke: Michael verläßt mich, das ist vorbei; auch wenn er vor Jahren aus der Partei ausgetreten ist, ist er ein Teil des Ganzen. Ich trete aus der Partei aus. Das ist ein Abschnitt meines Lebens, der zu Ende ist. Und was nun? Ich gehe hinaus, bereitwillig, etwas Neues anzufangen, und ich muß es auch. Ich streife eine Haut ab oder werde neu geboren. Die Sekretärin Rose kommt herein, ertappt mich, wie ich den Kopf auf den Armen habe, fragt, ob mir nicht gut ist. Ich sage, ich habe nicht genug geschlafen und mache ein Nickerchen. Und ich fange mit der ›Wohlfahrtsarbeit‹ an. Ich werde sie vermissen, wenn ich gehe. Ich denke: Ich werde die Illusion, etwas

343

Sinnvolles zu tun, vermissen, und ich frage mich, ob ich wirklich glaube, daß es eine Illusion ist.

Vor etwa achtzehn Monaten stand in einer der Parteizeitschriften ein kleiner Abschnitt, des Inhalts, daß Boles und Hartley, diese Firma hier, beschlossen haben, neben Soziologie, Geschichte etc., ihrem Hauptgeschäft, auch Romane zu veröffentlichen. Und schlagartig wurde das Büro von Manuskripten überschwemmt. Bis dahin hatten wir uns darüber lustig gemacht, daß sicherlich alle Parteimitglieder Halbtagsromanciers waren, aber plötzlich war das kein Witz mehr. Denn mit jedem Manuskript – einige von ihnen offenkundig seit Jahren in Schubladen gehortet – kam ein Brief; und diese Briefe wurden meine Angelegenheit. Die meisten Romane sind ziemlich schlecht, entweder von dem banalen Anonymus verfaßt oder schlichtweg unzureichend. Aber aus den Briefen spricht etwas ganz anderes. Ich sagte Jack, wie schade es sei, daß wir nicht eine Auswahl von etwa fünfzig Briefen als Buch drucken könnten. Worauf er antwortete: »Aber meine liebe Anna, das wäre eine Zuwiderhandlung gegen die Partei. Was für ein *Vorschlag!*«

Ein typischer Brief: »Lieber Genosse Preston! Ich weiß nicht, was Du von dem hältst, was ich Dir schicke. Ich habe es vor vier Jahren geschrieben. Ich habe es an eine Handvoll der üblichen ›seriösen‹ Verleger geschickt – mehr brauche ich nicht zu sagen! Als ich erfuhr, daß Boles und Hartley beschlossen haben, kreatives Schreiben genauso zu fördern wie die üblichen philosophischen Traktate, fühlte ich mich ermutigt, noch einmal mein Glück zu versuchen. Vielleicht ist dieser Beschluß das lang erwartete Zeichen für eine neue Einstellung innerhalb der Partei gegenüber wirklicher Kreativität? Wie dem auch immer sei, ich erwarte voller Hoffnung Euren Beschluß – versteht sich! Es grüßt Dich Dein Genosse. P.S. Es ist für mich sehr schwierig, Zeit zum Schreiben zu finden. Ich bin Sekretär der hiesigen Parteiortsgruppe (die in den letzten zehn Jahren von sechsundfünfzig Mitgliedern auf fünfzehn zusammengeschrumpft ist – und die meisten von ihnen sind Parteileichen). Ich bin aktives Mitglied in meiner Gewerkschaft. Außerdem bin ich Sekretär der hiesigen Musikgesellschaft – tut mir leid, aber ich muß sagen, ich finde, solche Zeugnisse von Lokalkultur dürfen nicht verachtet werden, obwohl ich weiß, was die Zentrale zu *diesem* sagen würde! Ich habe Frau und drei Kinder. Also bin ich, um diesen Roman schreiben zu können (falls er die Bezeichnung verdient!), jeden Morgen um vier Uhr aufgestanden und habe drei Stunden gearbeitet, bevor meine Kinder und meine bessere Hälfte aufgewacht sind. Und dann zackzack ab ins Büro und ein weiterer Tag Tretmühle für die Bosse, in diesem Falle die Beckly Zement Co Ltd. Nie davon gehört? Also, glaub mir, wenn ich einen Roman über die und ihre Geschäfte schreiben könnte, dann säße ich wegen Verleumdung auf der Anklagebank. Mehr brauche ich wohl nicht zu sagen?«

Und ein anderer: »Lieber Genosse. Mit Furcht und Zittern schicke ich Dir meine Geschichten. Von Dir erwarte ich ein *faires* und *gerechtes* Urteil – sie sind viel zu oft von unseren sogenannten Kulturzeitschriften zurückgeschickt worden. Ich bin froh, daß die Partei sich endlich aufgerafft hat, Talente in ihrer Mitte zu fördern, statt bei jeder Tagung Reden über Kultur zu halten und niemals etwas Praktisches dafür zu leisten. Diese Bände über dialektischen Materialismus und die Geschichte der Bauernaufstände sind ja alle ganz gut, aber wo bleibt das Leben? Ich habe eine ganze Menge Erfahrung mit dem Schreiben. Ich habe im Krieg angefangen (Zweiter Weltkrieg), als ich für unseren Bataillonshaufen schrieb. Ich habe seitdem immer geschrieben, wenn ich Zeit dazu hatte. Aber da liegt der Hund begraben. Mit einer Frau und zwei Kindern (und meine Frau ist genauso wie die Weisen aus King Street voll davon überzeugt, daß ein Genosse besser Flugblätter verteilen sollte, statt *seine Zeit mit Gekritzel zu verschwenden*) bedeutet das einen beständigen Kampf. Nicht nur mit ihr, sondern auch mit den hiesigen Parteibeamten, die alle eine finstere Miene machen, wenn ich sage, ich möchte mir zum Schreiben freinehmen. Es grüßt Dich – Dein Genosse.«

»Lieber Genosse. Wie ich diesen Brief anfangen soll, ist mein größtes Problem, aber wenn ich zögere und die Anstrengung scheue, so werde ich niemals erfahren, ob Du die Güte haben wirst, so freundlich zu sein, mir zu helfen, oder ob Du meinen Brief in den Papierkorb werfen wirst. In erster Linie schreibe ich als Mutter. Wie tausend anderen Frauen wurde mir in der letzten Phase des Krieges mein Zuhause zerstört, und ich mußte für meine beiden Kinder sorgen, obwohl es gerade die Zeit war, in der ich eine Chronik (keinen Roman) über meine Mädchenzeit beendet hatte. Sie wurde vom Lektor eines unserer besten Verlagshäuser (kapitalistisch, fürchte ich, da muß man natürlich ein gewisses Vorurteil voraussetzen – aber ich habe aus meiner politischen Überzeugung kein Geheimnis gemacht!) außerordentlich positiv beurteilt. Aber mit zwei Kindern in meiner Obhut, mußte ich jegliche Hoffnung, mich durchs Wort auszudrücken, aufgeben. Ich hatte das Glück, eine Stellung als Haushälterin bei einem Witwer mit drei Kindern zu bekommen, und so vergingen fünf fröhliche Jahre, dann heiratete er wieder (nicht sehr klug, aber das ist eine andere Geschichte), er brauchte mich nicht länger in seinem Haushalt, und meine Kinder und ich mußten gehen. Dann bekam ich eine Arbeit als Zahnarzthelferin und mußte mit 10 £ die Woche meine Kinder und mich ernähren und den Schein der Respektabilität wahren. Jetzt arbeiten meine beiden Jungen, und meine Zeit gehört mir plötzlich selbst. Ich bin fünfundvierzig Jahre alt, lehne mich aber gegen die Vorstellung auf, daß mein Leben vorbei ist. Freunde und/oder Genossen sagen mir, es sei meine Pflicht, die Freizeit, die ich habe, in der Partei zu verbringen – der ich in Gedanken treu geblieben bin, auch wenn ich nicht die Zeit hatte, von praktischem Nutzen zu sein. Aber – soll ich's wagen, das zu gestehen? – meine Gedanken über die Partei sind verworren und häufig negativ. Ich kann meinen früheren Glauben an die herrliche Zukunft der Menschen nicht mit dem versöhnen, was wir lesen (obwohl es natürlich in der kapitalistischen Presse steht – scheint es doch kein Fall von Rauch ohne Feuer zu sein?), und ich glaube, ich wäre meinem wahren Ich durch Schreiben dienlicher. Inzwischen ist die Zeit über Haushaltsplackerei und der Arbeit, um den Lebensunterhalt zu verdienen, vergangen, und ich habe den Kontakt zu den edleren Dingen des Lebens verloren. Bitte, rate mir, was ich lesen soll, wie ich mich entwickeln soll und wie ich die verlorene Zeit wieder einholen kann. Mit brüderlichen Grüßen. P.S. Meine beiden Söhne sind auf das Gymnasium gegangen und mir, wie ich fürchte, in ihrem Wissen weit voraus. Das hat mir ein Gefühl der Unterlegenheit gegeben, gegen das ich hart anzukämpfen habe. Mehr als ich es mit Worten ausdrücken kann, wäre ich dankbar für Deinen freundlichen Rat und Deine Hilfe.«

Ein Jahr lang habe ich diese Briefe beantwortet, die Schreiber getroffen und ihnen praktischen Rat gegeben. Zum Beispiel habe ich die Leute, die mit ihren lokalen Parteibeamten um freie Zeit zum Schreiben kämpfen müssen, gebeten, nach London zu kommen. Dann gehen Jack und ich mit ihnen zum Mittagessen oder zum Tee aus (Jack ist ganz wichtig dabei, weil er in der Partei weit oben steht), und wir sagen ihnen, daß sie gegen diese Beamten ankämpfen müssen, daß sie auf ihrem Recht bestehen müssen, Zeit für sich selber zu beanspruchen. Letzte Woche habe ich einer Frau dadurch geholfen, daß ich sie zum Rechtshilfebüro geschickt habe, damit sie Rat bezüglich der Scheidung von ihrem Mann bekommt.

Während ich mich mit diesen Briefen oder ihren Schreibern befasse, arbeitet Rose Latimer mir gegenüber, steif vor Feindseligkeit. Sie ist das typische Parteimitglied von heute; kommt aus dem Kleinbürgertum, beim Wort ›Arbeiter‹ füllen sich ihre Augen buchstäblich mit Tränen. Wenn sie Reden hält oder Ausdrücke wie ›Der britische Arbeiter‹ oder ›Die Arbeiterklasse‹ benutzt, wird ihre Stimme weich vor Ehrfurcht. Wenn sie in die Provinz reist, um Versammlungen zu organisieren oder Reden zu halten, kommt sie exaltiert zurück: »Herrliche Leute«, sagt sie, »herrliche, wunderbare Leute. Sie sind *wirklich*.« Vor einer Woche bekam ich einen Brief von der Frau eines Gewerkschaftsbeamten, mit der sie, Rose, vor einem Jahr ein Wochenende verbracht hatte. Sie war mit der üblichen Lobeshymne auf die wunderbaren, wirklichen Leute zurückgekehrt. Diese Frau klagte, sie sei am Ende ihrer Kräfte: Ihr Mann verbringe seine gesamte Zeit entweder mit seinen Gewerkschaftsbeamtenkollegen oder in der Kneipe; und sie bekomme von ihm nie Hilfe bei der Arbeit mit ihren vier Kindern. Und in der üblichen aufschlußreichen Nachschrift stand, daß sie seit acht Jahren ›kein Liebesleben‹ mehr gehabt hätten. Ich reichte Rose kommentarlos diesen Brief, sie las ihn und sagte rasch, abwehrend und ärgerlich: »Davon habe ich überhaupt nichts gesehen, als *ich* da war. Er ist das Salz der Erde. Sie sind das Salz der Erde, diese Leute.« Und dann, als sie mir den Brief mit einem strahlenden, falschen Lächeln zurückgab: »Ich nehme an, du wirst sie dazu ermutigen, Mitleid mit sich selbst zu haben.«

Mir wird klar, was für eine Erleichterung es sein wird, die Gesellschaft von Rose loszusein. Ich verabscheue selten jemanden (zumindest nicht länger als ein paar Augenblicke), aber sie verabscheue ich lebhaft und intensiv. Und ich verabscheue ihre physische Gegenwart. Sie hat einen langen, dünnen, knochigen Hals, auf dem Mitesser und Schmutzspuren sind. Und auf diesem unangenehmen Hals sitzt ein schmaler, glänzender, schnippischer Kopf, wie der eines Vogels. Ihr Mann, ebenfalls Parteibeamter, ein angenehmer, nicht sehr intelligenter Mann, steht unter ihrem Pantoffel. Sie hat zwei Kinder, die sie auf höchst konventionelle Mittelstandsweise aufzieht, ängstlich auf ihre Manieren und ihre Zukunft bedacht. Sie war früher ein sehr hübsches Mädchen – mir wurde gesagt, in den dreißiger Jahren sei sie eines der Glamourgirls der Partei gewesen. Natürlich macht sie mir Angst: sie ängstigt mich genauso, wie mich John Butte ängstigt – was wird mich davon abhalten, so zu werden wie sie?

Indem ich Rose, hypnotisiert von ihrem schmutzigen Hals, ansehe, erinnere ich mich daran, daß ich heute besondere Gründe habe, um meine eigene Sauberkeit besorgt zu sein, und statte dem Waschraum einen erneuten Besuch ab. Als ich zu meinem Schreibtisch zurückkomme, ist die Nachmittagspost angekommen, und da liegen zwei weitere Manuskripte und mit ihnen noch zwei Briefe. Einer der Briefe kommt von einem alten Rentner, einem Mann von fünfundsiebzig Jahren, der allein lebt und seine Hoffnungen an der Überzeugung festmacht, daß die Veröffentlichung dieses Buches (es sieht ziemlich schlimm aus) »der Trost meiner alten Tage« sein wird. Ich beschloß, ihn zu besuchen, bevor mir wieder einfällt, daß ich diese Arbeit aufgebe. Wird wohl jemand diese Arbeit machen, wenn ich es nicht tue? Wahrscheinlich nicht. Aber hat sich dadurch wirklich so viel geändert? Ich kann mir nicht vorstellen, daß sich durch die Briefe, die ich in diesem Jahr der ›Wohlfahrtsarbeit‹ geschrieben, die Besuche, die ich gemacht, die Ratschläge, ja sogar die praktische Hilfe, die ich gegeben habe, derart viel geändert haben soll. Vielleicht ein bißchen weniger Frustration, ein bißchen weniger Unglück – aber das ist eine gefährliche Denkweise, eine, die mir allzusehr entspricht, und ich fürchte mich vor ihr.

Ich gehe zu Jack, der allein, hemdsärmelig, die Füße auf dem Schreibtisch, Pfeife rauchend dasitzt. Sein blasses, intelligentes Gesicht ist besorgt und finster, er kommt mir mehr denn je wie ein Universitätsprofessor in einer Ruhepause vor. Wie ich weiß, denkt er über seine private Arbeit nach. Sein Spezialfach ist die Geschichte der Kommunistischen Partei in der Sowjetunion. Er hat etwa eine halbe Million Wörter über dieses Thema geschrieben. Aber unmöglich, das jetzt zu veröffentlichen, weil er wahrheitsgetreu über die Rolle von Trotzki und vergleichbaren Leuten geschrieben hat. Er häuft Manuskripte, Notizen und Berichte von Gesprächen an. Ich ziehe Jack auf und sage: »In zweihundert Jahren darf man die Wahrheit sagen.« Er lächelt ruhig und sagt: »Oder schon in zwei Jahrzehnten oder in fünf.« Es bekümmert ihn nicht, daß diese detaillierte Arbeit auf Jahre hinaus keine praktische Anerkennung erfahren wird, vielleicht nicht einmal zu seinen Lebzeiten. Er sagte einmal: »Es würde mich überhaupt nicht wundern, wenn irgend jemand, der das Glück hat, nicht in der Partei zu sein, das alles zuerst veröffentlicht. Andererseits hätte jemand, der nicht in der Partei ist, nicht den Zugang zu gewissen Leuten und Dokumenten, den ich habe. Es ist also eine zweischneidige Sache.«

Ich sage: »Jack, wenn ich gehe, wird dann jemand da sein, der sich um all diese Leute kümmert, die in Not sind?« Er sagt: »Ich kann es mir nicht leisten, jemanden dafür zu bezahlen. Es gibt nicht viele Genossen, die es sich leisten können, von Tantiemen zu leben wie du.« Dann wird er weich und sagt: »Ich werde sehen, was ich für die schlimmsten Fälle tun kann.« »Da ist ein alter Rentner«, sage ich; und ich setze mich, und wir besprechen, was getan werden könnte. Dann sagt er: »Wie ich sehe, willst du dich nicht an die Kündigungsfrist von einem Monat halten? Ich habe immer gedacht, daß du das tun würdest – und jetzt entschließt du dich zu gehen und spazierst einfach hinaus.« »Wenn ich das nicht täte, wäre ich überhaupt nicht fähig zu gehen.« Er nickt. »Nimmst du eine andere Arbeit an?« »Ich weiß nicht, ich möchte nachdenken.« »Eine Art Rückzug für eine Weile?« »Der Hauptgrund ist, daß es mir so vorkommt, als wäre nur noch ein Haufen total widersprüchlicher Einstellungen in meinem Kopf.« »Im Kopf eines jeden ist ein Haufen widersprüchlicher Einstellungen. Ist das so wichtig?« »Findest du nicht, *uns* sollte das wichtig sein?« (Meinend, es sollte den Kommunisten wichtig sein.) »Aber Anna, ist dir nicht aufgegangen, daß die ganze Geschichte . . .« »Oh, Jack, laß uns nicht über Geschichte, über die fünf Jahrhunderte reden, das ist so eine Ausflucht.« »Nein, das ist keine Ausflucht. Denn im Verlauf der ganzen Geschichte hat es vielleicht fünf, zehn, fünfzig Leute gegeben, deren Bewußtsein wahrhaftig auf der Höhe ihrer Zeit war. Und wenn unser Realitätsbewußtsein nicht unserer Zeit entspricht, was ist dann so schrecklich daran? Unsere Kinder . . .« »Oder unsere Ur-Ur-Urenkel«, sage ich und klinge gereizt. »In Ordnung – unsere Ur-Ur-Ur-Urenkel werden zurückblicken, und ihnen wird vollkommen klar sein, daß die Art, wie wir die Welt sahen, die Art, wie wir die Welt jetzt sehen, falsch war. Aber dann wird ihre Sicht da sein, die Sicht ihrer Zeit. Es kommt nicht so darauf an.«

»Aber Jack, was für ein Unsinn . . .« Ich höre, daß meine Stimme schrill klingt, und unterbreche mich. Ich merke, daß meine Periode mich eingeholt hat; es gibt in jedem Monat einen Augenblick, in dem das geschieht, und dann werde ich gereizt, weil ich mich hilflos und unkontrolliert fühle. Außerdem bin ich gereizt, weil dieser Mann jahrelang an der Universität Philosophie studiert hat und ich nicht zu ihm sagen kann: Ich weiß, daß du im Unrecht bist, weil ich das im Gefühl habe. (Daneben hat das, was er sagt, etwas gefährlich Attraktives, und ich weiß, daß ein Teil meiner Gereiztheit vom Kampf gegen diese Attraktion herrührt.) Jack ignoriert meine Schrillheit; und er sagt milde: »Trotzdem, ich wünschte, du würdest darüber nachdenken, Anna – es hat etwas sehr Arrogantes, wenn man auf dem Recht, im Recht zu sein, beharrt.« (Das Wort ›arrogant‹ trifft mich; weil ich selbst so oft von meiner Arroganz überzeugt war.) Ich sage, reichlich schwach: »Aber ich denke und denke und denke.« »Nein, laß mich's nochmal versuchen: In den letzten ein oder zwei Jahrzehnten waren die wissenschaftlichen Errungenschaften revolutionär. Auf allen möglichen Gebieten. Es gibt wahrscheinlich keinen Wissenschaftler auf der Welt, der die Implikationen von allen wissenschaftlichen Errungenschaften verstehen kann, oder zumindest einen Teil davon. Es gibt vielleicht einen Wissenschaftler in Massachussetts, der sich in einer Sache auskennt, und einen in Cambridge, der sich in einer anderen auskennt, und wieder einen in der Sowjetunion für eine dritte Sache – und so weiter. Aber selbst das bezweifle ich. Ich bezweifle, ob es irgendeinen lebenden Menschen gibt, der wirklich mit Hilfe seiner Phantasie sämtliche Implikationen von, sagen wir mal, der Verwendung der Atomenergie für die Industrie versteht . . .« Ich merke, daß er entsetzlich weit vom Thema entfernt ist; und ich halte stur an meinem fest: »Alles was du sagst, heißt, daß wir uns mit unserer Gespaltenheit abfinden müssen.« »Gespalten«, sagte er. »Ja.« »Aber sicher, ich sage, du bist kein Wissenschaftler, dir fehlt die wissenschaftliche Phantasie.« Ich sage: »Du bist Humanist, so bist du erzogen worden, und auf einmal wirfst du verzweifelt die Arme hoch und sagst, du könntest überhaupt nichts beurteilen, weil du nicht über Physik und Mathematik Bescheid weißt?« Er sieht betreten aus; das tut er so selten, daß ich selber betreten werde. Trotzdem fahre ich mit meinem Thema fort: »Entfremdung. Gespaltensein. Das ist sozusagen die moralische Seite der kommunistischen Botschaft. Und plötzlich zuckst du die Achseln und sagst, weil die mechanische Grundlage unseres Lebens kompliziert geworden ist, müssen wir uns damit begnügen, nicht einmal zu versuchen, die Dinge als ein Ganzes zu verstehen?« Und nun sehe ich, daß sein Gesicht einen halsstarrigen, verschlossenen Ausdruck angenommen hat, der mich an den von John Butte erinnert: er sieht verärgert aus. Er sagt: »Nicht gespalten zu sein ist keine Frage von imaginativem Verstehen all dessen, was geschieht. Oder des

Versuches dazu. Es bedeutet, daß man seine Arbeit so gut wie möglich macht und ein guter Mensch ist.« Ich fühle, daß er ein Verräter an der Sache ist, für die er einsteht. Ich sage: »Das ist Verrat.« »Woran?« »An der Humanität.« Er denkt nach und sagt: »Die Vorstellung von Humanismus wird sich ändern wie alles andere auch.« Ich sage: »Dann wird etwas anderes daraus. Aber Humanismus steht für die ganze Person, das ganze Individuum, das darum kämpft, so bewußt und verantwortlich wie möglich zu werden für das Geschehen im Universum. Aber jetzt sitzt du da, ganz ruhig, und sagst als Humanist, daß der Mensch aufgrund der Komplexität wissenschaftlicher Errungenschaften niemals erwarten darf, ein Ganzes zu sein, daß er immer zersplittert bleiben muß.« Er sitzt nachdenklich da. Und plötzlich finde ich, daß an ihm etwas Unentwickeltes und Unvollständiges ist; und ich frage mich, ob das eine Reaktion darauf ist, daß ich mich entschlossen habe, die Partei zu verlassen, und ob ich bereits meine Gefühle auf ihn projiziere; oder ob er tatsächlich nicht der ist, für den ich ihn die ganze Zeit gehalten habe. Aber ich kann nicht umhin, mir zu sagen, daß sein Gesicht das eines ältlichen Jungen ist; und ich erinnere mich daran, daß er mit einer Frau verheiratet ist, die so alt aussieht, daß sie seine Mutter sein könnte, und daß es ganz offensichtlich eine Liebesheirat war.

Ich insistiere: »Wenn du sagst, um nicht gespalten zu sein, bräuchte man bloß seine Arbeit gut zu machen etc., dann könntest du das zum Beispiel von Rose nebenan sagen.« »Ja, das könnte ich, und das tue ich auch.« Ich kann nicht glauben, daß er das wirklich meint, ich halte sogar Ausschau nach dem Schimmer von Humor, der diese Aussage zweifellos begleiten muß. Dann kapiere ich, daß er es wirklich meint; und ich wundere mich wieder, wieso erst jetzt, nachdem ich gesagt habe, daß ich aus der Partei austrete, diese Unstimmigkeiten zwischen uns einsetzen.

Plötzlich nimmt er die Pfeife aus dem Mund und sagt: »Anna, ich glaube, deine Seele ist in Gefahr.«

»Das ist mehr als wahrscheinlich. Ist das so schrecklich?«

»Du bist in einer gefährlichen Situation. Du verdienst dank der beliebigen Erträge unseres Verlagssystems genug Geld, um nicht arbeiten zu müssen . . .«

»Ich habe nie behauptet, daß das speziell mein Verdienst gewesen sei.« (Ich merke, daß meine Stimme wieder schrill klingt, und gleiche das durch ein Lächeln aus.) »Nein, das hast du nicht. Aber es ist möglich, daß dein nettes kleines Buch dir weiterhin so viel Geld einbringen wird, daß du eine Zeitlang nicht zu arbeiten brauchst. Und deine Tochter ist in der Schule und macht dir keine großen Sorgen. Und so gibt es nichts, was dich davon abhalten könnte, irgendwo in einem Zimmer zu sitzen und nicht viel mehr zu tun, als über alles nachzubrüten.« Ich lache. (Es klingt gereizt.) »Weshalb lachst du?« »Ich hatte

350

früher, während meiner stürmischen Pubertät, eine Lehrerin, die sagte immer: ›Brüte nicht, Anna. Hör auf zu brüten und geh hinaus und tu etwas.‹« »Vielleicht hatte sie recht.« »Ich glaube nicht, daß sie recht hatte. Und ich glaube nicht, daß du recht hast.« »Nun, Anna, da gibt es nichts mehr zu sagen.« »Und ich glaube nicht eine Sekunde, daß *du* glaubst, du hättest recht.« Hier errötet er leicht und wirft mir einen raschen, feindseligen Blick zu. Ich kann den feindseligen Blick auf meinem Gesicht spüren. Es erstaunt mich, daß plötzlich dieser Antagonismus zwischen uns herrscht; zumal jetzt, wo der Augenblick der Trennung gekommen ist. Und es erstaunt mich, daß es nicht so schmerzhaft ist, in dem Augenblick des Antagonismus auseinanderzugehen, wie ich erwartet hatte. Unser beider Augen sind feucht, wir küssen uns auf die Wange und halten uns fest in den Armen; aber es gibt keinen Zweifel, daß diese letzte Auseinandersetzung unsere Gefühle füreinander gewandelt hat. Ich gehe rasch in mein eigenes Büro, nehme meinen Mantel und meine Tasche, dankbar, daß Rose nicht in der Nähe ist und daß keine Erklärung nötig ist.

Es regnet wieder, ein schwaches, langweiliges Nieseln. Die Häuser sind groß und dunkel und naß, auf ihnen Schleier von gespiegeltem Licht; und die Busse sind scharlachrot und lebendig. Ich bin zu spät dran, um Janet rechtzeitig von der Schule abzuholen, selbst wenn ich ein Taxi nehme. Also steige ich in einen Bus und sitze da, umgeben von feuchten und dumpf riechenden Leuten. Mehr als alles andere möchte ich rasch ein Bad nehmen. Meine Oberschenkel scheuern sich klebrig aneinander, und meine Achselhöhlen sind feucht. Im Bus falle ich in eine Leere; aber ich will nicht darüber nachdenken; ich muß für Janet frisch sein. Und so lasse ich die Anna, die ins Büro geht, endlos mit Jack streitet, die traurigen, frustrierten Briefe liest und Rose nicht leiden kann, hinter mir. Als ich nach Hause komme, ist das Haus leer, also rufe ich die Mutter von Janets Freundin an. Janet wird um sieben zu Hause sein; sie spielt noch ein Spiel zu Ende. Dann lasse ich das Badewasser einlaufen; das Badezimmer füllt sich mit Dampf, und ich bade genußvoll, langsam. Danach prüfe ich das schwarzweiße Kleid und sehe, daß der Kragen schmuddelig ist, so daß ich es nicht tragen kann. Es ärgert mich, daß ich das Kleid an das Büro verschwendet habe. Ich ziehe mich wieder an; diesmal meine gestreifte, farbenfrohe Hose und meine schwarze Samtjacke; aber ich kann Michael schon sagen hören: Warum siehst du heute abend so jungenhaft aus, Anna? – also achte ich beim Bürsten besonders darauf, daß meine Frisur nicht jungenhaft aussieht. Inzwischen habe ich alle Öfen angezündet. Ich fange an, zwei Mahlzeiten zu bereiten: eine für Janet und eine für Michael und mich. Janet ist im Augenblick verrückt nach Rahmspinat, der mit Eiern überbacken ist. Ich habe vergessen, braunen Zucker für die Bratäpfel zu kaufen. Also stürze ich hinunter zum Lebensmittelhändler, der gerade schließen will. Man läßt mich gutmütig hinein; und ich ertappe mich dabei, daß ich das Spiel mitspiele, das ihnen Spaß macht: drei Verkäufer in weißen Kitteln bedienen mich überschwenglich und nennen mich Liebste und Schätzchen. Ich bin die liebe kleine Anna, ein liebes kleines Mädchen. Ich renne wieder hinauf, und nun ist Molly nach Hause gekommen und Tommy mit ihr. Sie streiten sich laut, also tue ich so, als höre ich nichts, und gehe nach oben. Janet ist da. Sie ist animiert, aber von mir abgeschnitten; sie war in der Kinderwelt, in der Schule und dann mit ihrer kleinen Freundin in einer Kinderwelt, und jetzt möchte sie dort nicht herauskommen. Sie sagt: »Kann ich im Bett Abendbrot essen?«, und ich sage der Form halber: »Oh, bist du aber faul!«, und sie sagt: »Ja, ist mir aber egal.« Sie geht, ohne daß ich sie auffordern muß, ins Badezimmer und läßt ihr Bad einlaufen. Ich höre, wie sie und Molly drei Treppen tiefer zusammen lachen und reden. Molly wird mit Kindern mühelos selber zum Kind. Sie erzählt eine Nonsens-Geschichte über ein paar Tiere, die ein Theater in Besitz genommen haben und es leiten, ohne daß jemand merkt, daß sie keine Menschen sind. Diese Geschichte fesselt mich so, daß ich auf den Treppenabsatz gehe, um zuzuhören; auf dem Absatz darunter steht Tommy, der ebenfalls zuhört, aber mit einer schlechtgelaunten, kritischen Miene – seine Mutter reizt ihn nie mehr, als wenn sie mit Janet oder einem anderen Kind zusammen ist. Janet lacht und planscht so heftig, daß das Wasser durchs ganze Badezimmer spritzt und ich hören kann, wie es auf dem Boden aufklatscht. Jetzt bin ich die Gereizte, weil ich das ganze Wasser aufwischen muß. Janet kommt, schon schlaftrunken, in ihrem weißen Bademantel und ihrem weißen Pyjama herauf. Ich gehe hinunter und wische die Wasserlachen im Bad auf. Als ich zurückkomme, liegt Janet im Bett, umgeben von ihren Comics. Ich bringe das Tablett mit dem mit Eiern überbackenen Spinat und dem Apfel im Schlafrock hinein. Janet sagt, erzähl mir eine Geschichte. »Es war einmal ein kleines Mädchen, und das hieß Janet«, fange ich an, und sie lächelt vergnügt. Ich erzähle, wie dieses kleine Mädchen an einem regnerischen Morgen zur Schule ging, Unterrichtsstunden hatte, mit den anderen Kindern spielte, sich mit ihrer Freundin stritt . . . »Nein, Mammi, hab' ich nicht, das war gestern. Ich *liebe* Marie, auf immer und ewig.« Also ändere ich die Geschichte folgendermaßen, daß Janet Marie auf immer und ewig liebt. Janet ißt verträumt, führt ihren Löffel zum Mund und hört zu, während ich ihren Tag erfinde, ihm Gestalt gebe. Ich beobachte sie, wobei ich Anna sehe, die Janet beobachtet. Nebenan schreit das Baby. Wieder setzt das Gefühl von Kontinuität, von heiterer inniger Nähe ein, und ich beende die Geschichte so: »Und dann aß Janet ein wundervolles Abendessen mit Spinat und Eiern und Äpfeln im Schlafrock, und das Baby nebenan schrie ein bißchen, und dann hörte es auf zu schreien und schlief ein, und Janet putzte sich die Zähne und ging zu Bett.« Ich nehme das Tablett, und Janet sagt: »Muß ich mir die Zähne putzen?« »Natürlich, das kommt in der Geschichte vor.« Sie läßt ihre Füße über die Bettkante gleiten und schlüpft in ihre Hausschuhe, geht wie ein kleiner Schlafwandler an das Waschbecken, putzt sich die Zähne, kommt zurück. Ich mache ihren Ofen aus und ziehe die Vorhänge vor. Janet liegt wie ein Erwachsener im Bett, bevor sie einschläft: auf dem Rücken, die Hände hinter dem Nacken, die sanft sich bewegenden Vorhänge anstarrend. Es regnet wieder, stark. Ich höre, wie sich die Tür unten im Hause schließt: Molly ist in ihr Theater gegangen. Janet hört es und sagt: »Wenn ich erwachsen bin, werde ich Schauspielerin.« Gestern sagte sie, Lehrerin. Sie sagt schläfrig: »Sing mir was vor.« Sie schließt die Augen und murmelt: »Heute abend bin ich ein Baby. Ich bin ein Baby.« Also singe ich wieder und wieder, während Janet auf jede bekannte Abwandlung horcht, denn ich habe alle möglichen Variationen: »Eia popeia, schlaf ein, die Träume kommen herein, schlaf und träume süß die ganze Nacht, bis der Morgen hell erwacht.« Sooft Janet meint, daß die Wörter, die ich gewählt habe, nicht ihrer Stimmung entsprechen, unterbricht sie mich und verlangt eine andere Variante; aber heute abend habe ich richtig geraten, und ich singe sie wieder und wieder und wieder, bis ich sehe, daß sie eingeschlafen ist. Sie sieht so schutzlos und winzig aus, wenn sie schläft, daß ich in mir den mächtigen Impuls, sie zu schützen, sie vor allem Schaden zu bewahren, eindämmen muß. An diesem Abend ist er stärker als gewöhnlich; aber ich weiß, das kommt daher, daß ich meine Periode habe und das Bedürfnis habe, mich selbst an jemanden zu klammern. Ich gehe hinaus und schließe sanft die Tür.

Und nun das Kochen für Michael. Ich rolle das Kalbfleisch auseinander, das ich heute morgen, als ich mich daran erinnerte, flachgeklopft habe, und ich wälze die Stücke in Eigelb und Semmelbröseln. Ich habe gestern Brösel geröstet, sie riechen trotz der Feuchtigkeit der Luft immer noch frisch und trocken. Ich schneide die Pilze in die Sahne. Ich habe einen Topf mit gelierter Brühe im Eisschrank, die ich flüssig werden lasse und würze. Die übrigen Äpfel, die ich schmorte, als ich Janets Apfel zubereitete, höhle ich aus der noch warmen, knisternden Schale, siebe das Fruchtfleisch durch, mische es mit dünner Vanille-Sahne und rühre die Masse, bis sie dick wird; dann fülle ich sie wieder in die Apfelschalen und stelle das Ganze zum Braten in den Ofen. Die ganze Küche ist erfüllt von guten Kochgerüchen; und ganz plötzlich bin ich glücklich, so glücklich, daß ich die Wärme des Glücks im ganzen Körper spüren kann. Dann fühle ich eine Kälte in meinem Magen, und ich denke: Wenn ich jetzt glücklich bin, ist das eine Lüge, es ist eine alte Gewohnheit aus den letzten vier Jahren, da war ich in Augenblicken wie diesen immer so glücklich. Das Glücksgefühl verschwindet, und ich bin verzweifelt und müde. Mit der Müdigkeit kommt Schuldbewußtsein. Ich

kenne diese verschiedenen Formen der Müdigkeit und des Schuldbewußtseins so gut, daß sie mich sogar langweilen. Trotzdem muß ich dagegen
ankämpfen. Vielleicht habe ich nicht genug Zeit für Janet – ach was, Unsinn,
sie wäre nicht so glücklich und unbeschwert, wenn ich sie nicht richtig
behandeln würde. Ich bin zu egoistisch, Jack hat recht, ich sollte mich einfach
um eine Arbeit kümmern und mir keine Sorgen um mein Gewissen machen
– Unsinn, ich glaube das nicht. Ich sollte Rose nicht derart verabscheuen – na
ja, nur ein Heiliger täte das nicht, sie ist eine abscheuliche Frau. Ich lebe von
nicht-verdientem Geld, nur weil ich Glück gehabt habe und das Buch ein
Bestseller wurde, und andere Leute mit mehr Talent müssen schwitzen und
leiden – Unsinn, das ist nicht meine Schuld. Der Kampf mit meinen vielfälti-
gen Formen der Unzufriedenheit ermüdet mich; aber ich weiß, dies ist kein
persönlicher Kampf. Wenn ich darüber mit anderen Frauen rede, so erzählen
sie mir, daß sie mit allen möglichen Schuldgefühlen zu kämpfen haben. Sie
wissen, daß diese Gefühle irrational sind und meist mit der Arbeit oder mit
ihrem Wunsch, Zeit für sich selbst zu haben, verbunden sind. Das Schuldgefühl ist eine Angewohnheit der Nerven aus der Vergangenheit, genauso wie
mein Glücksgefühl vor wenigen Augenblicken eine Angewohnheit der Nerven aus einer Situation war, die beendet ist. Ich stelle eine Flasche Wein zum
Anwärmen bereit und gehe in mein Zimmer. Ich habe meine Freude an der
niedrigen, weißen Decke, den hellen, schattierten Wänden, der roten Glut des
Feuers. Ich setze mich in den großen Sessel und bin jetzt so niedergeschlagen,
daß ich mit den Tränen kämpfen muß. Mir kommt der Gedanke, daß ich
mich künstlich aufrechterhalte: das Kochen für Michael und das Warten auf
ihn – was soll das? Er hat schon eine andere Frau, für die er sich mehr
interessiert als für mich. Ich weiß es. Er wird heute abend aus Gewohnheit
oder Freundlichkeit kommen. Und dann kämpfe ich wieder gegen diese
Depression an, indem ich mich in eine Stimmung der Zuversichtlichkeit und
des Vertrauens zurückversetze (als beträte ich ein anderes Zimmer in mir
selbst) und mir sage: Er wird gleich kommen, und dann werden wir gemeinsam essen und Wein trinken, er wird mir Geschichten über seine Arbeit vom
heutigen Tage erzählen, und dann werden wir eine Zigarette rauchen, und er
wird mich in seine Arme nehmen. Und ich werde ihm sagen, daß ich meine
Periode habe, und wie üblich wird er über mich lachen und sagen: Meine
liebe Anna, übertrag deine Schuldgefühle nicht auf mich. Wenn ich meine
Periode habe, stütze ich mich auf das Wissen, daß Michael mich nachts lieben
wird; das nimmt mir den Abscheu vor der Wunde in meinem Körper, die ich
mir nicht ausgesucht habe. Und wir werden die ganze Nacht zusammen-
schlafen.

Ich merke, daß es schon spät ist. Molly kommt vom Theater zurück. Sie
fragt: »Kommt Michael?«, und ich sage: »Ja«, sehe aber ihrem Gesicht an,

daß sie nicht glaubt, daß er kommen wird. Sie fragt mich, wie der Tag gewesen ist, und ich sage, daß ich beschlossen habe, aus der Partei auszutreten. Sie nickt und sagt, ihr sei aufgefallen, daß sie, im Gegensatz zu früher, wo sie in einem halben Dutzend verschiedener Komitees und immer mit Parteiarbeit überhäuft gewesen sei, jetzt nur in einem einzigen Komitee sei und sich nicht dazu aufraffen könne, Parteiarbeit zu leisten. »Also läuft es wohl auf dasselbe hinaus«, sagt sie. Was ihr heute abend Kummer macht, ist Tommy. Sie mag seine neue Freundin nicht. (Ich übrigens auch nicht.) Sie sagt: »Es ist mir gerade aufgegangen, daß sich seine Freundinnen vom Typ her alle gleichen – das ist der Typ, der mich ganz bestimmt *nicht* mag. Wenn sie hier sind, strahlen sie die ganze Zeit bloß Abneigung gegen mich aus; und statt dafür zu sorgen, daß wir uns nicht begegnen, schubst Tommy uns einfach zusammen. Mit anderen Worten, er benutzt seine Freundinnen als eine Art Alter ego, um mir zu sagen, was er über mich denkt, aber nicht laut sagt. Kommt dir das zu weit hergeholt vor?« Nein, das tut es nicht, aber ich sage trotzdem, es käme mir so vor. Was Tommy betrifft, so bin ich taktvoll, genauso wie sie taktvoll ist hinsichtlich der Tatsache, daß Michael mich verläßt – wir schützen uns gegenseitig. Dann sagt sie wieder, daß es ihr leid tut, daß Tommy den Kriegsdienst aus Gewissensgründen verweigert hat, weil die zwei Jahre in den Kohlengruben ihn in einem gewissen kleinen Kreise zu einem Helden gemacht haben und »ich dieses schrecklich selbstzufriedene exaltierte Gehabe von ihm nicht ausstehen kann«. Es irritiert mich auch, aber ich sage, daß er noch jung ist und daß er da herauswachsen wird. »Ich habe heute abend etwas Scheußliches zu ihm gesagt: Ich sagte, Tausende von Männern arbeiten ihr ganzes Leben lang unten in den Kohlengruben und halten es nicht für etwas Großartiges, also mach doch um Himmels willen nicht soviel Aufhebens davon. Natürlich war das unfair, denn es *ist* eine große Sache, wenn ein Junge aus seinem Milieu unten in den Kohlengruben arbeitet. Und er hat es durchgehalten . . . Trotz allem!« Sie zündet sich eine Zigarette an, und ich betrachte ihre Hände, die auf ihren Knien liegen; sie sehen schlaff und mutlos aus. Dann sagt sie: »Was mich erschreckt, ist, daß ich offensichtlich nicht dazu fähig bin, etwas *Reines* in dem zu sehen, was die Leute tun – weißt du, was ich meine? Selbst wenn sie etwas Gutes tun, merke ich, daß ich gar nicht anders kann, als zynisch und psychologisch darüber zu denken – ist *das* nicht schrecklich, Anna?« Ich weiß nur allzu gut, was sie meint, und sage das auch, und wir sitzen in deprimiertem Schweigen da, bis sie sagt: »Ich glaube, Tommy wird diese hier heiraten, ich habe da so eine Ahnung.« »Ja, eine von denen wird er wohl heiraten.« »Ich weiß, daß das genauso klingt wie bei einer Mutter, die dagegen ist, daß ihr Sohn heiratet – ja, etwas von dem ist drin. Aber ich schwöre, ich würde sie in jedem Fall gräßlich finden. Sie ist so durch und durch Mittelstand. Und sie ist ach so sozialistisch. Weißt du, als ich ihr das erstemal begegnete, dachte ich: Gütiger Gott, was ist das für eine entsetzliche kleine Tory, die Tommy mir da aufbürdet? Dann stellte sich heraus, daß sie Sozialistin ist, eine von den akademischen Sozialistinnen aus Oxford, weißt du. Studiert Soziologie. Man kommt in die Stimmung, wo man ständig den Geist von Keir Hardie sieht. Na, die Kerle wären überrascht, wenn sie sehen könnten, was sie ausgebrütet haben. Tommys neues Mädchen würde ihnen mal richtig die Augen öffnen. Weißt du, man kann die Versicherungspolicen und Sparkonten sozusagen realiter um sie herumfliegen sehen, während sie darüber reden, daß sie die Labour-Partei dazu bringen wollen, ihre Versprechungen zu erfüllen. Gestern hat sie Tommy sogar gesagt, er müsse für sein Alter vorsorgen. Das schlägt doch dem Faß den Boden aus!« Wir lachen gemeinsam, aber es nützt nichts. Sie geht hinunter und sagt Gute Nacht. Sie sagt es sanft (so wie ich Janet Gute Nacht gesagt habe), und ich weiß, es liegt daran, daß sie meinetwegen unglücklich ist, weil Michael nicht kommen wird. Es ist jetzt fast elf; ich weiß, daß er nicht mehr kommen wird. Das Telefon klingelt. Es ist Michael. »Anna, verzeih mir, aber ich kann heute abend doch nicht kommen.« Ich sage: »In Ordnung.« Er sagt: »Ich werde dich morgen anrufen – oder in ein paar Tagen. Gute Nacht, Anna.« Er fügt, nach den passenden Worten suchend, hinzu: »Es tut mir leid, wenn du extra für mich gekocht hast.« Das *wenn* macht mich plötzlich wütend. Dann finde ich es merkwürdig, daß ich über so eine Kleinigkeit wütend sein soll, und ich lache sogar. Er hört mein Lachen und sagt: »Ach ja, Anna, ja . . .« Womit er sagen will, daß ich herzlos bin und kein Interesse an ihm habe. Ich kann das plötzlich nicht mehr ertragen und sage: »Gute Nacht, Michael«, und lege auf.

Ich nehme das ganze Essen vom Herd, hebe sorgfältig auf, was noch verwendet werden kann, und werfe den Rest fort – das ist fast alles. Ich sitze da und denke: Gut, wenn er mich morgen anruft . . . Aber ich weiß, daß er das nicht tun wird. Ich begreife endlich, daß das das Ende ist. Ich schaue nach, ob Janet schläft – ich weiß, daß sie schläft, aber ich muß trotzdem nachschauen. Ich weiß, daß ein entsetzliches, schwarzes, wirbelndes Chaos da draußen lauert, um in mich einzudringen. Ich muß schnell schlafen gehen, bevor ich das Chaos werde. Ich zittere vor Müdigkeit und Elend. Ich fülle einen großen Becher mit Wein und trinke ihn rasch. Dann gehe ich zu Bett. Mein Kopf schwimmt vom Wein. Morgen – denke ich – morgen werde ich verantwortungsvoll sein, meiner Zukunft ins Gesicht sehen und mich weigern, unglücklich zu sein. Dann schlafe ich ein, aber noch kurz vor dem Einschlafen kann ich mich weinen hören, das Schlafweinen, diesmal ganz und gar Schmerz, ohne jede Lust.

[Der ganze obere Abschnitt war kommentiert durchgestrichen und darunter war gekritzelt: Nein, es ist nicht geglückt. Ein Fehlschlag, wie üblich. Darunter stand in einer anderen Handschrift, sauberer und geordneter als die lange Eintragung, die hingeworfen und unordentlich war:]

15. September 1954

Ein normaler Tag. Beschloß während einer Diskussion mit John Butte und Jack, aus der Partei auszutreten. Ich muß mich nun davor hüten, daß ich anfange, die Partei zu hassen, so wie wir Stadien unseres Lebens hassen, denen wir entwachsen sind. Bemerkte schon Anzeichen dafür: Augenblicke der Ablehnung Jack gegenüber, die völlig irrational waren. Janet wie üblich keine Probleme. Molly machte sich, ich glaube zu Recht, Sorgen um Tommy. Sie hat eine Vorahnung, daß er sein neues Mädchen heiraten wird. Ihre Vorahnungen erfüllen sich meistens. Mir ist klar geworden, daß Michael beschlossen hat, endgültig mit mir zu brechen. Ich muß mich zusammenreißen.

Ungebundene Frauen
3

Tommy richtet sich darauf ein, blind zu sein,
während die älteren Leute versuchen, ihm zu helfen

Tommy schwebte eine Woche lang zwischen Leben und Tod. Bezeichnend für das Ende dieser Woche war, daß Molly solche Ausdrücke gebrauchte; was sie sagte, war weit entfernt von ihrem üblichen Tonfall lautstarker Zuversicht: »Ist es nicht komisch, Anna? Er hat zwischen Leben und Tod geschwebt. Nun wird er leben. Es scheint uns unvorstellbar, daß er nicht am Leben bleibt. Aber wenn er gestorben wäre, hätten wir dann nicht gedacht, daß auch das unvermeidlich war?« Eine Woche lang hatten die beiden Frauen neben Tommys Bett in der Klinik gesessen; im Nebenzimmer gewartet, während Ärzte konferierten, Entscheidungen fällten, operierten; waren in Annas Wohnung zurückgekehrt, um für Janet zu sorgen; hatten teilnehmende Briefe und Besuche bekommen; und hatten ihre Kraftreserven in Anspruch genommen, um mit Richard fertig zu werden, der sie beide offen verurteilte. Während dieser Woche, in der die Zeit stillstand und das Empfinden ausgesetzt hatte (sie fragten sich selbst und gegenseitig, weshalb sie nichts anderes verspürten als Betäubung und Ungewißheit, obwohl natürlich die Tradition diese Reaktion billigte), sprachen sie, wenn auch nur kurz und sozusagen im Stenogrammstil, weil die Thematik ihnen beiden so vertraut war, über Mollys Anteilnahme an Tommy und Annas Beziehung zu ihm. Sie wollten herausfinden, bei welchem Vorfall oder in welchem Augenblick sie bei ihm definitiv versagt hatten. War es, weil Molly ein Jahr lang fortgewesen war? Nein, sie hatte immer noch das Gefühl, daß es richtig war, daß sie das getan hatte. Oder war die Formlosigkeit ihres eigenen Lebens dran schuld? Aber wie hätten sie denn etwas anderes sein können? Lag es an etwas, das während Tommys letztem Besuch bei Anna gesagt oder nicht gesagt wurde? Möglicherweise, aber sie hatten das Gefühl, nein, das war es nicht; und wie sollte man es wissen? Sie lasteten die Katastrophe nicht Richard an; antworteten aber, wenn er sie anklagte: »Richard, es hat doch keinen Zweck, sich gegenseitig herunterzumachen. Die Hauptsache ist, was als nächstes für ihn tun?«

Tommys Sehnerv war beschädigt; er würde blind sein. Das Gehirn war nicht in Mitleidenschaft gezogen oder würde sich zumindest regenerieren.

Jetzt, wo er nach Meinung der Ärzte außer Gefahr war, stellte sich das Zeitgefühl wieder ein, und Molly brach zusammen und weinte stundenlang

361

leise und hilflos vor sich hin. Anna war sehr beschäftigt mit ihr und mit Janet, die nichts davon erfahren durfte, daß Tommy versucht hatte, sich zu töten. Sie hatte die Umschreibung ›hatte einen Unfall‹ gebraucht, fand diese Formulierung aber dumm, weil sie nun in den Augen des Kindes lesen konnte, daß die Möglichkeit eines Unfalls, der so furchtbar war, daß man auf immer blind in der Klinik liegen mußte, in den Gegenständen und Gewohnheiten eines jeden Tages lauerten. Also änderte Anna ihre Formulierung dahingehend, daß Tommy sich zufällig beim Revolverreinigen verwundet habe. Darauf sagte Janet, daß kein Revolver in ihrer Wohnung sei; Anna sagte nein, und es würde niemals einer da sein etc.; und das Kind verlor seine Furcht.

Mittlerweile rührte sich Tommy wieder, der eine stille, verhüllte Gestalt in einem verdunkelten Raum gewesen war, betreut von den Lebenden und hilflos in ihren Händen, er kam ins Leben zurück und sprach. Und diese Gruppe von Menschen – Molly, Anna, Richard, Marion –, die wartend dagestanden, wartend dagesessen, eine zeitlose Woche hindurch Wache gehalten hatte, begriff, wieweit sie ihm im Geiste bereits zugestanden hatte, von ihnen weg in den Tod zu gleiten. Als er sprach, war es ein Schock. Denn diese für ihn so charakteristische Eigenschaft, diese vorwurfsvolle, verbissene Halsstarrigkeit, die ihn dazu geführt hatte, es zu versuchen und sich eine Kugel in den Kopf zu jagen, war ausgelöscht gewesen in ihren Gedanken an ihn, als er da als Opfer lag, eingewickelt in weiße Laken und Bandagen. Die ersten Worte, die er sagte – sie waren alle da und hörten sie – waren: »Ihr seid doch da, nicht wahr? Ich kann euch nicht sehen.« Die Art, in der er das gesagt hatte, ließ sie schweigen. Er fuhr fort: »Ich *bin* blind, nicht?« Und wieder machte die Art, in der er das gesagt hatte, es ihnen unmöglich, dem Jungen die Rückkehr ins Leben zu erleichtern, was ihr erster Impuls gewesen war. Nach einem Augenblick sagte Molly ihm die Wahrheit. Die vier standen um das Bett und blickten auf den unter weißen Binden sich abzeichnenden blinden Kopf hinunter, und ihnen allen war übel vor Entsetzen und Mitleid, als sie sich vorstellten, daß der einsame und tapfere Kampf weitergehen müsse. Doch Tommy sagte nichts. Er lag still da. Seine Hände, die ungeschickten, dicken Hände, die er von seinem Vater hatte, lagen neben ihm. Er hob sie, legte sie ungeschickt tastend zusammen und faltete sie über der Brust in einer leidergebenen Geste. Aber in der Art dieser Geste lag etwas, das Molly und Anna veranlaßte, einen Blick zu wechseln, in dem mehr lag als Mitleid. Es war so etwas wie Entsetzen, der Blick war wie ein Nicken. Richard sah, wie die beiden Frauen sich dieses Gefühl mitteilten, und knirschte buchstäblich mit den Zähnen vor Wut. Das war nicht der Ort zu sagen, was er dachte; aber draußen tat er es. Sie gingen zusammen aus der Klinik, Marion ein wenig hinter ihnen – der Schock über das, was Tommy geschehen war, hatte sie dazu gebracht, mit dem Trinken aufzuhören, aber sie

362

schien sich immer noch in ihrer eigenen verlangsamten Welt zu bewegen. Richard redete wütend auf Molly ein und warf Anna erregte, zornige Blicke zu, um sie miteinzubeziehen: »Das war eine ganz schön schlimme Sache, die du da gemacht hast, nicht?« »Was?« fragte Molly aus Annas stützender Umarmung heraus. Jetzt hatten sie die Klinik verlassen, und sie war von Schluchzen geschüttelt. »Ihm einfach so zu sagen, daß er sein Leben lang blind sein wird. Wie kann man so etwas tun.« »Er wußte es«, sagte Anna, die sah, daß Molly viel zu erschüttert war, um zu reden, und sie wußte auch, daß er sie eigentlich nicht deshalb anklagte. »Er wußte es, er wußte es«, zischte Richard ihnen zu. »Er ist gerade aus seiner Bewußtlosigkeit erwacht, und du sagst ihm, daß er für immer blind sein wird.« Anna sagte, indem sie auf seine Worte, aber nicht auf seine Gefühle einging: »Er mußte es wissen.« Molly sagte, Richard ignorierend und den Dialog mit Anna fortsetzend, der in jenem schweigenden, bestätigenden entsetzten Blick über dem Klinik-bett begonnen hatte: »Anna, ich glaube, er war einige Zeit bei Bewußtsein. Er hat darauf gewartet, daß wir alle da sind – so, als freue er sich darüber. Ist das nicht *entsetzlich*, Anna?« Jetzt brach sie in hysterisches Weinen aus, und Anna sagte zu Richard: »Laß jetzt deine Wut nicht an Molly aus.« Richard stieß einen angewiderten unartikulierten Laut aus, drehte sich zu Ma-rion um, die den dreien unsicher folgte, ergriff ungeduldig ihren Arm und ging mit ihr über den leuchtend grünen Klinikrasen davon, der systematisch mit hellen Blumenbeeten bepflanzt war. Er fuhr mit Marion davon, ohne zurückzublicken, und überließ es den beiden Frauen, sich selbst ein Taxi zu suchen.

Es gab keinen einzigen Augenblick, in dem Tommy zusammenbrach. Es gab keine Anzeichen für einen Zusammenbruch, Unglücklichsein oder Selbstmitleid. Vom ersten Moment an, von seinen ersten Worten an, war er geduldig, ruhig, kooperierte freundlich mit Schwestern und Ärzten und besprach mit Molly und Anna und sogar mit Richard Zukunftspläne. Er war, wie die Schwestern – nicht ohne eine Spur jenes Unbehagens, das Anna und Molly so stark empfanden – sagten, ›ein vorbildlicher Patient‹. Sie hatten, wie sie sagten – und immer wieder betonten –, es nie erlebt, daß jemand, und schon gar nicht so ein armer junger Bursche von zwanzig, angesichts eines so entsetzlichen Schicksals so tapfer war.

Es wurde vorgeschlagen, Tommy solle einige Zeit in eine Klinik gehen, in der kürzlich Erblindete geschult wurden, aber er bestand darauf, nach Hause zurückzukehren. Und er nutzte seine Wochen in der Klinik derart gut aus, daß er schon mit seinem Essen umgehen konnte, sich waschen und für sich selber sorgen und sich langsam in seinem Zimmer umherbewegen konnte. Anna und Molly saßen da und beobachteten ihn: er war wieder normal, anscheinend der alte, abgesehen von der schwarzen Binde über seinen blinden

Augen. Er tastete sich mit hartnäckiger Geduld von Bett zu Stuhl, von Stuhl zu Wand, seine Lippen vorgeschoben, vor lauter Konzentration. Hinter jeder kleinen Bewegung konnte man seine Willensanstrengung sehen. »Nein danke, Schwester, ich komme zurecht.« »Nein, Mutter, bitte hilf mir nicht.« »Nein, Anna, ich brauche keine Hilfe.« Und er brauchte sie nicht.

Es wurde beschlossen, daß Mollys Wohnzimmer im ersten Stock Tommy übergeben werden müsse – er hätte dann weniger Treppen zu bewältigen. Er war bereit, diese Veränderung zu akzeptieren, aber er bestand darauf, daß ihr Leben und seines weitergehen sollte wie zuvor. »Es ist nicht nötig, irgend etwas zu verändern, Mutter, ich möchte nicht, daß etwas anders wird.« Seine Stimme war jetzt wieder die, die sie kannten: die Hysterie, das Kichern, das Schrille, das an jenem Abend, an dem er Anna besucht hatte, darin gewesen war, war völlig verschwunden. Wie seine Bewegungen war auch seine Stimme langsam, kräftig und kontrolliert, jedes Wort war von seinem methodischen Gehirn autorisiert. Aber als er sagte: »Es ist nicht nötig, Änderungen vorzunehmen«, blickten die beiden Frauen sich an, was sie jetzt, wo er sie nicht mehr sehen konnte, gefahrlos tun konnten (obwohl sie trotzdem das Gefühl nicht loswurden, daß er es wüßte), und sie waren beide von derselben dumpfen Panik erfüllt. Denn er redete so, als habe sich nichts geändert, als sei die Tatsache, daß er nun blind war, fast etwas Zufälliges und als sei seine Mutter nur deshalb unglücklich, weil sie es wollte oder weil sie kleinlich und nörgelig war, wie eine Frau, die sich über Unordnung oder eine schlechte Gewohnheit aufregt. Er ging rücksichtsvoll mit ihnen um, wie ein Mann mit schwierigen Frauen. Die beiden beobachteten ihn, sahen sich bestürzt an, blickten wieder fort in dem Gefühl, daß er diese wortlosen Botschaften der Panik wahrnehmen konnte, sahen hilflos zu, wie der Junge seine langsame, aber augenscheinlich schmerzlose Anpassung an die dunkle Welt vollzog, die nun die seine war.

Die weißen, kissenbedeckten Fensterbretter, auf denen Molly und Anna so oft im Gespräch zusammengesessen hatten, die Blumenkästen davor, der Regen oder das fahle Sonnenlicht auf den Fensterscheiben – das war alles, was in diesem Zimmer gleichgeblieben war. Jetzt stand ein schmales, ordentliches Bett darin; ein Tisch und ein Stuhl mit einer steilen Lehne; einige bequem angebrachte Regale. Tommy lernte Braille. Und er brachte sich wieder das Schreiben bei, mit einem Übungsbuch und einem Kinderlineal. Seine Schrift war ganz anders als früher: sie war jetzt groß, eckig und klar, wie die eines Kindes. Wenn Molly klopfte, bevor sie eintrat, hob er sein schwarzbeschirmtes Gesicht über der Braille oder seinen Schreibübungen und sagte ›Herein‹, mit der vorübergehend, wenn auch höflich gewährten Aufmerksamkeit eines Mannes an seinem Schreibtisch in einem Büro.

Also ging Molly, die eine Rolle in einem Stück abgelehnt hatte, um Tommy pflegen zu können, wieder an ihre Arbeit und spielte wieder. Und Anna hörte auf, an den Abenden, an denen Molly im Theater war, vorbeizukommen, denn Tommy hatte gesagt: »Anna, es ist sehr freundlich von dir, zu kommen und Mitleid mit mir zu haben, aber ich langweile mich überhaupt nicht. Ich bin gern allein.« So, wie er es als normaler, gesunder Mann gesagt hätte, der das Alleinsein vorzieht. Und Anna, die versucht hatte, die Vertrautheit wiederherzustellen, die sie mit Tommy vor dem Unfall gehabt hatte, und versagt hatte (sie hatte das Gefühl, als wäre der Junge ein Fremder, den sie nie gekannt hatte), nahm ihn beim Worte. Ihr fiel buchstäblich nichts ein, was sie ihm hätte sagen können. Und überdies überkamen sie, sobald sie mit ihm in einem Zimmer allein war, Wellen reiner Panik, die sie nicht verstand.

Molly rief jetzt Anna nicht mehr von zu Hause aus an, da das Telefon unmittelbar vor Tommys Zimmer stand, sondern aus Telefonzellen oder vom Theater. »Wie geht's Tommy?« fragte Anna dann. Und Mollys Stimme, wieder laut und befehlend, aber mit einem permanenten Unterton herausfordernden Zweifels, trotzig bekämpften Schmerzes, antwortete: »Anna, es ist alles so seltsam, ich weiß nicht, was ich sagen oder tun soll. Er bleibt einfach in seinem Zimmer und arbeitet vor sich hin, er ist immer still; und wenn ich es keinen Augenblick mehr aushalten kann, gehe ich hinein, und er schaut hoch und sagt: ›Nun, Mutter, was kann ich für dich tun?‹« »Ja, ich weiß.« »Also sage ich natürlich irgend etwas Albernes wie – ich dachte, du hättest vielleicht gern eine Tasse Tee. Gewöhnlich sagt er nein, natürlich sehr höflich, also gehe ich wieder hinaus. Und jetzt bringt er sich bei, sich seinen eigenen Tee oder Kaffee zu machen. Sogar kochen lernt er.« »Er hantiert mit Kesseln und solchen Sachen?« »Ja. Ich bin am Boden zerstört. Ich muß aus der Küche gehen, weil er weiß, was ich empfinde, und er sagt, Mutter, es ist nicht nötig, daß du Angst hast, ich werde mich schon nicht verbrennen.« »Molly, ich weiß wirklich nicht, was ich dazu sagen soll.« (Hier trat ein Schweigen ein. Sie hatten beide Angst, auszusprechen, was sie jetzt dachten.) Dann fuhr Molly fort: »Und Leute kommen vorbei, furchtbar reizend und freundlich, *weißt du*?« »Ja, weiß ich.« »»Dein armer Sohn, dein unglücklicher Tommy‹ . . . ich wußte schon immer, daß alles ein Dschungel ist, aber niemals so klar wie jetzt.« Anna verstand das, weil gemeinsame Freunde sie, Anna, als Zielscheibe für Bemerkungen benutzten, die freundlich klangen, aber voller Bosheit steckten und die sie im Grunde gern an Molly gerichtet hätten. »Es war wirklich bedauerlich, daß Molly weggegangen ist und den Jungen in dem Jahr alleingelassen hat.« »Ich glaube nicht, daß das irgend etwas damit zu tun hatte. Im übrigen hat sie es nach sorgfältiger Überlegung getan.« Oder: »Natürlich, da war ja diese kaputte Ehe. Es muß Tommy stärker angegriffen haben, als man ahnen konnte.« »Ganz richtig«, sagte Anna dann lächelnd. »Und da ist meine kaputte Ehe. Ich bin mir vollkommen

365

sicher, daß Janet nicht auf dieselbe Weise endet.« Und während Anna Molly und sich selbst verteidigte, war da die ganze Zeit etwas anderes – der Grund für die Panik, die sie beide spürten, das Etwas, das sie nicht auszusprechen wagten.

Es drückte sich allein in der Tatsache aus, daß sie, Anna, kaum sechs Monate zuvor Molly zu Hause angerufen hatte, um mit ihr zu plaudern, wobei sie Tommy etwas ausrichten ließ; daß sie Molly besucht hatte und gelegentlich auch Tommys Zimmer aufgesucht hatte, um mit ihm zu schwatzen; zu Mollys Partys gegangen war, auf denen Tommy ein Gast unter anderen war; teilgehabt hatte an Mollys Leben, ihren Abenteuern mit Männern, ihrem Heiratsbedürfnis und ihrem Scheitern dabei – und jetzt war all das, dieses jahrelange, langsame Wachsen der Vertrautheit, unterbunden und zerbrochen. Anna rief Molly, abgesehen von den ganz praktischen Gründen, niemals an, weil Tommy durch einen neuen sechsten Sinn offensichtlich dazu fähig war, intuitiv zu erfassen, was die Leute sagten – dazu hätte das Telefon gar nicht vor seiner Tür stehen müssen. Richard zum Beispiel, der immer noch aggressiv und anklagend war, hatte Molly einmal angerufen und gesagt: »Antworte mit ja oder nein, mehr ist nicht nötig: Ich möchte Tommy mit einer ausgebildeten Blindenschwester in die Ferien schicken. Wird er fahren?« Und noch bevor Molly überhaupt antworten konnte, hatte Tommy seine Stimme drinnen im Zimmer erhoben und gerufen: »Sag meinem Vater, daß mit mir alles in Ordnung ist. Danke ihm und sag ihm, ich rufe ihn morgen an.«

Die Zeiten, in denen Anna, wenn es sich eben so ergab, einen Abend bei Molly verbracht oder hereingeschaut hatte, wenn sie vorbeikam, waren vorbei. Jetzt klingelte sie, nach einem vorbereitenden Telefongespräch, an der Tür, hörte die Glocke oben summen und war überzeugt, daß Tommy schon wußte, wer es war. Die Tür öffnete sich, und Mollys Gesicht mit dem klugen, schmerzlichen, immer noch gezwungen fröhlichen Lächeln kam zum Vorschein. Sie gingen in die Küche hinauf, redeten über neutrale Dinge, wobei sie sich der Gegenwart des Jungen hinter der Wand bewußt waren. Dann wurde Tee oder Kaffee gemacht; und Tommy eine Tasse davon angeboten. Er lehnte stets ab. Die beiden Frauen gingen in das Zimmer hinauf, das früher Mollys Schlafzimmer gewesen war und jetzt eine Art Wohn-Schlafzimmer war. Da saßen sie und dachten, ohne es zu wollen, an den verstümmelten Jungen direkt unter ihnen, der nun zum Zentrum des Hauses geworden war, es beherrschte und über alles Bescheid wußte, was darin vorging: eine blinde, aber allbewußte Gegenwart. Molly schwätzte dann ein bißchen und tischte aus Gewohnheit Theaterklatsch auf. Dann verfiel sie in Schweigen, ihr Mund angstverzerrt, die Augen gerötet von zurückgehaltenen Tränen. Sie neigte jetzt dazu, plötzlich und ohne alarmierende Zeichen in Tränen auszubrechen

– bei einem Wort, mitten in einem Satz. Es waren hilflose und hysterische Tränen, die sie ganz schnell hinunterschluckte. Ihr Leben hatte sich völlig verändert. Sie ging zur Arbeit ins Theater, kaufte ein, was nötig war, kam dann nach Hause und saß allein in der Küche oder in ihrem Wohn-Schlafzimmer.

»Siehst du denn überhaupt keinen Menschen mehr?« fragte Anna.

»Tommy hat mich das auch schon gefragt. Letzte Woche sagte er: ›Ich möchte nicht, daß du dein Gesellschaftsleben bloß meinetwegen aufgibst, Mutter. Warum bringst du nicht deine Freunde mit nach Hause?‹ Also nahm ich ihn beim Wort. Und dann brachte ich den Regisseur mit nach Hause, du weißt schon, den, der mich heiraten wollte. Dick. Erinnerst du dich? Also, er hat ganz lieb mit mir über Tommy gesprochen – ich meine, wirklich lieb und freundlich, nicht gehässig. Und ich habe mit ihm hier gesessen, und wir haben etwas Scotch getrunken. Und zum erstenmal dachte ich, eigentlich hätte ich nichts dagegen – er ist *wirklich* gut zu mir, und ich würde mein Haupt heute nacht gern an eine freundliche männliche Schulter betten. Und ich war schon im Begriff, grünes Licht zu geben, da wurde mir klar – daß es mir nicht möglich wäre, ihm auch nur einen schwesterlichen Kuß zu geben, ohne daß Tommy es wüßte. Obwohl es mir Tommy natürlich nie nachtragen würde, nicht wahr? Am Morgen hätte er sehr wahrscheinlich gesagt: Hattest du einen schönen Abend, Mutter? Ich freue mich so für dich.«

Anna wollte sagen: Du übertreibst, hielt sich dann aber zurück. Denn Molly übertrieb nicht, und sie konnte Molly nicht mit so einer Unaufrichtigkeit kommen. »Weißt du, Anna, wenn ich Tommy ansehe, mit diesem grausigen schwarzen Ding über den Augen – *verstehst du*, so sauber und ordentlich, und sein Mund – du kennst diesen Mund von ihm, unnachgiebig, dogmatisch . . . dann werde ich plötzlich so gereizt . . .« »Ja, ich kann das verstehen.« »Aber ist das nicht entsetzlich? Ich werde physisch gereizt. Diese langsamen, sorgfältigen Bewegungen, verstehst du?« »Ja.« »Es ist nämlich so – an ihm ist alles so wie vorher, nur – verstärkt, wenn du weißt, was ich meine.« »Ja.« »Er ist eine Art Zombie.« »Ja.« »Ich könnte schreien vor Gereiztheit. Und ich muß aus dem Zimmer gehen, weil ich genau weiß, daß *er* weiß, daß ich mich so fühle und . . .« Sie unterbrach sich. Dann zwang sie sich, trotzig weiterzureden: »Er genießt es.« Sie stieß ein hohes, schrilles Gelächter aus und sagte: »Er ist glücklich, Anna.« »Ja.« Jetzt war es endlich heraus, und sie fühlten sich beide leichter. »Er ist zum erstenmal in seinem Leben glücklich. Das ist es, was so entsetzlich ist . . . man kann es daran sehen, wie er sich bewegt und redet – er ist zum erstenmal in seinem Leben wie aus einem Guß.« Molly zog scharf die Luft ein vor Entsetzen über ihre eigenen Worte, als sie hörte, daß sie gesagt hatte: *aus einem Guß*, und hielt ihnen die Wahrheit seiner Verstümmelung entgegen. Sie legte das Gesicht in ihre Hände und weinte, aber anders als sonst; das Weinen ging durch ihren ganzen Körper hindurch. Als sie aufgehört hatte zu weinen, sah sie auf und sagte mit dem Versuch zu lächeln: »Ich darf nicht weinen. Er wird mich hören.« Es lag Tapferkeit in diesem Lächeln – selbst jetzt noch.

Anna bemerkte zum erstenmal, daß die strubbelige, goldene Haarkappe ihrer Freundin graue Strähnen hatte; und daß ihre klaren, aber traurigen Augen in dunklen Höhlen lagen, an deren Rändern sich die zarten und spitzen Knochen abzeichneten. »Ich finde, du solltest dein Haar färben«, sagte Anna. »Was soll das?« fragte Molly ärgerlich. Dann rang sie sich ein Lachen ab und sagte: »Ich kann ihn jetzt bereits hören: Ich würde die Treppen mit einer mächtig schicken Frisur hinaufkommen, ungeheuer zufrieden mit mir selbst, und Tommy würde die Tönung riechen oder sonstwas, würde allein schon die Schwingungen wahrnehmen und würde sagen: Mutter, hast du dir die Haare gefärbt? Ich bin froh, daß du dich nicht gehenläßt.« »Ich jedenfalls wäre froh, wenn du dich nicht gehenließest, selbst wenn er es nicht wäre.« »Ich werde sicher wieder vernünftig, wenn ich mich an alles gewöhnt habe . . . Ich habe gestern darüber nachgedacht – ich meine über den Ausdruck ›sich daran gewöhnen‹. Das ist Leben – sich an Dinge gewöhnen, die wirklich unerträglich sind . . .« Ihre Augen röteten sich und füllten sich mit Tränen, und wieder blinzelte sie sie entschlossen weg.

Ein paar Tage später rief Molly aus einer Telefonzelle an: »Anna, es ist etwas sehr Merkwürdiges passiert. Marion kommt seit neuestem zu jeder Tageszeit vorbei, um Tommy zu besuchen.«

»Wie geht es ihr?«

»Sie hat seit Tommys Unfall kaum mehr getrunken.«

»Wer hat dir das gesagt?«

»Sie hat es Tommy gesagt, und Tommy hat es mir gesagt.«

»Oh. Was hat er gesagt?«

Molly ahmte die langsame, pedantische Stimme ihres Sohnes nach: »»Marion macht sich insgesamt wirklich recht gut. Sie macht ganz nette Fortschritte.‹«

»Das hat er wirklich gesagt?«

»Oh ja, das hat er.«

»Na, da muß ja wenigstens Richard froh sein.«

»Er ist wütend. Er schreibt mir lange, wütende Briefe – und wenn ich einen von ihnen öffne, selbst wenn ich mit derselben Post zehn andere Briefe bekommen habe, sagt Tommy: Und was hat Vater zu sagen? – Marion kommt fast jeden Tag und verbringt Stunden mit ihm. Er ist wie ein ältlicher Professor, der seine Lieblingsschülerin empfängt.«

»Ach«, sagte Anna hilflos. »Molly, bitte . . .«

»Ja, ich weiß schon.«

Anna wurde ein paar Tage später in Richards Büro beordert. Er rief an, brüsk und voller Feindseligkeit, und sagte: »Ich würde dich gern sehen. Ich *könnte* zu dir kommen, wenn du möchtest.« »Aber offenkundig möchtest du nicht.« »Wahrscheinlich kann ich morgen nachmittag ein oder zwei Stunden erübrigen.« »Nicht doch, ich bin sicher, daß du wirklich nicht die Zeit hast. Ich werde zu dir kommen. Wollen wir eine Zeit ausmachen?« »Würde dir morgen drei Uhr passen?« »In Ordnung, drei Uhr«, sagte Anna und merkte, daß sie froh war, daß Richard nicht in ihre Wohnung kam. Während der letzten Monate wurde sie von dem Bild verfolgt, wie Tommy an dem Abend, als er versucht hatte, sich zu töten, über ihren Notizbüchern gestanden und Seite um Seite umgeblättert hatte. Sie hatte in der letzten Zeit nur wenige Eintragungen gemacht; und dann nur mit Mühe. Sie hatte das Gefühl, als stünde der Junge, seine zornigen dunklen Augen anklagend auf sie gerichtet, direkt neben ihr. Sie spürte, daß ihr Zimmer nicht mehr ihr eigenes war. Und mit Richard darin zu sein, hätte die Sache nur verschlimmert.

Pünktlich um drei Uhr stellte sie sich bei Richards Sekretärin ein und sagte sich, daß Richard es sich natürlich nicht nehmen lassen würde, sie warten zu lassen. Etwa zehn Minuten, dachte sie, das ist die Zeit, die er braucht, um seine Eitelkeit zu nähren. Fünfzehn Minuten später wurde ihr mitgeteilt, daß sie eintreten könne.

Es war, wie Tommy gesagt hatte. Richard hinter seinem Schreibtisch war so eindrucksvoll, wie sie es nie für möglich gehalten hätte. Die Hauptbüros dieses Imperiums nahmen vier Stockwerke eines alten, häßlichen Gebäudes in der City ein. Diese Büros waren natürlich nicht der Ort, an dem sich die wirklichen Geschäfte abwickelten; eher ein Schaukasten für die Persönlichkeit Richards und seiner Mitarbeiter. Das Dekor war dezent und international. Man hätte sich nicht gewundert, es irgendwo sonst auf der Welt nochmal zu sehen. Von dem Augenblick an, in dem man durch die riesige Eingangstür trat, waren die Aufzüge, die Flure, die Warteräume eine lange, aber diskrete Vorbereitung auf den Moment, in dem man schließlich Richards Büro betrat. Der Boden war mit fünfzehn Zentimeter hohem, dunklen dichten Velours bedeckt. Die Wände waren aus dunklem Glas, dazwischen weiße Paneele. Es war unauffällig beleuchtet; die Beleuchtungskörper waren offenkundig hinter den verschiedenen Wandpflanzen versteckt, die sich mit ihrem gepflegten Grün von Fläche zu Fläche rankten. Richard, dessen verdrießlicher und widerspenstiger Körper von anonymer Kleidung ausgelöscht war, saß hinter einem Schreibtisch, der wie ein Grabmal aus grünlichem Marmor aussah.

Anna hatte die Sekretärin gemustert, während sie wartete; und hatte festgestellt, daß sie dem Typ nach Marion glich: eine weitere nußbraune Maid, mit der Neigung zu einer glänzenden und lebendigen Unordnung. Sie bemühte sich zu beobachten, wie Richard und dieses Mädchen sich in den wenigen Sekunden, die nötig waren, um sie hineinzuführen, zueinander verhielten, fing einen Blick zwischen ihnen auf und begriff, daß sie ein Verhältnis hatten. Richard sah, daß Anna ihre Schlüsse gezogen hatte, und sagte: »Erspare mir bitte deine Lektionen, Anna. Ich möchte ernsthaft mit dir reden.«

»Deswegen bin ich doch hier, oder nicht?«

Er unterdrückte seinen Ärger. Anna lehnte den ihr angebotenen Sessel gegenüber von seinem Schreibtisch ab und setzte sich in einiger Entfernung von ihm auf ein Fenstersims. Bevor er anfangen konnte zu sprechen, leuchtete ein grünes Licht auf der Schalttafel seines Bürotelefons auf, er entschuldigte sich und sprach in den Hörer. »Entschuldige mich einen Augenblick«, sagte er dann wieder; eine Innentür öffnete sich, und ein junger Mann mit einer Akte kam herein, legte sie in einer überwältigend unaufdringlichen, charmanten Weise vor Richard auf den Marmorstein und ging, sich fast verneigend, fast auf Zehenspitzen wieder hinaus.

Richard öffnete hastig die Akte, machte eine Bleistiftnotiz und war gerade dabei, wieder einen Knopf zu drücken, als er Annas Gesicht sah und fragte: »Was ist denn so komisch?«

»Nichts Besonderes. Ich erinnere mich gerade daran, wie jemand sagte, daß die Bedeutung eines Mannes, der in der Öffentlichkeit steht, an der Zahl schmeichlerischer junger Männer ermessen werden kann, die er um sich hat.«

»Molly, nehme ich an.«

»Ja, tatsächlich. Wie viele hast du, einfach interessehalber?«

»Ein paar Dutzend, nehme ich an.«

»Der Premierminister könnte nicht so viele anführen.«

»Ich glaube nicht. Anna, muß das sein?«

»Ich habe nur Konversation gemacht.«

»Die Mühe kannst du dir sparen. Es geht um Marion. Weißt du, daß sie dauernd mit Tommy zusammen ist?«

»Molly hat es mir gesagt. Sie hat mir auch gesagt, daß sie aufgehört hat zu trinken.«

»Sie fährt jeden Morgen in die Stadt. Sie kauft sämtliche Zeitungen und bringt die Zeit damit zu, sie Tommy vorzulesen. Sie kommt um sieben oder acht nach Hause zurück. Sie redet nur noch über Tommy und Politik.«

»Sie hat aufgehört zu trinken«, sagte Anna wieder.

»Und was ist mit ihren Kindern? Sie sieht sie beim Frühstück, und wenn sie Glück haben, eine Stunde am Abend. Ich glaube, die meiste Zeit hat sie überhaupt ganz vergessen, daß sie existieren.«

»Ich finde, du solltest für die betreffende Zeit jemanden einstellen.«

»Anna, ich habe dich hergebeten, um das ernsthaft mit dir zu besprechen.«

370

»Ich meine es ernst. Ich schlage vor, du stellst irgendeine nette Frau ein, die bei den Kindern bleibt – bis sich die Dinge von allein regeln.«

»Mein Gott, was wird das kosten . . .« Aber hier unterbrach Richard sich stirnrunzelnd, verlegen.

»Du meinst, du möchtest keine fremde Frau im Haus haben, nicht einmal vorübergehend? Es kann doch unmöglich das Geld sein. Marion sagt, du verdienst dreißigtausend im Jahr, Nebeneinkünfte und Spesen nicht mitgerechnet.«

»Was Marion über Geld sagt, ist meistens Unsinn. Also gut, ich will keine fremde Frau im Haus haben. Die ganze Angelegenheit ist unmöglich! Marion hat nie einen Gedanken an Politik verschwendet. Plötzlich schneidet sie gewisse Stellen aus den Zeitungen heraus und deklamiert *New Statesman*-Artikel.«

Anna lachte. »Richard, was ist wirklich los? Ja was denn? Marion hat sich halbtot getrunken. Sie hat aufgehört. Ist dir das nicht nahezu alles wert? Ich könnte mir vorstellen, daß sie jetzt eine bessere Mutter ist als zuvor.«

»Das ist eine ziemlich starke Behauptung!«

Richards Lippen zitterten jetzt; und sein ganzes Gesicht schwoll an und rötete sich. Als er Annas Gesicht sah, auf dem sich unmißverständlich die Diagnose Selbstmitleid zeigte, stärkte er sich, indem er wieder den Summer drückte, und als der diskret aufmerksame junge Mann eintrat – diesmal ein anderer –, reichte er ihm die Akte und sagte: »Rufen Sie Sir Jason an und bitten Sie ihn, Mittwoch oder Donnerstag im Club mit mir zu Mittag zu essen.«

»Wer ist Sir Jason?«

»Du weißt ganz genau, daß dir das egal ist.«

»Es interessiert mich.«

»Er ist ein ganz reizender Mann.«

»Gut.«

»Außerdem ein Opernfan – weiß alles über Musik.«

»Wundervoll.«

»Und wir sind dabei, einen maßgeblichen Anteil an seiner Gesellschaft zu kaufen.«

»Das ist doch alles sehr zufriedenstellend, oder? Komm doch bitte zur Sache, Richard. Was hast du wirklich im Sinn?«

»Wenn ich eine Frau bezahlen würde, damit sie kommt und Marions Stelle bei den Kindern einnimmt, dann würde das mein ganzes Leben auf den Kopf stellen. Abgesehen von den Kosten«, wie er nicht umhinkonnte, hinzuzufügen.

»Ich habe den Eindruck, du bist wegen deiner Bohemienphase in den dreißiger Jahren so merkwürdig mit Geld. Mir ist nie zuvor ein Mann begegnet, der reich geboren wurde und deine Einstellung zum Geld hatte. Ich nehme an, als dich deine Familie enterbt hatte, war das ein wirklicher Schock für dich. Du machst weiter wie ein Vorstadtfabrikmanager, der seine Sache besser gemacht hat, als er erwartet hatte.«

»Ja, du hast recht. Es war ein Schock. Es war das erstemal in meinem Leben, daß mir klar wurde, was Geld wert ist. Ich habe es nie vergessen. Und ich gebe zu – ich habe eine Einstellung zum Geld entwickelt wie jemand, der es verdienen muß. Marion hat das nie verstanden – und da wollt ihr, Molly und du, mir dauernd erzählen, daß sie so intelligent ist!«

Letzteres kam in einem Ton dermaßen gekränkter Rechtschaffenheit, daß Anna wieder lachte, offen. »Richard, du bist so komisch. Wirklich, das bist du. Also gut, laß uns nicht streiten. Du hast ein tiefes Trauma erlitten, als deine Familie deine Koketterien mit dem Kommunismus ernst nahm; das Resultat davon ist, daß du Geld nie genießen kannst. Und du hattest immer so ein Pech mit deinen Frauen. Molly und Marion sind beide ziemlich dumm, und ihr Charakter ist katastrophal.«

Richard schaute Anna nun mit seiner charakteristischen Verbohrtheit an: »Ja, so sehe ich es.«

»Gut. Und nun?«

Aber Richard wandte jetzt den Blick von ihr ab; er saß stirnrunzelnd in einer Flut zarter grüner Blätter, gespiegelt in dunklem Glas. Anna kam der Gedanke, daß er sie nicht aus dem üblichen Grund sehen wollte – um Molly zu attackieren – sondern um einen neuen Plan anzukündigen.

»Was hast du im Sinn, Richard? Hast du vor, Molly zu pensionieren? Ist es das? Willst du, daß Marion und Molly irgendwo ihre alten Tage miteinander verbringen, während du . . .« Anna sah, daß sie mit dieser Phantasie tatsächlich zufällig auf die Wahrheit gestoßen war. »Oh, Richard«, sagte sie. »Du kannst Marion jetzt nicht verlassen. Besonders, weil sie gerade angefangen hat, mit dem Trinken zurechtzukommen.«

Richard sagt wütend: »Ich bin ihr gleichgültig. Sie hat keine Zeit für mich. Ich könnte ebensogut überhaupt nicht da sein.« Das klang nach verletzter Eitelkeit. Anna war erstaunt, daß er ernstlich verletzt war. Marions Flucht aus ihrer alten Rolle als Gefangene oder Leidensgenossin hatte ihn allein und verletzt zurückgelassen. »Um Gottes willen, Richard! Du hast sie jahrelang ignoriert. Du hast sie einfach benutzt als . . .«

Wieder zitterten seine Lippen zornig, und seine runden dunklen Augen schwollen vor Tränen.

»Lieber Gott!« sagte Anna schlicht. Sie dachte: Molly und ich sind im Grunde sehr dumm. Das ist eben seine Weise, jemanden zu lieben, er versteht nichts anderes unter Liebe. Und wahrscheinlich versteht Marion auch nichts anderes darunter.

Sie sagte: »Was hast du also vor? Ich habe den Eindruck, daß du eine Beziehung zu dem Mädchen da draußen hast? Ist es das?«

»Ja. Wenigstens sie liebt mich.«

»Richard«, sagte Anna hilflos.

»Es ist doch wahr. Ich könnte, was Marion betrifft, ebensogut nicht existieren.«

»Aber wenn du dich jetzt von Marion scheiden läßt, könnte das ihren völligen Zusammenbruch bedeuten.«

»Ich bezweifle, daß sie es überhaupt zur Kenntnis nehmen würde. Auf jeden Fall hatte ich nicht vor, irgend etwas zu überstürzen. Deswegen wollte ich dich sehen. Ich möchte vorschlagen, daß Marion und Tommy zusammen irgendwo Ferien machen. Schließlich verbringen sie ohnehin ihre ganze Zeit zusammen. Sie können von mir aus hinfahren, wohin sie wollen. So lange, wie sie wollen. Mir ist alles recht. Und während sie weg wären, würde ich Jean mit den Kindern vertraut machen – allmählich. Sie kennen sie natürlich, und sie mögen sie, aber ich würde sie vorsichtig mit der Vorstellung vertraut machen, daß ich sie in angemessener Zeit heirate.«

Anna saß schweigend da, bis er sie drängte: »Also, was sagst du dazu?«

»Du meinst, was Molly sagen würde?«

»Ich frage dich, Anna. Ich könnte mir vorstellen, daß es ein Schock für Molly ist.«

»Es wäre für Molly überhaupt kein Schock. Nichts von dem, was du tust, kann sie schockieren. Du weißt das. Also, was willst du wirklich wissen?«

Anna lehnte es ab, ihm zu helfen, nicht allein aus Abneigung gegen ihn, sondern auch aus Abneigung gegen sich selbst – saß urteilend, kritisch und kühl da, während er so unglücklich aussah – und kauerte auch weiterhin rauchend auf dem Fenstersims.

»Also, Anna?«

»Wenn du Molly fragtest, wäre sie, glaube ich, erleichtert, wenn Marion und Tommy eine Zeitlang fortfahren würden.«

»Natürlich wäre sie das. Sie wäre die Last los!«

»Hör mal, Richard, du kannst Molly bei anderen Leuten schlechtmachen, aber nicht bei mir.«

»Wenn Molly nichts dagegen hätte, wer dann?«

»Tommy selbstverständlich.«

»Warum? Marion sagt mir, daß es ganz offensichtlich ist, daß er Molly nicht einmal im Zimmer haben mag – daß er nur mit ihr glücklich ist. Mit Marion, meine ich.«

Anna zögerte, sagte dann: »Tommy hat alles so eingerichtet, daß er seine Mutter im Hause hat, nicht neben sich, aber in der Nähe. Als seine Gefange-ne. Und es ist unwahrscheinlich, daß er das aufgibt. Er hätte sicher nichts dagegen, als großen Beweis seiner Gnade, mit Marion eine Ferienreise zu machen, vorausgesetzt, Molly käme, schön unter seiner Kontrolle, im Schlepptau hinter . . .«

Richard bekam einen Wutausbruch: »Gott, ich hätte es wissen müssen. Ihr seid zwei böswillige, verfluchte, eiskalt denkende . . .« Er stieß noch einige unartikulierte Laute hervor und schwieg dann, schwer atmend. Dennoch beobachtete er sie neugierig, er wartete darauf, zu hören, was sie sagen würde.

»Du hast mich hergebeten, damit ich sage, was ich gesagt habe, und damit du mich dann beschimpfen kannst. Oder Molly beschimpfen kannst. Und nun war ich so freundlich, es zu sagen, und gehe nach Hause.« Anna ließ sich von dem hohen Fenstersims auf ihre Füße hinabgleiten und stand zum Gehen bereit. Sie war voller Abscheu vor sich selbst und dachte: Natürlich hat mich Richard aus den üblichen Gründen hergebeten – er hat damit gerechnet, daß ich ihn heruntermachen würde. Aber ich muß das gewußt haben. Also bin ich hier, weil ich das Bedürfnis habe, ihn und das, was er repräsentiert, herunterzumachen. Ich bin ein Teil des ganzen dämlichen Spiels, und ich sollte mich über mich schämen. Trotz dieser Gedanken, die ganz aufrichtig waren, stand Richard ihr in der Pose eines Mannes gegenüber, der darauf wartete, ausgepeitscht zu werden, und sie fuhr fort: »Es gibt Leute, die Opfer brauchen, lieber Richard. Sicherlich verstehst du das. Schließlich ist er dein Sohn.« Sie ging auf die Tür zu, durch die sie hereingekommen war. Aber die Tür war leer, ohne Griff. In diesem Büro ließ sie sich nur durch Knopfdruck von außen oder von Richards Schreibtisch aus öffnen.

»Was soll ich tun, Anna?«

»Ich glaube nicht, daß du in der Lage bist, überhaupt etwas zu tun.«

»Ich werde mich nicht von Marion austricksen lassen!« Wieder brach Anna in überraschtes Gelächter aus. »Richard, hör auf damit! Marion hatte genug, das ist alles. Selbst die sanftmütigsten Leute haben Fluchtwege. Marion hat sich Tommy zugewandt, weil er sie braucht. Das ist alles. Ich bin sicher, daß sie niemals etwas geplant hat – das Wort ›austricksen‹ im Zusammenhang mit Marion zu gebrauchen ist so . . .«

»Trotzdem, sie weiß ganz genau, was sie tut, sie prahlt damit. Weißt du, was sie vor einem Monat zu mir gesagt hat? Sie sagte: Du kannst allein schlafen Richard und . . .« Aber er hielt inne, kurz bevor er Marions Satz zu Ende gesprochen hatte.

»Aber Richard, früher hast du dich darüber beklagt, daß du überhaupt das Bett mit ihr teilen mußtest!«

»Ich könnte genausogut überhaupt nicht verheiratet sein. Marion hat jetzt ihr eigenes Zimmer. Und sie ist nie zu Hause. Warum sollte ich um ein normales Leben betrogen werden?«

»Aber Richard . . .« Sie brach ab, weil es so sinnlos war. Aber er wartete immer noch, wollte hören, was sie sagen würde. Sie sagte: »Aber du hast doch Jean, Richard. Es muß dir doch einleuchten, daß es da irgendwo eine Verbindung gibt. Du hast deine Sekretärin.«

»Sie wird nicht ewig herumhängen. Sie möchte heiraten.«

»Aber, Richard, der Vorrat an Sekretärinnen ist unbegrenzt. Mach kein beleidigtes Gesicht. Du hast mit mindestens einem Dutzend deiner Sekretärinnen Affären gehabt, nicht wahr?«

»Ich möchte Jean heiraten.«

»Ich glaube nicht, daß das leicht sein wird. Tommy wird es nicht zulassen, selbst wenn sich Marion von dir scheiden läßt.«

»Sie hat gesagt, sie würde sich nicht scheiden lassen.«

»Dann gib ihr Zeit.«

»Zeit. Ich bin auch nicht mehr der Jüngste. Ich werde nächstes Jahr fünfzig. Ich kann mir's nicht leisten, Zeit zu verlieren. Jean ist dreiundzwanzig. Warum sollte sie in der Luft hängen und ihre Chancen vergeuden, während Marion . . .«

»Du solltest mit Tommy reden. Dir ist doch sicher klar, daß er der Schlüssel zu dem Ganzen ist?«

»Eine Menge Mitgefühl werde ich von ihm kriegen. Er war immer auf Marions Seite.«

»Versuche doch, ihn auf deine Seite zu bringen!«

»Dafür besteht keine Chance.«

»Nein, ich glaube auch nicht, daß es eine gibt. Ich glaube, du wirst nach Tommys Pfeife tanzen müssen. Genauso wie Molly, und Marion auch.«

»Genau das, was ich von dir erwartet habe – der Junge ist ein Krüppel, und du redest über ihn, als sei er eine Art Krimineller.«

»Ja, ich weiß, daß es das war, was du erwartet hattest. Ich kann mir selber nicht verzeihen, daß ich dem entgegengekommen bin. Bitte, laß mich nach Hause gehen, Richard. Mach die Tür auf.« Sie stand daneben und wartete darauf, daß er sie aufgehen ließ.

»Und du lachst auch noch über dieses entsetzliche erbärmliche Schlamassel.«

»Ich lache, wie du sehr wohl weißt, über den Anblick eines der Finanzgewaltigen dieses unseres großartigen Landes, der wie ein dreijähriges Kind vor Wut in der Mitte seines ach so teuren Teppichs tanzt. Bitte, laß mich hinaus, Richard.«

Richard ging mit einer Willensanstrengung zu seinem Schreibtisch, drückte auf einen Knopf, und die Tür flog auf.

»Wenn ich du wäre, dann würde ich ein paar Monate abwarten und Tommy hier eine Arbeit anbieten, eine recht wichtige.«

»Du meinst, er hätte jetzt die Güte, das anzunehmen? Du bist verrückt. Marion und er sind auf einem linken Trip, und sie geraten zur Zeit fürchterlich in Hitze über das Unrecht, das man den armen Schwarzen antut.«

»Gut, gut. Warum auch nicht? Das ist sehr in Mode. Wußtest du das nicht? Du hast einfach ein mangelndes Gespür dafür, das Richtige zur rechten Zeit zu tun, Richard. Es ging dir immer so. Das ist kein Linksdrall. Das ist *à la mode*.«

»Ich hätte gedacht, daß dir das gefällt.«

»Oh, tut es auch. Denk an das, was ich dir gesagt habe – wenn du die Dinge richtig anpackst, wird Tommy mit Vergnügen hier eine Arbeit annehmen. Vielleicht wird er deine übernehmen.«

»Ja, ich wäre glücklich darüber. Du hast dich immer in mir getäuscht, Anna. Mir macht dieses Geschäft kein wirkliches Vergnügen. Ich möchte mich zurückziehen, sobald ich irgend kann, und mit Jean ein ruhiges Leben führen und vielleicht noch ein paar Kinder haben. Das ist es, was ich vorhabe. Ich bin einfach fürs Finanzgeschäft nicht geschaffen.«

»Abgesehen davon, daß du die Kapitaleinlagen und Profite deines Imperiums vervierfacht hast, seit du es übernommen hast, wie Marion sagt. Auf Wiedersehen, Richard.«

»Anna.«

»Ja, was ist?«

Er ging eilig um sie herum und stellte sich zwischen sie und die halboffene Tür. Er stieß sie jetzt mit einem ungeduldigen Stoß seines Hinterns zu. Der Kontrast zwischen dieser Bewegung und der glatten unsichtbar gehandhabten Maschinerie des reichen Büros oder Ausstellungsraumes traf Anna wie ein Hinweis auf ihr eigenes unpassendes Selbst, als sie so dastand und darauf wartete zu gehen. Sie sah sich selbst: klein, blaß, hübsch, ein kritisches und intelligentes Lächeln beibehaltend. Sie konnte sich fühlen unter dieser Fassade der Ordnung – ein Chaos aus Unbehagen und Furcht. Dieser häßliche, kleine Stoß von Richards wohlgekleidetem Hintern entsprach ihrem eigenen, mit Müh und Not verborgenen Aufruhr; und deswegen war es Heuchelei, Abscheu zu empfinden. Während sie sich das selbst sagte, merkte sie, daß sie inzwischen nur noch erschöpft war, und sagte: »Richard, ich sehe darin überhaupt keinen Sinn. Immer, wenn wir uns treffen, ist es dasselbe.«

Richard hatte ihr momentanes Abgleiten in Entmutigung gespürt. Er stand direkt vor ihr, schwer atmend, seine dunklen Augen verengt. Dann lächelte er langsam, sarkastisch. Woran will er mich denn bloß erinnern? fragte sich Anna. Es kann doch nicht etwa – doch, das war's. Er erinnerte sie an den Abend, an dem sie, möglicherweise nur, mit ihm ins Bett gegangen wäre. Und sie wußte, daß sie verlegen aussah anstatt verärgert oder verachtungsvoll. Sie sagte: »Richard, bitte, öffne die Tür.« Er stand da, bedrängte sie weiter mit seinem Sarkasmus und genoß es; dann ging sie an ihm vorbei zur Tür und versuchte, sie aufzustoßen. Sie konnte sich selbst sehen, ungeschickt und verwirrt, sinnlos gegen die Tür stoßend. Dann öffnete sie sich: Richard war zu seinem Schreibtisch zurückgegangen und hatte den betreffenden Knopf gedrückt. Anna ging geradewegs hinaus, vorbei an der luxuriösen Sekretärin, Marions mutmaßlicher Nachfolgerin, und stieg durch das gepolsterte, glänzende, teppichbedeckte, begrünte Zentrum des Gebäudes in die häßliche Straße hinunter, die sie erleichtert begrüßte.

Sie ging zur nächsten U-Bahnstation, ohne zu denken; sie wußte, daß sie dem Zusammenbruch nahe war. Die Stoßzeit hatte angefangen. Sie wurde von einer Herde von Leuten geschoben. Plötzlich geriet sie in Panik, so stark, daß sie sich von den Leuten, die zum Fahrkartenschalter drängten, zurückzog und sich an eine Wand lehnte. Ihre Hände und Achselhöhlen waren feucht. Das war ihr kürzlich, auch während der Stoßzeit, schon zweimal passiert. Irgend etwas ist los mit mir, dachte sie und versuchte sich zusammenzureißen. Ich schaffe es nur so gerade, auf der Oberfläche von etwas dahinzutreiben – aber von was? Sie blieb an der Wand stehen, unfähig, sich wieder in die Menge hineinzubewegen. Die Stadt in der Stoßzeit – es war ihr unmöglich, von hier aus rasch die fünf oder sechs Meilen zu ihrer Wohnung zurückzulegen, außer mit der Untergrundbahn. Niemand konnte das. Alle – alle diese Menschen hier waren vom entsetzlichen Druck der Stadt gefangen. Alle, mit Ausnahme von Richard und seinesgleichen. Wenn sie wieder nach oben gehen und ihn bitten würde, sie im Auto nach Hause bringen zu lassen, dann würde er das natürlich tun. Er wäre hocherfreut. Natürlich tat sie es nicht. Es blieb ihr nichts anderes übrig, als sich aufzuraffen und weiterzugehen. Anna zwang sich voran, reihte sich ein in die Menschenmenge, wartete, bis sie mit der Karte an der Reihe war, und fuhr in einem herabsickernden Rinnsal von Menschen mit der Rolltreppe nach unten. Auf dem Bahnsteig fuhren vier Züge ein, bevor es ihr gelang, sich in ein Abteil zu quetschen. Nun war das Schlimmste vorüber. Sie mußte nur, vom Druck der Leute um sie herum aufrechtgehalten, in dem hellerleuchteten, vollgestopften, übelriechenden Abteil stehenbleiben, dann würde sie in zehn oder zwölf Minuten bei ihrer eigenen Station sein. Sie hatte Angst, sie könnte ohnmächtig werden.

Sie dachte: Was bedeutet das, wenn jemand zusammenbricht? An welchem Punkte sagt jemand, der im Begriff ist, in Stücke zu fallen: Ich breche zusammen? Und wenn ich zusammenbrechen würde, in welcher Form? Sie schloß die Augen, sah den Glanz des Lichts auf ihren Augenlidern, fühlte den Druck von Körpern, die nach Schweiß und Schmutz rochen; und war sich der Anna bewußt, die zu einem festen Knoten der Entschlossenheit irgendwo in ihrem Leib zusammengeschrumpft war. Anna, Anna, ich bin Anna, wiederholte sie unablässig; ich kann sowieso nicht krank sein oder nachgeben, wegen Janet; ich könnte morgen aus der Welt verschwinden, und es würde niemandem etwas ausmachen, außer Janet. Was bin ich denn, Anna? – etwas, das von Janet gebraucht wird. Aber das ist entsetzlich, dachte sie, und ihre Angst verstärkte sich. Das ist schlimm für Janet. Also versuch es noch einmal: Wer bin ich, Anna? Nun dachte sie nicht an Janet, sondern schloß sie aus. Statt dessen sah sie ihr Zimmer, lang, weiß, gedämpftes Licht, die farbigen Notizbücher auf dem Zeichentisch. Sie sah sich selbst, Anna, auf dem Musikhocker sitzen und schreiben, schreiben; eine Eintragung in ein Buch machen, sie dann durchstreichen oder auskreuzen; sie sah die mit verschiedenartigen Handschriften gemusterten Seiten; zerteilt, eingeklammert, abgebrochen – sie fühlte eine Woge von Übelkeit; und sah dann Tommy, nicht sich, mit seinen vor Konzentration aufgeworfenen Lippen dastehen und die Seiten ihrer planvollen Notizbücher wenden.

Sie öffnete die Augen, schwindlig und angstvoll, und sah das Schwanken der glitzernden Decke, ein Durcheinander von Plakaten und Gesichtern, die leer waren und starr vor Anstrengung, im Zug das Gleichgewicht zu halten. Ein Gesicht, fünfzehn Zentimeter entfernt: das Fleisch war gelblich-grau und großporig, der Mund faltig und feucht. Die Augen waren starr auf ihre gerichtet. Das Gesicht lächelte, halb ängstlich, halb einladend. Sie dachte: Während ich hier mit geschlossenen Augen stand, sah er mir ins Gesicht und stellte es sich unter sich vor. Ihr war übel; sie wandte den Kopf; und starrte von ihm fort. Sein unregelmäßiger Atem streifte schal ihr Gesicht. Noch zwei Stationen zu fahren. Anna stahl sich Zentimeter für Zentimeter davon und spürte, wie der Mann sich im Beben und Schwanken des Zuges hinter ihr herpreßte, sein Gesicht krank vor Erregung. Er war häßlich. Mein Gott, sie sind häßlich, wir sind so häßlich, dachte Anna, ihr Fleisch, bedroht von seiner Nähe, kribbelnd vor Ekel. An der Station quetschte sie sich aus dem Zug, als andere sich hineinquetschten; und der Mann stieg hinter ihr aus, preßte sich auf der Rolltreppe hinter sie und stand an der Schalterbarriere hinter ihr. Sie gab ihre Fahrkarte ab und hastete weiter, sah sich um und warf ihm einen ärgerlichen Blick zu, als er direkt hinter ihr fragte: »Kleiner Spaziergang? Kleiner Spaziergang?« Er grinste triumphierend; in seiner Phantasie hatte er sie erniedrigt und über sie triumphiert, während sie mit geschlossenen Augen im Zug stand. Sie sagte: »Gehen Sie weg«, und ging weiter, aus der Untergrundbahn hinaus auf die Straße. Er folgte ihr immer noch. Anna hatte Angst; und dann war sie erstaunt über sich selbst – und fürchtete sich, weil sie Angst hatte. Was ist los mit mir? So was passiert doch jeden Tag, so ist es, wenn man in einer Großstadt lebt, es berührt mich nicht – aber es *hatte* sie berührt; ebenso wie Richards aggressives Bedürfnis, sie zu erniedrigen, sie vor einer halben Stunde in seinem Büro berührt hatte. Das Wissen, daß der Mann ihr immer noch unangenehm grinsend auf den Fersen war, erregte in ihr den Wunsch, panikerfüllt davonzurennen. Sie dachte: Wenn ich etwas sehen oder berühren könnte, etwas, das nicht häßlich ist . . . gleich da vorne war ein Obststand, an dem farbenprächtige Pflaumen-, Pfirsich- und Aprikosenberge angeboten wurden. Anna kaufte Früchte: roch den herben, sauberen Geruch, befühlte die weiche oder leicht behaarte Oberfläche. Es ging ihr besser. Die Panik war vorüber. Der Mann, der ihr gefolgt war, stand in der Nähe, wartend und grinsend; aber sie war nun immun gegen ihn. Sie ging, immun, an ihm vorbei.

Sie hatte sich verspätet; machte sich aber keine Sorgen – Ivor würde da sein. In der Zeit, als Tommy in der Klinik war und Anna so oft mit Molly zusammen war, war Ivor in ihr Leben getreten. Aus dem fast unbekannten jungen Mann, der im oberen Zimmer lebte und, diskret kommend und gehend, Guten Abend und Guten Morgen sagte, war Janets Freund geworden. Er hatte sie ins Kino mitgenommen, wenn Anna in der Klinik war, er half ihr bei ihren Hausaufgaben, und er sagte Anna wiederholt, sie solle sich keine Sorgen machen, es würde ihn nur allzusehr freuen, sich um Janet kümmern zu können. Und er tat es. Und trotzdem war Anna angesichts dieser neuen Situation beunruhigt. Nicht um seinet- oder Janets willen, denn wenn er mit dem Kind zusammen war, war er vollkommen natürlich und auf eine äußerst reizvolle Weise einfühlsam.

Sie dachte jetzt, als sie die häßlichen Stufen zu ihrer eigenen Wohnungstür hinaufstieg: Janet braucht einen Mann in ihrem Leben, sie vermißt einen Vater. Ivor ist sehr freundlich zu ihr. Aber weil er kein Mann ist – was meine ich damit, wenn ich sage, er ist kein Mann? Richard ist ein Mann; Michael ist ein Mann. Doch Ivor ist es nicht? Ich weiß, daß es mit ›einem richtigen Mann‹ ein ganzes Gebiet der Spannung, des spöttischen Einvernehmens geben würde, das es mit Ivor nicht geben kann; eine ganze Dimension, die jetzt nicht da ist; und dennoch, er ist reizend mit ihr, was meine ich also mit ›einem richtigen Mann‹? Denn Janet betete Ivor an. Und sie betete – oder sagte es zumindest – seinen Freund Ronnie an.

Vor einigen Wochen hatte Ivor gefragt, ob ein Freund, der knapp mit Geld war und keine Arbeit hatte, zu ihm ziehen dürfe. Anna hatte die üblichen konventionellen Angebote gemacht und gesagt, sie würde noch ein Bett in das Zimmer stellen und so weiter. Beide Seiten hatten ihre Rollen gespielt, aber Ronnie, ein arbeitsloser Schauspieler, war in Ivors Zimmer und Bett gezogen, und weil sich für Anna dadurch nichts änderte, schwieg sie dazu. Offenkundig hatte Ronnie die Absicht, so lange zu bleiben, wie sie nichts sagte. Anna wußte, daß Ronnie der Preis war, den man ihr für Ivors neue Freundschaft mit Janet abverlangte.

Ronnie war ein dunkler, graziöser junger Mann mit sorgfältig gewelltem, glänzenden Haar und sorgfältig präpariertem, strahlend weißen Lächeln.

Anna mochte ihn nicht, aber da sie sich darüber klar wurde, daß sie eher den Typ als die Person nicht mochte, hielt sie ihre Gefühle im Zaum. Er war auch freundlich zu Janet, aber diese Freundlichkeit kam nicht (wie bei Ivor) aus dem Herzen; sie war Politik. Wahrscheinlich war seine Beziehung zu Ivor ebenfalls Politik. All dies bekümmerte Anna wenig und verletzte Janet nicht. Anna vertraute Ivor in dem Punkt, daß das Kind niemals schockiert werden würde. Und trotzdem fühlte sie sich unbehaglich. Angenommen, ich würde mit einem Mann – einem ›richtigen Mann‹ – zusammenleben oder verheiratet sein, dann käme es sicherlich zu einer Spannung mit Janet. Janet würde ihn ablehnen, würde ihn akzeptieren müssen, mit ihm auskommen müssen. Und die Ablehnung würde gerade auf dem Geschlechtlichen, dem Mannsein beruhen. Selbst wenn hier ein Mann lebte, mit dem ich nicht schlafe oder nicht schlafen will – selbst dann würde sein ›richtiges Mannsein‹ Spannungen hervorrufen, einen Ausgleich schaffen. Ja und? Wenn das so ist, wieso habe ich dann das Gefühl, daß ich in Wirklichkeit einen richtigen Mann, gerade um Janets willen – von mir einmal ganz abgesehen – haben müßte statt des charmanten, freundlichen, aufmerksamen Jünglings Ivor? Sage ich denn damit, oder nehme ich an (nimmt das jeder an?), daß Kinder diese Spannung brauchen, um aufzuwachsen? Aber warum? Trotzdem bin ich offenkundig dieser Ansicht, sonst fühlte ich mich nicht so unbehaglich, wenn ich Ivor mit Janet zusammensehe, weil er wie ein großer, freundlicher Hund oder wie ein harmloser älterer Bruder ist – ich benutze das Wort ›harmlos‹. Verachtung. Ich fühle Verachtung. Es ist verächtlich von mir, daß ich das tue. Ein richtiger Mann – Richard? Michael? Beide sind sehr ungeschickt mit ihren Kindern. Und trotzdem bin ich zweifellos der Ansicht, daß ihre Art, ihre Zuneigung, die eher Frauen gilt als Männern, für Janet besser wäre als die, die Ivor hat.

Als Anna endlich in ihrer eigenen sauberen Wohnung angekommen war, nachdem sie die dunklen und staubigen Treppen hinaufgestiegen war, hörte sie über ihrem Kopf Ivors Stimme. Er las Janet vor. Sie ging an der Tür ihres großen Zimmers vorbei und fand Janet mit überkreuzten Beinen auf ihrem Bett sitzen – ein schwarzhaariger Lausbub von Mädchen. Und Ivor, dunkel, zerzaust und freundlich, saß auf dem Fußboden, eine Hand erhoben, und las mit Emphase eine Geschichte über eine Mädchenschule. Janet schüttelte den Kopf, als Warnung für ihre Mutter, nicht zu unterbrechen. Ivor, der seine erhobene Hand als eine Art Taktstock benutzte, zwinkerte und erhob die Stimme, als er las: »Und so kandidierte Betty für die Hockeymannschaft. Würde sie gewählt werden? Würde sie Glück haben?« Er sagte zu Anna in seiner normalen Stimme: »Wir werden Ihnen Bescheid sagen, wenn wir fertig sind«, und fuhr fort: »Alles hing von Miss Jackson ab. Betty fragte sich, ob sie aufrichtig gewesen war, als sie ihr am letzten Mittwoch nach dem Spiel Glück gewünscht hatte? Hatte sie es wirklich so gemeint?« Anna hielt vor der

Tür inne und horchte: Da war etwas Neues in Ivors Stimme: Spott. Der Spott zielte auf die Welt der Mädchenschule, auf die weibliche Welt, nicht auf die Absurdität der Geschichte; und hatte in dem Augenblick eingesetzt, als sich Ivor Annas Gegenwart bewußt war. Ja, aber daran war nichts Neues; das war ihr vertraut. Denn der Spott, die Verteidigung des Homosexuellen, war auch nichts weiter als die höfliche Überritterlichkeit eines ›richtigen‹ Mannes, des ›normalen‹ Mannes, der, bewußt oder nicht, seiner Beziehung zu einer Frau Grenzen setzen will. Meist unbewußt. Es war dieselbe kalte, ausweichende Emotion, nur einen Schritt weitergetrieben; es gab einen Grad – aber keinen Artunterschied. Anna blickte verstohlen um die Ecke auf Janet und sah ein entzücktes, aber halbbeunruhigtes Grinsen auf dem Gesicht des Kindes. Janet spürte, daß der Spott sich gegen sie, ein weibliches Wesen, richtete. Anna sandte ihrer Tochter den stummen, mitleidigen Gedanken zu: Nun, mein armes Mädchen, du solltest dich besser früh daran gewöhnen, denn du wirst in einer Welt leben müssen, die voll davon ist. Und jetzt, als sie, Anna, weit genug von der Szene entfernt war, hatte Ivors Stimme sein parodistisches Element verloren und war wieder normal geworden.

Die Tür zu dem Zimmer, das Ivor und Ronnie sich teilten, stand offen. Ronnie sang, gleichfalls auf parodistische Weise. Es war ein Song, der überall gesungen wurde, mit einem Ausdruck von schmachtendem, heulenden Begehren. »Schenk mir, was ich möchte, heut' nacht, Baby, ich möcht' nicht, daß wir uns streiten, Baby, küß mich, drück mich, etc.« Auch Ronnie machte sich über normale Liebe lustig; auf einem höhnischen, ordinären Gossenniveau. Anna dachte: Warum glaube ich, daß Janet all das nicht berühren wird? Warum halte ich es für selbstverständlich, daß Kinder nicht verdorben werden können? Das heißt doch letzten Endes nur, daß ich sicher bin, daß mein Einfluß, der gesunde weibliche Einfluß, stark genug ist, um den ihren zu überwiegen. Aber wie komme ich dazu? Sie drehte sich um und wollte nach unten gehen. Ronnies Stimme verstummte, und sein Kopf tauchte um die Türecke auf. Es war ein reizend frisierter Kopf, der Kopf eines knabenhaften jungen Mädchens. Er lächelte boshaft. Er sagte mit diesem Lächeln so deutlich er konnte, daß er gedacht habe, Anna habe ihm nachspioniert. Eines der störenden Dinge an Ronnie war, daß er immer annahm, alles, was die Leute sagten oder taten, beziehe sich auf ihn; und so war man sich seiner immer bewußt. Anna nickte ihm zu. Sie dachte: Ich kann mich in meinem eigenen Heim wegen dieser beiden nicht mehr frei bewegen. Ich bin die ganze Zeit in der Defensive in meiner eigenen Wohnung. Ronnie entschied sich nun dafür, seine Bosheit zu verbergen, und kam heraus, nachlässig, das Gewicht auf eine Hüfte verlagert. »Oh, Anna, ich wußte nicht, daß auch Sie an den Freuden der Kinderstunde teilnehmen?« »Ich bin nur eben mal hereingekommen, um nachzusehen«, sagte Anna kurzangebunden. Er war jetzt der

verkörperte Charme. »So ein entzückendes Kind, Ihre Janet.« Er hatte sich
daran erinnert, daß er hier umsonst lebte und von Annas Freundlichkeit
abhängig war. Er war der Inbegriff – ja, dachte Anna – eines guterzogenen
jungen Mädchens von nahezu lispelnder Wohlerzogenheit. Sehr *jeune fille*
bist du, redete ihn Anna schweigend an und schenkte ihm ein Lächeln, das
ihm sagen sollte: Du legst mich nicht rein, glaub das ja nicht. Sie ging nach
unten: Ein Blick nach oben zeigte ihn jedoch noch dort, er schaute ihr nicht
nach, sondern starrte die Wand an der Treppe an. Sein hübsches, ach so
reizendes kleines Gesicht war nun verfallen. Vor Angst. Jesus, dachte Anna;
ich kann mir jetzt schon vorstellen, was passieren wird – ich möchte ihn hier
heraushaben, aber ich werde es einfach nicht übers Herz bringen, weil er mir
leid tun wird, wenn ich mich nicht vorsehe.

Sie ging in die Küche und ließ langsam ein Glas Wasser einlaufen; sie ließ
das Wasser laufen, um es plätschern und glitzern zu sehen, um sein kühles
Geräusch zu hören. Sie benutzte das Wasser, wie sie zuvor die Früchte
benutzt hatte – um sich zu beruhigen, um sich der Möglichkeit der Normalität zu versichern. Dennoch dachte sie die ganze Zeit: Ich bin völlig aus dem
Gleichgewicht geraten. Ich habe das Gefühl, als sei die Atmosphäre dieser
Wohnung vergiftet, als herrsche überall der Geist der perversen und häßlichen Bosheit. Aber das ist Unsinn. Die Wahrheit ist, daß alles, was ich im
Augenblick denke, falsch ist. Ich *fühle,* daß es so ist . . . und dennoch rette ich
mich durch diese Art von Denken. Rette mich wovor? Sie fühlte sich wieder
elend und angstvoll, so wie in der U-Bahn. Sie dachte: Ich muß das
verhindern, ich muß einfach – obwohl sie nicht hätte sagen können, was sie
eigentlich verhindern mußte. Ich gehe nach nebenan, beschloß sie, und setze
mich und – sie beendete den Gedanken nicht, sie hatte vor ihrem geistigen
Auge das Bild eines trockenen Brunnens, der sich langsam mit Wasser füllt.
Ja, das ist es, was mit mir nicht stimmt – ich bin trocken. Ich bin leer. Ich
muß irgendwo an eine Quelle gelangen oder . . . sie öffnete die Tür zu ihrem
großen Zimmer, und da stand, schwarz gegen das Licht, das von den Fenstern
kam, eine große weibliche Gestalt, die etwas Bedrohliches an sich hatte. Anna
sagte scharf: »Wer sind Sie?«, und drehte den Lichtschalter an; die Gestalt
nahm plötzlich Form und Persönlichkeit gegen das abgegrenzte Licht an.
»Mein Gott, Marion, bist du es?« Anna klang verärgert. Sie war verwirrt
wegen ihres Irrtums und sah Marion scharf an, denn all die Jahre hindurch,
die sie sie gekannt hatte, war sie ihr als eine pathetische Figur erschienen, aber
niemals als eine bedrohliche. Und als sie das tat, konnte sie sich selbst einen
Prozeß durchlaufen *sehen,* den sie, wie es ihr schien, nun täglich hundertfach
würde durchmachen müssen: Sie richtete sich auf, stählte sich, wurde vorsichtig; und weil sie so müde war, weil ›der Brunnen trocken war‹, versetzte
sie ihr Hirn, diese kleine, kritische, trockene Maschine, in Alarm. Sie konnte

sogar sehen, wie der Verstand dort an der Arbeit war, abwehrend und tüchtig – eine Maschine. Und sie dachte: Dieser Verstand ist die einzige Barriere zwischen mir und – aber diesmal beendete sie den Satz, sie wußte, wie er zu beenden war. Zwischen mir und dem Zusammenbruch. Jawohl.

Marion sagte: »Es tut mir leid, daß ich dich erschreckt habe, aber ich bin heraufgekommen und hörte, wie dein junger Mann Janet vorlas, und ich wollte sie nicht stören. Und dann dachte ich, wie angenehm, im Dunkeln zu sitzen.« Anna hörte die Worte ›dein junger Mann‹, die eine lispelnde Zimperlichkeit an sich hatten; wie von einer Gesellschaftsmatrone, die einer jungen Frau schmeichelt? – sie dachte, daß es bei der Begegnung mit Marion innerhalb von fünf Minuten immer zu diesem unangenehmen Moment kam; und erinnerte sich dann an die Welt, in der Marion aufgewachsen war. Sie sagte: »Es tut mir leid, daß ich verärgert geklungen habe. Ich bin müde. Ich bin in die Stoßzeit geraten.« Sie zog die Vorhänge zu und stellte in ihrem Zimmer wieder die stille Strenge her, die sie von ihm brauchte. »Anna, du bist so verwöhnt, wir armen gewöhnlichen Leute müssen diese Dinge täglich durchmachen.« Anna blickte erstaunt auf Marion, die in ihrem ganzen Leben nie etwas so Gewöhnliches wie Stoßzeiten hatte durchmachen müssen. Sie sah Marions Gesicht: unschuldig, blankäugig, voller Enthusiasmus. Sie sagte: »Ich brauche einen Drink, möchtest du auch einen?« – erinnerte sich, war dann froh, daß sie die Sache vergessen hatte, und bot Marion mit aufrichtiger Beiläufigkeit einen Drink an; denn diese sagte jetzt: »Oh ja, ich hätte gern einen ganz kleinen. Tommy sagte, es sei viel tapferer, sich zu entschließen, einfach normal zu trinken, statt es völlig aufzugeben. Findest du, daß er recht hat? Ich finde ja. Ich finde, er ist sehr klug und sehr stark.« »Ja, aber es muß sehr viel schwieriger sein.« Anna goß Whisky in die Gläser, Marion den Rücken zugewandt, und versuchte herauszufinden: Ist sie hier, weil sie weiß, daß ich gerade Richard getroffen habe? Oder was könnte sie noch für einen Grund haben? Sie sagte: »Ich war gerade bei Richard«, und Marion sagte, indem sie ihr Glas nahm und es mit einem offenkundig echten Mangel an Interesse neben sich stellte: »Warst du? Na ja, ihr wart ja immer schon dicke Freunde.« Es widerstrebte Anna, daß sie bei dem Wort ›dicke Freunde‹ zusammenzuckte; sie bemerkte mit Unruhe ihre ständig wachsende Irritation, stärkte den hellen Glanz ihres kalten Verstandes und hörte von oben Ivors Stimme herausbrüllen: »Schieß! riefen fünfzig eifrige Stimmen, und Betty, die über das Feld um ihr Leben lief, schlug den Ball direkt ins Tor. Sie hatte es geschafft! Die Luft hallte wider von jungen, jubelnden Stimmen, und Betty sah die Gesichter ihrer Freunde durch einen Schleier von Glückstränen.«

»Ich habe diese herrlichen Schulgeschichten so geliebt als Kind«, sagte Marion kleinmädchenhaft lispelnd.

»Ich habe sie verabscheut.«

»Du warst immer schon so ein intellektuelles kleines Ding.«

Anna setzte sich nun mit ihrem Whisky und musterte Marion. Sie trug ein teures, braunes Kostüm, offenkundig neu. Ihr dunkles, leicht ergrauendes Haar war frisch gewellt. Ihre Haselnußaugen waren hell, ihre Wangen rosig. Sie war das Bild einer fülligen, glücklichen, lebhaften Matrone.

»Das ist auch der Grund, weshalb ich dich besuchen komme«, sagte Marion. »Es war Tommys Idee. Wir brauchen deine Hilfe, Anna. Tommy hatte eine phantastische Idee, ich finde, er ist so ein feiner, kluger Junge, und wir dachten beide, wir sollten dich fragen.«

An dieser Stelle nahm Marion ein Schlückchen von ihrem Whisky, machte einen kleinen, anmutigen *moue* des Ekels, setzte das Glas ab und schwatzte weiter: »Dank Tommy ist mir klargeworden, wie schrecklich unwissend ich bin. Es fing damit an, daß ich ihm aus der Zeitung vorlas. Ich habe vorher überhaupt nichts gelesen. Natürlich ist er sehr gut informiert und hat mir alles erklärt. Ich bin jetzt wirklich ein ganz anderer Mensch und schäme mich so, daß ich mich vorher um nichts anderes gekümmert habe als um mich selbst.«

»Richard hat erwähnt, daß du angefangen hast, dich für Politik zu interessieren.«

»Ja, er ist so wütend. Und meine Mutter und meine Schwestern sind natürlich erbost.« Ein unartiges kleines Mädchen – so saß sie lächelnd da und preßte ab und zu ihre Lippen zusammen; und warf kurze, schuldbewußte, flackernde Blicke aus ihren Augenwinkeln.

»Das kann ich mir vorstellen.« Da Marions Mutter eine Generalswitwe war und ihre Schwestern alle Ladies oder Standespersonen, konnte Anna verstehen, was für ein Vergnügen es war, sie zu verärgern.

»Aber die haben ja von nichts eine Ahnung, von gar nichts, genau wie ich, bevor Tommy mich an die Hand nahm. Ich habe das Gefühl, als ob von dem Moment an mein Leben begonnen hätte. Ich fühle mich wie ein neuer Mensch.«

»Du siehst auch aus wie ein neuer Mensch.«

»Ich weiß, daß es so ist. Anna, hast du Richard heute gesehen?«

»Ja, in seinem Büro.«

»Hat er was über eine Scheidung gesagt? Ich frage, weil ich es, glaube ich, ernst nehmen muß, wenn er dir etwas gesagt hat. Er hat mir immer gedroht und mich schikaniert – er ist ein gräßlicher Tyrann. Deshalb habe ich es nie ernst genommen. Aber wenn er wirklich darüber redet, dann, denke ich, müssen Tommy und ich es ernst nehmen.«

»Ich glaube, er möchte seine Sekretärin heiraten. Jedenfalls sagte er das.«

»Hast du sie gesehen?« Marion kicherte nun und sah schelmisch aus.

»Ja.«

»Ist dir etwas aufgefallen?«

»Daß sie so aussieht wie du in ihrem Alter?«

»Ja.« Marion kicherte wieder. »Ist das nicht komisch?«

»Wenn du meinst.«

»Ja, meine ich.« Plötzlich seufzte Marion und ihr Gesichtsausdruck wechselte. Vor Annas Augen verwandelte sie sich von einem kleinen Mädchen in eine düstere Frau. Sie saß da und starrte vor sich hin: ernst, ironisch. »Verstehst du nicht? Ich *muß* es für komisch halten.« »Ja, ja, ich verstehe.« »Es ist alles ganz plötzlich passiert, an einem Morgen beim Frühstück. Richard ist immer gräßlich beim Frühstück. Er ist immer schlechtgelaunt und hackt auf mir herum. Komisch ist nur, warum habe ich ihn gelassen? An dem Morgen hat er immer weiter- und weitergemacht und darauf herumgehackt, daß ich Tommy so oft sehe. Und plötzlich war es wie eine Art Offenbarung. Es war wirklich so, Anna. Er *raste wie wild* im Frühstückszimmer herum, und sein Gesicht war rot. Und er war schrecklich schlechter Laune. Ich horchte auf seine Stimme. Hat er nicht eine häßliche Stimme? Eine brutale Stimme?«

»Ja, das stimmt.«

»Und ich dachte – Anna, ich wünschte, ich könnte es erklären. Es war wirklich eine Offenbarung. Ich dachte: Ich bin Jahre und Jahre mit ihm verheiratet, und die ganze Zeit bin ich – ganz in ihm aufgegangen. Na ja, so sind doch die Frauen, oder? Ich habe an nichts anderes gedacht. Ich habe mich seit Jahren Nacht für Nacht in den Schlaf geweint. Und ich habe Szenen gemacht und war ein Narr und unglücklich und ... Ich frage dich nur, wozu? Ich meine es ernst, Anna.« Anna lächelte, und Marion fuhr fort: »Im Grunde genommen ist er doch eigentlich gar nichts, nicht? Er sieht nicht mal gut aus. Er ist nicht mal intelligent – es ist mir egal, ob er so schrecklich wichtig ist, ob er Industriekapitän ist. Verstehst du, was ich meine?« »Ja, und weiter?« »Ich dachte, mein Gott, für diese Kreatur habe ich mein Leben ruiniert. Ich erinnere mich noch ganz genau an den Augenblick. Ich saß am Frühstückstisch und hatte eine Art Negligé an, das ich nur gekauft habe, weil er mich in solchen Sachen mag – du weißt schon, Spitzen und Blumen – besser gesagt, in denen er mich *früher* mochte. Ich habe sie immer *gehaßt*. Und ich dachte, daß ich seit Jahren Kleider trage, die ich hasse, nur um dieser *Kreatur* zu gefallen.«

Anna lachte. Marion lachte auch, ihr hübsches Gesicht belebt von selbstkritischer Ironie und ihre Augen traurig und aufrichtig. »Das ist doch erniedrigend, Anna, nicht wahr?«

»Ja, das ist es.«

»Aber ich wette, du hast dich nie wegen eines blöden Mannes zum Narren gemacht. Du bist zu vernünftig.«

»Das glaubst du«, sagte Anna trocken. Aber sie sah ein, daß das ein Fehler war; es war für Marion notwendig, Anna als selbstbestimmt und unverwundbar zu betrachten.

Marion, die nicht hörte, was Anna gesagt hatte, insistierte: »Nein, du bist zu vernünftig für so was, und deswegen bewundere ich dich.« Marion umklammerte nun ihr Glas mit ihren Fingern. Sie nahm einen großen Schluck Whisky; und noch einen, und noch einen, und noch einen – Anna zwang sich, nicht hinzusehen. Sie hörte Marions Stimme: »Und dann ist da dieses Mädchen Jean. Als ich sie sah, war das noch eine Offenbarung. Er liebt sie, wie er sagt. Aber wen liebt er schon wirklich, das ist die Frage. Er liebt einfach einen Typ, etwas, das ihm direkt an den Sack geht.« Die Roheit der Wörter *an den Sack geht*, ungewöhnlich für Marion, veranlaßte Anna, sie wieder anzusehen.

Marion saß mit ihrem ausladenden Körper angespannt, steif und aufrecht im Sessel, die Lippen zusammengepreßt, die Finger klauenartig um das leere Glas geklammert, in das sie gierig hineinstarrte.

»Also, was ist dann diese Liebe? Er hat nie mich geliebt. Er liebt große braunhaarige Mädchen mit großem Busen. Ich hatte mal einen wundervollen Busen, als ich jung war.«

»Nußbraune Maid«, sagte Anna und beobachtete, wie sich die gierige Hand um das leere Glas krallte.

»Ja. Und deshalb hat es mit mir nichts zu tun. Zu diesem Schluß bin ich gekommen. Er weiß möglicherweise nicht einmal, wie ich bin. Weshalb reden wir also über Liebe?«

Marion lachte, mühselig. Sie legte den Kopf zurück und saß mit geschlossenen Augen da: so fest geschlossen, daß die braunen Wimpern auf den Wangen zitterten, die nun eingefallen waren. Dann öffneten sich ihre Augen und blinzelten und suchten; sie suchten nach der Whiskyflasche, die auf dem Zeichentisch an der Wand stand. Wenn sie mich um einen weiteren Drink bittet, dann muß ich ihn ihr geben, dachte Anna. Es war, als sei sie, Anna, mit ihrem ganzen Ich in Marions schweigenden Kampf verwickelt. Marion schloß die Augen, keuchte, öffnete sie, blickte auf die Flasche, umkrampfte mit zuckenden Fingern das leere Glas und schloß wieder die Augen.

Trotz allem, dachte Anna, besser für Marion, versoffen und eine ganze Person zu sein; besser eine Säuferin, bitter und aufrichtig, als nüchtern, wenn der Preis der Nüchternheit darin besteht, daß sie ein gräßlich stotterndes, verschämtes kleines Mädchen sein muß. Die Spannung war so schmerzhaft geworden, daß sie, in dem Wunsch, sie aufzulösen, unwillkürlich sagte: »Was wollte Tommy von mir?« Marion setzte sich auf, stellte das Glas nieder und verwandelte sich im Nu aus einer traurigen, aufrichtigen, geschlagenen Frau in ein kleines Mädchen.

»Ach, er ist so großartig, so großartig in allem, Anna. Ich habe ihm gesagt, daß Richard die Scheidung will, und er hat so großartig reagiert.«

»Was hat er gesagt?«

»Er sagt, ich muß tun, was richtig ist, was ich wirklich für richtig halte, und darf Richard nicht in einer Verblendung nachgeben, bloß weil ich es für hochherzig halte oder mir wünsche, edel zu sein. Denn meine erste Reaktion war, soll er doch die Scheidung haben, was macht das mir aus? Ich habe selbst genug Geld, das ist kein Problem. Aber Tommy sagte, nein, ich müßte an das denken, was auf die Dauer gesehen für Richard das Beste ist. Deshalb müßte ich ihn mit seinen Verantwortlichkeiten konfrontieren.« »Ich verstehe.« »Ja. Er ist so scharfsinnig. Und wenn man bedenkt, daß er erst einundzwanzig ist. Obwohl ich annehme, daß das mit der schrecklichen Sache zusammenhängt, die ihm passiert ist – ich finde das entsetzlich, aber man kann einfach nicht glauben, daß es eine Tragödie ist, wenn man sieht, wie tapfer er ist, wie wenig er nachgibt und was für ein wunderbarer Mensch er ist.« »Nein, ich glaube es auch nicht.« »Und so sagt Tommy, ich sollte von Richard überhaupt keine Notiz nehmen, ihn einfach ignorieren. Denn ich meine es völlig ernst, wenn ich sage, ich werde mein Leben mit größeren Dingen verbringen. Tommy weist mir den Weg. Ich werde für andere leben und nicht für mich selbst.« »Gut.« »Und deswegen bin ich vorbeigekommen. Du mußt Tommy und mir helfen.«

»Natürlich, was soll ich tun?«

»Erinnerst du dich an den schwarzen Anführer, den Afrikaner, den du früher gekannt hast? Mathews, oder so ähnlich?«

Das war keineswegs, was Anna erwartet hatte. »Du meinst doch nicht etwa Tom Mathlong?«

Marion hatte bereits ein Notizbuch herausgezogen und saß mit gezücktem Stift da. »Ja. Bitte, gib mir seine Adresse.«

»Aber er ist im Gefängnis«, sagte Anna. Sie klang hilflos. Als sie ihre eigene schwach widersprechende Stimme hörte, wurde ihr bewußt, daß sie sich nicht nur hilflos, sondern auch beängstigt fühlte. Das war die Panik, die sie überfiel, wenn sie mit Tommy zusammen war.

»Ja, natürlich ist er im Gefängnis, aber wie heißt er?«

»Marion, was habt ihr vor?«

»Ich habe dir doch gesagt, daß ich nicht mehr für mich selbst leben werde. Ich möchte dem armen Kerl schreiben und sehen, was ich für ihn tun kann.«

»Aber Marion . . .« Anna blickte zu Marion und versuchte, Verbindung zu der Frau aufzunehmen, mit der sie erst wenige Minuten zuvor geredet hatte. Es traf sie ein starrer Blick aus braunen, von schuldbewußter, aber glücklicher Hysterie erfüllten Augen. Anna fuhr entschlossen fort: »Es ist nicht so ein wohlorganisiertes Gefängnis wie Brixton oder dergleichen. Es ist wahrscheinlich eine Baracke im Busch, Hunderte von Kilometern von allem entfernt, mit etwa fünfzig politischen Gefangenen; sehr wahrscheinlich bekommen sie nicht einmal Briefe. Was dachtest du denn? – daß sie Besuchstage und Rechte und so etwas haben?«

Marion schob die Lippen vor und sagte: »Ich finde, das ist eine schrecklich negative Einstellung den armen Kerlen gegenüber.«

Anna dachte: ›Negative Einstellung‹ stammt von Tommy – Echos von der Kommunistischen Partei; aber ›arme Kerle‹ ist ganz Marion – wahrscheinlich schenken ihre Mutter und ihre Schwestern alte Kleider an Wohlfahrtsvereine. »Es ist doch ein Kontinent in Ketten«, sagte Marion, »ist es nicht so?« (*Tribune*, dachte Anna; oder möglicherweise *Daily Worker*.) »Und es sollten sofort Maßnahmen ergriffen werden, um den Glauben der Schwarzen an die Gerechtigkeit wiederherzustellen, wenn es nicht schon zu spät ist.« (*New Statesman*, dachte Anna.) »Zumindest sollte jedermann sich gründlich mit dieser Situation auseinandersetzen.« (*The Manchester Guardian*, zu einer Zeit der akuten Krise.) »Aber Anna, ich verstehe deine Haltung nicht. Du wirst doch zugeben, daß es Beweise dafür gibt, daß da etwas schiefgelaufen ist?« (*The Times*, im Leitartikel, eine Woche nach der Nachricht, daß die weiße Verwaltung zwanzig Afrikaner erschossen und fünfzig weitere ohne Gerichtsverhandlung ins Gefängnis gesteckt hatte.)

»Marion, was ist in dich gefahren?«

Marion saß angespannt vorgelehnt, ihre Zunge erforschte ihre lächelnden Lippen, und ihre halbzugekniffenen Augen blickten ernsthaft.

»Wenn du dich für afrikanische Politik engagieren möchtest – da gibt es Organisationen, denen du dich anschließen kannst, Tommy muß das wissen.«

»Aber die armen Kerle, Anna«, sagte Marion sehr vorwurfsvoll.

Anna dachte: Tommys politische Entwicklung war vor seinem Unfall den ›armen Kerlen‹ so weit voraus, daß sein Geist entweder ernstlich in Mitleidenschaft gezogen war, oder . . . Anna saß schweigend da und erwog zum erstenmal, ob Tommys Geist in Mitleidenschaft gezogen war.

»Tommy hat dir gesagt, du sollst zu mir kommen und mich um die Gefängnisadresse von Mr. Mathlong bitten, damit ihr den armen Gefangenen Lebensmittelpakete und tröstliche Briefe schicken könnt? Er weiß doch ganz genau, daß sie das Gefängnis überhaupt nie erreichen würden – abgesehen von allem anderen.«

Marions leuchtende braune Augen, mit denen sie Anna fixierte, sahen sie nicht. Ihr kleinmädchenhaftes Lächeln richtete sich auf irgendeine reizende, aber eigensinnige Freundin.

»Tommy sagte, dein Rat wäre so nützlich. Und wir könnten alle drei für die gemeinsame Sache arbeiten.«

Anna begann zu verstehen und war verärgert. Sie sagte laut, trocken: »Tommy hat seit Jahren das Wort ›Sache‹ nicht gebraucht, es sei denn ironisch. Wenn er es jetzt gebraucht, dann . . .«

»Aber Anna, das klingt so zynisch, es klingt überhaupt nicht nach dir.«

»Du vergißt, daß wir alle, Tommy einbegriffen, jahrelang bis über beide Ohren in guten Sachen gesteckt haben, und ich versichere dir, wenn wir das Wort mit deiner Verehrung benutzt hätten, dann hätten wir überhaupt nie etwas erreicht.«

Marion stand auf. Sie sah äußerst schuldbewußt, verschlagen und begeistert von sich selbst aus. Anna wurde klar, daß Marion und Tommy über sie gesprochen und beschlossen hatten, ihre Seele zu retten. Weswegen? Sie war ganz außergewöhnlich erzürnt. Dieser Zorn war in keiner Weise dem angemessen, was tatsächlich geschehen war, das wußte sie; und um so beängstigter war sie.

Marion sah den Zorn, war erfreut und verwirrt zugleich und sagte: »Es tut mir so leid, daß ich dich um nichts und wieder nichts gestört habe.«

»Es war aber nicht vergebens. Schreibt einen Brief an Mr. Mathlong, c/o Gefängnisverwaltung, Nordprovinz. Er wird ihn natürlich nicht bekommen, aber es ist eine Geste, die in diesen Angelegenheiten zählt, nicht wahr?«

»Danke, Anna, du bist so hilfreich, wir wußten, daß du das sein würdest. Und jetzt muß ich gehen.«

Marion ging und tapste die Treppe in einer Weise hinunter, die ein schuldbewußtes, aber trotziges kleines Mädchen parodierte. Anna beobachtete sie und sah sich selbst dort auf dem Treppenabsatz stehen – kühl, starr, kritisch. Als Marion außer Sichtweite war, ging Anna zum Telefon und rief Tommy an.

Über die Entfernung von etwa einem halben Kilometer Straße hinweg kam seine Stimme, langsam und formell. »Null null fünf sechs sieben?«

»Hier ist Anna. Marion ist gerade gegangen. Sag mal, hast du wirklich vorgehabt, mit afrikanischen politischen Gefangenen eine Brieffreundschaft anzufangen? Wenn ja, dann kann ich mich des Eindrucks nicht erwehren – daß du ein bißchen den Anschluß verloren hast?«

Eine kurze Pause. »Ich bin froh, daß du mich angerufen hast, Anna. Ich glaube, es wäre eine gute Sache.«

»Für die armen Gefangenen?«

»Um ganz offen zu sein, ich glaube, es wäre gut für Marion. Du nicht? Ich glaube, sie braucht irgendein nicht selbstbezogenes Interesse.«

Anna sagte: »Eine Art Therapie, meinst du?«

»Ja. Bist du nicht meiner Ansicht?«

»Tommy, eins kann ich dir sagen, *ich* glaube nicht, daß ich eine Therapie brauche – zumindest nicht so eine.«

Tommy sagte nach einer Pause bedächtig: »Danke, daß du mich angerufen und mir deine Ansichten mitgeteilt hast, Anna. Ich bin dir sehr dankbar.«

Anna lachte zornig. Sie erwartete, daß er mitlachen würde; sie hatte trotz allem an den alten Tommy gedacht, der gelacht hätte. Sie legte den Hörer auf und stand zitternd da – sie mußte sich setzen.

Im Sitzen dachte sie: Dieser Junge, Tommy – ich kenne ihn von Kind an. Er hat sich diesen entsetzlichen Schaden zugefügt – und dennoch betrachte ich ihn jetzt als eine Art Zombie, als eine Bedrohung, als etwas, vor dem man sich fürchten muß. Wir alle spüren das. Nein, er ist nicht verrückt, das ist es nicht, aber er hat sich in etwas anderes, etwas Neues verwandelt . . . aber ich kann jetzt nicht darüber nachdenken – später. Ich muß Janet ihr Abendessen geben.

Es war nach neun, und Janets Abendessen war überfällig. Anna stellte das Essen auf ein Tablett, nahm es mit nach oben und verbannte alles, was mit Marion und Tommy und dem, was sie darstellten, zu tun hatte, aus ihren Gedanken. Vorerst.

Janet nahm das Tablett auf ihre Knie und sagte: »Mutter?«

»Ja.«

»Magst du Ivor?«

»Ja.«

»Ich mag ihn sehr. Er ist lieb.«

»Ja, das ist er.«

»Magst du Ronnie?«

»Ja«, sagte Anna nach einem Zögern.

»Aber du magst ihn nicht wirklich.«

»Wie kommst du dazu, das zu sagen?« fragte Anna äußerst überrascht.

»Ich weiß nicht«, sagte das Kind. »Ich hab' einfach gedacht, du magst ihn nicht. Weil er Ivor dazu bringt, daß er sich albern benimmt.« Sie sagte nichts weiter, aß aber ihr Abendessen abwesend und nachdenklich. Sie warf ihrer Mutter mehrmals überaus schlaue Blicke zu. Die saß da und ließ zu, daß sie schlau gemustert wurde, während sie nach außen ruhig und stark blieb.

Als sie eingeschlafen war, ging Anna in die Küche hinunter, rauchte und trank mehrere Tassen Tee. Sie machte sich jetzt Sorgen um Janet: Janet ist aus dem Gleichgewicht gebracht, aber sie weiß nicht, warum. Aber es ist nicht Ivor – es ist die von Ronnie geschaffene Atmosphäre. Ich könnte Ivor sagen, daß Ronnie gehen muß. Er wird sicherlich anbieten, für Ronnie Miete zu zahlen, aber darum geht es nicht. Ich habe bei ihm genau dasselbe Gefühl wie bei Jemmie . . .

Jemmie war ein Student aus Ceylon, der ein paar Monate lang das leere Zimmer oben gehabt hatte. Anna mochte ihn nicht, brachte es aber nicht fertig, ihm zu kündigen, weil er ein Farbiger war. Das Problem wurde am

390

Ende dadurch gelöst, daß er nach Ceylon zurückfuhr. Und diesmal konnte Anna ein Paar junger Männer, die ihren Seelenfrieden störten, nicht auffordern zu gehen, weil sie Homosexuelle waren und weil es ihnen, genauso wie einem farbigen Studenten, schwerfallen würde, ein Zimmer zu finden.

Trotzdem, weshalb sollte Anna sich verantwortlich fühlen? . . . Als ob man nicht schon genug Schwierigkeiten mit ›normalen‹ Männern hatte, sagte sie sich in dem Versuch, ihr Unbehagen durch Humor zu zerstreuen. Aber der Humor versagte. Sie versuchte es noch einmal: Das ist mein Heim, mein Heim, mein Heim – diesmal in dem Versuch, sich mit starken Eigentumsgefühlen zu erfüllen. Aber auch das versagte: Sie saß da und dachte: Weshalb habe ich überhaupt ein Heim? Weil ich ein Buch geschrieben habe, dessen ich mich schäme, und weil es mir eine Menge Geld eingebracht hat. Glück, Glück, das ist alles. Dabei hasse ich das alles – *mein* Heim, *meine* Besitztümer, *meine* Rechte. Aber wenn es so weit gekommen ist, daß ich mich unbehaglich fühle, dann greife ich darauf zurück wie alle anderen. Mein. Eigentum. Besitz. Ich bin im Begriff, Janet als *mein* Eigentum zu schützen. Was hat es für einen Zweck, sie zu schützen? Sie wird in England aufwachsen, in einem Land voller Männer, die kleine Jungen und Homosexuelle und Halbhomosexuelle sind . . . aber dieser müde Gedanke verschwand unter einer starken Woge von echtem Gefühl – bei Gott, es sind noch ein paar wirkliche Männer übrig, und ich werde dafür sorgen, daß sie einen von ihnen bekommt. Ich werde dafür sorgen, daß sie so heranwächst, daß sie imstande ist, einen wirklichen Mann zu erkennen, wenn sie einem begegnet. Ronnie muß gehen.

Worauf sie zum Bad ging, um sich fürs Schlafengehen fertig zu machen. Die Lichter brannten. Sie blieb an der Tür stehen. Ronnie stierte begierig in den Spiegel über dem Bord, wo sie ihre Kosmetika aufbewahrte. Er tupfte eine Lotion mit ihrer Watte auf seine Wangen und versuchte, die Falten auf seiner Stirn zu glätten.

Anna sagte: »Sie mögen meine Lotion lieber als Ihre?«

Er wandte sich ohne Überraschung um. Sie begriff, daß er absichtlich von ihr dort entdeckt werden wollte.

»Meine Liebe«, sagte er graziös und kokett, »ich habe Ihre Lotion ausprobiert. Nützt sie Ihnen etwas?«

»Nicht viel«, sagte Anna. Sie lehnte an der Tür, beobachtete ihn, wartete auf Aufklärung.

Er trug einen teuren seidenen Morgenmantel in einem sanften, matten Purpur, dazu ein rötliches Halstuch. Außerdem teure, rote maurische Lederslipper mit Goldriemchen. Er sah aus, als wäre er besser in einem Harem aufgehoben als in dieser Wohnung in der Wüstenei der Londoner Studentengegend. Er stand jetzt, hatte den Kopf zur Seite geneigt und tätschelte die

Wellen seines schwarzen, leicht ergrauenden Haares mit seiner manikürten Hand. »Ich habe es mit einer Tönung probiert«, bemerkte er, »aber das Grau kommt durch.«

»Distinguiert, wirklich«, sagte Anna. Sie hatte nun verstanden, daß er aus Entsetzen davor, daß sie ihn hinauswerfen könnte, an sie appellierte wie ein Mädchen an ein anderes. Sie versuchte sich zu sagen, sie sei amüsiert. In Wahrheit war sie abgestoßen und beschämt darüber, daß sie es war.

»Meine liebe Anna«, lispelte er gewinnend. »Distinguiert auszusehen ist ja recht schön, wenn man – wenn ich es so ausdrücken darf – auf der Arbeitgeberseite steht.«

»Aber Ronnie«, sagte Anna, die trotz ihres Abscheus nachgab und die Rolle spielte, die von ihr erwartet wurde: »Sie sehen trotz der vereinzelten grauen Haare ganz bezaubernd aus. Ich bin sicher, daß Dutzende von Leuten Sie umwerfend finden.«

»Nicht so viele wie früher«, sagte er. »Leider muß ich das gestehen. Gewiß, ich trotze der Tiefs und Hochs in ziemlich guter Verfassung, aber ich muß sehr auf mich achten.«

»Vielleicht wäre es gut, wenn Sie sehr bald einen reichen Gönner auf Dauer finden würden.«

»Oh meine Liebe«, rief er mit einer kleinen hüftschwingenden Bewegung aus, die völlig unbewußt war, »Sie können sich doch vorstellen, daß ich das schon versucht habe!«

»Mir war nicht klar, daß der Markt so schrecklich überlaufen ist«, sagte Anna, die von Abscheu getrieben sprach und darüber beschämt war, noch ehe die Worte heraus waren. Lieber Gott! dachte sie, als ein Ronnie geboren zu sein! so geboren zu sein – und ich beklage mich über die Schwierigkeiten, die damit verbunden sind, eine Frau wie ich zu sein, lieber Gott! – ich hätte ja auch als ein Ronnie zur Welt kommen können.

Er warf ihr einen raschen, offenen, haßerfüllten Blick zu. Er zögerte, aber einem inneren Drang nachgebend, sagte er: »Ich glaube, ich ziehe Ihre Lotion doch der meinen vor.« Er hatte seine Hand, Anspruch erhebend, auf ihre Flasche gelegt und lächelte ihr von der Seite zu, herausfordernd, mit unverhülltem Haß.

Sie streckte lächelnd die Hand aus und nahm die Flasche: »Sie sollten sich lieber eine eigene kaufen, nicht wahr?«

Jetzt war sein Lächeln schnell, frech und bestätigte, daß sie ihn geschlagen hatte, daß er sie deswegen haßte und daß er die Absicht hatte, es bald noch einmal zu versuchen. Dann erlosch das Lächeln, und an seine Stelle trat ein Ausdruck von kalter, wilder Angst, den sie zuvor schon gesehen hatte. Er sagte sich, daß seine boshaften Impulse gefährlich waren und daß er Anna lieber versöhnen und nicht herausfordern sollte.

Er entschuldigte sich rasch mit einem charmanten, versöhnlichen Murmeln, sagte Gute Nacht und trippelte zu Ivor hinauf.

Anna nahm ihr Bad und ging hinauf, um nachzuschauen, ob Janet für die Nacht versorgt war. Die Tür zum Zimmer der jungen Männer stand offen. Anna war überrascht, da sie wußte, daß die beiden wußten, sie würde jeden Abend um diese Zeit nach oben kommen, um nach Janet zu sehen. Dann wurde ihr klar, daß sie absichtlich offenstand. Sie hörte: »Fettärschige Kühe . . .« Das war Ivors Stimme, und er machte ein obszönes Geräusch dazu. Dann Ronnies Stimme: »Schweißtriefende Hängebrüste . . .« Er tat so, als müßte er sich übergeben.

Anna, wütend, war im Begriff, sich auf der Stelle mit ihnen zu streiten. Statt dessen merkte sie plötzlich, daß sie erschüttert, zitternd und verängstigt war. Sie schlich nach unten in der Hoffnung, sie hätten nicht bemerkt, daß sie da war. Aber sie schlossen jetzt ihre Tür mit einem Knall, und sie hörte brüllendes Gelächter – von Ivor; und schrille, anmutige Lachsalven von Ronnie. Sie ging bestürzt zu Bett. Bestürzt über sich selbst. Denn sie erkannte, daß das obszöne kleine Spiel, das für sie inszeniert worden war, nichts weiter war als die Nachtseite von Ronnies Mädchenhaftigkeit, von Ivors Freundlichkeit eines großen Hundes und daß sie ganz allein darauf hätte kommen können, ohne daß es ihr erst demonstriert werden mußte. Sie war verschreckt, weil es sie angegriffen hatte. Sie saß aufrecht im Bett in ihrem großen, dunklen Zimmer, rauchte und fühlte sich verletzt und hilflos. Sie sagte wieder: Wenn ich zusammenbräche, dann . . . Der Mann in der Bahn hatte sie aus der Fassung gebracht; die beiden jungen Männer hatten sie gezwungen zu zittern. Vor einer Woche, als sie spät aus dem Theater nach Hause gekommen war, hatte sich ein Mann an einer dunklen Straßenecke vor ihr entblößt. Anstatt es zu ignorieren, hatte sie sich dabei ertappt, wie sie innerlich zusammenzuckte, als wäre das ein persönlicher Angriff auf Anna gewesen – sie hatte sich gefühlt, als ob sie, Anna, davon bedroht würde. Dennoch, wenn sie nur eine kurze Zeit zurückblickte, so sah sie eine Anna, die furchtlos und unantastbar durch die Gefahren, die Häßlichkeit der Großstadt ging. Nun schien es ihr, als sei die Häßlichkeit nahe gekommen und stünde so dicht bei ihr, daß sie befürchten mußte, schreiend zusammenzubrechen.

Wann war diese neue angstvolle, verletzliche Anna geboren worden? Sie wußte es: als Michael sie verlassen hatte.

Angstvoll und krank, wie sie war, mußte Anna dennoch über sich selbst grinsen; sie lächelte über die Erkenntnis, daß sie, die unabhängige Frau, gerade so lange unabhängig und immun gegen die Häßlichkeit von perversem Sex, gewalttätigem Sex gewesen war, wie sie von einem Mann geliebt wurde. Sie saß im Dunkeln, grinsend, oder vielmehr sich zum Grinsen zwingend, und dachte, daß es auf der ganzen Welt außer Molly keinen Menschen gab, mit dem sie sich darüber amüsieren konnte. Nur war Molly in solchen Schwierigkeiten, daß dies nicht der Augenblick war, um mit ihr zu reden. Ja – sie mußte Molly morgen anrufen und mit ihr über Tommy reden.

Und nun trat Tommy erneut in den Vordergrund von Annas Denken, zusammen mit ihrem Kummer wegen Ivor und Ronnie; und das war einfach zu viel, sie kroch in und unter die Bettücher und klammerte sich an sie.

Es ist einfach so, sagte Anna zu sich, indem sie versuchte, sich darüber zu beruhigen: Ich bin unfähig, mit irgend etwas zu Rande zu kommen. Ich halte mich aufrecht bei diesem ganzen Chaos, weil ich mein immer kälter werdendes, kritisches, ausgleichendes kleines Hirn habe. (Und wieder sah Anna ihr Hirn, das wie eine kalte, kleine Maschine in ihrem Kopf vor sich hintickte.)

Sie lag verängstigt da, und erneut kamen ihr die Worte in den Sinn: Die Quelle ist ausgetrocknet. Und mit den Worten kam das Bild: Sie sah die trockene Quelle, eine rissige Öffnung in der Erde, die nur Staub war.

Um sich schlagend, auf der Suche nach etwas, an dem sie Halt finden könne, griff sie nach der Erinnerung an Mother Sugar. Ja. Ich muß von Wasser träumen, sagte sie sich. Denn was war der Zweck dieser langen ›Erfahrung‹ mit Mother Sugar, wenn sie jetzt, in der Zeit der Dürre, keine Hilfe finden konnte. Ich muß von Wasser träumen, ich muß davon träumen, wie ich an die Quelle zurückkomme.

Anna schlief und träumte. Sie stand am Rande einer weiten, gelben Wüste um die Mittagsstunde. Die Sonne war verdunkelt vom Staub, der in der Luft hing. Die Sonne war eine unheilvolle, orangerote Farbe über der gelben, staubigen Weite. Anna wußte, daß sie die Wüste durchqueren mußte. Jenseits, auf der anderen Seite, waren Berge – purpurn und orange und grau. Die Farben des Traumes waren außerordentlich schön und leuchtend. Aber sie war eingeschlossen von ihnen, eingeschlossen von diesen leuchtenden, trockenen Farben. Es gab nirgendwo Wasser. Anna machte sich auf, die Wüste zu durchqueren, damit sie die Berge erreichen konnte.

Das war der Traum, mit dem sie am Morgen erwachte; und sie wußte, was er bedeutete. Der Traum war ein Zeichen für eine Veränderung in Anna, in ihrem Wissen über sich selbst. In der Wüste war sie allein, und da gab es kein Wasser, und sie war von den Quellen weit entfernt. Sie wachte auf mit dem Wissen, daß sie Lasten von sich werfen mußte, wenn sie die Wüste durchqueren wollte. Sie war eingeschlafen, verwirrt darüber, was sie Ronnies und Ivors wegen tun sollte, wachte aber auf mit dem Wissen, was sie tun würde. Sie hielt Ivor, der gerade hinaus wollte, um zur Arbeit zu gehen, an (Ronnie war noch im Bett und schlief den gerechten Schlaf einer verhätschelten Geliebten) und sagte: »Ivor, ich möchte, daß ihr geht.« An diesem Morgen war er bleich, besorgt und bittend. Auch ohne Worte sagte er ganz deutlich: Es tut mir leid, ich bin verliebt in ihn, und ich kann mir nicht helfen.

Anna sagte: »Ivor, Sie müssen einsehen, daß es nicht so weitergehen kann.«

Er sagte: »Was ich Ihnen schon seit einiger Zeit sagen wollte – Sie waren so gut, ich würde wirklich gern etwas dafür bezahlen, daß Ronnie hier wohnt.« »Nein.«

»Nennen Sie mir einen Mietpreis, egal wie hoch«, sagte er, und selbst jetzt, während er sich sicherlich wegen seines Verhaltens vom Abend zuvor schämte und vor allem Angst hatte, daß seine Idylle zerbrechen könnte, konnte er es nicht verhindern, daß wieder der höhnische, spöttische Tonfall in seine Stimme kam.

»Da Ronnie nun seit Wochen hier ist und ich Miete nie erwähnt habe, liegt es ja offenkundig nicht am Geld«, sagte Anna und mochte die kalte, kritische Person nicht, die dastand und mit dieser Stimme sprach.

Er zögerte wieder; sein Gesicht die bemerkenswerteste Mischung aus Schuld, Frechheit und Angst. »Sehen Sie mal, Anna, ich bin schrecklich spät dran zur Arbeit. Ich komme heute abend herunter, und wir besprechen alles.« Er war schon halb die Treppen hinunter, er sprang sie hinunter in dem verzweifelten Versuch, möglichst schnell fortzukommen – von ihr und von seinem Drang, sie zu verhöhnen und zu provozieren.

Anna ging in ihre Küche zurück. Janet aß ihr Frühstück.

Sie fragte: »Worüber hast du mit Ivor geredet?«

»Ich habe vorgeschlagen, daß er ausziehen soll oder daß zumindest Ronnie ausziehen soll.« Sie fügte rasch hinzu, da Janet im Begriff war zu protestieren: »Das Zimmer ist für einen, nicht für zwei. Und sie sind Freunde, sie würden wahrscheinlich lieber zusammenwohnen.«

Zu Annas Überraschung beschloß Janet, nicht zu protestieren. Sie war beim Essen still und gedankenvoll, wie sie es beim Abendessen am Abend zuvor gewesen war. Als sie fertig war, bemerkte sie: »Warum darf ich nicht zur Schule gehen?« »Aber du gehst doch zur Schule.« »Nein, ich meine eine richtige Schule. Ein Internat.« »Internate sind überhaupt nicht so wie in der Geschichte, die Ivor dir gestern abend vorgelesen hat.« Janet machte ein Gesicht, als wollte sie fortfahren, aber sie ließ das Thema fallen. Sie ging wie üblich in ihre Schule.

Ronnie kam kurz darauf die Treppe herunter, viel früher als sonst. Er war sorgfältig gekleidet und sehr bleich unter dem matten Rouge seiner Wangen. Zum erstenmal bot er Anna an, für sie einkaufen zu gehen. »Ich bin schrecklich gut in kleinen Hausarbeiten.« Als Anna ablehnte, setzte er sich bezaubernd schwätzend in die Küche, und die ganze Zeit über flehten seine Augen sie an.

Aber Anna war fest entschlossen, und als Ivor an jenem Abend zu dem

Gespräch in ihr Zimmer kam, blieb sie eisern. Also schlug Ivor vor, daß Ronnie gehen und er bleiben sollte.

»Anna, schließlich war ich monatelang hier und wir haben uns vorher nie in die Haare gekriegt. Ich stimme Ihnen zu, das mit Ronnie war ein bißchen viel verlangt. Aber er zieht aus, ich verspreche es Ihnen.« Anna zögerte, und er drängte sie: »Und Janet. Meinen Sie, ich würde sie nicht vermissen? Und ich glaube nicht, daß ich zu viel sage, wenn ich behaupte, daß sie mich vermissen würde. Wir haben uns schrecklich oft gesehen, während Sie so damit beschäftigt waren, die Hand Ihrer armen Freundin zu halten, als diese furchtbare Sache mit ihrem Sohn war.«

Anna gab nach. Ronnie zog aus. Er machte aus dem Auszug eine Schau. Anna wurde klargemacht, daß sie ein Miststück war, weil sie ihn vor die Tür setzte. (Und sie fühlte sich als Miststück.) Und Ivor wurde klargemacht, daß er seine Geliebte verloren hatte, deren geringfügiger Preis ein Dach über seinem Kopf war. Ivor war verärgert über Anna wegen seines Verlustes und zeigte es ihr. Er schmollte.

Aber Ivors Schmollen bedeutete, daß alles wieder so werden würde wie vor Tommys Unfall. Sie sahen ihn kaum. Er war wieder der junge Mann geworden, der Guten Abend und Guten Morgen sagte, wenn sie sich auf der Treppe begegneten. Er war an den meisten Abenden aus. Dann hörte Anna, daß es Ronnie mißlungen war, seinen neuen Gönner zu halten, daß er sich in einem kleinen Zimmer in einer nahegelegenen Straße eingerichtet hatte und daß Ivor ihn aushielt.

Die Notizbücher

[Das schwarze Notizbuch entsprach nun der ursprünglichen Absicht, denn beide Seiten waren beschrieben. Unter der linken Seite mit der Überschrift *Die Quelle* war geschrieben:]

11. November 1955

Heute watschelte auf dem Bürgersteig eine fette zahme Londoner Taube zwischen den Stiefeln und Schuhen von Leuten, die zu einem Bus eilten. Ein Mann versetzt ihr einen Tritt, die Taube torkelt in die Luft, fällt vornüber gegen einen Laternenpfahl, liegt mit gerecktem Hals da, den Schnabel geöffnet. Der Mann steht verblüfft da: er hatte erwartet, die Taube würde davonfliegen. Er wirft einen verstohlenen Blick um sich, als wolle er fliehen. Es ist zu spät, eine rotgesichtige Xanthippe nähert sich ihm bereits. »Sie Rohling! Eine Taube treten!« Das Gesicht des Mannes ist nun ebenfalls rot. Er grinst aus Verlegenheit und einer komischen Verblüffung. »Sie fliegen immer weg«, bemerkt er, um Gerechtigkeit heischend. Die Frau schreit: »Sie haben sie getötet – eine arme kleine Taube treten!« Aber die Taube ist nicht tot, sie liegt mit gerecktem Hals am Laternenpfahl, versucht den Kopf zu heben, und ihre Flügel kämpfen wieder und wieder und fallen zusammen. Inzwischen hat sich eine kleine Menschenmenge angesammelt, darunter zwei etwa fünfzehnjährige Jungen. Sie haben die scharfen, wachsamen Gesichter der Freibeuter der Straße und stehen beobachtend, unbewegt da und kauen Kaugummi. Jemand sagt: »Holt den Tierschutzverein.« Die Frau schreit: »Das wäre nicht nötig, wenn dieser brutale Kerl das arme Ding nicht getreten hätte.« Der Mann drückt sich herum, scheu, ein von der Menge gehaßter Verbrecher. Die einzigen, die nicht emotional beteiligt sind, sind die beiden Jungen. Einer sagt vor sich hin: »Ins Gefängnis gehören Verbrecher wie der.« »Ja, ja«, schreit die Frau. Sie ist so damit beschäftigt, den Taubentreter zu hassen, daß sie nicht auf die Taube sieht. »Gefängnis«, sagt der zweite Junge, »auspeitschen, würde ich sagen.« Die Frau mustert jetzt scharf die beiden Jungen und merkt, daß sie sich über sie lustig machen. »Ja, und euch auch!« keucht sie ihnen zu, ihre Stimme vor Zorn fast aus ihr herausgequetscht. »Lachen, während der arme kleine Vogel leidet.« Inzwischen grinsen die beiden Jungen tatsächlich, wenn auch nicht in derselben schamroten, ungläu-

bigen Weise wie Schurken bei der ganzen Sache. »Lachen«, sagt sie. »Lachen.
Euch *sollte* man auspeitschen. Ja. Wirklich.« Inzwischen beugt sich ein
tüchtiger Mann stirnrunzelnd über die Taube und untersucht sie. Er richtet
sich auf und verkündet: »Sie stirbt.« Er hat recht: die Augen des Vogels
verschleiern sich, und Blut quillt aus dem offenen Schnabel. Und nun beugt
sich die Frau, die drei Objekte ihres Hasses vergessend, vor, um auf den
Vogel zu sehen. Ihr Mund ist leicht geöffnet, sie hat einen Ausdruck
unangenehmer Neugier, als der Vogel nach Luft schnappt, den Kopf windet
und dann erschlafft.

»Sie ist tot«, sagt der tüchtige Mann.

Der Schurke erholt sich und sagt entschuldigend, aber klar entschlossen,
keinen Unsinn zu dulden: »Es tut mir leid, aber es war ein Unfall. Ich habe
noch nie eine Taube gesehen, die nicht aus dem Weg ging.«

Wir alle blicken mißbilligend auf diesen verhärteten Taubentreter.

»Ein Unfall!« sagt die Frau. »Ein Unfall!«

Aber nun löst sich die Menge auf. Der tüchtige Mann hebt den toten Vogel
auf, aber das ist ein Fehler, denn jetzt weiß er nicht, was er damit anfangen
soll. Der Taubentreter entfernt sich, aber die Frau geht hinter ihm her und
sagt: »Wie ist Ihr Name und Ihre Adresse, ich werde Sie anzeigen.« Der
Mann sagt verärgert: »Oh, machen Sie doch keinen solchen Elefanten aus
einer Mücke.« Sie sagt: »Ich nehme an, Sie nennen die Ermordung eines
armen kleinen Vogels eine Mücke.« »Na, ein Elefant ist es nicht. Mord ist
kein Elefant«, bemerkt einer der Fünfzehnjährigen, der grinsend, die Hände
in den Jackentaschen, dasteht. Sein Freund greift das scharfsinnig auf: »Du
hast recht, Mücken sind Mord, aber Elefanten nicht.« »Das stimmt«, sagte
der erste, »wann ist eine Taube ein Elefant? Wenn sie eine Mücke ist.« Die
Frau wendet sich ihnen zu, und der Schurke macht sich dankbar davon,
wobei er wider Willen unglaublich schuldbewußt aussieht. Die Frau versucht, die richtigen Schmähworte für die beiden Jungen zu finden, aber nun
steht der tüchtige Mann da, hält den Leichnam und sieht hilflos aus, und einer
der Jungen fragt spöttisch: »Wollen Sie Taubenpie machen, Mister?« »Werd
du frech zu mir, und ich rufe die Polizei«, sagt der Tüchtige auf der Stelle. Die
Frau ist begeistert und sagt: »Richtig, richtig, die hätte längst gerufen werden
müssen.« Einer der Jungen stößt einen langen, unglaublich höhnischen,
bewundernden Pfiff aus. »Das ist *die* Sache«, sagt er, »rufen Sie die Bullen.
Die werden es Ihnen geben wegen Diebstahls einer öffentlichen Taube,
Mister!« Die beiden gehen, sich vor Lachen kugelnd, davon, aber so schnell
sie können, ohne das Gesicht zu verlieren, weil die Polizei erwähnt wurde.

Die wütende Frau, der tüchtige Mann, der Leichnam und ein paar Umste-
hende bleiben zurück. Der Mann blickt sich um, sieht einen Abfalleimer am
Laternenpfahl und geht darauf zu, um den toten Vogel hineinzuwerfen. Aber

die Frau versperrt ihm den Weg, grapscht die Taube. »Geben Sie sie mir«, sagt sie, ihre Stimme überströmend vor Zärtlichkeit. »Ich werde den armen kleinen Vogel in meinem Blumenkasten begraben.« Der tüchtige Mann eilt dankbar davon. Sie bleibt zurück, voller Abscheu auf das dicke Blut hinunterblickend, das aus dem Schnabel der Taube tropft.

12. November
Letzte Nacht habe ich von der Taube geträumt. Sie erinnerte mich an etwas, aber ich wußte nicht an was. In meinem Traum kämpfte ich um die Erinnerung. Doch als ich aufwachte, wußte ich, was es war – ein Vorfall aus der Zeit der Mashopi-Hotel-Wochenenden. Ich habe seit Jahren nicht daran gedacht, aber jetzt habe ich ihn klar und in allen Einzelheiten vor Augen. Ich bin wieder einmal erbittert, daß in meinem Hirn so viel ist, was eingeschlossen und unerreichbar ist, es sei denn, es kommt durch einen glücklichen Zufall zu einem Ereignis wie gestern. Es muß eines der dazwischenliegenden Wochenenden gewesen sein, nicht das sich zuspitzende letzte Wochenende, denn wir standen mit den Boothbys noch auf gutem Fuße. Ich erinnere mich, wie Mrs. Boothby beim Frühstück mit einem 22-Gewehr in den Speisesaal kam und zu unserer Gruppe sagte: »Kann einer von Ihnen schießen?« Paul sagte, indem er das Gewehr nahm: »Meine teure Erziehung hat nicht verabsäumt, die hohen Anforderungen des Birkhuhn- und Fasanenmordes einzuschließen.« »Oh, nichts so Extravagantes«, sagte Mrs. Boothby. »Es gibt in der Gegend Birkhühner und Fasanen, aber nicht allzu viele. Mr. Boothby hat erwähnt, er dächte an einen Taubenpie. Er hat früher hin und wieder mal ein Gewehr mit herausgenommen, aber er hat heute nicht mehr die Figur dazu, also dachte ich, wenn Sie so freundlich sein könnten . . .?«
Paul hantierte prüfend mit dem Gewehr. Er sagte schließlich: »Es wäre mir zwar nie in den Sinn gekommen, Vögel mit einem Gewehr zu schießen, aber wenn Mr. Boothby es tun kann, dann kann ich es auch.«
»Es ist nicht schwer«, sagte Mrs. Boothby, die sich wie üblich von der äußerlichen Höflichkeit von Pauls Manieren täuschen ließ. »Es gibt ein kleines Vlei da unten zwischen den Kopjes, das ist voller Tauben, Sie warten, bis sie sich setzen, und knallen sie einfach ab.«
»Das ist nicht sportlich«, sagte Jimmy eulenhaft.
»Bei Gott, das ist nicht sportlich!« rief Paul mitspielend aus, griff sich mit der einen Hand an die Stirn und hielt mit der anderen das Gewehr von sich fort.
Mrs. Boothby war sich nicht sicher, ob sie ihn ernst nehmen sollte, aber sie erklärte: »Das ist fair genug. Schießen Sie nicht, wenn Sie nicht sicher sind, daß Sie sie töten – was ist dann unrecht daran?«
»Sie hat recht«, sagte Jimmy zu Paul.

»Sie haben recht«, sagte Paul zu Mrs. Boothby. »Völlig recht. Wir werden es tun. Wie viele Tauben für Wirt Boothbys Taubenpie?«

»Es hat nicht viel Sinn, wenn es weniger sind als sechs, aber wenn Sie genug bekommen können, kann ich auch für Sie Taubenpie machen. Das wäre eine Abwechslung.«

»Wahrhaftig«, sagte Paul. »Es *wäre* eine Abwechslung. Verlassen Sie sich auf uns.«

Das Frühstück war vorbei, es war etwa zehn Uhr morgens, und wir waren froh, etwas zu haben, womit wir unsere Zeit bis zum Mittagessen ausfüllen konnten. Ein kleines Stück vom Hotel entfernt bog ein ausgetretener Pfad rechtwinklig von der Hauptstraße ab und führte über das Veld, wobei er der Linie eines früheren Fußpfades der Afrikaner folgte. Dieser Weg führte zur römisch-katholischen Mission, die etwa sieben Meilen entfernt in der Wildnis lag. Manchmal fuhr das Auto von der Mission entlang, um Vorräte zu bringen; manchmal gingen Farmarbeiter in Gruppen vorbei, von oder zur Mission, zu der eine große Farm gehörte, aber meistenteils war der Pfad leer. Dieses ganze Land war hochgelegenes Sandveld, gewellt, hier und da scharf von Kopjes unterbrochen. Wenn es regnete, schien der Boden Widerstand zu bieten, keinen Empfang. Das Wasser tanzte und trommelte in einem Furor weißer Tropfen bis zu einer Höhe von zwei oder drei Fuß über dem harten Boden, aber eine Stunde nach dem Unwetter war er schon wieder trocken, und durch die Gräben und Vleis rauschte die Flut. Es hatte in der voraufgehenden Nacht so stark geregnet, daß das Eisendach des Schlaftraktes gebebt und gehämmert hatte über unseren Köpfen, aber nun stand die Sonne hoch, der Himmel war wolkenlos, und wir gingen neben dem Asphalt über eine feine Kruste weißen Sandes, die trocken unter unseren Schuhen barst und die dunkle Feuchtigkeit darunter sehen ließ.

Wir waren zu fünft an jenem Morgen, ich erinnere mich nicht, wo die anderen waren. Vielleicht war es ein Wochenende, an dem nur fünf von uns zum Hotel gekommen waren. Paul trug das Gewehr, ein Sportsmann vom Scheitel bis zur Sohle, und fand sich selbst in dieser Rolle komisch. Jimmy neben ihm, plump, etwas fett, blaß, seine intelligenten Augen stets zu Paul zurückkehrend, demütig vor Begehren, ironisch vor Schmerz angesichts seiner Situation. Willi, Maryrose und ich gingen hinter ihnen. Willi trug ein Buch. Maryrose und ich hatten Ferienkleidung an – farbige Arbeitshosen und Hemden. Maryrose trug eine blaue Hose und ein rosenfarbenes Hemd. Ich trug eine rosa Hose und ein weißes Hemd.

Sobald wir von der Hauptstraße in den Sandpfad einbogen, mußten wir langsam und vorsichtig gehen, weil dieser Morgen nach dem schweren Regen ein Festtag für Insekten war. Alles schien zu schwärmen und zu krabbeln. Über den niedrigen Grashalmen schwebten und torkelten eine Million weißer

Schmetterlinge mit grünlichweißen Flügeln. Sie waren alle weiß, aber von verschiedener Größe. An diesem Morgen war eine einzige Spezies aus den Puppen gehüpft oder gesprungen oder gekrochen und feierte ihre Freiheit. Und auf dem Gras selbst und auf der ganzen Straße war eine bestimmte Art leuchtendfarbiger Heuschrecken, in Paaren. Auch von ihnen gab es Millionen.

»Und eine Heuschrecke sprang auf den Rücken der anderen Heuschrekke«, hörten wir Pauls helle, aber ernste Stimme gerade vor uns sagen. Er blieb stehen. Jimmy neben ihm blieb gehorsam ebenfalls stehen. Wir machten hinter den beiden Halt. »Seltsam«, sagte Paul, »aber ich habe nie zuvor die innere oder konkrete Bedeutung dieses Liedes verstanden.« Es war grotesk, und wir waren alle weniger verlegen als von Scheu ergriffen. Wir standen lachend da, aber unser Gelächter war zu laut. In jeder Richtung, überall um uns herum, waren die sich paarenden Insekten. Ein Insekt, die Beine fest in den Sand gestemmt, stand still; während ein anderes, anscheinend identisches, sich fest auf seinen Rücken geklammert hatte, so daß sich das unten befindliche nicht bewegen konnte. Oder: Ein Insekt versuchte, auf ein anderes zu klettern, während das darunter sich still verhielt, offenkundig im Versuch, dem Kletterer zu helfen, dessen ernstes oder fanatisches Hochhieven beide seitwärts umzustoßen drohte. Oder: Ein Paar, das schlecht zusammenpaßte, kippte um, und das Insekt, das unten gewesen war, richtete sich auf und stand abwartend da, während das andere darum kämpfte, seine Position wiedereinzunehmen, wobei es von einem weiteren, offenbar identischen Insekt, verdrängt wurde. Aber die glücklichen oder gutgepaarten Insekten standen alle in unserer Nähe, eines auf dem anderen, mit starrenden, leuchtenden, runden, idiotischen, schwarzen Augen. Jimmy brach in Lachanfälle aus, und Paul versetzte ihm einen Hieb in den Rücken. »Diese äußerst vulgären Insekten sind unserer Aufmerksamkeit nicht würdig«, bemerkte Paul. Er hatte recht. Eines dieser Insekten oder ein halbes Dutzend oder hundert wären attraktiv gewesen, mit ihren hellen Malkastenfarben, halbverborgen in zarten Smaragdgräsern. Aber zu Tausenden, grell-grün und grellrot, mit den schwarzen, leeren, starrenden Augen – waren sie absurd, obszön und vor allem die verkörperte Dummheit. »Viel besser, ihr seht den Schmetterlingen zu«, sagte Maryrose und tat es. Sie waren außerordentlich schön. So weit wir sehen konnten, war die blaue Luft mit weißen Flügeln geschmückt. Und blickte man in ein entferntes Vlei hinunter, waren die Schmetterlinge ein weißer, glitzernder Dunstschleier über grünem Gras.

»Meine liebe Maryrose«, sagte Paul, »zweifellos stellst du dir in der dir eigenen reizenden Art vor, daß diese Schmetterlinge die Freude am Leben feiern oder sich einfach amüsieren, aber das ist nicht der Fall. Sie jagen bloß gemeinem Sex nach, genauso wie diese ach-so-vulgären Heuschrecken.«

»Woher weißt du das?« fragte Maryrose mit ihrer schwachen Stimme, sehr ernst; und Paul lachte sein volltönendes Lachen, von dem er wußte, wie anziehend es war, und blieb zurück und gesellte sich zu ihr, wobei er Jimmy vorn allein ließ. Willi, der Maryrose den Hof gemacht hatte, wich Paul und kam zu mir, aber ich war schon nach vorn zu Jimmy gegangen, der vereinsamt war.

»Es ist wirklich grotesk«, sagte Paul und klang dabei wahrhaft aufgebracht. Wir schauten hin, wo er hinschaute. Unter dem Heer von Heuschrecken stachen zwei Paare hervor. Eins war ein riesiges, mächtig aussehendes Insekt, wie ein Kolben mit seinen großen, federartigen Beinen, und auf seinem Rücken ein winziger, untauglicher Partner, der unfähig war, hoch genug hinaufzuklettern. Und daneben die umgekehrte Konstellation: eine winzige, leuchtende, mitleiderweckende Heuschrecke wurde umklammert, verzwergt, fast zerquetscht von einem riesigen, starken, zielstrebigen Insekt. »Ich werde ein kleines wissenschaftliches Experiment versuchen«, kündigte Paul an. Er trat vorsichtig zwischen die Insekten auf den Gräsern neben der Straße, legte sein Gewehr ab und riß einen Grasstengel aus. Er ließ sich auf ein Knie im Sand nieder, wobei er mit einer wirkungsvollen und gleichgültigen Hand Insekten beiseite fegte. Geschickt löste er das schwergebaute Insekt von dem kleinen. Aber es sprang sogleich dahin zurück, wo es gewesen war, mit einem höchst überraschend entschlossenen einzigen Sprung. »Wir brauchen zwei für diese Operation«, verkündete Paul. Jimmy zerrte sofort an einem Grashalm und bezog seinen Platz neben ihm, obwohl sein Gesicht verzerrt war vor Abscheu, daß er sich so nah zu dem Schwarm hinunterbeugen mußte. Die beiden jungen Männer knieten nun auf der sandigen Straße und hantierten mit ihren Grasstengeln. Willi und ich und Maryrose standen da und sahen zu. Willi runzelte wie üblich die Stirn. »Wie frivol«, bemerkte ich ironisch. Obwohl wir an jenem Morgen wie üblich nicht gerade auf bestem Fuße standen, gestattete Willi es sich, mir zuzulächeln, und sagte, aufrichtig belustigt: »Trotzdem, es ist interessant.« Und wir lächelten uns voller Zuneigung und Schmerz zu, weil diese Augenblicke so selten waren. Und über die knienden Jungen hinweg betrachtete Maryrose uns voller Neid und Schmerz. Sie sah ein glückliches Paar und fühlte sich ausgeschlossen. Ich konnte es nicht ertragen und ging, Willi zurücklassend, zu Maryrose. Maryrose und ich beugten uns über die Rücken von Paul und Jimmy und sahen zu.

»Jetzt«, sagte Paul. Wieder hob er sein Monster von dem kleinen Insekt. Aber Jimmy war ungeschickt und versagte, und bevor er es erneut versuchen konnte, war Pauls großes Insekt in seine alte Position zurückgekehrt. »Oh, du Idiot«, sagte Paul gereizt. Es war eine Gereiztheit, die er normalerweise unterdrückte, weil er wußte, daß Jimmy ihn anbetete. Jimmy ließ den

Grasstengel fallen und lachte schmerzlich; versuchte sein Verletztsein zu überdecken – aber inzwischen hatte Paul die beiden Stengel ergriffen, hatte die beiden obenhockenden Insekten, groß und klein von den beiden anderen, klein und groß, gelöst, und nun waren sie zwei gut zueinander passende Paare, jeweils zwei große Insekten und zwei kleine.

»Da«, sagte Paul. »Das ist die wissenschaftliche Methode. Wie sauber. Wie einfach. Wie befriedigend.«

Da standen wir alle fünf und nahmen den Triumph des gesunden Menschenverstandes in Augenschein. Und wir fingen wieder alle, hilflos, an zu lachen, sogar Willi; wegen der vollkommenen Absurdität des Ganzen. Inzwischen setzten um uns herum Tausende und Abertausende von bunten Heuschrecken das Werk der Fortpflanzung ihrer Art fort, ohne jeden Beistand von uns. Und selbst unser kleiner Triumph war rasch vorbei, denn das große Insekt, das auf dem anderen großen Insekt gesessen hatte, fiel herunter, und augenblicklich bestieg dasjenige, das zuerst unten war, ihn oder sie.

»Obszön«, sagte Paul ernst.

»Es gibt keinen Beweis«, sagte Jimmy und versuchte, sich dem locker-ernsten Ton seines Freundes anzupassen, jedoch erfolglos, da seine Stimme stets atemlos oder schrill oder allzu spaßig war: »Es gibt keinen Beweis dafür, daß in dem, was wir als Natur bezeichnen, die Dinge besser geordnet sind als bei uns. Was für einen Beweis haben wir dafür, daß all diese – Miniaturtroglodyten fein aussortiert sind, Männchen auf Weibchen? Oder gar« – fügte er wagemutig, in seinem fatal falschen Ton, hinzu – »Männchen mit Weibchen überhaupt? Denn nach allem, was wir wissen, ist dies eine Orgie, Männchen mit Männchen, Weibchen mit Weibchen . . .« Der Satz verlor sich in einem keuchenden Gelächter. Und beim Anblick seines erhitzten, verlegenen, intelligenten Gesichts, wußten wir alle, daß er sich fragte, wieso nichts, was er je gesagt hatte oder sagen konnte, leichthin gesagt klang wie bei Paul. Denn wenn Paul diese Rede gehalten hätte, wie er es sehr wohl getan haben könnte, hätten wir alle gelacht. Statt dessen waren wir verlegen, und uns war bewußt, daß wir von diesen häßlichen krabbelnden Insekten umringt waren.

Plötzlich sprang Paul hinüber und trat absichtlich erst auf das Monsterpaar, dessen Paarung er organisiert hatte, und dann auf das kleine Paar.

»Paul«, sagte Maryrose verstört und blickte auf die zerquetschte Masse aus farbigen Flügeln, Augen, weißer Schmiere.

»Die typische Reaktion eines Sentimentalen«, sagte Paul, absichtlich Willi parodierend – der lächelte, und gab damit zu erkennen, daß er wußte, daß über ihn gespottet wurde. Aber nun sagte Paul ernst: »Liebe Maryrose, bis heute abend oder, um es nicht allzu genau zu nehmen, bis morgen abend werden fast alle diese Dinger tot sein – genau wie deine Schmetterlinge.«

»Oh nein«, sagte Maryrose und blickte schmerzlich auf die tanzenden

Schmetterlingswolken, schenkte jedoch den Heuschrecken keine Beachtung. »Aber warum?«

»Weil es zu viele von ihnen gibt. Was würde passieren, wenn sie alle überleben würden? Es gäbe eine Invasion. Das Mashopi-Hotel würde unter einer krabbelnden Masse von Heuschrecken verschwinden, es würde zermalmt, zu Boden gequetscht werden, während unvorstellbar unheilvolle Schwärme von Schmetterlingen einen Siegestanz beim Tode von Mr. und Mrs. Boothby und ihrer heiratsfähigen Tochter tanzen.«

Maryrose blickte verletzt und bleich von Paul fort. Wir alle wußten, daß sie an ihren toten Bruder dachte. In solchen Augenblicken hatte sie den Ausdruck totaler Isolation, so daß wir alle uns danach sehnten, sie zu umarmen.

Dennoch machte Paul weiter, und nun begann er mit einer Parodie auf Stalin: »Es versteht sich von selbst, es ist – selbstverständlich – in der Tat gibt es keinerlei Notwendigkeit, etwas dazu zu sagen, weshalb sollte ich mir also die Mühe machen? – Wie auch immer, ob die Notwendigkeit besteht, etwas zu sagen oder nicht, das ist hier eindeutig Nebensache. Wie wohl bekannt ist, sage ich, Natur ist verschwenderisch. In nicht allzu langer Zeit werden sich diese Insekten gegenseitig durch Kampf, Beißen, vorsätzlichen Mord, Selbstmord oder ungeschickte Kopulation umgebracht haben. Oder sie werden von Vögeln aufgefressen sein, die just in diesem Moment darauf warten, daß wir uns zurückziehen, damit sie mit ihrem Festmahl beginnen können. Wenn wir zu diesem reizvollen Erholungsort am nächsten Wochenende zurückkehren, oder, falls das unsere politischen Pflichten verbieten, am Wochenende darauf, dann werden wir auf unseren wohlgeordneten Spaziergängen diese Straße entlang kommen und vielleicht eins oder zwei dieser entzückenden roten und grünen Insekten bei ihrem Sport im Grase sehen und denken, wie hübsch sie sind! Und wenig Beachtung werden wir den Millionen von Leichnamen schenken, die gerade dann rings um uns auf ihre letzte Ruhestätte niedersinken werden. Die Schmetterlinge erwähne ich nicht einmal, sie, die wahrscheinlich genauso nutzlos, wenn auch unvergleichlich viel schöner sind, werden wir lebhaft, ja sogar beharrlich vermissen – sollten wir nicht gerade mit unseren üblicheren dekadenten Zerstreuungen beschäftigt sein.«

Wir wunderten uns, weshalb er absichtlich in der Wunde herumstocherte, die der Tod ihres Bruders bei Maryrose hinterlassen hatte. Sie lächelte schmerzlich. Und Jimmy, der beständig von der Furcht, abzustürzen und getötet zu werden, gequält wurde, hatte dasselbe kleine, verzerrte Lächeln wie Maryrose.

»Worauf ich hinaus will, Genossen . . .«

»Wir wissen, worauf du hinaus willst«, sagte Willi grob und ärgerlich. Vielleicht waren Augenblicke wie diese der Grund dafür, daß er, wie Paul sagte, die ›Vaterfigur‹ der Gruppe war. »Genug«, sagte Willi. »Laßt uns die Tauben holen.«

»Es ist selbstverständlich, es versteht sich von selbst«, sagte Paul und kehrte damit zu Stalins Lieblingseröffnungssatz zurück, als wollte er sich gegen Willi behaupten, »daß meines Wirtes Boothbys Taubenpie niemals hergestellt werden wird, wenn wir in dieser unverantwortlichen Weise fortfahren.«

Wir gingen weiter den Pfad entlang, zwischen den Heuschrecken. Etwa einen halben Kilometer weiter war ein kleiner Kopje oder ein wirrer Haufen von Granitfelsen; und hinter ihm, als wäre da eine Grenzlinie gezogen, hörten die Heuschrecken auf. Sie waren einfach nicht mehr da, es gab sie nicht, sie waren eine vernichtete Spezies. Die Schmetterlinge jedoch flogen überall weiter, wie weiße tanzende Blütenblätter.

Ich glaube, es muß Oktober oder November gewesen sein. Nicht wegen der Insekten, ich weiß zu wenig, um die Jahreszeiten nach ihnen zu bestimmen – sondern wegen der Art der Hitze an jenem Tag. Es war eine saugende, blendende, bedrohliche Hitze. Gegen Ende einer Regenzeit wäre ein Champagnergeschmack in der Luft gewesen, ein Vorbote des Winters. Aber an diesem Tag spürten wir die Hitze, wie ich mich erinnere, auf unseren Wangen, unseren Armen, unseren Beinen, ja selbst durch die Kleidung hindurch. Ja, natürlich muß es am Anfang der Regenzeit gewesen sein, das Gras war kurz, Büschel von leuchtendem, scharfen Grün im weißen Sand. Also war das das Wochenende vier oder fünf Monate vor dem letzten. Kurz nach dem letzten war Paul umgekommen. Und der Pfad, auf dem wir entlangschlenderten an jenem Morgen, das war der, auf dem Paul und ich, Hand in Hand, in jener Nacht Monate später durch einen feinen, durchdringenden Nebel rannten und schließlich ins feuchte Gras fielen. Wo? Vielleicht unweit der Stelle, wo wir saßen, um Tauben für den Pie zu schießen.

Wir ließen den kleinen Kopje hinter uns, und nun erhob sich ein großer vor uns. Die Senke dazwischen war der Ort, der laut Mrs. Boothby von Tauben bevölkert war. Wir marschierten schweigend den Pfad entlang zum Fuß des großen Kopje. Ich erinnere mich, wie wir schweigend gingen, während die Sonne uns in den Rücken stach. Ich kann uns richtig *sehen*, fünf junge, kleine, leuchtendbunte Leute, die unter einem leuchtendblauen Himmel durch torkelnde, weiße Schmetterlinge im grasigen Vlei gingen.

Am Fuße des Kopje stand eine Gruppe großer Bäume, unter denen wir uns niederließen. Etwa zwanzig Meter entfernt stand eine weitere Gruppe. Eine Taube gurrte irgendwo aus den Blättern in dieser zweiten Gruppe. Sie hörte auf bei der Unruhe, die wir verursachten, kam zu dem Schluß, wir seien harmlos, und gurrte weiter. Es war ein sanftes, einschläferndes, betäubendes Geräusch, hypnotisch wie das Geräusch von Zikaden, die wir – nun da wir lauschten –

rings um uns schrillen hörten. Das Geräusch von Zikaden ist wie Malaria haben und voller Chinin sein, ein irres, immerwährendes, schrillendes Geräusch, das aus dem Trommelfell zu kommen scheint. Bald hört man es nicht mehr, wie man aufhört, das fiebrige Schrillen von Chinin im Blut zu hören.

»Nur eine Taube«, sagte Paul. »Mrs. Boothby hat uns getäuscht.«

Er stützte seinen Gewehrlauf auf einen Felsen, zielte auf den Vogel, versuchte es ohne die Unterstützung des Felsens und legte gerade, als wir dachten, er würde schießen, das Gewehr beiseite.

Wir bereiteten uns auf eine träge Pause vor. Der Schatten war dicht, das Gras weich und federnd, und die Sonne kletterte der Mittagshöhe entgegen. Der Kopje hinter uns türmte sich in den Himmel auf, beherrschend, aber nicht lastend. Die Kopjes in dieser Landesgegend sind täuschend. Oft ziemlich hoch, zerstreuen und verkleinern sie sich bei der Annäherung, weil sie aus Gruppen oder Säulen gerundeter Granitblöcke bestehen. Man kann, steht man unten an einem Kopje, recht deutlich durch eine Spalte oder kleine Schlucht zu dem Vlei auf der anderen Seite blicken, wo sich große, überhängende, leuchtende Felsen in die Höhe türmen wie der Kieselhaufen eines Riesen. Dieser Kopje war, wie wir wußten, weil wir ihn erforscht hatten, voller Erdarbeiten und Barrikaden, die siebzig, achtzig Jahre zuvor von den Mashona gegen die Überfälle der Matabele gebaut worden waren. Er war auch voller großartiger Buschmannmalereien. Zumindest waren sie großartig gewesen, bevor sie von Gästen des Hotels, die sich damit vergnügt hatten, Steine nach ihnen zu werfen, verschandelt worden waren.

»Stellt euch vor«, sagte Paul. »Hier sind wir, eine Gruppe belagerter Mashona. Die Matabele nähern sich mit all ihrem gräßlichen Putz. Wir sind zahlenmäßig unterlegen. Außerdem sind wir, wie mir gesagt wurde, kein kriegerisches, nur ein einfaches, den Künsten des Friedens gewidmetes Volk, und die Matabele gewinnen immer. Wir wissen, wir Männer, daß wir in wenigen Augenblicken einen qualvollen Tod sterben werden. Ihr glücklichen Frauen jedoch, Anna und Maryrose, ihr werdet nur einfach von neuen Herren des überlegenen Stammes der insgesamt kriegerischeren und männlichen Matabele davongeschleppt.«

»Sie würden sich vorher umbringen«, sagte Jimmy. »Würdest du nicht, Anna? Würdest du nicht, Maryrose?«

»Natürlich«, sagte Maryrose freundlich.

»Natürlich«, sagte ich.

Die Taube gurrte weiter. Sie war sichtbar, ein kleiner, wohlgestalteter Vogel, dunkel gegen den Himmel. Paul hob das Gewehr, zielte und schoß. Der Vogel stürzte, sich mit losen Flügeln um sich selbst drehend, und schlug mit einem dumpfen Geräusch, das wir von dort, wo wir saßen, hören konnten, auf der Erde auf. »Wir brauchen einen Hund«, sagte Paul. Er erwartete von Jimmy, daß er aufspringen und ihn holen würde. Obwohl Jimmy, wie wir sehen konnten, mit sich rang, stand er tatsächlich auf, ging zur zweiten Baumgruppe hinüber, holte den Körper, der jetzt ohne Anmut war, warf ihn Paul vor die Füße und setzte sich wieder. Der kleine Gang in der Sonne hatte ihn erhitzt und war der Grund dafür, daß große Flecke auf seinem Hemd erschienen. Er zog es aus. Sein nackter Oberkörper war bleich, etwas fett, fast kindlich. »Das ist besser«, sagte er trotzig, wissend, daß wir alle, und wahrscheinlich kritisch, zu ihm hinschauten.

Die Bäume waren nun still. »Eine einzige Taube«, sagte Paul. »Ein schmackhaftes Häppchen für unseren Wirt.«

Von weit entfernten Bäumen kam das Geräusch gurrender Tauben, ein murmelnder, sanfter Laut. »Geduld«, sagte Paul. Er legte sein Gewehr wieder ab und rauchte.

Inzwischen las Willi. Maryrose lag auf dem Rücken, ihr zartes Goldhaupt auf einem Grasbüschel, die Augen geschlossen. Jimmy hatte eine neue Vergnügung gefunden. Zwischen einzelnen Grasbüscheln schlängelte sich ein helles Sandrinnsal, da, wo Wasser entlanggeströmt war, wahrscheinlich letzte Nacht in dem Unwetter. Es war ein Miniaturflußbett, etwa zwei Fuß breit, schon knochentrocken von der Morgensonne. Und auf dem weißen Sand gab es ein Dutzend runder, flacher Vertiefungen, die jedoch unregelmäßig verteilt und von unterschiedlicher Größe waren. Jimmy hatte einen dünnen, stabilen Grashalm und drehte, auf dem Bauch liegend, den Halm auf dem Boden einer der größeren Vertiefungen herum. Der feine Sand rutschte ständig, lawinenartig herunter, und im Nu war die regelmäßige Höhlung zerstört.

»Du ungeschickter Idiot«, sagte Paul. Das klang, wie immer in solchen Augenblicken mit Jimmy, gequält und gereizt. Er konnte wirklich nicht verstehen, wie jemand so linkisch sein konnte. Er nahm Jimmy den Halm weg, stocherte damit behutsam am Boden eines weiteren Sandloches und hatte binnen kurzem das Insekt herausgefischt, das es gemacht hatte – einen kleinen Ameisenfresser, aber ein großes Exemplar seiner Art, etwa von der Größe eines großen Streichholzkopfes. Das Insekt, das von Pauls Grashalm herunter auf einen frischen weißen Sandfleck fiel, sauste wie wild davon und war, ehe man sich's versah, unter dem Sand verschwunden, der sich rieselnd über ihm häufte.

»Da«, sagte Paul grob zu Jimmy und gab ihm seinen Halm zurück. Paul schien bestürzt über seine eigene Gereiztheit; Jimmy, schweigend und ziemlich bleich, sagte überhaupt nichts. Er nahm den Halm und beobachtete das sich Heben des winzigen Sandflecks.

Inzwischen waren wir zu sehr in Anspruch genommen, um zu bemerken, daß zwei neue Tauben in den Bäumen gegenüber angekommen waren. Sie fingen nun beide an zu gurren, offenkundig ohne jede Absicht, sich zu koordinieren, denn die beiden Ströme sanften Geräusches flossen weiter, manchmal vereint, manchmal nicht.

»Sie sind sehr hübsch«, sagte Maryrose protestierend, die Augen noch geschlossen.

»Nichtsdestoweniger sind sie wie deine Schmetterlinge zum Tode verurteilt.« Und Paul hob sein Gewehr und schoß. Ein Vogel fiel vom Ast, diesmal wie ein Stein. Der andere Vogel blickte aufgeschreckt um sich, seinen scharf gezeichneten Kopf hierhin und dorthin wendend, sein Auge spähte himmelwärts, nach dem möglichen Habicht, der herabgeschossen und seinen Kameraden entführt hatte, dann erdwärts, wo es offenkundig das blutige Objekt, das auf dem Gras lag, nicht identifizierte. Denn nach einem Moment des intensiven, wartenden Schweigens, in dem das Schloß des Gewehres schnappte, fing die Taube erneut an zu gurren. Und augenblicklich hob Paul sein Gewehr und schoß, und auch sie fiel direkt zu Boden. Und nun sah keiner von uns zu Jimmy, der von seiner Insektenbeobachtung nicht hochgeblickt hatte. Es war da schon eine flache, wunderbar regelmäßige Vertiefung im Sand, an deren Grund das unsichtbare Insekt in winzigen Stößen arbeitete. Offenkundig hatte Jimmy das Schießen der beiden Tauben nicht bemerkt. Und Paul schaute nicht zu ihm hin. Er wartete einfach nur, ganz leise pfeifend, stirnrunzelnd. Und sofort begann Jimmy, ohne uns oder Paul anzusehen, zu erröten, und dann erhob er sich mühsam, ging zu den Bäumen hinüber und kam mit den beiden toten Vögeln zurück.

»Wir brauchen also doch keinen Hund«, bemerkte Paul. Er hatte es gesagt, bevor Jimmy halbwegs über das Gras zurück war, dennoch hörte er es. Ich könnte mir vorstellen, daß Paul nicht die Absicht hatte, es ihn hören zu lassen, dennoch interessierte es ihn nicht sonderlich, daß er es hatte. Jimmy setzte sich wieder, und wir konnten sehen, daß das schneeweiße, dicke Fleisch seiner Schultern durch die beiden kurzen Wege in der Sonne über das leuchtende Gras scharlachrot geworden war. Jimmy machte sich wieder daran, sein Insekt zu beobachten.

Wieder trat ein intensives Schweigen ein. Nirgendwo ließen Tauben ihr Gurren hören. Drei blutende Körper lagen in die Sonne geworfen an einem kleinen vorspringenden Felsen. Der graue grobe Granit war gefleckt und geschmückt mit Flechten, rostrot, grün und purpurn; und auf dem Gras lagen dicke glänzende Tropfen von Scharlachrot. Es roch nach Blut.

»Die Vögel werden verderben«, bemerkte Willi, der unterdessen ständig gelesen hatte.

»Sie sind besser, wenn sie ein bißchen Hautgout haben«, sagte Paul.

Ich konnte Pauls Augen zu Jimmy gleiten sehen; ich sah, wie Jimmy wieder mit sich selbst kämpfte, also stand ich rasch auf und warf die schlaffen, toten Tauben mit den hängenden Flügeln in den Schatten.

Mittlerweile herrschte zwischen uns allen eine prickelnde Spannung, und Paul sagte:

»Ich möchte einen Drink.«

»Die Bar macht erst in einer Stunde auf«, sagte Maryrose.

»Nun, ich kann nur hoffen, daß sich die erforderliche Zahl an Opfern bald einstellen wird, denn sobald geöffnet wird, werde ich verschwinden. Ich werde das Schlachten jemand anderem überlassen.«

»Keiner von uns kann so gut schießen wie du«, sagte Maryrose.

»Wie du ganz genau weißt«, sagte Jimmy plötzlich gehässig.

Er beobachtete das Sandflüßchen. Es war nun schwer zu sagen, welches Ameisenloch das neue war. Jimmy starrte auf eine ziemlich große Vertiefung, an deren Boden eine winzige Erhebung war – der Körper des wartenden Ungeheuers; und ein winziges Zweigstückchen – der Rachen des Ungeheuers. »Alles, was wir jetzt brauchen, sind ein paar Ameisen«, sagte Jimmy.

»Und ein paar Tauben«, sagte Paul. Und er fügte als Antwort auf Jimmys Kritik hinzu: »Kann ich etwas für mein Naturtalent? Der Herr gibt. Der Herr nimmt. In meinem Fall hat er gegeben.«

»Ungerecht«, sagte ich. Paul warf mir sein charmantes, ironisches, anerkennendes Lächeln zu. Ich lächelte zurück. Ohne seine Augen vom Buch zu heben, räusperte Willi sich. Es war ein komisches Geräusch, wie schlechtes Theater, und wir beide, Paul und ich, brachen in einen der wilden, hilflosen Lachanfälle aus, die die Mitglieder der Gruppe häufig bekamen, einzeln, paarweise oder allesamt. Wir lachten und lachten, und Willi saß da und las. Aber ich erinnere mich jetzt an die gekrümmte Leidenshaltung seiner Schultern und an seinen fest aufeinandergepreßten, schmerzlichen Mund. Zu jener Zeit zog ich es vor, das nicht zu bemerken.

Plötzlich gab es ein wildes, schrilles, seidiges Flügelschlagen, und eine Taube setzte sich rasch auf einen Zweig dicht über unseren Köpfen. Sie hob die Flügel, um bei unserem Anblick wieder davonzufliegen, zog sie dann wieder ein, drehte sich mehrmals auf ihrem Ast mit seitwärts gewandtem Kopf und blickte auf uns nieder. Ihre schwarzen, leuchtenden, offenen Augen waren wie die runden Augen der sich paarenden Insekten auf dem Pfad. Wir konnten das zarte Rosa ihrer Klauen sehen, die sich an den Zweig klammerten, und den Sonnenschein auf ihren Flügeln. Paul hob das Gewehr – es war fast senkrecht – schoß, und der Vogel fiel zwischen uns. Blut spritzte über Jimmys Unterarm. Er wurde wieder bleich, wischte es ab, sagte aber nichts.

»Das wird langsam widerlich«, sagte Willi.

»War es von Anfang an«, sagte Paul gelassen.

Er beugte sich vor, hob den Vogel vom Gras auf und untersuchte ihn. Er war noch lebendig. Er hing schlaff da, aber seine schwarzen Augen beobachteten uns unbeweglich. Ein Schleier zog sich über sie, dann stieß er mit einem kleinen Zittern der Entschlossenheit den Tod fort und kämpfte einen Augenblick in Pauls Händen. »Was soll ich tun?« fragte Paul plötzlich schrill; dann, augenblicklich mit einem Scherz die Fassung wiedergewinnend: »Erwartet ihr von mir, daß ich das Ding kaltblütig töte?«

»Ja«, sagte Jimmy, Paul die Stirn bietend und ihn herausfordernd. Die Röte der Unbeholfenheit war wieder in seinen Wangen und sprenkelte und fleckte sie, aber er hielt Pauls Blick länger stand als dieser seinem.

»Also gut«, sagte Paul verächtlich mit zusammengepreßten Lippen. Er hielt die Taube zart und hatte keine Vorstellung, wie er sie töten sollte. Und Jimmy wartete darauf, daß Paul sich bewähren würde. Inzwischen sank der Vogel in einer schimmernden Woge von Federn zwischen Pauls Hände, sein Kopf sank ihm auf den Nacken, kam zitternd wieder hoch, sank zur Seite, und während die hübschen Augen sich trübten, kämpfte er wieder und wieder, um den Tod zu besiegen.

Dann, Paul die schreckliche Erfahrung ersparend, war er plötzlich tot, und Paul warf ihn zu dem Haufen der anderen Vogelleichen.

»Du hast mit allem immer so verdammtes Glück«, sagte Jimmy mit zitternder, zorniger Stimme. Sein voller, geschwungener Mund, die Lippen, die er voller Stolz als ›dekadent‹ bezeichnete, zitterten sichtlich.

»Ja, ich weiß«, sagte Paul. »Ich weiß es. Die Götter meinen es gut mit mir. Denn ich muß dir gestehen, lieber Jimmy, daß ich es nicht übers Herz hätte bringen können, dieser Taube den Hals umzudrehen.«

Jimmy wandte sich leidend ab und beobachtete wieder die Höhle des Ameisenfressers. Während er sein Augenmerk auf Paul gerichtet hatte, war eine sehr kleine Ameise, so leicht wie ein Federstückchen, über den Rand einer Vertiefung gefallen und wurde in diesem Augenblick in den Kiefern des Ungeheuers zweifach geknickt. Die Dimensionen dieses Todesdramas waren so winzig, daß die Vertiefung, der Ameisenfresser und die Ameise bequem auf einem kleinen Fingernagel hätten untergebracht werden können – Maryroses kleinem, rosa Fingernagel zum Beispiel.

Die winzige Ameise verschwand unter einer feinen Schicht weißen Sandes, und gleich darauf erschienen die Kiefer wieder, sauber und bereit für weiteren Gebrauch.

Paul entfernte die Patronenhülse aus seinem Gewehr und legte mit einem scharfen Schnappen des Schlosses eine Kugel ein. »Wir müssen noch zwei erwischen, bevor wir Ma Boothbys Minimalbedürfnisse befriedigen«, bemerkte er. Aber die Bäume waren leer, standen voll und schweigend in der heißen Sonne, all ihre grünen Zweige licht und graziös, ganz leicht sich bewegend. Die Schmetterlinge waren nun merklich weniger geworden; nur ein paar Dutzend tanzten in der zischenden Hitze weiter. Die Hitzewellen stiegen wie Öl vom Gras, den Sandflecken, auf und standen schwer und dicht über den Felsen, die aus dem Gras aufragten.

»Nichts«, sagte Paul. »Nichts geschieht. Was für eine Langeweile.«

Die Zeit verstrich. Wir rauchten. Maryrose lag flach auf der Erde, die Augen geschlossen, köstlich wie Honig. Willi las, sich verbissen weiterbildend. Er las *Stalin über die Kolonialfrage*.

»Hier ist wieder eine Ameise«, sagte Jimmy aufgeregt. Eine größere Ameise, fast von der Größe des Ameisenfressers, eilte in unregelmäßigen, kurzen Läufen hierhin und dorthin zwischen den Grasstengeln. Sie bewegten sich in der unregelmäßigen, scheinbar sprunghaften Weise, die ein Jagdhund an sich hat, wenn er eine Spur aufnimmt. Sie fiel über den Rand der Vertiefung, und nun waren wir rechtzeitig da, um zu sehen, wie die braunen, glänzenden Kiefer hinauflangten und die Ameise in der Mitte schnappten, sie fast entzweibrechend. Ein Kampf. Weiße Sandströme an den Seiten der Vertiefung hinunter. Unter dem Sand kämpften sie. Dann Stille.

»Es gibt etwas an diesem Land«, sagte Paul, »das mich für mein Leben geprägt hat. Wenn man daran denkt, wie geschützt nette Jungen wie Jimmy und ich aufgewachsen sind – nette Heime, Internat und Oxford, dann können wir nur dankbar sein für diese Unterweisung in den Realitäten einer Natur, die blutrot ist an Schnabel und Klauen.«

»Ich bin nicht dankbar«, sagte Jimmy. »Ich hasse dieses Land.«

»Ich finde es wundervoll. Ich verdanke ihm alles. Nie wieder werde ich fähig sein, die liberalen und hochherzigen Platitüden meiner demokratischen Erziehung in den Mund zu nehmen. Ich weiß es jetzt besser.«

Jimmy sagte: »Ich weiß es vielleicht besser, aber ich werde fortfahren, hochherzige Platitüden in den Mund zu nehmen. Sobald ich wieder nach England komme. Je eher, desto besser. Unsere Erziehung hat uns vor allem auf die lange Nichtigkeit des Lebens vorbereitet. Worauf hat sie uns sonst vorbereitet? Was mich betrifft, so kann ich es nicht erwarten, daß die lange Nichtigkeit anfängt. Wenn ich zurückkomme – das heißt, wenn ich je zurückkomme, werde ich . . .«

»Hallo«, rief Paul aus, »hier kommt wieder ein Vogel. Nein, tut er nicht.« Eine Taube segelte auf uns zu, sah uns, drehte mitten in der Luft ab, ließ sich beinahe auf der anderen Baumgruppe nieder, änderte ihre Absicht und flog rasch in die Ferne. Eine Gruppe von Farmarbeitern kam ein paar hundert Meter entfernt auf dem Pfad vorbei. Wir beobachteten sie schweigend. Sie hatten geredet und gelacht, bis sie uns sahen, aber nun waren auch sie still und gingen mit abgewandten Gesichtern vorbei, als ob sie auf diese Weise irgendein mögliches Übel, das von uns, den Weißen, kommen könnte, abwenden könnten.

Paul sagte leise: »Mein Gott, mein Gott, mein Gott.« Dann wechselte er den Ton und sagte übermütig: »Wenn man es objektiv betrachtet, und dabei so wenig wie möglich Bezug nimmt auf Genosse Willi und seinesgleichen – Genosse Willi, ich fordere dich auf, etwas objektiv zu betrachten.« Willi legte sein Buch nieder, darauf vorbereitet, Ironie zur Schau zu tragen. »Dieses Land ist größer als Spanien. Es leben eineinhalb Millionen Schwarze darin, wenn man sie überhaupt erwähnen kann, und hunderttausend Weiße. Das ist als solcher ein Gedanke, der zwei Schweigeminuten verlangt. Und was sehen wir? Man könnte sich vorstellen – man hätte ungeachtet dessen, was du sagst, Genosse Willi, jeden Rechtfertigungsgrund, sich vorzustellen, daß diese unbedeutende Handvoll Sand auf den Küsten der Zeit – nicht schlecht, das Bild nicht? – unoriginell, aber immer passend –, daß diese Ein-bißchen-mehr-als-eineinhalb-Millionen Leute auf diesem hübschen Stück von Gottes Erde einzig dazu existieren, um sich gegenseitig unglücklich zu machen . . .« Hier nahm Willi sein Buch wieder auf und widmete ihm seine Aufmerksamkeit. »Genosse Willi, laß deine Augen dem Gedruckten folgen, aber laß die Ohren deiner Seele zuhören. Denn *Tatsache* ist – *Tatsache,* – daß es genug zu essen hier für alle gibt! – genug Material für Häuser für alle! – genug Begabung, obwohl zugestandenermaßen im Augenblick so gut unter den Scheffel gestellt, daß nur das großzügigste Auge sie entdecken könnte – genug Begabung, sage ich, um Licht zu schaffen, wo jetzt Dunkelheit herrscht.«

»Woraus du folgerst?« sagte Willi.

»Ich folgere nichts. Ich bin getroffen von einem neuen . . . es ist ein blendendes Licht, nichts weniger . . .«

»Aber was du sagst, ist die Wahrheit über die ganze Welt, nicht nur über dieses Land«, sagte Maryrose.

»Großartig, Maryrose! Ja. Meine Augen werden geöffnet für – Genosse Willi, würdest du nicht sagen, daß da ein Prinzip am Werk ist, das in deiner Philosophie noch nicht zugelassen ist? Ein Prinzip der Zerstörung?«

Willi sagte in genau dem Ton, den wir alle erwartet hatten: »Es besteht keine Notwendigkeit, noch weiter zu blicken als die Philosophie des Klassenkampfes«, und als hätte er auf einen Knopf gedrückt, brachen Jimmy, Paul und ich in einen jener ununterdrückbaren Lachanfälle aus, denen Willi sich nie anschloß.

»Ich bin hocherfreut, zu sehen«, bemerkte er mit grimmigem Mund, »daß gute Sozialisten – zumindest zwei von euch nennen sich Sozialisten, das derartig komisch finden.«

»Ich finde es nicht komisch«, sagte Paul. »Weißt du, daß du nie lachst, Maryrose? Nie? Während ich, dessen Lebensanschauung nur als morbide und von Minute zu Minute zunehmend morbider bezeichnet werden kann, dauernd lache? Wie würdest du das erklären?«

»Ich habe keine Lebensanschauung«, sagte Maryrose, die flach auf der

Erde lag und in ihren hellen Latzhosen und dem Hemd wie eine niedliche, weiche kleine Puppe aussah. »Jedenfalls«, fügte sie hinzu, »hast du gerade nicht gelacht. Ich höre dir oft zu« – (sie sagte das, als sei sie nicht eine von uns, sondern ein Außenseiter) – »und ich habe bemerkt, daß du am meisten lachst, wenn du etwas Schreckliches sagst. Also, ich nenne das nicht lachen.«

»Als du mit deinem Bruder zusammen warst, hast du da gelacht, Maryrose? Und als du mit deinem glücklichen Freier in Kapland warst?«

»Ja.«

»Warum?«

»Weil wir glücklich waren«, sagte Maryrose schlicht.

»Guter Gott«, sagte Paul ehrfürchtig.

»Ich könnte das nicht sagen. Jimmy, hast du jemals gelacht, weil du glücklich warst?«

»Ich war nie glücklich«, sagte Jimmy.

»Du, Anna?«

»Ich auch nicht.«

»Willi?«

»Gewiß«, sagte Willi stur, den Sozialismus, die glückliche Philosophie verteidigend.

»Maryrose«, sagte Paul, »du hast die Wahrheit gesagt. Ich glaube Willi nicht, aber ich glaube dir. Du bist sehr beneidenswert, Maryrose, trotz allem. Weißt du das?«

»Ja«, sagte Maryrose. »Ja, ich glaube, ich bin glücklicher als ihr alle. Ich sehe nicht, was daran verkehrt sein könnte, glücklich zu sein. Was ist verkehrt daran?«

Schweigen. Wir sahen uns gegenseitig an. Dann verbeugte Paul sich feierlich in Maryroses Richtung: »Wie üblich«, sagte er demütig, »müssen wir dir die Antwort schuldig bleiben.«

Maryrose schloß wieder die Augen. Eine Taube landete in raschem Flug auf einem Baum in der gegenüberliegenden Gruppe. Paul schoß und verfehlte sein Ziel. »Ein Fehlschuß«, rief er mit gespielter Tragik aus. Der Vogel blieb, wo er war, blickte sich überrascht um und beobachtete, wie ein von Pauls Kugel abgerissenes Blatt erdwärts segelte. Paul entfernte seine leere Hülse, lud ohne Hast nach, zielte, schoß. Der Vogel fiel. Jimmy rührte sich halsstarrig nicht von der Stelle. Und bevor der Willenskampf in einer Niederlage für ihn selbst enden konnte, errang Paul den Sieg, indem er aufstand und sagte: »Ich werde mein eigener Apportierhund sein.« Und er schlenderte davon, um die Taube zu holen; wir alle sahen, daß Jimmy mit sich kämpfen mußte, um seine Glieder daran zu hindern, ihn aufspringen und über das Gras hinter Paul herspringen zu lassen. Der gähnend mit dem toten Vogel zurückkam und ihn zu den anderen toten Vögeln warf.

»Es riecht so nach Blut, daß mir übel wird«, sagte Maryrose.

»Geduld«, sagte Paul. »Unser Liefersoll ist fast erreicht.«

»Sechs werden genug sein«, sagte Jimmy. »Weil keiner von uns diesen Pie essen wird. Mr. Boothby kann den Krempel haben.«

»Ich werde natürlich davon essen«, sagte Paul. »Und du auch. Meint ihr wirklich, daß ihr, wenn euch dieser leckere Pie, gefüllt mit Bratensoße und braunem, duftenden Fleisch, vorgesetzt wird, euch noch an die zärtlichen Lieder dieser Vögel erinnert, die so brutal vom Donnerschlag des Jüngsten Gerichts beendet wurden?«

»Ja«, sagte Maryrose.

»Ja«, sagte ich.

»Willy?« fragte Paul, der eine Streitfrage daraus machte.

»Wahrscheinlich nicht«, sagte Willi lesend.

»Frauen sind zartbesaitet«, sagte Paul. »Sie werden uns beim Essen beobachten, während sie in Mrs. Boothbys gutem Roastbeef herumstochern, zierliche Mäulchen des Abscheus ziehen und uns alle um so mehr wegen unserer Brutalität lieben.«

»Wie die Mashonafrauen und die Matabele«, sagte Jimmy.

»Ich denke gern an diese Zeit«, sagte Paul, der sich, sein Gewehr in Bereitschaft, niedersetzte und die Bäume beobachtete. »So einfach. Einfache Leute töten sich gegenseitig aus guten Gründen – Land, Frauen, Nahrung. Nicht wie wir. Überhaupt nicht wie wir. Was uns betrifft – wißt ihr, was geschehen wird? Ich werde es euch sagen. Ich prophezeie, daß als Folge der Arbeit von feinen Genossen wie Willi, die stets bereit sind, sich anderen zu opfern, oder Leuten wie mir, die sich nur um Profite kümmern, dieses ganze schöne leere Land, das sich vor unseren Augen erstreckt und nur von Schmetterlingen und Heuschrecken bevölkert ist, in fünfzig Jahren überzogen sein wird von Doppelhäusern voller gutgekleideter schwarzer Arbeiter.«

»Und was ist damit?« fragte Willi.

»Das ist der Fortschritt«, sagte Paul.

»Ja, in der Tat«, sagte Willi.

»Warum sollen es Doppelhäuser sein«, fragte Jimmy sehr ernsthaft. Er hatte Augenblicke, in denen er die sozialistische Zukunft ernstnahm. »Unter einer sozialistischen Regierung wird es schöne Häuser mit eigenen Gärten oder große Wohnungen geben.«

»Mein guter Jimmy!« sagte Paul. »Wie schade, daß dich Ökonomie so anödet. Ob sozialistisch oder kapitalistisch – in einem jeden Falle wird all dieser schöne, für Entwicklung geeignete Boden in einer Rate entwickelt werden, die für ernstlich unterkapitalisierte Länder tragbar ist – hörst du zu, Genosse Willi?«

»Ich höre zu.«

»Eine Regierung, mit der Notwendigkeit konfrontiert, rasch eine Menge unbehauster Leute unterzubringen, ob nun sozialistisch oder kapitalistisch, wird die billigsten Häuser wählen, wobei das Bessere der Feind des Guten ist, und deshalb wird aus dieser schönen Szenerie eine Fabriklandschaft werden, in der Schlote in den schönen blauen Himmel rauchen und Massen von billigen Reihenhäusern stehen. Habe ich recht, Genosse Willi?«

»Du hast recht.«

»Also dann?«

»Darum geht es nicht.«

»Darum geht es mir aber. Deswegen beschäftige ich mich in der Phantasie immer wieder mit der schlichten Wildheit der Matabele und der Mashona. Das andere ist mir einfach zu häßlich, ich habe keine Lust, es mir vorzustellen. Aber so sieht unsere Realität aus, sozialistisch oder kapitalistisch – nun, Genosse Willi?«

Willi zögerte, dann sagte er: »Es wird gewisse vergleichbare äußerliche Merkmale geben, aber . . .« Er wurde von einem Lachanfall von Paul, mir und zuletzt Jimmy unterbrochen.

Maryrose sagte zu Willi: »Sie lachen nicht über das, was du gesagt hast, sondern weil du immer sagst, was sie erwartet haben.«

»Dessen bin ich mir bewußt«, sagte Willi.

»Nein«, sagte Paul, »du täuschst dich, Maryrose. Ich lache auch über das, was er sagt. Weil ich schrecklich Angst habe, daß es nicht stimmt. Gott verhüte, daß ich dogmatisch in dem Punkt bin, aber ich fürchte, daß ich – wenn ich von Zeit zu Zeit aus England herausfliege, um meine überseeischen Investitionen zu inspizieren, und zufällig über dieses Gebiet fliege, auf rauchende Fabriken und Wohnsiedlungen hinunterschauen und mich an diese angenehmen, friedlichen, ländlichen Tage erinnern werde und . . .« Eine Taube landete auf dem Baum gegenüber. Noch eine und noch eine. Paul schoß. Ein Vogel fiel. Er schoß, der zweite fiel. Der dritte stob aus einem Blätterbüschel himmelwärts, als sei er aus einem Katapult abgeschossen. Jimmy stand auf, ging hinüber, brachte zwei blutige Vögel zurück, warf sie zu den anderen und sagte: »Sieben. Um Himmels willen, ist das nicht genug?«

»Ja«, sagte Paul und legte sein Gewehr beiseite. »Und nun laßt uns schnell zur Kneipe abhauen. Wir werden gerade genug Zeit haben, uns das Blut abzuwaschen, bevor sie aufmacht.«

»Sieh mal«, sagte Jimmy. Ein kleiner Käfer, etwa doppelt so groß wie der Ameisenfresser, näherte sich durch die aufragenden Grasstengel.

»Nicht gut«, sagte Paul, »das ist kein natürliches Opfer.«

»Vielleicht nicht«, sagte Jimmy. Er schubste den Käfer in die größte Vertiefung. Es gab eine Erschütterung. Die glänzenden, braunen Kiefer schnappten nach dem Käfer, der Käfer sprang hoch, wobei er den Ameisenfresser bis zur halben Höhe der Seitenwände mit hochschleppte. Die Vertiefung stürzte in einer Welle weißen Sandes zusammen, und ein paar Zentimeter weit rings um den vernichtenden, schweigenden Kampf hob sich der Sand und wirbelte.

»Hätten wir Ohren, die hören könnten«, sagte Paul, »wäre die Luft voller Schreie, Stöhnen, Grunzen und Keuchen. Aber wie es nun einmal ist, herrscht über dem sonnengetränkten Veld die Stille des Friedens.«

Flügelschlagen. Ein Vogel setzte sich nieder.

»Nein, tu's nicht«, sagte Maryrose voller Schmerz, öffnete die Augen und stützte sich auf einen Ellbogen. Aber es war zu spät. Paul hatte geschossen, der Vogel fiel. Noch bevor er den Boden erreicht hatte, war ein anderer Vogel gelandet und wiegte sich sorglos auf einem Zweig am äußersten Ende eines Astes. Paul schoß, der Vogel fiel; diesmal mit einem Schrei und hilflos flatternden Flügeln. Paul stand auf, jagte über das Gras, hob den toten Vogel auf und den verwundeten. Wir sahen, wie er dem verwundeten, kämpfenden Vogel mit zusammengepreßten Lippen einen raschen, entschlossenen Blick zuwarf und ihm den Hals umdrehte.

Er kam zurück, warf die beiden toten Tiere nieder und sagte: »Neun. Und das ist alles.« Er sah weiß und krank aus und schaffte es dennoch, Jimmy ein triumphierendes, amüsiertes Lächeln zuzuwerfen.

»Laßt uns gehen«, sagte Willi und schloß sein Buch.

»Warte«, sagte Jimmy. Der Sand bewegte sich nun nicht mehr. Er bohrte mit einem festen Stengel hinein und zog zuerst den Körper des kleinen Käfers heraus und dann den Körper des Ameisenfressers. Nun sahen wir, daß die Kiefer des Ameisenfressers im Körper des Käfers steckten. Der tote Körper des Ameisenfressers war ohne Kopf.

»Die Moral ist«, sagte Paul, »daß sich nur natürliche Feinde bekämpfen sollten.«

»Aber wer soll entscheiden, was natürliche Feinde sind und was nicht?« sagte Jimmy.

»Du nicht«, sagte Paul. »Schau, wie du die Natur aus dem Gleichgewicht gebracht hast. Jetzt gibt es einen Ameisenfresser weniger. Und wahrscheinlich werden nun Hunderte von Ameisen, die sonst seinen Magen gefüllt hätten, leben. Und da ist jetzt ein toter Käfer, sinnlos geschlachtet.«

Jimmy stieg vorsichtig über den glänzenden, von Vertiefungen durchzogenen Bach aus Sand, um die verbliebenen Insekten, die wartend auf dem Boden ihrer Sandfallen lagen, nicht zu stören. Er zog sein Hemd über seinen schwitzenden, geröteten Leib. Maryrose erhob sich in der ihr eigenen Art – ergeben, geduldig, leidend, als ob sie keinen eigenen Willen hätte. Wir standen alle am Rande des Schattenfleckchens, zögernd, uns in den weißheißen Mittag zu stürzen, betäubt und schwindlig vom Anblick der restlichen

Schmetterlinge, die trunken in der Hitze taumelten. Und während wir dort standen, wurde die Baumgruppe, unter der wir gelegen hatten, singend lebendig. Die Zikaden, die dieses Gehölz bewohnten und zwei Stunden lang geduldig still darauf gewartet hatten, daß wir gingen, brachen plötzlich, eine nach der anderen, in schrille Klänge aus. Und in der anderen Baumgruppe waren, von uns unbemerkt, zwei Tauben angekommen, die dort gurrend saßen. Paul betrachtete sie, sein Gewehr schwingend. »Nein«, sagte Maryrose. »Bitte nicht.«

»Warum nicht?«

»Bitte, Paul.«

Das Bündel neun toter Tauben, an ihren rosa Füßen zusammengebunden, baumelte von Pauls freier Hand, bluttropfend.

»Ein schreckliches Opfer«, sagte Paul ernst, »aber deinetwegen, Maryrose, werde ich mich zurückhalten.«

Sie lächelte ihn an, nicht dankbar, sondern mit der kühlen, vorwurfsvollen Art, die sie ihm gegenüber stets an den Tag legte. Und er lächelte zurück, sein freundliches, braungebranntes, blauäugiges Gesicht offen für ihren prüfenden Blick. Sie gingen zusammen voran, während die Flügel der toten Vögel über jadefarbene Grasbüschel schleiften.

Wir drei folgten.

»Wie schade«, bemerkte Jimmy, »daß Maryrose so viel gegen Paul hat. Denn sie sind zweifellos das, was man als perfektes Paar bezeichnet.« Er hatte den leicht ironischen Ton angeschlagen und ihn beinahe getroffen. Beinahe, nicht ganz; seine Eifersucht auf Paul schwang in seiner Stimme mit.

Wir guckten: Die beiden waren ein perfektes Paar, beide so unbeschwert und anmutig, die Sonne ließ ihre hellen Haare glänzen und beschien ihre braune Haut. Und doch schlenderte Maryrose weiter, ohne Paul anzusehen, der ihr seine seltsam anziehenden, blauen Augen ganz umsonst zuwandte.

Auf dem Rückweg war es zu heiß, um zu sprechen. Vorbei am kleinen Kopje, auf dessen Granitbrocken die Sonne knallte; betäubende Hitzewellen schlugen uns entgegen, und wir eilten daran vorbei. Alles war verlassen und ruhig, nur die Zikaden und eine ferne Taube lärmten. Nach dem Kopje gingen wir langsamer, hielten Ausschau nach den Heuschrecken und sahen, daß die hellen, aneinandergeklammerten Paare fast verschwunden waren. Nur wenige waren noch übrig geblieben, eine auf der anderen, wie bunte Wäscheklammern mit runden, schwarzgemalten Augen. Wenige. Und die Schmetterlinge waren fast verschwunden. Ein oder zwei trieben vorbei, müde, über das sonnenverbrannte Gras.

Unsere Köpfe schmerzten vor Hitze. Uns war leicht übel von dem Blutgeruch.

Am Hotel trennten wir uns fast wortlos.

[Die rechte Seite des schwarzen Notizbuches, unter der Überschrift *Geld* weitergeführt.]

Vor einigen Monaten bekam ich einen Brief von der Pomegranate Review, Neuseeland, die um eine Erzählung bat. Schrieb zurück, sagte, daß ich keine Erzählungen schreibe. Sie antworteten und baten um »Teile Ihrer Tagebücher, falls Sie welche führen«. Antwortete, daß ich nichts davon halte, Tagebücher zu veröffentlichen, die man für sich selbst geschrieben hat. Amüsierte mich damit, ein imaginäres Tagebuch zu verfassen, im richtigen Ton für eine literarische Zeitschrift in einer Kolonie oder den Dominions: Kreise, die isoliert sind von den kulturellen Zentren, werden einen weitaus ernsteren Ton tolerieren als die Herausgeber und ihre Kunden in, sagen wir, London oder Paris. (Obwohl ich mich manchmal darüber wundere.) Dieses Tagebuch wird von einem jungen Amerikaner geführt, der von der finanziellen Unterstützung seines Vaters, der für eine Versicherung arbeitet, lebt. Er hat drei Kurzgeschichten veröffentlicht und ein Drittel eines Romans beendet. Er trinkt etwas zuviel, aber nicht soviel, wie er andere Leute glauben macht; nimmt Marihuana, aber nur, wenn ihn Freunde aus den Staaten besuchen. Er ist voller Verachtung für dieses grelle Phänomen, die Vereinigten Staaten von Amerika.

16. April. *Auf den Stufen des Louvre.* Erinnerte mich an Dora. Dieses Mädchen steckte wirklich in Schwierigkeiten. Möchte gerne wissen, ob sie ihre Probleme gelöst hat. Muß meinem Vater schreiben. Der Ton seines letzten Briefes hat mich verletzt. Müssen wir immer voneinander isoliert sein? Ich bin Künstler – Mon Dieu!

17. April. *Gare de Lyon.* Dachte an Lise. Mein Gott, und das war vor zwei Jahren! Was habe ich mit meinem Leben angefangen? Paris hat es gestohlen . . . Muß nochmals Proust lesen.

18. April. *London. Horseguard's Parade.* Ein Schriftstellers ist das Gewissen der Welt. Dachte an Marie. Es ist die Pflicht eines Schriftsteller, seine Frau, sein Land und seinen Freund zu verraten, wenn es seiner Kunst dient. Auch seine Geliebte.

18. April. *Draußen vor dem Buckingham Palast.* George Eliot ist der Gissing des reichen Mannes. Muß meinem Vater schreiben. Nur noch neunzig Dollar übrig. Werden wir jemals die gleiche Sprache sprechen?

9. Mai. *Rom. Der Vatikan.* Dachte an Fanny. Mein Gott, ihre Schenkel, wie die weißen Hälse der Schwäne. Hatte die Probleme! Ein Schriftsteller ist, muß sein, der Machiavelli der Seelenküche. Muß nochmals Thom (Wolfe) lesen.

11. Mai. *Die Campagna.* Erinnerte mich an Jerry – sie töteten ihn. Salauds! Die besten sterben jung. Ich habe nicht lange zu leben. Mit dreißig werde ich

mir das Leben nehmen. Dachte an Betty. Die schwarzen Schatten der Lindenbäume auf ihrem Gesicht. Sah aus wie ein Schädel. Ich küßte ihre Augenhöhlen, um die weißen Knochen auf meinen Lippen zu spüren. Wenn ich vor nächster Woche von meinem Vater nichts höre, werde ich dieses Tagebuch zur Veröffentlichung anbieten. Auf seine Verantwortung. Muß nochmals Tolstoi lesen. Er sagte nichts, was nicht offensichtlich war, aber vielleicht kann ich ihn heute, wo die Realität die Poesie aus meinem Leben verdrängt, in mein Pantheon aufnehmen.

21. Juni. *Les Halles.* Sprach mit Marie. Sehr beschäftigt, opferte mir aber eine Nacht. Mon Dieu, mir kommen die Tränen, wenn ich daran denke! Wenn ich mich töte, werde ich daran denken, daß eine Prostituierte mir eine ihrer Nächte opferte, aus Liebe. Nie hat man mir ein größeres Kompliment gemacht. Nicht der Journalist, der Kritiker ist der Prostituierte seines Intellekts. Nochmals Fanny Hill lesen. Denke daran, einen Artikel mit dem Titel ›Sex ist das Opium des Volkes‹ zu schreiben.

22. Juni. *Cafe de Flore.* Zeit ist der Strom, auf dem die Blätter unserer Gedanken in die Vergessenheit getragen werden. Mein Vater sagt, ich muß nach Hause kommen. Wird er mich nie verstehen? Schreibe einen Porno für Jules mit dem Titel *Loins*. 500 Dollar, also kann mein Vater zum Teufel gehen. Kunst ist der Spiegel unserer verratenen Ideale.

30. Juli. *London Public Convenience, Leicester Square.* Ah, die verlorenen Städte unseres urbanen Alptraums! Dachte an Alice. Die Wollust, die ich in Paris empfinde, ist anders als die, die ich in London fühle. In Paris trägt Sex den Duft von *je ne sais quoi*. In London ist es eben nur Sex. Muß zurück nach Paris. Soll ich Bossuet lesen? Lese gerade mein Buch *Loins* zum drittenmal. Ganz gut. Habe zwar nicht mein Bestes, aber immerhin mein Zweitbestes gegeben. Pornographie ist der wahre Journalismus der fünfziger Jahre. Jules sagte, er würde mir nur noch 300 Dollar dafür bezahlen. Salaud! Telegrafierte meinem Vater, erzählte ihm, daß ich ein Buch beendet habe, das angenommen wurde. Er schickte mir 1000 Dollar. *Loins*, das ist der Madison Avenue richtig ins Auge gespuckt. Leautard ist der Stendhal des armen Mannes. Muß Stendhal lesen.

* * *

Habe den jungen, amerikanischen Schriftsteller James Schaffer kennengelernt. Zeigte ihm dieses Tagebuch. Er war begeistert. Wir dachen uns etwa noch tausend Wörter dazu aus, und er schickte das Ganze als die Arbeit eines Freundes an eine amerikanische Zeitschrift – zu schüchtern, es selbst zu schicken. Es wurde gedruckt. Er lud mich zum Mittagessen ein, um das Ereignis zu feiern. Erzählte mir folgendes: Der Kritiker Hans P.; ein sehr hochtrabender Mann, hatte einen Artikel über James' Werk geschrieben und behauptet, daß es korrupt sei. Der Kritiker wurde in London erwartet. James, der Hans P. vorher verächtlich behandelt hatte, weil er ihn nicht mag, schickte ein schmeichelhaftes Telegramm zum Flughafen und einen Blumenstrauß zum Hotel. Als Hans P. vom Flughafen kam, wartete er mit einer Flasche Scotch und einem weiteren Blumenstrauß im Foyer. Dann bot er sich selbst als Stadtführer durch London an. Hans P. geschmeichelt, doch unbehaglich. James hielt das während des zweiwöchigen Besuchs durch, an Hans P.s Lippen hängend. Als Hans P. abreiste, sagte er, triefend vor Moral: »Natürlich müssen Sie verstehen, daß ich meinen persönlichen Gefühlen niemals erlaube, mein kritisches Gewissen zu beeinträchtigen.« Worauf James, sich windend vor moralischer Verworfenheit‹, wie er es beschreibt, antwortete – »Ja, ja, *das* ist mir klar, Mann, aber auf die Kommunikation kommt es an, die *zählt.*« Zwei Wochen später schrieb Hans P. einen Artikel über James' Werk, in dem er sagte, daß das korrupte Element in James' Werk eher der ehrliche Zynismus eines jungen Mannes sei, mit dem er auf den Zustand der Gesellschaft reagiert, als ein anhaltendes Element von James' Lebensanschauung. James wälzte sich den ganzen Nachmittag lachend auf dem Fußboden.

James dreht die übliche Maske des jungen Schriftstellers um. Alle, oder fast alle, zu Anfang reichlich naiv, beginnen Naivität, halb bewußt, halb unbewußt, als einen Schutz zu gebrauchen. Aber James spielt damit, korrupt zu sein. Im Gespräch, mit einem Filmdirektor zum Beispiel, der das übliche Spiel spielt und vorgibt, aus James' Geschichte einen Film machen zu wollen – »ganz wie sie ist, obwohl wir selbstverständlich einige Änderungen machen müssen« –, wird James den ganzen Nachmittag damit verbringen, aufrichtig, ernsthaft stammelnd, dem Filmbüro zuliebe immer wildere Änderungen anzubieten, während es dem Direktor immer mulmiger wird. Aber, so sagt James, kein Änderungsvorschlag, den man ihnen machen kann, kann unglaublicher sein als der, den sie selber beabsichtigen; und so wissen sie nie, ob James über sie lacht oder nicht. Er verläßt sie, ›sprachlos, mit dankbarem Gefühl‹. ›Seltsamerweise‹ sind sie beleidigt und kommen nicht mehr mit ihm in Kontakt. Oder auf einer Party, wo ein Kritiker oder eine einflußreiche Person ist, die auch nur einen Hauch von Arroganz besitzt, wird James zu seinen oder ihren Füßen sitzen, buchstäblich um Gefallen bittend und Schmeicheleien verbreitend. Nachher lacht er. Ich sagte ihm, daß dies alles sehr gefährlich sei; er antwortete, es sei nicht gefährlicher als »ein ehrlicher junger Künstler mit eingefleischter Integrität« zu sein. »Integrität«, sagt er mit eulenartigem Blick, sich zwischen den Beinen kratzend, »ist ein rotes Tuch für den Stier des Mammon, oder, anders gesagt, Integrität ist des kleinen Mannes Hosenlatz.« Ich sagte, das sei ja alles ganz gut – er entgegnete:

»Gut, Anna, und wie nennst du denn dieses ganze Pastiches-Schreiben? Wo ist der Unterschied zwischen dir und mir?«

Ich stimmte ihm zu; aber dann, angeregt von unserem Erfolg mit dem Tagebuch des jungen Amerikaners, beschlossen wir, uns noch eines auszudenken, das eine Autorin in den besten Jahren, die mehrere Jahre in einer afrikanischen Kolonie verbracht hatte und von Empfindsamkeit geplagt wurde, geschrieben haben sollte. Das ist an Rupert, Herausgeber des *Zenith*, gerichtet, der mich um »etwas von dir – endlich mal!« gebeten hat.

James hatte Rupert kennengelernt und haßte ihn. Rupert ist widerlich, weich, hysterisch, homosexuell, intelligent.

Osterwoche. Die Türen der russisch-orthodoxen Kirche in Kensington befinden sich auf gleicher Höhe mit der ›Mitte-Zwanzigstes-Jahrhundert-Straße‹. Innen flackernde Schatten, Weihrauch, kniende, gebückte Gestalten unvergänglicher Frömmigkeit. Der nackte, weite Boden. Einige Priester vertieft in das Ritual der Messe. Die wenigen Gläubigen, auf dem harten Holz kniend, bücken sich vor, um mit der Stirn den Fußboden zu berühren. Wenige, ja. Aber *wirklich*. Das war die Wirklichkeit. Ich war mir der Wirklichkeit bewußt. Es ist eben der größere Teil der Menschheit, der einer Religion angehört, der kleinere ist heidnisch. Heidnisch? Ah, das ist ein erfreuliches Wort für die Sterilität des modernen, gottlosen Menschen! Ich stand, während die anderen knieten. Ich, eigensinnig, wie ich bin, ich fühlte meine Knie niedersinken, ich, die als einzige hartnäckig gestanden hatte. Die Priester ernst, harmonisch, *männlich*. Ein paar reizende, blasse, junge Knaben, bezaubernd ernst vor Frömmigkeit. Donnernde, herrliche, *männliche* Wogen des russischen Gesanges. Meine Knie, schwach . . . plötzlich bemerkte ich, daß ich kniete. Wo war meine kleine Individualität geblieben, die sich sonst behauptet? Es war mir egal. Ich konnte tiefere Dinge empfinden. Ich sah die ernsten Gestalten der Priester durch die Tränen in meinen Augen hin und her schwanken und verschwimmen. Es war einfach *zu* viel. Ich taumelte und entfloh dem Ort, der nicht meiner war; dieser Feierlichkeit, die nicht meine war . . . Sollte ich mich vielleicht nicht länger als Atheistin bezeichnen, sondern als Agnostikerin? Da ist so etwas Karges in dem Wort ›Atheist‹, wenn ich beispielsweise an die gewaltige Hingabe dieser Priester denke. *Klingt* ›Agnostiker‹ nicht nach mehr? Ich kam zu spät zur Cocktailparty. Egal, die Gräfin bemerkte es nicht. Wie traurig, dachte ich auch diesmal, die Gräfin Pirelli zu sein . . . gewiß ein Abstieg, nachdem sie die Geliebte von vier berühmten Männern gewesen ist? Aber ich vermute, wir alle brauchen unsere kleine Maske in dieser grausamen Welt. In den Räumen wie immer dichtgedrängt die Crème des literarischen London. Erspähte sofort meinen lieben Harry. Wie liebe ich diese großen, blaßstirnigen, pferdeartigen Engländer – sie sind so *edel*. Wir unterhielten uns bei dem bedeutungslosen

Gemurmel der Cocktailparty. Er schlug mir vor, ich sollte doch ein Stück schreiben, basierend auf *Frontiers of War*. Ein Stück, das für keine Seite Partei ergreifen, sondern die absolute Tragödie der Kolonial-Situation, die Tragödie der Weißen, betonen sollte. Es ist wahr, natürlich ... was ist Armut, was sind Hunger, Unterernährung, Heimatlosigkeit, diese *alltäglichen* Erniedrigungen (sein Ausdruck – wie empfindsam, wie *wahrhaft* sensibel ein bestimmter Typ von Engländern doch ist, sehr viel intuitiver als jede Frau!), verglichen mit der Wirklichkeit, der menschlichen Wirklichkeit des weißen Dilemmas? Während ich ihn reden hörte, verstand ich mein eigenes Buch besser. Und ich dachte daran, wie nur einen Kilometer weiter die knienden Gestalten auf dem kalten Steinboden der russischen Kirche ihre Stirnen voller Hochachtung vor einer tieferen Wahrheit beugten. Meine Wahrheit? Leider nein! Trotzdem habe ich mich entschlossen, mich von nun an als Agnostikerin und nicht als Atheistin zu bezeichnen, und ich werde morgen mit meinem lieben Harry Mittagessen gehen und mein Stück mit ihm diskutieren. Als wir uns trennten, drückte er – so zart – meine Hand, ein kühler, sehr poetischer Druck. Ich ging nach Hause, näher an der Wirklichkeit als je zuvor, glaube ich. Und ich legte mich in Ruhe in mein frisches, schmales Bett. Sehr wesentlich finde ich, jeden Tag frische Bettwäsche zu haben. Ah, was für ein genüßliches (nicht sinnliches) Gefühl, frisch gebadet zwischen die kühlen, *reinen* Linnen zu kriechen und auf den Schlaf zu warten. Ah, geht es mir gut ...

Ostersonntag

Ich aß mit Harry zu Mittag. Wie entzückend sein Haus ist! Er hatte sich schon ein Konzept für das Stück gemacht. Er ist eng mit Sir Fred befreundet, der, so glaubt er, die Hauptrolle spielen würde, und dann würde es natürlich nicht die üblichen Schwierigkeiten geben, einen Förderer zu finden. Er schlug eine leichte Änderung in der Geschichte vor. Eine junge Afrikanerin von außergewöhnlicher Schönheit und Intelligenz fällt einem jungen weißen Farmer auf. Er versucht sie dahingehend zu beeinflussen, sich selbst zu bilden, aufzusteigen, denn ihre Familienangehörigen sind nur primitive Reservatseingeborene. Sie mißversteht seine Motive und verliebt sich in ihn. Als er ihr dann (oh, so vorsichtig) sein wirkliches Interesse an ihr erklärt, wird sie zur Xanthippe und beschimpft ihn. Verspottet ihn. Er erträgt es geduldig. Aber sie geht zur Polizei und erzählt, daß er versucht hat, sie zu vergewaltigen. Er erträgt stillschweigend die gesellschaftliche Schande. Er geht ins Gefängnis, sie nur mit den Augen anklagend, und sie dreht sich beschämt um. Das könnte ein wahres, imposantes Drama werden! Es symbolisiert, wie Harry sagt, den überlegenen geistigen Status des Weißen, der, von der Geschichte eingefangen, in den animalischen Schlamm Afrikas hinuntergezogen wurde. So wahr, so eindringlich, so *neu*. Wahrhaftig mutig ist, wer *gegen* den Strom schwimmt. Als ich Harry verließ und nach Hause ging, berührte mich die Wirklichkeit mit weißen Schwingen. Ich machte kleine, langsame Schritte, um diese *wunderschöne* Erfahrung nicht zu vergeuden. Und so ins Bett, gebadet und *rein*, um *Die Nachfolge Christi* zu lesen, die Harry mir geliehen hatte.

Ich fand dies alles etwas dick aufgetragen, aber James sagte, nein, Rupert würde es akzeptieren. James sollte recht behalten; aber leider siegte im letzten Moment meine außergewöhnliche Sensibilität, und ich beschloß, die Sache nicht zu veröffentlichen. Rupert schrieb mir in einem kurzen Brief, daß er mich sehr gut verstehen könne; einige Erfahrungen seien eben zu persönlich, um gedruckt zu werden.

[An dieser Stelle war im schwarzen Notizbuch die Kopie einer Kurzgeschichte von James Schaffer an die Seite geheftet; er hatte sie geschrieben, nachdem man ihn gebeten hatte, ein Dutzend Romane für eine bestimmte Literaturzeitschrift zu rezensieren. Er schickte diese Arbeit dem Herausgeber und schlug ihm vor, sie an Stelle der Rezension abzudrucken. Der Herausgeber schrieb zurück, voller Begeisterung für die Erzählung, und bat darum, sie in der Zeitschrift veröffentlichen zu dürfen – »aber wo ist Ihre Rezension, Herr Schaffer? Wir haben sie für diese Nummer eingeplant.« An diesem Punkt entschieden James und Anna, daß sie geschlagen waren; daß irgend etwas auf der Welt passiert sein mußte, was Parodie unmöglich machte. James schrieb eine ernsthafte Rezension über das Dutzend Romane, er nahm sich einen nach dem anderen vor; seine tausend Worte nutzend. Anna und er schrieben keine Pastiches mehr.]

Blut auf den Bananenblättern

Frrrrrr, frrr, frrr, sagen die Bananenstauden und sieben den Wind, den altersmüden Mond von Afrika umgeisternd. Geister. Geister der Zeit und meiner Schmerzen. Schwarze Flügel der Ziegenmelker, weiße Flügel der Nachtfalter, schneiden, sieben das Mondlicht. Frrrr, frrr, sagen die Bananenstauden, und der Mond gleitet blaß vor Schmerz über die windgeneigten Blätter. John, John, singt mein braunes Mädchen, das im Schatten des Hüttendaches mit übereinandergeschlagenen Beinen sitzt, den Mond geheimnisvoll in ihren Augen. Augen, die ich des Nachts geküßt habe, Opfer-Augen einer unpersönlichen Tragödie, die nicht mehr lange unpersönlich sein wird. Oh, Afrika!, denn bald werden die Bananenblätter vom dunklen Rot schwach sein, der rote Staub wird noch röter sein, röter als die frisch angemalten Lippen meiner dunklen Liebe, verraten an die Gewinnlust des weißen Händlers.

»Sei still und schlafe nun, Noni, der Mond trägt vier Hörner als Drohung, und ich entscheide mein Schicksal und deins, das Schicksal unseres Volkes.«

»John, John«, sagt mein Mädchen, und ihre Stimme seufzt vor Verlangen wie das Atmen der hellglänzenden Blätter, die den Mond umwerben.

»Schlafe nun, meine Noni.«

»Aber mein Herz ist Ebenholz, voll von Unruhe und der Schuld meines Schicksals.«

»Schlafe, schlafe, ich hasse dich nicht, meine Noni, ich habe schon oft die Augen des weißen Mannes wie Pfeile auf den Schwung deiner Hüften zielen sehen, meine Noni. Ich habe es gesehen. Ich habe es genauso gesehen, wie ich die Bananenblätter dem Mond antworten und die weißen Speere des Regens die grausam-vergewaltigte Erde unseres Landes habe töten sehen. Schlafe.«

»Aber John, mein John, ich bin krank von dem Wissen meines Verrates an dir, meinem Mann, meinem Geliebten, und bin doch, ohne es selbst zu wollen, von dem weißen Mann mit Gewalt aus dem Laden genommen worden.«

Frrrrr, frrrr, sagen die Bananenblätter, und die Ziegenmelker schreien dem kränklich grauen Mond schwarzen Mord entgegen.

»Aber John, mein John, es war nur ein kleiner Lippenstift, ein kleiner, roter Lippenstift, den ich gekauft habe, um meine durstigen Lippen für dich, mein Liebster, noch schöner zu machen, und als ich ihn kaufte, sah ich seine kalten, blauen Augen heiß auf meinen Hüften ruhen, und ich rannte, ich rannte, mein Liebster, zurück vom Laden zu dir, zu meiner Liebe, meine Lippen für dich so rot, für dich, mein John, meinen Mann.«

»Schlafe nun, Noni. Sitze nicht länger mit übereinandergeschlagenen Beinen im grinsenden Mondschatten. Sitze nicht länger und weine um deinen Schmerz, der mein Schmerz ist und der Schmerz unseres Volkes, das um mein Mitleid fleht, welches du jetzt und für immer hast, meine Noni, mein Mädchen.«

»Aber deine Liebe, mein John, wo ist deine Liebe für mich?«

Ah, dunkle Windungen der roten Schlange des Hasses gleiten an den Wurzeln der Bananenstauden vorbei, schwellen in den vergitterten Fenstern meiner Seele an.

»Meine Liebe, Noni, gehört dir und unserem Volk und der roten Kobra des Hasses.«

»Aie, Aie, Aie«, kreischt meine Liebe, meine liebe Noni, deren geheimnisvoller, hingebender Leib von der Lust des weißen Mannes, von seiner Lust zu besitzen, von seiner Lust des Händlers, durchbohrt wurde.

Und »Aie, Aie, Aie« heulen die alten Frauen in ihren Hütten, als sie meine Entschlossenheit im Wind und in dem Zeichen der vergewaltigten Bananenblätter hören. *Stimmen des Windes, ruft meinen Schmerz in die freie Welt,*

Schlange im widerhallenden Staub, beiße in die Fersen der herzlosen Welt für mich!

»Aie, Aie, mein John, und was wird mit dem Kind, das ich erwarte, es liegt sehr schwer an meinem Herzen, das Kind, das ich dir, meiner Liebe, meinem Mann, geben werde, dir und nicht dem gehaßten Mann aus dem Laden, der meine wild fliehenden Fersen, als ich von ihm eilte, zu Fall brachte und mich zur Stunde der untergehenden Sonne, der Stunde, in der die ganze Welt von der zeitlosen Nacht verraten wird, in den blinden Staub warf?«

»Schlafe, schlafe, mein Mädchen, meine Noni, das Kind ist für die Welt, schwer von Schicksal, und gezeichnet von dem Geheimnis der Mischung des Blutes, es ist ein Kind der rachsüchtigen Schatten, das Kind der sich krümmenden Schlange meines Hasses.«

»Aie, Aie«, kreischt meine Noni, sich tief und geheimnisvoll im Schatten des Hüttendaches windend.

»Aie, Aie«, kreischen die alten Frauen, als sie meine Entschlossenheit hören, die alten Frauen, die dem Lebensstrom lauschen, ihre Leiber verdorrt für das Leben, und die stummen Schreie des Lebens von ihren Hütten aus hören.

»Schlafe nun, meine Noni. Ich werde nach ein paar Jahren zurückkehren. Aber jetzt habe ich eine dringende Aufgabe. Halte mich nicht auf.«

Dunkelblau und grün sind die Geister im Mondschein, die Geister, die voneinander geschieden werden durch meinen Haß. Und dunkelrot ist die Schlange im violetten Staub unter der Bananenstaude. Inmitten zahlloser Antworten, die Antwort. Hinter Millionen von Aufgaben, die Aufgabe. Frrrrr, frrrr, sagen die Bananenblätter, und meine Liebe singt: John, und wohin wirst du gehen von mir, wer wartet immer auf dich mit meinem von Sehnsucht erfüllten Leib?

Ich gehe nun in die Stadt zu den gewehrmetallgrauen, sich windenden Straßen des weißen Mannes, und ich finde meine Brüder, und in ihre Hände werde ich die rote Schlange meines Hasses legen, und gemeinsam werden wir die Lust des weißen Mannes aufstöbern und töten, so daß die Bananenstauden keine fremden Früchte mehr tragen werden und die Erde unseres vergewaltigten Landes nicht mehr weinen und der Staub der Seelen nicht mehr um Regen flehen wird. »Aie, Aie«, kreischen die alten Frauen.

In der mondbedrohten Nacht ein Gekreische, das Gekreische des unbekannten Mordes.

Meine Noni kriecht, doppelt, in die Hütte, die purpurgrünen Schatten des Mondes sind leer, und leer ist mein Herz bis auf seine Schlangen-Aufgabe.

Leuchtendes Ebenholz haßt die Blätter. Jacaranda Donner tötet die Bäume. Süße Papayakugeln erleiden indigo Rache. Frrr, frr, sagen die Bananenblätter, den zeitmüden Mond umgeisternd. Ich gehe, erzähle ich den

Bananenblättern. Viele böse Schauder zerreißen die wirren Träume des durchkreuzten Waldes.

Ich gehe auf schicksalsbestimmten Füßen, und die Staubechos sind morastig dunkel auf dem Webstuhl der Zeit. Ich gehe an den Bananenstauden vorbei, und rote Schlangen des liebenden Hasses singen hinter mir her: Geh, Mann, geh in die Stadt, um zu rächen. *Und der Mond auf den Bananenblättern ist blutrot und singt Frrrr, frr, kreische, schreie und summe, oh, rot ist mein Schmerz, blutrot mein sich windender Schmerz, oh, rot und blutrot tropfen die mondwiderhallenden Blätter meines Hasses.*

[Hier war an die Seite eine Rezension über *Frontiers of War* aus der *Soviet Writing* geheftet und mit August 1952 datiert.]

Wirklich schrecklich ist die Ausbeutung in den britischen Kolonien, wie sie hier in dem couragierten ersten Roman enthüllt wurde, direkt unter den Augen des Unterdrückers geschrieben und veröffentlicht, um der Welt die eigentliche Wahrheit des britischen Imperialismus zu offenbaren! Doch die Bewunderung für den Mut der jungen Schriftstellerin, die für ihr soziales Gewissen alles wagte, darf uns gegenüber ihrer falschen Bewertung des Klassenkampfes in Afrika nicht blind machen. Dies ist die Geschichte eines jungen Fliegers, eines wahren Patrioten, der sehr bald in dem großen antifaschistischen Krieg für sein Land sterben soll und der auf eine Gruppe sogenannter Sozialisten, dekadente weiße Siedler stößt, die Politik spielen. Halb krank durch seine Erfahrung mit dieser Bande elitärer Kosmopoliten, wendet er sich dem Volk zu, einem einfachen, schwarzen Mädchen, das ihm beibringt, wie die Realität des wahren Arbeiterklasselebens aussieht. Doch das ist genau die schwache Stelle dieses gut gemeinten, aber irregeführten Romans. Denn was für Berührungspunkte kann es zwischen einem jungen Engländer aus der Oberschicht und der Tochter eines Koches geben? Was eine Schriftstellerin auf ihrem Leidensweg zu einer echten künstlerischen Wahrheit suchen muß, ist das Typische. So eine Situation aber ist nicht typisch, kann es auch gar nicht sein. Angenommen, die junge Schriftstellerin hätte, indem sie den Himalaja der Wahrheit selbst zu finden trachtet, einen jungen, weißen Arbeiter zum Helden und eine afrikanische, organisierte Arbeiterin aus einer Fabrik zur Heldin gewählt? In so einer Situation hätte sie vielleicht eine politische, soziale und geistige Lösung gefunden, die ein Licht auf den künftigen Freiheitskampf in Afrika hätte werfen können. Wo sind in diesem Buch die Arbeitermassen? Wo sind die klassenbewußten Kämpfer? Sie treten nicht auf. Aber diese junge, talentierte Schriftstellerin soll nicht den Mut verlieren! Die künstlerischen Höhen sind für die Geistesgrößen! Vorwärts! Zum Heil der Welt!

[Rezension über *Frontiers of War, Soviet Gazette*, datiert August 1954.]

Majestätisch und ungebändigt ist Afrika! Was für ein Ausbruch der Herrlich-keit offenbart sich da vor uns auf den Seiten dieses Romans, der uns gerade aus Großbritannien erreicht hat und ein Kriegsereignis im Herzen der Weiten und Dschungel des afrikanischen Landes schildert.

Es ist allgemein bekannt, daß typische Charaktere in der Kunst sich in Inhalt, also auch in der Form, von den wissenschaftlichen Begriffen von Typen unterscheiden. Wenn diese Autorin also am Anfang ihres Buches einen Ausspruch zitiert, der, obzwar er stark nach westlichem, soziologi-schen Kauderwelsch klingt, dennoch eine tiefe Wahrheit enthält: »Man sagt, daß Adam deshalb verloren war oder fiel, weil er den Apfel aß. Ich sage, es war deshalb, weil er etwas für sich selbst beanspruchte, und wegen seines Ich, Mein, Mir und dergleichen« – dann schauen wir mit begieriger Erwartung, die nicht gerechtfertigt ist, auf ihre Arbeit. Doch wollen wir das aufnehmen, was sie uns gegeben hat, und uns voller Hoffnung auf das freuen, was sie uns geben könnte, ja gewiß geben wird, wenn sie anfängt zu begreifen, daß wirkliche künstlerische Arbeit ein revolutionäres Leben haben muß – inhalt-liche Überzeugungskraft, ideologische Tiefe, Menschlichkeit ebenso wie künstlerische Fähigkeit. Doch mit jeder Seite, die man umblättert, wächst das Gefühl: wie edel, wie wahrhaft tiefgründig müssen die unterschiedlichen menschlichen Typen sein, die dieser noch unentwickelte Kontinent hervor-bringt; dieses Gefühl bleibt uns und ruft stets von neuem eine Antwort in unserem Herzen hervor. Denn der junge, englische Flieger und das vertrau-ensvolle, schwarze Mädchen, unvergeßlich dank der überwältigenden Aus-druckskraft der Autorin, sind noch nicht typisch für die tiefreichenden moralischen Kräfte der Zukunft. Unsere Leser rufen dir, liebe Autorin, einstimmig zu: »Arbeite weiter! Denke daran, daß Kunst immer in das helle Licht der Wahrheit getaucht werden muß! Denke daran, daß der Vorgang, neue konkrete Formen des Realismus in der afrikanischen Literatur – und allgemein in der Literatur der unterentwickelten Länder mit einer starken nationalen Befreiungsbewegung – zu schaffen, sehr schwierig und kompli-ziert ist!

[Rezension von *Frontiers of War* in der *Sowjetischen Literaturzeitschrift für koloniale Befreiung*, datiert Dezember 1956.]

Der Kampf gegen die imperialistische Unterdrückung in Afrika hat seine Homers und Jack Londons. Er hat ebenso seine unbedeutenden Seelendokto-ren, nicht ganz ohne einen gewissen kleinen Verdienst. Was kann man über diesen Roman, der die Liebesgeschichte zwischen einem jungen, in Oxford erzogenen Briten und einem schwarzen Mädchen aufzeichnet, sagen, wenn die schwarzen Massen auf dem Vormarsch sind, wenn jeden Tag von den nationalistischen Bewegungen eine neue heroische Position erreicht wird? Das schwarze Mädchen ist in diesem Buch der einzige Vertreter des Volkes, und dennoch bleibt ihr Charakter undeutlich, unentwickelt, unbefriedigend. Nein, diese Autorin muß von unserer Literatur, der Literatur der Gesundheit und des Fortschritts, lernen, daß man durch Verzweiflung niemandem nutzen kann. Das ist ein pessimistischer Roman. Wir entdecken Freudsche Einflüsse. Da gibt es ein mystisches Element. Was die Gruppe der ›Sozialisten‹ betrifft, die hier porträtiert wurde, so hat die Autorin versucht, eine Satire zu schreiben, und hat versagt. In ihrem Schreiben liegt etwas Ungesundes, ja sogar Zweideutiges. Laßt sie von Mark Twain, dessen wohltuender Humor fortschrittlichen Lesern so lieb ist, lernen, wie man die Menschen über etwas schon Gestorbenes, Rückständiges, von der Geschichte Überholtes zum Lachen bringt.

[Das rote Notizbuch ging weiter:]

13. November 1955

Seit Stalins Tod 1953 herrscht ein Zustand in der KP, der, so sagen die alten Kämpfer, zu jeder früheren Zeit unmöglich gewesen wäre. Gruppen von Leuten, Exkommunisten und Kommunisten gemeinsam, treffen sich, um darüber zu diskutieren, was mit der Partei in Rußland und England los ist. Die erste Versammlung, zu der ich (und ich bin nun schon seit einem Jahr aus der Partei ausgetreten) eingeladen wurde, bestand aus neun Mitgliedern und fünf Exmitgliedern. Und über keinen von uns Exmitgliedern wurde das übliche ›Ihr seid Verräter‹ verhängt. Wir trafen uns als Sozialisten, voller Vertrauen. Die Diskussionen sind langsam in Gang gekommen, und es existiert nun ein vager Plan – die ›tote Bürokratie‹ im Zentrum der Partei soll beseitigt werden, mit der Folge, daß die KP sicher total anders wird, eine echt britische Partei, ohne die tödliche Loyalität zu Moskau und die Verpflichtung, Lügen zu verbreiten usw., eine echt demokratische Partei. Ich befinde mich wieder unter Leuten, die voller Aufregung und Vorsätze sind – unter ihnen Leute, die schon vor Jahren die Partei verlassen haben. Man kann den Plan so zusammenfassen: a) Die Partei soll, nachdem sie sich der ›alten Kämpfer‹, die nach all den Jahren der Lüge und des Betrugs nicht mehr ehrlich denken können, entledigt hat, eine Erklärung abgeben und ihrer Vergangenheit entsagen. Das als erstes. b) Alle Verbindungen mit ausländischen kommunistischen Parteien sollen, in der Erwartung, daß diese sich auch verjüngen und mit ihrer Vergangenheit brechen werden, abgebrochen werden. c) Die Abertausende von Menschen, die Kommunisten gewesen sind und die Partei mit Abscheu verlassen haben, sollen zusammengerufen und eingeladen werden, sich der wiederbelebten Partei anzuschließen. d) Weiterhin sollen . . .

[An dieser Stelle war das rote Notizbuch mit Zeitungsausschnitten, die den 20. Parteitag der KPdSU betrafen, mit Briefen über Politik von allen möglichen Leuten, Terminen für politische Treffen usw., vollgestopft. Diese Papiermenge wurde von Gummibändern zusammengehalten und war an die Seite geheftet. Dann ging es in Annas Handschrift weiter:]

11. August 1956

Nicht zum erstenmal in meinem Leben wird mir klar, daß ich Wochen und Monate in wahnsinniger politischer Aktivität zugebracht habe und absolut nichts damit erreicht habe. Mehr noch, ich hätte wissen müssen, daß nichts dabei herauskommen würde. Der 20. Parteitag hat die Zahl der Leute in und außerhalb der Partei, die eine ›neue‹ kommunistische Partei wünschen, verdoppelt und verdreifacht. Gestern abend war ich auf einer Versammlung, die bis zum frühen Morgen dauerte. Gegen Ende hielt ein Mann, der vorher noch nichts gesagt hatte, ein Sozialist aus Österreich, folgende kurze, humorvolle Ansprache, etwa so: »Meine lieben Genossen. Ich habe euch zugehört und bin ganz erstaunt über den Quell des Glaubens in den Menschen! Was ihr sagt, läuft auf folgendes hinaus: Ihr wißt, daß die Führung der britischen KP aus Männern und Frauen besteht, die durch ihre jahrelange Arbeit in der stalinistischen Atmosphäre total korrumpiert wurden. Ihr wißt, daß sie alles tun werden, ihre Positionen zu halten. Ihr wißt, daß sie Resolutionen unterdrücken, Stimmzettel manipulieren, Versammlungen verschaukeln, lügen und Worte verdrehen; das habt ihr ja selbst hier diesen Abend an hundert Beispielen nachgewiesen. Es gibt keine Möglichkeit, sie mit demokratischen Mitteln zu entmachten, teilweise, weil sie skrupellos sind, und teilweise, weil mindestens die Hälfte aller Parteimitglieder zu harmlos ist, um ihre Führer solcher Betrügereien für fähig zu halten. Aber jedesmal, wenn ihr in euren Überlegungen an diesem Punkt ankommt, hört ihr auf, und anstatt aus dem, was ihr gesagt habt, die logischen Schlüsse zu ziehen, verfallt ihr in Tagträumerei und tut so, als müßtet ihr nur an die führenden Genossen appellieren, sofort ihren Rücktritt anzubieten, weil es im Interesse der Partei sei, wenn sie das täten. Das ist ungefähr so, als würdet ihr euch vornehmen, an einen professionellen Einbrecher zu appellieren, sich zur Ruhe zu setzen, weil seine Leistung seinem Beruf einen schlechten Ruf einbringt.«

Wir lachten alle, fuhren jedoch mit der Diskussion fort. Sein humorvoller Ton enthob ihn ohnehin der Notwendigkeit einer ernsthaften Antwort.

Später dachte ich darüber nach. Schon lange war mir klar, daß sich bei einer politischen Versammlung die Wahrheit meist gerade in so einer Ansprache oder Bemerkung zeigt, die zu dem Zeitpunkt ihrer Äußerung ignoriert wird, da ihr *Ton* nicht der Ton der Versammlung ist. Humorvoll oder satirisch oder sogar wütend oder bitter – aber es ist dennoch die Wahrheit, und all die langen Ansprachen und Beiträge sind Unsinn.

Ich habe gerade gelesen, was ich letztes Jahr am 13. November schrieb. Ich bin über unsere Naivität erstaunt. Und doch war ich wirklich inspiriert durch den Glauben an die Möglichkeit einer neuen, aufrichtigen KP. Ich glaubte wirklich, daß sie möglich sei.

20. September 1956

Bin nicht mehr zu Versammlungen gegangen. Es liegt die Idee in der Luft, so sagt man mir, eine neue ›echt britische KP‹ als Vorbild und Alternative zu der existierenden KP zu gründen. Die Leute beabsichtigen, offensichtlich ohne Befürchtungen, die Existenz zweier rivalisierender KPs. Schon jetzt ist klar, was dann geschehen würde. Beide würden ihre Energie darauf verwenden, sich gegenseitig zu beleidigen und der anderen jeweils das Recht abzusprechen, überhaupt kommunistisch zu sein. Ein Rezept für eine Farce. Aber das ist auch nicht dümmer als der Plan, die alte Garde mit demokratischen Mitteln ›hinauszuwerfen‹ und die Partei ›von innen‹ zu erneuern. Dumm. Trotzdem war ich monatelang davon eingenommen, genauso wie hundert andere, normal intelligente Leute, die seit Jahren mit Politik zu tun haben. Manchmal denke ich, die einzige Form der Erfahrung, aus der man nichts lernen kann, ist die politische Erfahrung.

Die Leute brechen zu Dutzenden aus der KP aus, gebrochenen Herzens. Die Ironie ist, daß sie in dem Maße gebrochenen Herzens und zynisch sind, in dem sie vorher bieder und unwissend waren. Leute wie ich, die wenig Illusionen hatten (wir alle hatten natürlich ein paar Illusionen – meine war, daß Antisemitismus ›unmöglich‹ wäre), bleiben ruhig und sind bereit, von neuem zu beginnen, während sie gleichzeitig akzeptieren, daß die britische KP vermutlich langsam zu einer kleinen Sekte entartet. Die neue Phrase, die in der Luft liegt, heißt ›überdenke die sozialistische Position‹.

Heute rief mich Molly an. Tommy hat mit der neuen Gruppe junger Sozialisten zu tun. Molly erzählte, sie hätte in einer Ecke gesessen und ihnen beim Reden zugehört. Sie fühlt sich, als wäre sie ›hundert Jahre zurückversetzt, in ihre eigene Jugend‹, als sie zum erstenmal in der KP war. »Anna, es war so seltsam! Es war wirklich so *komisch*. Hier sind sie – haben keine Zeit für die KP, und haben recht damit – haben keine Zeit für die Labour Party, und es würde mich nicht überraschen, wenn sie nicht auch damit recht hätten. Es sind ein paar hundert Leute, über ganz England verstreut, und trotzdem

432

reden sie alle, als dauerte es kaum mehr als zehn Jahre, bis England sozialistisch würde, durch ihre Anstrengungen selbstverständlich. Weißt du, ganz so, als ob sie die Geschicke des neuen, schönen, sozialistischen Englands, das nächsten Dienstag geboren wird, lenken werden. Ich hatte das Gefühl, als wären entweder sie verrückt oder ich ... aber eigentlich, Anna, ist es wie bei uns, oder? Ja? Und dann benutzen sie auch noch diesen gräßlichen Jargon, über den wir uns seit Ewigkeiten lustig gemacht haben, genauso, als hätten sie ihn gerade selbst erfunden.« Ich sagte: »Aber du bist doch sicherlich froh darüber, Molly, daß er ein Sozialist geworden ist und nicht irgend so ein Karriere-Typ?« »Aber klar. Natürlich. Nur, müßten sie nicht intelligenter sein, als wir es waren, Anna?«

[Das gelbe Notizbuch ging weiter:]

Der Schatten der Dritten

Von diesem Punkt des Romans an wird ›die Dritte‹ – ehemals Pauls Frau; dann Ellas, aus Phantasien über Pauls Frau geformtes jüngeres *Alter ego*; dann die Erinnerung an Paul – Ella selbst. Als Ella zusammenbricht und sich auflöst, hält sie an der Vorstellung einer heilen, gesunden und glücklichen Ella fest. Die Verbindung zwischen den verschiedenen ›Dritten‹ muß ganz deutlich gemacht werden: das Bindeglied ist Normalität, aber mehr als das – Konventionalität, Verhaltensweisen oder Emotionen, die charakteristisch sind für das ›ehrbare‹ Leben, mit dem Ella in Wirklichkeit gar nichts zu tun haben möchte.

Ella zieht in eine neue Wohnung. Julia verstimmt. Ein Bereich ihrer Beziehung, der vorher im Dunkeln lag, wird nun durch Julias Haltung belichtet. Julia hatte Ella beherrscht. Ella war bereit gewesen, beherrscht zu werden, oder wenigstens so zu tun, als ob sie es wäre. Julia hatte im Grunde ein großzügiges Wesen – freundlich, warm, gebend. Trotzdem geht sie jetzt so weit, sich bei gemeinsamen Freunden zu beklagen, daß Ella sie übervorteilt hätte, ausgenutzt hätte. Ella, allein mit ihrem Sohn in der großen, häßlichen, schmutzigen Wohnung, die sie nun reinigen und streichen muß, denkt, daß Julia mit ihren Beschwerden teilweise recht hatte. Sie war eher wie ein gefügiger Gefangener gewesen, mit dem Kern von Freiheit, den ein Gefangener verborgen hält. Sie hatte Julias Haus verlassen, wie eine Tochter ihre Mutter verläßt. Oder, denkt sie ironisch, indem sie sich an Pauls unfreundliche Witze über ihr ›mit Julia Verheiratetsein‹ erinnert – wie das Zerbrechen einer Ehe.

* * *

Eine Zeitlang ist Ella so allein wie nie zuvor. Sie denkt viel an ihre gebrochene Freundschaft mit Julia. Denn sie steht Julia näher als irgend jemand anderem, wenn ›Nahestehen‹ gegenseitiges Vertrauen und gemeinsam geteilte Erfahrungen bedeutet. Doch im Moment ist diese Freundschaft nur Haß und Ärger. Und sie kann nicht aufhören, an Paul zu denken, der sie vor Monaten verlassen hat. Über ein Jahr nun.

* * *

Ella begreift, daß sie, während sie mit Julia zusammenlebte, vor einer bestimmten Art von Aufmerksamkeit beschützt war. Sie ist nun endgültig ›eine Frau, die alleine lebt‹; und das ist, obwohl sie es vorher nicht registriert hat, etwas ganz anderes als ›zwei Frauen, die sich ein Haus miteinander teilen‹.

Ein Beispiel. Drei Wochen, nachdem sie in die neue Wohnung gezogen ist, wird sie von Dr. West angerufen. Er berichtet ihr, daß seine Frau verreist ist, und bittet sie, mit ihm zu essen. Ella geht, unfähig zu glauben – trotz der allzu bedachtsamen Bemerkung über die Abwesenheit seiner Frau –, daß dies kein Essen mit irgendwelchen geschäftlichen Zwecken sei. Während des Essens beginnt Ella langsam zu verstehen, daß Dr. West ihr eine Affäre anbietet. Sie erinnert sich an die unfreundlichen Bemerkungen, die er ihr so offensichtlich weitergesagt hatte, als Paul sie verließ, und überlegt, daß er sie wahrscheinlich in seinem Kopf für so eine Gelegenheit bereits eingeordnet hat. Sie versteht auch, daß, wenn sie, Ella, ihn an diesem Abend zurückweist, er eine kurze Liste von drei oder vier Frauen durchgehen wird, denn er bemerkt verächtlich: »Es gibt noch andere, wissen Sie. Sie verdammen mich nicht zur Einsamkeit.«

Ella beobachtet Entwicklungen im Büro und sieht, daß Patricia Brent, kaum daß eine Woche vergangen ist, anders mit Dr. West umgeht. Das rauhe, tüchtige, professionelle Verhalten der Frau ist weich, fast mädchenhaft geworden. Patricia ist die letzte auf Dr. Wests kurzer Liste gewesen, denn er hat es bei zwei Sekretärinnen versucht und keinen Erfolg gehabt. Ella beobachtet: boshaft erfreut, daß Dr. West schließlich bei der Frau gelandet ist, die für ihn die schlechteste Wahl gewesen war; ärgerlich im Namen ihres Geschlechts, daß Patricia wirklich dankbar und geschmeichelt ist. Sie ist voller Schrecken, daß die Annahme der Gunstbezeigungen eines Dr. West möglicherweise ihr eigenes Schicksal sein könnte; und heftig amüsiert, daß Dr. West, von ihr zurückgewiesen, es sich nicht nehmen ließ, ihr unter die Nase zu reiben: Sie wollten mich nicht haben, aber wie Sie sehen, macht es mir nichts aus!

Und alle diese Gefühle sind unangenehm stark, sie kommen aus einer Erbitterung, die nichts mit Dr. West zu tun hat. Ella ist es zuwider, daß sie so fühlt, und schämt sich. Sie fragt sich, warum ihr Dr. West, ein Mann in den Vierzigern, nicht sehr attraktiv, mit einer ungemein tüchtigen und wahrscheinlich stumpfsinnigen Frau verheiratet, nicht leid tut. Warum sollte er nicht versuchen, sich eine Romanze zu verschaffen? Aber es hat keinen Zweck. Sie bedauert und verachtet ihn.

Trifft Julia im Hause einer Freundin, ihre Beziehung ist frostig. Ella beginnt ›zufällig‹, ihr von Dr. West zu erzählen. Und nach ein paar Augenblicken sind die beiden Frauen wieder freundlich zueinander, so als hätte diese Kälte nie existiert. Aber nun sind sie Freunde aufgrund eines Aspektes ihrer Beziehung, der früher untergeordnet war – der Kritik an Männern.

Julia übertrifft Ellas Geschichte von Dr. West mit dieser hier: Ein Schauspieler des Theaters, in dem Julia spielte, brachte sie eines Abends nach Hause, kam noch für eine Tasse Kaffee mit hoch und saß da, sich über seine Ehe beklagend. Julia: »Ich war wie immer sehr freundlich und voller guter Ratschläge, aber ich war so gelangweilt, die Geschichte wieder und wieder zu hören, daß ich am liebsten geschrien hätte.« Um vier Uhr morgens gestand Julia, daß sie müde sei und daß er nach Hause gehen sollte. »Aber was glaubst du, meine Liebe, man hätte meinen können, ich hätte ihn tödlich verletzt. Ich begriff, daß sein Ego total zerstört wäre, falls er mich diese Nacht nicht haben könnte, also ging ich mit ihm ins Bett.« Der Mann war impotent, so Julia gutgelaunt. »Am Morgen fragte er, ob er diese Nacht wiederkommen könnte. Er sagte, das wäre das mindeste, was ich tun könnte – ihm eine Chance geben, sich selbst wiederzufinden. Zumindest hat er einen guten Sinn für Humor.«

Und so verbrachte der Mann eine weitere Nacht bei Julia. Ohne bessere Ergebnisse. »Natürlich ging er um vier, damit die kleine Frau glauben konnte, er hätte so lange gearbeitet. Gerade als er ging, drehte er sich zu mir um und sagte: ›Du bist eine kastrierende Frau, das dachte ich vom ersten Moment unserer Bekanntschaft an.‹«

»Jesus«, sagte Ella.

»Ja«, sagte Julia wütend. »Und das Komischste ist, daß er ein netter Mann ist. Ich meine, ich hätte von ihm nie diese Art von Bemerkung erwartet.«

»Du hättest nicht mit ihm ins Bett gehen sollen.«

»Aber du weißt doch, wie das ist – es ist immer dieser Moment, wo ein Mann in seiner Männlichkeit total verwundet ist; man kann es nicht ertragen, man muß ihn stützen.«

»Ja, aber sie behandeln uns hinterher so schlimm, wie sie nur können, warum tun wir's dann?«

»Ja, aber ich scheine es nie zu lernen.«

Ein paar Wochen später trifft Ella Julia, erzählt ihr: »Vier Männer, mit denen ich vorher noch nicht einmal geflirtet habe, haben mich angerufen, um mir zu sagen, daß ihre Frauen weg sind, und jedesmal haben sie so einen netten, schüchternen Ton in ihrer Stimme. Es ist wirklich seltsam – da kennt man einen Mann, mit dem man jahrelang zusammen arbeitet, und dann braucht bloß seine Frau weg zu sein, und schon verändert er seine Stimme und bildet sich ein, daß du Hals über Kopf mit ihm ins Bett gehst. Was um Himmels willen glaubst du, geht in ihren Köpfen vor?«

»Es ist viel besser, darüber nicht nachzudenken.«

Ella sagt mit dem plötzlichen Impuls, sich zu versöhnen, zu gefallen, zu Julia (und während sie spricht, stellt sie fest, daß es das gleiche Bedürfnis ist, wie einem Mann zu gefallen und ihn zu versöhnen): »Na, zumindest ist mir das nicht passiert, als ich in deinem Haus wohnte. Was an sich merkwürdig ist, oder?«

Julia zeigt eine Spur von Triumph, als ob sie gerne sagen würde: Nun, dann war ich ja zu etwas nutze . . .

Jetzt ein unbehaglicher Moment: Ella läßt sich aus Feigheit die Chance entgehen, Julia zu sagen, daß sie sich bei ihrer Trennung schlecht verhalten hat; die Chance, ›alles offen auszusprechen‹. Und in der Stille dieses Unbehagens steht der Gedanke, der natürlich aus dem ›was an sich merkwürdig ist, oder?‹ folgt – ob sie uns möglicherweise für Lesbierinnen gehalten haben?

Ella hatte dies früher schon einmal mit Vergnügen überlegt. Aber sie denkt: Nein. Wenn sie uns für Lesbierinnen gehalten hätten, dann hätte es sie angezogen und sie wären in Schwärmen um uns gewesen. Alle Männer, die ich je gekannt habe, haben mit Genuß – entweder offen oder unbewußt, über Lesbierinnen gesprochen. Das ist ein Aspekt ihrer unglaublichen Eitelkeit: sich selbst als Erlöser dieser verlorenen Frauen anzusehen.

Ella lauscht den bitteren Worten, die sie in ihren Gedanken benutzt, und ist von ihnen aufgewühlt. Zu Hause versucht sie die Bitterkeit, von der sie erfüllt ist, zu analysieren. Sie fühlt sich buchstäblich von ihr vergiftet.

Sie glaubt, daß nichts passiert ist, was nicht schon immer so war in ihrem Leben. Verheiratete Männer, zeitweise ohne Ehefrau, die versuchen, eine Affäre mit ihr zu haben – usw., usw., vor zehn Jahren würde sie es nicht einmal bemerkt oder Worte darüber verloren haben. Sie verstand das alles als Teil der Risiken und Möglichkeiten, eine ›ungebundene Frau‹ zu sein. Aber zehn Jahre früher, das wurde ihr jetzt klar, hatte sie etwas empfunden, was sie damals nicht erkannt hatte. Ein Gefühl der Genugtuung, des Sieges über die Ehefrauen; weil sie, Ella, die ungebundene Frau, so viel aufregender war als die langweiligen, gebundenen Frauen. Rückblickend und dies Gefühl zugebend, schämt sie sich.

Sie denkt auch, daß der Ton, in dem sie mit Julia spricht, dem einer verbitterten Jungfer gleicht. Männer. Der Feind. Sie. Sie beschließt, sich Julia nicht wieder anzuvertrauen oder wenigstens den Ton trockener Bitterkeit zu verbannen.

436

Bald darauf folgendes Ereignis. Einer der Hilfsredakteure im Büro arbeitet mit Ella an einer Folge von Artikeln, die Rat bei emotionalen Problemen geben – die Probleme, die in den Leserbriefen am häufigsten auftauchen. Ella und dieser Mann verbringen mehrere Abende zusammen im Büro. Es wird sechs Artikel geben, und jeder hat zwei Titel, einen offiziellen und einen zum scherzhaften Gebrauch für Ella und ihren Kollegen. Zum Beispiel: Langweilen Sie sich manchmal zu Hause? ist für Ella und Jack: Hilfe! Ich werde verrückt. Und: Der Ehemann, der seine Familie vernachlässigt, wird: Mein Mann schläft mit anderen. Und so weiter. Beide, Ella und Jack, lachen viel und machen sich über den allzu simplen Stil der Artikel lustig, trotzdem schreiben sie sie sorgfältig und geben sich Mühe damit. Beide wissen, daß sie scherzen, um das Unglück und die Frustration ertragen zu können, die aus der Flut der Leserbriefe zu ihnen spricht, und sie glauben nicht, daß sie durch ihre Artikel gemildert wird.

Am letzten Abend ihrer Zusammenarbeit fährt Jack Ella nach Hause. Er ist verheiratet, hat drei Kinder, ist um die Dreißig. Ella mag ihn sehr. Sie bietet ihm einen Drink an, er geht hinauf mit ihr. Sie weiß, daß bald der Moment kommen wird, in dem er sie dazu auffordern wird, mit ihm zu schlafen. Sie denkt: Aber er zieht mich doch gar nicht an. Trotzdem könnte er es, wenn ich Pauls Schatten abwerfen könnte. Woher weiß ich, ob er nicht anziehend für mich wird, sobald ich mit ihm im Bett liege? Schließlich gefiel mir Paul auch nicht sofort. Der letzte Gedanke erstaunt sie. Sie sitzt da und hört zu, während der junge Mann redet und sie unterhält, und denkt: Paul sagte immer, scherzhaft, aber eigentlich doch ernst, daß ich anfangs nicht in ihn verliebt war. Nun sage ich es selbst. Aber ich glaube nicht, daß es stimmt. Ich sage es wahrscheinlich nur, weil er es sagte . . . aber es ist kein Wunder, daß ich nie Interesse an einem Mann finden kann, wenn ich immerzu an Paul denke.

Ella geht mit Jack ins Bett. Sie ordnet ihn als den leistungsfähigen Typ von Liebhaber ein. »Der Mann, der nicht sinnlich ist, hat aus einem Buch, wahrscheinlich dem ›Wie man seine Frau befriedigt‹, das Lieben gelernt.« Seine Lust bezieht er daher, daß er eine Frau ins Bett gekriegt hat, nicht vom Sex selbst.

Die beiden sind fröhlich, freundlich, sie behalten die angenehme Atmosphäre ihrer Zusammenarbeit im Büro bei. Trotzdem kämpft Ella gegen das Bedürfnis an zu weinen. Diese plötzliche Depression ist ihr vertraut, und sie begegnet ihr so: Es ist überhaupt nicht meine Depression; es ist Schuld, aber nicht meine; es ist die Schuld der Vergangenheit, sie hat mit der doppelten Moral zu tun, die ich ablehne.

Jack, der ankündigt, daß er nach Hause gehen muß, fängt an, über seine Frau zu sprechen. »Sie ist ein gutes Mädchen«, bemerkt er, und Ella schau-

437

dert, als sie die Herablassung in seiner Stimme hört. »Ich sorge dafür, daß sie mich nie verdächtigt, wenn ich mal entgleise. Es hängt ihr natürlich auch zum Hals heraus, so an die Kinder gefesselt zu sein, die machen ihr viel zu schaffen, aber sie kommt zurecht.« Er zieht seine Krawatte an und die Schuhe, dabei sitzt er auf Ellas Bett. Es geht ihm sehr gut; sein Gesicht ist wenig ausgeprägt, das offene Gesicht eines Jungen. »Ich habe Glück mit meinem alten Mädchen«, sagt er weiter; aber nun liegt Verstimmung über seine Frau mit darin; und Ella weiß, daß diese Gelegenheit, sein Mit-ihr-Schlafen, subtil als Mittel verwandt werden wird, seine Frau zu verletzen. Und er ist beschwingt vor Zufriedenheit, nicht wegen der Liebesfreuden, über die er sehr wenig weiß, sondern weil er sich selbst etwas bewiesen hat. Er sagt Ella Auf Wiedersehen und bemerkt: »Nun, zurück zur alten Mühle. Meine Frau ist die beste Frau der Welt, aber sie ist nicht gerade ein aufheiternder Gesprächspartner.« Ella hält an sich, sagt nicht, daß eine Frau mit drei kleinen Kindern, gebunden an ein Vorstadthaus mit Fernseher, wohl kaum etwas Erheiterndes zu erzählen weiß. Das Ausmaß ihrer Erbitterung verblüfft sie. Sie weiß, daß seine Frau, die Frau, die kilometerweit entfernt irgendwo in London auf ihn wartet, in dem Moment, in dem er das Schlafzimmer betritt, aufgrund seiner selbstzufriedenen Beschwingtheit wissen wird, daß er mit einer anderen Frau geschlafen hat.

Ella beschließt a), daß sie keusch bleiben wird, bis sie sich verliebt, und b), daß sie dieses Ereignis nicht mit Julia diskutieren wird.

Am nächsten Tag ruft sie Julia an, sie treffen sich zum Essen, und sie erzählt es Julia. Während sie es erzählt, überlegt sie, daß sie es immer standhaft abgelehnt hat, sich Patricia Brent anzuvertrauen, oder es zumindest abgelehnt hat, Komplizin ihrer höhnischen Kritik an Männern zu sein (Ella glaubt, daß die höhnische, nahezu gutmütige Art von Patricias Männerkritik das ist, wozu ihre eigene, augenblickliche Bitterkeit reifen wird, und sie ist entschlossen, es zu verhindern), dennoch ist sie bereit, sich Julia anzuvertrauen, deren Bitterkeit rapide zu einer ätzenden Verachtung wird. Sie beschließt erneut, nicht in diesen Gesprächen mit Julia zu schwelgen, daran denkend, daß zwei Frauen, die aufgrund einer gemeinsamen Kritik an Männern miteinander befreundet sind, psychologisch gesehen, wenn nicht sogar physisch, Lesbierinnen sind.

Dieses Mal hält sie das Versprechen, das sie sich selbst gegeben hat, nicht mit Julia zu reden. Sie ist isoliert und einsam.

Nun passiert etwas Neues. Sie beginnt, Qualen sexueller Bedürfnisse zu leiden. Ella ist verängstigt, denn sie kann sich nicht daran erinnern, zumindest nicht seit ihrer Jugend, bloße sexuelle Bedürfnisse ohne Beziehung zu einem bestimmten Mann verspürt zu haben, und dann waren sie immer auf eine Phantasie von einem Mann bezogen. Jetzt kann sie nicht schlafen, sie masturbiert und hat dabei Haßphantasien über Männer. Paul ist vollkommen verschwunden: sie hat den warmen, starken Mann ihrer Erfahrung verloren und kann sich nur noch an einen zynischen Verräter erinnern. Sie erleidet ihre sexuellen Bedürfnisse in einem Vakuum. Daran denkend, daß dies bedeutet, daß sie abhängig von Männern ist, um ›Sex zu haben‹, um ›bedient zu werden‹, um ›befriedigt zu werden‹, ist sie heftig verletzt. Sie gebraucht diese Art wilder Formulierungen, um sich selbst zu quälen.

Dann stellt sie fest, daß sie in eine Lüge über sich selbst und die Frauen verfällt und daß sie sich an diese Erkenntnis halten muß: daß sie während ihres Zusammenseins mit Paul keinen Sex-Hunger verspürt hat, der nicht von ihm ausgelöst war; daß sie, wenn er für ein paar Tage weg von ihr war, untätig wartete, bis er zurückkam; daß ihre momentane, rasende sexuelle Begierde nicht nur Sex bedeutete, sondern mit allen sinnlichen Begierden ihres Lebens erfüllt war. Daß, wenn sie wieder einen Mann liebte, wieder normal würde: eine Frau, und das heißt, eine Frau, deren Sexualität in Reaktion auf die seine auf- und abschwillt. Die Sexualität einer Frau wird sozusagen durch einen Mann gebunden, sofern er ein richtiger Mann ist; die Frau wird, in einem gewissen Sinne, von ihm eingeschläfert, sie denkt nicht an Sex.

Ella hält an dieser Erkenntnis fest und denkt: In jedem Abschnitt meines Lebens mache ich eine Dürreperiode durch, eine Periode der Leblosigkeit, ich mache es dann immer so: Ich halte mich an ein paar Worte, an die Sätze einer Art Erkenntnis, auch dann, wenn sie tot und bedeutungslos sind, aber mit der Gewißheit, daß das Leben zurückkehren und auch sie wieder lebendig machen wird. Aber wie seltsam ist es, daß man sich an ein paar Sätze halten und Vertrauen in sie haben soll.

Inzwischen haben sich ihr Männer genähert und sie hat sie abgewiesen, weil sie wußte, daß sie sie nicht lieben könnte. Die Worte, die sie sich selbst sagte, waren: Ich werde nicht eher mit einem Mann schlafen, bis daß ich weiß, ob ich ihn lieben kann.

Trotzdem, einige Wochen später, dieses Ereignis: Ella trifft auf einer Party einen Mann. Sie geht wieder sehr bewußt auf Partys, denn sie haßt den Vorgang ›wieder auf dem Markt zu sein‹. Der Mann ist ein Drehbuchautor, Kanadier. Er zieht sie körperlich nicht besonders an. Doch er ist intelligent und hat den kühlen, spöttischen, transatlantischen Humor, den sie so mag. Seine Frau, auch auf der Party, ist ein wunderschönes Mädchen, sozusagen professionell schön. Am nächsten Morgen taucht dieser Mann unangekündigt in Ellas Wohnung auf. Er hat Gin, Tonicwasser und Blumen mitgebracht; er spielt die Situation ›Mann besucht ein Mädchen, das er letzte Nacht auf einer Party getroffen hat, um sie zu verführen, Blumen und Gin mitbringend‹. Ella ist amüsiert. Sie trinken und lachen, und herumlachend gehen sie ins Bett.

Ella schenkt Lust. Sie empfindet nichts und ist sogar bereit, zu schwören, daß auch er nichts empfindet. Denn im Moment des Eindringens weiß sie genau, daß dies etwas ist, was er sich vorgenommen hat, und das ist alles. Sie überlegt: Ich mache das, ohne etwas zu empfinden, warum kritisiere ich ihn dann also? Das ist nicht fair. Dann überlegt sie, rebellierend: Aber genau das ist der Punkt. Das Bedürfnis des Mannes ruft das Bedürfnis der Frau hervor, oder sollte es zumindest, also habe ich recht, kritisch zu sein.

Danach trinken und scherzen sie weiter. Dann bemerkt er, aufs Geratewohl und nicht in irgendeinem Zusammenhang mit dem Vorherigen: »Ich habe eine wundervolle Frau, die ich anbete. Ich habe eine Arbeit, die ich liebe. Und jetzt habe ich ein Mädchen.« Ella begreift, daß sie das Mädchen ist und daß dieser Versuch, mit ihr zu schlafen, eine Art Projekt oder Plan für ein glückliches Leben ist. Sie stellt fest, daß er erwartet, daß ihre Beziehung anhält, er hält es für selbstverständlich. Sie weist darauf hin, daß der Austausch, soweit es sie betrifft, vorbei ist: während sie spricht, liegt eine Spur häßlicher Eitelkeit auf seinem Gesicht, obwohl sie es freundlich, bestimmt, nachgiebig gesagt hat, als ob ihre Zurückweisung auf Umstände zurückzuführen sei, die jenseits ihrer Kontrolle liegen.

Er studiert sie mit hartem Gesichtsausdruck. »Stimmt was nicht, Baby, hab' ich dich nicht befriedigt?« Er fragt das erschöpft, unsicher. Ella beeilt sich, ihm zu versichern, daß er es hat; obwohl es nicht stimmt. Aber sie begreift, daß es nicht seine Schuld ist, sie hat, seit Paul sie verlassen hat, keinen richtigen Orgasmus mehr gehabt.

Sie sagt, nüchtern wider Willen: »Na ja, ich glaube, wir sind alle beide nicht sehr überzeugt davon.«

Wieder der harte, klinische Blick. »Ich habe eine herrliche Frau«, verkündet er. »Aber sie befriedigt mich sexuell nicht. Ich brauche mehr.«

Das macht Ella ruhig. Sie fühlt sich, als ob sie sich in einem falschen emotionalen Niemandsland befindet, das nichts mit ihr zu tun hat, obwohl sie sich zeitweise darin verirrt hat. Doch sie bemerkt, daß er wirklich nicht versteht, worum es bei dem, was er ihr anbietet, geht. Er hat einen großen Penis; er ist ›gut im Bett‹. Und das ist auch alles. Ella steht ruhig da und denkt, daß sein Überdruß an der Sinnlichkeit, den er im Bett hat, die andere Seite seines kalten Lebensüberdrusses außerhalb des Bettes ist. Er mustert sie. *Jetzt*, denkt Ella, jetzt gibt er's mir gleich, wird er's mich spüren lassen. Sie läßt sich nieder, um es über sich ergehen zu lassen.

»Ich habe gelernt«, spricht er affektiert, scharf, mit verletzter Eitelkeit, »daß es nicht nötig ist, eine schöne Frau ganz zu haben. Es genügt, sich auf einen Teil von ihr zu konzentrieren – irgendeinen. Das ist immer etwas Schönes, sogar an einer häßlichen Frau. Ein Ohr beispielsweise. Oder eine Hand.«

Ella lacht plötzlich auf und versucht, seine Aufmerksamkeit auf sich zu lenken, in dem Glauben, daß er sicherlich lachen wird. Denn ein paar Stunden, bevor sie miteinander im Bett gewesen waren, war ihre Beziehung noch gutgelaunt und humorvoll gewesen. Was er gerade gesagt hat, ist bestimmt die Parodie einer Bemerkung eines welterfahrenen Schürzenjägers. Er wird doch sicher darüber lachen? Aber nein, es sollte absichtlich verletzen, und er würde es nicht zurücknehmen, nicht einmal durch ein Lächeln.

»Glücklicherweise habe ich schöne Hände, wenn auch nichts anderes«, sagt Ella schließlich, vollkommen ungerührt.

Er kommt zu ihr, nimmt ihre Hände, küßt sie, matt, schäkernd: »Schön, Puppe, schön.«

Er geht, und sie überlegt zum hundertsten Male, daß all diese intelligenten Männer in ihrem emotionalen Leben ein so viel niedrigeres Niveau haben als in ihrem Arbeitsbereich, daß man meinen könnte, es wären verschiedene Geschöpfe.

Diesen Abend geht Ella zu Julias Haus und findet Julia in einer Laune, die sie als ›Patricias Laune‹ klassifizierte – und die ist eher höhnisch als bitter.

Julia erzählt Ella, humorvoll, daß der Mann, der Schauspieler, der sie eine ›kastrierende Frau‹ genannt hatte, vor ein paar Tagen mit einem Blumenstrauß aufgekreuzt war, so als wäre nichts passiert. »Er war wirklich ziemlich überrascht, daß ich nicht mitspielen wollte. Er war sehr fidel und gesellig. Und ich saß da, schaute ihn an und erinnerte mich daran, wie ich mir die Augen ausgeweint hatte, als er gegangen war – weißt du noch, da waren die zwei Nächte, in denen ich ihn sehr lieb und nett beruhigt hatte, und dann sagte er, ich sei . . . und selbst diesmal konnte ich seine verdammten Gefühle nicht verletzen. Und ich saß da und dachte: Glaubst du, daß er vergessen hat, was er sagte oder warum er es sagte? Oder meinen sie, Frauen wie uns macht das, was sie sagen, nichts aus? Hält man uns für so stark, alles zu ertragen? Manchmal denke ich, wir befinden uns alle in einer Art sexuellem Irrenhaus.«

Ella sagt trocken: »Meine liebe Julia, wir haben uns dafür entschieden, ungebundene Frauen zu sein, und das ist der Preis, den wir bezahlen, mehr nicht.«

»Ungebunden«, sagt Julia. »Ungebunden! Was haben wir davon, ungebunden zu sein, wenn sie es nicht sind? Ich schwöre bei Gott, daß jeder von ihnen, auch der beste, die alte Vorstellung von guten und schlechten Frauen hat.«

»Und wir? Ungebunden, sagen wir, doch die Wahrheit ist, daß sie eine Erektion bekommen, wenn sie mit einer Frau zusammen sind, die ihnen gar nichts bedeutet, daß wir aber nur einen Orgasmus bekommen, wenn wir ihn lieben. Was ist daran ungebunden?«

Julia sagt: »Dann bist du glücklicher dran, als ich es gewesen bin. Gestern dachte ich: Von den zehn Männern, mit denen ich während der letzten fünf Jahre im Bett war, waren acht impotent, oder sie sind zu schnell gekommen. Ich fühlte mich schuldig – natürlich, das tun wir immer; ist es nicht merkwürdig, wie wir uns ins Zeug legen, wenn es darum geht, uns für alles die Schuld zu geben? Aber sogar der verdammte Schauspieler, der, der sagte, ich sei kastrierend, war freundlich genug, oh, natürlich nur beiläufig, zu bemerken, daß er nur eine einzige Frau in seinem Leben gefunden hatte, mit der es klappte. Oh, bilde dir nur nicht ein, daß er das sagte, damit ich mich besser fühlte, nein, deshalb nicht.«

»Meine liebe Julia, du hast dir doch nicht die Mühe gemacht, sie zu zählen?«

»Nicht bis ich anfing, darüber nachzudenken, nein.«

Ella stellt fest, daß sie in einer neuen Stimmung oder Phase ist. Sie wird völlig geschlechtslos. Sie führt das auf den Zwischenfall mit dem kanadischen Drehbuchautor zurück, aber sie sorgt sich nicht besonders darum. Sie ist jetzt kühl, selbständig, unabhängig. Sie kann sich nicht nur nicht mehr daran erinnern, wie das ist, von sexuellem Verlangen gequält zu sein, sondern kann auch nicht glauben, daß sie jemals wieder Verlangen fühlen wird. Sie weiß jedoch, daß dieser Zustand, unabhängig und geschlechtslos zu sein, nur das Gegenteil davon ist, von Sex besessen zu sein.

Sie ruft Julia an, um ihr mitzuteilen, daß sie den Gedanken an Sex und Männer fallengelassen hat, weil ›ihr das nichts gibt‹ – Julias gutmütiger Skeptizismus knistert unüberhörbar in Ellas Ohr, und sie sagt: »Aber ich meine es ernst.« »Gut für dich«, sagt Julia.

Ella beschließt, wieder zu schreiben, und durchforscht sich selbst nach dem Buch, das schon in ihr geschrieben ist und darauf wartet, niedergeschrieben zu werden. Sie ist viel allein und wartet darauf, die Umrisse dieses Buches in ihrem Innern erkennen zu können.

* * *

Ich sehe Ella, wie sie langsam in einem großen, leeren Zimmer umhergeht, nachdenkend, wartend. Ich, Anna, sehe Ella. Die natürlich Anna ist. Aber das ist der Punkt, denn sie ist es nicht. In dem Moment, in dem ich, Anna, schreibe: Ella ruft Julia an, um ihr mitzuteilen, usw., da fließt Ella weg von mir und wird zu einer anderen. Ich verstehe nicht, was in dem Moment, in dem Ella sich von mir trennt und Ella wird, geschieht. Niemand versteht das. Es reicht, sie Ella zu nennen anstatt Anna. Warum wählte ich den Namen Ella? Einmal traf ich auf einer Party ein Mädchen, das Ella hieß. Sie rezensierte Bücher für eine Zeitung und las Manuskripte für einen Verleger. Sie war klein, dünn, dunkel – physisch der gleiche Typ wie ich. Sie trug ihr Haar mit einem schwarzen Band zurückgebunden. Ihre Augen beeindruckten mich, sie waren außerordentlich wachsam und abwehrend. Sie waren Fenster in einer Festung. Die Leute tranken viel. Der Gastgeber kam herüber, um unsere Gläser zu füllen. Sie streckte ihre Hand – eine dünne, weiße, feine Hand, gerade in dem Moment aus, in dem er einen Schluck Alkohol in ihr Glas gegossen hatte, um es zu bedecken. Sie nickte kühl: »Das reicht.« Dann ein kühles Kopfschütteln, als er darauf drängte, das Glas zu füllen. Er ging weg; sie sah, daß ich zugesehen hatte. Sie erhob das Glas mit nur einem Schluck Rotwein und sagte: »Das ist *genau* die Menge, die ich für den richtigen Grad an Trunkenheit brauche.« Ich lachte. Aber nein, sie hatte es ernst gemeint. Sie trank den Schluck Rotwein und bemerkte dann: »Ja, das ist richtig.« Abschätzend, wie der Alkohol auf sie einwirkte – nickte sie noch einmal leicht und kühl. »Ja, das war genau richtig.«

Nun, ich würde das nie machen. Das ist gar nicht wie Anna.

Ich sehe Ella, isoliert, wie sie in ihrem großen Zimmer umherwandert und ihr glattes, schwarzes Haar mit einem großen, schwarzen Band zurückbindet. Oder, wie sie Stunde um Stunde in einem Sessel sitzt, ihre weißen, feinen Hände lose in ihrem Schoß. Sie sitzt da, blickt sie stirnrunzelnd an, denkt nach.

* * *

Ella findet diese Geschichte in sich: Eine Frau, geliebt von einem Mann, der während ihrer langen Beziehung ständig an ihr kritisiert, daß sie ihm untreu sei und daß sie sich nach dem gesellschaftlichen Leben, von dem seine Eifersucht sie fernhält, sehne und daß sie eine ›Karrierefrau‹ sei. Diese Frau, die während ihrer fünfjährigen Beziehung tatsächlich nie einen anderen Mann anblickt, nie ausgeht und ihre Karriere vernachlässigt, wird in dem Moment, in dem er sie fallenläßt, zu all dem, was er an ihr kritisiert hat. Sie wird promiskuös, lebt nur für Partys und ist erbarmungslos in bezug auf ihre Karriere, für die sie ihre Männer und Freunde opfert. Der Hauptpunkt der Geschichte ist, daß diese neue Persönlichkeit von ihm geschaffen wurde; und daß sie alles – sexuelle Handlungen, Betrug um ihrer Karriere willen usw., mit dem einen rachevollen Gedanken tut: Da, das ist es, was du wolltest, so wolltest du mich haben. Und als sie den Mann nach einer Zwischenzeit, in der ihre neue Persönlichkeit sich stark gefestigt hat, wiedertrifft, verliebt er sich von neuem in sie. So hatte er sie sich immer gewünscht; und der Grund, aus dem er sie verließ, war die Tatsache, daß sie ruhig, nachgiebig und treu war. Aber nun, da er sich wieder in sie verliebt, stößt sie ihn zurück, und zwar mit bitterer Verachtung: Was sie nun ist, das ist sie nicht ›wirklich‹. Er hat ihr ›wahres‹ Ich abgelehnt. Er hat eine echte Liebe verraten und liebt nun eine Fälschung. Indem sie ihn zurückweist, bewahrt sie ihr wahres Ich, das er verraten und zurückgewiesen hat.

Ella schreibt diese Geschichte nicht. Sie fürchtet, daß es durch das Schreiben wahr werden könnte.

Sie blickt in sich hinein und findet:

Ein Mann und eine Frau. Sie ist, nach Jahren der Freiheit, für eine ernsthafte Liebe nur zu bereit. Er spielt die Rolle des ernsthaften Liebhabers, weil er ein Asyl oder eine Zuflucht braucht. (Die Idee dieser Figur kommt Ella durch den kanadischen Drehbuchautor – von seinem kühlen und maskenhaften Verhalten als Liebhaber: er beobachtete sich in einer Rolle, der Rolle des verheirateten Mannes mit einer Geliebten. Diesen Aspekt des Kanadiers verwendet Ella – ein Mann, der sich eine Rolle spielen sieht.) Die Frau, zu hungrig, überempfindsam, kühlt den Mann nur noch mehr ab, als er es sowieso schon ist; obwohl ihm nur halb bewußt ist, daß er aus Eis ist. Die Frau, die nicht possessiv, nicht eifersüchtig gewesen war, die nichts gefordert hatte, wird zum Gefängniswärter. Es ist gerade so, als wäre sie von einer Persönlichkeit, die nicht die eigene ist, besessen. Und sie beobachtet ihren eigenen Zerfall in diesen besitzergreifenden Hausdrachen mit Verwunderung, als hätte dieses andere Ich nichts mit ihr zu tun. Sie ist überzeugt, daß es nichts mit ihr zu tun hat. Denn als der Mann sie anklagt, sie spioniere eifersüchtig hinter ihm her, antwortete sie aufrichtig: »Ich bin nicht eifersüchtig, ich war noch nie eifersüchtig.« Ella sah sich diese Geschichte erstaunt an, denn es gab nichts in ihrer eigenen Erfahrung, was als Anregung hätte dienen können. Woher war sie dann gekommen? Ella denkt an Pauls Frau – aber nein; sie war zu bescheiden und passiv gewesen, um ihr die Idee zu so einem Charakter zu geben. Oder vielleicht ihr eigener Ehemann, der sich selbst erniedrigte, der eifersüchtig, unterwürfig war, der weiblich hysterische Szenen machte, weil er als Mann versagte? Wahrscheinlich, denkt Ella, ist diese Figur ihr Ehemann, mit dem sie so kurz zusammen war, und offensichtlich, ohne ihm wirklich nahe zu sein, das männliche Gegenstück zu der Xanthippe in ihrer Erzählung. Sie entschließt sich jedoch, die Geschichte nicht zu schreiben. Sie ist in ihr geschrieben, aber sie erkennt sie nicht als ihre eigene an. Vielleicht habe ich sie irgendwo gelesen? – überlegt sie; oder jemand erzählte sie mir, und ich vergaß, daß ich sie gehört hatte?

In dieser Zeit besucht Ella ihren Vater. Es ist schon einige Zeit her, seit sie ihn gesehen hat. In seinem Leben hat sich nichts verändert. Er ist immer noch still, vertieft in seinen Garten, seine Bücher, ein Offizier, der zu einer Art Mystiker geworden ist. Oder, der schon immer ein Mystiker gewesen ist? Ella überlegt zum erstenmal: Wie war das wohl, mit einem solchen Mann verheiratet zu sein? Sie denkt selten an ihre Mutter, die schon so lange tot ist, versucht aber nun, die Erinnerungen an sie wiederzubeleben. Sie sieht eine praktische, fröhlich hantierende Frau. Eines Abends sitzt sie gegenüber dem Kamin ihres Vaters in einem Zimmer mit weißer Decke, schwarzen Balken und vielen Büchern und beobachtet, wie er liest und Whisky nippt, und traut sich endlich, von ihrer Mutter zu sprechen.

Das Gesicht ihres Vaters verzieht sich zu einer höchst komischen, alarmierten Miene; es ist klar, daß auch er seit Jahren nicht mehr an die tote Frau gedacht hat. Ella besteht darauf. Endlich sagt er abrupt: »Deine Mutter war viel zu gut für mich.« Er lacht verlegen; und seine schwachen blauen Augen haben den erschreckten, rollenden Blick eines aufgescheuchten Tieres. Das Lachen verletzt Ella; aber sie erkennt warum: sie ist stellvertretend für die Ehefrau, ihre Mutter, verärgert. Sie denkt: Was mit mir und Julia nicht stimmt, ist ganz einfach das: wir sind Geliebte, aber schon lange über das Alter dafür hinaus. Sie sagt laut: »Warum zu gut?«, obwohl ihr Vater sein Buch wieder aufgenommen hat, zur Abschirmung. Er sagt über den Buchrand hinweg, ein älterer, sonnenverbrannter, lederner Mann, der plötzlich von dreißig Jahre alten Gefühlen aufgerührt wird: »Deine Mutter war eine gute Frau. Sie war eine gute Ehefrau. Aber sie hatte keine Ahnung, absolut keine Ahnung, all das fehlte ihr vollkommen.« »Meinst du Sex?« fragt Ella, die sich zum Sprechen zwingt, obwohl es ihr zuwider ist, solche Vorstellungen mit ihren Eltern zu verbinden. Er lacht, verletzt; seine Augen rollen wieder: »Natürlich, euch allen macht es ja nichts aus, über diese Dinge zu sprechen. Ich spreche nie darüber. Ja, Sex, wenn du es so nennst. Kam bei ihr einfach nicht vor, so was.« Das Buch, die Memoiren irgendeines britischen Generals, ist gegen Ella erhoben. Ella beharrt: »Nun, was hast du dazu getan?« Die Buchränder scheinen zu zittern. Eine Pause. Sie hatte gemeint: Hast du es ihr nicht beigebracht? Aber die Stimme ihres Vaters sagt hinter dem Buch – die zackige, doch zögernde Stimme, zackig aus Übung, zögernd wegen der eigenen Unklarheit über sein Privatleben: »Wenn ich es nicht mehr aushalten konnte, ging ich aus und kaufte mir eine Frau. Was hast du erwartet?« Das *was hast du erwartet* ist nicht an Ella, sondern an ihre Mutter gerichtet.

»Und eifersüchtig! Sie scherte sich den Teufel um mich, aber sie war so eifersüchtig wie eine kranke Katze.«

Ella sagt: »Ich wollte sagen, daß sie vielleicht schüchtern war. Vielleicht hättest du es ihr beibringen sollen?« Denn sie denkt an Pauls Spruch: Es gibt keine frigiden Frauen, es gibt nur unfähige Männer.

Das Buch senkt sich langsam auf die mageren, stockähnlichen Schenkel ihres Vaters. Das gelbliche, trockene, magere Gesicht ist errötet, und die blauen Augen stehen vor wie die eines Insekts: »Sieh mal. Ehe, so weit es mich betrifft – na gut! Die Tatsache, daß du hier sitzt, ist dann wohl eine Rechtfertigung dafür.«

Ella sagt: »Ich nehme an, ich sollte mich entschuldigen – aber ich möchte etwas von ihr wissen. Schließlich war sie meine Mutter.«

»Ich denke nicht an sie, seit Jahren nicht. Ich denke manchmal an sie, wenn du mir die Ehre eines Besuches gibst.«

»Habe ich deshalb das Gefühl, daß du mich nicht gerne allzuoft siehst?« fragt Ella, lächelt aber und zwingt ihn, sie anzusehen.

»Das habe ich nie gesagt, oder? So ist es nicht. Aber all diese Familienbande – Familienkram, Ehe und ähnliches, das ist sehr unwirklich für mich. Du bist meine Tochter, glaube ich. Mußt es sein, wie ich deine Mutter kenne. Ich fühle sie nicht. Blutsbande – fühlst du sie? Ich nicht.«

»Ja«, sagt Ella. »Wenn ich hier bei dir bin, fühle ich ein Art Bindung. Welche, das weiß ich nicht.«

»Nein, ich nicht.« Der alte Mann hat sich wieder erholt und ist wieder an einem fernen Ort, sicher vor dem Schmerz persönlicher Gefühle. »Wir sind Menschen – was immer das heißen mag. Ich weiß es nicht. Ich freue mich, dich zu sehen, wenn du mir die Ehre gibst. Glaube nicht, daß du nicht willkommen bist. Aber ich werde alt. Du weißt noch nicht, was das bedeutet. All der Kram, Familie, Kinder, diese Dinge, scheinen mir unwirklich. Das zählt nicht. Für mich jedenfalls nicht.«

»Was zählt dann?«

»Gott, nehme ich an. Was immer das bedeutet. Oh, natürlich, ich weiß, für dich bedeutet es nichts. Warum sollte es auch? Habe früher manchmal einen Schimmer zu fassen gekriegt. In der Wüste – der Armee, weißt du. Oder in Gefahr. Manchmal jetzt, nachts. Ich glaube, allein sein – das ist wichtig. Leute, Menschen, so was ist nur ein Durcheinander. Die Leute sollten einander in Ruhe lassen.« Er nippt an seinem Whisky und sieht sie an, erstaunt über das, was er sieht. »Du bist meine Tochter. Glaube ich. Ich weiß nichts über dich. Dir irgendwie helfen, das kann ich natürlich. Du bekommst alles Geld, das ich habe, wenn ich gehe – aber das weißt du. Nicht, daß es viel ist. Aber ich will nichts über dein Leben wissen – würde es sowieso nicht billigen, nehme ich an.«

»Nein, das glaube ich auch nicht.«

»Dein Mann, der Langweiler, konnte es nicht verstehen.«

»Das ist schon lange her. Ich glaube, ich habe dir erzählt, daß ich einen verheirateten Mann fünf Jahre lang geliebt habe und daß das in meinem Leben am wichtigsten war?«

»Deine Angelegenheit. Nicht meine. Und Männer seither, nehme ich an. Du bist nicht wie deine Mutter, das ist auch etwas. Mehr wie eine Frau, die ich hatte, nachdem deine Mutter gestorben war.«

»Warum hast du sie nicht geheiratet?«

»Sie war verheiratet. Hielt zu ihrem Mann. Ich glaube, sie hatte recht. In der Beziehung war das das Beste in meinem Leben, aber diese Sache – war nie das Wichtigste für mich.«

»Denkst du nie über mich nach? Was ich tue? Du denkst nicht an deinen Enkel?«

Nun war er eindeutig voll auf dem Rückzug, er liebte diesen Druck überhaupt nicht.

»Nein. Er ist ein munterer, kleiner Bursche. Freue mich immer, ihn zu sehen. Aber er wird ein Kannibale werden, genau wie alle anderen.«

»Ein Kannibale?«

»Ja, Kannibalen. Menschen sind bloß Kannibalen, solange sie einander nicht in Ruhe lassen. Was dich betrifft – was weiß ich von dir? Du bist eine moderne Frau, weiß nichts von ihnen.«

»Eine moderne Frau«, sagt Ella, trocken lächelnd.

»Ja. Dein Buch, nehme ich an. Ich glaube, du bist hinter etwas Eigenem her, wie wir das alle sind. Wünsche dir viel Glück. Wir können einander nicht helfen. Die Menschen helfen einander nicht, sie leben besser getrennt.«

Womit er sein Buch aufnimmt, nachdem er ihr mit einem kurzen, abrupten Blick einen letzten Wink gegeben hat, daß die Unterhaltung vorüber ist.

Allein in ihrem Zimmer, blickt Ella in sich hinein und wartet darauf, daß die Schatten sich formen, daß die Geschichte sich selbst gestaltet. Sie sieht einen jungen Berufsoffizier schüchtern, stolz und wenig ausgeprägt. Sie sieht eine schüchterne, fröhliche junge Ehefrau. Und nun steigt eine Erinnerung, kein vorgestelltes Bild, an die Oberfläche: sie sieht diese Szene: Es ist spät nachts, in ihrem Schlafzimmer, sie tut, als ob sie schläft. Ihr Vater und ihre Mutter stehen in der Mitte des Zimmers. Er legt seine Arme um sie, sie ist verschämt und spröde wie ein junges Mädchen. Er küßt sie, da läuft sie schnell aus dem Schlafzimmer, in Tränen aufgelöst. Er steht allein, wütend, und zerrt an seinem Schnurrbart.

Er bleibt allein und zieht sich von seiner Frau in Bücher und die trockenen, dürren Träume eines Mannes, der ein Dichter oder Mystiker hätte sein können, zurück. Und tatsächlich findet man, als er stirbt, Tagebücher, Gedichte und Prosafragmente in verschlossenen Schubladen.

Ella ist über diese Lösung erstaunt. Sie hat sich ihren Vater nie als Mann vorgestellt, der Lyrik schreiben oder überhaupt schreiben könnte. Sobald sie kann, besucht sie ihren Vater wieder.

Spät abends in dem stillen Zimmer, in dem das Feuer langsam in der Wand brennt, fragt sie: »Vater, hast du jemals Gedichte geschrieben?« Das Buch sinkt mit einem dumpfen Laut auf seine mageren Schenkel, und er starrt sie an. »Woher, zum Teufel, wußtest du das?«

»Ich weiß das nicht. Ich dachte bloß, daß du es vielleicht machst.«

»Ich habe es nie einer Seele erzählt.«

»Kann ich sie sehen?«

Er sitzt eine Weile da und zieht an seinem wilden, alten Schnurrbart, der nun weiß ist. Dann steht er auf und schließt eine Schublade auf. Er reicht ihr ein Bündel Gedichte. Es sind alles Gedichte über Einsamkeit, Verlust, Mut, die Abenteuer der Isolation. Sie handeln gewöhnlich von Soldaten. T. E. Lawrence: »Ein hagerer, nüchterner Mann unter hageren Männern.« Rommel: »Und am Abend verweilen Liebende vor der Stadt, Wo zahllose Kreuze in den Sand sich neigen.« Cromwell: »Glauben, Berge, Denkmäler und Felsen . . .«, wieder T. E. Lawrence: ». . . doch Reisen wilde Böschungen der Seele.« Und wieder T. E. Lawrence, der entsagte: »Die Reinheit, die Tat und der saubere Lohn, und gab sich geschlagen wie alle, die zu Worte kommen.«

Ella gibt sie zurück. Der wilde, alte Mann nimmt die Gedichte und schließt sie wieder ein.

»Du hast nie daran gedacht, sie zu veröffentlichen.«

»Natürlich nicht. Wozu?«

»Ich dachte nur.«

»Natürlich, du bist anders. Du schreibst, um veröffentlicht zu werden. Nun, ich nehme an, daß das üblich ist.«

»Du hast nie gesagt, ob dir mein Roman gefallen hat. Hast du ihn gelesen?«

»Mir gefiel? Er war gut geschrieben. Aber der arme Kerl, wozu wollte er sich umbringen?«

»So was passiert eben.«

»Was? Jeder möchte es irgendwann einmal. Aber warum darüber schreiben?«

»Du magst recht haben.«

»Ich sage nicht, daß ich recht habe. So denke ich eben. Das ist der Unterschied zwischen Leuten wie mir und Leuten, die so sind wie du.«

»Was, daß wir uns umbringen?«

»Nein. Ihr verlangt so viel. Glück. Oder dergleichen. Glück! Ich kann mich nicht erinnern, je daran gedacht zu haben. Du und deine Leute – ihr scheint zu glauben, daß man euch etwas schuldig ist. Daran sind die Kommunisten schuld.« »Was?« sagt Ella, überrascht und amüsiert.

»Ja, deine Leute, ihr seid alle Kommunisten.«

»Aber ich bin keine Kommunistin. Du verwechselst mich mit meiner Freundin Julia. Und nicht einmal sie ist jetzt noch eine.«

»Das ist alles dasselbe. Sie haben euch beeinflußt. Ihr alle glaubt, ihr könnt alles tun.«

»Ja, ich denke, das stimmt – im Grunde ihres Herzens glauben ›meine Leute‹, daß alles möglich ist. Ihr scheint mit so wenig zufrieden gewesen zu sein.« »Zufrieden? Zufrieden! Was ist das nur für ein Wort?«

»Ich meine, daß wir so oder so bereit sind, mit uns selbst zu experimentieren, etwas auszuprobieren und andere Menschen zu werden. Aber ihr habt euch einfach mit einer vorhandenen Situation abgefunden.«

448

Der alte Mann sitzt da, wild und verärgert. »Dieser junge Esel in deinem Buch, der dachte nur daran, sich umzubringen.«

»Vielleicht weil man ihm etwas schuldig geblieben *war*, jedem bleibt man etwas schuldig, und er hat's nicht bekommen.«

»Vielleicht, sagst du? Vielleicht? Du hast darüber geschrieben, also müßtest du es wissen.«

»Vielleicht versuche ich nächstesmal darüber zu schreiben – über Leute, die absichtlich versuchen, etwas anderes zu sein, die versuchen, gleichsam ihre eigene Form zu zerbrechen.«

»Du sprichst, als ob – ach was, eine Person ist eine Person. Ein Mann ist, was er ist. Er kann nichts anderes sein. Das kann man nicht ändern.«

»Dann glaube ich, daß das der wirkliche Unterschied zwischen uns ist. Denn ich glaube, daß man das ändern kann.«

»Da bin ich nicht deiner Meinung. Und will es auch nicht sein. Schlimm genug, mit dem zurechtzukommen, was man ist, da soll man nicht die Dinge noch komplizierter machen.«

Diese Unterhaltung mit ihrem Vater regt Ella zu neuen Gedanken an.

Jetzt, als sie nach den Umrissen einer Geschichte sucht und wieder und wieder an Stoff nichts als Niederlage, Tod und Ironie findet, weist sie dies bewußt zurück. Sie versucht, Themen des Glücks oder des einfachen Lebens herbeizuzwingen. Aber das mißlingt ihr.

Dann kommt ihr der Gedanke: Ich muß mich auf Themen der Selbster-kenntnis, des Unglücklichseins oder zumindest einer gewissen Nüchternheit einlassen. Aber ich kann sie in Sieg verkehren. Ein Mann und eine Frau – ja. Beide am Ende ihrer Kraft. Beide brechen wegen eines bewußt unternomme-nen Versuches, ihre eigenen Grenzen zu übersteigen, zusammen. Und aus dem Chaos erwächst eine neue Form der Stärke.

Ella schaut in sich wie in einen Teich hinein, um diese Geschichte abgebil-det zu sehen; aber sie bleibt eine Folge von dürren Sätzen in ihrem Kopf. Sie wartet, wartet geduldig darauf, daß die Bilder sich formen, daß sie Leben annehmen.

[Ungefähr achtzehn Monate lang bestand das blaue Notizbuch aus kurzen Eintragungen, die sich im Stil nicht nur von vorhergehenden Eintragungen in dem blauen Notizbuch unterschieden, sondern von allem anderen in den Notizbüchern. Dieser Teil begann:]

17. Oktober 1954: Anna Freeman, geboren am 10. November 1922, eine Tochter von Oberst Frank Freeman und May Fortescue; wohnte in der Baker

Street 23; erzogen in der höheren Mädchenschule, Hampstead; verbrachte sechs Jahre in Zentralafrika – von 1939 bis 1945; heiratete 1945 Max Wulf; eine Tochter, geboren 1946; 1947 geschieden von Max Wulf; trat 1950 in die Kommunistische Partei ein, trat 1954 aus.

[Jeder Tag hatte seinen Eintrag, der aus kurzen Aussagen bestand: »Stand früh auf. Las das und das. Sah den und den. Janet ist krank. Janet geht es gut. Man hat Molly eine Rolle, die sie mag/nicht mag, angeboten usw.« Unter einem Datum im März 1956 war ein Strich in dickem Schwarz über die Seite gezogen, das Ende der sauberen, kleinen Eintragungen markierend. Und die letzten achtzehn Monate waren ausgestrichen, jede Seite mit einem dicken schwarzen Kreuz. Und nun schrieb Anna in einer anderen Handschrift weiter, nicht der klaren, kleinen Schrift der täglichen Eintragungen, sondern einer flüssigen, schnellen, teilweise unleserlichen, weil sie so schnell geschrieben hatte:]

So ist all das auch ein Fehlschlag. Das blaue Notizbuch, das ich für das am meisten wirklichkeitsgetreue der Notizbücher gehalten hatte, ist schlechter als alle anderen. Ich hatte einen kurzen und bündigen Tatsachenbericht erwartet, der beim Überlesen eine Art Muster ergeben würde, aber diese Art von Bericht ist genauso falsch wie die Darstellung der Ereignisse vom 15. September 1954, die ich nun mit Verlegenheit lese, weil sie so emotional ist. Außerdem ist mir peinlich, daß ich damals angenommen hatte, wenn ich schrieb »um halb zehn ging ich zur Toilette, um zu scheißen, und um zwei pinkeln, und um vier schwitzte ich«, dann sei dies wirklicher, als wenn ich einfach schrieb, was ich dachte. Und doch verstehe ich immer noch nicht, warum. Denn obwohl im Leben Vorgänge wie zur Toilette gehen oder das Wechseln eines Tampons, wenn man seine Periode hat, auf einer nahezu unbewußten Ebene vor sich gehen, kann ich mir jede Einzelheit eines Tages, der zwei Jahre zurückliegt, ins Gedächtnis zurückrufen, weil ich mich daran erinnere, daß Molly Blut auf ihrem Rock hatte und ich sie mahnen mußte, hinaufzugehen und sich umzuziehen, bevor ihr Sohn hereinkam.

Und das ist natürlich überhaupt kein literarisches Problem; es ist das gleiche wie die ›Erfahrung‹ mit Mother Sugar. Ich erinnere mich daran, daß ich ihr sagte, daß es für den überwiegenden Teil unserer gemeinsamen Zeit ihre Aufgabe sei, mir körperliche Gegebenheiten bewußt zu machen, in den Vordergrund zu rücken, die wir unsere ganze Kindheit über lernen zu ignorieren, um überhaupt leben zu können. Und dann gab sie mir eine Antwort, die mir einleuchtete: Daß nämlich das ›Lernen‹ in der Kindheit falsch gewesen sei, sonst hätte ich es nicht nötig, ihr gegenüber in einem Sessel zu sitzen und dreimal in der Woche um Hilfe zu bitten. Obwohl ich wußte, daß ich keine Antwort erhalten würde, oder zumindest nicht auf der von mir gewünschten Ebene, da das, was ich sagte, das ›Intellektualisieren‹ war, dem sie meine emotionalen Schwierigkeiten zuschrieb, erwiderte ich: »Es scheint mir, daß analysiert zu werden im wesentlichen ein Prozeß ist, bei dem man in Infantilismus zurückgezwungen wird und dann dadurch von ihm errettet wird, daß man das, was man lernt, zu einer Art von intellektuellem Primitivismus herausbildet – man wird zurückgedrängt in den Mythos, ins Volkstum und in all das, was zu den wilden und unentwickelten Stufen der Gesellschaft gehört. Denn wenn ich zu Ihnen sage: Ich erkenne in diesem Traum den und den Mythos; oder in dem Gefühl, das mit meinem Vater zu tun hat, diese Sage; oder, die Atmosphäre dieser Erinnerung ist genau wie in einer englischen Ballade – dann lächeln Sie, sind Sie zufrieden. In Ihren Augen bin ich über das Infantile hinausgegangen, ich habe es umgewandelt und bewahrt dadurch, daß ich ihm in einem Mythos Gestalt verliehen habe. Aber in Wirklichkeit ist alles, was ich tue oder Sie tun, die infantilen Erinnerungen eines Menschen hervorzuholen und sie mit der Kunst oder den Vorstellungen, die zur Kindheit eines Volkes gehören, zu vermischen. Worüber sie natürlich lächelte. Und ich sagte: »Ich richte nun Ihre eigenen Waffen gegen Sie. Ich spreche nicht über das, was Sie sagen, sondern darüber, wie Sie reagieren. Denn die Augenblicke, in denen Sie wirklich erfreut und aufgeregt sind, die Augenblicke, in denen Ihr Gesicht lebendig wird, sind die, wenn ich sage: Der Traum, den ich gestern nacht hatte, war aus dem gleichen Stoff wie Hans Andersens Märchen von der Kleinen Seejungfrau. Wenn ich dagegen versuche, mich bei der Interpretation einer Erfahrung, einer Erinnerung, eines Traumes einer modernen Ausdrucksweise zu bedienen, wenn ich versuche, davon kritisch oder ungerührt oder auf eine komplexe Weise zu sprechen, scheinen Sie fast gelangweilt oder ungeduldig zu sein. Also schließe ich daraus, daß das, was Ihnen wirklich gefällt, was Sie wirklich bewegt, die Welt des Primitiven ist. Haben Sie gemerkt, daß ich nie, nicht ein einziges Mal, über eine Erfahrung oder einen Traum sprechen konnte, so, wie man einem Freund davon erzählen würde, oder so, wie Sie außerhalb dieses Raumes einem Freund davon erzählen würden, ohne daß mir das ein Stirnrunzeln von Ihnen eingebracht hätte – und ich schwöre, das Stirnrunzeln oder die Ungeduld ist etwas, dessen Sie sich nicht bewußt sind. Oder wollen Sie behaupten, daß das Stirnrunzeln Absicht ist, weil Sie denken, ich sei nicht wirklich bereit, vorwärts, aus der mythischen Welt herauszugehen?«

»Und weiter?« fragte sie lächelnd.

Ich sagte: »Das ist schon besser – so würden Sie lächeln, wenn ich in einem Salon mit Ihnen reden würde – ja, ich weiß, Sie werden sagen, daß dies kein Salon ist und daß ich hier bin, weil ich Probleme habe.«

»Und weiter?« – lächelnd.

»Werde ich die naheliegende Feststellung machen, daß das Wort ›neurotisch‹ vielleicht den Zustand eines Menschen bezeichnet, der in hohem Maße bewußt und differenziert ist. Der Kern der Neurose ist der Konflikt. Und der Kern des Lebens heute, eines Lebens, das sich allem stellt, was vorgeht, ist der Konflikt. Tatsächlich habe ich die Stufe erreicht, wo ich die Leute ansehe und behaupte – er oder sie, sie sind überhaupt nur intakt, weil sie sich entschieden haben, auf dieser oder jener Stufe abzublocken. Die Leute bleiben gesund, indem sie abblocken, indem sie sich selbst begrenzen.«

»Würden Sie sagen, es geht Ihnen durch Ihre Erfahrung mit mir besser oder schlechter?«

»Jetzt sind Sie wieder im Sprechzimmer. Natürlich geht es mir besser. Aber das ist keine klinische Bezeichnung. Ich fürchte, es geht mir besser um den Preis, daß ich nur noch in Mythen und Träumen lebe. Psychoanalyse steht und fällt damit, ob sie bessere Menschen schafft, moralisch bessere, nicht klinisch gesündere. Was Sie mich jetzt wirklich fragen ist: Bin ich fähig, leichter zu leben, als ich bisher lebte? Bin ich, kurz gesagt, weniger schwankend, weniger neurotisch, habe ich weniger Konflikte? Sie wissen, ja, es ist so.«

Ich erinnere mich genau, wie sie mir gegenübersaß, die wachsame, energische alte Frau in praktischer Rock und Bluse-Kombination, ihr weißes Haar zu einem eiligen Knoten geschlungen, und mich mißbilligend anschaute. Ich war über diesen mißbilligenden Blick erfreut – für einen Moment befanden wir uns außerhalb der Analytiker-Patient-Beziehung.

»Sehen Sie«, sagte ich. »Wenn ich hier säße und einen Traum beschreiben würde, den ich letzte Nacht hatte, den Wolfstraum zum Beispiel, auf höherer Stufe, dann würde ein bestimmter Ausdruck auf Ihrem Gesicht erscheinen. Und ich weiß, was der Ausdruck bedeutet, weil ich das selbst empfinde – Wiedererkennen. Die Freude des Wiedererkennens, die Freude an dem bißchen Rettungsarbeit sozusagen, bei dem das Formlose in die Form gerettet wird. Ein weiteres Stück Chaos gerettet und ›benannt‹. Wissen Sie, wie Sie lächeln, wenn ich etwas ›benenne‹? Es ist, als ob Sie gerade jemanden vor dem Ertrinken gerettet hätten. Und ich kenne das Gefühl. Es ist Freude. Aber darin liegt etwas Schreckliches – denn ich habe das Gefühl der Freude im Wachen nie in dem Ausmaße erlebt wie im Schlaf, in bestimmten Träumen – wenn die Wölfe aus dem Wald kommen, oder wenn sich die Schloßtore öffnen, oder wenn ich im weißen Sand vor einem verfallenen, weißen Tempel stehe, dahinter das blaue Meer und der Himmel, oder wenn ich wie Ikarus fliege – in diesen Träumen, egal, welch beängstigendes Material sie enthalten, könnte ich vor Glück weinen. Und ich weiß warum – weil all der Schmerz und das Sterben und die Gewalt in der Geschichte sicher unter Verschluß sind und mich nicht verletzen können.«

Sie war ruhig und blickte mich gespannt an.

Ich sagte: »Meinen Sie vielleicht, ich sei nicht bereit, weiterzumachen? Nun, ich glaube, da ich fähig bin zur Ungeduld, fähig, es zu wollen, bin ich wohl bereit, einen Schritt weiterzugehen.«

»Und was ist der Schritt weiter?«

»Der Schritt weiter ist sicherlich, daß ich den Schutz der Mythen verlasse und Anna Wulf alleine vorwärtsgeht.«

»Alleine?« fragte sie und fügte trocken hinzu, »Sie sind Kommunistin, das sagen Sie jedenfalls, aber Sie wollen alleine gehen. Ist das nicht genau das, was Sie einen Widerspruch nennen würden?«

Da lachten wir, und es hätte hier zu Ende sein können, aber ich machte weiter: »Sie sprechen über Individuation. Bisher habe ich darunter folgendes verstanden: Daß das Individuum einen Teil seines früheren Lebens nach dem anderen als einen Aspekt der allgemeinen menschlichen Erfahrung begreifen lernt. Wenn es sagen kann: Was ich damals tat, damals fühlte, ist lediglich die Widerspiegelung jenes großen, archetypischen Traumes, jener epischen Erzählung oder jenes Abschnitts der Geschichte, dann ist es frei, weil es sich selbst von der Erfahrung abgelöst hat oder sie wie einen Mosaikstein in eine sehr alte Vorlage eingefügt hat und sich durch den Prozeß des Einfügens von diesem individuellen Schmerz befreit hat.«

»Schmerz?« stellte sie vorsichtig in Zweifel.

»Meine Liebe, die Menschen kommen nicht zu Ihnen, weil sie an einem Übermaß an Glück leiden.«

»Nein, normalerweise kommen sie, weil sie ebenso wie Sie sagen, daß sie nichts empfinden können.«

»Aber jetzt kann ich etwas empfinden. Ich bin allem gegenüber offen. Aber kaum haben Sie das bewirkt, da sagen Sie – rasch weg mit dem Schmerz, dahin, wo er nicht weh tun kann, stecken Sie ihn in eine Erzählung oder in die Geschichte. Aber ich will ihn nicht wegstecken. Ja, ich weiß, was Sie von mir hören wollen – daß ich deshalb, weil ich soviel privates Leidensmaterial bewahrt habe, weil ich es um keinen Preis anders bezeichnen werde und weil ich es ›durchgearbeitet‹ und akzeptiert und verallgemeinert habe, daß ich deshalb frei und stark bin. Nun gut, ich akzeptiere es und sage es. Und was nun? Ich bin der Wölfe und Schlösser und Wälder und Priester überdrüssig. Ich bin ihnen gewachsen, in welcher Gestalt sie sich mir auch immer präsentieren. Aber ich habe Ihnen gesagt, ich will alleine davongehen, alleine, Anna Freeman.«

»Alleine?« fragte sie wieder.

»Weil ich davon überzeugt bin, daß es ganze Bereiche in mir gibt, die durch eine Art von Erfahrung entstanden sind, die andere Frauen vor mir nicht gemacht haben.«

Das kleine Lächeln erschien wieder auf ihrem Gesicht – es war das

›dirigierende Lächeln‹ unserer gemeinsamen Sitzungen, wir waren wieder Analytikerin und Patientin.

Ich sagte: »Nein, lächeln Sie jetzt nicht. Ich glaube, ich lebe eine Art Leben, das Frauen nie zuvor gelebt haben.«

»Nie?« fragte sie, und in ihrer Stimme konnte ich die Klänge vernehmen, die sie in solchen Momenten stets heraufbeschwor – Meere, die an alte Küsten schlagen, Stimmen von Menschen, die seit Jahrhunderten tot sind. Sie besaß die Fähigkeit, mit einem Lächeln oder einem bestimmten Tonfall ein Gefühl von weiten Zeiträumen hervorzurufen, das mich oft entzückt, beruhigt, mit Freude erfüllt hatte – nur gerade jetzt wollte ich es nicht.

»Nie«, antwortete ich.

»Die Details verändern sich, aber die Form bleibt dieselbe«, sagte sie.

»Nein«, beharrte ich.

»Wodurch sind Sie anders? Wollen Sie behaupten, daß es vor Ihnen keine Künstlerinnen gegeben hat? Daß es keine Frauen gegeben hat, die unabhängig waren? Daß es keine Frauen gegeben hat, die auf sexueller Freiheit bestanden haben? Ich sage Ihnen, Sie sind nur ein Glied in einer langen Kette von Frauen, die tief in die Vergangenheit hineinreicht, und Sie müssen sie suchen und in sich selbst finden und sich ihrer bewußt werden.«

»Diese Frauen haben sich nicht so gesehen, wie ich mich sehe. Sie haben nicht so gefühlt, wie ich fühle. Wie konnten sie auch? Wenn ich erschreckt hochfahre aus einem Traum der totalen Vernichtung infolge der Wasserstoff-bomben-Explosion, dann soll mir niemand erzählen, die Menschen hätten in bezug auf die Armbrust dasselbe Gefühl gehabt. Das ist nicht wahr. Es gibt etwas Neues in der Welt. Und wenn ich eine Begegnung mit einem Mogul aus der Filmindustrie gehabt habe, der so eine Macht über die Menschen hat wie kein Kaiser je zuvor, und ich zurückkomme und mich physisch und psychisch zerschlagen fühle, dann will ich nicht hören, daß Lesbia nach einer Begegnung mit ihrem Weinhändler dasselbe gefühlt hat. Und wenn ich plötzlich eine Vision habe (obwohl es weiß Gott nicht leicht ist, dazu zu kommen) von einem Leben, das nicht jede Sekunde der Nacht und des Tages voll ist von Haß und Furcht und Neid und Wettbewerb, dann soll mir niemand erzählen, daß dies einfach der alte Traum vom goldenen Zeitalter ist, übertragen auf die heutige Zeit . . .«

»Wirklich nicht?« fragte sie lächelnd.

»Nein, denn der Traum vom goldenen Zeitalter ist millionenfach mächtiger, weil dieses Zeitalter möglich ist, genauso wie totale Zerstörung möglich ist. Wahrscheinlich, *weil* beides möglich ist.«

»Was wollen Sie mir dann sagen?«

»Ich möchte in der Lage sein, in mir selbst das, was alt und wiederkehrend ist, die sich wiederholende Geschichte, den Mythos, von dem zu trennen, was

neu ist, was neu sein könnte in dem, was ich fühle oder denke . . .« Ich sah
den Ausdruck auf ihrem Gesicht und sagte: »Sie glauben, daß nichts, was ich
fühle oder denke, neu ist?«

»Ich habe nie gesagt . . .«, begann sie und wechselte dann in den Pluralis
majestatis, ». . . wir haben niemals behauptet, daß eine Weiterentwicklung
der menschlichen Rasse nicht möglich sei. Sie werfen mir doch das nicht vor,
oder? Denn das ist das Gegenteil dessen, was wir sagen.«

»Ich werfe Ihnen vor, daß Sie so tun, als glaubten Sie das nicht. Schauen
Sie, wenn ich heute nachmittag, als ich herkam, zu Ihnen gesagt hätte:
Gestern traf ich auf einer Party einen Mann, und ich erkannte in ihm den
Wolf oder den Ritter oder den Mönch, dann hätten Sie genickt und gelächelt.
Und wir hätten beide die Freude des Wiedererkennens gefühlt. Aber wenn
ich gesagt hätte: Gestern traf ich auf einer Party einen Mann, und plötzlich
sagte er etwas, und ich dachte: *Ja*, da ist ein Hinweis – da ist ein Riß in der
Persönlichkeit dieses Mannes wie ein Bruch in einem Damm, und durch diese
Lücke könnte die Zukunft in einer andersartigen Gestalt hereinströmen
– schrecklich, vielleicht, oder wunderbar, aber in jedem Fall neu – wenn ich
das gesagt hätte, hätten Sie die Stirn gerunzelt.«

»Haben Sie so einen Mann getroffen?« fragte sie praktisch.

»*Nein*, habe ich nicht. Aber ich treffe oft Menschen, und wie mir scheint,
bedeutet die Tatsache, daß sie alle durchgerissen, alle gespalten sind, daß sie
sich alle für etwas offen halten.«

Sie sagte nach einer langen, gedankenvollen Pause: »Anna, Sie sollten mir
nichts von alledem erzählen.«

Ich war überrascht. Ich sagte: »Sie wollen mich doch nicht vorsätzlich
ermuntern, unehrlich zu Ihnen zu sein?«

»Nein. Ich will sagen, daß Sie wieder schreiben sollten.«

Ich war natürlich verärgert, und natürlich wußte sie, daß ich es sein würde.

»Sie schlagen vor, ich sollte über unsere Erfahrung schreiben? Wie denn?
Wenn ich Wort für Wort niederschreibe, was wir während einer Sitzung
erörtern, so wäre das unverständlich, es sei denn, ich schriebe meine Lebensgeschichte, um es zu erklären.«

»Und weiter?«

»Es wäre letztlich eine Aufzeichnung darüber, wie ich mich zu einem
bestimmten Zeitpunkt selbst gesehen habe. Denn die Aufzeichnung einer
Sitzung aus der ersten Woche würde – was zum Beispiel mein Bild von Ihnen
betrifft – dermaßen anders ausfallen als die einer heutigen Sitzung, daß . . .«

»Und weiter?«

»Außerdem gibt es da literarische Probleme, Fragen des guten Ge-
schmacks, an den Sie offenbar nie denken. Was Sie und ich zusammen
geleistet haben, ist im wesentlichen, Schamgefühle abzubauen. In der ersten

Woche meiner Bekanntschaft mit Ihnen wäre ich nicht in der Lage gewesen zu sagen: Ich erinnere mich an das Gefühl von gewaltigem Widerwillen und Scham und Neugier, das ich empfand, als ich meinen Vater nackt sah. Es kostete mich Monate, die Barrieren in mir einzureißen, um etwas Ähnliches sagen zu können. Aber nun kann ich etwas sagen wie: . . . weil ich wollte, daß mein Vater stirbt – aber die Person, die das ohne die subjektive Erfahrung des Niederreißens liest, würde schockiert sein wie beim Anblick von Blut oder bei einem Wort, das Schamgefühle auslöst, und der Schock würde alles andere mit sich reißen.«

Sie sagte: »Meine liebe Anna, Sie benutzen unsere gemeinsame Erfahrung, um Ihre Rationalisierungen für Ihr Nicht-Schreiben zu untermauern.«

»Oh, mein Gott nein, das ist nicht alles, was ich sage.«

»Oder wollen Sie sagen, daß einige Bücher nur für eine Minderheit sind?«

»Meine liebe Mrs. Marks, Sie wissen ganz genau, daß es gegen meine Prinzipien verstoßen würde, solche Ideen zuzugeben, selbst wenn ich sie hätte.«

»In Ordnung, dann erzählen Sie mir, *wenn* Sie sie hätten, warum manche Bücher nur für eine Minderheit sind.«

Ich überlegte und sagte dann: »Das ist eine Frage der Form.«

»Form? Und was ist mit dem Inhalt bei Ihnen? Verstehe ich richtig, daß Ihre Leute darauf bestanden haben, Form und Inhalt zu trennen?«

»Meine Leute mögen sie trennen. Ich nicht. Zumindest nicht bis zu diesem Moment. Aber jetzt sage ich, es ist eine Frage der Form. Die Leute interessieren sich nicht für unsterbliche Botschaften. Sie interessieren sich nicht für Kunst, die sagt, Mord ist gut, Grausamkeit ist gut, Sex um des Sexes willen ist gut. Sie mögen das, vorausgesetzt, die Botschaft ist gut verpackt. Und sie mögen Botschaften, die sagen, Mord ist schlecht, Grausamkeit ist schlecht, und Liebe ist Liebe ist Liebe ist Liebe. Was sie nicht ertragen können, ist, wenn man ihnen erzählt, es ist alles egal – sie können keine Formlosigkeit ertragen.«

»Dann sind es also die formlosen Kunstwerke, falls es so etwas gibt, die für die Minderheit sind?«

»Aber ich bin nicht der Überzeugung, daß einige Bücher für die Minderheit sind, Sie wissen, daß ich das nicht bin. Ich teile diese aristokratische Ansicht über Kunst nicht.«

»Meine liebe Anna, Ihre Haltung der Kunst gegenüber ist so aristokratisch, daß Sie, wenn Sie schreiben, nur für sich selbst schreiben.«

»Und so machen es alle anderen«, hörte ich mich selbst murmeln.

»Welche anderen?«

»Die anderen alle, in der ganzen Welt, die in geheime Bücher schreiben, weil sie Angst vor dem haben, was sie denken.«

»Demnach haben Sie also Angst vor dem, was Sie denken?« Und sie griff nach ihrem Terminkalender und notierte sich das Ende unserer Sitzung.

[An dieser Stelle eine weitere dicke, schwarze Linie quer über die Seite]

Als ich in diese neue Wohnung kam und mein großes Zimmer einrichtete, war das erste, was ich tat, mir einen Zeichentisch zu kaufen und meine Notizbücher daraufzulegen. In der anderen Wohnung in Mollys Haus hatte ich die Notizbücher in einem Koffer unter dem Bett verstaut. Ich hatte sie nicht mit einem Vorsatz gekauft. Ich glaube nicht, daß ich, bevor ich hierher kam, jemals wirklich zu mir gesagt habe: Ich führe vier Notizbücher, ein schwarzes Notizbuch, das von Anna Wulf, der Schriftstellerin, handelt; ein rotes Notizbuch, das Politik betrifft; ein gelbes Notizbuch, in dem ich aus dem, was ich erlebt habe, Geschichten mache; und ein blaues Notizbuch, das den Versuch eines Tagebuchs darstellt. In Mollys Haus waren die Notizbücher etwas, worüber ich mir nie Gedanken machte; und das ich schon gar nicht als Arbeit oder Verpflichtung betrachtete.

Die Dinge, die im Leben wichtig sind, kriechen unbemerkt in uns hoch, wir erwarten sie nicht, wir haben uns noch keine genaue Vorstellung von ihnen gemacht. Wir erkennen sie, wenn sie da sind, das ist alles.

Als ich in diese Wohnung kam, geschah das nicht nur in der Absicht, einem Mann (Michael oder seinem Nachfolger), sondern den Notizbüchern Raum zu geben. Und tatsächlich sehe ich jetzt das Einziehen in diese Wohnung als Raumgeben für die Notizbücher. Denn ich war noch kaum eine Woche hier, als ich auch schon den Zeichentisch gekauft und die Notizbücher ausgebreitet hatte. Und dann las ich sie. Ich hatte sie, seit ich begonnen hatte, sie zu führen, nicht durchgelesen. Als ich sie las, erfaßte mich eine große Unruhe. Erstens, weil ich vorher nicht bemerkt hatte, wie sehr mich die Erfahrung, von Michael zurückgewiesen worden zu sein, berührt hatte; wie stark diese Erfahrung meine Persönlichkeit verändert oder scheinbar verändert hatte. Aber vor allem, weil ich mich selbst nicht wiedererkannte. Gemessen an meiner Erinnerung, schien das, was ich geschrieben hatte, alles falsch zu sein. Und der Grund dafür – für die Unaufrichtigkeit dessen, was ich geschrieben hatte, war etwas, was ich vorher nicht bedacht hatte – meine Sterilität. Der immer stärker werdende Hang zur Kritik, zur Defensive, zum Widerwillen.

Daraufhin beschloß ich, das blaue Notizbuch, dieses hier, als nichts anderes als eine Sammlung von Tatsachen zu benutzen. Jeden Abend saß ich auf meinem Klavierstuhl und dokumentierte meinen Tag, und es war, als ob ich, Anna, Anna auf die Seiten nagelte. Ich gab Anna jeden Tag Gestalt, sagte: Heute stand ich um sieben auf, machte Frühstück für Janet, schickte sie zur

Schule, usw., usw. und hatte das Gefühl, ich hätte den Tag vor dem Chaos gerettet. Doch nun lese ich diese Eintragungen und empfinde nichts dabei. Da, wo Worte nichts bedeuten, werde ich in zunehmendem Maße von Schwindelgefühl ergriffen. Worte bedeuten nichts. *Wenn ich denke*, sind sie nicht in Form, in der die Erfahrung Gestalt annimmt, sondern eine Reihe bedeutungsloser Klänge wie Kindergelall, und hinweg zu einer Seite der Erfahrung. Oder wie die Tonspur eines Films, die nicht mehr synchron zum Bild läuft. *Wenn ich denke*, brauche ich bloß einen Satz zu schreiben wie »Ich ging die Straße hinunter« oder einen Satz aus der Zeitung zu nehmen wie »Wirtschaftliche Maßnahmen, die zu dem vollen Nutzen des . . . führen«, und sofort lösen sich die Worte auf und mein Hirn beginnt Bilder, die nichts mit den Worten zu tun haben, in Massen zu produzieren, so daß mir jedes Wort, das ich sehe oder höre, wie ein kleines, tanzendes Floß auf einem Meer von Bildern vorkommt. Deshalb kann ich nicht mehr schreiben. Oder nur, wenn ich schnell schreibe, ohne das Geschriebene noch einmal anzusehen. Denn wenn ich es mir noch einmal anschaue, schwimmen die Worte und haben keinen Sinn, und ich bin mir nur meiner, Annas, bewußt als Pulsschlag in der großen Dunkelheit, und die Worte, die ich, Anna, niederschreibe, sind nichts oder wie die Ausscheidungen einer Raupe, die in Fäden herausgepreßt werden und in der Luft fest werden.

Mir kommt der Gedanke, daß das, was passiert, ein Zusammenbruch von mir, Anna, ist und daß er mir auf diese Weise bewußt wird. Denn Worte sind Form, und wenn ich an einem Punkt angelangt bin, wo Gestalt, Form und Ausdruck nichts sind, dann bin ich nichts, denn beim Lesen der Notizbücher ist mir klargeworden, daß ich Anna bleibe aufgrund einer bestimmten Art von Intelligenz. Diese Intelligenz löst sich langsam auf, und ich habe schreckliche Angst.

Letzte Nacht habe ich die Wiederkehr eines Traums erlebt, der, wie ich Mother Sugar erzählte, der schrecklichste unter all den verschiedenen Wiederholungsträumen ist. Als sie mich bat, ›ihm einen Namen zu geben‹ (um ihm Form zu geben), sagte ich, es sei der Alptraum von der Zerstörung. Später, als ich ihn wiedergeträumt hatte und sie sagte: »Geben Sie ihm einen Namen«, war ich in der Lage, weiterzugehen: Ich sagte, es sei der Alptraum über das Prinzip der Bosheit oder Arglist – der Freude an der Bosheit.

Das erstemal, als ich ihn träumte, nahm das Prinzip oder die Figur die Gestalt einer bestimmten Vase an, die ich damals besaß, einer bäuerlichen Holzvase aus Rußland, die jemand mitgebracht hatte. Sie war zwiebelförmig, ziemlich lustig und naiv modelliert und bemalt mit grellen, roten und schwarzen und vergoldeten Mustern. In meinem Traum hatte diese Vase eine Persönlichkeit, und diese Persönlichkeit war der Alptraum, denn sie repräsentierte etwas Anarchisches und Unkontrollierbares, etwas Zerstörerisches.

Diese Figur oder dieses Objekt, denn es war nicht menschlich, gehörte eher der Gattung Elf oder Kobold an, tanzte und hüpfte mit einer zuckenden, kecken Lebendigkeit, und es bedrohte nicht nur mich, sondern alles Lebendige, jedoch auf unpersönliche Weise und grundlos. Das war, als ich diesen Traum den Traum der Zerstörung ›nannte‹. Als ich ihn das nächstemal träumte, Monate später – und ihn trotzdem gleich als denselben Traum erkannte –, nahm das Prinzip oder Element die Gestalt eines alten Mannes an, fast zwergenhaft, tausendmal schrecklicher als das Vasenobjekt, weil er halb menschlich war. Dieser alte Mann lächelte und kicherte und grinste, war häßlich, vital und stark, und wieder war das, was er repräsentierte, reine Bosheit, Arglist, Freude an der Arglist, Freude an einem zerstörerischen Trieb. Das war, als ich den Traum den Traum von der Freude an der Bosheit ›nannte‹. Und ich träumte den Traum wieder, immer, wenn ich besonders müde oder unter Streß oder in Schwierigkeiten war, wenn ich fühlen konnte, daß meine Mauern dünn oder in Gefahr waren. Das Element nahm verschiedene Gestalten an, normalerweise die eines sehr alten Mannes oder einer sehr alten Frau (doch da war eine Spur von Zwittertum oder sogar Geschlechtslosigkeit), und die Figur war trotz eines Holzbeins oder einer Krücke oder eines Buckels oder einer anderen Deformation immer sehr lebendig. Und die Kreatur war immer stark, mit einer inneren Vitalität, die, wie ich wußte, durch eine zweckfreie, ungelenke, grundlose Bosheit verursacht war. Sie spottete und höhnte und verwundete, wünschte Mord, wünschte Tod. Und doch war sie immer freudebebend. Als ich Mother Sugar von diesem Traum erzählte, der sechsten oder siebten Neuschöpfung, fragte sie wie üblich: »Und wie nennen Sie ihn?«, und ich antwortete wie üblich mit den Worten: Bosheit, Arglist, Vergnügen am Schmerz; und sie erkundigte sich: »Nur negative Eigenschaften, nichts Gutes?« »Nichts«, sagte ich überrascht. »Überhaupt nichts Kreatives dabei?« »Nicht für mich.«

Dann lächelte sie auf eine Art und Weise, die, wie ich wußte, bedeutete, ich sollte mehr darüber nachdenken, und ich fragte: »Wenn diese Figur eine elementare und schöpferische Kraft ist, im Guten wie im Bösen, warum sollte ich sie dann so schrecklich fürchten?« »Vielleicht werden Sie, wenn Sie in einer Schicht tiefer träumen, die Vitalität als ebenso gut wie böse empfinden.

»Für mich ist sie so gefährlich, daß ich kämpfe und schreie, um aufzuwachen, sobald ich die Wirkung der Figur spüre, sogar noch ehe die Figur selbst erschienen ist und ich weiß, daß der Traum beginnt.«

»Sie ist Ihnen so lange gefährlich, wie Sie sie fürchten –« Dies mit dem anheimelnden, emphatischen Mutternicken, das mich immer, trotz allem, und unabhängig davon, wie stark ich in einen Schmerz oder ein Problem vertieft war, zum Lachen reizte. Und ich lachte, häufig, hilflos auf meinem Stuhl, während sie lächelnd dasaß, denn sie hatte so gesprochen, wie Menschen von Tieren oder Schlangen sprechen: Sie werden dir nicht weh tun, wenn du sie nicht fürchtest.

Und ich dachte, wie so oft, daß sie so argumentierte, wie es ihr opportun erschien. Denn wenn diese Figur oder dieses Element durch die Träume oder Phantasien ihrer Patienten so bekannt für sie war, daß sie es sofort erkannte, warum mußte ich es dann verantworten, daß das Ding so vollkommen böse war? Schon das Wort ›böse‹ ist ein viel zu menschliches Wort für ein Prinzip, das trotz der halbmenschlichen Gestalten, die es angenommen hat, als vollkommen unmenschlich empfunden wird.

Anders gesagt, es lag an mir, dieses Ding ebenso gut wie böse sein zu lassen? War es das, was sie sagte?

Letzte Nacht träumte ich den Traum wieder, und dieses Mal war es schlimmer als alles, was ich bisher erlebt hatte. Ich war von Entsetzen gepeinigt und vollkommen hilflos angesichts der unkontrollierten Zerstörungskraft, die diesmal nicht in ein Objekt oder Ding oder gar einen Zwerg gebannt war. Ich war in dem Traum mit einer anderen Person, die ich nicht sofort erkannte; und dann begriff ich, diese schreckliche, böswillige Kraft in dieser Person steckte in einem Freund von mir. Und so zwang ich mich, aus dem Traum aufzuwachen, schreiend, und als ich aufgewacht war, gab ich der Person in meinem Traum einen Namen, wissend, daß das Prinzip zum erstenmal in einem Menschen verkörpert war. Und als ich wußte, wer diese Person war, war ich noch mehr verängstigt. Denn es war sicherer, diese schreckliche, furchterregende Kraft in eine mythische oder magische Gestalt gebannt zu wissen als freigesetzt in einer Person, und zwar in einer Person, die die Macht hatte, mich zu bewegen.

Einmal richtig wach und aus dem Wachzustand auf den Traum zurückschauend, hatte ich Angst, denn wenn das Element nun außerhalb des Mythos und in einem anderen Menschen ist, dann kann das nur heißen, daß es auch in mir freigesetzt ist oder nur allzu leicht hervorgerufen werden kann.

Ich glaube, es ist an der Zeit, die Erfahrung, mit der der Traum zu tun hat, niederzuschreiben.

[An dieser Stelle hatte Anna einen dicken, schwarzen Strich quer über die Seite gezogen. Danach hatte sie folgendes geschrieben:]

Ich zog diesen Strich, weil ich das nicht schreiben wollte. Als ob darüber Schreiben mich noch weiter in die Gefahr hineinsaugt. Doch ich habe mich daran zu halten – daß Anna, die denkende Anna, das, was Anna fühlt, sehen und ›benennen‹ kann.

Was passiert, ist etwas Neues in meinem Leben. Ich glaube, viele Menschen haben in ihrem Leben einen Sinn für das, was sich in ihnen entwickelt, was zur Entfaltung drängt. Dieser Sinn ermöglicht es ihnen zu sagen: »Ja, diese neue Person ist wichtig für mich: er oder sie ist der Beginn einer Sache, die ich durchstehen muß. Oder: Dieses Gefühl, das ich nie zuvor empfunden habe, ist nicht so fremd, wie ich geglaubt hatte. Es wird nun ein Teil von mir sein, und ich muß damit fertig werden.

Es ist heute, wo ich mein Leben rückblickend betrachte, einfach zu sagen: Diese Anna war zu dieser Zeit die und die Person. Und dann, fünf Jahre später, war sie so und so. Ein Jahr, zwei Jahre, fünf Jahre einer bestimmten Phase können aufgerollt und verstaut oder ›benannt‹ werden – ja, zu jener Zeit war ich so. Nun, jetzt bin ich in der Mitte einer solchen Periode, und wenn sie vorüber ist, werde ich zurückblicken, gleichgültig, und sagen: Ja, so war ich. Ich war eine schrecklich verwundbare, kritische Frau, ich habe Weiblichkeit als eine Art Norm oder Maßstab dafür verwendet, Männer zu messen und aufzugeben. Ja – so etwas Ähnliches. Ich war eine Anna, die, ohne sich dessen bewußt zu sein, die Männer dazu provozierte, ihr Niederlagen zu bereiten. (Aber ich bin mir dessen bewußt. Und mir dessen bewußt sein heißt, ich werde all das hinter mir lassen und eine Anna werden – aber was für eine? Ich steckte fest in einer emotionalen Einstellung, die bei den Frauen unserer Zeit üblich war, die sie bitter oder lesbisch oder einsam machen kann. Ja, die Anna jener Zeit war . . .

[Noch ein schwarzer Strich quer über die Seite:]

Vor ungefähr drei Wochen ging ich zu einer politischen Versammlung. Sie war formlos, in Mollys Haus. Genosse Harry, einer der besten Akademiker in der KP, war kürzlich nach Rußland gefahren, um, als Jude, herauszufinden, was mit den Juden in den ›schwarzen Jahren‹ passiert war, bevor Stalin starb. Er hatte mit den kommunistischen Spitzenfunktionären kämpfen müssen, um überhaupt fahren zu können; sie versuchten, ihn aufzuhalten. Er drohte ihnen, wenn sie ihn nicht fahren lassen würden, ihm nicht helfen würden, dann würde er die Sache veröffentlichen. Er fuhr; kam mit schrecklichen Informationen zurück; sie wollten keine davon bekannt werden lassen. Sein Argument, das übliche Argument eines ›Intellektuellen‹ dieser Zeit: Nur einmal sollte die Kommunistische Partei zugeben und erklären, was, wie jedermann wußte, die Wahrheit war. Ihr Argument, das alte Argument der kommunistischen Bürokratie – Solidarität mit der Sowjetunion um jeden Preis, was bedeutet, so wenig wie möglich zuzugeben. Sie einigten sich, einen zensierten Bericht zu veröffentlichen und die schlimmsten Greueltaten wegzulassen. Er hat eine ganze Reihe von Versammlungen für Kommunisten und Exkommunisten geleitet, auf denen er darüber sprach, was er entdeckt hatte. Nun sind die Spitzenfunktionäre wütend und drohen ihm mit Ausschluß;

drohen Mitgliedern, die auf seine Versammlungen gehen, mit Ausschluß. Er ist dabei zurückzutreten.

In Mollys Wohnzimmer saßen über vierzig Personen. Alles ›Intellektuelle‹. Was Harry uns erzählte, war sehr schlimm, aber nicht viel schlimmer als das, was wir bereits aus den Zeitungen wußten. Mir fiel ein Mann auf, der neben mir saß und still zuhörte. Sein Schweigen auf einer lebhaften Versammlung beeindruckte mich. Wir lächelten uns an einer Stelle mit der schmerzvollen Ironie an, die heute unser Zeichen ist. Der mehr förmliche Teil des Treffens war zu Ende, und ungefähr zehn Personen blieben noch. Ich merkte, daß die Atmosphäre einer ›geschlossenen Versammlung‹ herrschte – mehr sollte folgen, man erwartete, daß die Nicht-Kommunisten gingen. Aber nach einem Zögern sagten Harry und die anderen, wir könnten bleiben. Dann sprach wieder Harry. Was wir vorher gehört hatten, war schrecklich; was wir nun hörten, schrecklicher noch, als was die gehässigsten antikommunistischen Zeitungen druckten. Sie waren nicht in der Lage, die wahren Fakten zu bekommen, doch Harry war es. Er sprach über die Folterungen, die Züchtigungen, die zynischsten Arten von Mord. Über Juden, die in Käfige eingesperrt wurden, welche im Mittelalter für Folterungen bestimmt waren, mit Instrumenten gequält wurden, welche man aus den Museen geholt hatte. Und so weiter.

Was er jetzt sagte, lag auf einer anderen Ebene des Schreckens als das, was er zu der Versammlung von vierzig Leuten gesagt hatte. Als er geendet hatte, stellten wir Fragen; jede Antwort brachte etwas Neues und Schreckliches zutage. Was wir erlebten, war etwas, das wir sehr gut aus unserer eigenen Erfahrung kannten: ein Kommunist, der entschlossen ist, ehrlich zu sein, und trotzdem keinen Zollbreit vom Weg abweicht, um nicht die Wahrheit über die Sowjetunion zugeben zu müssen, nicht einmal jetzt. Als er aufgehört hatte zu sprechen, stand der stille Mann, der, wie sich herausstellte, Amerikaner war und Nelson hieß, auf und erging sich in einer leidenschaftlichen, eifernden Rhetorik. Das Wort liegt nahe, denn er sprach gut und offensichtlich aus einer großen, politischen Erfahrung heraus. Eine kräftige, geübte Stimme. Aber nun klagte er an. Er sagte, der Grund, weshalb die kommunistischen Parteien des Westens zusammengebrochen waren oder zusammenbrechen würden, liege darin, daß sie unfähig seien, über irgend etwas die Wahrheit zu sagen; und infolge ihrer langen Gewohnheit, der Welt Lügen zu erzählen, wüßten sie nicht einmal selber mehr, was wahr sei oder falsch. Heute abend noch, sagte er, nach dem Zwanzigsten Parteitag und nach allem, was wir über die Bedingungen des Kommunismus erfahren hatten, sahen wir einen führenden Genossen, und zwar einen, von dem wir alle wissen, daß er innerhalb der Partei für die Wahrheit gekämpft hat, gegen Leute, die zynischer sind als er, absichtlich die Wahrheit halbieren – die eine, die milde

Wahrheit, für die öffentliche Versammlung von vierzig Leuten und die andere, die grausame Wahrheit, für eine geschlossene Gruppe. Harry war verlegen und erregt. Wir wußten damals nichts von den Drohungen, die die Parteispitze gegen ihn richtete, um ihn ganz vom Sprechen abzuhalten. Er sagte jedoch, die Wahrheit sei so schrecklich, daß so wenig Leute wie möglich davon erfahren sollten – gebrauchte, kurz gesagt, die gleichen Argumente, um derentwillen er die Bürokraten bekämpfte.

Und nun stand Nelson plötzlich wieder auf und erging sich in einer sogar noch heftigeren, öffentlichen Anklage, voller Selbstbeschuldigungen. Er war hysterisch. Und alle wurden hysterisch – ich konnte die Hysterie in mir aufsteigen fühlen. Ich erkannte eine Atmosphäre wieder, die ich von dem ›Traum von der Zerstörung‹ her kannte. Es war das Gefühl oder die Atmosphäre, die das Vorspiel zum Auftritt der Figur der Zerstörung darstellte. Ich erhob mich und dankte Harry – schließlich war es zwei Jahre her, daß ich Parteimitglied gewesen war, ich hatte kein Recht, in der geschlossenen Versammlung zu sein. Ich ging hinunter – Molly weinte in der Küche. Sie sagte: »Das alles kann dir nichts anhaben, du bist nicht Jüdin.«

Auf der Straße merkte ich, daß Nelson hinter mir hergekommen war. Er sagte, daß er mich nach Hause bringen würde. Er war wieder still; und ich vergaß den selbstbezichtigenden Ton in seiner Ansprache. Er ist ein Mann um die Vierzig, jüdisch, amerikanisch, gutaussehend, eine Spur Pater familias. Ich wußte, daß ich von ihm angezogen wurde und . . .

[Noch eine dicke schwarze Linie. Dann:]

Der Grund, weshalb ich das nicht schreiben möchte, ist, daß ich mich dazu durchringen muß, über Sex zu schreiben. Seltsam, wie stark diese Hemmung ist.

Ich mache das zu kompliziert – zu viel über die Versammlung. Doch Nelson und ich wären ohne diese gemeinsamen Erfahrungen nicht so leicht in Kontakt gekommen, obwohl wir sie in verschiedenen Ländern gemacht hatten. An diesem ersten Abend blieb er lange. Er warb um mich. Er sprach über mich, über das Leben, das ich führte. Und Frauen reagieren immer sofort auf Männer, die verstehen, daß wir an einer Art Grenze stehen. Ich glaube, man könnte sagen, daß sie uns ›benennen‹. Wir fühlen uns bei ihnen sicher. Er ging hinauf, um die schlafende Janet zu sehen. Sein Interesse an ihr war echt. Drei eigene Kinder. Seit siebzehn Jahren verheiratet. Seine Ehe eine direkte Folge davon, daß er in Spanien gekämpft hatte. Der Ton des Abends war ernst, vertrauenerweckend, erwachsen. Nachdem er gegangen war, benutzte ich das Wort – ›erwachsen‹. Und ich verglich ihn mit den Männern, denen ich vor kurzem begegnet war (warum?), den Mannbabys. So gutgelaunt, daß ich mich warnte. Ich staunte wieder, wie schnell man, wenn man eingeschränkt lebt, Liebe, Freude und Vergnügen vergißt. Seit fast zwei Jahren nun die enttäuschenden Begegnungen, eine Zurückweisung des Gefühls nach der anderen. Ich hatte meine Gefühlsgrenzen enger gezogen, überwachte meine Reaktionen. Jetzt, nach einem Abend mit Nelson, hatte ich das alles vergessen. Er besuchte mich am nächsten Tag. Janet gerade beim Weggehen, um mit Freunden zu spielen. Nelson und sie sofort freundschaftlich. Er sprach anders als nur ein möglicher Liebhaber. Er sei dabei, seine Frau zu verlassen, sagte er, brauche eine echte Beziehung zu einer Frau. Er würde heute abend kommen, ›nachdem Janet eingeschlafen ist‹. Ich liebte ihn wegen des Zartgefühls, das sich in ›nachdem Janet eingeschlafen ist‹ ausdrückte, und wegen seines Verständnisses für meine Lebensweise. Als er an dem Abend kam, kam er sehr spät und in einer anderen Stimmung – redselig, zwanghaft sprechend, die Augen hin und her springend, niemals die meinen treffend. Ich fühlte meine Stimmung sinken; durch meine eigene plötzliche Nervosität und angstvolle Vorahnung begriff ich, noch bevor mein Verstand es begriff, daß das eine neue Enttäuschung geben würde. Er sprach von Spanien, vom Krieg. Er verurteilte sich selbst, wie er es bei der Versammlung getan hatte, sich an die Brust schlagend, hysterisch, weil er an dem Verrat in der Kommunistischen Partei beteiligt gewesen war. Er sagte, daß er daran schuld sei, daß unschuldige Menschen erschossen worden seien, obwohl er zu dem Zeitpunkt nicht geglaubt hatte, daß sie unschuldig seien. (Doch als er davon sprach, hatte ich dauernd die Empfindung: Es tut ihm nicht wirklich leid, nicht wirklich; seine Hysterie und das Getöse sind eine Abwehrmaßnahme gegen das Gefühl, weil sie zu schrecklich wäre, die Schuld, die er sonst fühlen müßte.) Manchmal war er auch sehr komisch mit seinem amerikanischen, selbstquälerischen Humor. Um Mitternacht ging er oder eher, schlich er sich davon, immer noch lautstark redend, mit schuldigem Blick. Er redete sich sozusagen selbst hinaus. Ich begann, über seine Frau nachzudenken. Aber ich wollte nicht zugeben, daß da etwas nicht stimmte, obwohl mein Instinkt es mir eindeutig sagte. Am nächsten Morgen kam er unangemeldet zurück. Ich konnte den lauten, hysterischen Mann nicht wiedererkennen – er war nüchtern und vertrauenerweckend und humorvoll. Er ging mit mir ins Bett, und da wußte ich, was nicht stimmte. Ich fragte ihn, ob es immer so sei. Er war verwirrt (und das sagte mir mehr über seine sexuellen Beziehungen als alles andere), daß ich offen darüber sprach, während er versuchte, so zu tun, als verstünde er mich nicht. Dann sagte er, er habe tödliche Angst vor Sex, er könne nie länger als ein paar Sekunden in einer Frau bleiben, und er sei nie anders gewesen. Und an der nervösen, instinktiv abweisenden Eile, in der er sich von mir fortbewegte, der Eile, mit der er sich ankleidete, erkannte ich, wie tief seine Angst saß. Er sagte, er habe eine Psychoanalyse begonnen und

464

hoffte, bald ›geheilt‹ zu sein. (Ich hätte am liebsten über das Wort ›geheilt‹ gelacht – so sprechen Leute, die Psychoanalyse machen; dieses klinische Gerede, als ob man sich schließlich einer schrecklichen Operation unterziehen würde, die einen in etwas anderes verwandelt.) Danach hatte sich unsere Beziehung verändert – es blieb Freundlichkeit, Vertrauen. Wegen des Vertrauens wollten wir uns weiterhin sehen.

Das machten wir. Das war vor Monaten. Was mich nun erschreckt, ist – warum machte ich weiter? Es war nicht der mir selbst schmeichelnde Gedanke: Ich kann diesen Mann heilen. Überhaupt nicht. Ich weiß es besser, ich habe zu viele sexuelle Krüppel gekannt. Es war nicht wirklich Mitleid. Obwohl das ein Teil davon war. Ich bin immer wieder verblüfft, wie stark bei mir und bei anderen Frauen das Bedürfnis ist, Männer zu unterstützen. Das ist paradox, da wir in einer Zeit leben, in der Männer uns kritisieren, ›kastrierend‹ zu sein usw., – und was es noch an Wörtern und Sätzen der gleichen Art gibt. (Nelson sagt, seine Frau sei ›kastrierend‹ – das macht mich wütend, wenn ich an das Elend denke, das sie durchgemacht haben muß.) Denn die Wahrheit ist, daß Frauen dieses tiefe, instinktive Bedürfnis haben, einen Mann als Mann aufzubauen. Molly zum Beispiel. Ich nehme an, das kommt daher, weil echte Männer immer seltener werden und wir Angst haben und versuchen, Männer zu schaffen.

Nein, was mich erschreckt, ist meine Bereitwilligkeit. Es ist das, was Mother Sugar die ›negative Seite‹ des weiblichen Bedürfnisses zu besänftigen, sich zu fügen, nennen würde. Jetzt bin ich nicht Anna, ich habe keinen Willen, ich kann einer Situation, wenn sie einmal begonnen hat, nicht entrinnen, ich bleibe einfach in ihr.

In der Woche nach meinem Ins-Bett-Gehen mit Nelson war ich zum erstenmal in einer Situation, über die ich keine Kontrolle hatte. Der Mann Nelson, der vertrauenerweckende, ruhige Mann, war verschwunden. Ich konnte mich nicht einmal mehr an ihn erinnern. Sogar die Worte, die Sprache der emotionalen Verantwortlichkeit war weg. Er wurde von einer schrillen, zwanghaften Hysterie getrieben, in der ich auch gefangen war. Wir gingen zum zweitenmal ins Bett: mit der Begleiterscheinung einer höchst verbalen, bitter humorvollen Selbstanklage, die sofort in hysterische Beschimpfung aller Frauen umschwenkte. Dann verschwand er für fast zwei Wochen aus meinem Leben. Ich war nervöser, deprimierter als je zuvor. Außerdem war ich geschlechtslos, ich hatte kein Geschlecht – nichts. Weit weg konnte ich Anna sehen, die zu einer Welt der Normalität und Wärme gehörte. Ich konnte sie sehen, aber ich konnte mich nicht erinnern, wie das war, so lebendig zu sein, wie sie es war. Er rief mich zweimal an, brachte Entschuldigungen vor, die offensichtlich beleidigend gemeint waren, weil es keinen Grund für sie gab – es waren Entschuldigungen, die man ›einer Frau‹,

›Frauen‹, ›dem Feind‹, nicht Anna macht; in seinen guten Momenten wäre er zu so einem unsensiblen Verhalten nicht fähig gewesen. Ich hatte ihn in Gedanken als Liebhaber abgeschrieben, aber vorgehabt, ihn als Freund zu behalten. Zwischen uns besteht eine Verwandtschaft, uns verbindet eine bestimmte Art der Selbsterkenntnis, der Verzweiflung. Und dann kam er eines Abends, unangemeldet und in seiner anderen, seiner ›guten‹ Persönlichkeit. Und als ich ihm dann zuhörte, konnte ich mich nicht erinnern, wie er war, wenn er hysterisch und getrieben war. Ich saß da und schaute ihn an, in der gleichen Weise, in der ich die gesunde und glückliche Anna ansehe – er ist außer Reichweite, sie ist außer Reichweite, sie bewegen sich hinter einer Glaswand. Oh ja, ich verstehe die Glaswand, hinter der gewisse Amerikaner leben, ich verstehe sie nur zu gut – berühre mich nicht, um Gottes willen berühre mich nicht, berühre mich nicht, denn ich fürchte mich vor Gefühlen.

An dem Abend lud er mich zu einer Abendgesellschaft in sein Haus ein. Ich sagte zu. Nachdem er gegangen war, wußte ich, daß ich besser nicht gehen sollte, denn ich fühlte mich unwohl bei dem Gedanken. Und doch, warum eigentlich nicht? Er war nie mein Liebhaber gewesen, das hieß, wir waren Freunde, warum sollte ich also nicht hingehen und seine Freunde, seine Frau treffen?

Sobald ich ihre Wohnung betreten hatte, wurde mir klar, wie wenig ich meine Phantasie benutzt hatte, wie dumm ich hatte sein wollen. Manchmal mag ich Frauen nicht, mag ich uns alle nicht, wegen unserer Fähigkeit, nicht zu denken, wenn es uns paßt; wir denken lieber nicht, wenn wir nach dem Glück greifen. Nun, als ich die Wohnung betrat, wußte ich, daß ich es vorgezogen hatte, nicht zu denken, und ich war beschämt und erniedrigt.

Eine große Mietwohnung, voll mit geschmacklosen, anonymen Möbeln. Und ich wußte, selbst wenn sie in ein Haus ziehen würden und es mit ihren eigenen Sachen anfüllen würden, so wären sie immer noch anonym – das war ihr Charakter, die Anonymität. Die Sicherheit der Anonymität. Ja, und das verstand ich auch, nur zu gut. Sie erwähnten die Miete dieser Wohnung, und ich konnte es nicht glauben. Dreißig Pfund die Woche, das ist ein Vermögen, das ist verrückt. Es waren etwa zwölf Leute da, alles Amerikaner, die mit Fernsehen oder Film zu tun hatten – ›Showbusineß‹-Leute; und natürlich machten sie Witze darüber. »Ich bin Showman, warum auch nicht? Einer muß es ja schließlich machen, oder?« Sie kannten sich alle, ihr ›Sich-Kennen‹ beruhte darauf, daß sie zum Showbusineß gehörten, auf den zufälligen Kontakten ihrer Arbeit; doch sie waren freundlich, es war eine anziehende, empfängliche, beiläufige Freundlichkeit. Ich mochte sie, sie erinnerte mich an die beiläufige, zwanglose Freundlichkeit der Weißen in Afrika. »Hallo, Hallo! Wie geht's? Mein Haus ist Ihr Haus, obwohl ich Sie nur einmal getroffen habe.« Doch ich mochte sie. Nach englischem Maßstab waren sie alle reich. In England sprechen die Leute, die so reich wie sie sind, nicht darüber. Dauernd riecht man das Geld, die Geldgier, bei diesen Amerikanern. Doch trotz des vielen Geldes und obwohl alles so teuer war (was sie offensichtlich für selbstverständlich halten), eine Mittelstandsatmosphäre, die schwer zu beschreiben ist. Ich saß da, versuchte sie zu beschreiben. Es ist eine Art absichtliche Gewöhnlichkeit, eine kleinermachende Individualität; es ist so, als ob sie alle ein eingefleischtes Bedürfnis hätten, sich dem Erwarteten anzupassen. Und doch hat man sie so gern, es sind so liebe Leute, man betrachtet sie voller Schmerz, weil sie sich entschieden haben, sich selbst kleiner zu machen, sich Grenzen zu setzen. Die Grenzen sind Geldgrenzen. (Aber warum? – die Hälfte von ihnen waren Linke, hatten auf der schwarzen Liste gestanden, waren in England, weil sie in Amerika nichts verdienen konnten. Doch die ganz Zeit Geld, Geld, Geld.) Ja, ich konnte die Geldgier spüren, sie lag in der Luft wie eine Frage. Dabei könnte eine englische Mittelstandsfamilie von der Miete von Nelsons großer, häßlicher Wohnung bequem leben.

Ich war insgeheim von Nelsons Frau fasziniert – teils die übliche Neugier – wie ist diese neue Person? Teils – und darüber schämte ich mich – was fehlt ihr, das ich habe? Nichts – was ich hätte sehen können.

Sie ist attraktiv. Eine große, sehr dünne, fast knochige jüdische Frau; sehr attraktiv, mit auffallend kühnen Zügen, alles betont, großer, beweglicher Mund, große, eher schön gekrümmte Nase, große, vorstehende, auffallend schwarze Augen. Und farbenprächtige, extravagante Kleider. Eine laute, schrille Stimme (die ich haßte, ich hasse laute Stimmen) und ein emphatisches Lachen. Großer Stil und Selbstsicherheit, um die ich sie natürlich beneidete, das tue ich immer. Und dann, als ich genauer hinschaute, wußte ich, daß es eine aufgesetzte Selbstsicherheit war. Denn sie ließ Nelson nicht aus den Augen. Niemals, nicht für eine Sekunde. (Wogegen er sie nicht ansehen wollte, er fürchtete sich davor.) Ich fange an, diese Eigenschaft an den Amerikanerinnen zu erkennen – die oberflächliche Tüchtigkeit, die Selbstsicherheit. Und darunter die Angst. Sie werfen einen nervösen, furchtsamen Blick auf ihre Schultern. Sie sind verschreckt. Sie sehen aus, als wären sie irgendwo weit weg, alleine, und tun so, als wären sie es nicht. Sie haben den Blick von einsamen, isolierten Menschen. Geben aber vor, nicht allein zu sein. Sie machen mir Angst.

Nun, von dem Augenblick an, als Nelson hereinkam, ließ sie ihn nicht aus den Augen. Er kam herein mit einer witzigen Bemerkung, der Witz lag in dem selbstquälerischen, selbstcharakterisierenden Humor, der mich erschreckte, weil er so viel hinnimmt: »Der Mann kommt zwei Stunden zu spät, und warum? – weil er sich angesichts des geselligen, glücklichen Abends, der vor ihm lag, überfordert fühlte.« (Und seine Freunde lachten alle

– obwohl sie selbst der gesellige, glückliche Abend waren.) Und sie antwortete im gleichen Stil, fröhlich und angespannt und anklagend: »Aber die Frau
wußte, daß er wegen des glücklichen, geselligen Abends zwei Stunden zu spät
kommen würde, deshalb ist das Dinner für zehn Uhr angesetzt, bitte seien Sie
keinen Moment in Sorge deshalb!« Und da lachten sie alle, und ihre Augen,
scheinbar so schwarz und kühn, so voller scheinbarer Selbstsicherheit, waren
besorgt und ängstlich auf ihn gerichtet. »Scotch, Nelson?« fragte sie, nachdem sie die anderen bedient hatte; und ihre Stimme war plötzlich eine schrille
Bitte. »Einen doppelten«, sagte er; aggressiv und herausfordernd; und sie
sahen sich einen Augenblick lang an, es war ein jäher, enthüllender Moment;
und die anderen scherzten und lachten, um ihn zu überdecken. Das war noch
etwas, was ich zu verstehen begann – sie deckten einander die ganze Zeit. Es
war ein höchst unangenehmes Gefühl, diese mühelose Freundlichkeit zu
beobachten und zu wissen, daß sie auf der Hut waren wegen so gefährlicher
Augenblicke wie diesem, um ihn überdecken zu können. Außer mir war kein
Engländer da, und sie verhielten sich nett in dem Punkt, denn sie sind nette
Leute mit einem Instinkt für Großzügigkeit: Sie machten eine Menge selbst-
ironische Witze über die stereotype amerikanische Haltung den Engländern
gegenüber; und sie waren sehr lustig, ich lachte viel und fühlte mich schlecht,
weil ich nicht wußte, wie auch ich mich so mühelos selbst ironisieren sollte.
Wir tranken eine Menge; es war ein Treffen, bei dem die Leute sich vom
Augenblick des Hereinkommens an setzen, um sich so bald wie möglich
vollaufen zu lassen. Nun, ich bin das nicht gewohnt, und so war ich
betrunkener als irgendwer sonst, und das sehr schnell, obwohl sie sehr viel
mehr tranken als ich. Mir fiel eine winzige, blonde Frau auf, in einem engen,
chinesischen Kleid aus grünem Brokat. Wirklich schön war sie, mit einer
zierlichen Feinheit. Sie war oder ist die vierte Frau eines großen, häßlichen,
dunklen Mannes – irgendeines Filmmagnaten. Sie trank vier Doppelte in
einer Stunde, und doch war sie kühl, kontrolliert, bezaubernd; beobachtete
ängstlich, wieviel ihr Mann trank, behandelte ihn wie ein Baby, damit er nicht
richtig betrunken wurde. »Mein Baby braucht den neuen Drink nicht wirklich«, gurrte sie ihn an, in Babysprache. Und er: »Oh doch, dein Baby
braucht diesen Drink, und es wird ihn bekommen.« Und sie streichelte und
tätschelte ihn: »Mein kleines Baby wird nicht trinken, nein, das wird es nicht,
weil seine Mamma es so will.« Und, Großer Gott, er trank nicht. Sie liebkoste
und hätschelte ihn, und ich fand das beleidigend; bis ich begriff, daß das die
Basis dieser Ehe war – das schöne, grüne, chinesische Kleid und die langen,
schönen Ohrringe dafür, daß sie ihn bemutterte, als Baby behandelte. Ich war
peinlich berührt. Niemand sonst war peinlich berührt. Als ich da saß, viel zu
dicht, und sie beobachtete – isoliert, weil ich das kühle, witzige Gerede nicht
mitreden kann –, da wurde mir bewußt, daß ich vor allem peinlich berührt

war; und ich fürchtete, daß es nächstesmal eine gefährliche Situation geben würde, die sie nicht rechtzeitig vertuschen konnten, daß es eine schreckliche Explosion geben würde. Nun, gegen Mitternacht gab es eine; aber ich sah ein, daß ich mich nicht zu fürchten brauchte, da sie mir alle weit überlegen waren in einem gewissen Bereich der Weltgewandtheit, für den meine Erfahrung nicht ausreichte; und daß ihr selbstkritischer, sich selbst parodierender Humor sie vor wahrem Schmerz bewahrte. Will sagen, sie schützte bis zu dem Moment, in dem die Gewaltsamkeit in einer weiteren Scheidung oder in einem betrunkenen Zusammenbruch explodierte.

Ich beobachtete Nelsons Frau weiter, die so kühn, attraktiv und vital war, deren Augen jeden Moment des Abends auf Nelson geheftet waren. Ihre Augen hatten einen gewissen weiten, leeren, zerstörten Blick. Ich kannte diesen Blick, aber ich wußte nicht woher, dann endlich erinnerte ich mich: Mrs. Boothbys Augen waren so, als sie zusammenbrach am Ende der Geschichte; sie waren wahnsinnig und verwirrt, doch weit aufgerissen in dem Bemühen, den Zustand nicht zu zeigen, in dem sie sich befand. Und Nelsons Frau war, so konnte ich sehen, in einer permanenten, kontrollierten Hysterie gefangen. Dann wurde mir klar, daß sie das alle waren; es waren alles Leute, die am Rande ihrer selbst waren, die sich zusammennahmen, kontrollierten, während die Hysterie aufflackerte in dem freundlich verletzenden Gespräch und den schlauen, wachsamen Augen.

Doch sie waren alle daran gewöhnt, sie lebten seit Jahren so; das war ihnen nicht fremd, nur mir. Und doch, als ich da in einer Ecke saß, ohne weiterzutrinken, weil ich zu schnell blau geworden war und mich in dem überwachen, überempfindlichen Zustand befand, der vom Zuschnell-Zuviel-Trinken kommt; als ich darauf wartete, daß alles sich beruhigen würde – da wurde mir klar, daß das nicht so neu für mich war, wie ich gedacht hatte. Das war nichts anderes, als was ich in hundert englischen Ehen, englischen Heimen auch erlebt hatte; es war das gleiche, nur eine Stufe weiter hineingenommen ins Bewußtsein, in die Selbsterkenntnis. Es waren, das begriff ich, vor allem sich selbst reflektierende Leute, sie waren die ganze Zeit ihrer selbst bewußt; und von diesem Bewußtsein, einem Bewußtsein, das sie selbst anekelte, kam der Humor. Dieser Humor war keineswegs das verbale Spiel, harmlos und intellektualisiert, wie es die Engländer spielen; sondern eine Art Desinfektion, ein Harmlosmachen, ›ein Benennen‹, um sich selbst vor Schmerzen zu schützen. Wie wenn Bauern Amulette berühren, um den bösen Blick abzuwenden.

Es war ziemlich spät, wie ich schon sagte, so um Mitternacht, als ich Nelsons Frau laut und schrill sagen hörte: »O. k., o. k., ich weiß, was als nächstes kommt. Du wirst dieses Drehbuch nicht schreiben. Warum verschwendest du also deine Zeit mit Nelson, Bill?« (Bill war der große, aggressive Mann der kleinen, taktvollen, bemutternden Blondine.) Sie sagte weiter zu Bill, der auf entschlossene Weise gutmütig dreinblickte: »Er wird dir's monatelang immer wieder erzählen, aber am Ende wird er dich doch abwimmeln und seine Zeit für ein anderes Meisterwerk verschwenden, das nie auf die Bühne kommt . . .« Dann lachte sie, ein Lachen voller Abbitte, aber wild und hysterisch. Dann sagte Nelson, sozusagen auf die Bühne springend, bevor Bill ihn abschirmen konnte, was er gerade vorhatte: »Großartig, typisch meine Frau, ihr Mann vergeudet seine Zeit mit dem Schreiben von Meisterwerken – nun, hatte ich ein Stück am Broadway, oder nicht?« Letzteres kreischte er ihr entgegen, kreischend wie eine Frau, sein Gesicht dunkelrot vor Haß und nackter, panischer Angst. Und sie fingen alle an zu lachen, der ganze Raum voller Leute fing an zu lachen und zu scherzen, um den gefährlichen Moment zu überspielen, und Bill sagte: »Woher willst du wissen, daß ich es nicht bin, der Nelson abwimmelt, das ist sehr leicht möglich, es kann gut sein, daß ich jetzt an der Reihe bin, ein Meisterwerk zu schreiben, ich fühl' es schon kommen.« (Mit einem Blick auf seine hübsche blonde Frau, der sagte: Keine Angst, Süße, du weißt ja, ich überspiele nur die Situation, nicht wahr?) Aber es war nicht gut, ihr Überspielen, der Gruppen-Selbstschutz war für den Moment der Gewaltsamkeit nicht stark genug. Nelson und seine Frau waren allein, vergaßen uns alle, standen auf der anderen Seite des Raumes, ineinander verkrallt in ihrem gegenseitigen Haß; in ihrem verzweifelt verlangenden Bitten; sie waren sich unserer nicht mehr bewußt; doch trotz allem sprachen sie mit dem tödlichen, hysterischen, selbstquälerischen Humor. Das klang dann so:

NELSON: Hör dir das an, Baby, Bill wird den *Tod des Handlungsreisenden* unserer Tage schreiben, er wird mir zuvorkommen, und wessen Schuld ist das – die Schuld meiner mich immer liebenden Frau, wessen sonst?

SIE (*schrill und lachend, ihre Augen, wahnsinnig vor Angst, bewegen sich unkontrolliert in ihrem Gesicht wie kleine schwarze Mollusken, die sich unterm Messer krümmen*): Oh, natürlich ist das meine Schuld, wessen könnte es sonst sein? Dafür bin ich doch da, oder nicht?

NELSON: Ja, natürlich bist du dafür da. Du wahrst den Schein für mich, ich weiß es. *Und dafür liebe ich dich.* Aber hatte ich das Stück am Broadway, oder nicht? Und all die guten Kritiken? Oder habe ich mir das nur eingebildet?

SIE: Vor zwölf Jahren. Oh, du warst ein feiner amerikanischer Bürger damals, keine schwarzen Listen in Sicht. *Und was hast du seitdem getan?*

ER: *O. k., also haben sie mich erledigt.* Glaubst du, ich weiß das nicht? Mußt du mir das unter die Nase reiben? Ich sage dir, sie brauchen keine Exekutionskommandos und kein Gefängnis, um Leute fertigzumachen. Das geht viel einfacher . . . nun, und was *mich* betrifft. Ja, was *mich* betrifft . . .

SIE: Du bist auf der schwarzen Liste, du bist ein Held, das ist dein Alibi für den Rest deines Lebens . . .

ER: Nein, Täubchen; nein, Baby, du bist mein Alibi für den Rest meines Lebens – wer weckt mich jeden Morgen meines Lebens um vier Uhr früh, schluchzend und wehklagend, daß du und deine Kinder auf der Bowery enden werdet, wenn ich nicht noch mehr Mist für unseren guten Freund Bill hier schreibe?

SIE (*lachend, ihr Gesicht vor Lachen verzerrt*): O. k., also wache ich jeden Morgen um vier Uhr auf. O. k., also habe ich Angst. Wünschst du, daß ich ins Gästezimmer ziehe?

ER: Ja, ich will, daß du ins Gästezimmer ziehst. Ich könnte diese drei Stunden jeden Morgen zum Arbeiten benutzen. Wenn ich mich erinnern könnte, wie man arbeitet. (*Lacht plötzlich.*) Außer, *ich* wäre im Gästezimmer, und du würdest sagen, ich hätte Angst gehabt, ich würde auf der Bowery enden. Wie wäre das, als Projekt? Du und ich zusammen auf der Bowery, zusammen, bis daß der Tod uns scheidet, Liebe bis zum Tod.

SIE: Du könntest eine Komödie daraus machen, ich würde mich totlachen.

ER: Ja, meine mich immer liebende Frau würde sich totlachen, wenn ich auf der Bowery endete. (*Lacht.*) Aber der Witz ist der – wenn du da wärst, gestrandet, betrunken in einem Hauseingang, käme ich dir sicher nach, ja, das ist die Wahrheit. Wenn du da wärst, käme ich dir nach, ich brauche Sicherheit, ja, das ist es, was ich von dir brauche, mein Analytiker sagt das, und wer bin ich, ihm zu widersprechen?

SIE: Ja, das ist richtig, das ist es, was du von mir brauchst. Und das ist es, was du von mir kriegst. Du brauchst Mammi, Gott helfe mir.

(*Sie lachen beide, aneinandergelehnt, sie kreischen vor Lachen, können nicht anders.*)

ER: Ja, du bist meine Mammi. So sagt *er*. Er hat immer recht. Seine Mammi zu hassen ist o. k., so steht's geschrieben. Ich habe vollkommen recht. *Deshalb* werde ich mich nicht schuldig fühlen.

SIE: Oh, nein, warum solltest du dich schuldig fühlen, warum solltest du dich überhaupt jemals schuldig fühlen?

ER (*brüllt, sein dunkles, hübsches Gesicht verzerrt*): Weil du mich schuldig machst, ich bin bei dir immer im Unrecht, muß es sein, Mammi hat immer recht.

SIE (*lacht plötzlich nicht mehr, sondern ist verzweifelt vor Angst*): Oh, Nelson, hacke nicht immer auf mir herum, bitte nicht, ich kann es nicht ertragen.

ER (*sanft und drohend*): So, du kannst es nicht ertragen? Du mußt es aber ertragen. Warum? Weil ich es brauche, daß du es aushältst, darum. He, vielleicht solltest *du* zum Analytiker gehen. Warum soll ich die ganze schwere Arbeit machen? Ja genau; du kannst zum Analytiker gehen, ich bin nicht krank, *du bist* krank. Du bist *krank!*

(*Aber sie hat nachgegeben, sich von ihm abgewandt, kraftlos und verzweifelt. Er springt auf sie zu, siegreich, aber erschreckt*):

Was ist mit dir los! Kannst es nicht aushalten, was? Warum nicht? Woher weißt du, daß du nicht die Kranke bist? Warum soll ich immer unrecht haben? Oh, schau mich nicht so an! Willst wohl, daß ich mich schlecht fühle, wie immer, was? Ja, du hast's wieder mal geschafft. O. k., also habe ich unrecht. Aber bitte, mach dir keine Sorgen – nicht eine Sekunde lang. Immer bin ich's, der unrecht hat. Ich hab's doch gesagt, nicht wahr? Ich hab's zugegeben, nicht wahr? Du bist eine Frau, darum hast du recht. O. k., o. k., ich beklage mich nicht, ich konstatiere nur – ich bin ein Mann, also habe ich unrecht. O. k.?

Aber nun erhebt sich plötzlich die kleine blonde Frau (die mindestens eine dreiviertel Flasche Scotch getrunken hat und so kühl und kontrolliert ist wie ein sanftes, kleines Kätzchen mit süßen, gerade geöffneten, verschleierten blauen Augen) und sagt: »Bill, Bill, ich möchte tanzen. Ich möchte tanzen, Baby.« Und Bill springt auf den Plattenspieler zu, und der Raum ist mit dem späten Armstrong erfüllt, der zynischen Trompete und der zynisch-gutmütigen Stimme des älteren Armstrong. Und Bill hat seine schöne kleine Frau in seine Arme geschlossen, und sie tanzen. Aber es ist eine Parodie, eine Parodie auf gutgelauntes, sexy Tanzen. Jetzt tanzen alle, Nelson und seine Frau stehen am Rand der Gruppe, ignoriert. Niemand hört ihnen zu, die anderen können es nicht mehr ertragen. Und dann sagt Nelson laut, seinen Daumen auf mich richtend: »Ich werde mit Anna tanzen. Ich kann nicht tanzen, ich kann überhaupt nichts, das brauchst du mir nicht zu sagen, aber ich werde mit Anna tanzen.« Ich stehe auf, weil alle mich ansehen, mit ihren Augen sagen: Komm schon, du mußt tanzen, du mußt.

Nelson kommt auf mich zu und sagt laut, parodierend: »Ich werde mit Anna tanzen. Tanz mit *m-i-r-*! Ta-a-a-anz mit mir, Anna.«

Seine Augen sind verzweifelt vor Abscheu vor sich selbst, vor Elend, Schmerz. Und dann parodierend: »Komm schon, laß uns bumsen, Baby, ich mag deinen Typ.«

Ich lache. (Ich höre mein Lachen, schrill und flehend.) Sie lachen alle erleichtert, daß ich meine Rolle spiele; und der gefährliche Moment ist vorüber. Und Nelsons Frau lacht am lautesten. Unterzieht mich jedoch einer scharfen und ängstlichen Prüfung; und ich weiß, daß ich schon ein Teil ihres Ehekrieges geworden bin; und daß ich, Anna, wahrscheinlich dazu da war, Öl ins Feuer zu gießen. Sie haben wahrscheinlich meinetwegen endlos gekämpft, in den schrecklichen Stunden zwischen vier und sieben Uhr morgens, wenn sie angstvoll (aber wovor haben sie Angst?) wach liegen und sich bekämpfen bis aufs Blut. Ich kann sogar den Dialog hören: Ich tanze mit Nelson, während uns seine Frau beobachtet, lächelnd in qualvoller Angst, und lausche dem Dialog:

SIE: Ich glaube, du denkst, daß ich nichts von dir und Anna Wulf weiß.
ER: Das stimmt, du weißt nichts, und du wirst nie etwas wissen, oder?
SIE: So, du glaubst also, ich weiß nichts, aber ich weiß doch etwas, ich brauche dich bloß anzuschauen!
ER: Schau mich an, Baby! Schau mich an, Puppe! Schau mich an, Süße, schau, schau, schau! Was siehst du? Lothario? Don Juan? Ja, das bin ich. Jawohl. Ich habe Anna Wulf gefickt, sie ist genau mein Typ, mein Analytiker sagt das jedenfalls, und wer bin ich, mit meinem Analytiker zu streiten?

Nach dem wilden, qualvollen, lustigen Tanz, der Parodie eines Tanzes, bei dem jedes Gruppenmitglied alle anderen *zwang*, die Parodie aufrechtzuerhalten um ihres lieben Lebens willen, sagen wir alle Gute Nacht und gehen nach Hause.

Nelsons Frau küßt mich zum Abschied. Wir küssen uns alle, eine große glückliche Familie, obwohl ich weiß und sie wissen, daß jedes Mitglied dieser Gruppe schon morgen wegen Mißerfolg oder Alkoholismus oder weil es sich nicht anpassen kann, aus der Gruppe herausfallen kann, auf Nimmerwiedersehen. Die Küsse von Nelsons Frau auf meine Wangen – erst links, dann rechts, waren halb herzlich und echt, so als wollten sie sagen: Tut mir leid, wir können nichts dafür, es hat nichts mit Ihnen zu tun; und halb forschend, so als wollten sie sagen: Ich würde gerne wissen, was Sie für Nelson haben, das ich nicht habe.

Und wir tauschen sogar Blicke aus, ironisch und bitter, die sagen: Es hat mit keiner von uns beiden was zu tun, nicht wirklich!

Trotzdem ist mir bei den Küssen nicht ganz wohl, und ich komme mir vor wie eine Schwindlerin. Denn mir ist etwas aufgegangen, das ich, ohne je in ihrer Wohnung gewesen zu sein, hätte wissen können, wenn ich meinen Verstand gebraucht hätte: Die Bindungen zwischen Nelson und seiner Frau sind furchtbar eng und ihr Leben lang nicht zu zerbrechen. Sie sind verbunden durch das engste aller Bande, das Band neurotischen Schmerz-Zufügens; die Erfahrung von zugefügtem und erlittenem Schmerz; Schmerz als ein Aspekt der Liebe; begriffen als Wissen darum, was die Welt ist, was Wachstum ist.

Nelson ist im Begriff, seine Frau zu verlassen; er wird sie niemals verlassen. Sie wird darüber klagen, daß sie zurückgewiesen und verlassen wird; sie weiß nicht, daß sie niemals zurückgewiesen werden wird.

Am Abend nach der Party saß ich erschöpft zu Hause in einem Sessel. Ein Bild kam mir immer wieder in den Sinn: einmal wie eine Einstellung aus einem Film, dann wieder wie eine ganze Filmsequenz. Ein Mann und eine Frau, auf einem Dach über einer geschäftigen Stadt, aber der Lärm und die Betriebsamkeit der Stadt sind tief unter ihnen. Sie laufen ziellos auf dem Dach hin und her, manchmal umarmen sie sich, aber fast experimentell, so als dächten sie: Wie sich das wohl anfühlt? – Dann trennen sie sich wieder und wandern ziellos auf dem Dach umher. Dann geht der Mann zu der Frau und sagt: Ich liebe dich. Und sie sagt voll Schrecken: Was meinst du damit? Er sagt: Ich liebe dich. Da umarmt sie ihn, und er strebt mit nervöser Eile weg von ihr, und sie sagt: Warum hast du gesagt, daß du mich liebst? Und er sagt: Ich wollte hören, wie das klingt. Und sie sagt: Aber ich liebe dich, ich liebe dich, ich liebe dich – und er geht weg, zum äußersten Rand des Daches, und steht dort, bereit, zu springen – er springt, wenn sie nur noch einmal sagt: Ich liebe dich.

Als ich schlief, träumte ich diese Filmsequenz – in Farbe. Diesmal spielte sie nicht auf einem Dach, sondern in einem leicht gefärbten Dunst oder Nebel; in einem zart schattierten, wirbelnden Nebel wanderten ein Mann und eine Frau umher. Sie versuchte ihn zu finden, aber wenn sie auf ihn stieß oder ihn fand, strebte er nervös von ihr weg; schaute zurück zu ihr, dann weg und dann wieder weg.

Am Morgen nach der Party rief Nelson mich an und verkündete, daß er mich heiraten wollte. Ich erkannte den Traum wieder. Ich fragte ihn, warum er das gesagt habe. Er schrie: »Weil ich wollte.« Ich sagte ihm, daß er eng mit seiner Frau verbunden sei. Dann war der Traum oder die Filmsequenz zu Ende, und seine Stimme änderte sich, und er sagte humorvoll: »Mein Gott, wenn das stimmt, stecke ich in Schwierigkeiten.« Wir sprachen noch ein bißchen weiter, dann sagte er mir, daß er seiner Frau erzählt habe, daß er mit mir geschlafen hatte. Ich war wütend, ich sagte, daß er mich in seinem Kampf mit seiner Frau benutzte. Er fing an, mich anzuschreien und zu beschimpfen, so wie er am Abend vorher sie auf der Party angeschrien hatte.

Ich legte den Hörer auf, und er war nach ein paar Minuten bei mir. Er verteidigte sich nun wegen seiner Ehe, nicht vor mir, sondern vor irgendeinem unsichtbaren Beobachter. Ich glaube nicht, daß ihm sehr bewußt war, daß ich da war. Als er sagte, sein Analytiker sei für einen Monat in Ferien, wußte ich, wer dieser Beobachter war.

Er ging unter lauten Beschimpfungen, die gegen mich – die Frauen im allgemeinen, gerichtet waren. Eine Stunde später rief er an, um sich zu entschuldigen, er sei verrückt gewesen, und das war alles, was zu sagen war. Dann fragte er: »Anna, ich habe dich doch nicht verletzt?« Das betäubte mich – ich fühlte wieder die Atmosphäre des schrecklichen Traumes. Aber er fuhr fort: »Glaub mir, ich habe mir nichts mehr gewünscht, als die wahre Liebe bei dir zu finden.« – Und dann in die schmerzliche Bitterkeit umschwenkend – »Wenn die Liebe, die möglich sein soll, wirklicher ist als das, was wir zu kriegen scheinen.« Und dann wieder, insistent und kreischend: »Aber, was ich von dir hören will, ist, daß ich dich nicht verletzt habe, du mußt das sagen.«

Mir war, als hätte mich ein Freund ins Gesicht geschlagen oder angespuckt, oder als hätte er, grinsend vor Freude, ein Messer herausgeholt, um es mir ins Fleisch zu bohren. Doch ich sagte, daß er mich natürlich verletzt habe, aber nicht so, daß das Verrat sei an dem, was ich fühlte; ich sprach, wie er gesprochen hatte, so als ob mein Verletztsein etwas wäre, was man drei Monate nach dem Beginn einer solchen Begegnung nebenbei erwähnt.

Er sagte: »Anna, es scheint mir – eigentlich kann ich doch nicht so schlimm sein – wenn ich mir vorstellen kann, wie man sein müßte, wenn ich mir vorstellen kann, jemanden wirklich zu lieben, wirklich für jemanden da zu sein ... dann ist das doch eine Art Entwurf für die Zukunft, nicht wahr?«

Diese Worte bewegten mich, weil es mir scheint, daß die Hälfte von dem, was wir tun oder versuchen zu sein, auf einen Entwurf für die Zukunft hinausläuft, die wir uns vorzustellen versuchen; und damit beendeten wir die Unterhaltung, allem Anschein nach gute Freunde.

Aber ich saß da, in einer Art kaltem Nebel, und ich dachte: Was ist mit den Männern passiert, daß sie auf diese Weise mit Frauen reden können? Wochen und Wochen hatte Nelson mich in sein Leben hineingezogen – und er hatte all seinen Charme, seine Wärme, seine Kunst, Frauen zu becircen, aufgeboten, und sie insbesondere dann angewendet, wenn ich böse war oder wenn er wußte, daß er etwas besonders Schreckliches gesagt hatte. Und dann wendet er sich gleichgültig ab und sagt: Habe ich dich verletzt? Damit wird er in meinen Augen all das, was ein Mann ist, zu nichts, so unwiderruflich, daß ich, wenn ich daran denke, mich krank und verlassen fühle (als wäre ich irgendwo in einem kalten Nebel), die Dinge verlieren ihre Bedeutung, und selbst Worte, die ich kaum gebrauche, werden wie Echos, werden zu einer Parodie ihrer Bedeutung.

Irgendwann, nachdem er mich angerufen hatte, um zu fragen: Habe ich dich verletzt? hatte ich einen Traum und erkannte in ihm den Freude-an-der-Zerstörung-Traum wieder. Ich träumte von einem Telefongespräch zwischen Nelson und mir. Er befand sich aber im selben Raum wie ich. Äußerlich war er der verantwortliche, einfühlsame Mann. Doch als er sprach, veränderte sich sein Lächeln, und ich erkannte die plötzliche unmotivierte Bosheit wieder. Ich fühlte, wie das Messer sich in mein Fleisch bohrte, zwischen meine Rippen, und wie die Messerschneide scharf und knirschend gegen den Knochen stieß. Ich konnte nicht sprechen, denn die Gefahr, die Zerstörung kam von jemandem, dem ich nahe war, jemandem, den ich mochte. Dann begann ich in den Telefonhörer zu sprechen und konnte auf meinem eigenen Gesicht den Beginn eines Lächelns spüren, des Lächelns der lustvollen Bosheit. Ich machte sogar ein paar Tanzschritte, tanzte mit zuckenden Kopfbewegungen den fast puppenhaft steifen Tanz der lebendig gewordenen Vase. Ich erinnere mich, im Traum gedacht zu haben: So, nun bin ich die böse Vase; demnächst der alte Zwergenmann; und dann die bucklige, alte Frau. Was dann? Da kam Nelsons Stimme aus dem Hörer an mein Ohr: Dann die Hexe, dann die junge Hexe. Ich erwachte und hörte die Worte nachhallen, voll furchtbarer, bösartiger, heiterer Freude: »Die Hexe und dann die junge Hexe!«

Ich war sehr deprimiert. Ich bin weitgehend angewiesen auf diesen Teil meiner Persönlichkeit – Janets Mutter. Ich frage mich oft – wie stark, denn, wenn ich mich innerlich ausgelaugt, nervös, tot fühle, dann kann ich immer noch ruhig, verantwortungsbewußt, lebendig für Janet sein.

Ich habe diesen Traum nie mehr gehabt. Aber vor zwei Tagen traf ich bei Molly einen Mann. Einen Mann aus Ceylon. Er machte Annäherungsversuche, und ich wies ihn ab. Ich hatte Angst, zurückgewiesen zu werden, Angst vor einem neuen Fehlschlag. Jetzt schäme ich mich. Ich bin ein Feigling geworden. Ich fürchte mich, denn mein erster Impuls, wenn ein Mann einen sexuellen Ton anschlägt, ist, wegzulaufen, irgendwo hinzulaufen, dahin, wo der Schmerz mich nicht erreichen kann.

[Ein dicker, schwarzer Strich quer über die Seite.]

De Silva aus Ceylon. Er war ein Freund von Molly. Ich hatte ihn vor langem bei ihr kennengelernt. Er kam vor einigen Jahren nach London und verdiente sein Geld als Journalist, aber nur mühsam. Er heiratete eine Engländerin. Er beeindruckte einen auf Partys durch seine sarkastische, unterkühlte Art; er machte witzige Bemerkungen über Leute, brutal, aber eigenartig unemotional. Wenn ich mich an ihn erinnere, sehe ich ihn abseits von einer Gruppe von Leuten stehen, zuschauend und lächelnd. Er lebte mit seiner Frau das Wohn-Schlafzimmer-Spaghetti-Leben der literarischen Randfiguren. Sie hatten ein kleines Kind. Unfähig, seinen Lebensunterhalt hier zu verdienen, plante er, nach Ceylon zurückzukehren. Seine Frau wollte nicht: Er ist der jüngere Sohn einer sehr snobistischen Familie aus der Oberschicht, die seine Heirat mit einer weißen Frau ablehnte. Er überredete seine Frau, mit ihm zurückzugehen. Seine Familie nahm seine Frau nicht auf, also suchte er ihr ein Zimmer und verbrachte seine Zeit zur Hälfte mit ihr und dem Kind, zur Hälfte mit der Familie. Sie wollte nach England zurückkehren, aber er sagte, es würde alles gut werden, und schwätzte ihr ein weiteres Kind auf, das sie nicht wollte. Kaum war dies zweite Kind geboren, als er auch schon die Flucht ergriff.

Gerade hatte ich ein Telefongespräch mit ihm, wobei er nach Molly fragte, die nicht da war. Er sagte, er sei in England, weil »er bei einer Wette in Bombay ein Freiticket nach England gewonnen habe«. Später hörte ich, daß das falsch war: er war wegen eines journalistischen Auftrags nach Bombay gegangen, wo er sich, einem Impuls folgend, Geld geborgt hatte, und nach England zurückgeflogen war. Er hatte gehofft, daß Molly, von der er sich früher Geld geborgt hatte, ihm weiterhelfen würde. Keine Molly, also versuchte er es bei Anna. Ich sagte, ich hätten jetzt kein Geld, das ich ihm borgen könnte, was wahr war; aber weil er sagte, er hätte den Kontakt verloren, lud ich ihn zum Dinner ein und außerdem ein paar Freunde, zum Kennenlernen. Er kam nicht, rief aber eine Woche später an, unterwürfig, kindisch, sich rechtfertigend, sagte, daß er zu deprimiert gewesen sei, um Leute zu treffen; »konnte mich an dem Dinnerabend nicht an deine Telefonnummer erinnern«. Dann traf ich ihn bei Molly, die zurückgekommen war. Er war wieder der alte, unterkühlt, unemotional, witzig. Er hatte eine Arbeit als Journalist gefunden, sprach mit Zuneigung von seiner Frau, »die nachkommen würde, wahrscheinlich schon nächste Woche«. Das war der Abend, an dem er mich einlud und ich davonlief. Mit gutem Grund. Aber meine Angst erwuchs keiner Überlegung; ich lief vor jedem Mann davon, und deshalb lud ich ihn auch zum Abendessen ein, als er am nächsten Tag anrief. Ich sah an der Art, wie er aß, daß er nicht genug aß. Er hatte vergessen, daß er gesagt hatte, seine Frau würde »wahrscheinlich nächste Woche« kommen, und sagte nun, »sie wollte Ceylon nicht verlassen, sie war sehr glücklich«. Er sagte dies so unbeteiligt, als ob er sich selbst zuhören würde. Bis zu diesem Zeitpunkt waren wir sehr fröhlich und freundlich gewesen. Aber die Erwähnung seiner Frau brachte einen neuen Ton in unser Gespräch, ich konnte es fühlen. Er fuhr fort, mir kühle, nachdenkliche und feindliche Blicke zuzuwerfen. Die Feindseligkeit hatte nichts mit mir zu tun. Wir gingen in mein großes Zimmer. Er ging darin herum, wachsam, den Kopf zur Seite geneigt, als *lausche* er, und warf mir kurze, unpersönliche, aufmerksame Blicke zu. Dann setzte er sich und sagte: »Anna, ich möchte dir etwas erzählen, was mir passiert ist. Nein, setz dich nur und hör zu. Ich möchte dir erzählen, und ich möchte, daß du bloß dasitzt und zuhörst und nichts sagst.«

Ich saß da und hörte zu, aus der Passivität heraus, die mich nun erschreckt, weil ich weiß, ich hätte *nein* sagen sollen, und zwar gerade an dieser Stelle. Denn es lag Feindseligkeit und Aggression in der Art, wie er sprach – überhaupt nichts Persönliches. Die Atmosphäre war voll davon. Er erzählte mir diese Geschichte, distanziert, unbeteiligt, lächelnd, mein Gesicht beobachtend.

Ein paar Nächte vorher war er von Marihuana berauscht gewesen. Dann ging er zu der Straße irgendwo in Mayfair – »Du weißt schon, Anna, die Atmosphäre von Reichtum und Korruption, man kann es richtig riechen. Es zieht mich an. Manchmal gehe ich dort spazieren, und ich rieche Korruption, es regt mich an.« Er sah ein Mädchen auf dem Bürgersteig und ging geradewegs auf sie zu und sagte: »Ich finde dich schön, willst du mit mir schlafen?« Er konnte dies, so sagte er, nur tun, wenn er vom Alkohol oder von Marihuana berauscht war. »Ich fand nicht, daß sie schön war, aber sie hatte schöne Kleider an, und sobald ich es gesagt hatte, dachte ich wirklich, sie wäre schön. Sie sagte, ziemlich einfach, ja.« Ich fragte, ob sie eine Prostituierte gewesen sei? Er sagte mit einer kühlen Ungeduld (als ob er erwartet hätte, daß ich ihm gerade diese Frage stellen würde, und als hätte er das sogar gewollt): »Ich weiß nicht. Es ist egal.« Ich war erschlagen durch die Art und Weise, wie er sagte: Es ist egal. Kalt, tödlich – sagte er damit: Was hat das mit jemand anderem zu tun, ich rede von mir. Das Mädchen sagte zu ihm: »Ich glaube, du bist nett, ich würde gern mit dir schlafen.« Und natürlich ist er ein netter Mann, alert, vital, mit glattem guten Aussehen. Aber kaltem guten Aussehen. Er sagte zu ihr: »Ich habe etwas vor. Ich werde mit dir schlafen, als ob ich verzweifelt in dich verliebt wäre. Aber du sollst darauf nicht eingehen. Du mußt mir nur Sex geben, und du mußt ignorieren, was ich sage. Versprichst du es mir?« Sie sagte lachend: »Ja, ich verspreche es.« Sie gingen in sein Zimmer. »Dies war die interessanteste Nacht meines Lebens, Anna. Ja, ich schwöre es, glaubst du mir? Ja, du mußt mir glauben. Weil ich mich so verhielt, als ob ich sie liebte, als ob ich sie verzweifelt liebte. Und ich glaubte sogar, saß ich sie liebte. Denn – du mußt das verstehen, Anna, sie zu lieben, nur für diese Nacht, war das Herrlichste, was du dir vorstellen kannst. Und so erzählte ich ihr, daß ich sie liebte, ich war wie ein Mann, der verzweifelt liebt. Aber sie fiel dauernd aus ihrer Rolle. Alle zehn Minuten konnte ich sehen, wie sich ihr Gesicht veränderte, und sie ging auf mich ein wie eine Frau, die geliebt wird. Dann mußte ich das Spiel stoppen und sagen: Nein, das ist nicht das, was du versprochen hast. Ich liebe dich, aber du weißt, ich meine es nicht ernst. Aber ich meinte es doch ernst. In dieser Nacht betete ich sie an. Ich bin noch niemals so verliebt gewesen. Aber sie verdarb es immer wieder durch ihre Erwiderung. Und so mußte ich sie wegschicken, weil sie dabei blieb, mich zu lieben.«

»War sie wütend?« fragte ich. (Weil ich wütend war, ihm zuhören zu müssen, und wußte, daß er mich wütend haben wollte.)

»Ja. Sie war sehr wütend. Sie beschimpfte mich mit allen möglichen Ausdrücken. Aber es machte mir nichts aus. Sie nannte mich sadistisch und gemein – und solche Sachen. Aber es machte mir nichts aus. Wir hatten den Pakt geschlossen, sie hatte zugestimmt, und dann verdarb sie mir alles. Ich

wollte einmal in meinem Leben eine Frau lieben können, ohne etwas zurück-
geben zu müssen. Aber natürlich ist das nicht so tragisch. Ich erzähle dir das,
weil es nicht weiter wichtig ist. Verstehst du das, Anna?«

»Hast du sie jemals wiedergesehen?«

»Nein, natürlich nicht. Ich ging wieder zu der Straße, wo ich sie aufgegabelt hatte, obwohl ich wußte, daß ich sie nicht treffen würde. Ich hoffte, daß
sie eine Prostituierte sei, aber ich wußte, daß sie keine war, weil sie mir gesagt
hatte, daß sie keine wäre. Sie war ein Mädchen, das in einer der Espressobars
arbeitete. Sie sagte, daß sie sich verlieben wollte.«

Später am Abend erzählte er mir die folgende Geschichte: Er hat einen
engen Freund, den Maler B. B., der ist verheiratet, die Ehe ist sexuell nie
befriedigend gewesen. (Er sagte: »Natürlich ist die Ehe sexuell nie befrie-
gend gewesen«, und die Worte ›sexuell befriedigend‹ klangen wie ein klini-
scher Begriff.) B. lebt auf dem Land. Eine Frau aus dem Dorf kommt jeden
Tag, um das Haus zu bestellen. Ungefähr ein Jahr lang schlief B. mit dieser
Frau, jeden Morgen, auf dem Küchenfußboden, während seine Frau ein
Stockwerk höher war. De Silva fuhr hin, um B. zu besuchen, aber B. war
nicht da. Seine Frau auch nicht. De Silva blieb im Haus, um auf ihre
Rückkehr zu warten, und die Putzfrau kam wie gewöhnlich jeden Tag. Sie
erzählte de Silva, daß sie schon ein Jahr lang mit B. schlief, daß sie B. liebe,
»aber natürlich bin ich nicht gut genug für ihn, er tut es nur, weil seine Frau
nicht gut für ihn ist«. »Ist das nicht bezaubernd, Anna? Dieser Satz, seine
Frau ist nicht gut für ihn – das ist nicht unsere Sprache, das ist nicht die
Sprache von unsereinem.« »Sag, was du selber denkst«, sagte ich, aber er legte
seinen Kopf auf die Seite und sagte: »Nein, ich mochte das – die Wärme
darin. Und deshalb schlief ich auch mit ihr. Auf dem Küchenfußboden, auf
einer Art selbstgewebtem Läufer, den sie da haben, genau wie B. es machte.
Ich wollte es, weil B. es gemacht hatte. Ich weiß nicht, warum. Und natürlich
war es mir egal.« Und dann kam B.s Frau zurück. Sie kam zurück, um das
Haus für B. fertig zu machen. Dort fand sie de Silva vor. Sie war erfreut, de
Silva zu sehen, weil er der Freund ihres Mannes war und sie »versucht, ihren
Mann außerhalb des Bettes zufriedenzustellen, weil sie im Bett nichts für ihn
übrig hat«. De Silva verbrachte den ganzen Abend damit, herauszufinden, ob
sie von der sexuellen Beziehung zwischen ihrem Mann und der Putzfrau
wußte. »Dann fand ich heraus, daß sie nichts wußte, und darum sagte ich:
›Natürlich hat die Affäre Ihres Mannes mit der Putzfrau nichts zu bedeuten,
machen Sie sich nichts draus.‹ Sie ging in die Luft. Sie wurde rasend vor
Eifersucht und Haß. Kannst du das verstehen, Anna? Sie sagte dauernd: Er
hat jeden Morgen mit dieser Frau auf dem Küchenfußboden geschlafen. Das
war der Satz, den sie dauernd sagte: Er hat mit ihr auf dem Küchenfußboden
geschlafen, während ich oben gelesen habe.« Da unternahm de Silva alles, um

B.s Frau zu besänftigen, wie er es nannte, und dann kam B. zurück. »Ich erzählte B., was ich getan hatte, und er vergab mir. Seine Frau sagte, sie würde ihn verlassen. Ich denke, sie wird ihn jetzt verlassen. Weil er mit der Putzfrau ›auf dem Küchenfußboden‹ geschlafen hat.«

Ich fragte ihn: »Warum hast du das getan?« (Als ich ihm zuhörte, empfand ich einen außergewöhnlich kalten, einen teilnahmslosen Schrecken; ich war passiv in einer Art Schrecken.)

»Warum? Warum fragst du das? Was tut das zur Sache? Ich wollte nur sehen, was passiert, das ist alles.«

Als er das sagte, lächelte er. Es war ein sich erinnerndes, ziemlich verschlagenes, genußvolles, interessiertes Lächeln. Ich erkannte das Lächeln wieder – es war die Essenz meines Traumes, es war das Lächeln der Figur in meinem Traum. Ich wollte aus dem Zimmer rennen. Und dabei dachte ich: Diese Eigenschaft, dieses intellektuelle ›Ich wollte sehen, was passiert‹, ›Ich möchte sehen, was als nächstes passiert‹, liegt irgendwie in der Luft, das haben so viele Leute, die man trifft, es ist ein Teil von dem, was wir alle sind. Es ist die Kehrseite von ›Es ist egal, es machte mir nichts aus‹ – die Phrase, die sich durch alles, was de Silva sagte, hindurchzog.

De Silva und ich verbrachten die Nacht zusammen. Warum? Weil es mir nichts bedeutete. Daß es mir etwas bedeutete, die Möglichkeit, daß es mir etwas bedeuten könnte, war in weite Entfernung gerückt. Es gehörte zu der Anna, die normal war, die irgendwo an einem Horizont weißen Sandes davonging, die ich sehen konnte, aber nicht berühren.

Für mich war die Nacht tödlich wie sein interessiertes, gleichgültiges Lächeln. Er war kalt, unbeteiligt, geistesabwesend. Es war ihm egal. Doch in manchen Momenten fiel er plötzlich zurück in die Haltung eines bemitleidenswerten Kindes, das seine Mutter braucht. Für mich waren diese Momente schlimmer als die kühle Gleichgültigkeit und die Neugierde. Denn ich hielt hartnäckig an dem Gedanken fest: Natürlich ist das sein Problem, nicht meins. Männer setzen solche Sachen in die Welt, sie setzen uns in die Welt. Am Morgen, als ich mich daran erinnerte, wie ich mich daran geklammert hatte, wie ich mich immer daran klammere, kam ich mir albern vor. Denn warum sollte das wahr sein?

Am Morgen brachte ich ihm das Frühstück. Ich fühlte mich kalt und gleichgültig. Verdammt – mir war, als wäre kein bißchen Leben oder Wärme in mir zurückgeblieben. Ich fühlte mich, als hätte er mir alles Leben herausgesogen. Aber wir waren überaus nett zueinander. Ich war freundschaftlich und losgelöst von ihm. Als er ging, sagte er, daß er mich anrufen würde, und ich sagte, daß ich nicht wieder mit ihm schlafen würde. Auf seinem Gesicht zeigte sich plötzlich eine gemeine Wut; und ich sah sein Gesicht so, wie es ausgesehen haben mußte, als das Mädchen, das er in der Straße aufgegabelt hatte, auf seine Liebesbeteuerungen einging. So hatte er ausgesehen, als sie darauf reagierte – wütend und verderbt. Aber ich hatte das nicht erwartet. Dann kam die Maske lächelnder Gleichgültigkeit zurück, und er sagte: »Warum nicht?« Ich antwortete: »Weil es dir scheißegal ist, ob du mit mir schläfst oder nicht.« Ich hatte erwartet, daß er sagen würde: »Aber dir ist es doch auch egal«, was ich akzeptiert hätte. Aber plötzlich war er wieder das bemitleidenswerte Kind der nächtlichen Augenblicke und sagte: »Aber nein, es ist mir nicht egal, ganz und gar nicht.« Er war tatsächlich im Begriff, sich an die Brust zu schlagen, um das zu beweisen – er stoppte seine geballte Faust auf dem Wege zu seiner Brust, ich beobachtete ihn. Und wieder spürte ich die Atmosphäre des Nebeltraumes – Bedeutungslosigkeit, die Leere des Gefühls.

Ich sagte: »Doch, es ist dir egal. Aber wir werden weiter Freunde bleiben.« Er ging die Treppe hinunter, ohne ein Wort. An jenem Nachmittag rief er mich an. Er erzählte mir zwei oder drei kalte, amüsante, gehässige Geschichten über gemeinsame Bekannte. Ich wußte, daß noch etwas kommen würde, denn ich hatte eine unbestimmte Ahnung, aber ich konnte mir nicht vorstellen, was. Dann sagte er, abwesend, nahezu gleichgültig: »Ich möchte, daß du eine Freundin von mir heute nacht in deinem Zimmer im oberen Stockwerk schlafen läßt. Du weißt schon, das Zimmer genau über dem Zimmer, in dem du schläfst.«

»Aber das ist Janets Zimmer«, sagte ich. Ich konnte nicht verstehen, was er wirklich meinte.

»Du könntest sie doch umquartieren – aber es ist egal. Es kann auch jedes andere Zimmer sein. Im oberen Stockwerk. Ich werde sie diesen Abend gegen zehn Uhr vorbeibringen.«

»Du willst eine Freundin in meine Wohnung bringen, damit sie über Nacht bleibt?« Ich war so dumm, daß ich nicht begriff, was er meinte. Aber ich war wütend, ich hätte es also wissen müssen.

»Ja«, sagte er gleichgültig. Dann mit dieser abwesenden, kalten Stimme: »Das ist doch ohnehin nicht so wichtig.« Und er legte auf.

Ich stand da und dachte nach. Dann kapierte ich es, wegen meiner Wut, und rief zurück. Ich sagte: »Willst du sagen, daß du eine Frau mit in meine Wohnung bringen willst, damit du mit ihr schlafen kannst?«

»Ja. Sie ist keine Freundin von mir. Ich wollte eine Prostituierte vom Bahnhof mitbringen. Ich wollte mit ihr genau über deinem Zimmer schlafen, damit du uns hören kannst.«

Ich konnte nichts sagen. Dann fragte er: »Anna, bist du wütend?«

Ich antwortete: »Du wärst überhaupt nicht auf den Gedanken gekommen, wenn du mich nicht hättest wütend machen wollen.«

Da stieß er einen Schrei aus wie ein Kind: »Anna, Anna, es tut mir leid, verzeih mir.« Er begann zu wehklagen und zu weinen. Ich glaube, er stand da und schlug sich mit der Hand, die nicht den Hörer hielt, an die Brust oder rannte mit seinem Kopf gegen die Wand – auf jeden Fall konnte ich unregelmäßige, dumpfe Schläge hören, die beides sein konnten. Und ich wußte ziemlich genau, daß er all dies von Anfang an geplant hatte, genau von dem Moment an, als er mich anrief, um mir zu sagen, daß er die Frau in meine Wohnung bringen würde, damit er das Gespräch beenden konnte, indem er an seine Brust schlug oder mit dem Kopf gegen die Wand rannte – darum ging es ihm. Ich legte auf.

Dann bekam ich zwei Briefe. Der eine kühl, hämisch, impertinent – aber vor allem irrelevant, er hatte nichts mit uns zu tun, ein Brief, der nach einem Dutzend anderer Situationen hätte geschrieben sein können, jede von der anderen grundverschieden. Das war auch der Zweck dieses Briefes – seine Inkonsequenz. Und dann ein weiterer Brief, zwei Tage später, das hysterische Jammern eines Kindes. Der zweite Brief brachte mich noch mehr aus der Fassung als der erste.

Ich habe zweimal von de Silva geträumt. Er ist die Inkarnation des Freude-am-Schmerz-Zufügen-Prinzips. Er war in meinem Traum ohne Maske, genauso wie er in Wirklichkeit ist, lächelnd, hämisch, gleichgültig, interessiert.

Molly rief mich gestern an. Sie hat gehört, daß er seine Frau ohne Geld mit den beiden Kindern im Stich gelassen hat. Seine Familie, die reiche Oberschichtfamilie, hat sie allesamt aufgenommen. Molly: »Das Schlimme daran ist natürlich, daß er seine Frau dazu überredet hat, ein zweites Kind zu bekommen, das sie nicht haben wollte, nur um sicherzugehen, daß sie festgenagelt ist und er unabhängig. Dann haute er nach England ab, wo ich, wie er annahm, ihm den Weg ebnen würde. Und das Furchtbare dabei ist, wäre ich in diesem entscheidenden Moment nicht weggewesen, hätte ich genau das getan, hätte ich die ganze Sache für bare Münze genommen: Armer Singalese, Intellektueller, unfähig, seinen Lebensunterhalt zu verdienen, muß Frau und zwei Kinder verlassen, um zu den gutbezahlten Intellektuellen-Märkten von London zu kommen. Was für Dummköpfe wir sind, immerzu, ewig, wir lernen nie dazu, und ich weiß ziemlich genau, daß ich das nächstemal, wenn es passiert, nichts dazugelernt haben werde.«

Ich traf B., den ich nun schon eine Zeitlang kenne, zufällig auf der Straße. Ging mit ihm zusammen Kaffee trinken. Er sprach warmherzig von de Silva. Er erzählte, er hätte de Silva dazu überredet, »netter zu seiner Frau zu sein«. Er sagte, daß er, B., die Hälfte der monatlichen Unterstützung für de Silvas Frau aufbringen würde, wenn de Silva versprechen würde, die andere Hälfte zu zahlen. »Und zahlt er die andere Hälfte?« fragte ich. »Nein, natürlich nicht«, sagte B., sein bezauberndes, intelligentes Gesicht voller Entschuldigung, nicht so sehr für de Silva, als vielmehr für das ganze Universum. »Und wo ist de Silva?« fragte ich, die Antwort schon wissend. »Er bereitet seinen Umzug vor und wird in dem Dorf ganz in der Nähe von mir wohnen. Es gibt da eine Frau, die er mag. Genaugenommen, die Frau, die jeden Morgen kommt, um mein Haus zu putzen. Sie wird trotzdem weiterhin unser Haus putzen, ich bin froh darüber. Sie ist sehr nett.«

»Freut mich für ihn«, sagte ich.

»Ja, ich habe ihn so gern.«

Ungebundene Frauen

4

Anna und Molly beeinflussen Tommy zum Guten.
Marion verläßt Richard. Anna ist nicht sie selbst

Anna wartete auf Richard und Molly. Es war ziemlich spät, schon fast elf. Die Vorhänge in dem hohen, weißen Raum waren zugezogen, die Notizbücher weit weg gelegt, ein Tablett mit Getränken und Broten stand schon bereit. Anna saß entspannt auf einem Stuhl, lethargisch vor moralischer Erschöpfung. Sie hatte nun verstanden, daß sie keine Kontrolle mehr hatte über das, was sie tat. Außerdem hatte sie am frühen Abend durch Ivors halboffene Tür Ronnie im Morgenmantel erblickt. Es schien so, als ob er einfach wieder eingezogen wäre und als läge es nun an ihr, sie beide hinauszuwerfen. Sie hatte sich selbst bei dem Gedanken ertappt: Was soll's? Und selbst wenn sie und Janet ihre Sachen packen und ausziehen müßten und die Wohnung Ivor und Ronnie überlassen würden, dann nur, um Streitigkeiten zu vermeiden. Daß diese Idee fast an Verrücktheit grenzte, überraschte sie nicht, denn sie war zu dem Schluß gekommen, daß sie wahrscheinlich verrückt war. Nichts, was sie dachte, gefiel ihr; einige Tage lang hatte sie Gedanken und Bilder, die ihr durch den Kopf gingen, beobachtet, ohne die geringste Gefühlsregung, und sie nicht mehr als ihre eigenen erkannt.

Richard hatte gesagt, er wolle Molly vom Theater abholen, wo sie zur Zeit die Rolle einer köstlich frivolen Witwe spielte, die versuchte, sich für einen ihrer vier neuen Ehemänner zu entscheiden, von denen einer attraktiver war als der andere. Es sollte eine Konferenz stattfinden. Vor drei Wochen hatte Marion, die Tommys wegen lange aufgeblieben war, oben in der leeren Wohnung geschlafen, die früher von Anna und Janet bewohnt wurde. Am nächsten Tag hatte Tommy seiner Mutter mitgeteilt, daß Marion ein *pied-à-terre* in London brauche. Sie würde natürlich die volle Miete für die Wohnung zahlen, obwohl sie sie nur gelegentlich benutzen wollte. Seitdem war Marion nur einmal bei sich zu Hause gewesen, um Kleider zu holen. Sie lebte im oberen Stockwerk und hatte in Wirklichkeit Richard und ihre Kinder heimlich verlassen. Doch schien sie nicht zu wissen, daß sie es getan hatte, denn allmorgendlich kam es zu einer erregten Szene mit gegenseitigen Vorhaltungen in Mollys Küche, bei der Marion ausrief, daß es wirklich ungehörig von ihr gewesen sei, sich die letzte Nacht so lange aufhalten zu lassen und daß sie heute nach Hause gehen und nach dem Rechten sehen würde – »ja, wirklich, ich verspreche es dir, Molly« – als sei Molly diejenige, der sie Rechenschaft schuldig war. Molly hatte Richard angerufen und ihn aufgefordert, etwas zu unternehmen. Aber er lehnte ab. Er hatte der Form halber eine Haushälterin eingestellt, und seine Sekretärin Jean saß praktisch schon im Sattel. Er war froh, daß Marion gegangen war.

Dann passierte noch etwas. Tommy, der den Schutz seines Heimes noch nicht verlassen hatte, seit er aus dem Krankenhaus zurück war, ging mit Marion zu einem politischen Treffen, bei dem es um die afrikanische Unabhängigkeit ging. Anschließend fand in der Straße, die an der Londoner Vertretung des betreffenden Landes vorbeiführte, eine spontane Demonstration statt. Marion und Tommy waren der Menge, meist Studenten, gefolgt. Es gab eine Auseinandersetzung mit der Polizei. Tommy hatte keinen weißen Stock bei sich, es gab also kein äußeres Zeichen dafür, daß er blind war. Er ›machte nicht, daß er vorwärts kam‹, als man ihn dazu aufforderte, und wurde festgenommen. Marion, die durch die Menge ein paar Minuten von ihm getrennt worden war, warf sich auf den Polizisten, schrie hysterisch. Sie wurden mit einem Dutzend anderer Leute zusammen zur Polizeistation gebracht. Am nächsten Morgen wurden sie zu einer Geldstrafe verurteilt. Die Zeitungen verbreiteten großaufgemacht eine Story über die Frau eines bekannten Financiers aus der City. Und nun rief Richard Molly an, die ihrerseits ablehnte, ihm zu helfen. »Du würdest wegen Marion keinen Finger krumm machen, du sorgst dich nur, weil dir die Zeitungen auf der Spur sind und etwas über Jean herausfinden könnten.«

Also rief Richard Anna an.

Während dieser Unterhaltung beobachtete Anna sich selbst, wie sie da stand, den Telefonhörer in der Hand haltend, ein kleines, sprödes Lächeln auf dem Gesicht, während Richard und sie sich ihre Feindseligkeiten an den Kopf warfen. Sie hatte das Gefühl, als würde sie gezwungen, das zu tun; als könnte keins der Worte, die entweder sie oder Richard benutzten, irgendwie anders sein; und als wäre das, was sie sagten, ein Gespräch von Wahnsinnigen.

Seine Wut äußerte sich in unzusammenhängenden Sätzen: »Es ist eine absolute Farce. Ihr habt das angezettelt, ja, das habt ihr getan, um euch zu rächen. Afrikanische Unabhängigkeit, was für eine Farce! Spontane Demonstration. Du hast die Kommunisten auf Marion gehetzt, und sie ist so naiv, daß sie nicht einmal einen erkennt, wenn sie einen sieht. Und alles nur, weil du und Molly einen Narren aus mir machen wollt.«

»Aber natürlich, genau so ist es, lieber Richard.«

»Das ist wohl eure Form von Witz, ›Firmendirektorsgattin wurde eine Rote‹.«

»Natürlich.«

»Ich werde dafür sorgen, daß ihr bloßgestellt werdet.«

Anna dachte: Das ist deshalb so angsterregend, weil Richards Wut, wenn dies nicht England wäre, bedeuten würde, daß Leute ihre Jobs verlieren oder ins Gefängnis gehen müßten oder erschossen würden. Hier ist er nur ein Mann mit schlechter Laune, aber er ist eine Widerspiegelung von etwas so Schrecklichem ... und ich stehe hier und mache so schwache, sarkastische Bemerkungen.

Sie sagte sarkastisch: »Mein lieber Richard, weder Marion noch Tommy haben das geplant. Sie wurden einfach mit der Menge mitgetrieben.«

»Mitgetrieben! Du glaubst wohl, du kannst mich zum Narren halten?«

»Zufällig war ich auch da. Wußtest du nicht, daß Demonstrationen in der jetzigen Situation tatsächlich spontan sind? Die KP hat jeglichen Einfluß, den sie auf junge Leute hatte, verloren, und die Labour Party ist zu altväterlich, um so etwas zu organisieren. Was also wirklich passiert, ist, daß junge Leute losgehen und ihre Meinung über Afrika oder Krieg oder sonstwas zum Ausdruck bringen.«

»Ich hätte mir denken können, daß du da warst.«

»Nein, du hättest es dir nicht denken können. Weil es nämlich ein Zufall war. Ich kam vom Theater heim und sah eine Studentenmenge, die durch die Straßen stürmte. Ich stieg aus dem Bus aus und ging ihnen nach, um zu sehen, was los war. Daß Marion und Tommy da waren, habe ich erst aus den Zeitungen erfahren.«

»Und was beabsichtigst du nun zu unternehmen?«

»Ich beabsichtige, überhaupt nichts zu unternehmen. Du kannst selbst sehen, wie du mit der roten Gefahr fertig wirst.«

Und Anna legte den Hörer auf und wußte, daß das nicht das Ende war und daß sie tatsächlich etwas unternehmen würde, weil eine Art Logik am Werk war, die sie dazu zwingen würde.

Molly rief kurze Zeit später an, dem Zusammenbruch nahe: »Anna, du mußt Tommy besuchen und versuchen, ihn zur Einsicht zu bringen.«

»Hast du es versucht?«

»Das ist ja gerade das Merkwürdige. Ich kann es nicht einmal versuchen. Ich sage mir immer wieder – ich kann nicht weiter so wie ein Gast in meinem eigenen Hause leben, mit Marion und Tommy, die alles an sich reißen. Warum sollte ich auch? Aber dann passiert etwas Merkwürdiges, ich raffe mich auf, will ihnen die Stirn bieten – aber man kann Marion nicht *die Stirn bieten*, weil sie nicht zu fassen ist. Und ich ertappe mich, wie ich denke: Also gut, warum nicht? Was soll's? Wen kümmert's? Ich ertappe mich selbst beim Schulterzucken. Ich komme vom Theater zurück und schleiche mich in meiner eigenen Wohnung nach oben, damit ich Marion und Tommy nicht störe, und fühle mich sogar ziemlich schuldig, daß ich überhaupt da bin. Verstehst du das?«

»Unglücklicherweise, ja.«

»Ja. Aber was mich dabei ängstigt ist – wenn man die Situation tatsächlich mit Worten beschreibt – du weißt schon, die zweite Frau meines Mannes zog in mein Haus, weil sie ohne meinen Sohn nicht leben konnte, usw. – das ist nicht nur *komisch*, es ist – aber natürlich, das hat überhaupt nichts miteinander zu tun. Weißt du, was ich gestern gedacht habe, Anna? Ich saß oben, mucksmäuschenstill, um Marion und Tommy nicht zu stören, und dachte, daß ich einfach eine Tasche packen und irgendwo hingehen und sie zurücklassen sollte, und ich dachte, daß die Generation nach uns nur einen Blick auf uns werfen wird und mit achtzehn heiratet, Scheidung verbietet und für einen strengen Moralkodex und all so etwas eintritt, weil sonst das Chaos zu fürchterlich ist . . .« Hier schwankte Mollys Stimme, und sie machte schnell Schluß: »Bitte geh zu ihnen hin, Anna, du mußt, weil ich einfach mit nichts mehr fertig werde.«

Anna zog ihren Mantel an, nahm ihre Tasche und war bereit, ›damit fertig zu werden‹. Sie hatte überhaupt keine Ahnung, was sie sagen sollte, geschweige denn, was sie dachte. Sie stand mitten in ihrem Zimmer, leer wie eine Papiertüte, bereit, zu Marion und Tommy zu gehen und zu sagen – aber was bloß? Sie dachte an Richard, seine konventionelle, hinterlistige Wut; an Molly, all ihren Mut, der in apathisches Weinen mündete; an Marion, deren Schmerz sich in eine kühle Hysterie gewandelt hatte; an Tommy – aber sie konnte nur ihn sehen, sein blindes, eigensinniges Gesicht sehen, sie konnte eine Art Kraft, die von ihm ausging, fühlen, aber sie konnte sie nicht benennen.

Plötzlich kicherte sie. Anna hörte das Kichern: Ja, genauso hatte Tommy damals in der Nacht gekichert, als er zu mir kam, bevor er versuchte, sich umzubringen. Wie seltsam, ich habe mich noch nie so lachen hören.

Was ist aus der Person in Tommy geworden, die so gekichert hat? Sie ist vollkommen verschwunden – ich vermute, Tommy hat sie umgebracht, als die Kugel durch seinen Kopf ging. Wie seltsam, daß ich dieses helle, sinnlose Kichern von mir gebe! Was werde ich Tommy sagen? Ich weiß doch nicht einmal, was vor sich geht.

Was soll das alles? Ich soll zu Marion und Tommy gehen und sagen: Ihr müßt aufhören, so zu tun, als ob ihr euch für den afrikanischen Nationalismus interessiert, ihr wißt doch beide ziemlich genau, daß das Unsinn ist?

Anna kicherte wieder, über die Sinnlosigkeit.

Was wohl Tom Mathlong sagen würde? Sie stellte sich vor, wie sie Tom Mathlong an einem Tisch im Café gegenübersitzen und ihm über Marion und Tommy erzählen würde. Er würde zuhören und sagen: »Anna, du erzählst mir, daß diese beiden Menschen sich entschlossen haben, für die afrikanische Befreiung zu arbeiten? Und da soll ich mich für ihre Motive interessieren?« Aber dann würde er lachen. Anna konnte sein Lachen richtig hören, tief, voll, aus dem Bauch emporgeschüttelt. Er würde seine Hände auf seine Knie legen und lachen, dann seinen Kopf schütteln und sagen: »Meine liebe Anna, ich wünschte, wir hätten eure Probleme.«

Anna fühlte sich besser, als sie das Lachen hörte. Hastig suchte sie ein paar Unterlagen zusammen, die ihr eingefallen waren, als sie an Tom Mathlong dachte; sie stopfte sie in ihre Handtasche und lief auf die Straße und weiter zu Mollys Haus. Beim Gehen dachte sie an die Demonstration, bei der Marion und Tommy festgenommen worden waren. Die Demonstration war ganz anders gewesen als eine der straff organisierten politischen Demonstrationen der KP in früheren Zeiten; oder als eine Versammlung der Labour Party. Nein, sie war fließend, experimentell gewesen – die Leute taten Dinge, ohne zu wissen, warum. Der Strom der jungen Leute war wie Wasser die Straße zur Vertretung hinuntergeflossen. Niemand hatte sie dirigiert oder kontrolliert. Dann die Flut der Leute um das Gebäude herum, fast zaghaft ihre Parolen rufend, als ob sie hören wollten, wie sie klangen. Dann die Ankunft der Polizei. Und die Polizei war genauso zögernd und zaghaft gewesen. Sie wußte nicht, was sie zu erwarten hatte. Anna, auf der einen Seite stehend, hatte beobachtet: daß man in dem unruhigen, fließenden Hin und Her der Leute und der Polizei eine Struktur oder ein Motiv erkennen konnte. Etwa zwölf bis zwanzig junge Männer, alle mit dem gleichen Ausdruck auf ihren Gesichtern – einem festen, ernsten, feierlichen Ausdruck, hatten auf eine Weise agiert, als wollten sie die Polizei absichtlich verspotten und provozieren. Sie waren so dicht an einem Polizisten vorbei- oder auf ihn zugerannt, daß wie zufällig ein Helm nach vorn rutschte oder ein Arm angestoßen wurde. Sie waren rasch zur Seite gesprungen, dann zurückgekommen. Der Polizist hatte diese Gruppe junger Männer beobachtet. Sie wurden einer nach dem anderen festgenommen, weil sie sich so benahmen, daß sie festgenommen werden mußten. Und bei der Festnahme hatte auf allen Gesichtern ein Ausdruck der Befriedigung über das Erreichte gelegen. Einen Moment lang hatte es einen privaten Kampf gegeben – der Polizist war so brutal gewesen, wie er es wagte; auf seinem Gesicht ein plötzlicher Ausdruck von Grausamkeit.

Unterdessen hatten die Studentenmassen, die nicht gekommen waren, um ihr privates Bedürfnis nach Herausforderung und Bestrafung durch die Autorität zu befriedigen, weiter Parolen gesungen, um ihr politisches Organ auf die Probe zu stellen; ihr Verhältnis zur Polizei war völlig anders, zwischen ihnen und der Polizei gab es keine Verbindung.

Und was für einen Ausdruck hatte Tommys Gesicht gehabt, als er verhaftet wurde? Anna wußte es, ohne es gesehen zu haben.

Als sie die Tür zu Tommys Zimmer öffnete, war er allein und fragte sofort: »Bist du es, Anna?«

Anna vermied zu sagen: Woher wußtest du das? und fragte: »Wo ist Marion?«

Er sagte steif und mißtrauisch: »Sie ist oben.« Er hätte auch laut sagen können: »Ich möchte nicht, daß du sie besuchst.« Seine dunklen, leeren Augen waren auf Anna gerichtet, fixiert auf sie, sie fühlte sich ausgeliefert, so saugend war sein dunkles Starren. Dennoch war es nicht genau auf sie gerichtet; die Anna, der er verbot, die er warnte, stand etwas weiter links. Anna fühlte mit einem Anflug von Hysterie, daß sie gezwungen war, etwas weiter nach links zu gehen, in seine direkte Blickrichtung oder Blindrichtung. Anna sagte: »Ich geh' jetzt nach oben, nein, bitte bemühe dich nicht.« Denn er hatte sich schon halb erhoben, wollte sie aufhalten mit dieser Gebärde. Sie schloß die Tür und ging direkt die Treppe hinauf zu der Wohnung, in der sie mit Janet gelebt hatte. Sie dachte, daß sie Tommy verlassen hatte, weil sie keine Verbindung zu ihm hatte, ihm nichts zu sagen hatte; daß sie jetzt zu Marion ging, der sie nichts zu sagen hatte.

Das Treppenhaus war schmal und dunkel. Annas Kopf tauchte aus dem Dunkel des Treppenhauses in der weißgetünchten Sauberkeit eines winzigen Treppenabsatzes auf. Durch die Tür sah sie Marion, die sich über eine Zeitung beugte. Sie begrüßte Anna mit einem fröhlichen, offenen Lächeln. »Sieh dir das an!« rief sie, indem sie Anna triumphierend eine Zeitung zuwarf. Darin war ein Foto von Marion abgebildet, mit der Unterschrift: »Es ist absolut verabscheuungswürdig, wie die armen Afrikaner behandelt werden.« Und so weiter. Der Kommentar war bösartig, anscheinend bemerkte Marion das aber nicht. Sie las mit, über Annas Schulter gebeugt, lächelte, knuffte sie frech in die Schultern und wand sich fast vor schuldbewußtem Entzücken. »Meine Mutter und meine Schwestern sind furchtbar wütend, sie sind ganz außer sich.«

»Das kann ich mir vorstellen«, sagte Anna trocken. Sie hörte ihre trockene, kritische, leise Stimme, sah, wie Marion deshalb zusammenzuckte. Anna saß in dem weiß überzogenen Sessel. Marion saß auf dem Bett. Sie sah wie ein großes Mädchen aus, diese unordentliche, hübsche Matrone. Sie sah gefällig und kokett aus.

Anna dachte: Ich nehme an, ich bin hier, um Marion dazu zu bewegen, sich der Realität zu stellen. Was ist denn ihre Realität? Eine schreckliche Biederkeit, erleuchtet durch Alkohol. Warum soll sie eigentlich nicht so sein, warum soll sie nicht den Rest ihres Lebens kichernd, Helme von Polizisten antippend und mit Tommy konspirierend, verbringen?

»Es ist schön, dich zu sehen, Anna«, sagte Marion, nachdem sie darauf gewartet hatte, daß Anna etwas sagen würde. »Möchtest du etwas Tee?«

»Nein«, sagte Anna und erhob sich. Aber es war zu spät, Marion war schon aus dem Zimmer und in die kleine Küche nach nebenan gegangen. Anna folgte ihr.

»Was für eine nette kleine Wohnung, ich liebe sie so. Wie glücklich mußt du gewesen sein, hier zu leben, mir wäre es nicht möglich gewesen, mich davon loszureißen.«

Anna betrachtete sie, diese bezaubernde kleine Wohnung, mit ihren tief heruntergezogenen Decken, den sauber blinkenden Fenstern. Alles war weiß, strahlend, frisch. Jeder einzelne Gegenstand schmerzte sie, denn diese kleinen, heiteren Zimmer hatten ihre und Michaels Liebe beherbergt, vier Jahre von Janets Kindheit, vier Jahre ihrer wachsenden Freundschaft mit Molly hindurch. Anna lehnte gegen eine Wand und sah Marion an, deren Augen vor lauter Hysterie glasig wurden, während sie die Rolle einer beschwingten Gastgeberin spielte. Hinter der Hysterie saß die tödliche Angst, daß Anna sie heimschicken würde, fort von dieser weißen Zuflucht vor der Verantwortung.

Anna schaltete ab; etwas in ihr starb oder wandte sich ab von dem, was passierte. Sie wurde zur leeren Hülle. Sie stand da, blickte auf Worte wie Liebe, Freundschaft, Pflicht, Verantwortung und wußte, daß sie alle Lügen waren. Sie merkte, daß sie mit den Achseln zuckte. Und als Marion sie mit den Achseln zucken sah, zeigte sich wahres Entsetzen auf ihrem Gesicht, und sie sagte: »Anna!« es war eine flehende Bitte.

Anna begegnete Marion mit einem Lächeln, von dem sie wußte, daß es leer war, und dachte, ach, es ist vollkommen egal. Sie ging zurück in den anderen Raum und setzte sich, leer.

Bald darauf kam Marion mit dem Teetablett herein. Sie sah schuldbewußt und trotzig aus, weil sie eine Anna erwartete, die sich ihr entgegenstellen würde. Sie fing an, ein großes Getue um die Teelöffel und die Teetassen zu machen, um die Anna, die nicht da war, abzulenken; dann seufzte sie, schob das Tablett zur Seite, und ihr Gesicht wurde weich.

Sie sagte: »Ich weiß, daß Richard und Molly dich gebeten haben, herzukommen und mit mir zu sprechen.«

Anna saß still da. Sie fühlte, sie würde für immer still dasitzen. Und dann wußte sie, daß sie anfangen würde zu reden. Sie dachte: Ich möchte gern wissen, was ich sagen werde? Und ich möchte gern wissen, wer die Person ist, die das sagen wird? Wie seltsam, hier zu sitzen und darauf zu warten, das, was man sagen wird, zu hören. Sie sagte, fast träumerisch: »Marion, erinnerst du dich an Mr. Mathlong?« (Sie dachte: Ich werde über Tom Mathlong sprechen, tatsächlich, wie seltsam!) »Wer ist Mr. Mathlong?«

»Der afrikanische Anführer. Erinnerst du dich, du kamst mich seinetwegen besuchen.«

»Oh, ja, der Name war mir im Moment entfallen.«

»Ich mußte heute morgen an ihn denken.«

»Oh, wirklich?«

»Ja, wirklich.« (Annas Stimme fuhr ruhig und nüchtern fort. Sie hörte ihr zu.)

Marion sah auf einmal betreten und bekümmert aus. Sie zerrte an einer losen Haarsträhne und wand sie um ihren Zeigefinger.

»Als er vor zwei Jahren hier war, war er sehr deprimiert. Er hatte wochenlang versucht, den Kolonialminister zu sprechen, und war immer wieder abgewiesen worden. Er konnte sich an den zehn Fingern abzählen, daß er bald im Gefängnis sein würde. Er ist ein sehr intelligenter Mann, Marion.«

»Ja, ich bin sicher, daß er das ist.« Marions Lächeln war schnell und unfreiwillig, als ob sie sagen wollte: Ja, du bist raffiniert, aber ich weiß schon, worauf du hinaus willst.

»Am Sonntag rief er mich an und sagte, er wäre müde und brauchte eine Pause. Also fuhr ich mit ihm nach Greenwich; auf einem Schiff. Auf dem Rückweg war er sehr schweigsam. Er saß lächelnd auf Deck. Er betrachtete die Ufer. Du weißt ja, Marion, es ist sehr, sehr beeindruckend, wenn man von Greenwich zurückkommt und die geballte Front Londons vor Augen hat. Das County Council Building. Und die riesigen Geschäftsgebäude. Und die Werften und die Schiffe und die Docks. Und dann Westminster . . .« (Anna sprach leise, immer noch gespannt, zu hören, was sie als nächstes sagen würde.) »Alles schon seit Jahrhunderten da. Ich fragte ihn, woran er dachte. Er sagte: ›Ich lasse mich von den weißen Siedlern nicht entmutigen. Ich war nicht entmutigt, als ich das letztemal im Gefängnis war – die Geschichte ist auf der Seite unseres Volkes. Aber heute nachmittag lastet das Gewicht des britischen Weltreiches wie ein Grabstein auf mir.‹ Er sagte: ›Hast du dir schon einmal klargemacht, wie viele Generationen es dauert, eine Gesellschaft zu formen, in der die Busse pünktlich verkehren? In der Geschäftsbriefe richtig beantwortet werden? In der man seinen Ministern glauben kann, daß sie keine Bestechungsgelder annehmen?‹ Wir fuhren gerade an Westminster vorbei, und ich erinnere mich, gedacht zu haben, daß wohl die meisten unserer Politiker nicht halb so qualifiziert waren wie er – denn er ist so etwas wie ein Heiliger, Marion . . .«

Annas Stimme brach ab. Sie hörte es und dachte: Jetzt weiß ich, was los ist. Ich bin hysterisch. Ich bin schon genauso hysterisch wie Marion und Tommy. Ich habe überhaupt keine Kontrolle mehr über das, was ich tue. Sie dachte: Ich verwende ein Wort wie ›Heiliger‹ – ich gebrauche es nie, wenn ich ich selbst bin. Ich weiß nicht, was es bedeutet. Ihre Stimme fuhr fort, höher, ziemlich schrill: »Ja, er ist ein Heiliger. Ein Asket, aber kein neurotischer. Ich sagte zu ihm, ich fände den Gedanken sehr traurig, daß die afrikanische Unabhängigkeit zu einer Frage von pünktlichen Bussen und sauber getippten Geschäftsbriefen gemacht würde. Er sagte, ja, das sei wohl traurig, aber danach würde sein Land eben beurteilt werden.«

Anna hatte angefangen zu weinen. Sie saß weinend da und sah sich selbst dabei zu. Marion beobachtete sie, vorgelehnt, mit glänzenden Augen, neugierig, voller Ungläubigkeit. Anna hielt ihre Tränen zurück und fuhr fort: »Wir stiegen in Westminster aus. Wir gingen am Parlament vorbei. Er sagte – ich nehme an, er dachte gerade an all die unbedeutenden Politiker dort drinnen –: ›Ich hätte überhaupt nicht Politiker werden sollen. Bei einer nationalen Befreiungsbewegung werden die verschiedensten Menschen fast durch Zufall mithineingezogen, wie Blätter, die in einen Wirbelsturm gesogen werden!‹ Dann dachte er einen Moment darüber nach und sagte: ›Ich halte es für sehr wahrscheinlich, daß ich wieder im Gefängnis landen werde, wenn wir unsere Unabhängigkeit erlangt haben. Ich bin einfach der falsche Typ für die ersten paar Revolutionsjahre. Ich fühle mich unwohl, wenn ich öffentliche Reden halten muß. Ich bin glücklicher, wenn ich analytische Artikel schreiben kann.‹ Dann gingen wir in ein Lokal, um Tee zu trinken, und er sagte: ›So oder so rechne ich damit, einen guten Teil meines Lebens im Gefängnis zu verbringen.‹ Das hat er gesagt!«

Annas Stimme schlug wieder um. Sie dachte: Lieber Gott, wenn ich hier säße und mich beobachten würde, würde mir von dem sentimentalen Zeug ganz übel. Ja, mir wird von mir selbst übel. Sie sagte laut, mit zitternder Stimme: »Wir sollten das, wofür er eintritt, nicht entwerten.« Sie dachte: Ich entwerte mit jedem Wort das, wofür er eintritt.

Marion sagte: »Was er sagt, klingt wunderbar. Aber es können nicht alle so sein wie er.«

»Nein, natürlich nicht. Nimm beispielsweise seinen Freund – er ist bombastisch und demagogisch, und er trinkt und hurt herum. Er wird wahrscheinlich der erste Premierminister werden – er hat alle Voraussetzungen dazu – er ist eine Spur gewöhnlich, weißt du.«

Marion lachte. Anna lachte. Das Lachen war überlaut und unkontrolliert.

»Da ist noch so einer«, fuhr Anna fort. (Wer denn? dachte sie. Ich werde doch wohl nicht über Charlie Themba sprechen?) »Er ist Gewerkschaftsführer, heißt Charlie Themba. Er ist gewalttätig und leidenschaftlich und streitsüchtig und loyal, und – vor kurzem klappte er zusammen.«

»Klappte zusammen?« fragte Marion hastig. »Was meinst du damit?«

Anna dachte: Ja, ich hatte wirklich die ganze Zeit vor, über Charlie zu reden. Das war es wahrscheinlich, worauf ich die ganze Zeit zugesteuert habe.

»Ich kann auch sagen ›brach zusammen‹. Aber weißt du, Marion, was wirklich seltsam ist? Niemand hat den Beginn seines Zusammenbruchs bemerkt. Denn die Politik dort unten – ist gewalttätig, voller Intrigen und Eifersüchteleien und Bosheit – fast wie im Elisabethanischen England . . .« Anna schwieg. Marion runzelte vor Ärger die Stirn. »Marion, weißt du, daß du ärgerlich aussiehst?« »So?«

»Ja, weil es eine Sache ist, *Schlechtes* zu denken, eine andere, zuzulassen, daß afrikanische Politik irgendeine Ähnlichkeit mit der englischen haben könnte – auch wenn es die einer vergangenen Epoche ist.«

Marion errötete, dann lachte sie. »Erzähl weiter von ihm«, sagte sie.

»Nun, Charlie fing an, mit Tom Mathlong, seinem besten Freund, zu streiten, und dann mit allen anderen Freunden. Er warf ihnen vor, sie intrigierten gegen ihn. Dann schrieb er auf einmal bittere Briefe an Leute wie mich, hierher. Wir sahen nicht, was wir hätten sehen sollen. Und dann bekam ich plötzlich einen Brief – ich habe ihn mitgebracht. Würdest du ihn gerne lesen?«

Marion streckte ihre Hand aus. Anna gab ihr den Brief. Anna dachte: Als ich diesen Brief in meine Tasche steckte, wußte ich gar nicht, warum . . . Der Brief war ein Durchschlag. Er hatte ihn an mehrere Leute geschickt. *Liebe Anna* stand zuoberst, mit fahriger Bleistiftschrift.

»Liebe Anna, in meinem letzten Brief schrieb ich dir von den Intrigen gegen mich und von den Feinden, die Anschläge auf mein Leben verüben. Meine früheren Freunde haben sich gegen mich gewandt, sie halten Reden vor den Leuten in meinem Bezirk, in denen sie behaupten, daß ich der Feind des Kongresses und ihr Feind sei. Inzwischen bin ich krank, und ich schreibe, um dich zu bitten, mir einwandfreie Lebensmittel zu schicken, denn ich fürchte, man will mich vergiften. Ich bin krank, denn ich habe herausgefunden, daß meine Frau von der Polizei und selbst dem Gouverneur bezahlt wird. Sie ist eine sehr böse Frau, von der ich mich scheiden lassen muß. Zweimal bin ich rechtswidrig verhaftet worden, und ich muß das hinnehmen, da ich ohne Hilfe bin. Ich bin allein in meinem Haus. Augen beobachten mich durch Dach und Wände. Man gibt mir vielerlei gefährliche Nahrung zu essen, angefangen von Menschenfleisch (von Leichen) bis hin zu Reptilien, Krokodile eingeschlossen. Das Krokodil will Rache nehmen. Nachts sehe ich, wie seine Augen mich anfunkeln, und seine Schnauze kommt durch die Wand auf mich zu. Komm mir schnell zu Hilfe. Mit brüderlichen Grüßen, Charlie Themba.«

Marion ließ die Hand, die den Brief hielt, sinken. Sie saß still da. Dann seufzte sie. Sie stand auf, schlafwandlerisch, gab Anna den Brief, setzte sich wieder, strich den Rock glatt und faltete ihre Hände. Sie sagte, fast träumerisch: »Anna, ich war die ganze Nacht über wach. Ich kann nicht zurück zu Richard gehen. Ich kann nicht.«

»Was wird mit den Kindern?«

»Ja, ich weiß. Es ist schrecklich, aber es ist mir egal. Wir haben Kinder, weil wir einen Mann lieben. Jedenfalls glaube ich das. Du sagst ja, das sei für dich nicht wahr, aber für mich ist es wahr. Ich hasse Richard. Wirklich. Ich glaube, ich muß ihn jahrelang gehaßt haben, ohne es zu wissen.« Marion stand langsam auf, mit derselben schlafwandlerischen Bewegung. Ihre Augen suchten den Raum nach Alkohol ab. Eine kleine Flasche Whisky stand auf einem Bücherstapel. Sie füllte ein Glas halb, setzte sich, hielt das Glas und nippte daran. »Warum sollte ich also nicht hier mit Tommy bleiben? Warum nicht?«

»Aber Marion, dies ist Mollys Haus . . .«

In diesem Moment ein Geräusch vom Fuß der Treppe. Tommy kam herauf. Anna sah, wie Marion sich zurechtrückte, eine selbstbeherrschte Haltung annahm. Sie stellte das Whiskyglas ab und wischte ihren Mund schnell mit einem Taschentuch ab. Sie war beherrscht von dem Gedanken: Diese glatten Stufen, aber ich darf ihm nicht helfen.

Langsam kamen die festen, blinden Schritte die Treppe herauf. Sie hielten auf dem Treppenabsatz inne, während Tommy sich an den Wänden entlang tastend drehte. Dann kam er herein. Weil dieser Raum ihm nicht vertraut war, blieb er zunächst stehen, die Hand an der Türkante, dann drehte er sein dunkles, blindes, vorspringendes Gesicht zur Mitte des Raumes, ließ die Tür los und ging vorwärts. »Mehr nach links«, sagte Marion.

Er steuerte nach links, machte einen Schritt zuviel, stieß sein Knie am Bettende an, drehte sich schnell um, um nicht zu fallen, und setzte sich nach nochmaligem Anstoßen hin. Dann sah er sich fragend im Zimmer um.

»Ich bin hier«, sagte Anna.

»Ich bin hier«, sagte Marion.

Er sagte zu Marion: »Ich glaube, es wird Zeit, daß du anfängst, Abendessen zu kochen. Sonst haben wir vor der Versammlung keine Zeit mehr.«

»Wir gehen heute abend zu der großen Versammlung«, sagte Marion lebhaft und schuldbewußt zu Anna. Sie begegnete Annas Blick, zog eine Grimasse und sah weg. In diesem Moment begriff Anna oder fühlte vielmehr, daß, was immer sie Marion und Tommy hatte ›sagen‹ sollen, sie gesagt hatte. Nun bemerkte Marion zu Tommy: »Anna findet, daß wir die Dinge falsch anpacken.«

Tommy drehte sein Gesicht zu Anna. Seine vollen, eigensinnigen Lippen zuckten. Es war eine neue Bewegung – seine Lippen bewegten sich nervös aufeinander, als ob die ganze Unsicherheit, die er in seiner Blindheit auf keinen Fall zeigen wollte, hier herauskäme. Sein Mund, sonst immer das sichtbare Zeichen seines dunklen, festen Willens, immer kontrolliert, schien jetzt das einzig Unkontrollierte an ihm zu sein, denn er war sich nicht bewußt, daß er mit zuckenden Lippen dasaß. In dem klaren abendlichen Licht des kleinen Zimmers saß er auf dem Bett, wachsam, sehr jung, sehr blaß, ein wehrloser Junge mit einem verletzlichen und kläglichen Mund.

»Warum?« fragte er. »Warum?«

»Es ist doch so«, sagte Anna und hörte ihre Stimme wieder, humorvoll und trocken, die ganze Hysterie war verschwunden, »es ist doch so, London ist voller Studenten, die hin und her rennen und auf Polizisten losschlagen. Aber ihr beide seid in der glücklichen Lage, alles studieren zu können und Experten zu werden.«

»Ich dachte, du wärst hergekommen, um mir Marion wegzunehmen«, sagte Tommy klagend und hastig, in einem Tonfall, den keiner von ihm gehört hatte, seit er blind geworden war. »Warum sollte sie zu meinem Vater zurückkehren? Willst du sie dazu bewegen, wieder zurückzugehen?«

Anna sagte: »Warum fahrt ihr beide nicht mal für ein paar Tage weg? Das würde Marion Zeit geben, darüber nachzudenken, was sie machen soll. Und es würde dir eine Chance geben, deine Flügel auch außerhalb dieses Hauses zu erproben, Tommy.«

Marion sagte: »Ich brauche darüber nicht nachzudenken. Ich gehe nicht zurück. Wozu denn? Ich weiß zwar nicht, was ich mit meinem Leben anfangen soll, aber ich weiß, daß ich erledigt bin, wenn ich zu Richard zurückgehe.« Tränen quollen aus ihren Augen, und sie stand auf und flüchtete in die Küche. Tommy lauschte ihrem Verschwinden mit einer Drehung des Kopfes, horchte, dem Anschein nach mit seinen angespannten Nackenmuskeln, auf ihre Bewegungen in der Küche.

»Du bist sehr gut für Marion gewesen«, sagte Anna mit leiser Stimme.

»Meinst du?« fragte er, rührend begierig, es zu hören.

»Das Wichtigste ist – daß du zu ihr hältst. Es ist nicht so leicht, wenn eine zwanzigjährige Ehe auseinanderbricht – sie ist fast so alt wie du.« Sie stand auf. »Und ich finde, du solltest nicht so streng mit uns allen sein«, sagte sie mit schneller, leiser Stimme, die zu ihrer Überraschung wie eine Bitte klang. Sie dachte: Ich empfinde das gar nicht so, warum sage ich es dann? Er lächelte, überzeugt, reuig, errötend. Sein Lächeln war auf irgendeinen Punkt dicht hinter ihrer linken Schulter gerichtet. Sie rückte in seine Blickrichtung. Sie dachte: Alles, was ich jetzt sage, wird der alte Tommy hören, aber sie wußte nicht, was sie sagen sollte.

Tommy sagte: »Ich weiß, was du jetzt denkst, Anna.«

»Was?«

»Irgendwo in der hintersten Ecke deines Gehirns denkst du: Ich bin nichts als eine verdammte Fürsorgerin, was für eine Zeitverschwendung!«

Anna lachte erleichtert; er neckte sie.

»Ja, so was Ähnliches«, sagte sie.

»Das dachte ich mir«, sagte er triumphierend. »Gut, Anna, ich habe viel über diese Sachen nachgedacht, seit ich versucht habe, mich zu erschießen, und ich bin zu dem Schluß gekommen, daß du unrecht hast. Ich glaube, Menschen brauchen andere Menschen, die nett zu ihnen sind.«

»Es kann sehr gut sein, daß du recht hast.«

»Ja. Niemand glaubt wirklich daran, daß all diese großen Anliegen irgendeinen Sinn haben.«

»Niemand?« fragte Anna kühl und dachte dabei an die Demonstration, an der Tommy teilgenommen hatte.

»Liest dir denn Marion nicht mehr aus der Zeitung vor?« erkundigte sie sich.

Er lächelte, genauso kühl wie sie, und sagte: »Ja, ich weiß, was du meinst, aber es ist trotzdem wahr. Weißt du, was die Menschen wirklich wollen? Alle, glaube ich. Alle denken sie: Ich wünschte, es gäbe nur einen Menschen, mit dem ich wirklich reden kann, der mich wirklich versteht, der nett zu mir ist. Das ist es, was die Menschen wirklich wollen, vorausgesetzt, sie sagen die Wahrheit.«

»Nun, Tommy . . .«

»Oh, ja, ich weiß, du glaubst, mein Gehirn wäre bei dem Unfall beschädigt worden, und vielleicht ist das auch der Fall, manchmal glaube ich es selber schon, aber das halte ich jedenfalls für die Wahrheit.«

»Nicht deswegen habe ich mich gefragt, ob du dich verändert hast. Sondern wegen der Art, wie du deine Mutter behandelst.«

Anna sah, wie ihm das Blut ins Gesicht stieg – dann senkte er den Kopf und saß still da. Er machte eine Geste mit der Hand, die sagte: Gut, aber laß mich in Frieden. Anna verabschiedete sich und ging hinaus, an Marion vorbei, die ihr den Rücken zudrehte.

Anna ging langsam nach Hause. Sie wußte nicht, was zwischen ihnen dreien passierte, oder warum es passiert war, oder gar, was als nächstes auf sie zukommen würde. Aber sie wußte, daß eine Schranke zerbrochen war und daß jetzt alles anders sein würde.

Sie legte sich einen Augenblick hin; kümmerte sich um Janet, als sie von der Schule kam; bekam flüchtig Ronny zu sehen, wobei ihr einfiel, daß es später noch eine Auseinandersetzung geben würde, und saß dann da und wartete auf Molly und Richard.

Als sie die beiden die Stufen heraufkommen hörte, wappnete sie sich gegen den unvermeidlichen Streit, aber das erwies sich als überflüssig. Sie kamen herein, fast wie Freunde. Molly hatte sich offensichtlich vorgenommen, sich nicht zu ärgern. Außerdem hatte sie keine Zeit gehabt, sich nach dem Theater zurechtzumachen, was zur Folge hatte, daß der lebenslustige Zug an ihr fehlte, der Richard sonst immer verstimmte.

Sie setzten sich. Anna schenkte etwas zu trinken ein. »Ich war bei ihnen«, berichtete sie. »Und ich glaube, alles wird gut werden.«

»Und wie hast du diese wunderbare Veränderung erreicht?« erkundigte sich Richard, den Worten, aber nicht dem Ton nach sarkastisch.

»Ich weiß es nicht.« Schweigen, und Molly und Richard sahen sich an.

»Ich weiß es wirklich nicht. Aber Marion sagt, sie wird nicht zu dir zurückkommen. Ich glaube, sie meint es ernst. Und ich habe vorgeschlagen, daß sie irgendwohin in Urlaub fahren sollen.«

»Das habe ich doch schon seit Monaten gesagt«, sagte Richard.

»Ich glaube, wenn du Tommy und Marion eine Reise zu einem deiner Dinger anbieten und vorschlagen würdest, sie sollten die Lage dort prüfen, dann würden sie fahren.«

»Es erstaunt mich wirklich«, sagte Richard, »wie ihr beiden mit Ideen kommt, die ich schon vor ewig langer Zeit unterbreitet habe, ganz so, als ob es brillante, neue Vorschläge wären.«

»Es hat sich einiges verändert«, sagte Anna.

»Du sagst aber nicht, warum«, sagte Richard.

Anna zögerte, dann sagte sie zu Molly, nicht zu Richard: »Es war sehr merkwürdig. Ich ging hin, ohne eine Vorstellung im Kopf zu haben, was ich sagen würde. Dann wurde ich auf einmal genauso hysterisch wie sie und weinte sogar. Das wirkte. Verstehst du das?«

Molly dachte nach und nickte dann.

»Ich verstehe es nicht«, sagte Richard, »aber es ist mir auch egal. Was passiert jetzt?«

»Du solltest zu Marion gehen und die Sache in Ordnung bringen – und nörgle nicht an ihr herum, Richard.«

»Ich nörgle nicht an ihr herum, sie nörgelt an mir herum«, sagte Richard gekränkt.

»Und ich finde, du solltest heute mit Tommy reden, Molly. Ich habe so ein Gefühl, als könnte er jetzt zu einem Gespräch bereit sein.«

»Wenn das so ist, gehe ich jetzt gleich, bevor er ins Bett geht.«

Molly stand auf, und Richard mit ihr.

»Ich bin dir zu Dank verpflichtet, Anna«, sagte Richard.

Molly lachte. »Nächstesmal sind wir wieder bei den gewohnten Feindseligkeiten, da bin ich sicher, aber einmal ist das herrlich, diese *politesse*.«

Richard lachte – widerstrebend, aber es war ein Lachen; er nahm Mollys Arm, und die beiden gingen davon, die Treppe hinunter.

Anna ging nach oben zu Janet und saß bei dem schlafenden Kind im Dunkeln. Sie spürte die gewohnte Welle beschützender Liebe für Janet, aber heute abend betrachtete sie dieses Gefühl kritisch: Ich kenne niemanden, der nicht unvollkommen und gequält ist und der nicht kämpft, das Beste, was man von jemandem sagen kann, ist, daß er kämpft – aber wenn ich Janet berühre, dann habe ich sofort das Gefühl: Für sie wird es anders sein. Warum sollte es das? Es wird nicht anders sein. Ich schicke sie hinaus in so einen Kampf, aber das empfinde ich nicht, wenn ich sie schlafen sehe.

Anna, ausgeruht und erholt, verließ Janets Zimmer, schloß die Tür und stand in der Dunkelheit auf dem Treppenabsatz. Jetzt war der Augenblick gekommen, Ivor gegenüberzutreten. Sie klopfte an die Tür, öffnete sie ein paar Zentimeter und sagte ins Dunkel: »Ivor, du mußt gehen. Du mußt morgen hier raus.« Stille, dann eine träge und fast gutmütige Stimme: »Ich muß sagen, daß ich dich verstehe, Anna.«

»Danke, ich habe gehofft, daß du das kannst.«

Sie schloß die Tür und ging nach oben. Wie einfach! dachte sie. Wieso habe ich mir eingebildet, es würde schwer werden. Dann stand ein klares Bild vor ihren Augen – Ivor, der die Treppe mit einem Blumenstrauß heraufkommt. Natürlich, dachte sie, morgen würde er versuchen, sie umzustimmen, er würde die Treppe heraufkommen, mit einem Blumenstrauß in der Hand, um gut Wetter bei ihr zu machen.

Sie war sich so sicher, daß das passieren würde, daß sie ihn mittags tatsächlich erwartete, als er die Treppe heraufstieg, in der Hand einen großen Blumenstrauß, auf dem Gesicht das müde Lächeln eines Mannes, der entschlossen ist, eine Frau zu charmieren.

»Der nettesten Vermieterin der Welt«, murmelte er.

Anna nahm die Blumen, zögerte, dann haute sie sie ihm um die Ohren. Sie zitterte vor Wut.

Er blieb lächelnd stehen, das Gesicht abgewandt, einen Mann parodierend, der zu Unrecht bestraft wird.

»Gut, gut«, murmelte er. »Gut gut gut.«

»Verschwinde«, sagte Anna. Sie war noch nie in ihrem Leben so wütend gewesen.

Er ging nach oben, und einige Augenblicke später hörte sie, wie er packte. Bald darauf kam er herunter, einen Koffer in jeder Hand. Seine Besitztümer. Alles, was er auf der Welt hatte. Ach, wie traurig, dieser arme junge Mann, seine ganze Habe verstaut in einem Kofferpaar.

Er legte die Miete, die er ihr schuldete, auf den Tisch – für die letzten fünf Wochen, denn mit Geld konnte er nicht umgehen. Anna bemerkte mit Interesse, daß sie den Impuls unterdrücken mußte, es ihm zurückzugeben. Währenddessen stand er da, müde vor Verachtung: Diese geldgierige Frau, was kann man da schon erwarten?

Aber er mußte das Geld von der Bank abgehoben oder es diesen Morgen geborgt haben, was bedeutete, daß er erwartet hatte, sie würde unnachgiebig bleiben, trotz der Blumen. Er mußte sich gesagt haben: Könnte sein, daß ich sie mit Blumen rumkriegen kann, ich probier's, auf die fünf Schillinge kommt's auch nicht mehr an.

Die Notizbücher

[Das schwarze Notizbuch entsprach jetzt nicht mehr seinem ursprünglichen Plan, der Zweiteilung in ›Die Quelle‹ und ›Geld‹. Seine Seiten waren voll mit Zeitungsausschnitten, die hineingeklebt und datiert waren und aus den Jahren 1955, 56 und 57 stammten. Alle diese Nachrichten bezogen sich auf Gewalt, Tod, Unruhen und Haß in einem bestimmten Gebiet Afrikas. Es gab nur einen einzigen Eintrag in Annas Handschrift, datiert vom September 1956:]

Letzte Nacht träumte ich, daß ein Fernsehfilm über die Gruppe der Leute im Mashopi-Hotel gedreht werden sollte. Ein fertiges Drehbuch lag vor, geschrieben von jemand anderem. Der Regisseur versicherte mir unaufhörlich: »Sie werden erfreut sein, wenn Sie das Drehbuch lesen, es ist genau das, was Sie selbst geschrieben hätten.« Aber aus irgendeinem Grund bekam ich das Drehbuch nie zu sehen. Ich ging zu den Proben für den Fernsehfilm. Als ›Drehort‹ diente der Platz unter den Gummibäumen neben den Bahngleisen, außerhalb des Mashopi-Hotels. Ich war erfreut, daß der Regisseur die Atmosphäre so gut getroffen hatte. Dann sah ich, daß der ›Drehort‹ in Wirklichkeit die Realität war: Irgendwie hatte er die ganze Truppe nach Zentralafrika gebracht und drehte nun die Geschichte unter den Gummibäumen. Selbst an solche Details wie den Geruch des Weines, der aus weißem Staub aufsteigt, und den Geruch des Eukalyptus im heißen Sonnenlicht hatte man gedacht. Dann sah ich die Kameras hereinrollen, mit denen gedreht werden sollte. Sie erinnerten mich an Gewehre, wie sie da auf die Gruppe, die auf ihren Auftritt wartete, zielten und über sie hinwegschwenkten. Die Aktion begann. Ich fing an, mich unwohl zu fühlen. Dann erkannte ich, daß die Einstellungen oder die Chronologie, für die der Regisseur sich entschieden hatte, die ›Story‹ veränderten. Was bei dem fertigen Film herauskommen würde, würde ganz anders sein als das, was ich in Erinnerung hatte. Ich hatte keine Macht, dem Regisseur und den Kameraleuten Einhalt zu gebieten. Also stand ich an der Seite und beobachtete die Gruppe (in der auch Anna, ich selbst, war, aber nicht so, wie ich sie in Erinnerung hatte). Sie sprachen Dialogsätze, an die ich mich nicht erinnern konnte, ihre Beziehungen untereinander waren vollkommen anders. Ich war voller Besorgnis. Als alles vorüber war, entfernten sich die Mitwirkenden langsam, um in der Mashopi-Hotelbar etwas zu trinken, und die Kameramänner (die, wie ich jetzt sah, Schwarze waren, genauso wie alle Techniker) rollten ihre Kameras davon und nahmen sie auseinander (denn es waren gleichzeitig Maschinengewehre). Ich sagte zu dem Regisseur: »Warum haben sie meine Geschichte verändert?« Ich sah, daß er nicht verstand, was ich meinte. Ich hatte geglaubt, er hätte es mit Absicht getan, er wäre zu dem Schluß gekommen, daß meine Geschichte nicht gut sei. Er sah ziemlich verletzt aus, auf jeden Fall überrascht. Er sagte: »Aber Anna, Sie haben doch die Leute dort gesehen? Sie haben doch dasselbe gesehen, was ich gesehen habe? Sie haben diese Worte doch gesprochen, oder nicht? Ich habe nur gefilmt, was dort zu sehen war.« Ich wußte nicht, was ich sagen sollte, denn mir wurde klar, daß er recht hatte, daß das, woran ich mich ›erinnerte‹, wahrscheinlich falsch war. Er sagte, verwirrt, weil ich es war: »Kommen Sie, lassen Sie uns etwas trinken. Sehen Sie nicht ein, daß es egal ist, was wir filmen? Hauptsache, wir filmen überhaupt etwas.«

Ich werde dieses Notizbuch beenden. Wenn Mother Sugar mich bitten würde, diesen Traum zu ›benennen‹, würde ich sagen, daß er von der totalen Sterilität handelte. Außerdem kann ich mich, seit ich ihn geträumt habe, nicht mehr erinnern, wie Maryrose ihre Augen bewegte oder wie Paul lachte. Das ist alles verschwunden.

[Ein doppelter schwarzer Strich quer über die Seite markierte das Ende des Notizbuches.]

[Das rote Notizbuch bestand wie das schwarze Notizbuch während der Jahre 1956 und 1957 nur noch aus Zeitungsausschnitten. Diese bezogen sich auf Ereignisse in Europa, der Sowjetunion, China, den Vereinigten Staaten. Wie die Ausschnitte über Afrika aus der gleichen Zeit hatten sie größtenteils etwas mit Gewalt zu tun. Anna hatte das Wort ›Freiheit‹, wo immer es vorkam, mit einem Rotstift unterstrichen. Wo die Ausschnitte aufhörten, hatte sie die roten Unterstreichungen zusammengezählt, und es ergab sich, daß das Wort ›Freiheit‹ insgesamt 679mal vorgekommen war. Die einzige Eintragung in ihrer eigenen Handschrift für diese Zeitspanne war die folgende:]

Gestern kam Jimmy mich besuchen. Er hatte gerade mit einer Lehrerdelegation die Sowjetunion besucht. Erzählte mir folgende Geschichte. Harry Mathews, ein Lehrer, hat seinen Beruf aufgegeben, um in Spanien zu kämpfen. Wurde verwundet, lag 10 Monate im Krankenhaus mit einem gebrochenen Bein. Dachte während dieser Zeit über Spanien nach – kommunistische

Dreckarbeit usw., las eine Menge, wurde Stalin gegenüber mißtrauisch. Die üblichen internen Differenzen – KP, dann Ausschluß, schloß sich den Trotzkisten an. Stritt mit ihnen, verließ sie. Unfähig, im Krieg zu kämpfen, wegen seines verkrüppelten Beines, lernte er, zurückgebliebene Kinder zu unterrichten. »Selbstverständlich gibt es für Harry so etwas wie ein dummes Kind nicht, es gibt nur unglückliche Kinder.« Während des Krieges lebte Harry in einem kleinen, spartanischen Zimmer in der Nähe von King's Cross und vollbrachte mehr als eine Heldentat, indem er Menschen aus zerbombten oder brennenden Gebäuden rettete usw. »Er war so etwas wie eine Legende in der Gegend, aber natürlich war Harry in dem Moment, in dem die Leute nach dem hinkenden Helden zu suchen anfingen, der das Kind oder die arme alte Frau gerettet hatte, nirgends zu finden, denn selbstverständlich würde er sich verachten, wenn er sich Heldentaten als Verdienst anrechnen würde.« Am Ende des Krieges besuchte Jimmy, aus Burma zurückgekehrt, seinen alten Freund Harry, aber sie stritten sich. »Ich war ein hundertprozentiges Parteimitglied und Harry ein dreckiger Trotzkist, deswegen fielen harte Worte und wir trennten uns für immer. Aber ich mochte den dummen Saukerl, deswegen machte ich es mir zur Aufgabe, herauszufinden, was mit ihm passierte.« Harry führte zwei Leben. Sein äußeres Leben war ganz Selbstaufopferung und Hingabe. Er arbeitete nicht nur in einer Schule für zurückgebliebene Kinder, und das mit großem Erfolg, sondern er pflegte auch die Kinder des Viertels (eines Armen-Viertels) in seine Wohnung einzuladen, um ihnen jeden Abend Unterricht zu geben. Er unterrichtete sie in Literatur, brachte ihnen Lesen bei, übte mit ihnen für Prüfungen. Er unterrichtete, so oder so, achtzehn Stunden am Tag. »Selbstverständlich betrachtet er Schlaf als Zeitverschwendung, er trainierte es, nur vier Stunden pro Nacht zu schlafen.« Er lebte in diesem einen Zimmer, bis sich die Witwe eines Luftwaffenpiloten in ihn verliebte und ihn in ihre Wohnung holte, wo er zwei Zimmer hatte. Sie hatte drei Kinder. Er war freundlich zu der Witwe, aber während sie ihr Leben nun ihm widmete, widmete er seines seinen Kindern, in der Schule und abseits der Straße. Das war sein äußeres Leben. Unterdessen lernte er Russisch. Unterdessen sammelte er Bücher, Flugblätter und Zeitungsausschnitte über die Sowjetunion. Unterdessen baute er sich ein Bild der wahren Geschichte der Sowjetunion auf, oder vielmehr der KPdSU von 1900 an.

Um 1950 besuchte ein Freund von Jimmy Harry und erzählte Jimmy von ihm. »Gewöhnlich trug er eine Art Buschhemd oder Uniformjacke, und Sandalen und hatte einen Militärhaarschnitt. Er lächelte nie. Ein Porträt von Lenin an der Wand – nun, das versteht sich von selbst. Ein kleineres von Trotzki. Die Witwe hielt sich respektvoll im Hintergrund. Kinder liefen von der Straße herein und hinaus. Und Harry sprach über die Sowjetunion. Er konnte inzwischen fließend Russisch und kannte die interne Version jeder kleineren Auseinandersetzung oder Intrige, ganz abgesehen von den großen Blutbädern vom Jahre o an. Und wozu sollte das alles dienen? Anna, das wirst du nie erraten.« »Natürlich kann ich das«, sagte ich, »er bereitete sich auf den Tag X vor.« »Natürlich gleich beim erstenmal richtig. Der arme Verrückte hatte sich alles ausgerechnet – er stellte sich vor, der Tag X würde kommen, an dem allen Genossen in Rußland, plötzlich und im selben Moment, ein Licht aufgehen würde.« Sie würden sagen: »Wir sind vom Weg abgekommen, wir haben den richtigen Weg verpaßt, unser Horizont ist getrübt. Aber da drüben in St. Pancras, in London, in England, da ist Genosse Harry, der weiß alles. Wir werden ihn hierher einladen und ihn um seinen Rat bitten.« Die Zeit verging. Alles wurde immer schlimmer, von Harrys Standpunkt aus jedoch immer besser. Es scheint, daß bei jedem neuen Skandal aus der Sowjetunion Harrys Moral stieg. Die Zeitungsstapel in Harrys Zimmer wuchsen bis zur Decke und griffen auf das Zimmer der Witwe über. Er sprach Russisch wie ein Russe. Stalin starb – Harry nickte und dachte: Jetzt wird es nicht mehr lange dauern. Und dann der Zwanzigste Parteitag: Gut, aber nicht gut genug. Und dann trifft Harry Jimmy auf der Straße. Als alte politische Feinde runzeln sie die Stirn und werden förmlich. Dann nicken sie und lächeln. Dann nimmt Harry Jimmy zur Wohnung der Witwe mit. Sie trinken Tee. Jimmy sagt: »Eine Delegation reist demnächst in die Sowjetunion, ich organisiere das, hast du Lust, mitzukommen?« Harry ist plötzlich verklärt. »Stell ·dir das vor, Anna, da saß ich wie ein Trottel und dachte: Na ja, schließlich hat der arme Trotzkist sein Herz doch auf dem rechten Fleck, er hat immer noch eine Schwäche für unsere Alma mater. Dabei dachte er die ganze Zeit: Mein Tag ist gekommen. Er fragte mich andauernd, wer seinen Namen genannt hätte, es war offensichtlich wichtig für ihn, und deshalb sagte ich nicht, daß mir die Idee gerade erst in diesem Moment gekommen war. Ich erkannte nicht, daß er glaubte, die ›Partei selbst‹, und dann auch noch direkt von Moskau aus, hätte ihn zu Hilfe gerufen. Jedenfalls, um die Geschichte kurz zu machen, wir fahren alle nach Moskau, dreißig glückliche, britische Lehrer. Und der glücklichste ist der arme Harry, der alle Taschen seiner Militärjacke mit Dokumenten und Papieren vollgestopft hat. Wir kommen in Moskau an, und er ist in feierlicher und erwartungsvoller Stimmung. Er ist freundlich zu uns anderen, aber einsichtsvoll erklären wir uns das so, daß er uns zwar unserer vergleichsweise leichtfertigen Lebensweise wegen verachtet, sich aber vorgenommen hat, das nicht zu zeigen. Außerdem sind die meisten von uns Ex-Stalinisten, und man kann nicht leugnen, daß es nicht wenigen Ex-Stalinisten einen Stich versetzt, wenn sie heutzutage auf die Trotzkisten stoßen. Wie auch immer. Die Delegation absolviert ihr blumenreiches Programm, besucht Fabriken, Schulen, Kulturpaläste und die Universität, ganz zu schweigen von Ansprachen und Banketten. Und da ist nun Harry, in seiner Uniformjacke, mit seinem verkrüppelten Bein und seiner revolutionären Strenge, die lebendige Inkarnation Lenins, nur daß diese dummen Russen ihn nie erkannten. Sie verehrten ihn natürlich wegen seiner großen Ernsthaftigkeit, aber mehrmals erkundigten sie sich, warum Harry denn so merkwürdige Kleider trage, und sogar, wie ich mich erinnere, ob er einen geheimen Kummer habe. Unterdessen war unsere alte Freundschaft wieder aufgelebt, und wir schwatzten gewöhnlich nachts in unseren Zimmern über dieses und jenes. Ich merkte, daß er mich mit zunehmender Verwirrung ansah. Ich merkte, daß er erregt wurde. Und doch hatte ich noch immer keine Ahnung davon, was ihm durch den Kopf ging. Für den letzten Abend unseres Besuches war ein Festessen mit einer Lehrerorganisation geplant, aber Harry wollte nicht mitkommen. Er sagte, ihm wäre nicht gut. Ich ging zu ihm, als ich zurückkam, und fand ihn in einem Stuhl am Fenster sitzend vor, sein verkrüppeltes Bein von sich gestreckt. Er stand auf, um mich zu begrüßen, ausgesprochen strahlend, dann sah er, daß ich allein war, und das war ein Schlag für ihn, das konnte ich sehen. Dann nahm er mich ins Kreuzverhör und fand heraus, daß er nur zu der Delegation miteingeladen worden war, weil mir diese Idee gekommen war, als ich ihn auf der Straße traf. Ich hätte mich schlagen können, ihm das gesagt zu haben. Ich schwöre dir, Anna, in dem Augenblick, als mir dämmerte, was los war, wünschte ich, ich hätte eine Geschichte über Chruschtschow selbst erfunden usw. Er fragte: »Jimmy, du mußt mir die Wahrheit sagen, hast *du* mich eingeladen, war es nur deine Idee?« immer und immer wieder. Es war wirklich furchtbar. Dann kam auf einmal die Dolmetscherin ins Zimmer, um sich zu vergewissern, ob wir alles für die Nacht hatten, und um Auf Wiedersehen zu sagen, da wir sie am Morgen nicht mehr antreffen würden. Sie war ein Mädchen ungefähr zwanzig oder zweiundzwanzig, ein richtiger Honigtopf mit langen, blonden Zöpfen und grauen Augen. Ich wette, daß alle männlichen Teilnehmer der Delegation in sie verliebt waren. Sie fiel fast um vor Erschöpfung, denn es ist in der Tat kein Spaß, für dreißig britische Lehrer zwei Wochen lang in all diesen Palästen und Schulen das Kindermädchen zu spielen. Aber plötzlich sah Harry seine Chance. Er zog einen Stuhl heran und sagte: »Genossin Olga, bitte setz dich.« Keinen Widerspruch duldend. Ich wußte, was passieren würde, denn er zog aus allen Taschen wissenschaftliche Arbeiten und Dokumente hervor und breitete sie auf dem Tisch aus. Ich versuchte ihn aufzuhalten, aber er nickte nur zur Tür hin. Wenn Harry zur Tür hinnickt, geht man hinaus. Also ging ich in mein Zimmer, setzte mich hin, rauchte und wartete. Das war etwa um ein Uhr morgens. Wir mußten um sechs aufstehen, weil wir gegen sieben zum Flughafen gefahren wurden. Um sechs kam Olga herein, weiß vor Erschöpfung und eindeutig in Verlegenheit. Ja, das ist der richtige Ausdruck, in Verlegenheit. Sie sagte zu mir: »Ich bin gekommen, um dir zu sagen, daß es gut wäre, wenn du nach deinem Freund Harry siehst, ich glaube, es geht ihm nicht gut, er ist übererregt.« Nun, ich erzählte Olga alles über seine Spanienkrieg-Vergangenheit und seine Heldentaten, erfand noch zwei oder drei dazu, und sie sagte: »Ja, man erkennt gleich, daß er ein großartiger Mensch ist.« Dann zerriß sie sich fast ihr Gesicht beim Gähnen und ging fort, ins Bett, weil sie am nächsten Tag eine neue Delegation zu betreuen hatte – friedliebende Geistliche aus Schottland. Und dann kam Harry herein. Er war hohlwangig wie ein Geist und fast tot vor Erregung. Die ganze Basis seines Lebens war zusammengebrochen. Er erzählte mir, was passiert war, während ich versuchte, ihn zur Eile anzutreiben, denn wir mußten zum Flughafen und hatten uns beide seit der letzten Nacht noch nicht einmal umgezogen . . .«

Harry hatte offensichtlich Papiere und Zeitungsausschnitte auf dem Tisch abgeladen und dann einen Vortrag über die Geschichte der Russischen Kommunistischen Partei gehalten, angefangen von den Tagen von *Iskra*. Olga saß ihm gegenüber, unterdrückte ihr Gähnen, lächelte voller Charme und bewahrte die offizielle Höflichkeit, die man progressiven Gästen aus dem Ausland schuldet. An einer Stelle fragte sie, ob er Historiker sei, aber er antwortete: »Nein, ich bin Sozialist wie du, Genossin.« Er führte sie durch Jahre der Intrigen, des Heldentums und der intellektuellen Kämpfe, er ließ nichts aus. Gegen drei Uhr morgens sagte sie: »Würdest du mich einen Moment entschuldigen, Genosse?« Sie ging hinaus, und er saß da und dachte, sie würde die Polizei holen und er würde jetzt verhaftet und ›nach Sibirien‹ geschickt werden. Als Jimmy ihn fragte, was er bei dem Gedanken empfunden hatte, möglicherweise für immer in Sibirien zu verschwinden, hatte Harry geantwortet: »Daß für solch einen Augenblick wie diesen kein Preis zu hoch ist.« Denn natürlich hatte er inzwischen längst vergessen, daß er zu Olga sprach, der Dolmetscherin, der hübschen, zwanzigjährigen Blondine, deren Vater im Krieg getötet worden war, die eine verwitwete Mutter versorgte und vorhatte, im nächsten Frühjahr einen Journalisten der *Prawda* zu heiraten. Inzwischen hielt er eine Ansprache an die Geschichte selbst. Er erwartete die Polizei, nahezu gelähmt vor ekstatischer Bereitschaft, aber als Olga zurückkam, kam sie mit zwei Tassen Tee, die sie im Restaurant bestellt hatte. »Der Service ist unbeschreiblich schlecht, Anna, deswegen kann ich mir vorstellen, daß er ziemlich lange dort saß und auf die Handschellen wartete.« Olga setzte sich, schob ihm sein Glas Tee hinüber und sagte: »Bitte fahre fort, es tut mir leid, daß ich dich unterbrochen habe.« Kurz darauf schlief sie ein. Harry war in seinem Vortrag gerade da angekommen, wo Stalin die Ermordung Trotzkis in Mexiko angeordnet hatte. Er saß da, mitten im Satz unterbrochen, und blickte auf Olga. Ihre glänzenden Zöpfe glitten nach vorne über ihre zusammengesackten Schultern, ihr Kopf war zur Seite gefallen. Dann schob er seine Papiere zusammen und legte sie weg. Und dann weckte er sie sehr sanft, sich entschuldigend, daß er sie gelangweilt habe. Sie schämte sich sehr für ihre schlechten Manieren und erklärte ihm, daß es, obzwar sie ihre Arbeit als Dolmetscherin liebe, eben doch recht hart sei, wenn eine Delegation die andere ablöse. »Außerdem ist meine Mutter Invalidin, und ich muß die Hausarbeit machen, wenn ich nachts nach Hause komme.« Sie ergriff seine Hand und sagte: »Ich werde dir etwas versprechen. Ich verspreche dir, wenn unsere Parteihistoriker die Geschichte unserer Kommunistischen Partei neu geschrieben haben, gemäß den Revisionen, die durch die vorgeschriebene Geschichtsverfälschung in der Ära von Genosse Stalin notwendig geworden sind, dann werde ich sie lesen, ja, das verspreche ich dir.« Offensichtlich war Harry überwältigt davon, daß sie wegen ihres mangelnden Benehmens so verlegen war. Sie verbrachten einige Minuten damit, sich gegenseitig zu beruhigen. Dann ging Olga weg, um Jimmy mitzuteilen, daß sein Freund übererregt sei.

Ich fragte Jimmy, was dann passiert war. »Ich weiß es nicht. Wir mußten uns anziehen und in aller Eile packen, dann flogen wir zurück. Harry war still und sah ziemlich schlecht aus, aber das ist alles. Es war ihm wichtig, mir dafür zu danken, daß ich ihn in diese Delegation gebracht hatte: Es sei eine sehr wertvolle Erfahrung gewesen, sagte er. Letzte Woche habe ich ihn besucht. Er hat die Witwe schließlich geheiratet, und sie ist schwanger. Ich weiß nicht, was das beweist, wenn überhaupt etwas.«

[Hier kennzeichnet eine doppelte schwarze Linie das Ende des roten Notizbuches.]

[Das gelbe Notizbuch ging weiter:]

*1 EINE KURZGESCHICHTE

Eine Frau, hungrig nach Liebe, trifft einen Mann, der ein ganzes Stück jünger ist als sie, jünger vielleicht an emotionaler Erfahrung als an Jahren; oder vielleicht jünger an Tiefe seiner emotionalen Erfahrung. Sie macht sich Illusionen über die Natur dieses Mannes; für ihn eine weitere Liebesaffäre, mehr nicht.

* * *

*2 EINE KURZGESCHICHTE

Ein Mann spricht die Erwachsenensprache, die Sprache emotional reifer Menschen, um eine Frau zu gewinnen. Sie begreift langsam, daß diese Sprache einer Vorstellung entspringt, die er im Kopf hat, sie hat nichts mit seinen Gefühlen zu tun; in Wirklichkeit ist er emotional ein heranwachsender Junge. Obwohl sie das weiß, kann sie es nicht verhindern, von dieser Sprache berührt und gewonnen zu werden.

* * *

*3 EINE KURZGESCHICHTE

Las kürzlich in einer Buchbesprechung: »Eine dieser unglückseligen Affären – Frauen, selbst die nettesten, haben die Angewohnheit, sich in Männer zu verlieben, die ihrer nicht wert sind.« Diese Besprechung war natürlich von einem Mann geschrieben. Die Wahrheit ist, daß wenn ›nette Frauen‹ sich in ›unwürdige Männer‹ verlieben, das immer deshalb geschieht, weil diese Männer sie entweder ›benannt‹ haben oder weil sie etwas Ambivalentes, Unscharfes haben, das bei ›guten‹ oder ›netten‹ Männern undenkbar ist. Die normalen, die guten Männer, sind fertig, abgeschlossen, ohne Entwicklungs-möglichkeiten. Die Geschichte soll von meiner Freundin Annie in Zentral-afrika handeln, einer ›netten Frau‹, verheiratet mit einem ›netten Mann‹. Er war Beamter, solide, verantwortungsbewußt, und er schrieb heimlich schlechte Gedichte. Sie verliebte sich in einen Bergarbeiter, Gewohnheitstrinker, der hinter Frauen her war. Kein organisierter Bergarbeiter, sondern Manager oder Sekretär oder Besitzer. Er zog von einer kleinen Mine zur anderen, und immer stand es auf der Kippe, ob sie ein Vermögen bringen würden oder einen Fehlschlag. Er verließ eine Mine dann, wenn sie nichts brachte oder an einen großen Konzern verkauft wurde. Ich war mit den beiden einen Abend zusammen. Er war gerade von einer Mine im Busch zurückgekommen, die dreihundert Meilen entfernt lag. Sie, ziemlich dick, errötend, war ein hüb-sches Mädchen, begraben im Körper einer Matrone. Er sah zu ihr hinüber und sagte: »Annie, du wärst die geborene Piratenbraut.« Ich erinnere mich, wie wir lachten, weil das lächerlich war – Piraten in diesem kleinen Zimmer in der Vorstadt; Piraten – und der nette, freundliche Ehemann und Annie, die gute Ehefrau, so schuldbewußt wegen dieser Affäre mit dem herumziehenden Bergarbeiter, die mehr Phantasie war als Wirklichkeit. Ich erinnere mich aber auch, wie dankbar sie ihn ansah, als er das sagte. Er soff sich selber zu Tode, Jahre später. Ich bekam einen Brief von ihr, nach Jahren des Schweigens: »Du erinnerst dich an X? Er starb. Du wirst mich verstehen – mein Lebensinhalt ist verlorengegangen.« Diese Geschichte, auf englische Verhältnisse übertragen, soll von der netten Frau aus der Vorstadt handeln, die in einen hoffnungslosen Kneipenhocker verliebt ist, der sagt, daß er schreiben wird, und es vielleicht eines Tages auch tut. Aber darum geht es nicht. Diese Geschichte soll aus der Perspektive des vollkommen verantwortlichen und anständigen Ehemannes geschrieben werden, der unfähig ist, die Anziehungskraft dieses Faulenzers zu verstehen.

* * *

*4 EINE KURZGESCHICHTE

Eine gesunde Frau liebt einen Mann. Sie bemerkt, daß sie krank wird, mit Symptomen, die sie nie zuvor in ihrem Leben hatte. Sie beginnt langsam zu verstehen, daß diese Krankheit nicht die ihre ist, sie begreift, daß der Mann krank ist. Sie begreift das Wesen der Krankheit, nicht durch ihn, durch die Art, wie er handelt, oder das, was er sagt, sondern dadurch, wie seine Krankheit in ihr selbst reflektiert wird.

* * *

*5 EINE KURZGESCHICHTE

Eine Frau, die sich gegen ihren Willen verliebt hat. Sie ist glücklich. Und doch erwacht sie mitten in der Nacht. Er schreckt plötzlich hoch, wie in Gefahr. Er sagt: Nein, nein, nein. Dann, Bewußtwerden und Kontrolle. Er legt sich langsam wieder nieder, schweigend. Sie will sagen: Worauf bezieht sich dein *Nein*-Sagen? Denn sie ist voller Angst. Sie sagt es nicht. Sie sinkt zurück in den Schlaf und weint im Schlaf. Sie erwacht; er ist immer noch wach. Sie sagt ängstlich: Ist das dein Herz, das schlägt? Er, mürrisch: Nein, es ist deins.

* * *

*6 EINE KURZGESCHICHTE

Ein Mann und eine Frau, die eine Liebesaffäre haben. Sie aus Hunger nach Liebe, er, weil er Zuflucht sucht. Eines Nachmittags sagt er sehr vorsichtig: »Ich muß weggehen und –« Aber sie weiß, daß es eine Ausrede ist, während sie einer langen, detaillierten Erklärung zuhört, denn sie ist voller Furcht. Sie sagt: »Natürlich, natürlich.« Er sagt mit einem plötzlichen, lauten, jungen Lachen, sehr aggressiv: »Du bist sehr permissiv«, und sie sagt: »Was meinst du mit ›permissiv‹? Ich bin nicht dein Wärter, mach mich nicht zu einer amerikanischen Frau.« Er kommt in ihr Bett, sehr spät, und sie wendet sich ihm zu, gerade erwacht. Sie fühlt seine Umarmung vorsichtig, gemäßigt. Sie

513

versteht, daß er nicht mit ihr schlafen will. Sein Penis ist schlaff, obwohl (und das ärgert sie, die Naivität ärgert sie) er sich an ihren Schenkeln auf und ab bewegt. Sie sagt scharf: »Ich bin müde.« Er hört auf, sich zu bewegen. Sie fühlt sich schlecht, weil sie ihn vielleicht verletzt hat. Plötzlich bemerkt sie, daß sein Penis sehr groß ist. Sie ist verzweifelt, weil er sie will, nur weil sie ihn zurückgewiesen hat. Doch sie liebt ihn, und sie dreht sich zu ihm. Als der Sex vorbei ist, weiß sie, daß es für ihn nur bedeutet hat, etwas erfolgreich zu erledigen. Sie sagt scharf, aus instinktivem Wissen heraus, ohne zu wissen, daß sie es sagen wird: »Du hast gerade mit einer anderen geschlafen.« Er sagt schnell: »Woher weißt du das?« Und dann, als ob er nicht ›Woher weißt du das‹ gesagt hätte, sagt er: »Das stimmt nicht. Das bildest du dir nur ein.« Dann, aufgrund ihres intensiven, traurigen Schweigens, sagt er mürrisch: »Ich habe nicht geglaubt, daß es dir etwas ausmacht. Glaub mir, ich nehme das nicht ernst.« Diese letzte Bemerkung ließ sie sich klein und zerstört fühlen, so als ob sie nicht existiere als Frau.

* * *

*7 EINE KURZGESCHICHTE

Ein umherziehender Mann landet zufällig in dem Haus einer Frau, die er mag und die er braucht. Er ist ein Mann mit einer langen Erfahrung mit Frauen, die Liebe brauchen. Normalerweise setzt er sich selbst Grenzen. Aber dieses Mal sind die Worte, die er benutzt, und die Gefühle, die er sich selbst erlaubt, zweideutig, weil er ihre Freundlichkeit eine Zeitlang braucht. Er schläft mit ihr, aber für ihn ist der Sex nicht besser oder schlechter als das, was er hundert Male vorher erfahren hat. Er merkt, daß er durch sein Bedürfnis nach einem temporären Zufluchtsort in die Falle gegangen ist, die er am meisten fürchtet: Eine Frau, die sagt, ich liebe dich. Er macht Schluß. Sagt Auf Wiedersehen, förmlich, auf der Ebene, auf der eine Freundschaft endet. Geht. Schreibt in sein Tagebuch: Verließ London. Anna vorwurfsvoll. Sie haßte mich. Nun, so soll es sein. Und ein weiterer Eintrag, Monate später, den man entweder lesen konnte als: Anna hat geheiratet, gut, – oder: Anna beging Selbstmord. Schade, eine nette Frau.

* * *

*8 EINE KURZGESCHICHTE

Eine Künstlerin – Malerin, Schriftstellerin, egal was, lebt allein. Aber ihr ganzes Leben ist auf einen abwesenden Mann gerichtet, auf den sie wartet. Ihre Wohnung zu groß, zum Beispiel. Ihre Phantasien sind voll von den Schemen des Mannes, der in ihr Leben treten wird, während sie aufhört, zu malen oder zu schreiben. Trotzdem ist sie in ihren Gedanken immer noch ›eine Künstlerin‹. Endlich tritt ein Mann in ihr Leben, eine Art Künstler, aber einer, der sich bisher noch nicht als solcher entpuppt hat. Ihre Persönlichkeit als ›Künstlerin‹ geht in seine über, sie speist ihn, sie arbeitet in ihm, als wäre sie ein Dynamo, der ihn mit Energie versorgt. Schließlich reift er zu einem wirklichen, vollkommenen Künstler heran; die Künstlerin in ihr ist tot. In dem Moment, in dem sie nicht länger Künstlerin ist, verläßt er sie, er braucht die Frau, die diese Fähigkeit besitzt, damit er schöpferisch tätig sein kann.

* * *

*9 EINE NOVELLE

Ein amerikanischer ›Ex-Roter‹ kommt nach London. Kein Geld, keine Freunde. Auf der schwarzen Liste in der Welt des Films und Fernsehens. Die amerikanische Kolonie in London oder vielmehr die amerikanische Kolonie der Ex-Roten kennt ihn als einen Mann, der drei oder vier Jahre vor ihnen den Mut dazu hatte, die stalinistische Haltung in der Kommunistischen Partei zu kritisieren. Er ersucht sie um Hilfe und glaubt, sie würden ihre Feindseligkeit vergessen, da er durch die Ereignisse gerechtfertigt ist. Aber ihre Haltung ihm gegenüber ist immer noch genauso, wie sie es war, als sie noch pflichtbewußte Parteimitglieder oder Sympathisanten waren. Er ist immer noch ein Renegat, und das, obwohl sich ihre Haltung verändert hat und sie sich nun an die Brust schlagen, weil sie nicht früher mit der Partei gebrochen haben. Ein Gerücht breitet sich unter ihnen aus, daß ein Mann, der früher ein dogmatischer, unkritischer Kommunist war, sich aber nun hysterisch an die Brust schlägt, kurz, daß dieser neue Amerikaner ein FBI-Agent sei. Die Kolonie betrachtet dieses Gerücht als Tatsache, versagt ihm Freundschaft und Hilfe. Während sie diesen Mann ächten, sprechen sie selbstgerecht über die Geheimpolizei in Rußland, das Vorgehen der Komitees gegen anti-amerikanische Umtriebe und deren Informanten, Ex-Rote. Der neue Amerikaner begeht Selbstmord. Dann hocken sie alle zusammen, erinnern sich an Ereignisse aus der politischen Vergangenheit und finden Gründe, ihn zu verachten, um ihre Schuld zu ertränken.

* * *

*10

Ein Mann oder eine Frau, der (oder die) aufgrund einer gewissen psychischen Bedingung das Zeitgefühl verloren hat. Offensichtlich ein Filmstoff, unglaublich, was man damit machen könnte. Nun, ich werde nie die Möglichkeit haben, das zu schreiben, also hat es keinen Sinn, darüber nachzudenken. Trotzdem muß ich immer wieder darüber nachdenken. Ein Mann, dessen

›Realitätssinn‹ geschwunden ist; und der deshalb ein tieferes Realitätsverhält-
nis hat als ›normale‹ Menschen. Heute sagte Dave ganz beiläufig: »Die
Tatsache, daß dein Mann Michael dich abblitzen läßt, sollte *dich* nicht
berühren. Wer bist *du* denn, wenn du durch jemanden, der dumm genug ist,
dich nicht zu nehmen, kaputtgemacht werden kannst?« Er redete so, als wäre
Michael noch immer dabei, ›mich-abblitzen-zu-lassen‹, dabei ist das schon
Jahre her. Natürlich sprach er von sich selbst. Für einen Moment war er
Michael. Mein Realitätssinn schwankte und brach zusammen. Aber da war
etwas sehr Klares, gleichwohl, eine Art Erleuchtung, obwohl es schwierig
wäre, zu sagen, was für eine. (Diese Kunst der Erläuterung gehört ins blaue
Notizbuch, nicht in dieses.)

* * *

*11 EINE NOVELLE

Zwei Menschen, in irgendeiner Beziehung – Mutter, Sohn; Vater, Tochter;
Liebende; das ist egal. Einer von ihnen stark neurotisch. Der Neurotiker
überträgt seinen oder ihren Zustand auf den anderen, der ihn übernimmt, der
Kranke bleibt gesund zurück, der Gesunde krank. Ich erinnere mich daran,
daß Mother Sugar mir eine Geschichte über einen Patienten erzählt hat. Ein
junger Mann, überzeugt davon, in fürchterlichen psychischen Schwierigkeiten zu sein, war zu ihr gekommen. Sie konnte nichts Krankes an ihm
feststellen. Sie bat ihn, seinen Vater zu schicken. Nacheinander erschien die
ganze Familie, fünf Mann hoch in ihrem Sprechzimmer. Sie fand sie alle
normal. Dann kam die Mutter. Sie, anscheinend ›normal‹, war in Wirklichkeit extrem neurotisch, hielt sich aber dadurch im Gleichgewicht, daß sie ihre
Krankheit an ihre Familie weitergab, insbesondere an ihren jüngsten Sohn.
Schließlich behandelte Mother Sugar die Mutter, obwohl es schreckliche
Mühe kostete, sie zu einer Behandlung zu bewegen. Und der junge Mann, der
als erster zu ihr gekommen war, stellte fest, daß der Druck von ihm wich. Ich
erinnere mich, daß sie sagte: Ja, oft ist es das ›normalste‹ Mitglied einer
Familie oder einer Gruppe, das wirklich krank ist, aber diese Menschen
überleben nur, weil sie starke Persönlichkeiten sind, weil sie anderen, schwächeren Personen ihre Krankheit aufbürden. (Diese Art der Erläuterung
gehört zu dem blauen Notizbuch, ich muß sie auseinanderhalten.)

* * *

*12 EINE KURZGESCHICHTE

Ein Ehemann, seiner Frau untreu, nicht, weil er in eine andere Frau verliebt
ist, sondern um seine Unabhängigkeit vom Ehestand zu beweisen, kommt
zurück, nachdem er mit einer anderen Frau geschlafen hat, besten Willens,

diskret zu sein, tut aber ›zufällig‹ etwas, was ihn verrät. Dieser ›Zufall‹, Parfum, Lippenstift oder der Geruch von Sex, den er wegzuwaschen vergessen hat, ist in der Tat der Grund, weshalb er es überhaupt tat, obwohl er das nicht weiß. Er hatte es nötig, seiner Frau sagen zu können: »Ich werde dir nicht gehören.«

* * *

*13 EINE NOVELLE, DIE
›DER MANN, DER NICHT AN FRAUEN GEBUNDEN IST‹
HEISSEN SOLL

Ein Mann um die fünfzig, Junggeselle, vielleicht auch kurze Zeit verheiratet gewesen, seine Frau gestorben oder von ihm geschieden. Wenn Amerikaner, ist er geschieden, wenn Engländer, hat er seine Frau irgendwo versteckt, könnte sogar mit ihr leben oder ein Haus mit ihr teilen, aber ohne echte emotionale Bindung. Mit fünfzig hat er ein paar Dutzend Affären gehabt, drei oder vier ernsthafte. Diese ernsthaften Affären, mit Frauen, die sich erhofften, ihn zu heiraten, schleppten sich dahin wie richtige Ehen, nur ohne Trauschein; er brach die Affären an dem Punkt ab, an dem er die Frauen hätte heiraten müssen. Mit fünfzig ist er ausgetrocknet, ängstlich besorgt um seine Sexualität, hat fünf oder sechs Freundinnen, alles Ex-Geliebte, inzwischen verheiratet. Er schmarotzt in einem halben Dutzend Familien, der alte Familienfreund. Er ist wie ein Kind, abhängig von Frauen, wird zerstreuter und untüchtiger, ruft dauernd irgendeine Frau an, daß sie etwas für ihn tun soll. Äußerlich ein gewandter, ironischer, intelligenter Mann, der Eindruck auf jüngere Frauen macht, eine Woche lang oder so. Er hat diese Affären mit Mädchen oder viel jüngeren Frauen, kehrt danach zu den älteren Frauen zurück, die die Funktion von freundlichen Kindermädchen erfüllen.

* * *

*14 EINE NOVELLE

Ein Mann und eine Frau, verheiratet oder in einer langandauernden Beziehung, lesen heimlich die Tagebücher des anderen, in denen (und das ist Ehrensache für sie beide) ihre Gedanken über den anderen mit äußerster Offenheit aufgezeichnet sind. Beide wissen, daß der andere liest, was er/sie schreibt, aber eine Zeitlang bleiben sie objektiv. Dann fangen sie langsam an, unaufrichtig zu schreiben, zuerst unbewußt; dann bewußt, um den anderen zu beeinflussen. Schließlich kommt es dazu, daß jeder zwei Tagebücher führt, eins für den privaten Gebrauch, verschlossen, und das zweite zum Lesen für den anderen. Dann macht einer von ihnen einen Versprecher oder einen

Fehler und der andere klagt ihn/sie an, das geheime Tagebuch gefunden zu haben. Ein schrecklicher Streit, der sie für immer auseinandertreibt, nicht wegen der ursprünglichen Tagebücher – »daß wir unsere *damaligen* Tagebücher gelesen haben, das wußten wir, das zählt nicht, aber wie kannst du so unehrlich sein, mein privates Tagebuch zu lesen!«

* * *

*15 EINE KURZGESCHICHTE

Ein amerikanischer Mann, eine englische Frau. Sie drückt durch ihr ganzes Verhalten, ihre Gefühle, die Erwartung aus, erobert und genommen zu werden. Er drückt durch sein ganzes Verhalten, seine Gefühle, die Erwartung aus, genommen zu werden. Betrachtet sich als ein Werkzeug, das von ihr zu ihrem Vergnügen benutzt werden soll. Emotionale Sackgasse. Dann diskutieren sie darüber: das Gespräch über sexuell-emotionale Verhaltensweisen wird zu einem Vergleich der beiden verschiedenen Gesellschaften.

* * *

*16 EINE KURZGESCHICHTE

Ein Mann und eine Frau, beide in sexueller Hinsicht selbstbewußt und erfahren, die selten andere treffen, die genauso erfahren sind. Beide von einer plötzlichen Abneigung gegeneinander ergriffen, ein Gefühl, das sich, als sie es analysiert haben (und sie sind selbstanalytisch im höchsten Grade) als Abneigung gegen die eigene Person entpuppt. Sie haben ihre Spiegel gefunden, sehen sich genau an, schneiden eine Grimasse, verlassen einander. Wenn sie sich treffen, dann mit einer Art verzerrter Anerkennung, sie werden auf dieser Basis gute Freunde, nach einer Weile wird diese verzerrte, ironische Freundschaft zu Liebe. Aber diese Liebe ist ihnen verwehrt, wegen der ersten kalten Erfahrung, einer Erfahrung ohne Gefühl.

* * *

*17 EINE NOVELLE

Zwei Libertins, männlich und weiblich, stoßen aufeinander. Ihr Zusammentreffen hat den folgenden ironischen Rhythmus. Er nimmt sie, sie ist auf der Hut aus Erfahrung, aber langsam unterliegt sie ihm emotional. In dem Moment, als sie sich ihm emotional hingibt, sterben seine Gefühle ab, er begehrt sie nicht mehr. Sie, verletzt und elend. Wendet sich einem anderen Mann zu. Aber nun findet der erste Mann sie wieder begehrenswert. Während er durch das Wissen, daß sie mit einem anderen geschlafen hat, erregt wird, ist sie erkaltet, weil er nicht durch sie erregt ist, sondern durch die Tatsache, daß sie mit einem anderen zusammen war. Aber langsam unterliegt sie ihm emotional. Und just in dem Moment, in dem es für sie am schönsten ist, erkaltet er wieder, nimmt eine andere Frau, sie einen anderen Mann, und so weiter.

* * *

*18 EINE KURZGESCHICHTE

Das gleiche Thema wie Tschechows *Der Liebling*. Aber diesmal ändert sich die Frau nicht, um sich nacheinander verschiedenen Männern anzupassen; sie verändert sich in Erwiderung auf einen einzigen Mann, der ein psychisches Chamäleon ist, so daß sie im Laufe eines Tages ein halbes Dutzend verschiedener Persönlichkeiten sein kann, entweder im Gegensatz zu oder in Harmonie mit ihm.

* * *

* DIE ROMANTISCHE HARTE SCHULE DES SCHREIBENS

Die Kerle, die treuherzigen, waren Samstag nacht aus, die wildherzige Samstagnachtbande der echten Freunde, Buddy, Dave und Mike. Es schneite. Schneekalt. Die Kälte der Städte im Daddy der Städte, New York. Aber das Wahre für uns. Buddy, der affenschultrige, stand abseits und starrte vor sich hin. Er kratzte sich am Sack. Buddy, der Träumer, pechschwarzäugig, düster starrend, masturbierte oft vor unseren Augen, unbewußt, rein, eine merkwürdige Reinheit. Und nun stand er da mit dem Schneeflockenweiß auf seinen traurig gebeugten Schultern. Dave griff ihn von unten an, Dave und Buddy wälzten sich in dem unschuldigen Schnee, Buddy wand sich. Dave rammte seine Faust in Buddys Magen, oh, wahre Liebe wahrer Freunde, Mensch-Spielen zusammen unter den kalten Klippen von Manhattan in einer echten Samstagnacht. Buddy schlaffte weg. »Ich liebe diesen Hurensohn«, sagte Dave, während Buddy die Glieder von sich streckte, für uns und die Traurigkeit der Stadt verloren. Ich, Mike, Mike-der-Einzelgänger, stand abseits, die Last des Wissens auf mir, achtzehn Jahre alt und einsam, und betrachtete meine treuen Kumpel Dave und Buddy. Buddy kam zu sich. Speichel befleckte seine halbtoten Lippen und floß in die speichelweiße Schneeverwehung. Er setzte sich auf, keuchend, sah Dave dort, die Arme um seine Knie gelegt, der starrte ihn an, Liebe in seinen Bronx-traurigen Augen. Er schlug zu, linke Seite der haarigen Faust ans Kinn, und nun fiel Dave flach hin, in den todkalten Schnee. Lachte Buddy, Buddy saß lachend da und wartete, bis er an die Reihe kam. Mann, was für ein Verrückter. »Was hast du vor, Buddy?« fragte ich, Mike der Einzelgänger, der aber seine wahren Freunde liebt. »Ha ha ha, hast du gesehen, was für ein Gesicht er gemacht hat?« fragte er und wälzte sich atemlos und hielt seinen Sack. »Hast du das gesehen?« keuchte Dave, in den wieder Leben kam, wälzte sich, stöhnte, kam wieder hoch. Dann kämpften Dave und Buddy, ehrlich gekämpft, lachend vor Freude, bis sie lachend auseinanderfielen, in den Schnee. Ich, Mike, der mit-Worten-geflügelte Mike, stand, mich grämend vor Freude, da. »He, ich liebe diesen Bastard«, keuchte Dave, der einen Faustschlag in Buddys Zwerchfell schmetterte, und Buddy, der ihn mit dem Unterarm stoppte, sagte: »Jesses, ich liebe ihn.« Aber ich hörte die süße Musik von Absätzen auf dem frostkalten Pflaster und sagte: »He, Leute.« Wir standen und warteten. Sie kam, Rosie, aus ihrem dunklen Mietschlafzimmer, auf ihren süßklappernden Absätzen. »He, Leute«, sagte Rosie, süßlächelnd. Wir standen und schauten. Traurig nun, betrachteten wir die wildwuchernde Rosie, die auf ihrem wahren Geschlecht das Pflaster entlang schwenkte, die mit ihrem kugelrunden Hintern wackelnd unseren Herzen eine Hoffnungsbotschaft zuschleuderte. Dann ging Buddy, unser Buddy, beiseite, zögernd, sprach mit traurigen Augen zu unseren traurigen Augen: »Ich liebe sie, Leute.« Da waren zwei Freunde allein. Zweifäustiger Dave und mit-Worten-geflügelter Mike. Wir standen und beobachteten, wie unser Freund Buddy, zum Leben verdammt, nickte und hinter Rosie herging, während sein reines Herz zur Melodie ihrer süßen Absätze schlug. Da fielen die Schwingen der mystischen Zeit, weiß von Schneeflocken, auf uns herunter, die Schwingen einer Zeit, die uns alle hinter unseren Rosies her und in den Tod, in das Holzhausbegräbnis wirbeln würden. Tragisch und schön zu sehen, wie unser Buddy hinausging in den uralten Tanz der schicksalsbestimmten Schneeflocken und der kalte Reif auf seinem Kragen reifte. Und die Liebe, die von uns zu ihm ging, war phantastisch, echt massig, trauergesichtig und ohne Schuld an den Absichten der Zeit, aber echt und wirklich ernst. Wir liebten ihn, als wir, zwei verlassene Freunde, uns umwandten, und unsere jugendlichen Mäntel flatterten um unsere reinen Beine. Weiter dann, Dave und ich, Ich-Mike, traurig, weil der Verkündigungsvogel der Tragödie unsere perlmuttenen Seelen berührt hatte, Er-Dave und Ich-Mike, weiter dann, angeschmiert vom Leben. Dave kratzte sich am Sack, langsam, fausthiebkratzender, reiner Dave. »Jesses, Mike«, sagte er, »eines Tages wirst du's für uns alle aufschreiben.« Er stotterte, undeutlich, nicht-mit-Worten-geflügelt: »Du wirst's aufschreiben, he, Kumpel? Wie unsere Seelen hier auf dem schneeweißen Manhattanpflaster ruiniert wurden, der kapitalistische Geld-Mammon-Höllenhund heiß auf unseren Fersen?« »Jesses, Dave, ich liebe dich«, sagte ich dann, meine Jungenseele verrenkt vor Liebe. Ich schlug ihn dann, im rechten Winkel zum Kieferknochen, stotternd vor Liebe-für-die-Welt, Liebe-für-meine-Freunde, für die Daves und Mikes und Buddys. Zu Boden ging er und ich dann, Mike, wiegte ihn dann, Baby, ich-liebe-dich, Freundschaft im Stadtdschungel, Freundschaft der jungen Jugend. Rein. Und die Winde der Zeit bliesen, schneeschicksalhaft, auf unsere liebenden, reinen Schultern.

* * *

Wenn ich zum Pastiche zurückgekehrt bin, dann ist es Zeit, aufzuhören.

[Hier endete das gelbe Notizbuch mit einem doppelten schwarzen Strich.]

[Das blaue Notizbuch ging weiter, aber ohne Datierung:]

Es hat sich herumgesprochen, daß das obere Zimmer leer ist, man ruft mich deswegen an. Ich habe gesagt, daß ich es nicht vermieten möchte, aber ich habe wenig Geld. Zwei junge Geschäftsfrauen kamen vorbei, sie hatten von Ivor gehört, daß ich keine Mädchen wollte. Janet und ich, und dann zwei Mädchen, eine Wohnung voller Frauen, das wollte ich nicht. Dann einige Männer. Zwei von ihnen verbreiteten sofort die typische: Du-und-ich-in-die-ser-Wohnung-allein-Atmosphäre, also schickte ich sie fort. Drei wollten bemuttert werden, gestrandete und heimatlose Menschen, ich wußte, daß ich noch vor Ablauf einer Woche in die Lage versetzt sein würde, auf sie aufzupassen. Also beschloß ich, keine Zimmer mehr zu vermieten. Ich werde eine Arbeit annehmen, in eine kleinere Wohnung ziehen, irgend etwas. Unterdessen hat Janet Fragen gestellt: Wie traurig, daß Ivor gehen mußte, ich hoffe, wir werden wieder jemanden bekommen, der so nett ist wie er, und so weiter. Dann, aus heiterem Himmel, sagte sie, sie wollte in ein Internat gehen. Ihre Freundin aus der Tagesschule geht auch. Ich fragte, warum, und sie sagte, daß sie andere Mädchen zum Spielen haben wollte. Sofort fühlte ich mich deprimiert und abgewiesen, dann wütend über mich selbst, weil ich mich so fühlte. Sagte ihr, ich würde darüber nachdenken – Geld, die praktische Seite. Aber worüber ich wirklich nachdenken wollte, das war Janets Charakter, was zu ihr passen würde. Ich habe oft gedacht, wäre sie nicht meine Tochter (ich meine nicht genetisch, sondern meine Tochter, weil sie bei mir aufgewachsen ist), dann wäre sie das konventionellste Kind, das man sich vorstellen kann. Und das ist sie, trotz einer oberflächlichen Originalität. Trotz des Einflusses in Mollys Haus, trotz meiner langen Affäre mit Michael und seinem Verschwinden, trotz der Tatsache, daß sie das Produkt von dem ist, was man eine ›zerbrochene Ehe‹ nennt; wenn ich sie ansehe, sehe ich nichts anderes als ein bezauberndes, normal intelligentes kleines Mädchen, von der Natur für ein problemloses Leben bestimmt. Fast hätte ich geschrieben: »Hoffentlich.« Warum? Ich habe keine Zeit für Leute, die nicht mit sich selbst experimentiert haben, die nicht bewußt ihre Grenzen ausprobiert haben, doch wenn es sich um die eigenen Kinder handelt, kann man den Gedanken nicht ertragen, daß all das auch auf sie zukommt. Als sie sagte: »Ich möchte ins Internat gehen«, mit dem mutwilligen Charme, den sie nun an den Tag legt, ihre Flügel als Frau erprobend, sagte sie in Wirklichkeit zu mir: »Ich möchte durchschnittlich und normal sein.« Sie sagte: »Ich möchte aus der schwierigen Umgebung herauskommen.« Ich glaube, der Grund dafür ist, daß sie meine zunehmende Depression bemerkt hat. Es ist wahr, daß ich mit ihrer Hilfe die Anna banne, die teilnahmslos und angstvoll ist. Aber sie muß fühlen, daß diese Anna existiert. Und natürlich will ich sie nicht gehen lassen, weil sie meine Normalität ist. Mit ihr muß ich einfach, verantwortungsvoll, gefühlvoll sein, und auf diese Weise verankert sie mich in dem, was in mir normal ist. Wenn sie zur Schule geht . . .

Heute fragte sie wieder: »Wenn ich ins Internat gehe, möchte ich mit Mary gehen.« (Ihre Freundin.)

Ich sagte ihr, wir müßten diese große Wohnung verlassen, eine kleinere suchen, und ich müßte eine Arbeit finden. Jedoch nicht sofort. Zum drittenmal hat eine Filmgesellschaft die Rechte von *Frontiers of War* gekauft, aber es wird nichts daraus werden. Ich hoffe es jedenfalls nicht. Ich hätte die Rechte nicht verkauft, wenn ich geglaubt hätte, daß der Film gedreht werden würde. Das Geld wird zum einfachen Leben reichen, sogar für Janets Internat.

Ich habe nach fortschrittlichen Schulen geforscht.

Erzählte Janet von ihnen, sie sagte: »Ich möchte in ein gewöhnliches Internat gehen.« Ich sagte: »Es gibt nichts Gewöhnliches an einem konventionellen englischen Mädcheninternat, sie sind einzigartig in der Welt.« Sie sagte: »Du weißt ganz genau, was ich meine. Außerdem geht Mary dahin.«

Janet wird mich in ein paar Tagen verlassen. Heute rief mich Molly an und sagte, ein Amerikaner sei hier, der nach einer Wohnung sucht. Ich sagte, ich wolle keine Zimmer mehr vermieten. Sie sagte: »Aber du bist ganz allein in dieser riesigen Wohnung, du brauchst ihn ja nicht zu sehen.« Ich blieb stur, und dann sagte sie: »Ich finde, das ist einfach unsozial. Was ist mit dir passiert, Anna?« Das *was ist mit dir passiert* traf mich. Weil es wirklich unsozial ist und weil es mir egal ist. Sie sagte: »Hab ein Herz, es ist ein amerikanischer Linker, der kein Geld hat und auf der schwarzen Liste stand – und du in deiner Wohnung mit den vielen leeren Zimmern.« Ich sagte: »Wenn es ein Amerikaner ist, der sich in Europa amüsiert, dann schreibt er bestimmt den amerikanischen Roman von epischer Breite, ist in psychoanalytischer Behandlung und führt eine dieser gräßlichen amerikanischen Ehen, und ich muß mir seine Nöte – ich meine, seine Probleme, anhören.« Aber

Molly lachte nicht, sie sagte: »Wenn du nicht aufpaßt, dann wirst du genauso wie die anderen, die aus der Partei ausgetreten sind. Ich traf gestern Tom, er ist wegen Ungarn ausgetreten. Er war immer eine Art nichtamtlicher Seelendoktor für Dutzende von Leuten. Er hat sich stark verändert. Ich hörte, daß er plötzlich die Miete der Zimmer, die er in seinem Haus vermietet, verdoppelt hat und nicht mehr Lehrer ist. Er hat jetzt einen Job in einer Werbeagentur. Ich rief ihn an, um ihn zu fragen, was zum Teufel er sich bei dem denkt, was er tut, und er sagte: ›Ich habe mich lange genug für dumm verkaufen lassen.‹ Also, paß lieber auf, Anna.«

Da sagte ich Molly, daß der Amerikaner kommen könnte, vorausgesetzt, ich müßte ihn nicht treffen, und dann sagte Molly: »Er ist nicht übel, ich habe ihn kennengelernt, furchtbar frech und verbohrt, aber das sind sie ja alle. Ich sagte: »Ich glaube nicht, daß sie frech sind, das ist ein altes Klischee, die Amerikaner sind heutzutage kühl und distanziert, sie haben Glas oder Eis zwischen sich und dem Rest der Welt.« »Oh, wenn du meinst«, sagte Molly, »aber ich muß mich jetzt beeilen.«

Danach überlegte ich, was ich eigentlich gesagt hatte. Es war interessant, weil mir erst hinterher klar wurde, daß ich so dachte. Aber es stimmte. Ja. Sie mögen zwar frech und laut sein, aber öfter noch sind sie gutgelaunt, ja, das ist charakteristisch für sie, die gute Laune. Und dann die Hysterie, die Angst, sich einzulassen. Ich saß da und dachte über die Amerikaner nach, die ich kannte. Inzwischen sind es recht viele. Ich erinnere mich an das Wochenende, das ich mit F., einem Freund von Nelson, verbrachte. Zuerst war ich erleichtert, ich dachte: Endlich ein normaler Mann, Gott sei Dank. Dann wurde mir klar, daß er alles mit dem Kopf machte. Er war ›gut im Bett‹. Selbstbewußt, ausgesprochen pflichtbewußt, eben ›ein Mann‹. Aber keine Wärme. Alles bemessen. ›Zu Hause‹ die Ehefrau, die er mit jedem Wort begönnerte (dabei hatte er in Wirklichkeit Angst vor ihr – nicht vor ihr, sondern vor den gesellschaftlichen Verpflichtungen, die sie repräsentierte). Und dann die vorsichtigen, unverbindlichen Affären. Exakt die richtige Menge von Wärme – alles ausgearbeitet, für die und die Beziehung so und so viel Gefühl. Ja, so sind sie, sie haben etwas Abgemessenes, Schlaues, Kühles. Natürlich, Gefühl ist eine Falle, es liefert einen in die Hände der Gesellschaft, deshalb bemessen die Leute es.

Ich versetzte mich zurück in den Zustand, in dem ich mich befand, als ich zu Mother Sugar ging. Ich kann nicht fühlen, sagte ich. Ich habe für keinen in der Welt etwas übrig, außer für Janet. Ist das heute sieben Jahre her? – so ungefähr. Als ich sie verließ, sagte ich: Sie haben mir beigebracht zu weinen, verbindlichen Dank, Sie haben mir die Fähigkeit zu empfinden wiedergegeben, und das ist allzu schmerzhaft.

Wie altmodisch von mir, einen Medizinmann aufzusuchen, um zu lernen, wie man empfindet. Denn wenn ich jetzt daran denke, sehe ich, daß die Leute überall versuchen, nicht zu empfinden. Kühl, kühl, kühl, das ist die Losung. Das ist das Banner. In Amerika zuerst, und jetzt bei uns. Ich denke an die politischen und sozialen Gruppen junger Leute, in London, Tommys Freunde, die neuen Sozialisten – das haben sie gemeinsam, abgemessenes Gefühl, Kühle.

In einer so schrecklichen Welt wie dieser, reduziere das Gefühl. Wie merkwürdig, daß ich das nicht eher erkannt habe.

Und gegen diesen instinktiven Rückzug in die Gefühllosigkeit, als Schutz gegen den Schmerz, Mother Sugar – ich erinnere mich, wie ich verzweifelt zu ihr gesagt habe: »Wenn ich Ihnen sagen würde, daß die Wasserstoffbombe gefallen ist und halb Europa ausradiert hat, dann würden Sie mit der Zunge schnalzen, tz, tz, und würden mich, wenn ich weine und schluchze, mit einem ermahnenden Stirnrunzeln oder einer Geste auffordern, ein Gefühl zu bedenken oder zu berücksichtigen, das ich absichtlich ausgesperrt habe. Welches Gefühl? Nun, die Freude natürlich. Bedenken Sie, mein Kind, würden Sie sagen oder andeuten, was die Zerstörung für kreative Aspekte hat! Bedenken Sie die kreativen Möglichkeiten der Energie, die im Atom eingeschlossen sind! Erlauben Sie Ihren Gedanken, auf jenen ersten Halmen zaghaften grünen Grases auszuruhen, die sich in einer Million Jahren aus der Lava ans Licht emporstrecken werden!« Sie lächelte, natürlich. Dann veränderte sich ihr Lächeln und erstarb, da war wieder einer der Momente außerhalb der Analytiker-Patient-Beziehung, auf den ich gewartet hatte. Sie sagte: »Meine liebe Anna, ist es nicht trotz allem möglich, daß wir, um uns gesund zu erhalten, lernen müssen, auf jene Grashalme zu vertrauen, die in einer Million Jahren entstehen werden?«

Aber nicht nur der Terror überall und die Furcht, sich seiner bewußt zu werden, ist es, was die Leute erstarren läßt. Es ist mehr als das. Die Leute wissen, daß sie in einer toten oder sterbenden Gesellschaft leben. Sie lehnen Gefühl ab, weil am Ende jedes Gefühls Besitz, Geld und Macht steht. Sie arbeiten und verachten ihre Arbeit und lassen sich deshalb selbst erstarren. Sie lieben, wissen aber, daß es eine halbe oder entstellte Liebe ist, und so lassen sie sich selbst erstarren.

Es ist möglich, daß es nötig sein wird, um Liebe, Mitgefühl, Zärtlichkeit lebendig zu erhalten, diese Gefühle als ambivalent zu erleben, das heißt, auch das zu empfinden, was falsch und gemein oder noch eine Idee ist, sich nur erst als Schatten in der gewollten Phantasie abzeichnet ... Wenn das, was wir fühlen, Schmerz ist, dann müssen wir das eben fühlen, wissend, daß die Alternative der Tod ist. Alles lieber als das Schlaue, das Kalkulierte, das Unverbindliche, die Weigerung zu geben, aus Angst vor den Konsequenzen ... Ich kann hören, wie Janet die Treppen hochkommt.

Janet ging heute zur Schule. Uniform ist freigestellt, und sie entschied sich, sie zu tragen. Seltsam, daß mein Kind eine Uniform will. Ich kann mich an keine Zeit in meinem Leben erinnern, in der ich mich nicht unwohl darin gefühlt hätte. Paradox: Als ich Kommunistin war, diente ich nicht den Männern in Uniform, sondern denen, die nichts damit zu tun haben wollten. Die Uniform ist ein häßlicher, salbeigrüner Kittel mit einer gelblichbraunen Bluse. Er ist so geschnitten, daß er ein Mädchen in Janets Alter, zwölf, so häßlich wie möglich macht. Außerdem ist da noch ein häßlicher, runder, harter, dunkelgrüner Hut. Das Grün des Hutes und des Kittels beißen sich. Dennoch ist sie entzückt. Die Uniform wurde von ihrer Direktorin ausgewählt, die ich befragte – eine bewundernswerte, alte Engländerin, gelehrt, nüchtern, intelligent. Ich könnte mir vorstellen, daß die Frau in ihr starb, noch ehe sie zwanzig war, wahrscheinlich hat sie sie in sich abgetötet. Ich überlege, ob ich Janet nicht, indem ich sie zu ihr schicke, eine Vaterfigur gebe? Seltsamerweise traute ich Janet zu, sich ihr zu widersetzen, zum Beispiel, indem sie sich weigerte, die häßliche Uniform zu tragen. Aber Janet will sich niemandem widersetzen.

In dem Moment, als sie die Uniform anzog, verschwand ihre Klein-Mädchenhaftigkeit, der mutwillige Charme eines verwöhnten Kindes, den sie vor etwa einem Jahr wie ein Kleid angezogen hatte. Auf dem Bahnsteig war sie ein nettes, strahlendes kleines Mädchen in einer gräßlichen Uniform, inmitten einer Herde ebensolcher junger Mädchen, die jungen Brüste versteckt, aller Charme unterdrückt, vernünftig. Und als ich sie sah, trauerte ich um ein schwarzhaariges, lebhaftes, dunkeläugiges, schmales kleines Mädchen, reizbar durch die ungewohnte Sexualität, wachsam durch das instinktive Wissen um ihre Macht. Und im gleichen Moment bemerkte ich, daß ich einen wirklich grausamen Gedanken hatte: Mein armes Kind, wenn du in einer Gesellschaft voller Ivors und Ronnys aufwachsen wirst, in einer Gesellschaft voller – Männer, die Angst haben, die ihre Gefühle abmessen wie abgewogene Lebensmittel, dann würdest du gut daran tun, so zu werden wie Miss Street, die Direktorin. Weil man dieses bezaubernde junge Mädchen weit weg gebracht hatte, hatte ich das Gefühl, als wäre etwas unendlich Wertvolles und Verwundbares vor Schmerz bewahrt worden. Und da war eine triumphierende Arglist dabei, gegen Männer gerichtet: Also gut, ihr wollt uns nicht schätzen? – dann werden wir uns wappnen im Hinblick auf die Zeit, wo ihr es wieder tut. Ich hätte mich schämen müssen für die Bösartigkeit, für die Arglist, aber ich tat es nicht, ich hatte zu viel Vergnügen daran.

Der Amerikaner, Mr. Green, sollte heute kommen, also habe ich sein Zimmer fertig gemacht. Er rief an, um zu sagen, daß er eingeladen wäre, einen Tag auf dem Land zu verbringen, und daß er erst morgen kommen könnte. Viele vorsichtige Entschuldigungen. War verärgert, hatte Vorkehrungen getroffen, die nun geändert werden mußten. Später rief Molly an, um zu sagen, daß ihre Freundin Jane ihr erzählt hatte, daß sie, Jane, den Tag mit Mr. Green verbracht hätte und ihm ›Soho gezeigt‹ habe. Ich war wütend. Dann sagte Molly: »Tommy traf Mr. Green und mochte ihn nicht, er sagte, er sei nicht organisiert, das spricht zu Mr. Greens Gunsten, meinst du nicht auch? Tommy billigt niemanden, der nicht nach seiner Nase ist. Findest du das nicht eigenartig? So sozialistisch er sich auch geben mag, er und seine ganzen Freunde – dabei sind sie alle miteinander so respektierlich und kleinbürgerlich – sie brauchen bloß irgend jemanden zu treffen, der einen Funken Leben in sich hat, und schon blasen sie die Moraltrompete. Natürlich ist die gräßliche Frau von Tommy schlimmer als alle anderen. Sie beschwerte sich, daß Mr. Green nichts weiter sei als ein Säufer, weil er keine reguläre Arbeit hat. Hat man da noch Töne? Dieses Mädchen würde sich großartig machen als Frau eines spießigen Geschäftsmannes mit leicht liberalen Anschauungen, die er benutzt, um seine konservativen Freunde zu schockieren. Und das ist meine Schwiegertochter. Sie schreibt einen dicken Wälzer über die Chartisten und legt zwei Pfund pro Woche beiseite, als Notgroschen für ihr Alter. Jedenfalls, wenn Tommy und diese kleine Ziege Mr. Green nicht mögen, bedeutet das, daß du ihn wahrscheinlich mögen wirst, so daß schließlich die Tugend sich doch nicht selbst genug sein muß.« Ich mußte über all das lachen, und dann dachte ich, daß ich mich, wenn ich lachen konnte, nicht in so einem schlechten Zustand befinden konnte, wie ich vermutete. Mother Sugar hat mir einmal erzählt, daß sie sechs Monate gebraucht hatte, um einen depressiven Patienten zum Lachen zu bringen. Trotzdem besteht kein Zweifel, daß das Fortgehen von Janet, das Alleinsein in dieser großen Wohnung, mich mitgenommen hat. Ich bin lustlos und träge. Ich denke dauernd an Mother Sugar, aber auf eine neue Art, so als ob der Gedanke an sie mich retten könnte. Wovor? Ich will nicht gerettet werden. Denn das Weggehen von Janet hat mich an etwas anderes erinnert – Zeit, was Zeit sein kann, wenn man keinen Druck auf sich fühlt. Ich habe mich nicht mehr zwanglos in der Zeit bewegt, seit Janet geboren wurde. Ein Kind zu haben bedeutet, mit der Uhr zu leben, immer durch etwas gebunden zu sein, was zu einem bestimmten späteren Zeitpunkt getan werden muß. Eine Anna wird lebendig, die starb, als Janet geboren wurde. Ich saß diesen Nachmittag auf dem Fußboden, beobachtete, wie der Himmel dunkler wurde; ein Bewohner einer Welt, in der man sagen kann, die Beschaffenheit des Lichtes bedeutet, daß es Abend sein muß, anstelle von: In genau einer Stunde muß ich das Gemüse aufsetzen. Und plötzlich fühlte ich mich zurückversetzt in einen Zustand, den ich vergessen hatte, es war etwas aus meiner Kindheit. Gewöhnlich hatte ich mich nachts im Bett aufgesetzt und gespielt, was ich ›das Spiel‹ nannte. Das ging so: Zuerst erschaffe ich das Zimmer, in dem ich sitze, Stück für Stück,

526

›benenne‹ alles, Bett, Stuhl, Gardinen, bis es ganz in meinem Kopf ist, gehe dann aus dem Zimmer, erschaffe das Haus, dann aus dem Haus, erschaffe langsam die Straße, erhebe mich in die Luft, blicke auf London hinab, auf die sich endlos dehnende Wüste Londons, behalte aber zur gleichen Zeit das Zimmer und das Haus und die Straßen im Gedächtnis, erschaffe dann England, den Umriß von England in Großbritannien, dann die kleinen Inselgruppen, die sich an den Kontinent lehnen, dann langsam, langsam die ganze Welt, Kontinent für Kontinent, Ozean für Ozean (aber es kam beim ›Spiel‹ darauf an, diese Unermeßlichkeit zu erschaffen und gleichzeitig das Schlafzimmer, das Haus, die Straße in ihrer Winzigkeit im Gedächtnis zu behalten), bis der Punkt erreicht ist, wo ich in den Weltraum hinausgehe und die Welt betrachte, einen von der Sonne beschienenen Ball im Himmel, der sich unter mir dreht und rollt. Dann, wenn ich diesen Punkt erreicht habe, die Sterne um mich herum und die kleine Erde sich unter mir drehend, dann versuche ich mir zur gleichen Zeit einen Wassertropfen vorzustellen, in dem es von Leben wimmelt, oder ein grünes Blatt. Manchmal konnte ich das, was ich wollte, erreichen – ein gleichzeitiges Wissen von Unermeßlichkeit und Winzigkeit. Oder ich konzentrierte mich auf eine einzelne Kreatur, einen kleinen, bunten Fisch in einem Teich, eine einzelne Blume oder eine Motte, und versuchte, das Wesen der Blume, der Motte oder des Fisches zu erschaffen, zu ›benennen‹ und langsam darum herum den Wald zu erschaffen, das Meer oder den weiten Raum voll wehender Nachtluft, die meine Flügel neigte. Und dann hinaus, plötzlich, aus der Winzigkeit in den Weltraum.

Das war leicht, als ich ein Kind war. Es kommt mir heute so vor, als müßte ich jahrelang in einem Zustand der Heiterkeit gelebt haben, aufgrund ›des Spieles‹. Aber heute ist es sehr schwer. Heute nachmittag war ich nach ein paar Augenblicken erschöpft. Doch es gelang mir wenigstens für ein paar Sekunden zu sehen, wie sich die Erde unter mir drehte, während das Sonnenlicht am Bauch Asiens sank und die Amerikas in Dunkelheit fielen.

Saul Green kam, um sich das Zimmer anzusehen und seine Sachen dazulassen. Ich brachte ihn direkt auf sein Zimmer, er warf einen Blick hinein und sagte: »Bestens, bestens.« Das war so beiläufig, daß ich ihn fragte, ob er damit rechnete, es bald wieder zu verlassen. Er warf mir einen kurzen, vorsichtigen Blick zu, den ich schon als charakteristisch kannte, und fing an, lange, umständliche Erklärungen abzugeben, im selben Tonfall wie bei seinen Entschuldigungen wegen des Tages auf dem Lande. Daran erinnert, sagte ich: »Ich glaube, Sie verbrachten den Tag mit Jane Bond auf Entdeckungsreisen in Soho.« Er guckte verblüfft, dann beleidigt – aber auf eine ziemlich eigenartige Weise beleidigt, so als wäre er bei einem Verbrechen erwischt worden; dann veränderte sich sein Gesichtsausdruck, wurde wachsam und vorsichtig, und er ließ eine lange Erklärung über veränderte Pläne usw. los, und die Erklärung war noch eigenartiger, da erwiesenermaßen alles falsch war. Plötzlich wurde es mir langweilig, und ich sagte, daß ich nur deshalb nach dem Zimmer gefragt hätte, weil ich beabsichtigte, in eine andere Wohnung zu ziehen, so daß er, wenn er einen langen Aufenthalt plante, sich nach etwas anderem umsehen sollte. Er sagte, es wäre bestens, es wäre bestens. Er wirkte, als hätte er nicht zugehört und den Raum überhaupt nicht gesehen. Aber er kam hinter mir heraus und ließ seine Taschen zurück. Dann sagte ich mein Vermieterin-Verschen her, sagte, daß es ›keine Einschränkungen‹ gäbe, machte einen Scherz daraus, aber er verstand nicht, und so mußte ich es aussprechen, daß er von mir aus ruhig Mädchen auf sein Zimmer mitnehmen könnte. War über sein Lachen überrascht – laut, abrupt, verletzt. Er sagte, er wäre froh, daß ich ihn für einen normalen jungen Mann hielte; dies war so typisch amerikanisch, die automatische Reaktion, die man gewohnt ist, wenn es um die Männlichkeit geht, daß ich den Scherz, den ich über den Vormieter des Zimmers machen wollte, sein ließ. Insgesamt empfand ich alles als unangenehm, mißtönend, deshalb ging ich in die Küche hinunter und überließ es ihm, mir zu folgen. Ich hatte Kaffee gekocht, und er kam vor dem Weggehen in die Küche herein, also bot ich ihm eine Tasse an. Er zögerte. Er begutachtete mich. Ich bin nie in meinem Leben einer so brutalen sexuellen Inspektion wie dieser ausgeliefert gewesen. Darin lag kein Humor, keine Wärme, es war der taxierende Blick eines Mannes, der seine Ware prüft. Das war so unverhohlen, daß ich sagte: »Ich hoffe, ich kann bestehen«, aber er stieß wieder sein abruptes, beleidigtes Lachen aus und sagte: »Bestens, bestens« – mit anderen Worten, er war sich entweder nicht bewußt, daß er eine Liste meiner körperlichen Maße aufgestellt hatte, oder er war zu prüde, es zuzugeben. Also ließ ich das, und wir tranken Kaffee. Ich fühlte mich unbehaglich mit ihm, ich wußte nicht warum, es war irgend etwas in seinem Verhalten. Und es ist etwas Irritierendes in seiner Erscheinung, als ob man instinktiv erwartete, etwas zu finden, wenn man ihn ansieht, was man dann nicht findet. Er ist blond, sein Haar kurzgeschnitten, wie eine helle, schimmernde Bürste. Er ist nicht groß, obwohl ich ihn fortwährend für groß hielt; als ich ihn aber nochmals genau anschaute, sah ich, daß er es nicht war. Er wirkt so, weil seine Kleider viel zu groß für ihn sind, sie hängen an ihm herum. Man denkt, das ist dieser blonde, ziemlich untersetzte, breitschultrige amerikanische Typ mit den grünlichgrauen Augen und dem eckigen Gesicht. Ich beobachtete ihn weiter und erwartete, wie mir jetzt klar wird, diesen Mann zu sehen, sah jedoch einen dünnen, unharmonischen Mann, mit Kleidern, die lose von breiten Schultern hinunterhängen, und war dann gebannt und gefesselt durch seine Augen. Seine Augen sind kalt, graugrün und immer auf der Hut. Das ist die auffallendste Sache an ihm, er ist ständig, jede Sekunde, auf der Hut. Ich stellte ein oder zwei Fragen aus dem Gefühl der Zusammengehörigkeit mit einem ›Sozialisten aus Amerika‹, aber ich gab es auf, weil er meine Fragen beiseite schob. Um etwas zu sagen, fragte ich, warum er so große Kleider trüge, und er blickte mich verblüfft an, als wäre er erstaunt, daß ich das bemerkt hatte, wich dann aus und sagte, er hätte stark abgenommen, er wäre normalerweise einige Kilo schwerer. Ich fragte, ob er krank gewesen sei, und wieder war er beleidigt, gab mir durch sein Verhalten zu verstehen, daß Druck auf ihn ausgeübt würde oder daß man ihm auf den Fersen sei. Eine Zeitlang saßen wir schweigend da, und ich wünschte, daß er gehen würde, da es unmöglich schien, irgend etwas zu sagen, was er nicht übelnehmen würde. Dann sagte ich etwas über Molly, die er nicht erwähnt hatte. Ich war überrascht, wie sehr er sich zu verändern schien. Eine Art Intelligenz schaltete sich plötzlich ein, ich weiß nicht, wie ich es sonst nennen sollte: sein Interesse konzentrierte sich, und ich war beeindruckt von der Art, wie er von ihr sprach, es waren außerordentlich scharfsinnige Bemerkungen über ihren Charakter und ihre Situation. Mir fiel auf, daß ich nie einen Mann kennengelernt hatte, mit Ausnahme von Michael, der das Wesen einer Frau so rasch erfassen konnte. Es fiel mir auf, daß er sie auf einem Niveau ›benannte‹, das ihr schmeicheln würde, wenn sie es hörte ...

[Von dieser Stelle des Tagebuchs oder der Chronik an hatte Anna bestimmte Punkte mit Sternchen versehen und die Sternchen numeriert.]

... und das machte mich neugierig, nein, neidisch, deshalb sagte ich etwas (*1) über mich, und er sprach von mir. Das heißt, er hielt mir einen Vortrag. Es war so, als hielte nur ein ehrlicher Pedant einen Vortrag über die Gefahren und Fallgruben und Entschädigungen einer alleinstehenden Frau usw. Überrascht dachte ich – und das rief in mir ein höchst merkwürdiges Gefühl der Verwirrung, der Ungläubigkeit hervor –, daß das der gleiche Mann war, der mich vor zehn Minuten einer so kalten und fast feindlichen sexuellen Inspektion unterzogen hatte. Doch in dem, was er jetzt sagte, war nichts dergleichen, auch nichts von dieser halbverhüllten Neugier, dem plötzlichen Moment lippenleckender Erwartung, den man gewohnt ist. Im Gegenteil, ich konnte mich an keinen anderen Mann erinnern, der mit dieser Einfachheit, Offenheit und Kameradschaftlichkeit über das Leben gesprochen hatte, das ich lebe, das die Frauen leben, die so sind wie ich. Ich lachte an einer Stelle, weil ich auf einem solch hohen Niveau (*2) ›benannt‹ wurde, gleichzeitig aber belehrt wurde, als sei ich ein kleines Mädchen und nicht eine Frau, die ein paar Jahre älter ist als er. Es kam mir sehr merkwürdig vor, daß er mein Lachen nicht hörte, was nicht heißt, daß er davon verletzt sein sollte oder warten sollte, bis ich aufhörte zu lachen, oder fragen, warum ich lachte, nein, er sprach einfach weiter, als ob er vergessen hätte, daß ich auch noch da war. Ich hatte das höchst unangenehme Gefühl, daß ich für Saul buchstäblich nicht mehr existierte, und ich war froh, die Sache zu Ende zu bringen, was ich ohnehin tun mußte, weil ich einen Mann von der Filmgesellschaft, die *Frontiers of War* kaufen will, erwartete. Als der kam, beschloß ich, die Rechte des Romans nicht zu verkaufen. Ich glaube, sie wollen den Film wirklich machen, aber was hätte es für einen Sinn gehabt, all die Jahre Widerstand zu leisten, wenn ich jetzt einfach nur deshalb nachgebe, weil mir zum erstenmal das Geld ausgeht. Also sagte ich ihm, ich würde sie nicht verkaufen. Er nahm an, daß ich sie jemand anderem verkauft hatte, war unfähig zu glauben, daß es einen Schriftsteller geben konnte, der nicht verkaufen würde, wenn der Preis nur hoch genug war. Er erhöhte andauernd den Preis, absurd, ich blieb bei meinem Nein, alles war wie eine Farce, ich fing an zu lachen – das erinnerte mich an den Moment, als ich gelacht und Saul nicht zugehört hatte. Er wußte nicht, warum ich lachte, und sah mich die ganze Zeit an, als ob ich, die leibhaftige Anna, die lachte, für ihn nicht existieren würde. Und als er ging, geschah das mit gegenseitiger Abneigung. Wie auch immer, um auf Saul zurückzukommen – als ich ihm sagte, daß ich Besuch erwartete, fiel mir auf, wie er sich zusammenriß, als ob er hinausgeworfen würde, ja, wirklich, als ob ich ihn hinausgeworfen hätte und nicht nur gesagt hätte, daß ich einen Geschäftsmann erwartete. Und dann brachte er seine fahrige, defensive Bewegung unter Kontrolle, nickte sehr kühl und zurückweichend und ging direkt die Treppe hinunter. Als er gegangen war, fühlte ich mich schlecht, die ganze Begegnung war voller Unstimmigkeit und Mißklang gewesen, und ich überlegte, ob ich nicht einen Fehler begangen hatte, ihn in meine Wohnung kommen zu lassen. Später erzählte ich Saul, daß ich den Roman nicht für einen Film verkaufen wollte; ich sagte das ziemlich vorsichtig, weil ich gewohnt bin, so behandelt zu werden, als ob ich nicht ganz bei Trost wäre, und er war überzeugt davon, daß ich recht hatte. Er sagte, er habe zum Schluß seinen Job in Hollywood deshalb aufgegeben, weil dort kein Mensch war, der in der Lage war zu glauben, daß ein Schriftsteller lieber auf Geld verzichtet, als in Kauf zu nehmen, daß ein schlechter Film aus seinem Buch gemacht wird. Er redet wie all diese Leute, die in Hollywood gearbeitet haben – mit einer Art grimmiger, ungläubiger Verzweiflung, daß so etwas Korruptes tatsächlich existieren kann. Dann sagte er etwas, was mich beeindruckte: »Wir müssen dauernd Widerstand leisten. Ja, o.k., manchmal leisten wir aufgrund falscher Voraussetzungen Widerstand, aber entscheidend ist, daß wir überhaupt Widerstand leisten. In einer Hinsicht bin ich Ihnen gegenüber im Vorteil . . .« (Ich war berührt, diesmal unangenehm, durch den Trotz des ›In einer Hinsicht bin ich Ihnen gegenüber im Vorteil‹, als ob wir uns in einer Art Wettkampf oder Schlacht befänden) ».. . daß nämlich die Zwänge, denen ich ausgesetzt wurde, damit ich nachgebe, viel direkter und offensichtlicher waren als die Zwänge in diesem Land.« Ich wußte, was er meinte, wollte aber hören, wie er es definierte, und fragte: »Wem oder was nachgeben?« »Wenn Sie es nicht wissen, kann ich es Ihnen nicht erzählen.« »Oh, ich weiß es aber.« »Ich glaube auch, Sie wissen es. Ich hoffe es.« Und dann, mit dem Anflug von Trotz: »Glauben Sie mir, das ist eine Sache, die ich in dem Höllenloch gelernt habe – die Leute, die nicht bereit sind, irgendwo einen Standpunkt einzunehmen, und wenn es nötig sein sollte, sogar bei unangenehmen Streitfragen, werden keinen Widerstand leisten, sie verkaufen sich. Und sagen Sie nicht: *Verkaufen an wen oder was?* Wenn es so einfach wäre, das genau zu sagen, müßten wir nicht alle manchmal bei unangenehmen Streitfragen Widerstand leisten. Wir müßten keine Angst haben, naiv und spleenig zu sein, das ist das einzige, wovor keiner von uns Angst haben sollte . . .« Er begann wieder zu dozieren. Ich mochte das. Ich mochte, was er sagte. Doch als er sprach, sich meiner Gegenwart wieder nicht mehr bewußt – ich könnte schwören, er hatte vergessen, daß ich da war –, da betrachtete ich ihn im Schutze seines Mich-vergessen-Habens, und ich sah seine Pose. Er stand mit dem Rücken zum Fenster, so wie eine Karikatur jenes Amerikaners, den wir aus den Filmen kennen – sexy, Kraftprotz, ganz Eier und ständige Erektion. Er stand lässig da, die Daumen in seinen Gürtel gehakt, Finger locker, aber sozusagen auf seine Genitalien zeigend – die Pose, die mich immer amüsiert, wenn ich sie in Filmen sehe, weil sie zu dem jungen, unverbrauchten, knabenhaften amerikanischen Gesicht paßt – das knabenhafte, entwaffnende Gesicht und die Kraftprotz-Pose. Saul stand da und belehrte mich über die gesellschaftlichen Zwänge zum Zwecke der Anpassung, während er diese sexy Pose einnahm. Das war unbewußt, aber auf mich gerichtet und so roh, daß ich anfing, mich zu ärgern. Er sprach in zwei Sprachen gleichzeitig zu mir. Dann bemerkte ich, daß er anders aussah. Das letztemal, als ich ihn studiert hatte, war ich beunruhigt darüber gewesen, daß er nicht das war, was ich zunächst in ihm gesehen hatte, daß er ein dünner, knochiger Mann in schlotternden Kleidern war. Diesmal trug er Kleider, die ihm paßten. Sie sahen neu aus. Mir wurde klar, daß er weggegangen und neue Kleider gekauft haben mußte. Er trug neue saubere Jeans, knapp sitzend, und eine enganliegende, dunkelblaue Strickjacke. Er sah schmal aus mit den passenden, neuen Sachen, und doch sah er immer noch nicht richtig aus, die Schultern wirkten zu breit, und die Hüftknochen stachen hervor. Ich unterbrach den Monolog und fragte, ob er sich neue Kleider gekauft hätte, einfach aus dem Grunde, weil ich auch am Vormittag etwas darüber gesagt hatte. Er runzelte die Stirn und gab nach einer Pause steif zur Antwort, daß er nicht hinterwäldlerisch aussehen wollte – »nicht mehr, als ich muß«. Ich fühlte mich wieder unbehaglich und sagte: »Hatte Ihnen vorher niemand gesagt, daß Ihre Kleider an Ihnen herunterhängen?« Er sagte nichts, es war, als hätte ich nichts gesagt, seine Augen blickten abwesend. Ich sagte: »Wenn es Ihnen niemand gesagt hat, müßten Sie es eigentlich im Spiegel gesehen haben.« Er lachte barsch und sagte: »Gnädigste, es macht mir heute keinen Spaß mehr, in den Spiegel zu schauen, früher habe ich mich für einen gutaussehenden Jungen gehalten.« Er betonte die lässige, sexy Pose noch mehr, als er diese Worte sprach. Ich konnte erkennen, wie er ausgesehen haben mußte, als sein Fleisch noch zum Knochenbau paßte: breit, kräftig, ein starker, hellhäutiger Mann, strotzend vor Gesundheit, mit kalten, grauen, klug abschätzenden Augen. Aber die neuen, passenden Kleider betonten die Widersprüchlichkeit seiner Erscheinung; er sah total verkehrt aus, sah krank aus, wie mir auffiel, eine ungesunde Blässe in seinem Gesicht. Und noch immer stand er lässig da, mich, Anna, nicht anblickend; seine Haltung aber war eine sexuelle Herausforderung. Ich dachte, wie seltsam, daß dies derselbe Mann ist, der zu solch einer realistischen Einschätzung von Frauen fähig war, zu solch einer schlichten Wärme in dem, was er sagte. Fast hätte ich ihn seinerseits herausgefordert, indem ich so etwas sagte wie: Was im Himmel soll das bedeuten, wenn Sie diese Erwachsenensprache mit mir sprechen und gleichzeitig wie ein heldenhafter Cowboy mit unsichtbaren Revolvern auf den Hüften dastehen? Aber die Entfernung zwischen uns war groß, er fing von neuem an zu erzählen, zu dozieren. Irgendwann sagte ich, daß ich müde sei, und ging ins Bett.

Verbrachte den heutigen Tag damit, ›das Spiel‹ zu spielen. Erreichte gegen Nachmittag den Punkt entspannten Verstehens, auf den ich hinauswollte. Ich glaube, wenn ich eine gewisse Selbstdisziplin erreichen kann und nicht nur ziellos lese, ziellos denke, dann kann ich meine Depression bekämpfen. Sehr schlecht für mich, daß Janet nicht hier ist, kein Grund, am Morgen aufzustehen, keine äußere Form für mein Leben. Muß ihm eine innere Form geben. Wenn ›das Spiel‹ nicht funktioniert, werde ich einen Job suchen. Muß ich sowieso, aus finanziellen Gründen. (Mir fällt auf, daß ich nicht esse, daß ich auf den Pfennig schaue, ich hasse die Idee, arbeiten zu müssen.) Ich werde eine Art Fürsorgearbeit finden – darin bin ich gut. Heute sehr ruhig hier. Kein Zeichen von Saul Green. Molly rief spät an – sagte, daß Jane Bond sich Mr. Green ›unter den Nagel gerissen‹ habe. Sie fügte hinzu, daß sie glaubt, jede Frau, die sich mit Mr. Green einläßt, habe den Verstand verloren. (Eine Warnung?) (*3) »Das ist ein Mann – mit dem geht man für eine Nacht ins Bett und hat hinterher garantiert seine Telefonnummer verloren. Wenn wir noch die Art Frauen wären, das heißt, die, die mit einem Mann für eine Nacht ins Bett gehen. Mein Gott, das waren noch Zeiten . . .«

Heute morgen wachte ich auf und fühlte mich wie nie zuvor. Mein Hals war verkrampft und steif. Ich hatte Angst, daß mein Atem nicht mehr von selbst kommt – mußte mich zwingen, tief zu atmen. Zu allem Überfluß schmerzte mich mein Magen oder vielmehr die Gegend unter meinem Zwerchfell. Es war, als hätten sich meine Muskeln dort zu einem Knoten zusammengeballt. Und ich war von einer ziellosen inneren Unruhe erfüllt. Wegen dieses Gefühls ließ ich schließlich die Eigendiagnose einer Verdauungsstörung, einer Halsentzündung usw. fallen. Ich rief Molly an und fragte sie, ob sie irgendein Buch über medizinische Symptome hätte, und wenn ja, ob sie mir eine Beschreibung eines Angstzustandes vorlesen könnte. Auf diese Weise entdeckte ich, daß ich an einem Angstzustand litt – ich erzählte ihr, ich müßte eine Beschreibung in einem Roman, den ich las, verifizieren. Dann setzte ich mich hin, um herauszufinden, warum ich einen Angstzustand habe. Ich mache mir keine Sorgen um Geld, wenig Geld zu haben hat mich noch nie beunruhigt, ich habe keine Angst, arm zu sein, irgendwie kann man sein Geld immer verdienen, wenn man es sich vornimmt. Ich mache mir keine Sorgen um Janet. Ich kann überhaupt keinen Grund erkennen, warum ich Angst haben sollte. Als ich den Zustand, in dem ich mich befand, als Angstzustand ›benannte‹, ließ er für eine Weile nach, aber heute abend (*4) ist er wieder sehr schlimm. Ungewöhnlich.

Heute klingelte das Telefon sehr früh – Jane Bond für Saul Green. Klopfte an seine Tür, keine Antwort. Ein paarmal ist er überhaupt nicht dagewesen, die ganze Nacht nicht. War im Begriff, ihr zu erzählen, daß er nicht da war, aber das schien mir nicht taktvoll zu sein, wenn sie ihn sich wirklich ›unter den Nagel gerissen‹ hatte. Klopfte wieder an die Tür, sah hinein. Er war da. Erstaunt darüber, wie er schläft, zusammengekauert unter sauberer Bettwäsche. Rief ihn, aber keine Antwort. Ging näher hin, legte meine Hand auf seine Schulter, keine Antwort. Plötzlich erschreckt – er war so ruhig, daß ich eine Sekunde lang glaubte, er wäre tot. Grabesstille. Was ich von seinem Gesicht sehen konnte, papierweiß. Wie feines, leicht gewelltes Papier. Versuchte, ihn umzudrehen. Sehr kalt die Berührung – konnte die Kälte in meine Finger steigen fühlen. Bekam Panik. Ich kann, sogar jetzt noch, auf meinen Handflächen die kalte Schwere seines Fleisches unter dem Schlafanzug fühlen. Dann erwachte er – aber ganz plötzlich. Gleichzeitig legte er seine Arme um meinen Hals wie ein erschrecktes Kind und setzte sich auf, seine Beine schon über den Bettrand schwingend. Er sah verängstigt aus. Ich sagte: »Um Himmels willen, es ist weiter nichts, nur Jane Bond am Telefon.« Er starrte vor sich hin – es dauerte eine lange halbe Minute, bis die Worte ihn erreichten, und ich wiederholte sie. Dann stolperte er zum Telefon. Er sagte: »Ja, ja, nein« – sehr abrupt. Ich ging hinter ihm die Treppe hinunter. Die Sache hatte mich verwirrt. Ich konnte die tödliche Kälte auf meinen Handflächen fühlen. Und dann seine Arme um meinen Hals, die eine Sprache sprachen, die anders war als alles, was er sagte, wenn er wach war. Ich rief ihm zu, er solle herunterkommen, um eine Tasse Kaffee mit mir zu trinken. Wiederholte es mehrmals. Er kam herunter, sehr still, sehr blaß, aufmerksam. Gab ihm Kaffee. Ich sagte: »Sie schlafen sehr fest.« Er sagte: »Was? Ja.« Dann machte er eine abwesende Bemerkung über den Kaffee, brach ab. Er hörte nicht, was ich sagte. Seine Augen waren zugleich konzentriert und wachsam und abwesend. Ich glaube nicht, daß er mich sah. Er saß da und rührte in seinem Kaffee. Dann begann er zu erzählen, und ich schwöre, es war aufs Geratewohl, er hätte ebensogut ein anderes Thema wählen können. Er sprach darüber, wie man ein kleines Mädchen erzieht. Er wußte viel darüber zu sagen, alles sehr intelligent und akademisch. Er redete und redete – ich sagte etwas, aber er merkte es nicht. Er redete – zunächst war ich selber geistesabwesend, dann, als ich meine Aufmerksamkeit halb bei dem hatte, was er sagte, bemerkte ich, daß ich auf das Wort *Ich* dabei achtete. Ich, Ich, Ich, Ich, Ich – ich hatte das Gefühl, als würde ich mit dem Wort ›Ich‹ wie mit Patronen aus einem Maschinengewehr beschossen. Einen Moment lang hatte ich die Vorstellung, daß sein Mund, der sich schnell und unstet bewegte, eine Art Gewehr sei. Ich unterbrach ihn, er hörte es nicht, ich unterbrach ihn nochmals, sagte: »Sie wissen gut über Kinder Bescheid, waren Sie verheiratet?« Er wollte etwas sagen, sein Mund war leicht geöffnet, er starrte vor sich hin. Dann das laute, abrupte, junge Lachen: »Verheiratet, wollen Sie sich über mich lustig machen?« Es verletzte mich, es war eine so eindeutige Warnung. Dieser Mann, der mich, eine Frau, vor der Ehe warnte, war ein ganz anderer als der, der so zwingend sprach, der auf so unwiderstehliche Weise intelligente Sachen (aber jede Sekunde interpunktiert durch das Wort ›Ich‹) darüber sagte, wie man am besten ein kleines Mädchen zu ›einer richtigen Frau‹ erzieht, und wiederum ein ganz anderer als der Mann, der mich am ersten Tag mit seinen Augen ausgezogen hatte. Ich fühlte, wie sich mein Magen zusammenkrampfte, und zum erstenmal begriff ich, daß mein Angstzustand auf Saul Green zurückzuführen war. Ich schob meine leere Kaffeetasse zur Seite und sagte, es wäre Zeit für mein Bad. Ich hatte vergessen, daß er, wenn man sagte, man hätte etwas anderes zu tun, so reagierte, als wäre er geschlagen oder getreten worden. Denn wieder sprang er von seinem Stuhl auf, als wäre es ihm befohlen worden. Diesmal sagte ich: »Saul, um Himmels willen, entspannen Sie sich.« Eine instinktive Bewegung zu fliehen, die er dann kontrollierte. Der Augenblick seiner Selbstkontrolle war ein sichtbarer physischer Kampf mit sich selbst, an dem all seine Muskeln beteiligt waren. Dann warf er mir ein bezauberndes, scharfsinniges Lächeln zu und sagte: »Sie haben recht, ich glaube, ich bin nicht gerade der entspannteste Mensch der Welt.« Ich war noch immer im Morgenmantel, und ich mußte zum Badezimmer an ihm vorbeigehen. Als ich vorbeiging, nahm er instinktiv die ›*Mensch*-Pose‹ ein, Daumen in den Gürtel gehakt, Finger nach unten gerichtet, das bewußt hämische Stieren des Wüstlings. Ich sagte: »Tut mir leid, ich bin nicht angezogen wie Marlene Dietrich auf dem Weg ins Hinterzimmer.« Das verletzte, junge Lachen. Ich gab es auf und ging ins Bad. Lag in der Badewanne, verkrampft vor lauter Ängsten, beobachtete aber dabei die Symptome eines ›Angstzustandes‹ ganz sachlich. Es war so, als hätte ein Fremder, der an Symptomen litt, die ich nie erlebt hatte, Besitz von meinem Körper ergriffen. Dann machte ich alles sauber und setzte mich auf den Fußboden in meinem Zimmer und versuchte ›das Spiel‹. Ich scheiterte. Es kam mir in den Sinn, daß ich auf dem besten Wege war, mich in Saul Green zu verlieben. Ich erinnere mich, wie lächerlich ich zuerst diese Idee fand, wie ich sie dann prüfte und schließlich akzeptierte: mehr noch als sie akzeptierte – darum kämpfte wie für etwas, das meine Pflicht war. Saul war den ganzen Tag da, oben. Jane Bond rief zweimal an, einmal, als ich in der Küche war und zuhören konnte. Er erzählte ihr auf seine vorsichtige, detaillierte Art, daß er nicht zu ihr zum Essen kommen konnte, weil . . . dann eine lange Geschichte über einen Ausflug nach Richmond. Ich ging mit Molly abendessen. Keine von uns erwähnte Saul in Beziehung zu mir, woraus ich ableitete, daß ich schon in Saul verliebt war und daß die Mann-Frau-Loyalität, stärker als die Loyalität der Freundschaft, bereits ihren Einfluß geltend machte. Molly gab sich besondere Mühe und erzählte mir von Sauls Eroberungen in London, was zweifellos eine Warnung war, aber es lag auch etwas Besitzergreifendes darin. Bei mir dagegen wuchs mit jeder Frau, die er laut Molly beeindruckt hatte, eine ruhige, geheim triumphierende Entschlossenheit, und dieses Gefühl bezog sich auf die Pose des Wüstlings, Daumen im Gürtel, und das kalte, hämische Starren, und keineswegs auf den Mann, der mich ›benannt‹ hatte. Als ich zurückkam, war er auf der Treppe, konnte Absicht gewesen sein, lud ihn zum Kaffee ein. Er machte eine wehmütige Bemerkung über mein Glück, solche Freunde und ein geordnetes Leben zu haben, was sich auf mein Abendessen mit Molly bezog. Ich sagte, wir hätten ihn nicht eingeladen, weil er gesagt habe, er hätte eine Verabredung. Er sagte schnell: »Woher wissen Sie das?« »Weil ich gehört habe, daß sie Jane das am Telefon sagten.« Das abwehrende, aufgeschreckte Starren – hätte nicht deutlicher sagen können: Was geht Sie das an? Ich war wütend und sagte: »Wenn Sie private Telefongespräche führen wollen, brauchen Sie nur das Telefon mit auf Ihr Schlafzimmer zu nehmen und die Tür zu schließen.« »Das werde ich«, sagte er, grimmig. Und wieder die Mißklänge und die Unstimmigkeit, in dem Moment, als ich wirklich nicht damit umzugehen wußte. Ich fing an, ihn über sein Leben in Amerika zu befragen, und durchbrach die Mauer der Ausflüchte. An einer Stelle sagte ich: »Ist Ihnen bewußt, daß Sie niemals eine Frage direkt beantworten – woher kommt das?« Er antwortete nach einer Pause, daß er noch nicht an Europa gewöhnt sei, in den Staaten würde nie jemand danach fragen, ob man Kommunist gewesen sei.

Ich sagte, es sei doch schade, den ganzen Weg nach Europa zu machen und die Verteidigungsstrategien Amerikas zu gebrauchen. Er sagte, ich hätte recht, aber es sei schwer für ihn, sich anzupassen, und wir begannen über Politik zu reden. Er ist die vertraute Mischung aus Bitterkeit, Traurigkeit und der Entschlossenheit, eine Art Balance zu halten, so wie wir alle. Ich ging ins Bett und kam zu dem Schluß, daß es dumm wäre, sich in diesen Mann zu verlieben. Ich lag im Bett und untersuchte die Worte ›verliebt sein‹, als ob das der Name einer Krankheit wäre, bei der ich die Wahl hatte, ob ich sie bekommen wollte oder nicht.

Er hat eine bestimmte Art, sich zu verhalten, wenn ich Kaffee oder Tee koche, er geht dann die Treppe hinauf, sehr steif, mit einem steifen Nicken. In solchen Augenblicken strömt er Einsamkeit, Isolation aus, ich kann die Einsamkeit wie Kälte um ihn spüren. Förmlich bitte ich ihn, bei mir zu bleiben, förmlich nimmt er es an. Heute abend saß er mir gegenüber und sagte: »Zu Hause habe ich einen Freund. Kurz bevor ich nach Europa abfuhr, erzählte er mir, daß er die Affären, das Geficktwerden satt hätte. Er sagte, es wird auf die Dauer furchtbar langweilig und bedeutungslos.« Ich lachte und sagte: »Da Ihr Freund so bewandert ist, sollte er wissen, daß dieser Zustand normal ist nach allzu vielen Affären.« Er sagte, schnell: »Woher wissen Sie, daß er bewandert ist?« Der vertraute mißtönende Moment. Erstens, weil es so offensichtlich war, daß er über sich selber sprach und ich zuerst dachte, er wäre ironisch. Dann, weil er zusammenzuckte, ganz Mißtrauen und Vorsicht, wie bei der Sache mit dem Telefon. Aber vor allem, und das war das Schlimmste, weil er nicht sagte: »Woher wissen Sie, daß ich bewandert bin«, sondern »er bewandert ist«, und es doch auf der Hand lag, daß er das selber war. Er sah sogar weg, nach dem schnellen warnenden Blick auf mich, als ob er jemand anderen anstarrte, sich selbst. Inzwischen erkenne ich diese Momente, nicht durch das Wortmuster oder gar durch die Blicke, sondern durch das plötzliche, angsterfüllte Zusammenziehen meines Magens. Zuerst fühle ich die kranke Angst, die Spannung, dann erinnere ich mich schnell wieder an etwas, was wir gesagt haben, oder überdenke einen Vorfall, und ich merke, daß da der Schlag, der Schock, gewesen ist, wie der Riß in einer Substanz, durch den irgend etwas ausfließt. Das Irgendetwas ist erschreckend, mir feindlich.

Ich sagte nach dem Gespräch über den bewanderten Freund nichts mehr. Ich überlegte, daß der Gegensatz zwischen seiner kalten, analytischen Intelligenz und den Augenblicken der Plumpheit (ich benutzte das Wort ›Plumpheit‹, um vor mir selbst das, was mich ängstigte, zu verstecken) unglaublich war. Wirklich so unglaublich, daß es mir jedesmal die Sprache verschlug.

Nach diesen Momenten, in denen ich Angst habe, kommt das Mitleid, und ich muß daran denken, wie er seine Arme um mich legte, das einsame Kind, in seinem Schlaf.

Später kam er wieder auf den ›Freund‹ zurück. Gerade so, als ob er ihn vorher nicht erwähnt hätte. Ich hatte das Gefühl, daß er vergessen hatte, daß er gerade erst vor einer halben Stunde von ihm gesprochen hatte. Ich sagte: »Dieser Freund von Ihnen« – (und wieder schaute er in die Mitte des Zimmers, weg von uns beiden, zu dem Freund hin) – »hat er vor, das *Geficktwerden* aufzugeben, oder ist das nur ein neuer, kleiner Impuls, der auf das Experimentieren mit sich selbst zielt?«

Ich hatte die Betonung, die ich auf das Wort ›Geficktwerden‹ gelegt hatte, gehört und begriff, warum ich gereizt klang. Ich sagte: »Immer wenn Sie über Sex oder Liebe reden, sagen Sie: Er wurde gefickt, ich wurde gefickt oder sie wurden gefickt (männlich).« Er stieß sein abruptes Lachen aus, aber ohne zu verstehen, also sagte ich: »Immer im Passiv.« Er sagte: »Was meinen Sie damit?«

»Wenn ich Sie höre, habe ich dabei ein höchst seltsames, unangenehmes Gefühl – sicher, *ich* werde gefickt, *sie* wird gefickt, sie (weiblich) werden gefickt, aber Sie, als Mann, werden bestimmt nicht gefickt, Sie ficken.«

Er sagte langsam: »Gnädigste, Sie verstehen es wirklich, mir das Gefühl zu geben, daß ich ein Trottel bin.« Aber es war nur die Parodie der plumpen amerikanischen Redensart: Sie verstehen es wirklich, mir das Gefühl zu geben, daß ich ein Trottel bin.

Seine Augen leuchteten vor Feindseligkeit. Und ich war voller Feindseligkeit. Etwas, was ich tagelang mit mir herumgetragen hatte, kochte in mir hoch. Ich sagte: »Gestern sprachen Sie darüber, wie Sie sich mit Ihren amerikanischen Freunden über die Frage gestritten haben, ob und wie das Geschlechtliche durch die Sprache herabgewürdigt wird – Sie haben sich als den wahren Puritaner beschrieben, Saul Galahad, der zur Verteidigung herbeieilt, aber Sie sprechen von ›Geficktwerden‹, Sie sagen nie ›eine Frau‹, Sie sagen ›ein Flittchen‹, ›ein Fick‹, ›ein Baby‹, ›eine Puppe‹, ›eine Biene‹, Sie sprechen über ›Hintern‹ und ›Titten‹, immer wenn Sie eine Frau erwähnen, sehe ich sie entweder als Kleiderpuppe eines Dekorateurs oder als einen Haufen unzusammenhängender Teile, Brüste oder Beine oder Hintern.«

Ich war verärgert, natürlich, aber ich fühlte mich lächerlich, was mich noch mehr verärgerte, und ich sagte: »Ich nehme an, so etwas wie mich nennen Sie einen Spießer, aber verdammt noch mal, ich kann nicht begreifen, wie ein Mann ein gesundes Verhältnis zum Sex haben kann, wenn er über nichts anderes sprechen kann als über Hintern und Babys mit toller Figur, Babys, an denen was dran ist, und so weiter, und so weiter. Kein Wunder, daß die Scheißamerikaner alle Probleme mit ihrem Scheißsexualleben haben.«

Nach einer Weile sagte er, sehr distanziert: »Es ist das erstemal in meinem Leben, daß ich beschuldigt werde, antifeministisch zu sein. Es würde Sie vielleicht interessieren zu wissen, daß ich der einzige, mir bekannte männliche Amerikaner bin, der die amerikanischen Frauen nicht dieses ganzen sexuellen Sündenregisters bezichtigt, glauben Sie, ich wüßte nicht, daß die Männer den Frauen die Schuld für ihre eigene Unzulänglichkeit geben?«

Natürlich besänftigte mich das, machte meiner Wut ein Ende. Wir sprachen über Politik. Denn auf diesem Gebiet sind wir einer Meinung. Das ist, als wären wir wieder in der Partei, aber zu einer Zeit, als Kommunistsein noch bedeutete, hohe Ideale zu haben, für etwas zu kämpfen. Er wurde aus der Partei ausgestoßen, weil er ›vorzeitig Anti-Stalinist‹ gewesen war. Dann wurde er in Hollywood auf die schwarze Liste gesetzt, weil er ein Roter war. Es ist eine der klassischen, schon archetypischen Geschichten unserer Zeit, aber der Unterschied zwischen ihm und den anderen ist, daß er nicht verbittert oder sauer ist.

Zum erstenmal war es mir möglich, mit ihm zu scherzen, und sein Lachen war nicht defensiv. Er trug seine neuen Blue jeans, die neue blaue Strickjacke, Slipper. Ich sagte ihm, daß er sich schämen sollte, die Uniform des amerikanischen Nonkonformismus zu tragen; er sagte, er sei nicht reif genug, sich jetzt schon der winzigen Minderheit von Menschen anzuschließen, die es nicht nötig hatten, eine Uniform zu tragen.

Ich bin hoffnungslos in diesen Mann verliebt.

Diesen letzten Satz schrieb ich vor drei Tagen, aber es war mir nicht klar, daß schon drei Tage vergangen sind, seit ich es herausbekommen habe. Ich bin verliebt, und deshalb ist die Zeit schnell vergangen. Vor zwei Nächten sprachen wir sehr lange, und die Spannung zwischen uns wuchs an. Ich wollte lachen, weil es immer komisch ist, wenn zwei Menschen sozusagen manövrieren, vor dem Sex; zu diesem Zeitpunkt hatte ich einen gewissen Widerstand, gerade deshalb, weil ich verliebt war; und ich schwöre, jeder von uns hätte den Strom unterbrechen können, hätte Gute Nacht sagen können. Schließlich kam er und legte seine Arme um mich und sagte: »Wir sind beide einsam. Laß uns gut zueinander sein.« Ich bemerkte, daß ein Hauch von Unwillen dabei war, als er das sagte, entschied mich aber, es zu überhören (*5). Ich hatte vergessen, wie es ist, einen wirklichen Mann zu lieben. Und ich hatte vergessen, wie es war, in den Armen eines Mannes zu liegen, den man liebt. Ich hatte vergessen, wie es war, so verliebt zu sein, daß ein Schritt auf der Treppe das Herz höher schlagen läßt, die Wärme seiner Schulter innen in meiner Hand ist die größte Freude, die es im Leben gibt.

Das war vor einer Woche. Ich kann nichts weiter dazu sagen, als daß ich glücklich war. (*6) Ich bin so glücklich, so glücklich. Ich sitze in meinem Zimmer, beobachte das Sonnenlicht auf dem Fußboden, und ich bin in dem

Zustand, den ich nach Stunden der Konzentration mit ›dem Spiel‹ erreiche – eine ruhige und lustvolle Ekstase, ein Einssein mit allem, so daß eine Blume in einer Vase man selber ist und das leichte Bewegen eines Muskels eine verläßliche Energie, die das Universum bewegt. (*7) Und Saul ist entspannt, anders als der Mann, der verkrampft und mißtrauisch in meine Wohnung kam, und mein Angstzustand ist verschwunden, die kranke Person, die meinen Körper für (*8) eine Weile bewohnte, ist weg.

Ich lese diesen Abschnitt, als wäre er über jemand anderen geschrieben worden. In der Nacht, nachdem ich ihn geschrieben hatte, kam Saul nicht in mein Zimmer zum Schlafen. Keine Erklärung, er kam einfach nicht. Er nickte, kalt und steif, und ging nach oben. Ich lag wach und dachte, daß in einer Frau, wenn sie anfängt, die Liebe mit einem neuen Mann zu erleben, ein Wesen geboren wird, das emotional und sexuell reagiert, das in seinen eigenen Gesetzen aufwächst, seiner eigenen Logik. Dieses Wesen in mir war durch Sauls verstohlenes Zubettgehen abgewiesen worden, ich konnte sehen, wie es zitterte, sich dann zusammenkrümmte und zu schrumpfen begann. Am nächsten Morgen tranken wir Kaffee, und ich blickte über den Tisch zu ihm hin (er sah außergewöhnlich weiß und angespannt aus), und mir wurde klar, daß, wenn ich zu ihm sagen würde: Warum bist du gestern nacht nicht in mein Zimmer gekommen, warum hast du nicht eine Erklärung dafür gegeben, daß du nicht kommst, er die Stirn runzeln und feindlich reagieren würde.

Später am Tag kam er in mein Zimmer und schlief mit mir. Es war kein richtiges Miteinander-Schlafen, er hatte sich vorgenommen, mit mir zu schlafen. Das Wesen in mir, die Frau, die liebt, war ausgeschlossen, weigerte sich, belogen zu werden.

Gestern abend sagte er: »Ich muß weggehen und . . .«, eine lange, komplizierte Geschichte folgte. Ich sagte: »Natürlich.« Aber er fuhr in der Geschichte fort, und ich wurde ärgerlich. Ich wußte selbstverständlich, worum es ging, wollte es aber nicht wissen, trotz der Tatsache, daß ich die Wahrheit in das gelbe Tagebuch geschrieben hatte. Dann sagte er, mürrisch und feindlich: »Du bist ziemlich permissiv, oder?« Er hatte es gestern gesagt, und ich schrieb es in das gelbe Notizbuch. Ich sagte plötzlich laut: *»Nein.«* Ein verständnisloser Ausdruck auf seinem Gesicht. Und ich erinnerte mich, daß ich diesen Ausdruck kannte, ich hatte ihn früher schon gesehen, hatte ihn nicht sehen wollen. Das Wort ›permissiv‹ ist mir so fremd, es hat nichts mit mir zu tun. Er kam spät in mein Bett, und ich wußte, daß er gerade von einer anderen Frau kam, mit der er geschlafen hatte. Ich sagte: »Du hast mit einer anderen Frau geschlafen, nicht wahr?« Er erstarrte und sagte trotzig: »Nein.« Ich sagte nichts mehr, und er sagte: »Aber das ist doch ohne Bedeutung, oder?« Seltsam war, daß es zwei Männer waren, einer, der nein gesagt hatte, seine Freiheit verteidigte, und einer, der bittend ›Das ist doch ohne Bedeutung‹ gesagt hatte. Ich konnte sie nicht verbinden. Ich war still, wieder in den Klauen der Angst, und dann sagte ein dritter Mann brüderlich und gefühlvoll: »Schlaf jetzt.«

Ich schlief ein, diesem dritten, freundlichen Mann gehorchend, und war mir zweier anderer Annas bewußt, abgetrennt von dem gehorsamen Kind – da war Anna, die zurückgewiesene liebende Frau, kalt und elend in einem Winkel meines Selbst, und eine merkwürdig gleichgültig hämische Anna, die zuschaute und sagte: »Nun, nun!«

Ich schlief nur leicht, mit schrecklichen Träumen. Der Traum, der immer wiederkehrte, war der von mir und dem verkrüppelten, boshaften Mann. In meinem Traum nickte ich ihm sogar zu, als Zeichen des Wiedererkennens – so, da bist du also, ich wußte, daß du irgendwann auftauchen würdest! Er hatte einen großen, vorstehenden Penis, der durch seine Kleider hervorstach, er bedrohte mich, war gefährlich, weil ich wußte, daß der alte Mann mich haßte und mich verletzen wollte. Ich weckte mich selbst, versuchte mich zu beruhigen. Saul lag dicht an mir, eine Masse von schwerfällig festem, kalten Fleisch. Er lag auf dem Rücken, aber selbst im Schlaf war seine Haltung abwehrend. In dem matten Licht des frühen Morgens konnte ich sein abwehrendes Gesicht sehen. Ich bemerkte einen scharfen, sauren Geruch. Ich dachte: Das kann nicht Saul sein, er ist in dem Punkt zu penibel; dann konnte ich riechen, daß der saure Geruch von seinem Nacken kam, und ich wußte, es war der Geruch der Angst. Er hatte Angst. In seinem Schlaf war er gefangen in der Angst, und er fing zu wimmern an wie ein ängstliches Kind. Ich wußte, daß er krank war (obwohl ich während der Woche des Glücklichseins nichts davon hatte wissen wollen), und ich war voller Liebe und Mitleid und begann, seine Schultern und den Nacken warm zu reiben. Gegen Morgen wird er immer sehr kalt, die Kälte kommt mit dem Geruch seiner Angst aus ihm heraus. Als er warm geworden war, zwang ich mich, wieder einzuschlafen, und sofort war ich der alte Mann, der alte Mann war ich geworden, aber ich war auch die alte Frau, so daß ich geschlechtslos war. Ich war auch gehässig und zerstörerisch. Als ich aufwachte, lag Saul wieder kalt in meinen Armen, ein kaltes Gewicht. Ich mußte erst selbst wieder warm werden aus dem Schrecken des Traumes, bevor ich ihn wärmen konnte. Ich sagte zu mir: Ich war der boshafte, alte Mann und die gehässige, alte Frau oder beides zusammen, was werde ich wohl als nächstes sein? Unterdessen war Licht in das Zimmer geströmt, ein graues Licht, und ich konnte Saul sehen. Seine Haut, die, wäre er gesund gewesen, die warme, bräunliche Haut seines Typs – des breiten, kräftigen, blonden Mannes mit fester Haut – gewesen wäre, war gelblich, schlaff auf dem grobknochigen Gesicht. Plötzlich erwachte er aus einem Traum voller Angst und setzte sich auf, abwehrend, nach Feinden

Ausschau haltend. Dann sah er mich und lächelte: Ich konnte sehen, wie sein Lächeln auf dem breiten, braunen Gesicht von dem gesunden Saul Green aussehen würde. Aber sein Lächeln war gelb und erschreckt. Er schlief mit mir aus Angst. Angst vor dem Alleinsein. Das war nicht die geheuchelte Liebe, die die liebende Frau, dieses instinktgetriebene Wesen, zurückgewiesen hatte, sondern Liebe aus Angst, und die Anna, die Angst hatte, ging darauf ein, wir waren zwei erschreckte Kreaturen, die sich aus Angst und Schrecken liebten. Und mein Geist war auf der Hut, furchtsam.

Eine Woche lang näherte er sich mir nicht, wieder keine Erklärungen, nichts, er war ein Fremder, der hereinkam, nickte, hinaufging. Eine Woche lang beobachtete ich, wie das weibliche Wesen schrumpfte, dann wütend, dann eifersüchtig wurde. Es war eine schreckliche, gehässige Eifersucht, die mir völlig fremd an mir war. Ich ging zu Saul hinauf und sagte:»Was ist das für ein Mann, der mit einer Frau schläft, es allem Anschein nach tagelang ununterbrochen genießt, es dann abbricht und nicht einmal eine höfliche Lüge dafür hat?« Das laute, aggressive Lachen. Dann sagte er:»Was für ein Mann, fragst du? Das fragst du zu Recht.« Ich sagte:»Ich vermute, du schreibst diesen großen amerikanischen Roman, junger Held auf der Suche nach seiner Identität.« »Richtig«, sagte er. »Aber ich bin nicht bereit, mich in diesem Ton von Bewohnern der Alten Welt anreden zu lassen, die aus irgendeinem Grund, den ich nicht verstehe, niemals, nicht einen Moment lang an ihrer Identität zweifeln. Er war hart, lachte feindlich; ich war auch hart und lachte. Ich sagte, den kalten Moment reiner Feindseligkeit genießend:»Nun, viel Glück, aber benutze mich nicht bei deinen Experimenten.« Und ging die Treppe hinunter. Ein paar Minuten später kam er herunter, nicht mehr eine Art seelischer Tomahawk, sondern freundlich und vertrauenerweckend. Er sagte:»Anna, du suchst einen Mann in deinem Leben, und du hast recht, du verdienst einen, aber . . .« »Aber?« »Du suchst Glück. Das ist ein Wort, das für mich nie etwas bedeutet hatte, bis ich sah, wie du es wie Sirup aus dieser Situation herausgepreßt hast. Gott weiß, daß jeder, selbst eine Frau, aus diesem Arrangement Glück machen könnte, aber . . .« »Aber?« »Ich bin Saul Green, und ich bin nicht glücklich, und ich bin es nie gewesen.« »Demnach benutze ich dich also.« »Stimmt.« »Fairer Austausch, denn du benutzt mich auch.« Sein Gesicht veränderte sich, er sah erschreckt aus. »Verzeih, daß ich es erwähnt habe«, sagte ich, »aber es muß dir doch sicher durch den Kopf gegangen sein, daß du das tust?«

Er lachte, ein echtes Lachen, nicht das feindliche Lachen.

Dann gingen wir Kaffee trinken, und wir sprachen über Politik oder vielmehr über Amerika. Sein Amerika ist kalt und grausam. Er erzählte von Hollywood, von den Schriftstellern, die ›rot‹ waren, die unter dem Druck von McCarthy unter den Zugzwang gerieten, ›rot‹ zu sein, und von den

Schriftstellern, die Reputation erlangten und unter den Zugzwang gerieten, antikommunistisch zu werden. Von den Männern, die den Untersuchungsausschüssen über ihre Freunde Auskünfte erteilten. (*9) Er spricht davon mit einer gewissen gleichgültigen, amüsierten Wut. Erzählte eine Geschichte über seinen Chef, der ihn ins Büro gerufen hatte, um ihn zu fragen, ob er Mitglied der Kommunistischen Partei sei. Saul war damals kein Mitglied, er war in Wirklichkeit einige Zeit zuvor aus der Partei ausgeschlossen worden, lehnte es aber ab zu antworten. Der Chef, voll des Bedauerns, sagte daraufhin, daß Saul seine Arbeit niederlegen sollte. Saul legte sie nieder. Traf diesen Mann ein paar Wochen später auf einer Party wieder, und der begann zu weinen und sich selbst anzuklagen. »Sie sind mein Freund, Saul, ich möchte Sie gerne als Freund in Erinnerung behalten.« Diese Bemerkung habe ich in einem Dutzend Geschichten gehört, von Saul, von Nelson, von anderen. Während er sprach, spürte ich ein Gefühl, das mich beunruhigte, den scharfen, wütenden Druck der Verachtung für Sauls Chef, für die ›roten‹ Schriftsteller, die Zuflucht nahmen in einem kommunistischen Mitläufertum, für die Denunzianten. Ich sagte zu Saul: »Das ist ja alles sehr schön, aber was wir behaupten, unsere Haltung leitet sich aus der Annahme her, daß man von Menschen erwarten kann, daß sie mutig genug sind, für ihr individuelles Denken einzutreten.« Er hob seinen Kopf, abrupt und herausfordernd. Normalerweise spricht er ins Leere, wenn er erzählt; seine Augen sind leer, er spricht zu sich selbst. Erst als sich seine ganze Persönlichkeit hinter seinen kalten, grauen Augen formierte, merkte ich, wie ich mich an seine Art gewöhnt hatte – zu sich selbst zu sprechen, meiner kaum bewußt. Er sagte: »Was meinst du damit?« Mir fiel auf, daß es das erste Mal war, daß ich über all das so klar nachgedacht hatte; ihn hier zu haben läßt mich klar denken, weil wir so viele vergleichbare Erfahrungen haben und als Menschen doch so verschieden sind. Ich sagte: »Schau uns an, da ist keiner von uns, der das nicht getan hätte, nämlich eine Sache öffentlich zu äußern und eine andere privat, eine zu seinen Freunden, eine andere zum Feind. Da ist keiner, der nicht dem Druck erlegen wäre, der Angst, für einen Verräter gehalten zu werden. Ich erinnere mich, mindestens ein Dutzend Male gedacht zu haben: Der Grund, weshalb ich davor zurückschrecke, das zu sagen oder sogar zu denken, ist, daß ich Angst habe, für einen Verräter der Partei gehalten zu werden.« Er starrte mich an, seine Augen hart, fast höhnisch. Ich kenne diesen Hohn, es ist der ›revolutionäre Hohn‹, und jeder von uns hat ihn irgendwann gezeigt, und darum forderte ich ihn nicht heraus, sondern fuhr fort: »Was ich sagen will, ist, daß gerade die Menschen in unserer Zeit, von denen man definitionsgemäß erwarten durfte, daß sie angstfrei, offen, ehrlich wären, sich als kriecherisch, lügnerisch, zynisch erwiesen haben, entweder aus Angst vor Folter oder Gefängnis oder aus Angst, für einen Verräter gehalten zu

werden.« Er schnauzte mich an, ganz automatisch: »Typisches Mittelstands-
geschwätz, da zeigt sich deine Herkunft, nicht wahr?« Es verschlug mir einen
Moment lang die Sprache. Weil nichts, was er je zu mir gesagt hatte, kein
Tonfall, in dem er je gesprochen hatte, mich auf diese Bemerkung vorbereitet
haben könnte: Sie war eine Waffe aus der Waffenkammer, höhnend und
spottend, und ich wurde von ihr überrumpelt. Ich sagte: »Darum geht es
nicht.« Er sagte, im gleichen Ton: »Die phantastischste Art von Kommuni-
stenhetze, die ich seit langem gehört habe.« »Und deine Kritik an deinen alten
Parteifreunden ist wohl nur sachlicher Kommentar?« Er antwortete nicht, er
runzelte die Stirn. Ich sagte: »Wir wissen, vom Blick auf Amerika, daß eine
ganze Intelligentsia zu routinemäßigem antikommunistischen Verhalten getrieben werden kann.« Plötzlich bemerkte er: »Darum liebe ich dieses Land
so, das könnte hier nicht passieren.« Wieder das Gefühl des Mißklangs, des
Schocks. Denn was er sagte, war sentimental, ein Klischee der liberalen
Schublade, genau wie die anderen Bemerkungen Klischees aus der roten
Schublade waren. Ich sagte: »Während des Kalten Krieges, als die Kommuni-
stenhetze auf ihrem Höhepunkt angelangt war, waren die Intellektuellen hier
genauso. Ja, ich weiß, alle haben es vergessen, heute ist jeder über McCarthy
schockiert, aber damals haben unsere Intellektuellen alles heruntergespielt,
indem sie sagten, daß die Dinge nicht so schlecht stünden, wie es den
Anschein hatte. Genau wie ihre Gegenspieler es in den Staaten taten. Unsere
Liberalen verteidigten zumeist, entweder offen oder durch stillschweigendes
Einverständnis, die Komitees gegen antiamerikanische Umtriebe. Ein führen-
der Verleger konnte der Skandalpresse einen hysterischen Brief schreiben, in
dem er mitteilte, wenn er gewußt hätte, daß X und Y, alte Freunde von ihm,
Spione waren, dann wäre er direkt zur Spionageabwehr gegangen und hätte
Informationen über sie geliefert. Niemand dachte schlechter von ihm. Und
die ganzen literarischen Vereine und Organisationen huldigten der primitiv-
sten Form von Antikommunismus – was sie sagten, zumindest ein großer
Teil davon, war natürlich ziemlich richtig, aber im Grunde sagten sie einfach
das, was man jeden Tag in der Skandalpresse hätte finden können, kein
Versuch, irgend etwas richtig zu verstehen, sie waren in voller Fahrt, eine
Meute bellender Hunde. Und ich weiß sehr wohl, wäre die Stimmung nur ein
kleines bißchen mehr angeheizt worden, dann wäre es dazu gekommen, daß
unsere Intellektuellen Komitees gegen antibritische Umtriebe die Türen
eingerannt hätten, während wir, die Roten, uns weiter ein X für ein U vorge-
macht hätten.«

»Nun?»

»Nun, urteilt man nach dem, was in den letzten dreißig Jahren in den
Demokratien, von den Diktaturen einmal ganz abgesehen, passiert ist, dann
ist die Zahl der Leute in einer Gesellschaft, die wirklich bereit sind, gegen den

Strom zu schwimmen, wirklich bereit, um jeden Preis für die Wahrheit zu kämpfen, so klein, daß . . .«

Er sagte plötzlich: »Entschuldige mich«, und ging mit seinen steifen, blinden Schritten hinaus.

Ich saß in der Küche und dachte darüber nach, was ich gerade gesagt hatte. Ich und all die Leute, die ich gut kannte, einige von ihnen großartige Menschen, waren in kommunistischen Konformismus versackt, und wir belogen uns selbst oder andere. Und die ›liberalen‹ oder ›freien‹ Intellektuellen können und konnten jederzeit sehr leicht umkippen und auf die eine oder andere Weise zu Hexenjägern werden. Sehr wenigen Leuten liegt wirklich etwas an Frieden, Freiheit und Wahrheit – sehr wenigen. Sehr wenige Leute haben den Mut dazu, eben jenen Mut, auf den eine wahre Demokratie bauen muß. Ohne Leute mit diesem Mut stirbt eine freie Gesellschaft oder kann erst gar nicht geboren werden.

Ich saß da, entmutigt und deprimiert. Denn in uns allen, die wir in einer westlichen Demokratie aufgewachsen sind, lebt der tiefeingewurzelte Glaube, daß Frieden und Freiheit erstarken, Zwänge überleben werden, und dieser Glaube scheint stärker als alle Gegenbeweise. Dieser Glaube birgt wahrscheinlich in sich selbst eine Gefahr. Während ich da saß, hatte ich eine Vision von der Welt mit all ihren Nationen, Systemen, Wirtschaftsblöcken, die sich verhärten und konsolidieren; einer Welt, in der es in zunehmendem Maße lächerlich werden würde, auch nur über Frieden oder das Gewissen des Einzelnen zu reden. Ich weiß, daß über diese Art von Vision geschrieben worden ist, es ist etwas, was man gelesen hat, aber einen Moment lang waren es keine Worte, Ideen, sondern etwas, was ich im Innersten meines Körpers und meiner Seele als wahr empfand.

Saul kam wieder die Treppe herunter, angezogen. Er war nun, was ich als ›er selbst‹ bezeichne, und er sagte einfach, mit einem launischen Humor: »Tut mir leid, daß ich hinausgegangen bin, aber ich konnte das, was du sagtest, nicht verkraften.«

Ich sagte: »Jeder Gedankengang, den ich in der letzten Zeit verfolge, stellt sich als freudlos und deprimierend heraus. Vielleicht kann ich es auch nicht ertragen.«

Er kam zu mir und legte seine Arme um mich. Er sagte: »Wir trösten uns gegenseitig. Warum, frage ich mich?« Dann, immer noch mit seinen Armen um mich: »Wir müssen daran denken, daß Menschen mit unserer Erfahrung dazu verurteilt sind, deprimiert und hoffnungslos zu sein.«

»Vielleicht sind es gerade die Menschen mit unserer Erfahrung, die am ehesten die Wahrheit kennen, denn wir wissen doch, wozu wir fähig waren?«

Ich bot ihm Mittagessen an, und nun sprachen wir über seine Kindheit. Eine klassisch schlechte Kindheit, kaputtes Zuhause usw. Nach dem Mittagessen ging er nach oben, sagte, er wolle arbeiten. Fast unmittelbar darauf kam er wieder herunter, lehnte sich gegen den Türrahmen und bemerkte: »Früher konnte ich mehrere Stunden in einem durcharbeiten, jetzt kann ich nicht mehr als eine Stunde ohne Pause arbeiten.«

Ich empfand wieder diesen Mißklang. Jetzt, nachdem ich alles durchdacht habe, ist es mir ganz klar, aber damals war ich verwirrt. Denn er sprach, als ob er eine Stunde lang gearbeitet hätte, und nicht etwa fünf Minuten. Er stand da, herumlungernd, unruhig. Dann sagte er: »Ich habe zu Hause einen Freund, dessen Eltern sich trennten, als er ein Kind war. Meinst du, daß es ihm geschadet haben könnte?«

Einen Moment lang konnte ich nicht antworten, weil ›der Freund‹ so offensichtlich er selbst war. Er hatte keine zehn Minuten vorher über seine Eltern gesprochen.

Ich sagte: »Ja, ich bin sicher, die Trennung deiner Eltern hat dir geschadet.«

Er schnellte hoch, sein Gesicht vor Argwohn verschlossen, und er sagte: »Woher wußtest du das?«

(*10) Ich sagte: »Du hast ein schlechtes Gedächtnis, du hast vor wenigen Minuten über deine Eltern gesprochen.«

Er stand da, wachsam, beobachtend, nachdenklich. Sein Gesicht war vor lauter argwöhnischen Gedanken angespannt. Dann sagte er in einem Durcheinander von Worten: »Oh, ich dachte an meinen Freund, das ist alles . . .« Er drehte sich um und ging nach oben.

Ich war verwirrt und versuchte, die Teile zusammenzufügen. Er hatte tatsächlich vergessen, daß er es mir erzählt hatte. Und mir fielen ein halbes Dutzend Gelegenheiten während der letzten Tage ein – er hatte mir etwas erzählt und brachte es einige Minuten später wieder zur Sprache, als wäre es ein neues Thema. Gestern beispielsweise hatte er gesagt: »Erinnerst du dich an den Tag, als ich zum erstenmal herkam«, und zwar so, als wohne er schon viele Monate hier. Und ein anderes Mal sagte er: »Damals, als wir ins indische Restaurant gingen«, an dem Tag, als wir gerade dort zu Mittag gegessen hatten.

Ich ging ins große Zimmer und schloß meine Tür. Wir haben eine Übereinkunft, daß ich nicht gestört werden darf, wenn meine Tür geschlossen ist. Manchmal, wenn meine Tür geschlossen ist, höre ich ihn über mir auf und ab gehen oder halb die Treppe herunterkommen, und das ist dann so, als läge ein Zwang auf mir, die Tür zu öffnen, und das tue ich. Aber heute schloß ich die Tür fest, setzte mich auf mein Bett und versuchte nachzudenken. Ich schwitzte leicht, meine Hände waren kalt, und ich konnte nicht richtig atmen. Ich war vor Angst verkrampft und sagte mir immer wieder: Das ist nicht mein Angstzustand, es ist nicht meiner – half überhaupt nicht. (*11) Ich legte mich mit dem Rücken auf den Boden, mit einem Kissen unter meinem

Kopf, entspannte meine Glieder und spielte ›das Spiel‹. Oder versuchte es jedenfalls. Zwecklos, denn ich konnte Saul über mir herumschleichen hören. Jede Bewegung, die er machte, lief durch mich hindurch. Ich dachte, ich sollte aus dem Haus gehen, jemanden treffen. Aber wen? Ich wußte, daß ich mit Molly nicht über Saul sprechen konnte. Ich rief sie trotzdem an, und sie fragte beiläufig: »Wie geht's Saul?«, und ich sagte: »Gut.« Sie erwähnte, daß sie Jane Bond getroffen habe, die ›sehr aufgebracht über ihn‹ sei. Ich hatte seit einigen Tagen nicht mehr an Jane Bond gedacht, also sprach ich schnell über etwas anderes und legte mich wieder auf den Boden. Gestern nacht hatte Saul gesagt: »Ich muß einen kleinen Spaziergang machen, sonst kann ich nicht schlafen.« Er war ungefähr drei Stunden weg. Jane Bond wohnt etwa eine halbe Stunde entfernt, wenn man zu Fuß geht, mit dem Bus zehn Minuten. Ja, er hatte jemanden angerufen, bevor er wegging. Das bedeutete, er hatte mit Jane, von meinem Haus aus, vereinbart, sie zu treffen, um mit ihr zu schlafen, war hinüber gegangen, hatte mit ihr geschlafen, war zurückgekommen, in mein Bett gekommen, hatte da geschlafen. Nein, gestern nacht schliefen wir nicht miteinander. Denn unbewußt wehrte ich mich gegen die schmerzliche Wahrheit. (Vom Kopf her macht es mir nichts aus, es ist das Wesen in mir, das leidet, das eifersüchtig ist, das schmollt und ihm auch weh tun will.)

Er klopfte an, sagte durch die Tür: »Möchte dich nicht stören, ich mache einen kleinen Spaziergang.« Ohne zu wissen, was ich tat, ging ich zur Tür, öffnete sie – er war schon halb die Treppe hinunter – und fragte: »Gehst du zu Jane Bond?« Er erstarrte, drehte sich dann langsam um und sah mir ins Gesicht: »Nein, ich gehe spazieren.«

Ich sagte nichts, weil ich glaubte, daß er unmöglich lügen konnte, wenn ich ihn direkt fragte. Ich hätte besser fragen sollen: »Warst du gestern nacht bei Jane Bond?« Ich weiß jetzt, daß ich das nicht tat, weil ich fürchtete, daß er nein sagen würde.

Ich machte irgendeine heitere und unwichtige Bemerkung, wandte mich ab und schloß die Tür. Ich konnte nicht denken, geschweige denn mich bewegen. Ich war krank. Ich sagte mir andauernd: Er muß gehen, er muß von hier verschwinden. Aber ich wußte, daß ich ihn nicht bitten konnte zu gehen, also sagte ich mir immer wieder: Dann mußt du versuchen, dich zu lösen.

Als er zurückkam, merkte ich, daß ich stundenlang auf seine Schritte gewartet hatte. Inzwischen war es fast dunkel geworden. Er rief mir einen lauten, überfreundlichen Gruß zu und ging geradewegs ins Badezimmer. (*12) Ich saß da und überlegte: Es ist einfach nicht möglich, daß dieser Mann gerade von Jane Bond zurückkommt und dann hingeht und den Sex wegwäscht, wohl wissend, daß ich wissen muß, was er tut. Es ist nicht möglich. Und doch wußte ich, daß es möglich war. Ich saß da, steigerte mich hinein, um sagen zu können: Saul, hast du mit Jane Bond geschlafen?

546

Als er hereinkam, sagte ich es. Er stieß sein lautes, rohes Lachen aus und sagte: »Nein, das habe ich nicht.« Dann sah er mich genau an und kam herüber und legte seine Arme um mich. Er machte das so schlicht und warm, daß ich sofort nachgab. Er sagte, sehr freundlich: »Anna, du bist in allem viel zu empfindlich. Nimm es nicht so schwer.« Er streichelte mich ein wenig und sagte dann: »Ich glaube, du solltest dich bemühen, etwas zu verstehen – wir sind sehr verschiedenartige Menschen. Und noch etwas, die Art, wie du hier lebtest, bevor ich kam, war nicht gut für dich. Jetzt ist alles gut, ich bin hier.« Damit legte er mich auf das Bett und begann mich zu beruhigen, als ob ich krank wäre. Und das war ich auch. Meine Seele war aufgewühlt, und mein Magen war in Aufruhr. Ich konnte nicht denken, weil der Mann, der so sanft war, derselbe Mann war, der mich krank machte. Später sagte er: »Und nun mach mir das Abendessen, das wird dir guttun. Mein Gott, du bist eine wirklich häusliche Frau, du solltest mit einem netten, etablierten Mann irgendwo verheiratet sein.« Dann, mürrisch: (*13) »Mein Gott, ich scheine immer wieder an diese Frauen zu geraten.« Ich machte ihm das Abendessen.

Heute morgen, früh, klingelte das Telefon. Ich ging dran, und es war Jane Bond. Ich weckte Saul, sagte ihm Bescheid, verließ das Zimmer und ging ins Badezimmer, wo ich viel Krach machte, Wasser laufen ließ, usw. Als ich zurückkam, war er wieder im Bett, zusammengerollt, halb schlafend. Ich erwartete, daß er mir erzählen würde, was Jane gesagt oder gewollt hatte, aber er erwähnte den Anruf nicht. Ich war wieder wütend. Die ganze letzte Nacht war warm und zärtlich gewesen, im Schlaf hatte er sich mir wie ein Liebender zugewandt, mich geküßt und berührt und sogar meinen Namen gesagt, was hieß, daß ich gemeint war. Ich wußte nicht mehr, was ich fühlen sollte. Nach dem Frühstück sagte er, daß er weggehen müßte. Er gab eine lange, detaillierte Erklärung darüber ab, daß er einen Mann aus der Filmindustrie treffen müßte. Ich wußte aufgrund des starren, eigensinnigen Ausdrucks auf seinem Gesicht und aufgrund der unnötigen Kompliziertheit der Erklärungen, daß er Jane Bond treffen würde, er hatte eine Verabredung mit ihr getroffen, als sie ihn anrief. Sobald er weg war, ging ich hinauf in sein Zimmer. Alles äußerst sauber und ordentlich. Dann fing ich an, zwischen seinen Papieren zu suchen. Ich erinnere mich, gedacht zu haben, ohne über mich schockiert zu sein, sondern so, als wäre es mein Recht, weil er log, daß dies das erste Mal in meinem Leben war, daß ich die Briefe oder Aufzeichnungen eines anderen las. Ich war wütend und krank, aber sehr methodisch. In einer Ecke fand ich einen Stapel Briefe, der durch ein Gummiband zusammengehalten war, von einem Mädchen aus Amerika. Sie waren ein Liebespaar gewesen, sie beklagte sich, daß er nicht geschrieben hatte. Dann noch einen Stoß Briefe, von einem Mädchen aus Paris – wieder Klagen, daß er nicht geschrieben hatte. Ich legte die Briefe zurück, nicht vorsichtig, sondern irgendwie, und suchte nach etwas anderem. Dann fand ich Stöße von Tagebüchern. (*14) Ich erinnere mich, gedacht zu haben, daß es merkwürdig war, daß seine Tagebücher chronologisch waren, nicht aufgesplittert wie meine. Ich blätterte einige der früheren durch, las sie nicht, bekam aber einen Eindruck; eine nicht endenwollende Liste neuer Orte, verschiedener Jobs, eine endlose Aufzählung von Mädchennamen. Und wie ein Faden durch die Vielfalt von Ortsnamen, Frauennamen Details von Einsamkeit, Trennung, Isolation. Ich saß da auf seinem Bett und versuchte, die beiden Bilder zu vereinen, das des Mannes, den ich kannte, und das des Mannes, der hier geschildert war, der vor Selbstmitleid überquoll, der durch und durch kalt, berechnend, gefühllos war. Dann fiel mir ein, daß ich mich selbst auch nicht wiedererkannt hatte, als ich meine Notizbücher las. Es geschieht etwas Seltsames, wenn man über sich selbst schreibt. Das heißt, über sein unmittelbares Ich, nicht sein projiziertes Ich. Das Resultat ist kalt, erbarmungslos, verurteilend. Wenn es aber nicht verurteilend ist, dann ist doch noch kein Leben darin – ja, genau, es ist leblos. Mir wird klar, daß ich, indem ich dies schreibe, wieder an der Stelle in dem schwarzen Notizbuch angekommen bin, an der ich über Willi schrieb. Wenn Saul über seine Tagebücher oder über sein jüngeres Ich, das er abgrenzt von seinem späteren Ich, sagen würde: Ich war ein Schwein, so wie ich die Frauen behandelte. Oder: Ich habe recht, die Frauen so zu behandeln, wie ich es tue. Oder: Ich schreibe nur einen Bericht über das, was passiert ist, ich fälle keine moralischen Urteile über mich selbst – nun, was immer er sagen würde, es wäre bedeutungslos. Denn was seinen Tagebüchern fehlt, ist Vitalität, Leben, Charme. »Willi funkelte mit seinen Brillengläsern durch den Raum und sagte . . .« »Saul, der imposant und kräftig dastand, leicht grinsend – spöttisch über seine eigene Verführerpose grinsend, sagte gedehnt: Komm schon, Baby, laß uns bumsen, ich mag deinen Typ.« Ich fuhr fort, Eintragungen zu lesen, zuerst entsetzt von ihrer kalten Unbarmherzigkeit; dann übersetzte ich sie, weil ich Saul kannte, ins Leben. Mir wurde bewußt, daß sich meine Stimmung kontinuierlich veränderte, aus der Wut, der Wut einer Frau, wurde die Freude, die man für alles empfindet, was lebendig ist, die Freude des Wiedererkennens.

Dann verschwand die Freude, als ich zu einer Eintragung kam, die mich erschreckte, weil ich sie bereits geschrieben hatte, aus einer anderen Art des Wissens heraus, in mein gelbes Notizbuch. Es erschreckt mich, daß ich, wenn ich schreibe, eine Art von furchtbarem Zweiten Gesicht zu haben scheine oder so etwas Ähnliches, eine bestimmte Intuition; eine Intelligenz ist am Werk, die viel zu schmerzhaft ist, als daß man im normalen Leben Gebrauch von ihr machen könnte, man könnte überhaupt nicht leben, wenn man sie im Leben anwenden würde. Drei Eintragungen: »Muß weg von Detroit, ich

548

habe von der Stadt alles bekommen, was ich brauche. Mavis macht Ärger. Vor einer Woche war ich verrückt nach ihr, jetzt nichts mehr. Eigenartig.« Dann: »Mavis kam gestern nacht in mein Appartement. Ich hatte Joan bei mir. Mußte in den Flur hinausgehen und Mavis wegschicken.« Dann: »Brief bekommen von Jake in Detroit. Mavis schnitt ihre Pulsadern mit einer Rasierklinge auf. Sie brachten sie rechtzeitig ins Krankenhaus. Schade, ein nettes Mädchen.« Keine weiteren Eintragungen über Mavis. Ich war wütend, es war die kalte, rachsüchtige Wut des Geschlechterkampfes, so verärgert schaltete ich einfach meine Phantasie ab. Ich verließ den Wust der Tagebücher. Es würde Wochen gebraucht haben, sie zu lesen, und ich war nicht daran interessiert. Ich war jetzt neugierig, zu erfahren, was er über mich geschrieben hatte. Ich fand das Datum, an dem er in diese Wohnung gekommen war. »Anna Wulf. Wenn ich hier in London bleiben werde, werde ich es machen. Mary bot mir ein Zimmer an, aber ich sah da Probleme. Sie ist ein guter Fick, aber das ist auch alles. Anna reizt mich nicht. Ein gute Sache unter den Umständen. Mary machte eine Szene. Jane auf der Party. Wir tanzten, fickten praktisch auf der Tanzfläche. Klein, schmächtig, knabenhaft – brachte sie nach Hause. Fickten die ganze Nacht – oh, Junge!« »Sprach heute mit Anna, kann mich nicht daran erinnern, was ich sagte, glaube nicht, daß sie etwas bemerkte.« Keine Eintragungen für mehrere Tage. Dann: »Komisch, ich mag Anna mehr als jede andere, aber es macht mir keinen Spaß, mit ihr zu schlafen. Vielleicht Zeit, weiterzuziehen? Jane macht Ärger. Nun, diese Damen können mich mal *buchstäblich*!« »Anna macht Ärger wegen Jane. Nun, Pech für sie.« »Brach mit Jane. Schade, sie ist der beste Fick, den ich in diesem verdammten Land hatte. Marguerite in der Espresso-Bar.« »Jane rief an. Macht Ärger wegen Anna. Will keinen Ärger mit Anna. Verabrede mich mit Marguerite.«

Das war heute, also ging er, als er wegging, zu Marguerite und nicht zu Jane. Ich bin schockiert über mich selbst, weil ich nicht darüber schockiert bin, die Aufzeichnungen eines anderen zu lesen. Im Gegenteil, ich bin voller triumphierender, häßlicher Freude, weil ich ihn ertappt habe.

(*15) Die Eintragung ›Es macht mir keinen Spaß, mit Anna zu schlafen‹ verletzte mich so tief, daß ich für ein paar Sekunden nicht atmen konnte. Schlimmer noch, ich verstand sie nicht. Schlimmer noch, ich verlor für ein paar Minuten den Glauben an das Urteil des weiblichen Wesens, das, je nachdem, ob Saul mich aus Überzeugung liebt oder nicht, darauf reagiert oder nicht. Es kann nicht belogen werden. Für einen Augenblick bildete ich mir ein, daß es sich Illusionen hingegeben hatte. Ich schämte mich, daß mir mehr daran lag, daß er gern mit mir schlafen würde, zumal ich bestenfalls ›ein guter Fick‹ sein würde, als daß er mich mochte. Ich legte die Tagebücher weg, aber unachtsam, aus einer Art Verachtung heraus, so wie ich die Briefe weggelegt hatte, und kam herunter, dies zu schreiben. Aber ich bin zu verwirrt, um vernünftig zu schreiben.

Ich bin gerade oben gewesen, um noch einen Blick auf das Tagebuch zu werfen – er schrieb: »Ich schlafe nicht gern mit ihr«, in der Woche, in der er nicht heruntergekommen war. Seitdem liebt er mich, wie es ein Mann macht, wenn er sich von einer Frau angezogen fühlt. Ich begreife nicht, ich begreife gar nichts.

Gestern zwang ich mich dazu, ihn herauszufordern: »Bist du krank, und wenn ja, in welcher Weise?« Er sagte, und ich hatte das fast schon erwartet: »Woher weißt du das?« Ich lachte sogar. Er sagte vorsichtig: »Ich denke, wenn du Schwierigkeiten hast, solltest du sie hinunterschlucken und nicht andere Leute damit belästigen.« Er sagte dies ernsthaft, der verantwortungsbewußte Mann. Ich sagte: »Aber in Wirklichkeit tust du genau das. Was ist los?« Ich kam mir vor, als wäre ich in einer Art psychischem Nebel gefangen. Er sagte ernsthaft: »Ich hoffte, daß ich es dir nicht aufbürden würde.« »Ich beklage mich nicht«, sagte ich.

»Aber ich finde, daß es nicht gut ist, Dinge unter Verschluß zu halten, du solltest sie herauslassen.«

Er sagte plötzlich verletzend und feindlich: »Du hörst dich wie ein verdammter Psychoanalytiker an.«

Ich dachte, wie erstaunlich, daß er in jedem Gespräch fünf oder sechs verschiedene Personen sein kann; ich wartete nur, bis die verantwortliche Person wiederkam. Sie kam und sagte: »Ich bin nicht in allzu guter Form, das ist wahr. Es tut mir leid, das gezeigt zu haben. Ich werde versuchen, es besser zu machen.«

Ich sagte: »Es geht nicht darum, es besser zu machen.«

Er wechselte entschlossen das Gesprächsthema; ein gejagter, verwundeter Ausdruck war auf seinem Gesicht, er war ein Mann, der sich verteidigte.

Ich rief Dr. Paynter an und sagte, ich wollte wissen, was mit jemandem los ist, der kein Zeitgefühl hat und aus mehreren Personen zusammengesetzt zu sein scheint. Er antwortete: »Ich stelle keine Diagnosen per Telefon.« Ich sagte: »Das ist doch nicht Ihr Ernst.« Er sagte: »Meine liebe Anna, ich glaube, Sie lassen sich besser einen Termin geben.« »Es geht nicht um mich«, sagte ich, »es ist ein Freund von mir«, aber da war Schweigen. Dann sagte er: »Bitte seien Sie nicht beunruhigt, Sie würden erstaunt sein, wie viele bezaubernde Menschen durch unsere Straßen gehen, die nichts sind als die Geister ihrer selbst. Lassen Sie sich einen Termin geben.« »Woran liegt das?« »Nun, ich würde sagen, um eine Vermutung zu wagen und kein Wort zuviel zu sagen, es liegt alles an der Zeit, in der wir leben.« »Danke«, sagte ich. »Und kein Termin?« »Nein.« »Das ist sehr schade, Anna, das ist geistiger Hochmut, wenn Sie mehrere verschiedene Personen sind, an wessen Haaren werden Sie sich dann aus dem Sumpf ziehen?« »Ich werde Ihre Botschaft an die richtige Adresse weiterleiten«, sagte ich.

Ich ging zu Saul und sagte: »Ich habe meinen Arzt angerufen, er glaubt, daß ich krank sei, ich sagte ihm, ich hätte einen *Freund* – verstehst du?« Saul sah bitter und gejagt aus, aber er grinste. »Er sagt, ich soll einen Termin ausmachen, aber ich soll in keiner Weise darüber beunruhigt sein, daß ich mehrere verschiedene Personen auf einmal bin, ohne jedes Zeitgefühl.«

»Komme ich dir so vor?«

»Ja.«

»Danke. Ich nehme an, daß er recht hat, in dem Punkt.«

Er sagte heute zu mir: »Warum soll ich Geld für einen Psychiater verschwenden, wenn ich von dir eine Behandlung bekommen kann, umsonst?« Er sagte es wütend, triumphierend. Ich sagte ihm, es wäre unfair, mich für diese Rolle zu benutzen. Er sagte mit demselben triumphierenden Haß: »Englische Frauen! Fair! Alle benutzen einander. Du benutzt mich, um einen Hollywoodtraum voller Glück zu erschaffen, und ich wiederum werde deine Erfahrung mit den Medizinmännern benutzen.« Einen Augenblick später liebten wir uns. Wenn wir streiten, uns hassen, dann entsteht Sex aus dem Haß. Es ist ein harter, gewalttätiger Sex, anders als alles, was ich vorher gekannt habe, er hat nichts (*16) mit dem Wesen zu tun, das die liebende Frau verkörpert. Dieses Wesen lehnt ihn vollkommen ab.

Heute kritisierte er im Bett an mir eine Bewegung, und ich merkte, daß er mich mit jemandem verglich. Ich sagte, daß es unterschiedliche Schulen des Liebens gäbe und daß wir aus zwei verschiedenen Schulen kämen. Wir haßten einander, waren aber bester Laune. Denn er begann darüber nachzudenken und brüllte dann vor Lachen. »Liebe«, sagte er, sentimental wie ein Schuljunge, »ist international.« »Vögeln«, sagte ich, »ist eine Angelegenheit des nationalen Stils. Kein Engländer würde so lieben wie du. Ich beziehe mich natürlich auf die, die überhaupt lieben.« Er fing an, sich einen Schlager auszudenken – »Ich mag deinen nationalen Stil, wenn du meinen magst.«

Die Wände dieser Wohnung schließen sich um uns. Tag für Tag sind wir hier allein. Mir ist klar, daß wir beide verrückt sind. Er sagt, mit einem Lachen, das wie ein Schrei klingt: »Ja, ich bin verrückt, ich habe mein ganzes, kurzes Leben gebraucht, das zu erkennen, und was nun? Angenommen, ich bin lieber verrückt, was dann?«

Mittlerweile hört meine Angst nicht mehr auf, ich habe vergessen, wie es ist, normal aufzuwachen; dennoch beobachte ich diesen Zustand, in dem ich mich befinde, und ich denke sogar: Ich werde nie unter meinem eigenen Angstzustand leiden, also kann ich genausogut den eines anderen mit durchmachen, wenn ich die Gelegenheit dazu habe.«

Manchmal versuche ich, ›das Spiel‹ zu spielen. Manchmal schreibe ich in dieses und in das gelbe Notizbuch. Oder ich beobachte, wie sich das Licht auf dem Fußboden verändert und ein Staubkörnchen oder ein Astknoten im Holz sich vergrößert und sich auf diese Weise selbst symbolisiert. Oben geht Saul auf und ab, auf und ab, oder es gibt lange Perioden der Stille. Beides, die Stille und der Klang der Schritte hallen in meinen Nerven nach. Wenn er die Wohnung verläßt, um ›einen kleinen Spaziergang zu machen‹, scheinen sich meine Nerven auszudehnen und ihm zu folgen, als wären sie an ihm festgebunden.

Heute kam er herein, und ich wußte instinktiv, daß er mit einer anderen Frau geschlafen hatte. Ich forderte ihn heraus, nicht weil ich verletzt war, sondern weil wir zwei Antagonisten sind, und er sagte: »Nein, wie kommst du darauf?« Dann wurde sein Gesicht gierig, listig, hinterhältig, und er sagte: »Ich kann ein Alibi vorweisen, wenn du willst.« Ich lachte, obwohl ich wütend war, und die Tatsache, daß ich lachte, stärkte mich wieder. Ich bin verrückt, besessen von einer kalten Eifersucht, die ich niemals vorher erlebt habe, ich bin die Sorte Frau, die private Briefe und Tagebücher liest; trotzdem, wenn ich lache, bin ich geheilt. Ihm gefiel mein Lachen nicht, denn er sagte: »Gefangene lernen eine bestimmte Sprache zu sprechen.« Und ich sagte: »Wenn ich noch nie eine Gefangenenwärterin gewesen bin und wenn ich jetzt eine werde, dann vielleicht deshalb, weil du eine brauchst.«

Sein Gesicht erhellte sich, er setzte sich auf mein Bett und sagte mit der Schlichtheit, in die er von einem Moment zum anderen überwechseln kann: »Das Problem ist folgendes: Als wir einander akzeptierten, hast du Treue als selbstverständlich vorausgesetzt und ich nicht. Ich bin noch nie jemandem treu gewesen. Es kam nie so weit.«

»Lügner«, sagte ich. »Du willst damit sagen, wenn eine Frau dich mochte oder dich durchschaute, bist du einfach zur nächsten abgehauen.«

Er lachte sein offenes, junges Lachen statt des feindseligen, jungen Lachens und sagte: »Vielleicht ist da auch was dran.«

Ich war an dem Punkt angelangt, zu sagen: Dann hau ab. Ich fragte mich, warum ich es nicht tat, welcher Art von persönlicher Logik ich folgte, durch ihn. In dem Bruchteil einer Sekunde, als ich beinahe gesagte hätte: Dann hau ab, warf er mir einen kurzen, erschrockenen Blick zu und sagte: »Du hättest mir sagen sollen, daß es dir etwas ausmacht.«

Ich sagte: »Dann sage ich dir nun, daß es mir etwas ausmacht.«

»O. k.«, sagte er vorsichtig, nach einer Pause. Sein Gesicht hatte den hinterhältigen, listigen Ausdruck. Ich wußte ganz genau, was er dachte.

Heute ging er für ein paar Stunden aus, nach einem Telefonanruf, und ich ging sofort nach oben, um die neuesten Eintragungen in seinem Tagebuch zu lesen. »Annas Eifersucht macht mich verrückt. Traf Marguerite. Ging mit ihr nach Hause. Ein nettes Mädchen.« »Marguerite kalt zu mir. Traf Dorothy in ihrer Wohnung. Ich schleiche mich weg, wenn Anna Janet nächste Woche besuchen fährt. Wenn die Katze fort ist!«

Ich las das mit kaltem Triumph.

Und trotzdem, trotz alledem, gibt es Stunden voll zärtlicher Freundlichkeit, in denen wir reden und reden. Und wir lieben uns. Wir schlafen jede Nacht zusammen, und es ist ein phantastisch tiefer Schlaf. Dann kippt die Freundlichkeit mitten in einem Satz in Haß um. Manchmal ist die Wohnung eine Oase zärtlicher Liebe, dann plötzlich ein Kampfplatz, selbst die Wände vibrieren vor Haß, wir umkreisen einander wie zwei Tiere; die Dinge, die wir einander sagen, sind so schrecklich, daß ich entsetzt bin, wenn ich später darüber nachdenke. Und trotzdem sind wir durchaus fähig, diese Dinge zu sagen, dann auf das zu horchen, was wir sagen, und schließlich in Lachen auszubrechen, uns lachend auf dem Fußboden zu wälzen.

Ich fuhr weg, um Janet zu besuchen. Die ganze Zeit über war mir elend zumute, weil ich wußte, daß Saul mit Dorothy schlief, wer auch immer sie war. Als ich mit Janet zusammen war, war ich unfähig, das abzuschütteln. Sie scheint glücklich zu sein – fern von mir, ein kleines Schulmädchen, ganz von ihren Freundinnen in Anspruch genommen. Als ich mit dem Zug zurückkam, dachte ich wieder, wie merkwürdig es ist – zwölf Jahre lang war jede Minute eines jedes Tages nach Janet geplant, ihre Bedürfnisse waren mein Stundenplan. Und jetzt geht sie zur Schule, so ist das eben, und ich verwandle mich sofort in eine Anna, die Janet nie geboren hat. Ich erinnere mich, daß Molly dasselbe sagte: Tommy ging mit ein paar Freunden auf Urlaub, als er sechzehn war, und sie verbrachte Tage damit, im Haus herumzulaufen, verwundert über sich selbst. »Es kommt mir so vor, als hätte ich überhaupt nie ein Kind gehabt«, sagte sie immer wieder.

Als ich mich meiner Wohnung näherte, verstärkte sich die Spannung in meinem Magen. Als ich das Haus erreichte, war mir übel, ich ging sofort ins Badezimmer, um mich zu übergeben. Ich habe mich noch nie in meinem Leben aus nervöser Spannung übergeben. Dann rief ich nach oben. Saul war da. Er kam nach unten, fröhlich. Hallo! Wie war es, usw. Als ich ihn anschaute, veränderten sich seine Züge, ein Ausdruck von lauernder Vorsicht, dahinter Triumph, erschien auf seinem Gesicht, und ich konnte mich selbst sehen, kalt und bösartig.

Er sagte: »Warum siehst du mich so an?« Dann: »Was versuchst du herauszufinden?«

Ich ging in mein großes Zimmer. Das ›Was versuchst du herauszufinden‹ war ein neuer Ton in unserer Unterhaltung, ein Schritt weiter in eine neue Tiefe der Bosheit. Reine Wellen des Hasses waren von ihm gekommen, als er das sagte. Ich saß auf meinem Bett und versuchte nachzudenken. Ich merkte, daß der Haß mir physisch Angst eingejagt hatte. Was weiß ich schon über

Geisteskrankheit? Gar nichts. Trotzdem sagte mir mein Instinkt, daß es keinen Grund gab, sich zu fürchten.

Er kam hinter mir ins Zimmer herein und setzte sich ans Fußende des Bettes, summte eine Jazzmelodie und beobachtete mich. Er sagte: »Ich habe dir ein paar Jazzplatten gekauft. Jazz wird dich entspannen.«

Ich sagte: »Gut.«

Er sagte: »Du bist so eine richtige Engländerin, nicht wahr?« Das war unfreundlich und voller Abneigung.

Ich sagte: »Wenn du mich nicht magst, dann geh.«

Er sah mich kurz erschrocken an und ging hinaus. Ich wartete darauf, daß er zurückkäme, und wußte, wie er dann sein würde. Er war ruhig, still, brüderlich, zärtlich. Er legte eine Platte auf meinen Plattenspieler. Ich sah mir die Schallplatten an, früher Armstrong und Bessie Smith. Wir saßen still da und lauschten, und er beobachtete mich.

Dann sagte er: »Nun?«

Ich sagte: »Die ganze Musik ist unkompliziert und warm und positiv.«

»Und?«

»Sie hat nichts mit uns zu tun, wir sind nicht so.«

»Gnädigste, mein Charakter ist von Armstrong, Bechet und Bessie Smith geformt worden.«

»Dann ist ihm inzwischen etwas zugestoßen.«

»Was ihm zugestoßen ist, ist das, was Amerika zugestoßen ist.« Dann sagte er unfreundlich: »Ich vermute, du wirst dich auch noch als Naturtalent für Jazz entpuppen, das hat gerade noch gefehlt.«

»Warum mußt du immer einen Konkurrenzkampf aus allem machen?«

»Weil ich Amerikaner bin. Es ist ein wettbewerbsorientiertes Land.«

Ich sah, daß der stille Bruder weg war, der Haß war wieder da. Ich sagte: »Ich glaube, es wäre besser, wenn wir uns heute nacht trennen, manchmal bist du zuviel für mich.«

Er erschrak. Dann regulierte sich sein Gesichtsausdruck von selbst – wenn das geschieht, scheint sich das abwehrende, böse Gesicht buchstäblich selbst in die Hand zu nehmen. Er sagte ruhig, mit einem freundlichen Lachen: »Mach dir keine Vorwürfe. Ich bin mir selbst zuviel.«

Er ging hinaus. Ein paar Minuten später, als ich im Bett lag, kam er herunter, ging zum Bett und sagte lächelnd: »Mach Platz.«

Ich sagte: »Ich möchte nicht kämpfen.«

Er sagte: »Wir können nicht anders.«

»Findest du nicht, daß das Thema, das wir zum Kämpfen wählen, merkwürdig ist? Es kümmert mich einen Dreck, mit wem du schläfst, und du bist kein Mann, der Frauen sexuell bestraft. Also geht es bei unserem Kampf offensichtlich um etwas anderes. Um was?«

»Eine interessante Erfahrung, das Verrücktsein.«

»Ganz recht, eine interessante Erfahrung.«

»Warum es so sagen?«

»In einem Jahr werden wir beide zurückschauen und sagen: So waren wir also damals, was für eine faszinierende Erfahrung.«

»Was ist verkehrt daran?«

»Größenwahnsinnig, das ist es, was wir alle sind. Du sagst, ich bin, was ich bin, weil die Vereinigten Staaten politisch so und so sind, ich bin die Vereinigten Staaten. Und ich sage, ich bin die Lage der Frau in unserer Zeit.«

»Wir haben wahrscheinlich beide recht.«

Wir gingen schlafen, freundlich. Aber der Schlaf veränderte uns beide. Als er erwachte, lag er auf der Seite und betrachtete mich mit einem harten Lächeln. Er sagte: »Was hast du geträumt?« Ich sagte: »Nichts«, und dann erinnerte ich mich. Ich hatte den schrecklichen Traum gehabt, aber das boshafte, verantwortungslose Prinzip war diesmal verkörpert in Saul. Einen langen Alptraum hindurch hatte es mich verspottet, lachend. Es hatte mich an den Armen festgehalten, so daß ich mich nicht bewegen konnte, und es sagte: »Ich werde dich verletzen, das macht mir Spaß.«

Die Erinnerung war so schlimm, daß ich aufstand und von Saul wegging, in die Küche, um Kaffee zu machen. Ungefähr eine Stunde später kam er herein, angezogen, sein Gesicht wie eine Faust. »Ich gehe aus«, sagte er. Er lungerte ein bißchen herum, wartete, daß ich etwas sagen würde, ging dann langsam die Treppe hinunter und schaute zu mir zurück, um zu sehen, ob ich ihn aufhalten würde. Ich lag auf dem Rücken auf dem Fußboden und spielte frühen Armstrong, voller Neid auf die leichte, heitere, gut-gelaunt-sich-mokierende Welt, aus der diese Musik kam. Er kam zurück, vier oder fünf Stunden später, und sein Gesicht sprühte vor rachsüchtigem Triumph. Er sagte: »Warum sagst du nichts?« Ich sagte: »Da gibt's nichts zu sagen.« »Warum schlägst du nicht zurück?«

»Ist dir klar, wie oft du fragst, warum ich nicht zurückschlage? Wenn du für etwas bestraft werden willst, mußt du dir eine andere suchen.«

Und dann die außergewöhnliche Veränderung, wenn ich etwas sage, worüber er nachdenkt. Er sagte, interessiert: »Brauche ich das Bestraftwerden? Hmmmm, interessant.« Er saß am Fußende meines Bettes, zupfte an seinem Kinn, stirnrunzelnd. Er bemerkte: »Ich glaube nicht, daß ich mich im Moment sehr mag. Und dich mag ich auch nicht.«

»Und ich mag dich nicht, und ich mag mich nicht. Aber so, wie wir jetzt sind, ist in Wirklichkeit keiner von uns beiden, also warum sollen wir uns damit quälen, daß wir uns nicht mögen?«

Sein Gesicht veränderte sich wieder. Er sagte, listig: »Ich nehme an, du glaubst zu wissen, was ich getan habe.«

Ich sagte nichts, und er stand auf und ging unruhig im Zimmer auf und ab, wobei er mir die ganze Zeit schnelle, grimmige Blicke zuwarf: »Du wirst es nie wissen, nicht wahr, es gibt keine Möglichkeit, daß du es jemals erfahren wirst.« Wenn ich nichts sagte, dann nicht, um Streit zu vermeiden oder um Selbstbeherrschung zu bewahren, sondern um eine ebenso kalte Waffe im Kampf zu haben. Nach einem genügend langen Schweigen: »Ich weiß, was du getan hast, du hast Dorothy gevögelt.«

Er sagte schnell: »Woher weißt du das?« Und dann, gerade so, als ob er es nicht gesagt hätte: »Stell mir keine Fragen, und ich werde dir keine Lügen erzählen.«

»Ich stelle keine Fragen, ich lese dein Tagebuch.«

Er hielt in seinem weitausschreitenden Gang durch das Zimmer inne, stellte sich vor mich hin und blickte auf mich hinunter. Sein Gesicht, das ich mit kaltem Interesse beobachtete, zeigte Angst, dann Wut, dann heimlichen Triumph. Er sagte: »Ich habe Dorothy nicht gevögelt.«

»Dann war es jemand anderes.«

Er fing an zu schreien, warf die Arme in die Luft, knirschte mit dem Kiefer bei den Worten: »Du spionierst mir nach, du bist die eifersüchtigste Frau, die ich je gekannt habe. Ich habe keine Frau berührt, seitdem ich hier bin, was für einen heißblütigen amerikanischen Jungen wie mich schon was heißen will.«

Ich sagte arglistig: »Ich freue mich, daß du heißblütig bist.«

Er schrie: »Ich bin ein Mensch. Ich bin nicht das Schoßhündchen einer Frau, das eingesperrt werden muß.« Er schrie weiter, und ich hatte wieder das Gefühl von gestern – daß ich eine Stufe weiter hinabsteige in die Willenlosigkeit. Ich, Ich, Ich, Ich, Ich, schrie er, aber völlig zusammenhanglos, eine vage herumspritzende Prahlerei, es kam mir so vor, als ginge eine Salve von Maschinengewehrkugeln auf mich nieder. Immer weiter Ich, Ich, Ich, Ich, Ich, und ich hörte auf zuzuhören, und dann bemerkte ich, daß er still geworden war und mich voller Furcht ansah. »Was fehlt dir?« fragte er. Er kam herüber, kniete sich neben mich, drehte mein Gesicht zu seinem, und sagte: »Um Himmels willen, bitte begreif doch, Sex ist nicht wichtig für mich, das ist einfach nicht wichtig.«

Ich sagte: »Du meinst, Sex ist wichtig, aber mit wem du schläfst, nicht.«

Er trug mich ins Bett, sanft und mitfühlend. Er sagte, angeekelt von sich selbst: »Ich bin sehr gut darin, die Stücke einer Frau aufzusammeln, die ich kaputtgemacht habe.«

»Warum mußt du eine Frau kaputtmachen?«

»Ich weiß es nicht. Bevor du es mir bewußt gemacht hast, habe ich es nicht gewußt.«

»Ich wünschte, du würdest dir einen Medizinmann mieten. Ich sage dir, ich sage dir, du bringst uns beide noch zum Zusammenbruch.«

Ich fing an zu weinen, ich fühlte mich wie in dem Traum von gestern nacht, in dem er mich an den Armen festgehalten hatte, während er lachte und mir weh tat. Dabei war er jetzt freundlich und sanft. Dann begriff ich plötzlich, daß die ganze Sache, dieser Teufelskreis von Quälerei und Zärtlichkeit, nur dem Moment galt, in dem er mich trösten konnte. Ich sprang aus dem Bett, wütend, gönnerhaft behandelt zu werden, wütend über mich selbst, weil ich es zuließ, und holte mir eine Zigarette.

Er sagte eigensinnig: »Ich kann dich zwar zu Boden schlagen, aber du bleibst nicht lange unten.«

»Wie schön für dich, dann hast du ja das Vergnügen, es wieder und wieder zu tun.«

Er sagte nachdenklich, ausgesprochen zerstreut, sich selbst aus der Entfernung betrachtend: »Aber sag mir bloß, warum?«

Ich schrie ihn an: »Du hast einen Mutter-Komplex wie alle Amerikaner. Du hast dich wegen deiner Mutter an mich fixiert. Du mußt mich die ganze Zeit überlisten, es ist wichtig für dich, mich zu überlisten. Es ist wichtig für dich, zu lügen und dir einzubilden, daß man dir glaubt. Wenn ich verletzt bin, erschrecken dich deine mörderischen Gefühle mir, der Mutter, gegenüber und du mußt mich trösten und beruhigen . . .« Ich schrie hysterisch: »Ich habe die ganze Sache satt. Ich habe das Ammengeschwätz satt. Diese ganze Banalität ekelt mich an . . .« Ich hielt inne und sah ihn an. Er sah aus wie ein Kind, das geohrfeigt wurde. »Und jetzt empfindest du Vergnügen, weil du mich dazu provoziert hast, dich anzubrüllen. Warum bist du nicht wütend? Sei doch wütend – ich beschimpfe dich, Saul Green, und ich beschimpfte dich auf so einem niedrigen Niveau, daß du wütend sein solltest. Du solltest dich schämen, im Alter von dreiunddreißig Jahren hier zu sitzen und diese banale, grobe Simplifizierung von mir zu akzeptieren.« Als ich fertig war, war ich erschöpft. Ich befand mich in einer Dunstglocke angstvoller Spannung, die ich förmlich riechen konnte, wie einen schalen Nebel nervöser Erschöpfung.

»Weiter«, sagte er.

»Das ist das letzte bißchen Interpretation, das du von mir bekommen wirst.«

»Komm her.«

Ich konnte nicht anders. Er zog mich zu sich herunter, lachend. Er schlief mit mir. Ich ging auf die wütende Kälte ein. Es war leicht, auf die Kälte zu reagieren, weil sie mich nicht so verletzten konnte wie die Zärtlichkeit. Dann merkte ich, wie ich teilnahmslos wurde. Weil ich dies fühlte, war mir, noch ehe ich mir dessen bewußt war, klar, daß hier etwas Neues war, daß er nicht mit *mir* schlief. Ich sagte mir, ungläubig: Er schläft mit einer anderen. Er veränderte seine Stimmlage, fing an, mit einem tiefen Südstaaten-Akzent zu sprechen, halb lachend, aggressiv: »Ma'am, Sie sind ein guter Fick, ja, das sind Sie, wirklich, ich werde es aller Welt verkünden.« Er berührte mich anders, er berührte nicht mich. Er ließ seine Hand über meine Hüften und meinen Hintern gleiten und sagte: »Was für ein schöner, üppiger Frauenkörper.« Ich sagte: »Du verwechselst uns, ich bin die Dünne.«

Schock. Ich sah ihn buchstäblich herauskommen aus der Persönlichkeit, die er gewesen war. Er drehte sich auf den Rücken, die Hand über den Augen, keuchte ein wenig. Er war sehr weiß. Dann sagte er, nicht in dem Südstaaten-Akzent, sondern in seinem eigenen, aber der Wüstlingssprache wie damals, als er gesagt hatte ›Ich bin ein heißblütiger amerikanischer Junge‹: »Baby, du solltest mich leicht nehmen wie guten Whisky.«

»Dann weiß ich endlich, wer du bist«, sagte ich.

Wieder Schock. Er kämpfte, um aus dieser Persönlichkeit herauszukommen, keuchte, brachte sich dazu, langsam zu atmen, sagte dann normal: »Was ist los mit mir?«

»Du meinst, was ist los mit uns. Wir sind beide verrückt. Wir befinden uns in einem Kokon der Verrücktheit.«

»Du!« Das war mürrisch. »Du bist die gesündeste Scheißfrau, die ich je gekannt habe.«

»Nicht im Augenblick.«

Wir lagen eine lange Zeit still. Er streichelte zärtlich meinen Arm. Das Geräusch der Lastwagen unten auf der Straße war laut. Mit der sanften Liebkosung auf meinem Arm konnte ich spüren, wie die Spannung mich verließ. All der Wahnsinn und der Haß waren weg. Und dann ein weiterer langer, langsam dunkelnder Nachmittag, abgeschnitten von der Welt, und die lange, dunkle Nacht. Die Wohnung ist wie ein Schiff, das auf einem dunklen Meer treibt, sie scheint zu treiben, vom Leben isoliert, in sich abgeschlossen. Wir spielten die neuen Platten und schliefen miteinander, und die beiden Menschen, Saul und Anna, die verrückt waren, waren irgendwo anders, irgendwo in einem anderen Raum.

(*17) Wir haben eine Woche des Glücklichseins gehabt. Das Telefon hat nicht geklingelt. Niemand ist gekommen. Wir waren allein. Aber nun ist es vorbei, etwas hat sich in ihm ausgeschaltet, und so sitze ich hier und schreibe. Ich sehe, ich habe geschrieben – Glück. Das ist genug. Seine Bemerkung, ›ich stelle Glück wie Sirup her‹, ist sinnlos. In dieser Woche hatte ich kein Verlangen, mich diesem Tisch mit den Notizbüchern zu nähern. Es gab nichts zu sagen.

Heute standen wir spät auf, spielten Platten und schliefen miteinander. Dann ging er hinauf in sein Zimmer. Er kam herunter, sein Gesicht wie ein Beil, ich schaute ihn an und wußte, daß etwas in ihm ausgeschaltet worden war. Er marschierte im Zimmer umher und sagte: »Ich bin ruhelos, ich bin ruhelos.« Es war voller Feindseligkeit, also sagte ich: »Dann geh doch aus.«

»Wenn ich ausgehe, beschuldigst du mich, mit jemandem zu schlafen.« »Weil du möchtest, daß ich das tue.« »Gut, ich gehe.« »Dann geh.« Er stand da, mich anblickend, voller Haß, und ich fühlte, wie die Muskeln meines Magens sich zusammenzogen und die Wolke der Angst sich senkte wie ein dunkler Nebel. Ich sah, wie die Woche des Glücklichseins wegglitt. Ich dachte: In einem Monat wird Janet zu Hause sein und diese Anna wird aufhören zu existieren. Wenn ich weiß, daß ich diesen hilflosen Leidenden abschieben kann, weil es notwendig für Janet ist, dann kann ich es auch jetzt tun. Warum tue ich es nicht? Weil ich es nicht will, darum. Etwas muß zu Ende gespielt werden, irgendein Material muß durchgearbeitet werden . . . Er spürte, daß ich mich von ihm entfernt hatte, und er wurde ängstlich und sagte: »Warum soll ich gehen, wenn ich gar nicht möchte?« »Dann geh nicht«, sagte ich. »Ich gehe arbeiten«, sagte er abrupt, mit einem Stirnrunzeln. Er ging hinaus. Nach ein paar Minuten kam er wieder herunter und lehnte sich gegen die Tür. Ich hatte mich nicht bewegt. Ich saß auf dem Boden, wartete auf ihn, weil ich wußte, daß er herunterkommen würde. Es wurde dunkel, der große Raum war voller Schatten, der Himmel verfärbte sich. Ich hatte dagesessen und zugeschaut, wie sich der Himmel mit Farbe füllte, als das Dunkel in die Straßen drang, und ohne es zu wollen, war ich in das Losgelöstsein ›des Spiels‹ geglitten. Ich war ein Teil der schrecklichen Stadt und der Millionen Menschen, und ich saß gleichzeitig auf dem Fußboden und hoch über der Stadt, auf sie hinunterblickend. Als Saul hereinkam, sagte er, gegen den Türrahmen gelehnt, anklagend: »Ich bin noch nie so gewesen, so gebunden an eine Frau, daß ich noch nicht einmal einen Spaziergang machen kann, ohne mich schuldig zu fühlen.« Sein Ton war von dem, was ich fühlte, weit entfernt, also sagte ich: »Du bist eine Woche hier gewesen, ohne daß ich dich darum gebeten habe. Du wolltest es. Nun hat sich deine Stimmung verändert. Warum sollte sich meine Stimmung auch verändern?« Er sagte vorsichtig: »Eine Woche ist eine lange Zeit.« Aus der Art, wie er das sagte, wurde mir klar, daß er, bevor ich die Worte ›eine Woche‹ gebraucht hatte, nicht gewußt hatte, wie viele Tage vergangen waren. Ich war neugierig zu erfahren, für wie lange er die Zeit gehalten hatte, fürchtete mich aber zu fragen. Er stand stirnrunzelnd da, sah mich von der Seite an, zupfte an seinen Lippen, als wären sie ein Musikinstrument. Er sagte, nach einer Pause, sein Gesicht listig verzogen: »Aber ich habe doch erst vorgestern diesen Film gesehen.« Ich wußte, was er tat: Er wollte behaupten, die Woche seien nur zwei Tage gewesen, teils um zu sehen, ob ich überzeugt davon war, daß es eine Woche gewesen war, und teils, weil er den Gedanken haßte, daß er irgendeiner Frau eine Woche seiner Gegenwart geschenkt hatte. Es wurde dunkel im Zimmer, und er spähte angestrengt, um mein Gesicht zu sehen. Das Licht des Himmels ließ seine grauen Augen aufleuchten, seinen eckigen, blonden Kopf schimmern. Er sah wie ein wachsames, drohendes Tier aus. Ich sagte: »Du hast den Film vor einer Woche gesehen.«

Er sagte, kalt: »Wenn du das sagst, muß ich es dir glauben.« Dann sprang er zu mir herüber, packte meine Schultern und schüttelte mich: »Ich hasse dich, weil du normal bist, ich hasse dich dafür. Du bist ein normaler Mensch. Welches Recht hast du dazu? Ich habe plötzlich verstanden, daß du dich an alles erinnerst, du erinnerst dich wahrscheinlich an alles, was ich je gesagt habe. Du erinnerst dich an alles, was mit dir geschehen ist, das ist unerträglich.« Seine Finger gruben sich in meine Schultern, und sein Gesicht sprühte vor Haß. Ich sagte: »Ja, ich erinnere mich an alles.«

Aber nicht mit Triumph. Ich war mir bewußt, wie er mich sah, eine Frau, die unverständlicherweise Gewalt über die Ereignisse hat, weil sie zurückblicken und ein Lächeln, eine Bewegung, Gesten sehen konnte; Worte hören, Erklärungen – eine Frau inmitten der Zeit. Ich hatte eine Abneigung gegen die Feierlichkeit, die Pomphaftigkeit dieses aufrechten, kleinen Wächters der Wahrheit. Als er sagte: »Es ist, als wäre man ein Gefangener, wenn man mit jemandem lebt, der weiß, was man letzte Woche gesagt hat, oder sagen kann: Vor drei Tagen hast du das und das gemacht«, konnte ich mich gemeinsam mit ihm wie ein Gefangener fühlen, weil ich mich danach sehnte, von meinem eigenen ordnenden, kommentierenden Gedächtnis frei zu sein. Ich spürte, wie mein Identitätsbewußtsein schwächer wurde. Mein Magen preßte sich zusammen, und mein Rücken begann zu schmerzen.

Er sagte: »Komm her« – sich entfernend und auf das Bett weisend. Ich folgte gehorsam. Ich hätte nicht ablehnen können. Er sagte durch die Zähne: »Komm schon, komm schon.« Ich erkannte, daß er jetzt so war wie vor einigen Jahren, wahrscheinlich war er um die Zwanzig damals. Ich sagte nein, weil ich dieses gewalttätige, junge Manntier nicht wollte. In seinem Gesicht flackerte grinsende, höhnische Grausamkeit auf, und er sagte: »Du sagst nein. Das ist richtig, Baby, du solltest öfter nein sagen, ich mag das.«

Er begann meinen Nacken zu streicheln, und ich sage nein. Ich weinte fast. Beim Anblick meiner Tränen wurde seine Stimme triumphierend und zärtlich, und er küßte die Tränen weg wie ein Kenner und sagte: »Komm schon, Baby, komm schon.« Der Sex war kalt, ein Akt des Hasses, ekelhaft. Das weibliche Wesen, das sich im Verlauf einer Woche ausgedehnt hatte, gewachsen war, geschnurrt hatte, stürzte in eine Ecke und schauderte. Und die Anna, die fähig gewesen war, mit dem Gegner kämpferischen Sex zu genießen, war schwach, kämpfte nicht. Es war schnell und häßlich, und er sagte: »Verdammte Engländerinnen, nichts wert im Bett.« Aber ich war für immer befreit davon, von ihm auf diese Art verletzt zu werden, und sagte: »Es ist meine Schuld. Ich wußte, es würde nicht gut sein. Ich hasse es, wenn du grausam bist.«

Er warf sich herum, lag auf dem Gesicht, still, dachte nach. Er murmelte: »Irgend jemand hat das zu mir gesagt, erst vor kurzem. Aber wer? Wann?« »Eine deiner anderen Frauen sagte, du wärest grausam, nicht wahr?« »Aber welche? Ich bin nicht grausam. Ich bin noch nie grausam gewesen. Bin ich grausam?«

Die Person, die da sprach, war die gute Person. Ich wußte nicht, was ich sagen sollte, war voller Angst, sie zu verscheuchen, voller Angst, daß die andere dann kommen würde. Er sagte: »Was soll ich machen. Anna?«

Ich sagte: »Warum gehst du nicht zu einem Medizinmann?«

Und da, als ob sich etwas in ihm ausgeschaltet hätte, stieß er sein lautes, triumphierendes Lachen aus und sagte: »Willst du mich in die Klapsmühle treiben? Warum soll ich einen Analytiker bezahlen, wenn ich dich habe? Du mußt die Arztkosten zahlen, um ein gesunder, normaler Mensch zu sein. Du bist nicht die erste, die mir rät, zu einem Seelenklempner zu gehen. Aber ich werde mir von niemandem etwas vorschreiben lassen.« Er sprang aus dem Bett und schrie: »Ich bin ich, Saul Green, ich bin, was ich bin, was ich bin. Ich . . .« Der geschriene, automatische Ich-, Ich-, Ich-Vortrag begann, hörte aber plötzlich auf oder setzte vielmehr aus, bereit weiterzugehen: Er stand da, den Mund geöffnet, schweigend, sagte: »Ich, ich meine, ich . . .«, die versprengten, letzten Gewehrsalven, dann sagte er normal: »Ich gehe jetzt hinaus, ich muß jetzt hier raus.« Er ging hinaus, sprang mit wahnsinniger Energie die Treppen hoch. Ich hörte, wie er Schubladen öffnete und sie krachend zuwarf. Ich dachte: Vielleicht geht er jetzt ganz weg? Aber ein paar Augenblicke später war er wieder unten und klopfte an meine Tür. Ich fing an zu lachen, dachte, dies wäre eine Art humorvoller Entschuldigung, das Klopfen. Ich sagte: »Kommen Sie herein, Mr. Green«, und er kam herein und sagte, mit höflicher, formeller Abneigung: »Ich habe beschlossen, einen Spaziergang zu machen. Ich stumpfe ab, wenn ich in dieser Wohnung eingeschlossen bin.«

Mir wurde klar, daß sich das, was in den letzten paar Minuten passiert war, in seinem Kopf verändert hatte, während er oben in seinem Zimmer war. Ich sagte: »Schon gut, es ist ein idealer Abend für einen Spaziergang.«

Er sagte, mit jungenhafter Aufrichtigkeit, mit Enthusiasmus: »Mein Gott, da hast du recht.« Er lief die Stufen hinunter wie ein Gefangener auf der Flucht. Ich lag lange da, hörte mein Herz schlagen, fühlte meinen Magen aufwallen. Dann machte ich mich daran, dies zu schreiben. Doch von dem Glück, der Normalität, dem Lachen wird kein Wort geschrieben werden. Nach fünf oder zehn Jahren, wenn ich dies lese, wird es eine Aufzeichnung über zwei Leute sein, die verrückt und grausam waren.

Letzte Nacht, als ich fertig war mit dem Schreiben, holte ich den Whisky und goß mir ein halbes Glas ein. Ich saß da, nahm kleine Schlückchen, trank bedächtig, damit die Flüssigkeit hinuntergleiten und die Spannung unter meinem Zwerchfell treffen und den Schmerz betäuben würde. Ich dachte: Wenn ich bei Saul bliebe, könnte ich leicht eine Säuferin werden. Ich dachte: Wie konventionell wir doch sind – die Tatsache, daß ich meinen Willen verloren habe, daß ich Phasen habe, in denen ich eine eifersüchtige Wahnsinnige bin, daß ich fähig bin, ein heimtückisches, rasendes Vergnügen zu empfinden, wenn ich einen Mann, der krank ist, überliste, schockiert mich längst nicht so wie der Gedanke: Du könntest Alkoholikerin werden. Trotzdem ist Alkoholikerin zu sein gar nichts im Vergleich mit allem übrigen. Ich trank Scotch und dachte an Saul. Ich stellte mir vor, wie er diese Wohnung verließ, um von unten mit einer der Frauen zu telefonieren. Eifersucht strömte durch jede Ader meines Körpers, wie ein Gift, veränderte meinen Atem, ließ meine Augen schmerzen. Dann stellte ich mir vor, wie er durch die Stadt stolperte, krank, und ich, voller Angst, dachte, ich hätte ihn nicht gehen lassen sollen, obwohl ich ihn nicht hätte aufhalten können. Ich saß lange da, voller Unruhe über sein Kranksein. Dann dachte ich an die andere Frau, und die Eifersucht begann wieder in meinem Blut aufzuwallen. Ich haßte ihn. Ich erinnerte mich des kalten Tons in seinen Tagebüchern, und ich haßte ihn dafür. Ich ging nach oben, sagte mir selbst, daß ich es nicht tun sollte, wußte aber, daß ich es doch tun würde, und las in seinem jetzigen Tagebuch. Es lag achtlos offen herum, ich fragte mich, ob er etwas hineingeschrieben hatte, das ich sehen sollte. Es waren keine Eintragungen für die letzte Woche darin, aber unter dem heutigen Datum stand: Bin ein Gefangener. Werde langsam vor Frustration verrückt.

Ich beobachtete, wie mich die haßerfüllte Wut blitzartig durchzuckte.

Ich dachte einen Moment lang vernünftig, daß er während dieser Woche so entspannt und glücklich gewesen war, wie er es nur sein konnte, warum also reagierte ich auf diese Eintragung verletzt? Aber ich war verletzt und unglücklich, so als hätte diese Eintragung diese Woche für uns beide ausgelöscht. Ich ging hinunter und dachte an Saul, der mit einer Frau zusammen war. Ich saß da und beobachtete mich, wie ich an Saul, zusammen mit einer Frau, dachte. Ich dachte: Er hat recht, mich zu hassen und andere Frauen zu bevorzugen, ich bin hassenswert. Und ich begann sehnsüchtig an diese andere Frau dort draußen zu denken, freundlich und großzügig und stark genug, ihm das zu geben, was er brauchte, ohne eine Gegenleistung zu fordern.

Ich dachte an Mother Sugar und wie sie mich ›lehrte‹, daß die Obsessionen der Eifersucht Teil der Homosexualität seien. Aber die Sitzung damals kam mir ziemlich akademisch vor, hatte nichts mit mir, Anna, zu tun. Ich fragte mich, ob ich mit dieser anderen Frau, mit der er nun zusammen war, schlafen wollte.

Dann Moment des Verstehens, ich begriff, daß ich unmittelbar in seine

Verrücktheit eingestiegen war (*18): Er suchte nach dieser weisen, freundlichen Ganz-Mutter-Figur, die auch noch sexuelle Spielgefährtin und Schwester ist; und weil ich ein Teil von ihm geworden war, war das etwas, was ich auch suchte, einmal, weil ich sie brauchte, und dann, weil ich werden wollte wie sie. Ich begriff, daß ich Saul und mich nicht mehr auseinanderhalten konnte, und das erschreckte mich mehr als irgend etwas je zuvor. Denn mit meinem Verstand wußte ich, daß dieser Mann ein Verhaltensmuster immer und immer wiederholte: Erst umwarb er eine Frau mit seiner Intelligenz und Sympathie, machte emotionale Ansprüche geltend; und dann, wenn sie ihre Ansprüche geltend machte, rannte er weg. Und je besser eine Frau war, desto eher fing er mit dem Wegrennen an. Ich wußte dies vom Kopf her, und dennoch saß ich dort in meinem dunklen Zimmer, betrachtete die neblige, nasse Pracht des purpurnen Londoner Nachthimmels, sehnte mich mit meinem ganzen Wesen nach dieser mythischen Frau, sehnte mich danach, sie zu sein, aber um Sauls willen.

Ich merkte, daß ich auf dem Fußboden lag, unfähig zu atmen, wegen der Spannung in meinem Bauch. Ich ging in die Küche und trank noch mehr Whisky, bis die Angst sich ein wenig verflüchtigte. Ich ging zurück ins große Zimmer und versuchte, zu mir selbst zu kommen, indem ich mir Anna ansah, eine winzige, unwichtige Gestalt in der häßlichen, alten Wohnung in einem häßlichen, verkommenen Haus, um sie herum die Wüste des dunklen London. Es ging nicht. Ich schämte mich furchtbar, in die Schreckensängste Annas, eines unwichtigen, kleinen Tieres, eingeschlossen zu sein. Ich sagte mir immer wieder: Da draußen ist die Welt, und sie ist mir so egal, daß ich eine Woche lang noch nicht einmal die Zeitungen gelesen habe. Ich holte die Zeitungen von der Woche und breitete sie um mich herum auf dem Fußboden aus. Während der Woche hatten sich die Dinge entwickelt – hier ein Krieg, da eine Kontroverse. Es war, als hätte man mehrere Fortsetzungen einer Filmserie verpaßt, konnte aber trotzdem das, was in ihnen passiert war, aus der inneren Logik der Geschichte ableiten. Ich fühlte mich gelangweilt und matt, weil ich wußte, daß ich, ohne die Zeitungen überhaupt gelesen zu haben, allein aus politischer Erfahrung, eine ziemlich gute Prognose über die Ereignisse der Woche hätte stellen können. Das Gefühl von Banalität, der Ekel vor der Banalität, vermengte sich mit meiner Angst; und dann plötzlich überkam mich ein neues Wissen, ein neues Verstehen; und dieses Verstehen kam aus Anna, dem erschreckten, kleinen Tier, das auf dem Fußboden saß, kauernd. Es war ›das Spiel‹, aber es entstand aus dem Entsetzen, ich war von dem Entsetzen befallen, dem Entsetzen der Alpträume, ich durchlebte die Kriegsangst, wie man es in Alpträumen tut, nicht das intellektuelle Abwägen von Wahrscheinlichkeiten, Möglichkeiten, nein, ich durchlebte mit meinen Nerven und meiner Einbildungskraft die Kriegsangst. Was ich in den Zeitungen um mich herum verstreut las, wurde Wirklichkeit, war keine abstrakte, intellektuelle Angst mehr. Es fand so etwas wie eine Verschiebung des Gleichgewichts in meinem Gehirn, in meinem bisherigen Denken statt, dieselbe Umwertung, wie sie einige Tage zuvor Worten wie ›Demokratie‹, ›Freiheit‹, ›Frieden‹ widerfahren war, die verblaßt waren unter dem Druck eines neuen Verständnisses für die immer stärker werdende Tendenz in der Welt zu grausamer, sich verhärtender Macht. Ich *wußte* – aber natürlich kann das geschriebene Wort die Qualität dieses Wissens nicht vermitteln –, daß das, was schon da ist, seine eigene Logik und Dynamik hat, daß die großen Waffenarsenale der Welt ihre innere Dynamik haben und daß mein Entsetzen, das wirklich mit allen Nerven empfundene Entsetzen des Alptraums, Teil dieser Dynamik war. Ich erlebte das wie eine Vision, in einer neuen Qualität des Wissens. Und ich wußte, daß die Grausamkeit und die Bösartigkeit und das Ich, Ich, Ich, Ich von Saul und von Anna Teil der Logik des Krieges waren; und ich wußte, wie stark diese Gefühle waren, auf eine Art und Weise, die mir niemals verlorengehen würde, die Teil meiner Weltsicht werden würde.

Aber jetzt, wo ich es hinschreibe und lese, was ich geschrieben habe, ist nichts da, nur Worte auf dem Papier, ich kann das Wissen, daß Zerstörung eine Kraft ist, nicht vermitteln, nicht einmal mir selbst, wenn ich es wieder lese. Ich lag gestern nacht schlaff auf dem Fußboden, erlebte wie eine Vision die Gewalt der Zerstörung, fühlte sie so stark, daß sie für den Rest meines Lebens bei mir bleiben wird, aber das Wissen liegt nicht in den Worten, die ich jetzt niederschreibe.

Während ich überlegte, wie der Krieg ausbrechen würde, Chaos folgen würde, war mir kalt und ich schwitzte vor Angst, und dann dachte ich an Janet, das entzückende, ziemlich konventionelle kleine Mädchen auf ihrer Mädchenschule, und ich war wütend, so wütend darüber, daß irgend jemand irgendwo ihr Schaden zufügen konnte, daß ich mich aufrecht hinstellte, fähig, das Entsetzen zu bekämpfen. Ich war erschöpft, das Entsetzen war von mir gewichen, war wieder in die gedruckten Zeilen der Zeitungen gebannt. Ich war schlaff vor Erschöpfung und brauchte Saul nicht länger zu verletzen. Ich zog mich aus und ging ins Bett, und ich war geheilt. Ich konnte die Erleichterung nachempfinden, die Saul empfinden mußte, wenn die Hände des Wahnsinns seine Kehle loslassen und er denkt: Es ist für eine Weile vorbei.

Ich lag da und dachte an ihn, warm und losgelöst, stark.

Dann hörte ich seine Schritte draußen, verstohlen, und sofort schaltete sich etwas in mir ein, und ich fühlte eine Woge von Furcht und Angst. Ich wollte nicht, daß er hereinkäme, oder vielmehr wollte ich nicht, daß der Urheber dieser sich verstohlen anhörenden Schritte hereinkäme. Eine Weile stand er vor meiner Tür und lauschte. Ich wußte nicht, wie spät es war, aber der Helligkeit des Himmels nach zu schließen, war es früh am Morgen. Ich hörte ihn auf Zehenspitzen sehr, sehr vorsichtig nach oben in sein Zimmer gehen. Ich haßte ihn. Ich war entsetzt, daß ich ihn so schnell wieder hassen konnte. Ich lag da und hoffte, er würde nach unten kommen. Dann schlich ich mich nach oben zu seinem Zimmer. Ich öffnete die Tür und sah ihn im trüben Licht des Fensters ordentlich und sauber unter der Decke zusammengerollt. Mein Herz krampfte sich vor Mitleid zusammen. Ich schlüpfte neben ihn ins Bett, und er drehte sich um und preßte mich fest an sich. Durch die Art, wie er mich hielt, wußte ich, daß er durch die Straßen gestolpert war, krank und einsam.

Heute morgen verließ ich ihn, als er noch schlief, und machte Kaffee und reinigte die Wohnung und zwang mich, die Zeitungen zu lesen. Ich weiß nicht, *wer* die Treppe herunterkommen wird. Ich sitze hier, lese die Zeitungen, aber nicht länger mit der Kraft des Wissens, nur mit meiner Intelligenz, und ich denke, wie ich, Anna Wulf, hier sitze und warte, ohne zu wissen, wer die Treppe herunterkommen wird, der freundliche, brüderlich zärtliche Mann, der mich, Anna, kennt; oder ein listiges und hinterhältiges Kind; oder ein Verrückter voller Haß.

Das war vor drei Tagen. Diese letzten drei Tage bin ich wahnsinnig gewesen. Als er herunterkam, sah er sehr krank aus; seine Augen waren unruhige, lebhafte, wachsame Tiere inmitten von Kreisen bräunlich wunden Fleisches, sein Mund war gespannt wie eine Waffe. Er hatte das Aussehen eines umherstreifenden Soldaten, und ich wußte, all seine Energien waren absorbiert davon, ihn zusammenzuhalten. Seine ganzen verschiedenen Persönlichkeiten waren in dem Wesen zusammengeschmolzen, das nur ums Überleben kämpfte. Er warf mir wiederholt flehende Blicke zu, deren er sich nicht bewußt war. Dies war nur eine Kreatur am Rande ihrer selbst. In Erwiderung auf das Bedürfnis dieser Kreatur fühlte ich mich selbst stark und bereit, Druck zu ertragen. Die Zeitungen lagen auf dem Tisch. Als er hereinkam, hatte ich sie beiseite geschoben, in dem Gefühl, daß das Entsetzen, das ich in der letzten Nacht erlebt hatte, zu dicht an ihm dran war, zu gefährlich für ihn, obwohl ich es selbst zu diesem Zeitpunkt nicht empfand. Er trank Kaffee und begann über Politik zu reden, auf den Stapel Zeitungen blickend. Das war ein zwanghaftes Reden, nicht das Ich-, Ich-, Ich-Reden seiner triumphierenden Anklage und Herausforderung der Welt, sondern reden, um sich selbst zusammenzuhalten. Er redete, redete, seine Augen unbeteiligt an dem, was er sagte.

Wenn ich Tonbandaufzeichnungen von solchen Momenten hätte, wären es Aufzeichnungen von wirren Phrasen, Jargon, unzusammenhängenden Bemerkungen. An diesem Morgen war es ein Politik-Band, ein Mischmasch politischen Jargons. Ich saß und lauschte, während der Strom nachgeplapperter Phrasen vorbeizog, und ich etikettierte sie: kommunistisch, antikommunistisch, liberal, sozialistisch. Ich war fähig, sie zu datieren: Kommunist, Amerikaner, 1954. Kommunist, Engländer, 1956. Trotzkist, Amerikaner, frühe fünfziger Jahre. Vorzeitiger Anti-Stalinist, 1954. Liberaler, Amerikaner, 1956. Und so weiter. Ich dachte: Wenn ich wirklich Psychoanalytiker wäre, wäre ich fähig, diesen Kauderwelschstrom zu nutzen, etwas herauszugreifen, ihn darauf festzunageln, denn er ist ein durch und durch politischer Mann, und hier ist er am ernsthaftesten. Also stellte ich ihm eine Frage. Ich konnte sehen, wie etwas in ihm zum Stillstand kam. Er fuhr auf, kam zu sich, atmete schwer, seine Augen wurden klar, er sah mich. Ich wiederholte die Frage über den Zusammenbruch der sozialistischen politischen Tradition in Amerika. Ich fragte mich, ob es richtig wäre, diesen Wortschwall zu bremsen, da er dazu diente, ihn zusammenzuhalten, ihn am Zusammenbrechen zu hindern. Dann – und es war, als übernähme ein Teil einer Maschinerie, ein Kran vielleicht, eine große Last – sah ich, wie sich sein Körper spannte und konzentrierte. Er begann zu sprechen. Ich sage *er*, halte es für selbstverständlich, daß ich eine Persönlichkeit genau ausmachen kann. Daß da ein *er* ist, der der eigentliche Mann ist. Warum sollte ich annehmen, daß eine der Personen, die er ist, mehr er selbst ist als die anderen? Aber ich nehme es an. Wenn er sprach, dann war es der Mann, der dachte, urteilte, sich mitteilte, hörte, was ich sagte, Verantwortlichkeit akzeptierte.

Wir fingen an, den Zustand der Linken in Europa zu diskutieren, die Zersplitterung der sozialistischen Bewegungen überall. Natürlich hatten wir all das schon vorher diskutiert; aber niemals so ruhig und klar. Ich erinnere mich, es eigenartig gefunden zu haben, daß wir in der Lage waren, auf eine so losgelöste Weise intelligent zu sein, während wir doch beide krank waren vor Spannung und Furcht. Und ich dachte, daß wir über politische Bewegungen sprachen, die Entwicklung oder Niederlage dieser oder jener sozialistischen Bewegung, während ich doch letzte Nacht gewußt hatte, endgültig, daß die Wahrheit unserer Zeit der Krieg war, die Immanenz des Krieges. Und ich überlegte, ob es ein Fehler sei, überhaupt darüber zu sprechen, denn die Schlüsse, zu denen wir kamen, waren so deprimierend, es war genau die Depression, die dazu geführt hatte, ihn krank zu machen. Aber es war zu spät, und es war eine Erleichterung, die wahre Person dort mir gegenüber zu haben anstelle des plappernden Papageis. Und dann machte ich irgendeine Bemerkung, ich weiß nicht mehr welche, und seine ganze Gestalt bebte, als er in einen anderen Gang schaltete, wie anders soll ich es bezeichnen? – er bekam irgendwo in sich einen Schock versetzt und schaltete in eine andere Persönlichkeit zurück, diesmal war er der reine sozialistische Arbeiterklassenjunge, ein Junge, kein Mann, und der Strom von Schlagwörtern setzte wieder ein, und sein ganzer Körper zuckte und gestikulierte, mich beleidigend, denn er beleidigte ja eine Mittelstandsliberale. Ich saß da und dachte, wie merkwürdig, daß mich das verletzt und wütend macht, obwohl ich doch weiß, daß es nicht *er* ist, der in diesem Moment spricht, und daß seine Beleidigung mechanisch ist und aus einer früheren Persönlichkeit kommt. Und ich konnte fühlen, wie mein Rücken zu schmerzen begann und mein Magen sich als Reaktion darauf zusammenpreßte. Um der Reaktion zu entkommen, ging ich in mein großes Zimmer, und er folgte mir schreiend: »Du kannst es nicht ertragen, du kannst es nicht ertragen, verdammte Engländerin.« Ich faßte ihn an den Schultern und schüttelte ihn. Ich schüttelte ihn in sich selbst zurück. Er keuchte, atmete tief, legte seinen Kopf für einen Augenblick auf meine Schulter nieder, taumelte dann zu meinem Bett und brach, das Gesicht nach unten, auf ihm zusammen.

Ich stand am Fenster, schaute hinaus, versuchte mich dadurch zu beruhigen, daß ich an Janet dachte. Aber sie schien weit weg von mir. Das Sonnenlicht – es war eine blasse Wintersonne, war weit weg. Was auf der Straße vor sich ging, war weit weg von mir, die Menschen, die vorbeigingen, waren keine Menschen, sie waren Marionetten. Ich fühlte eine Veränderung in mir, ein gleitendes Taumeln weg von mir selbst, und ich wußte, diese Veränderung war ein weiterer Schritt hinab ins Chaos. Ich berührte den Stoff des roten Vorhangs, und er fühlte sich tot und schlüpfrig, schleimig in meinen Fingern an. Ich sah diese Substanz, von Maschinen verarbeitetes, totes Material wie eine tote Haut oder einen Leichnam an meinen Fenstern hängen. Ich berührte die Pflanze in einem Topf auf dem Fensterbrett. Oft, wenn ich die Blätter der Pflanze berühre, fühle ich eine Verwandtschaft mit den arbeitenden Wurzeln, den atmenden Blättern, aber nun kam sie mir unangenehm vor, wie ein kleines, feindliches Tier oder ein Zwerg, gefangen in dem irdenen Topf und mich hassend, weil ich sie gefangen habe. Da versuchte ich die jüngeren, kräftigeren Annas, das Schulmädchen in London und die Tochter meines Vaters, aufzurufen, aber ich konnte diese Annas nur getrennt von mir sehen. Da dachte ich an die Ecke eines Feldes in Afrika, ich brachte mich dazu, auf einem weißlichen Schimmer von Sand zu stehen, mit der Sonne auf meinem Gesicht, aber ich konnte die Hitze dieser Sonne nicht mehr fühlen. Ich dachte an meinen Freund Mr. Mathlong, aber auch er war weit weg. Ich stand da, versuchte die Wahrnehmung einer heißen, gelben Sonne zu evozieren, versuchte Mr. Mathlong herbeizurufen, und plötzlich war ich überhaupt nicht Mr. Mathlong, sondern der verrückte Charlie Themba. Ich wurde er. Es war sehr einfach, Charlie Themba zu sein. Es war so, als ob er dort stünde, fast neben mir, aber ein Teil von mir – seine kleine, spitze, dunkle Gestalt, sein kleines, intelligentes, stark entrüstetes Gesicht mir zugewandt. Dann verschmolz er mit mir. Ich war in einer Hütte, in der nördlichen Provinz, und meine Frau war mein Feind, und meine Kollegen vom Kongreß, früher meine Freunde, versuchten, mich zu vergiften, und irgendwo in dem Schilf lag tot ein Krokodil, getötet mit einem vergifteten Speer, und meine Frau, von meinen Feinden gekauft, war dabei, mir Krokodilfleisch zu essen zu geben, und sobald es meine Lippen berührt haben wird, werde ich sterben, wegen der wilden Feindseligkeit meiner beleidigten Vorfahren. Ich konnte das kalte, verfaulende Fleisch des Krokodils riechen und schaute durch die Hüttentür, und da sah ich das tote Krokodil, leicht hin- und herschaukelnd auf dem warmen, fauligen Wasser im Schilf des Flusses, und dann sah ich die Augen meiner Frau durch die Schilfrohre, aus denen meine Hütte gebaut ist, spähen, prüfend, ob sie sicher eintreten konnte. Sie kam gebeugt durch die Hüttentür, ihre Röcke an einer Seite raffend, mit ihrer hinterhältigen, lügnerischen Hand, die ich haßte, in der anderen einen Zinnteller, auf dem Stückchen stinkenden Fleisches lagen, die ich essen sollte.

Dann sah ich vor meinen Augen den Brief, den dieser Mann mir geschrieben hatte, und ich durchbrach den Alptraum, als wäre ich aus einer Fotografie herausgestiegen. Ich stand an meinem Fenster, schwitzend vor Entsetzen, weil ich Charlie Themba war, verrückt und paranoid, der Mann, der gehaßt wurde von den weißen Männern und verstoßen von seinen Kameraden. Ich stand da, kraftlos vor kalter Erschöpfung, und versuchte Mr. Mathlong herbeizurufen. Aber wenngleich ich ihn sehen konnte, deutlich, wie er etwas gebeugt über eine sonnenbeschienene Staubfläche von einer Blechdachbarakke zur anderen ging, höflich lächelnd, mit seinem unfehlbar sanften, ziemlich amüsierten Lächeln, war er doch getrennt von mir. Ich klammerte mich an die Gardinen, um nicht zu fallen, ich fühlte die kalte Schlüpfrigkeit der Vorhänge zwischen meinen Fingern wie totes Fleisch und schloß meine Augen. Mit geschlossenen Augen begriff ich, durch Wellen von Übelkeit hindurch, daß ich Anna Wulf war, ehemals Anna Freeman, und am Fenster einer alten, häßlichen Wohnung in London stand und daß hinter mir auf dem Bett Saul Green lag, ein umherziehender Amerikaner. Aber ich weiß nicht, wie lange ich da stand. Ich kam zu mir, wie man aus einem Traum erwacht, nicht wissend, in welchem Raum man aufwachen wird. Ich merkte, daß ich genau wie Saul kein Zeitgefühl mehr hatte. Ich schaute auf den kalten, weißlichen Himmel und die kalte, verformte Sonne und drehte mich vorsichtig um, um in das Zimmer zu blicken. Es war ziemlich dunkel in dem Zimmer, und die Gasflamme des Kamins warf einen warmen Schein auf den Fußboden. Saul lag sehr still da. Ich ging sehr vorsichtig über den Boden, der sich zu heben und unter mir zu wölben schien, und ich beugte mich über Saul, um ihn zu betrachten. Er schlief, und die Kälte schien aus ihm herauszukommen. Ich legte mich nieder, neben ihn, und paßte mich der Krümmung seines Rückens an. Er bewegte sich nicht. Dann, plötzlich, war ich gesund, und ich begriff, was es bedeutete, wenn ich sagte, ich bin Anna Wulf, und das ist Saul Green, und ich habe ein Kind namens Janet. Ich preßte mich enger an ihn, er drehte sich abrupt um, seinen Arm erhoben, um einen Schlag abzuwehren, und erblickte mich. Sein Gesicht war totenblaß, die Knochen seines Gesichtes stachen durch die dünne Haut hervor, seine Augen ein krankhaftes, glanzloses Grau. Er warf seinen Kopf auf meine Brüste, und ich hielt ihn fest. Er schlief wieder ein, und ich versuchte, die Zeit zu fühlen. Aber die Zeit hatte mich verlassen. Ich lag da mit dem kalten Gewicht dieses Mannes auf mir, als wenn Eis auf mir läge, und ich versuchte, meinen Körper warm genug zu machen, um seinen zu wärmen. Aber seine Kälte kroch in mich, da schob und zerrte ich ihn sanft unter die Decke, und wir lagen unter dem warmen Gewebe, und langsam verschwand die Kälte, und sein Körper lag gewärmt an meinem. Nun dachte ich über mein Erlebnis nach, Charlie Themba zu sein. Ich konnte mich nicht mehr daran erinnern, genausowenig wie ich mich daran ›erinnern‹ konnte, daß ich verstanden hatte, daß der Krieg in uns allen am Werk war, Wirklichkeit werden wollte. Ich war, mit anderen Worten, wieder gesund. Aber das Wort ›gesund‹ bedeutete nichts, wie das Wort ›verrückt‹ nichts bedeutete. Ich war erdrückt durch ein Wissen von Unermeßlichkeit, ich fühlte das Gewicht gewaltiger Größe, aber nicht so wie beim ›Spiel‹-Spielen, sondern nur unter dem Aspekt der Bedeutungslosigkeit. Ich kauerte mich nieder, und ich konnte keinen Grund erkennen, warum ich gesund oder verrückt sein sollte. Als ich an Sauls Kopf vorbeiblickte, schien mir alles in dem Zimmer hinterhältig und drohend und billig und bedeutungslos, und sogar jetzt noch konnte ich die schlüpfrigen toten Vorhänge zwischen meinen Fingern spüren.

Ich schlief und träumte den Traum. Diesmal gab es nirgendwo eine Maskierung. Ich war die boshafte, männlich-weibliche Zwergengestalt, das Prinzip der Freude-an-der-Zerstörung; und Saul war mein Gegenstück, männlich-weiblich, mein Bruder und meine Schwester, und wir tanzten irgendwo draußen unter riesigen, weißen Gebäuden, die mit gräßlichen, drohenden, schwarzen Maschinen gefüllt waren, die Zerstörung in sich bargen. Aber in dem Traum waren er und ich oder sie und ich freundlich, wir waren keine Feinde, wir waren vereint in gehässiger Bosheit. Ein schreckliches, sehnsüchtiges Heimweh war in dem Traum, Todessehnsucht. Wir vereinten und küßten uns, in Liebe. Es war schrecklich, und selbst im Traum wußte ich das. Denn ich erkannte in diesem Traum die Träume wieder, die wir alle haben, die Träume, in denen das Wesen der Liebe, der Zärtlichkeit, in einem Kuß oder einer Liebkosung konzentriert ist, aber hier war es die Liebkosung zweier halbmenschlicher Geschöpfe, die Zerstörung feierten.

Im Traum empfand ich eine schreckliche Freude. Als ich aufwachte, war das Zimmer dunkel, der Schein der Flamme sehr rot, die großflächige Decke angefüllt mit friedlichen Schatten, und ich war voller Freude und Frieden. Ich überlegte, wie ich nach solch einem schrecklichen Traum erholt sein konnte, und dann erinnerte ich mich an Mother Sugar und dachte, daß ich vielleicht zum erstenmal den Traum ›positiv‹ geträumt hatte – obwohl ich nicht weiß, was das bedeutet.

Saul hatte sich nicht gerührt. Ich war steif und bewegte meine Schultern, er wachte auf, erschreckt, und rief aus: »Anna!«, als wäre ich in einem anderen Zimmer oder einem anderen Land. Ich sagte: »Ich bin hier.« Sein Schwanz war groß. Wir liebten uns. Darin lag die Wärme des Liebens aus dem Traum. Dann setzte er sich auf und sagte: »Jesus, wie spät ist es?«, und ich sagte: »Fünf oder sechs, nehme ich an«, und er sagte: »Himmel, ich kann doch mein Leben nicht so verschlafen«, und stürmte aus dem Zimmer.

Ich lag auf dem Bett, glücklich. Das Glücklichsein, die Freude, die mich da erfüllte, war stärker als all das Elend und der Wahnsinn in der Welt, so empfand ich es jedenfalls. Aber dann versickerte das Glück, und ich lag da und dachte: Was ist das, was wir so dringend brauchen? (Mit ›wir‹ meine ich Frauen.) Und was ist es wert? Ich habe es mit Michael erlebt, aber es bedeutete ihm nichts, denn hätte es das, hätte er mich nicht verlassen. Und nun erlebe ich es mit Saul, ich greife danach, als wäre es ein Glas Wasser und ich wäre durstig. Aber kaum denke ich darüber nach, verschwindet es. Ich wollte nicht darüber nachdenken. Wenn ich es wollte, gäbe es nichts Gemeinsames zwischen mir und der kleinen Zwerg-Pflanze in dem Topf auf der Fensterbank, zwischen mir und dem schlüpfrigen Greuel der Vorhänge oder sogar dem Krokodil, das im Schilf wartet.

Ich lag im Dunkeln auf dem Bett, hörte, wie Saul über meinem Kopf Krawall machte, und schon war ich verraten. Denn Saul hatte das ›Glück‹ vergessen. Durch den Akt des Hinaufgehens hatte er einen Abgrund zwischen sich und das Glück gelegt.

Aber ich betrachtete das nicht nur als Verneinung Annas, sondern als Verneinung des Lebens selbst. Ich dachte, daß in dieser Denkweise irgendeine fürchterliche Falle für Frauen liegt, aber ich begreife noch nicht, was das ist. Denn ohne Zweifel ist der neue Ton, den die Frauen anschlagen, der Ton des Verratenseins. Er äußert sich in den Büchern, die sie schreiben, in der Art, wie sie sprechen, überall, andauernd. Es ist ein feierlicher Orgelton des Selbstmitleids. Er ist in mir, der verratenen, der ungeliebten Anna, der Anna, deren Glück verneint wird und die nicht sagt: Warum verneinst du mich, sondern: Warum verneinst du das Leben?

Als Saul zurückkam, stand er tatkräftig und aggressiv da, seine Augen verengt, und sagte: »Ich gehe weg.« Und ich sagte: »In Ordnung.« Er ging weg, der Gefangene entfloh.

Ich blieb liegen, wo ich war, erschöpft durch die Anstrengung, es mir gleichgültig sein zu lassen, daß er der entfliehende Gefangene sein mußte. Meine Gefühle hatten sich ausgeschaltet, aber meine Phantasie lief weiter, produzierte Bilder wie einen Film. Ich prüfte die Bilder oder Szenen, als sie vorbeiliefen, denn ich konnte sie als Phantasien wiedererkennen, die heute bei bestimmten Menschen immer wieder auftauchen, es sind Kollektiv-Phantasien, sie werden von Millionen von Menschen geteilt. Ich sah einen algerischen Soldaten auf ein Folterbett gespannt; und ich war auch er, überlegte, wie lange ich aushalten konnte. Ich sah einen Kommunisten in einem kommunistischen Gefängnis, das Gefängnis war bestimmt in Moskau, aber diesmal war die Folter intellektuell, diesmal war das Aushalten ein Kampf in den Begriffen der marxistischen Dialektik. Der Endpunkt dieser Szene war da, als der kommunistische Gefangene gestand, aber erst nach Tagen der Auseinandersetzung, daß er für das individuelle Gewissen eintrete, für jenen Moment, in dem ein Mensch sagt: »Nein, das kann ich nicht tun.« An welchem Punkt der kommunistische Wärter lediglich lächelte, es war überflüssig, zu sagen: Dann hast du eingestanden, schuldig zu sein. Dann sah ich den Soldaten in Kuba, den Soldaten in Algerien, Waffe in der Hand, auf Wache. Dann den britischen Rekruten, in Ägypten in den Krieg gepreßt, sinnlos getötet. Dann einen Studenten in Budapest, der eine selbstgebastelte Bombe auf einen großen, schwarzen, russischen Panzer wirft. Dann einen Bauern, irgendwo in China, der in einer millionenstarken Kolonne marschiert.

Diese Bilder flimmerten vor meinen Augen. Ich dachte, daß diese Bilder vor fünf Jahren anders gewesen wären und daß sie in fünf Jahren wieder anders sein würden; daß sie aber jetzt das Band waren, das Menschen einer bestimmten Art, die einander als Individuen unbekannt waren, miteinander verband.

Als die Bilder aufhörten, sich selbst zu produzieren, prüfte ich sie wieder, benannte sie. Es fiel mir auf, daß Mr. Mathlong sich nicht präsentiert hatte. Ich dachte, daß ich vor ein paar Stunden tatsächlich der verrückte Mr. Themba gewesen war, und zwar ohne bewußte Anstrengung meinerseits. Ich sagte mir, ich möchte Mr. Mathlong sein, ich werde mich dazu bringen, diese Gestalt zu sein. Ich baute alle nur erdenklichen Dekorationen auf. Ich versuchte mir vorzustellen, ich wäre ein Schwarzer in von Weißen besetztem Territorium, der in seiner menschlichen Würde erniedrigt ist. Ich versuchte, ihn mir in der Missionsschule und dann in England studierend vorzustellen. Ich versuchte, ihn zu erschaffen, und versagte völlig. Ich versuchte, ihn in meinem Zimmer stehen zu lassen, eine höfliche, ironische Gestalt, aber ich versagte. Ich sagte mir, daß ich versagt hatte, weil diese Gestalt, anders als all die anderen, die Fähigkeit zur Distanzierung hatte. Er war der Mann, der Aktionen durchführte, Rollen spielte, die er zum Wohl anderer für nötig hielt, zugleich aber einen ironischen Zweifel an den Ergebnissen dieser Aktionen bewahrte. Es schien mir, daß diese bestimmte Art, sich zu distanzieren, etwas sei, das wir äußerst dringend brauchten in dieser Zeit, daß aber sehr wenige Leute diese Fähigkeit hatten und daß ich bestimmt noch sehr weit davon entfernt war.

Ich schlief ein. Als ich erwachte, ging es auf den Morgen zu, ich konnte meine Zimmerdecke blaß und träge ruhen sehen, aufgestört von Lichtern von der Straße; und der Himmel war sattes Purpur, feucht vom winterlichen Mondlicht. Mein Körper schrie laut auf vor Alleinsein, denn Saul war nicht da. Ich schlief nicht wieder ein. Ich verging in dem abscheulichen Gefühl, die verratene Frau zu sein. Ich lag da mit zusammengepreßten Zähnen, lehnte es ab zu denken, in dem Wissen, daß alles, was ich dachte, aus dem feierlichen, sentimentalen Gefühl herauskommen würde. Dann hörte ich Saul heimkommen, er kam still und heimlich herein und ging direkt hinauf. Diesmal ging ich nicht hoch. Ich wußte, daß das zur Folge haben würde, daß er am Morgen böse auf mich sein würde, denn sein Schuldgefühl, sein Bedürfnis zu betrügen brauchte die dauernde Bestätigung, daß ich zu ihm kam.

Als er herunterkam, war es spät, fast schon Mittag, und ich wußte, daß das der Mann war, der mich haßte. Er sagte sehr kalt: »Warum läßt du mich so lange schlafen?« Ich sagte: »Warum soll ich dir sagen, wann du aufstehen mußt?« Er sagte: »Ich muß zum Mittagessen ausgehen. Es ist ein Geschäftsessen.« Ich schloß aus der Art, wie er das sagte, daß es kein Geschäftsessen war und daß er die Worte absichtlich so gesagt hatte, damit ich wissen würde, daß es keines war.

Ich fühlte mich wieder sehr krank und ging in mein Zimmer und legte die Notizbücher heraus. Er kam herein und stellte sich an die Tür, sah mich an. Er sagte: »Ich nehme an, du schreibst einen Bericht über meine Verbrechen!« Er hörte sich an, als sei er erfreut darüber. Ich legte drei der Notizbücher weg. Er sagte: »Warum hast du vier Notizbücher?« Ich sagte: »Offenbar, weil es notwendig war, mich aufzuspalten, aber von nun an werde ich nur noch eines benutzen.« Ich war überrascht, mich dies sagen zu hören, denn bis dahin hatte ich es nicht gewußt. Er stand in der Tür, hielt sich mit beiden Händen an dem Türrahmen fest. Seine Augen waren in purem Haß auf mich geheftet. Ich sah die weiße Tür mit ihren altmodischen, überflüssigen Verzierungen sehr deutlich. Ich dachte bei den Verzierungen der Tür an einen griechischen Tempel, denn daher kommen sie, von den Säulen eines griechischen Tempels; und diese wiederum riefen in mir die Erinnerung an einen ägyptischen Tempel wach und der wiederum die Erinnerung an das Schilf und das Krokodil. Da stand er, der Amerikaner, die Geschichte mit beiden Händen krampfhaft packend aus Angst, daß er fallen würde, voller Haß auf mich, seine Gefangenenwärterin. Ich sagte wie schon einmal: »Findest du es nicht merkwürdig, daß wir einerseits Menschen sind, deren Persönlichkeit, was immer das Wort bedeuten mag, weit genug ist, um alle möglichen Dinge, Politik, Literatur und Kunst, in sich aufzunehmen, daß sich aber jetzt, wo wir verrückt sind, alles auf eine einzige läppische Sache reduziert, nämlich die, daß ich nicht will, daß du weggehst und mit einer anderen schläfst, und daß du mich deshalb anlügen mußt?« Einen Augenblick lang war er er selbst, dachte darüber nach, und dann schwand er dahin oder löste sich auf, und der hinterlistige Antagonist sagte: »Auf diese Weise wirst du mich nicht fangen, glaub das bloß nicht.« Er ging nach oben, und als er wieder herunterkam, ein paar Minuten später, sagte er fröhlich: »Mein Gott, ich werde zu spät kommen, wenn ich nicht gehe. Bis bald, Baby.«

Er ging weg und nahm mich mit sich. Ich konnte fühlen, wie ein Teil meiner selbst das Haus mit ihm verließ. Ich wußte, wie er ging. Er stolperte die Treppe hinunter, blieb einen Moment stehen, bevor er sich auf die Straße wagte, ging dann vorsichtig los, mit dem defensiven Gang der Amerikaner, dem Gang von Leuten, die immer auf dem Sprung zur Selbstverteidigung sind, bis er eine Bank sah, oder vielleicht eine Stufe irgendwo, und sich auf sie setzte. Er hatte die Teufel hinter sich gelassen in meiner Wohnung und war für einen Augenblick frei. Aber ich konnte fühlen, wie die Kälte der Einsamkeit von ihm ausging. Die Kälte der Einsamkeit war rings um mich her.

Ich schaute auf dieses Notizbuch, dachte, daß Anna, wenn ich etwas hineinschreiben könnte, zurückkommen würde, aber ich konnte meine Hand nicht dazu bewegen, sich zu rühren, die Feder zu nehmen. Ich rief Molly an. Als sie sich meldete, begriff ich, daß ich nicht mitteilen konnte, was mit mir geschah, ich konnte nicht mir ihr sprechen. Ihre Stimme, fröhlich und praktisch wie immer, klang wie das Quaken eines fremden Vogels, und ich hörte meine eigene Stimme, fröhlich und leer.

Sie sagte: »Wie geht's deinem Amerikaner?«, und ich sagte: »Gut.« Ich sagte: »Wie geht's Tommy?« Sie sagte: »Er hat gerade den Auftrag bekommen, eine Reihe von Vorträgen im ganzen Land zu halten, über das Leben des Bergarbeiters, weißt du. Das Leben des Bergarbeiters.« Ich sagte: »Wie schön.« Sie sagte: »Allerdings. Gleichzeitig spricht er davon, daß er entweder mit der FLN in Algerien oder in Kuba kämpfen will. Ich hatte eine Gruppe von ihnen gestern abend hier, sie reden alle davon, wegzugehen, es ist egal, welche Revolution, Hauptsache, es ist eine Revolution.« Ich sagte: »Seine Frau würde das nicht mitmachen.« »Nein, das sagte ich Tommy auch, als er mich damit konfrontierte, sehr aggressiv, in der Annahme, ich wollte ihn aufhalten. Nicht ich, deine vernünftige kleine Frau will dich aufhalten, sagte ich. Du hast meinen Segen, sagte ich, für jegliche Revolution, ganz egal, wo und welche, denn offensichtlich kann keiner von uns das Leben, das wir führen, ertragen. Er sagte, ich sei sehr pessimistisch. Später rief er an, um mir mitzuteilen, daß er leider gerade jetzt nicht in den Kampf gehen könne, weil er die Vortragsreihe über das ›Leben des Bergarbeiters‹ halten müsse. Anna, geht es nur mir so? Ich habe das Gefühl, ich lebte in einer Art unglaubwürdiger Farce.« »Nein, es geht nicht nur dir so.« »Ich weiß, und das macht es nur noch schlimmer.«

Ich stellte den Apparat hin. Der Boden zwischen mir und dem Bett schwoll an und hob sich. Die Wände schienen sich nach innen zu wölben, dann nach außen zu fluten und weg ins All. Für einen Augenblick stand ich im Leeren, die Wände waren weg, es war, als stände ich über Ruinen. Ich wußte, daß ich das Bett erreichen mußte, also ging ich vorsichtig über den sich hebenden Boden darauf zu und legte mich nieder. Aber ich, Anna, war nicht da. Dann schlief ich ein, obwohl ich wußte, als ich davontrieb, daß dies kein gewöhnlicher Schlaf war. Ich konnte Annas Körper auf dem Bett liegen sehen. Und in das Zimmer kamen nacheinander Leute, die ich kannte, sie stellten sich ans Fußende des Bettes und schienen zu versuchen, sich in Annas Körper hineinzudrängen. Ich stand abseits, beobachtend, interessiert zu sehen, wer als nächster ins Zimmer kommen würde. Maryrose kam, ein hübsches blondes Mädchen, höflich lächelnd. Dann George Hounslow und Mrs. Boothby und Jimmy. Diese Leute hielten inne, sahen Anna an und gingen auf sie zu. Ich stand abseits und überlegte: Wen von ihnen wird sie aufnehmen? Dann witterte ich Gefahr, und Paul, der tot war, trat ein, und ich sah sein ernstes, wunderliches Lächeln, als er sich über sie beugte. Dann löste er sich in sie auf, und ich, schreiend vor Angst, erkämpfte meinen Weg durch eine Menge von gleichgültigen Gespenstern, hin zum Bett, zu Anna, zu mir selbst. Ich kämpfte, um wieder in sie einzudringen. Ich kämpfte gegen Kälte, eine schreckliche Kälte. Meine Hände und Beine waren steif vor Kälte, und Anna war kalt, weil sie von dem toten Paul ausgefüllt war. Ich konnte sein kühles, ernstes Lächeln auf Annas Gesicht sehen. Nach einem Kampf, der um mein Leben ging, glitt ich in mich selbst zurück und lag kalt, kalt da. Im Schlaf war ich wieder in Mashopi, aber nun waren die Geister um mich herum gruppiert wie Sterne an ihrem richtigen Platz, und Paul war ein Geist unter ihnen. Wir saßen unter den Eukalyptusbäumen in dem staubigen Mondlicht, der Geruch von süßem, vergossenen Wein stieg auf, und die Lichter des Hotels schienen über die Straße. Es war ein gewöhnlicher Traum, und ich wußte, daß ich vor dem Zerfall gerettet worden war, weil ich ihn träumen konnte. Der Traum endete in einem verlogenen Heimwehschmerz. Ich sagte mir im Schlaf, halte dich zusammen, das kannst du, wenn du das blaue Notizbuch erreichst und schreibst. Ich spürte die Trägheit meiner Hand, die kalt und unfähig war, sich nach der Feder auszustrecken. Aber anstelle einer Feder hielt ich plötzlich eine Waffe in meiner Hand. Und ich war nicht Anna, sondern ein Soldat. Ich konnte die Uniform auf mir spüren, aber eine, die ich nicht kannte. Ich stand irgendwo in einer kühlen Nacht, hinter mir Gruppen von Soldaten, die sich in Ruhe damit beschäftigten, Essen zu bereiten. Ich konnte hören, wie Metall gegen Metall klirrte, Gewehre zusammengesetzt wurden. Irgendwo vor mir war der Feind. Aber ich wußte weder, wer der Feind war, noch wofür ich kämpfte. Ich sah, daß meine Haut dunkel war. Zuerst dachte ich, ich sei ein Afrikaner oder ein Neger. Dann sah ich dunkles, glänzendes Haar auf meinem bronzenen Unterarm, der ein Gewehr hielt, das im Mondlicht schimmerte. Ich begriff, daß ich auf einem Berghang in Algerien war, ich war ein algerischer Soldat und bekämpfte die Franzosen. Doch Annas Gehirn arbeitete in dem Kopf dieses Mannes, und sie dachte: Ja, ich werde töten, ich werde sogar foltern, weil ich es muß, aber ohne Überzeugung. Denn es ist nicht länger möglich, zu organisieren und zu kämpfen und zu töten, ohne zu wissen, daß daraus eine neue Gewaltherrschaft hervorgeht. Trotzdem muß man kämpfen und organisieren. Dann erlosch Annas Gehirn wie die Flamme einer Kerze. Ich war der Algerier, überzeugt, voll des Mutes der Überzeugung. Angst trat in den Traum, weil Anna wieder von völliger Auflösung bedroht war. Angst führte mich aus dem Traum hinaus, und ich war nicht mehr der Posten, der Wache im Mondlicht stand, hinter sich die Gruppen seiner Kameraden, die sich in Ruhe damit beschäftigten, an den Feuern das Abendessen zuzubereiten. Ich sprang von dem trockenen, sonnenduftenden Boden Algeriens hoch und war in der Luft. Das war der Flugtraum, es war lange her, daß ich ihn geträumt hatte, und ich weinte fast vor Freude, weil ich wieder flog. Das Wesen des Flugtraumes ist Freude, Freude an leichter, freier Bewegung. Ich war hoch in der Luft über dem Mittelmeer, und ich wußte, ich konnte überallhin fliegen. Ich gab den Befehl, nach Osten. Ich wollte nach Asien, ich wollte den Bauern besuchen. Ich flog ungeheuer hoch, Gebirge und Meere unter mir, ich trat die Luft leicht mit meinen Füßen nieder. Ich flog über hohe Berge, und unter mir lag China. Ich sagte in meinem Traum: Ich bin hier, weil ich ein Bauer unter anderen Bauern sein will. Ich schwebte auf ein Dorf hinab und sah Bauern auf den Feldern arbeiten. Sie hatten einen Ausdruck von ernstem Vorhaben, der mich zu ihnen hinzog. Ich befahl meinen Füßen, mich sanft auf die Erde hinabgleiten zu lassen. Die Freude des Traumes war intensiver, als ich sie je erlebt habe, es war die Freude der Freiheit. Ich kam hinab auf die uralte Erde Chinas, und eine Bauersfrau stand an der Tür ihrer Hütte. Ich ging auf sie zu, und geradeso, wie Paul, der kurz zuvor bei der schlafenden Anna gestanden hatte, sich über sie beugte, Anna werden mußte, so stand ich bei der Bauersfrau, mußte in sie eindringen, mußte sie sein. Es war leicht, sie zu werden. Sie war eine junge Frau, und sie war schwanger, aber schon alt geworden durch die Arbeit. Dann merkte ich, daß Annas Gehirn noch in ihr war, und ich dachte mechanische Gedanken, die ich als ›progressiv‹ und ›liberal‹ klassifizierte. Daß sie so und so war, geprägt von dieser Bewegung, jenem Krieg, dieser Erfahrung, ich ›benannte‹ sie, aus einer fremden Persönlichkeit heraus. Dann begann Annas Gehirn zu flackern und zu verlöschen, so wie es auf dem Berghang in Algerien geschehen war. Und ich sagte: »Laß dich diesmal durch die Angst vor der Auflösung nicht abschrecken, mach weiter.« Aber die Angst war zu stark. Sie trieb mich aus der Bauersfrau hinaus, und ich stand neben ihr, beobachtete, wie sie über ein Feld ging, um sich einer Gruppe arbeitender Männer und Frauen anzuschließen. Sie trugen Uniformen. Aber nun hatte die Furcht die Freude zerstört, und meine Füße wollten nicht länger die Luft niedertreten. Ich trat nieder und nieder, rasend, versuchte hoch und über die schwarzen Berge hinwegzufliegen, die mich von Europa trennten, das nun, von da aus, wo ich stand, ein bedeutungsloses, winziges Randgebiet auf dem großen Kontinent zu sein schien, wie eine Krankheit, in die ich wieder hineinmußte. Aber ich konnte nicht fliegen, ich konnte die Ebene, in der die Bauern arbeiteten, nicht verlassen, und Angst, da gefangen zu sein, weckte mich. Ich erwachte an einem späten Nachmittag, das Zimmer voller Dunkel, dröhnender Verkehr kam von der Straße herauf. Ich erwachte als jemand, der durch die Erfahrung, andere Menschen zu sein, verändert worden war. Ich interessierte mich nicht für Anna, ich mochte nicht sie sein. Mit einem lästigen Pflichtbewußtsein wurde ich Anna, so als zöge ich ein schmutziges Kleid an.

Und dann stand ich auf und drehte das Licht an und hörte Bewegungen oben, was bedeutete, daß Saul zurückgekommen war. Sobald ich ihn hörte, preßte sich mein Magen zusammen, und ich war wieder in der kranken Anna, die keinen Willen hatte.

Ich rief zu ihm hoch, und er rief herab. Seine Stimme war freundlich, meine Besorgnis verging. Dann kam er herunter, und sie kam wieder, weil auf seinem Gesicht ein bewußt launisches Lächeln lag, und ich fragte mich, welche Rolle spielt er jetzt? Er setzte sich auf mein Bett und nahm meine Hand und betrachtete sie mit einer bewußt launischen Bewunderung. Da wußte ich, daß er sie mit der Hand einer Frau verglich, von der er gerade gekommen war, oder einer Frau, von der ich glauben sollte, er käme gerade von ihr. Er bemerkte: »Vielleicht mag ich deinen Nagellack doch lieber.« Ich sagte: »Aber ich benutze keinen Nagellack.« Er sagte: »Wenn du es tun würdest, würde ich ihn wahrscheinlich lieber mögen.« Er dreht meine Hand weiterhin, betrachtete sie mit amüsierter Überraschung, beobachtete mich, um zu sehen, wie ich seine amüsierte Überraschung aufnehmen würde. Ich zog meine Hand weg. Er sagte: »Ich nehme an, du wirst mich fragen, wo ich gewesen bin.« Ich sagte nichts. Er sagte: »Stell mir keine Fragen, und ich erzähle dir keine Lügen.« Ich sagte nichts. Ich fühlte mich wie in einen

Treibsand hineingesogen oder auf ein Förderband gestoßen, das mich in eine zermalmende Maschine tragen würde. Ich ging von ihm weg, zum Fenster. Draußen strömte dunkel glänzender Regen herab, und die Dächer waren naß und dunkel. Die Kälte schlug gegen die Fensterscheiben.

Er trat hinter mich, legte seine Arme um mich und hielt mich fest. Er lächelte, ein Mann, der sich seiner Macht über Frauen bewußt war, ein Mann, der sich in dieser Rolle sah. Er trug seine enge, blaue Strickjacke, die Ärmel waren aufgerollt. Ich sah das helle Haar auf seinen Unterarmen glänzen. Er schaute in meine Augen hinunter und sagte: »Ich schwöre, ich lüge nicht. Ich schwöre. Ich schwöre. Ich habe keine andere Frau gehabt. Ich schwöre.« Seine Stimme war voll von dramatischer Intensität, und seine Augen brannten in einer Parodie von Intensität.

Ich glaubte ihm nicht, aber die Anna in seinen Armen glaubte ihm, auch dann noch, als ich uns beide, die wir diese Rollen ausspielten, beobachtete, ungläubig, daß wir eines solchen Melodramas fähig waren. Dann küßte er mich. In dem Augenblick, als ich den Kuß erwiderte, brach er ab und sagte, wie er es schon früher gesagt hatte, mit seinem charakteristischen Eigensinn in solchen Augenblicken: »Warum kämpfst du nicht mit mir? Warum kämpfst du nicht?« Ich blieb bei meiner Antwort: »Warum soll ich kämpfen? Warum mußt du kämpfen?« Und ich hatte das schon früher gesagt, wir hatten all das schon früher getan. Dann führte er mich an der Hand zum Bett und liebte mich. Ich war interessiert zu sehen, wen er lieben würde, denn ich wußte, daß ich es nicht war. Es schien, daß diese andere Frau sehr viel Belehrung und Ermutigung in der Liebe brauchte und sehr kindlich war. Denn er schlief mit einer kindlichen Frau, sie hatte flache Brüste und sehr schöne Hände. Plötzlich sagte er: »Ja, und wir werden ein Kind machen, du hast recht.« Als es zu Ende war, rollte er sich weg, keuchend und rief aus: »Bei Gott, das würde das Ende sein, ein Kind, du würdest mich wirklich fertigmachen.« Ich sagte: »Ich war's nicht, ich habe dir nicht angeboten, dir ein Kind zu schenken. Ich bin Anna.« Ruckartig hob er den Kopf, um mich anzusehen, ließ ihn zurückfallen und lachte und sagte: »So ist es. Du bist Anna.«

Ich ging ins Badezimmer, mir war sehr übel, und als ich zurückkam, sagte ich: »Ich muß schlafen.« Ich drehte mich von ihm weg und schlief ein, um von ihm wegzukommen.

Aber ich ging auf ihn zu, im Schlaf. Es war eine Nacht der Träume. Ich spielte Rollen, eine nach der anderen, als Gegenspielerin von Saul, der seine Rollen spielte. Es war wie in einem Stück, dessen Worte sich ständig veränderten, so als hätte ein Autor dasselbe Stück immer und immer wieder geschrieben, aber jedesmal ein bißchen anders. Wir spielten, als Kontrahenten, jede nur denkbare Mann-Frau-Rolle. Wenn ein Traumzyklus zu Ende

577

ging, sagte ich jedesmal: »Ich habe das erlebt, nicht wahr, na ja, es wurde auch Zeit.« Es war wie hundert Leben leben. Ich war erstaunt darüber, wie viele weibliche Rollen ich in meinem Leben nicht gespielt habe, zu spielen abgelehnt habe oder wie viele mir nicht angeboten wurden. Selbst im Schlaf wußte ich, daß ich verurteilt war, sie jetzt zu spielen, weil ich sie in meinem Leben abgelehnt hatte.

Am Morgen erwachte ich neben Saul. Er war kalt, und ich mußte ihn wärmen. Ich war ich selbst und stark. Ich ging direkt zu dem Zeichentisch und legte mir dieses Notizbuch zurecht. Ich schrieb eine lange Zeit, bevor er erwachte. Er muß schon wach gewesen sein und mich eine Weile beobachtet haben, bevor ich ihn sah. Er sagte: »Warum schreibst du nicht einen neuen Roman, statt meine Sünden in deinem Tagebuch zu dokumentieren?«

Ich sagte: »Ich könnte dir ein Dutzend Gründe anführen, warum nicht, ich könnte über dieses Thema mehrere Stunden lang reden, aber der wahre Grund ist, daß ich eine Schreibhemmung habe. Das ist alles. Und das ist das erste Mal, daß ich es zugegeben habe.«

»Mag sein«, sagte er, den Kopf zur Seite geneigt, liebevoll lächelnd. Ich sah die Zuneigung, und sie wärmte mich. Dann, als ich zurücklächelte, verschwand sein Lächeln, sein Gesicht wurde mürrisch, und er sagte energisch: »Jedenfalls, wenn ich sehe, wie du hier all diese Wörter zusammenspinnst, macht mich das verrückt.«

»Jeder weiß, daß zwei Schriftsteller nicht zusammen leben sollten. Oder besser, daß ein wetteifernder Amerikaner nicht mit einer Frau leben sollte, die ein Buch geschrieben hat.«

»Das ist richtig«, sagte er, »es ist eine Herausforderung an meine sexuelle Überlegenheit, und das ist kein Scherz.«

»Ich weiß, daß es keiner ist. Aber halte mir bitte keinen deiner schwülstigen sozialistischen Vorträge mehr über die Gleichheit von Männern und Frauen.«

»Ich werde dir vermutlich schwülstige Vorträge halten, weil es mir Spaß macht. Aber ich werde nicht selber an sie glauben. Die Wahrheit ist, daß ich es dir übelnehme, daß du ein Buch geschrieben hast, das ein Erfolg war. Ich bin zu dem Schluß gelangt, daß ich schon immer ein Heuchler war – wirklich, ich fühle mich wohl in einer Gesellschaft, in der Frauen Bürger zweiter Klasse sind, es gefällt mir, Boß zu sein und umschmeichelt zu werden.«

»Gut«, sagte ich, »denn in einer Gesellschaft, wo noch nicht einer von zehntausend zu begreifen beginnt, in welcher Weise die Frauen Bürger zweiter Klasse sind, müssen wir uns die Männer als Begleiter heraussuchen, die zumindest keine Heuchler sind.«

»Und nun, wo wir das geklärt haben, kannst du mir etwas Kaffee kochen, weil das deine Rolle im Leben ist.«

»Wird mir ein Vergnügen sein«, sagte ich, und wir frühstückten in bester Laune, hatten einander gern.

Nach dem Frühstück nahm ich meinen Einkaufskorb und ging die Earl's Court Road entlang. Es macht mir Spaß, etwas zu essen einzukaufen, und ich genoß es, zu wissen, daß ich später für ihn kochen würde. Trotzdem war ich auch traurig, wußte, daß es nicht lange dauern würde. Ich dachte: Er wird bald nicht mehr da sein, und dann wird es vorbei sein, das Vergnügen, sich um einen Mann zu kümmern. Ich war bereit, nach Hause zu gehen, und doch stand ich an einer Straßenecke im dünnen, grauen Regen, zwischen stochernden Regenschirmen und drängelnden Körpern und wunderte mich, warum ich dort wartete. Dann ging ich über die Straße in ein Schreibwarengeschäft und ging zu einem Ladentisch, der mit Notizbüchern überhäuft war. Es gab Notizbücher dort, die den vieren, die ich habe, ähnlich waren. Trotzdem waren sie nicht das, was ich wollte. Ich sah ein großes, dickes Buch, ziemlich teuer, schlug es auf, und es hatte gutes, dickes, weißes Papier, unliniert. Das Papier fühlte sich angenehm an, ein bißchen rauh, aber seidig. Das Buch hatte einen schweren Deckel, aus mattem Gold. Ich hatte nie ein ähnliches Notizbuch gesehen und fragte die Verkäuferin, zu welchem Zweck es hergestellt worden war, und sie sagte, daß ein amerikanischer Kunde es bestellt hatte, es war extra für ihn angefertigt worden, aber er hatte es nicht abgeholt. Er hatte eine Anzahlung geleistet, deshalb war es nicht so teuer, wie ich erwartet hatte. Trotzdem war es immer noch teuer, aber ich wollte es haben, und ich brachte es mit nach Hause.

Es macht mir Vergnügen, es zu berühren und anzusehen, aber ich weiß nicht, wofür ich es will.

Saul kam in mein Zimmer, schlich überall herum, unruhig, sah das neue Notizbuch und fiel darüber her. »Oh, ist das aber hübsch«, sagte er. »Wofür ist es?« »Ich weiß es noch nicht.« »Dann will ich es«, sagte er. Fast hätte ich gesagt: »Ja, gut, nimm es«, ich beobachtete in mir selbst ein Bedürfnis, zu schenken, so wie ein Wal eine Wasserfontäne ausstößt. Ich war über mich selbst verärgert, weil ich das wollte und es ihm beinahe gegeben hätte. Ich wußte, dieser Wunsch, sich zu fügen, war Teil des sadomasochistischen Zirkels, in dem wir uns befanden. Ich sagte: »Nein, du kannst es nicht haben.« Es kostete mich ziemlich viel, das zu sagen – ich stotterte sogar. Er nahm das Buch hoch und sagte lachend: »Bitte, bitte, bitte.« Ich sagte: »Nein.« Er hatte erwartet, daß ich es ihm geben würde, weil er einen Scherz mit dem ›Bitte, bitte‹ gemacht hatte; nun stand er da, schaute mich von der Seite an und murmelte, keineswegs lachend, »bitte, bitte, bitte«, mit Kinderstimme. Er war ein Kind geworden. Ich sah, wie die neue Persönlichkeit, oder vielmehr die alte, in ihn eindrang wie ein Tier in ein Gebüsch. Sein Körper krümmte und duckte sich, wurde eine Waffe; sein Gesicht, das, wenn er ›er selbst‹ ist, gutmütig, scharfsinnig, skeptisch ist, war das Gesicht eines kleinen Mörders. Er sprang herum, hielt das Buch, bereit, zur Tür zu rennen; (*19) und ich konnte ihn deutlich sehen, das Slumkind, Mitglied einer ganzen Bande von Slumkindern, das etwas von einem Ladentisch mitgehen ließ oder vor der Polizei weglief. Ich sagte: »Nein, du kannst es nicht haben«, wie ich es zu einem Kind gesagt hätte, und er kam zu sich selbst, langsam, die ganze Spannung verließ ihn; und er legte das Buch hin, wieder gutgelaunt, sogar dankbar. Ich dachte, wie eigenartig es war, daß er einerseits die Autorität von jemandem brauchte, der nein sagen konnte, und andererseits sich gerade in mein Leben hatte treiben lassen, die ich es so schwer finde, nein zu sagen. Weil ich nein gesagt hatte und er das Buch niederlegte, wobei sich in jeder Miene das beraubte Kind spiegelte, dem etwas verweigert worden war, das es sich sehnlichst gewünscht hatte, fühlte ich mich gefangen, wollte ich sagen: Nimm es, um Gottes willen, es ist nicht weiter wichtig. Aber jetzt konnte ich es nicht sagen, und ich war erschrocken, wie schnell dieses unwichtige Ding, das hübsche, neue Buch, ein Teil des Kampfes geworden war.

Er stand eine Weile an der Tür, verloren; und ich beobachtete, wie er sich aufrichtete, und sah, wie er sich tausendmal in seiner Kindheit aufgerichtet, seine Schultern steif gemacht und ›es heruntergeschluckt‹ hatte, wie es jeder tun mußte, der Ärger hatte, wie er mir sagte.

Dann sagte er: »Also, ich gehe jetzt hoch und arbeite.« Er ging langsam nach oben, arbeitete aber nicht, denn ich hörte ihn oben herumschleichen. Die Spannung setzte wieder ein, obwohl ich ein paar Stunden von ihr frei gewesen war. Ich beobachtete, wie die Hände des Schmerzes sich fest auf meinen Magen legten und Finger des Schmerzes sich in meine Nackenmuskeln und mein Kreuz verkrallten. Kranke Anna kam zurück und bewohnte mich. Ich weiß, es waren die umherschleichenden Schritte über mir, die sie herbeigerufen hatten. Ich legte eine Armstrong-Platte auf, aber die naive, gutgelaunte Musik war zu weit weg von mir. Ich tauschte sie gegen eine Mulligan-Platte aus, aber das Selbstmitleid darin war die Stimme der Krankheit in meiner Wohnung, also stellte ich die Musik ab und dachte: Janet wird bald zu Hause sein, und ich muß damit aufhören, ich muß aufhören.

Es war ein dunkler, kalter Tag, nicht einmal der Schimmer einer Wintersonne; und jetzt regnet es draußen. Die Vorhänge sind zugezogen, und beide Ölöfen sind an. Jetzt ist das Zimmer dunkel, an der Decke zwei sanft flackernde Muster von gold-rotem Licht von den Öfen, und die Flamme des Gaskamins ein rotes Glühen, deren Hitze nicht die Kraft hat, die Kälte mehr als ein paar Zentimeter über das Gitter hinaus zu durchdringen.

Ich saß und betrachtete das neue, hübsche Notizbuch, befühlte es und bewunderte es. Saul hatte, ohne daß ich es gesehen hatte, den alten Schuljungen-Fluch mit Bleistift auf die Vorderseite gekritzelt:

Wer immer hier schaut hinein,
Der soll verflucht sein,
Das ist mein Wunsch.
Dies ist Saul Green sein Buch. (! ! !)

Darüber mußte ich so lachen, daß ich beinahe nach oben gegangen wäre und es ihm gegeben hätte. Aber ich werde es nicht tun, ich werde es nicht tun, ich werde es nicht tun. Ich werde das blaue Notizbuch mit den anderen wegpakken. Ich werde die vier Notizbücher wegpacken. Ich werde ein neues Notizbuch anfangen, alles über mich in einem einzigen Buch.

[Hier endete das blaue Notizbuch mit einem dicken, doppelten, schwarzen Strich.]

Das goldene Notizbuch

Wer immer hier schaut hinein,
Der soll verflucht sein,
Das ist mein Wunsch.
Dies ist Saul Green sein Buch. (! ! !)

Es ist so dunkel in dieser Wohnung, so dunkel, es ist, als wäre Dunkelheit der
Körper der Kälte. Ich ging durch die Wohnung, drehte überall Licht an, die
Dunkelheit zog sich hinter die Fenster zurück, ein kalter Schatten, der
versuchte, sich hereinzuzwängen. Aber als ich das Licht in meinem großen
Zimmer anmachte, wußte ich, daß das falsch war, Licht war ihm fremd, also
ließ ich das Dunkel zurückkommen, überwacht durch die beiden Ölöfen und
den Schein der Flamme vom Gaskamin. Ich legte mich hin und dachte an die
kleine Erde, eine Hälfte in kaltem Dunkel, schaukelnd in unendlichen Weiten
der Dunkelheit. Kurz nachdem ich mich hingelegt hatte, kam Saul und legte
sich neben mich. »Das ist ein ungewöhnlicher Raum«, sagte er, »er ist wie
eine Welt.« Sein Arm unter meinem Nacken war warm und kräftig, und wir
liebten uns. Er schlief ein, und als er erwachte, war er warm, nicht voll der
tödlichen Kälte, die mich erschreckt. Dann bemerkte er: »Ja, *jetzt* kann ich
vielleicht arbeiten.« Dieser Egoismus war so direkt wie meiner, wenn ich
etwas brauche, deshalb mußte ich lachen. Er lachte auch, und wir konnten
nicht aufhören. Wir wälzten uns lachend auf dem Bett und dann auf dem
Fußboden. Dann sprang er vom Fußboden auf, sagte in einem gestelzten
englischen Ton: »Das wird nicht reichen, das wird aber nicht reichen«, und
ging hinaus, immer noch lachend.
    Die Teufel hatten die Wohnung verlassen. So dachte ich, während ich nackt
auf meinem Bett saß, gewärmt durch die Hitze der drei Feuer. Die Teufel. Als
wenn die Furcht, der Schrecken, die Angst nicht in mir wären, in Saul,
sondern eine Kraft von außerhalb, die sich ihre Zeiten wählte, zu kommen
und zu gehen. Ich dachte etwa so, mich selbst belügend; weil ich diesen
Moment reiner Freude brauchte – ich, Anna, nackt auf dem Bett sitzend,
meine Brüste zwischen meinen nackten Armen pressend, an mir der Geruch
von Sex und Schweiß. Mir schien, daß die warme Kraft der Freude meines
Körpers hinreichte, um alle Angst der Welt fortzujagen. Dann fingen die
Schritte oben wieder an, getrieben, von einer Ecke zur anderen, über meinem
Kopf, wie Armeen auf dem Marsch. Mein Magen zog sich zusammen. Ich
beobachtete, wie meine Freude verflog. Ich war augenblicks in einem neuen
Seinszustand, einem, der mir fremd war. Ich bemerkte, daß mir mein Körper
zuwider war. Das war mir vorher noch nie passiert; und ich sagte sogar zu

mir selbst: Hallo, das ist neu, das ist etwas, worüber ich gelesen habe. Ich erinnerte mich, wie mir Nelson erzählt hatte, daß er manchmal den Körper seiner Frau anschaute und ihn wegen seiner Weiblichkeit haßte; er haßte ihn wegen der Haare in den Achselhöhlen und zwischen den Beinen. Manchmal, sagte er, sähe er seine Frau als eine Art Spinne, nichts als Greifarme und Beine um einen behaarten, zentralen, verschlingenden Mund. Ich setzte mich in meinem Bett auf und betrachtete meine dünnen, weißen Beine und meine dünnen, weißen Arme und meine Brüste. Meine nasse, klebrige Mitte kam mir ekelhaft vor, und als ich meine Brüste ansah, war alles, woran ich denken konnte, wie sie gewesen waren, als sie voller Milch waren, aber das war nicht angenehm, das war abstoßend. Dieses Gefühl, meinem eigenen Körper fremd zu sein, ließ mich schwindelig werden, bis ich mich selbst verankerte, mich an etwas klammerte, an den Gedanken, daß das, was ich erlebte, überhaupt nicht *mein* Gedanke war. Ich erlebte, in der Phantasie, zum erstenmal die Gefühle eines Homosexuellen. Zum erstenmal hatte die homosexuelle Literatur des Abscheus einen Sinn für mich. Mir wurde klar, wieviele freischwebende homosexuelle Empfindungen es gibt, und das bei Leuten, die das Wort nie auf sich beziehen würden.

Das Geräusch der Schritte hatte oben aufgehört. Ich konnte mich nicht bewegen, war durch meinen Ekel gefangen. Dann wußte ich, daß Saul herunterkommen und etwas sagen würde, das ein Echo meiner Gedanken war; dieses Wissen war so klar, daß ich einfach dasaß und wartete, in der stickigen Luft schalen Selbstekels, wartete, um zu hören, wie dieser Ekel klingen würden, wenn er laut ausgesprochen wird mit seiner Stimme, meiner Stimme. Er kam herunter und stand im Türrahmen und sagte: »Mein Gott, Anna, was machst du hier, nackt?« Und ich sagte, meine Stimme nüchtern und klinisch: »Saul, ist dir aufgefallen, daß wir den Punkt erreicht haben, an dem wir die Stimmungen des anderen beeinflussen, selbst wenn wir in verschiedenen Zimmern sind?« Es war zu dunkel in meinem Zimmer, um sein Gesicht zu sehen, aber der Umriß seines Körpers, wachsam an der Tür stehend, drückte seinen Wunsch zu fliehen aus, wegzurennen von Anna, die nackt und widerwärtig auf dem Bett saß. Er sagte, mit der Stimme eines entrüsteten Jungen: »Zieh dir was an.« Ich sagte: »Hast du gehört, was ich sagte?« Denn er hatte es nicht gehört. Er sagte: »Anna, ich habe dir gesagt, sitz nicht so da.« Ich sagte: »Was glaubst du, kann es sein, das Menschen wie uns veranlaßt, alles erfahren zu müssen? Durch irgend etwas werden wir dazu getrieben, so viele verschiedene Dinge oder Menschen wie möglich zu sein.« Er hörte das und sagte: »Ich weiß nicht. Ich muß es nicht versuchen, ich bin es.« Ich sagte: »Ich versuche es nicht. Ich werde getrieben. Glaubst du, daß die Menschen früher auch gequält waren durch das, was sie nicht erfahren hatten? Oder sind nur wir es?« Er sagte eigensinnig: »Gnädigste, ich weiß es nicht, und es ist mir egal, ich wünschte nur, daß ich davon erlöst wäre.« Dann sagte er, freundlich, nicht aus Abscheu: »Anna, ist dir bewußt, daß es verdammt kalt hier ist? Du wirst krank werden, wenn du dir nichts anziehst. Ich gehe weg.« Er ging. Als er die Treppe hinunterging, ging mein Selbstekel mit ihm. Ich saß da und schwelgte in meinem Körper. Sogar eine kleine, trockene Hautfalte auf der Innenseite meines Schenkels, der Beginn des Alterns, machte mir Vergnügen. Ich dachte: Ja, so sollte es sein, ich bin so glücklich in meinem Leben gewesen, ich sollte mich nicht um das Altern kümmern. Aber kaum hatte ich das gesagt, floß meine Sicherheit wieder weg. Der Ekel war wieder da. Ich stand in der Mitte des großen Zimmers, nackt, ließ mich aus drei Richtungen von der Hitze anstrahlen, und auf einmal wußte ich, und das war eine Erleuchtung – es gehörte zu den Dingen, die man immer gewußt, aber nie wirklich verstanden hat –, daß die ganze geistige Gesundheit davon abhängt: Daß es ein Vergnügen ist, die Rauheit eines Teppichs unter glatten Sohlen zu fühlen, ein Vergnügen, Hitze in die Haut eindringen zu fühlen, ein Vergnügen, aufrecht zu stehen, zu wissen, daß die Knochen sich leicht unter dem Fleisch bewegen. Wenn das wegfällt, dann schwindet auch die Gewißheit, daß man lebt. Und ich konnte nichts von alledem fühlen. Die Struktur des Teppichs war mir zuwider, ein totes, fabriziertes Ding; mein Körper war wie eine dünne, magere, spitze Pflanze, ein Schattengewächs; und wenn ich das Haar auf meinem Kopf berührte, war es tot. Ich fühlte den Boden unter mir anschwellen. Die Wände verloren ihre Dichte. Ich wußte, daß ich mich herab in eine neue Dimension bewegte, weiter weg von der Gesundheit, als ich es je gewesen war. Ich wußte, ich mußte schnell ins Bett. Ich konnte nicht gehen, also ließ ich mich herunter auf meine Hände und Knie, kroch zum Bett, legte mich darauf und deckte mich zu. Aber ich war schutzlos. Während ich dalag, erinnerte ich mich der Anna, die nach Wunschträumen Zeit kontrollieren, sich leicht bewegen kann und vertraut ist mit der Unterwelt des Schlafs. Aber ich war nicht jene Anna. Die Lichtflecken an der Decke waren große, wachsame Augen geworden, die Augen eines Tieres, das mich beobachtete. Es war ein Tiger, der ausgebreitet über der Decke lag, und ich war ein Kind, das *wußte*, daß ein Tiger im Zimmer war, selbst wenn mein Verstand mir sagte, daß keiner da war. Hinter der Wand mit den drei Fenstern blies ein kalter Wind, der gegen die Fensterscheiben schlug und sie erschaudern ließ, und das Winterlicht ließ die Gardinen durchscheinend werden. Es waren keine Gardinen, es waren Fetzen stinkenden, sauren Fleisches, übriggelassen von dem Tier. Ich bemerkte, daß ich im Innern eines Käfigs war, in den das Tier springen konnte, wenn es wollte. Ich war krank vom Geruch des toten Fleisches, dem Gestank des Tigers, krank vor Angst. Und während mein Magen sich krümmte, schlief ich ein.

Es war ein Schlaf, den ich nur habe, wenn ich krank bin: sehr leicht, wie gerade unter Wasser liegend, der wirkliche Schlaf in bodenloser Tiefe unter mir. Und so war mir die ganze Zeit über bewußt, daß ich auf dem Bett liege, bewußt, daß ich schlafe, und ich dachte außergewöhnlich klar. Trotzdem war es nicht das gleiche, wie damals, als ich im Traum neben mir stand, Anna schlafen sah und beobachtete, wie andere Personen sich über sie beugten, um in sie einzudringen. Ich war ich selbst, wußte sogar, was ich dachte und träumte, also mußte es außer der Anna, die da lag und schlief, noch eine Person geben; trotzdem weiß ich nicht, wer diese Person ist. Es war eine, die daran interessiert war, die Zerstückelung Annas zu verhüten.

Als ich auf der Oberfläche des Traumwassers lag und sehr langsam unterzutauchen begann, sagte diese Person: »Anna, du verrätst alles, an was du glaubst; du bist in die Subjektivität, in dich selbst, in deine eigenen Bedürfnisse versackt.« Aber die Anna, die unter das dunkle Wasser schlüpfen wollte, antwortete nicht. Die unparteiische Person sagte: »Du hast dich immer für eine starke Person gehalten. Dennoch ist dieser Mann tausendmal mutiger als du – er hat das jahrelang durchkämpfen müssen, aber du bist schon nach ein paar Wochen bereit, dich völlig geschlagen zu geben.« Aber die schlafende Anna war schon beinahe unter der Wasseroberfläche, wiegte sich auf ihr, wollte hinab in die schwarzen Tiefen unter ihr tauchen. Die ermahnende Person sagte: »Kämpfe. Kämpfe. Kämpfe.« Ich lag, mich wiegend unter dem Wasser, und die Stimme war still, und dann wußte ich, die Wassertiefen unter mir waren gefährlich geworden, voll von Monstern und Krokodilen und Dingen, die ich mir kaum vorstellen konnte, so alt und tyrannisch waren sie. Obwohl es ihre Gefährlichkeit war, die mich hinabzog, wollte ich die Gefahr. Dann hörte ich die Stimme durch das betäubende Wasser sagen: »Kämpfe. Kämpfe.« Ich sah, daß das Wasser überhaupt nicht tief war, sondern nur eine dünne Schicht von fauligem Wasser auf dem Boden eines schmutzigen Käfigs. Über mir, über dem oberen Teil des Käfigs rekelte sich ausgebreitet der Tiger. Die Stimme sagte: »Anna, du weißt, wie man fliegt. Fliege.« Also krabbelte ich, langsam wie eine betrunkene Frau, in dem dreckigen, flachen Wasser auf die Knie, stand dann auf und versuchte zu fliegen, die stickige Luft mit meinen Füßen niedertretend. Es war so schwer, daß ich beinahe ohnmächtig wurde, die Luft war zu dünn, sie wollte mich nicht halten. Aber ich erinnerte mich daran, wie ich früher geflogen war, und so, mit riesenhafter Anstrengung, mit jedem herunterdrückenden Schritt kämpfend, stieg ich hoch und packte die oberen Stäbe des Käfigs, über die ausgebreitet der Tiger lag. Der Geruch stinkenden Atems machte mich benommen. Aber ich schob mich durch die Stäbe und stand bei dem Tiger. Er lag ruhig da, blinzelte mir mit grünlichen Augen zu. Über mir war immer noch das Dach des Gebäudes, und ich mußte die Luft mit meinen Füßen niederdrücken und dadurch emporsteigen. Wieder kämpfte und rang ich, und langsam gewann ich Höhe, und das Dach verschwand. Der Tiger lag behaglich auf einem kleinen, untauglichen Käfig ausgebreitet, blinzelte mit seinen Augen, streckte eine Pfote aus und berührte meinen Fuß. Ich wußte, ich hatte nichts von dem Tiger zu befürchten. Er war ein schönes, glänzendes Tier, das ausgestreckt in warmem Mondlicht lag. Ich sagte zu dem Tiger: »Das ist dein Käfig.« Er bewegte sich nicht, gähnte aber, wobei er weiße Zahnreihen zeigte. Dann näherten sich Schritte, Männer suchten den Tiger. Er sollte gefangen und eingesperrt werden. Ich sagte: »Renn weg, schnell.« Der Tiger stand auf und schlug mit dem Schwanz, drehte seinen Kopf hierhin und dorthin. Er stank jetzt vor Angst. Als er den Lärm der Männerstimmen und ihre laufenden Schritte hörte, schlug er mit seiner Tatze in blindem Schrecken gegen meinen Unterarm. Ich sah, wie das Blut meinen Arm herunterlief. Der Tiger sprang direkt vom Dach herab, landete auf dem Pflaster und lief an den Zäunen der Häuser entlang in den Schatten. Ich begann zu weinen, von Sorge erfüllt, weil ich wußte, die Männer würden den Tiger fangen und einsperren. Dann sah ich, daß mein Arm gar nicht verletzt war, er war schon geheilt. Ich weinte vor Mitleid und sagte: Der Tiger ist Saul, ich will nicht, daß er gefangen wird, ich will, daß er wild durch die Welt rennt. Dann wurde der Traum oder der Schlaf ziemlich flach, ich war dem Erwachen nahe, aber nicht ganz wach. Ich sagte zu mir: Ich muß ein Stück über Anna und Saul und den Tiger schreiben. Der Teil meiner Gedanken, der mit diesem Stück beschäftigt war, arbeitete weiter, dachte darüber nach, so wie ein Kind, das Bauklötze auf einem Fußboden verteilt – ein Kind überdies, dem verboten worden ist zu spielen, denn Anna wußte, daß es ein Ausweichen war, Szenen von Anna und Saul und dem Tiger zu entwerfen, ein Vorwand war, nicht zu denken: Die Szenen, das, was Anna und Saul tun und sagen würden, waren Gebilde der Angst, die ›Handlung‹ des Stückes würde durch den Schmerz gestaltet werden, und das war ein Ausweichen. Unterdessen begann ich, mit dem Teil meiner Gedanken, der, wie ich wußte, die unparteiische Person war, die mich vor der Auflösung bewahrt hatte, meinen Schlaf zu kontrollieren. Diese kontrollierende Person bestand darauf, daß ich das Stück über den Tiger beiseite legen und aufhören sollte, mit den Klötzen zu spielen. Sie sagte, daß ich, statt das zu tun, was ich immer tue, mir nämlich Geschichten übers Leben auszudenken, um es nicht direkt anschauen zu müssen, zurückdenken und Szenen aus meinem Leben betrachten sollte. Dieses Zurückschauen war ein merkwürdiger Vorgang wie das Schafezählen eines Schafhirten oder wie die Probe für ein Theaterstück, es hatte etwas von Nachprüfen, Sich-vergewissern-Wollen an sich. Es war dasselbe Tun wie damals, als ich ein Kind war und jede Nacht einen schlimmen Alptraum hatte: Jede Nacht, bevor ich einschlief, lag ich wach, erinnerte mich an alle Vorkommnisse des Tages, an denen etwas zum Fürchten gewesen war, was Teil eines Alptraums werden konnte. Ich mußte die schrecklichen Dinge immer und immer wieder ›benennen‹, in einer schrecklichen Litanei; eine Art Desinfizierung durch das Bewußtsein, bevor ich einschlief. Aber jetzt, schlafend, war es kein Harmlosmachen vergangener Ereignisse, indem ich sie benannte, sondern *ein Mich-Vergewissern, daß sie immer noch da waren.* Ich weiß jedoch, daß, wenn ich mich vergewissert haben werde, daß sie noch da sind, ich sie anders benennen muß und daß mich die kontrollierende Person deshalb zum Rückblick zwang. Ich besuchte zuerst wieder die Gruppe unter den Eukalyptusbäumen am Mashopi-Bahnhof in dem nach Wein duftenden Mondlicht, die Muster von Blättern dunkel auf weißem Sand. Aber die furchtbare Falschheit der Nostalgie war aus dieser Szene verschwunden; sie war unemotional und wie mit dem Zeitraffer gefilmt. Doch mußte ich zuschauen, wie George Hounslow mit gebeugten breiten Schultern von dem schwarzen Lastwagen, der an den glänzenden Eisenbahngleisen unter den Sternen stand, herkam und mit seinem furchtbaren Hunger auf Maryrose und mich blickte; und mußte hören, wie Willi unmelodisch Takte aus Brechts Oper in mein Ohr summte; und mußte sehen, wie Paul sich leicht in unsere Richtung verneigte, mit seiner üblichen spöttischen Höflichkeit, dann lächelte und zu dem Schlaftrakt neben den versprengten Granitblöcken ging. Und dann folgten wir ihm und gingen den sandigen Pfad entlang. Er stand da und wartete auf uns, uns zugewandt, lächelte mit kühlem Triumph, sah nicht uns an, die Gruppe, die ihm im heißen Sonnenlicht entgegenschlenderte, sondern an uns vorbei, zum Mashopi-Hotel. Einer nach dem anderen, hielten auch wir an und schauten uns um. Das Hotelgebäude schien in einer tanzenden, wirbelnden Wolke weißer Blumenblätter oder Flügel zu explodieren, Millionen weißer Schmetterlinge hatten das Gebäude gewählt, um darauf zu landen. Es sah aus wie eine weiße Blume, die sich unter dem tiefen, dunstigen, blauen Himmel langsam öffnet. Dann kam ein Gefühl der Bedrohung in uns auf, und wir wußten, daß wir einer optischen Täuschung erlegen waren, irregeführt worden waren. Wir sahen die Explosion einer Wasserstoffbombe, und eine weiße Blume entfaltete sich unter dem blauen Himmel in so vollendet schönen Rauchwolken, Windungen und wirbelnden Formen, daß wir uns nicht bewegen konnten, obwohl wir wußten, daß wir dadurch bedroht wurden. Sie war unglaublich schön, die Gestalt des Todes; und wir standen dort und schauten schweigend zu, bis das Schweigen langsam von einem knisternden, kriechenden, knirschenden Geräusch durchdrungen wurde, und auf den Boden blickend, sahen wir die Heuschrecken in ihrer obszönen, sich umherwälzenden Fruchtbarkeit, Zentimeter tief, rings um uns. Der unsichtbare Filmvorführer, der diesen Film laufen ließ, blendete nun die Szene aus, als würde er sagen: »Das ist genug, du weißt jetzt, daß es immer noch da ist.« Und sofort begann er einen neuen Teil des Films zu zeigen. Der lief langsam, wegen einer technischen Störung, und er (der unsichtbare Filmvorführer) ließ den Film mehrere Male zurücklaufen, um ihn wieder von vorne zu zeigen. Der Ärger war, daß der Film nicht scharf war, er war schlecht aufgenommen worden. Zwei Männer, die ganz gleich aussahen, jedoch getrennt waren, schienen in einem schweigsamen Duell um ihre Rolle in dem Film zu kämpfen. Der eine war Paul Tanner, der Mann aus der Arbeiterklasse, der Arzt geworden war und dem seine nüchterne, kritische Ironie in diesem Kampf Kraft gegeben hatte, die gleiche Ironie jedoch, die mit seinem Idealismus gerungen und ihn schließlich besiegt hatte. Der andere war Michael, der Flüchtling aus Europa. Als diese beiden Gestalten endlich miteinander verschmolzen, entstand ein neuer Mensch. Ich konnte dieses Entstehen sehen, es war als würde das Modell, die Gußform eines Menschen, die schon geschaffen war, um die Persönlichkeit von Michael oder Paul Tanner aufzunehmen, sich ausdehnen und verändern, so als ob ein Bildhauer, der von innen heraus sein Material bearbeitete, den Umriß seiner Statue veränderte, indem er seine eigenen Schultern, seine eigenen Schenkel gegen den Stoff preßte, der Paul gewesen war, Michael gewesen war. Dieser neue Mensch war größer, mit dem heroischen Aussehen einer Statue, vor allem aber konnte ich seine Stärke fühlen. Dann sprach er, und ich konnte den leisen Klang der wirklichen Stimme hören, bevor sie verschluckt oder aufgesaugt wurde von der neuen, starken Stimme: »Meine liebe Anna, wir sind nicht die Versager, für die wir uns halten. Wir bringen unser Leben damit zu, Leute, die nur ein kleines bißchen weniger dumm sind als wir, dazu zu bewegen, Wahrheiten zu akzeptieren, die die großen Männer immer schon gewußt haben. Sie haben immer schon gewußt, sie haben es seit zehntausend Jahren gewußt, daß einen Menschen in Einzelhaft einzusperren einen Verrückten oder ein Tier aus ihm machen kann. Sie haben immer gewußt, daß ein armer Mann, der vor der Polizei und seinem Hauswirt Angst hat, ein Sklave ist. Sie haben immer gewußt, daß Menschen, die Angst haben, grausam sind. Sie haben immer gewußt, daß Gewalt Gewalt erzeugt. Und wir wissen es. Aber weiß das auch die Mehrzahl der Menschen? Nein, es ist unsere Aufgabe, es ihnen zu erzählen. Weil die großen Männer damit nicht behelligt werden können. Ihre Vorstellungskraft ist bereits mit der Frage beschäftigt, wie man die Venus besiedeln kann; sie entwerfen das Idealbild einer Gesellschaft voll freier und edler Menschen. Inzwischen sind die Menschen zehntausend Jahre hinter ihnen zurück, gefangen in der Angst. Die großen Männer dürfen nicht behelligt werden. Und sie haben recht, denn sie wissen, daß wir da sind, die Felsenwälzer. Sie wissen, daß wir die Felsbrocken weiter wälzen werden, die niedrigeren Hänge eines immens hohen Berges hinauf, während sie an der Spitze des Berges stehen, schon frei. Unser ganzes Leben lang werden wir

unsere ganze Energie, unsere ganze Begabung dazu aufwenden, den Felsbrocken einen weiteren Zentimeter den Berg hoch zu wälzen; darum sind wir
letztendlich nicht überflüssig.« Diese Stimme verschwand; aber schon hatte
der Film sich verändert. Jetzt lief es einfach durch. Szene nach Szene
flimmerte auf, war weg; ich wußte, dieses kurze ›Besuchen‹ der Vergangenheit sollte mich daran erinnern, daß ich noch daran arbeiten mußte. Paul
Tanner und Ella, Michael und Anna, Julia und Ella, Molly und Anna, Mother
Sugar, Tommy, Richard, Dr. West – diese Leute erschienen kurz, verzerrt
durch die Geschwindigkeit, und verschwanden wieder, und dann brach der
Film ab oder lief vielmehr aus, schnarrend, das Bild verzerrt. Und der
Vorführer sagte in das Schweigen hinein, das folgte (und das mit einer
Stimme, die mir auffiel, weil es eine neue Stimme war, ziemlich munter,
praktisch, höhnisch, eine vernünftige Stimme): »Und was veranlaßt Sie
anzunehmen, daß die Bedeutung, die Sie dem verliehen haben, die richtige
Bedeutung ist?« Das Wort ›richtig‹ hatte einen widerhallenden, parodieren-
den, schrillen Klang. Es war eine Verspottung des marxistischen Jargonwor-
tes *richtig*. Es hatte auch eine gewisse Steifheit wie die eines Lehrers. Kaum
hatte ich das Wort ›richtig‹ gehört, als ich auch schon von einem Gefühl der
Übelkeit befallen wurde. Ich kannte das Gefühl gut – es war die Übelkeit des
Unter-Spannung-Stehens, des Versuches, seine Grenzen über das, was möglich gewesen ist, zu erweitern. Mir war übel, und ich hörte der Stimme zu, die
sagte: »Und was veranlaßt Sie anzunehmen, daß die Bedeutung, die Sie dem
verliehen haben, richtig ist?« Unterdessen fing er, der Vorführer, an, den
Film, oder eher die Filme, denn es gab deren mehrere, wieder durchlaufen zu
lassen, und ich war fähig, sie auseinanderzuhalten und zu ›benennen‹, als sie
auf der Leinwand an mir vorbei flimmerten. Der Mashopi-Film; der Film
über Paul und Ella; der Film über Michael und Anna; der Film über Ella und
Julia; der Film über Anna und Molly. Es waren alles, wie ich jetzt sah,
herkömmliche, gut gemachte Filme, als wären sie in einem Studio gedreht
worden; dann sah ich die Titel: Bei diesen Filmen, die der Inbegriff dessen
waren, was ich am meisten haßte, hatte ich Regie geführt. Der Vorführer ließ
diese Filme weiterhin sehr schnell durchlaufen und dann beim Nachspann
anhalten, und ich konnte sein höhnisches Lachen bei *Regie Anna Wulf* hören.
Dann ließ er ein paar andere Szenen laufen, jede Szene eine glänzende Lüge,
falsch und dumm. Ich schrie dem Vorführer zu: »Aber das sind nicht meine,
ich habe sie nicht gemacht.« Wobei der Vorführer, fast gelangweilt vor
Selbstvertrauen, die Szenen ausblendete und darauf wartete, daß ich beweisen
würde, daß er im Unrecht war. Und nun war es schrecklich, weil ich mit der
schweren Aufgabe konfrontiert war, aus dem Chaos, zu dem mein Leben
geworden war, neue Ordnung zu schaffen. Zeit war weg, mein Gedächtnis
existierte nicht, und ich war unfähig zwischen dem, was ich erfunden, und

dem, was ich erlebt hatte, zu unterscheiden, und ich wußte, daß das, was ich erfunden hatte, alles falsch war. Es war ein Wirbel, ein ordnungsloser Tanz, wie der Tanz der weißen Schmetterlinge in der flimmernden Hitze über dem dunstigen, sandigen Vlei. Der Vorführer wartete noch immer, hämisch. Was er dachte, drang in meine Gedanken. Er dachte, daß ich das Material so geordnet hatte, daß es zu dem paßte, was ich erlebt hatte, und daß es deshalb alles so falsch war. Plötzlich sagte er laut: »Wie würde June Boothby diese Zeit sehen? Ich wette, Sie können June Boothby nicht hinkriegen.« Da schaltete mein Verstand in einen mir fremden Gang, und ich begann, eine Geschichte über June Boothby zu schreiben. Ich war unfähig, den Wortfluß zu bremsen, und ich war in Tränen der Frustration aufgelöst, als ich im Stil einer äußerst geschmacklosen, blumigen Frauenzeitschrift schrieb; aber das wirklich Erschreckende war, daß die Geschmacklosigkeit auf eine sehr geringfügige Änderung meines eigenen Stils zurückzuführen war, nur ein Wort hier und da: »June, eine gerade Sechzehnjährige, lag auf der *Chaiselongue* auf der Veranda, sie blickte an dem üppigen Blattwerk des Goldregens vorbei auf die Straße. Sie wußte, daß etwas geschehen würde. Als ihre Mutter hinter ihr ins Zimmer kam und sagte: June, komm und hilf mir bei dem Hotelabendessen – rührte sich June nicht von der Stelle. Und ihre Mutter ging nach einer Pause wortlos aus dem Zimmer. June war überzeugt, daß ihre Mutter es auch *wußte*. Sie dachte: Liebe Mamma, du weißt, wie ich fühle. Dann geschah es. Ein Lastwagen rollte neben die Tanksäulen vor das Hotel, und *er* stieg aus. June, ohne sich zu beeilen, seufzte und stand auf. Dann, wie von einer äußeren Macht getrieben, verließ sie das Haus und ging auf dem Pfad, den ihre Mutter ein paar Augenblicke vorher benutzt hatte, zum Hotel. Der junge Mann, der neben den Tanksäulen stand, schien sich ihres Herankommens bewußt zu sein. Er drehte sich um, ihre Augen trafen sich . . .« Ich hörte den Vorführer lachen. Er war erfreut, weil ich nicht verhindern konnte, daß diese Worte auftauchten, er war auf sadistische Weise erfreut. »Ich habe es Ihnen gesagt«, sagte er, seine Hand schon erhoben, um den Film wieder zu starten. »Ich habe Ihnen gesagt, daß Sie es nicht hinkriegen.« Ich erwachte in dem dumpfen Dunkel des Zimmers, das an drei Stellen von glühendem Feuer beleuchtet war. Ich war vom Träumen erschöpft. Sofort wußte ich, daß ich wach geworden war, weil Saul in der Wohnung war. Ich konnte keine Bewegung hören, aber ich konnte seine Gegenwart spüren. Ich wußte sogar genau, wo er war, er stand dicht hinter der Tür auf dem Treppenabsatz. Ich konnte ihn sehen, in einer gespannten, unentschlossenen Haltung, an seinen Lippen zupfend, überlegend, ob er eintreten sollte. Ich rief: »Saul, ich bin wach.« Er kam herein und sagte in einer munteren, falschen Stimme: »Hallo, ich dachte, du schläfst.« Da wußte ich, wer der Filmvorführer in meinem Traum gewesen war. Ich sagte: »Weißt du, du bist eine Art inneres Gewissen oder Kritiker geworden. Ich habe gerade so von dir geträumt.« Er warf mir einen langen, kühlen, scharfen Blick zu, sagte dann: »Wenn ich dein Gewissen geworden bin, dann ist das ein Scherz, denn es ist ganz klar, daß du meines bist.« Ich sagte: »Saul, wir sind sehr schlecht füreinander.« Er war dabei zu sagen: »Ich mag schlecht für dich sein, aber du bist gut für mich« – denn auf seinem Gesicht erschien der bewußt launische, aber arrogante Ausdruck, die Maske, die solche Worte begleitete. Ich hielt ihn dadurch zurück, daß ich sagte: »Du wirst Schluß machen müssen. Ich müßte es, aber ich bin nicht stark genug. Ich weiß jetzt, daß du viel stärker bist als ich. Ich dachte, es wäre umgekehrt.«

Ich beobachtete, wie Wut, Abneigung, Verdacht sich auf seinem Gesicht zeigten. Er beobachtete mich von der Seite, mit verengten Augen. Ich wußte, daß er nun kämpfen würde, mit der Persönlichkeit, die mich dafür haßte, daß ich ihm etwas wegnahm. Ich wußte auch, daß er, wenn er ›er selbst‹ war, über das, was ich gesagt hatte, nachdenken und, da er verantwortungsvoll war, tatsächlich tun würde, worum ich bat.

Unterdessen sagte er mürrisch: »Also schmeißt du mich raus.«

Ich sagte: »Das habe ich nicht gesagt« – zu dem verantwortungsvollen Mann sprechend.

Er sagte: »Ich unterwerfe mich dir nicht, also schmeißt du mich raus.«

Ohne zu wissen, was ich tat, setzte ich mich auf und kreischte ihn an: »Um Gottes willen, hör auf, hör auf, hör auf, hör auf.« Er duckte sich instinktiv. Ich wußte, daß für ihn eine hysterisch kreischende Frau bedeutete, daß er gleich geschlagen werden würde. Ich dachte, wie merkwürdig es war, daß wir beide überhaupt zusammen waren, daß wir uns so nahegekommen waren, denn ich hatte niemals in meinem Leben jemanden geschlagen. Er rückte sogar zum Bettende und saß da, bereit, vor einer Frau wegzulaufen, die kreischte und schlug. Ich sagte, nicht kreischend, sondern weinend: »Kannst du nicht erkennen, daß dies ein Kreis ist, daß wir immer im Kreis herumgehen?« Sein Gesicht war dunkel vor Feindseligkeit, ich wußte, er würde gegen das Weggehen kämpfen. Ich wandte mich von ihm ab, bekämpfte die Übelkeit in meinem Magen und sagte: »Du wirst sowieso von selbst gehen, wenn Janet zurückkommt.«

Ich hatte nicht gewußt, daß ich das sagen würde oder daß ich es dachte. Ich lag da und dachte darüber nach. Natürlich war es wahr.

»Was meinst du?« fragte er, interessiert, nicht feindselig.

»Wenn ich einen Sohn gehabt hätte, wärst du geblieben. Du hättest dich mit ihm identifiziert. Wenigstens für eine Weile, bis du dich da durchgearbeitet hättest. Aber da ich ein Mädchen habe, wirst du gehen, weil du uns als zwei Frauen, zwei Feinde, betrachten wirst.« Er nickte langsam. Ich sagte: »Wie eigenartig, ich werde immer von Vorstellungen von Verhängnis,

Schicksal, Unvermeidlichkeit gequält. Aber es war Zufall, daß ich ein Mädchen bekam und keinen Jungen. Reiner Zufall. Also ist es auch Zufall, daß du gehen wirst. Mein Leben wird dadurch völlig verändert sein.« Ich fühlte mich leichter, weniger eingesperrt, weil ich mich am Zufall festhielt. Ich sagte: »Seltsam, wenn Frauen ein Baby bekommen, fühlen sie, daß sie in so etwas wie ein unvermeidliches Schicksal eintreten. Aber im Innersten, dort, wo wir uns am meisten gebunden fühlen, ist etwas, was nur Zufall ist.« Er beobachtete mich von der Seite, nicht feindselig, mit Zuneigung. Ich sagte: »Schließlich könnte niemand in der Welt die Tatsache, daß ich ein Mädchen bekam und keinen Jungen, anders denn als Zufall betrachten. Stell dir vor, Saul, wenn ich einen Jungen gehabt hätte, hätten wir so etwas wie eine Beziehung gehabt, wie ihr Yankees das nennt. Eine lange Beziehung. Es hätte alles mögliche daraus entstehen können, wer weiß?«

Er sagte ruhig: »Anna, mache ich dir das Leben wirklich so schwer?«

Ich sagte, in der für ihn so typischen trotzigen Art – sozusagen von ihm geliehen in einem Moment, in dem er nicht davon Gebrauch machte, weil er freundlich und gut gelaunt war: »Ich war nicht bei den Medizinmännern, um jetzt nicht zu wissen, daß keiner mir etwas antut – ich tue es mir selber an.«

»Lassen wir die Medizinmänner aus dem Spiel«, sagte er, indem er seine Hand auf meine Schulter legte. Er lächelte, um mich besorgt. In diesem Moment war er ganz da, der gute Mensch. Trotzdem konnte ich hinter seinem Gesicht schon die schwarze Gewalt sehen; sie kam in seine Augen zurück. Er kämpfte mit sich selbst. Ich erkannte diesen Kampf als den Kampf wieder, den ich im Schlaf gekämpft hatte und bei dem ich fremden Personen, die in mich eindringen wollten, den Zugang verwehrt hatte. Er kämpfte so schwer, daß er mit geschlossenen Augen dasaß, Schweiß auf der Stirn. Ich nahm seine Hand, und er griff danach und sagte: »O. k., Anna, o. k., o. k. Keine Angst. Vertrau mir.« Wir saßen auf dem Bett, unsere Hände ineinander verkrallt. Er wischte den Schweiß von seiner Stirn, küßte mich dann und sagte: »Leg etwas Jazz auf.«

Ich legte einen frühen Armstrong auf. Ich saß auf dem Fußboden. Das große Zimmer war eine Welt, mit seinem Glühen gefangenen Feuers und seinen Schatten. Saul lag auf dem Bett, lauschte dem Jazz, einen Ausdruck reiner Zufriedenheit auf seinem Gesicht.

In diesem Moment konnte ich mich nicht an die kranke Anna ›erinnern‹. Ich wußte, sie war da, in den Kulissen, wartete darauf, auf einen Knopfdruck hin herauszutreten – aber das war auch alles. Wir waren lange still. Ich fragte mich, welche zwei Personen reden würden, wenn wir zu reden begannen. Ich dachte, wenn es eine Tonbandaufzeichnung von all den vielen Gesprächsstunden in diesem Zimmer gäbe, von den Gesprächen, Kämpfen, Diskussionen und der Krankheit, dann würde es eine Aufzeichnung von hundert verschiedenen Menschen sein, die jetzt in verschiedenen Teilen der Welt leben und reden und schreien und zweifeln. Ich fragte mich, welche Person laut aufschreien würde, wenn ich zu reden anfing, und ich sagte: »Ich habe nachgedacht.« Es ist bereits ein Witz, wenn einer von uns sagt: Ich habe nachgedacht. Er lachte und sagte: »So, du hast nachgedacht.«

»Wenn ein einzelner von einer Persönlichkeit überfallen werden kann, die nicht die seine ist, warum können dann nicht Menschen – ich meine Menschenmassen von fremden Persönlichkeiten überfallen werden.«

Er lag da, bewegte seine Lippen zum Jazz, zupfte auf einer imaginären Gitarre. Er antwortete nicht, schnitt nur eine Grimasse, die sagte: Ich lausche.

»Die Sache ist die, Genosse ...«, ich brach ab, als ich hörte, daß ich das Wort so gebrauchte wie wir jetzt alle, mit einer ironischen Nostalgie. Ich dachte, daß dieser Ton eng verwandt war mit dem höhnenden Ton des Filmvorführers – Unglaube und Zerstörung zeigten sich darin.

Saul sagte, während er seine imaginäre Gitarre beiseite legte: »Nun, Genossin, wenn du glaubst, daß die Massen von außen mit Emotionen infiziert werden, dann bin ich erfreut, Genossin, daß du trotz allem an deinen sozialistischen Prinzipien festhältst.«

Er hatte die Worte ›Genossin‹ und ›Massen‹ ironisch gebraucht, aber nun kippte sein Ton um, wurde bitter. »Also müssen wir nur dafür sorgen, Genossin, daß die Massen, wie so viele leere Behälter, mit guten, nützlichen, rein freundlichen, friedlichen Gefühlen angefüllt werden, genauso wie wir es sind.« Er sprach ohne jede Ironie, nicht ganz in dem Ton des Filmvorführers, aber auch nicht weit davon entfernt.

Ich bemerkte: »So bissige Reden führe ich sonst, aber du tust das doch eigentlich nie.«

»Ich merke, wenn ich nicht mehr der hundertprozentige Revolutionär bin, dann spalte ich mich auf in all das, was ich hasse. Das kommt daher, daß ich nie ins Auge gefaßt habe, das zu werden, was man als reif bezeichnet. Bis vor kurzem habe ich mein ganzes Leben damit verbracht, mich auf den Augenblick vorzubereiten, in dem jemand sagt: ›Nimm dieses Gewehr in die Hand‹; oder: ›Leite diese Kolchose‹; oder: ›Organisiere diese Streikpostenlinie.‹ Ich habe immer geglaubt, daß ich spätestens mit dreißig tot bin.«

»Alle jungen Männer glauben, daß sie spätestens mit dreißig tot sind. Sie können den Kompromiß des Alterns nicht ertragen. Und wer bin ich, zu behaupten, daß sie unrecht haben?«

»Ich bin nicht *alle* Männer. Ich bin Saul Green. Kein Wunder, daß ich Amerika verlassen mußte. Da ist keiner mehr übrig, der meine Sprache spricht. Was ist mit ihnen allen geschehen – früher kannte ich viele. Wir waren alle Weltveränderer. Nun fahre ich durch mein Land, suche meine alten Freunde auf, und sie sind alle verheiratet oder erfolgreich und führen betrunkene Privatgespräche mit sich selbst, weil amerikanische *Werte* stinken.«

Ich mußte lachen, weil er ›verheiratet‹ auf so mürrische Weise gesagt hatte. Er blickte auf, um zu verstehen, warum ich lachte, und er sagte: »Oh, ja, ja, ich meine es ernst. Ich marschierte in die hübsche, neue Wohnung eines alten Freundes und sagte: ›Was zum Teufel denkst du dir dabei, diese Arbeit zu machen, du weißt doch, daß sie stinkt, du weißt doch, daß du dich selbst zerstörst?‹ Und er sagte: ›Ist es wahr, was ich gehört habe – daß du zum Denunzianten deiner alten Freunde geworden bist?‹ Und er kippte noch einen Drink und sagte: ›Aber Saul, ich habe doch Frau und Kinder.‹ Jesus ja. Und deshalb hasse ich die Frau und die Kinderchen, und es ist mein Recht, sie zu hassen. Ja, schon gut, lach nur, was könnte komischer sein als mein Idealismus – er ist ein alter Hut, er ist so naiv! Es gibt etwas, was man zu keinem mehr sagen kann, scheint es: Du weißt im Innersten deines Herzens, daß du so nicht leben solltest. Also, warum tust du's dann? Nein, man kann das nicht sagen, man ist ein Pedant . . . was hat es für einen Sinn, das zu sagen, ein gewisser Mut ist den Leuten verlorengegangen. Es wäre besser gewesen, ich wäre früher in diesem Jahr nach Kuba gegangen, hätte mich Castro angeschlossen und wäre getötet worden.«

»Offensichtlich nicht, da du nicht gegangen bist.«

»Jetzt bringst du wieder Determinismus ins Gespräch, trotz des Zufalls, den du vor einem Augenblick begrüßt hast.«

»Wenn du wirklich getötet werden willst – Revolutionen gibt es genug, bei denen du getötet werden kannst.«

»Ich bin nicht fähig, das Leben so zu leben, wie es für uns eingerichtet ist. Weißt du was, Anna? Ich würde alles darum geben, noch mal der Junge aus der Bande von idealistischen Gören an der Straßenecke zu sein, die glaubten, sie könnten die Welt verändern. Das war die einzige Zeit in meinem Leben, in der ich glücklich war. Ja, schon gut, ich weiß, was du sagen willst.«

Also sagte ich nichts. Er hob seinen Kopf, um mich anzusehen, und sagte: »Offensichtlich möchte ich doch, daß du es sagst.«

Also sagte ich: »Alle amerikanischen Männer schauen zurück und sehnen sich nach der Zeit, in der sie in der Gruppe junger Männer waren, noch ehe der Druck einsetzte, erfolgreich zu sein oder sich verheiraten zu müssen. Immer wenn ich einen Amerikaner treffe, warte ich auf den Moment, in dem sein Gesicht wirklich aufleuchtet – das passiert dann, wenn er über seine Kumpel spricht.«

»Danke«, sagte er mürrisch. »Das würgt mir das stärkste Gefühl ab, das ich je gehabt habe, und erledigt es.«

»Das ist es, was bei uns allen verkehrt ist. All unsere stärksten Gefühle werden abgewürgt, eines nach dem anderen. Aus irgendeinem Grund sind sie irrelevant für die Zeit, in der wir leben. Mein stärkstes Bedürfnis – mit einem einzigen Mann zu leben, Liebe, all das. Ich habe eine echte Begabung dafür.« Ich hörte meine Stimme, mürrisch wie die seine, kurz darauf stand ich auf und ging zum Telefon.

»Was machst du?«

Ich wählte Mollys Nummer und sagte: »Ich rufe Molly an. Sie wird sagen: Wie geht's deinem Amerikaner? Ich werde sagen: Ich habe eine Affäre mit ihm. Eine Affäre – das ist das richtige Wort. Wie habe ich dieses Wort immer geliebt, es ist so kultiviert und anmutig! Ja, und dann wird sie sagen: Das ist nicht gerade das Vernünftigste, was du in deinem Leben bisher gemacht hast? Ich werde nein sagen. Damit wäre das also erledigt. Ich möchte sie das sagen hören.« Ich stand da und lauschte dem Telefonklingeln in Mollys Wohnung. »Ich sage jetzt etwa fünf Jahre meines Lebens – das war, als ich einen Mann liebte, der mich liebte. Aber natürlich war ich damals sehr naiv. In der Phase. *Die* ist erledigt. Ich sage: Dann machte ich eine Zeit durch, in der ich nach Männern suchte, die mich verletzen würden. Ich brauchte das. In der Phase. *Die* ist erledigt.« Das Telefon klingelte weiter. »Eine Zeitlang war ich Kommunistin. Insgesamt ein Fehler. Trotzdem eine nützliche Erfahrung, und man kann nie genug davon haben. Das war die Phase. Erledigt.« Es kam keine Antwort aus Mollys Haus, also legte ich meinen Hörer auf. »Dann wird sie es eben ein anderes Mal sagen müssen«, sagte ich.

»Aber es wird nicht wahr werden«, sagte er.

»Wahrscheinlich nicht. Aber ich würde es gerne hören, gleichviel.«

Eine Pause. »Was wird mit mir geschehen, Anna?«

Ich sagte, auf meine eigenen Worte lauschend, um herauszufinden, was ich dachte: »Du wirst dich durch das, worin du jetzt steckst, hindurch kämpfen. Du wirst ein sehr sanfter, weiser, freundlicher Mann werden, zu dem die Leute kommen werden, wenn sie es nötig haben, gesagt zu bekommen – sie seien Verrückte im Dienst einer guten Sache.«

»Mein Gott, Anna!«

»Du klingst, als ob ich dich beleidigt hätte!«

»Mal wieder unsere alte Freundin, die Reife! – Ich werde mich *von der* nicht tyrannisieren lassen.«

»Aber Reife ist doch alles, oder nicht?«

»Nein, ist sie nicht!«

»Mein armer Saul, es gibt keine Hilfe für dich, du – steuerst direkt darauf zu. Was ist mit all den wundervollen Leuten, die wir kennen, die um die Fünfzig oder Sechzig sind? Wirklich, es *gibt* ein paar . . . wunderbare, reife, weise Menschen. *Echte* Menschen, die Heiterkeit ausstrahlen, wie man sagt. Und wie sind sie so geworden? *Wir* wissen es doch, nicht wahr? Jeder einzelne von ihnen hat eine Vergangenheit voller Verbrechen des Gefühls, oh, die traurig blutenden Leichen, die die Straße zur Reife des weisen, heiteren Mannes oder der weisen, heiteren Frau von über Fünfzig pflastern! Du schaffst es einfach nicht, weise, reif usw. zu werden, wenn du nicht etwa dreißig Jahre lang ein rasender Kannibale gewesen bist.«

»Ich fange sofort damit an, Kannibale zu sein.« Er lachte, aber mürrisch.

«Oh, nein, das wirst du nicht. Ich kann einen Kandidaten für Heiterkeit und Reife im mittleren Alter aus einem Kilometer Entfernung riechen. Mit dreißig spielen sie verrückt, spucken Feuer und werfen sich in die Brust und sorgen nach allen Richtungen für sexuellen Kahlschlag. Und ich sehe dich jetzt, Saul Green, wie du ganz zäh und isoliert irgendwo in irgendeiner Kaltwasserwohnung von der Hand in den Mund lebst, von Zeit zu Zeit verständig einen guten, alten Scotch schlürfst. Ja, ich kann dich sehen, du wirst deine Figur wieder richtig ausfüllen. Du wirst einer dieser kräftigen, eckigen, soliden Männer mittleren Alters sein, wie ein abgenutzter, brauner Bär, dein goldener Bürstenhaarschnitt an den Schläfen weise ergrauend. Und du wirst dir wahrscheinlich auch eine Brille zugelegt haben. Und du wirst zu schweigen gelernt haben, es könnte sogar bis dahin von alleine kommen. Ich kann sogar einen ordentlichen, blonden, mäßig ergrauenden Bart sehen. Sie werden sagen: Kennst du Saul Green? Das ist ein Mann! Welche Kraft! Welche Ruhe! Welche Heiterkeit! Merk dir, von Zeit zu Zeit wird eine der Leichen ein kleines, wehleidiges Blöken ausstoßen: *Kennst du mich noch?*«

»Die Leichen, das sollst du wissen, sind allesamt auf meiner Seite, und wenn du das nicht verstehst, verstehst du nichts.«

»Ich verstehe das, aber daß die Opfer immer so bereitwillig sind, Leib und Leben hinzugeben, macht die Sache nicht weniger deprimierend.«

»Deprimierend! Ich bin gut für die Leute, Anna. Ich wecke sie auf und schüttle sie und stoße sie auf ihren richtigen Weg.«

»Unsinn. Die Leute, die ach so bereitwillig sind, Opfer zu sein, sind jene, die es aufgegeben haben, selbst Kannibalen zu sein, sie sind nicht zäh oder erbarmungslos genug für die goldene Straße zur Reife und das ach-so-weise Achselzucken. Sie wissen, daß sie aufgegeben haben. Was sie wirklich sagen, ist: *Ich habe* aufgegeben, aber es macht mich glücklich, dir Leib und Leben hinzugeben.«

»Knirsch, knirsch, knirsch«, sagte er, sein Gesicht so zusammengekniffen, daß seine blonden Augenbrauen sich in einer harten Linie auf der Stirn trafen, und er grinste ärgerlich, mit gebleckten Zähnen.

»Knirsch, knirsch, knirsch«, sagte ich.

»Wenn ich richtig verstehe, bist du kein Kannibale?«

»Ja, in der Tat. Trotzdem habe auch ich von Zeit zu Zeit geholfen und

Trost gespendet. Nein, ich bin nicht für die Heiligkeit gemacht, ich werde ein Felsenwälzer.«

»Was ist das?«

»Es gibt einen großen, schwarzen Berg. Das ist die menschliche Dummheit. Es gibt eine Gruppe von Leuten, die einen Felsbrocken den Berg hinauf wälzen. Wenn sie ein paar Meter hochgekommen sind, gibt es einen Krieg oder die falsche Revolution, und der Felsbrocken rollt hinunter – nicht ganz hinunter, er bleibt immer ein paar Zentimeter oberhalb der Stelle liegen, wo er zuletzt lag. Also drücken diese Leute ihre Schultern gegen den Felsbrocken und beginnen ihn wieder hinaufzuwälzen. Währenddessen stehen ein paar große Männer auf der Bergspitze. Manchmal blicken sie hinunter und nicken und sagen: Gut, die Felsenwälzer sind noch an der Arbeit. Aber inzwischen grübeln wir über den Weltraum nach, oder wie es sein wird, wenn die Welt voll von Leuten ist, die nicht hassen, sich nicht fürchten und nicht morden.«

»Hmm. Ich möchte einer der großen Männer auf der Bergspitze sein.«

»Pech für uns beide, wir sind beide Felsenwälzer.«

Auf einmal sprang er vom Bett herunter wie eine schwarze Stahlfeder, die hochschnellt, und stand da, Haß in seinen Augen, so plötzlich, als wäre er angeschaltet worden, und sagte: »Oh, nein, das tust du nicht, oh, nein, ich werde nicht . . . ich nicht . . . Ich, Ich, Ich.« Ich dachte: Aha, also ist *er* wieder da, nicht wahr. Ich ging in die Küche, holte eine Flasche Scotch, kam zurück, legte mich auf den Fußboden und trank den Scotch, während er sprach. Ich lag auf dem Boden, betrachtete die Muster aus goldenem Licht an der Decke, hörte das unregelmäßige Prasseln von starkem Regen draußen und fühlte, wie die Spannung sich in meinem Magen ausbreitete. Kranke Anna war wieder da. Ich, Ich, Ich, wie regelmäßig ausgestoßene Maschinengewehrsalven. Ich hörte zu und auch wieder nicht, wie bei einer Rede, die ich geschrieben hatte und die ein anderer hielt. Ja, das war ich, das war jeder, das Ich. Ich. Ich. Ich bin. Ich bin im Begriff. Ich werde nicht. Ich werde. Ich möchte. Ich. Er lief im Zimmer herum wie ein Tier, ein sprechendes Tier, seine Bewegungen wild und mit Energie geladen, eine starke Kraft, die ausspuckte: Ich, Saul, Saul, Ich, Ich möchte. Seine grünen Augen waren starr, sie sahen nicht, sein Mund, wie ein Löffel oder Spaten oder ein Maschinengewehr schoß heraus, spie aus, heiße, aggressive Sprache, Worte wie Kugeln. »Ich lasse mich nicht von dir zerstören. Von niemandem. Ich lasse mich nicht einschließen, einsperren, zähmen, will nicht gesagt bekommen, sei still, bleib, wo du bist, tu, was man dir sagt, will nicht . . . Ich sage, was ich denke, ich will mit deiner Welt nichts zu tun haben.« Ich konnte die Gewalt seiner unheilvollen Macht jeden Nerv in mir angreifen fühlen, ich fühlte, wie mein Magen in Aufruhr geriet, meine Rückenmuskeln sich spannten wie Drähte; ich lag da mit der Flasche Scotch in der Hand, schlürfte ihn stetig, fühlte, wie Trunkenheit mich überkam, lauschte, lauschte ... ich merkte, daß ich lange Zeit dagelegen hatte, Stunden vielleicht, während Saul herumging und schrie. Ein- oder zweimal sagte ich etwas, schleuderte seinem Redestrom Worte entgegen, und es war, als würde eine Maschine, die von einem Mechaniker so eingestellt und eingerichtet war, daß sie auf ein Geräusch von außen kurz zum Stehen kam, anhalten, sich selbst automatisch überprüfen, Mund oder Metallöffnung bereits in der richtigen Stellung, um den nächsten Strom von Ich Ich Ich Ich Ich Ich auszustoßen. Einmal stand ich auf, nicht wirklich von ihm gesehen, denn er sah mich nicht, außer als Feind, den er niederschreien mußte, und legte, mehr für mich, eine Armstrong-Platte auf, klammerte mich zur Beruhigung an die rein wohltuende Musik und sagte: »Hör zu, Saul. Hör zu.« Er runzelte leicht die Stirn, seine Brauen zuckten, und er sagte mechanisch: »Ja? Was?« Dann Ich Ich Ich Ich Ich Ich. Ich werd's euch allen zeigen mit eurer Moral und eurer Liebe und euren Gesetzen, Ich Ich Ich Ich. Also nahm ich den Armstrong herunter und legte Sauls Musik auf, kühl und zerebral, die emotionslose Musik für Männer, die Verrücktheit und Leidenschaft ablehnen, und für einen Augenblick hörte er auf, setzte sich hin, als wären die Muskeln seiner Schenkel durchschnitten worden, saß da, Kopf auf der Brust, die Augen geschlossen, lauschte dem sanften Maschinengewehrtrommeln von Hamilton, dem Trommeln, das den Raum erfüllte, wie seine Worte es getan hatten, und sagte dann mit seiner eigenen Stimme: »Mein Gott, was haben wir verloren, was haben wir verloren, was haben wir verloren; wie kommen wir da je wieder hin, wie kommen wir da wieder hin.« Und dann, als wäre das nicht geschehen, sah ich, wie die Muskeln seiner Schenkel sich spannten und ihn hochschnellen ließen, und ich drehte den Apparat ab, da er nicht der Musik zuhörte, sondern nur seinen eigenen Worten: Ich Ich Ich, und legte mich wieder hin und lauschte den Worten, die gegen die Wände prasselten und überall abprallten, Ich Ich Ich, das nackte Ego. Ich war schrecklich krank, ich war zu einem schmerzenden Muskelball zusammengepreßt, während die Kugeln flogen und prasselten, und für einen Moment wurde mir schwarz vor Augen. Ich war zurück in meinem Alptraum, in dem ich wußte, aber wirklich wußte, wie der Krieg lauerte, und während ich die leergefegte Straße mit weißen, dreckbespritzten Häusern hinabrannte, in einer lautlosen, doch mit lautlos wartenden Menschen überfüllten Stadt, explodierte irgendwo in der Nähe der kleine, häßliche Behälter des Todes; sanft, sanft explodierte er in die wartende Stille, verbreitete Tod, zerbröckelte die Häuser, zerbrach den Stoff des Lebens, löste die Struktur des Fleisches auf, und ich schrie, tonlos, keiner hörte, so wie all die anderen Menschen in den stillen Häusern schrien und keiner es hörte. Als ich aus der Ohnmacht erwachte, stand Saul gegen die Wand gelehnt, preßte sich mit seinem Rücken gegen sie, die Muskeln seiner Schenkel und seines Rückens packten die Wand, und er sah mich an. Er hatte mich gesehen. Er war wieder da, das erstemal innerhalb von Stunden. Sein Gesicht war weiß, blutleer, seine Augen grau und geweitet voller Entsetzen, weil ich da lag, zusammengekrümmt vor Schmerzen. Er sagte, mit seiner eigenen Stimme: »Anna, um Himmels willen, schau doch nicht so«, aber dann ein Zögern, und zurück kam der Verrückte, denn jetzt war es nicht nur Ich Ich Ich Ich, sondern Ich gegen die Frauen. Frauen, die Gefängniswärter, das Gewissen, die Stimme der Gesellschaft, und er richtete einen reinen Strom des Hasses gegen mich, weil ich eine Frau war. Und nun hatte der Whisky mich geschwächt und ausgelaugt, und ich spürte in mir das kraftlose, weiche, schwammige Gefühl, die verratene Frau. Huhuhu, du liebst mich nicht, du liebst nicht, Männer lieben Frauen nicht mehr. Huhuhu, und mein niedlicher, rosaspitziger Zeigefinger zeigte auf meinen weißen, rosaspitzigen, verratenen Busen, und ich begann schwächlich zu weinen, versoffene, Whisky-verdünnte Tränen, im Namen aller Frauen. Als ich weinte, sah ich seinen Schwanz sich unter den Jeans aufrichten, und ich wurde feucht und dachte höhnisch, ah, jetzt wird er mich lieben, er wird die arme, verratene Anna und ihren verwundeten, weißen Busen lieben. Da sagte er mit der Stimme eines empörten kleinen Schuljungen, eines Pedanten: »Anna, du bist betrunken, steh vom Fußboden auf.« Und ich sagte: »Ich will nicht«, weinend, in meiner Schwäche schwelgend. Da zog er mich hoch, empört und geil, und kam in mich, sehr groß, aber wie ein Schuljunge, der zum erstenmal mit einer Frau schläft, zu schnell, voller Scham und Hitze. Und dann sagte ich, unbefriedigt: »Nun sei erwachsen«, indem ich seine Sprache benutzte, und er sagte, empört: »Anna, du bist betrunken, schlaf jetzt den Rausch aus.« Dann deckte er mich zu, küßte mich und ging auf Zehenspitzen hinaus wie ein schuldbewußter Schuljunge, stolz auf seinen ersten Fick, und ich sah ihn, den braven amerikanischen Jungen, sentimental und beschämt, sah Saul Green, der zum erstenmal eine Frau gefickt hatte. Und ich lachte und lachte. Dann schlief ich ein und erwachte lachend. Ich weiß nicht, was ich geträumt hatte, aber ich erwachte aus vollkommener Sorglosigkeit, und dann sah ich, daß er neben mir lag.

Er war kalt, da nahm ich ihn in meine Arme, voller Glück. Ich erkannte an der Art meines Glücks, daß ich im Schlaf leicht und freudig geflogen sein mußte, und das bedeutete, daß ich nicht immer die kranke Anna sein würde. Als er erwachte, war er erschöpft von den Ich Ich Ich Ich-Stunden, und sein Gesicht war gelb und gequält, und als wir aus dem Bett stiegen, waren wir beide erschöpft, tranken Kaffee und lasen in der großen, hell gestrichenen Küche die Zeitungen, still, unfähig, etwas zu sagen. Endlich sagte er: »Ich müßte arbeiten.« Aber wir wußten, wir würden es nicht tun; wir legten uns wieder ins Bett, zu müde, uns zu bewegen, und ich wünschte sogar den Saul der letzten Nacht zurück, den Saul voller schwarzer, mörderischer Energie, es war so erschreckend, so erschöpft zu sein. Dann sagte er: »Ich kann hier nicht liegen.« Und ich sagte: »Nein.« Aber wir rührten uns nicht. Dann stieg oder kroch er aus dem Bett. Und ich dachte: Wie wird er sich hier herausmanövrieren, er wird Dampf machen müssen, um das zu schaffen. Obwohl die Spannung in meinem Magen es mir sagte, interessierte es mich doch, es zu sehen. Er sagte herausfordernd: »Ich gehe spazieren.« Ich sagte: »In Ordnung.« Er warf mir einen heimlichen Blick zu und ging hinaus, um sich anzuziehen, und kam dann zurück. Er sagte: »Warum hinderst du mich nicht?« Ich erwiderte: »Weil ich nicht will.« Darauf er: »Wenn du wüßtest, wohin ich gehe, würdest du mich hindern.« Dann ich, und ich hörte meine Stimme hart werden: »Oh, ich weiß, daß du zu einer Frau gehst.« Und er: »Du wirst es nie erfahren, nicht wahr?«

»Nein, und es ist mir auch egal.«

Er hatte an der Tür gestanden, kam aber jetzt in das Zimmer, zögernd. Er sah interessiert aus.

Ich erinnerte mich an de Silvas »Ich wollte sehen, was passieren würde«.

Saul wollte sehen, was passieren würde. Und ich auch. Ich spürte in mir, stärker als alles andere, ein boshaftes, ausgesprochen freudiges Interesse – als wären wir, Saul und ich, zwei unbekannte Größen, zwei anonyme Kräfte, ohne Persönlichkeit. Als wären in dem Zimmer zwei vollkommen bösartige Wesen, die, wenn der andere plötzlich tot umfallen oder vor Schmerz zu schreien anfangen würde, sagen würden: »Ja, gut so!«

»Es ist dir egal«, sagte er jetzt trotzig, aber in einem experimentierenden Trotz, einer Trotzprobe oder einer Wiederauflage, zu oft durchgespielt, um noch überzeugend zu sein. »Es ist dir egal, sagst du, aber du beobachtest jede Bewegung, die ich mache, wie ein Spion.«

Ich sagte mit einer munteren, fröhlichen Stimme, begleitet von einem Lachen, das wie ein schwaches, verebbendes Keuchen war (einem Lachen, das ich von Frauen, die unter starkem Streß stehen, gehört und kopiert habe): »Ich bin ein Spion, weil du mich zu einem machst.« Er stand still da, sah aber aus, als ob er lauschte, als ob die Worte, die er als nächstes sagen müßte, ihm von einem Playback eingefüttert würden: »Ich lasse mich von keiner Dame der Welt an die Kandare nehmen, das war noch nie der Fall und wird es auch nie sein.«

Das ›war noch nie der Fall und wird es auch nie sein‹ kam überstürzt und gehaspelt heraus wie bei einer Platte, die man zu schnell abspielt.

Und ich sagte mit der gleichen mörderisch fröhlichen , boshaften Stimme: »Wenn du mit ›an die Kandare nehmen lassen‹ meinst, daß deine Frau über jeden Schritt, den du tust, Bescheid wüßte, dann bist du jetzt an der Kandare.«

Und ich hörte, wie ich das erlöschende, schwache, doch triumphierende Lachen ausstieß.

»Das glaubst du«, sagte er böswillig.

»Das weiß ich.«

Der Dialog war von selbst zu Ende gegangen, und nun sahen wir einander an, interessiert, und ich sagte: »Wir werden das nie wieder sagen müssen.« Und er sagte, interessiert: »Ich hoffe nicht.« Womit er hinausging, in Eile, getrieben von der Energie dieses Wortwechsels.

Ich stand da und dachte: Ich kann die Wahrheit herausfinden, indem ich hinaufgehe und mir sein Tagebuch anschaue. Aber ich wußte, daß ich es nicht tun würde und daß ich es niemals mehr tun würde. All das war vorbei. Aber ich war sehr krank. Ich ging in die Küche, um Kaffee zu machen, goß mir aber einen kleinen Scotch ein. Ich sah mir die Küche an, sehr glänzend, sehr sauber. Dann wurde mir schwindelig. Die Farben waren zu glänzend, so als glühten sie. Und ich wurde mir aller Mängel der Küche bewußt, die mir normalerweise Freude macht – ein Sprung in glänzend weißem Emaille, Staub auf einer Leiste, Farbe, die anfängt, sich zu verfärben. Ich fand auf einmal alles schrecklich billig und häßlich. Die Küche müßte ganz neu gestrichen werden, aber das würde auch nichts daran ändern, daß die Wohnung so alt ist und die Wände verrotten in einem verrotteten Haus. Ich schaltete das Licht in der Küche aus und ging in dieses Zimmer zurück. Aber bald schien es so häßlich wie die Küche. Die roten Vorhänge hatten einen unheilverkündenden, doch billigen Glanz, und das Weiß der Wände war angegraut. Ich merkte, daß ich dauernd im Zimmer umherging, auf die Wände, die Vorhänge, die Tür starrte, angewidert von dem konkreten Material, aus dem das Zimmer gemacht war, während Farben mich mit ihrer glühenden Unwirklichkeit attackierten. Ich betrachtete das Zimmer, wie ich vielleicht das Gesicht von jemandem, den ich gut kenne, betrachten würde, auf der Suche nach Spuren der Belastung und Anspannung. Mein eigenes oder Sauls beispielsweise, um zu erfahren, was hinter meinem hübschen, unbewegten, kleinen Gesicht vorgeht, was hinter Sauls breitem, offenen, hellen Gesicht vorgeht, das krank aussieht, zugegebenermaßen; aber wer, der sie nicht erfahren hatte, würde die Explosion der Möglichkeiten erahnen, die sich durch seinen Verstand entfalten? Oder das Gesicht einer Frau im Zug, wenn ich an einer gespannten Braue oder einem schmerzlichen Zucken erkenne, daß eine Welt der Zerrüttung dahinter verborgen liegt, und ich über die Fähigkeit der Menschen staune, sich unter großer Belastung zusammenzuhalten. Mein großes Zimmer wie auch die Küche war nicht mehr die beruhigende Muschelschale, die mich umgab, sondern ein beharrlicher Angriff von hundert verschiedenen Seiten auf meine Aufmerksamkeit, als warteten hundert Feinde darauf, daß meine Aufmerksamkeit abgelenkt würde, damit sie sich hinter mir heranschleichen und mich angreifen könnten. Ein Türknauf, der poliert werden mußte, eine Staubspur auf weißer Farbe, ein gelblicher Streifen da, wo das Rot der Gardinen verblichen war, der Tisch, in dem meine Notizbücher versteckt lagen – das griff mich an, forderte mich mit heißen Wellen aufsteigender Übelkeit. Ich wußte, ich mußte das Bett erreichen, und wieder mußte ich über den Fußboden kriechen, um dorthin zu kommen. Ich lag auf dem Bett und wußte, bevor ich einschlief, daß der Filmvorführer auf mich wartete.

Ich wußte auch, was man mir sagen würde. Dieses Wissen war eine ›Erleuchtung‹. Während des Wahnsinns und der Zeitlosigkeit der letzten Wochen hatte ich einen Augenblick des ›Wissens‹ nach dem anderen gehabt, dennoch gibt es keine Möglichkeit, diese Art des Wissens in Worte zu fassen. Dabei waren diese Augenblicke so mächtig wie die kurze Erleuchtung eines Traumes, die beim Erwachen erhalten bleibt. Das, was ich gelernt habe, wird bis zu meinem Tode Teil meiner Lebenserfahrung sein. Worte. Worte. Ich spiele mit Worten, hoffe, daß irgendeine Kombination, selbst eine Zufallskombination, ausdrücken wird, was ich ausdrücken möchte. Möglicherweise besser mit Musik? Aber Musik attackiert mein inneres Ohr wie ein Gegner, das ist nicht meine Welt. Tatsache ist, daß man die wirkliche Erfahrung nicht beschreiben kann. Ich denke verbittert, daß eine Reihe von Sternchen wie in einem altmodischen Roman möglicherweise besser wäre. Oder irgendein Symbol, ein Kreis vielleicht oder ein Quadrat. Alles andere, bloß keine Worte. Die Leute, die dort gewesen sind, an dem Ort in ihrem Inneren, wo Worte, Strukturen, Satzgefüge sich auflösen, werden wissen, was ich meine, und die anderen nicht. Aber wenn man einmal da war, überkommt einen eine schreckliche Ironie, ein schreckliches Achselzucken, und die Frage, soll man dagegen ankämpfen oder es verleugnen und was ist richtig, was ist falsch, stellt sich nicht mehr, man weiß einfach, daß es da ist, immer. Es bleibt einem sozusagen nur, sich davor zu verneigen, mit einer gewissen Höflichkeit, wie vor einem alten Feind: Schön, ich weiß, daß du da bist, aber wir müssen die Formen wahren, nicht wahr? Und vielleicht ist die Bedingung dafür, daß du überhaupt existierst, daß wir die Formen wahren, daß wir Verhaltensmuster schaffen – hast du daran schon gedacht?

Also ist alles, was ich sagen kann, daß ich, bevor ich einschlief, ›verstand‹, warum ich schlafen mußte, was der Vorführer sagen würde und was ich würde lernen müssen. Auch wenn ich es bereits wußte; das heißt, daß das Träumen selbst schon den Charakter von Worten besaß, die nach dem Ereignis gesprochen wurden, es war wie eine Zusammenfassung von etwas Erfahrenem zum Zwecke der Verdeutlichung.

Sobald der Traum kam, sagte der Vorführer mit Sauls Stimme, sehr praktisch: »Und jetzt werden wir sie nochmal durchlaufen lassen.« Ich war verwirrt, weil ich Angst hatte, daß ich dieselbe Folge von Filmen sehen würde wie beim letztenmal – glatt und unwirklich. Obwohl es aber dieselben Filme waren, hatten sie diesmal eine andere Qualität, die ich in dem Traum ›realistisch‹ nannte; sie hatten etwas Ursprüngliches, Rohes, ziemlich Sprunghaftes wie die frühen russischen oder deutschen Filme. Gewisse Passagen des Films liefen über lange, lange Strecken hinweg langsamer, während ich Einzelheiten beobachtete, aufsaugte, die wahrzunehmen im Leben ich keine Zeit gehabt hatte. Der Vorführer sagte immer wieder, wenn ich etwas kapiert hatte, was ich kapieren sollte: »So ist es, Gnädigste, so ist es.« Und weil er mich führte, sah ich noch genauer hin. Ich merkte, daß alles, worauf ich besonderen Wert gelegt hatte, oder alles, was durch meine Biographie besonderes Gewicht bekommen hatte, jetzt vorbeiglitt, schnell und nebensächlich. Die Gruppe unter den Gummibäumen beispielsweise oder Ella, die mit Paul im Gras lag, oder Ella, die Romane schrieb, oder Ella, die sich den Tod im Flugzeug wünschte, oder die Tauben, die Pauls Gewehr zum Opfer fielen – sie alle waren weg, waren absorbiert, hatten dem, was wirklich von Bedeutung war, Platz gemacht. So beobachtete ich, unermeßlich lang, jede Bewegung verfolgend, wie Mrs. Boothby mit ihrem kräftigen Hintern, der unter dem Druck ihres Korsetts vorsprang wie ein Riff, mit dunklen Schweißflecken unter den Achseln, das Gesicht gerötet vor Erschöpfung, in der Hotelküche von Mashopi stand und von verschiedenen Fleisch- und Geflügelbraten etwas für eine kalte Platte abschnitt. Und ich lauschte den jungen, grausamen Stimmen und dem noch grausameren Gelächter, das durch eine dünne Wand kam. Oder ich hörte Willis Summen, dicht hinter meinem Ohr, das unmelodische, verzweifelt einsame Summen; schaute mir in Zeitlupe an, immer und immer wieder, so daß ich es niemals vergessen konnte, wie er mir einen langen, verletzten Blick zuwarf, als ich mit Paul flirtete. Oder ich sah, wie Mr. Boothby, der wohlbeleibte Mann hinter der Bar, seine Tochter mit ihrem jungen Mann anblickte. Ich sah seinen neidischen, doch nicht verbitterten Blick auf diese Jugend, bevor er seine Augen abwandte und seine Hand ausstreckte, um ein leeres Glas zu nehmen und es zu füllen. Und ich sah Mr. Lattimore, der in der Bar trank, sorgsam darauf bedacht, Mr. Boothby nicht anzublicken, während er dem Gelächter seiner schönen, rothaarigen Frau lauschte. Ich sah ihn sich wieder und wieder bücken, zittrig vor Trunkenheit, um den flauschigen, roten Hund zu streicheln, ihn zu streicheln, ihn zu streicheln. »Kapiert?« fragte der Vorführer und ließ eine weitere Szene laufen. Ich sah Paul Tanner, der am frühen Morgen aufgekratzt und tatendurstig vor lauter Schuldbewußtsein nach Hause kam, sah, wie seine Augen denen seiner Frau begegneten, als sie in einer geblümten Schürze vor ihm stand, ziemlich verlegen und flehend, während die Kinder frühstückten, bevor sie zur Schule gingen. Wie er sich dann umdrehte, die Stirn runzelte und hinaufging, um ein sauberes Hemd vom Regal herunterzunehmen. »Kapiert?« fragte der Vorführer. Dann lief der Film sehr schnell, er verweilte kurz, wie im Traum, auf Gesichtern, die ich einst auf der Straße gesehen und vergessen hatte, auf der langsamen Bewegung eines Armes, der Bewegung eines Augenpaares, und alle Bilder sagten dasselbe – der Film ging jetzt über meine, Ellas und die Erfahrung der Notizbücher hinaus, weil eine Verschmelzung stattfand; anstelle der einzelnen Szenen, Leute, Gesichter, Bewegungen, Blicke sah man jetzt alles zusammen. Dann wurde er wieder ungeheuer langsam, zerfiel in eine Reihe von Augenblicken, in denen: die Hand eines Bauern sich senkte, um Samenkörner in die Erde fallen zu lassen, ein Felsen schimmernd dastand, während Wasser ihn langsam auswusch, ein Mann auf einem karstigen Berghang im Mondlicht stand, ewig dastand, das Gewehr im Anschlag, eine Frau wach in der Dunkelheit lag und sagte: Nein, ich werde mich nicht umbringen, ich werde es nicht tun, ich werde es nicht tun.

Der Vorführer war jetzt still, ich rief ihm zu: Es reicht, und er antwortete nicht, also streckte ich meine Hand aus, um den Apparat abzuschalten. Noch schlafend, las ich Worte von einer Seite ab, die ich geschrieben hatte. Sie handelten von Mut, aber nicht von dem, den ich sonst immer als Mut verstanden habe. Es ist ein unscheinbarer, qualvoller Mut, ohne den kein Leben ist, weil alles Leben in Ungerechtigkeit und Grausamkeit wurzelt. Und der Grund, weshalb ich meine Aufmerksamkeit nur dem Heroischen, dem Schönen oder dem Intelligenten zugewandt habe, ist der, daß ich diese Ungerechtigkeit und Grausamkeit nicht akzeptieren will, also auch die unscheinbare Zähigkeit nicht akzeptieren will, die größer ist als alles andere.

Ich prüfte diese Worte, die ich geschrieben hatte, und sie erregten meine Kritik; dann brachte ich sie zu Mother Sugar. Ich sagte zu ihr: »Wir sind wieder bei dem Grashalm, der sich tausend Jahre, nachdem die Bomben explodiert sind und die Erdkruste geschmolzen ist, durch die verrosteten Stahlteile hindurchzwängen wird. Denn die Willenskraft in dem Grashalm ist dasselbe wie die unscheinbare, qualvolle Zähigkeit. Habe ich recht?« (Ich lächelte höhnisch im Traum, auf der Hut vor einer Falle.)

»Und weiter?« fragte sie.

»Aber wenn ich ehrlich bin, habe ich gar keine Lust, diesem verdammten Grashalm soviel Ehrerbietung entgegenzubringen, selbst jetzt nicht.«

Da lachte sie, unerschütterlich und aufrecht auf ihrem Stuhl sitzend, ziemlich schlecht gelaunt wegen meiner Langsamkeit, meiner unverminderten Begriffsstutzigkeit. Ja, sie sah aus wie eine ungeduldige Hausfrau, die etwas verlegt hat oder aus ihrem Zeitplan kommt.

Dann erwachte ich in einen späten Nachmittag hinein, das Zimmer kalt und dunkel. Ich war deprimiert; ich war ganz und gar der weiße, weibliche Busen, durchbohrt von grausamen, männlichen Pfeilen. Ich litt unter meinem

Verlangen nach Saul, und ich hatte Lust, ihn zu malträtieren und zu beschimpfen. Dann würde er natürlich sagen: Arme Anna, es tut mir leid, und dann würden wir uns lieben.

Eine Kurzgeschichte oder eine Novelle, heiter und ironisch: Eine Frau, bestürzt von ihrer Fähigkeit, sich einem Mann auszuliefern, beschließt, sich zu befreien. Entschlossen nimmt sie sich zwei Liebhaber, schläft abwechselnd mit ihnen – sie glaubt den Augenblick der Freiheit gekommen, wenn sie fähig ist, sich zu sagen, daß sie sie beide gleichermaßen genossen hat. Die beiden Männer werden sich instinktiv ihrer gegenseitigen Existenz bewußt; der eine, eifersüchtig, verliebt sich ernsthaft in sie; der andere wird kühl und wachsam. Trotz all ihrer Entschlossenheit kann sie es nicht verhindern, daß sie den Mann, der sich in sie verliebt hat, liebt; sie wird kühl dem Mann gegenüber, der wachsam ist. Wenngleich sie verzweifelt ist, daß sie so ›unfrei‹ ist wie eh und je, verkündigt sie beiden Männern, daß sie nun völlig emanzipiert sei, daß sie endlich das Ideal des vollen sexuellen und emotionellen Vergnügens mit zwei Männern auf einmal erreicht habe. Der kühle und vorsichtige Mann hört sich das interessiert an, macht nüchterne und intelligente Bemerkungen über die weibliche Emanzipation. Der Mann, den sie wirklich liebt, verläßt sie, verletzt und bestürzt. Sie bleibt zurück mit dem Mann, den sie nicht liebt, der sie nicht liebt, und führt mit ihm intelligente, psychologische Gespräche.

Die Idee zu dieser Geschichte fesselte mich, und ich fing an zu überlegen, wie sie geschrieben werden müßte. Wie, zum Beispiel, würde sie sich verändern, wenn ich Ella statt meiner nähme? Ich hatte seit einiger Zeit nicht mehr über Ella nachgedacht, und mir wurde klar, daß sie sich natürlich in der Zwischenzeit verändert hatte; sie war beispielsweise sicher defensiver geworden. Ich sah sie mit verändertem Haar – bestimmt hatte sie es wieder zurückgebunden, sah streng aus; trug andere Kleider. Ich beobachtete, wie Ella in meinem Zimmer umherging. Und dann fing ich an, mir vorzustellen, wie sie mit Saul umgehen würde – viel intelligenter, glaube ich, als ich, kühler zum Beispiel. Nach einer Weile merkte ich, daß ich das tat, was ich vorher getan hatte, ich erschuf ›die Dritte‹ – die Frau, die insgesamt besser war als ich. Denn ich konnte exakt den Punkt bezeichnen, an dem Ella die Realität verließ, sich anders verhielt, als sie sich aufgrund ihres Charakters in Wirklichkeit verhalten würde; und sich aufschwang zu einer generellen Großzügigkeit, die bei ihr unmöglich war. Aber ich empfand keine Abneigung diesem neuen Menschen gegenüber, den ich erschuf; ich dachte, daß diese wundervollen, großmütigen Handlungen, die uns in unseren Phantasien begleiten, mit großer Wahrscheinlichkeit real werden konnten, einfach deshalb, weil wir sie brauchen, weil wir sie uns vorstellen. Dann fing ich an zu lachen, weil ich in Wirklichkeit so himmelweit von dem entfernt war, was ich mir vorstellte – von der Kluft zwischen Ella und mir ganz zu schweigen.

Ich hörte Sauls Schritte die Treppe hochkommen, und ich war gespannt, wer da hereinkommen würde. Obwohl er krank und müde aussah, wußte ich, sobald ich ihn sah, daß die Teufel an dem Tag nicht in meinem Zimmer sein würden; und vielleicht nie wieder, denn ich wußte auch, was er vorhatte zu sagen.

Er saß auf dem Rand meines Bettes und sagte: »Es ist komisch, daß du gelacht hast. Während ich herumgelaufen bin, habe ich über dich nachgedacht.«

Ich sah, wie er durch die Straßen, durch das Chaos seiner Wahnvorstellungen gelaufen war, sich an Ideen oder Wortfolgen festklammerte, die ihn retten sollten. Ich sagte: »Also, was hast du gedacht?« – wartete darauf, daß der Pädagoge sprechen würde.

»Warum lachst du?«

»Weil du durch eine verrückte Stadt gerast bist und moralische Axiome aufgestellt hast, wie Knallbonbon-Sinnsprüche, um uns beide damit zu retten.«

Er sagte trocken: »Es ist schade, daß du mich so gut kennst, ich dachte, ich könnte dich mit meiner Selbstkontrolle und Klugheit in Erstaunen versetzen. Ja, ich glaube, der Vergleich mit den Knallbonbon-Sinnsprüchen ist richtig.«

»Also, laß sie hören.«

»Erstens, du lachst nicht genug, Anna. Ich habe nachgedacht. Mädchen lachen. Alte Frauen lachen. Frauen deines Alters lachen nicht, ihr seid alle elend beschäftigt mit dieser todernsten Sache – dem Leben.«

»Aber ich habe mich wirklich kaputtgelacht – ich habe über die ungebundenen Frauen gelacht.« Ich erzählte ihm die Handlung meiner Kurzgeschichte, er saß da, hörte zu, lächelte ironisch. Dann sagte er: »Das habe ich nicht gemeint, ich meinte richtiges Lachen.«

»Ich werde den Punkt auf meine Tagesordnung setzen.«

»Nein, sag das nicht so. Hör zu, Anna, wenn wir nicht überzeugt davon sind, daß die Sachen, die wir auf unsere Tagesordnung setzen, für uns wahr werden, dann gibt es keine Hoffnung für uns. Durch das, was wir ernsthaft auf unsere Tagesordnung setzen, werden wir gerettet werden.«

»Wir müssen an unsere Entwürfe glauben?«

»Wir müssen an unsere schönen, unmöglichen Entwürfe glauben.«

»Richtig. Was noch?«

»Zweitens, du kannst nicht so weitermachen, du mußt wieder anfangen zu schreiben.«

»Klar, wenn ich könnte, würde ich.«

»Nein, Anna, das ist nicht gut genug. Warum schreibst du nicht diese Kurzgeschichte, von der du mir gerade erzählt hast? Nein, ich möchte nicht wieder das ganze Geschwätz hören, das du immer machst – sag mir in einem einfachen Satz, warum nicht. Du kannst es Knallbonbon-Sinnsprüche nennen, wenn du magst, aber als ich herumlief, dachte ich, wenn du das Problem in deinem Kopf vereinfachen könntest, alles auf einen Nenner bringen könntest, dann könntest du einen genauen, langen Blick darauf werfen und es überwinden.«

Ich fing an zu lachen, aber er sagte: »Glaub mir, Anna, du wirst wirklich zusammenklappen, wenn du nicht tust, was ich dir sage.«

»Und wenn schon. Ich kann weder diese noch irgendeine andere Geschichte schreiben, denn kaum setze ich mich zum Schreiben hin, kommt jemand ins Zimmer, guckt über meine Schulter und unterbricht mich.«

»Wer? Weißt du das?«

»Natürlich weiß ich das. Es könnte ein chinesischer Bauer sein. Oder einer von Castros Guerillakämpfern. Oder ein Algerier, der in der FLN kämpft. Oder Mr. Mathlong. Sie stehen hier im Zimmer und sagen: Warum machst du nicht etwas über uns, anstatt deine Zeit mit Kritzeleien zu vergeuden?«

»Du weißt sehr wohl, daß das keiner von ihnen sagen würde.«

»Nein. Aber *du* weißt ganz genau, was ich meine. Ich weiß das. Es ist der Fluch, der auf uns allen liegt.«

»Ja, ich weiß. Aber ich werde dich zum Schreiben zwingen, Anna. Nimm ein Stück Papier und einen Bleistift.«

Ich legte ein sauberes Blatt Papier auf den Tisch, nahm einen Bleistift und wartete.

»Es ist doch egal, wenn du versagst, warum bist du so arrogant? Fang einfach an.«

In meinem Kopf entstand eine Leere, aus Panik, ich legte den Bleistift nieder. Ich sah, wie er mich anstarrte, mir befahl, mich zwang – ich nahm den Bleistift wieder.

»Dann werde ich dir den ersten Satz geben. Da sind die beiden Frauen, die du bist, Anna. Schreibe: Die beiden Frauen waren allein in der Londoner Wohnung.«

»Du willst, daß ich einen Roman mit ›Die beiden Frauen waren allein in der Londoner Wohnung‹ beginne?«

»Warum sagst du das so? Schreibe es, Anna.«

Ich schrieb es.

»Du wirst das Buch schreiben, du wirst es schreiben, du wirst es beenden.«

Ich sagte: »Warum ist es für dich so wichtig, daß ich das tue?«

»Ah!« sagte er mit selbstironischer Verzweiflung. »Eine gute Frage. Na, wenn du es kannst, dann kann ich's auch.«

»Möchtest du, daß ich dir den ersten Satz deines Romans gebe?«

»Laß hören.«

»Auf einem karstigen Berghang in Algerien betrachtete ein Soldat das Mondlicht, das auf seinem Gewehr glänzte.«

Er lächelte. »Ich könnte das schreiben, du nicht.«

»Dann schreib es.«

»Unter der Bedingung, daß du mir dein neues Notizbuch gibst.«

»Warum?«

»Ich brauche es, das ist alles.«

»In Ordnung.«

»Ich muß fortgehen, Anna, weißt du das?«

»Ja.«

»Dann koche für mich. Ich hätte nie gedacht, daß ich je zu einer Frau sagen würde: Koche für mich. Ich betrachte die Tatsache, daß ich das überhaupt sagen kann, als einen kleinen Schritt in Richtung auf das, was man allgemein als Reife bezeichnet.«

Ich kochte, und wir gingen schlafen. Heute morgen erwachte ich zuerst. Sein schlafendes Gesicht war krank und dünn. Ich hielt es für ausgeschlossen, daß er von hier fortgehen konnte, ich konnte ihn nicht weglassen, er war außerstande wegzugehen.

Er erwachte, und ich kämpfte mit dem Wunsch zu sagen: Du kannst nicht gehen. Ich muß mich um dich kümmern. Ich werde alles tun, wenn du nur sagst, daß du bei mir bleibst.

Ich wußte, er kämpfte gegen seine eigene Schwäche an. Ich fragte mich, was passiert wäre, wenn er damals vor vielen Wochen seine Arme nicht um meinen Hals gelegt hätte, unbewußt, im Schlaf. Damals wollte ich, daß er seine Arme um meinen Hals legen würde. Ich lag da, kämpfte dagegen an, ihn berühren zu wollen, wie er dagegen ankämpfte, mich um Hilfe zu bitten, und ich dachte, wie eigenartig, daß ein Akt der Güte, des Mitleids solch ein Verrat sein konnte. Mein Verstand setzte aus vor Erschöpfung, und währenddessen gewann der Schmerz des Mitleids die Oberhand und ich wiegte ihn in meinen Armen, wußte, es war Verrat. Er klammerte sich an mich, sofort, für eine Sekunde echter Nähe. Dann, plötzlich, erweckte meine Falschheit die seine, denn er murmelte mit Kinderstimme: »Bin ein guter Junge«, nicht so, wie er es irgendwann seiner Mutter zugeflüstert hatte, denn diese Worte konnten niemals seine gewesen sein – sie kamen aus der Literatur. Und er murmelte sie süßlich, parodierend. Aber nicht ganz. Als ich auf ihn hinuntersah, sah ich auf seinem scharfen, kranken Gesicht zunächst die sentimentale Falschheit, die zu den Worten paßte; dann eine Grimasse des Schmerzes: schließlich, als er mich auf sich blicken sah, voller Entsetzen, trat in seine zusammengekniffenen, grauen Augen ein Ausdruck haßerfüllter Herausforderung, und wir schauten uns an, hilflos in unserer gegenseitigen Scham und Erniedrigung. Dann entspannte sich sein Gesicht. Für ein paar Sekunden schlief er ein, bewußtlos, so wie ich vor kurzem bewußtlos gewesen war, unmittelbar bevor ich mich zu ihm geneigt hatte, um meine Arme um ihn zu legen. Dann schnellte er aus dem Schlaf hoch, ganz Spannung und Kampf, befreite sich mit einem Ruck aus meinen Armen, spähte wachsam und beharrlich im Zimmer nach Feinden, stand dann auf; alles innerhalb eines Augenblicks, so schnell folgten diese Reaktionen aufeinander.

Er sagte: »Keiner von uns kann jemals tiefer sinken.«

Ich sagte: »Nein.«

»*Das* ist zu Ende gespielt«, sagte er.

»Erledigt und beendet«, sagte ich.

Er ging hinauf, um seine paar Habseligkeiten in die Tasche und die Koffer zu packen.

Bald darauf kam er wieder herunter und lehnte sich gegen die Tür meines großen Zimmers. Er war Saul Green. Ich sah Saul Green, den Mann, der vor einigen Wochen in meine Wohnung gekommen war. Er trug die neuen, enganliegenden Kleider, die er gekauft hatte, um seine Magerkeit zu kleiden. Er war ein zierlicher, ziemlich kleiner Mann mit zu breiten Schultern und Knochen, die aus einem zu dünnen Gesicht hervorstanden, aber er beharrte darauf, daß dies ein stämmiger, muskulöser Körper war, daß dies wieder ein kräftiger, breitschultriger Mann sein würde, sobald er sich durch seine Krankheit zur Gesundheit durchgekämpft hätte. Neben dem kleinen, dünnen, hübschen Mann, mit seiner weichen, blonden Haarbürste, seinem kranken, gelben Gesicht, konnte ich einen kräftigen, starken, braunhäutigen Mann stehen sehen wie einen Schatten, der den Körper aufsaugen will, der ihn wirft. Mittlerweile sah er handlungsunfähig, abgewrackt, wackelig auf den Beinen, mißtrauisch aus. Er stand da, Daumen in den Gürtel gehakt, Finger nach unten zeigend (aber jetzt war es wie eine galante Parodie der Draufgängerpose) und forderte mich höhnisch heraus, seine kalten, grauen Augen auf der Hut, aber nicht unfreundlich. Meine Gefühle für ihn waren wie für einen Bruder; wie bei einem Bruder würde es keine Rolle spielen, ob wir eigene Wege gingen, ob wir weit voneinander getrennt waren, immer würden wir ein Fleisch sein und des anderen Gedanken denken.

Er sagte: »Schreibe für mich den ersten Satz in das Buch.«

»Du willst, daß ich ihn für dich schreibe?«

»Ja, schreib ihn auf.«

»Warum?«

»Du gehörst zum Team.«

»Ich empfinde das nicht so, ich hasse Teams.«

»Dann denke darüber nach. Es gibt ein paar von uns in der ganzen Welt, wir verlassen uns aufeinander, obwohl wir nicht einmal unsere Namen kennen. Aber wir verlassen uns die ganze Zeit aufeinander. Wir sind ein

Team, wir sind diejenigen, die nicht aufgegeben haben, die weiter kämpfen werden. Ich sage dir, Anna, manchmal stoße ich auf ein Buch und sage: So, du hast es also zuerst geschrieben? Gut für dich. O. k., dann brauche ich es nicht mehr zu schreiben.«

»In Ordnung, ich werde deinen ersten Satz für dich schreiben.«

»Gut. Schreibe ihn, und ich werde zurückkommen und das Buch holen und Auf Wiedersehen sagen und mich auf den Weg machen.«

»Wohin gehst du?«

»Du weißt ganz genau, daß ich es nicht weiß.«

»Irgendwann wirst du es wissen müssen.«

»Gut, gut, aber ich bin jetzt noch nicht reif genug, hast du das vergessen?«

»Vielleicht solltest du besser nach Amerika zurückgehen.«

»Warum nicht? Liebe ist international.«

Ich lachte und ging zu dem hübschen, neuen Notizbuch, während er die Treppe hinunterlief, und ich schrieb: »Auf einem karstigen Berghang in Algerien betrachtete ein Soldat das Mondlicht, das auf seinem Gewehr glänzte.«

[Hier endete Annas Handschrift, das goldene Notizbuch ging in Saul Greens Handschrift weiter; eine Novelle über den algerischen Soldaten. Dieser Soldat war ein Bauer, der sich bewußt war, daß das, was er übers Leben dachte, nicht das war, was man von ihm erwartete. Das wer erwartete? Ein unsichtbares *man*, das Gott sein konnte oder der Staat oder Gesetz oder Ordnung. Er wurde gefangengenommen, von den Franzosen gefoltert, entfloh, schloß sich wieder der FLN an und sah sich selbst auf Befehl französische Gefangene foltern. Er wußte, daß er etwas dabei empfinden sollte, was er in Wirklichkeit nicht empfand. Er diskutierte seinen Geisteszustand mit einem der französischen Gefangenen, den er gefoltert hatte, spät in der Nacht. Der französische Gefangene war ein junger Intellektueller, ein Philosophiestudent. Dieser junge Mann (die beiden Männer unterhielten sich heimlich in der Gefängniszelle) klagte darüber, daß er sich in einem intellektuellen Gefängnis befände. Er erkannte, hatte schon seit Jahren erkannt, daß er nicht einen Gedanken oder ein Gefühl haben konnte, das nicht sofort in Schubladen fiel, in eine mit der Aufschrift ›Marx‹ und in eine mit der Aufschrift ›Freud‹. Seine Gedanken und Gefühle waren wie Murmeln, die in vorherbestimmte Öffnungen rollten, klagte er. Der junge algerische Soldat fand das interessant, fand das ganz und gar nicht so, er sagte, was ihn quäle – obwohl es ihn natürlich nicht wirklich quälte, er dachte aber, es müßte ihn quälen –, das sei, daß nichts von dem, was er dachte oder fühlte, das war, was man von ihm erwartete. Der algerische Soldat sagte, er beneide den Franzosen – oder dachte vielmehr, er *müßte* ihn beneiden. Wogegen der französische

613

Student sagte, er beneide den Algerier aus tiefstem Herzen: er wünschte, daß er nur einmal, nur ein einziges Mal in seinem Leben, etwas ganz Eigenes fühlen oder denken könne, spontan, ungelenk, nicht nach dem Willen der Großväter Freud und Marx. Die Stimmen der beiden jungen Männer waren lauter geworden, als klug war, besonders die des französischen Studenten, der seine Situation heftig beklagte. Der befehlshabende Offizier kam herein, sah, daß der Algerier wie ein Bruder mit dem Gefangenen sprach, den er eigentlich bewachen sollte. Der algerische Soldat sagte: »Herr Offizier, ich habe meinen Befehl ausgeführt: ich folterte diesen Mann. Sie haben mir nicht gesagt, daß ich nicht mit ihm reden darf.« Der befehlshabende Offizier kam zu dem Schluß, daß sein Mann eine Art Spion war, wahrscheinlich angeworben während seiner Gefangenschaft. Er gab Befehl zum Erschießen. Der algerische Soldat und der französische Student wurden am nächsten Morgen auf dem Berghang zusammen erschossen, Seite an Seite, die aufgehende Sonne auf ihren Gesichtern.

[Diese Novelle wurde später veröffentlicht und hatte ziemlichen Erfolg.]

Ungebundene Frauen
5

Molly verheiratet sich,
und Anna hat eine Affäre

Als Janet ihre Mutter das erstemal fragte, ob sie ins Internat gehen dürfte, war Anna dagegen. Sie haßte alles, was Internat hieß. Nachdem sie Erkundigungen über verschiedene ›progressive‹ Schulen eingezogen hatte, sprach sie wieder mit Janet; aber inzwischen hatte das kleine Mädchen ihre Freundin, die bereits in einem konservativen Internat war, mit nach Hause gebracht, weil sie ihr helfen sollte, ihre Mutter zu überreden. Die beiden Kinder, mit glänzenden Augen und ängstlich, daß Anna ablehnen würde, plapperten über Uniformen, Schlafsäle, Schulausflüge und so weiter; und Anna sah ein, daß eine ›fortschrittliche‹ Schule genau das war, was Janet nicht wollte. Sie sagte in Wirklichkeit: »Ich möchte normal sein, ich möchte nicht so sein wie du.« Sie hatte einen Blick auf die Welt der Unordnung, des Experiments geworfen, wo die Menschen wie Bälle, die unaufhörlich auf der Spitze hüpfender Wasserstrahlen hin und her tanzen, von Tag zu Tag lebten und sich für jedes neue Gefühl oder Abenteuer offenhielten; und sie hatte beschlossen, daß das nichts für sie war. Anna sagte: »Janet, ist dir klar, daß das vollkommen anders sein wird als alles, was du bisher kennengelernt hast? Das bedeutet, in Zweierreihen spazierenzugehen wie Soldaten und wie alle anderen auszusehen und gewisse Dinge regelmäßig zu bestimmten Zeiten zu tun. Du mußt aufpassen – alle, die da rauskommen, gleichen sich wie ein Ei dem anderen.« »Ja, ich weiß«, sagte die Dreizehnjährige lächelnd. Das Lächeln sagte: Ich weiß, du haßt das alles, aber warum sollte ich es hassen? »Es wird zum Konflikt für dich werden.« »Das glaube ich nicht«, sagte Janet, plötzlich mürrisch; die Vorstellung, daß sie je die Lebensweise ihrer Mutter so weit akzeptieren könnte, um darüber in Konflikt zu geraten, schien ihr absurd.

Als Janet zur Schule gegangen war, begriff Anna, wie sehr sie auf die Disziplin angewiesen war, zu der sie sich des Kindes wegen genötigt sah – das Aufstehen morgens um eine bestimmte Zeit, das Früh-genug-ins-Bett-Gehen, um nicht müde zu sein, weil sie früh aufstehen mußte, die geregelten Mahlzeiten, das Kontrollieren ihrer Stimmungen, damit das Kind nicht durcheinandergebracht wurde.

Sie war allein in der riesigen Wohnung. Sie überlegte, ob sie nicht in eine kleinere ziehen sollte. Sie wollte keine Zimmer mehr vermieten, die Vorstellung, noch so eine Erfahrung zu machen wie die mit Ronnie und Ivor erschreckte sie. Und es erschreckte sie, daß es sie erschreckte – was war mit ihr los, daß sie vor Komplikationen mit Menschen zurückschreckte, daß sie davor zurückschreckte, in etwas verwickelt zu werden? Es war ein Verrat an dem, was sie ihrer Meinung nach sein sollte. Sie schloß einen Kompromiß: sie würde ein weiteres Jahr in der Wohnung bleiben; sie würde ein Zimmer vermieten; sie würde sich nach einer passenden Arbeit umsehen.

Alles schien sich verändert zu haben. Janet war weg. Marion und Tommy, von Richard finanziert, fuhren nach Sizilien, nahmen eine gewaltige Anzahl von Büchern über Afrika mit. Sie hatten vor, Dolci zu besuchen, um herauszufinden, ob sie, wie Marion es ausdrückte, »dem armen Kerl irgendwie behilflich sein könnten. Weißt du, Anna, daß ich die ganze Zeit ein Foto von ihm auf meinem Schreibtisch stehen habe?«

Molly war auch allein in einem leeren Haus, da sie ihren Sohn an die zweite Ehefrau ihres Ex-Mannes verloren hatte. Sie lud Richards Söhne ein, zu ihr zu kommen. Richard war erfreut, obwohl er immer noch Mollys Leben die Schuld an der Blindheit seines Sohnes gab. Molly beschäftigte sich mit den Jungen, während Richard mit seiner Sekretärin nach Kanada ging, um die Finanzierung für drei neue Stahlwerke auf die Beine zu stellen. Diese Reise war so etwas wie Flitterwochen, da Marion nun einer Scheidung zugestimmt hatte.

Anna entdeckte, daß sie den größten Teil ihrer Zeit damit verbrachte, überhaupt nichts zu tun, und kam zu dem Schluß, daß das Heilmittel für ihren Zustand ein Mann sei. Sie verschrieb sich das wie Medizin.

Sie wurde von einem Freund von Molly angerufen, für den diese keine Zeit hatte, weil sie mit Richards Söhnen beschäftigt war. Dieser Mann war Nelson, ein amerikanischer Drehbuchautor, den sie in Mollys Haus getroffen hatte und mit dem sie manchmal zu Abend gegessen hatte.

Als er Anna anrief, sagte er: »Ich muß dich davor warnen, dich überhaupt mit mir zu treffen. Ich laufe Gefahr, meine Frau zum drittenmal unmöglich zu finden.«

Beim Abendessen sprachen sie hauptsächlich über Politik. »Der Unterschied zwischen einem Roten in Europa und einem Roten in Amerika ist der, daß ein Roter in Europa ein Kommunist ist; in Amerika ist das aber ein Mann, der aus Vorsicht oder Feigheit nie einen Mitgliedsausweis vorgezeigt hat. In Europa gibt es Kommunisten und Sympathisanten. In Amerika gibt es Kommunisten und Ex-Rote. Ich – und ich bestehe auf dem Unterschied – war ein Roter. Ich möchte nicht noch mehr Schwierigkeiten bekommen, als ich sie schon habe. Also jetzt habe ich gesagt, wo ich stehe, wirst du mich heute abend mit zu dir nach Hause nehmen?«

Anna dachte: Es gibt nur eine wahre Sünde – sich einzureden, das Zweitbeste sei nur im entferntesten etwas anderes als das Zweitbeste. Was hat es für einen Sinn, sich immer nach Michael zu sehnen?

Also verbrachte sie die Nacht mit Nelson. Er war, wie sie bald merkte, in schlimmen sexuellen Schwierigkeiten; sie verbündete sich mit ihm, aus Ritterlichkeit, indem sie so tat, als wäre das im Grunde nichts Ernsthaftes. Sie trennten sich am Morgen in Freundschaft. Dann merkte sie, daß sie weinte, in einer tiefen, hilflosen Depression. Sie sagte sich, daß das Heilmittel dagegen nicht das Alleinsein sei, sondern daß es besser wäre, einen ihrer Freunde anzurufen. Sie tat nichts dergleichen, sie konnte sich nicht dazu aufraffen, irgend jemanden zu sehen, geschweige denn eine weitere ›Affäre‹ anzuknüpfen.

Anna merkte, daß sie ihre Zeit auf eine merkwürdige Weise verbrachte. Sie hatte stets Zeitungen, Journale, Zeitschriften in großen Mengen gelesen; sie litt unter dem Laster solcher Leute, wie sie es war, daß sie wissen *mußte*, was überall los war. Jetzt aber saß sie, nachdem sie spät aufgewacht war und Kaffee getrunken hatte, von einem halben Dutzend Tageszeitungen, einem Dutzend Wochenzeitschriften umgeben, auf dem Boden des großen Zimmers und las sie langsam wieder und wieder durch. Sie versuchte, die einzelnen Dinge miteinander zu verknüpfen. Während sie früher die Lektüre dazu benutzt hatte, sich ein Bild von dem zu machen, was in der ganzen Welt geschah, war eine ihr vertraute Form von Ordnung jetzt verschwunden. Es schien, als ob ihr Geist ein Feld differierender Erwägungen geworden wäre, sie wog Fakten, Ereignisse gegeneinander ab. Es ging nicht um die Abfolge von Ereignissen mit ihren wahrscheinlichen Konsequenzen. Es war, als ob ihr, Annas, Bewußtsein ein zentraler Punkt wäre, der von einer Million unkoordinierter Fakten angegriffen wird, und als ob dieser zentrale Punkt verschwinden würde, wenn sie sich als unfähig erwiese, die Fakten abzuwägen und auszubalancieren, sie alle zu berücksichtigen. So starrte sie auf folgende Meldung: »Die Entzündungsgefahr als Folge der Wärmestrahlung bei der Explosion einer 10-Megatonnen-Bombe wird sich über einen Kreis mit einem Radius von ungefähr fünfundzwanzig Meilen erstrecken. Ein Feuerkreis mit fünfundzwanzig Meilen Radius umfaßt eine Fläche von 1900 Quadratmeilen, und wenn die Waffe in der Nähe des beabsichtigten Zielpunktes detoniert, wird er die am dichtesten besiedelten Gebiete des Zielkomplexes einschließen, was bedeutet, daß unter bestimmten klaren atmosphärischen Bedingungen wahrscheinlich alles und alle innerhalb dieses riesigen Gebietes einer thermischen Gefahr ausgesetzt wären und viele in der Brandkatastrophe zugrunde gehen würden.« Jetzt waren es nicht die Worte, die schrecklich waren, sondern daß sie das, was sie ausdrückten, in der Vorstellung nicht mit dem Satz in Einklang bringen konnte: »Ich bin ein Mensch, der fortwährend seine Zukunftsmöglichkeiten zerstört, weil ich die Gegenwart unter so vielen, einander ausschließenden Gesichtspunkten betrachten kann.« So starrte sie denn auf diese beiden Wortfolgen, bis die

Wörter selbst sich von der Seite abzulösen und wegzugleiten schienen, als
hätten sie sich von ihrer eigenen Bedeutung losgemacht. Doch die Bedeutung
blieb unbelästigt durch die Wörter und wahrscheinlich schrecklicher (obgleich sie nicht wußte, weshalb), weil es den Wörtern nicht gelungen war, sie
in Grenzen zu halten. Nachdem sie also von diesen beiden Wortfolgen
besiegt worden war, legte sie sie beiseite und wandte ihre Aufmerksamkeit
einer anderen Folge zu: »Es wird in Europa zu wenig erkannt, daß es keinen
status quo in Afrika gibt, wie er gegenwärtig angeordnet wird.« »Ich glaube,
Förmlichkeit (und nicht, wie Mr. Smith annimmt, eine Neo-Neo-Romantik)
könnte die kommende Mode sein.« So verbrachte sie Stunden damit, auf dem
Boden zu sitzen, all ihre Aufmerksamkeit auf ausgewählte Bruchstücke von
Gedrucktem gerichtet. Bald begann eine neue Aktivität. Sie schnitt vorsichtig
die entsprechenden Passagen aus den Zeitungen und Journalen aus und
heftete sie mit Reißzwecken an die Wände. Die weißen Wände des großen
Zimmers waren überall mit großen und kleinen Zeitungsausschnitten bedeckt. Sie ging vorsichtig an den Wänden entlang, betrachtete die Meldungen,
die dort angeheftet waren. Als ihr die Reißzwecken ausgingen, sagte sie sich,
daß es dumm sei, mit einer sinnlosen Beschäftigung fortzufahren; trotzdem
zog sie sich einen Mantel an, ging auf die Straße hinunter, kaufte zwei
Schachteln Reißzwecken und befestigte die noch herumliegenden Bruchstük-
ke von Gedrucktem an den Wänden. Aber die Zeitungen stapelten sich,
landeten jeden Morgen in einem großen, dicken Packen von Gedrucktem auf
ihrem Türvorleger, und jeden Morgen saß sie da und kämpfte, um diesen
neuen Materialvorrat zu ordnen – und ging hinaus, um noch mehr Reißzwekken zu kaufen.

Ihr kam der Gedanke, daß sie dabei war, verrückt zu werden. Das war der
›Zusammenbruch‹, den sie vorhergesehen hatte; der ›Kollaps‹. Dabei hatte sie
nicht den Eindruck, als ob sie auch nur ein bißchen verrückt wäre; sondern
eher, als ob sämtliche Leute, die nicht so besessen waren wie sie von der noch
in den Anfängen steckenden Welt, die sich in den Zeitungen spiegelte, das
Gefühl für eine gräßliche Notwendigkeit verloren hätten. Trotzdem wußte
sie, daß sie verrückt war. Sie konnte nicht ablassen von der gründlichen,
quälenden Arbeit, Berge von Nachrichten zu lesen und Teile davon auszu-
schneiden und sie an alle Wände zu heften; aber sie wußte auch, daß sie an
dem Tag, an dem Janet aus der Schule nach Hause kommen würde, Anna
werden würde, Anna, die verantwortliche; und daß die Besessenheit verschwinden würde. Sie wußte, daß das Gesundsein und Verantwortlichsein
von Janets Mutter viel wichtiger war als die Notwendigkeit, die Welt zu
verstehen; und daß das eine abhing von dem anderen. Die Welt würde nie
verstanden werden, von Wörtern geordnet, ›benannt‹ werden, wenn Janets
Mutter nicht eine Frau blieb, die fähig war, Verantwortung zu tragen.

Das Wissen, daß Janet in einem Monat zu Hause sein würde, nagte an Anna in all ihrer Besessenheit mit den Zeitungsnachrichten. Sie wandte sich wieder den vier Notizbüchern zu, die sie seit Tommys Unfall ständig vernachlässigt hatte. Sie blätterte die Seiten dieser Bücher immer wieder um, hatte aber keine Verbindung zu ihnen. Sie wußte, daß eine Art Schuld sie von ihnen trennte, die sie nicht verstand. Die Schuld war natürlich mit Tommy verknüpft. Sie wußte nicht, würde nie wissen, ob Tommys Selbstmordversuch dadurch ausgelöst worden war, daß er ihre Notizbücher gelesen hatte; oder – falls das wahr sein sollte – ob da etwas Bestimmtes gewesen war, was ihn durcheinandergebracht hatte, oder ob sie tatsächlich arrogant war. »Das ist arrogant, Anna; das ist unverantwortlich.« Ja, das hatte er gesagt; ohne sich dessen bewußt zu sein, hatte sie ihn im Stich gelassen, sie war nicht fähig gewesen, ihm etwas zu geben, was er brauchte, sie verstand nicht, was geschehen war.

Eines Nachmittags schlief sie ein und träumte. Sie wußte, daß es ein Traum war, den sie schon oft gehabt hatte, in verschiedenen Versionen. Sie hatte zwei Kinder. Eines war Janet, pummelig und strahlend vor Gesundheit. Das andere war Tommy, ein kleines Baby, das sie verhungern ließ. Ihre Brüste waren leer, weil Janet die ganze Milch bekommen hatte; und darum war Tommy dünn und schwach, wurde immer weniger vor ihren Augen, vor lauter Hungern. Er schrumpfte zusammen, bis er nur noch ein winziges Häufchen von blassem, knochigem, hohläugigen Fleisch war, da wachte sie auf, in einem Fieber von Angst, Zerrissenheit und Schuldbewußtsein. Als sie wach war, konnte sie jedoch keinen Grund erkennen, warum sie geträumt haben sollte, daß sie Tommy verhungern ließ. Außerdem wußte sie, daß in anderen Versionen dieses Wiederholungstraumes die ›verhungerte‹ Gestalt jeder sein konnte, vielleicht jemand, an dem sie auf der Straße vorbeigegangen war und dessen Gesicht sie verfolgt hatte. Eins war jedoch sicher, daß sie sich für diesen flüchtig gesehenen Menschen verantwortlich fühlte, warum sonst sollte sie davon träumen, bei ihm – oder ihr versagt zu haben?

Nach diesem Traum machte sie sich fieberhaft wieder an die Arbeit, schnitt Zeitungsnotizen aus, befestigte sie an der Wand.

An diesem Abend, als sie auf dem Boden saß, Jazz spielte, verzweifelt wegen ihrer Unfähigkeit, den Zeitungsausschnitten einen ›Sinn zu geben‹, hatte sie eine außergewöhnliche Sinneswahrnehmung, so etwas wie eine Halluzination, es eröffnete sich ihr ein neues und bis dahin unzugängliches Weltbild. Diese neue Einsicht war insgesamt schrecklich; es war eine Realität, die nichts zu tun hatte mit dem, was sie bisher als Realität kennengelernt hatte, und sie kam aus einem Land des Empfindens, in dem sie noch nie gewesen war, fernab von jeglicher ›Bedrückung‹, allem ›Unglück‹, jeglicher ›Entmutigung‹. Das Wesen dieser Erfahrung war, daß Worte wie ›Freude‹

oder ›Glück‹ bedeutungslos waren. Zu sich kommend aus dieser Erleuchtung – die zeitlos war, so daß Anna nicht wußte, wie lange es gedauert hatte –, wußte sie, daß sie eine Erfahrung gemacht hatte, für die es keine Worte gab, die jenseits des Bereichs war, in dem man Worten einen Sinn abverlangen konnte.

Trotzdem stand sie wieder vor den Notizbüchern, ließ ihre Hand mit dem Füller (der seine zarten Eingeweide sehen ließ und wie ein Seetier, ein Seepferdchen aussah) der Reihe nach über ihnen pendeln, um das Wesen der ›Erleuchtung‹ selbst entscheiden zu lassen, wo es niedergeschrieben werden wollte; doch die vier Notizbücher mit ihren verschiedenen Unterabteilungen und Kategorien blieben, wie sie waren, und Anna legte ihre Feder nieder.

Sie versuchte es mit verschiedenen Musikstellen, etwas Jazz, etwas Bach, etwas Strawinski, in dem Glauben, daß Musik vielleicht ausdrücken könnte, was Worte nicht ausdrücken konnten; aber dies war einer der immer häufiger werdenden Momente, in dem sie das Gefühl hatte, daß Musik sie irritierte und die Membranen ihres inneren Ohres angriff, welche die Klänge zurückstießen, als wären es Feinde.

Sie sagte sich: Ich weiß nicht, warum ich es immer noch so schwer zu akzeptieren finde, daß Worte unzureichend und ihrer wahren Natur nach ungenau sind. Wenn ich der Meinung wäre, daß sie fähig seien, die Wahrheit auszudrücken, würde ich keine Tagebücher führen, die ich niemanden sehen lasse – außer Tommy natürlich.

In dieser Nacht schlief sie kaum; sie lag wach, dachte Gedanken wieder, die ihr schon so vertraut waren, daß sie sie sogar schon bei ihrem Herannahen langweilten – politische Gedanken, Gedanken über die Handlungsschemata unserer Zeit. Es war ein Abstieg in die Banalität; denn wie üblich kam sie zu dem Schluß, daß jede ihrer möglichen Handlungen ohne Überzeugung geschehen würde, das heißt, ohne Glauben an ›gut‹ oder ›böse‹; es wäre einfach eine Art provisorischer Handlung, von der sie erhoffte, daß sie gut enden würde, aber mehr auch nicht. Und doch war es sehr leicht möglich, daß sie aus dieser Haltung heraus plötzlich Entscheidungen treffen würde, die sie Leben oder Freiheit kosten konnten.

Sie erwachte sehr früh und fand sich bald darauf mitten in der Küche stehend, die Hände voller Zeitungsausschnitte und Reißzwecken, die Wände ihres großen Zimmers in Reichweite vollkommen mit Ausschnitten bedeckt. Sie war so schockiert, daß sie die neuen Ausschnitte und die Journal- und Zettelhaufen weglegen wollte. Sie dachte: Es gibt aber keinen vernünftigen Grund, weshalb ich darüber schockiert sein sollte, mit einem zweiten Zimmer anzufangen, wenn ich nicht darüber schockiert war, daß ich den ganzen ersten Raum damit ausgefüllt habe – oder zumindest nicht schockiert genug war, um damit aufzuhören.

Dennoch hatte sie den starken Wunsch, keine weiteren Bruchstücke von Gedrucktem anzuheften, die nicht assimilierbare Informationen enthielten. Sie stand in der Mitte des großen Zimmers, sagte sich, daß sie die Wände leermachen müsse. Aber sie war nicht fähig dazu. Sie lief wieder an den Wänden entlang, machte an jeder Stelle halt, verglich Aussage mit Aussage, eine Wortfolge mit der anderen.

Während sie das tat, klingelte das Telefon. Es war eine Freundin von Molly. Ein amerikanischer Linker brauchte für ein paar Tage ein Zimmer. Anna sagte scherzhaft, wenn er Amerikaner sei, dann würde er sicher einen Roman von epischer Breite schreiben, eine Psychoanalyse machen und sich gerade von seiner zweiten Frau scheiden lassen; sagte jedoch, er könnte ein Zimmer haben. Er rief später an, um mitzuteilen, daß er an diesem Nachmittag um fünf zu ihr kommen würde. Anna zog sich an, um ihn zu empfangen, ihr wurde klar, daß sie sich seit einigen Wochen nicht mehr angezogen hatte, außer, um nach draußen zu gehen und ein paar Lebensmittel und Reißzwekken zu kaufen. Kurz vor fünf rief er wieder an, um mitzuteilen, daß er nicht kommen könnte, weil er sich mit seinem Agenten treffen müßte. Anna war erstaunt, wie umständlich und detailliert sein Bericht über die Verabredung mit dem Agenten war. Ein paar Minuten später rief Mollys Freundin wieder an und sagte, daß Milt (der Amerikaner) zu einer Party in ihrer Wohnung kommen würde und ob Anna auch kommen wollte? Anna war verärgert, tat den Ärger mit einem Achselzucken ab; lehnte die Einladung ab; zog wieder ihren Morgenrock an und ließ sich erneut auf den Fußboden nieder, von Zeitungen umgeben.

Spätnachts klingelte es. Anna öffnete die Tür, sah den Amerikaner. Er entschuldigte sich, daß er nicht angerufen hatte; sie entschuldigte sich, daß sie nicht angezogen war.

Er war jung, um die Dreißig, schätzte sie; dichtes, junges, braunes Haar, wie ein gesunder Pelz, ein mageres, intelligentes Gesicht, bebrillt. Er war der Typus des scharfsinnigen, fähigen, intelligenten Amerikaners. Sie kannte ihn gut, ›benannte‹ ihn als den Amerikaner, der hundertmal schwieriger war als sein englisches Gegenstück, womit sie meinte, er sei der Bewohner eines verzweifelten Landes, das als solches von Europa noch gar nicht zur Kenntnis genommen worden war.

Als sie die Treppe hochstiegen, fing er an, sich zu entschuldigen, daß er zu seinem Agenten gegangen war; aber sie unterbrach ihn, indem sie fragte, ob ihm die Party gefallen habe. Er gab ein abruptes Lachen von sich und sagte: »Sie haben mich ertappt.«

»Sie hätten von Anfang an sagen können, daß Sie zu einer Party gehen wollten«, sagte sie.

Sie standen in der Küche, schauten einander prüfend an, lächelnd. Anna dachte: Eine Frau ohne Mann kann keinen Mann, wen auch immer, wie alt auch immer, treffen, ohne zu denken, und sei es auch nur für eine halbe Sekunde: Vielleicht ist es *der* Mann. Aus diesem Grund habe ich mich auch über seine Lüge wegen der Party geärgert. Wie langweilig das alles ist, diese prompt sich einstellenden Gefühle.

Sie sagte: »Möchten Sie das Zimmer sehen?«

Er stand da, stützte sich mit der Hand auf die Lehne eines gelbgestrichenen Küchenstuhles, weil er auf der Party zuviel getrunken hatte, und sagte: »Ja, das möchte ich.«

Aber er rührte sich nicht von der Stelle. Sie sagte: »Sie sind mir gegenüber im Vorteil – ich bin nüchtern. Aber da sind einige Dinge, die ich sagen muß. Erstens, ich weiß, daß nicht alle Amerikaner reich sind, die Miete ist niedrig.« Er lächelte. »Zweitens, Sie schreiben den amerikanischen Roman von epischer Breite und . . .« »Falsch, ich habe noch nicht damit angefangen.« »Und Sie sind in psychoanalytischer Behandlung, weil sie Probleme haben.« »Wieder falsch, ich bin einmal bei einem Seelenklempner gewesen und bin zu dem Schluß gekommen, daß ich allein besser zurechtkomme.« »Das ist gut, dann wird es wenigstens möglich sein, mit ihnen zu reden.«

»Weswegen sind Sie so defensiv?«

»Ich selber hätte aggressiv gesagt«, sagte Anna lachend. Sie bemerkte mit Interesse, daß sie genausogut hätte weinen können.

Er sagte: »Ich bin zu dieser unpassenden Stunde hier hereingeschneit, weil ich heute nacht hier schlafen möchte. Ich war im CVJM, dem Ort, den ich in allen Städten, die ich kenne, am wenigsten schätze. Ich habe mir die Freiheit herausgenommen, meinen Koffer mitzubringen, den ich mit offenkundiger Schläue draußen vor der Tür gelassen habe.«

»Dann bringen Sie ihn rein«, sagte Anna.

Er ging hinunter, um den Koffer zu holen. Anna ging in das große Zimmer, um Wäsche für sein Bett zu holen. Sie ging hinein, ohne weiter nachzudenken; als sie ihn aber dicht hinter sich hörte, erstarrte sie, da ihr bewußt wurde, wie gerade dieses Zimmer aussehen mußte. Auf dem Boden türmten sich Zeitungen und Journale; die Wände waren mit Ausschnitten tapeziert; das Bett war ungemacht. Sie drehte sich zu ihm um, Laken und Kopfkissenbezüge auf dem Arm, und sagte: »Wenn Sie sich vielleicht Ihr Bett selbst machen könnten . . .« Aber schon war er im Zimmer, inspizierte es, die Augen hinter starken Brillengläsern. Dann setzte er sich auf ihren Zeichentisch, auf dem die Notizbücher lagen, und ließ die Beine baumeln. Er betrachtete sie (sie sah sich selbst, in einem verblichenen, roten Morgenrock, das Haar in glatten, schwarzen Strähnen um ein ungeschminktes Gesicht), die Wände, den Fußboden und das Bett. Dann sagte er, in einem gespielt schockierten Ton: »Du meine Güte.« Aber sein Gesicht drückte Besorgnis aus.

»Man hat mir gesagt, Sie wären ein Linker«, sagte Anna bittend; interessiert, daß sie das instinktiv zur Erläuterung der Situation gesagt hatte.

»Nachkriegsjahrgang.«

»Ich warte darauf, daß Sie sagen: Ich und die anderen drei Sozialisten in den Staaten werden . . .«

»Die anderen *vier*.« Er näherte sich einer Wand, als pirschte er sich an sie heran, nahm die Brille ab, betrachtete sich die Tapezierung (wobei Augen zum Vorschein kamen, die vor Kurzsichtigkeit schwammen) und sagte wieder: »Du meine Güte.«

Vorsichtig setzte er seine Brille wieder auf und sagte: »Ich kannte einmal einen Mann, der war ein erstklassiger Zeitungskorrespondent. Wenn Sie, was sehr natürlich wäre, wissen möchten, in welcher Beziehung er zu mir stand – er war meine Vaterfigur. Ein Roter. Dann holte ihn dieses und jenes ein, ja, das ist eine Möglichkeit, das zu beschreiben, und heute, seit drei Jahren schon, sitzt er in einer New Yorker Wohnung mit kaltem Wasser, mit verhängten Fenstern und liest Zeitungen. Er hat Zeitungsstapel bis zur Decke. Die Bodenfläche ist auf, sagen wir mal, vorsichtig geschätzt, zwei Quadratmeter zusammengeschrumpft. Es war eine große Wohnung, ehe die Zeitungen überhand nahmen.«

»Meine Manie hat nur ein paar Wochen gedauert.«

»Ich fühle mich verpflichtet zu sagen, daß es etwas ist, was einsetzen kann und – auf den Verstand schlagen kann, meine ärmste Freundin. Er heißt übrigens Hank.«

»Natürlich.«

»Ein guter Mann. Traurig zu sehen, wie jemand so einen Weg geht.«

»Glücklicherweise habe ich eine Tochter, die nächsten Monat aus der Schule nach Hause kommt; bis dahin bin ich von meinem Wahnsinn geheilt.«

»Könnte sein, daß er in den Untergrund geht«, sagte er, auf dem Tisch sitzend und mit seinen schlaksigen Beinen baumelnd.

Anna begann die Bettbezüge zu wechseln.

»Ist das meinetwegen?«

»Für wen sonst?«

»Ungemachte Betten sind meine Spezialität.« Er näherte sich ihr leise, als sie sich über das Bett beugte, und sie sagte: »Ich habe die Nase voll von kaltem und potentem Sex.«

Er kehrte zum Tisch zurück und bemerkte: »Haben wir das nicht alle? Was ist mit all dem warmen und engagierten Sex, über den wir in Büchern lesen?«

»Der ist in den Untergrund gegangen«, sagte Anna.

»Übrigens nicht mal potent.«

»Haben Sie noch nie was zuwege gebracht?« fragte Anna betont.

Sie drehte sich um, das Bett war fertig. Sie lächelten sich an, ironisch.

»Ich *liebe* meine *Frau*.«

Anna lachte.

»Ja. Deshalb lasse ich mich von ihr scheiden. Oder sie sich von mir.«

»Einmal hat mich ein Mann geliebt – ich meine *wirklich*.«

»Und dann?«

»Dann ließ er mich im Stich.«

»Verständlich. Liebe ist zu schwierig.«

»Und Sex zu kalt.«

»Sie wollen sagen, daß Sie seither immer keusch gewesen sind?«

»Das nun wieder auch nicht.«

»Das habe ich mir schon gedacht.«

»Ist egal.«

»Können wir jetzt, nachdem wir unseren Standpunkt klargemacht haben, ins Bett gehen? Ich bin ein bißchen blau, und ich bin schläfrig. Und ich kann nicht allein schlafen!«

Das *ich kann nicht allein schlafen* war mit der kalten Unbarmherzigkeit eines Menschen in höchster Not gesagt. Anna war überrascht, ging dann aus sich heraus, um ihn richtig zu prüfen.

Er saß lächelnd auf ihrem Tisch, ein Mann, der sich in der Verzweiflung zusammenhielt.

»Ich kann noch allein schlafen«, sagte Anna.

»Dann können Sie aus Ihrer überlegenen Position heraus großzügig sein.«

»Das ist ja alles recht gut und schön.«

»Anna, ich brauche es. Wenn jemand etwas braucht, geben Sie es ihm.«

Sie sagte nichts.

»Ich werde nichts verlangen, keine Ansprüche stellen und weggehen, wenn Sie es mir sagen.«

»Oh, natürlich«, sagte Anna. Sie war plötzlich wütend; sie zitterte vor Wut. »Ihr verlangt alle gar nichts – bloß alles, aber nur für so lange, wie ihr es braucht.«

»Das ist die Zeit, in der wir leben«, sagte er.

Anna lachte. Ihre Wut verschwand. Er lachte plötzlich, laut, erleichtert.

»Wo haben Sie die letzte Nacht verbracht?«

»Bei Ihrer Freundin Betty.«

»Sie ist nicht meine Freundin. Sie ist die Freundin einer Freundin.«

»Ich war drei Nächte bei ihr. Nach der zweiten erzählte sie mir, daß sie mich liebte und ihren Mann meinetwegen verlassen würde.«

»Sehr ehrlich.«

»Sie würden so was nicht tun, nicht wahr?«

»Ich könnte sehr wohl. Jede Frau, die einen Mann mag, würde das tun.«

»Aber Anna, Sie müssen *verstehen* . . .«

»Oh, ich verstehe sehr gut.«

»Dann brauche ich mein Bett nicht zu machen?«

Anna fing an zu weinen. Er kam zu ihr, setzte sich neben sie, legte seinen Arm um sie. »Es ist eine verrückte Sache«, sagte er. »Da zieht man in der Welt herum – ich bin in der Welt herumgezogen, hat man gesagt? –, öffnet eine Tür, und dahinter findet man einen, der in Schwierigkeiten ist. Jedesmal wenn man eine Tür öffnet, ist da einer, der kaputt ist.«

»Vielleicht suchst du dir deine Türen aus.«

»Selbst wenn, da ist eine erstaunliche Anzahl von Türen gewesen, die – weine nicht, Anna. Das heißt, außer du tust es gern, und du siehst nicht so aus, als ob du es gern tätest.«

Anna ließ sich zurück auf die Kissen fallen und lag still da. Er saß zusammengekauert neben ihr, zupfte an seinen Lippen, bekümmert, intelligent, entschlossen.

»Was veranlaßt dich zu glauben, daß ich am Morgen des zweiten Tages nicht sagen werde: Ich möchte, daß du bei mir bleibst.«

Er sagte vorsichtig: »Du bist zu intelligent.«

Anna sagte, ihm die Vorsicht verübelnd: »Das wird meine Grabschrift sein. Hier ruht Anna Wulf, die immer zu intelligent war. Sie ließ die Männer gehen.«

»Du könntest es schlechter machen, du könntest sie halten, wie ein paar Frauen, die ich dir nennen könnte.«

»Wahrscheinlich.«

»Ich ziehe mir meinen Pyjama an und komme dann wieder.«

Anna, allein, zog ihren Morgenrock aus, unentschlossen, ob sie Nachthemd oder Pyjama anziehen sollte, und wählte dann das Nachthemd, instinktiv wissend, daß er einen Pyjama bevorzugen würde – eine Geste, mit der sie sich selbst definierte, gewissermaßen.

Er kam herein, im Morgenrock, bebrillt. Er winkte ihr zu, als sie im Bett lag. Dann ging er zu einer Wand und begann, die Zeitungsausschnitte herunterzureißen. »Ein kleiner Dienst«, sagte er, »aber einer, der, wie ich finde, schon überfällig ist.« Anna hörte das leise Reißen von Zeitungspapier, einen gedämpften Laut, wenn Reißzwecken auf den Boden fielen. Sie lag, die Arme unter dem Kopf verschränkt, da und lauschte. Sie fühlte sich beschützt und versorgt. Sie hob ihren Kopf alle paar Minuten, um zu sehen, wie er vorankam. Langsam kamen weiße Wände zum Vorschein. Die Arbeit dauerte lange, über eine Stunde.

Endlich sagte er: »Nun, das wäre geschafft. Wieder eine Seele dem Wahnsinn entrissen.« Dann streckte er seine Arme aus, um Haufen von schmutzigem Zeitungspapier einzusammeln, schaufelte Zeitungen unter den Zeichentisch.

»Was sind das für Bücher? Ein neuer Roman?«

»Nein. Aber ich habe mal einen Roman geschrieben.«

»Ich habe ihn gelesen.«

»Gefiel er dir?«

»Nein.«

»Nein?« Anna war aufgeregt. »Oh, gut.«

»Schwülstig, würde ich sagen, wenn man mich fragt.«

»Ich werde dich am zweiten Morgen bitten zu bleiben, ich merke es schon.«

»Aber was sind das für liebevoll-gebundene Bücher?« Er fing an, die Deckel aufzuschlagen.

»Ich möchte nicht, daß du sie liest.«

»Warum nicht?« fragte er, lesend.

»Nur ein Mensch hat sie gelesen. Er versuchte, sich zu töten, scheiterte, blendete sich und ist nun das geworden, was er durch seinen Selbstmord zu verhindern versucht hatte.«

»Traurig.«

Anna hob den Kopf, um ihn zu sehen. Auf seinem Gesicht lag ein gewollt eulenartiges Lächeln.

»Du glaubst, es sei alles deine Schuld?«

»Nicht unbedingt.«

»Ich bin kein potentieller Selbstmörder. Ich würde sagen, ich bin mehr ein Schmarotzer bei Frauen, einer, der sich von anderer Leute Vitalität nährt, aber ich bin kein Selbstmörder.«

»Es gibt keinen Grund, damit anzugeben.«

Pause. Dann sagte er: »So wie es jetzt steht, und nachdem ich die Sache von allen *Seiten* betrachtet habe, würde ich sagen, es war etwas, was ich konstatieren kann. Was ich lebe. Ich gebe nicht an. Ich konstatiere. Ich definiere. Ich weiß wenigstens, was los ist. Das bedeutet, ich kann damit fertig werden. Du würdest dich wundern, wie viele Leute ich kenne, die sich selbst umbringen oder sich von anderen Menschen nähren, es aber nicht wissen.«

»Nein, ich würde mich nicht wundern.«

»Nein. Aber ich weiß es, ich weiß, was ich tue, und deshalb werde ich damit fertig werden.«

Anna hörte das dumpfe Klapp, Klapp, als die Deckel ihrer Notizbücher sich schlossen. Sie hörte die junge, fröhliche, kluge Stimme: »Was hast du versucht? Die *Wahrheit* einzusperren? Wahrhaftigkeit und so weiter?«

»So etwas Ähnliches. Aber es taugt nichts.«

»Es taugt auch nichts, diesen Aasgeier Schuld an sich heranzulassen, überhaupt nichts taugt das.« Anna lachte. Er begann zu singen, in Schlagermanier:

Der Aasgeier Schuld
Nährt sich von dir und mir,
Laß dich von diesem alten Aasgeier Schuld
Nicht kriegen.
Laß dich nicht ein mit ihm . . .

Er ging zu ihrem Plattenspieler, schaute sich ihre Platten an, legte Brubeck auf. Er sagte: »Zu Hause von zu Hause. Ich verließ die Staaten, ganz gierig auf neue Erfahrungen, aber überall begegne ich der Musik, die ich hinter mir ließ.« Er saß da, eine feierlich zuversichtliche Eule mit seiner Brille, zuckte mit seinen Schultern und schürzte seine Lippen beim Jazz. »Zweifellos«, sagte er, »gibt es einem ein Gefühl von Kontinuität, ja, das ist das richtige Wort, ein *ein*deutiges Gefühl von Kontinuität, wenn man von Stadt zu Stadt zieht und immer die gleiche Musik hört und hinter jeder Tür ein Verrückter ist wie man selbst.«

»Ich bin ja nur zeitweise eine Verrückte«, sagte Anna.

»Oh, ja. Aber du bist soweit gewesen. Das reicht.« Er ging zum Bett, zog seinen Morgenrock aus, stieg hinein, wie ein Bruder, freundlich und beiläufig.

»Willst du nicht wissen, warum ich in so schlechter Form bin?« fragte er nach einer Pause.

»Nein.«

»Ich erzähle es dir aber trotzdem. Ich kann nicht mit Frauen schlafen, die ich gern habe.«

»Banal«, sagte Anna.

»Dem stimme ich zu. Banal bis zu dem Punkt, wo es tautologisch und langweilig wird.«

»Und ziemlich traurig für mich.«

»Für mich auch, oder?«

»Weißt du, wie ich mich jetzt fühle?«

»Ja. Glaub mir, Anna, ich weiß es, und es tut mir leid, ich bin kein Klotz.« Pause.

Er sagte: »Du dachtest: Und was ist mit mir?«

»Seltsamerweise, ja.«

»Willst du, daß ich dich vögele? Ich könnte es übrigens.«

»Nein.«

»Nein, ich dachte mir, daß du es nicht willst, und du hast recht.«

»Ist egal.«

»Wie würdest du das finden, wenn du an meiner Stelle wärst? Die Frau, die ich am meisten liebe auf der Welt, ist meine Frau. Das letztemal habe ich mit ihr in unseren Flitterwochen gevögelt. Danach ging der Vorhang runter. Drei

Jahre später wurde sie sauer und sagte ›Genug‹. Machst du ihr Vorwürfe? Tue ich es? Aber sie hat mich lieber als irgendwen sonst auf der Welt. Die letzten drei Nächte verbrachte ich bei Betty, der Freundin unserer Freundin. Ich mag sie nicht, aber ich mag eine gewisse kleine Krümmung ihres Hinterns.«

»Oh, hör auf.«

»Du meinst, du hast all das schon mal gehört?«

»Auf die eine oder andere Weise, ja.«

»Ja, das haben wir alle. Soll ich dir die soziologischen – ja, das ist das richtige Wort, die soziologischen Gründe dafür nennen?«

»Nein, die kenne ich.«

»Ich dachte mir, daß du sie kennst. Gut. Sei's drum. Aber ich werde es schaffen. Ich sagte dir, ich halte viel vom Verstand. Ich darf es so nennen – mit deiner Erlaubnis? Ich halte viel davon, zu wissen, was verkehrt ist, es zuzugeben und zu sagen: Ich werde es schaffen.«

»Ja«, sagte Anna, »das tue ich auch.«

»Anna, ich mag dich. Und danke dir dafür, daß ich bleiben durfte. Ich werde verrückt, wenn ich allein schlafe.« Und dann nach einer Pause: »Du bist glücklich dran, daß du das Kind hast.«

»Ich weiß das. Deshalb bin ich gesund, und du bist verrückt.«

»Ja. Meine Frau will kein Kind. Letztlich will sie doch. Aber sie sagte zu mir: Milt, sagte sie, ich will kein Kind haben von einem Mann, der nur einen hochkriegt, wenn er betrunken ist.«

»Diese Worte benutzte sie?« sagte Anna aufgebracht.

»Nein, Puppe. Nein, Baby. Sie sagte: Ich will kein Kind von einem Mann, der mich nicht liebt.«

»Was für ein schlichtes Gemüt«, sagte Anna, voll Bitterkeit.

»Nicht in dem Ton, Anna. Oder ich muß gehen.«

»Du findest nicht, daß es etwas ungewöhnlich ist, wenn ein Mann in die Wohnung einer Frau hineinspaziert und sagt: Ich muß zu dir ins Bett kommen, weil ich ins Leere falle, wenn ich allein schlafe, aber ich kann nicht mit dir schlafen, denn wenn ich das tue, werde ich dich hassen?«

»Noch außergewöhnlicher als gewisse andere Phänomene, die wir hier erwähnen könnten?«

»Nein«, sagte Anna einsichtig. »Nein.« Sie fügte hinzu: »Danke, daß du den Unsinn von meinen Wänden abgenommen hast. Danke schön. Noch ein paar Tage, und ich wäre wirklich verrückt geworden.«

»War mir ein Vergnügen. Ich bin ein Versager, Anna, solange ich rede, das brauchst du mir nicht erst zu sagen, aber in einem bin ich gut: Wenn ich jemanden in Schwierigkeiten sehe, weiß ich, was für Maßnahmen ich ergreifen muß.«

Sie gingen schlafen.

Am Morgen fühlte sie ihn tödlich kalt in ihren Armen, eine schrecklich kalte Last, als hielte sie den Tod. Sie rieb ihn langsam warm und wach. Warm, wach und dankbar, drang er in sie ein. Aber bis dahin war sie schon gegen ihn gewappnet, sie konnte es nicht verhindern, daß sie verkrampft war, sie konnte sich nicht entspannen.

»Da hast du's«, sagte er hinterher, »ich wußte es. Hatte ich nicht recht?«

»Ja, das hattest du. Aber an einem Mann mit einer mordsmäßigen Erektion ist etwas, dem man schwer widerstehen kann.«

»Einerlei, du hättest es tun sollen. Denn jetzt werden wir eine Menge Energie darauf verwenden müssen, einander wieder zu mögen.«

»Aber ich mag dich doch.« Sie hatten einander sehr gern, waren traurig und freundlich und nah, wie Leute, die seit zwanzig Jahren miteinander verheiratet waren.

Er war fünf Tage dort bei ihr, schlief nachts in ihrem Bett.

Am sechsten Tag sagte sie: »Milt, ich möchte, daß du bei mir bleibst.« Sie sagte das parodierend, in einer wütenden, selbstquälerischen Parodie, und er sagte, lächelnd und bekümmert: »Ja, ich weiß, es ist Zeit weiterzuziehen. Es ist Zeit, daß ich mich aus dem Staub mache. Aber warum muß ich, warum muß ich?«

»Weil ich möchte, daß du bleibst.«

»Warum kannst du es nicht hinnehmen. Warum nicht?« Seine Brille funkelte unruhig, sein Mund war bewußt amüsiert, aber er war blaß, und seine Stirn glänzte vor Schweiß.« Ihr müßt uns ertragen, ihr müßt, wißt ihr das nicht? Begreift ihr nicht, daß es für uns viel schlimmer ist als für euch? Ich weiß, daß ihr euretwegen verbittert seid, und ihr habt recht, aber wenn ihr uns jetzt nicht ertragen und uns durchhelfen könnt . . .«

»Das gilt auch für euch«, sagte Anna.

»Nein. Denn ihr seid zäher, ihr seid gütiger, ihr seid in einer Position, in der ihr es hinnehmen könnt.«

»Du wirst eine andere gutmütige Frau in der nächsten Stadt finden.«

»Wenn ich Glück habe.«

»Ich hoffe, daß du das hast.«

»Ja, ich weiß, daß du das hoffst. Ich weiß es. Und ich danke dir . . . Anna, ich werde es schaffen. Du hast allen Grund zu glauben, daß ich es nicht werde. Aber ich werde es. Ich weiß, ich werde es.«

»Dann viel Glück«, sagte Anna lächelnd.

Ehe er ging, standen sie in der Küche, beide den Tränen nahe, zögerten, den Bruch zu vollziehen.

»Du wirst nicht nachgeben, Anna?«

»Warum nicht?«

»Es wäre schade.«

»Außerdem könntest du den Wunsch haben, irgendwann wieder für eine oder zwei Nächte vorbeizukommen.«

»In Ordnung. Du hast ein Recht darauf, das zu sagen.«

»Aber nächstesmal werde ich beschäftigt sein. Vor allem werde ich eine Arbeit annehmen.«

»Oh, sag es mir nicht, laß mich raten. Du wirst Sozialarbeit machen? Du wirst – laß mich es selbst erraten –, du wirst eine Sozialarbeiterin auf psychiatrischem Gebiet werden oder unterrichten oder etwas dergleichen?«

»Etwas dergleichen.«

»Das werden wir alle.«

»Du wirst natürlich davon erlöst sein wegen deines Romans von epischer Breite.«

»Lieblos, Anna, lieblos.«

»Mir ist nicht nach Liebsein zumute. Ich würde gerne schreien und kreischen und alles zusammenschlagen.«

»Wie ich schon sagte, das ist das dunkle Geheimnis unserer Zeit, keiner spricht davon, aber jedesmal, wenn man eine Tür öffnet, wird man von einem schrillen, verzweifelten und unhörbaren Schrei begrüßt.«

»Jedenfalls vielen Dank dafür, daß du mir da rausgeholfen hast – aus der Patsche, in der ich gesteckt habe.«

»Gern geschehen.«

Sie küßten sich. Er sprang leichtfüßig die Treppe hinunter, seinen Koffer in der Hand, drehte sich, als er unten war, um und sagte: »Du hättest sagen sollen – ich schreibe mal.«

»Das werden wir nicht tun.«

»Nein, aber laß uns die Form wahren, die *Form* wenigstens . . .« Er war weg, mit einem Winken seiner Hand.

Als Janet nach Hause kam, traf sie eine Anna an, die gerade dabei war, eine neue, kleinere Wohnung und eine Arbeit zu suchen.

Molly hatte Anna angerufen, um zu sagen, daß sie heiraten würde. Die beiden Frauen trafen sich in Mollys Küche, wo Molly Salat und Omeletts machte.

»Wer ist er?«

»Du kennst ihn nicht. Er ist das, was wir immer einen progressiven Geschäftsmann nannten. Du weißt schon, der arme jüdische Junge vom East End, der reich wurde und sein Gewissen dadurch rettete, daß er der Kommunistischen Partei Geld gab. Jetzt spenden sie nur Geld für progressive Zwecke.«

»Oh, Geld?«

»Massenhaft. Und ein Haus in Hampstead.« Molly drehte ihrer Freundin den Rücken, während Anna diese Nachricht verdaute.

»Was wirst du mit diesem Haus tun?«

»Kannst du es dir nicht denken?« Molly drehte sich um, die Munterkeit ihrer früheren Ironie wieder in der Stimme. Ihr Lächeln war schief und tapfer.

»Du meinst doch nicht etwa, daß Marion und Tommy es nehmen werden?«

»Was sonst? Hast du sie nicht getroffen?«

»Nein, Richard auch nicht.«

»Nun. Tommy ist ganz entschlossen, in Richards Fußstapfen zu treten. Er ist schon eingeführt und übernimmt alles, und Richard beruhigt sich langsam und läßt sich mit Jean nieder.«

»Du meinst, er ist völlig glücklich und zufrieden?«

»Ich habe ihn letzte Woche mit einem hübschen Mädchen auf der Straße gesehen, aber laß uns keine voreiligen Schlüsse ziehen.«

»Nein, das wollen wir nicht.«

»Tommy hat sich fest vorgenommen, nicht dermaßen reaktionär und fortschrittsfeindlich wie Richard zu sein. Er sagt, daß die Welt durch die Bemühungen der progressiven Großunternehmen und dadurch, daß sie auf die Ministerien Druck ausüben, verändert werden wird.«

»Na, wenigstens er lebt in Harmonie mit unserer Zeit.«

»Bitte nicht, Anna.«

»Wie geht's Marion?«

»Sie hat eine Boutique in Knightsbridge gekauft. Sie wird gute Kleider verkaufen – du weißt schon, *gute* Kleider im Gegensatz zu schicken? Sie ist schon vom Geschnatter kleiner Schwuler umgeben, die sie ausbeuten, und sie betet sie an, und sie kichert viel und trinkt nur ein *kleines bißchen* zuviel und findet diese Leute unendlich komisch.«

Mollys Hände lagen auf ihrem Schoß, die Fingerspitzen aneinandergelegt, in einer boshaften Kein-Kommentar-Geste.

»*Na wenn schon.*«

»Und was ist mit deinem Amerikaner?«

»Ich hatte eine Affäre mit ihm.«

»Nicht die vernünftigste Sache, die du je gemacht hast, würde ich meinen.« Anna lachte.

»Was amüsiert dich?«

»Mit einem Mann, der ein Haus in Hampstead hat, verheiratet zu sein wird dich von dem emotionalen Gerangel sehr weit entfernen.«

»Ja, Gott sei Dank.«

»Ich werde eine Arbeit annehmen.«

»Du meinst, du wirst nicht schreiben?«

»Nein.«

Molly wandte sich ab, kippte die Omeletts auf die Teller und füllte einen Korb mit Brot. Entschlossen sagte sie nichts.

»Erinnerst du dich an Dr. North?« sagte Anna.

»Natürlich.«

»Er gründet eine Art Eheberatung – halb amtlich, halb privat. Er sagt, dreiviertel der Leute, die mit Schmerzen und Leiden zu ihm kommen, haben in Wirklichkeit Eheprobleme. Oder leiden darunter, daß sie nicht verheiratet sind.«

»Und du wirst gute Ratschläge geben.«

»So was Ähnliches. Und ich werde der Labour-Partei beitreten und zweimal in der Woche eine Abendklasse mit kriminellen Jugendlichen unterrichten.«

»Also werden wir beide voll ins britische Leben integriert sein.«

»Ich habe diesen Ton extra vermieden.«

»Du hast recht – es ist nur die Vorstellung, wie du Eheberatung machst.«

»Ich bin sehr gut im Beurteilen der Ehen anderer Leute.«

»Sehr richtig. Vielleicht werde demnächst auch ich dir auf jenem Stuhl gegenübersitzen.«

»Das bezweifle ich.«

»Ich auch. Es gibt nichts Besseres als die genauen Ausmaße des Bettes zu kennen, dem man sich anpassen wird.« Ärgerlich über sich selbst, machten Mollys Hände eine entrüstete Geste, und sie schnitt eine Grimasse und sagte: »Du hast einen schlechten Einfluß auf mich, Anna. Ich hatte mich mit allem vollkommen abgefunden, bis du hereinkamst. Tatsächlich glaube ich, daß wir sehr gut vorankommen werden.«

»Ich wüßte nicht, warum nicht«, sagte Anna.

Eine kurze Stille. »Es ist alles sehr komisch, nicht Anna?«

»Sehr.«

Kurz danach sagte Anna, daß sie zu Janet zurück müßte, die inzwischen wieder vom Kino zu Hause sein würde, wo sie mit einer Freundin gewesen war.

Die beiden Frauen küßten sich und gingen auseinander.

Neuere Literatur im Fischer Taschenbuch Verlag

Gerhard Roth

„Kein Zweifel: Gerhard Roth gehört neben Thomas Bernhard und Peter Handke zu den bedeutendsten österreichischen Gegenwartsautoren."
Ulrich Greiner in der Frankfurter Allgemeinen Zeitung

Elias Canetti

„Dies ist einer der großen Schriftsteller in der deutschen Sprache."
Der Spiegel

Christoph Meckel

„Christoph Meckel ist ein Meister des behutsamen Erzählens. Er malt nirgends mit besonders aufdringlichen Farben, seine Konturen sind fein, die poetische Verzauberung gelingt fast immer…"
Hans Dieter Schmidt

Werke von Gerhard Roth:
Der große Horizont
Bd. 2082
Winterreise
Bd. 2094
Ein neuer Morgen
Bd. 2107

Werke von Elias Canetti:
Die gerettete Zunge
Bd. 2083
Die Stimme von Marrakesch
Bd. 2103
Das Gewissen der Worte
Bd. 5058

Werke von Christoph Meckel:
Tunifers Erinnerungen
Bd. 2090
Licht
Bd. 2100

Für weitere Informationen über die Reihe „Neuere Literatur" hält Ihr Buchhändler für Sie ein Fischer Taschenbuch-Gesamtverzeichnis bereit. Oder schreiben Sie an den Fischer Taschenbuch Verlag, Geleitsstr. 25, 6000 Frankfurt am Main 70

Doris Lessing

Anweisung für einen Abstieg zur Hölle
Roman.
287 Seiten, geb.

Das goldene Notizbuch
Roman.
Aus dem Englischen von Iris Wagner.
634 Seiten, geb.

Die Memoiren einer Überlebenden
Roman.
Aus dem Englischen von Rudolf Hermstein.
227 Seiten, geb.

Afrikanische Tragödie
Roman. Neuausgabe.
Aus dem Englischen von Ernst Sander.
248 Seiten, geb.

S. Fischer

Gerhard Roth

Der Stille Ozean
Roman
244 Seiten, Leinen

Der große Horizont
Fischer Taschenbuch Band 2082

Menschen Bilder Marionetten
Prosa, Kurzromane, Stücke
453 Seiten, Leinen

Ein neuer Morgen
Roman
161 Seiten, Leinen

Winterreise
Roman
192 Seiten, Leinen

**S. Fischer
Fischer Taschenbücher**

Gerold Späth

Commedia
444 Seiten, Leinen
Ausgezeichnet mit dem ersten
Alfred-Döblin-Preis

Balzapf oder Als ich auftauchte
Roman. 439 Seiten, Leinen

Stimmgänge
Roman. Fischer Taschenbuch Band 2175

Unschlecht
Roman. Fischer Taschenbuch Band 2078

S. Fischer
Fischer Taschenbücher